宴曲索引

伊藤正義［監修］

神戸古典文学研究会宴曲部会［編］

【和泉索引叢書52】

宴曲索引の誕生
——序に代えて——

伊藤　正義

宴曲索引の校正刷を眼前にした時、もう三十年も前のことになろうか、大学院の演習に宴曲を取り上げた折の風景が昨日のように蘇えったことだった。初めの十数年は『宴曲集』を一人一曲の順に担当し、後半の十数年は残った曲のうちから各自が各々自分の好みで選んだ。但し種々の理由によって重複した場合もあり、手を着けぬままに終わった曲は多い。当時の講読を後に整理して、『宴曲集』巻一の「春」から「郭公」までの五曲は読解例を紀要に掲げたが、同じようなことの繰り返しでは面白さに欠けるし、残された年月にも限りあることだから、作者や作品に変化を求めて曲を選ぶべしと思い至ったところまではまあよしとするも、それからが思いあぐねて、それっきりになってしまったのは我ながら怠慢というほかはない。あえて言いわけをするならば、その昔教室でこれを読み進めるにつけても“やっぱり索引が欲しいなあ”と言い続けて、しかし誰もが本文の作成から始めなければならぬ作業の果てしなさに恐れを抱いたのは尤もであった。先刻読解例を示したなどと偉そうな口を叩いたけれど、索引があれば当然言及するであろう側面を避けている。もちろん索引を云々するより、その本文を覚え込むのが本来だとはいうものの、たとえ整理された本文状況があったとしても、非凡の記憶力にあらざれば暗唱は無理だと、記憶していることが当然の謡曲の現行曲の範囲でさえ怪しいと言うもおおけなきレベルなれば、初めからその努力は放棄して、機の熟するのを待つほかはなかったのである。

既に年老い大学の勤めも終えて、宴曲を読む機会から離れて少したった頃、学位を取得した人々をも交えたかつての受講生有志がやってきて、宴曲索引を作るという。待ち兼ねた上げ潮の流れ、幸い三弥井書店刊行の『早歌全詞集』があり、外村先生にお願いすれば底本利用のお許しは頂けるだろう。ただ、カードがどうの、逆引きがどうのと、老いの繰り言めいたこちらの話題が、若い人達のパソコンの技術論にとって替わられた後は、ただ理解の及ばぬ話を拝聴するだけだった。

そもそも「宴曲」は、明治時代に入って大和田建樹の注目するところとなり、『歌曲評註』（通俗文学全書七、明治26）、『日本歌謡類聚』上（博文館、明治31）に十数曲乃至二十数曲がいわばサンプル風に採択せられたが、大正元年、国書刊行会よりの一冊として『宴曲十七帖附謡曲末百番』が刊行され、吉田東伍・野村八良両名の名のもとに記された「校訂訓註例」の冒頭には、「宴曲は、朗詠及び今様の流を引いて、生まれ出でたる鎌倉時代文学独自の謡物にして、謡曲の前駆をなせるもの、その題材の広汎なる、その修辞の多様なる、正に我歌謡史上閑却すべからざる資料たり」と位置づけている。これは早く両名の宴曲研究が文学研究に立脚するとともに、歌謡研究をも併合する新分野の研究原点の闡明とも言うべきものであったが、それゆえ墨譜の研究を試みるに当たっては、東儀季治（鉄笛）はじめ雅楽家の研究的参加協力を得るなどの実験的試みを行っているのである。それまでにこれらの謡い物の総体を「げにやさば」（人民に唱えさせて病悩を助け、天下静謐ならしめる呪文）、「りりうら」（現尓也娑婆の呪文から生じた名称。天下安穏にして里々に楽が有り、郢歌があるの意）、「早歌」（いにしえの歌謡に替わって、拍子早き歌）という「一体三名」のことを、「古来の記録」として説かれるのであるが（「撰要両曲巻」）、それはさておき、明空の時代を一基準として考えなければなるまい。すなわち、『真曲抄』10曲をまとめたのが永仁４年（1296、円徳寺本奥書）であり、『究百集』を一区切りとする計百曲の集成が正安３年（1301、「撰要目録巻」）であるから、そこから単純に見当を付けてみるに、文永年間（1270前後）には明空の最初の撰集『宴曲集』は出来ていたのではなかろうか。そして嘉元４年（1306）『拾菓集』上下を編んだ時には、「いまは六そぢのあまり」（「撰要目録巻」）というのであるから、明空がこの道に関わったのは三十歳に近い頃でもあったろうか。

明空がこの道とどう関わったかについて、しばらく撰要目録巻の序に言うところを聞くに、わが実践する歌謡を「当道の郢曲」と呼んでいるについては、郢曲の呼称は今様催馬楽など古来の伝統歌謡をさすのだが、その名を敢えて借り用いて現行歌謡の卑俗を避け、かつ老幼の口ずさむ多くの曲のうちから明空が主体的に選んだ曲を指して言うのである。それを『宴曲集』巻第一から同第五まで50曲、『宴曲抄』上中下30曲、『真曲抄』と『究百集』各々10曲、合計百曲のうちから24曲は自分以外の作詞作曲、その官名等を目録に銘記して、ひとつには編集の厳格さと由緒の正しさを誇り、またひとつには後々の記憶の混乱を防止し、あるいは後生の流行、追加等の漫りな改変に備える。要するに、明空が自作の曲はもとより、下賜・依頼・採用等さまざまの経緯を経た他作の作品が、「取捨・調曲」を施されて『宴曲集』以下の撰集におさめられる。それは作品一曲のレベルでも、撰集単位のレベルでも、そしてそれらをトータルした文学の一ジャンルとしての「宴曲」そのものが、疑いもなく明空（後、月江）自身の作品であることを宣言していると言ってよいのではなかろうか。

ところで、このような経緯をふまえる新文芸を、明空は「当道の郢曲」という以外には特に何と名付けたわけではなかったらしい。しかし目録巻には、後代に末学の「郢作」の流行ることがあるとしても、その是非善悪は時の人の評価するところだという。「郢」字が持つ卑俗性は排しつつも、歌謡としての歴史性にはこだわりがあったらしいから、自負するところのあった最初の撰集に「宴曲」の名を冠したのは、宴遊で歌われる歌謡という一面を音通の文字に表したのであろうか。

ともあれ、この宴曲の名を歌謡史のうちに位置付けたのは大和田建樹であり、吉田東伍はそれを継承した。一方この種の歌謡の謡法を特徴付ける名義として、拍子早き故に早歌と称した。これも明空在世中の確証は明らかでないが、『徒然草』に、我が子を説経師になさんとして、その準備のためにまず乗馬を習い、次に仏事の後の酒宴に芸のないのも場がしらけるだろうと「早歌といふこと」を習っているうちに本来の目的に達せずに終わったという周知の話がある。早歌には虜になってしまう属性があるのだろうか。あるいは、『太平記』（巻二十三）に、洛中には武士共が充満し、衣装を凝らして逞しい馬に乗り、酒を暖めた紅葉の枝を手毎に折かざし、「早歌交じりの雑談」して二三十騎が傍若無人に振舞う記事が見られることも、早くから知られている。これをしも早歌というなら、これは早歌の当座性又は即興性というべき一面があることを示している。以上の二例は、明空の言辞を離れて、一般語としての早歌の例であるが、記録されぬままに一時的な存在としての早歌、流行り、流行らぬままに時とともに消えた早歌が無数にあったことを窺わせている。そのような郢曲的ともいうべき早歌から、明空の「当道の郢曲」として洗練された早歌が、『宴曲集』以下に精選されて目録とともに残っている。かくて謡い物としての芸能的性格のゆえに、これを「早歌」と呼ぶことは至当というべきであり、芸能史研究の進展に伴い、その立場からの早歌への言及は岩崎小弥太氏の「日本芸能史―中世歌舞の研究―」（芸苑社、昭和26）がはやい。以後「早歌」の名義は一般化し主流となるが、それでは「宴曲」が捨て去られるべき名義かといえば、必ずしもそうではあるまい。宴曲には明空に使用例がないと言われるが、それは早歌の場合とて同じこと、「早歌うたひ」や「早歌衆」など室町期の例もさることながら、芸能史的認識はまだ曖昧ながら「宴曲」にも明治以来の使用例があり、かつ古代以来の歌謡を文学史で扱ってきたことも決して間違いではないのだから、その語が表す内容をやや限定的に規定しておくなら、「早歌」が時に芸能史的側面を響かせて学ぶこともあれば、「宴曲」に文学史的側面の、肌目細かさを計量する方法もあろう。能謡に対して「謡曲」と呼ぶ慣用に準じて考えられるところでもある。かくて明空の世界にとって、いずれが表とも裏とも定め得ない一体不可分の性質であることを確認しておきたい。

昭和53年、『謡曲二百五十番集索引』が京都の赤尾照文堂から刊行された。大谷篤蔵氏を代表として俳文学専攻を中心とする研究者によって企画、完成をみたのであるが、出来上がってみれば、最も恩恵を受けるのが謡曲研究者であることは言うまでもない。にもかかわらず、それが実現されなかったのは、多分当時研究者の人数も、研究手法からの要請も不十分だったのだろう。謡曲詞章を諳んじていることが名人芸に属するとともに、研究者としてのステータスであるかのような、今はもう通用していないだろうと思われる前近代的条件の中にあって、例の謡曲索引は古本業界で流通しているようにもみえず、といって復刊が準備されているとも聞かない。かつてかの謡曲索引が発行された時、内容見本に「古典文学辞典」としてあらゆる分野に有効であることを書いたが、その考えは今も変わっていない。

それから30年、『宴曲索引』が生まれようとする。かつて謡曲の世界が必ずしも数多いとは言えぬ研究者によって開拓されてきた歴史を顧みるに、それとも較べようもないくらいに隘小な宴曲研究の世界にあって、昭和30年頃からその成果を世に問われるようになった乾克己氏は、まず最初に手掛けたのが索引の作成であり（『宴曲の研究』桜楓社、昭和47)、また外村南都子氏の場合も同様に、索引作成から始まることが（『早歌の創造と展開』明治書院、昭和62)、両著の「あとがき」に回想されている。研究が詞章に立ち入る限り、それは避けて通れぬ過程であった。それを怠った私の過去の論文は、索引の完成時にいかばかりか恥の鞭を甘受することになるのだろう。それを覚悟の私が読んだ、宴曲が織りなす古典文学世界へのすすめであった。あらためて索引を活用して読みを深められんことを期すとともに、和漢融合期の歌謡の究明に寄与することを願っているが、本文研究も注釈も未だに手付かずの宴曲は、それが出来上がって、あらためて本格的索引が求められることになろう。もとよりそれまでのこれは仮索引とも言うべく、不備の指摘とその克服の上に、いずれ、より有効な索引が編まれることを期待したい。

平成20年9月1日

目　　次

宴曲索引の誕生――序に代えて――……………………………伊藤　正義　i

凡例　付曲名略称一覧……………………………………………………vi

索引……………………………………………………………………1

漢字逆引き索引………………………………………………………645

宴曲刊本所収ページ対照表…………………………………………679

作詞者調曲者等一覧　付作詞・作曲・調曲者人名一覧………………684

宴曲索引の完成まで／宴曲と伊藤先生………………………………691

凡　例

1　本索引は、外村久江・外村南都子編『早歌全詞集』（中世の文学　三弥井書店　1993年刊、2008年訂正第二版）に所収の曲のすべてを底本として作成した。

2　本索引の表記、読み方等は、原則として底本に従った。

3　本書には、本文索引、漢字逆引き索引、宴曲刊本所収ページ対照表、作詞者調曲者等一覧を収めた。

（１）本文索引

採択したことばは、[1]見出し語、[2]用例、[3]曲番号、[4]曲名の略称、[5]ページ数、[6]行数（○囲み数字）の順に示した。

例）　あい・す(愛)　古徳も多く―しき　47 酒　97 ④
[1]　[2]　[3] [4]　[5] [6]

なお、曲名とその略称は、本凡例末尾に曲名略称一覧として示した。

（２）漢字逆引き索引

本文索引における見出し語の漢字表記を、末尾の文字によって並べ替えた。

（３）宴曲刊本所収ページ対照表

底本のページ数と、他に公刊されている主要な宴曲本文のページ数を対照した。

（４）作詞者調曲者等一覧

曲名を五十音順に並べ替え、『撰要目録巻』にもとづいて作詞者調曲者等を記した。

また作詞作曲調曲者人名一覧を付した。

（２）～（４）の凡例細目については、それぞれの冒頭または末尾に付記した。

本文索引凡例細目

A.　見出し語について

1）見出し語は、原則として自立語とする。また、はやしことばについては、「あの、この」を除き採択した。見出し語には、複合語、慣用句等も含む。

2）自立語のうち、以下の語については省いた。

①　用言のうち「あり、す、なす、なる（成）、なし」、および補助動詞。但し、「あり」が複合語を構成する時は、活用に拘らず語幹より示す。

例）故・あり、由・あり

②　「こと、とき、ところ、ほど、もの、わざ」などの形式名詞、および「～のうへ、～のした、～のなか、～のうち、～のまへ」などの語。

③ 「さ、かく、しか、こ、これ、あ、あれ、そ、かしこ」など、指示する機能を持つ語およびその複合語。

④ 副詞・接続詞のうち「あるいは、あるは、いと、およそ、げに、すなはち、すべて、そもそも、なほ、また」などの語。

3）見出し語はひらがなで表記し、（ ）内には底本に基づく漢字表記を示した（例1）。同意の漢字が複数にわたる場合は、（ ）内に連記した（例2）。但し、諸本異同をふまえて、この原則に外れた場合もある。

例1）しののめ(篠の目)

例2）つく・る(作、造)

4）見出し語は歴史的かなづかいによって五十音順に配列したが、底本の特殊な表記や中世の慣用による底本のかなづかいを尊重して〔 〕内に併記した場合もある。

例）さか・ゆ〔さかふ〕(栄)

しを・る→しほ・る(凋)

5）見出し語が活用語の場合、語幹と活用語尾の間に「・」（中黒）を入れた。

例）と・ふ(問)

6）同じ語が二つ以上の品詞にわたって使用される場合、その区別をつけず、ひとつの見出し語にまとめてその用例を示した。

例）あはれ（名詞と形容動詞と感動詞）

7）複合語・連語など同類の語については、必ずしも配列の原則によらぬ場合がある。

例）もず(鵙)

もずのくさぐき(鵙の草ぐき)

8）必要に応じて適宜カラ見出し語を立てた。

例）しらぎ(新羅)→しんらヲミヨ

うめ(梅)→むめヲミヨ

9）見出し語のうち、関連がある語句については、＊を付して注記した。

例）いにしへ(古)　＊むかし

10）見出し語の語義を明示するため、適宜※で示した。

例）あかし(明石)　※人名

うつし(移)　※移し鞍ノ略

B. 用例について

1）用例は、該当する語句の表現を把握するに必要と思われる前後の部分を抜き出して示した。

2）それぞれの用例で、見出し語に相当する部分は—によって略示した。ただし、活用語の場合は変化しない部分を—によって示し、活用語尾をその後に示した。

例）「叡覧終日に飽ざりしも」の場合

あ・く（飽）　　　　　　　　叡覧終日に—かざりしも

3）用例の配列順序は、—に下接する語の五十音順を原則とした。

4）用例を示すにあたり、底本表記の通りでは文意が分り難い場合、適宜漢字やふりがな等を補った場合がある。

例）隠阿もあらせよ→隠す阿(くま)もあらせよ

みらくすくなく→見らく少なく…

5）清濁を含む本文表記については、存疑の場合も底本の通りを原則としたが、誤解のないように手を加えた場合もある。

6）索引に用いた記号を一覧表にして示す。

〔　〕	底本の特殊なかなづかい
（　）	見出し語の漢字表記 用例の漢字の補足的ふりがな
→	参照
—	引用・省略
…	中略
＊	見出し語の類語・要参照
※	見出し語の類別注記

曲名略称一覧

曲番号	曲名	略称	所収ページ	
1	春	春	41	
2	花	花	42	
3	春野遊	春野遊	43	
4	夏	夏	44	
5	郭公	郭公	45	
6	秋	秋	46	
7	月	月	47	異305
8	秋興	秋興	48	
9	冬	冬	49	
10	雪	雪	50	両330
11	祝言	祝言	52	異301・両324
12	嘉辰令月	嘉辰令月	53	
13	宇礼志喜哉	宇礼志喜	54	両324
14	優曇華	優曇華	54	両325
15	花亭祝言	花亭祝言	55	
16	不老不死	不老不死	55	両325
17	神祇	神祇	57	
18	吹風恋	吹風恋	59	
19	遅々春恋	遅々春恋	60	
20	恋路	恋路	61	
21	竜田河恋	竜田河恋	62	
22	袖志浦恋	袖志浦恋	63	両325
23	袖湊	袖湊	64	
24	袖余波	袖余波	65	
25	源氏恋	源氏恋	66	異301
26	名所恋	名所恋	67	両326
27	楽府	楽府	70	
28	伊勢物語	伊勢物語	71	異306・両329
29	源氏	源氏	72	
30	海辺	海辺	73	異305・両333
31	海路	海路	74	両333
32	海道上	海道上	76	
33	同　中	海道中	78	
34	同　下	海道下	79	両326
35	羇旅	羇旅	81	
36	留余波	留余波	82	
37	行余波	行余波	83	
38	無常	無常	84	異307・両335
39	朝	朝	86	両332
40	夕	夕	87	両333
41	年中行事	年中行事	88	
42	山	山	90	両327
43	草	草	91	
44	上下	上下	92	
45	心	心	94	異307・両334
46	顕物	顕物	96	異307
47	酒	酒	96	異314
48	遠玄	遠玄	97	
49	閑居	閑居	98	
50	閑居釈教	閑居釈教	99	
51	熊野参詣	熊野一	101	
52	同　二	熊野二	103	
53	同　三	熊野三	104	
54	同　四	熊野四	105	
55	同　五	熊野五	105	
56	善光寺修行	善光寺	107	
57	同　次	善光寺次	109	異313
58	道	道	110	
59	十六	十六	112	異307
60	双六	双六	114	
61	郢律講惣礼	郢律講	117	両327
62	三島詣	三島詣	118	異304・両334
63	理世道	理世道	121	
64	夙夜忠	夙夜忠	123	
65	文武	文武	125	
66	朋友	朋友	126	両339
67	山寺	山寺	127	
68	松竹	松竹	128	両327・両328
69	名取川恋	名取川恋	129	
70	暁別	暁別	130	

曲番号	曲名	略称	所収ページ	
71	懐旧	懐旧	131	
72	内外	内外	133	異308
73	筆徳	筆徳	135	異308・両328
74	狭衣袖	狭衣袖	137	
75	狭衣妻	狭衣妻	138	
76	鷹徳	鷹徳	140	異308・両326
77	馬徳	馬徳	141	異304・異311
78	霊鼠誉	霊鼠誉	143	異313・両338
79	船	船	145	
80	寄山祝	寄山祝	146	異309
81	対揚	対揚	148	異302・両330
82	遊宴	遊宴	150	
83	夢	夢	151	異303・両330
84	無常	無常	153	両331
85	法華	法華	154	両331
86	釈教	釈教	155	
87	浄土宗	浄土宗	157	異303
88	祝	祝	159	
89	薫物	薫物	160	異303
90	雨	雨	161	異304・両331
91	隠徳	隠徳	163	
92	和歌	和歌	165	異309
93	長恨歌	長恨歌	166	
94	納涼	納涼	168	
95	風	風	169	異309・両332
96	水	水	171	異310・両328
97	十駅	十駅	173	
98	明王徳	明王徳	176	
99	君臣父子道	君臣父子	178	
100	老後述懐	老後述懐	179	
101	南都霊地誉	南都霊地	182	
102	同　拼	南都拼	184	
103	巨山景	巨山景	185	異310
104	五節本	五節本	187	
105	同　末	五節末	189	
106	忍恋	忍恋	190	両337
107	金谷思	金谷思	190	
108	宇都宮叢祠霊瑞	宇都宮	192	
109	滝山等覚書	滝山等覚	194	
110	同　摩尼勝地	滝山摩尼	196	異310
111	梅花	梅花	199	両329
112	磯城島	磯城島	200	
113	遊仙歌	遊仙歌	202	両340
114	蹴鞠興	蹴鞠興	204	異311
115	車	車	207	異311・両337
116	袖情	袖情	209	
117	旅別	旅別	210	
118	雲	雲	210	異313・両338
119	曹源宗	曹源宗	211	
120	二闡提	二闡提	213	異312・両339
121	管絃曲	管絃曲	215	
122	文字誉	文字誉	217	
123	仙家道	仙家道	220	両335
124	五明徳	五明徳	221	異312
125	旅別秋情	旅別秋情	222	
126	暁思留記念	暁思留	224	
127	恋朋哀傷	恋朋哀傷	225	
128	得月宝池砌	得月宝池	226	
129	全身駄都徳	全身駄都	227	
130	江島景	江島景	230	
131	諏方効験	諏方効験	231	
132	源氏紫明両栄花	源氏紫明	234	
133	琵琶曲	琵琶曲	236	両338
134	聖廟霊瑞誉	聖廟霊瑞	237	
135	同　霊瑞超過	聖廟超過	239	
136	鹿島霊験	鹿島霊験	241	
137	同　社壇砌	鹿島社壇	242	両340
138	補陀落霊瑞	補陀落	243	
139	同　湖水奇瑞	補陀湖水	245	
140	巨山竜峯讃	巨山竜峯	247	
141	同　砌修意讃	巨山修意	249	
142	鶴岡霊威	鶴岡霊威	251	
143	善巧方便徳	善巧方便	252	
144	永福寺勝景	永福寺	254	
145	同　砌拼	永福寺拼	255	
146	鹿山景	鹿山景	257	

曲番号	曲名	略称	所収ページ	
147	竹園山誉讃	竹園山	258	
148	同 砌如法写経讃	竹園如法	260	
149	蒙山謡	蒙山謡	260	両339
150	紅葉興	紅葉興	261	
151	日精徳	日精徳	263	異315
152	山王威徳	山王威徳	266	
153	背振山霊験	背振山	268	
154	同　山幷	背振山幷	269	
155	随身競馬興	随身競馬	270	
156	同　番諸芸徳	随身諸芸	271	両340
157	寝覚恋	寝覚恋	272	異314・両329
158	屏風徳	屏風徳	273	
159	琴曲	琴曲	275	異305・両335
160	余波	余波	276	両332
161	衣	衣	279	
162	新浄土	新浄土	281	
163	少林訣	少林訣	282	
164	秋夕	秋夕	284	
165	硯	硯	286	
166	弓箭	弓箭	286	
167	露曲	露曲	288	
168	霜	霜	289	
169	声楽興	声楽興	290	
170	同　下	声楽興下	292	
171	司晨曲	司晨曲	293	
172	石清水霊験	石清水	295	
173	領巾振恋	領巾振恋	298	
174	元服	元服		異301
175	恋	恋		異305
176	廻向	廻向		異315

（注）異説秘抄口伝巻、撰要両曲巻の曲番号、曲名は他と統一した。また、異説秘抄口伝巻のみに見られる「元服」「恋」「廻向」については、新たに曲番号を付した。

あ

あいご(愛語)	慈悲喜捨忿怒布施—	134	聖廟霊瑞	237⑧
あい・す(愛)	古徳も多く—しき	47	酒	97④
	後の人是を—すな	77	馬徳	142⑧
あいせい(哀情)	—さまざまに顕る	121	管絃曲	215⑫
あいぜんみやうわう(愛染明王)	摩訶羅伽—の弓箭の御手に至ては	166	弓箭	287⑭
あいとくさん(愛徳山)	—をばよそに見て	53	熊野三	104⑪
あいみん(哀愍)	乃至諸聖衆—	61	郢律講	両327③
	—善巧様々なる中にも	143	善巧方便	253⑮
	内薫の—鎮に	129	全身駄都	228②
	—納受を垂給ひ	176	廻向	異315⑩
あいみんだうぢやうけちえんしや(哀愍道場結縁者)	敬礼妙音諸聖衆—	61	郢律講	117⑨
あいらく(哀楽)	—の事なる	121	管絃曲	216⑤
あいゑん(哀猿)	月に叫—	95	風	170⑫
	月に友よぶ—の	163	少林訣	283⑥
	巴峡の—の三叫	50	閑居釈教	100⑧
	—は叫で霧に咽ぶ	57	善光寺次	109⑥
あうせき(奥積)	調子の中の—	121	管絃曲	217③
あうたうり(桜桃李)	名を顕せる—	2	花	42⑥
あうむしう(鸚鵡州)	—の夜の泊	79	船	146①
あうむはい(鸚鵡盃)	—のさかづき	122	文字誉	219③
	—の戯れ	47	酒	97⑥
	—の情を強てまし	82	遊宴	150⑩
あか(垢)	罪業の—もすすがれぬ	167	露曲	288⑧
	煩悩の—をや濯らん	51	熊野一	101⑫
あか(閼伽)	—汲水の絶ずのみ	50	閑居釈教	100⑨
	清水寺の—の水	96	水	両329①
あかいけ(赤池)	—坂木柏崎	57	善光寺次	110③
	もはや—にや成ぬらん	32	海道上	77⑨
あがこま(我駒)	いで—は早くゆけ	77	馬徳	142⑬
あかし(明石)　※人名	—は気おさるべけれども	29	源氏	73⑨
あかし(明石)　※浦	ながめ—の浦伝	71	懐旧	132⑥
	—の浦の朝霧も	165	硯	286⑨
	月は—の浦のすま居	7	月	48⑤
	終に—のうらみなく	132	源氏紫明	235⑨
	須磨—のうらめしかりし	64	夙夜忠	124⑧
あかしがた(明石潟)	須磨の板宿—	134	聖廟霊瑞	239①
あか・す(明)	しばしば夜をも—さん	49	閑居	99⑧
あがためし(県召)	—の後朝	96	水	172③
あかつき(暁)	木の丸殿の—	5	郭公	46①
	明月峡の—	7	月	47⑬
	皓々たる星河の明なむとする—	8	秋興	49⑧
	夜を残すねざめの—	49	閑居	98⑫
	光も細き—	56	善光寺	108⑧
	契は在明の強く見えし—	70	暁別	131③
	逢瀬をしたふ—	83	夢	152⑤
	中河の逢瀬夜ふかき—	83	夢	両331②

	—思はで何か其	70	暁別	130⑫
	—思ふ鳥の空音	24	袖余波	65⑫
	さしていく世の—に	67	山寺	128⑦
	あかぬ名残の—に	118	雲	211④
	—に出星に入	64	夙夜忠	123⑪
	いまはとかたらふ—の	126	暁思留	224⑧
	其—の有明に	171	司晨曲	294⑦
	—の鶩呼吸する時は	169	声楽興	291⑧
	—の雲にみる月の	112	磯城島	201⑭
	—の雲や昔をへだつらむ	118	雲	211⑥
	宵—の去垢の水	51	熊野一	102①
	其—の十仏名	103	巨山景	187⑧
	心を閑むる—の懺法の声すみて	152	山王威徳	267⑤
	ただ—の空にあり	125	旅別秋情	223⑪
	分ては—の露に鹿鳴花開	164	秋夕	285④
	川かぜ寒き—のね覚に	32	海道上	76⑭
	—の夢すさまじ	48	遠玄	97⑭
	静に—の夢にかたらへば	71	懐旧	131⑨
	—の夢に通ずとか	95	風	170⑦
	—の夢も尽はてし	134	聖廟霊瑞	239④
	—ふかき振鈴の	50	閑居釈教	100⑦
	秋の夜の—深く立こむる	54	熊野四	105①
	後夜長く—深て眠らず	113	遊仙歌	203⑨
	三会の—朗ならむ	148	竹園如法	260②
	立のぼりにし—より	168	霜	290⑦
	猶露深き—をつげの小枕	19	遅々春恋	60⑩
	狂鶏の—を柘の小枕とりて	113	遊仙歌	204⑨
	鶏人—を唱て雲井に聴を驚かし	118	雲	210⑫
	鶏人—を唱て明王の眠を驚し	171	司晨曲	293⑬
あかつきおき(暁起)	—の榓の露	167	露曲	289③
あかにぎ(赤幣)	青幣—彼是此二の四手	135	鹿島霊験	242①
あかひと(赤人)	—を下とも定ざりける	44	上下	93⑩
あが・ふ(贖)	人民の罪を—はんとて	172	石清水	297⑤
	子を—ひて父母にたまふ	63	理世道	121⑪
あが・む(崇)	勝手の宮をや—むらむ	60	双六	116⑪
	鑑真の—めし招提寺	129	全身駄都	228⑥
	叢祠を崇神に—めしより	108	宇都宮	192⑥
	天津社を—めて	17	神祇	57⑪
	精霊を滋野井に—めて	114	蹴鞠興	205⑦
	吾建杣の七の御注連を—めらる	155	随身競馬	270⑭
あかも(赤裳)	—の裾はしほれつつ	31	海路	75④
あが・る(騰、上、揚)	さながら山に—りき	136	鹿島霊験	242⑨
	竜神—りて岩越波をたたへつつ	159	琴曲	両335⑪
	是其鷹の—れる徳の	76	鷹徳	異308⑪
	—れる鳳にや紛らむ	113	遊仙歌	204⑥
あき(秋)	露になれきていく—か	161	衣	280⑨
	さても—七月七日	115	車	207⑭
	—秦嶺の雲を驚す	82	遊宴	151④
	命の内に又も越なむ幾—と	33	海道中	78⑬
	月冷く風—なり	7	月	48①

耳にみてる—なり	164	秋夕	284⑦
—に成ゆく空のけはひ	71	懐旧	132⑦
時雨—に紅葉し	150	紅葉興	263⑥
野の宮の—の哀	125	旅別秋情	224①
露をきそふる—の雨は	90	雨	161⑪
—の色あざやかに	80	寄山祝	146⑧
—の思を動して	124	五明徳	221⑧
—の挿頭をや手向らん	135	聖廟超過	240⑤
柳塞にむかひし—の風	121	管絃曲	217⑤
紅葉は色相の—の風	130	江島景	230⑧
小萩がもとの—のかぜ	160	余波	279②
夕霜はらふ—の風	168	霜	289⑩
身にしむ—の風に聳	131	諏方効験	232⑭
身にしむ—の風にみだるる	159	琴曲	275⑩
—の風松をや払けん	170	声楽興下	292⑦
春の蘭—の菊	66	朋友	127⑦
離鴻は—の霧に咽び	121	管絃曲	217⑧
色々にさける—の草	86	釈教	156⑨
—の草みなをとろへて	168	霜	290③
分すぐる—の叢	56	善光寺	108①
西宮南内に—の草やしげるらむ	93	長恨歌	167⑭
—の位に拝し	164	秋夕	285⑬
山路の旅の—の暮	57	善光寺次	109⑨
鴫立沢の—の暮	164	秋夕	285⑧
紅葉は—の景物	114	蹴鞠興	206①
稀なる—の気色に	74	狭衣袖	137⑥
黄葉のもろき—の梢	84	無常	153⑤
—の菓色をます	73	筆徳	135⑫
—の菓色あざやかに	134	聖廟霊瑞	237⑤
—の菓のしぼみて	163	少林訣	282⑪
—の栄の神事	131	諏方効験	232⑭
—の時雨の雲さだめなき	118	雲	両338⑪
—の時雨や露霜の	129	全身駄都	229⑦
染残しける—の霜に	168	霜	289⑫
—の霜の置あへぬね覚を	125	旅別秋情	223⑦
光は—の白露の	22	袖志浦恋	64⑨
霓裳性律の—の調	121	管絃曲	217③
嵐は吹て—の空	86	釈教	156⑧
絶せぬ—の手向までも	131	諏方効験	233⑩
—の田村のほのかに聞	131	諏方効験	233⑥
香山楼の—の月	48	遠玄	97⑬
欣求は浄土の—の月	49	閑居	98⑭
村雲かかる—の月	58	道	111⑤
三十六宮の—の月	69	名取河恋	130⑦
望仏本願の—の月	87	浄土宗	158⑧
色即是空の—の月	97	十駅	174⑭
幕府山の—の月	142	鶴岡霊威	252⑦
雲がくれせし—の月	168	霜	290⑦
名は漢家の—の月くもりなく	101	南都霊地	183⑫
近く廿八祖の—の月は	141	巨山修意	249⑤

一の月を仰見れば	99	君臣父子	178⑥
黄葉梧桐の一の露	45	心	95③
一の露草葉を潤すよそほひ	95	風	169⑧
一の露に梧桐の葉の落る時	93	長恨歌	167⑬
人の心も一の露の	43	草	92⑤
春ながらかくこそ一のと言しや	150	紅葉興	262⑦
暮ゆく一のとなせの滝	150	紅葉興	262⑬
康保の一の半	112	磯城島	202⑥
一の詠のわりなきは	164	秋夕	285③
時しも一の長夜の	157	寝覚恋	273①
一の名残をしたひてや	125	旅別秋情	224①
暮る一の名残をしたふたもとよりや	6	秋	47⑩
餞別は一の情ならむ	125	旅別秋情	222⑩
さびしき一のね覚なる	145	永福寺幷	256⑨
麻の末葉にかよふや一の初かぜ	4	夏	44⑭
涼き一の初かぜ	41	年中行事	89⑨
身にしむ一の初風	95	風	171②
いま将一の初風	124	五明徳	222①
紅葉の一の林には	47	酒	96⑬
月は千秋の一の光	88	祝	159②
鶏冠木は一の日の	171	司晨曲	295④
やつるる一の蘭	167	露曲	288⑫
一の籬の白菊の	89	薫物	160⑧
じよくんが塚の一の松	48	遠玄	98②
紅蓼色さびしき一の水に	164	秋夕	284⑧
一の水漲来は舟さること速なり	81	対揚	150②
陰らぬ一の望月は	77	馬徳	142⑮
一のも中にはやなりぬ	96	水	両329③
一の最中のかひ有て	41	年中行事	89⑩
身にしむ一の夕かぜ	81	対揚	149⑬
涼しき一の夕風	166	弓箭	287⑫
旅宿の一の夕ぐれ	125	旅別秋情	224①
時しもあれや一の夕べ	61	郢律講	118④
得月楼の一の夕	103	巨山景	186⑤
素商の一の夕なり	164	秋夕	284③
姨捨山の一の夜	57	善光寺次	110④
一の夜長くいねざれば	27	楽府	71①
一の夜の暁深く立こむる	54	熊野四	105①
一の夜の鴾毛の駒をば	77	馬徳	142⑪
一の夜の月の光にさそはれて	71	懐旧	132⑤
一の夜みじかく明なんとす	70	暁別	131①
蕭々たる一の夜もすがら	19	遅々春恋	60⑩
南楼の一の夜もすがら	47	酒	97①
南楼の一の終夜	107	金谷思	191①
時しもあれや一の別を	125	旅別秋情	223⑫
一の男鹿の麓の野べ	107	金谷思	192①
一八月の月影	50	閑居釈教	100⑪
一はてぬとも問てまし	26	名所恋	68⑨
一は身にしむ夕とて	161	衣	280⑧
一待えてやわたるらむ	150	紅葉興	262⑫

	―百草の色色	43	草	91⑩
	河瀬に―や暮ぬらん	95	風	170⑫
	西より―や染つらむ	150	紅葉興	262⑥
	すぐさぬ―やつらからん	6	秋	47③
	おほくの―を送し	65	文武	125⑧
	幾千世―を重ぬらむ	82	遊宴	151⑦
	一時の―を告とかや	8	秋興	48⑬
	―を告る嵐や雲を払らむ	140	巨山竜峯	248⑬
	苅干稲葉の―をへても	11	祝言	53②
	千々の―をもかぎらぬや	121	管絃曲	216⑮
あきかぜ(秋風)	―立てば織女の	171	司晨曲	294②
	―ちかく通ふらし	167	露曲	288④
	草枕ふけゆく夜はの―に	35	羇旅	81⑩
	嫋々たる―に	98	明王徳	177⑪
	袂涼しき―に	119	曹源宗	212⑥
	関吹こゆる―に	169	声楽興	291⑭
	身を―のいたづらに	173	領巾振恋	298⑭
	ただ―の過る声に	58	道	111③
	―はげし吹上の	56	善光寺	108⑫
	―ふけば織女の	6	秋	47①
	―身にしむ夕ばへの	82	遊宴	150⑭
	身にしむ松の―も	116	袖情	209⑫
	夕日隠の―や	164	秋夕	285⑦
あきぎり(秋霧)	思立より峯の―へだてつつ	125	旅別秋情	222⑩
あきだ・る(飽足)	猶―らぬ心ざし	97	十駅	173⑧
あきつしま(秋津島)	我国―には東山々陰山陽道	42	山	90⑫
	陰らぬ御代は―の	54	熊野四	105④
	抑―は是神態事繁して	142	鶴岡霊威	251⑨
あきつす(秋津洲)　＊あきつしま	高麗唐―の中にも	156	随身諸芸	両340⑦
あきのあふぎ(秋の扇)	―の色となる	10	雪	50⑫
あきのきよう(秋の興)	春の遊―	64	夙夜忠	124⑦
	春の情―	107	金谷思	191②
	紅葉をかざす―	145	永福寺幷	256①
	是皆―をまして	8	秋興	48⑭
あきのこころ(秋の心)　＊愁(うれへ)	―なれば愁の字とは読れけり	122	文字誉	219⑧
	―の晴やらで	134	聖廟霊瑞	239⑨
	―は物ごとに	19	遅々春恋	61⑧
	―を傷しむる	127	恋朋哀傷	226①
	―を傷しめ	64	夙夜忠	124⑬
	―を勧は	164	秋夕	285⑪
あきのねや(秋の閨)	月にかたらふ―	38	無常	84⑫
	月に語ふ―に	143	善巧方便	253⑫
	霜をかさねて消なんとす―冷	71	懐旧	131⑪
あきのみや(秋の宮)	雲井に昇る―	132	源氏紫明	235⑬
あきのみやびと(秋の宮人)	百敷や掖庭の―	167	露曲	288⑨
	―の袖のうへに	7	月	48⑨
あきは・つ(秋終)	―てぬとも問てまし	26	名所恋	68⑨
あきびと(商人)	文屋の康秀は―のよき衣着たらん	112	磯城島	201⑬
あきもとのちうなごん(顕基の中納言)	衣の色のふかきは延光の大納言や―	64	夙夜忠	124⑪
あきやま(秋山)	―かざりの手向に	108	宇都宮	194⑤

あ

あきらか(明)	千里に月—なり	7	月	47⑭
	蠟燭は彼方此方に—也	113	遊仙歌	204⑧
	蠟燭は此方彼方に—也	113	遊仙歌	両340⑤
	泉石又—なりや	113	遊仙歌	203②
	上の—なるは是	98	明王徳	177②
	月の—なる前	8	秋興	49⑦
	夫真俗道—なれば	143	善巧方便	252⑪
	久方の月の—に	63	理世道	123②
	十玄の台—に	97	十駅	176②
	翠さかりに—にして	149	蒙山謡	261①
あきらかならざるきみ(明かならざる君)　＊明君	ひとりを用るは—たり	63	理世道	122④
あきらけ・し(明)	—き左文の道に双ぶ	155	随身競馬	270③
	いと—き御代なりし	103	巨山景	186③
	玉垣より—き恵の	129	全身駄都	229⑤
あきら・む(明)	姿を二諦に—む	97	十駅	174⑮
あく(悪)　＊諸—	俗を—に易事	169	声楽興	291②
あ・く(飽)	叡覧終日に—かざりしも	93	長恨歌	167⑦
	永日も—かでぞ暮す	3	春野遊	43⑭
	なを—かなくに暮しつ	1	春	42③
	—かぬ名残の暁に	118	雲	211③
	—かぬ余波の鳥の音は	171	司晨曲	294⑨
	きヽても—かぬ名残は	5	郭公	46⑩
	—かぬ別の鳥の音	107	金谷思	191⑨
	かつみても強て—かねば	132	源氏紫明	235②
あ・く(明、開)	—くる朝の槇のとは	74	狭衣袖	138⑥
	—くるけしきも閑にて	1	春	41⑨
	ほのぼの—くる己来	103	巨山景	186⑪
	—くるも心もとなし	27	楽府	71①
	—くるもしるき天の戸	39	朝	87①
	—くるもしるき篠の目に	30	海辺	74⑦
	雪の光に—くる山の	10	雪	50⑧
	—くる夜の惜き名残は衣々の	160	余波	277⑭
	上陽の春の谷の戸に—くれば出る鶯	81	対揚	149⑭
	岩戸を—けし朝倉や	136	鹿島霊験	241⑭
	天の岩戸の—けし代の	102	南都幷	185②
	誠に南岳山—けて	97	十駅	175⑨
	—けてもしばしやすらへど	125	旅別秋情	222⑭
	後夜正に—けなんとす	21	竜田河恋	63①
	秋の夜みじかく—けなんとす	70	暁別	131①
	皓々たる星河の—けなむとする暁	8	秋興	49⑧
	夜すでに—けなんとせしかば	60	双六	115⑫
	心まよひに—けにけん	28	伊勢物語	72⑨
	—けぬと急ぐ衣々の	107	金谷思	191⑩
	—けぬといそぐ別路に	75	狭衣妻	139⑤
	—けぬと告る鐘の音	157	寝覚恋	273②
	閨の戸を—けぬにいかでか叩らん	171	司晨曲	294⑪
	まだ—けぬに別を催す	70	暁別	130⑭
	鶏籠の山ぞ—けぬめる	70	暁別	131⑤
	やがて—けぬる篠のめの	5	郭公	46⑩
	夜も—けばきつにはめなでくだかけのと	171	司晨曲	294⑪

	—けよと叩瓦の声	163	少林訣	282⑩
あ・ぐ(揚、上)	忠臣の誉を—ぐとかや	114	蹴鞠興	206③
	翔て名をや—ぐべき	124	五明徳	222⑦
	三度髪を—ぐるは	64	夙夜忠	123⑬
	夫誉を顕して名を—ぐるは	91	隠徳	163⑧
	神威の鋒を幣帛に—げ	108	宇都宮	194③
	弓はりきんを—げ	166	弓箭	287⑥
	手を—げ足を頓るに	113	遊仙歌	204③
	手を—げ首をうなだれて	85	法華	154⑨
	手を—げかうべをうなだれて	85	法華	両331⑨
	唯識の旗を—げしかば	101	南都霊地	183⑭
	太公望ふれいわうの名を—げしも	166	弓箭	287⑦
	御馬を—げ其番を応ずるに随て	156	随身諸芸	271⑦
	錦の障—げたる帷	113	遊仙歌	203⑫
	時しも声を穂に—げて	6	秋	47②
	何も—げてかぞふべからず	115	車	異311⑫
	払子を秉竹篦を—げて機に示す	146	鹿山景	258⑨
	扇を—げて暫	124	五明徳	222⑤
あくが・る	月に心の—るる	41	年中行事	89⑪
	虚に心の—れけるは	157	寝覚恋	273③
	心づくしに—れし	171	司晨曲	294⑦
	子猷は雪月に—れて	66	朋友	126⑦
	軒もる月に—れて	78	霊鼠誉	144②
	われかもあらず—れて	115	車	両337④
あくがれい・づ(あくがれ出)	—でても何かせん	89	薫物	160③
あくぐわん〔あぐわん〕(握玩)	夫蹴鞠は三国—の芸	114	蹴鞠興	204⑫
あくせ(悪世)	末代—の凡夫の	152	山王威徳	267⑬
あけ(緋)	天の岩戸を—の玉垣に	17	神祇	57⑦
	其色々にみゆるは—の袂ふし括	76	鷹徳	140⑨
	—も緑も色々に	64	夙夜忠	124③
	—も緑も色異に	156	随身諸芸	271⑨
あけのそをぶね(緋の粧小舟)	天の戸を—	31	海路	76①
あけがた(明方)　＊おしあけがた	黒駒を牽し—	77	馬徳	142⑪
	五更の天の—	152	山王威徳	267⑥
	—かけてや名乗らん	5	郭公	46①
	朧々たりし—に	97	十駅	176①
	玉の扉の—に	171	司晨曲	294③
	雲間にしるき—の	57	善光寺次	109⑫
あけくれ(明暮)	—国を祈ても	150	紅葉興	263⑫
	—心をみがきつつ	45	心	94⑭
	—すさみし戯れまでも	132	源氏紫明	234⑫
	草の戸ざしの—は	40	夕	88⑨
	竹の編戸の—は	109	滝山等覚	196⑦
	雪の扃の—は	154	背振山幷	269⑦
あけぐれ(明暗)	手枕ちかき—	24	袖余波	66②
	まだ夜をこめし—の	75	狭衣妻	139③
あけぼの(曙)	山路の雪の—	28	伊勢物語	72②
	嵐にむかふ—	35	羇旅	81④
	かすめる春の—に	61	郢律講	118②
	はだれの雪の—に	76	鷹徳	141③

あげまき(総角)	契はむすばん—や	82	遊宴	151⑪
	契はむすばん—や	82	遊宴	両330⑨
あけゆ・く(明行)	やがて—くかたみのわりなきは	116	袖情	210④
	程なく—く篠目に	124	五明徳	221⑩
	—く空に朝鳥の	18	吹風恋	60②
	天の戸の—く空の横雲に	60	双六	115⑭
	—く月のほのかにも	58	道	110⑫
	やがて—く鳥の音	125	旅別秋情	223⑦
あご(網子)	—調るあま小船	39	朝	87⑤
あこぎがうら(安濃が浦)	高志の浜—に	52	熊野二	103⑥
あこめ	—よいかにとめこかし	3	春野遊	43⑪
あごん(阿含)	—の筵を展しも	146	鹿山景	257⑥
あさ(麻)	—の衣のただ一重	110	滝山摩尼	198①
	—の衣を誰かおりけん	42	山	両327⑧
	凋る—のさごろも	19	遅々春恋	61⑪
	—の狭衣うつのみや	35	羇旅	81⑩
	—の末葉にかよふや秋の初かぜ	4	夏	44⑭
あさ(朝)　＊あした、てう	鏡の影の—毎に	92	和歌	166⑦
	四方の愁を—ごとに	39	朝	両332⑫
	沢辺の道を—立て	56	善光寺	108②
	—立旅の行末	39	朝	87⑤
	—満潮の朝なぎに	39	朝	87⑤
	かすめる春の—みどりの	129	全身駄都	229⑥
	—ゐる雲の朝まだき	39	朝	87④
	—をく霜の朝じめり	39	朝	87④
あさあらし(朝嵐)　＊てうらん	真帆の追風—にや	95	風	171③
あさいち(朝市)　＊てうし	—の里動まで立さはぐ	56	善光寺	108⑭
あさがすみ(朝霞)	煙にまがふ—	30	海辺	74⑦
	春のくる葛城山の—	39	朝	86⑫
	閑けき春の—	81	対揚	149⑬
	峯に横ぎる—	110	滝山摩尼	197⑬
あさかのぬま(浅香の沼)	—の花かつみ	35	羇旅	82④
あさがほ(槿)	垣ほにつたふ—	6	秋	47⑤
	女郎花蘭—	43	草	92⑦
	あだなりや日影を待ぬ—の	167	露曲	289④
	ゆふべをまたぬ—の	40	夕	両333③
	—の花さく垣ほの朝露	39	朝	87③
あさかやま(浅香山)	—浅き深きにまよはねば	92	和歌	166④
あさがれひ(朝餉)	—にみそなはし	39	朝	86⑪
	—より色々に	104	五節本	188⑬
あさぎよめ(朝ぎよめ)	大宮人の—	64	夙夜忠	124④
あさぎり(朝霧)	そよや—に	76	鷹徳	141④
	ほのぼのみゆる—の	91	隠徳	164⑥
	明石の浦の—も	165	硯	286⑨
あさくら(朝倉)	岩戸を明し—や	136	鹿島霊験	241⑭
あさけ(朝気、朝食)	—の煙の朝もよひ	39	朝	87⑥
	巻り手さむき—の袖	116	袖情	210①
あさ・し(浅)	—からざりし飛鳥井の	171	司晨曲	294⑥
	—からざりし契も	30	海辺	74⑧
	思ふ心も—からず	46	顕物	96⑦

	紫のゆかりの色も—からず	60	双六	116②
	貞心思—からず	99	君臣父子	178③
	首陽山のかたらひ—からず	127	恋朋哀傷	225⑤
	曠劫の因—からず	129	全身駄都	227⑬
	勝—からずぞ覚る	161	衣	280⑪
	いと—からずぞやおぼゆる	25	源氏恋	67⑨
	—からずぞや覚る	118	雲	211②
	人毎に—からずたのむる中河の	126	暁思留	224⑦
	せめても—からぬ結縁に	131	諏方効験	233②
	—からぬしるしを顕して	166	弓箭	287⑨
	神慮もいかてか—からむ	62	三島詣	異304⑦
	見るに信心—からめや	139	補陀湖水	246⑮
	神慮もいかでか—からん	62	三島詣	120⑫
	機法は宿因—きに非ず	147	竹園山	258⑪
	—き深きにまよはねば	92	和歌	166⑤
	むすぶ清水の—きより	50	閑居釈教	100①
	—くは契らぬ中なれや	96	水	172②
あさじめり(朝じめり)	朝をく霜の—	39	朝	87④
あさぢ(浅茅)	—色づく冬枯の	61	郢律講	118⑥
	—が露の玉ゆらも	64	夙夜忠	124⑬
あさぢがはら(浅茅が原)	—も虫の音も	168	霜	290④
あさぢふ(浅茅生)	枯葉の—今何日ぞ	38	無常	両335②
	枯葉の—いまいくかは	38	無常	84⑦
	霜に枯行—の	9	冬	49⑫
あさつゆ(朝露)　＊てうろ	槿の花さく垣ほの—	39	朝	87④
	葉分に結ぶ—	168	霜	290①
	—の宿をいつも捨やらで	58	道	111⑩
	道芝ふかき—を	106	忍恋	190⑩
あさどり(朝鳥)	明行空に—の	18	吹風恋	60②
あさなあさな(朝な朝な)	—の勤行	128	得月宝池	226⑭
	—夜な々々の心	93	長恨歌	167⑪
あさなぎ(朝なぎ)	朝満潮の—に	39	朝	87⑤
	干潟をもとむる—に	130	江島景	230⑪
	—の霞の間より帰りみる	31	海路	75②
あざな・ふ(糺)	—はれる縄とけやすく	58	道	111⑧
	—はれる縄の一筋に	60	双六	115①
あさねがみ(朝寝髪)	—のたはぶれも誰手枕にか	22	袖志浦恋	両326①
あさひかげ(朝日影)	かすみていづる—	39	朝	86⑫
	霞て出る—	41	年中行事	88⑬
	霜のふりばの—	84	無常	153⑪
	いつかと待し—	97	十駅	175⑪
	楞厳会の—	103	巨山景	187⑥
あさひのかげ(朝日の影)	—も普く	99	君臣父子	178⑫
あさひやま(朝日山)	影ろふ汀は—の	94	納涼	169④
あざ・ふ(頓)	歩を運び手を—ふ	86	釈教	156⑩
	手を揚足を—ふるに	113	遊仙歌	204③
あさぼらけ(朝ぼらけ)	足近を越る—	32	海道上	77⑧
	雪降つもる—	103	巨山景	186⑭
	双なき—をみる心地す	29	源氏	73⑥
あさま(浅間)	—の煙にまがふは	57	善光寺次	109⑫

あさまのだけ(浅間の嶽、嵩)	—のあさましく	22	袖志浦恋	63⑫
	—の朝夕にもゆる気色は	22	袖志浦恋	両325⑪
	—の夕煙	28	伊勢物語	72①
あさま・し	浅間の嵩の—しく	22	袖志浦恋	63⑫
あさましげ	—なる黒髪も	22	袖志浦恋	64①
あさまだき(朝まだき)	朝ゐる雲の—	39	朝	87④
あさまつりごと(朝政)	—にまみえつつ	64	夙夜忠	123⑭
	—も怠らず	39	朝	86⑫
	—や怠し	93	長恨歌	167⑤
あさみどり(浅緑)	春はさながら—と	61	郢律講	118⑤
	そよやかすめる春の—の	129	全身駄都	229⑥
	—の薄様の	46	顕物	96⑦
あさもよひ(朝もよひ)	朝気の煙の—	39	朝	87⑥
あざやか	黄菊籬に—なり	15	花亭祝言	55⑦
	春の花—なり	101	南都霊地	183⑫
	春の色—なり	140	巨山竜峯	247⑪
	皓鶴—なるを奪れ	10	雪	50⑭
	詞の花—に	61	郢律講	118⑨
	玉の御垣—に	62	三島詣	119⑪
	秋の色—に	80	寄山祝	146⑧
	濁らぬ蓮—に	97	十駅	176④
	栄花の色—に	109	滝山等覚	195②
	秋の菓色—に	134	聖廟霊瑞	237⑤
あさゆふ(朝夕)　＊てうせき	—影をやどし	158	屛風徳	274①
	浅間の嶽の—にもゆる気色は	22	袖志浦恋	両325⑪
あさをがは(浅小川)	見ゆる渡瀬はしるき—	52	熊野二	103⑤
あさんづ(浅水)	有といふなる—の	82	遊宴	151⑫
	やすくも過るか—の	90	雨	162⑤
あし(足)	東南に来る雨の—	90	雨	161⑥
	海士の—たゆくくるしき習なりければ	20	恋路	62⑤
	手を揚—を頓るに	113	遊仙歌	204③
あし(蘆、葦)	難波の—のうきふしに	24	袖余波	66③
	難波の—の霜枯	168	霜	289⑭
	浮てながるる—の根の	31	海路	75⑫
	—の葉に隠て住し摂津国の	91	隠徳	164⑫
	沢辺の—の夜を籠て	109	滝山等覚	196⑩
	—の若葉を三島江や	51	熊野一	102⑥
	されば難波の浦に—を苅	19	遅々春恋	61④
あじ(阿字)	金の—の水すみて	109	滝山等覚	195⑭
あしかき(蘆垣)	情はよしや—の暇こそなけれ	21	竜田河恋	62⑩
あしかき(葦垣)　※催馬楽ノ曲名	催馬楽には—の隔にかくれぬ梅がえ	82	遊宴	151⑩
	—の隔にかくれぬ梅が枝	82	遊宴	両330⑨
あしかも(葦鴨)	掃もあへぬ—の	44	上下	94④
あしがら(足柄)　※関	—清見不破の関守いたづらに	36	留余波	82⑪
あしがら(足柄)　※山	—箱根の山越て	42	山	91⑥
	—箱根の山こえて	42	山	両327⑩
	鳥総立—山に	34	海道下	80③
あしきかみ(邪神)	五蠅成—とを平て	41	年中行事	89⑧
あしせんにん(阿私仙人)	—が檀特山	42	山	90⑥
あした(朝)　＊あさ	鳳闕仙洞の春の—	39	朝	86⑪

	香爐峯の雪の—	47	酒	97②
	小野山や深き恨の雪の—	71	懐旧	132⑩
	別をしたふ—に	73	筆徳	136⑩
	—に跡を尋しは	10	雪	50⑬
	或は—に幽燕に水飼	77	馬徳	異311⑦
	雪の—に色はへて	76	鷹徳	140⑪
	—に雨露の恩をうけ	64	夙夜忠	123⑭
	霜雪の—に栄の程もかくれなく	114	蹴鞠興	206②
	金谷の春の—には	107	金谷思	191①
	炉峯の雪の—には	140	巨山竜峯	248⑭
	—には雲と成	22	袖志浦恋	64⑦
	瓊蕊を砕て—に服すれば	123	仙家道	220⑪
	除目の—の上書	39	朝	87③
	雪の—の眺望は	145	永福寺幷	256④
	起うき—の床のうへに	39	朝	87②
	明る—の槇のとは	74	狭衣袖	138⑥
	春の—の吉野山	112	磯城島	201⑨
	衣衣の—やつらからん	39	朝	87⑤
	忠臣—を待いづる	11	祝言	52⑫
	鶏已に鳴ぬれば忠臣—を待とかや	171	司晨曲	293⑭
	竜華の—を待なる	109	滝山等覚	196⑥
あしたかやま(足高山)	唐の—は名のみにて	42	山	両327⑨
あしで(蘆手)	—にまがふ薄霞	51	熊野一	102⑨
あしぬま(蘆沼)	はや霜枯の—の	35	羇旅	82①
あしのうみ(あしの海)	山おろしの風も寒き—	34	海道下	80②
あしはら(葦原)	—やおのころ島に宮しき立	86	釈教	157⑤
あしはらなかつくに(葦原中津国)	心は高麗唐を兼詞は—や	82	遊宴	150⑨
あしびきの(足引の)	—山田の原の過やらで	96	水	172⑫
	—山路の菊を打払ふ	151	日精徳	264⑤
	—山より山の末までも	36	留余波	82⑬
あしべ(葦辺)	—の鶴も鳴渡る	53	熊野三	104③
あしま(葦間、蘆間)	—にやどる夜はの月	7	月	48⑦
	—の月に棹指て	79	船	145⑪
あじもん(阿字門)	—をはなれねば	122	文字誉	218⑩
あしや(阿遮)	——睨のまなじり	62	三島詣	120②
	—多齢の二明王	81	対揚	149⑪
	—の秘密神呪の字	138	補陀落	244⑭
	—の利剣は剣の宮	108	宇都宮	193⑨
あしやう(亜相)	蓮府僕射—は文をつかさどりて	65	文武	125⑩
あじやせ(阿闍世)	—の懺悔かしこく	99	君臣父子	179⑧
	—の弑母を諫めしは	81	対揚	149⑩
	—の弑母をいさめしは	81	対揚	両330⑥
あしゆく(阿閦)	東方—と聞るも	62	三島詣	121③
	東方—のはじめより	143	善巧方便	253⑮
あじろぎ(網代木)	—のうき瀬の浪に捨し身の	73	筆徳	136⑤
あじろびやうぶ(網代屏風)	河より遠の—	158	屏風徳	274⑥
あしわけをぶね(葦分小船、蘆分小舟)	—のさはりおほみ	26	名所恋	69④
	—のさはりおほみ	48	遠玄	98⑥
	—の礙おほみ	79	船	145⑨
あす(明日)	—は雪とや積べき	21	竜田河恋	63⑦

	飛鳥河—わたらんとおもふにも	75	狭衣妻	139②
あすか(飛鳥)	近津—の入会も	102	南都幷	184⑬
あすかがは(飛鳥川)	木枯はげしき—	95	風	170⑭
	立も帰ぬ—	160	余波	276⑭
	—あすわたらんとおもふにも	75	狭衣妻	139②
あすかのかは(飛鳥の川)	飛鳥の—にあらねども	57	善光寺次	110②
	とぶ鳥の—のはやき瀬	102	南都幷	184⑪
あすかのみや(飛鳥の宮)	—神の倉	55	熊野五	106⑮
あすかゐ(飛鳥井)　※人名	すみはてぬ—	66	朋友	127④
	深き思は—に	75	狭衣妻	138⑪
	—にしぼりし狭衣	112	磯城島	202⑦
	浅からざりし—の心づくし	171	司晨曲	294⑥
	—の深き思	24	袖余波	66⑧
あぜ(畔)	—こすさなみに袖ひぢて	90	雨	161⑧
あそび(遊)　＊御遊(ぎよいう)	春の—秋の興	64	夙夜忠	124⑦
	詩歌管絃の—あり	41	年中行事	89⑪
	露台の夜半の—ぞ面白き	167	露曲	288⑨
	月にともなふ夜半の—ぞ面白き	47	酒	異314⑤
	春は春の—に順ひ	93	長恨歌	167⑥
	春の—の態までも	134	聖廟霊瑞	238①
	多年の—をわすれざれと	66	朋友	127③
あそ・ぶ(遊)	妙なる御法の園に—び	101	南都霊地	183①
	又元和の叟の—びし	115	車	208②
	白楽天の—びし玉順山ぞゆかしき	42	山	90⑪
	花に—びし茅君洞	41	年中行事	89③
	普く文の園に—びて	73	筆徳	135⑪
	鶴は渚に—びて	139	補陀湖水	246④
	あまねく文の園に—びて	73	筆徳	両328⑩
	竹の園生に—ぶなる鳳はつばさを	80	寄山祝	146⑪
あた(怨、讎)	妙智の力なれば—たる物も—たらず	120	二闡提	214④
	妙智の力には—たるものも	120	二闡提	両339⑤
あだ(化、危、徒)	むすぶ契は—ながら	125	旅別秋情	223⑤
	—ながらむすぶ契の名残をも	56	善光寺	108⑨
	—ならざりし冊き草	132	源氏紫明	235⑧
	—ならずぞや覚る	97	十駅	175⑮
	—ならず文殿に納まる	135	聖廟超過	241⑥
	げに—ならぬ形見かは	124	五明徳	221⑨
	—ならぬ劫をいそがはしく	140	巨山竜峯	248⑥
	—ならぬ標示と仰ぐべし	131	諏方効験	232⑩
	—ならぬ標示をあらはす	134	聖廟霊瑞	237⑨
	其結縁功力も—ならねば	120	二闡提	214⑩
	是等の功力—ならねば	148	竹園如法	260③
	—なりや日影を待ぬ槿の	167	露曲	289④
	—なる色にや匂らむ	49	閑居	98⑬
	思へば—なる沫の哀をしるも	84	無常	153⑨
	—なるかかるすさみとはいはじ	85	法華	154④
	いまは—なる形見哉	69	名取河恋	130⑧
	思へば—なる形見の	83	夢	152①
	—なる契のなからひかは	28	伊勢物語	71⑦
	—なる契を顕はす	46	顕物	96⑤

	—なる露の契さへ	167	露曲	289①
	みしは—なる習にて	134	聖廟霊瑞	238⑫
	—なる鵙の草ぐき	43	草	92⑦
	—なる態とは説れず	85	法華	154⑩
	—なるわざとは説れず	85	法華	両331⑩
	半日の客は—なれど	160	余波	277⑫
	なげの情も—なれば	37	行余波	83③
	いかがは—に思はん	127	恋朋哀傷	226②
	誰かは—におもふべき	57	善光寺次	異313③
	末の松山—にしも	26	名所恋	68⑪
	—にしもいかが説れん	100	老後述懐	180⑨
	—にしもいかがは測らん	146	鹿山景	258⑥
	—にしもいかがはゆふだすき	135	聖廟超過	240①
	—にしもいかが隔あらん	143	善巧方便	252⑭
	花より先に—に散	134	聖廟霊瑞	239⑧
	いかがは—に尽べき	110	滝山摩尼	197⑦
	たれかは—にのべ尽さむ	150	紅葉興	263⑬
	—にむすぶ蓬が庭の朝露の	58	道	111⑨
	—にも是を演難し	166	弓箭	287⑮
	—にも年月をいかでか送けんやな	86	釈教	156②
	—にも許す事ぞなき	91	隠徳	165④
	喩も—にや及べき	140	巨山竜峯	248⑩
	浮巣を—にや憑らむ	30	海辺	74③
	—にや浪のこえつらむ	89	薫物	160⑬
	衆罪は草露の—物	167	露曲	289⑤
	なにぞは露の—物よ	69	名取河恋	129⑬
あだし(徒)	—みやびのせめて猶	28	伊勢物語	71⑭
	思へば夢の—世に	38	無常	84②
	はかなき夢の—よを	84	無常	両331④
あたたか(暖)	芙蓉の帳—に	93	長恨歌	167④
	露—にして	134	聖廟霊瑞	238③
あたた・む(煖、暖)	ねやの床を—めず	64	夙夜忠	123⑫
	酒を—めて日を暮す	47	酒	97①
あだな(徒名)	男山花に—は立ぬとも	8	秋興	49④
あだなみ(化波)	かけてもいかが—の	18	吹風恋	60④
	よせては帰る—の	23	袖湊	65①
	身は—の心地して	24	袖余波	66③
あた・ふ(与)	測に豈—はんや	146	鹿山景	258⑨
	正に願わうの名を—ふ	87	浄土宗	158⑨
	片敷袖を猶—へ	99	君臣父子	178⑭
	我座の上を—へき	44	上下	93⑧
	さば機に—へし竹篦を	147	竹園山	259⑭
	則千金を田忌に—へしも	155	随身競馬	270⑧
	是を十娘に—へしや	113	遊仙歌	204⑩
	たまものを—へつつ	63	理世道	121⑩
	法師の為に—へて	101	南都霊地	184②
	雪印の客に—へても	149	蒙山謡	261⑨
あたへ(価)	松の—をたづねけん	149	蒙山謡	261⑤
あたり	なべてにはあらぬ御—に	29	源氏	73⑧
	思—に立副て	24	袖余波	66④

	胸の—に立けぶり	69	名取河恋	130①
	—の草のゆかりまでも	8	秋興	49⑤
	慕くる妹が—の名も睦しき	91	隠徳	164⑬
	浪よせかへる—や	166	弓箭	287⑪
	—を去ざる叢祠にも	78	霊鼠誉	143⑫
あた・る(当)	真帆に—れる舟乗すらし	31	海路	75③
	第十六に—るとか	59	十六	114②
あぢか(足近)	—を越る朝ぼらけ	32	海道上	77⑧
あぢきな・し	—き月のみや	113	遊仙歌	203⑨
	—き世の中をうしの車の	115	車	両337③
	—く命もしらずかげろふの	18	吹風恋	59⑩
	—く何を待にか藤壺の	107	金谷思	191⑬
あぢはひ	十分を引—も	151	日精徳	264⑦
あぢは・ふ(味)	学は麟角を抽で文章を—ふ	65	文武	125②
あづか・る(預)	太真の秘録に—りて	123	仙家道	221③
	勅答に—る	65	文武	125⑩
	叙爵に—る松がえの	90	雨	161④
	神の威徳に—ればなり	152	山王威徳	267⑫
あづさゆみ(梓弓)	時平の大臣の—	122	文字誉	219⑫
	手にもならさぬ—	134	聖廟霊瑞	238①
	左に持る—	156	随身諸芸	272③
	—入狭の山の蕪坂	53	熊野三	104⑥
	されど—末遠かれと	142	鶴岡霊威	252⑧
	—春は三月の	138	補陀落	245②
	—ひき野のつづらくり返し	71	懐旧	132③
	—真弓槻弓とりどりに	88	祝	159⑧
	—弥生なかばの比かとよ	144	永福寺	255⑧
あづさのゆみ(梓の弓)	いまははや腰に—を張	100	老後述懐	180⑧
あづさのまゆみ(梓の真弓)	矢はぎに取副る—	33	海道中	78⑤
	—とりどりに	143	善巧方便	253④
あつ・し(厚)	仕る君の—き恩	99	君臣父子	178⑧
	五戒法衣の—きちから	161	衣	279⑬
	国を守功—し	65	文武	125⑬
あつた(熱田)	—八剣いちはやき	32	海道上	77⑪
あづま(東、吾妻)	—の奥の御牧は	156	随身諸芸	両340⑧
	—の方にこそ名高き山は聞ゆなれ	42	山	91④
	我国—の富士山	80	寄山祝	異309②
あづまあそび(東遊)	—の追風	59	十六	113⑥
あづまぢ(東路)	なこその関の—	1	春	41⑪
	見し—の心地して	71	懐旧	132⑨
	鳥が鳴なる—の関の戸	171	司晨曲	295⑨
	—はるかに宇津の山	37	行余波	83⑫
	—遙に思立	28	伊勢物語	72①
	—はるかに伝ききし	127	恋朋哀傷	225⑧
	問ばはるけき—を	33	海道中	78⑥
あづまのみち(東の路)	—の宇津の山	66	朋友	126⑪
	—の路の末	136	鹿島霊験	242③
あづまや(東屋)	—うたひし節かとよ	90	雨	162③
	さびしき物は—に	61	郢律講	118⑥
	—のまやのあまりに恋しければ	125	旅別秋情	223①

あつまりゐ・る(集居)	—ての言種には	60	双六	116⑦
あつま・る(集)	参詣の輩は猶玉敷庭に—る	152	山王威徳	267⑧
あつ・む(集)	さても新に古今を—むる	92	和歌	166②
	雪を—むる学窓には	102	南都幷	185⑤
	砂を—むる手ずさみ	85	法華	154⑨
	砂を—むる手ずさみ	85	法華	両331⑧
	神を—むる土地堂と	163	少林訣	283⑧
	雪を—むる閨の中に	124	五明徳	221⑨
	よしあしを分る故に手づから—め	92	和歌	166④
	蛍を拾ひ雪を—め	108	宇都宮	193⑭
	孔子の—めける毛詩の郢曲	59	十六	異307⑨
	光源氏に—めしは	111	梅花	200⑧
	後撰集を—めしむ	92	和歌	165⑫
	延喜は古今に—めて	98	明王徳	177⑮
	学者は文を—めて	85	法華	155④
	雪を—めて光とす	10	雪	50⑬
あつもの(羹)	炉下に—を和するは	3	春野遊	43⑨
あと(跡)	彼四納言が仕し—	99	君臣父子	179⑥
	先は崇山の旧き—	103	巨山景	186④
	賢き御代の旧き—	109	滝山等覚	196⑥
	空に昇し雲の—	122	文字誉	219⑫
	大茅具茨のかすかにふかき—	123	仙家道	220⑨
	翰墨に記する鳥の—	143	善巧方便	253④
	豈しかんや費長房が賢き—	151	日精徳	264③
	大茅具茨のかすかに深き—	123	仙家道	両335⑥
	—たえじとぞや覚る	10	雪	51⑤
	—だにつけねばこゆるぎの	26	名所恋	68②
	—だに見えぬほそみち	9	冬	49⑬
	鼓瑟の—露ふかし	69	名取河恋	130③
	—とふ人の面影も	118	雲	211②
	稲葉の雲に—とめて	164	秋夕	285②
	遠き—とも云つべし	160	余波	277⑧
	立て旧にし—ならむ	51	熊野一	102⑧
	よしあし原の旧にし—に	98	明王徳	176⑬
	ただ一筆の—にこそ	73	筆徳	136⑫
	さでさす—にぞ隠なる	91	隠徳	164⑩
	鼓瑟の—にのこりしは	170	声楽興下	292⑬
	玉きえし—にも光や残けん	134	聖廟霊瑞	239⑧
	隴山の—にやのこすらん	166	弓箭	287⑥
	はかなき—にや残けむ	38	無常	84⑫
	旧にし—にやよそへけん	74	狭衣袖	138②
	夕立の晴ぬる—の夕づくひ	40	夕	88④
	閨もうらやましく床敷—は	49	閑居	98⑭
	張騫が賢き古き—は	113	遊仙歌	202⑭
	伯禹のかたじけなくのこれる—は	113	遊仙歌	203①
	尚又久しき—は勝	123	仙家道	両335⑥
	煙の—は何にきえぬらむ	118	雲	211⑥
	昔の—は旧ぬれど	121	管絃曲	217①
	夕立の—吹送る風越の	94	納涼	168⑩
	—ふみつくるはま千鳥	122	文字誉	218⑥

	八柳の昔の—旧て	152	山王威徳	267⑩
	慈父の恩愛の—まで及ぶ名残也	160	余波	278⑭
	其—までも故有は	160	余波	277⑩
	砂に—みし沓の字は	122	文字誉	219⑫
	壺の石文に書し—も	88	祝	159⑪
	かきをく—も絶せず	112	磯城島	202⑩
	霞つつ隔る—も遠ざかり	51	熊野一	102③
	のこれる雲の—もなく	50	閑居釈教	100⑥
	浄蔵浄眼の賢き—や	127	恋朋哀傷	226③
	瑞籬の久き—や是ならむ	56	善光寺	108⑨
	補陁落の南吹風の—より	95	風	両332③
	横雲の—よりしらむしのの目	57	善光寺次	109⑫
	—よりしらむ横雲の	125	旅別秋情	222⑪
	棹鹿の—より外の通路も	74	狭衣袖	137⑤
	五月雨の—よりやがてはるる日の	90	雨	両331⑫
	旧苔旧木—を埋み	108	宇都宮	192⑭
	行客の—をうづむ白雲に	118	雲	210⑬
	いにしへの旧にし—をおもへば	17	神祇	57⑦
	商山の雲に—を隠し	91	隠徳	163⑫
	家に忠臣の—をしたふ	71	懐旧	131⑪
	馴こし—をしたふ思	107	金谷思	191④
	其—を師とせざるべし	119	曹源宗	213①
	—を忍も及ばぬは	34	海道下	79⑩
	竜樹権現—をト	153	背振山	268②
	朝に—を尋しは	10	雪	50⑬
	—を尋し御代かとよ	112	磯城島	201⑥
	みづから撰べる—をとどめ	92	和歌	166④
	彼宇治山の—を訪て	92	和歌	166①
	賢き—を残されしも	160	余波	278⑧
	開山の貴き—をのこす	128	得月宝池	227⑦
	さても貴き—を残すは	135	聖廟超過	241⑥
	中院に—をのこせり	109	滝山等覚	196⑤
	—をば忍ばざらめや	34	海道下	79⑨
	舟路の—をはるかにみるめも	168	霜	289⑪
	仏祖—をひそめや	140	巨山竜峯	248④
	面影のむなしき—をやしたふらん	7	月	異305⑧
	心ぼそき此又—をやしたふらん	7	月	異305⑩
	心ぼそき其—をやしたふらん	7	月	異305⑪
あとな・し(跡なし)	泡と消ては—き沫	88	祝	159⑧
	人目かれゆく—き庭に	10	雪	50⑧
	—き庭をながめても	103	巨山景	186⑮
	—き水の夢のただち	24	袖余波	66⑧
	—き太山を踏初て	58	道	110⑪
	行水に算(かず)書がごと—き世と	84	無常	153⑨
	つもれる罪も—く	131	諏方効験	232④
あとぞな・き	立つる浪の—き	163	少林訣	283④
あともな・し	のこれる雲の—く	50	閑居釈教	100⑥
	うき世にかへる—く	67	山寺	128④
	さむる枕は—し	58	道	111⑭
あとをた・る(跡を垂)　＊垂跡(すいしやく)	湖辺はるかに—る	68	松竹	129⑦

	瑞籬は地を撰で—る	131	諏方効験	231⑧
	常陸の国に—る	136	鹿島霊験	242③
	天童爰に—る	68	松竹	両328②
	興津島根に—れ	62	三島詣	119⑦
	所々に—れ	96	水	172⑨
	まのあたり賢き—れ	135	聖廟超過	240⑩
	たいざんに—れ	138	補陀落	245⑧
	宇佐の宮に—れ	172	石清水	296③
	光も曇ず—れ	103	巨山景	異310⑦
	是のみならず所々に—れ	76	鷹徳	両326⑧
	此地に—れそめしに	137	鹿島社壇	両340⑪
	宇佐の宮に—れ給き	142	鶴岡霊威	252③
	南山の雲に—れて	51	熊野一	101⑪
	かけまくも賢く—れて	88	祝	159⑫
あな　※感動詞	何とかや—いひしらずや	86	釈教	156⑦
	むかしの—面白もや	102	南都幷	185③
	—面白やときこゆるも	159	琴曲	275⑧
	那智の御山は—尊(たふと)	55	熊野五	107④
	西寺におこなふ道は—尊と	61	郢律講	118⑦
	冬籠る御室は—尊と	131	諏方効験	233①
あなかま	—猫にしられじはや	78	霊鼠誉	144④
	—化ならぬ標示と仰ぐべし	131	諏方効験	232⑩
あなにく(可憎)	—の病鵲や	113	遊仙歌	204⑧
あなうら	—を結ばんとなり	141	巨山修意	249⑦
あながち(強)	なをし進み退き—に	147	竹園山	259③
	されば旧きを—に褊せざるは	100	老後述懐	181①
あなごんだう　あらかんくわ(阿那含道阿羅漢果)	—菩薩の位を証すとも	50	閑居釈教	100⑫
あなし	—の風にまよふは	95	風	170⑩
あなねずみ(穴鼠)	ほりもとめても—の	78	霊鼠誉	144⑥
あなん(阿難)	目連—の二聖来	81	対揚	149⑩
あに(豈)	測に—与はんや	146	鹿山景	258⑨
	—一日の万機を一身の慮にさだめん	63	理世道	122⑥
	—さばゆかざるべけんや	87	浄土宗	158④
	—しかんや費長房が賢き跡	151	日精徳	264②
あねはのまつ(姉歯の松)	栗原—までも	28	伊勢物語	異306⑨
あのくたらさんみやくさんぼだい(阿耨多羅三藐三菩提)	—の仏達冥加あらせ給へと	135	聖廟超過	241⑩
あのくぼだい(阿耨菩提)	—も遠からじ	160	余波	279⑥
あは	—と見る淡路吹こす興津風に	30	海辺	74⑨
あは・す(合)	悦を—する貞臣	124	五明徳	222⑥
	功徳池の波に声を—せ	121	管絃曲	217⑪
あはぢ(淡路)	あはと見る—吹こす興津風に	30	海辺	74⑨
あはぢのせと(淡路の瀬戸)	—の夕なぎに	51	熊野一	102⑨
あはづの(粟津野)	宇多野—嵯峨野の原	76	鷹徳	141①
	駒いばゆなりや—に	43	草	91⑬
あはづのはら(淡津の原)	—を後にし	32	海道上	76⑨
あはでのうら(阿波手の浦)	君に—に拾ふ	107	金谷思	191⑧
あはひ	初音ぞ珍き四五月の—の	5	郭公	45⑥
あはゆき(淡雪)	梅が枝に花ふりまがふ—	10	雪	50⑪
	かすむとすれど—の	1	春	41⑩
あはれ(哀、憐)	野の宮の秋の—	125	旅別秋情	224①

あ

	—逢がたき道に入ば	54	熊野四	105⑧
	—賢き御代なれば	2	花	43③
	小萩が本の—こそ	167	露曲	288⑭
	—てふ事をあまたに思乱て	37	行余波	83⑨
	起居につけて—と	25	源氏恋	67⑤
	—といふもおろかなる	58	道	111⑫
	いかに—と思出る	24	袖余波	66⑧
	—とて又ひきたつる人やなからむ	100	老後述懐	180⑦
	—とはみきとぞ答けるやな	121	管絃曲	216⑪
	面影みえて—なり	164	秋夕	284⑬
	げにさこそは—なりけめ	93	長恨歌	167⑬
	—なりしためしかとよ	73	筆徳	136⑤
	旧臣の勝て—なりしためしの	64	夙夜忠	124⑩
	つきせず—なりしは	168	霜	290④
	いと—なる時しもあれ	28	伊勢物語	72③
	馴ゆくままの—に	75	狭衣妻	138⑬
	冬草の枯ゆく—にいたるまで	74	狭衣袖	137⑦
	猶も—のまさるは	97	十駅	174④
	したひ来にける—は	5	郭公	45⑨
	託方なき—は	40	夕	87⑬
	又立帰る—は	49	閑居	99⑥
	取々なる—は	57	善光寺次	109⑧
	—はいづれも切なれど	38	無常	84⑨
	—はかはらねど	125	旅別秋情	222⑨
	心なき身にも—はしられけり	164	秋夕	285⑧
	—は類ぞなかりける	127	恋朋哀傷	225⑨
	—はなをやまさりけめ	28	伊勢物語	両329⑩
	—むかしべならの葉の	98	明王徳	177⑭
	—も情も露の仮言もかからぬ身に	20	恋路	62②
	わきて—もふかき夜の	124	五明徳	221⑩
	雲の上の情や—催けん	160	余波	278③
	誰も—やまさるらむ	40	夕	88⑩
	旅泊の—やまさるらん	48	遠玄	98③
	おきなひたりけむ—を	157	寝覚恋	異314⑫
	—をかくる身とならば	81	対揚	149⑥
	—をかけし小萩が本に	44	上下	93⑫
	—を殊にそへしは	134	聖廟霊瑞	239④
	—を殊に催は其暁の十仏名	103	巨山景	187⑧
	—をしるも入月の	84	無常	153⑨
	—をそふる住家也	49	閑居	99⑪
	—をそふる妻ならん	161	衣	280⑨
	—をなをもかさねしは	75	狭衣妻	139⑬
	波間なき比の—をば	132	源氏紫明	235⑥
	聞に—を催し見に心を傷む	67	山寺	127⑫
	旅泊の—を催す	30	海辺	74①
	—を催す妻として	143	善巧方便	253⑬
あはれみ(哀み、愍)	如我昔所願の—	85	法華	155⑨
	民におよぶ—	143	善巧方便	253⑨
	ふかき—人をわかず	63	理世道	121⑩
	上として—広ければ	88	祝	159③

	外に養育の—深き	72	内外	134⑥
	大悲の滝—深く	109	滝山等覚	194⑭
	—深く涯もなし	81	対揚	149③
	—深して深事	138	補陀落	244①
	—を送りし芳志のいたり	141	巨山修意	249⑫
	—を垂る塩屋の神なれや	53	熊野三	104⑫
	天地—をたれたまふ	99	君臣父子	179③
あはれ・む(哀、憐)	寒夜に民を—み	98	明王徳	177⑬
	民を—みたまひしも	161	衣	279⑭
	朝ごとに—み給ふ恵を	39	朝	両332⑫
	猟夫が忠節の恩を—みて	108	宇都宮	194⑥
	渡宋の昔を—みてや	103	巨山景	異310⑨
	未来の衆苦を—む	120	二闡提	213⑥
	撫民の枢を—む	129	全身駄都	229①
	内には直を—む	135	聖廟超過	240⑫
	とぼそを—む擁護は	131	諏方効験	231⑬
	上として—むは	44	上下	92⑬
	又幼稚竹馬をぞ—むべき	131	諏方効験	233④
	—むべき信あり	72	内外	133⑧
あひ(相)	山水—映ぜり	139	補陀湖水	246①
	近き守に—副し	131	諏方効験	233⑦
	大織冠と—ともに	114	蹴鞠興	205③
あひがた・し(遇難)	—き衣の裏とかや	161	衣	279⑩
	—きは友なり	127	恋朋哀傷	225③
	—き蓬壺を尋しも	79	船	145⑨
	哀—き道に入ば	54	熊野四	105⑧
	—き御法の教文	73	筆徳	136②
	—き御法のしるしにて	151	日精徳	265①
	—く見難きことを	113	遊仙歌	204⑧
あひけん(相見)	—立入(たていれ)品態(ほんわざ)	60	双六	116⑤
あひそめがは(遇初河)	深き誓に—の流久しき瑞籬の	135	聖廟超過	241④
あひだ(間)	御在位十六年の—	59	十六	113③
	其理を糸竹の—にこめ	121	管絃曲	215⑨
	構を清虚の—にさしはさみ	123	仙家道	220③
	達磨師は梁魏の—に西来し	119	曹源宗	211⑬
	双峯の軒の—には	67	山寺	127⑪
	碧玉の柱の—には	121	管絃曲	217⑧
	五劫思惟の—には	162	新浄土	281⑩
	三朝の—に広まる	114	蹴鞠興	205⑧
	窓の—のうたたね	68	松竹	129③
	二三更の—の夢のただちの	5	郭公	45⑥
あひつ・ぐ(相続)	文武清和—ぎ	114	蹴鞠興	205④
あひて(相手)	御碁の—に召て	60	双六	116③
あひねん(合念)	さらぬ別に—ものの	127	恋朋哀傷	225⑥
あひみ・る(逢見)	身を尽ても—けん	19	遅々春恋	61⑤
	—る夢を憑みけん	70	暁別	130⑬
	—んといふ人毎の	19	遅々春恋	61①
あひやどり	はつせ詣の—	173	領巾振恋	299⑦
あ・ふ(逢、遇、会)	争か人に—はざらむ	26	名所恋	68⑧
	今はた更に—はずは	18	吹風恋	60⑦

	つゐに—はずは玉匣	22	袖志浦恋	63⑪
	—はぬうらみの数取とらばや	18	吹風恋	59⑪
	ながれて—はむたのみだに	18	吹風恋	60④
	此花の開る春に—ひ	172	石清水	296⑧
	全身の駄都に—ひ奉る	129	全身駄都	227⑫
	糸より竹の声に—ひて	121	管絃曲	215⑫
	くもりなき御代に—ひては	12	嘉辰令月	53⑥
	今此法に—ひぬらむ	87	浄土宗	158⑩
	—ふが楽しき九重の	10	雪	51①
	—ふ事片結なりし常陸帯の	136	鹿島霊験	242⑪
	—ふ事のいとかく堅き岩にも	21	竜田河恋	62⑫
	—ふ事は妙なる法の華を	85	法華	154③
	—ふことをいまはたいなの湊入の	26	名所恋	69③
	普き春に—ふとかや	152	山王威徳	267⑤
	春に—ふ扉に開けん	128	得月宝池	227④
	秋畝の恵に—ふなれば	97	十駅	173⑩
	—ふに—へるは時なり	122	文字誉	219⑥
	—ふに別のある世とは	70	暁別	130⑫
	—ふ人からのつらさなれば	70	暁別	131①
	稀に—ふ夜を驚かす	70	暁別	130⑬
	—ふをかぎりの恋路なれば	69	名取河恋	130④
	一度生ずる代に—へり	63	理世道	122⑩
	のどけき御代に—へる哉	72	内外	135①
	爰に時に—へる哉明徳	144	永福寺	254⑫
あふぎ(扇)	思みだれし璽の—	124	五明徳	221⑪
	かざしの—大床子の御膳	124	五明徳	異312⑨
	—ならでもと	91	隠徳	164④
	—に置し花までも	115	車	208⑧
	夏はつる—に契を	124	五明徳	221⑭
	秋の—の色となる	10	雪	50⑫
	ならす—の風をも	94	納涼	168⑦
	しみ深かりし—のかたみも忘ぬ	126	暁思留	224⑥
	—の次第ときこゆるも	124	五明徳	異312⑪
	君がかたみに—の名残も惜く	75	狭衣妻	139⑧
	—の匂ひ深かりし	124	五明徳	222③
	手もたゆくならす—は	124	五明徳	221⑬
	よこ目に見ゆる—は	124	五明徳	異312⑩
	—を揚て暫其姿にたとへけるも	124	五明徳	222⑤
	奏すれば—をならす雲の上	124	五明徳	異312⑩
	岸風に—をも忘ぬべきは	144	永福寺	255⑫
あふぎみ・る(仰見)	うれしき哉や—て	55	熊野五	106⑥
	秋の月を—れば	99	君臣父子	178⑥
あふ・ぐ(仰)	誰かは是を—がざらむ	17	神祇	57⑧
	たれかは是を—がざらむ	62	三島詣	121⑤
	さすがにいかでか—がざらむ	87	浄土宗	157⑩
	誰かは擁護を—がざらむ	146	鹿山景	257⑪
	神慮の恵いかでか—がざらん	62	三島詣	両334⑥
	誰かは是を—がざりし	135	聖廟超過	241⑨
	誰かは—がざるべき	120	二闡提	214⑩
	誰かは—がざるべき	138	補陀落	245①

	いかでか—がざるべき	39	朝	両333①
	廃詮の客に—がれ	102	南都幷	185⑥
	風月の主と—がれ	134	聖廟霊瑞	238⑧
	—がれまします今	134	聖廟霊瑞	237⑤
	一陰一陽の風遠く—ぎ	142	鶴岡霊威	251⑨
	源家細柳の風を—ぎ	172	石清水	296⑤
	さこそは御影を—ぎけめ	132	源氏紫明	235⑭
	猶この神をや—ぎけん	137	鹿島社壇	243⑪
	賢き御影を—ぎつつ	45	心	95①
	紫泥のたつ時を—ぎつつ	63	理世道	123⑦
	然ば一天利生を—ぎつつ	96	水	172⑩
	抑君の恩を—ぎて	95	風	171③
	普き影を—ぎて	152	山王威徳	267⑨
	帝闕の星を—ぎて	154	背振山幷	269⑫
	いともかしこしと—ぎても	74	狭衣袖	137⑭
	君柵と—ぎても	134	聖廟霊瑞	238⑭
	くもらぬ光を—ぎても	141	巨山修意	249⑥
	明王のかしこき恵を—ぎてや	11	祝言	両324⑨
	倩—いで思へば	131	諏方効験	233⑨
	—いで此等の誉を思へば	128	得月宝池	227⑥
	—いで神恩の高を貴み	108	宇都宮	192⑤
	—いでも—ぐべき徳高く	138	補陀落	244①
	枌楡の影を—ひしより	62	三島詣	119⑨
	民も久き御影を—ぐ天下	11	祝言	53①
	感応擁護を—ぐ国津神	86	釈教	157⑤
	光を—ぐぞたのもしき	142	鶴岡霊威	252⑧
	みな賢聖の風を—ぐ便として	124	五明徳	221⑦
	賢き恵を—ぐなり	64	夙夜忠	123⑩
	礼奠の風を—ぐなり	134	聖廟霊瑞	239⑬
	—ぐのみにあらず	143	善巧方便	253③
	下として—ぐは	44	上下	92⑬
	徳高く—ぐは	144	永福寺	254⑫
	いく千年をか—ぐべき	15	花亭祝言	55⑧
	仁義の道を—ぐべき	97	十駅	173⑫
	あなかま化ならぬ標示と—ぐべし	131	諏方効験	232⑩
	尊むべし—ぐべし	147	竹園山	258⑫
	—ぐ恵は八百万代の	103	巨山景	異310⑧
	上皇の額の字を—ぐも	146	鹿山景	258⑤
	鷹揚の位を—ぐも	76	鷹徳	異308⑪
	世々のは風をや—ぐらん	144	永福寺	255③
	古岸の古風を—げば	147	竹園山	259②
	祖師の勅号を—げば	147	竹園山	259⑬
	—げば清き久方の月の都は	7	月	48⑦
	—げば慶雲峯に聳け	140	巨山竜峯	247⑭
	—げばたかき神徳	80	寄山祝	異309④
あふさか(逢坂)	—越て打出の	32	海道上	76⑦
	—の杉の梢をすぎがてに	125	旅別秋情	222⑫
	猶行末にも—は有とこそ聞	36	留余波	82⑬
	名高き山は聞ゆなれ—不破の中山	42	山	91④
	おしき名残なりけめ—や	133	琵琶曲	両338⑨

	―や人の往来を留しは	133	琵琶曲	236⑦
あふさかのせき(逢坂の関)	―とめがたき滝津心は	18	吹風恋	59⑨
あふせ(逢瀬)	いつかは―にうかびいでん	126	暁思留	224⑩
	―にかけよ水車	22	袖志浦恋	64③
	―に沈む埋木も	91	隠徳	164⑭
	又も―は河島の水の流てたえじや	117	旅別	210⑨
	空ゆく月の―まで	70	暁別	131②
	程なき夢の―まで	164	秋夕	285①
	―もつらき別路	24	袖余波	65⑬
	中河の―夜ふかき暁	83	夢	両331②
	―をしたふ暁	83	夢	152⑤
	久米河の―をたどる苦しさ	56	善光寺	108⑤
	おぼつかな―をだにもたどる身の	26	名所恋	69①
	―を深くや忍びけん	158	屛風徳	274⑦
あふのまつばら(会の松原)	いかでかは―ゆきてみん	26	名所恋	68④
あふひ(葵)	御忌の―のかつらと	43	草	91⑭
あふひぐさ(葵草)	二葉に見えし―	4	夏	44⑨
	二葉より契し―	16	不老不死	56⑧
あふひのうへ(葵の上)	―の車争ひ	115	車	208⑥
あぶみ(鐙)	―にかかる蕖までも	156	随身諸芸	272⑥
あふみぢ(近江路)	又―の行末	126	暁思留	224⑨
あふみのきみ(近江の君)	―の双六ぞ	60	双六	116③
あべの(安部野)	並たてる―の松に	51	熊野一	102⑫
あま(海士、海人)	―だにつつむ思さへ	21	竜田河恋	62⑬
	―の足たゆくくるしき習なりければ	20	恋路	62⑤
	里の―のかづく錦のうら	30	海辺	両333⑦
	朽ぬる―の捨舟	33	海道中	78⑩
	年ふる―のすみかまでも	64	夙夜忠	124⑨
	塩木積なる―のすむ	52	熊野二	103⑦
	―の名乗そ苅ほす	31	海路	75⑬
	里の―のまどをの衣袖さえて	30	海辺	74⑩
	―のもしほ火焼そふる	127	恋朋哀傷	225⑩
	―の乙女子袖たれて	30	海辺	異305②
あまのかるも(海人の苅藻)	―にすむ虫の音をぞなく	24	袖余波	65⑭
	―にすむ虫の我から衣	34	海道下	80⑥
あまのまてがた	―まてしばし	21	竜田河恋	62⑨
あまをぶね(海士小舟)	あご調る―	39	朝	87⑤
	彼岸を出し―	132	源氏紫明	235⑨
	島隠れゆく―の	91	隠徳	164⑥
あま(天)→あめ(天)てん(天)ヲモミヨ				
あまくだ・す(天降)	千五百秋瑞穂の州に―し	172	石清水	296①
あまくだりま・す(降座)	―す神のしるしを示す梶の葉	131	諏方効験	233⑨
あまくだ・る(天降、降)	―りけん羽衣の	170	声楽興下	292⑪
	―る袖なつかしくしたはれて	74	狭衣袖	137⑫
あまぐも(天雲)	梢にかかる―に	52	熊野二	103⑧
あま・す(余)	等閑ならぬ興を―し	149	蒙山謡	261⑨
あまそそき(雨灑き)	うたてもかかる―	90	雨	162④
	暮行空の―	130	江島景	230⑬
	月もたまらず漏くる時雨の―ぞ	145	永福寺并	256⑨
あまた	哀てふ事を―に思乱て	37	行余波	83⑨

	徳を—になすはただ	156	随身諸芸	両340⑨
	其品—にみゆる夢の	83	夢	152⑬
	其品—に見ゆれども	114	蹴鞠興	206①
	其名を—にわかちつつ	111	梅花	199⑩
	其像を—にわかちては	17	神祇	57⑥
	其徳を—にわかつとか	149	蒙山謡	両340①
	其品—にわかれつつ	112	磯城島	201④
	引手—の心くせに	78	霊鼠誉	144⑪
	水に—の徳を聞	96	水	171⑪
	—の竜穴ことにあやしく	130	江島景	230⑨
あまつかぜ(天津風)	—をぞしたひける	105	五節末	189⑨
あまつこやね(天津児屋根)	天の香具山に顕れしも—の謀	101	南都霊地	182⑪
あまのこやね(天児屋根)	—の尊法の末を受たる政の	136	鹿島霊験	242②
あまつそで(天津袖)	神冷まさる—	59	十六	113⑨
あまつそら(天津空)	南呂半の—の	157	寝覚恋	273②
	—よりかざして下座	137	鹿島社壇	両340⑫
あまつひつぎ(宝祚)　＊ほうそ	千五百秋瑞穂の州に天降し—のや	172	石清水	296①
あまつひと(天つ人)	月の都の—来て授し姿は	133	琵琶曲	236⑥
	—下りてつたへし秘曲は	133	琵琶曲	両338⑦
あまつみかみ(天津御神)	さても—のいにしへに	122	文字誉	219⑫
あまつやしろ(天津社、天津神)	—を崇て地祇もみそなはす	17	神祇	57⑩
	—国津神	136	鹿島霊験	241⑭
あまつをとめ(天津乙女)	心ひきてや久方の—の薄衣	105	五節末	190①
あまのをとめ(天の乙女)	久方の—の見尾が崎	31	海路	両334②
あまて・る(天照)	—る月の霜なれや	168	霜	289⑨
あまてる(天照)　※神	—日次を受伝	59	十六	112⑩
	—神は星崎に光も曇らぬ	32	海道上	77⑫
	我朝の起を思ふにも—神のいにしへ	72	内外	133⑫
	—神やみそなはすらむ	11	祝言	異301⑩
	我朝の—神代より神武綏靖	63	理世道	122⑭
あまてるおんがみ(天照太神)	—の雲なき御宇とかや	159	琴曲	276③
	中にも—はかけまくもかしこき	142	鶴岡霊威	251⑩
	中にも—は霊(くしび)に異しき尊にて	172	石清水	295⑭
あまてるすべらおんがみ(天照尊太神)	—五十鈴の原の水辺に	96	水	172⑦
あまねきかど(普門)　＊ふもん	—を開つつ歩をはこぶ数おほく	120	二闡提	214①
	—を開つつ歩を運ぶ宮人の	35	羇旅	81⑫
あまねさ(遍さ)	帝皇や恵の露の—に	167	露曲	288②
あまね・し(普、遍)	まつりごと—からず	63	理世道	122③
	宝や孤雲に—からむ	146	鹿山景	258②
	—からんとなり	61	郢律講	117⑨
	天暦は—き歌の聖	112	磯城島	201⑦
	—き雨露の恩を受	45	心	95①
	—き影を仰て	152	山王威徳	267⑨
	結縁—き神垣に	46	顕物	異307⑥
	—き国土の利益有	137	鹿島社壇	243③
	—き露をやそそくらむ	11	祝言	52⑧
	—き露をやそそくらん	11	祝言	両324⑨
	国に—き徳をなす	90	雨	161⑤
	利益応用の—きに答て	140	巨山竜峯	248④
	—きはこれ桃花水	41	年中行事	89③

	—き春に逢とかや	152	山王威徳	267④
	三千に—きみことのり	87	浄土宗	157⑪
	—き恵をほどこす	98	明王徳	176⑩
	神の恵の—きや	62	三島詣	121②
	仁愛—き故とかや	98	明王徳	177③
	—き利物の道しあれば	131	諏方効験	232②
	春のめぐみ—く	80	寄山祝	146⑥
	検束の誉—く	97	十駅	173⑫
	朝日の影も—く	99	君臣父子	178⑬
	外用の雨—く	108	宇都宮	192⑧
	人天六種に—く	129	全身駄都	228②
	福寺の宝算家門の園に—く	140	巨山竜峯	247⑪
	大願五百に—く	143	善巧方便	254②
	—く擁護を垂たまふ	128	得月宝池	227⑤
	分身—く及して	16	不老不死	56⑬
	—く願望満給へ	110	滝山摩尼	異311①
	しかじ—く賢良の臣にまかせて	63	理世道	122⑦
	内外の徳用—くして	72	内外	135②
	名にほふ里に—くして	102	南都幷	184⑧
	天尊光—くして	136	鹿島霊験	241⑭
	栄花—く開け	147	竹園山	259⑥
	—く文の園にあそびて	73	筆徳	135⑪
	—く文の園に遊て	73	筆徳	両328⑩
	にほひを—くほどこして	66	朋友	127⑦
	さればや徳を—く施して	138	補陀落	245⑫
	利益を—く施す	57	善光寺次	110⑦
あまのいはと(天の岩戸)	—をあけの玉垣に	17	神祇	57⑦
	—の開し代の	102	南都幷	185②
あまのうきはし(天の浮橋)	—の言の葉を	73	筆徳	135⑭
あまのかぐやま(天の香久山)	—に顕しも	101	南都霊地	182⑪
あまのがは(天河)	年々わたる—	41	年中行事	89⑨
あまのかはせ(天河瀬)	—にやうかぶらむ	122	文字誉	219⑦
	—の紅葉の橋	150	紅葉興	262⑫
	—をせきくだす	109	滝山等覚	195⑥
あまのさかほこ(天の逆鉾)	—を立初し	59	十六	112⑪
あまのと(天の戸)	明るもしるき—	39	朝	87①
	—明ぬといそぐ別路に	75	狭衣妻	139④
	—しらむ方見えて	54	熊野四	105②
	—の明るけしきも閑にて	1	春	41⑨
	—の明るもしるき篠の目に	30	海辺	74⑥
	—の明ゆく空の横雲に	60	双六	115⑬
	名残のおし明方の—を	37	行余波	83②
	—を緋の粧小舟ほのぼのと	31	海路	76①
あまのとのふゆ(天の門の冬)	天門冬草(すまふぐさ)—や是ならん	43	草	91⑭
あまのはごろも(天羽衣)	織女の—希に来て	171	司晨曲	294②
	—まれに来てなでても	14	優曇華	両325⑤
あまのはしだて(天の橋立)	丹後の浦—	31	海路	両334②
	—すみわたる	150	紅葉興	263⑨
あまのはら(天の原)	雲さだめなき—	118	雲	両338⑫
あままゆ(安間満由)	一人師範の—	115	車	異311⑪

あまやどり(雨やどり)	ただかりそめの—に	125	旅別秋情	223②
あまよのすさみのものがたり(雨夜のすさみの物語)	其品さまざまなりけるは—	90	雨	162①
あまり(余)	大和歌の情を捨ざる—	71	懐旧	132⑬
	—うきねに袖はぬれじ	26	名所恋	68⑭
	是を伝し—かとよ	76	鷹徳	141⑪
	久方の—阿なき心もて	28	伊勢物語	72⑥
	慈愍のふかき—に	108	宇都宮	192⑪
	東屋のまやの—に恋しければ	125	旅別秋情	223①
	真屋の—にまばらなれば	32	海道上	77⑤
	叡感の—にや	101	南都霊地	184④
	十二絃の—の琴の音の	159	琴曲	276①
	せめても—のすさみにや	134	聖廟霊瑞	237⑭
	永州の鼠はおごれる—の喩たり	78	霊鼠誉	異313⑨
	水隠にいきづき—早河の	18	吹風恋	60⑤
	雨そそきまやの—もなれじとや	90	雨	162④
あま・る(余)	五十年に—る歳月を	28	伊勢物語	71⑨
あみ(網)	さはをこめつつ引く—の	97	十駅	173⑦
あみど(編戸)	竹の—の明暮は	109	滝山等覚	196⑦
あめ(雨)	緑竹紫藤の春の—	45	心	95③
	みぞれにかはる冬の—	90	雨	161⑭
	とどろとどろと降し—	90	雨	162⑥
	楊貴妃が一枝の—	121	管絃曲	217⑤
	楡柳宮の春の—	142	鶴岡霊威	252⑦
	外用の—あまねく	108	宇都宮	192⑧
	篷窓—しただて	173	領巾振恋	299③
	—つちくれを犯さず	11	祝言	52⑦
	暮には—と時雨けん	22	袖志浦恋	64⑦
	—となり雲とや成しと歎く比の	118	雲	211②
	老の涙の—とのみ	84	無常	153⑩
	—と旧にし昔の	74	狭衣袖	137②
	もろくも木の葉の—とふれば	90	雨	161⑬
	—とや涙の時雨けん	38	無常	84⑧
	一味の—に浸ふ	85	法華	155⑧
	一味の—に潤	90	雨	異304③
	槐花—に潤ふ桐葉風涼し	8	秋興	48⑬
	—に障ば笠縫の	32	海道上	77⑥
	夜の—に猿を聞て	93	長恨歌	167⑫
	霜雪—にそほちても	74	狭衣袖	137⑩
	晴の—に似たりしは	41	年中行事	89⑦
	—にまさりてそそけば	167	露曲	288⑦
	—に沐しても猶衣の袖をほさざりき	116	袖情	209②
	風に髪梳り—にゆするしてや	64	夙夜忠	123⑪
	東南に来る—の足	90	雨	161⑥
	上陽宮の—の音	169	声楽興	291⑮
	窓打—のさめざめと	50	閑居釈教	100⑦
	一乗一味の—の下に	16	不老不死	56⑭
	—の名残の宵のまに	90	雨	162②
	—の余波の露払ひ	114	蹴鞠興	207②
	夢のただちの—の後	5	郭公	45⑦
	晴やらぬ涙の—の古郷へ	37	行余波	83④

	廬山の一の夜の	49	閑居	98⑪
	窓うつ一のよるの床	27	楽府	70⑫
	露をきそふる秋の一はしぐれになるか	90	雨	161⑪
	凡一は天子のや恩として	90	雨	161⑤
	橋うち渡す一もよに	90	雨	162⑤
	南の岸に一を帯	102	南都幷	185⑫
	一を帯たる花の枝	2	花	42⑭
	一を帯たる花の貌ばせ匂をそへ	93	長恨歌	167④
	一を帯てはえならぬ花	82	遊宴	異302⑪
	一を凌て袖を浸す	127	恋朋哀傷	225⑬
	三蔵の鷹竜一をそそく	97	十駅	174③
あめ(天)	一先生て地后に定り	152	山王威徳	266⑨
	布留の神代の一にしては	62	三島詣	119③
	一のさきに治れる	149	蒙山謡	261①
	一より降す玉鉾の	17	神祇	57⑨
	或は久方の一よりくだり	112	磯城島	200⑬
	千刄破一より下る神なれば	52	熊野二	103②
あめつち(天地、天壌)	一と極なかるべしと	172	石清水	296①
	一の神の代は	98	明王徳	176⑬
	一をこめし壺の内に	123	仙家道	220⑨
あめのした〔あまのした〕(天の下)	民も久き御影を仰ぐ一	11	祝言	53①
	くもらぬ御代の一	13	宇礼志喜	54②
	秦皇泰山の一	90	雨	161④
	玄宗位に御座て一治る事	93	長恨歌	166⑭
	累代の政は一にくもりなく	63	理世道	123①
	風月の主と仰がれ一の玩し	134	聖廟霊瑞	238⑧
	一を潤す請雨の法の法験も	129	全身駄都	228⑪
あめはわか(天葉若)	此木程なく生登一と号せらる	137	鹿島社壇	両341①
あや(文)	一を織成ざりしは	161	衣	279⑬
あやこ	賤き一が居を卜	135	聖廟超過	240⑦
あや・し(異)	天照太神は霊に一しき尊にて	172	石清水	295⑭
	あまたの竜穴ことに一しく	130	江島景	230⑨
	師子鶏一しやいかにして	171	司晨曲	295⑥
あやな・し	さめて一き夜はの小筵に	157	寝覚恋	272⑬
	一く袖をぬらすらむ	21	竜田河恋	62⑧
	一木がもとは一くて	3	春野遊	43⑭
	その原や道に一く迷ひつつ	45	心	95⑥
	一くまよふ恋路の	18	吹風恋	59⑧
	只一声の一くも	5	郭公	46⑨
あやにく	さも一なる名取川	69	名取河恋	130⑨
	一に惜き名残までも	107	金谷思	192②
あやふ・し(危)	梯一き山路には	170	声楽興下	292⑨
	一くわたす浮橋の	32	海道上	77⑧
あやぶ・む(危)	など一まず成にけむ	160	余波	277③
あやま・つ(誤)	寒暑も節を一たず	98	明王徳	177④
	切利の付属を一たず	108	宇都宮	193⑧
	彼香炉峯かと一たる	103	巨山景	186⑮
あやまり(誤、謬)	其一を補すべし	63	理世道	122②
	狂言綺語の一をも	50	閑居釈教	99⑭
あやま・る(誤)	一らざらむためなり	63	理世道	122⑥

	—る所を知となり	78	霊鼠誉	異313⑩
あやめ(文目)	—も見えぬ夜の浪に	5	郭公	46⑦
あやめ(菖蒲)	五月雨に滋き—に水越て	5	郭公	46⑦
	水隠の沼の—のながき根	91	隠徳	164⑨
	—はもらぬ軒端にも	4	夏	44⑪
あやめぐさ(菖蒲草)	鳴や五月の—	41	年中行事	89⑥
	五月に軒端に蓬—	43	草	92①
	袂にむすぶ—の	74	狭衣袖	137④
あゆじやこく(阿輸舎国)	弥勒の下りし—の	44	上下	94⑧
あゆみ(歩)	—絶て閑なるや	113	遊仙歌	203⑮
	運—に物うからず	140	巨山竜峯	248⑥
	はこぶ—の数々に	108	宇都宮	193④
	はこぶ—の日を経ては	53	熊野三	104⑧
	道に—をすすめつつ	130	江島景	230⑤
	誰かは—をはこばざらん	51	熊野一	101⑪
	月にぞ—をはこびけるやな	13	宇礼志喜	54④
	—を運て墨染の	154	背振山幷	269⑥
	—を運び手をあざふ	86	釈教	156⑩
	普き門を開つつ—をはこぶ	120	二闡提	214①
	彼所に—を運人	60	双六	116⑫
	されば—を運ぶ人はみな	109	滝山等覚	195②
	踏分て—を運人はみな	152	山王威徳	267④
	神垣に—を運ぶ人はみな	46	顕物	異307⑥
	—を運人も皆行かふ道の	62	三島詣	119⑭
	普門を開つつ—を運ぶ宮人の	35	羇旅	81⑫
	急に—をはこべば	141	巨山修意	250④
	—を運べば我も先	34	海道下	79⑭
	—を南に運びつつ	59	十六	113④
	心にかくる—をも	96	水	172⑫
あらかんくわ(阿羅漢果)	阿那含道—菩薩の位を	50	閑居釈教	100⑫
あらいそ(荒磯)	みさごゐる—きはの島巡り	130	江島景	230⑨
	—に砕る音たてて	30	海辺	74⑤
あらかねの(荒金の)	—地の動きなく	17	神祇	57⑩
あらかは(荒河)	たぎりて落る浪の—行過て	56	善光寺	108⑬
あらこま(荒駒)	—も鞭して心を和げ	156	随身諸芸	両340⑧
あらし(嵐)	音すみまさる嶺の—	50	閑居釈教	100⑦
	うつろふ花をさそふ—	107	金谷思	191①
	松吹—滝のひびき	163	少林訣	283⑥
	花はのこらぬ—に	68	松竹	129②
	—にしたがふのみならず	84	無常	153⑤
	—にたぐふ琴の音	31	海路	75⑧
	石の床—にはらひ	123	仙家道	220⑩
	夜の—に吹立る竜吟にひびく笛の音	62	三島詣	120⑩
	—にむかふ明ぼの	35	羇旅	81④
	知や何に—に咽ぶ松の響	119	曹源宗	212③
	駒なべてむかふ—の跡よりしらむ	125	旅別秋情	222⑪
	—の音もたかし山に	33	海道中	78⑦
	—の声も月影も	42	山	91⑧
	—のすゑのうき雲	90	雨	161⑪
	山はこれ万歳の—のどかに	128	得月宝池	226⑧

あ

	—のままに散はてて	97	十駅	174⑤
	蘭蕙苑の—の紫を砕くまがきの菊	125	旅別秋情	223⑭
	—は吹て秋の空	86	釈教	156⑧
	—万歳をよばふなり	80	寄山祝	147①
	澗底—ふかくして	66	朋友	126⑫
	—吹そふ木の本に	21	竜田河恋	63⑥
	—紫を摧(くだく)藤袴	164	秋夕	285⑤
	深山の松の—も	152	山王威徳	267⑥
	松の—も通きて	7	月	48③
	—も寒衣沢	56	善光寺	109①
	—も月もさえさえて	173	領巾振恋	299②
	—や雲を払らむ	140	巨山竜峯	248⑬
	—やよきて吹ぬらん	9	冬	49⑪
あら・し(荒)	—き夷のしらま弓	73	筆徳	136⑪
	—き風を退しも	158	屛風徳	274①
	—き風をも防てん	99	君臣父子	178⑤
あらしほ(荒塩)	汲上の浜の—に	136	鹿島霊験	242⑦
あらしやま(嵐山)	風いとはしき—に	76	鷹徳	141④
	月には雲の—都の外の名山	42	山	両327⑥
あらしのやま(嵐の山)	名にしほふ—おろしの	150	紅葉興	262④
	吹下す—の麓の	44	上下	94②
	紅葉の筏をくだすは—の麓の	95	風	170⑪
あらそひ(諍)	魏徴玄齢が—	65	文武	125⑤
	解脱空恵の二の—	81	対揚	149⑨
	鏡を瑩く—	85	法華	155④
	双六の局の—	113	遊仙歌	204②
	諸徳修験の誉をあらはす—	138	補陀落	245④
	応和の宗論—なく	101	南都霊地	184③
	様々なりし—の	45	心	95⑥
	様々なる—の	119	曹源宗	212⑦
	—をなす竜の字の	122	文字誉	219⑪
あらそ・ふ(諍、争)	其乗物を—ひけん	123	仙家道	220⑭
	草創守文を—ひしも	99	君臣父子	179④
	涙も共に—ひて	54	熊野四	105⑨
	我先前にと—ふ	60	双六	116⑧
	日夕の露を—ふ	84	無常	153⑧
	勝負を互に—ふ様	60	双六	115①
	涙に—ふ路芝の	107	金谷思	191⑤
	涙—ふゆふぐれに	164	秋夕	284⑭
あらた(新)	帰朝の今に—ならむ	103	巨山景	異310⑩
	二季の祭礼も—なり	108	宇都宮	194④
	生身の薩埵—也	109	滝山等覚	195⑬
	利生すぐれて—なり	120	二闡提	213⑭
	利生は倍—なり	136	鹿島霊験	242④
	枢を押開に—なり	147	竹園山	259⑤
	節々の神託—なり	172	石清水	297⑬
	—なる今に比ふれば	146	鹿山景	257⑧
	感応—なる奇瑞有とこそ聞	176	廻向	異315⑨
	是皆—なる堂閣尊像	140	巨山竜峯	247⑪
	或は霊光の—なる玩し	113	遊仙歌	204⑤

七社の誓願―に 67 山寺 127⑭
不空羂索―に 101 南都霊地 183⑧
伝燈受学―に 102 南都幷 185⑨
節々の祭礼―に 131 諏方効験 232⑪
天神地神―に 142 鶴岡霊威 251⑨
臨幸今に―に 155 随身競馬 271②
聞も―に貴きは 163 少林訣 283⑩
―にたてまつりて 154 背振山幷 269⑭
―に告をなすこそ 39 朝 両332⑩
千部会の儀式を―に調るは 138 補陀落 245④
其名を―にとどむなり 78 霊鼠誉 143⑬
其名を―にとどめをき 78 霊鼠誉 両338③
其寺号を―に訪へば 144 永福寺 254⑬
あらたにいにしへいま　※新古今集
さても―を集る 92 和歌 166②
あらたまの
―年を重ても 93 長恨歌 166⑭
あらたま・る(改)
百千度―らざんなる物をな 14 優曇華 54⑨
あらた・む(改)
我座を下に―む 44 上下 93⑨
されば戴淵心を―め 45 心 95①
恋慕のおもひを―め 129 全身駄都 227⑭
本の着座を―め 156 随身諸芸 271⑦
寒夜に御衣を―め 161 衣 279⑭
乙女の姿を―めし 85 法華 155②
草木も色を―めず 98 明王徳 177①
今に宰府の御垣に―めず 135 聖廟超過 241①
あらは・す(顕、現、露)
発言いまだ―さざりし 134 聖廟霊瑞 238⑥
潜に伝て―さざるを 91 隠徳 164③
都率の雲に―し 66 朋友 127⑧
観音の形像には馬頭の形を―し 77 馬徳 143②
実相の宗を―し 85 法華 154⑥
陰陽を玉体に―し 108 宇都宮 192⑫
君子の名を―し 114 蹴鞠興 206③
忠勤の誉を―し 116 袖情 209②
北野の御注連に―し 135 聖廟超過 240⑮
寺号を聖暦の賢きに―し 140 巨山竜峯 247⑧
この巻にその名をや―しけむ 111 梅花 200⑩
帰敬の基をや―しけん 129 全身駄都 228⑥
利生の奇瑞を―し給ふ 62 三島詣 両334⑤
唯識論の三十頌を―しつけ給へり 137 鹿島社壇 243④
転法輪所を―して 51 熊野一 102⑪
未来を遙に―して 97 十駅 175⑭
其品々を―して 135 聖廟超過 240④
不思議徳用を―して 164 秋夕 285⑭
浅からぬしるしを―して 166 弓箭 287⑨
各御名を―して 172 石清水 295⑫
信心の実を―して 46 顕物 異307⑥
夫誉を―して名を揚るは 91 隠徳 163⑧
効験を―いしも 155 随身競馬 270⑩
一乗の車を―いしや 115 車 207⑭
帝に奏せし列疏を―ひし 158 屛風徳 274⑬
深きしるしを―ひしは 132 源氏紫明 235⑩

孝行の誠を—ひしも　47 酒　97⑩
円々海徳を—ひしも　77 馬徳　142③
二世の怨を—ひしも　134 聖廟霊瑞　239⑫
鵙めが不直を—す　5 郭公　46③
瑞を豊年に—す　10 雪　50⑤
先其すがたを—す　38 無常　85③
慈悲の誠を—す　46 顕物　96③
思の色を—す　46 顕物　96⑤
あだなる契を—す　46 顕物　96⑤
情を餞別の道に—す　56 善光寺　107⑬
浄土の宗旨を—す　59 十六　114③
様々の品を—す　60 双六　114⑩
十二大願を—す　62 三島詣　119⑥
思慮の武きを—す　65 文武　125⑥
さまざまの瑞相を—す　67 山寺　128⑪
和歌に言葉を—す　71 懐旧　131⑫
懐旧の誠を—す　71 懐旧　132⑮
内証外用を—す　72 内外　134②
筆を馳て志を—す　73 筆徳　135⑪
物みな品異にして志を—す　76 鷹徳　140④
形を毘佉羅の頂戴に—す　78 霊鼠誉　143⑪
定恵の法を—す　81 対揚　149⑫
下輩のしもを—す　87 浄土宗　158①
誓を様々に—す　96 水　172⑩
智恵の実を—す　98 明王徳　177⑩
老後に徳を—す　100 老後述懐　180⑮
相好端厳に—す　101 南都霊地　183⑥
帰敬のまことを—す　101 南都霊地　184②
積れる功を—す　102 南都幷　185⑤
飢饉の愁を—す　109 滝山等覚　196⑨
情をさまざまに—す　112 磯城島　201③
大悲の威力を—す　120 二闡提　213⑪
法身常住を—す　129 全身駄都　229④
深き心を—す　131 諏方効験　233②
三摩耶形も化ならぬ標示を—す　134 聖廟霊瑞　237⑨
石清水のふかき誓を—す　142 鶴岡霊威　252⑤
其真実を—す　143 善巧方便　253③
理をここに—す　143 善巧方便　253⑩
海印三昧を—す　146 鹿山景　258②
権現の威光を—す　152 山王威徳　267⑪
皆生滅の形を—す　163 少林訣　282⑫
十二因縁を—す　164 秋夕　285⑫
是皆硯の徳を—す　165 硯　286⑥
本の姿を—す　166 弓箭　287⑤
其かたちを—す　166 弓箭　287⑭
秦に仕ては猶又誉を—す　81 対揚　異302④
様々の利生を—す　46 顕物　異307⑦
かみなるたとへを—す　76 鷹徳　異308⑫
殊に感応を—す　103 巨山景　異310⑧
こころざしを—す　73 筆徳　両328⑨

	夕天にみだるる蛍は思の色を―す	40	夕	両333③
	諸徳修験の誉を―す諍ひ	138	補陀落	245④
	蜀茶は功を―す事百薬に勝れ	149	蒙山謡	260⑬
	垂跡を―す大弁才	130	江島景	230⑥
	しるしを―す立掾	115	車	208⑫
	くもらぬ道を―すのみならず	124	五明徳	221⑥
	十様の徳を―すのみならず	151	日精徳	264⑦
	賢人の忠を―すは	46	顕物	96③
	忠臣の誉を―すは	64	夙夜忠	123⑩
	十八公の栄を―すは	122	文字誉	219⑤
	鶴亀の名を―せば	80	寄山祝	146⑭
	正に其所願成就を―せり	139	補陀湖水	247⑥
	金の銘を―せり	153	背振山	268⑧
	覚を聖と―せり	163	少林訣	282⑤
	春の初を―せり	169	声楽興	291⑧
	其ことはりを―せり	171	司晨曲	294⑥
	様々の誉を―せり	123	仙家道	両335⑤
	琴の曲に徳を―せり	159	琴曲	両335⑫
	五筆の水茎に―せる	122	文字誉	218⑨
	名を―せる台なれば	128	得月宝池	227②
	名を―せる桜桃李	2	花	42⑥
あらは・る(顕)	明王の徳も―る	46	顕物	96④
	徳は名に―る	73	筆徳	135⑩
	五仏の智より―る	86	釈教	156⑬
	糸竹の調に―る	95	風	170⑤
	哀情さまざまに―る	121	管絃曲	215⑫
	其縁実に―る	147	竹園山	258⑫
	忽にここに―る	163	少林訣	282⑩
	其徳歌の字に―る	92	和歌	異309⑦
	飛鳥の宮神の倉先この山に―れ	55	熊野五	107①
	十六沙弥はすなはち十六王子と―れ	62	三島詣	121④
	緑松は貞木の号有て霜の後に―れ	68	松竹	128⑬
	化仏は空に―れ	85	法華	154④
	七仏岩に―れ	110	滝山摩尼	196⑫
	金鷺銀鶴二の鳥と―れ	136	鹿島霊験	242④
	湖水の霊地と―れ	68	松竹	両328②
	涙は―れけりやな	46	顕物	96⑦
	いかでか―れざるべき	46	顕物	96⑥
	―れし思の色	19	遅々春恋	61⑥
	金の色に―れし鷹の徳ぞ目出き	76	鷹徳	両326⑥
	衣の裏に―れしは	46	顕物	96⑩
	天の香久山に―れしも	101	南都霊地	182⑪
	思の色に―れしも	116	袖情	209⑬
	仏の在世にも―れず	91	隠徳	165②
	始て―れたまひしより	152	山王威徳	266⑨
	霊鑑―れたまひて	114	蹴鞠興	205⑧
	尊神と―れ給て	172	石清水	296③
	詞外に―れて	92	和歌	165⑧
	内薫外に―れて	97	十駅	173⑪
	かはらぬ色の―れば	37	行余波	83⑪

	瀬々の埋木—れば	69	名取河恋	130⑨
	此みぎりにや—れん	14	優曇華	54⑫
	煙の末にや—れん	21	竜田河恋	62⑭
	其睦言に—れん	132	源氏紫明	235⑦
あらはれそ・む(顕初)	—めし茵の下	46	顕物	96⑧
あらひごろも(洗衣)	独の乙女子水の傍に—する渡あり	113	遊仙歌	203⑤
あら・ふ(洗)	菊を—ひし流まで	123	仙家道	220⑧
	三津の浜松の下枝を—ふ浪の	7	月	48④
	入江の松を—ふ浪の	51	熊野一	102⑬
	衣を—ふ山水	96	水	172⑧
	五の塵をや—ふらん	124	五明徳	222⑥
あら・ぶ(荒)	—ぶる神もみそなはして	112	磯城島	202④
あらまし(有増)	憑めば慰む—	100	老後述懐	179⑬
	すゑはとほらぬ—の	84	無常	両331⑤
	かねて思し—より	40	夕	88⑧
あらまほ・し	そよや—しきは梅が香を	1	春	41⑪
	—しきや樹下石上	163	少林訣	283①
	—しくうら山敷たぐひは	50	閑居釈教	100⑫
あらゆる	折々の—儀をなすにも	158	屛風徳	273⑩
	凡—事態	95	風	169⑬
	—罪も祓殿	55	熊野五	106⑦
	—内外の縑緗も	143	善巧方便	253⑥
	—弓弦をほろぼして	78	霊鼠誉	144⑧
	—世の事態	44	上下	92⑭
あられ(霰)　＊玉あられ	霜雪—玉篠の葉分の露の色までも	143	善巧方便	253⑬
	ふるや—の音たてて	32	海道上	77③
	竹の葉に—はふらぬよなよなも	106	忍恋	190⑦
	氷の上に—ふり	9	冬	49⑬
あられたばし・る(霰手走)	—る玉霰の籬の竹に音信るも	159	琴曲	275⑬
あらればしりのせちゑ(霰走の節会)	—は和暖を奏る政	59	十六	113②
あらをだ(荒小田)	春の—うちかへし	90	雨	161⑦
ありあけ(在明、有明、晨明)	つれなく残る—	4	夏	44⑩
	露台の月の—	7	月	48⑧
	衣々の袂に強き—	160	余波	277⑭
	つれなく見えし—に	24	袖余波	65⑪
	月も—にて入山もなし	158	屛風徳	274⑨
	其暁の—に槙の戸をやすらひに	171	司晨曲	294⑦
	つれなき影は—のたのめて	103	巨山景	186⑧
	ながむればただ—の月かげの	5	郭公	45⑪
	—の月こそ袖に曇けれ	21	竜田河恋	63②
	法性の光は—のつきせず	16	不老不死	56⑩
	誓約はげに—のつきせず	120	二闡提	214⑦
	深き心は—のつきせず	169	声楽興	292①
	法性の光は—のつきせず	16	不老不死	両325⑧
	—の月に強きうかれ鳥の	157	寝覚恋	272⑭
	伏待朧夜—の月の鼠の	78	霊鼠誉	143⑭
	—の月待程の手ずさみに	50	閑居釈教	99⑭
	撥して招く—の月や	133	琵琶曲	236④
	—のつれなき命はながらへて	106	忍恋	190⑪
	—の強く見えし暁	70	暁別	131②

	—の名残はしゐて大江山に	51	熊野一	102④
	月は—の光納りて	96	水	172①
	ほのかにのこる—の光も細き暁	56	善光寺	108⑧
ありがた・し(有難)	げに—かりし様かな	22	袖志浦恋	64⑦
	げに—かりしためし哉	44	上下	93⑦
	げに—かりしためし哉	47	酒	97⑪
	げに—かりしためしかな	170	声楽興下	292⑪
	—かりしためしにも	157	寝覚恋	273②
	彼是いづれも—かりしためしは	100	老後述懐	180⑬
	—かりしためしは	73	筆徳	異308⑧
	かかる様ぞ—き	153	背振山	268⑤
	神慮ぞ殊に—き	172	石清水	297⑩
	中にも—き不思議は	134	聖廟霊瑞	238④
	更に—きや	34	海道下	80⑨
	げに—き山なれば	154	背振山幷	270①
	そも—くぞ覚	124	五明徳	222④
	げに—くぞおぼゆる	57	善光寺次	異313④
	朝恩—くぞやおぼゆる	39	朝	両332⑫
	化度せんとの御誓—くぞや覚る	120	二闡提	両339⑤
ありさま(有様)	外記の庁の—	72	内外	134⑧
	出迎し—	93	長恨歌	168②
	楯を引し—	101	南都霊地	183⑮
	かくし給し—	168	霜	290⑨
	すべて此世の—は	58	道	111⑥
	彼此会場の—も	85	法華	154⑦
	倩我等が—を	160	余波	277②
ありし(有し)	思出の—昔を夢に見て	157	寝覚恋	両329⑦
	—むかしを忘めや	83	夢	152⑨
	見しや夢—やうつつ面影の	21	竜田河恋	63④
ありつつも	—君がきまさん	43	草	92③
ありつる(有つる)	—垣根の同声に	5	郭公	45⑧
ありは・つ(有終)	勝(げに)—てぬ青柳の	160	余波	279①
	さて—てぬためしなり	162	新浄土	282②
あり・ふ(有経)	ながらへて—へん物とは白雪の	22	袖志浦恋	63⑫
ありそのうみ(有蘇の海)	負る習も—の	18	吹風恋	59⑪
	田子のうらみは—の	26	名所恋	68③
ありだがは(在田河)	流はかはらず—	53	熊野三	104⑦
ありとほし	—をばえぞしらぬ	52	熊野二	103⑧
ありはら(在原)	かかるためしは—の	74	狭衣袖	138②
	昔男—の其身は賤といひながら	28	伊勢物語	71⑥
あるじ(主、家主)	風月の—と仰がれ	134	聖廟霊瑞	238⑧
	—の行末を尋ぬれば	113	遊仙歌	203⑤
	—はいまや小動の	82	遊宴	150⑪
	—も更に昔をこひ	71	懐旧	132⑩
	本の—や袖ふれし	53	熊野三	104⑤
あるとき(或時)	—は護国霊験威力神通	172	石清水	297⑬
	—は慈愍三蔵も	150	紅葉興	263⑤
	—は得道来不動法性	172	石清水	297⑭
	—は飛花落葉と観じ	150	紅葉興	263⑤
あるよ(或夜)	—は誰か徒に	103	巨山景	186⑦

	—は誰か詩をえたる	103	巨山景	186⑥
あれは・つ(荒終)	やどりの垣ほ—てて	167	露曲	288⑩
あれま・す(生)	其中に—す国常立の尊と申て	172	石清水	295⑪
	其中に—す国の常立の尊	152	山王威徳	266⑨
あれんにゃ(阿練若)	独処仙林—	50	閑居釈教	100⑬
あわ(泡)　＊うたかた	—と消ては跡なき沫	88	祝	159⑧
	—と消なでや浮沈	18	吹風恋	60⑤
あゐ(藍)	—より青き声あるは	5	郭公	46②
	—より出て青とや	97	十駅	175⑩
あをいし(青石)	瓦瑪瑙唐硯紫石—	165	硯	286⑪
あをうみ(青海)	紅輪をしづむる—に	130	江島景	230⑭
	聞ば—の波の音は	31	海路	75⑧
	—の波の起居につけて	121	管絃曲	216⑪
あをげ(青毛)	—糸毛檳榔唐廂大顔	115	車	両337⑥
あを・し(青)	長安の薺の—き色	3	春野遊	43⑩
	藍より—き声あるは	5	郭公	46②
	窄衣裳—き黛	27	楽府	71③
	藍より出て—しとや	97	十駅	175⑩
あをずり(青摺)	小忌の袖の—とりどりに	105	五節末	189⑪
あをぢ(青地)	高麗の—の錦の	29	源氏	73⑨
あをなみ(青波)	—分出る岩が根	86	釈教	157②
あをにぎ(青幣)	—赤幣彼是此二の四手	136	鹿島霊験	242①
あをば(青羽)	をのが—はつれなくて	44	上下	94⑤
あをば(青葉)	—こそ山のしげみの木蔭なれ	57	善光寺次	109⑨
	—に残る夏木立	97	十駅	174⑤
	—に交る一枝は	48	遠玄	98⑦
あをむま(白馬)　＊はくば	御馬草—其駒	77	馬徳	143④
あをやぎ(青柳)	勝有はてぬ—の春のよそほひ	160	余波	279①
	さはだ河きしに立るか—や	82	遊宴	151⑪
	—の糸我の山のいとはやも	53	熊野三	104⑧
	時しも春の—の糸竹のしらべ	170	声楽興下	292⑫
	風に随ふ—の糸もたやすく	101	南都霊地	183⑮
	—をみだして吹風	167	露曲	288③
あんご(安居)	常客—の片延年	110	滝山摩尼	197⑫
あんきせい(安規生)	羨門高渓—	123	仙家道	221②
あん・ず(案)	文峯に轡を—ず	150	紅葉興	263④
	現を—ずるに	147	竹園山	259⑧
あんせん(安全)	凡北闕いよいよ—に	65	文武	126③
	凡北闕仙洞の—も	102	南都并	185⑪
あんだう(安道)	はるかに—をたづねき	66	朋友	126⑦
あんたく(安宅)	夫—のしつらひ	158	屛風徳	273⑦
	都て木を栽は—のはかりこと	114	蹴鞠興	206④
あんぢ(安置)	四明の教法を—して	138	補陀落	244⑥
	同く二尊の尊容を—して	120	二闡提	異312④
	六八の聖容を—す	147	竹園山	259⑬
	真言院の—は	145	永福寺并	256⑬
	又遺身駄都の—を尊ば	146	鹿山景	257⑭
あんてら(安底羅)	伐折羅大将—	16	不老不死	57①
あんどんみのうたまる(安曇弥の歌丸)	—乱舞の神と申して	110	滝山摩尼	197⑩
あんやう(安養)	—浄土の荘厳	167	露曲	288⑦

	—世界の荘厳	170	声楽興下	293⑤
	—の聖容は無辺の光をたれ	144	永福寺	255④
あんらく(安楽)	治世の声は—なり	121	管絃曲	216④
あんらくじ(安楽寺)	理世—社の号の名にしほふも	135	聖廟超過	241③
あんりふ(安立)	先は風輪最下の—より	95	風	169⑩
あんをん(安穏)	—泰平ならしめ給へと	176	廻向	異315⑪

い

※「ゐ」ではじまる語をも参照。

いういう(幽々、悠々)	波を凌て—たり	48	遠玄	97⑬
	煙霞隔て—たり	171	司晨曲	293⑩
	猶又—たりとかや	55	熊野五	106①
	廻々て—たる小篠原	153	背振山	268⑩
	—としてかすかに	113	遊仙歌	202⑬
	—として遙なり	97	十駅	173②
いういん(誘引)	皆是善巧—の基なれば	143	善巧方便	254④
いうえん(遊宴)	曲水の—に鸚鵡盃のさかづき	122	文字誉	219③
	何ぞ狂言—の戯れ	143	善巧方便	252⑬
	—は勝妙の快楽なり	82	遊宴	150⑦
いうえん(幽燕)	或は朝に—に水飼	77	馬徳	異311⑦
いうかん(幽閑)	—の思に疲れけんも	140	巨山竜峯	249③
いうきしゆきのせちゑ(悠紀主基の節会)	—には召の内侍の進路	104	五節本	187⑭
いうきのかど(憂喜の門)	—のわたらひは	160	余波	276⑬
いうけん(右剣)	—四魔を退け	138	補陀落	244⑭
いうしや(右車)	—左馬のはかりこと	88	祝	159⑨
いうしれうらん(遊糸繚乱)	—の色々	3	春野遊	43⑫
いうじん(優人)	凡好色—のなからひ	73	筆徳	136⑨
いうせい(遊情)	遠望—の切なるも	164	秋夕	284⑩
いうだう(右道)	弓馬は—に有て	155	随身競馬	270③
いうてう(幽鳥)	—時に一声	115	車	208③
いうとう(幽洞)	堺は不老の—	109	滝山等覚	195⑤
いうばくか〔いうばつか〕(右幕下)	彼—のいにしへ	131	諏方効験	233⑦
いうばくかけ(右幕下家)	彼—の草創	144	永福寺	254⑬
いうほくへい(右北平)	—の草の原	166	弓箭	287⑤
いうらん(遊覧)	歌舞—の興をまし	97	十駅	173⑨
	—の花の園のほとり	82	遊宴	150⑥
	—もただこの砌にあり	145	永福寺幷	256⑥
いか(何、如何)	つゐのよるせよ—ならむ	75	狭衣妻	139②
	中河のとだえの橋よ—ならむ	126	暁思留	224⑦
	御袖をかくし給し有様—ならん	168	霜	290⑨
	青柳の糸竹の調よ—ならん	170	声楽興下	292⑫
	金鶏障よ—ならん	171	司晨曲	295⑤
	流水かへるは—ならん	115	車	両337⑦
	—なる巌なるらん	14	優曇華	両325⑤
	—なる恨か残りけん	122	文字誉	219⑩
	—なる思なりけん	23	袖湊	65⑧
	—なる思の類ならむ	35	羇旅	81⑨
	—なる垣間見の便にか	74	狭衣袖	138②
	—なる方にねずみてか	78	霊鼠誉	144⑫

	—なる恋にかかるらん	121	管絃曲	217①
	—なる酒の流ならむ	47	酒	97⑩
	—なる荘厳なるらむ	72	内外	異308③
	—なる宿縁もよほして	87	浄土宗	158⑨
	—なるしるべなりけん	30	海辺	74⑨
	—なる瀬にか沈みけん	134	聖廟霊瑞	238⑭
	—なる様なりけん	55	熊野五	107③
	終に—なる便にか	114	蹴鞠興	206⑭
	—なる便にしられけん	75	狭衣妻	139⑩
	我等は—なる契にて	85	法華	155⑦
	—なる告なりけん	67	山寺	128⑩
	—なる中の隔ならむ	134	聖廟霊瑞	238⑪
	—なる情を残すらむ	116	袖情	209④
	恋路は—なるならひぞ	20	恋路	61⑬
	—なる匂なるらむ	2	花	43③
	—なる匂なるらん	111	梅花	両330①
	—なる匂に移けん	106	忍恋	190④
	—なる秘曲なりけん	169	声楽興	292②
	—なる秘曲を隠すらん	91	隠徳	164⑤
	—なるひびきなればにや	170	声楽興下	293③
	其名は—なる屛風なるらん	158	屛風徳	274⑭
	—なる船の中ならん	5	郭公	46⑧
	—なる誉なりけん	134	聖廟霊瑞	238⑥
	藤壺の—なる迷ひ成けん	25	源氏恋	67②
	げにさば—なる睦有て	135	聖廟超過	240⑦
	—なる馬なるらむ	77	馬徳	142⑫
	そも昔—なる故ならん	78	霊鼠誉	144⑭
	—なる故なるらむ	133	琵琶曲	236⑫
	—なる故なるらん	95	風	170⑬
	—なる故なるらん	171	司晨曲	295③
	—なるよそほひなるらむ	161	衣	279⑪
	—なる世の事なりけん	5	郭公	45⑬
	思つく身の—なれば	89	薫物	160②
	—なれば袖は涙のやどりならむ	116	袖情	210②
いかが	たのみだにかけても—	18	吹風恋	60④
	牧馬は—嘶らん	133	琵琶曲	237①
	今更—おぼしけむ	74	狭衣袖	137⑨
	さすがに—おぼしけん	25	源氏恋	67④
	さのみは—書ながさむ	75	狭衣妻	139⑭
	いづれにも—くだされむ	29	源氏	73⑫
	さのみは—したはん	20	恋路	62③
	さのみは—つつみはてん	26	名所恋	67⑬
	あだにしも—説れん	100	老後述懐	180⑩
	恥ても—恥ざらむ	25	源氏恋	67⑦
	化にしも—隔あらん	143	善巧方便	252⑭
	そことも姿を—見せん	78	霊鼠誉	144⑥
いかがせむ	遠ざかり行ば—	36	留余波	82⑭
いかがせん	しのぶもぢずり—	69	名取河恋	130②
	不孝の責を—	86	釈教	156②
いかがは(何は)	—化に思はん	127	恋朋哀傷	226②

	—あだに尽べき	110	滝山摩尼	197⑥
	今更—うらやまん	100	老後述懐	180①
	—子建が八斗の字	122	文字誉	219④
	—忍びはつべき	106	忍恋	190⑦
	—すべき暮る秋の	6	秋	47⑩
	理をば—造作べき	86	釈教	156⑧
	化(あだ)にしも—測らん	146	鹿山景	258⑥
	及ても—申尽さん	134	聖廟霊瑞	238⑦
	万機—みだらむ	143	善巧方便	253⑤
	あだにしも—ゆふだすき	135	聖廟超過	240①
いかがはせん	しかればさても—	87	浄土宗	158①
	始て知ぬ—	113	遊仙歌	204⑧
	よしやさば彼も是も—	146	鹿山景	258⑤
いかさま(何様)	秋の別を—にせん	125	旅別秋情	223⑫
いかで(争)	命も絶と—しらせん	75	狭衣妻	139⑤
	妙なる匂を—しらむ	89	薫物	160⑭
	—わかれむ離山の	57	善光寺次	109⑪
いかでか(争か)	神慮も—浅からむ	62	三島詣	異304⑦
	神慮も—浅からん	62	三島詣	120⑫
	さすがに—仰がざらむ	87	浄土宗	157⑩
	神慮の恵—仰ざらん	62	三島詣	両334⑤
	憐み給ふ恵を—仰ざるべき	39	朝	両333①
	—顕れざるべき	46	顕物	96⑥
	—いるがせなるべき	78	霊鼠誉	145③
	—色にもめでざらむ	74	狭衣袖	137⑨
	年月を—送けんやな	86	釈教	156②
	浅より深を—汲てしらむ	50	閑居釈教	100①
	—心なかるべき	77	馬徳	143①
	—恋はざるべき	160	余波	277⑫
	—是を悔ざらん	167	露曲	289⑤
	—是を恥ざらむ	100	老後述懐	180⑧
	—忍ばざるべき	160	余波	277⑬
	麟喩も—弃べき	97	十駅	174⑦
	明ぬに—叩らん	171	司晨曲	294⑪
	—憑まざるべき	85	法華	155⑨
	—たのもしからざらむ	140	巨山竜峯	247⑫
	—たのもしからざらむ	146	鹿山景	257⑧
	—千世を重けん	151	日精徳	264⑥
	—情をそへざらむ	132	源氏紫明	234⑫
	—浪の越つらん	26	名所恋	68⑪
	—春の越つらん	1	春	41⑪
	—人にあはざらむ	26	名所恋	68⑧
	—睦しからざらむ	127	恋朋哀傷	225④
	—道に—やすらはん	97	十駅	175⑪
	—我等報謝せん	129	全身駄都	229⑩
いかでかは	—あふの松原ゆきてみん	26	名所恋	68④
いかに	しら雲のしらずや—	37	行余波	83③
	孟宗がもとめし竹の子は—	99	君臣父子	179②
	樹下石上山林成市は又—	163	少林訣	283①
	—憐と思出るときはの里を	24	袖余波	66⑧

	知や—嵐に咽ぶ松の響	119	曹源宗	212③
	古郷の面影—うかびけん	71	懐旧	132⑥
	苫屋は—浦廻る	31	海路	76②
	とはれば—うれしからむ	37	行余波	83⑨
	思へかし—おもはれん	81	対揚	149⑥
	—心も砕けん	27	楽府	70⑩
	—時雨の染つらむ	150	紅葉興	262⑪
	—せよとて有明の月に強き	157	寝覚恋	272⑬
	あこめよ—とめこかし	3	春野遊	43⑪
	戸ざしは—名のみなれや	36	留余波	82⑫
	—鳴海の恨ても	21	竜田河恋	63⑦
	—結て玉の帯中絶たりける	109	滝山当覚	196⑩
	—珍しかりけん	72	内外	134⑫
いかにして	浦島のこは—玉くしげ	30	海辺	異305④
	—枕の内に鳴く声の	171	司晨曲	295⑥
	こは—道やらむ	60	双六	116⑬
いかにせん	恋路に身をやかへけん—	19	遅々春恋	61⑦
	夏引の糸の貫川—	82	遊宴	151⑫
	—いはぬ色なる	74	狭衣袖	137⑦
	—強き人は常盤山	26	名所恋	67⑫
	—とか恨けむ	69	名取河恋	130⑨
いかばかり	—かは床しかりし	113	遊仙歌	203⑧
	梵天の衣はそも—軽して	161	衣	280⑩
いがき(斎垣)	—の松の葉散事なく	92	和歌	166⑪
	神の—も越ぬらむ	24	袖余波	66⑬
	賢き神の—をも	28	伊勢物語	72⑦
いかだ(筏)	—の棹のさしてしも	45	心	95⑭
	—を下す大井河	44	上下	94②
	紅葉の—をくだすは	95	風	170⑪
	紅葉の—を下すは	150	紅葉興	262⑫
いかづちかぜのかみ(雷風の神)	八竜—風雨を心にまかすれば	137	鹿島社壇	243②
いかりづな(碇綱)	—を木陰に結てや	130	江島景	230⑪
いかるが(斑鳩)	いなみ—切目の山	53	熊野三	104⑫
いき(気)	—をしりぞけてふかく思	169	声楽興	291⑥
いきうし(生憂)	—といひてかへりても	20	恋路	62④
いきづ・く(息衝)	水隠に—きあまり早河の	18	吹風恋	60⑤
いきどほり(憤)	—を散じよはひをのぶ	16	不老不死	56②
いきのまつばら(生の松原)	つれもなく—いきて世に	31	海路	75⑦
いきほひ(勢)	一張の弓の—	166	弓箭	287⑩
	陰気を助る—あり	149	蒙山謡	261④
	—おほしといへども	45	心	95⑩
	汲ども尽せぬ—に	122	文字誉	219⑪
	其—にやなびくらん	88	祝	159⑧
	用る所には—をなし	78	霊鼠誉	143⑦
	竜虎の姿の—をなせば	138	補陀落	245⑩
	三尺の剱一張の弓其—を施す	81	対揚	149③
	天地—を和陰陽時に調り	96	水	171⑪
い・く(生)	—きても思に堪じとや	23	袖湊	65⑧
	いきの松原—きて世に	31	海路	75⑦
	思増田の—ける限は	26	名所恋	67⑬

	姿の池の―けるばかりに浮沈み	19	遅々春恋	61③
	―けるを放給なり	172	石清水	297⑤
いくあき(幾秋)	露になれきて―か	161	衣	280⑨
	命の内に又も越なむ―と	33	海道中	78⑬
いくか(何日、幾日)	枯葉の浅茅生今―ぞ	38	無常	両335②
	枯葉のあさぢふいま―は	38	無常	84⑦
いくかすみ(幾霞)	竜田の奥の―	3	春野遊	44②
いくさと(幾里)	―かけてかかほるらん	89	薫物	160⑤
いくしほ(幾入)	―染て紅の	167	露曲	288⑤
いくせ(幾瀬)	―に袖をぬらすらむ	54	熊野四	105⑨
いくそばく(幾十許)	―の霜をかさね	96	水	171⑫
いくたび(幾度)	―恩に誇けん	100	老後述懐	180⑫
	―浪にそぼつらむ	127	恋朋哀傷	225⑪
	―むすび重けん	75	狭衣妻	138⑬
	―恵にさかへん	144	永福寺	255③
いくちとせ(幾千年)	御代なれば―を送るとも	34	海道下	80⑨
	―をか仰べき	15	花亭祝言	55⑧
	―をか限らむ	12	嘉辰令月	53⑬
	―をか契らん	142	鶴岡霊威	252⑥
いくちよ(幾千世)	―秋を重ぬらむ	82	遊宴	151⑦
いくとしつき(幾年月)	―を杉立る	34	海道下	79③
	―をすぐしても	28	伊勢物語	異306⑪
いくはるあき(幾春秋)	―を重ぬらむ	61	郢律講	118⑨
	―をかさねむ	130	江島景	231⑥
いくへ(幾重)	雲の―ぞ外に見えし	52	熊野二	103⑨
	―の霧の外ならむ	72	内外	134⑩
	―の浪をかわけすぎん	75	狭衣妻	139⑥
いくむすび(幾結)	岩間の水の―	94	納涼	168⑫
いくめぐり(幾廻)	―して袖の玉	122	文字誉	219①
いくやま(幾山)	―こえても我のみぞ	37	行余波	83⑪
いくよ(幾世、幾代)	しらず―か玉の緒のながらへにける	21	竜田河恋	62⑨
	をくりむかへて―とも	41	年中行事	90②
	松の戸のさして―の暁に	67	山寺	128⑦
	―の春を重ても	68	松竹	両328⑥
	―のむかしをかさぬらむ	48	遠玄	98①
	心づくしに―へむ	31	海路	75⑦
	佐野の浜松―へん	55	熊野五	107②
	春日影さして―をかぎらん	80	寄山祝	146⑧
いくよ(幾夜)	陵園の深き閨の内―の思を重らん	107	金谷思	191④
	心を―の浪に砕かむ	32	海道上	76⑤
いくよろづよ(幾万代)	―と白波の	11	祝言	52⑧
	―の数ならむ	80	寄山祝	146⑩
	―の春を経ても	132	源氏紫明	235⑭
	くもらぬ光清して―をか限らん	13	宇礼志喜	両325①
	―をかかぎるらむ	13	宇礼志喜	54②
	―を契らむ	42	山	91⑧
いくさ(戦、軍)	三韓の―に赴給しに	172	石清水	296⑨
	雲南の―におもむきて	78	霊鼠誉	144⑧
	誠に唯識の―の	97	十駅	174⑫
いくはうもんゐんのねあはせ(郁芳門院の根合)	長き様にひきけるは―	41	年中行事	89⑥

いくめのみやうじん(生馬の明神)	園韓神の社と―鑑て	17	神祇	57⑬
	神には―駒形の利益ぞ掲焉き	77	馬徳	143②
いくら	さだかなる夢に―もまさらぬは	83	夢	152④
	さだかなる夢に―もまさらぬは	83	夢	両331①
いくわ(異花)	―の色は名付がたし	139	補陀湖水	246②
いけ(池)	水草の色や緑の―	102	南都幷	184⑪
	―に酒の波を堪へ	97	十駅	173⑨
	汀になびく―の面	1	春	42②
	張子が―の水こそ	165	硯	286④
いけだ(池田)	―と和泉の堺の里	52	熊野二	103②
	水鳥のおりゐる―の薄氷	33	海道中	78⑫
いけみづ(池水)	妹が姿の―に	26	名所恋	68⑤
	住なれし古郷の―に	164	秋夕	284⑬
	流たえせぬ―の	15	花亭祝言	55⑨
いこく(異国)	―征罰の甲の宮には	137	鹿島社壇	243③
いさ	是も湯桁は―しらず	34	海道下	80④
	人ごころ―まだしらず花染の	23	袖湊	64⑬
いさや	床の山は―何ぞいさや河	32	海道上	76⑭
	―いまは梨原の駅に駒とめん	102	南都幷	184⑬
	かけても―憑まねば	21	竜田河恋	63③
	―古郷人に言伝ん	125	旅別秋情	223②
いさやさば　＊さば	つつむとすれど―	74	狭衣袖	137③
	世渡る道も―	157	寝覚恋	272⑩
	―心づからの色もみん	45	心	95④
	夷心も―都の土産にいざといはむ	28	伊勢物語	72④
いざ(去来)	―うちむれて御芳野や	3	春野遊	44①
	―倉賀野にとどまらん	56	善光寺	109①
	―さらば只ひたすらに漕いでむ	86	釈教	156⑬
	―立なんやと計の	105	五節末	189⑤
	―立寄てかざしとらむ	57	善光寺次	109⑨
	―立寄て見てだにゆかん	32	海道上	76⑪
	都の土産に―といはむ	28	伊勢物語	72⑤
	―穂分の天皇の若桜の宮の花の盃	2	花	42⑩
	この里に―又とまらば	56	善光寺	108⑩
	刈萱のや―みだれなん	25	源氏恋	67①
	―見にゆかん狩場の小野	76	鷹徳	140⑫
	―見にゆかん更科や姨捨山清見が関	7	月	48⑥
いざさば　＊さば	―射てみむ矢立の杉	34	海道下	80②
	―心をはげまして	97	十駅	174⑨
	―誰もかざしとらむ	94	納涼	168⑩
	―ひたすら思すてん	126	暁思留	224⑬
	森戸の松の木陰に―やどりとらむ	31	海路	76②
	鳴音よ―我に駕らん	71	懐旧	132④
いさかは(率河)	春日平岡―	41	年中行事	89①
いさぎよ・し(潔)	濁らず―き心もて	34	海道下	80⑧
	―き御影を清しめ	135	聖廟超過	241④
	三昧不染の花―く	97	十駅	175⑦
	本地の風光―く	119	曹源宗	212⑭
	寺号は円に覚月殊に―く	146	鹿山景	257⑫
	台を―く照しみて	131	諏方効験	231⑫

	寒流月を帯て鏡のごとく—し	168	霜	289⑧
いさご(砂)	光をかはす珊瑚の—	108	宇都宮	193⑬
	珊瑚の甃玉の—	144	永福寺	255⑦
	冷泉—滑に氷に宥む玉かと見えて	94	納涼	168⑦
	路辺の—に進	145	永福寺幷	256⑥
	功徳池の—に戯れて	84	無常	153⑭
	—にひびく沓の音	11	祝言	52⑫
	—に跡みし沓の字は	122	文字誉	219⑫
	数恒河の—もかぎりあり	129	全身駄都	229②
	渓谷の—も滑かに	140	巨山竜峯	248②
	—を集る手ずさみ	85	法華	154⑧
	—を集る手ずさみ	85	法華	両331⑧
	月や—を照すらん	7	月	48⑤
いざなぎいざなみ(伊弉諾伊弉冉)	—のふたりの尊計て	17	神祇	57⑨
	—の二柱の御神	172	石清水	295⑫
	—二柱の太神	152	山王威徳	266⑩
いさみ(勇)	忠孝ともに—ある	45	心	94⑫
いさ・む(勇)	—める色に誇とか	47	酒	97④
	—める心を道として	78	霊鼠誉	異313⑩
	項羽が—める兵	45	心	95⑩
いさ・む(諫)	まつりごとを—めき	63	理世道	122⑨
	阿闍世の弑母を—めしは	81	対揚	149⑩
	阿闍世の敍母を—めしは	81	対揚	両330⑥
	妙荘厳王を—めて	66	朋友	127⑤
	李将軍が家にある勇士の—める謀と	81	対揚	149②
	渡天の道を—めんと	129	全身駄都	229⑤
いさめ(諫)	うちある—とおもひきや	147	竹園山	259⑭
	耆婆が—にしたがひしや	99	君臣父子	179⑧
	忠臣の—によるとかや	63	理世道	121⑧
	—の言葉を恐ざれ	63	理世道	122⑫
	かしこき—の不立文字	122	文字誉	219②
いさやがは(不知哉河)	床の山はいさや何ぞ—	32	海道上	76⑭
いざやかへなん(帰去来)	—六の道に	38	無常	85③
いさよひ(いさ宵)	—弓張臥待の月	7	月	48⑩
	—弓はりふし待の月	7	月	異305⑦
いさり(漁)	塩干の潟に—せん	82	遊宴	150⑫
	乙女が—に拾玉	91	隠徳	164⑧
いさりび(漁火)	焼すさみたる—の	30	海辺	74⑦
	難波入江の—の	107	金谷思	191⑫
いし(衣食)	—に耽て楽み	97	十駅	173⑧
いし(石)	諸法空為座の御坐の—	137	鹿島社壇	243④
	—あり則望夫石	173	領巾振恋	298③
	—に礙る淀には	122	文字誉	219③
	段氏顔氏の—の上	160	余波	277⑧
	—の面に墨を染	73	筆徳	136④
	水底の—の面には	153	背振山	268⑦
	楞厳禅定の—の墨して	165	硯	286⑩
	妙法山の—の室	109	滝山等覚	195⑬
	—の床嵐にはらひ	123	仙家道	220⑩
	彼—は金輪際に融通せると	137	鹿島社壇	両340⑪

	十五の—を分立	60	双六	114⑬
いしかは(石河)	—竹河すずか川	61	郢律講	118③
いしき(意識)	諸法は—のなす所	45	心	両334⑫
	諸法は—のなすところ也	45	心	95⑮
いしだたみ(甃)	驪宮の玉の—	98	明王徳	177⑩
	進て昇し—	104	五節本	187⑬
	地にはしけり珊瑚の—	140	巨山竜峯	248⑧
	珊瑚の—玉の砂	144	永福寺	255⑦
	面をならぶる珊瑚の—やな	15	花亭祝言	55⑥
いしぶみ(石文)→つぼのいしぶみヲミヨ				
いしやう(衣裳)	君が為に—に薫すれども	21	竜田河恋	63⑥
いしやう(異生)	—の拙き狂酔	97	十駅	173④
いしやうていやう(異生羝羊)	夫—の拙き心	84	無常	153③
いしやま(石山)	霊寺の殊にきこゆるは泊瀬山—	42	山	91③
いしやままうで(石山詣)	—のむかしまで	32	海道上	76⑧
いしやまみづ(石山水)	湖水に近き—	96	水	両329①
いじん(永尽)	衆苦—の此世より	103	巨山景	187③
いじん(異人)	—常に浴して	139	補陀湖水	246⑤
いじんのと(異人の都)	蘇巓鷲嶽—とする所也	138	補陀落	245⑥
いすず(五十鈴)	聞ては旧ぬる—川	12	嘉辰令月	53⑪
	—の河上をトつつ	72	内外	133⑫
	—の原の水辺に	96	水	172⑦
いせ(伊勢)	—より須磨の使とか	44	上下	93⑬
	—まで遙に思やり	96	水	172⑪
	—まで遙におもひをくりけむ	125	旅別秋情	224①
いせのうみ(伊勢の海)	ながらへにける—の	21	竜田河恋	62⑨
	—のきよき渚の	30	海辺	74③
いせのみうみ(伊勢の御海)	玉匣二見の浦—の二見	31	海路	両333⑪
いせのはまをぎ(伊勢の浜荻)	—世々旧ぬ	142	鶴岡霊威	251⑪
	—代々をへて	12	嘉辰令月	53⑪
いそ(磯)	古ぬる—の神代より	59	十六	112⑪
	入ぬる—の草の名の	107	金谷思	191⑦
いそがは・し(閙)	立舞袖も—し	9	冬	50②
	夜はの床に蛬の声—しき	125	旅別秋情	223⑥
	—しき所は常楽我浄の風閑なる	84	無常	153⑬
	—しきも静なるも	163	少林訣	283①
	都の道に—しく	11	祝言	53③
	星を戴に—しく	13	宇礼志喜	54③
	宮仕のつとめに—しく	64	夙夜忠	123⑬
	あだならぬ劫を—しく	140	巨山竜峯	248⑦
	桁梁の通路に—しくやねずばしり	78	霊鼠誉	144②
いそ・ぐ(急)	かへさも更に—がれず	94	納涼	168⑨
	帰さも更に—がれず	144	永福寺	255⑫
	小動の—がれなくに	37	行余波	83⑥
	路駅の遙なるに—ぎ	164	秋夕	284⑩
	小動の—ぎて磯菜みるめかり	82	遊宴	150⑪
	大磯の—ぎてすぐる磯づたひ	34	海道下	80⑤
	小動の—ぎて我やゆかまし	26	名所恋	68②
	夜舟を—ぐ磯づたひ	31	海路	75⑮
	暮ぬと—ぐ帰り足	114	蹴鞠興	207⑥

	明ぬと—ぐ衣々の	107	金谷思	191⑩
	—ぐとすれど在明の	51	熊野一	102④
	今夜の試—ぐとて	104	五節本	188⑨
	声々よびて—ぐなる	104	五節本	188④
	—ぐは旅のゆふぐれ	32	海道上	77⑭
	早苗を—ぐ御田屋守	43	草	92②
	遠近人や—ぐらん	171	司晨曲	294⑮
	明ぬと—ぐ別路に	75	狭衣妻	139⑤
	矢橋を—ぐ渡守	32	海道上	76⑨
いぞく(異賊)	居ながら—を誅戮す	172	石清水	297②
いそぢ(五十年)	—にあまる歳月を	28	伊勢物語	71⑨
いそぢ(磯路)	—を廻る鹿の島	154	背振山幷	269③
	—をめぐる浜の宮	55	熊野五	107③
いそづたひ(磯伝)	夜舟を急—	31	海路	75⑮
	いそぎてすぐる—	34	海道下	80⑤
	行末遠き—	48	遠玄	98⑥
	鶴鳴わたる—	51	熊野一	102⑫
	浮島が原の—の	62	三島詣	120⑮
いそな(磯菜)	よせくる浪に袖ぬれて—つみて	34	海道下	80⑤
	苧生の浦はの—採に	31	海路	75⑤
	いそぎて—みるめかり	82	遊宴	150⑪
いそのかみ(磯の神、磯の上)	—布留の神代の天にしては	62	三島詣	119③
	—古鼠の尾の毛といはるるも	78	霊鼠誉	144⑮
	古ぬる—代より	59	十六	112⑪
いそべ(磯辺)	—の浪の立帰り	34	海道下	79⑨
いそま(磯間)	渚の松が根—伝ふ	91	隠徳	164⑦
	—のみるめぞゆかしき	52	熊野二	103⑦
いそまづたひ(磯間伝)	塩干の入江の浦々の—	30	海辺	異305②
	—や彼岸に	64	夙夜忠	124⑧
いそもと(磯もと)	浦々島々—ゆすり	86	釈教	157①
いそやま(磯山)	入日の末の—に	164	秋夕	284⑧
いだいじんづうむげ(以大神通無碍)	慇懃付属を忘れざれば—ならむ	120	二闡提	214⑪
いだ・く(懐)	愁を—ける民もなく	121	管絃曲	216④
いたく(甚)	青衫—うるほすは	121	管絃曲	217⑤
	時雨て—守山の	32	海道上	76⑩
いた・す(致)	心を—す袖の上に	109	滝山等覚	195②
いだ・す(出)	千仏御首を—して	109	滝山等覚	196①
	終に詞を—ひし故かとよ	83	夢	異303③
	そばだて—せる石巌	130	江島景	230④
いただき(頂)	其—に竜池あり	153	背振山	268⑦
	此山の—の体たらく	138	補陀落	245⑨
いただ・く(戴)	禁庭の草霜を—き	133	琵琶曲	236⑤
	則竜角の角を—き	159	琴曲	275⑦
	霜雪を—ひて夙夜の功やつもるらむ	64	夙夜忠	124①
	蓬萊不死の薬を—く	165	硯	286③
	星を—く夙夜のつとめ	80	寄山祝	146⑨
	星を—くにいそがはしく	13	宇礼志喜	54③
いたづき	身に—の入もしられず	89	薫物	160②
いたづら(徒)	足柄清見不破の関守—に	36	留余波	82⑫
	身を秋風の—に	173	領巾振恋	298⑭

	ただ—に幽閑の思に疲れけんも	140	巨山竜峯	249③
	僧正遍昭は—に絵に書る女の	112	磯城島	201⑪
	只—に老にき	27	楽府	70⑪
	—に老ぬる年の程もなく	38	無常	異307②
	—に薫香のたき物のみや	113	遊仙歌	203⑪
	—に過ゆく老の命を	84	無常	両331⑤
	何ぞ—に頭然に手を垂んや	147	竹園山	258⑫
	誰か—に袖を払て帰らむ	103	巨山景	186⑦
	身を—になすのみか	97	十駅	173⑤
	—に御幸にしられでとし旧ぬ	98	明王徳	177⑪
いたは・し(労)	忍辱の法衣—しく	120	二闡提	213⑪
いたばな(板鼻)	しどろに違—	56	善光寺	109③
いたびさし(板廂、板店)	藁屋や萱屋—	4	夏	44⑫
	不破の関屋の—	32	海道上	77⑤
	板間を求る—	78	霊鼠誉	144②
	まばらにふける—に	125	旅別秋情	223⑨
いたま(板間)	—を求るいたびさし	78	霊鼠誉	144②
いた・む(傷、痛)	聞にあはれを催し見に心を—ましむ	67	山寺	127⑬
	第一に心を—ましむる	8	秋興	49⑥
	心ひとつを—ましむる	107	金谷思	191②
	秋の心を—ましむる	127	恋朋哀傷	226①
	恋慕の心を—ましむる	157	寝覚恋	272⑫
	心を—ましむる色	93	長恨歌	167⑫
	秋の心を—ましめ	64	夙夜忠	124⑬
	正に怖れ正に—み	160	余波	276⑭
	梢に春の風を—む	111	梅花	199⑩
いたや(板屋)	槇の—をすぐるをと	159	琴曲	275⑬
いたやど(板宿)	須磨の—明石潟	134	聖廟霊瑞	239①
いたり(至)	あはれみを送りし芳志の—	141	巨山修意	249⑫
いたりて〔いたて〕	太宗の—重くせしは	63	理世道	122⑧
いた・る(至、到)	—らざる草木の本もあらじ	131	諏方効験	232②
	—らざる阿やなかりけん	134	聖廟霊瑞	238⑧
	—らざる道もあらじかし	134	聖廟霊瑞	237⑪
	物々取捨も—らじ	146	鹿山景	258⑧
	漸宝所に—らしむ	38	無常	85②
	—らぬ阿やなかるらん	120	二闡提	214⑧
	羽客は霞に乗て—り	31	海路	74⑭
	刹那の生滅はやく—り	38	無常	84③
	近く東土の今に—り	60	双六	114⑨
	道儀は感応道交の時—り	147	竹園山	258⑪
	幽にして—り難ければ	130	江島景	230②
	巌巓にも—りし	115	車	208④
	時に勅使の—りし麓寺	154	背振山幷	269⑫
	其功かならず—りては	128	得月宝池	227⑨
	こがんに律令する如きに—りては	138	補陀落	245⑧
	歌仙ここに—りては	173	領巾振恋	298⑫
	無常は早く—りやすし	119	曹源宗	212⑧
	かの所に—て	173	領巾振恋	298③
	弓箭の御手に—ては	166	弓箭	287⑭
	拈華微笑の時—る	119	曹源宗	211⑬

	―る事聖凡の道にあらず	119	曹源宗	211⑪
	春の色東より―ると	134	聖廟霊瑞	238③
	桃花の谷に―るに	113	遊仙歌	203④
	遠からずして―るは	162	新浄土	282①
	何かは宝所に―るべき	97	十駅	174⑨
	宮居する世々に―るまで	17	神祇	57⑧
	上は三世の諸仏下闡提に―るまで	44	上下	94⑥
	満山の護法に―るまで	55	熊野五	106⑨
	田村保昌に―るまで	65	文武	126①
	汀隠の冬草の枯ゆく哀に―るまで	74	狭衣袖	137⑦
	四州の民に―るまで	97	十駅	173⑬
	下民家に―るまで	114	蹴鞠興	205⑪
	水無瀬殿に―るまで	114	蹴鞠興	206⑨
	妻子珍宝及王位に―るまで	160	余波	278⑨
	霊亀の首に―るまで	165	硯	286③
	鴛鴦紕鉬の契に―るまで	66	朋友	両339⑨
	生を人間にうけて十善の位に―るも	161	衣	279⑫
	其国に―れば遙なる	136	鹿島霊験	242⑤
	かしこに―れば先は野口の大日堂	138	補陀落	244③
いたゐ(板井)	―の水も水草ゐて	9	冬	49⑫
いち(市)	君の恩も事しげく―をなす楽は	39	朝	86⑨
いちのみなみ(市の南)	―にのぞみし売炭翁は	10	雪	51④
	―に遺車	115	車	207⑪
いち(一)→いつヲモミヨ				
いちいち(一々)	三千の聖容の―の誓願	140	巨山竜峯	247⑩
	乃至不空羂索―神咒深秘密	120	二闡提	214⑨
いちいんいちやう(一陰一陽)	―遠く仰ぎ	142	鶴岡霊威	251⑨
いちえふ(一葉)	―風にさそはれて	79	船	145⑧
いちおんふしやう(一音不生)	―の始より	121	管絃曲	216②
いちぐ(一具)	―終し蘇香の	160	余波	278④
いちくら(肆)	鮑魚の―に入べからず	66	朋友	126⑦
いちげ(一夏)	忉利天に―説れしみこと法	99	君臣父子	179⑦
いちげい(一睨)	阿遮―のまなじり	62	三島詣	120②
いちじ(一時)　＊ひとときき	六根を―に懺悔せば	173	領巾振恋	299⑧
いちじ(一字)	ただこれ妙の―なり	122	文字誉	218⑭
いちじせんきん(一字千金)	―の報なり	122	文字誉	219⑬
いちじたがん(一字多含)	―を備へたり	122	文字誉	218⑬
いちじちやうりんわう(一字頂輪王)	―の三摩地後十六生	59	十六	114⑤
いちじつ(一日)	―の万機を一身の慮に	63	理世道	122⑥
いちじふろく(一十六)　＊じふろく、しふりく、二八(じはつ)	各―かとよ	59	十六	113⑫
いちじふろくし(一十六師)	―皆ともに	101	南都霊地	183⑭
いちじよう(一乗)	―一味の雨の下に	16	不老不死	56⑭
	―円宗のはなぶさ	67	山寺	128①
	法華経中―教主	85	法華	154⑬
	―化城の妙文	62	三島詣	121⑤
	―真実の内に帰す	72	内外	133⑪
	―大乗は余に又等からずして	102	南都弁	185⑨
	―の車を顕しや	115	車	207⑭
	ただ―の法なれば	85	法華	155③
	法華―の妙典は	163	少林訣	282⑧

	一の筵に座を列ね	127	恋朋哀傷	226④
	一菩提の西の嶺	153	背振山	268⑨
	一無価のたまたまも	161	衣	279⑩
	一無価の玉とかや	46	顕物	96⑩
	一無二の法を受	96	水	172⑤
	一妙典の五種法師の中にも	73	筆徳	136③
いちじる・し	そも一き道なれや	130	江島景	230⑩
いちじんしはん(一人師範)	一の安間満由	115	車	異311⑪
いちだいけうしゅ(一代教主)	夫一の御法は五時八教にわかれたり	122	文字誉	217⑭
いちだいむに(一代牟尼)	浄瑠璃医王善逝一の尊像	144	永福寺	255⑤
いちだいむにのけうしゅ(一代無二の教主)	一も忍辱の徳をほどこす	161	衣	279⑨
いちだいじいんえん(一大事因縁)	唯以一とこそ見えたれ	85	法華	154⑧
	唯以一とこそみえたれ	85	法華	両331⑧
いちだう(一道)	一に争かやすらはん	97	十駅	175⑪
いちだんさんぞく(一段三足)	一甲乙悉くに違へず	114	蹴鞠興	207⑤
いちぢ(市路)	こえ行するの一より	173	領巾振恋	299⑥
いちぢう(一重)　＊ひとへ	猶一の関をへだつ	119	曹源宗	211⑪
いちでう(一条)　※天皇	朱雀一より世々に是を継	114	蹴鞠興	205④
いちでうのゐん(一条院)	一の御宇とかや	60	双六	115④
いちでうのおほち(一条の大路)	一に立ならべ	115	車	208⑥
いちによさんなん(一女三男)	山川草木又一を生給ふ	172	石清水	295⑬
いちねん(一念)	たのもしき哉や一に	160	余波	277⑥
	一に唱る正覚	97	十駅	175⑮
	只一のなせばにや	163	少林訣	283②
	乃至一至心回向証	87	浄土宗	158⑭
	乃至一無生の九品の	127	恋朋哀傷	226④
いちのせ(一の瀬)	岩田の河の一	54	熊野四	105⑥
いちはや・し(掲焉、早速)	熱田八剣一き	32	海道上	77⑪
	駒形の利益ぞ一き	77	馬徳	143②
	そも一き勝負ならん	156	随身諸芸	271⑫
	一き霊威を尊めば	134	聖廟霊瑞	237⑥
	すける心の一く	28	伊勢物語	71⑭
	文珠の利剣一く	59	十六	113⑮
	中にも済度の方便一く	131	諏方効験	232⑧
	馬頭の忿怒一く	139	補陀湖水	247⑤
いちひ(菒)	鐙にかかる一までも	156	随身諸芸	272⑥
いちまんちう(一万株)	一の花ほころび梅が枝に	10	雪	50⑩
いちみのあめ(一味の雨)	如来の応用の一に浸ふ	85	法華	155⑧
	薬草薬樹の喩も一に潤	90	雨	異304③
	一乗一の下に	16	不老不死	56⑭
いちもんみやうがうめつぢうざい(一聞名号滅重罪)	一無量仏果得成就	110	滝山摩尼	異310⑫
いちや(一夜)　＊ひとよ	わづかに一を経しかども	83	夢	異303②
いちらう(一老)	淮陽山の一	42	山	90⑩
いちり(一里)	一を避ざる床の宮	96	水	172⑨
いちりう(一流)	是則東寺一の誉として	129	全身駄都	228⑮
いちりん(一輪)	一の名月雲霄を出とかきすさむ	124	五明徳	222②
	一光を残しつつ	51	熊野一	102⑪
いちろ(一路)	向上の一千聖も伝ず	119	曹源宗	211⑩
いちろくなん(一六難)	四三小切目の一の呉流	60	双六	116⑥
いつ(何時)	一苅ほさむ真薦草	43	草	92①

	又—とだにもなき中の	70	暁別	130⑭
	ふもとのすすき—となく	173	領巾振恋	298⑬
	—のたよりを松浦川	173	領巾振恋	298⑩
いつのま(何時の間)	月草移ひぬるか—に	43	草	92④
	—に稲葉の鳴子引替て	6	秋	47①
いつまで(何時まで)	いつまで草の—か	43	草	92⑧
	旧行年の—か	84	無常	153⑩
	谷の埋木—か	26	名所恋	両326④
いつも(何時も)	我国や—さかへむ	55	熊野五	107⑧
	朝露の宿を—捨やらで	58	道	111⑩
	—常盤の色ながら	42	山	91⑧
	—常葉の色ながら	131	諏方効験	233⑩
	—常盤の若緑	16	不老不死	56④
	—初音のほととぎす	5	郭公	46⑩
	—久き軒端なる	82	遊宴	異302⑧
いつか(何時か)	—と待し朝日影	97	十駅	175⑪
	又—は逢坂の杉の梢を	125	旅別秋情	222⑫
	—はあふせにうかびいでん	126	暁思留	224⑩
	—は酔を醒さむ	97	十駅	173⑩
	面影を—は思わすれん	59	十六	113⑩
	—は宝所に至べき	97	十駅	174⑧
	—は忘ん御吉野の憑の雁も	28	伊勢物語	72⑤
	—仏の御本へと思ふ心を	55	熊野五	106⑭
	箒木を有とばかりも—見む	56	善光寺	107⑭
いつしか(何時しか)	たちかへて—薄きたもとかな	161	衣	280⑦
	開ては—移ろふ萩が	145	永福寺丼	256⑩
	—かはるはいはぬにきたる夏衣	4	夏	44⑧
	—かはる萩の葉の	121	管絃曲	216⑭
	—故郷をや忍けん	71	懐旧	132②
	—さゆるけしきにて	90	雨	161⑬
	数の外に加りて—参内有しも	72	内外	134⑫
いづかた(何方)	—とおもひわかざりし	60	双六	116①
いづく(何方)	まよふ恋路の末やは—	18	吹風恋	59⑨
	駅路は—白樫のしらぬ山路に	171	司晨曲	294⑮
	床の山はいさや—ぞいさや河	32	海道上	76⑭
	そも此国は—ぞととへば	34	海道下	79⑬
	其名を—と問ば伊豆の海	30	海辺	両333⑦
	其社壇を—とみてぐらの	137	鹿島社壇	242⑭
	—にか等き砌あらん	140	巨山竜峯	249①
	煙の跡は—にきえぬらむ	118	雲	211⑥
	—の里もかくばかり	57	善光寺次	110④
	陸奥のおくの終は—の旅ならむ	35	羇旅	82⑦
	—の田をさぞ名もしるく	5	郭公	46④
	其地は—もしらねども	42	山	90④
	奇香の匂ひは—よりぞ	139	補陀湖水	246③
	雲の—を過ぬらむ	72	内外	134⑪
	身を捨て—をたづねん	50	閑居釈教	100④
いづち(何方)	背河の妹をば—遣ぬらむ	34	海道下	79⑦
いづれか(何れか)	—風の徳を備ざらん	95	風	169⑬
	—是に漏べき	102	南都丼	185⑦

	—は恋の妻ならざらむ	157	寝覚恋	273⑤
いづれに(何れに)	—もいかがくだされむ	29	源氏	73⑫
	さりや—をちけん	25	源氏恋	67⑥
いづれの(何れの)	—処か軽かに	113	遊仙歌	203⑬
	林鶯—所にか	170	声楽興下	293③
	—所にかかかるためし有ける	101	南都	183⑨
	—処にか勝たる	8	秋興	49⑦
	—絃より調らん	95	風	170⑧
	—緒より調初けん	170	声楽興下	293①
いづれも(何れも)	—上てかぞふべからず	115	車	異311⑫
	—哀はかはらねど	125	旅別秋情	222⑨
	彼是—有難かりしためしは	100	老後述懐	180⑬
	—糸竹の曲調は	159	琴曲	275④
	—思の妻となる	107	金谷思	191⑨
	—かたきに似たれど	98	明王徳	177⑦
	—かはらざりけり	4	夏	44⑫
	—替らざりければ	99	君臣父子	179⑩
	—奇瑞区々なり	172	石清水	296⑧
	—管絃を賞ぜらる	121	管絃曲	216⑦
	—茂き栄かは	102	南都幷	184⑩
	—浄土の荘厳	95	風	異309⑫
	—進退ず	65	文武	125⑤
	あはれは—切なれど	38	無常	84⑨
	彼是—天長地久のはかりこと	108	宇都宮	194①
	—時に異なれど	131	諏方効験	232⑪
	—徳政をすすめき	59	十六	異308①
	—友ぞ切なりし	66	朋友	両339⑧
	—ともにむかしの夢とかや	160	余波	両332⑦
	—ともにわきがたき	112	磯城島	201⑩
	—とりどりなりといへども	108	宇都宮	192⑦
	—微妙なる中に	169	声楽	291⑦
	—八雲の奥に納れり	92	和歌	166⑪
	—由有てぞやおぼゆる	150	紅葉興	263③
	—由有なる物をな	115	車	両337⑧
いづれを(何れを)	—上とし—下と定も	165	硯	286⑪
	—か済はざるべき	97	十駅	176⑥
い・づ(出)	遙に文字の外に—づ	119	曹源宗	211⑩
	一輪の名月雲霄を—づとかきすさむ	124	五明徳	222③
	ただこの音律の道より—づとかや	159	琴曲	275⑫
	雲より—の大島	130	江島景	231①
	—づべき光を契らむ	67	山寺	128⑦
	かすみて—づる朝日影	39	朝	86⑫
	霞て—づる朝日影	41	年中行事	88⑬
	あくれば—づる鶯	81	対揚	149⑭
	朝候日闌て—づる臣	39	朝	86⑩
	草の原より—づる月の	56	善光寺	108⑦
	都を—づる道すがら	51	熊野一	102②
	常寂光の宮を—で	55	熊野五	106⑩
	妙覚果満の台を—で	57	善光寺次	110⑧
	心王心数の台を—で	63	理世道	123⑥

	鷹はこれ百済の雲の外を—で	76	鷹徳	140⑤
	六の巷の外に—で	108	宇都宮	193⑨
	或は色に—で或は声に立	86	釈教	156⑫
	—で難かりし瑞籬の	56	善光寺	108⑧
	彼岸を—でし海士小舟	132	源氏紫明	235⑨
	槇の戸をやすらひにこそ—でしかと	171	司晨曲	294⑧
	色には—でじ山桜	106	忍恋	190④
	本覚の都を—でしより	86	釈教	155⑬
	遼東を—でし朗公	97	十駅	174⑮
	外よりも来らず内よりも—でず	146	鹿山景	258⑦
	妻孥は都を—でずして	71	懐旧	132①
	鶯いまだ—でずして	171	司晨曲	294①
	河の—でたる所なり	113	遊仙歌	202⑫
	海に—でたる水の浦	52	熊野二	103⑤
	松の枢を—でたるや	92	和歌	166②
	忍辱のちまたに—でつつ	62	三島詣	120⑧
	先は三聖震旦に—でつつ	72	内外	133⑩
	厩戸の王子世に—でて	59	十六	112⑭
	凡六芸の中より—でて	114	蹴鞠興	205⑦
	藍より—でて青とや	97	十駅	175⑩
	内記の戸を—でては	72	内外	134⑧
	—でては入ぬる面影の	7	月	異305⑧
	外に—でては清濁を分て	61	郢律講	117⑪
	外に—でては昼とす	60	双六	114⑭
	をけらん露は—でてはらはん	21	竜田河恋	62⑩
	都門を—でて百余里	93	長恨歌	167⑨
	日月—でて朗に	109	滝山等覚	194⑬
	飛火の野守—でて見よ	43	草	91⑫
	暁に—で星に入	64	夙夜忠	123⑪
	用明の太子世に—でても	119	曹源宗	212⑭
いつがい(一涯)	同く—の内なれば	123	仙家道	221③
いつかう(一香)	一華—の手向までも	129	全身駄都	229⑪
	一色—の粧は中道の妙理に	61	郢律講	118⑩
いつき(一基)	—三重の荘厳	146	鹿山景	258①
いつきのみや(斎の宮)	—のかりの契	24	袖余波	66⑫
いつきよく(一曲)	—いまだ終ざるに	169	声楽興	291⑨
いつく(一句)	猶又末後の—あり	119	曹源宗	213①
いつく・し(厳)	蘋蘩の粧—しく	134	聖廟霊瑞	239⑬
いつくしみ(厳)	第三は王子の—	62	三島詣	120⑦
	国を治むる—	63	理世道	121⑫
	仁たり主たる—	72	内外	135②
	父たる父の—	99	君臣父子	178④
	恩愛の—こまやかに	139	補陀湖水	247⑤
	眼前遺身玉耀の—を拝悦せし	129	全身駄都	227⑭
いつくわ(一顆)	娑竭羅竜女が—の玉も	14	優曇華	54⑪
いつくわい(一廻)　＊ひとめぐり	陽明門の—	41	年中行事	89⑪
いつくわん(一官)	—の小情にはばかりて	63	理世道	122⑪
いつげいつかう(一華一香)	—の手向までも	129	全身駄都	229⑪
いつこ(一壺)	つねに—の酒を持し	47	酒	97④
いつさい(一切)	抑—の如来は	122	文字誉	218⑩

いつさいしゆじやう(一切衆生)	化一の謀といかでか憑まざるべき	85	法華	155⑨
いつし(一子)	我等に一の慈悲をたる	62	三島詣	120②
	一の慈悲を垂たまふ	86	釈教	155⑭
いつし(一枝)　＊ひとえだ	楊貴妃が一の雨	121	管絃曲	217⑤
	下座一を地にさせり	137	鹿島社壇	両341①
いつしきいつかう(一色一香)	一の粧は中道の妙理に	61	郢律講	118⑩
いつしてんか(一四天下)	猶し一をなんともせず	155	随身競馬	270④
いつしのあき(一時の秋)	一を告とかや	8	秋興	48⑬
いつしめんもん(一思面門)	一に怠らざれ	119	曹源宗	212⑨
いつしやう(一生)	舟の中浪の上一の歓会これおなじ	31	海路	75②
いつしやうふしよ(一生補処)	一の大聖無着の請におもむくより	101	南都霊地	183⑬
いつしん(一身)	豈一日の万機を一の慮にさだめん	63	理世道	122⑦
いつしんさんぐわん(一心三観)	一の月の影	67	山寺	128①
	一の窓の前	97	十駅	175⑨
いつじんしはん(一人師範)	贈て一の	134	聖廟霊瑞	237④
いつしんのうてな(一真の台)	一たかくして	102	南都弁	185⑤
	一を瑩つつ	97	十駅	174⑩
いつしんちんりんくわんしいんさつた(一心頂礼観世音薩埵)	一抑仰で是等の誉を思へば	128	得月宝池	227⑤
いつせい(一声)　＊ひとこゑ	一の山鳥は夜となく昼となく	5	郭公	45⑭
	一の鳳管は秋秦嶺の雲を驚す	82	遊宴	151④
	一の鳳管は王子晋がそのむかし	121	管絃曲	217⑨
いつせき(一尺)	冴る一の雪をよろこぶ	10	雪	51④
いつせんぶ(一千部)	一をぞ納る	139	補陀湖水	246⑬
いつせんよさい(一千余歳)	一霜ふりて	153	背振山	268④
いつせんり(一千里)	一に氷しき	133	琵琶曲	236⑤
いつたい(一体)	ただこの一にそなはり	120	二闡提	213⑦
いつたう(一刀)	猶一をくださざらめや	128	得月宝池	227⑨
いつたび(五度)	一謡ひ攇し袖	105	五節末	190①
いつちやう(一張)	三尺の劒一の弓	81	対揚	149③
	一の弓のいきほひ	166	弓箭	287⑩
いつつ(五)	一の蔵の中にも	45	心	両334⑨
	海中一の神山は	42	山	90⑦
	一の塵をや洗らん	124	五明徳	222⑤
	凡一の徳を得て	171	司晨曲	293⑫
いつつをなが(五緒長)	八葉一物見	115	車	両337⑧
	八葉一物見は	115	車	208⑪
いつてう(一朝)	一に撰ばれて	93	長恨歌	167②
	一の英才として	149	蒙山謡	261⑦
いづてぶね(出手舟)	湊を隔つる一の	30	海辺	74②
いつてん(一天)	一風のどか也	41	年中行事	88⑬
	明徳一にくもりなく	108	宇都宮	192⑧
	皆一四海を加護せしむ	131	諏方効験	233⑤
	然ば一利生を仰つつ	96	水	172⑩
いづのうみ(伊豆の海)	其名をいづくと問ば一	30	海辺	両333⑦
いづのおほしま(伊豆の大島)	月は中空の雲より一	130	江島景	231①
いつはり(詐、偽)	一多しと歎しかひもなくして	27	楽府	70⑪
	孝行に一なければ	99	君臣父子	179②
	文成が一も由なし	16	不老不死	55⑫
いつは・る(詐、偽)	密事の一らざれば	91	隠徳	164②
	外には一れる道をいとひ	135	聖廟超過	240⑫

いつまでぐさ(いつまで草)	壁に生る草の名の—のいつまでか	43	草	92⑧
いづみ(泉)	天台山に曝布の—	94	納涼	169②
	寺号は又賢き法の—流久く	147	竹園山	258⑭
	心の—に声をそふ	112	磯城島	201②
	—に浪の音すみて	82	遊宴	151④
	絶ぬ—の石清水の	76	鷹徳	両326⑦
	濁ぬ—の流は	44	上下	93⑦
	曝布の—は天台山	42	山	90⑥
	御手流河の流の—をながす	137	鹿島社壇	243⑤
いづみ(和泉)	池田と—の堺の里	52	熊野二	103②
いつよ(五夜)	—の節会のけふの名残	105	五節末	189⑨
いづるのいはや(伊豆留の岩屋)	上人—より大剣の峯に移り	138	補陀落	244⑧
いてう(異朝)	名を又—におよぼし	60	双六	115⑤
	抑—のいにしへは	63	理世道	122⑬
	遠く—の雲を凌て	131	諏方効験	231⑨
	—の浪の外とかや	78	霊鼠誉	144⑦
	勝事を—の外に及す	172	石清水	296⑩
	倩—を思ふにも	166	弓箭	287②
	遠く—を顧れば	88	祝	159⑥
いでむか・ふ(出迎)	をのをの緑の袖をつらね—ひし有様	93	長恨歌	168②
いでや	—この煙ばかりを	24	袖余波	66④
いでや・る(出やる)	—らざりし心の中	171	司晨曲	294⑧
いと(糸)	その占形の釣の—	173	領巾振恋	298⑧
	穂屋の薄の—しげき	131	諏方効験	232⑪
	御手なる—のくり返し	87	浄土宗	158⑬
	柳の—の様したる	29	源氏	73③
	夏引の—の貫川いかにせん	82	遊宴	151⑫
	—ひき立て手にもならさぬ	134	聖廟霊瑞	238①
	青柳の—もたやすく	101	南都霊地	183⑮
	—より竹の声に遇て	121	管絃曲	215⑫
	則其袂の—をば一筋に	156	随身諸芸	271⑩
	青柳の—をみだして吹風	167	露曲	288③
	きくぢんの—を宛たる	81	対揚	149⑮
	—を宛ては打解る	3	春野遊	43⑬
いとがのやま(糸我の山)	青柳の—のいとはやも	53	熊野三	104⑧
いとげ(糸毛)	—檳榔唐廂大顔	115	車	208⑪
	青毛—檳榔唐廂大顔	115	車	両337⑥
いとざくら(糸桜)	紅桜—初花桜さけるより	2	花	42⑥
いとずすき(糸薄)	初霜結ぶ—	32	海道上	77⑨
いとすぢ(糸筋)	しほあひ細き—の	130	江島景	230⑤
いとたけ(糸竹)　＊しちく	—の妙なる声にや通らん	130	江島景	230⑬
	—の音にやめでけん	74	狭衣袖	137⑫
いとたけのしらべ(糸竹の調)	—に通きて	102	南都幷	185②
	—に通ふ松風	82	遊宴	151①
	青柳の—よいかならん	170	声楽興下	292⑫
	—(弾)を調ふ	113	遊仙歌	204②
	—をととのへ	148	竹園如法	260⑦
いとはぎ(糸萩)	はやとけ初る—に	8	秋興	49①
いとけな・し(幼)	—かりしは若紫の	16	不老不死	56⑦
	嬰童無畏の—き	84	無常	153③

いとど	—今は小夜深るまの	145	永福寺幷	256③
	入より—濁なく	55	熊野五	106⑥
いとなみ(営)	丸は田に立—に	5	郭公	46④
	賑ふ—の五月会	131	諏方効験	232⑬
いとな・む(営)	功臣の—む道なり	63	理世道	122①
	東に趨て—めど	160	余波	279③
いとは・し(厭)	風—しき嵐山に	76	鷹徳	141④
	雪と浪とは—しく	92	和歌	166⑧
	さるは夜寒の風—しく	125	旅別秋情	223⑫
いとひ・く(厭来)	暗き道より—きて	97	十駅	176③
	暗より暗を—こし	49	閑居	98⑫
いと・ふ(厭)	—ばや—はばなどか—はざらむ	160	余波	279④
	誰かは—はざるべき	100	老後述懐	180⑨
	海百川を—はず	88	祝	159③
	身にしむ風をも—はず	99	君臣父子	178⑬
	薄き衣を—はぬは	99	君臣父子	178⑧
	—はぬ人ぞ拙き	163	少林訣	283⑤
	あだしよを—はばやといふ	84	無常	両331④
	聞事を—ひ	27	楽府	71②
	左に遷る名を—ひ	134	聖廟霊瑞	239⑪
	恨らくは外には詐れる道を—ひ	135	聖廟超過	240⑫
	うき世を—ひつつ竹の林にすみし	66	朋友	両339⑦
	与悪の友を—ひて	66	朋友	126⑥
	—ひても—ふ方ぞなき	9	冬	49⑭
いとま(暇)	凡夙夜に—なく	64	夙夜忠	123⑩
	承観に寝に侍て静なる—なく	93	長恨歌	167⑤
	農業の—を授くとか	98	明王徳	176⑪
いな(否)	—にはあらずいなぶちの	74	狭衣袖	137⑩
いなや	—帰らじと尋ねしかど	16	不老不死	55⑪
いな(猪無)	あふことをいまはた—の湊入の	26	名所恋	69④
	湊吹こす—の渡り	95	風	171③
いなせがは(稲瀬河)	越ては稲村—	34	海道下	80⑦
いなば(稲葉)	夕霜の晩稲の—うちなびき	40	夕	88⑤
	つゐに—に結ぶ露の	37	行余波	83⑧
	苅干—の秋をへても	11	祝言	53②
	—の雲に跡とめて	164	秋夕	285②
	—のすゑにかかりて	65	文武	125⑦
	—の鳴子引替て	6	秋	47①
いなばね(稲葉根)	見すぐしがたき—	54	熊野四	105⑤
いなば(因幡)	今は—といひし道に	127	恋朋哀傷	225⑦
いなぶち(いな淵)	いなにはあらず—の	74	狭衣袖	137⑪
いなみ(印南)	—斑鳩切目の山	53	熊野三	104⑫
いなむしろ(稲莚)	しづが仮ねの—	6	秋	47⑧
いなむら(稲村)	越ては—いな瀬河	34	海道下	80⑦
いなり(稲荷)	—や春日熊野山	42	山	91②
いにしへ(古)　＊むかし	神護の—	35	羇旅	81⑪
	養老の滝の—	47	酒	97⑩
	西天月氏の—	57	善光寺次	110⑥
	天照神の—	72	内外	133⑫
	近く日域の霜をかさねし—	73	筆徳	135⑭

孝徳の御宇豊崎の宮の— 78 霊鼠誉 144⑩
観経証定の— 87 浄土宗 157⑨
星霜旧にし— 90 雨 161④
東土の久米の道場に隠して納し— 91 隠徳 165③
釈尊難行の— 96 水 172⑤
慶雲の其— 101 南都霊地 182⑫
清見原の— 105 五節末 189⑭
貞女峡の— 107 金谷思 191④
夫楚国の李斯が— 116 袖情 209②
淮王の薬を嘗し— 118 雲 210⑫
威音那畔の— 119 曹源宗 211⑪
彼右幕下の— 131 諏方効験 233⑦
槐門の— 134 聖廟霊瑞 237④
さても大職冠の— 137 鹿島社壇 243⑪
清見原の— 159 琴曲 276③
応神天皇の— 172 石清水 296③
観経証定の— 87 浄土宗 異303⑥
賤機山の— 42 山 両327⑨
伝聞和尚の—とかや 147 竹園山 259④
水の尾の—とかやな 24 袖余波 66⑪
西来の—年旧て 103 巨山景 186④
霞を隔し—なり 60 双六 115④
さても奈良の—に 112 磯城島 201⑥
さても天津御神の—に 122 文字誉 219⑫
我とひとしき人しなかりし—に 28 伊勢物語 異306⑪
所々の宮柱なを—に立かへり 11 祝言 52⑩
秦の二世皇帝梁の武帝の—の 63 理世道 122②
—の衣通姫が流なり 112 磯城島 202①
—の七のかしこき人は皆 66 朋友 両339⑦
—の旧にし跡をおもへば 17 神祇 57⑦
賢く聞へし—の世々の竜像 130 江島景 231②
豊崎の宮の—は 62 三島詣 119⑦
抑異朝の—は 63 理世道 122⑬
抑かの瑞相に燈明仏の—は 85 法華 154⑥
元和の—も 13 宇礼志喜 54⑤
浦島の子が—も 39 朝 87⑧
干飯たうべし—も 56 善光寺 108③
上陽人が—も 59 十六 113⑪
隔なかりし—も 74 狭衣袖 137⑧
心づくしの—も 160 余波 277⑨
—もかかるためしは在原の 74 狭衣袖 138①
おもひ出のなき—もしのばれて 100 老後述懐 179⑭
斗藪の—もわすれず 141 巨山修意 249⑪
霧を挑し—や 50 閑居釈教 100⑪
遠西天の—より 60 双六 114⑨
旧にし天応の—より 108 宇都宮 194②
燃燈仏の—を 71 懐旧 132⑭
紫に染し—を 126 暁思留 224⑭
ひたすら馴こし—を 127 恋朋哀傷 225⑭
機前会得の—を 128 得月宝池 227⑧

	猶—を慕つつ	71	懐旧	132③
	彼は天暦の—をしのびつつ	64	夙夜忠	124⑪
	其—を訪へば	77	馬徳	142④
	されば—を訪へば	88	祝	159⑤
	爰遙に—を訪へば	146	鹿山景	257⑥
	玉くしげ箱崎の—を訪へば	103	巨山景	異310⑥
	筑波嶺の—をとぶらへば	159	琴曲	両335⑨
いにしへいま(古今)	—にくもらず	98	明王徳	177⑥
い・ぬ(寝)	夜はに—ねざりし	64	夙夜忠	124⑭
	秋の夜長く—ねざれば	27	楽府	71①
	—ねたる事もおぼえず	27	楽府	70⑫
いぬ(犬)	緤をはなれて走る—にや	97	十駅	173⑥
いぬのきづな(緤)	韓盧の—とか	76	鷹徳	140⑫
いぬかひ(犬飼)	—鷹飼の其色々にみゆるは	76	鷹徳	140⑨
いぬかみのとこのやま(犬上の床の山)	人をとがむる里の—は	32	海道上	76⑭
いね(稲)	御手作の—てふ夜の	131	諏方効験	232⑬
	門田の—のいねがてに	71	懐旧	132⑧
いねがて	門田の稲の—に	71	懐旧	132⑧
いのち(命)	田づらの奥の露の—	65	文武	125⑦
	我も人も—あらば	117	旅別	210⑨
	待に—ぞとかこちても	74	狭衣袖	138③
	—つれなくながらへて	28	伊勢物語	71⑨
	惜からぬ—にかへてだに	70	暁別	131⑤
	けなばけぬべき—の	10	雪	51④
	消なばけぬべき—の	10	雪	両330④
	—の内に又も越なむ幾秋と	33	海道中	78⑬
	露の—の中にだに	167	露曲	289④
	いな葉に結ぶ露の—の中にも	37	行余波	83⑧
	二度—のながらへて	22	袖志浦恋	63⑪
	絶ぬ—のながらへても	83	夢	152⑨
	霜露の—の残なき	168	霜	290⑩
	なげく—はかひぞなき	69	名取河恋	130⑥
	つれなき—はながらへて	106	忍恋	190⑪
	あぢきなく—もしらず	18	吹風恋	59⑩
	梶をたえ—も絶と	75	狭衣妻	139⑤
	木の葉にかはらぬ—もてても	38	無常	84⑭
	或は—を軽して	160	余波	278⑬
	老の—をたとふれば	84	無常	両331⑤
いの・る(祈)	風の祝に透間あらすなと—らばや	95	風	170⑨
	君がよはひを—りけれ	41	年中行事	89①
	若葉さす野べの小松と—りしも	16	不老不死	56⑧
	君をぞ—りたてまつる	154	背振山幷	270①
	明暮国を—りても	150	紅葉興	263⑫
	—る手向になびきつつ	130	江島景	231⑤
	—る手向のゆふしでも	142	鶴岡霊威	252⑧
	国母を—るためなれや	109	滝山等覚	195⑧
	—る所の増福は	120	二闡提	213⑨
	今上皇帝と—るなる	103	巨山景	186⑪
	天長地久と—るは	110	滝山摩尼	198②
	千世もと—る人の子の	38	無常	84⑥

	鶴亀によそへても万代を—るまで	92	和歌	166⑨
いは(岩)	—打越浪よする	53	熊野三	104⑪
	—打浪の摧る心は我ばかり	22	袖志浦恋	64③
	七仏—に顕れ	110	滝山摩尼	196⑫
	いとかく堅き—にも松は	21	竜田河恋	62⑫
	浪越—の島津鳥	31	海路	75⑫
	鵜のゐる—の摂(はざま)にも	23	袖湊	65③
	青碧の—碧潭の淵	113	遊仙歌	203③
	—漏水のと託ても	112	磯城島	202③
いはがき(岩柿)	葛の紅葉—真坂樹蔦の葉	150	紅葉興	263⑪
いはかきぶち(岩墻渕)	—の隠に身を捨ても	18	吹風恋	59⑩
いはかど(岩稜)	岩根の道の—	91	隠徳	164⑧
	遙に石稜の—	153	背振山	268⑩
	関の—踏ならし	35	羇旅	82④
	谷の—踏ならし	50	閑居釈教	100⑨
いはがね(岩が根)	苔踏ならす—	23	袖湊	65④
	苔踏ならす—	55	熊野五	107④
	青波分出る—	86	釈教	157②
	苔の筵を—に	110	滝山摩尼	197①
いはがみ(岩神)	—湯の河はるばると	55	熊野五	106④
いはき(岩木)	さすが—にあらざれば	160	余波	279⑤
いはこすなみ(岩越浪)	—に柱(ことぢ)の名を流すも	159	琴曲	276⑥
	—に柱の名を流すも	159	琴曲	両336①
	—の玉とちる	54	熊野四	105⑨
	竜神上て—をたたへつつ	159	琴曲	両335⑪
いはした(岩下)　*がんか	—かはる落合や	57	善光寺次	110②
いはしみづ(石清水)	ながれはかはらぬ—	88	祝	159⑬
	大内には御溝水男山には—	96	水	異310②
	—の清き流を受伝る	172	石清水	296⑤
	—の流を受ぬ人はなし	76	鷹徳	両326⑦
	—のふかき誓をあらはす	142	鶴岡霊威	252⑤
	—の水上より	103	巨山景	187④
	—を引導て	34	海道下	80⑦
いはしろ(岩代)	—の浜松がえのたむけ草	11	祝言	両324⑩
	こずゑはそも—の松やらん	54	熊野四	105②
いはせのもり(岩瀬の森)	—の梢の	26	名所恋	67⑭
	—の郭公	5	郭公	45⑫
いはだのかは(岩田の河)	—の—の瀬	54	熊野四	105⑥
いはつつじ(岩躑躅)	いはねばこそあれ—	26	名所恋	67⑫
	故をいはばや—	150	紅葉興	263⑦
いはでのせき(岩手の関)	おもへども—の戸ざしきびしく	48	遠玄	98⑧
いはでのやま(岩手の山)	思こと—に年を経て	26	名所恋	両326③
いはと(岩戸)	天の—の開し代の	102	南都幷	185②
	苔の—のしづけきに	50	閑居釈教	100①
	—を明し朝倉や	136	鹿島霊験	241⑭
	天の—をあけの玉垣に	17	神祇	57⑦
いはね(岩根)	瀬々の—に浪こゆる	94	納涼	169⑤
	—に夢もむすばれず	110	滝山摩尼	198①
	凝敷—のいはね伝ひ	34	海道下	79④
	苅ほす汀の—の床に	31	海路	75⑬

	緑みじかき―の松	115	車	208③
	染残しける―の松の	106	忍恋	190⑫
	―の松のわかみどり	38	無常	84⑫
	―の道の岩かど	91	隠徳	164⑦
	凝敷―は大坂の	55	熊野五	106②
	―を卜る松の門	49	閑居	99⑦
	―をとめて	15	花亭祝言	55⑧
いはねづたひ(岩根伝)	凝敷岩根の―	34	海道下	79④
	―によぢのぼり	130	江島景	230⑤
いはねのたき(岩根の滝)	―の白玉は	80	寄山祝	146⑩
いは・ふ(祝)	内宮外宮と―はれ	72	内外	134①
	内の高尾神と―はれ	108	宇都宮	193⑧
	鼠神と―はれ給て	78	霊鼠誉	両338②
	―はれ給なる	17	神祇	57⑫
	鎮守に―ふ道祖神	60	双六	116⑩
	初もとゆひを―ふらん	174	元服	異301⑦
いはほ(巌)	松柏の―桃花の谷に到に	113	遊仙歌	203④
	いかなる―なるらん	14	優曇華	両325⑤
いはま(岩間)	―に漲る滝の音	57	善光寺次	109⑧
	―の氷解やらず	1	春	41⑩
	―の水のいくむすび	94	納涼	168⑫
	―をくぐる谷の水	110	滝山摩尼	197④
いはまづたひ(岩間伝)	―に涌かへり	44	上下	94③
いはまくら(岩枕)	稀なる契の―	164	秋夕	285①
いはむろ(岩室)	是や胎金両部の―	153	背振山	268⑨
いはもとこすげ(岩本小菅)	奥山の―ねふかめて	43	草	92③
いはや(岩屋)	狩籠の―は乙天童の為態とか	153	背振山	268⑩
	上人伊豆留の―より	138	補陀落	244⑧
いば・ゆ〔いばふ〕(嘶)	鶏籠月に―えしは	171	司晨曲	295③
	駒―ゆなりや粟津野に	43	草	91⑬
	胡馬北風に―ゆなるも	77	馬徳	143①
	引馬もさこそは―ゆらめ	33	海道中	78⑪
	牧馬はいかが―ゆらん	133	琵琶曲	237①
	征馬なづみて―ふこゑ	170	声楽興下	293①
いはゆる(所謂)	―巣穴冬夏の住ゐとして	95	風	169⑪
いはれ(謂)	万物化生の―あり	169	声楽興	291①
	楽をはじむる―あり	169	声楽興	291⑫
いはゐ(石井)	法水底清き―の流	145	永福寺幷	256⑦
	―の水をや結らん	144	永福寺	255⑪
いはんや(況)	あだなるわざとは説れず―	85	法華	両331⑩
	―陰陽の道ぞげに	58	道	111⑪
	―膠漆の友なひ離がたく	127	恋朋哀傷	225⑫
	―興宴の砌には	47	酒	97⑤
	―三昧正受に入給し	146	鹿山景	257⑨
	―三千の聖容の一々の誓願	140	巨山竜峯	247⑨
	―試楽のしるべせし	160	余波	278⑪
	―四十二字の功徳は	122	文字誉	218⑫
	―寂寞無人声	85	法華	154⑩
	―諸仏の証誠は三千に普きみことのり	87	浄土宗	157⑩
	―諸仏滅度已供養舎利者	129	全身駄都	229⑫

	—花に木づたふ鶯	45	心	95④
	—毘盧遮那曼荼の荘厳	143	善巧方便	254④
	—藤の末葉の花の色は	102	南都幷	185⑫
	—折にふるる玉章	134	聖廟霊瑞	238②
いひい・づ(言出)	思増田のいける限は—でじ	26	名所恋	67⑬
	我名もらすなと—でても	126	暁思留	224⑨
いひお・く(言置)	等閑の其言種に—きし	127	恋朋哀傷	225⑪
	もと—きしことの葉の	37	行余波	83⑩
いひがた・し(言難)	上とも更に—く	44	上下	93⑩
いひがひ(飯匙)	—とりし態までも	28	伊勢物語	72⑪
いひし・る(言知)	—らずぞや覚る	126	暁思留	224⑤
	何とかやあな—らずや	86	釈教	156⑦
	げに—らずやみえつらむ	104	五節本	188⑬
いひな・る(言馴)	我言種に—れて	58	道	111⑮
いひもてゆ・く	—けば自性離言の言説	143	善巧方便	254⑦
いひよ・る(言寄)	誰むこがねと—りてか	28	伊勢物語	異306⑨
いひわた・る(言渡)	先—る中河の岩漏水のと託ても	112	磯城島	202②
い・ふ(言、云)	誰かは是を三寸と—はざらむ	47	酒	異314⑤
	陰徳の—はざるをみるは	91	隠徳	163⑧
	あだなるかかるすさみとは—はじ	85	法華	154④
	求とも—はじ捨とも—はじ	143	善巧方便	252⑬
	さしても—はじ三笠山	88	祝	159⑭
	—ふとや—はん—はずとや—はん	146	鹿山景	258⑥
	おもふ事—はでやただにやみにけむ	28	伊勢物語	異306⑩
	—はぬ色なる八重疑冬の一枝を	74	狭衣袖	137⑦
	—はぬにきたる夏衣	4	夏	44⑧
	—はぬはくるしきたく縄の	23	袖湊	64⑫
	心の中を—はねば	160	余波	278⑪
	—へば—ふ—はねば恨む	86	釈教	156⑥
	—はねばこそあれ岩躑躅	26	名所恋	67⑫
	—へばえに—はねばむねにさはがるる	69	名取河恋	129⑪
	—はねば無明に落ぬべし	58	道	111⑤
	花と—はば桜にたとへても	29	源氏	73⑧
	故を—はばや岩躑躅	150	紅葉興	263⑦
	音に立ても—はばや物を	18	吹風恋	59⑩
	—はばや物をと計に	106	忍恋	190⑨
	—はばや物をと斗の	106	忍恋	両337⑩
	都の土産にいざと—はむ	28	伊勢物語	72⑤
	うつつとや—はむ	34	海道下	79④
	露とや—はむ涙とや—はん	39	朝	87①
	誰かは心なしと—はん	45	心	95③
	要道と只にやすく—はん	58	道	110⑭
	誰かは思の外と—はん	72	内外	134⑬
	又何をか差別と分て—はん	163	少林訣	282⑦
	夢とや—はんさても彼	83	夢	152⑦
	—はんとすれば言なし	119	曹源宗	212②
	あだなるわざとは説れず—はんや	85	法華	両331⑩
	磯の上古鼠の尾の毛と—はるるも	78	霊鼠誉	144⑮
	馬蹄とも是を—ひ	165	硯	286④
	忘れなはてそと—ひけるも	75	狭衣妻	139⑪

	彼と—ひ是と—ひ	101	南都霊地	183⑨
	彼と—ひ此と—ひ	141	巨山修意	249⑩
	彼と—ひ是と—ひ尊き哉	145	永福寺拝	256⑭
	心あてにそれかと—ひし言の葉	115	車	208⑧
	人なとがめそと—ひしは	76	鷹徳	140⑬
	誰か—ひし春の色	134	聖廟霊瑞	238②
	きつつ馴にしと—ひし人の	56	善光寺	108③
	今はいなばと—ひし道に	127	恋朋哀傷	225⑦
	春ながらかくこそ秋のと—ひしや	150	紅葉興	262⑦
	賢道とは—ひつべき	58	道	112⑦
	遠き跡とも—ひつべし	160	余波	277⑧
	生うしと—ひてかへりても	20	恋路	62④
	其身は賤と—ひながら	28	伊勢物語	71⑥
	麻生の浦半に有と—ふ	82	遊宴	異302⑩
	いとはばやと—ふことくさの	84	無常	両331④
	有と—ふなる浅水の	82	遊宴	151⑫
	あひみんと—ふ人毎の	19	遅々春恋	61①
	邪とも—へ正とも—へ	58	道	112③
	老せぬ門を鎖して—へば	16	不老不死	55⑫
	岡べの若草春と—へば	33	海道中	78⑪
	所を—へば紀伊国や無漏の郡	51	熊野一	102①
	—へば執着恐あり	58	道	111⑤
	—へば難波も法の舟	160	余波	279⑤
	五大を—へば風大	95	風	169⑩
	先人—へる事あり詢て賤に聞くべしと	63	理世道	122⑤
	汲上と—へる事はよな	136	鹿島霊験	242⑧
	孝行の信と—へるは	99	君臣父子	178④
	竹生島と—へるは	68	松竹	両328②
	牧馬と—へるは琵琶の名	77	馬徳	143④
いへども(雖)	勢ひおほしと—	45	心	95⑩
	粟散広しと—	59	十六	112⑩
	燈をかかぐと—	64	夙夜忠	123⑫
	古今異なりと—	65	文武	126①
	いづれもとりどりなりと—	108	宇都宮	192⑦
	曲又異なりと—	121	管絃曲	215⑪
	曲調はとりどりなりと—	159	琴曲	275⑤
	諸芸道多しと—	114	蹴鞠興	205⑧
	殊に御感に納と—	134	聖廟霊瑞	238⑤
	眉目に似たりと—	134	聖廟霊瑞	239⑪
	其名ふりんたりと—	136	鹿島霊験	242④
	つづまやかなるをよみすと—	140	巨山竜峯	248③
	春の霞をへだつと—	141	巨山修意	249⑤
	勝地は多しと—	145	永福寺拝	256⑪
	西天東土境異と—	146	鹿山景	257⑦
	勝劣なしと—	152	山王威徳	266⑫
	様々なりと—	158	屏風徳	273⑦
いはんかた(言はん方)	恩徳譬て—ぞなき	72	内外	134⑥
	荘厳も喩て—ぞなき	102	南都拝	185⑧
	功徳はたとへて—もなし	129	全身駄都	229⑬
いふもおろか	あはれと—なる	58	道	111⑫

いぶかしが・る(訝)	しばしば—れとなり	63	理世道	122⑬
いぶき(伊吹)	もゆる—のさしも草	26	名所恋	69①
いぶきやま(伊吹山)	裾野を廻ればー	32	海道上	77②
いぶせさ	はにふの小屋の—も	23	袖湊	65④
いへ(家)	国栄—富	114	蹴鞠興	205⑨
	抑国治り—富で	151	日精徳	264⑥
	崔女郎が—ならし	113	遊仙歌	203⑥
	李将軍が—にある	81	対揚	149②
	色好の—に埋木の	112	磯城島	201⑤
	誉讃の徳—に絶ず	156	随身諸芸	272①
	—に忠臣の跡をしたふ	71	懐旧	131⑪
	—につたふる朝恩	39	朝	両332⑪
	富は—の栄なり	78	霊鼠誉	145③
	誰が—の軒端にか	3	春野遊	43⑦
	袁司徒が—の雪も	10	雪	50⑨
	道を伝—を起し	64	夙夜忠	123⑨
	—を治すとかやな	158	屏風徳	273⑫
	—を離て三四月落る涙は百千行	134	聖廟霊瑞	238④
いへのかぜ(家の風)	柿の本の—	112	磯城島	201⑩
	三笠山の—	160	余波	277⑪
	道の道たる—に	134	聖廟霊瑞	238⑨
いへいへ(家々)	—にかはりて引は	44	上下	93⑭
	其—にのこりつつ	61	郢律講	118⑨
	—の車の紋	115	車	208⑬
	—の風儀品々也	155	随身競馬	270⑥
	—の誉也	156	随身諸芸	両340⑨
	凡是を玩ぶ—は	156	随身諸芸	271⑭
いへいへのかぜ(家々の風)	—に伝り	95	風	170②
	皆—に伝れり	88	祝	159⑦
	—につたはれる	124	五明徳	異312⑪
	—にや伝ふらん	73	筆徳	136②
	—の言の葉	150	紅葉興	262④
いへざくら(家桜)	此川の—	173	領巾振恋	298⑦
いへぢ(家路)	帰らん—も忘られ	47	酒	96⑬
	—忘るる花の友	160	余波	277⑫
いへゐ(家ゐ)	山がたかけたる—の	71	懐旧	132⑧
	おろそかなりし—は	68	松竹	129⑧
	海づら遠き山里の—までも	68	松竹	両328⑤
いほ(庵)	落穂拾し田面の—	28	伊勢物語	72⑩
	しのに露ちる篠の—	49	閑居	99⑧
	衣手寒きすずの—	154	背振山幷	269⑥
	彼命婦が道れし嵯峨の—	160	余波	278①
	山陰ふかくむすぶ—に	50	閑居釈教	100⑨
	ただ一夜のささの—も	35	羇旅	82③
いほり(庵)	杉の—を卜つつ	109	滝山等覚	196⑦
いほしろをだ(五百代小田)	—の夕嵐	40	夕	88⑨
いほぢ(五百年)	—の歳を保しも	151	日精徳	264④
いま(今)	東土日域の—	57	善光寺次	110⑦
	百王の下れる—	98	明王徳	176⑭
	仰がれましますー	134	聖廟霊瑞	237⑤

枯葉の浅茅生—何日ぞ	38	無常	両335②
枯葉のあさぢふ—いくかは	38	無常	84⑦
二八の尊者は—現に	16	不老不死	56⑪
むかしの殷の目楊—ここに来れり	60	双六	115⑩
伝ふ—此慈尊万秋楽	169	声楽興	292②
—此法に逢ぬらむ	87	浄土宗	158⑩
方に—此霊場に望て	146	鹿山景	257③
女御の君は—すこし	29	源氏	73④
—ぞきくまだわがしらぬむしあげの	75	狭衣妻	139⑦
霞の関と—ぞしる	56	善光寺	108④
今日の日—にあらずな	13	宇礼志喜	54⑥
帰朝の—に新ならむ	103	巨山景	異310⑩
臨幸—に新に	155	随身競馬	271②
近く東土の—に至	60	双六	114⑨
—に弥さかへ	101	南都霊地	183③
乃至—におよぼす徳	147	竹園山	259①
代は又—にかさなれど	63	理世道	122⑮
いにしへ—にくもらず	98	明王徳	177⑥
新なる—に比ふれば	146	鹿山景	257⑧
—に宰府の御垣にあらためず	135	聖廟超過	241①
—に絶ざる郢曲	95	風	170②
さても累代の政—に絶ず	159	琴曲	276②
—に絶ず御幸あれば	55	熊野五	107⑦
伝きく孔子の教—に絶ずや	91	隠徳	163⑩
法灯—に絶せず	51	熊野一	102⑪
百王—に絶せず	172	石清水	296②
—に絶せぬ奇特なり	172	石清水	297④
教法—にたえせねば	16	不老不死	56⑬
ながれ—にとどまらず	164	秋夕	284⑤
—に都鄙平かに	137	鹿島社壇	243⑬
—にみだれずとこそ聞	109	滝山等覚	195⑭
聞を—にや残らん	159	琴曲	275③
—に代々の勅封	129	全身駄都	228⑭
—に位次をみだらざる家例までも	135	聖廟超過	240⑬
—の医王善逝かとよ	62	三島詣	121③
—の釈迦牟尼如来是なり	59	十六	113⑭
—の瑞相にしらせしも	71	懐旧	132⑭
一松の—の御幸	152	山王威徳	267⑩
是又—の妙儀也	121	管絃曲	216③
音冴行ばいとど—は	145	永福寺弁	256③
—はあだなる形見哉	69	名取河恋	130⑧
—はいなばといひし道に	127	恋朋哀傷	225⑦
—は袒て気高く聞る沓の音	104	五節本	188⑫
誰にか—は語らはん	127	恋朋哀傷	225⑭
—は枯行草の原	167	露曲	289②
露の情も—はさば	107	金谷思	191⑤
—はとかたらふ暁の	126	暁思留	224⑧
—はとみゆる一祝	160	余波	277⑮
いざや—は梨原の駅に駒とめん	102	南都弁	184⑬
うとくや—は成ぬらん	19	遅々春恋	61⑨

	よそにも—はなり行か	118	雲	両338⑪
	恨わびまたじ—はのうき身にも	164	秋夕	285⑧
	忉利の形見も—ははや	160	余波	277④
	—ははや腰に梓の弓を張	100	老後述懐	180⑦
	—ははや夏六月の御手作の	131	諏方効験	232⑬
	—は春なる浪の初花	111	梅花	199⑫
	—はや出立田辺の浦	54	熊野四	105③
	—一涯の勅命は	134	聖廟霊瑞	239⑪
	—又旧記を訪にも	143	善巧方便	253⑦
	—又堯舜の直なる道に	151	日精徳	264⑨
	—までも心ながきは秋の夜の	71	懐旧	132⑤
	—も大君の御影くもらぬ翫び	112	磯城島	200⑭
	さればにや—も織の森の	108	宇都宮	194⑦
	抑古賢は—も陰らねば	100	老後述懐	180⑭
	—もかはらずみそなはす	35	羇旅	81⑬
	—も定めぬ世なれども	160	余波	276⑬
	—も絶ず栖給ふ	72	内外	133⑫
	道ある御世の—も猶	17	神祇	57⑩
	累劫成道の—も又	96	水	172⑥
	主は—や小動の	82	遊宴	150⑪
	—や衣を宇津の山	168	霜	289⑩
	—をかぎりとはやき瀬の	75	狭衣妻	139⑧
いまのよ(今の世)	名を—にとどめて	101	南都霊地	184④
いまきのをか(今来の岡)	—にぞ待るなる	5	郭公	46⑪
いまさら(今更)	—いかがおぼしけむ	74	狭衣袖	137⑧
	—何はうらやまん	100	老後述懐	180①
	—思ふもかひなくて	36	留余波	82⑩
	影をも—誰に恥ん	78	霊鼠誉	144①
	—誰をか託べき	20	恋路	62③
	新今橋の—に	33	海道中	78⑦
	其面影の—に	49	閑居	99⑥
いましめ(戒)	猥に木叉の—を犯す	160	余波	277①
いますが・り	大泊瀬稚武の尊—りき	39	朝	87⑦
	誉田の御門と—りき	142	鶴岡霊威	251⑫
	宮しき立て—りける	86	釈教	157⑤
いまだ(未)	発言—現さざりし	134	聖廟霊瑞	238⑥
	鶯—出ずして	171	司晨曲	293⑭
	一曲—終ざるに	169	声楽興	291⑨
	—関をこえざるに	71	懐旧	132②
	—知音あらず	119	曹源宗	212②
	名残は—つきなくに	21	竜田河恋	63①
	珠簾—巻ざるに	3	春野遊	43⑦
	周文—まみえずして	98	明王徳	177⑤
	鳴ても—夜や深き	171	司晨曲	295①
いまはた(今将)	—秋の初風	124	五明徳	222①
	あふことを—いなの湊入の	26	名所恋	69④
	—えならぬ色をます	132	源氏紫明	235①
	—さびしくよはる虫	125	旅別秋情	223⑥
	—更にあはずは	18	吹風恋	60⑦
	—津守の浦みなくや	115	車	異312①

いまはのきは(今はの涯)	―の夕けぶり	160	余波	278⑨
いまはのやま(今はの山)	―の峯にさへ	107	金谷思	191⑩
いまほんぐう(今本宮)	―と号するも	138	補陀落	244⑩
いみ・じ	―じき御調物是なり	159	琴曲	276④
いも(妹、婦)	慕くる―があたりの名も睦しき	91	隠徳	164⑬
	―が姿の池水に	26	名所恋	68⑤
	由なき―が玉章	86	釈教	156⑦
	名もむつましき―とわれ	82	遊宴	151⑩
	名もむつましき―と吾	82	遊宴	両330⑨
	―と我ねぐたれ髪の手枕に	126	暁思留	224④
	わが衣手を見せばや―に	19	遅々春恋	61⑪
	―にそはずのもりてしも	56	善光寺	108⑪
	―やとがめん花の香を	89	薫物	160⑩
	待らん―をはやみん	77	馬徳	142⑬
いもがしま(妹が島)	―記念の浦に鳴鶴の	26	名所恋	68⑫
いもせ(妹背)	―の中に落る芳野の滝の	24	袖余波	66⑨
	―の中を流くる芳野の河の	52	熊野二	103⑩
	―の睦濃に	121	管絃曲	215⑩
いもせのやま(妹背の山)	―の中に落よしや吉野の	81	対揚	149④
いもとわれ(妹と吾)　※催馬楽ノ曲名	名もむつましき―	82	遊宴	151⑩
	名もむつましき―	82	遊宴	両330⑨
いや(弥)	一松の今の御幸猶―珍らなり	152	山王威徳	267⑩
いやさか・ふ(弥栄)	ふとしきたてて―ふ	62	三島詣	119⑫
	いまに―へ	101	南都霊地	183④
	中興殊に―へ	147	竹園山	259②
	夫よりおほくの林―へ	137	鹿島社壇	両341③
	世々経ても―へゆく	80	寄山祝	146⑪
いやま・す(弥増)	満くるしほの―しに	30	海辺	74①
いやいや・し	―しく厳かなる	149	蒙山謡	261⑪
いや・し(賤)	―しきあやこが居を卜	135	聖廟超過	240⑦
	―しき垣ねに木伝て	5	郭公	45⑬
	或は畔に耕す態或は―しき漁に	91	隠徳	163⑪
	又―しき民の態までも	140	巨山竜峯	248⑤
	詢て―しきに聞べしと	63	理世道	122⑤
	―しきはにふの小屋までも	63	理世道	123⑥
	又―しき宮奴祝子	17	神祇	57⑭
	霊鼠は其品―しけれど	78	霊鼠誉	143⑧
	其身は―しといひながら	28	伊勢物語	71⑥
いよいよ	凡北闕―安全に	65	文武	126②
	神徳―威光をます	108	宇都宮	194①
いらか(甍)	梅の梁桂の棟反宇彫―	113	遊仙歌	204⑥
	西にめぐれば―あり	108	宇都宮	193⑩
	社壇の―は十三所	109	滝山等覚	195④
	彫る―はりのかべ	140	巨山竜峯	248⑧
	―見えたる寺の姿	163	少林訣	283⑧
	寺々の―もかはらねば	11	祝言	52⑪
	堂塔―をつらねて	67	山寺	128⑧
	―を並る瑞籬には	135	聖廟超過	240⑩
	七社―をならぶれど	120	二闌提	213⑬
	摩訶調御の伽藍―をならべ	147	竹園山	259⑩

	雲のたたりがた—をならべたりやな	15	花亭祝言	55②
	されば或は精舎—を並たる	146	鹿山景	257⑫
	ともに—を並べつつ	101	南都霊地	182⑨
	伽藍—をならべて	51	熊野一	102⑩
	しかれば社壇—をならべて	62	三島詣	119⑪
	—をまもる鳳の翅は	144	永福寺	255②
いりあひ(入会)	遠山寺の—	170	声楽興下	292⑧
	近津飛鳥の—も	102	南都幷	184⑬
いりあひのかね(入会の鐘)	—て思し有増より	40	夕	88⑧
	—ても名残の	37	行余波	83②
	船は湊に—のみさきの	173	領巾振恋	299⑤
いりうみ(入海)	—かけて興津浪	136	鹿島霊験	242⑥
	—遠き浜名の橋	33	海道中	78⑨
いりえ(入江)	難波—のいさり火の	107	金谷思	191⑫
	塩干の—の浦々の磯間伝ひ	30	海辺	異305②
	満潮の—の島に潜てふ	31	海路	75⑬
	—の浪の下草	44	上下	94⑥
	—の浜物尋つつ	82	遊宴	150⑫
	—の舟の琵琶の曲	79	船	145⑩
	—の松をあらふ浪の	51	熊野一	102⑬
	跡は—の藻塩草	22	袖志浦恋	64②
いりがた(入方)	—の月の影にしも	168	霜	290⑤
いりそ・む(入初)	思そめ—めしより	20	恋路	61⑬
いりひ(入日)	—の末の磯山に	164	秋夕	284⑧
	西に—をまねけども	173	領巾振恋	298⑬
い・る(射)	いざさば—てみむ矢立の杉	34	海道下	80③
い・る(入、容)	涅槃の山に—らざれば	97	十駅	174①
	誰かはまことの道に—らん	77	馬徳	143⑤
	暁に出星に—り	64	夙夜忠	123⑪
	扶桑の霞の中に—り	76	鷹徳	140⑤
	妙なる法の道に—り	160	余波	278⑧
	芳野の山に—り給	42	山	90⑬
	況や三昧正受に—り給し	146	鹿山景	257⑨
	—りなむとぞやおぼゆる	23	袖湊	65③
	無疆の郷に—りなんぞ	58	道	112⑦
	—りにし事ぞ不思議なる	60	双六	115⑭
	苔の下には—りぬとも	167	露曲	289⑥
	暗より暗にぞ—りぬべき	22	袖志浦恋	64⑨
	悟の道にぞ—りぬべき	131	諏方効験	232⑥
	—りぬる磯の草の名の	107	金谷思	191⑦
	出ては—りぬる面影の	7	月	異305⑧
	遙に—りぬる山の内	103	巨山景	186①
	渓鳥も雲に—りぬれば	5	郭公	45③
	鳥も古巣に—りぬれば	161	衣	280⑦
	—る方見せぬとうたがひしも	66	朋友	126⑭
	—る方見ゆる山の端に	125	旅別秋情	223⑬
	哀をしるも—る月の	84	無常	153⑨
	妙なる覚に—るとかや	83	夢	152⑭
	無生五乗も等く—るなれば	87	浄土宗	158⑮
	禁朝に—る人もあり	115	車	207⑬

	鮑魚のいちくらに—るべからず	66	朋友	126⑦
	尾花が末に—るまでに	56	善光寺	108⑦
	—るもしられず白真弓	89	薫物	160②
	絵に書ば月も有明にて—る山もなし	158	屛風徳	274⑨
	—るよりいとど濁なく	55	熊野五	106⑥
	そも敷政門をや—るらん	72	内外	134⑧
	月を隠して懐に—るる	124	五明徳	221⑥
	哀逢がたき道に—れば	54	熊野四	105⑧
	硯の箱に—れられし	165	硯	286⑦
いるがせ	いかでか—なるべき	78	霊鼠誉	145③
いるさ(入さ)	—の道をや廻らん	34	海道下	80③
いるさのやま(入狭の山)	梓弓—の蕪坂	53	熊野三	104⑥
いるの(入野)	小鹿—のしげみ隠れ	91	隠徳	164⑪
	尋—のつぼすみれ	3	春野遊	44③
いるまがは(入間河)	深くやおもひ—	56	善光寺	108⑨
いれわれ(入破)	定筒—採居	60	双六	116⑥
いろ(色)　＊思ひの色	長安の薺の青—	3	春野遊	43⑩
	台にはしけり紅錦の—	15	花亭祝言	55⑥
	花摺衣の袖の—	35	羇旅	81⑤
	蛍をつつむ袖の—	46	顕物	96⑥
	円頓円融の花の—	50	閑居釈教	100⑤
	山藍もて摺る衣の—	59	十六	113⑤
	暁月露にさむき—	67	山寺	127⑫
	竜池にひたす墨の—	73	筆徳	136⑬
	南陽県の花の—	82	遊宴	151⑦
	林をかざる夕の—	84	無常	153④
	水はながれて春の—	86	釈教	156⑧
	月の光雪の—	92	和歌	166⑥
	心を傷しむる—	93	長恨歌	167⑫
	空即是色の花の—	97	十駅	174⑭
	垣根にしげる苔の—	98	明王徳	177⑪
	雪を廻す袖の—	102	南都幷	185②
	すぐる乙女の袖の—	105	五節末	189⑧
	山辺の霞の—	112	磯城島	201⑩
	尾花の袖にまがふ—	116	袖情	210①
	花は開て万歳の—	122	文字誉	219⑮
	婕妤が裁せし紈素の—	124	五明徳	221⑨
	誰か謂し春の—	134	聖廟霊瑞	238②
	都府楼の瓦の—	134	聖廟霊瑞	239⑤
	一度御名を菊の—	151	日精徳	265①
	利生利物の露の—	152	山王威徳	267⑮
	春の—あざやかなり	140	巨山竜峯	247⑪
	秋の—あざやかに	80	寄山祝	146⑧
	栄花の—あざやかに	109	滝山等覚	195②
	秋の菓—あざやかに	134	聖廟霊瑞	237⑤
	—濃こうちきに	29	源氏	73⑥
	をのが—こそのこりけれ	171	司晨曲	294④
	満くる紅葉の—殊に	150	紅葉興	262⑨
	緋も緑も—異に	156	随身諸芸	271⑨
	紅蓼—さびしき秋の水に	164	秋夕	284⑧

うつろふ情の—しあらば	3	春野遊	43⑫
涙の—ぞおぼつかなと	25	源氏恋	67⑥
水の外なる—ぞなき	97	十駅	175②
紅葉に残—ぞなき	150	紅葉興	263⑪
単に勝れる—ぞなき	156	随身諸芸	272⑤
—そふ思ひの深さをば	167	露曲	288⑪
楢の葉柏片枝—染る夕時雨の	159	琴曲	275⑬
袖に涙の—染て	5	郭公	46⑥
—と知ながら	21	竜田河恋	62⑬
秋の扇の—となる	10	雪	50⑫
深き—とは成ぬらん	167	露曲	288⑤
目に悦を—とみて	58	道	112④
いつも常盤の—ながら	42	山	91⑧
涙にそめし—ながら	69	名取河恋	130②
いつも常葉の—ながら	131	諏方効験	233⑩
凋める花の—なくて	112	磯城島	201⑫
物に真の—なければ	58	道	112③
雪にはおなじ—ならず	119	曹源宗	212③
紅紫二の—ならむ	150	紅葉興	263②
暮る—なる束帯に	105	五節末	189⑩
いはぬ—なる八重疑冬の一枝を	74	狭衣袖	137⑦
げにそもえならぬ—なれば	8	秋興	49⑤
春秋来ても同—なれば	137	鹿島社壇	両341②
物ごとにさびしき—なれや	55	熊野五	106⑥
夕紅の—なれや	171	司晨曲	295④
沢べにさける花の—に	33	海道中	78③
或は—にいで或は声に立	86	釈教	156⑫
深山桜の—に移り	140	巨山竜峯	249①
紅葉の—にうつろひし	41	年中行事	89⑭
交雪の—に異ならず	171	司晨曲	294②
—にし見えねばしかすがの	26	名所恋	67⑭
—にぞ移る桜人	82	遊宴	151⑪
この—に喩へたり	68	松竹	128⑭
よしやただ—にはいでじ山桜	106	忍恋	190④
—にはめでじさく花に	89	薫物	160②
勇る—に誇とか	47	酒	97④
—にも心や移らん	78	霊鼠誉	143⑬
いかでか—にもめでざらむ	74	狭衣袖	137⑨
紅葉の—にやながれけん	150	紅葉興	262⑧
あだなる—にや匂らむ	49	閑居	98⑬
花の—にやまがふらん	118	雲	211①
かはらぬ—の顕れば	37	行余波	83⑪
ゆかりの—の形見なれや	126	暁思留	224⑭
つれなき—のかはらぬは	26	名所恋	68⑬
墨染の夕の—のすごきは	40	夕	88⑥
衣の—の妙なるは	111	梅花	200⑤
移ふ—のつらければ	19	遅々春恋	61⑧
衣の—のふかきは	64	夙夜忠	124⑩
いはんや藤の末葉の花の—は	102	南都幷	185⑫
立舞袖の緑の—は	121	管絃曲	216⑩

	菊の花うつろふ後の—は	151	日精徳	異315④
	梢をわけし—はげに	150	紅葉興	262⑥
	異花の—は名付がたし	139	補陀湖水	246③
	雪の朝に—はへて	76	鷹徳	140⑪
	猶墨染の—ふかき	110	滝山摩尼	197②
	紅葉の山ぞ—ふかき	150	紅葉興	262⑫
	これ皆餞別の—ふかく	35	羇旅	81⑧
	—又余に勝たり	114	蹴鞠興	206①
	万年の苔の—までも	80	寄山祝	146⑭
	庭前柏樹の—までも	103	巨山景	186⑤
	葉分の露の—までも	143	善巧方便	253⑬
	つゐに木だかき—見えて	75	狭衣妻	139⑫
	移菊の紫のゆかりの—も	60	双六	116②
	若紫のゆかりの—も	107	金谷思	191⑮
	開る—も異ならん	104	五節本	188⑪
	情の—もしられけれ	73	筆徳	136⑫
	紅葉の—もふかけれど	96	水	172②
	いざやさば心づからの—もみん	45	心	95⑤
	花籃目ならぶ—やなかりけん	93	長恨歌	167①
	花かつみかつみる—やなかるらん	125	旅別秋情	223⑮
	水草の—や緑の池	102	南都弁	184⑪
	三五の月の—よりも	133	琵琶曲	236⑦
	草木も—をあらためず	98	明王徳	177①
	ゆかりの—を思そめにし始より	132	源氏紫明	234⑨
	碧羅の—を飾る	140	巨山竜峯	248⑪
	黒色その—をかたどる	95	風	169⑪
	紅葉巌上に—をそふ	67	山寺	128③
	籬の菊は—をそへ	168	霜	289⑫
	つたもかえでも—をそめ	66	朋友	126⑬
	うつろふ—をと恨しも	151	日精徳	264⑬
	紅葉の—を錦ぞと	150	紅葉興	262⑩
	つれなき—をのこしても	40	夕	87⑫
	百敷の—を引かへて	110	滝山摩尼	196⑭
	葛稚仙が薬の—を踏けん	150	紅葉興	262⑮
	秋の菓—をます	73	筆徳	135⑫
	緑もふかき—をます	90	雨	161⑤
	浅紅芬郁の—をます	111	梅花	199⑨
	今将えならぬ—をます	132	源氏紫明	235①
	猶此霜にぞ—をます	168	霜	289⑬
	霊雲は桃花の—をみる	119	曹源宗	212④
	韈の—を六の品に定られ	114	蹴鞠興	205⑥
	—をも香をも君ならで	111	梅花	199⑪
いろいろ(色色)	遊糸繚乱の—	3	春野遊	43⑬
	秋百草の—	43	草	91⑩
	千種の花の—	56	善光寺	108⑥
	かさなる妻の—	72	内外	135⑥
	薫物合の—	111	梅花	200⑨
	栄花の華の—	143	善巧方便	253⑧
	黄葉のもみぢの—	150	紅葉興	262②
	—毎にをけばこそ	43	草	92⑤

	画図の—様々に	140	巨山竜峯	248⑧
	詞の花の—に	28	伊勢物語	71⑩
	紅葉の錦の—に	35	羇旅	82①
	連る袖の—に	44	上下	93⑤
	あけも緑も—に	64	夙夜忠	124③
	紅葉の錦の—に	82	遊宴	151①
	朝餉より—に	104	五節本	188⑬
	さても詞の花の—に	116	袖情	209⑧
	露分衣の日も夕ばへの—に	131	諏方効験	232⑮
	腰差の花の—に	135	聖廟超過	240⑤
	—にさける秋の草	86	釈教	156⑨
	—に染なす夕ばへの	129	全身駄都	229⑦
	—に匂ふ袖口	115	車	208⑭
	—に見ゆる玉なれば	22	袖志浦恋	64⑩
	其—にみゆるは	76	鷹徳	140⑨
	—にみゆる百種	8	秋興	48⑭
	—にみゆる諸人の	145	永福寺幷	256②
	露もさながら—の	7	月	48⑩
	—の衣をわかちしも	161	衣	280④
	玉をかざり錦—の財力ある	79	船	146②
	—の荘厳微妙にして	108	宇都宮	193⑫
	其—の装束	114	蹴鞠興	207④
	皆—の袖を連ね	155	随身競馬	271②
	—の宝を送つつ	59	十六	112⑫
	—の花を尽ても	112	磯城島	202⑥
	衣に—の紅葉や	150	紅葉興	263②
	緑も深き—を	97	十駅	174⑤
いろごのみ(色好)	—の家に埋木の	112	磯城島	201⑤
いろづ・く(色付)	月に—くときは木の	110	滝山摩尼	197⑭
	浅茅—く冬枯の	61	郢律講	118⑥
いろどり(色どり)	平中が—せしは	165	硯	286⑦
いろどりごろも(色采衣)	—する月草	43	草	92④
いろど・る(色どる)	—る露の玉ゆらも	6	秋	47④
いろはにほへどちりぬるを	—わがよに伝る和歌	122	文字誉	218⑦
いわう(医王)	—の薬を儲しも	86	釈教	156④
	本地—の誓約	62	三島詣	119⑥
いわうざん(医王山)	近く東土震旦の—	129	全身駄都	228③
いわうぜんせい(医王善逝)	浄瑠璃—一代牟尼の尊像	144	永福寺	255④
	東方阿閦と聞るも今の—かとよ	62	三島詣	121③
	東方—の十二神将に連て	78	霊鼠誉	143⑩
	是も—六千部の法華経	139	補陀湖水	246⑬
いゐ(依違)	刑罰の—を慎む	98	明王徳	177⑩
いん(音)　＊おと、ね	横笛—を調へ	121	管絃曲	217⑩
いん(隠)	凡—に類ひ多けれど	91	隠徳	163⑨
いん(殷)	大輅は—の車也	115	車	207⑩
	むかしの—の目楊	60	双六	115⑩
	—の目楊と漢の蘇師慶子	60	双六	115②
いん(因)	狂言遊宴の戯れ讃仏乗の—	143	善巧方便	252⑬
	曠劫の—あさからず	129	全身駄都	227⑬
	当来讃仏乗の—として	127	恋朋哀傷	226③

いんえん(因縁)	十二の一の移ればかはる姿なり	84	無常	153⑦
	出世大事の一を	161	衣	279⑩
いんき(陰気)	一を助る勢ひあり	149	蒙山謡	261④
いんきよく(音曲)	一こと更にこまやかに	61	郢律講	117⑩
	一郢吟悉く	82	遊宴	151⑧
いんぎん(慇懃)　＊おんごん	朝夕一の砌として	148	竹園如法	260②
いんくんし(隠君子)	正に一の号あり	91	隠徳	164①
いんげつ(隠月)	覆手に隠る一	91	隠徳	164⑤
	雲隠れする一	133	琵琶曲	236④
	一の其名も由あれや	91	隠徳	164⑤
いんじ(陰士)	竹林の一として各名を埋き	91	隠徳	163⑫
いんしじ(院使寺)	一と号せらる	154	背振山幷	269⑬
いんしゆらくちよく(飲酒楽勅)	一をかさねても	47	酒	97⑨
いんぜふ(引摂)	一憑しくぞや覚る	9	冬	50②
	能化一の薩埵は	120	二闡提	213⑧
	来迎一の夕の雲	164	秋夕	285⑭
いんてい(殷丁)	或は一夢に見て傅説をえ	83	夢	152⑩
いんてい(殷帝)	一賢を求しかば	98	明王徳	177⑤
いんとく(隠徳)	一の言ざるをみるは	91	隠徳	163⑧
	終に一の為ところ	91	隠徳	163⑧
いんは(一葩)	一は髪を垂たるに似たり	151	日精徳	264⑧
いんやう(陰陽)	大楠小楠の一	62	三島詣	120④
	一時に調り	96	水	171⑪
	甲乙は一に像て	121	管絃曲	216①
	葭灰は一にこゑをなし	164	秋夕	284②
	是を一に掌	60	双六	114⑪
	一の契睦しく	139	補陀湖水	247⑤
	いはんや一の道ぞげに	58	道	111⑪
	一万物を養育し	81	対揚	148⑩
	真俗二をつかさどり一みな治る	72	内外	133⑨
	一も互に事異ならず	146	鹿山景	258⑦
	一を玉体にあらはし	108	宇都宮	192⑫
いんやく(陰薬)	父母は一をととのへ	99	君臣父子	178⑬
いんりつ(音律)	一之様々なる中にも	176	廻向	異315⑧
	ただこの一の道より出とかや	159	琴曲	275⑫
	一は是声塵世界の機器として	169	声楽興	290⑬
	秘讃一四智心略	148	竹園如法	260⑨
いんゐ(因位)	一の誓約に答つつ	144	永福寺	255⑤
	一の丹誠を展らる	96	水	172⑥
	一の悲願に答るのみかは	108	宇都宮	193②
	一の悲願に済はれ	87	浄土宗	158③

う

う(有)　※所有	みな他の一とや成ぬらん	160	余波	279④
う(鵜)	一のゐる岩の摂にも	23	袖湊	65③
う(得)、え(得)	一る事又すくなし	127	恋朋哀傷	225③
	芬陀梨の名を一るのみならず	87	浄土宗	158⑤
	是みな徳を一るゆへに	171	司晨曲	294⑥

	或は殷丁夢に見て傳説を―(え)	83	夢	152⑩
	求事を―ざりき	27	楽府	70⑪
	仙の道を―ざりき	83	夢	異303③
	絶中の月を―ざりしかば	97	十駅	175③
	ながるる事をや―ざるらむ	7	月	48④
	法華経を我―し事は薪こり	154	背振山幷	269⑨
	我朝に名を―し名馬也	77	馬徳	142⑮
	雲腴雲脚の名を―しも	149	蒙山謡	261②
	道々に長ぜる人を―給ふ	60	双六	115④
	則馬鳴の名を―たり	77	馬徳	142⑥
	星の位の名を―たり	151	日精徳	異315④
	常葉木の名を―たり	137	鹿島社壇	両341②
	夢の中に―たりき	73	筆徳	異308⑧
	凡此道に名を―たりしは	60	双六	115②
	嘉木の名を―たりしは	114	蹴鞠興	206⑤
	又名を―たりし人はこれ	112	磯城島	201⑪
	其より此名を―たりとぞ	136	鹿島霊験	242⑩
	傳説を夢に―たりな	98	明王徳	177⑥
	或夜は誰か詩を―たる	103	巨山景	186⑥
	掌に―たるのみならず	85	法華	154③
	たまたま―たる人身	97	十駅	173⑪
	―つべき哉や不死の薬	110	滝山摩尼	197⑨
	瑤池の壮観便を―て	49	閑居	99④
	如来月氏に道を―て	72	内外	133⑩
	千歳賢貞の徳を―て	114	蹴鞠興	206②
	納涼殊に便を―て	144	永福寺	255⑪
	凡五の徳を―て	171	司晨曲	293⑫
	大公望を―てこそ	115	車	207⑩
	竜宮の玉を―てしかば	97	十駅	176④
	何ぞ測事を―む	143	善巧方便	254⑧
うい(羽衣)	霓裳―のたもとに	62	三島詣	120⑩
	霓裳―の袂に	93	長恨歌	167①
う・う〔うふ〕(栽)	軒端に―うるならひは	114	蹴鞠興	205⑭
	都て木を―うるは安宅のはかりこと	114	蹴鞠興	206③
	されば懸を―うるも	114	蹴鞠興	205⑬
	御もとに―へけん種のみかは	87	浄土宗	158⑩
	ふる野に―へし桜花	71	懐旧	132④
	大沢の池の底にも誰か―へしと	151	日精徳	異315⑤
うかが・ふ(伺)	魔碍―ひがたし	140	巨山竜峯	248⑤
	広く―ひて誤らざらむためなり	63	理世道	122⑥
	爰閑に史記を―へば	155	随身競馬	270⑦
うかく(羽客)	―は霞に乗て至り	31	海路	74⑭
うが・つ(穿)	半天雲を―ちて三滝浪を重る	55	熊野五	107⑤
	鉄石の的も―ちやすく	166	弓箭	287③
うかびい・づ(浮出)	―づべきたよりだに	87	浄土宗	158②
	いつかはあふせに―でん	126	暁思留	224⑩
うかひぶね(鵜飼舟)	―蛍やかがり	4	夏	44⑬
うか・ぶ(浮)	面影いかに―びけん	71	懐旧	132⑥
	潯陽の浪に―びし曲	31	海路	75⑩
	海印に―びし三世の徳	97	十駅	175⑭

	夕日浪に―びて	51	熊野一	102⑨
	蘋蘩の緑波に―ぶ	17	神祇	57⑤
	金盃の蕚酒に―ぶ	151	日精徳	264⑦
	片敷袖の涙に―ぶ面かげよ	157	寝覚恋	272⑬
	浪間に―ぶ白妙の	7	月	48⑤
	白鷺池の浪に―ぶなり	97	十駅	175⑦
	さなぎの汀に―ぶなるも	131	諏方効験	232⑨
	時をもわかず―ぶ贄	131	諏方効験	233②
	眺望眼に―ぶより	92	和歌	166⑥
	澗水に―ぶ落梅は	111	梅花	両330①
	天の河せにや―ぶらむ	122	文字誉	219⑦
	蓬萊洞をや―ぶらむ	145	永福寺幷	256⑫
	波能船を―ぶれば	63	理世道	121⑨
	感見を補陀落の湖水に―べ	108	宇都宮	192⑪
	南海の北に影を―べ	109	滝山等覚	194⑫
	刹土を補陀落の浪に―べ	120	二闡提	213④
	夫神鏡は機を鑑て影を―べ	131	諏方効験	231⑧
	方便の舟を―べつつ	62	三島詣	119②
	弘誓の船を―べつつ	86	釈教	156⑭
	光を―べてくもりなき	50	閑居釈教	100⑩
	中道の玉を―べても	97	十駅	175②
	浪に―べる水の字は	96	水	両329④
	水に―べる昔より	79	船	145⑧
うか・る(浮)	心―れて浮舟の	89	薫物	160⑫
うかれごゑ(浮かれ声)	やもめ烏の―に	106	忍恋	190⑧
うかれづま(狂妻)	主さだまらぬ―の	125	旅別秋情	223③
うかれどり(狂鶏)	情もしらぬ―の	70	暁別	130⑭
	薄媚となさけなき―の	113	遊仙歌	204⑨
	月に強き―の	157	寝覚恋	272⑭
	狂鶏(きやうけい)の―の夜深き別を催し	171	司晨曲	294⑩
うきくさ(萍、浮草)	身を―の根を絶て	19	遅々春恋	61④
うきくも(浮雲)　＊ふうん	嵐のすゑの―	90	雨	161⑪
	時雨をさそふ―	95	風	170⑪
	きえねとかこつ―	106	忍恋	190⑥
	人の心の―に	134	聖廟霊瑞	239⑨
	はや―の空隠れ	16	不老不死	56⑩
	身を―の類とか	170	声楽興下	292⑬
	遠樹を隠す―は	118	雲	210⑬
	峯の―晴行ば	94	納涼	168⑩
うきしづ・む(浮沈)	泡と消なでや―み	18	吹風恋	60⑤
	いけるばかりに―み	19	遅々春恋	61③
	ねにのみながれて―み	74	狭衣袖	137④
	夢の浮橋―み	83	夢	152⑨
うきしまがはら(浮島が原)	浮てやみゆる―中遠く行々て	34	海道下	79⑬
	―の磯づたひの	62	三島詣	120⑮
うきす(浮巣)	―をあだにや憑らむ	30	海辺	74③
うきせ(憂瀬)	―に身をばしづめけん	173	領巾振恋	298⑩
	網代木の―の浪に捨し身の	73	筆徳	136⑤
うきた・つ(浮立)	はるかにわたせ雲の梯と―ちしを	74	狭衣袖	137⑬
	―つ思の果よさば	25	源氏恋	67②

	—つみねの横雲は	83	夢	152⑤
うきつ(浮津)	—の浪はわたづ海の	75	狭衣妻	139⑦
うきな(浮名、憂名)	—も消なで薄雲の	25	源氏恋	67②
	—を隠す阿(くま)もあらせよとぞ思ふ	74	狭衣袖	138⑦
	—をとどめし小島が崎	89	薫物	160⑫
うきなみ(浮浪)	泊れる舟の—に	133	琵琶曲	236⑨
	身を—の下までも	107	金谷思	191⑦
うきね(浮寝、憂寝、憂音)	ひとり—に聞わぶるは	169	声楽興	291⑬
	あまり—に袖はぬれじ	26	名所恋	68⑭
	—の床の梶枕	30	海辺	74①
	—の床の梶枕に	132	源氏紫明	235⑤
	—をともなふね覚ならん	157	寝覚恋	272⑭
うきはし(浮橋)	一夜の夢の—	70	暁別	131④
	夢の—浮沈み	83	夢	152⑨
	危くわたす—の	32	海道上	77⑧
	天の—の言の葉を	73	筆徳	135⑭
うきふし(浮節、憂節)	—しらぬ呉竹の	21	竜田河恋	63⑧
	難波の葦の—に	24	袖余波	66③
うきふね(浮舟)	—のうき名をとどめし小島が崎	89	薫物	160⑫
	—の匂兵部卿の宮	25	源氏恋	67⑧
うきまくら(浮枕、憂枕)	涙の床の—	18	吹風恋	60⑥
	夜舟漕音ぞね覚の—	130	江島景	231②
うきみ(憂身)	—ごもりの玉柏	173	領巾振恋	299①
	恨わびまたじ今はの—にも	164	秋夕	285⑧
	老のなみにしづむ—は	100	老後述懐	180⑥
	—をしれば晴やらぬ	37	行余波	83④
	—を放れぬしるべならむ	24	袖余波	66⑤
うきよ(憂世)	—にかげもとどめじと	168	霜	290⑦
	—にかへる跡もなく	67	山寺	128④
	辛く—にさすらひて	22	袖志浦恋	64②
	身こそ—にさすらへども	58	道	111②
	かかる—のさがに猶	160	余波	277③
	—をいとひつつ竹の林にすみし	66	朋友	両339⑦
う・く(浮、憂)	—きたる此身のさすらひて	54	熊野四	105⑦
	—きたる中と思ども	23	袖湊	65①
	夜ふかき暁—きたる峯の	83	夢	両331②
	—きてながるる蘆の根の	31	海路	75⑫
	—きては更に思はねど	132	源氏紫明	235⑨
	—きてや浪に廻らむ	115	車	208⑨
	—きてやみゆる浮島が原	34	海道下	79⑬
	—くも沈もとにかくに	60	双六	115①
	浪路の如く—ける世に	58	道	111⑨
う・く(受)	普き雨露の恩を—く	45	心	95①
	唯教流布の勅を—け	16	不老不死	56⑪
	朝に雨露の恩を—け	64	夙夜忠	123⑭
	一乗無二の法を—け	96	水	172⑤
	国に神の名を—け	108	宇都宮	192⑥
	此は釈尊摩頂の付属を—け	120	二闡提	213⑤
	流は松の源を—け	141	巨山修意	249⑨
	権化の法味を—けしより	152	山王威徳	267⑬

	末を—けたる政の	136	鹿島霊験	242②
	たまたまかかる身を—けて	50	閑居釈教	100②
	百年余の末を—けて	112	磯城島	201⑦
	円宗の妙法を—けて	152	山王威徳	266⑫
	凡生を人間に—けて	161	衣	279⑫
	生を胎内に—けては	99	君臣父子	179③
	石清水の流を—けぬ人はなし	76	鷹徳	両326⑧
う・ぐ(穿)	眼まさに—げなんとす	33	海道中	78⑨
	眼は—げなんとせしかども	27	楽府	70⑩
	縄床正に—げぬとも	50	閑居釈教	100③
うぐひす(鶯)	況や花に木づたふ—	45	心	95④
	あくれば出る—	81	対揚	149⑭
	—いまだ出ずして	171	司晨曲	293⑭
	—来鳴花の底	133	琵琶曲	236⑩
	—来鳴花の山	110	滝山摩尼	197⑬
	暁の—呼吸する時は	169	声楽興	291⑧
	春の—さえづる曲や	82	遊宴	150⑬
	—さそふ春風	1	春	41⑨
	—のかたらひは	82	遊宴	151②
	—の卵の中より巣立ども	5	郭公	46①
	—の木伝ふ羽風にも	29	源氏	73④
	—の百さえづりすれども	10	雪	50⑪
	花に鳴ては木伝—は	3	春野遊	43⑦
	者がちちなれど—は	5	郭公	45⑬
	花になく—は詞の林にさえづり	112	磯城島	201①
	宮の—は百さえづりすれども	27	楽府	71①
	桜をわきてねぐらとはせぬ—も	68	松竹	129①
うくわ(羽化)	皆其—にや靡らん	166	弓箭	287③
	白日—の輩	123	仙家道	220⑥
うけつ・ぐ(受継)	御裳濯河の清きながれを—ぎ	142	鶴岡霊威	252⑤
うけつた・ふ(受伝)	石清水の清き流を—ふる	172	石清水	296⑤
	天照日次を—へ	59	十六	112⑪
	濁らぬ末を—へ	63	理世道	123①
	如来の説義を—へ	114	蹴鞠興	204⑬
	絶せざる末を—へ	147	竹園山	258⑭
うごか・す(動)	秋の思を—し	124	五明徳	221⑧
	瑟々の座を—してや	108	宇都宮	193⑩
	大虚に風を—す	78	霊鼠誉	143⑧
	心を—す心地して	112	磯城島	201⑫
	其心を—す理あり	45	心	95④
	心を—すつまとなる	19	遅々春恋	60⑫
	微風宝樹を—すのみか	95	風	異309⑪
	中にも感思を—すは	164	秋夕	284③
うご・く(動)	峨々たる山は—きなき	15	花亭祝言	55⑧
	亀の尾山の—きなき	80	寄山祝	146⑨
	荒金の地の—きなく	17	神祇	57⑩
	下筑波根の—きなく	88	祝	159④
	竹園山—きなく	147	竹園山	258⑬
	玉しぎの此九重の—きなく	11	祝言	異301⑩
	天地と共に—きなし	146	鹿山景	258⑧

	心内に—いて	92	和歌	165⑧
うこんのばば(右近の馬場)	—の日折の日	115	車	208④
	—を行過	60	双六	115⑦
うさのみや(宇佐の宮)	—に跡をたれ	172	石清水	296③
	—に跡を垂給き	142	鶴岡霊威	252②
う・し(憂・浮)	—かりし塩の八百合に	30	海辺	74⑧
	さても光源氏の—かりし程の浦伝	164	秋夕	284⑫
	—かりしむかしのかたみとや	38	無常	84⑪
	まよふ心のはてぞ—き	69	名取河恋	130⑤
	心づくしのはてぞ—き	75	狭衣妻	139⑦
	—き面影を身にそへて	18	吹風恋	60②
	—き習のことの葉は	21	竜田河恋	63③
	—き子(ね)一(ひとつ)のかたらひより	24	袖余波	66⑫
	はつかに思ふ心は—き人の	10	雪	50⑦
	—き水鳥の音に鳴し	49	閑居	99⑤
	なを—き物と恨しは	171	司晨曲	294⑨
	—き物なれや人毎の	18	吹風恋	60③
	—しとは誰を岩打浪の	22	袖志浦恋	64③
うし(牛)	外には耕夫の—を仮	140	巨山竜峯	248④
	郊に—を放し客	97	十駅	176③
うしのくるま(牛車)　＊ぎつしや	世の中を—の	115	車	両337③
うしな・ふ(失)	白鷗は素を—はず	76	鷹徳	両326⑨
	野原に馬を—ひて	58	道	111⑦
	白鷴はしろきを—ふ	10	雪	51①
うしみつ(丑三)	—ばかりの睦言にや	24	袖余波	66⑬
	—までは語らへど	28	伊勢物語	72⑧
うしゆつ(烏瑟)	仏像—の影をそへ	67	山寺	128⑧
	—を並てあまねく擁護を垂たまふ	128	得月宝池	227⑤
うしろ(後)	—に青山峨々として	110	滝山摩尼	197⑦
	淡津の原を—にし	32	海道上	76⑨
	后妃の—に立るてふ	171	司晨曲	295⑤
	—には花の轅を廻らす	72	内外	135④
	—には老杉谷を囲み	140	巨山竜峯	248⑪
	みな其—に交立	104	五節本	188⑨
	—に廻て北にゆく	147	竹園山	259⑪
	—をかへりみれば	62	三島詣	120⑫
	—をかへりみれば	62	三島詣	両334⑥
	—をかへりみれば又	67	山寺	128③
うすがすみ(薄霞)	蘆手にまがふ—	51	熊野一	102⑨
うすぎり(薄霧)	—残る山もとくらき木枯に	96	水	172①
	—の立旅衣の	8	秋興	49①
うすぐも(薄雲)	うき名も消なで—の	25	源氏恋	67②
うすくれなゐ(薄紅)	紅葉ばの—の臼井山	57	善光寺次	109⑩
	—の桜色に	148	竹園如法	260⑥
	—の桜をかざす花の会	129	全身駄都	229⑦
うすごほり(薄氷)	水鳥のおりゐる池田の—	33	海道中	78⑫
	思解にも—	160	余波	277②
うすごろも(薄衣)	天津乙女の—	105	五節末	190①
うす・し(薄)	—き衣をいとはぬは	99	君臣父子	178⑧
	いつしか—きたもとかな	161	衣	280⑦

	蟬翼の―き袂にむすぶ	74	狭衣袖	137④
	―き匂の残しは	112	磯城島	201⑬
	腰剣三壺の霜―く	109	滝山等覚	195⑥
うすずみ(薄墨)	玉章のもじの―に	107	金谷思	191⑧
	―に書みだしたる水茎の	73	筆徳	136⑩
うすにほひ(薄匂)	穂枝立枝の―	111	梅花	200③
うすやう(薄様)	浅緑の―のいとしみ深き玉章の	46	顕物	96⑦
	紅葉がさねの―のくし	150	紅葉興	263③
うすゐやま(臼井山)	未染やらぬ紅葉ばの薄紅の―	57	善光寺次	109⑩
うそぶ・く(嘯)	独明月に―き	60	双六	115⑦
	虎牙は雲に―き	78	霊鼠誉	143⑦
	或は風に―き	159	琴曲	275⑦
うた(歌)　＊か	定子の皇后宮の―こそ	165	硯	286⑧
	―には徳を施す	112	磯城島	202⑤
	代継の屛風の―にも	158	屛風徳	274③
	心も―にやしらるらん	112	磯城島	202③
	凡―に六義あり	112	磯城島	201③
	催馬楽の―の詞なり	47	酒	97⑧
	催馬楽の―の詞也	76	鷹徳	141⑫
	隣船に―の声愁て	79	船	146①
	彼中将の―の品	112	磯城島	201⑬
	さながら―の媒なり	112	磯城島	202⑨
	天暦はあまねき―の聖	112	磯城島	201⑦
	此二歌は此道の―の実をしらすなり	112	磯城島	201④
	大和尊の―は是	92	和歌	165⑦
	世々に絶せぬ此―も	92	和歌	166⑫
	―をぞ殊に先とせし	112	磯城島	202⑦
	七徳の―をば奏しけるやな	13	宇礼志喜	54⑤
	―を二千々に重つつ	92	和歌	166③
うたかた(沫、泡)　＊あわ	泡と消ては跡なき―	88	祝	159⑧
	さも消やすき―の	54	熊野四	105⑧
	消もはてなで―の	73	筆徳	136⑤
	思へばあだなる―の	84	無常	153⑨
	書ながす文字の―は	122	文字誉	219⑦
うたがは・し(疑)	賞の―しきをば	63	理世道	122⑫
うたが・ふ(疑)	開ても猥に―はざれ	87	浄土宗	157⑨
	天下の舌頭を更に又―はじ	149	蒙山謡	261⑬
	決定代受苦―はず	120	二闡提	214⑪
	―はせ給たりけん	25	源氏恋	67⑥
	鳳の舞かと―はれ	95	風	170⑥
	誰かは更に―はん	85	法華	155①
	誰かは更に―はん	87	浄土宗	158⑮
	何ぞ外に―はん	146	鹿山景	257⑩
	入方見せぬと―ひしも	66	朋友	127①
	本来空寂―ひなく	163	少林訣	283⑤
うたたね	窓の間の―	68	松竹	129③
	夜までみむと―に	150	紅葉興	263⑩
	結もあへぬ―の	94	納涼	168⑬
	ただかりそめの―の	116	袖情	209⑩
うたて	―もかかる雨そそき	90	雨	162③

うだの(宇多野)	—粟津野嵯峨野の原	76	鷹徳	141①
うたのはま(歌の浜)	—と聞るは弥勒菩薩吉祥天	139	補陀湖水	246⑨
うたひかな・づ(謡撫、歌撫)	五度—でし袖	105	五節末	190①
	—でし其すがた	169	声楽興	291④
うた・ふ(歌)	東屋—ひし節かとよ	90	雨	162③
	上舞下—ひて	151	日精徳	264⑥
	とさんかうさんと—ひても	61	郢律講	118⑧
	緩く—ひ濫しく乙でてや	93	長恨歌	167⑦
	—ふ翁の釣漁の舟	79	船	145⑫
	酒をたうべてと—ふなるは	47	酒	97⑧
	太平の徳を—ふなれど	97	十駅	174⑫
	巷に徳をや—ふらん	88	祝	159⑤
うち(内、中、裏)	心—に動て理世の道も備り	92	和歌	165⑧
	—には飢人の食を奪ふ	140	巨山竜峯	248④
	—には直をあはれむ	135	聖廟超過	240⑫
	—には柔和の室ふかく	72	内外	135①
	—には又をのづから	61	郢律講	117⑫
	—の高尾神と祝れ…外の高尾神と	108	宇都宮	193⑦
	外よりも来らず—よりも出ず	146	鹿山景	258⑦
うぢ(氏)	其—絶せぬ宮人	137	鹿島社壇	243⑦
	道は—を賞ずる芸として	156	随身諸芸	271⑭
うぢ(宇治)	さても—の橋姫かたしき衣霜さえて	161	衣	280③
うぢがは(宇治河)	世を—の水車	115	車	208⑨
うぢやま(宇治山)	喜撰が住し—に	49	閑居	99⑤
	彼—の跡を訪て	92	和歌	166①
	—の喜撰とか	112	磯城島	201⑮
	—の喜撰法師	42	山	90⑭
	優婆塞の宮の—も	140	巨山竜峯	249②
	世を—も遠からぬ	168	霜	289⑭
うちある(打在)	—諫とおもひきや	147	竹園山	259⑭
	—すさみも故々敷	60	双六	116①
うちいでのはま(打出の浜)	逢坂越て—より遠を見渡せば	32	海道上	76⑦
うちお・く(打置)	端さしたる茵に琵琶を—きて	29	源氏	73⑩
うちかは・す(打交)	袖—し戯れん	24	袖余波	66⑪
	袖—す戯れ	116	袖情	210③
うちかへ・す(打返)	烏羽玉の夜はの衣を—し	83	夢	152①
	春の荒小田—し	90	雨	161⑦
うぢこ(氏子)	象王権現の—とや	60	双六	116⑩
うちこ・ゆ(打越)	岩—ゆる浪よする	53	熊野三	104⑪
うちしめ・る(打湿)	袖—る人長の	160	余波	277⑮
うちす・ぐ(打過)	—ぎぬれば是や此	32	海道上	77⑬
うちすさ・む(打遊)	浜の砂を—み	123	仙家道	220⑭
うちす・つ(打捨)	諸悪諸善も—てて	103	巨山景	186⑨
うちそ・ふ(打添)	こゑ—ふる興津浪	169	声楽興	291⑭
うちそよ・ぐ(打そよぐ)	楢の葉柏—ぎ	95	風	170⑭
うちたの・む(打頼)	巫女が鼓も—み	55	熊野五	107①
うちと・く(打解)	糸を宛ては—くる	3	春野遊	43⑬
	—け語出しや	132	源氏紫明	235⑦
	神の心もや—けて	11	祝言	52⑨
うちなび・く(打靡)	夕霜の晩稲のいな葉—き	40	夕	88⑤

	いともたやすく—き	101	南都霊地	183⑮
	穂並もゆらと—く	54	熊野四	105⑥
うち・ぬ(打寝)	しばしは—ぬるひまもがな	22	袖志浦恋	64⑥
	—ぬるよひも有なん	23	袖湊	65⑥
うちはら・ふ(打払)	蔦の下道や—ひ	28	伊勢物語	72②
	発露を無為の都に—ひ	131	諏方効験	231⑪
	されば終に鳳闕の雲を—ひ	134	聖廟霊瑞	238⑩
	おなじく仙洞に霜を—ふ	80	寄山祝	146⑨
	蓑代衣—ふ	94	納涼	168⑪
	石巌の旧苔を—ふ	140	巨山竜峯	248②
	足引の山路の菊を—ふ	151	日精徳	264⑤
	袖—ふ唐ころも	56	善光寺	108②
	露—ふさ夜ごろも	83	夢	152③
	袖—ふしののめ	39	朝	87①
	雪—ふたなざきの	76	鷹徳	141③
	雪—ふ旅ごろも	116	袖情	210①
うぢびと(氏人)	錦を着する其—の	155	随身競馬	270⑫
うちふ・る(打振)	袖—りし御返し	25	源氏恋	67④
	袖—りし時しもあれ	82	遊宴	151①
うちぼう・く(打惚)	九条筵の—け	60	双六	116⑨
うちみだ・る(打乱)	並立る袖も—るる	59	十六	113⑤
うちむ・る(打群)	いざ—れて御芳野や	3	春野遊	44①
うちわた・す(打渡)	—す早瀬に駒やなづむらん	56	善光寺	108⑫
	橋—す雨もよに	90	雨	162⑤
うちわ・ぶ(打侘)	汀の千鳥—びて	168	霜	289⑭
う・つ(打、擣)	前後の馬—ち	76	鷹徳	140⑦
	或は巴山の千里に鞭—ち	164	秋夕	284⑨
	窓—つ雨のさめざめと	50	閑居釈教	100⑦
	窓—つ雨のよるの床	27	楽府	70⑫
	香厳は竹を—つ声を聞	119	曹源宗	212④
	—つ墨縄の一筋に	140	巨山竜峯	248⑥
	巫女が鼓も—つ妙に	17	神祇	57⑭
	岩—つ浪の摧る心は	22	袖志浦恋	64③
	夜寒の衣—つなるは	170	声楽興下	292⑧
	—つや砧の万声	7	月	47⑭
うづき(卯月)	—の八日は仏生日	41	年中行事	89④
うづきのまつり(卯月の祭)	卯の花の開や—には	152	山王威徳	267⑨
うつくし・む(愛、慈)	若宮若姫宇礼久礼は—み	172	石清水	296⑦
うつし(移)　※移し鞍ノ略	—を締むる腹帯の力	156	随身諸芸	271⑪
うつし・く(移来)	其唐国を—きて	103	巨山景	186②
うつしごころ(移心)	—ぞすきずきしき	60	双六	116②
うつ・す(移、遷)	叢祠を府中に—され	62	三島詣	119⑨
	形は歌鸞の翅を—し	169	声楽興	291⑨
	顕宗の朝には—しけん	96	水	171⑬
	汗衫の袖にや—しけん	106	忍恋	190⑩
	かざみの袖にや—しけむ	106	忍恋	両337⑪
	風を—し俗を易る道はただ	121	管絃曲	216③
	風を善に—しつつ	169	声楽興	291②
	魚網に—す筆の跡	73	筆徳	136④
	遙に時を—すまで	60	双六	115⑪

うつ・す(写)	御法の花に—さばや	160	余波	278⑪
	如法に経を—されし	109	滝山等覚	196⑤
	深楼は春の雲を—し	31	海路	75①
	かすめる空の月を—す	124	五明徳	221⑪
	世継を—す大鏡	143	善巧方便	253⑦
	むかしを—す鏡たり	100	老後述懐	180⑮
	面影—すかわぎもこがゐ	102	南都弁	184⑫
	又八曼荼羅に—すは	138	補陀落	244⑮
	其詞を—す筆跡	122	文字誉	218①
うつせがひ(空貝)	汀にくだくる—	53	熊野三	104③
	汀に砕る—	91	隠徳	164⑧
うつせみ(空蟬)	—の蜕の衣も	46	顕物	96⑨
うつたへ(訴)	虞芮の—をしづめき	98	明王徳	177⑤
うつつ(現)	見しや夢ありしや—面影の	21	竜田河恋	63④
	夢か—かおぼほえず	24	袖余波	66⑫
	昨日の—今日の夢よ	134	聖廟霊瑞	238⑫
	こは—と思し真人	58	道	111⑦
	是やこの—ともなき中河の	83	夢	152④
	夢—ともわきかねてや	28	伊勢物語	72⑧
	—とやいはむ夢とだに	34	海道下	79④
	やみの—にしのぶ中河の	83	夢	両331①
	さむる—もみなながら	162	新浄土	282①
	—を夢とやたどりけん	173	領巾振恋	299⑦
うつのみや(宇都宮)	あさの狭衣—	35	羇旅	81⑩
うつのやま(宇津の山)	蔦這かかる—	34	海道下	79④
	東路はるかに—	37	行余波	83⑫
	東の路の—	66	朋友	126⑪
	今や衣を—	168	霜	289⑩
	駿河の国の—	42	山	両327⑧
うつのやまべ(宇津の山辺)	—の蔦鶏冠木	42	山	91⑤
	旅衣—の蔦の下道	164	秋夕	284⑪
うつはもの(器)	則この—の徳	159	琴曲	276⑩
	然ば此—は鳳闕朝廷の重き宝	121	管絃曲	216⑧
うつばり(梁)　*けたうつばり	梅の—桂の棟	113	遊仙歌	204⑤
	—の燕は並栖ども	27	楽府	71②
うづ・む(埋)	聖跡名を—まず	101	南都霊地	182⑨
	名をば—まぬならひかは	173	領巾振恋	299①
	—まぬ名をやのこしけむ	160	余波	277⑦
	—まぬ名をや残しけん	160	余波	両332⑥
	旧苔旧木跡を—み	108	宇都宮	192⑭
	各名を—みき	91	隠徳	163⑫
	宝の珠を—みて	62	三島詣	両334⑤
	雲に—みてかすかなり	80	寄山祝	146⑤
	行客の跡を—む白雲に	118	雲	210⑬
	雲に—むみねなれば	55	熊野五	106②
うづも・る(埋)	藻に—るる玉がしは	87	浄土宗	158①
	藻に—るる玉柏	100	老後述懐	180⑥
	しるもしらぬも—れぬ	92	和歌	166⑨
うづら(鶉)	人は—の床とはに	19	遅々春恋	61⑨
	—の床も深草の下這葛の葉隠に	91	隠徳	164⑪

	―の床も深草の露わけわぶる	76	鷹徳	140⑬
うつりが(移香)	衣に染し―	19	遅々春恋	60⑫
	いとしみふかき―の	116	袖情	209⑤
	袖白妙の―の	151	日精徳	264⑤
	いと睦ましき―も	126	暁思留	224⑫
うつり・く(移来)	旅より旅に―きて	35	羇旅	81⑤
	山より山に―きて	57	善光寺次	109⑤
	里わかぬ月に―きて	66	朋友	126⑭
	首夏の夏に―きて	74	狭衣袖	137④
	されば匂に心の―きて	89	薫物	160④
	嗣法の袂に―きて	141	巨山修意	249⑥
うつ・る(移、遷)	代々の明君時―り	63	理世道	122⑮
	大剣の峯に―り	138	補陀落	244⑨
	深山桜の色に―り	140	巨山竜峯	249①
	指扇にや―りけん	104	五節本	187⑭
	いかなる匂に―りけん	106	忍恋	190④
	時―り事去ぬれども	69	名取河恋	130⑥
	春日の霞に―りしは	101	南都霊地	182⑪
	益州の刺史に―りしも	122	文字誉	219⑥
	男山に―り給しも	142	鶴岡霊威	252④
	黄帝の御代に―りては	122	文字誉	218③
	色にぞ―る桜人	82	遊宴	151⑪
	衲衣のたもとに―る月の	102	南都幷	185④
	握て―る飛梅	111	梅花	200②
	左に―る名をいとひ	134	聖廟霊瑞	239⑪
	―る匂もなべてならず	114	蹴鞠興	207③
	村々―る紅葉ばの	97	十駅	174⑥
	花の匂にや―るらむ	144	永福寺	255⑨
	色にも心や―るらん	78	霊鼠誉	143⑭
	―ればかはる姿なり	84	無常	153⑦
	―れる橋を見わたせば	144	永福寺	255⑥
うつろ・ふ(移)	紅葉の色に―ひし	41	年中行事	89⑭
	優婆塞の宮の―ひて	49	閑居	99⑤
	花の都を―ひて	109	滝山等覚	196⑦
	色采衣する月草―ひぬるか	43	草	92④
	千種の花の色々―ひやすき	56	善光寺	108⑥
	―ひやすき匂の	84	無常	153④
	花の色に―ひやすき人心を	33	海道中	78④
	花にのみ―ひやすき故かとよ	122	文字誉	218⑦
	花染の―ひやすき世間の	23	袖湊	64⑭
	―ふ色のつらければ	19	遅々春恋	61⑧
	弁の乳母の―ふ色をと恨しも	151	日精徳	264⑬
	―ふ影もとどまらず	163	少林訣	283③
	―ふ菊のえならぬを	151	日精徳	264⑫
	―ふ菊の紫のゆかりの色も	60	双六	116②
	人毎に―ふ情に誘引てや	143	善巧方便	253⑩
	―ふ情の色しあらば	3	春野遊	43⑫
	―ふ匂ぞなつかしき	89	薫物	160⑧
	菊の花―ふ後の色は	151	日精徳	異315④
	―ふ後の形見とは	89	薫物	160③

	—ふ萩が花摺	7	月	48⑨
	—ふ萩がやつるらむ	145	永福寺幷	256⑩
	袖に—ふ花摺	131	諏方効験	232⑮
	人心—ふ花の桜河	26	名所恋	68⑪
	—ふ花をさそふ嵐	107	金谷思	191①
	—ふ花をばよぎて吹	45	心	95⑤
	—ふ人の心より	168	霜	290③
うづゐ(卯杖)	先は雪間の若菜—つき	43	草	91⑪
	—を献ずとかやな	44	上下	93②
うてな(台)	万乗の玉の—	131	諏方効験	231⑫
	元服祝言之—	174	元服	異301⑦
	解脱之袂無漏之—	89	薫物	異303⑪
	十玄の—あきらかに	97	十駅	176②
	一真の—たかくして	102	南都幷	185⑤
	名を顕はせる—なれば	128	得月宝池	227②
	玉体誕生の—に	100	老後述懐	180⑬
	金の—に乗じつつ	151	日精徳	265①
	きはまれる—に備り	134	聖廟霊瑞	239⑬
	玉の—に誕生の奇瑞様々に	129	全身駄都	228⑤
	真如の—に塵つもりて	86	釈教	155⑬
	語言三昧の—には	95	風	異309⑨
	—にはしけり紅錦の色	15	花亭祝言	55⑥
	玉の—に光をそへ	172	石清水	297⑪
	楚王の—の上の琴	159	琴曲	275④
	旅の—の仮にも	135	聖廟超過	240⑧
	長生の—の私言	160	余波	277⑬
	真如の—は広けれど	51	熊野一	101⑨
	即位の—もかたじけなく	96	水	171⑧
	—をいさぎよく照しみて	131	諏方効験	231⑫
	妙覚果満の—を出で	57	善光寺次	110⑧
	心王心数の—をいで	63	理世道	123⑤
	—をかざる屏風に	158	屏風徳	273⑦
	—を荘る竜鬢の筵	113	遊仙歌	204④
	太神に—をたてまつりし	108	宇都宮	193⑩
	兜卒の—を伴に飾り	127	恋朋哀傷	226④
	歓喜の—を並ても	82	遊宴	150⑦
	一真の—を瑩つつ	97	十駅	174⑪
	檀信の—をみそなはして	140	巨山竜峯	247⑩
うと・し(疎)	勝—からぬ道にや仕けむ	156	随身諸芸	272⑧
	うと浜の—き心の駿河なる	26	名所恋	68③
	—き人には見えじとよ	27	楽府	71③
	—くやいまは成ぬらん	19	遅々春恋	61⑨
	夢さへ—くや成ぬらむ	33	海道中	78⑫
うどはま(有渡浜)	—のうとき心の駿河なる	26	名所恋	68③
うと・む(疎)	更に—みも終られざりけり	25	源氏恋	67⑧
うどん(優曇)	—海中に開つつ	12	嘉辰令月	53⑦
	—たとへとする	73	筆徳	136②
うどんげ(優曇花)	法華に喩し—	2	花	43③
	類はまれに開る—の花待えても	14	優曇華	54⑧
うなが・す(促)	轡を流砂に—し	77	馬徳	142①

	波の外に—し	147	竹園山	259④
	月に—す天の戸を緋の粧小舟	31	海路	75⑮
うなだ・る	或は手をあげ首を—れて	85	法華	154⑨
	手をあげかうべを—れて	85	法華	両331⑨
うなばら(海原)	八重に隔る—や	86	釈教	157①
うなゐこ(うなひ子)	もふしつか鮒—が	91	隠徳	164⑩
	—が小田守霧の暮にしも	164	秋夕	285①
うね(畝)	みづから—におり立て	63	理世道	121⑫
うねめ(采女)	—の御膳はてて後	105	五節末	189⑬
	—の戯れ濃に	112	磯城島	201④
うのはな(卯花)	—さける玉河の	4	夏	44⑧
	—の開や卯月の祭には	152	山王威徳	267⑨
うのはなくたし(卯の花くたし)	しろたへの—さみだれ	90	雨	161⑨
	白妙の—五月雨の	90	雨	両331⑫
うのひ(卯の日)	下の—は必ず卯杖を献ずとか	44	上下	93②
	—は興ある祖の	105	五節末	189⑥
うはおび(上帯)	平胡簶の—	44	上下	93⑭
うはがき(上書)	除目の朝の—	39	朝	87③
うはげ(上毛)	葦鴨の—の霜はむすべども	44	上下	94④
うばそく(優婆塞)　＊えんのうばそく	—の宮の宇治山も	140	巨山竜峯	249①
	—の宮の移て	49	閑居	99⑤
うばたまの(烏羽玉の)	—与佐の浦浪の	30	海辺	74⑤
	—夜はのくろぼうは	89	薫物	160⑧
	—夜はの衣をうち返し	83	夢	152①
	—吾黒髪のひとすぢに	175	恋	異306①
うはつゆ(上露)	袖の—下紐の	44	上下	93⑮
うはつら(優鉢羅)	蘇摩那華香—	89	薫物	異303⑩
うはて(上手)	埒に—あり下手あり	156	随身諸芸	271⑧
うはのそら(上の空)	—なる思ならむ	107	金谷思	191⑪
	—なる記念哉	21	竜田河恋	63⑤
	われかもあらずあくがれて—には	115	車	両337④
	世を宇治河の水車—には思へども	115	車	208⑨
うば・ふ(奪)	皓鶴あざやかなるを—はれ	10	雪	50⑭
	千葉は蓮を—ひ	151	日精徳	264⑧
	内には飢人の食を—ふ	140	巨山竜峯	248④
うはも(上裳)	—の裾下がさね	44	上下	93⑮
うばらのこほり(菟原の郡)	—高安	28	伊勢物語	72⑩
うひかぶり(初冠)	—の往年より	28	伊勢物語	71⑨
うぶね(鵜舟)	—にともす篝火も	131	諏方効験	232⑦
うへ(上)　＊かみ	下行水も—こす波も	44	上下	94④
	—なき思の行末とや	22	袖志浦恋	63⑬
	—なき思の行ゑとや	22	袖志浦恋	両325⑪
	—なき功徳を具足す	87	浄土宗	158⑫
	紫の—なきなからひの	132	源氏紫明	234⑨
	—なき法の道なれや	164	秋夕	285⑮
	—なき恵の—なきは	99	君臣父子	178⑧
	—にはつつむとすれども	44	上下	93⑮
	諸薬の—の仙薬	149	蒙山謡	両339⑫
	峯より—は富士の山	42	山	両327⑨
うへのおんつぼね(上の御局)	翔鸞楼上の戸(かみのと)—	44	上下	93③

	—の程とかや	105	五節末	189⑦
うべ(宜)	—なる哉や	134	聖廟霊瑞	238⑦
うま（馬）→むまヲミヨ				
うま・る(生)	蓮に—るる願望	108	宇都宮	193⑪
うみ(海)	昨日の山よ今日の—	58	道	111⑧
	法性の—鎮に不返の波をたたへ	62	三島詣	119①
	四方の—となるよりも	14	優曇華	両325④
	—に出たる水の浦	52	熊野二	103⑤
	—にはあらぬ下野や室の八島に	31	海路	両334①
	大悲の—には弘誓の船をうかべつつ	86	釈教	156⑭
	国の界も遠き—の	131	諏方効験	232⑨
	千尋の—の底までも	23	袖湊	65②
	—百川をいとはず	88	祝	159③
	—は四徳を湛つつ	31	海路	74⑭
	—は波を凌ても	125	旅別秋情	223①
	—は広き恵辺もなくや	63	理世道	121⑨
	—は漫々として波を浸す	53	熊野三	104①
	感応—ひろければ	17	神祇	57⑤
	—又浪おさまる	45	心	95⑪
	曇なき—を見わたせば	164	秋夕	284⑫
うみづら(海づら)	家ゐは—遠き山里	68	松竹	129⑧
	—遠き山里の家居までも	68	松竹	両328⑤
	—遠や隔りし	132	源氏紫明	235⑩
うみな・す(生成)	日神月神山川草木を—して	152	山王威徳	266⑪
う・む(生)	山川草木又一女三男を—み給ふ	172	石清水	295⑬
うめ(梅)→むめヲミヨ				
うやま・ふ(敬)	神の神たるは人の—ふによりてなり	17	神祇	57⑪
	影をも深く—へ	99	君臣父子	178③
うやむやのせき(有耶無耶の関)	とやとや鳥の—の戸ざしの	26	名所恋	69⑤
うら(裏)	玉を懸たる衣の—	167	露曲	289③
	あひがたき衣の—とかや	161	衣	279⑩
	衣の—に顕しは	46	顕物	96⑩
うら(浦)	—ちかく降くる雪	10	雪	50⑦
	—の干潟に並立る	53	熊野三	104③
	—吹送る音までも	51	熊野一	102⑧
	苫屋はいかに—廻る	31	海路	76②
	—より遠の浦伝ひ	30	海辺	74⑦
	—より遠の浦伝ひ	132	源氏紫明	235⑥
うらうら(浦々)	—島々磯もとゆすり	86	釈教	157①
	塩干の入江の—の磯間伝ひ	30	海辺	異305②
うらかぜ(裏風)	葛の—恨わび	95	風	171①
うらかぜ(浦風)	—塩風興津風	95	風	171②
	難波入江の—に	30	海辺	74②
	—の伝にや問けむ	132	源氏紫明	235⑥
	其—のつてまでも	75	狭衣妻	139⑨
うらかた(占形)	その—の釣のいと	173	領巾振恋	298⑧
うらがへ・す(裏返)	簑—す旅衣	32	海道上	77②
うらが・る(裏枯)	—れぬれば虫の音も	8	秋興	49③
うらしま(浦島)	年旧松が—	26	名所恋	68⑬
うらしまのこ(浦島の子)	—がいにしへも	39	朝	87⑧

	—はいかにして	30	海辺	異305④
うらぢ(浦路)	—にかかれば愍を	53	熊野三	104⑫
	—はるかにかたぶく夕日の影ぞ	40	夕	両333⑤
うらづたひ(浦伝)	猶こりずまの—	24	袖余波	66⑧
	浦より遠の—	30	海辺	74⑧
	浦より遠の—	132	源氏紫明	235⑥
	干潟も遠き—	32	海道上	77⑫
	ながめ明石の—	71	懐旧	132⑥
	都の外の—	72	内外	134⑪
	二千里の須磨の—	79	船	145⑭
	光源氏のうかりし程の—	164	秋夕	284⑫
	三年は須磨の—	169	声楽興	291⑬
うらなみ(浦浪)	駿河なるたごの—	31	海路	両334②
	彼浜の—さながら山に揚りき	136	鹿島霊験	242⑨
	唐泊野古の—立まちに	154	背振山幷	269③
	早苗採田子の—に	34	海道下	79⑫
	田子の—に浮島が原の磯づたひの	62	三島詣	120⑮
	烏羽玉の与佐の—の	30	海辺	74⑤
	頻によする—を	56	善光寺	107⑭
うらまつ(浦松)	声遠ざかる—	168	霜	289⑫
うらみ(恨、怨)	若きををくる老の—	38	無常	84⑥
	いかなる—か残りけん	122	文字誉	219⑩
	身にはならはぬ—と	126	暁思留	224⑥
	ながき—となりやせん	23	袖湊	64⑬
	終に明石の—なく	132	源氏紫明	235⑨
	今将津守の—なくや	115	車	異312①
	虫の—にまさりけめ	167	露曲	288⑭
	拾持会ぬ—の数取とらばや	18	吹風恋	59⑫
	小野山や深き—の雪の朝	71	懐旧	132⑩
	絶ぬる中の—は	19	遅々春恋	60⑭
	はや衣々の—は	74	狭衣袖	138⑤
	田子の—はありその海の	26	名所恋	68③
	—はさてもつきせじ	20	恋路	62⑤
	—はさても尽ねども	134	聖廟霊瑞	239①
	—やげにさば尽ざらむ	157	寝覚恋	273①
	二世の—をあらはひしも	134	聖廟霊瑞	239⑫
	—をのこす事もなく	51	熊野一	102⑫
	—をふくめる人ぞなき	98	明王徳	177②
うらみわ・ぶ(恨わぶ)	葛の裏風—び	95	風	171①
	なげ木こりつむ—び	127	恋朋哀傷	225⑪
	—びまたじ今はのうき身にも	164	秋夕	285⑧
うら・む(恨)	いかにせんとか—みけむ	69	名取河恋	130⑩
	玄度なき事をや—みけん	66	朋友	126⑧
	影し見えねばと—みしに	75	狭衣妻	138⑫
	けふもこずと—みしは	2	花	42⑬
	なをうき物と—みしは	171	司晨曲	294⑨
	うつろふ色をと—みしも	151	日精徳	264⑬
	なれも—みてねをたつるや	125	旅別秋情	223④
	いかに鳴海の—みても	21	竜田河恋	63⑦
	岡辺の真葛—みても	43	草	92⑪

	言ば言いはねば—む等閑の	86	釈教	156⑥
	—むらくは鼇波万里の望を	151	日精徳	264②
	—むらくは常なき世の	127	恋朋哀傷	225⑥
	—むらくは外には詐れる道を	135	聖廟超過	240⑫
うらめ・し(恨、怨)	津守の浦の—しからめや	31	海路	75⑥
	須磨明石の—しかりし旅ねの床	64	夙夜忠	124⑧
	散も—しき花の枝に	114	蹴鞠興	206⑮
	よるの衣の—しく	22	袖志浦恋	64⑤
	猶—しくや待らむ	10	雪	50⑨
うらもひ(心思)	—なく憑あり	87	浄土宗	157⑫
	—なく憑あり	108	宇都宮	193⑪
うらやま・し(羨)	老木は花も—し	9	冬	49⑭
	あらまほしく—しきたぐひは	50	閑居釈教	100⑫
	—しきはさてもかの	22	袖志浦恋	64⑥
	—しきは双の岡	26	名所恋	68④
	—しくも帰るか浪に	37	行余波	83⑤
	—しくも立並て	32	海道上	77⑦
	聞も—しく床敷跡は	49	閑居	98⑭
うらや・む(羨)	今更何は—まん	100	老後述懐	180①
	比翼の契を—みしや	115	車	208②
うらわ(浦廻)	麻生(をふ)の—に有といふ	82	遊宴	異302⑩
	麻生の—にきよする	26	名所恋	69②
	遠津—にやほの見ゆる	48	遠玄	98⑤
	苧生の—の磯菜採に	31	海路	75⑤
う・る(売)	誰為に身をば—りてか薫永	99	君臣父子	178⑪
うるは・し(麗)	竜笛音取—しく	121	管絃曲	215⑫
うるほ・す(潤、浸)	甘露の法雨を—して	120	二闡提	214⑤
	天の下を—す	129	全身駄都	228⑪
	懐旧の涙を—す	141	巨山修意	249⑪
	衲衣の袂を—す露の	50	閑居釈教	100②
	法水を漏さず—すのみか	109	滝山等覚	195①
	青衫いたく—すは	121	管絃曲	217⑤
	秋の露草葉を—すよそほひ	95	風	169⑨
うるほ・ふ(潤、浸)	青衫先や—ひし	116	袖情	209⑧
	草木法雨に—ひて	97	十駅	175⑦
	一味の雨に—ふ	85	法華	155⑧
	薬草薬樹の喩も一味の雨に—ふ	90	雨	異304④
	槐花雨に—ふ桐葉風涼し	8	秋興	48⑬
うれいくれい(宇礼久礼)	若宮若姫—はうつくしみ	172	石清水	296⑦
うれ・し	とはればいかに—しからむ	37	行余波	83⑨
	進も—しき雲の上の	115	車	208⑫
	人毎に昇は—しき位山の	80	寄山祝	146⑩
	見るも—しき玉章	73	筆徳	136⑪
	見るかひ有て—しきは	39	朝	87③
	くもるけしきの—しきは	118	雲	211④
	聞も—しき文はげに	151	日精徳	264⑩
	思ふどちは道行ぶりも—しくて	57	善光寺次	109⑪
	勝此旅の—しければ	35	羇旅	81⑭
	河舟に法のしるべも—しければ	55	熊野五	106⑭
うれしきかな(宇礼志喜哉)	—憑敷哉	129	全身駄都	227⑫

	—や仰ぎ見て	55	熊野五	106⑥
	—や尊の	13	宇礼志喜	54②
うれ・ふ(愁)	心に—ふる事もなし	45	心	95⑫
	—ふる時は苦ともなる	58	道	111⑥
	—ふる隙こそやすからね	69	名取河恋	129⑭
	閨月の冷きを—ふるも	125	旅別秋情	223⑪
	顔色なしとや—へけん	93	長恨歌	167③
	六十の後や—へけん	100	老後述懐	180②
	いと—へざりし老翁	58	道	111⑦
	隣船に歌の声—へて	79	船	146①
うれへ〔うれひ〕(愁)　＊あきのこころ	下に—なきは又	98	明王徳	177③
	韋提の—の窓には	81	対揚	149⑩
	餞別の—は浮生をもて	134	聖廟霊瑞	238⑬
	四方の—を朝ごとに	39	朝	両332⑫
	飢饉の—を顕す	109	滝山等覚	196⑨
	—を懐る民もなく	121	管絃曲	216④
	万民—をなさざれば	11	祝言	53③
	—を外にのこせりき	63	理世道	122④
	九年の—を息めしむ	98	明王徳	176⑨
	—を忘て日を送る	82	遊宴	150⑧
うれへのじ(愁の字)	秋の心なれば—とは読れけり	122	文字誉	219⑧
	—をやかこたまし	19	遅々春恋	61⑧
うろくづ(鱗)	苦海の—品々に	97	十駅	176⑥
うろのおん(雨露の恩)	陛下征夷の—	140	巨山竜峯	247⑨
	治て—かたじけなく	144	永福寺	254⑩
	—に異ならず	120	二闡提	214⑥
	—に異ならず	131	諏方効験	232②
	—また深ければ	98	明王徳	177①
	普き—を受	45	心	95①
	朝に—をうけ	64	夙夜忠	123⑭
	—をそそきつつ	80	寄山祝	146⑥
うゐ(有為)	—の理を思へば	38	無常	84②
	みな是—の業報にて	160	余波	278⑨
うゑき(樹)	其傍にひとつの—有	137	鹿島社壇	両340⑫
	禿なる—駿なる槙の立枯	57	善光寺次	109⑦
うんかい(雲海)	沈々たる—	118	雲	211⑤
	—沈々として辺もなく	172	石清水	296⑬
うんかく(雲客)	階下の月卿松屋の—	155	随身競馬	271②
	月卿冠を傾け—袂を連るは	39	朝	86⑪
うんきやく(雲脚)	雲腴—の名をえしも	149	蒙山謡	261②
うんぐわい(雲外)　＊くものほか	—の郭公野外の鹿の遠声	72	内外	134⑩
うんし(雲師)	—のつかさにやならびけん	149	蒙山謡	261②
うんしやう(雲上)	才を—にほどこし	65	文武	125⑭
うんすい(雲水)	—はるかに連て	33	海道中	78⑧
うんせう(雲霄)	一輪の明月—を出とかきすさむ	124	五明徳	222②
うんてい(雲梯)	—飛楼に昇て	172	石清水	296⑪
うんなん(雲南)	—の軍におもむきて	78	霊鼠誉	144⑧
うんの(海野)	—白鳥飛鳥の	57	善光寺次	110①
うんほうろらい(雲蓬露莱)	—の棲	130	江島景	230②
うんめい(温明)　※温明殿	内侍所は—殿内教坊は雅楽所	72	内外	134⑦

	かしこ所は―殿に	17	神祇	57⑬
	―殿のわたりを	90	雨	162③
	―弘徽二の殿	114	蹴鞠興	206⑤
うんものびやうぶ(雲母の屏風)	鄭弘は―に	158	屛風徳	274①
うんゆ(雲腴)	―雲脚の名をえしも	149	蒙山謡	261②
うんらいおん(雲雷音)	妙音大士の奏せしは―の伎楽よ	133	琵琶曲	236⑫
うんらくのぞく(蘊落の賊)	―にも恐れじ	97	十駅	174⑪
	―を外に避	102	南都弁	185⑥
うんろ(雲路)　＊くもぢ	思ひを―にはこばしめ	56	善光寺	107⑫

え

※「ゑ」ではじまる語をも参照。

え(枝)　＊えだ	散もうらめしき花の―に	114	蹴鞠興	206⑮
え(柄)	吾立杣の斧の―の	135	聖廟超過	241⑦
えい(栄)　＊さかえ	十八公の―を顕すは	122	文字誉	219⑤
	十八公の―を北野の御注連に	135	聖廟超過	240⑮
えい(纓)	―をとりどりなりし態までも	19	遅々春恋	61⑦
えい(詠)	高槐の月に―を留め	160	余波	278⑬
	片岡山の―をのこす	119	曹源宗	212⑭
えいえん(永延)	抑聖運―の春の天	109	滝山等覚	196⑥
えいかん(叡感)	―のあまりにや	101	南都霊地	184③
えいきよく(郢曲)	今に絶ざる―	95	風	170②
	孔子の集ける毛詩の―様々に	59	十六	異307⑨
	―にも催馬楽	77	馬徳	143③
	此―の道とかや	176	廻向	異315⑧
	雑芸風俗の―は其家々にのこりつつ	61	郢律講	118⑨
えいぎん(郢吟)	音曲―悉く	82	遊宴	151⑧
えいぐ(影供)	柿の本の―を和歌所におこなはる	71	懐旧	132⑬
えいぐわ(栄花)	―あまねく開け	147	竹園山	259⑥
	朝市の―盛にしてや	39	朝	86⑨
	―にはつぼみ花やれ	111	梅花	200④
	―の色あざやかに	109	滝山等覚	195②
	―の華の色々	143	善巧方便	253⑧
	道ある御世の―の花の花盛	132	源氏紫明	235⑭
	―の花はさき草の	15	花亭祝言	55③
	―の花春の色あざやかなり	140	巨山竜峯	247⑪
	夫―の花を開し	134	聖廟霊瑞	237④
	朝市の―は忽に	84	無常	153⑧
	藤門の―をひらかしむ	137	鹿島社壇	243⑬
えいさい(英才)	一朝の―として	149	蒙山謡	261⑦
えいざん(叡山)	―の嶺の重宝と	135	聖廟超過	241⑨
	―の霊崛	67	山寺	127⑭
えいしう(永州)	―の鼠はおごれるあまりの喩たり	78	霊鼠誉	異313⑨
えいしう(瀛州)	蓬萊方丈―のや	42	山	90⑦
えいしやく(叡爵)	―にあづかる松がえの	90	雨	161④
えい・ず(詠)	しかすが諸共に詩を―じ	113	遊仙歌	203⑫
	恩賜の御衣と―じつつ	71	懐旧	132⑥
	所からかもと―じけるも	172	石清水	297⑫
えい・ず(映)	山水相―ぜり	139	補陀湖水	246①

えいせん(潁川)	—耳を濯し水上ぞ	94	納涼	169②
えいてつ(映徹)	銀砂たがひに—せる	140	巨山竜峯	248⑮
えいとく(栄徳)	花は春の—	114	蹴鞠興	205⑭
えいらん〔えんらん〕(叡覧)	紅葉を賞ぜられし—	150	紅葉興	262③
	—其儀外に双なし	155	随身競馬	271②
	—終日に飽ざりしも	93	長恨歌	167⑦
	代々の聖代の野外の—も	76	鷹徳	140⑥
えいり(栄利)	人間の—をば	58	道	112⑥
えいりつ(郢律)	凡—さまざまに	61	郢律講	117⑩
えうえう(杳々、遙々、瑤々)	霧を隔て—たり	48	遠玄	97⑬
	—として幽なり	97	十駅	173②
	翠花—として行て又とどまる	93	長恨歌	167⑧
えうえき(傜役)	—のおほやけごと	63	理世道	121⑪
えうかい(瑤階)	—を連ぬる庭の雪	10	雪	50⑩
えうきん(瑤琴)	—と位を等くしてぞ	149	蒙山謡	261⑥
えうけん(腰剣)	—三壺の霜うすく	109	滝山等覚	195⑤
えうだう(要道)	—と只にやすくいはん	58	道	110⑭
えうち〔ようち〕(瑤池)	悟真寺の—	94	納涼	169①
	—の壮観便をえて	49	閑居	99③
	—の浪に涼きは	140	巨山竜峯	248⑭
えうち〔ようち〕(幼稚)	又—竹馬をぞ哀むべき	131	諏方効験	233④
	近く聖廟—の奇瑞の旧記を	134	聖廟霊瑞	237⑫
	—の童男に託して	62	三島詣	119⑦
	竹馬は—の戯れ	77	馬徳	142⑮
えうてう(窈窕)	—とたはやかに	113	遊仙歌	203⑭
えうどう(要筒)	—金簺金頭	60	双六	116⑥
えうもんしう(雍門周)	—が琴の音	164	秋夕	284⑤
えうろ(要路)	これ又—とこそきけ	59	十六	114③
えき(益)	限なき—おほかりき	149	蒙山謡	261⑩
えきしう(益州)	—の刺史に遷しも	122	文字誉	219⑥
えきてい(掖庭)	百敷や—の秋の宮人	167	露曲	288⑨
えきろ(駅路)	山を過る—の鈴	48	遠玄	98③
	—の鈴の声やさば	170	声楽興下	292⑭
	—はいづく白樫の	171	司晨曲	294⑮
えくぼ(靨)	—は織女の星をとどめ	113	遊仙歌	203⑭
えじ(衛士)	—のたく火の庭もせに	64	夙夜忠	124④
えだ(枝) ＊え	雨を帯たる花の—	2	花	42⑭
	一房捧し花の—	163	少林訣	282⑨
	—かはす軒端の松の	15	花亭祝言	55⑦
	—さしかはす白樫	57	善光寺次	109⑦
	—さしかはす二木	32	海道上	77⑦
	猶—さしそふる杉の葉	14	優曇華	54⑩
	—さしそへし栄ならむ	132	源氏紫明	235⑪
	高砂の尾上の松の—さしそへて	12	嘉辰令月	53⑬
	小鳥を付し荻の—ぞ	76	鷹徳	141⑥
	及ばぬ—と嘆しぞ	74	狭衣袖	138⑧
	白楊が柳の—なり	99	君臣父子	178⑨
	散すぎたりし梅の—に	111	梅花	200⑨
	三鏡榊の—にかけまくも	136	鹿島霊験	242①
	紅の霞—にかほり	171	司晨曲	294①

	柳が—にさかせてしがな	1	春	41⑫
	五葉の—になよびかに	89	薫物	160⑩
	—には露を帯つつ	5	郭公	45⑦
	花の別を慰は桜が—の紅葉ば	150	紅葉興	262⑮
	玉の—より開初て	98	明王徳	176⑫
	枌楡の栄—を連ね	17	神祇	57⑤
	樹木—を連ね	55	熊野五	105⑬
	百尺の—を連ね	135	聖廟超過	240⑭
	門葉さかへ—を連ね	140	巨山竜峯	248⑫
	—をつらねてのどかなるや	80	寄山祝	146⑬
	風も—を鳴さず	2	花	43③
	—をならさずのどかなるや	16	不老不死	56⑥
	およばぬ—を吹風の	168	霜	289⑫
	及ばぬ—を吹風よ	106	忍恋	190④
えなら・ず	目ならぶ梢も—ず	131	諏方効験	232⑫
	—ずしみふかき追風	115	車	208⑭
	げにそも—ぬ色なれば	8	秋興	49⑤
	今将—ぬ色をます	132	源氏紫明	235①
	—ぬ袖にと有しは	89	薫物	160⑪
	—ぬ情の言種に	74	狭衣袖	137⑩
	雨を帯ては—ぬ花	82	遊宴	異302⑪
	—ぬ花の夕ばへ	114	蹴鞠興	206⑪
	—ぬ祭なれや	108	宇都宮	194⑤
	—ぬ梅の花ざかり	111	梅花	200⑧
	—ぬよひの道なれど	104	五節本	188⑦
	げにさば—ぬ別路	126	暁思留	224⑤
	移ふ菊の—ぬを	151	日精徳	264⑫
えのしま(江の島)	—の形情	130	江島景	230③
えびす(夷)	あらき—のしらま弓	73	筆徳	136⑪
えびすごころ(夷心)	—もいさやさば	28	伊勢物語	72④
えびぞめ(蒲萄染)	紫の上は—にや	29	源氏	73⑥
えら・ぶ(撰)	村上の御宇に—ばる	112	磯城島	202⑥
	古今集を—ばれ	44	上下	93⑩
	されば或は二八の文士を—ばれ	65	文武	125④
	一朝に—ばれて	93	長恨歌	167②
	何ぞ至道に機を—ばん	141	巨山修意	250①
	たくらぶるに外に—びがたし	144	永福寺	255②
	心をさきとや—びけん	45	心	95⑧
	勝地を—び叢林を卜し	146	鹿山景	257⑤
	昭明太子の—びし	95	風	170①
	十次に—びし古今集	112	磯城島	201⑦
	則建久の治天を—びしも	144	永福寺	254⑭
	十六人を—びて	59	十六	113⑪
	古今集を—びて	92	和歌	165⑪
	瑞籬は地を—んで跡を垂	131	諏方効験	231⑧
	殊に勝地の眼目を—べる	140	巨山竜峯	247⑬
	みづから—べる跡をとどめ	92	和歌	166④
えりぐし(択櫛)	染分—動櫛	105	五節末	189④
えん(宴)	淳和の御門の花の—	2	花	42⑪
	春日のどけき花の—	82	遊宴	150⑬

	露台の乱舞重陽の―	82	遊宴	151⑦
	清涼殿の月の―	112	磯城島	202⑥
	のどけき比の花の―	121	管絃曲	216⑨
	―有かな―あり	150	紅葉興	262①
	重陽の―にかざす菊の花も	108	宇都宮	194④
	重陽の―の菊水	16	不老不死	56③
	九日の―は年旧て久き菊のさかづき	41	年中行事	89⑬
	花の―紅葉の賀	64	夙夜忠	124⑦
	曲水の―を訪へば	96	水	171⑫
えん(縁)	達多が勧めし禁父の―	87	浄土宗	157⑭
	方域西土の教主の―として	147	竹園山	259⑫
	菩提の道の―となる	64	夙夜忠	124⑫
	是皆善巧方便の―ならざらん	143	善巧方便	252⑬
	尊号は又―により	143	善巧方便	254①
	―は時の宜にまかすれば	129	全身駄都	228③
	多生の―ふかきにあり	129	全身駄都	227⑬
	其―実にあらはる	147	竹園山	258⑪
	其―むなしからめや	143	善巧方便	253⑭
	汚たるにまじはり物に―を結て	152	山王威徳	267③
	―を結て砂を集る手ずさみ	85	法華	154⑧
	―を結て砂を集る手ずさみ	85	法華	両331⑧
えん(艶)	花は―をほどこして	5	郭公	45⑦
えんか(煙霞)	―これ濃に	113	遊仙歌	203②
	―隔て悠々たり	171	司晨曲	293⑩
えんがく(縁覚)	―の深覚も	164	秋夕	285⑫
えんかだうこ(宴賀道虚)	―豊藤丸	60	双六	115③
えんぎ(縁起)	十二の―悟やすく	97	十駅	174⑦
えんぎ(延喜)	―の朝にはすなはち	67	山寺	128⑩
	―は古今に集て	98	明王徳	177⑮
	―よりぞ伝はる	41	年中行事	89⑬
	―の聖(ひじり)の御代には	92	和歌	165⑪
えんぎてんりやく(延喜天暦)	―の聖代に中興す	114	蹴鞠興	205④
	―の明主も外朝に名をや恥ざらむ	99	君臣父子	179⑤
えんぎらく(延喜楽)	仁和楽や―	121	管絃曲	216⑦
えんくわうのだいなごん(延光の大納言)	―や顕基の中納言	64	夙夜忠	124⑩
えんじやうづみ(壊裳摘)	―又けさつみけるや	78	霊鼠誉	144⑬
えんじゆ(延寿)	除病―後生善処	114	蹴鞠興	205⑨
えんしよ(炎暑)	―を尽す玩物たり	124	五明徳	221⑦
えんしろう(燕子楼)	―の砌には昔を恋る夜の思	107	金谷思	191④
えんたう(鉛刀)	―の鈍をなげすて	97	十駅	174②
えんだう(筵道)	掃部寮の―	64	夙夜忠	124④
えんのうばそく(役の優婆塞)	―是を見て	153	背振山	268⑧
	―の其みの衣	161	衣	280⑨
	抑―をはじめて	130	江島景	231②
えんのまつばら(宴の松原)	―にたたずむに	60	双六	115⑧
えんは(煙波)	船をして―の底に伝らく	79	船	145⑩
えんばい(塩梅)	天下の―	111	梅花	200①
えんぶ(閻浮)	―の朋をぞ待べき	127	恋朋哀傷	226⑤
	蜀江の錦と―	14	優曇華	両325⑥
えんぶだんごん(閻浮檀金)	蜀江の錦と―	14	優曇華	54⑪

えんり(厭離)	—は穢土の春の花	49	閑居	98⑬
えんりやく(延暦)	—の旧にし年とかや	131	諏方効験	233⑥
	—の余流の基までも	135	聖廟超過	241⑪
	船に棹さす始は—第三の卯月なり	139	補陀湖水	246②

お

※「を」ではじまる語をも参照。

おい(老)　＊老ゆ	—が世を見彼衰老相	100	老後述懐	180⑧
	積れば人の—と成て	122	文字誉	219⑨
	—の命をたとふれば	84	無常	両331⑤
	若きををくる—のうらみ	38	無常	84⑥
	猶又—の号ありき	100	老後述懐	180⑪
	流水帰らぬ—のなみ	38	無常	84④
	子を思ふ道の—のなみ	160	余波	278⑫
	—の涙のふりにし昔ぞ恋しき	71	懐旧	131⑨
	—の涙の雨とのみ	84	無常	153⑩
	さめざめと—の涙を催すは	50	閑居釈教	100⑧
	越ては帰らぬ—のなみに	100	老後述懐	180⑥
	立よる—のなみまでも	28	伊勢物語	71⑪
	—のねざめの袖の霜	168	霜	290⑩
	—のねざめも有物を	157	寝覚恋	両329⑦
	物思なしや—の春	2	花	42⑬
	—の誉にのこるなり	100	老後述懐	180⑭
	身にそふ—を返し足	114	蹴鞠興	207⑦
	九千歳の—を経て	100	老後述懐	180⑪
	—を忘るる黄菊	164	秋夕	285⑤
おいき(老木)	—は花もうらやまし	9	冬	49⑭
	—は深き匂ひあり	111	梅花	199⑨
おい・す(老)	—せぬ門に仕て	11	祝言	52⑫
	—せぬ門を鎖してゐへば	16	不老不死	55⑫
	若菜は—せぬ君が世の	16	不老不死	56⑤
おいそのはま(老蘇の浜)	—のまさご路の	100	老後述懐	180⑤
おいそのもり(老蘇の森)	—の下草の	32	海道上	76⑫
	旧ぬる—なれや	100	老後述懐	180⑤
おいねずみ(老鼠)	西寺の—	78	霊鼠誉	144⑬
おいゆ・く(老ゆく)	—くすゐのはるばると	160	余波	278⑮
おいらく(老らく)	厭方ぞなきくる—の関守	9	冬	49⑭
おうげとうる(応化等流)	—の外用の	63	理世道	123④
おうご(擁護)	十六羅漢の—なり	59	十六	113⑬
	只此和光の—也	136	鹿島霊験	242⑫
	十二神将の—なれば	16	不老不死	56⑮
	かけまくも賢き—なれば	135	聖廟超過	240①
	此霊神は朝家—の霜を積	108	宇都宮	194②
	則—の神として	101	南都霊地	182⑫
	—の神慮とこそ聞	102	南都幷	185⑪
	とぼそをあはれむ—は	131	諏方効験	231⑬
	竜神八部の—も	129	全身駄都	228⑫
	賢き—も絶せねば	103	巨山景	187④
	誰かは—を仰がざらむ	146	鹿山景	257⑩

	感応—を仰ぐ国津神	86	釈教	157⑤
	十女も—を垂たまふ	85	法華	154⑫
	あまねく—を垂たまふ	128	得月宝池	227⑤
	一々の—を垂給ふ	148	竹園如法	260⑪
	前には諸天—をめぐらす	140	巨山竜峯	248⑩
おうじんてんわう(応神天皇)	—のいにしへ尊神と顕給て	172	石清水	296②
おう・ず(応)	則詔に—じて	154	背振山幷	269⑪
	或は勅に—ずる益に叶ひ	155	随身競馬	271③
	御馬を揚其番を—ずるに随て	156	随身諸芸	271⑦
	機水に—ずるものなり	138	補陀落	245⑨
おうせうしやうにん(応照上人)	—の奇特は中院に跡をのこせり	109	滝山等覚	196④
おうとく(応徳)	後拾遺の奏覧は—三(みっ)の長月	92	和歌	165⑬
おうむしよぢうにしやうごしん(応無所住而生其心)	—本来空寂疑なく	163	少林訣	283④
おうゆう(応用)	是皆如来の—の	85	法華	155⑧
	利益—の普きに答て	140	巨山竜峯	248③
	光をたるる—は	129	全身駄都	229②
	—は所を分てども	135	聖廟超過	241①
おうわ(応和)	—の宗論あらそひなく	101	南都霊地	184③
おか・す(犯)	火鼠は火叢にも—されず	78	霊鼠誉	144⑦
	猥に木叉の戒を—す	160	余波	277①
おがはのたに(小河の谷)	—と聞渡るも	145	永福寺幷	256⑧
おきかぜ(興風)　※藤原興風	古今の作者は春風—	95	風	170④
おきぐし(置櫛)	宮の御前の—は	105	五節末	189④
おきそ・ふ(置添ふ)	露—ふる秋の雨は	90	雨	161⑩
	露—ふる雲の上人	44	上下	93⑬
	片敷袖にや—へん	7	月	48①
おきつ(興津)	契—の浜千鳥	34	海道下	79⑨
おきつかぜ(興津風)	浦風塩風—	95	風	171②
	あはと見る淡路吹こす—に	30	海辺	74⑨
おきつしほあひ(興津塩合)	—を吹送る	31	海路	75③
おきつしまね(興津島根)	豊崎の宮の古は—に跡をたれ	62	三島詣	119⑦
おきつしらなみ(奥津白波)	—竜田山の垣間見に	28	伊勢物語	両329⑩
	—立田山を思をくりし	28	伊勢物語	異306⑧
おきつなみ(興津波)	ほのぼのみゆる朝霧の絶間を隠す—	91	隠徳	164⑦
	入海かけて—	136	鹿島霊験	242⑥
	こゑ打そふる—	169	声楽興	291⑭
	鐘のみさきの—	173	領巾振恋	299⑤
おきつはまべ(興津浜辺)	—のさ夜千鳥	52	熊野二	103⑤
おきて(掟)	正に直なる—たり	135	聖廟超過	240⑬
おきな(翁)	又元和の—のあそびし	115	車	208②
	二人の—の閑適	123	仙家道	220⑭
	歌ふ—の釣漁の舟	79	船	145⑫
	古き—やしらせけん	113	遊仙歌	203④
おきながたらしひめ（息長足姫）　＊神功皇后	昔—三韓をせめさせ給べき	173	領巾振恋	298⑦
	誉田の天皇玉依姫—とかや	172	石清水	296⑥
	—の御代に	142	鶴岡霊威	252①
おきなぐさ(翁草)	さびしくたてる—の	100	老後述懐	180④
おきなさ・ぶ(翁褊)	げに竹取の—びて	112	磯城島	202⑧
おきな・ぶ	—びたりけむ哀を	157	寝覚恋	異314⑪
おきのすぬま(興の洲沼)	—の雄高武者は	137	鹿島社壇	243③

おきゐ・る(置居る)	しばし—る床の山に	126	暁思留	224⑧
	草枕屛風に—る蔽露の屛風	158	屛風徳	274③
おく(奥)	心づくしみちのく忍ぶの—	23	袖湊	65②
	高野の山の—	42	山	91③
	塵をのがれし心の—	151	日精徳	264⑭
	鳥だに翔らぬ山の—	153	背振山	268⑦
	—にあるてふ陸奥の	48	遠玄	98⑨
	心の—に思ことといはでの山に	26	名所恋	両326③
	八雲の—に納れり	92	和歌	166⑪
	竜田の—のいくかすみ	3	春野遊	44②
	田づらの—の露の命	65	文武	125⑦
	東の—の御牧は	156	随身諸芸	両340⑧
	心の—は白河の	117	旅別	210⑧
	心の—は陸奥のくの	28	伊勢物語	71⑦
	まよはぬ道ある—や	103	巨山景	186⑭
	吉野の—小倉が峯	49	閑居	99④
	心の—を知らせばや	26	名所恋	68⑮
お・く(起)	是みな夙に—き	64	夙夜忠	124⑭
	—きうき朝の床のうへに	39	朝	87②
	日闌て—き給ては	93	長恨歌	167⑤
	—きて誰に語はん	113	遊仙歌	203⑩
お・く(置)	山は関に心—かず	45	心	95⑪
	心—かるる夕露の	8	秋興	49⑥
	昭陽舎に—かれて	92	和歌	165⑫
	たえまや—かん葛城の	74	狭衣袖	138⑤
	秋の霜の—きあへぬね覚を	125	旅別秋情	223⑦
	月の影にしも—きけん方も	168	霜	290⑤
	扇に—きし花までも	115	車	208⑧
	硯を前に—きてこそ	165	硯	286⑨
	露をば露と—きながら	167	露曲	289①
	鶏足山に—く袈裟や	163	少林訣	283⑪
	—く霜月の比ぞかし	104	五節本	188③
	暮行歳に—く霜の	168	霜	290⑩
	朝—く霜の朝じめり	39	朝	87④
	松の末葉に—く霜のつもりて	14	優曇華	両325④
	霜—く袖もこほりつつ	104	五節本	187⑭
	色々毎に—けばこそ	43	草	92⑤
	—けらん露はいでて払はん	21	竜田河恋	62⑩
	—けらん露もさのみやは	23	袖湊	65⑥
おくて(晩稲)	夕霜の—のいな葉うちなびき	40	夕	88⑤
おくのうみ(奥の海)	夕浪千鳥—の	31	海路	75⑫
	げに—のな鵜のゐる岩の摂にも	23	袖湊	65③
おくのごぜん(奥の御前)	—ぞ貴き	137	鹿島社壇	243②
おくふか・し(奥深)	槇立山の—き	163	少林訣	283⑦
おくやま(奥山)	—の岩本小菅ねふかめて	43	草	92③
おくゆか・し(奥ゆかし)	—しき面かげ	114	蹴鞠興	206⑭
おくりむか・ふ(送迎)	—ふる春秋の	28	伊勢物語	71⑨
	—へて幾代とも	41	年中行事	90②
おく・る(送)	人を心に—らざらめや	36	留余波	82⑬
	鳳凰池上の月に—られしも	71	懐旧	132②

お

	眉は恒娥の月を一らんに異ならず	113	遊仙歌	203⑭
	そよや暁月をけいろうの峯に一り	126	暁思留	224⑪
	白麝の匂を遠く一り	151	日精徳	264⑨
	松の声をも一りける	149	蒙山謡	261⑥
	いかでか一りけんやな	86	釈教	156②
	おほくの秋を一りし	65	文武	125⑧
	三年を一りし二月の	134	聖廟霊瑞	239⑦
	あはれみを一りし芳志のいたり	141	巨山修意	249⑫
	高山寺に一りし二粒の舎利	129	全身駄都	229⑤
	紫の上に一りしや	150	紅葉興	263②
	匂を一りし折かとよ	89	薫物	160⑩
	御衣を一り給しに	67	山寺	128⑩
	色々の宝を一りつつ	59	十六	112⑫
	思惟を五劫に一りて	122	文字誉	218⑭
	東風吹風に一りて	135	聖廟超過	241①
	つもる月日を一りて	168	霜	290⑩
	愁を忘て日を一る	82	遊宴	150⑧
	若きを一る老のうらみ	38	無常	84⑥
	六十年の夢を一る思	107	金谷思	191③
	一るこころはひたすらに	35	羈旅	82⑤
	急雨一る大絃	133	琵琶曲	236⑨
	急雨一る大絃は	170	声楽興下	292⑤
	梵釈四禅に一るとか	61	郢律講	118⑫
	御代なれば幾千年を一るとも	34	海道下	80⑩
	空山に一るなり	7	月	48③
	花木匂を一るは	140	巨山竜峯	248⑬
	はるかに兜卒の雲にや一るらん	148	竹園如法	260⑧
おく・る(贈)	一りて一人師範の	134	聖廟霊瑞	237④
おく・る(後)	世の中の一れ先立つ花の名残は	160	余波	両332⑦
	一れ先立夕けぶり	38	無常	84⑧
	一れ先立夕けぶり	38	無常	両335③
	覇陵山に一れざりける孟光	66	朋友	127③
おこ・す(興、起)	道を伝へ家を一し	64	夙夜忠	123⑨
	或は九韶の楽を一し	121	管絃曲	216⑤
	政行の道を一すにも	169	声楽興	291①
	其名を一すのみならず	92	和歌	166③
おごそか(厳)	いやいやしく一なる	149	蒙山謡	261⑫
おこた・る(怠)	一思面門に一らざれ	119	曹源宗	212⑨
	朝政も一らず	39	朝	86⑫
	四節の礼も一らず	103	巨山景	187⑦
	かかれば節々の祭礼一らず	135	聖廟超過	240④
	東土の利生一らず	160	余波	277④
	朝政や一りし	93	長恨歌	167⑤
おこな・ふ(行)	和歌所に一はる	71	懐旧	132⑭
	善政さかりに一はれ	98	明王徳	177⑬
	感を荷て一ひし	153	背振山	268⑨
	上に一ふ力なく	98	明王徳	176⑪
	西寺に一ふ道はあな尊と	61	郢律講	118⑦
	一ふ道もしられつつ	55	熊野五	106⑫
	一ふ道も知れつつ	157	寝覚恋	異314⑪

おこり(起)	我朝の―を思ふにも	72	内外	133⑪
おこ・る(起)	皆牟尼の善巧より―り	97	十駅	173③
	然れば声文世に―り	169	声楽興	290⑭
	笛は漢武の代に―り	169	声楽興	291⑩
	源周年に―りしより	96	水	171⑫
	西北に―る雲のはだへ	90	雨	161⑤
	四夷又―る事なく	65	文武	126④
おご・る(奢)	永州の鼠は―れるあまりの喩たり	78	霊鼠誉	異313⑨
おさ・ふ(抑)	耐ぬ涙を―へても	19	遅々春恋	60⑨
	―へむとすればわざともる	58	道	111⑬
おしあけがた(推明方)	名残の―にぞなりにける	105	五節末	189⑤
	名残の―の天の戸を	37	行余波	83②
	弘徽殿の廊の―の朧月夜	24	袖余波	66⑦
	貞観殿の高妻戸―の月影に	160	余波	278⑦
おしなべて(押並べて)	荊の野べも―	11	祝言	52⑧
	行も帰も―	35	羇旅	81⑥
	民の草葉も―	90	雨	161⑧
	遠も近きも―	163	少林訣	283⑬
	四方の草木も―	167	露曲	288②
おしな・む(押靡)	我宿の薄―み降雪は	10	雪	51⑤
おしね	鶏美は―の花かつら	171	司晨曲	295⑤
おしひら・く(押開)	鎮衛の権扉を―く	134	聖廟霊瑞	237⑦
	霊場枢を―く	144	永福寺	254⑬
	枢を―くにあらたなり	147	竹園山	259⑤
	社壇とぼそを―けば	108	宇都宮	193①
おしを・る(押折)	ともに―りたるたとへは	29	源氏	73⑫
お・す(推、押)	花の傍の深山木と―されしも	25	源氏恋	67④
	―して昇し宮司	105	五節末	189③
	唐櫓たかく―しては	81	対揚	150②
	色紙を―すに数有	158	屏風徳	273⑪
おそざくら(遅桜)	遠山鳥の―	48	遠玄	98⑦
おそ・し(遅)	行くこと―き夜はの月	81	対揚	150②
おそ・る(恐、怖)	―るべきをわすれ	99	君臣父子	179⑨
	―るる事なかるべし	60	双六	115⑩
	いへば執着―れあり	58	道	111⑤
	箭を―れざる白猿も	166	弓箭	287④
	諫の言葉を―れざれ	63	理世道	122⑫
	濫落の賊にも―れじ	97	十駅	174⑪
	比手勝更に―れず	60	双六	115⑪
	大伴の王子を―れて	42	山	90⑬
	正に―れ正に傷み	160	余波	276⑭
おちあひ(落合)	岩下かはる―や	57	善光寺次	110②
おちそ・ふ(落そふ)	―ふ玉と成やせん	133	琵琶曲	236⑩
おちば(落羽)	―もはやき隼	76	鷹徳	141⑧
おちば(落葉)　※人名	さびしくのこる―までも	127	恋朋哀傷	226②
おちぼ(落穂)	―拾し田面の庵	28	伊勢物語	72⑨
お・つ(落)	月―ち鳥啼ぬれば	171	司晨曲	294⑫
	さりや何(いづれ)に―ちけん	25	源氏恋	67⑥
	渓林葉―ちて塞雁声冷じ	119	曹源宗	212⑤
	いはねば無明に―ちぬべし	58	道	111⑤

	妹背の山の中に―つ	81	対揚	149⑤
	―つとはみれど其音はきこえざりけり	158	屛風徳	274⑪
	凡妹背の中に―つる	24	袖余波	66⑨
	峯より―つる滝下の	55	熊野五	107⑤
	山河の滝て―つる滝の尻	54	熊野四	105⑩
	秋の露に梧桐の葉の―つる時	93	長恨歌	167⑬
	―つる涙の託つ方なき人を	175	恋	異306①
	―つる涙のしがらみは	56	善光寺	108⑪
	―つる涙は百千行	134	聖廟霊瑞	238⑤
	たぎりて―つる浪の荒河	56	善光寺	108⑬
	―つるや軒端の山おろしに	90	雨	161⑫
おと(音)　＊いん、ね	砂にひびく沓の―	11	祝言	53①
	神さびまさる鈴の―	17	神祇	58①
	聞もかなしき鐘の―	19	遅々春恋	60⑪
	真梶の響唐艫の―	31	海路	75⑭
	太山おろし滝の―	49	閑居	99⑩
	吹ゐの浦の波の―	52	熊野二	103⑥
	岩間に漲る滝の―	57	善光寺次	109⑧
	木居にかかる鈴の―	76	鷹徳	141⑧
	枕を過る風の―	94	納涼	168⑬
	気高く聞る沓の―	104	五節本	188⑫
	岩洞に淀む水の―	119	曹源宗	212④
	明ぬと告る鐘の―	157	寝覚恋	273②
	槇の板屋をすぐる―	159	琴曲	275⑬
	猶おどろかす風の―	164	秋夕	285⑨
	上陽宮の雨の―	169	声楽興	291⑮
	―冴行ばいとど今は	145	永福寺幷	256③
	滝水漲る―さびし	55	熊野五	107⑥
	寒衣のきぬたの―さびし	125	旅別秋情	223⑪
	神冷まさる―涼し	53	熊野三	104⑤
	ささ浪こゆる―涼し	61	郢律講	118④
	泉に浪の―すみて	82	遊宴	151④
	―すみまさる嶺の嵐	50	閑居釈教	100⑦
	夜舟漕―ぞね覚のうき枕	130	江島景	231②
	あら磯に砕る―たてて	30	海辺	74⑤
	ふるや霰の―たてて	32	海道上	77③
	吹送由井の浜風―たてて	56	善光寺	107⑭
	露吹結ぶ風の―に	167	露曲	288⑭
	身を木枯の風の―に	168	霜	290③
	音羽の山の―に聞て	112	磯城島	202②
	―に聞其名も高き高野山	67	山寺	128⑥
	なるとの浪の―にたてて	23	袖湊	64⑫
	音羽の滝の―にたてて	26	名所恋	67⑭
	―に立てもいはばや物を	18	吹風恋	59⑨
	―にのみ聞し計の心あてに	35	羇旅	82②
	―にのみ菊の誉の	151	日精徳	異315②
	琴の―の勝たるも	159	琴曲	276①
	聞ば青海の波の―は	31	海路	75⑧
	落とはみれど其―はきこえざりけり	158	屛風徳	274⑫
	弾ぶる琴の―は又	113	遊仙歌	203⑦

	松風の―ふきかへすまくず原	40	夕	両333⑤
	神さびまさる―旧て	108	宇都宮	194⑨
	浦吹送る―までも	51	熊野一	102⑧
	ひたひきならす―までも	71	懐旧	132⑨
	―も絶せず名乗けん	99	君臣父子	178⑩
	嵐の―もたかし山に	33	海道中	78⑦
	拍子の―も物の音も	104	五節本	188②
	岸竹風―をなす	140	巨山竜峯	248⑪
おとごほふ(乙護法)	―の霊場	153	背振山	268③
おとづ・る(音信)	青嵐松に―るる	94	納涼	168⑫
	草の葉末に―るるは	124	五明徳	222①
	籬の竹に―るるも	159	琴曲	275⑭
	青嵐梢に―れ	35	羇旅	81②
	凡嶺嵐窓に―れ	141	巨山修意	249⑫
	青嵐軒端に―れ	146	鹿山景	257⑭
	玉敷庭には―れず	5	郭公	45⑭
	夢の枕に―れて	3	春野遊	43⑧
	青嵐はるかに―れて	48	遠玄	97⑭
	妙なる調に―れて	82	遊宴	151⑤
	風野径に―れて	95	風	169⑧
	―れながらさびしき	96	水	172②
おとづれ(音信)	待としもなき―の	21	竜田河恋	63③
おとてんどう(乙天童)	―の為態とか	153	背振山	268⑩
おとなし(音無)	御前の河は―の	55	熊野五	106⑧
おとはのたき(音羽の滝)	―の音にたてて	26	名所恋	67⑭
おとはのやま(音羽の山)	―の音に聞て	112	磯城島	202②
	―の滝の水	96	水	両329①
	―のほととぎす	5	郭公	45⑩
おと・る(劣)	今夜の月の光に―らましやは	157	寝覚恋	異314⑦
おどろ(荊)	―に草どる箸鷹	97	十駅	173⑥
	―の野べも推なべて	11	祝言	52⑦
おどろか・す(驚)	小男鹿の音に―されて	6	秋	47⑧
	―されて驚は	164	秋夕	285③
	雲井に聴を―し	118	雲	210⑫
	雲井に天聴を―し	134	聖廟霊瑞	239⑩
	鶏人暁を唱て明王の眠を―し	171	司晨曲	293⑬
	商客の夢を―す	30	海辺	73⑭
	稀に逢夜を―す	70	暁別	130⑬
	秋秦嶺の雲を―す	82	遊宴	151④
	とりあへぬまで―す	96	水	171⑭
	猶―す風の音	164	秋夕	285⑨
	半夜半夜に人を―す声	113	遊仙歌	204⑨
	―すなんなる物をな	6	秋	47⑨
おどろ・く(驚)	はかなき夢に―きて	160	余波	278⑥
	おどろかされて―くは	164	秋夕	285③
	―く程こそたどるらめ	83	夢	152⑫
	―く程こそたとるらめ	83	夢	異303③
	漢に叫で―く夢	83	夢	152⑪
おとろ・ふ(衰)	紅顔空に―へ	27	楽府	70⑫
	秋の草みな―へて	168	霜	290④

おとろへは・つ(衰終)	—つる姿の池の	19	遅々春恋	61②
おな・じ(同)	一生の歓会これ—じ	31	海路	75②
	然も其名は是—じ	146	鹿山景	257⑦
	雪には—じ色ならず	119	曹源宗	212③
	春秋来ても—じ色なれば	137	鹿島社壇	両341②
	—じ思にや咽びけん	134	聖廟霊瑞	239①
	—じ雲居の月なれど	57	善光寺次	110③
	—じ雲居のなどやらん	6	秋	47⑦
	—じ梢の男山	88	祝	159⑫
	有つる垣根の—じ声に	5	郭公	45⑨
	古郷も—じ月ながら	34	海道下	79⑧
	—じ友にかたりあはせて	157	寝覚恋	両329⑦
	—じ流はみづかきの	62	三島詣	120⑭
	—じ涙のたぐひならん	125	旅別秋情	223④
	ゆかりは—じ野の露に	167	露曲	288⑫
	—じみどりの梢なれど	55	熊野五	107②
	六時の鳥の声々響—じかりけり	139	補陀湖水	246④
	—じき御宇とこそきけ	92	和歌	165⑭
	—じく心を直からしむ	45	心	95②
	彼是—じく	78	霊鼠誉	145②
	六趣の塵に—じく	134	聖廟霊瑞	237⑩
	鶏足の聖跡に—じく	146	鹿山景	258③
	—じく一涯の内なれば	123	仙家道	221③
	光も—じく影をたれ	108	宇都宮	193⑤
	—じく御遊の儀を調ふ	135	聖廟超過	240②
	—じく此に経行し	109	滝山等覚	195⑨
	心を—じくして	124	五明徳	222⑥
	—じく仙洞に霜をうち払ふ	80	寄山祝	146⑨
	—じく檀信家門の	147	竹園山	259⑤
	—じく並る轡は	156	随身諸芸	271⑬
	—じく二尊の尊容を安置して	120	二闌提	異312④
	三光—じく朗に	140	巨山竜峯	247⑭
	都鄙—じく故あなる物をな	135	聖廟超過	241③
おにがみ(鬼神)	目にみえぬ—	121	管絃曲	215⑩
おの(己)	—が青羽はつれなくて	44	上下	94⑤
	—が色こそのこりけれ	171	司晨曲	294④
	山鳥の—が鏡の	19	遅々春恋	61②
	其品—が様々なり	155	随身競馬	271⑤
	—が様々に着なせる笠	135	聖廟超過	240⑥
	—が様々世々を経ても	19	遅々春恋	61⑤
	—が習のし態なれば	78	霊鼠誉	144⑪
	雲井に—が音をそへん	82	遊宴	151⑤
	木伝へば—が羽かぜにも	1	春	41⑫
	—が齢も限なし	151	日精徳	異315③
おのおの(各)	諸聖衆皆—	144	永福寺	255⑤
	十二神将皆—	148	竹園如法	260⑪
	——十六かとよ	59	十六	113⑫
	諸絃—したがへば	169	声楽興	291⑪
	—着座し給へば	172	石清水	297⑦
	—番に向しむ	156	随身諸芸	271⑦

	—とぼそに立たまふ	62	三島詣	120⑥
	—七千の眷属と	16	不老不死	57②
	—名を埋き	91	隠徳	163⑫
	—武にかたどりて	65	文武	125⑫
	—法灯連れり	119	曹源宗	212⑫
	—緑の袖をつらね	93	長恨歌	168①
	—御名を顕して	172	石清水	295⑫
	—利簺を取々に	60	双六	116⑧
おのころじま(剣凝島)	—にまじはりて	152	山王威徳	266⑩
	葦原や—に宮しき立	86	釈教	157⑤
おのづから	—有とばかりの心あてに	83	夢	152⑦
	—思をひとつならむ類	127	恋朋哀傷	225④
	—声塵得道のさかひなれば	61	郢律講	117⑫
	—大簇の月になぞらへて	169	声楽興	291⑦
	—情ばかりは	26	名所恋	68⑩
	—本不生の字体なれば	109	滝山等覚	195⑭
おはしま・す	飛滝権現—す	55	熊野五	107④
おび(帯)	いかに結て玉の—	109	滝山等覚	196⑩
おひかぜ(追風)	花かとまがふ—	31	海路	75③
	東遊の—	59	十六	113⑥
	えならずしみふかき—	115	車	208⑭
	袖吹なるる—	130	江島景	231⑤
	真帆の—朝嵐にや	95	風	171③
	立舞袖の—に	17	神祇	58①
	手向の袖の—に	33	海道中	79①
	袖の—ふけぬるか	108	宇都宮	194⑨
おひさき(生前)	—見えしきびはの程	132	源氏紫明	234⑩
おひのぼ・る(生登)	此木程なく—る	137	鹿島社壇	両341①
お・ふ(生)	堅き岩にも松は—ふなる物を	21	竜田河恋	62⑫
	あさ緑と見えし草葉も庭に—ふる	61	郢律講	118⑤
	壁に—ふる草の名のいつまで草の	43	草	92⑧
	伏屋に—ふる箒木を	56	善光寺	107⑬
お・ふ(負)	身に—はずや見えけん	112	磯城島	201⑭
	さもぬれがたく名に—ひし	160	余波	278⑤
	名に—ふ里に普くして	102	南都幷	184⑧
	名に—ふ春の春庭楽や	61	郢律講	118①
	皆名に—ふ誉有	171	司晨曲	293⑫
	薪を—へる山人	112	磯城島	202②
お・ふ(追)	災孽外に—ふとかや	114	蹴鞠興	207⑧
お・ぶ(帯)	南の岸に雨を—び	102	南都幷	185⑫
	雨を—びたる花の枝	2	花	42⑭
	雨を—びたる花の貌ばせ	93	長恨歌	167④
	形は石岩を—びたるも	165	硯	286⑥
	枝には露を—びつつ	5	郭公	45⑦
	風北林になる花を—びて	95	風	170⑥
	寒流月を—びて	168	霜	289⑧
	雨を—びてはえならぬ花	82	遊宴	異302⑪
	像は石岩を—びて円なるも	73	筆徳	136⑭
おほいそ(大磯)	はやむる駒は—の	34	海道下	80④
おほうち(大内)　＊たいだい	さればや—の御垣にも	17	神祇	57⑫

おほうちやま(大内山)	—に木隠	60	双六	115⑦
	—の花桜	2	花	42⑨
	—のふもとには	80	寄山祝	146⑥
	—の麓には	135	聖廟超過	240⑨
	—は霞つつ	51	熊野一	102③
	—姑射山	42	山	両327⑤
おほえやま(大江山)	名残はしゐて—に	51	熊野一	102④
おほかがみ(大鏡)	世継をうつす—	143	善巧方便	253⑦
おほかた(大かた)	—の花の木どもも	29	源氏	73①
おほがほ(大顔)	糸毛檳榔唐廂—	115	車	208⑪
	青毛糸毛檳榔唐廂—	115	車	両337⑥
おほき(大)	皆—に歓喜をなしつつ	85	法華	155⑩
おほきみ(大君)	今も—の御影くもらぬ翫び	112	磯城島	200⑭
おほくすこくす(大楠小楠)	—の陰陽	62	三島詣	120④
おほくら(大蔵)	げに—に槻川の	56	善光寺	108⑪
おほさかのわうじ(大坂の王子)	凝敷岩根は—をすぎて行前も	55	熊野五	106③
おほざくら(大桜)	梅津の—は	114	蹴鞠興	206⑦
おほさはのいけ(大沢の池)	—の底にも誰かうへしと	151	日精徳	異315⑤
おほ・し(多)	限なき益—かりき	149	蒙山謡	261⑩
	睦言余波—かるに	70	暁別	131①
	菊の誉の徳—き中にも	151	日精徳	異315②
	名残—きは桜狩	114	蹴鞠興	207⑥
	思出る事—く	71	懐旧	132⑦
	凡馬に真俗のや徳—く	77	馬徳	142②
	およそ管絃に曲—く	82	遊宴	151②
	浅深千万軸—く	97	十駅	173②
	強竊二の咎—く	97	十駅	173⑧
	利生方便の数—く	109	滝山等覚	195⑤
	歩をはこぶ数—く	120	二闡提	214①
	古徳も—く愛しき	47	酒	97④
	古仙—く居をト	110	滝山摩尼	197⑦
	紫毫も春木の徳—くして	73	筆徳	両328⑨
	八百の霜—く積る庭	151	日精徳	264③
	—くの秋を送し	65	文武	125⑧
	是を本として—くの土石を運	159	琴曲	両335⑩
	—くの鼠群り	78	霊鼠誉	144⑩
	夫より—くの林弥栄	137	鹿島社壇	両341②
	彼より—くの春を経て	92	和歌	165⑭
	抑—くの夢の中に	83	夢	152⑫
	抑—くの夢の中に	83	夢	異303③
	内外の縑緗—くは	44	上下	93⑪
	霊仏霊社は—けれど	60	双六	116⑩
	抑様々の御法の教は—けれど	77	馬徳	143⑤
	凡隠に類ひ—けれど	91	隠徳	163⑨
	情は品々に—けれど	157	寝覚恋	異314⑩
	数十六に徳—し	59	十六	112⑨
	世の政に徳—し	98	明王徳	177⑬
	種々に供養の故—し	138	補陀落	245①
	補陀落の不思議いと—し	139	補陀湖水	246⑮
	勢ひ—しといへども	45	心	95⑩

	諸芸道―しといへども	114	蹴鞠興	205⑧
	勝地は―しといへども	145	永福寺幷	256⑪
	偽―しと歎しかひもなくして	27	楽府	70⑪
	葦分小船のさはり―み	26	名所恋	69④
	蘆分小舟のさはり―み	48	遠玄	98⑥
	葦分小舟の礙―み	79	船	145⑨
おぼ・し(思)	調度をかたみと―しくて	60	双六	115⑬
おほ・す(仰)	副将軍の高良に―せ	172	石清水	297①
	侍臣に―せし万葉	92	和歌	165⑩
	掃部寮に―せて	44	上下	93③
	たれに―せてか	1	春	42①
おぼ・す(思)	さすがにいかが―しけん	25	源氏恋	67④
	今更いかが―しけむ	74	狭衣袖	137⑨
おほぞら(大虚)　＊たいきよ	―の月も住吉の	92	和歌	166⑪
おほたかの(鶴野)	鷹の興あるは―	76	鷹徳	141⑥
おほち(大路)	一条の―に立ならべ	115	車	208⑥
おぼつかな	誰主ならむ―	33	海道中	78⑩
	―逢瀬をだにもたどる身の	26	名所恋	69①
	涙の色ぞ―と	25	源氏恋	67⑥
おぼつかなさ	―は此行べき	35	羇旅	82⑥
おぼつかな・し	其煙の末ぞ―き	20	恋路	62⑥
	かすめる空ぞ―き	57	善光寺次	110①
	夕づく夜―きに玉匣	31	海路	両333⑪
	げに―くぞ覚る	40	夕	88④
	―しや倉橋山	5	郭公	46⑨
おほとものくろぬし(大伴の黒主)	―は花の陰にやすらひて	112	磯城島	202①
おほとものわうじ(大伴の王子、大友皇子)	天武天皇は―を怖て	42	山	90⑬
おほなかとみ(大中臣)	其名は―まで	156	随身諸芸	272①
おほぬさ(大幣)	目ならぶ人は―と	28	伊勢物語	71⑪
おほはつせ〔おはつせ〕(大泊瀬)	―志賀の山ごえ	3	春野遊	44①
おほはつせわかたけのみこと(大泊瀬稚武の尊)	―いますがりき	39	朝	87⑦
	いかでか仰ざるべき―	39	朝	両333①
おほはら〔おはら〕(大原)	御幸旧にし―の小塩の山小野のわたり	76	鷹徳	140⑭
	閑居は―小野の里	49	閑居	99④
おほはらの〔おはらの〕(大原野)	園韓神―	41	年中行事	89①
おほひどの(大炊殿)	高松大柳―	114	蹴鞠興	206⑨
おほ・ふ(覆)	教網四方に―ひつつ	97	十駅	176⑤
	地を―ふ光くもりなく	96	水	171⑩
おぼほ・ゆ	夢かうつつか―えず	24	袖余波	66⑫
おほみやびと(大宮人)	―の朝ぎよめ	64	夙夜忠	124④
	―のかざし折	59	十六	113④
	―の道つかひ	114	蹴鞠興	207③
	―は	13	宇礼志喜	両325①
	―は帝闕の星を戴くに	13	宇礼志喜	54③
おほみやまゐり(大宮参)	―の大納言	105	五節末	189②
おほやけごと	傜役の―	63	理世道	121⑪
おほやなぎ(大柳)	高松―大炊殿	114	蹴鞠興	206⑨
おほやまとのくに(大日本の国)	多の鼠群り―へ渡つつ	78	霊鼠誉	144⑩
おぼ・ゆ(覚)　＊ありがたく―、かたじけなく―、ことわりと―、たのもしく―、ゆゑありて―、ゆゑゆゑしく―	さこそはくやしく―えけめ	74	狭衣袖	138⑥
	又なく―えし名残の	105	五節末	189⑤

	いねたる事も—えず	27	楽府	70⑫
	誠に神都と—えつつ	138	補陀落	245⑩
	何かは—えて実あらん	119	曹源宗	212⑦
	屏風のかくれ引やるばかり—えても	158	屏風徳	274⑪
	夜がれもさすがに—えてや	132	源氏紫明	235③
	かこたん方も—えぬ	45	心	95⑬
	とりどりにぞや—ゆる	1	春	42②
	跡たえじとぞや—ゆる	10	雪	51⑥
	海の底までも入なむとぞや—ゆる	23	袖湊	65③
	いとあさからずぞや—ゆる	25	源氏恋	67⑨
	羽風にも乱ぬべくぞ—ゆる	29	源氏	73④
	げにおぼつかなくぞ—ゆる	40	夕	88④
	由有てぞや—ゆる	68	松竹	129⑤
	とりどりにぞ—ゆる	72	内外	134⑤
	殊にびびしくぞや—ゆる	76	鷹徳	140⑨
	狩杖もつきづきしくぞ—ゆる	76	鷹徳	140⑪
	不思議とぞや—ゆる	78	霊鼠誉	144⑪
	由ありてぞや—ゆる	85	法華	154⑦
	化ならずぞや—ゆる	97	十駅	175⑮
	あな面白もやかくやとぞ—ゆる	102	南都幷	185③
	面影も浅からずぞや—ゆる	118	雲	211②
	いひしらずぞや—ゆる	126	暁思留	224⑤
	奇特も厳重にぞや—ゆる	139	補陀湖水	246⑫
	よしなくぞや—ゆる	140	巨山竜峯	249③
	いづれも由有てぞや—ゆる	150	紅葉興	263③
	由ありてぞや—ゆる	151	日精徳	264⑫
	賢ぞ—ゆる	158	屏風徳	274①
	勝あさからずぞ—ゆる	161	衣	280⑫
	やさしく—ゆるにほひは	89	薫物	160⑨
	殊に床敷く—ゆるは	94	納涼	168⑭
	いとこよなく—ゆるは	150	紅葉興	263⑦
	中にも殊に美々敷—ゆるは	156	随身諸芸	272②
	殊にすぐれて—ゆるは	176	廻向	異315⑧
	中にも勝て—ゆるは	49	閑居	99①
	中にもやさしく—ゆるは	60	双六	115⑭
	五節の勝て—ゆるは	104	五節本	187⑪
	昔—ゆる物ながら	160	余波	278①
	如法写経の硯こそ尊は—ゆれ	165	硯	286⑪
	今ははや由なきまでに—ゆれど	160	余波	277⑤
おぼろ(朧)	—にかすむ三日月	7	月	48⑩
	—にかすむ三日月	7	月	異305⑦
おぼろけ(朧)	—ならぬ契のすゑ	124	五明徳	221⑫
	—ならぬ月に帰雁がね	159	琴曲	275⑨
	—ならぬ春のよの	28	伊勢物語	71⑬
おぼろづきよ(朧月夜)	弘徽殿の廊の推明方の—	24	袖余波	66⑦
おぼろづきよのないしのかみ(朧月夜の内侍の督)	—やさりや何にをちけん	25	源氏恋	67⑤
おぼろのしみづ(朧の清水)	世に栖甲斐もなきは—	96	水	両329②
おぼろよ(朧夜)	伏待—在明の月の鼠の	78	霊鼠誉	143⑭
おほゐがは(大井河)	ながれも久し—	33	海道中	78⑭
	筏を下す—	44	上下	94②

おましのいし(御坐石)　＊ございせき	諸法空為座の—	137	鹿島社壇	243④
おまへ〔おんまへ〕(御前)	—(おんまへ)の梅も盛に	29	源氏	72⑭
	随身—を渡る次第	155	随身競馬	271④
	—の河は音無の浪しづかなる	55	熊野五	106⑧
おも(面)　＊おもて	汀になびく池の—	1	春	42②
	風過ぬれば水の—に	163	少林訣	283④
	水の—に照月次の程もなく	96	水	両329③
おもかげ(面影)	煙の末の—	23	袖湊	65⑧
	猶古郷の—	35	羇旅	82⑤
	涙さへとまらぬ今朝の—	70	暁別	131④
	室の八島の煙に立もはなれぬ—	74	狭衣袖	138④
	見し夢のかたはらさらぬ—	75	狭衣妻	139③
	籬に隠る—	91	隠徳	164⑭
	おもひみだるる—	100	老後述懐	180②
	奥ゆかしき—	114	蹴鞠興	206⑭
	豊の明の—	124	五明徳	222②
	月に語ひし—	127	恋朋哀傷	225⑬
	都にとめし—	132	源氏紫明	235④
	昭陽の床の—	160	余波	277⑬
	雪をはらひし—	161	衣	280②
	古郷の—いかにうかびけん	71	懐旧	132⑥
	—移かわぎもこがゐ	102	南都幷	184⑫
	—かすかに残しも	112	磯城島	201⑭
	馴よと思ふ—の	58	道	111⑮
	来やこずやの—の	116	袖情	209⑪
	よゐのまに出ては入ぬる—の	7	月	異305⑧
	其—の今更に	49	閑居	99⑥
	其—の心地して	32	海道上	76⑧
	其—のさこそはおしき名残なりけめ	133	琵琶曲	両338⑧
	見し—の百の媚	38	無常	84②
	—の忘ずながら遠ざかる	21	竜田河恋	63⑤
	寝が中にみるてふ夢の—は	83	夢	152①
	夢の心地して枕にのこる—は	83	夢	152⑥
	—ばかりの忘がたみ	24	袖余波	66②
	—みえて哀なり	164	秋夕	284⑬
	跡とふ人の—も	118	雲	211②
	片敷袖の涙に浮ぶ—よ	157	寝覚恋	272⑬
	是は夙夜のむかしの—を	64	夙夜忠	124⑫
	豊の明の—をいつかは思わすれん	59	十六	113⑨
	うき—を身にそへて	18	吹風恋	60②
	見し—をや慕らん	28	伊勢物語	71⑬
おもく・す(重)	或は道を—して	160	余波	278⑬
	朝家殊此神を—すれば	131	諏方効験	233⑧
	太宗のいたて—せしは	63	理世道	122⑧
おも・し(重)	孝行の儀も—かりき	108	宇都宮	194⑦
	鳳闕朝廷の—き宝	121	管絃曲	216⑧
	—きは恩によれば也	88	祝	159⑨
	孝行の義もいと—く	139	補陀湖水	247⑤
	されば三朝に是を—くして	155	随身競馬	270③
	無始の罪障は—くとも	54	熊野四	105⑧

	—く濁は地と成	172	石清水	295⑪
	武威—く文道すなほ成ければ	65	文武	126③
	霜花—しや古枕古衾	93	長恨歌	167⑮
おもしろ・し(面白)	屛風の徳ぞ—き	158	屛風徳	274⑩
	露台の夜半の遊ぞ—き	167	露曲	288⑨
	月にともなふ夜半の遊ぞ—き	47	酒	異314⑤
	—くぞやきこえし	104	五節本	188②
	げに—くは見えける	76	鷹徳	141⑨
	むかしのあな—もや	102	南都幷	185③
	伝て聞も—や	29	源氏	72⑭
	豊の明も—や	41	年中行事	90①
	安名—やときこゆるも	159	琴曲	275⑧
おもて(面)　＊おも	石の—に墨を染	73	筆徳	136④
	水底の石の—には	153	背振山	268⑦
	盤の—を刻ては	60	双六	114⑪
	—を半差隠して	116	袖情	209⑦
	—をならぶる珊瑚の甃やな	15	花亭祝言	55⑥
おもとびと(侍者)	左右の—をのをの緑の袖をつらね	93	長恨歌	168①
おもの(御物、御膳)	かざしの扇大床子の—	124	五明徳	異312⑨
	采女の—はてて後	105	五節末	189⑬
	夕に—を備ては	64	夙夜忠	124①
おものいみ(御物忌)	黄衣の神人—	137	鹿島社壇	243⑥
おもひ(思)	飛鳥井の深き—	24	袖余波	66⑧
	六十年の夢を送—	107	金谷思	191③
	馴こし跡をしたふ—	107	金谷思	191④
	昔を恋る夜の—	107	金谷思	191⑤
	王昭君が万里の—	107	金谷思	191⑤
	凡心にふかき—	107	金谷思	191⑥
	柏木の露ときえし—	107	金谷思	191⑮
	旅別はこれ客の—	125	旅別秋情	222⑨
	下行水のふかき—	126	暁思留	224⑩
	貞心—浅からず	99	君臣父子	178③
	冴る一尺の雪をよろこぶ—あり	10	雪	51⑤
	是皆懐旧の—あり	71	懐旧	131⑫
	海士だにつつむ—さへ	21	竜田河恋	62⑬
	六十年の—切なりしは	169	声楽興	291⑭
	蟋蟀の—蟬の声	164	秋夕	284⑦
	うはの空なる—ならむ	107	金谷思	191⑫
	理なりし—ならむ	157	寝覚恋	273④
	恋慕の—なりけり	19	遅々春恋	60⑪
	いかなる—なりけん	23	袖湊	65⑧
	生ても—に堪じとや	23	袖湊	65⑧
	幽閑の—に疲れけんも	140	巨山竜峯	249③
	—にもゆるけぶりと	113	遊仙歌	203⑪
	おなじ—にや咽びけん	134	聖廟霊瑞	239①
	深き—のしるしとや	19	遅々春恋	61⑤
	ただそれ—のしるべなり	107	金谷思	192③
	猶又夜をのこす—の切なるは	157	寝覚恋	272⑪
	いかなる—の類ならむ	35	羇旅	81⑨
	何も—の妻となる	107	金谷思	191⑨

	さこそは—のつもるらめ	173	領巾振恋	298⑪
	—の津をぞはやすなる	104	五節本	188⑭
	柏木のもゆる—のはて	38	無常	84⑫
	浪間にしづむ—のはて	107	金谷思	191⑫
	浮立—の果よさば	25	源氏恋	67②
	色そふ—の深さをば	167	露曲	288⑪
	誰かは—の外といはん	72	内外	134⑬
	ふかき—の程はなほ	66	朋友	127④
	—のほのをもえまさり	69	名取河恋	130⑤
	託—のます鏡	107	金谷思	191⑥
	うへなき—の行末とや	22	袖志浦恋	63⑬
	うへなき—の行ゑとや	22	袖志浦恋	両325⑫
	さても—の我にのみ	31	海路	75⑥
	深き—は飛鳥井に	75	狭衣妻	138⑪
	終日に永き—は菅の根の	19	遅々春恋	60⑨
	誰も—は津の国の	24	袖余波	66③
	凡旅客の情旅人の—はとりどりに	35	羇旅	81⑥
	—もしらでのみすぐす	86	釈教	156①
	妻恋かぬる—もみな	107	金谷思	192①
	—もわかぬ木隠に	171	司晨曲	295①
	懐旧の—や切なりけむ	64	夙夜忠	124⑭
	悄然たる—を	106	忍恋	190⑨
	恋慕の—をあらため	129	全身駄都	227⑭
	晋の十四年の花省秋の—を動して	124	五明徳	221⑧
	誰に—をかけまくも	28	伊勢物語	72⑥
	いく夜の—を重らん	107	金谷思	191④
	—を雲路にはこばしめ	56	善光寺	107⑫
	—をこむる若草	107	金谷思	192①
	—を千里の雲に馳	32	海道上	76⑤
	—をのこす夜はの床に	125	旅別秋情	223⑥
	をのづから—をひとつならむ類	127	恋朋哀傷	225④
	周処—をひるがへす	45	心	95②
	とけぬ—をや重ぬらん	161	衣	280④
おもひのいろ(思の色)	あらはれし—	19	遅々春恋	61⑥
	—にあらはれしも	116	袖情	209⑬
	—や切ならん	107	金谷思	191②
	下にはかよふ—を	44	上下	94①
	筆跡は—を顕す	46	顕物	96⑤
	夕天にみだるる蛍は—を顕す	40	夕	両333③
	悄然たる—を蛍によそへても	106	忍恋	両337⑩
	—をや知すらん	107	金谷思	191⑨
おもひあは・す(思合)	さこそは—せけめ	75	狭衣妻	138⑭
	さこそは—せけめ	90	雨	162②
	かくやと—せし程もなく	133	琵琶曲	両338⑦
	垣間見に昔を—せつつ	28	伊勢物語	両329⑩
	—せて分なきは	160	余波	277⑩
おもひい・づ(思出)	いかに憐と—づる	24	袖余波	66⑧
	昔がたりを—づる	111	梅花	200⑥
	—づる事おほく	71	懐旧	132⑦
	—づるもかなしきは	168	霜	290⑥

	—づれば貴し	139	補陀湖水	246⑨
	苅田のひづち—でて	37	行余波	83⑨
	古宮の月に—でて	64	夙夜忠	124⑬
	—でても恋しきは	127	恋朋哀傷	225⑦
	苅田のひづち—でば	26	名所恋	68⑨
おもひやい・づ	猶又—でけん	74	狭衣袖	138③
おもひい・る(思入)	深くや—間河	56	善光寺	108⑨
おもひぐさ(思草)	枯も終なでや—	18	吹風恋	60①
おもひさだ・む(思定)	—めん方ぞなき	60	双六	115②
	—めむ方もなし	58	道	111⑥
おもひしづ・む(思沈)	深も—まざれ	58	道	111⑧
おもひし・る(思知)	かくやと—られたり	172	石清水	297⑨
	—られてたのもし	154	背振山幷	269⑨
おもひす・つ(思捨)	いざさばひたすら—てん	126	暁思留	224⑬
おもひせ・く(思塞)	—く心の中の滝なれや	158	屛風徳	274⑪
おもひそ・む(思初)	—め入初しより	20	恋路	61⑬
	ゆかりの色もさこそは—めけめ	107	金谷思	191⑮
	ゆかりの色を—めにし始より	132	源氏紫明	234⑨
おもひた・つ(思立)	東路遙に—つ	28	伊勢物語	72①
	又—つ旅ごろも	37	行余波	83④
	—つより恋衣	23	袖湊	64⑫
	—つより白妙の	51	熊野一	102②
	—つより峯の秋霧へだてつつ	125	旅別秋情	222⑩
おもひたゆた・ふ(思たゆたふ)	—ふ調よりや	133	琵琶曲	236⑨
おもひつ・く(思付)	さく花に—く身のいかなれば	89	薫物	160②
おもひつづ・く(思続)	倩—くれば	50	閑居釈教	100②
	倩—くれば	57	善光寺次	110⑤
	しづかに—くれば	62	三島詣	120⑧
	倩—くれば	86	釈教	156②
	遙に—くれば	169	声楽興	292①
	つくづく—くれば	170	声楽興下	293⑤
	来し方を—けて	28	伊勢物語	72②
おもひつら・ぬ(思列)	猶さば—ぬれば	113	遊仙歌	204⑥
おもひで(思出)	此世の—ならば又	24	袖余波	66④
	あらましかばと—の	100	老後述懐	179⑬
	—の有し昔を夢に見て	157	寝覚恋	両329⑦
	みな—の妻なれや	35	羇旅	81⑥
おもひとが・む(思咎)	—むる人もなし	125	旅別秋情	222⑭
おもひと・く(思解)	—くにも薄氷	160	余波	277②
	倩其風を—けば	60	双六	114⑭
	むなしからざる事を—けば	141	巨山修意	249⑧
	倩—けば風の誉さまざまに	95	風	異309⑨
	抑倩—けば大通智勝の其むかし	62	三島詣	121②
	倩—けば天下静謐にや	63	理世道	123③
おもひな・す(思なす)	是や其と—野の仮枕	35	羇旅	82②
おもひな・る(思成)	せめてわりなく—りけん	115	車	208②
おもひな・る(思馴)	うき身にも—れにし夕暮を	164	秋夕	285⑨
おもひね(思寝)	—の夢路に結ぶ契の	157	寝覚恋	両329⑧
おもひのぼ・る(思登)	高くも—らざれ	58	道	111⑨
おもひま・す(思増)	—田のいける限は	26	名所恋	67⑬

おもひみだ・る(思乱)	—るる秋の心なれば	122	文字誉	219⑧
	—るる面影	100	老後述懐	180②
	—るる苅萱	125	旅別秋情	223⑧
	—るる涙より	28	伊勢物語	71⑧
	—るるはてもさば	75	狭衣妻	139①
	—るる世なりとも	87	浄土宗	158⑫
	—れし心まよひ	107	金谷思	191⑭
	—れし璽の扇	124	五明徳	221⑩
	—れし粧ひ	93	長恨歌	168②
	—れし折かとよ	40	夕	88①
	哀てふ事をあまたに—れて	37	行余波	83⑩
	ねぐたれ髪の手枕に—れて	126	暁思留	224④
	—れても忍ぶずりの	89	薫物	160⑥
おもひめぐら・す(思廻)	つくづくと—せば	115	車	両337③
おもひや・る(思遣る)	—られし宮城野の	167	露曲	288⑭
	伊勢まで遙に—り	96	水	172⑪
	抑はるかに—る	161	衣	279⑪
	抑在世遙に—る	163	少林訣	283⑨
	—るべき方やなかりし	75	狭衣妻	138⑪
おもひよ・る(思寄)	—るべき便かは	28	伊勢物語	72⑦
おもひわ・く(思分)	いづかたと—かざりし	60	双六	116①
おもひもわ・く	—かで契しより	89	薫物	160⑫
おもひわす・る(思忘)	いつかは—れん	59	十六	113⑩
おもひをく・る(思送)	伊勢まで遙に—りけむ	125	旅別秋情	224②
	立田山を—りし夜半の道	28	伊勢物語	異306⑨
おも・ふ(思)	—はじよしなしとても又	69	名取河恋	130⑧
	—はじよしなしとにかくに	45	心	95⑬
	只南泉を—はしむ	119	曹源宗	212③
	—ひ—はず花籃目ならぶ人は	28	伊勢物語	71⑩
	暁—はで何か其	70	暁別	130⑬
	—はぬ袖をやぬらすらん	173	領巾振恋	299③
	—はぬ旅の住居までも	132	源氏紫明	235④
	—はぬ山に踏まよふ	83	夢	152⑧
	—はぬをだにも—ふ世に	81	対揚	149⑦
	うきては更に—はねど	132	源氏紫明	235⑨
	—へかしいかに—はれん	81	対揚	149⑥
	いかがは化に—はん	127	恋朋哀傷	226②
	気をしりぞけてふかく—ひ	169	声楽興	291⑥
	夢かとぞ—ふ—ひきや	83	夢	152④
	うちある諌と—ひきや	147	竹園山	259⑭
	—ひきや我につれなき人をこひ	56	善光寺	108④
	かねて—ひし有増より	40	夕	88⑧
	一本と—ひし菊を	151	日精徳	異315⑤
	—ひし筋の其ままに	132	源氏紫明	234⑩
	こはうつつと—ひし真人	58	道	111⑧
	ただかりそめと—ひしを	117	旅別	210⑥
	夜の鶴子を—ひてや	170	声楽興下	292⑦
	—ひもあへずながむれば	4	夏	44⑩
	—ひもあへず昔見し	34	海道下	79⑤
	—ひもあへぬ夕立	90	雨	161⑩

—ひもあへぬゆふだち	90	雨	両332①
つみしらせばやとぞ—ふ	3	春野遊	43⑫
とにかくに何かは歎何か—ふ	50	閑居釈教	100④
うき名を隠す阿(くま)もあらせよとぞ—ふ	74	狭衣袖	138⑦
雲井に翔れとぞ—ふ	77	馬徳	142⑪
ただ其群類の奴とならむとぞ—ふ	86	釈教	157③
是には過じとぞ—ふ	109	滝山等覚	196③
水の流てたえじやとぞ—ふ	117	旅別	210⑩
曇はあらじとぞ—ふ	154	背振山幷	269④
—ふあたりに立副て	24	袖余波	66④
馴よと—ふ面影の	58	道	111⑮
子を—ふ雉も還ては	131	諏方効験	232④
はつかに—ふ心はうき人の	10	雪	50⑥
—ふ心も浅からず	46	顕物	96⑦
—ふ心や誘けん	5	郭公	45④
—ふ心や故有けん	60	双六	116③
—ふ心よ君がため	43	草	92④
—ふ心よなぞもかく	18	吹風恋	59⑧
—ふ心を先立て	55	熊野五	106⑭
心の奥に—ふこといはでの山に	26	名所恋	両326③
—ふ事いはでやただにやみにけむ	28	伊勢物語	異306⑩
砕けて物を—ふてふ	24	袖余波	66⑨
もろともに—ふと聞ば	23	袖湊	65②
暁—ふ鳥の空音	24	袖余波	65⑫
草枕かりそめと—ふ名残だに	37	行余波	83⑦
—ふにはしのぶることぞ負にける	69	名取河恋	129⑫
何かは忍ぶ—ふには負る習も	18	吹風恋	59⑪
我朝の起を—ふにも	72	内外	133⑪
飛鳥河あすわたらんと—ふにも	75	狭衣妻	139②
みるめかなしく—ふにも	75	狭衣妻	139⑧
倩其理を—ふにも	77	馬徳	141⑭
かかる迷を—ふにも	89	薫物	160⑬
倩異朝を—ふにも	166	弓箭	287②
其名を外にや—ふべき	100	老後述懐	180④
誰かはあだに—ふべき	57	善光寺次	異313③
子を—ふ道にや搔くれむ	99	君臣父子	178⑭
子を—ふ道の老のなみ	160	余波	278⑫
子を—ふ道にかはらねば	62	三島詣	120①
今更—ふもかひなくて	36	留余波	82⑩
つくづくと—ふもくるし入会の	37	行余波	83②
しばしと—ふやすらひに	30	海辺	74④
子を—ふ闇路は晴やらず	58	道	111⑪
はるかに—ふ行すゑ	16	不老不死	56⑦
無常を—ふ夕暮の	118	雲	211⑥
しげれとぞ—ふ忘草	117	旅別	210⑦
問ぬを情と—へども	10	雪	50⑧
うきたる中と—へども	23	袖湊	65①
漏さじとこそ—へども	26	名所恋	67⑬
枕ならべんと—へども	56	善光寺	108⑩
うはの虚には—へども	115	車	208⑨

	—へども岩手の関の	48	遠玄	98⑧
	倩いにしへの旧にし跡を—へば	17	神祇	57⑦
	薫の行末と—へば	25	源氏恋	67⑧
	深き誓を—へば	54	熊野四	105⑦
	倩其徳を—へば	78	霊鼠誉	145④
	悦しき事を—へば	108	宇都宮	192⑥
	さても遙に—へば	119	曹源宗	212⑪
	抑仰で此等の誉を—へば	128	得月宝池	227⑥
	花さき子成る恵と—へば	131	諏方効験	233③
	そよや倩仰で—へば	131	諏方効験	233⑨
	抑此等の基を—へば	147	竹園山	259⑦
	広き恵と—へば	152	山王威徳	267⑨
	倩放生大会を—へば	172	石清水	297④
	行末遙に—へば	103	巨山景	異310⑨
	—へばあだなる沫の	84	無常	153⑨
	—へばあだなる形見の	83	夢	152①
	—へばさかふる民の草葉も	90	雨	161⑦
	これも—へば何かせん	22	袖志浦恋	64⑧
	—へばはかなや身をさらぬ	24	袖余波	66②
	—へば久しきみが代の	14	優曇華	54⑧
	倩—へば補陀落の不思議	139	補陀湖水	246⑮
	遠く徃事を—へば又	48	遠玄	97⑭
	倩—へば弥陀は又	162	新浄土	281⑫
	其も—へば唐の遠き跡とも	160	余波	277⑧
	—へばゆかりの色の形見なれや	126	暁思留	224⑭
	—へば夢のあだし世に	38	無常	84②
	冬嵐に脆き理を—へり	150	紅葉興	263⑥
おもひおもひ	—に手折は	44	上下	93⑤
おもふどち(思どち)	—は道行ぶりもうれしくて	57	善光寺次	109⑩
おもむ・く(趣、赴)	つゐに善趣に—かしむ	66	朋友	127⑥
	戦場の道に—きしに	131	諏方効験	233⑦
	高麗に—き給し時	110	滝山摩尼	197⑩
	三韓の軍に—き給しに	172	石清水	296⑨
	雲南の軍に—きて	78	霊鼠誉	144⑧
	無着の請に—くより	101	南都霊地	183⑬
おもんばかり(慮)	—ぞ測がたき	134	聖廟霊瑞	238⑪
	一日の万機を一身の—に	63	理世道	122⑦
おもんみ・る(惟)	倩静に—るに	128	得月宝池	226⑪
	倩—れば	129	全身駄都	227⑫
	静に—れば	135	聖廟超過	240⑧
	倩—れば	143	善巧方便	253⑭
	倩—れば	145	永福寺幷	256⑫
	竊に—れば	169	声楽興	290⑬
	倩—れば是	147	竹園山	258⑪
お・ゆ(老)　＊老い	瓦の松—いたり	153	背振山	268⑤
	—いてはさらぬ別の	38	無常	84⑥
	只徒に—いにき	27	楽府	70⑫
	—いぬるかおいその杜の下草の	32	海道上	76⑫
	いたづらに—いぬる年の程もなく	38	無常	異307②
およびがた・し	密蔵の深旨—く	129	全身駄都	228⑨

	薩埵の音声—し	170	声楽興下	292④
およ・ぶ(及)	心も詞も—ばず	139	補陀湖水	246⑪
	—ばぬ枝と歎しぞ	74	狭衣袖	138⑧
	—ばぬ枝を吹風の	168	霜	289⑪
	—ばぬ枝を吹風よ	106	忍恋	190④
	跡を忍も—ばぬは	34	海道下	79⑩
	水茎の跡も—ばねば	75	狭衣妻	139⑮
	心も詞も—ばねば	110	滝山摩尼	197⑤
	其ことの葉も—ばれず	63	理世道	123②
	勝計の詞も—ばれず	129	全身駄都	229⑭
	誉讃の言も—ばれず	146	鹿山景	257③
	げに—ばれぬためし哉	123	仙家道	221②
	何ぞ褒美の詞も—ばん	144	永福寺	255①
	—びてもいかがは申尽さん	134	聖廟霊瑞	238⑦
	黄帝無為の世に—ぶ	149	蒙山謡	261②
	民に—ぶあはれみ	143	善巧方便	253⑨
	余に又—ぶ類もあらじ	141	巨山修意	249⑩
	日月風雨の—ぶところ	166	弓箭	287②
	跡まで—ぶ名残也	160	余波	278⑭
	樊噲予譲に—ぶは	65	文武	125⑭
	喩も化にや—ぶべき	140	巨山竜峯	248⑩
およぼ・す(及)	名を又異朝に—し	60	双六	115⑥
	八国の諸王に—し	129	全身駄都	228①
	春秋の宮に—し	143	善巧方便	253⑧
	分身あまねく—して	16	不老不死	56⑬
	其威を四明に—す	67	山寺	128①
	誉を和漢に—す	98	明王徳	178①
	勝事を異朝の外に—す	172	石清水	296⑩
	乃至今に—す徳	147	竹園山	259①
おりた・つ(下立)	みづから敵に—ちて	63	理世道	121⑬
	—つ田子のみづからと	45	心	95⑫
おりな・す(織作、織成)	文の—さざりしは	161	衣	279⑬
	紅桃の錦を—せり	151	日精徳	264⑨
おりゐ・る(下居)	水鳥の—る池田の薄氷	33	海道中	78⑪
お・る(織)	麻の衣を誰か—りけん	42	山	両327⑨
お・る	又—りては鹿さえづる	82	遊宴	151⑨
おれ	—なひては早苗とり	5	郭公	46④
おろか(愚)	あはれといふも—なる	58	道	111⑫
	申も—なるやな	142	鶴岡霊威	251⑪
	中にも—にはかなきは	97	十駅	173④
おろし・く(下来)	武庫の山風—きて	51	熊野一	102⑦
おろそか(疎)	—なりし家ゐは	68	松竹	129⑧
	—なるはなしやな	29	源氏	72⑬
	彼は楚国に—に	81	対揚	異302③
おん(恩)	仕る君の厚き—	99	君臣父子	178⑧
	凡雨は天子のや—として	90	雨	161⑤
	幾度—に誇けん	100	老後述懐	180⑫
	重きは—によれば也	88	祝	159⑩
	君の—も事しげく	39	朝	86⑨
	猟夫が忠節の—を憐て	108	宇都宮	194⑥

	抑君の—を仰て	95	風	171③
おん(音)→いん(音)ヲモミヨ				
おんあい(恩愛)	父母は—徳たかく	81	対揚	149③
	則慈父の—の跡まで及ぶ名残也	160	余波	278⑭
	—の厳こまやかに	139	補陀湖水	247⑤
	—の契も睦しく	108	宇都宮	194⑦
おんあたり(御あたり)	なべてにはあらぬ—に	29	源氏	73⑧
おんが(御賀)	—朝観の儀式にも	114	蹴鞠興	異311③
	—の砌四方拝	158	屏風徳	274⑮
おんがく(音楽)	—時々銘すなり	139	補陀湖水	246⑤
	—をもて本とす	170	声楽興下	292⑤
おんかへし(御返)	兵部卿の宮の—	89	薫物	160⑪
	袖うち振し—	25	源氏恋	67⑤
おんかみ(太神、御神)	伊弉諾伊弉冉二柱の—	152	山王威徳	266⑩
	伊弉諾伊弉冊の二柱の—	172	石清水	295⑬
おんがん(恩顔)	補処の大士十一面の—は	134	聖廟霊瑞	237⑧
おんぐし(御髪)	—はこぼれかかりて	29	源氏	73③
おんこ(御子)　＊みこ	豊良穴戸の宮の—なり	142	鶴岡霊威	252①
おんご(御碁)	—の相手に召て	60	双六	116③
おんこころ(御心)	朱雀院の問し—	25	源氏恋	67⑦
おんごんふぞく(慇懃付属)　＊いんぎん	—を忘れざれば	120	二闡提	214⑪
おんし(恩賜)	—の禄を重ても	155	随身競馬	271③
おんしのぎよい(恩賜の御衣)	—と詠つつ	71	懐旧	132⑤
	—の言の葉	160	余波	277⑨
	—を返しても	132	源氏紫明	235⑤
おんしやう(恩賞)	知としらざると上として—異也	81	対揚	異302⑤
おんじやう(音声)	薩埵の—及びがたし	170	声楽興下	292④
	—三昧の妙体	164	秋夕	285⑬
おんしやうだい(御正体)	—の鏡は	55	熊野五	106⑪
	—の聖容は	62	三島詣	119⑪
おんすがた(御姿)	琴ひきたまふ—	29	源氏	73④
おんすまひ(御すまひ)	河より遠の—	25	源氏恋	67⑨
おんそで(御袖)	泣ぬらしけん—を	168	霜	290⑧
おんたく(恩沢)	是—の真に誇とか	91	隠徳	164②
おんだらしのはずのめいもん(御多羅枝の弭の名文)	厳上に書付給し—は	172	石清水	297③
おんちかひ(御誓)	如意輪薩埵の—	45	心	両334⑪
	ことごとく化度せんとの—	120	二闡提	両339⑤
おんとき(御時)	此—にはじまる	59	十六	112⑬
	この—の事かとよ	39	朝	87⑧
	此—の人とかや	77	馬徳	142⑦
	如来在世の—菩薩伎楽を調しも	172	石清水	297⑧
おんどく(恩徳)	内外の父母の—	72	内外	134⑥
	皆此大師の—	138	補陀落	244⑥
	乃至十六牟尼曠大の—	143	善巧方便	254②
	皆—広大の慈愍にあり	129	全身駄都	229⑩
	父母の—を酬も	96	水	171⑨
おんのもり(織の森)	さればにや今も—の	108	宇都宮	194⑦
おんばしら(御柱)	四の—かたかしはも	131	諏方効験	233④
おんはらへ(御禊)	河原の—大嘗会	158	屏風徳	274⑮
おんまご(御孫)	日本武の尊の—	142	鶴岡霊威	252①

おんみ(御身)　＊ごしん	猶―にぞ副られし	160	余波	278⑧
	―をやすめ給しかは	137	鹿島社壇	両340⑪
おんむすめ(御女)	仁子嵯峨の―	72	内外	134⑮
おんむま(御馬)	―を揚其番を応ずるに随て	156	随身諸芸	271⑦

か

か(歌)　＊うた	其徳―の字にあらはる	92	和歌	異309⑦
か(駕)	臨幸―を飛しめ	109	滝山等覚	195⑩
	親故は―を廻し	71	懐旧	132①
か(香)　＊かう	昔を忍ぶ袖の―は	116	袖情	209⑭
	立かへりみて過がたき花の―や	111	梅花	200①
	いもやとがめん花の―を	89	薫物	160⑪
	花橘の―をとめて	5	郭公	45⑧
	誰手枕に―をとめむ	89	薫物	160⑨
	色をも―をも君ならで	111	梅花	199⑪
か(夏)　※国名	商洛山の―黄公	42	山	90⑩
	八愷八元はみな―の帝舜の忠臣	59	十六	異307⑩
	―の文命の駟馬車	115	車	207⑪
か(笳)	胡の―吟動する時は	170	声楽興下	292⑭
が(賀)　＊御(おん)―	花の宴紅葉の―	64	夙夜忠	124⑦
	紅葉の―ぞすぐれたる	150	紅葉興	263①
	光源氏の紅葉の―に	151	日精徳	264⑪
	紅葉の―の興をまし	121	管絃曲	216⑩
	御―の砌四方拝	158	屏風徳	274⑮
	紅葉の―の夕ばへに	25	源氏恋	67③
かい(櫂)	大唐濤唐艪―梶をとりても	23	袖湊	65⑤
	外渡る舟の―の滴もたえがたき	79	船	145⑭
かいいん(海印)	―三昧を顕す	146	鹿山景	258②
	―に浮びし三世の徳	97	十駅	175⑭
かいうん(海雲)	―比丘の如くならむ	84	無常	153⑭
かいか(階下)	―の月卿松屋の雲客	155	随身競馬	271②
かいげ(界外)	―に荘りし乗物	97	十駅	175④
かいげつ(海月)	風をむかふる―	95	風	170⑬
かいけんろんし(戒賢論師)	護法―より下末代につたはる	44	上下	94⑧
かいざん(開山)	―の貴き跡をのこす	128	得月宝池	227⑥
	―の恵も芳しく	141	巨山修意	249⑧
かいざんをしやう(開山和尚)	―の勅号	146	鹿山景	257⑨
かいさんけんいち(開三顕一)	―の理誰かは信ぜさるべき	97	十駅	175④
かいしゆ(戒珠)	―の光妙なるは	97	十駅	173⑬
	―の光を磨し	135	聖廟超過	241⑧
かいすい(海水)	―の浪を汲上て	159	琴曲	両335⑩
かいせい(海西)	夫―に名隈あり	153	背振山	268②
かいだん(戒壇)	大乗―を彼山に建られしに	135	聖廟超過	241⑧
かいちう(海中)	―五の神山は	42	山	90⑦
	―に沈給しかば	172	石清水	297①
	優曇―に開つつ	12	嘉辰令月	53⑦
	―に楼閣玲瓏の奇瑞をなし	62	三島詣	119⑤
かいとく(海徳)	さればや円々―の浪にすむ	122	文字誉	218⑨

	—をあらはひしも	77	馬徳	142③
かいにちがい(戒日蓋)	—を指や狗摩羅王は旗をとる	101	南都霊地	184①
かいにちわう(戒日王)	玄弉—の宮にして	101	南都霊地	183⑭
かいびやく(開闢)	夫天地—のはじめ	166	弓箭	287①
かいまみ(垣間見)	それかとばかりの—に	60	双六	115⑮
	奥津しら浪竜田山の—に	28	伊勢物語	両329⑩
	さてもいかなる—の便にか	74	狭衣袖	138②
かいまみ・る(垣間見)	将隠たるを—て	113	遊仙歌	203⑨
かいまんまん(海漫々)	ちかく成ぬらん—	30	海辺	両333⑨
	—たり年々に薬を尋し蓬莱宮	30	海辺	74⑪
かう(孝)　＊忠孝	—悌仁義礼忠信	58	道	110⑬
	先—の始とこそ聞	99	君臣父子	179④
	水菽の—を道とす	96	水	171⑨
	虞舜は—をもて世に聞ゆ	98	明王徳	176⑧
	明王—をもて代を治む	45	心	94⑫
かう(郊)	—に牛を放し客	97	十駅	176③
かう(香)　＊か	鎮壇の—の火	138	補陀落	244⑮
	—は香雲と立昇	61	郢律講	118⑫
かう(更)	—闌夜静にして	7	月	47⑬
かう(号)	正に隠君子の—あり	91	隠徳	164②
	猶又老の—ありき	100	老後述懐	180⑪
	瑞鹿山の—ありき	146	鹿山景	257⑥
	放光菩薩の—ありき	120	二闡提	異312⑤
	二千石の—ありし	55	熊野五	107③
	緑松は貞木の—ありて	68	松竹	128⑬
	仙酒共に聖の—有て	47	酒	異314④
	理世安楽寺社の—の名にしほふも	135	聖廟超過	241③
	竜峯の—故有なる物をな	140	巨山竜峯	247⑬
	茶神の—を施て	149	蒙山謡	261⑦
かう・す(号)	松本の明神と—したてまつる	114	蹴鞠興	205⑦
	六代の神とも—し奉る	172	石清水	295⑫
	—して其字に故あり	77	馬徳	142②
	仏頭山と—するも	109	滝山等覚	196③
	今本宮と—するも	138	補陀落	244⑩
	飯酒の王子と—せらる	62	三島詣	120③
	駅の王子と—せらる	77	馬徳	142⑦
	院使寺と—せらる	154	背振山并	269⑬
	厩戸の王子と—せらる	77	馬徳	異304⑩
	筑波山とは—せらる	159	琴曲	両335⑩
	天葉若と—せらる	137	鹿島社壇	両341①
	名を福増と—せられ	78	霊鼠誉	145⑤
かうう(項羽)	—が勇る兵	45	心	95⑨
かううん(香雲)	香は—と立昇	61	郢律講	118⑫
かうえん(香煙)	—雲にや昇らん	128	得月宝池	226⑩
かうえん(江淹)	—が五色の筆をば	73	筆徳	異308⑧
かうおつ(甲乙)	—の尊容数粒をます	129	全身駄都	228⑭
かうかう(行々)	—たる露の駅に	32	海道上	76⑤
かうかう(浩々)	—と聳たる霊岳	153	背振山	268⑦
かうかう(孝行)	—に偽なければ	99	君臣父子	179②
	—の義もいと重く	139	補陀湖水	247⑤

	―の儀も重かりき	108	宇都宮	194⑦
	―の信といへるは	99	君臣父子	178④
	―の誠を顕しも	47	酒	97⑩
	蔡順が―の筵には	116	袖情	209③
かうかう(皓々)	―たる風をわけ	172	石清水	296⑬
	―たる星河の明なむとする暁	8	秋興	49⑦
かうかく(行客)	―の跡をうづむ白雲に	118	雲	210⑬
かうかく(皓鶴)	―あざやかなるを奪れ	10	雪	50⑭
かうき(香騎)	或は―鑣を並て	145	永福寺幷	256⑤
かうきう(行宮)	―に月を見れば心を傷しむる色	93	長恨歌	167⑪
かうきやうふせつ(告香普説)	―入室の儀	103	巨山景	187⑦
かうくわい(高槐)	―の月に詠を留め	160	余波	278⑬
かうげ(香華)	―の節も声すみて	103	巨山景	187②
	無量仏果得成就―供養仏	110	滝山摩尼	異311①
かうけい(高渓)	羨門―安規生	123	仙家道	221②
かうけん(効験)	―威光をかかやかす	154	背振山幷	269⑫
	―を顕しも	155	随身競馬	270⑩
かうけん(強堅)	―の類も何ならず	166	弓箭	287③
かうざん(高山)　＊かうぜん	夫―月をささへ	173	領巾振恋	298②
かうしつ(鮫室)	―に亀ないて	130	江島景	230⑬
かうしつ(膠漆)	いはんや―の友なひ離がたく	127	恋朋哀傷	225⑫
かうしやう(講匠)	―の文句は	102	南都幷	185③
	維摩大会の―は	101	南都霊地	183⑪
かうしやう(香性)	然て―が分布の勅命	129	全身駄都	228①
かうじやう(向上)	―の一路千聖も伝ず	119	曹源宗	211⑩
かうしよく(好色)	凡―優人のなからひ	73	筆徳	136⑨
かう・ず(講)	最勝王経を―ずとなり	172	石清水	297⑥
	経を―ぜし所をば	109	滝山等覚	196④
	忠管般若を―ぜしに	110	滝山摩尼	197②
かうすいせん(香翠山)	―潘覩婆山	16	不老不死	56⑫
かうせつ(交雪)	―の色に異ならず	171	司晨曲	294②
がうぜつ(強竊)	―二の咎多く	97	十駅	173⑧
かうぜん(浩然)	―として行ぬれば	160	余波	279③
かうぜん(高山)　＊かうざん	―の嶮きに攀登りて	159	琴曲	276⑤
	―の峯にくもりなく	97	十駅	175⑫
かうぜんじ(高山寺)	―に送りし二粒の舎利	129	全身駄都	229⑤
かうぜんろう(香山楼)	―の秋の月	48	遠玄	97⑬
	―の北の	41	年中行事	89⑦
かうだい(高台)	四禅―の閣の内	82	遊宴	150⑥
かうたう(皇唐)	さても―の時かとよ	149	蒙山謡	261⑥
かうだち(神立)	其神山の当初其―に	5	郭公	45⑤
かうづけじま(上野島)	―をみれば又	139	補陀湖水	246⑧
かうとく(孝徳)	―の御宇豊崎の宮の古	78	霊鼠誉	144⑩
	―の御宇治りし	119	曹源宗	212⑫
かうなん(江南)	―江北の流には	81	対揚	149⑧
	―に剣を振しかば	97	十駅	175①
	―の屈平よしなしや	58	道	112⑤
かうのきちやう(香の几帳)	―のけすらひも	160	余波	278②
がうのせ(角の瀬)	湯浅の王子―	53	熊野三	104⑨
かうば・し(芳)	紫塵芬々と―しき	5	郭公	45⑧

	酒の—しきのみならず	47	酒	97⑦
	我立杣に—しく	67	山寺	128①
	曼荼の花—しく	97	十駅	176⑤
	内薫の匂—しく	108	宇都宮	193⑦
	風月の匂ひ—しく	111	梅花	200②
	芝蘭の睦—しく	127	恋朋哀傷	225⑫
	春の匂—しく	134	聖廟霊瑞	237④
	開山の恵も—しく	141	巨山修意	249⑧
	春の匂—しく	147	竹園山	259⑥
がうはばんり(鼇波万里)	恨らくは—の望を隔る事を	151	日精徳	264②
かうふ(耕夫)	外には—の牛を仮	140	巨山竜峯	248④
かうぶ・る(蒙)	旅宿に告を—りて	137	鹿島社壇	243⑫
かうべ(首)	或は手をあげ—をうなだれて	85	法華	154⑨
	或は手をあげ—をうなだれて	85	法華	両331⑨
	誰かは—を垂ざらむ	131	諏方効験	233⑨
	十善—を垂給ふ	96	水	172⑩
	納受の—を垂たまふ	102	南都弁	185⑪
	—を天外に廻らすに	119	曹源宗	212②
かうほう(康保)	—の秋の半清涼殿の月の宴	112	磯城島	202⑥
かうほく(江北)	江南—の流には	81	対揚	149⑧
かうぼく(香木)	多摩羅跋栴檀—	143	善巧方便	254①
かうら(高良)	副将軍の—に仰せ	172	石清水	297①
かうりんしやうじゆ(降臨聖衆)	—の納受も理とぞ覚る	148	竹園如法	260⑨
かうろ(行路)	—は又友を忍ふ	125	旅別秋情	222⑨
かうろ(更漏)	古殿の—沈程	119	曹源宗	212⑥
かうろほう(香炉峯)	彼—かとあやまたる	103	巨山景	186⑭
	—の雪の朝	47	酒	97②
かえふ(荷葉)	—湛々と水清く	89	薫物	160⑭
がが(峨々)	君王徳たかくして—たる青巌	80	寄山祝	146④
	—たる山は動なき	15	花亭祝言	55⑧
	後に青山—として	110	滝山摩尼	197⑦
	中にも石屛—として	146	鹿山景	258③
	山は—として雲聳け	53	熊野三	104①
かかい(家誡)	集—の屛風も彼徳にや立けん	158	屛風徳	273⑫
かかい(河海)	—をわたるはかりこと	79	船	145⑧
かか・ぐ(挑)	壁に背る燈を—ぐといへども	64	夙夜忠	123⑫
	夜な夜な法灯を—ぐとか	128	得月宝池	226⑭
	深更に灯を—げ	141	巨山修意	249⑬
	霧を—げしいにしへや	50	閑居釈教	100⑪
	終に法燈を—げたまふ	59	十六	112⑭
	心の霧をや—げまし	22	袖志浦恋	64⑨
	なかば垂てや—げん	113	遊仙歌	203⑬
ががくしよ(雅楽所)	内教坊は—	72	内外	134⑦
かかげつく・す(挑尽)	草庵の窓の燭—して	49	閑居	98⑪
かかは・る	賢才—らざる故とかや	65	文武	125⑥
かがみ(鏡)	明王の用し人の—	98	明王徳	177⑥
	むかしをうつす—たり	100	老後述懐	180⑮
	又明王の陰らぬ—なり	91	隠徳	163⑨
	鏡は本の—にて	163	少林訣	283③
	—に向ふ山鳥の	66	朋友	126⑩

	—の影にむかひ居て	22	袖志浦恋	63⑭
	—の影に向居て	22	袖志浦恋	両325⑫
	山鳥のをのが—の影にも恥ず	19	遅々春恋	61②
	—の影の朝毎に	92	和歌	166⑦
	寒流月を帯て—のごとく	168	霜	289⑧
	くもらぬ—の宮柱	88	祝	159②
	御正体の—は	55	熊野五	106⑪
	—は本の鏡にて	163	少林訣	283③
	或は双眼に—を夾み	77	馬徳	異311⑧
	—を瑩く諍ひ	85	法華	155④
	—をみがくよそほひ	15	花亭祝言	55⑤
かがみのうら(鏡の浦)	くもらぬ—なれば	153	背振山	268⑬
かがみのみや(鏡の宮)	これや—つくり	173	領巾振恋	298⑤
かがみやま(鏡山)	曇も霞む—	32	海道上	76⑪
かがみ・る(鑑)	像を—し百練は	98	明王徳	177⑥
	二心なき其誓願を—つつ	103	巨山景	異310⑦
	生馬の明神—て	17	神祇	57⑬
	爰に霊瑞を—て	140	巨山竜峯	247⑬
	夫神鏡は機を—て	131	諏方効験	231⑧
	利益は末代を—てや	128	得月宝池	227⑦
かかやか・す(耀、輝)	鳳輦光を—し	59	十六	113③
	二空の月を—し	97	十駅	174⑩
	威光を天下に—し	120	二闡提	異312⑤
	賢首の智光を—して	97	十駅	176②
	効験威光を—す	154	背振山幷	269⑫
かかや・く(耀、輝)	宝塔雲に—き	51	熊野一	102⑩
	朱丹軒に—き	62	三島詣	119⑪
	法灯も神鏡も—き	101	南都霊地	182⑩
	金闕霞に—き	123	仙家道	220⑤
	比良の高根に—く	67	山寺	128②
	日にそへてぞ—く	152	山王威徳	267⑮
	朝日ひかり—く	39	朝	両332⑩
	百毫—く光が峯	109	滝山等覚	196③
かからましやは	かからずば—	35	羇旅	81⑧
	かからざりせば—と	107	金谷思	191⑥
かかり(懸)	立連れる袖の—	114	蹴鞠興	207④
	尊重寺の—こそ	114	蹴鞠興	206⑥
	鞠の—に二重鶏冠	150	紅葉興	262⑭
	本院の—は神殿の前とかや	114	蹴鞠興	206⑦
	されば—を栽るも	114	蹴鞠興	205⑬
	—を又立るも	114	蹴鞠興	206④
かがり(篝)	鵜飼舟蛍や—篝火や	4	夏	44⑬
かがりび(篝火)	鵜舟にともす—も	131	諏方効験	232⑦
	鵜飼舟蛍やかがり—や	4	夏	44⑬
かか・る(懸、掛)	露の仮言も—らぬ身に	20	恋路	62③
	白雲の—らぬ山も鳴々ぞ	20	恋路	62②
	白雲の—らぬ山も嵐吹そふ	21	竜田河恋	63⑥
	心に—りし玉だれの	114	蹴鞠興	206⑬
	玄宗皇帝の楊妃が肩に—りて	41	年中行事	89⑩
	稲葉のすゑに—りて	65	文武	125⑦

	大慈の綱に―りて	86	釈教	156⑮
	はや藤沢に―りぬる	33	海道中	78⑤
	村雲―る秋の月	58	道	111⑤
	梢に―る天雲に	52	熊野二	103⑦
	うたても―る雨そそき	90	雨	162④
	鐙に―る蓁までも	156	随身諸芸	272⑥
	橋にと―る陸人	32	海道上	77⑪
	峯より峯に―る雲	48	遠玄	98⑤
	峯にたなびくしら雲の―る心の	112	磯城島	201②
	横雲―るこずゑは	54	熊野四	105②
	梢に―るしら雲	2	花	42⑦
	堰に―るしら浪	4	夏	44⑧
	御注連に―る白木綿	17	神祇	58①
	裳裾に―る涼しさ	94	納涼	168⑪
	木居に―る鈴の音	76	鷹徳	141⑧
	小雨に―る露けさ	90	雨	161⑪
	先目に―る釣殿	144	永福寺	255⑫
	田の面の露ぞ―るなる	171	司晨曲	295⑥
	心に―るは軒端なる	89	薫物	160⑦
	梢に―る藤代	52	熊野二	103⑫
	露―るべき身のゆくゑ	173	領巾振恋	298⑪
	山田に―る湖の渡	32	海道上	76⑧
	参川なる蜘手に―る八橋の	33	海道中	78③
	いかなる恋に―るらん	121	管絃曲	217①
	浦路に―れば慇を	53	熊野三	104⑫
	七星梢に―れり	110	滝山摩尼	196⑬
かき(垣)	ほのかにみゆる薄の―	49	閑居	99⑦
	松のはしら竹の―	68	松竹	129⑧
	松の柱竹の―	68	松竹	両328⑤
	古屋の―にしげらむ	43	草	92⑧
かき(河磯)	しかれば嶮難の―をわたり	136	鹿島霊験	242⑤
かきあつ・む(書集)	藻塩草―めたる其中に	29	源氏	72⑬
かきお・く(書置)	―く跡も絶せず	112	磯城島	202⑩
かきかぞ・ふ(掻数)	―ふれば七草	43	草	92⑥
かきかへ・す(撥返、掻返)	掻ては又―し	31	海路	75⑨
	撥て又―す	133	琵琶曲	236⑪
かきくど・く(掻口説)	心の中を―き	5	郭公	45⑫
かきく・る(掻暗)	筆のすさみに―れし	73	筆徳	136⑧
	子を思ふ道にや―れむ	99	君臣父子	178⑭
かきごし(垣越)	若木の梅の―に	111	梅花	199⑨
かきしる・す(書記)	―したる水茎の	114	蹴鞠興	206⑩
かきすさ・む(書遊)	雲霄を出と―む	124	五明徳	222③
かきそ・む(書初)	いかにせん誰かは―めけんやな	19	遅々春恋	61⑧
かきた・つ(掻立)	けたかくこそは―つれ	29	源氏	73⑦
かきた・ゆ(書絶)	―えぬるか水茎の岡辺の	43	草	92⑩
	―えぬれば陸奥の壺の石文	26	名所恋	68⑭
かきつ・く(書付)	底のみくづと―けし	75	狭衣妻	139⑨
	巌上に―け給し	172	石清水	297③
	恋ん涙のとや―けて	165	硯	286⑦
かきつく・す(書尽)	―したる玉章の	112	磯城島	202③

かきつた・ふ(書伝)	蒼頡が漢字を—へ	73	筆徳	135⑭
	—へたるしきしまの	122	文字誉	219⑬
かきつばた(杜若)	へだてて見ゆる—	33	海道中	78④
かきなが・す(書流)	さのみはいかが—さむ	75	狭衣妻	139⑭
	—しけん筆の跡も	107	金谷思	191⑧
	—しけん水茎の跡は	22	袖志浦恋	64②
	—しけん水茎の上下の字に	44	上下	93⑥
	—す文字の沫は	122	文字誉	219⑦
かきなが・す(掻流)	涙もともに—す	160	余波	278④
かきなら・す(攪鳴)	和琴緩く—して	79	船	145⑪
かきね(垣根)	賤き—に木伝て	5	郭公	45⑬
	—にしげる苔の色	98	明王徳	177⑪
	有つる—の同声に	5	郭公	45⑧
	—の梅の花笠	111	梅花	200⑦
かきのもと(柿の本)	—の家の風	112	磯城島	201⑩
かきのもとのえいぐ(柿の本の影供)	—を和歌所におこなはる	71	懐旧	132⑬
かきのもとのまうちきみ(柿の本の大夫)	—のながめし	165	硯	286⑧
	—を上とも更に言がたく	44	上下	93⑨
かきのもみぢ(柿の紅葉)	—の玉章は	150	紅葉興	263⑧
	—をながしけん	46	顕物	96⑧
かきほ(垣ほ)	やどりの—あれはてて	167	露曲	288⑩
	—につたふ槿	6	秋	47⑤
	槿の花さく—の朝露	39	朝	87③
	—の夕顔を手折しも	156	随身諸芸	272⑦
かきみだ・す(書乱)	薄墨に—したる水茎の	73	筆徳	136⑩
かきや・る(書遣)	—るふみの手越こそ	34	海道下	79⑤
かぎり(限)	照日の影は—あらじ	88	祝	159⑭
	数恒河の砂も—あり	129	全身駄都	229②
	いまを—とはやき瀬の	75	狭衣妻	139⑨
	逢を—の恋路なれば	69	名取河恋	130④
	床敷事の—は	158	屏風徳	274⑩
	思増田のいける—はいひいでじ	26	名所恋	67⑬
	武蔵野は—もしらずはてもなし	56	善光寺	108⑥
かぎりな・し(限なし)	—き益おほかりき	149	蒙山謡	261⑩
	粟散辺地に—く	120	二闡提	214②
	—く遠く来にけりと	28	伊勢物語	72②
	をのが齢も—し	151	日精徳	異315③
かぎ・る(限)	本朝にも—らず	114	蹴鞠興	205⑭
	青竜寺にも—らず	129	全身駄都	228③
	—らぬ草木の末までも	130	江島景	230⑧
	猶—らぬは我君の御代なりけり	41	年中行事	90②
	千々の秋をも—らぬや	121	管絃曲	216⑮
	幾千年をか—らむ	12	嘉辰令月	53⑬
	さして幾代を—らん	80	寄山祝	146⑧
	幾万代をか—らん	13	宇礼志喜	両325①
	幾万代をか—るらむ	13	宇礼志喜	54③
	偏に御名に—れり	87	浄土宗	158⑥
	只此のおりに—れり	164	秋夕	284⑪
かく(客)	郊に牛を放し—	97	十駅	176④
	雪印の—に与へても	149	蒙山謡	261⑨

	廃詮の―に仰れ	102	南都幷	185⑥
	廃詮の―にかしづかれ	97	十駅	174⑪
	玉の盃を―に勧ては	123	仙家道	220⑩
	旅別はこれ―のおもひ	125	旅別秋情	222⑨
	半日の―は化なれど	160	余波	277⑪
	―又懐旧の切なる事をすすめき	71	懐旧	132⑪
	三千の―を賞じつつ	44	上下	93⑧
	人来と―をよぶとかや	3	春野遊	43⑧
かく(閣)	六根懺悔竜華の―	148	竹園如法	260②
	四禅高台の―の内	82	遊宴	150⑥
	二階の―を重るや	140	巨山竜峯	248⑨
か・く(懸、掛)	浪の白木綿―くとみえて	131	諏方効験	232⑨
	心に―くる歩をも	96	水	172⑫
	憑を―くる神事	108	宇都宮	194⑥
	情を―くることの葉	23	袖湊	65①
	一筋に憑を―くるならば	87	浄土宗	158⑬
	白木綿―くる瑞籬	51	熊野一	102⑬
	哀を―くる身とならば	81	対揚	149⑥
	憑を―くるゆふだすき	55	熊野五	107①
	情を―くれば武蔵鐙	28	伊勢物語	71⑫
	松風琴を―け	139	補陀湖水	246⑥
	誰かは憑を―けざらむ	54	熊野四	105⑪
	心に誰かは―けざらむ	105	五節末	189⑨
	誰か憑を―けざらん	41	年中行事	89⑤
	憐を―けし小萩が本に	44	上下	93⑫
	井筒に―けしふりわけがみも	28	伊勢物語	両329⑪
	井筒に―けしまろが長	28	伊勢物語	72⑨
	三刀を―けし夢には	122	文字誉	219⑤
	梢に―けし緑衣の袖	116	袖情	209④
	山がた―けたる家ゐの	71	懐旧	132⑧
	玉を―けたる衣の裏	167	露曲	289③
	緒絶の橋の名を―けて	24	袖余波	65⑫
	浪の白木綿神―けて	95	風	170⑨
	入海―けて興津浪	136	鹿島霊験	242⑥
	幾里―けてかかほるらん	89	薫物	160⑤
	―けてかへりし玉かづら	173	領巾振恋	299⑤
	遠里―けてこゑ声に	171	司晨曲	294⑭
	佐野の舟橋―けてだに	69	名取河恋	130⑧
	長世―けて契らばや	21	竜田河恋	63⑧
	行末―けて見ゆる哉	15	花亭祝言	55⑤
	わたうづ―けて見わたせば	33	海道中	78⑥
	豊岡―けて見わたせば	56	善光寺	109②
	千年を―けても	127	恋朋哀傷	225⑧
	たのみだに―けてもいかが	18	吹風恋	60④
	明がた―けてや名乗らん	5	郭公	46①
	玉鬘―けなはなれそと託ても	126	暁思留	224⑤
	情をも―けば心ぞかよふべき	167	露曲	288⑬
	林に猪鹿の類を―けや	97	十駅	173⑨
	情ばかりは―けよ鹿島の常陸帯の	26	名所恋	68⑩
	逢瀬に―けよ水車	22	袖志浦恋	64③

	乱てしほぜの浪や—けん	31	海路	75⑬
か・く(書、描、画)	巴の字を—いたる流のすゑ	16	不老不死	56③
	鞆絵—いたる筆の管	105	五節末	189⑫
	始て八卦書契を—き	122	文字誉	218②
	壺の石文に—きし跡も	88	祝	159⑪
	呂安が—きし鳳の字は	122	文字誉	219⑩
	瑩玄珠碑(けいげんしゆひ)と—き給し	138	補陀落	244⑪
	壁に—きたる言の葉	135	聖廟超過	241⑥
	眉—きて心ぼそしとも	100	老後述懐	180①
	眉—きて細長ければ	27	楽府	71③
	行水に数—くがごとく	84	無常	両331④
	行水に算(かず)—くがごと跡なき世と	84	無常	153⑨
	鳥羽に—く玉章	91	隠徳	164⑮
	藻塩草—くてふ文字の	88	祝	159⑦
	詩歌を—くに道あり	158	屏風徳	273⑪
	絵に—けば月も有明にて	158	屏風徳	274⑨
	絵—ける橋に澄登る	103	巨山景	186⑦
	土筆と—けるは土筆	3	春野遊	43⑩
	絵に—ける女の心を動かす心地して	112	磯城島	201⑪
か・く(掻、撥)	—いては又—き返し	31	海路	75⑨
	—いて又—きかへす	133	琵琶曲	236⑪
か・く(闕)	ひとつも—けては道をなさず	72	内外	133⑨
がく(学)	—は麟角を抽で	65	文武	125②
がく(楽)	—には夏風秋風楽や	95	風	170⑤
	—には酒胡子酒清司	47	酒	97⑧
	—には治世の声あれば	170	声楽興下	293⑦
	—の誉にしくはなし	169	声楽興	291②
	黄帝洞庭の—は	121	管絃曲	216⑥
	—より勝る物はなし	121	管絃曲	216③
	或は九韶の—を起し	121	管絃曲	216⑤
	四具の—をぞ奏しける	172	石清水	297⑦
	—をはじむる謂あり	169	声楽興	291⑫
がく(額)	女体中宮の—あり	138	補陀落	244⑬
	霊山浄土の南門と掘出せる—あり	139	補陀湖水	246⑭
	六波羅蜜の—の中	138	補陀落	244③
	上皇の—の字を仰も	146	鹿山景	258⑤
	大覚堂の—の文	147	竹園山	259⑭
かくうんせんしやう(鶴雲千嶂)	嫌らくは—の遠を泥む事を	151	日精徳	264①
がくおん(楽音)	終には—樹下の砌	121	管絃曲	217⑪
	—樹下の砌には	170	声楽興下	293⑥
かくぐわい(格外)	—の宗は又	119	曹源宗	211⑩
がくさう(学窓)	雪を集る—には	102	南都幷	185⑤
	四明円宗の—には	108	宇都宮	193⑭
かくし(障)	錦の—揚たる帷	113	遊仙歌	203⑫
かくしや(革車)	楚の軍戦に—に乗し忠臣	65	文武	125⑥
がくしや(学者)	—は文を集て	85	法華	155④
かく・す(隠、蔵)	星の林に漕—されぬるかと	118	雲両	338⑫
	雲雀は翅を雲に—し	57	善光寺次	109⑥
	古松は瓦のひまを—し	67	山寺	128③
	商山の雲に跡を—し	91	隠徳	163⑫

	重華の徳をもや―しけん	91	隠徳	163⑪
	泣ぬらしけん御袖を―し給し有様	168	霜	290⑨
	真如の月を―しつつ	97	十駅	174①
	慈悲忍辱の姿を暫かりに―して	55	熊野五	106⑪
	―して納しいにしへ	91	隠徳	165③
	―して納し法の箱も	108	宇都宮	192⑭
	せめても―して伝るは	91	隠徳	164⑮
	壁に納し経書も―して徳を施し	91	隠徳	163⑩
	月を―して懐にいるる	124	五明徳	221⑥
	―して稀に知とかや	91	隠徳	163⑨
	―して床敷道とす	91	隠徳	164③
	遠樹を―すうき雲は	118	雲	210⑬
	朝霧の絶間を―す興津波	91	隠徳	164⑦
	うき名を―す阿(くま)もあらせよとぞ思ふ	74	狭衣袖	138⑦
	何なる秘曲を―すらん	91	隠徳	164⑤
がくにん(楽人)	―十列の蹄までも	135	聖廟超過	240⑥
かくはん(客帆)	―寒き夕塩風や	79	船	145⑭
かくも(覚母)	三世―の般若の室	49	閑居	99②
	―の梵篋を囲遶す	59	十六	114①
	―はさとりの花開け	108	宇都宮	193⑦
かくやく(赫奕)	星を連て―たり	62	三島詣	119⑫
かぐやま(香久山)→あまのかぐやまヲミヨ				
かくよく(鶴翼)	―の囲をなしけるに	172	石清水	296⑮
かぐら(神楽)　＊みかぐら	―には湯立宮人	82	遊宴	151⑧
	―の末の韓神	160	余波	277⑮
かくりん(鶴林)	堤河の辺の―	163	少林訣	283⑪
かく・る(隠)	さでさす跡にぞ―るなる	91	隠徳	164⑩
	覆手に―るる隠月	91	隠徳	164⑤
	籬に―るる面影	91	隠徳	164⑭
	水底に―るる玉柏	91	隠徳	164⑧
	寄来る浪に―るるは	91	隠徳	164⑦
	しげみに―るる姫百合	91	隠徳	164⑩
	抑鷲峯の雲に―れしは	91	隠徳	165①
	迦葉の―れし砌なれ	91	隠徳	165①
	将―れたるを垣間見て	113	遊仙歌	203⑨
	首陽山に―れつつ	91	隠徳	164①
	霞に―れて帰る山の	91	隠徳	164⑤
	舜は―れて死を遁れ	91	隠徳	163⑩
	葦の葉に―れて住し摂津国の	91	隠徳	164⑫
	葦垣のへだてに―れぬ梅がえ	82	遊宴	151⑩
	葦垣の隔に―れぬ梅が枝	82	遊宴	両330⑨
	遍照の光重山に―れぬれば	124	五明徳	222④
かくるはんざ(各留半座)	―の誓かはらず	127	恋朋哀傷	226⑤
かくれ(隠)	隔となるは屛風の―	158	屛風徳	274⑪
	岩墻淵の―に身を捨ても	18	吹風恋	59⑩
かくれが(隠家)	霞の中の―にも	64	夙夜忠	124⑥
	かからん時の―をば	78	霊鼠誉	144⑥
かくれな・し(隠なし)	其客貌も―き	105	五節末	189⑧
	蜴のしるしも―きは	46	顕物	96⑤
	煙のすゑも―く	35	羇旅	82⑦

	栄の程も—く	114	蹴鞠興	206③
かくれは・つ(隠終)	終にや—てなむ	91	隠徳	164⑮
かくわい(葭灰)	—は陰陽にこゑをなし	164	秋夕	284②
かくわうこう(夏黄公)	商洛山の—	42	山	90⑩
かくわん(笳管)	夫篳篥は—也	169	声楽興	291⑫
かくゐ(覚位)	毗盧遮那—を証ぜしめ	96	水	171⑧
かげ(影、陰)	軒端の松の木高き—	15	花亭祝言	55⑧
	泰山五株の松の—	42	山	90⑧
	一心三観の月の—	67	山寺	128②
	身の正きに順—	98	明王徳	177⑧
	月はみがきて千年の—	122	文字誉	219⑮
	玉島河も—清し	153	背振山	268⑭
	—さえわたる冬の夜は	44	上下	94③
	仏日—盛なれば	163	少林訣	283⑫
	真如の月の—さす	163	少林訣	282⑭
	駿なる槇の立枯—さびし	57	善光寺次	109⑧
	—さへみゆる山の井	66	朋友	127③
	やどりはつべき—し見えねばと	75	狭衣妻	138⑫
	松柏緑—しげく	55	熊野五	105⑬
	かたぶく夕日の—ぞ	40	夕	両333⑤
	陽春程なく—たけて	161	衣	280⑥
	—なびく月の都より	64	夙夜忠	124②
	—なびく右に加りしより	134	聖廟霊瑞	238⑩
	入方の月の—にしも	168	霜	290⑤
	鏡の—にむかひ居て	22	袖志浦恋	63⑭
	山鳥のをのが鏡の—にも恥ず	19	遅々春恋	61②
	花の—にやすらひて	112	磯城島	202①
	鏡の—の朝毎に	92	和歌	166⑦
	さやけき—の阿なきは	97	十駅	174⑭
	緑樹の—のまゐ	94	納涼	168⑥
	緑松の—の下紫藤の露の底	5	郭公	45③
	漁舟の火の—は	48	遠玄	98②
	和光同塵の月の—は	51	熊野一	101⑨
	つれなき—は有明の	103	巨山景	186⑧
	照日の—は限あらじ	88	祝	159⑭
	さやけき—は所からかもと	172	石清水	297⑫
	亀の尾山のむかひの峯に—ふくる	42	山	両327⑤
	南楼にかたぶく—までも	172	石清水	297⑪
	—珍しき山のは	164	秋夕	285⑥
	朝日の—も普く	99	君臣父子	178⑫
	筑波の—も様なし	104	五節本	188⑪
	うつろふ—もとどまらず	163	少林訣	283④
	浮世に—もととめじと	168	霜	290⑦
	なげきは憑む—もなく	38	無常	84⑦
	庭燎の—もほのかなる	160	余波	277⑮
	—ゆく山の下道	167	露曲	288⑤
	筑波ねの—より茂き恵の	98	明王徳	177②
	筑波山—よりも茂き恵とは	136	鹿島霊験	242⑩
	普き—を仰て	152	山王威徳	267⑨
	枌楡の—をあふひしより	62	三島詣	119⑨

	南海の北に—をうかべ	109	滝山等覚	194⑫
	夫神鏡は機を鑑て—を浮べ	131	諏方効験	231⑧
	和光の—を澄しめ	46	顕物	異307⑦
	曇らぬ政に—をそへ	34	海道下	80⑪
	仏像鳥瑟の—をそへ	67	山寺	128⑧
	しばし水かへ—をだにみん	26	名所恋	68⑤
	しばし水飼ふ—をだにみん	77	馬徳	142⑭
	下又衆生に—をたる	44	上下	94⑦
	光もおなじく—をたれ	108	宇都宮	193⑤
	くもらぬ—をみがくらむ	122	文字誉	219①
	—をも今更誰に恥ん	78	霊鼠誉	144①
	—をも深く敬へ	99	君臣父子	178③
	—をもやどせ春の月	96	水	両329②
	くもらぬ—をや照すらん	49	閑居	98⑭
	くもらぬ—をや照すらん	123	仙家道	220⑦
	—をや照覧	123	仙家道	両335⑤
	朝夕—をやどし	158	屛風徳	274①
	—をや友と鳴つらむ	66	朋友	126⑩
かけぢ(碊路)	杉立る谷の—に	34	海道下	79④
かけても(掛ても)	—いさや憑まねば	21	竜田河恋	63③
	—さやはたのみしに	38	無常	84⑩
	—袖に涼しきは	94	納涼	168⑧
かげなびく(大臣)	—杉のしるしの木高き契を	11	祝言	両324⑩
かけはし(梯)	—あやうき山路には	170	声楽興下	292⑨
	はるかにわたせ雲の—と	74	狭衣袖	137⑬
	雲の—にすみわたる	7	月	48⑧
	雲の—めぐりめぐりて	93	長恨歌	167⑩
かけひ(懸樋)	—の水に袖ぬれて	96	水	172③
かけまくも	—賢き擁護なれば	135	聖廟超過	240①
	—賢き鹿島の明神は	136	鹿島霊験	242①
	—賢き神のゐがきをも	28	伊勢物語	72⑥
	—賢き新宮の祭礼	138	補陀落	245②
	—賢き勅願代々にたえず	155	随身競馬	270⑪
	—かしこき流のすゑ	12	嘉辰令月	53⑩
	—賢きは鳥が鳴なる東路の	171	司晨曲	295⑨
	—賢き瑞籬のあたりを	78	霊鼠誉	143⑫
	—かしこき宮居にて	142	鶴岡霊威	251⑩
	—賢く跡をたれて	88	祝	159⑫
	—かたじけなき	101	南都霊地	183②
	—かたじけなくも諸人の	130	江島景	231④
かけ・る(翔)	鳥だに—らぬ山の奥	153	背振山	268⑥
	翅たかく法性の空にや—らん	131	諏方効験	232⑤
	翅は大虚に—りつつ	76	鷹徳	140③
	雲井まで—りて名をや揚べき	124	五明徳	222⑦
	つねに竹園に—る徳化に誇つつ	144	永福寺	255②
	富士の雲路を分て—る	155	随身競馬	270⑥
	雲井に—れとぞ思ふ	77	馬徳	142⑪
かげろ・ふ(陰、影ろふ)	—ふかたの涼しきは	40	夕	88④
	—ふ雲にやさはぐらむ	90	雨	161⑨
	—ふ雲にやさわぐらん	90	雨	両331⑫

	良(やゃ)—ふ暮つかた	114	蹴鞠興	207②
	—ふ汀は朝日山の	94	納涼	169④
かげろふの	—岩墻淵の隠に身を捨ても	18	吹風恋	59⑩
かげん(河源)	伝らく—は遠く	113	遊仙歌	202⑫
がけんてんりうわう(我遣天竜王)	—夜叉鬼神を聴衆とし	85	法華	154⑪
がけんほうしゆ(我献宝珠)	—の供養をば	97	十駅	175⑧
かご(加護)	皆—天四海を—せしむ	131	諏方効験	233⑤
かこちわ・ぶ(託侘)	—びても衣々の	171	司晨曲	294⑪
かこ・つ(託)	愁の字をや—たまし	19	遅々春恋	61⑧
	—たん方も覚ぬ	45	心	95⑫
	月やあらぬと—ちけんも	111	梅花	200⑧
	道はまよはずと—ちても	10	雪	51③
	道はまよはずと—ちても	10	雪	両330④
	袖の涙を—ちても	24	袖余波	66①
	月やあらぬと—ちても	28	伊勢物語	71⑬
	露をたぐいに—ちても	70	暁別	131⑦
	待に命ぞと—ちても	74	狭衣袖	138③
	岩漏水のと—ちても	112	磯城島	202③
	我身ひとつを—ちても	122	文字誉	219⑨
	掛なはなれそと—ちても	126	暁思留	224⑤
	きえねと—つ浮雲	106	忍恋	190⑥
	—つ思のます鏡	107	金谷思	191⑥
	—つ方なき哀は	40	夕	87⑬
	—つ方なき人をしたふ	175	恋	異306①
	ね覚を—つ手枕の	157	寝覚恋	272⑭
	今更誰をか—つべき	20	恋路	62④
	末こす風をや—つらむ	21	竜田河恋	63④
	人をも身をも何と—つ覧	115	車	両337③
かごと(仮言)	春やむかしの春の—は	24	袖余波	66⑪
	—ばかりの情をも	167	露曲	288⑬
	露の—もかからぬ身に	20	恋路	62②
かこみ(囲)	鶴翼の—をなしけるに	172	石清水	296⑮
かこ・む(囲)	後には老杉谷を—み	140	巨山竜峯	248⑪
かさ(笠)	をのが様々に着なせる—	135	聖廟超過	240⑥
	錦の帽子やきたる—の	76	鷹徳	140⑩
	小菅の—のひまもがな	43	草	92①
かざぐるま(風車)	吹来る便の—の	115	車	208⑩
かざごしのみね(風越の峯)	—の浮雲晴行ば	94	納涼	168⑩
かささぎ(鵲)	—のわたせる橋の上の霜	168	霜	289⑨
かざし(挿頭)	散過たりし—に	151	日精徳	264⑪
	—の扇大床子の御膳	124	五明徳	異312⑨
	掌の—の梢は	134	聖廟霊瑞	237⑬
	手折や—の花ならん	33	海道中	78⑭
	—の花の下枝	44	上下	93⑤
	秋の—をや手向らん	135	聖廟超過	240⑤
かざしと・る	いざ立寄て—らむ	57	善光寺次	109⑨
	いざさば誰も—らむ	94	納涼	168⑩
かざしを・る(かざし折)	又男山の峯には大宮人の—り	59	十六	113④
かざ・す(挿頭、翳)	おらでや—さましやな	1	春	42③
	透扇をぞ—しける	105	五節末	189⑧

	竹を—ししはじめも	68	松竹	129④
	天津空より—して下座	137	鹿島社壇	両340⑫
	幣もとりあへず袖に—す	35	羇旅	81⑭
	紅葉を—す秋の興	145	永福寺幷	256①
	宴に—す菊の花も	108	宇都宮	194⑤
	桜を—すさくらがり	143	善巧方便	253⑩
	庭燎の前に—すてふ	82	遊宴	151⑨
	雲居の桜を—すなる	2	花	42⑨
	桜を—す花の会	129	全身駄都	229⑦
	手折て—す花総に	87	浄土宗	158⑤
	柳を—す瓔珞には	120	二闡提	214⑥
かさな・る(重)	脱沓又—り	46	顕物	96⑤
	白雲千重—りて	103	巨山景	186①
	峯より峯は—りて	103	巨山景	186⑪
	宝塔裳越に—りて	108	宇都宮	193⑮
	—る雲を分ても	23	袖湊	65④
	出し衣の—る妻の色々	72	内外	135⑥
	—る妻を出し車の	115	車	208⑭
	—る匂もいとこよなき袂の	156	随身諸芸	272④
	代は又今に—れど	63	理世道	122⑮
	心にかくる歩をも猶—れる	96	水	172⑫
かさ・ぬ(重)	夙夜の功をや—ぬらん	39	朝	86⑩
	幾世のむかしを—ぬらむ	48	遠玄	98①
	幾春秋を—ぬらむ	61	郢律講	118⑩
	幾千世秋を—ぬらむ	82	遊宴	151⑦
	いく夜の思を—ぬらん	107	金谷思	191④
	とけぬおもひをや—ぬらん	161	衣	280④
	半天雲を穿て三滝浪を—ぬる	55	熊野五	107⑤
	繕—ぬる出衣	104	五節本	188⑬
	忠臣の功を—ぬる亀の尾山の	42	山	両327⑤
	妻を—ぬる衣々の	73	筆徳	136⑨
	浪を—ぬる白玉	111	梅花	両330①
	世々を—ぬる竹の声花に	124	五明徳	222⑥
	雪を—ぬる竹の葉に	104	五節本	188③
	代々を—ぬる竹のはに	47	酒	異314④
	—ぬる閨の狭衣	119	曹源宗	212⑥
	金の葉を—ぬるも	92	和歌	165⑭
	二階の閣を—ぬるや	140	巨山竜峯	248⑨
	雲を—ぬる万国に	17	神祇	57⑥
	いくそばくの霜を—ね	96	水	171⑬
	凡日を続夜を—ね	125	旅別秋情	223⑤
	三生六十年を—ね	83	夢	異303②
	寒夜に袖をや—ねけん	116	袖情	209③
	神託度をや—ねけん	134	聖廟霊瑞	239⑩
	いかでか千世を—ねけん	151	日精徳	264⑥
	近く日域の霜を—ねし	73	筆徳	135⑭
	旧ぬる世々を—ねし後	135	聖廟超過	241⑦
	哀をなをも—ねしは	75	狭衣妻	139⑬
	祈念夜を—ねし夢の告	147	竹園山	259⑧
	繡の茵を—ねたり	113	遊仙歌	204⑦

	夙夜の忠を—ねつつ	64	夙夜忠	123⑩
	歌を二千々に—ねつつ	92	和歌	166③
	繋ぬ日数を—ねつつ	134	聖廟霊瑞	239⑥
	百千度万代を—ねて	123	仙家道	220⑦
	金の釵含嬌繡の褥を—ねて	113	遊仙歌	両340④
	霜を—ねて消なんとす	71	懐旧	131⑩
	霜を—ねて白妙の	62	三島詣	120⑪
	霜を—ねて白妙の	62	三島詣	異304⑥
	紀路の浜木綿—ねても	12	嘉辰令月	53⑨
	万代の春を—ねても	15	花亭祝言	55③
	年月次を—ねても	16	不老不死	56②
	飲酒楽勅を—ねても	47	酒	97⑨
	千度を—ねても	62	三島詣	119⑮
	荒玉の年を—ねても	93	長恨歌	166⑭
	恩賜の禄を—ねても	155	随身競馬	271③
	眠は三更五更を—ねても	157	寝覚恋	272⑪
	三千代の霞を—ねても	82	遊宴	異302⑦
	いく代の春を—ねても	68	松竹	両328⑥
	いく春秋を—ねむ	130	江島景	231⑥
かさぬひのさと(笠縫の里)	雨に障ば—にやしばしやすらはん	32	海道上	77⑥
かざみ(汗衫)	蛍をつつむ—の袖	116	袖情	209⑬
	—の袖にや移けん	106	忍恋	190⑨
	—の袖にやうつしけむ	106	忍恋	両337⑩
	—の袖もなよびかに	72	内外	135⑤
	—の童と下仕へ	104	五節本	188⑧
かざり(粧、荘)	蘋蘩の—厳く	134	聖廟霊瑞	239⑬
	解脱の衣を—とし	161	衣	279⑨
	秋山—の手向に	108	宇都宮	194⑤
	一色一香の—は	61	郢律講	118⑪
かざりくるま(粧車)	—に結ぶ花	115	車	208⑫
かざ・る(荘、飾、粧)	車は錦の紐を—り	72	内外	135⑤
	和漢に詞の花を—り	81	対揚	148⑫
	兜卒の台を伴に—り	127	恋朋哀傷	226④
	五月五日の儀を—り	155	随身競馬	270⑫
	界外に—りし乗物	97	十駅	175④
	青苔地を—りつつ	15	花亭祝言	55⑦
	珠簾玉を—りつつ	55	熊野五	106⑫
	林は菩提を—りつつ	89	薫物	161①
	七の所を—りつつ	97	十駅	175⑬
	荘厳玉を—りつつ	128	得月宝池	226⑬
	広く詞の林を—りて	73	筆徳	135⑫
	広く詞の林を—りて	73	筆徳	両328⑩
	右に其姿を—りなす	78	霊鼠誉	異314①
	玉を—り錦色々の財力ある	79	船	146②
	碧羅の色を—る	140	巨山竜峯	248⑪
	六宮に粉—るころ	133	琵琶曲	236⑥
	衣を—る妻として	116	袖情	209④
	台を—る屛風に	158	屛風徳	273⑦
	錦を—るもてなし	15	花亭祝言	55②
	林を—る紅葉	8	秋興	48⑬

	梢を—る紅葉の会	129	全身駄都	229⑧
	林を—る夕の色	84	無常	153④
	般若の室をや—るらん	108	宇都宮	193⑦
	法身のはだへをや—るらん	161	衣	279⑬
	台を—る竜鬢の筵	113	遊仙歌	204④
	梢を—る林間の景物	150	紅葉興	262②
かしこさ(賢)	道ある時の—に	42	山	91⑥
かしこ・し(賢)	伝し道ぞ—き	77	馬徳	142①
	其源ぞ—き	114	蹴鞠興	206⑩
	絶せぬ末ぞ—き	145	永福寺幷	256⑧
	陳平張良が心の道ぞ—き	45	心	両334⑧
	豈しかんや費長房が—き跡	151	日精徳	264③
	浄蔵浄眼の—き跡や	127	恋朋哀傷	226③
	まのあたり—き跡をたれ	135	聖廟超過	240⑩
	—き跡を残されしも	160	余波	278⑧
	—き諫の不立文字	122	文字誉	219①
	かけまくも—き擁護なれば	135	聖廟超過	240①
	—き擁護も絶せねば	103	巨山景	187④
	かけまくも—き鹿島の明神は	136	鹿島霊験	242①
	—き哉弓馬は右道に有て	155	随身競馬	270③
	—き哉や帝の代々に絶せぬ道を知	112	磯城島	200⑭
	かけまくも—き神のゐがきをも	28	伊勢物語	72⑦
	天智の—き御宇とかや	101	南都霊地	183②
	仁徳の—き御宇より	76	鷹徳	140⑤
	我国は—き境なれば	59	十六	112⑪
	かけまくも—き新宮の祭礼	138	補陀落	245②
	最も—き善政	155	随身競馬	271①
	—き様なるべき	103	巨山景	186③
	世々の—き様にも	121	管絃曲	216⑦
	かかる—きためしの	98	明王徳	177⑮
	かけまくも—き勅願代々にたえず	155	随身競馬	270⑪
	いとも—き勅なれや	134	聖廟霊瑞	237⑤
	最も—き勅なれや	114	蹴鞠興	異311④
	見る目は—きてうごの師	62	三島詣	120①
	三皇の—き時のころも	161	衣	279⑭
	かけまくも—き流のすゑ	12	嘉辰令月	53⑩
	寺号を聖暦の—きに顕し	140	巨山竜峯	247⑧
	方便の—きによるが故に	143	善巧方便	253②
	教の外の—き法に	124	五明徳	222④
	寺号は又—き法の泉流久く	147	竹園山	258⑭
	掛も—きは鳥が鳴なる東路の	171	司晨曲	295⑨
	張騫が—き古き跡は	113	遊仙歌	202⑭
	猶—き誉にほこるなり	132	源氏紫明	235⑮
	—き誠の誉は	141	巨山修意	249⑩
	—き御影を仰つつ	45	心	95①
	もらさず—き御ことのり	63	理世道	123⑥
	いとも—き御ことのり	109	滝山等覚	195④
	—き道とは云つべき	58	道	112⑦
	掛も—き瑞籬のあたりを	78	霊鼠誉	143⑫
	かけまくも—き宮居にて	142	鶴岡霊威	251⑩

	あはれ—き御代なれば	2	花	43③
	文武の—き御代には	62	三島詣	119⑦
	景行の—き御代の事かとよ	51	熊野一	101⑩
	—き御代の旧き跡	109	滝山等覚	196⑥
	帝の—き御代のまつりごと	13	宇礼志喜	両325①
	崇神の—きむかしかとよ	17	神祇	57⑩
	—きむかしの御名を留む	39	朝	87⑧
	長徳の—き恵なり	72	内外	135⑧
	—き恵の事かとよ	105	五節末	189②
	発願の—き恵より	128	得月宝池	227⑥
	明王の—き恵をあふぎてや	11	祝言	両324⑨
	—き恵を仰なり	64	夙夜忠	123⑩
	崇徳の—き玩び	92	和歌	166①
	—き代々の様にも	159	琴曲	276②
	—き態までも	45	心	95⑦
	阿闍世の懺悔—く	99	君臣父子	179⑧
	発願の願望もいと—く	146	鹿山景	257④
	かけまくも—く跡をたれて	88	祝	159⑫
	—く聞へしいにしへの	130	江島景	231②
	されば累代の政—くして	16	不老不死	55⑬
	和尚の徳—くして	140	巨山竜峯	248③
	—くぞ覚る	158	屛風徳	274①
	—く久き君が代は	34	海道下	80⑬
	心—く故あれば	78	霊鼠誉	143⑬
	勅なればいとも—しと仰ても	74	狭衣袖	137⑭
かしこどころ(賢所)	—は温明殿に	17	神祇	57⑬
かしこねのみこと(惶根の尊)	第六代—の御子なり	62	三島詣	119③
かしぜに(借銭)	負ては積—の	60	双六	116⑬
かしづき(傅)	博陸三公の—	72	内外	135④
	時めきさかへし—	105	五節末	189③
かしづきぐさ(傅種)	化ならざりし—	132	源氏紫明	235⑧
かしづ・く(傅)	廃詮の客に—かれ	97	十駅	174⑪
かしのゐ(樫の井)	—冬戸駒並て	52	熊野二	103⑧
かしはぎ(柏木)	さばかりやさしき—の	78	霊鼠誉	144④
	—の散にし古郷に	127	恋朋哀傷	226①
	—の露ときえし思	107	金谷思	191⑮
	—のもゆるおもひのはて	38	無常	84⑪
	忍とすれど—のもりてきこえし	106	忍恋	190⑪
	女三の宮の—も	25	源氏恋	67⑦
かしはざき(柏崎)	赤池坂木—	57	善光寺次	110③
かしはばら(柏原)	違にしげる—に	52	熊野二	103⑫
かしひのみや(香椎の宮)	—の杉村	154	背振山幷	269②
かしま(鹿島)	—の波を湊て	101	南都霊地	182⑪
	かけよ—の常陸帯の	26	名所恋	68⑩
	—へ詣で給しに	137	鹿島社壇	243⑪
かしまのみやうじん(鹿島の明神)	賢き—は	136	鹿島霊験	242②
かじゆ(嘉樹)	—霊木房なれり	110	滝山摩尼	197⑤
かしら(首)	霊亀の—にいたるまで	165	硯	286③
かしんれいげつ(嘉辰令月)	—のくもりなき御代に逢ては	12	嘉辰令月	53⑥
かず(数、算)	信田の森の千枝の—	5	郭公	46⑩

	色紙を押に一有	158	屛風徳	273⑪
	利生方便の一多く	109	滝山等覚	195④
	歩をはこぶ一おほく	120	二闌提	214①
	行水に一書がごと跡なき世と	84	無常	153⑨
	行水に一かくがごとく	84	無常	両331④
	一恒河の砂もかぎりあり	129	全身駄都	229②
	一さへみゆる雁が音	164	秋夕	285②
	一十六に徳おほし	59	十六	112⑨
	会ぬうらみの一とりとらばや	18	吹風恋	59⑫
	一ならでさすが世にふるならひは	90	雨	162④
	幾万代の一ならむ	80	寄山祝	146⑩
	いとほひなき事には一にもあらず	78	霊鼠誉	144⑭
	一にもあらぬ身にしあれど	147	竹園山	259⑨
	我先前にと争一の下に	60	双六	116⑧
	一の外に加りて	72	内外	134⑫
	砂の一は拾へども	12	嘉辰令月	53⑧
	一又眉目に事異也	155	随身競馬	271④
	絃の一も事ことに	159	琴曲	276①
	湯桁の一もたどたどしからず	60	双六	115⑮
	番の一や故あらん	155	随身競馬	270⑫
	筑間の鍋の一やれ	46	顕物	96⑥
	一を競て良久し	60	双六	115⑪
	砂の一をつくしても	100	老後述懐	180⑤
	秘曲の一を褒美して	159	琴曲	両335⑫
かずかず(数々、一々)	汀の砂の一に	15	花亭祝言	55⑨
	はこぶ歩の一に	108	宇都宮	193④
	一の擁護を垂給ふ	148	竹園如法	260⑪
	説置法の一も	163	少林訣	282⑦
かすいらく(河水楽)	夏行瀬々の一	121	管絃曲	216⑭
かすか(幽)	鳥の声一なり	66	朋友	126⑫
	雲に埋て一なり	80	寄山祝	146⑤
	杳々として一なり	97	十駅	173②
	波の上に一なる	48	遠玄	98②
	かたぶく夕日の影ぞ一なる	40	夕	両333⑤
	幽々として一に	113	遊仙歌	202⑭
	一にしていたり難ければ	130	江島景	230②
	一に伝聞	57	善光寺次	110⑥
	面影一に残しも	112	磯城島	201⑭
	壁に背る灯の一に残る窓の中	8	秋興	49⑧
	大茅具茨の一にふかき跡	123	仙家道	220⑧
	大茅具茨の一に深き跡	123	仙家道	両335⑥
かすが(春日)	一の霞に移しは	101	南都霊地	182⑪
	一平岡率河	41	年中行事	89①
	稲荷や一熊野山	42	山	91②
	一補佐の祖神は四智の垂跡	137	鹿島社壇	243⑧
	一の権現変作して	101	南都霊地	183⑧
かすがの(春日野)	卯杖つきつままほしきに一の	43	草	91⑫
かすがのさと(春日の里)	落穂拾し田面の庵一深草	28	伊勢物語	72⑩
	長き契のたえずのみ一深草	28	伊勢物語	両329⑪
かすみ(霞)	凌雲台の春の一	48	遠玄	97⑬

か

	花は曼荼の春の—	130	江島景	230⑧
	結業煩悩の霧—	153	背振山	268⑫
	紅の—枝にかほり	171	司晨曲	294①
	雲か霧か—か	20	恋路	62①
	竜田の奥のいく——をわけて	3	春野遊	44②
	野にも山にも—こめ	170	声楽興下	293②
	—たなびく雲井より	1	春	41⑨
	山の—と立のぼり	84	無常	153⑧
	—とともに富士のねの	99	君臣父子	178⑦
	春日の—に移しは	101	南都霊地	182⑪
	金闕—にかかやき	123	仙家道	220⑤
	—に隠て帰る山の	91	隠徳	164⑤
	—にかはる霜の経	151	日精徳	264⑨
	春の—に立並ぶ	132	源氏紫明	235②
	胡蝶も—に遠ざかり	5	郭公	45③
	羽客は—に乗て至り	31	海路	74⑭
	—に漏る花の香	3	春野遊	43⑥
	山辺の—の色	112	磯城島	201⑩
	閑き春の—の中に	159	琴曲	275⑨
	扶桑の—の中にいり	76	鷹徳	140⑤
	—の中のかくれ家にも	64	夙夜忠	124⑥
	—の中の樺桜	2	花	42⑭
	—の内の山桜	97	十駅	174⑤
	—の衣たちかへて	161	衣	280⑦
	—の関といまぞしる	56	善光寺	108④
	—の関のせき守	26	名所恋	68⑫
	震旦の—の底には	73	筆徳	135⑬
	—の軒ばには	15	花亭祝言	55③
	雲—の外なり	72	内外	134⑩
	朝なぎの—の間より帰りみる	31	海路	75②
	都を—の余所にして	134	聖廟霊瑞	238⑬
	仙月—はるかにて	166	弓箭	287⑩
	—へだつる位山	160	余波	276⑫
	—みだれて花の雪	143	善巧方便	253⑪
	三千代の—を重ても	82	遊宴	異302⑦
	—をそばだてて聳たり	80	寄山祝	146④
	日域の—を尋つつ	109	滝山等覚	195⑫
	—をながす桜河	95	風	170⑩
	十門の—を払て	97	十駅	176①
	春の—をへだつといへども	141	巨山修意	249⑤
	—を隔る陸の奥の	88	祝	159⑩
	—をへだて霧を凌ぎ	32	海道上	76⑥
	—を隔し古なり	60	双六	115④
	—をへだてて遙なり	63	理世道	122⑭
	東に—を隔ては	11	祝言	53②
かすみゆ・く(霞行)	—く檜原を分入泊瀬山	67	山寺	128⑤
かすみわた・る(霞渡)	みな気色ばみ—れるに	29	源氏	73①
かす・む(霞)	大内山は—みつつ	51	熊野一	102③
	—みていづる朝日影	39	朝	86⑫
	—みて出る朝日影	41	年中行事	88⑬

曇も—む鏡山　32 海道上 76⑪
—むとすれど淡雪の　1 春 41⑩
風納て—む日の　114 蹴鞠興 207②
おぼろに—む三日月　7 月 48⑩
おぼろに—む三日月　7 月 異305⑦
山もと—む夕ばへ　148 竹園如法 260⑦
雲井の月も—むらん　22 袖志浦恋 63⑭
雲井の月も—むらん　22 袖志浦恋 両325⑫
—めば遠き遠山　133 琵琶曲 236③
—める比の常楽会　131 諏方効験 232⑫
—める空ぞおぼつかなき　57 善光寺次 109⑭
—める空の月をうつす　124 五明徳 221⑪
—める春の曙に　61 郢律講 118②
そよや—める春の朝みどりの　129 全身駄都 229⑥
—める春の花がた　77 馬徳 142⑭
—める日影もくるる程　82 遊宴 150⑬

かぜ(風)

周旦曲水の古き—　41 年中行事 89②
山下木の下葉分の—　95 風 171①
柿の本の家の—　112 磯城島 201⑩
柳塞にむかひし秋の—　121 管絃曲 217⑤
紅葉は色相の秋の—　130 江島景 230⑧
ね覚事とふ夜寒の—　143 善巧方便 253⑫
三笠山の家の—　160 余波 277⑪
小萩がもとの秋の—　160 余波 279②
雲の外なる春の—　166 弓箭 287⑪
糸をみだして吹—　167 露曲 288③
夕霜はらふ秋の—　168 霜 289⑩
月冷く—秋なり　7 月 48①
—いとはしき嵐山に　76 鷹徳 141④
さるは夜寒の—いとはしく　125 旅別秋情 223⑫
九州—おさまり　11 祝言 52⑦
—治りて閑き御世の春ながら　148 竹園如法 260⑤
—おさまれるしるしならむ　16 不老不死 56⑥
—おさまれる御世なれば　59 十六 113⑥
岸竹—音をなす　140 巨山竜峯 248⑪
病即消滅の—薫ず　16 不老不死 56⑭
涅槃の山に—薫ず　89 薫物 161②
凍る汀に—さえて　35 羇旅 82①
—寒ければ　95 風 170⑭
—常楽の響あれば　144 永福寺 255⑧
—常楽を調つつ　170 声楽興下 293⑥
—過ぬれば水の面に　163 少林訣 283④
槐花雨に潤ふ桐葉—涼し　8 秋興 48⑬
常楽我浄の—涼し　62 三島詣 119⑭
陳隋の—涼しく　97 十駅 175⑨
然ば解脱の—涼しく　146 鹿山景 257⑪
語言三昧の台には解脱の—冷しく　95 風 異309⑩
—蕭索たり　93 長恨歌 167⑩
野分の—ぞはげしき　145 永福寺 256⑪
—太虚に緩して　95 風 169⑧

小野の古道—たえず	158	屛風徳	274⑧
外典の—塵を払ひ	72	内外	133⑩
一陰一陽の—遠く仰ぎ	142	鶴岡霊威	251⑨
俱羅をますも—なり	95	風	170⑬
軒もみだれて吹—に	32	海道上	77⑩
身にしむ秋の—に	131	諏方効験	232⑭
道の道たる家の—に	134	聖廟霊瑞	238⑨
五音みな—にあり	95	風	170⑤
東風吹—に送て	135	聖廟超過	240⑮
或は—に嘯き	159	琴曲	275⑦
—に髪梳り	64	夙夜忠	123⑪
翰林の—に吟詠し	173	領巾振恋	298⑫
—に和しては猥しく	83	夢	152⑫
一葉—にさそはれて	79	船	145⑧
言葉の—にさそはれて	111	梅花	200②
—に随ふ青柳の	101	南都霊地	183⑮
—にしたがふ浪もみな	97	十駅	175②
春の—に桃李の花の開る日	93	長恨歌	167⑬
山おろしの—にたぐひつつ	103	巨山景	187②
—にたまらぬ夕露は	40	夕	88⑤
春さく花の—に散	163	少林訣	282⑪
家々の—に伝り	95	風	170②
皆家々の—に伝れり	88	祝	159⑦
又家々の—につたはれる	124	五明徳	異312⑪
家々の—にや伝ふらん	73	筆徳	136②
そよや千種百種—になびき	125	旅別秋情	223⑧
さればや—になびく	93	長恨歌	167③
東吹—に波よるは	95	風	170⑩
細柳の—に名を惜む	160	余波	278⑭
仙楽—にひるがへり	93	長恨歌	167⑥
あなしの—にまよふは	95	風	170⑩
日に瑩き—に瑩き	98	明王徳	176⑫
身にしむ秋の—にみだるる	159	琴曲	275⑩
—に乱て並たてる	114	蹴鞠興	206⑫
汀は妙なる薫香—に充満り	128	得月宝池	226⑩
はや神無月の—にもろき	121	管絃曲	216⑩
身にしむ—にもろくちる	38	無常	84⑬
薫香—にやかほるらむ	55	熊野五	106⑫
涼しき—にやかほるらむ	89	薫物	160⑧
のどけき—にや匂らむ	3	春野遊	43⑥
蓮葉の—にや花のひらくらん	95	風	両332④
葉分の—にやみだるらむ	81	対揚	150①
—にやもろく見ゆらん	158	屛風徳	274③
しらずがほなる松の—の	24	袖余波	66①
およばぬ枝を吹—の	168	霜	289⑫
補陁落の南吹—の跡より	95	風	両332③
枕を過る—の音	94	納涼	168⑬
猶おどろかす—の音	164	秋夕	285⑨
露吹結ぶ—の音に	167	露曲	288⑬
身を木枯の—のをとに	168	霜	290③

家々の—の言の葉	150	紅葉興	262④
—の如くになびかして	34	海道下	80⑫
—の品々に所によりて興あるは	95	風	170⑮
—の竹に生夜の	68	松竹	129②
—の力けだしよはし	164	秋夕	284⑥
—の力を待ずして	151	日精徳	264⑧
松吹—のつれなきは	95	風	171①
一天—のどか也	41	年中行事	88⑬
常楽我浄の—閑なる	84	無常	153⑬
万歳千秋の—のどかなれば	12	嘉辰令月	53⑥
柳をかざす瓔珞には春の—のどかに	120	二闡提	214⑥
—の徳に喩れば	95	風	171④
何か—の徳を備ざらん	95	風	169⑬
渺々たる—の泊に	32	海道上	76⑤
干潟も—の名に有て	95	風	両332③
宋玉が—の賦	95	風	170①
—の誉さまざまに	95	風	異309⑨
—の前の賊塵は	95	風	171④
吹—の目に見ぬからに身にしみて	18	吹風恋	59⑧
—のやどりを誰かしらん	95	風	171②
透間の—はさらでも身にしむ	157	寝覚恋	273①
素竹は錯午の—吹て	68	松竹	128⑬
つゐには御法の—吹て	118	雲	211⑦
—北林に	95	風	両332④
—北林になる花を帯て	95	風	170⑥
秋の—松をや払けん	170	声楽興下	292⑦
—も枝を鳴さず	2	花	43③
山おろしの—も寒きあしの海	34	海道下	80②
解脱の—も涼きは	49	閑居	99②
野分の—も身にしみて	40	夕	88①
わきて—も身にしむころは	122	文字誉	219⑦
—野径に音信て	95	風	169⑧
及ばぬ枝を吹—よ	106	忍恋	190④
—わたる諏方の御海に春立ば	95	風	170⑧
源家細柳の—を仰ぎ	172	石清水	296⑤
みな賢聖の—を仰ぐ便として	124	五明徳	221⑦
梢に春の—を痛む	111	梅花	199⑩
大虚に—を動す	78	霊鼠誉	143⑧
涼しき—をさきだてて	90	雨	161⑩
—納て霞む日の	114	蹴鞠興	207②
あらき—を退しも	158	屏風徳	274①
—を便に渡なるは	95	風	170⑫
或は八雲の—を伝ふ	112	磯城島	200⑬
涼しき—を松陰の	144	永福寺	255⑪
—をむかふる海月	95	風	170⑬
身にしむ—をも厭はず	99	君臣父子	178⑬
ならす扇の—をも	94	納涼	168⑦
荒き—をも防てん	99	君臣父子	178⑤
末こす—をやかこつらむ	21	竜田河恋	63④
八雲の—をや伝らむ	82	遊宴	150⑩

	皓々たる—をわけ	172	石清水	296⑬
かぜのかみ(風の神)	八竜雷—風雨を心に	137	鹿島社壇	243②
かぜのたより(風の便)	—風の伝	95	風	171②
	身にしむ—だに	19	遅々春恋	60⑭
	東風ふく—にも	37	行余波	83⑪
	むなしき—の	127	恋朋哀傷	225⑨
かぜのつて(風の伝)	風の便—	95	風	171②
	—にて紅葉ばを	150	紅葉興	263②
かぜのはふり(風の祝)	—に透間あらすなと祈ばや	95	風	170⑨
かぜまぜ(風交)	—にくだけてたまらぬ玉あられの	90	雨	161⑬
	猶—の春の雪は	10	雪	50⑫
かせふ(迦葉)	—の隠し砌なれ	91	隠徳	165①
	—の微笑に伝れり	163	少林訣	282⑨
	過去の—の御世かとよ	83	夢	152⑭
かせん(歌仙)	—ここにいたては	173	領巾振恋	298⑫
かぞ・ふ(算)	何も上て—ふべからず	115	車	異311⑫
	ほのかに往事を—ふれば	71	懐旧	131⑩
	建立のむかしを—ふれば	153	背振山	268③
	三十廿四十と—へし碁の	60	双六	116①
	浜の砂は—へても	33	海道中	78⑨
かた(形)	—は日伊の河上よりながれきて	112	磯城島	200⑫
かた(肩)	ふりわけがみも—過て	28	伊勢物語	両329⑪
	玄宗皇帝の楊妃が—にかかりて	41	年中行事	89⑩
	手にとり—に取かざす	62	三島詣	異304⑥
かた(方)	三月の空の暮つ—	68	松竹	129②
	良陰ろふ暮つ—	114	蹴鞠興	207②
	行—しらぬ蚊遣火の	75	狭衣妻	138⑭
	北を以司どる子の—則是なり	78	霊鼠誉	143⑨
	さても東の—にこそ	42	山	91④
	いかなる—にねずみてか	78	霊鼠誉	144⑫
	我—にのみよると鳴物を	28	伊勢物語	72⑥
	すぎゆく—にやすらへば	51	熊野一	102⑦
	かげろふ—の涼しきは	40	夕	88⑤
	入—の月影にしも	168	霜	290⑤
	天の戸しらむ—見えて	54	熊野四	105②
	入—見せぬとうたがひしも	66	朋友	127①
	入—見ゆる山の端に	125	旅別秋情	223⑬
	みづからとかこたん—も覚ぬ	45	心	95⑬
	過こし—も遠ざかれば	125	旅別秋情	222⑪
	はるばるとへだつる—や	57	善光寺次	109⑬
	来し—を思つづけて	28	伊勢物語	72②
	ほとときす鳴つる—をながむれば	5	郭公	45⑪
	過来—を隔れば	56	善光寺	108④
	みよりの—を身にそへて	76	鷹徳	141③
かたがた(方々)	勝—の夜がれもさすがに覚えてや	132	源氏紫明	235②
かたな・し(方なし)	夕越かかる旅の空託—き哀は	40	夕	87⑬
	とめん—き衣々の	70	暁別	131⑥
	託つ—き人をしたふ心のやみは	175	恋	異306①
かたぞな・き	いとひても厭—き	9	冬	49⑭
	思さだめん—き	60	双六	115②

	内外の父母の恩徳譬ていはん―き	72	内外	134⑥
	喩ていはん―き	102	南都幷	185⑧
	契もたのむ―き	38	無常	両335②
かたもな・し	思さだめむ―し	58	道	111⑥
	たとへていはん―し	129	全身駄都	229⑬
かたやな・き	おもひやるべき―かりし小車の	75	狭衣妻	138⑪
かたいと(片糸)	むすびもはてぬ―の	18	吹風恋	60⑦
かたえ(片枝)	楢の葉柏―色染る夕時雨の	159	琴曲	275⑬
	―にこえし誉ならむ	92	和歌	166②
かたえんねん(片延年)	常客安居の―	110	滝山摩尼	197⑫
かたかしは(片柏)	四の御柱―も	131	諏方効験	233④
かたくな(頑)	鼠は―なれども	78	霊鼠誉	145⑤
かたさ・く(片開)	軒端の梅も―きて	111	梅花	200③
かた・し(堅)	臍を―からしめんには	141	巨山修意	250②
	いとかく―き岩にも松は	21	竜田河恋	62⑫
	―き心を和ぐ	112	磯城島	201⑤
	―きが中に堅とす	87	浄土宗	158⑪
	五常を―く守てぞ	97	十駅	173⑫
	かたきが中に―しとす	87	浄土宗	158⑪
かた・し(難)	難して猶―からず	119	曹源宗	212⑤
	然に至道は―からず	119	曹源宗	212⑨
	胡竹てふこと―からばと歎ても	76	鷹徳	141⑪
	―かるべくやあるらむ	165	硯	286⑪
	何も―きに似たれど	98	明王徳	177⑦
	―くして猶難からず	119	曹源宗	212⑤
かたしがひ(片貝)	負る習も有蘇の海の―	18	吹風恋	59⑪
	みるめはさても―	107	金谷思	191⑦
かたしきころも(片敷衣)	―霜さえて	161	衣	280③
かたし・く(片敷)	凍涙を―いて	126	暁思留	224⑪
	旅衣の露を―く草枕に	125	旅別秋情	223⑤
	露を―く狭筵の	145	永福寺幷	256④
	―く袖にや置そへん	7	月	48①
	―く袖の涙に浮ぶ面かげよ	157	寝覚恋	272⑬
	―く袖を猶あたへ	99	君臣父子	178⑭
	袖に―く月影は	116	袖情	209⑨
	東屋に―く床の筵田	61	郢律講	118⑥
	―く涙に床なれて	134	聖廟霊瑞	239⑦
かたじけな・し(忝)	―かりし勅判は亭子の院の歌合	112	磯城島	202⑤
	かけまくも―き	101	南都霊地	183②
	彼も此も―き	132	源氏紫明	235⑭
	凡紫泥の―きを	143	善巧方便	253③
	神武綏靖―く	63	理世道	122⑭
	即位の台も―く	96	水	171⑧
	果て勅約―く	108	宇都宮	194③
	那智の御山は―く	109	滝山等覚	195③
	上帝闕―く	114	蹴鞠興	205⑩
	補陀落の聖容―く	128	得月宝池	227⑤
	神威の兵革―く	131	諏方効験	233⑦
	治て雨露の恩―く	144	永福寺	254⑩
	さればや照覧も―く	159	琴曲	276⑤

	そよや八幡三所は—く	172	石清水	296⑥
	—くぞ覚る	59	十六	114⑤
	—くぞ覚る	63	理世道	121⑭
	—くぞ覚る	73	筆徳	136②
	—くぞ覚る	85	法華	154⑫
	—くぞおぼゆる	91	隠徳	165③
	—くぞ覚る	97	十駅	176③
	—くぞ覚る	142	鶴岡霊威	251⑫
	—くぞ覚る	146	鹿山景	258⑤
	—くぞ覚る	154	背振山幷	269⑬
	—くぞおぼゆる	161	衣	279⑭
	結縁も—く憑み有は	72	内外	異308③
	伯禹の—くのこれる跡は	113	遊仙歌	203①
	—くも磯の神布留の神代の	62	三島詣	119③
	—くも掲焉き霊威を尊めば	134	聖廟霊瑞	237⑥
	—くも甲乙の尊容数粒をます	129	全身駄都	228⑭
	—くも玉体は四方の愁を	39	朝	両332⑫
	—くも陰なき清和寛平花山より	55	熊野五	107⑥
	—くも山王は慈覚智証権化の	152	山王威徳	267⑬
	—くも十万億刹の堺を過	57	善光寺次	110⑦
	—くも勝道の感見	139	補陀湖水	246②
	—くも尊は聖上陛下の御名に	44	上下	92⑭
	—くも聖廟の宝前にしてや	147	竹園山	259⑦
	—くも聖廟は天下の塩梅	111	梅花	200①
	—くも清和の宝祚に備り	155	随身競馬	270⑨
	—くも正しく春日の権現変作して	101	南都霊地	183⑧
	—くも玉くしげ箱崎の	103	巨山景	異310⑥
	—くも檀信の台をみそなはして	140	巨山竜峯	247⑩
	—くも拙袖に手折てかざす花総に	87	浄土宗	158④
	—くも東方医王善逝の	78	霊鼠誉	143⑩
	—くも留をく清涼寺の尊容は	160	余波	277④
	—くも奈良の葉の末葉の露の	28	伊勢物語	71⑥
	—くも西河の御幸絶せぬながれは	150	紅葉興	262②
	—くも深き誓のつきせぬは	137	鹿島社壇	両341③
	—くも諸人の祈る手向に	130	江島景	231④
	—くも故有かな	120	二闡提	213⑧
	—くも男山の御影くもらず	166	弓箭	287⑧
	—しや身のしろも	74	狭衣袖	137⑬
かたせ(片瀬、肩瀬)	—の浪はゆく河の	37	行余波	83⑥
かたせのうら(片瀬の浦)	—の白浪の	31	海路	75②
かたそぎ(片鍛)	住吉の千木の—立ならび	51	熊野一	102⑭
かたたがへ(方違)	光源氏の—に	60	双六	115⑮
かたち(形、像、質)	鬼竜人鳥四の—	122	文字誉	218⑤
	鳳鸞和鳴の声三尺五行の—	133	琵琶曲	236②
	其—天地に司どり	170	声楽興下	292⑥
	これ皆秘密の—なり	86	釈教	156⑩
	—は歌鸞の翅を移し	169	声楽興	291⑨
	—は石岩を帯たるも	165	硯	286⑥
	—は石岩を帯て円なるも	73	筆徳	136⑭
	—は楚郊の鳳のごとし	171	司晨曲	293⑫

	—は米粒に異ならねど	129	全身駄都	229③
	其—みにくかりしかど	45	心	95⑨
	五色五輪の—も	86	釈教	156⑫
	山は青巌の—を	34	海道下	79③
	其—をあまたにわかちては	17	神祇	57⑥
	観音の形像には馬頭の—を現し	77	馬徳	143②
	皆生滅の—を顕す	163	少林訣	282⑫
	其—をあらはす	166	弓箭	287⑭
	—を鑑し百練は	98	明王徳	177⑥
	久城の—をしめす	97	十駅	175⑤
	—を調る事九醞に超たり	149	蒙山謡	260⑬
	—を毘佉羅の頂戴にあらはす	78	霊鼠誉	143⑪
	金師子—を瑩つつ	97	十駅	176①
	人倫—を分しより	166	弓箭	287①
かたど・る(像、象)	君は陽徳に—り	99	君臣父子	178⑫
	夏に是を—り	114	蹴鞠興	206①
	をのをの武に—りて	65	文武	125⑫
	詩歌は風月に—りて	81	対揚	148⑪
	甲乙は陰陽に—りて	121	管絃曲	216①
	三天の姿に—りて	130	江島景	230⑦
	或は鳳翼に—りて	149	蒙山謡	261③
	竜体の姿に—りて	159	琴曲	275⑦
	十二廻に—る	60	双六	114⑫
	まつりごとを—る	61	郢律講	117⑫
	黒色その色を—る	95	風	169⑪
	或は天地に—る	133	琵琶曲	236②
	彼又十二月に—る	158	屛風徳	273⑨
	大涅槃は又夕に—れり	164	秋夕	285⑬
かたぬぎ(袒)	卯の日は興ある—の	105	五節末	189⑥
かたぬ・ぐ(袒)	さて又今は—ぎて	104	五節本	188⑫
かたのきんや(交野禁野)	男山につづける—の原	51	熊野一	102⑤
かたののみの(交野の御野)	—の朝嵐に	143	善巧方便	253⑪
	—の桜がり	3	春野遊	44②
	—の三栖	76	鷹徳	141①
かたはら(傍、側)	さきこぼれたる藤の—	29	源氏	73⑤
	—さらぬ面影	75	狭衣妻	139③
	水の—に洗衣する渡あり	113	遊仙歌	203⑤
	其—にひとつの樹有	137	鹿島社壇	両340⑫
	君王の—にまみえつつ	93	長恨歌	167②
	花の—の深山木とおされしも	25	源氏恋	67④
	又—を礼すれば	128	得月宝池	227④
かたびら(帷)	錦の障揚たる—	113	遊仙歌	203⑫
かたびらのさと(帷の里)	錦のうら—	30	海辺	両333⑦
かたぶ・く(傾)	残月窓に—きて	7	月	47⑭
	夕陽西に—きて	40	夕	87⑪
	残月峯に—く	152	山王威徳	267⑦
	南楼に—くかげまでも	172	石清水	297⑪
	—く空は天のとの	30	海辺	74⑥
	—く空を猶したひ	47	酒	97②
	—く月や残らん	51	熊野一	102④

	―く月をしたひても	35	羇旅	82⑤
	―く月をやしたふらむ	107	金谷思	191①
	西に―く蓮葉の	95	風	両332④
	―く山の端ちかければ	84	無常	153⑩
	浦路はるかに―く夕日の影ぞ	40	夕	両333⑤
	月卿冠を―け	39	朝	86⑩
	静に枕を―けず	64	夙夜忠	123⑫
	日も夕陰に―けど	94	納涼	168⑨
かたみ(形見、記念)	うはの空なる―哉	21	竜田河恋	63⑤
	いまはあだなる―哉	69	名取河恋	130⑧
	げに化ならぬ―かは	124	五明徳	221⑨
	わが身にとまる―かは	126	暁思留	224⑫
	調度を―とおぼしくて	60	双六	115⑬
	移ふ後の―とは	89	薫物	160③
	手枕のたはさへ―とふりこして	175	恋	異306②
	うかりしむかしの―とや	38	無常	84⑪
	是や朽せぬ―ならむ	75	狭衣妻	139⑪
	おもへばゆかりの色の―なれや	126	暁思留	224⑭
	いとわすられぬ―なれや	161	衣	280⑤
	君が―に扇の	75	狭衣妻	139⑧
	―に袖をつらねつつ	3	春野遊	43⑪
	形見は―にながき契の	126	暁思留	224⑭
	―にのこる撫子の	167	露曲	288⑩
	一枝は春の―に残なり	48	遠玄	98⑦
	弘法大師の―には	109	滝山等覚	195⑬
	思へばあだなる―の	83	夢	152②
	互にとまる―の	116	袖情	209⑥
	やがて明行―のわりなきは	116	袖情	210④
	春を忘ぬ―は	71	懐旧	132④
	―は記念にながき契の	126	暁思留	224⑭
	切利の―も今ははや	160	余波	277④
	―も忘ぬ妻なれや	126	暁思留	224⑥
	―をしたふ夢もあり	58	道	111⑬
かたみに(互)	―袖をつらねつつ	3	春野遊	43⑪
かたみのうら(記念の浦)	妹が島―に鳴鶴の	26	名所恋	68⑫
かたむすび(片結)	げに逢事―なりし常陸帯の	136	鹿島霊験	242⑪
かため(固)	武は国をおさむる―なり	65	文武	125③
かたらひ(語)	竹の林にすみし―	66	朋友	両339⑧
	首陽山の―あさからず	127	恋朋哀傷	225⑤
	夫婦は―濃に	81	対揚	149④
	濃かなりし―に	116	袖情	209⑦
	鶯の―は花のもとに	82	遊宴	151②
	うき子(ね)一(ひとつ)の―より	24	袖余波	66⑫
	ねんごろに―を成つつ	60	双六	115⑬
かたら・ふ(語)	起て誰に―はん	113	遊仙歌	203⑩
	誰にか今は―はん	127	恋朋哀傷	225⑭
	月に―ひし面かげ	127	恋朋哀傷	225⑬
	船を近づけて―ひしは	31	海路	75⑩
	共に―ひし節からや	157	寝覚恋	異314⑫
	慰む程も―ひて	24	袖余波	66⑩

	いまはと―ふ暁の	126	暁思留	224⑧
	月に―ふ秋の閨	38	無常	84⑬
	月に―ふ秋のねやに	143	善巧方便	253⑫
	―ふ一夜の夢路にや	24	袖余波	65⑫
	―ふべくもなければや	24	袖余波	66⑥
	丑三までは―へど	28	伊勢物語	72⑧
	静に暁の夢に―へば	71	懐旧	131⑨
かたりあは・す(語合)	さむれば同友に―せてなぐさむ	157	寝覚恋	両329⑦
	―せん見し夢の	75	狭衣妻	139③
かたりい・づ(語出)	打解―でしや	132	源氏紫明	235⑦
かたりつた・ふ(語伝)	―へし態までも	93	長恨歌	168③
かたる(語)	見きと―らむ都人に	3	春野遊	44①
かたをかのもり(片岡の森)	―て初音ぞ珍き	5	郭公	45⑤
かたをかやま(片岡山)	―の詠をのこす	119	曹源宗	212⑭
かたん(歌歎、歌嘆)	―歌舞歌詠の菩薩の聖容	92	和歌	異309⑥
	―歌舞のよそをひ	148	竹園如法	260⑧
かち(陸)	―よりわたれば前島の	33	海道中	78⑭
かちびと(陸人)	橋にとかかる―	32	海道上	77⑪
かぢ(梶)	忍辱の―に身を任せ	86	釈教	156⑮
	大唐濤唐艪櫂―をとりても	23	袖湊	65⑤
	―をたえ命も絶と	75	狭衣妻	139⑤
かぢのは(梶の葉)	天降ります神のしるしを示す―	131	諏方効験	233⑨
	―に露の玉章を	122	文字誉	219⑥
かちぶち(勝鞭)	我先前にと―を	156	随身諸芸	271⑬
かぢまくら(梶枕)	浮ねの床の―に	132	源氏紫明	235⑤
	浮ねの床の―	30	海辺	74①
か・つ(勝)	中下の番を―たしめ	155	随身競馬	270⑧
	―つ事を異朝の外に及す	172	石清水	296⑩
かつ(且)	開ば―ちる雪とふる	148	竹園如法	260⑥
	―みても強てあかねば	132	源氏紫明	235①
	―見るからに恋しきは	35	羇旅	82⑤
	―みる人も稀なれば	49	閑居	99⑨
がつき(楽器)	さて又―品ことに	169	声楽興	291⑥
かづ・く(被)	火とりを―けられし態と	46	顕物	96⑨
かづ・く(潜)	満潮の入江の島に―くてふ	31	海路	75⑬
	里のあまの―く錦のうら	30	海辺	両333⑦
かつちせん(葛稚仙)	―が薬の色を踏けん	150	紅葉興	262⑭
かつてのみや(勝手の宮)	―をや崇らむ	60	双六	116⑪
かつら(桂)	梅の梁―の棟	113	遊仙歌	204⑤
	月の―の紅葉ばを	150	紅葉興	263⑨
	久方の月の―の河淀に	44	上下	94③
	夜寒の衣擣なるは月の―の里人	170	声楽興下	292⑨
	月の―の里人も	132	源氏紫明	235⑬
	久方の月の―の里までも	76	鷹徳	141⑤
かつら(鬘)	御忌の葵の―と	43	草	91⑭
かづら(葛)　＊もろかづら	まさ木の―長からむ	92	和歌	166⑫
かづらきのかみ(葛城の神)	たえまやをかん―の誓を憑ても	74	狭衣袖	138⑤
かづらきやま(葛城山)	春のくる―の朝霞	39	朝	86⑫
	―の山中	52	熊野二	103⑩
かづらはら(葛原)	へだつる方や―の	57	善光寺次	109⑬

かど(門)　＊あまねきかど	岩ねをトる松の―	49	閑居	99⑦
	猶又さかふる我―	61	郢律講	118⑨
	陵園妾が松の―	68	松竹	129④
	是ぞ発心の―ときけば	55	熊野五	106⑥
	老せぬ―に仕て	11	祝言	52⑫
	二の―の益も猶	87	浄土宗	158⑦
	憂喜の―のわたらひは	160	余波	276⑬
	六相の―深けれど	97	十駅	176②
	老せぬ―を鎖してゐへば	16	不老不死	55⑫
	老杉は―を塞げり	67	山寺	128④
	大同の―をや尋まし	58	道	111①
かどた(門田)	―の稲のいねがてに	71	懐旧	132⑧
かながしら(金頭)	要筒(えうどう)金簺―	60	双六	116⑥
かなざい(金簺)	要筒―金頭	60	双六	116⑥
かな・し	さこそは―しかりけめ	171	司晨曲	294⑧
	聞も―しき鐘の音	19	遅々春恋	60⑪
	思ひ出るも―しきは	168	霜	290⑥
	みるめ―しくおもふにも	75	狭衣妻	139⑧
かなしみ(悲)	育たつる―も	160	余波	279①
	宋生が―をつくし	164	秋夕	284③
かなし・む(悲)	張譴を辰日に―む	98	明王徳	177⑨
	別を深く―む	127	恋朋哀傷	225⑤
かなたこなた(彼方此方、彼方是方)　＊こなたかなた	蠟燭は―に明か也	113	遊仙歌	204⑦
	―にさすらひて	60	双六	115⑦
	―の浪間わけ	130	江島景	231①
	―の峯つづき	52	熊野二	103⑨
かな・づ(儛)	―づる袖もをかしきは	51	熊野一	102⑭
	月に―づる露台の	167	露曲	288⑨
	七徳を―でて	13	宇礼志喜	54⑤
	緩くうたひ濫しく―でてや	93	長恨歌	167⑦
かなづくり(金作)	大顔檜網代―	115	車	208⑪
	唐廂大顔檜籧篨―	115	車	両337⑥
かな・ふ(叶)	或は勅に応ずる益に―ひ	155	随身競馬	271③
	下又上に―ひつつ	63	理世道	121⑧
	彼此共に―ひつつ	131	諏方効験	231⑧
	声字実相の其理に―へり	61	郢律講	118①
	函蓋則―へり	72	内外	133⑨
	まさに宮商に―へり	113	遊仙歌	204④
	専左文右武の義法に―へり	114	蹴鞠興	205②
	万里眼前に白雲足下に―へり	138	補陀落	245⑬
	其徳時に―へるや	95	風	169⑨
かなへ(鼎)	奈落の―を摧破し	120	二闡提	213⑫
かならず(必)	下の卯の日は―卯杖を献ずとかやな	44	上下	93②
	其功―至ては	128	得月宝池	227⑨
	―蓬萊の島のみかは	16	不老不死	55⑪
	―明王の徳にこたふ	63	理世道	121⑦
	物に―故あり	59	十六	112⑨
かならずしも(必)	何ぞ―人の勧をまたんや	47	酒	97⑤
	何ぞ―ひとりを用るは	63	理世道	122④
かにのあしのけ(蟹の足の毛)	数にもあらず頑き―も	78	霊鼠誉	144⑭

か・ぬ(兼)	真俗二諦を—ぬとかや	61	郢律講	117⑪
	上下を—ぬなれど	156	随身諸芸	271⑭
	信に果海を—ぬなれば	97	十駅	175⑮
	心は高麗唐を—ね	82	遊宴	150⑨
	尊親二を—ねたるは	99	君臣父子	178④
	衆徳を—ねたるは酒の興宴	16	不老不死	56②
	是を—ねたるは内外の徳	72	内外	133⑧
かね(鐘)　＊いりあひのかね	聞もかなしき—の音	19	遅々春恋	60⑪
	明ぬと告る—の音	157	寝覚恋	273②
	雲間にひびく—の声	103	巨山景	186⑥
	観音寺の—の声	134	聖廟霊瑞	239⑤
	檜原の道の—のこゑ	163	少林訣	283⑦
	待宵深行—の声	168	霜	290①
	野寺の—のこゑごゑ	164	秋夕	285⑩
	半夜の—のはるばると	171	司晨曲	294⑬
	豊嶺の—のひびきなり	169	声楽興	291⑮
	待宵の—の響	107	金谷思	191⑨
	広智菩薩の—の銘	139	補陀湖水	246⑭
	深夜の—は別をつげ	173	領巾振恋	299④
かねて(兼)	入会の—思し有増より	40	夕	88⑧
	—是を示しつつ	137	鹿島社壇	243⑫
	来世も—たのもしき	103	巨山景	187③
	諸仏と—みそなはす	162	新浄土	281⑪
	入会の—も名残の	37	行余波	83②
	千年を—やしめしけむ	100	老後述懐	180⑬
	未来を—や示しけん	144	永福寺	255①
かねのみさき(鐘のみさき)	船は湊に入会の—の	173	領巾振恋	299⑤
かのきし(彼岸)	磯間づたひや—に	64	夙夜忠	124⑨
	—につく心地すれば	54	熊野四	105⑩
	—を出し海士小舟	132	源氏紫明	235⑨
	げに—をや求むべき	45	心	95⑭
かのこまだら(鹿子斑)	—にふる雪は	34	海道下	79⑫
かのど(彼土)	—の相を修するも	59	十六	114①
かのをか(彼岡)	—に草苅おのこしかな苅そ	43	草	92②
かは(河)	肩瀬の浪はゆく—の	37	行余波	83⑥
	—の出たる所なり	113	遊仙歌	202⑫
	—より遠の網代屏風	158	屏風徳	274⑥
	—より遠の御すまひ	25	源氏恋	67⑨
	—より遠や名草の浜	53	熊野三	104⑦
かは(革)	すそごの袴—の袴	76	鷹徳	140⑩
かはかぜ(川風)	—寒き暁の	32	海道上	76⑭
かはかみ(河上)	形は簸の—よりながれきて	112	磯城島	200⑫
	五十鈴の—をトつつ	72	内外	133⑫
かはかみ(河上)　※院の名	—河崎高陽院	114	蹴鞠興	206⑨
かはぎし(川岸)	舟指とめし—	94	納涼	169⑥
	氷高の河の—の	53	熊野三	104⑪
かは・く(乾く)	さ夜の袂—かぬは	161	衣	280⑥
かはさき(河崎)　※院の名	河上—高陽院	114	蹴鞠興	206⑨
かばざくら(樺桜)	霞の中の—	2	花	42⑭
	—の花の花かつみ	132	源氏紫明	235①

かはしま(川島)	水の流て—の	32	海道上	77⑧
	又も逢瀬は—の	117	旅別	210⑨
かは・す(交)	詞を—し座を列ぬ	85	法華	155⑧
	鳧雁鴛鴦は羽を—して戯れ	144	永福寺	255⑦
	—しもあへぬ睦言の	21	竜田河恋	62⑭
	—しもあへぬ手枕に	116	袖情	210③
	諸共に翼を—ひし中にして	132	源氏紫明	235⑫
	匂を—す心の底	163	少林訣	282⑨
	光を—す珊瑚の砂	108	宇都宮	193⑬
	枝—す軒端の松の木高き陰	15	花亭祝言	55⑦
かはせ(河瀬)	—に秋や暮ぬらん	95	風	170⑪
	—にながす木綿注連	41	年中行事	89⑧
	天の—にやうかぶらむ	122	文字誉	219⑦
	—の波にやそぼちけん	49	閑居	99⑥
	—の水も早ければ	34	海道下	79⑪
	天—の紅葉の橋	150	紅葉興	262⑫
	天の—をせきくだす	109	滝山等覚	195⑥
かはのせ(河の瀬)	渡ればにごる—の	96	水	172②
かはづ(蛙)	水に住てふ—は	112	磯城島	201①
	水にすむてふ—の声も	45	心	95④
かはなみ(河浪)	よしや吉野の—の	81	対揚	149⑤
	—よする渚の院	94	納涼	169④
かはぶね(河船)	淀の—さしうけて	75	狭衣妻	139⑤
	淀の—さしもげに	51	熊野一	102③
	—のさすがにさしもはなれねば	23	袖湊	64⑭
	—に法のしるべもうれしければ	55	熊野五	106⑬
かはほり(蝙蝠)	蝙蝠(へんふく)の—の	124	五明徳	221⑬
かはむら(川村)	芳野の河の—	52	熊野二	103⑪
かはよど(河淀)	月の桂の—に	44	上下	94③
かはら(瓦)	双べる鴛鴦の—	140	巨山竜峯	248⑦
	鴛鴦の—すさまじく	93	長恨歌	167⑮
	都府楼の—の色	134	聖廟霊瑞	239⑤
	明よと叩—の声	163	少林訣	282⑪
	古松は—のひまを蔵し	67	山寺	128③
	—瑪瑙唐硯紫石青石	165	硯	286⑪
かはらのまつ(瓦の松)	—老たり	153	背振山	268⑤
	—の若緑	103	巨山景	186④
	—も徒に	98	明王徳	177⑪
かはら(河原)	—の御禊大嘗会	158	屏風徳	274⑭
かは・る(替、代)	いづれも—らざりけり	4	夏	44⑫
	いづれも—らざりければ	99	君臣父子	179⑩
	各留半座の誓—らず	127	恋朋哀傷	226⑤
	流は—らず在田河	53	熊野三	104⑦
	すゑまで—らずとどめむ	126	暁思留	225①
	—らずねびやまさりけん	132	源氏紫明	234⑪
	契の末の—らずは	23	袖湊	65⑦
	いまも—らずみそなはす	35	羇旅	81⑬
	木の葉に—らぬ命もても	38	無常	84⑭
	ながれは—らぬ石清水	88	祝	159⑫
	—らぬ色の顕れば	37	行余波	83⑩

	—らぬ鶴の声までも	12	嘉辰令月	53⑪
	我身ひとつは—らぬに	28	伊勢物語	71⑫
	つれなき色の—らぬは	26	名所恋	68⑬
	心は—らぬ筆の跡の	122	文字誉	218⑤
	猶住吉の浜松の其名—らぬ古言も	112	磯城島	202⑨
	—らぬ松の緑の	56	善光寺	108①
	恵は—らぬ瑞籬の	72	内外	134①
	朝露に—らぬ身の	84	無常	153⑪
	朝露に—らぬ身の	84	無常	両331⑥
	何も哀は—らねど	125	旅別秋情	222⑨
	寺々の甍も—らねば	11	祝言	52⑪
	名残は誰も—らねば	35	羇旅	81⑦
	子を思ふ道に—らねば	62	三島詣	120①
	周公は成王に—りて	98	明王徳	177⑫
	—りて月は中空の	130	江島景	230⑭
	家家に—りて引は	44	上下	93⑭
	岩下—る落合や	57	善光寺次	110②
	霞に—る霜の経	151	日精徳	264⑨
	移れば—る姿なり	84	無常	153⑦
	いつしか—るは	4	夏	44⑧
	いつしか—る萩の葉の	121	管絃曲	216⑭
	みぞれに—る冬の雨	90	雨	161⑭
	わが墨俣や—るらむ	32	海道上	77⑧
かはをさ(河長)	苅手もたゆき—の	4	夏	44⑪
かひ(貝)	玉敷浜辺に拾ふ—	30	海辺	74④
	由良の湊に拾—の	97	十駅	173⑪
かひ(効)	みる—ありしさまなれや	16	不老不死	56⑨
	見る—有し様なれや	16	不老不死	両325⑦
	秋の最中の—有て	41	年中行事	89⑪
	かかりし恵の—有て	132	源氏紫明	235⑫
	見る—有てうれしきは	39	朝	87②
	山の—あるてふ御代を	102	南都幷	184⑧
	なげく命は—ぞなき	69	名取河恋	130⑥
	—なき恋にくゆる煙	106	忍恋	190⑥
	見る—なきは水茎の	19	遅々春恋	60⑭
	憑む—なき世のならひは	127	恋朋哀傷	225⑧
	今更思ふも—なくて	36	留余波	82⑩
	さりともと真土の山の待—も	26	名所恋	68①
	暫とて立寄—も渚なる	31	海路	76①
	世に栖—もなきは	96	水	両329②
	偽多しと歎し—もなくして	27	楽府	70⑪
かひのくろこま(甲斐の黒駒)	—と鶴駿の駒と	77	馬徳	142⑫
かひのしらね(甲斐の白根)	信濃の木曽路—	56	善光寺	107⑫
	—にちかき塩の山	31	海路	両333⑫
かび(加被)	南都鎮護の—也	102	南都幷	185⑪
	遺身駄都の—なり	129	全身駄都	228⑬
かひこ(卵)	鶯の—の中より巣立ども	5	郭公	46①
かひつくろ・ふ(刷)	鳳はつばさを—ひ	80	寄山祝	146⑫
	解脱の威儀を—ふ	128	得月宝池	226⑭
がびのやま(峨嵋の山)	—のほとりにも	93	長恨歌	167⑩

かふ(甲)	漸—避萌つつ	97	十駅	174④
か・ふ(易、替)	俗を悪に—ふる事	169	声楽興	291②
	風を移し俗を—ふる道はただ	121	管絃曲	216③
	恋路に身をや—へけん	19	遅々春恋	61⑦
	様々の名を—へつつ	100	老後述懐	180⑫
	縄を結し政に—へて	122	文字誉	218③
	又衆苦に身を—へて	120	二闡提	両339④
	—へても—へて捨ぬべし	69	名取河恋	129⑬
	惜からぬ命に—へてだに	70	暁別	131⑤
	岸風に—へてや忘るらん	94	納涼	168⑦
か・ふ(買)	差山を—はむとせしよりや	149	蒙山謡	261⑤
かぶ(歌舞)	—遊覧の興をまし	97	十駅	173⑨
	歌嘆—歌詠の菩薩の聖容	92	和歌	異309⑥
	—興宴妓楽の薩薩の玩び	143	善巧方便	252⑭
	歌歎—のよそをひ	148	竹園如法	260⑨
かふう(夏風)	楽には—秋風楽や	95	風	170⑤
かふおつ(甲乙)	—悉くに違へず	114	蹴鞠興	207⑥
	—は陰陽に像て	121	管絃曲	216①
かぶとのみや(甲の宮)	異国征罰の—には	137	鹿島社壇	243④
かぶらがは(鏑河)	矢並に見ゆる—	56	善光寺	108⑮
かぶらざか(蕪坂)	梓弓入狭の山の—	53	熊野三	104⑥
かぶり(冠)	月卿—を傾け	39	朝	86⑩
かぶ・る(蒙)	様々の利生を—らしむ	78	霊鼠誉	145⑥
	相承其器に—らしむ	129	全身駄都	228④
かぶろ(禿)	—なる樹駿なる槇の立枯	57	善光寺次	109⑦
かふゑん〔かうゑん〕(峡猿)	—のこゑを踏とかや	170	声楽興下	292⑨
かべ(壁)	—に生る草の名のいつまで草の	43	草	92⑧
	—に書たる言の葉	135	聖廟超過	241⑥
	—に背る灯のかすかに残る	8	秋興	49⑧
	—に背る燈をかかぐといへども	64	夙夜忠	123⑪
	古屋の—に年を経て	78	霊鼠誉	144③
	ただ一筋に—にむかば	128	得月宝池	227①
	—に納し経書も	91	隠徳	163⑩
	—に納めし箱の底	45	心	94⑬
がべう(雅妙)	—のみさほにして	113	遊仙歌	203⑮
かへさ(帰さ)	—も更にいそがれず	94	納涼	168⑨
	—も更に急がれず	144	永福寺	255⑫
かへし(返)	兵部卿の宮の御—	89	薫物	160⑪
	袖うち振し御—	25	源氏恋	67⑤
かへしあし(返し足)	身にそふ老を—	114	蹴鞠興	207⑦
かべしろ	密教三昧耶の—	72	内外	異308③
かへ・す(返)	恩賜の御衣を—しても	132	源氏紫明	235⑤
	のどけき春の田—すより	11	祝言	53①
かへすがへ・す(返々)	—すも貴きは	136	鹿島霊験	242①
かへで(鶏冠木)	宇都の山辺の蔦—	42	山	91⑥
	時は三月の—の	150	紅葉興	262⑥
	つたも—も色をそめ	66	朋友	126⑬
かへりあし(帰り足)	暮ぬといそぐ—	114	蹴鞠興	207⑦
かへりあそび(帰り遊)	—の車こそ紫野には遣なれ	115	車	208⑥
かへり・く(帰り来)	—こん程をば待とし契つつ	127	恋朋哀傷	225⑦

かへりみ・る(返り見、顧)	—もせぬわがやどの	21	竜田河恋	62⑪
	猶—し宿の梢	134	聖廟霊瑞	238⑮
	世にふる態をも—ず	99	君臣父子	179①
	道を直くして私を—ず	63	理世道	122⑫
	馴来し都を—て	32	海道上	76⑦
	千里の浜を—て	54	熊野四	105③
	野辺より野べを—て	57	善光寺次	109⑤
	加之代々の征伐を—て	131	諏方効験	233⑧
	さても鷁退の身を—て	76	鷹徳	異308⑪
	朝なぎの霞の間より—る	31	海路	75②
	小動のいそがれなくに—る	37	行余波	83⑥
	猶くり返し—る	53	熊野三	104②
	なを—る常葉山	56	善光寺	107⑭
	左に莅み右に—るに	145	永福寺幷	256⑥
	後を—れば	62	三島詣	120⑫
	後を—れば	62	三島詣	両334⑥
	遠く異朝を—れば	88	祝	159⑥
	近く我朝を—れば	95	風	170①
	四方に望て—れば	138	補陀落	245⑩
	東を—れば	173	領巾振恋	298②
	東に—れば又	40	夕	87⑪
	北に—れば又	51	熊野一	102③
	東に—れば又	51	熊野一	102⑩
	後を—れば又	67	山寺	128③
	東に—れば又	108	宇都宮	193⑮
かへ・る(帰、還)	いなや—らじと尋ねしかど	16	不老不死	55⑪
	流水—らぬ老のなみ	38	無常	84④
	越ては—らぬ老のなみに	100	老後述懐	180⑥
	翅の—らぬ道なれば	69	名取河恋	130③
	花は根に鳥は旧巣にや—らん	4	夏	44⑦
	—らん家路も忘られ	47	酒	96⑬
	花の下に—らん事をや忘らむ	3	春野遊	43⑫
	つみてや—らん住吉の	31	海路	75⑤
	紅花根に—り	161	衣	280⑦
	澗戸に鳥—り	164	秋夕	285⑨
	二度旧里に—りけむ	30	海辺	異305⑤
	かけて—りし玉かづら	173	領巾振恋	299⑤
	取て—りし裳貫の衣	126	暁思留	224⑥
	随他の道に—りつつ	87	浄土宗	異303⑧
	子をおもふ雉も—りては	131	諏方効験	232④
	—りて迷ふ闇路をも	160	余波	278⑫
	生うしといひて—りても	20	恋路	62④
	よせては—る化波の	23	袖湊	65①
	うき世に—る跡もなく	67	山寺	128④
	浦山敷も—るか浪に	37	行余波	83⑤
	おぼろけならぬ月に—る雁がね	159	琴曲	275⑨
	—るたもとに吹初て	41	年中行事	89⑧
	澗戸に鳥の—る時や	68	松竹	129⑤
	むかしに—る浪の	112	磯城島	202⑩
	浪も立来て—るは	150	紅葉興	262⑪

	流水—るはいかならん	115	車	両337⑦
	花見て—る人もがな	158	屏風徳	274④
	なくなく—る路芝の	70	暁別	131⑥
	行も—るもをしなべて	35	羈旅	81⑥
	霞に隠て—る山の	91	隠徳	164⑥
	古里に—る夜の夢	162	新浄土	282①
	袖を払て—るらむ	103	巨山景	186⑦
かへるさ(帰さ)	日も夕暮の—	3	春野遊	44⑤
	やすらふ道の—	100	老後述懐	180③
	そことも見えぬ—に	40	夕	88⑦
	ならべる禁野の—に	76	鷹徳	141①
	露とやいはむ涙とやいはん—の	39	朝	87①
	涙にそへて—の	106	忍恋	190⑩
かほ(顔)	紅の—翠の黛	113	遊仙歌	203⑬
かぼく(嘉木)	—の名を得たりしは	114	蹴鞠興	206⑤
かほたち(含嬌)	金の釵—繍の褥を重て	113	遊仙歌	両340④
かほばせ(容貌)	楊貴妃が—	2	花	42⑭
	花に戯れし—	127	恋朋哀傷	225⑬
	花の—妙なりし	59	十六	113⑩
	花の—妙にして	134	聖廟霊瑞	237⑫
	花の—玉のすがた	113	遊仙歌	203⑥
	雨を帯たる花の—匂をそへ	93	長恨歌	167④
	見し面影の百の媚千々の—も	38	無常	84③
	箏の琴を引給し其—も	157	寝覚恋	異314⑦
	其—も隠なき	105	五節末	189⑧
	其—も睦しく	82	遊宴	異302⑩
かまくら(鎌倉)	宝を納し—の	137	鹿島社壇	243⑫
	げに—のさかゆべき	142	鶴岡霊威	252⑥
	はや—を見こしが崎	34	海道下	80⑦
かまくらやま(鎌倉山)	—のさかへゆく	42	山	91⑥
かまど(竈、烟)	民はさかふる—に立煙	68	松竹	両328⑤
	賑ふ民の—は栄る御代のしるし也	39	朝	87⑥
	民の—も賑にければ	34	海道下	80⑬
	民の—もにぎわひゆたかに	34	海道下	両326⑫
かまどやま(竈山)	賑へる煙の—も	135	聖廟超過	241⑤
かま・ふ(構)	差違をや—へまし	60	双六	116⑨
	弱かれと—ふなれど	156	随身諸芸	271⑩
	百囲の檜杉紺楼をぞ—ふる	139	補陀湖水	246③
かまへ(構)	さて又殿舎の—は	113	遊仙歌	204④
	—を清虚の間にさしはさみ	123	仙家道	220③
かみ(上)　＊うへ	—おさまれば下やすし	122	文字誉	219⑮
	—下をおさめて	63	理世道	121⑧
	—帝闕かたじけなく	114	蹴鞠興	205⑩
	いづれを—とし	165	硯	286⑪
	—として哀み広ければ	88	祝	159③
	—として憐むは	44	上下	92⑬
	—として恩賞異也	81	対揚	異302⑤
	—とも更に言がたく	44	上下	93⑩
	徳の—なるたとへをあらはす	76	鷹徳	異308⑫
	—に行力なく	98	明王徳	176⑪

	下又—にかなひつつ	63	理世道	121⑧
	—の明かなるは是	98	明王徳	177②
	—万乗の玉の台	131	諏方効験	231⑫
	—は三公補佐の雲のうへ	64	夙夜忠	124①
	—は三世の諸仏	44	上下	94⑥
	—は法身の月の前	86	釈教	157④
	—舞下歌て	151	日精徳	264⑥
	我座の—をあたへき	44	上下	93⑧
	山下に—を望ば	55	熊野五	105⑬
かみ(神)　＊しん	浪の白木綿—かけて	95	風	170⑨
	しかあて—其中にあれます	152	山王威徳	266⑨
	—の—たるは人の敬によりてなり	17	神祇	57⑪
	—とどまり御座	34	海道下	80⑩
	五蠅成邪—とを平て	41	年中行事	89⑧
	千刄破天より下る—なれば	52	熊野二	103②
	—に誓し契の	26	名所恋	68⑩
	—には生馬の明神	77	馬徳	143②
	—の心もやうちとけて	11	祝言	52⑨
	—の意やなびくらむ	17	神祇	58②
	天降ります—のしるしを示す梶の葉	131	諏方効験	233⑨
	—の誓の放生会	41	年中行事	89⑫
	—の誓は楢の葉の	102	南都幷	184⑧
	—の誓を憑ても	74	狭衣袖	138⑤
	—の御影ぞやどるなる	96	水	異310②
	—の恵ぞたのもしき	2	花	42⑩
	人の人たるは—の恵によるとかや	17	神祇	57⑫
	—の恵のあまねきや	62	三島詣	121②
	—の恵の絶ずのみ	34	海道下	79⑭
	なびくは—のゆふしで	33	海道中	79①
	—のゐがきも越ぬらむ	24	袖余波	66⑬
	賢き—のゐがきをも	28	伊勢物語	72⑦
	—もさこそは照すらめ	54	熊野四	105⑤
	あらぶる—もみそなはして	112	磯城島	202④
	—もろともにみそなはし	122	文字誉	219⑭
	—も我をや松が枝の	52	熊野二	103⑫
	八百万の—をそへ	172	石清水	296①
かみがみ(神々)	諸の州々—	172	石清水	295⑬
かみのみよ(神の御代)	久しき—なれば	55	熊野五	107⑧
	風俗は—より	95	風	170②
かみのよ(神の代)　＊かみよ	天地の—は	98	明王徳	176⑬
かみ(髪)	風に—梳り雨にゆするしてや	64	夙夜忠	123⑪
	白頭の鶴の—千年を兼てや	100	老後述懐	180⑬
	三度—をあぐるは	64	夙夜忠	123⑬
	一葩は—を垂たるに似たり	151	日精徳	264⑧
かみ(紙)	白薄様小禅師の—	105	五節末	189⑪
	白麻の—も所せく	110	滝山摩尼	197⑥
かみあそび(神遊)	此峯にもろもろの—の有しに	159	琴曲	両335⑪
かみがき(神垣)	手向て過る—	35	羇旅	82①
	—に歩を運ぶ人はみな	46	顕物	異307⑥
	抑霊社の—や	171	司晨曲	295⑧

かみかぜ(神風)	是皆—やみもすそ河の	88	祝	159⑪
かみさびまさ・る(神さびまさる)	—る天津袖	59	十六	113⑨
	—る音涼し	53	熊野三	104⑤
	—る音旧て	108	宇都宮	194⑨
	—る気色なり	172	石清水	297⑪
	—る鈴の音	17	神祇	58①
	—る住吉の	51	熊野一	102⑬
	—る三島木綿	62	三島詣	120⑪
	—る三島木綿	62	三島詣	異304⑥
	—る瑞籬の	130	江島景	231⑤
かみさびわた・る(神さびわたる)	—る程なるに	152	山王威徳	267⑥
かみさ・ぶ(神さぶ)	—びたる砌に	137	鹿島社壇	243①
かみすぎ(神杉)	間なく時雨の布留の—や	9	冬	49⑩
かみなづき(神無月)	終にとまらぬ—	97	十駅	174⑥
	時は葉守の—	102	南都幷	185①
	はや—の風にもろき	121	管絃曲	216⑩
かみなづきとをかあまり(神無月十日余)	—の比なりし朱雀院の行幸	41	年中行事	89⑭
かみのしなのかみ(上の品の上)	—よりくだれる品の	45	心	95⑥
かみのと(上の戸)	翔鸞楼—上の御局	44	上下	93③
かみのねのひ(上の子の日)	先は青陽の初に—を定て	44	上下	93①
かみひじり(神聖)	然後—其中に生す	172	石清水	295⑪
かみまつる(神祭)	—中の冬の中の申	152	山王威徳	267⑪
かみよ(神代)	布留の—の天にしては	62	三島詣	119③
	—の末も久方の	168	霜	289⑨
	—のままに仕きて	137	鹿島社壇	243⑥
	—のわざこそゆかしけれ	173	領巾振恋	298⑨
	古ぬる磯の—より	59	十六	112⑪
	—よりしめゆひ初し榊葉を	74	狭衣袖	138⑧
かめ(瓶)	—に差たる花を見て	2	花	42⑫
かめ(亀)	鮫室に—ないて	130	江島景	230⑬
	霊岳—に備て	108	宇都宮	192⑬
	しるしの—の劫を経ても	137	鹿島社壇	243⑥
かめい(佳名)	十三夜の—は	41	年中行事	89⑬
かめい(嘉名)	別山—の勅なれば	109	滝山等覚	195③
かめがふち(亀が淵)	—と名をながすも	145	永福寺幷	256⑫
かめのをやま(亀の尾山)	忠臣の功を重ぬる—の	42	山	両327⑤
	霜をうち払ふ—のうごきなき	80	寄山祝	146⑨
かも(鴨)	—又さむき霜の夜は	171	司晨曲	294⑤
かも(賀茂)	其名も—のみたらしと	62	三島詣	120⑬
	—の瑞籬代々を経ても	96	水	異310②
かものこほり(賀茂の郡)	しばらく—に鎮座す	62	三島詣	119⑧
かもやま(賀茂山)	神社の勝て貴きは男山—	42	山	91②
かもとり(鴨鳥)	鴛(をし)の—おりからは	105	五節末	189⑤
かもめ(鷗)	藤江の浦に居—	31	海路	75⑪
	藤江の浦に居—	31	海路	両334③
	白すが崎にゐる—	33	海道中	78⑨
	—は浪に戯る	139	補陀湖水	246④
かもん(家門)	同く檀信—の	147	竹園山	259⑥
	福寺の宝算—の園にあまねく	140	巨山竜峯	247⑪
	抑—繁昌の砌	174	元服	異301⑦

かもんれう(掃部寮)	—に仰て垣下の座を敷なるは	44	上下	93③
	—の筵道	64	夙夜忠	124④
かや(夏耶)	—裸形の二徳は	109	滝山等覚	195⑪
かやう(歌詠)	是皆—のたぐひなり	61	郢律講	118⑩
	歌嘆歌舞—の菩薩の聖容	92	和歌	異309⑥
	伎楽—のよそほひ	170	声楽興下	293⑤
かやうゐん(高陽院)	河上河崎—	114	蹴鞠興	206⑨
かやがのき(萱が軒)	葎の宿—	23	袖湊	65④
	かしこの住居の—	134	聖廟霊瑞	239⑥
かやつののき(萱津の軒)	茅茨やきらぬ—	32	海道上	77⑩
かやはら(萱原)	岡屋—しげき人目を凌ても	19	遅々春恋	61①
かやや(萱屋)	薬屋や—板店	4	夏	44⑫
かやりび(蚊遣火)	行方しらぬ—の	75	狭衣妻	139①
かよは・す(通)	人しれぬ心を—し	112	磯城島	201⑤
かよひ・く(通来)	松の嵐も—きて	7	月	48③
	糸竹の調に—きて	102	南都幷	185②
	妙なる調に—きて	123	仙家道	220⑫
かよひた・ゆ(通絶)	—えにし古郷の	167	露曲	288⑩
かよひぢ(通路)	六条渡の—	64	夙夜忠	124⑧
	やすらひわびし—	132	源氏紫明	235③
	雲の—しばしとも	105	五節末	189⑨
	桁梁の—に	78	霊鼠誉	144②
	棹鹿の跡より外の—も	74	狭衣袖	137⑥
かよ・ふ(通)	里をばかれずや—ひけん	28	伊勢物語	72⑪
	目にみぬ人もここに—ふ	112	磯城島	202④
	下には—ふ思の色を	44	上下	94①
	夢にも—ふこころならむ	37	行余波	83⑫
	松のひびきに—ふは	68	松竹	129③
	かけば心ぞ—ふべき	167	露曲	288⑬
	糸竹の調に—ふ松風	82	遊宴	151①
	麻の末葉に—ふや秋の初かぜ	4	夏	44⑭
	秋風ちかく—ふらし	167	露曲	288④
	琴の音に峯の松風—ふらし	170	声楽興下	293①
	岡べの松にや—ふらむ	31	海路	75⑧
	そなたの空にや—ふらん	35	羇旅	82⑥
	妙なる声にや—ふらん	130	江島景	230⑬
からうす(碓)	雲の—水につきづきしく	123	仙家道	220⑪
からか・ふ	からからと懐貝の—ひて	22	袖志浦恋	63⑪
からかみ(韓神)　＊園(その)—	神楽の末の—	160	余波	277⑮
	其—に手向やせまし梅が枝	61	郢律講	118⑦
からから	—と懐貝のからかひて	22	袖志浦恋	63⑪
からくに(韓国)	高麗百済新羅三の—を随へて	142	鶴岡霊威	252②
からくに(唐国)　＊もろこし	其—を移きて	103	巨山景	186②
からくれなゐ(唐紅)	—に揮出て	5	郭公	46⑥
	—にくくる水も	150	紅葉興	262⑧
	—に水くくる	173	領巾振恋	298⑧
	—の濃染の袖	156	随身諸芸	272⑤
からころも(唐衣)	我—大和にはあらぬ	34	海道下	80⑥
	—きつつ馴にし来つつなれにし	33	海道中	78②
	—きつつ馴にしといひし人の	56	善光寺	108②

から・し(辛)	—くうき世にさすらひて	22	袖志浦恋	64②
からす(烏)	月落—啼ぬれば	171	司晨曲	294⑫
からすずり(唐硯)	瓦瑪瑙—紫石青石	165	硯	286⑪
からすば(烏羽)	—に書玉章	91	隠徳	164⑮
からだ(佉羅多)	所居を—の雲にしむ	120	二闡提	213④
からどまり(唐泊)	—野古の浦波立まちに	154	背振山幷	269③
からびさし(唐廂)	糸毛檳榔—	115	車	208⑪
	青毛糸毛檳榔—	115	車	両337⑥
からびと(唐人)	—の立舞袖の気色	116	袖情	210③
からまく(唐まく)	羽白藤沢—	76	鷹徳	141⑩
から・む(搦)	七寸を—む手綱なり	156	随身諸芸	271⑪
からむめ(唐梅)	梅唐草—	111	梅花	200④
からもも(杏)	匡廬山の—	42	山	90⑩
からろ(唐艫、唐櫓)	大唐濤—櫂梶をとりても	23	袖湊	65⑤
	—さびしき舟の中	79	船	145⑪
	—たかく推ては	81	対揚	150②
	真梶の響—の音	31	海路	75⑭
からん(歌鸞)	形は—の翅を移し	169	声楽興	291⑨
がらん(伽藍)	菩提寂光両—	138	補陀落	245③
	摩訶調御の—甍をならべ	147	竹園山	259⑩
	—甍をならべて	51	熊野一	102⑩
	—建長寺	140	巨山竜峯	247⑧
かり(狩)	文王渭陽に—して	115	車	207⑩
かり(仮)	一夜の契は—なれど	160	余波	277⑫
	暫—に隠て	55	熊野五	106⑪
	—に暫名をやわかちけん	128	得月宝池	226⑪
	人をみるめは—にだに	21	竜田河恋	63⑧
	狩の使の—にても	28	伊勢物語	72⑦
	みるめの草の—にても	64	夙夜忠	124⑨
	—に滅度をしめける	163	少林訣	283⑩
	旅の台の—にも	135	聖廟超過	240⑧
	—にもげに又問れねば	19	遅々春恋	61⑨
	—の其身を手向ば	131	諏方効験	232⑤
	斎の宮の—の契	24	袖余波	66⑫
かりのよ(仮の世)	しのの葉草の—に	173	領巾振恋	298⑪
かり(雁)	峯飛越る春の—	91	隠徳	164⑥
	雲ゐの—の玉章も	21	竜田河恋	63⑤
	愁書を—の翅につけ	65	文武	125⑧
	空飛—の涙にや	167	露曲	289①
かりがね(雁がね、雁が音)	雲居を渡る—	6	秋	47②
	つらをみだれぬ—	66	朋友	126⑩
	雲井をわたる—	81	対揚	150③
	おぼろけならぬ月に帰—	159	琴曲	275⑨
	数さへみゆる—	164	秋夕	285②
	心有てや—の	82	遊宴	151⑤
かりこめのいはや(狩籠の岩屋)	—は乙天童の為態とか	153	背振山	268⑩
かりごろも(狩衣)	露わけわぶる—	76	鷹徳	140⑬
かりしやうぞく(狩装束)	左右近衛の節々随身の—	76	鷹徳	140⑧
かりそめ(仮初)	ただ—と思しを	117	旅別	210⑥
	草枕—と思ふ名残だに	37	行余波	83⑦

	ただ—にむすぶ契かは	43	草	92⑦
	ただ—の雨やどりに	125	旅別秋情	223②
	ただ—のうたたねの	116	袖情	209⑩
	ただ—の空がくれ	16	不老不死	両325⑧
	只—の情に	85	法華	155⑦
かりた(苅田)	—のひづち思出ば	26	名所恋	68⑨
	—のひづち思出て	37	行余波	83⑨
かりづゑ(狩杖)	笠のはたになぞらふる—も	76	鷹徳	140⑩
かりね(仮寝)	しづが—の稲むしろ	6	秋	47⑧
	手枕寒き—の床	8	秋興	49⑥
かりのつかひ(狩の使)	—の仮にても	28	伊勢物語	72⑦
かりば(狩場)	楚の荘王の—には	166	弓箭	287④
	—の雉の草がくれ	91	隠徳	164⑪
	いざ見にゆかん—の小野	76	鷹徳	140⑬
	—の小野の雪の中に	121	管絃曲	216⑮
かりはし(仮橋)	—わたりて簀の子より	105	五節末	189⑦
かりほ・す(苅干)	いつ—さむ真薦草	43	草	92①
	—す稲葉の秋をへても	11	祝言	53①
	—すてふ里のあまの	30	海辺	74⑩
	—す汀の岩根の床に	31	海路	75⑬
かりまくら(仮枕)	今夜はここに—	32	海道上	76⑬
	是や其と思なす野の—	35	羇旅	82②
かりようびんがしやう(迦陵頻伽声)	類もまれにこよなきは—とかや	170	声楽興下	292⑤
か・る(苅)	されば難波の浦に蘆を—り	19	遅々春恋	61④
	彼岡に草—るおのこしかな—りそ	43	草	92②
	いそぎて磯菜みるめ—り	82	遊宴	150⑪
	—る手もたゆき河長の	4	夏	44⑪
か・る(枯)	—れたる草木も目も春に	120	二闡提	214⑤
	—れも終なでや思草	18	吹風恋	59⑫
か・る(借)	鳴音よいざさば我に—らん	71	懐旧	132⑤
	外には耕夫の牛を—り	140	巨山竜峯	248④
か・る(離)	—れなで海士の足たゆく	20	恋路	62④
	里をば—れずやかよひけん	28	伊勢物語	72⑪
かるかや(苅萱)	小萩が花—	6	秋	47⑥
	思みだるる—	125	旅別秋情	223⑧
	小萱—露ながら	56	善光寺	108①
	—のやいざみだれなん	25	源氏恋	67①
かる・し(軽)	いかばかり—くして	161	衣	280⑩
かれい(家例)	位次をみだらざる—までも	135	聖廟超過	240⑬
かれいひ(干飯)	—たうべし古も	56	善光寺	108③
かれがれ(枯々)	—になる夕暮	168	霜	290④
かれの(枯野)	終は—の草の原	84	無常	153⑪
かれは(枯葉)	—の浅茅生今何日ぞ	38	無常	両335②
	—のあさぢふいまいくかは	38	無常	84⑦
	—の尾花袖ぬれて	32	海道上	77⑨
	冬はさびしき—まで	43	草	91⑪
かれまさ・る(枯まさる)	やや—る冬草	43	草	92⑪
かれゆ・く(枯行)	霜に—く浅茅生の	9	冬	49⑫
	人目—く跡なき庭に	10	雪	50⑧
	—く哀にいたるまで	74	狭衣袖	137⑦

	今は一く草の原	167	露曲	289②
かろ・し(軽)	外戚の重臣一からず	72	内外	135④
	賞玩朝家に一からず	155	随身競馬	270⑥
	一きは命をや忘るらむ	88	祝	159⑩
	泥塵の如く一くして	58	道	112⑥
	或は命を一くして	160	余波	278⑭
かをる(薫)　※人名	一枝手折し一の思心や	60	双六	116③
	一の行末と思へば	25	源氏恋	67⑦
	匂も一も思もわかで契しより	89	薫物	160⑪
かを・る(薫)	紅の霞枝に一り	171	司晨曲	294①
	夏山のしげき軒端に一る橘	53	熊野三	104⑤
	梢は一る花ならむ	114	蹴鞠興	206⑮
	薫香風にや一るらむ	55	熊野五	106⑫
	涼しき風にや一るらむ	89	薫物	160⑧
	功徳池の浪にや一るらむ	89	薫物	161①
	幾里かけてか一るらん	89	薫物	160⑤
かん(感)	一を荷て行し	153	背振山	268⑨
	おりから一を催す	164	秋夕	284⑤
かん(漢)　※文字	梵一ともに益広く	138	補陀落	244⑭
	梵一隷字故文の体	122	文字誉	218⑤
かん(漢)	殷の目楊と一の蘇師慶子	60	双六	115③
	一に叫で驚く夢	83	夢	152⑪
かんそ(漢楚)	一の戦に淮陰公が策し背水の陣に	172	石清水	297②
かんのぶてい(漢の武帝)	一の登しは万歳よばふ崇高山	42	山	90⑧
かんぶ(漢武)	笛は一の代におこり	169	声楽興	291⑩
かんあん(感安)	山門中外一にして	103	巨山景	187⑤
かんい(寒衣)	一のきぬたの音さびし	125	旅別秋情	223⑩
かんいく(寒燠)	玉燭は一に光を分	164	秋夕	284②
がんえんねん(顔延年)	一が赭白馬の徳をや連ぬらん	77	馬徳	異311⑧
かんおう(感応)	一新なる奇瑞有とこそ聞	176	廻向	異315⑨
	一海ひろければ	17	神祇	57⑤
	一擁護を仰ぐ国津神	86	釈教	157⑤
	一日々に光をます	135	聖廟超過	241⑩
	一ますますさかりなり	62	三島詣	119⑩
	殊に一を顕す	103	巨山景	異310⑧
	万州に一をほどこす	131	諏方効験	231⑨
かんおうだうけう(感応道交)	和光の利益を助けて一の巧たり	138	補陀落	245⑤
	道儀は一の時至り	147	竹園山	258⑪
かんか(漢家)	名は一の秋の月くもりなく	101	南都霊地	183⑫
	一の四皓に恥ざるは	65	文武	125⑬
	一の浪の外にながれ	113	遊仙歌	202⑫
	遙に一を訪へば	95	風	169⑭
がんか(岩下)　＊いはした	閑に一に眠べし	119	曹源宗	212⑩
かんがい(函蓋)	一則かなへり	72	内外	133⑨
かんかう(漢高)	一を守し張良	81	対揚	149①
かんが・ふ(勘)	故事を天竺に一ふれば	114	蹴鞠興	204⑫
かんきう(漢宮)	一万里月の前の腸	133	琵琶曲	236⑧
かんきよ(閑居)	一は大原小野の里	49	閑居	99④
がんくつ(岩窟)	世々の竜象金色の一にして	130	江島景	231③
かんけい(漢恵)	四皓は一に仕て	98	明王徳	177⑫

かんけん(感見)	かたじけなくも勝道の—	139 補陀湖水	246②
	—を補陀落の湖水にうかべ	108 宇都宮	192⑪
かんこ(澗戸)	—に雲閉て	153 背振山	268⑥
	—に鳥かへり	164 秋夕	285⑨
	—に鳥のかへる時や	68 松竹	129⑤
かんこく(閑谷)	遠々たる—	80 寄山祝	146@⑤
	—人希也	55 熊野五	106⑤
かんこくのせき(函谷の関)	—の鶏鳴	171 司晨曲	295②
かんさう(寒霜)	—は閨の中にのこる	126 暁思留	224⑪
かんざし(簪、釵)	緑珠が翠の—	100 老後述懐	179⑭
	—含嬌繡の褥を重て	113 遊仙歌	両340④
	花の—地にいして	93 長恨歌	167⑨
	取敢ざりし—の	93 長恨歌	168②
	金の—を直しくし	113 遊仙歌	204⑦
がんさつ(雁札)	蘇武が胡国の—	35 羇旅	81⑦
かんし(感思)	中にも—を動すは	164 秋夕	284③
かんじ(漢字)	蒼頡が—を書伝へ	73 筆徳	135⑭
がんし(顔氏)	段氏—の石の上	160 余波	277⑧
かんしう(漢州)	—善寂寺の霊場の東壁に	120 二闡提	異312④
がんじやう(巌上、岩上)	紅葉—に色をそふ	67 山寺	128③
	—に書付給し	172 石清水	297③
	暫く—にやすらひて	153 背振山	268⑫
かんしやうこう(菅相公)	—の春の苑に	134 聖廟霊瑞	237⑫
かんじゆまんじゆ(干珠満珠)	—の霊威を施し	142 鶴岡霊威	252①
	—の威力を施し	172 石清水	297①
かんしよ(寒暑)	—も節を誤ず	98 明王徳	177④
	風雨又—を違ず	81 対揚	148⑩
	—折を違ず	95 風	169⑨
かんしよく(寒食)	—の節に是を基とし	114 蹴鞠興	205①
がんしよく(顔色)	—なしとや愁けん	93 長恨歌	167③
がんしゑん(顔子淵)	孔子は—が	127 恋朋哀傷	225⑤
がんじん(鑑真)	—のあがめし招提寺	129 全身駄都	228⑥
かん・ず(感)	汝が好長ずる道を—じて	60 双六	115⑨
	牽牛織女を—じて	115 車	208①
	さても至孝の実に—じて	166 弓箭	287⑤
	芸を化人に—ぜしむ	60 双六	115⑥
	芸を都鄙に—ぜしむ	65 文武	125⑭
かんすい(澗水)	—にうかぶ落梅は	111 梅花	両330①
かんせん(寒蟬)	韻を交ふる—	115 車	208④
がんぜん(眼前)	万里—に白雲足下にかなへり	138 補陀落	245⑫
かんだち(神館)	万呂の王子の—	54 熊野四	105⑤
かんだちめ(上達部)	誰彼時の—	105 五節末	189⑩
	—の並立て	44 上下	93④
	外弁の—は	72 内外	134⑨
かんたん(肝胆)	—の劫を運ばしむ	131 諏方効験	232①
がんちく(岸竹)	—風音をなす	140 巨山竜峯	248⑪
かんてい(澗底)	—嵐ふかくして	66 朋友	126⑫
かんてき(閑適)	二人の翁の—	123 仙家道	220⑭
がんてん(巌巓)	—に通じて逆上る	55 熊野五	105⑬
	—にもいたりし	115 車	208④

がんとう(巌洞、岩洞)	―に響松嵐	57	善光寺次	109⑧
	―に淀む水の音	119	曹源宗	212④
がんとう(岩頭)	―に千手まみえ給ふ	110	滝山摩尼	197③
かんのくら(神の倉)	飛鳥の宮―	55	熊野五	107①
がんふ(岸風)	―に扇をも忘ぬべきは	144	永福寺	255⑫
	―に替てや忘るらん	94	納涼	168⑦
かんぼく(翰墨)	―に記する鳥の跡	143	善巧方便	253④
	―を先として	65	文武	125⑪
がんぼく(眼目)	殊に勝地の―を撰べる	140	巨山竜峯	247⑬
がんめいのうめい(雁鳴能鳴)	―の秘曲も	159	琴曲	275⑩
かんや(寒夜)	―に御衣をあらため	161	衣	279⑭
	―に袖をや重けん	116	袖情	209③
	―に民を哀み	98	明王徳	177⑬
かんらん(寒嵐)	―すさまじく	95	風	170⑫
かんりう(寒流)	―月を帯て鏡のごとくいさぎよし	168	霜	289⑧
かんりん(翰林)	―の風に吟詠し	173	領巾振恋	298⑫
かんろ(韓盧)	―の緤とか	76	鷹徳	140⑫
かんろ(甘露)	―の法雨を潤して	120	二闡提	214⑤
	広く―の門を開き	143	善巧方便	254⑥
かんわざ(神事、神態)	みな我国の―	17	神祇	57⑧
	日々を定る―	41	年中行事	89①
	手向になびく―	96	水	172⑬
	憑をかくる―	108	宇都宮	194⑥
	秋の栄の―	131	諏方効験	232⑭
	四季折節の―	152	山王威徳	267⑪
	―事繁して	142	鶴岡霊威	251⑨
がんゑん(顔淵)	草―が巷にしげかんなる物をな	43	草	92⑨

き

き(器)	―世間是に成ぜらる	95	風	169⑩
	五声八音を―として	121	管絃曲	217⑩
	相承其―に蒙しむ	129	全身駄都	228④
き(機)	さば―に与へし竹篦を	147	竹園山	259⑭
	払子を秉竹篦を揚て―に示す	146	鹿山景	258⑨
	何ぞ至道に―を撰ばん	141	巨山修意	250①
	夫神鏡は―を鑑て影を浮べ	131	諏方効験	231⑧
	漏さず―をばおさめけん	128	得月宝池	227⑦
き(記)	都良香が―を作る	42	山	91⑤
き(木)	―となく草となく	34	海道下	80⑫
	大かたの花の―どもも	29	源氏	73①
	木枯はげしき―にのぼり	171	司晨曲	294⑤
	此―程なく生登	137	鹿島社壇	両341①
	凡四方の草も―も	150	紅葉興	263⑪
	都て―を栽は安宅のはかりこと	114	蹴鞠興	206③
	縄を結びや―を刻みしまつりごと	95	風	169⑫
	―を刻み石の面に墨を染	73	筆徳	136④
き(気)	花芬馥の―を含むは	61	郢律講	118③
ぎ(儀、義)	白馬踏歌の節会の―	41	年中行事	88⑭

	朔旦冬至の叙位の―	41	年中行事	89⑮
	臨時のまつりの庭の―	44	上下	93④
	告香普説入室の―	103	巨山景	187⑦
	廻雪の袂を連ぬる―	129	全身駄都	229⑨
	おりおりの御遊節会の―	169	声楽興	291③
	其書二十五篇其―二六対陣也	114	蹴鞠興	204⑭
	其―武徳殿に始しより	155	随身競馬	270⑨
	叡覧其―外に双なし	155	随身競馬	271②
	孝行の―もいと重く	139	補陀湖水	247⑤
	孝行の―も重かりき	108	宇都宮	194⑦
	御垣には五月五日の―を飾り	155	随身競馬	270⑫
	同く御遊の―を調ふ	135	聖廟超過	240②
	荘厳―を調へ	158	屏風徳	274⑮
	姿を繕ふ―をなし	116	袖情	209⑤
	折々のあらゆる―をなすにも	158	屏風徳	273⑩
	奇瑞の―を拝すれば	146	鹿山景	257③
ぎ(義)	孝悌仁―礼忠信	58	道	110⑬
ぎ(魏)	達磨師は梁―の間に西来して	119	曹源宗	211⑬
ぎいだいねはん(及与大涅槃)	―と聞時ぞ	103	巨山景	187③
きいのくに(紀伊国)	―高野の山のおく	42	山	91③
	所をいへば―や	51	熊野一	102①
きうか(九夏)	―の天に手もたゆく	124	五明徳	221⑫
きうき(旧記)	其―にやのこるらむ	150	紅葉興	262④
	倩―を訪ふに	130	江島景	230④
	遠く其―をとぶらへば	108	宇都宮	192⑨
	本朝の―を訪へば	155	随身競馬	270⑨
	今又―を訪にも	143	善巧方便	253⑦
	奇瑞の―を拝すれば	134	聖廟霊瑞	237⑫
きうし(弓矢)	―にならぶ物はなし	166	弓箭	287①
	―の御手を先とす	166	弓箭	287⑫
	―のなせる徳たりき	166	弓箭	287⑦
	―を定恵に納む	166	弓箭	287⑬
きうじ(宮仕、宮司)	―のつとめにいそがはしく	64	夙夜忠	123⑫
きうしう(九州)	―風おさまり	11	祝言	52⑦
きうしやう(宮商)	まさに―に叶へり	113	遊仙歌	204④
きうしやうかくちう(宮商角徴羽)	―の五音	86	釈教	156⑫
きうしゆ(九酒)	抑三木は―の源	47	酒	異314③
きうじゆ(宮樹)	―の梢の蟬	98	明王徳	177⑪
きうじらう(丘次郎)	五娘が握る手―	133	琵琶曲	236⑭
きうしん(旧臣)	―の勝てあはれなりしためしの	64	夙夜忠	124⑩
きうせう(九韶)	或は―の楽を起し	121	管絃曲	216⑤
きうせき(旧跡)	―を震旦に訪へば	114	蹴鞠興	204⑬
きうせん(弓箭)	―の御手に至ては	166	弓箭	287⑭
きうせん(丘泉)	―清調白力	133	琵琶曲	236⑬
きうたい(旧苔)	―旧木跡を埋み	108	宇都宮	192⑭
	石巌の―を打はらふ	140	巨山竜峯	248②
きうちう(丘仲)	―是をやすさみけん	169	声楽興	291⑪
きうてんれいえう(九天霊耀)	―の祭供にも	149	蒙山謡	261⑩
きうねん(九年)	―資へ豊なり	34	海道下	80⑬
	―の愁を息めしむ	98	明王徳	176⑨

きうば(弓馬)	賢哉―は右道に有て	155	随身競馬	270③
きうぼく(旧木)	旧苔―跡を埋み	108	宇都宮	192⑭
きうり(旧里)	二度―にかへりけむ	30	海辺	異305⑤
きうれんのはう(旧簾の方)	それかとしるき―	89	薫物	160⑥
	―にやまがひけん	114	蹴鞠興	206⑬
きうろう(宮漏)	―正に永ければ	7	月	47⑭
きうゐん(旧院)	抑天智の草創は園城の―	67	山寺	127⑬
きうをん(九醞)	像を調る事―に超たり	149	蒙山謡	260⑬
きかう(奇香)	―匂ひはいづくよりぞ	139	補陀湖水	246③
きかうでん(乞巧奠)	雲井の庭の―	41	年中行事	89⑨
	又―の巻をも猶この絃にきはむる	159	琴曲	275⑫
ぎがく(伎楽)	―歌詠のよそほひ	170	声楽興下	293⑤
	歌舞興宴―の薩埵の玩び	143	善巧方便	252⑭
	―の薩埵を友とせん	61	郢律講	118⑩
	妙音大士の奏せしは雲雷音の―よ	133	琵琶曲	236⑫
	菩薩―を調しも	172	石清水	297⑧
きがん(危岸)	都て―怪石品々に	110	滝山摩尼	197⑤
	痩て垂たる―の竹	115	車	208③
きがん(奇巌)	―斜に側て	153	背振山	268⑥
きがん(帰雁)	―行をやみだるらん	166	弓箭	287⑩
きき(機器)	音律は是声塵世界の―として	169	声楽興	290⑬
きき(聞、聴)	―のをしへにしたがひて	158	屏風徳	273⑭
	―を今にや残らん	159	琴曲	275③
	雲井に―を驚かし	118	雲	210⑫
	―を外朝の雲にやのこすらむ	113	遊仙歌	202⑬
	―を外朝の浪にながしけん	134	聖廟霊瑞	238⑥
	花乱の本に―をそへ	169	声楽興	291⑧
	諸行無常の―をつげ	170	声楽興下	293④
ききわた・る(聞渡)	よそにも人を―らむ	26	名所恋	68⑦
	―りし態までも	73	筆徳	136①
	よそにのみ―りしを	33	海道中	78③
	故郷の橋と―るも	102	南都幷	184⑫
	小河の谷と―るも	145	永福寺幷	256⑧
	―るも憑あるは	135	聖廟超過	241③
	―るも貴きは	138	補陀落	244⑦
ききのみわた・る	―りしながれならむ	54	熊野四	105⑥
ききもわた・る	―らばよしやげに	126	暁思留	224⑨
ききわ・ぶ(聞侘)	我身ひとつに―びて	168	霜	290②
	今日も暮ぬと―ぶる	164	秋夕	285⑩
	ひとりうきねに―ぶるは	169	声楽興	291⑬
きぎす(雉)	―鳴野の夕煙	3	春野遊	44②
	狩場の―の草がくれ	91	隠徳	164⑪
	春の―のすそ野の原	107	金谷思	192①
	子をおもふ―も還ては	131	諏方効験	232④
ききやう(帰敬)	勝たる道の―として	138	補陀落	244⑧
	―のまことをあらはす	101	南都霊地	184②
	―の基をや現しけん	129	全身駄都	228⑥
きく(菊)	春の蘭秋の―	66	朋友	127⑦
	紫を砕くまがきの―	125	旅別秋情	223⑭
	一度御名を―の色	151	日精徳	265①

	移ふ—のえならぬを	151	日精徳	264⑫
	久き—のさかづき	41	年中行事	89⑬
	芙蓉の—の露の底に	151	日精徳	265②
	一年に二度匂ふ—の花	151	日精徳	異315④
	宴にかざす—の花も	108	宇都宮	194⑤
	音にのみ—の誉の	151	日精徳	異315②
	移—の紫のゆかりの色も	60	双六	116②
	籬の—は色をそへ	168	霜	289⑫
	一本と思し—を	151	日精徳	異315⑤
	—を洗し流まで	123	仙家道	220⑧
	足引の山路の—を打払ふ	151	日精徳	264⑤
き・く(聞)	—いても—かざるのみならし	86	釈教	156⑪
	待日は—かず日比へて	5	郭公	45⑩
	—かでも梢の村立を	5	郭公	46⑪
	小屋とも更に—かねども	91	隠徳	164⑬
	もろともに思と—かば	23	袖湊	65②
	程時すぎず—かばやと	5	郭公	45④
	げにこの谷にてや初音—かん	144	永福寺	255⑪
	—かん事を松の戸に	5	郭公	45⑭
	耳に悦を声と—き	58	道	112③
	香厳は竹を打声を—き	119	曹源宗	212④
	音にのみ—きし計の心あてに	35	羇旅	82②
	今夜—きつとよめりしは	5	郭公	45⑩
	音羽の山の音に—きて	112	磯城島	202②
	—きてもあかぬ名残は	5	郭公	46⑩
	夜の雨に猿を—いて	93	長恨歌	167⑫
	—いては旧ぬる五十鈴川	12	嘉辰令月	53⑩
	—いては詞ふりんたり	13	宇礼志喜	54⑤
	様異なりし態と—く	60	双六	116④
	悄然として是を—く	79	船	145⑪
	水にあまたの徳を—く	96	水	171⑪
	薫修の功をぞ積と—く	109	滝山等覚	195⑩
	むなしく名をのみ—く	130	江島景	230③
	秋の田村のほのかに—く	131	諏方効験	233⑥
	耳を峙て是を—く	169	声楽興	291⑥
	稀なるたぐひと—くからに	113	遊仙歌	203⑦
	—くこそ袖もしほれけれ	121	管絃曲	217④
	—く事を厭	27	楽府	71②
	—く事を四方に告ざれば	63	理世道	122③
	—くさへ涼しかりける	94	納涼	169②
	音に—く其名も高き高野山	67	山寺	128⑥
	—くだにあるをまみえばと	113	遊仙歌	203⑧
	及与大涅槃と—く時ぞ	103	巨山景	187③
	—くにあはれを催し	67	山寺	127⑫
	—くに心もすみぬべし	170	声楽興下	293⑤
	音にのみ—の誉の	151	日精徳	異315②
	後夜に鐘磬を—くのみかは	141	巨山修意	249⑬
	詢て賤に—くべしと	63	理世道	122⑤
	いまぞ—くまだわがしらぬむしあげの	75	狭衣妻	139⑦
	—くも新に貴きは	163	少林訣	283⑨

	—くもうらやましく床敷跡は	49	閑居	98⑭
	—くもうれしき文はげに	151	日精徳	264⑩
	—くもかなしき鐘の音	19	遅々春恋	60⑪
	猿の叫をすごく—くも	164	秋夕	284⑨
	名をさへ—くも涼しきは	121	管絃曲	216⑬
	—くも尊は二仏座を並し	81	対揚	149⑦
	冷敷鳴音を—くも胸さはぎ	78	霊鼠誉	144⑤
	—くもやさしきさいた妻	43	草	91⑩
	其名を—くもゆかしきは	80	寄山祝	異309②
	伝に—く大和尊の歌は是	92	和歌	165⑦
	名を伝て—く山々は	42	山	90④
	逢坂は有とこそ—け	36	留余波	82⑬
	これ又要路とこそ—け	59	十六	114③
	両会の正説とこそ—け	81	対揚	149⑪
	両会の正説とこそ—け	81	対揚	両330⑦
	同き御宇とこそ—け	92	和歌	165⑭
	先孝の始とこそ—け	99	君臣父子	179④
	擁護の神慮とこそ—け	102	南都幷	185⑪
	いまにみだれずとこそ—け	109	滝山等覚	195⑮
	掃画の屛風とこそ—け	158	屛風徳	274⑬
	仙家のもてあそびとこそ—け	151	日精徳	異315②
	新なる奇瑞有とこそ—け	176	廻向	異315⑩
	金輪際に融通せるとこそ—け	137	鹿島社壇	両340⑪
	是ぞ発心の門と—けば	55	熊野五	106⑥
	—けば青海の波の音は	31	海路	75⑧
	ね覚に—けば小夜千鳥の	32	海道上	77①
	ほのかに—けば妻ごめに	8	秋興	49②
ぎくう(義空)	唐朝の—を迎らる	119	曹源宗	212⑬
きくがは(菊河)	君が千年を—の	33	海道中	78⑬
きくすい(菊水)	重陽の宴の—	16	不老不死	56③
きくぢん(麴塵)	—の糸を宛たる	81	対揚	149⑭
きくつ(耆崛)	光を—のほしにみがき	97	十駅	175⑥
きぐわん(祈願)	伏乞天長地久の—成就	129	全身駄都	229⑪
	天長地久—成就し	176	廻向	異315⑪
	万人の—にそそかしむ	108	宇都宮	192⑧
	されば平安誕生の—にも	120	二闡提	異312⑥
	—の信を凝さしむ	154	背振山幷	269⑤
	—の誠に報ぜしむ	140	巨山竜峯	247⑨
	—誠に答つつ	148	竹園如法	260④
きけんじやうぐう(喜見城宮)	—の玉の枢	82	遊宴	150⑥
きこうたん(姫公旦)	—の指南車	115	車	207⑪
きこえ(聞)	忠勤の—有しかど	81	対揚	異302③
	賢女の—ありしは	45	心	95⑨
	—くるしき世の中に	18	吹風恋	60③
きこ・ゆ(聞)	其音は—えざりけり	158	屛風徳	274⑫
	面白ぞや—えし	104	五節本	188②
	わりなく—えし中にも	114	蹴鞠興	206⑪
	やさしくは—えしか	165	硯	286⑧
	内大臣と—えし後	72	内外	134⑭
	花覧の御幸と—えしは	2	花	42⑪

	殊にわりなく—えしは	127	恋朋哀傷	226①
	さてもわりなく—えしは	151	日精徳	264⑪
	さてもわりなく—えしは	156	随身諸芸	272⑥
	いともやさしく—えしは	160	余波	278①
	中にもわりなく—えしは	161	衣	280①
	三十二相と—えしも	59	十六	113⑫
	紅梅の大臣と—えしも	111	梅花	200⑩
	様々—えしもてなしに	132	源氏紫明	234⑧
	もりて—えし夕時雨	106	忍恋	190⑫
	所々に—えつつ	93	長恨歌	167⑥
	露もくもらず—えつつ	102	南都幷	185④
	其徳高く—えつつ	135	聖廟超過	241⑨
	賢く—へしいにしへの	130	江島景	231②
	陸鴻漸と—へしは	149	蒙山謡	261⑦
	虞舜は孝をもて世に—ゆ	98	明王徳	176⑧
	其名も高—ゆなり	133	琵琶曲	237①
	旅客の舟に—ゆなる	171	司晨曲	294⑬
	名高き山は—ゆなれ	42	山	91④
	其様異にや—ゆらむ	105	五節末	189⑬
	げに立劣ずや—ゆらん	112	磯城島	201⑪
	雲居の外に—ゆ覧	171	司晨曲	293⑭
	夢の底より—ゆ覧	171	司晨曲	295⑦
	猶たやすからず—ゆる	47	酒	97⑨
	わりなくは—ゆる	76	鷹徳	141⑥
	恥がましくぞ—ゆる	78	霊鼠誉	144⑮
	松風野分ぞわりなく—ゆる	95	風	170③
	品々にぞ—ゆる	159	琴曲	276②
	気高く—ゆる沓の音	104	五節本	188⑫
	霊寺の殊に—ゆるは	42	山	91②
	霊験殊に—ゆるは	120	二闡提	213⑭
	歌の浜と—ゆるは	139	補陀湖水	246⑨
	東方阿閦と—ゆるも	62	三島詣	121③
	権の長官と—ゆるも	101	南都霊地	184⑤
	宝雲閣と—ゆるも	146	鹿山景	258②
	安名面白やと—ゆるも	159	琴曲	275⑧
	扇の次第と—ゆるも	124	五明徳	異312⑪
	其徳勝て—ゆれ	73	筆徳	異308⑨
	国又無量に—ゆれど	59	十六	112⑩
	朝家に様々—ゆれど	104	五節本	187⑪
	国は様々に—ゆれど	137	鹿島社壇	243⑩
きこくさん(亀谷山)	—巨福山	42	山	91⑦
	—巨福山	80	寄山祝	147①
きさいのみや(后の宮)	—の推参に	104	五節本	188⑭
きさいまち(后町)	—より参るなる	104	五節本	188⑨
きさき(后)	楚の荘王の—に親く近臣の	19	遅々春恋	61⑥
きざ・す(萌)	梅檀二葉を—さしめ	134	聖廟霊瑞	237⑬
	漸甲避—しつつ	97	十駅	174④
	園芽纔に—して	149	蒙山謡	261④
	はやく悟の花を—せと也	129	全身駄都	229⑫
	花は—せり菩提の樹	38	無常	85①

きざ・む(刻)	木を—み石の面に墨を染	73	筆徳	136④
	縄を結びや木を—みしまつりごと	95	風	169⑫
	盤の面を—みては	60	双六	114⑪
きさらぎ(二月)	三年を送りし—の	134	聖廟霊瑞	239⑦
	みな—の事なり	41	年中行事	89②
	—の半もすゑも世の中の	160	余波	両332⑥
きさん(亀山)	—てふ滝の尾	138	補陀落	244⑫
きし(岸)	済度の—遠からず	138	補陀落	244②
	住吉の—なる其さば草の名は	31	海路	75⑤
	南の—に雨を帯	102	南都幷	185⑫
	さはだ河—に立るか青柳や	82	遊宴	151⑪
	—にや着ぬらむ	34	海道下	79⑫
きじ(雉)	見るにつけて鳥柴の—	76	鷹徳	141②
	其声陳懸の—ににたり	171	司晨曲	293⑬
きじがをか(雉が岡)	者の武の弓影にさはぐ—	56	善光寺	108⑮
ぎしき(儀式)	朝拝朝観の其—	39	朝	86⑪
	結縁灌頂の—	139	補陀湖水	247③
	修懺の—ぞ珍敷	103	巨山景	187②
	代は始の—とか	104	五節本	187⑫
	御賀朝観の—にも	114	蹴鞠興	異311③
	さても此維摩会場の—の	102	南都幷	184⑭
	還御の—は生者必滅のことはりを	172	石清水	297⑨
	鋒を捧たてまつる鷲峯一会の—も	109	滝山等覚	196②
	住吉の—もさまことに	115	車	異312①
	賭弓の—も由あれや	155	随身競馬	270⑬
	千部会の—をあらたに調るは	138	補陀落	245④
きしべ(岸辺)	—に浪よる藤枝を	33	海道中	78⑭
きしや(喜捨)	慈悲—忿怒布施愛語	134	聖廟霊瑞	237⑧
ぎしやくつ(耆闍崛)	釈尊説化の—	49	閑居	99②
ぎしやくつせん(耆闍崛山)	王舎城の—	42	山	90⑤
	常在霊鷲—	163	少林訣	283⑨
きしゆ(亀首)	—とも是を名付けり	165	硯	286④
ぎしよう(魏証)	—が十賢	158	屏風徳	274⑬
きし・る(轣)	夜深く—る声すごし	115	車	208⑨
	夜深く—る声すごし	115	車	両337②
きしろ・ふ(競)	数を—ひて良久し	60	双六	115⑪
きしん(起信)	—大乗に依てなり	77	馬徳	142④
きじん(飢人)	内には—の食を奪ふ	140	巨山竜峯	248④
き・す(帰)	一乗真実の内に—す	72	内外	133⑪
	誰かは徳に—せざらん	47	酒	97⑦
	其誉に—せしむ	63	理世道	121⑨
	分ては此尊に—せしむ	120	二闡提	異312⑦
き・す(記)	風土記は広く—するところ	95	風	170②
	翰墨に—する鳥の跡	143	善巧方便	253④
	帝釈宮に—せられ	101	南都霊地	183⑪
ぎ・す(擬)	十二時に—して行度有	60	双六	114⑬
きすい(機水)	—に応ずるものなり	138	補陀落	245⑨
きずい(奇瑞)	新なる—有とこそ聞	176	廻向	異315⑨
	彼是—様々なれば	131	諏方効験	232⑩
	玉の台に誕生の—様々に	129	全身駄都	228⑤

	—品々に世に勝れ	101	南都霊地	183④
	様々の—時を告	134	聖廟霊瑞	239⑩
	不思議なる—なれ	39	朝	両332⑪
	—の旧記を拝すれば	134	聖廟霊瑞	237⑫
	—の儀を拝すれば	146	鹿山景	257③
	所々の—は	108	宇都宮	192⑭
	其—ひとつにあらずとか	139	補陀湖水	246①
	何も—区々なり	172	石清水	296⑧
	利生の—を顕はし給ふ	62	三島詣	両334⑤
	—を共にほどこしける	120	二闡提	異312⑥
	楼閣玲瓏の—をなし	62	三島詣	119⑥
	様々の—をなせりとか	78	霊鼠誉	両338③
きせい(祈誓)	様々の御—ありしかば	172	石清水	296⑨
	—のために草創	153	背振山	268④
きせん(喜撰)	—が住し宇治山に	49	閑居	99⑤
	宇治山の—とか	112	磯城島	201⑮
	宇治山の—法師	42	山	91①
きせん(貴賤)	—踵を廻して	131	諏方効験	231⑭
	踵をめぐらす—の	108	宇都宮	193④
きぜん(機前)	—に会得し去も	119	曹源宗	211⑪
	—会得のいにしへを	128	得月宝池	227⑧
ぎせん(耆山)	王宮—の砌も	81	対揚	149⑪
	王宮—の砌も	81	対揚	両330⑥
きそく(軌則)	禅院点茶の—	149	蒙山謡	261⑪
きそぢ(木曽路)	信濃の—甲斐の白根	56	善光寺	107⑫
	—の桜さきぬらむ	95	風	170⑩
	先は—の桜の花籃	131	諏方効験	232⑫
きた(北)	世尊寺の—なる尊重寺の懸こそ	114	蹴鞠興	206⑥
	南海の—に影をうかべ	109	滝山等覚	194⑫
	—に顧れば又	51	熊野一	102③
	轅を—にせし車	115	車	207⑫
	—に望ば則	108	宇都宮	192⑬
	轅を—に廻しめ	59	十六	113④
	後に廻て—にゆく	147	竹園山	259⑪
	香山楼の—の	41	年中行事	89⑦
	宣耀殿の—の廂	104	五節本	188⑦
	—を以司どる	78	霊鼠誉	143⑨
きたのぢん(北の陣)	—を渡つつ	104	五節本	188⑫
きたい(希代)	廿鳥屋は—の鷹なり	76	鷹徳	141⑩
きたうら(北裏)	貞観殿の—の	104	五節本	188⑥
きたやま(北山)	室の戸深き—	42	山	91①
	伝聞—の室の扉には	140	巨山竜峯	249①
きた・る(来)	外よりも—らず内よりも出ず	146	鹿山景	258⑦
	目連阿難の二聖—り	81	対揚	149⑩
	善如竜王—りて	109	滝山等覚	196②
	—りて授し姿は	133	琵琶曲	236⑥
	霊鷹—りて鳴しは	67	山寺	128⑨
	東南に—る雨の足	90	雨	161⑥
	—るも去もなきならば	163	少林訣	283③
	今ここに—れり	60	双六	115⑩

きぢ(紀路)	—の遠山めぐりつつ	5	郭公	46⑪
	—の遠山行廻	53	熊野三	104⑨
	—の浜木綿かさねても	12	嘉辰令月	53⑨
きちじやうてん(吉祥天)	弥勒菩薩—	139	補陀湖水	246⑨
きちやう(几帳)	香の—のけすらひも	160	余波	278②
ぎちよう(魏徴)	—玄齢が諍	65	文武	125⑤
	—を子夜に見し夢	98	明王徳	177⑨
	或は—を夢にみて子夜になき	83	夢	152⑩
ぎちようばう(魏徴房)	—玄齢二人の臣	63	理世道	122⑧
きつ	夜も明ば—にはめなでくだかけのと	171	司晨曲	294⑪
きつさこ(喫茶去)	趙州の—	149	蒙山謡	261⑫
ぎつしや(牛車)　＊うしのくるま	兵仗—のよそほひ	65	文武	125⑫
	—輦車の宣旨は	115	車	異311⑪
	—を許され給しぞ	72	内外	134⑭
きづな(紲)	韓盧のいぬの—とか	76	鷹徳	140⑫
	—をはなれて走る犬にや	97	十駅	173⑥
きてう(帰朝)	—の今に新ならむ	103	巨山景	異310⑩
きどく(奇特)	今に絶せぬ—なり	172	石清水	297④
	又殊に—の様は	135	聖廟超過	240⑬
	応照上人の—は	109	滝山等覚	196④
	尊かりし—は	129	全身駄都	229④
	両部の宿々の—も	139	補陀湖水	246⑫
きな・く(来鳴)	鶯—く花の底	133	琵琶曲	236⑩
	鶯—く花の山	110	滝山摩尼	197⑬
きな・す(着なす)	をのが様々に—せる笠	135	聖廟超過	240⑥
きなら・す(着馴)	将々頸に—せる	114	蹴鞠興	207④
きぬ(衣)　＊ころも	よき—着たらん其様	112	磯城島	201⑬
	—に色々の紅葉や	150	紅葉興	263②
	—の色の妙なるは	111	梅花	200⑤
きぬかづき(衣被)	—ども払せて	104	五節本	188⑦
きぬぎぬ(衣衣)	とめん方なき—の	70	暁別	131⑥
	妻をかさぬる—の	73	筆徳	136⑨
	明ぬと急ぐ—の	107	金谷思	191⑩
	思みだれてはらひもあへぬ—の	126	暁思留	224④
	明る夜の惜き名残は—の	160	余波	277⑭
	かこちわびても—の	171	司晨曲	294⑫
	—の朝やつらからん	39	朝	87④
	はや—の恨は	74	狭衣袖	138④
	—の袖の名残	24	袖余波	65⑪
	—の袖をやしほるらん	83	夢	152⑥
	—の名残の袂にも	89	薫物	160④
きぬぐし(絹櫛)	—にさすむすび櫛	105	五節末	189④
きぬた(砧、碪)	ね覚の時雨ね覚の—	157	寝覚恋	273④
	擣や—の万声	7	月	47⑭
	寒衣の—の音さびし	125	旅別秋情	223⑩
きね(巫女)	—が鼓もうつたへに	17	神祇	57⑭
	—が鼓もうちたのみ	55	熊野五	107①
きねずみ(木鼠)	梢を伝ふ—	78	霊鼠誉	143⑭
きねん(祈念)	—夜をかさねし夢の告	147	竹園山	259⑧
	天長地久の—を思いづれば貴し	139	補陀湖水	246⑨

ぎねん(魏年)	—のむかしのなみ	41	年中行事	89②
きのふ(昨日)	猶—の夢の迷ならん	50	閑居釈教	100⑪
	—の現今日の夢よ	134	聖廟霊瑞	238⑫
	—の山よ今日の海	58	道	111⑧
	—は今日にくれは鳥	107	金谷思	192②
きのまるどの(木の丸殿)	明がたかけてや名乗らん—の暁	5	郭公	46①
きは(涯、量)	みさごゐるあら磯—の島巡り	130	江島景	230⑨
	いまはの—の夕けぶり	160	余波	278⑩
	西に望めば蒼波—もなく	173	領巾振恋	298②
	哀み深く—もなし	81	対揚	149④
	深くして又—もなし	87	浄土宗	157⑧
	湖水の底—もなし	138	補陀落	244②
ぎば(耆婆)	—が諫にしたがひしや	99	君臣父子	179⑧
	—が薬の壺をぞ	139	補陀湖水	246⑩
	—月光の二人の臣	81	対揚	149⑪
	—月光のふたりの臣	81	対揚	両330⑥
ぎはふ(義法)	専(もっはら)左文右武の—に叶へり	114	蹴鞠興	205②
きはま・る(極)	是皆物外の楽み—らず	123	仙家道	220⑨
	四望眼に—らず	130	江島景	230⑥
	—りなかるべしと	172	石清水	296①
	六字の名号に—る	122	文字誉	218⑮
	此時にぞ—る	164	秋夕	285⑬
	諸曲の—るところ皆	91	隠徳	164③
	しかれば果して—れる台に備り	134	聖廟霊瑞	239⑫
	贈て一人師範の—れる位に	134	聖廟霊瑞	237④
	勅約かたじけなく—れる位に備り	108	宇都宮	194④
きは・む(究、極)	猶この絃に—むる	159	琴曲	275⑬
	謀計術を—めつつ	60	双六	116⑤
きび・し	戸ざし—しくつれなきは	48	遠玄	98⑧
	関の戸ざしの—しければ	26	名所恋	69⑤
きびは	殊に—におかしき中に	121	管絃曲	216⑫
	—の名にしほふ児宮	131	諏方効験	233⑤
	生前見えし—の程	132	源氏紫明	234⑩
きふ(寄附)	八箇の国を—せられしは	139	補陀湖水	247①
きふ(急)	—にあゆみをはこべば	141	巨山修意	250④
きぶく(帰伏)	新羅の国は—せし	172	石清水	297③
きふじ(給仕)	天諸童子の—のみかは	85	法華	154⑫
ぎふん(魏粉)	光は—にしたがふ	165	硯	286⑥
ぎぼく(義木)	春は—の徳ありて	2	花	42⑥
きほふ(機法)	—は宿因浅に非ず	147	竹園山	258⑪
きみ(君)	—がかたみに扇の	75	狭衣妻	139⑧
	ありつつも—がきまさん	43	草	92③
	—がすむつづきの里の	26	名所恋	68⑦
	—が宝の山とかや	156	随身諸芸	両340⑧
	思ふ心よ—がため	43	草	92④
	—が為に衣裳に薫すれども	21	竜田河恋	63⑥
	—が千年は津守の	51	熊野一	102⑫
	—が千年を菊河の	33	海道中	78⑬
	渡らぬ—が情には錦とや	150	紅葉興	262⑨
	—が御世こそ目出けれ	42	山	91⑦

	—が八千代を延足	114	蹴鞠興	207⑥
	松竹二は—がよはひの若緑	68	松竹	両328⑥
	—がよはひを祈けれ	41	年中行事	88⑭
	—柵と仰ても	134	聖廟霊瑞	238⑭
	凡—たる徳は又	98	明王徳	176⑩
	—の—たる恵なり	44	上下	92⑬
	或は—となり或は臣をつかさどり	63	理世道	123⑤
	—ならで誰にかみせん	111	梅花	199⑪
	—にあはでの浦に拾ふ	107	金谷思	191⑧
	—に心は筑波ねの	98	明王徳	177①
	—にぞ迷ふ道はまよはずと	10	雪	51③
	—にぞまよふ道はまよはずと	10	雪	両330④
	—につかふる忠臣	64	夙夜忠	123⑨
	—に仕る忠臣の	42	山	両327⑤
	—に仕ふる忠臣も	91	隠徳	164②
	さこそは—になびくらめ	142	鶴岡霊威	252⑨
	—には迷まよひても	20	恋路	62②
	—にや道を迷はまし	118	雲	211③
	仕る—の厚き恩	99	君臣父子	178⑧
	—の恩も事しげく	39	朝	86⑨
	抑—の恩を仰て	95	風	171③
	—は陽徳にかたどり	99	君臣父子	178⑫
	—もさながら難波津の	92	和歌	166③
	雪踏分て—を見ても	83	夢	152③
	—をぞ守りたてまつらむ	16	不老不死	57②
	—をぞ祈たてまつる	154	背振山幷	270①
	—をたすくる労深く	65	文武	125⑪
	—をまもる弓取の	76	鷹徳	両326⑥
きみがよ(君が代)	賑ひわたる—の	5	郭公	46⑤
	思へば久し—の	14	優曇華	54⑧
	若菜は老せぬ—の	16	不老不死	56⑤
	賢く久き—は	34	海道下	80⑬
きみやうちやうらい(帰命頂礼)	—弥陀願皆即得不退涅槃会	87	浄土宗	157⑧
きむか・ふ(来迎)	—ふ空の郭公	5	郭公	45④
きやう(経)	ただ此—に任すべし	85	法華	155⑥
	されば彼—にも	162	新浄土	281⑫
	げに此—の故也	85	法華	155②
	如法に—を写されし	109	滝山等覚	196⑤
	—を講ぜし所をば	109	滝山等覚	196④
	凡此—を説れし事	85	法華	154⑦
ぎやう(行)	内秘菩薩の—のみかは	72	内外	134④
きやううん〔けいうん〕(慶雲)	時は—の雲おさまりし御宇かとよ	108	宇都宮	192⑨
	—の其いにしへ	101	南都霊地	182⑫
	仰ば—峯に聳け	140	巨山竜峯	247⑭
ぎやうえんしき(行縁識)	無明縁行より—識縁名色	84	無常	153⑥
ぎやうがう(行幸)　＊御幸(みゆき)	朱雀院の—	41	年中行事	89⑭
	廻立殿の—に	104	五節本	187⑬
	野の—の陣の列	76	鷹徳	140⑦
きやうぎ(教儀)	善巧の—を専にし	143	善巧方便	253②
きやうぎやう(経行)	園城の旧院百年余の—	67	山寺	127⑬

	同く此に—し	109	滝山等覚	195⑨
ぎやうげ(行化)	互に—をたすけつつ	62	三島詣	121④
きやうけい(狂鶏)　＊うかれどり	—の狂鳥の夜深き別を催し	171	司晨曲	294⑩
ぎやうけう(行教)　※行教和尚	雪山—をたすけつつ	147	竹園山	259⑤
	—和尚の三衣の袂にやどりて	142	鶴岡霊威	252③
	—和尚の三衣の袂にやどりて	172	石清水	296④
きやうげん(香厳)	—の忘ぬふしなれや	140	巨山竜峯	248⑫
	—は竹を打声を聞	119	曹源宗	212④
きやうげん(狂言)	何ぞ—遊宴の戯れ	143	善巧方便	252⑬
きやうげんきぎよ(狂言綺語)	—の誤をももらさぬ御法は	50	閑居釈教	99⑭
ぎやうざう(形像)	観音の—には	77	馬徳	143②
	字印—三摩耶形	120	二闡提	214⑨
きやうすい(狂酔)	異生の拙き—	97	十駅	173④
	我等が—覚がたく	84	無常	153③
きやうでん(経典、教典)	輪蔵の—軸々に	140	巨山竜峯	248⑩
	寂寞無人声読誦此—の室には	85	法華	154⑪
	百済—を奉	59	十六	112⑫
	—を白馬に荷はしめ	77	馬徳	141⑭
ぎやうど(行度)	十二時に擬して—有	60	双六	114⑬
ぎやうにん(行人)	積功累徳の—は	154	背振山幷	269⑥
ぎやうふくぢ(行福寺)	—の誉に備れば	145	永福寺幷	256⑮
ぎやうほふ(行法)	常住不退の—	110	滝山摩尼	198②
きやうらい(敬礼)	—大悲和光同塵	61	郢律講	両327③
	—天人大覚	129	全身駄都	229⑩
	—妙音諸聖衆	61	郢律講	117⑨
きやうり(境理)	—に猶も暗して	97	十駅	175③
きやうろさん(匡廬山)	—の杏	42	山	90⑩
きやうろん(経論)	—玉章の文をみがく	67	山寺	128⑧
ぎやくえん(逆縁)	順縁—みなもらさず	131	諏方効験	232③
ぎやくしん(逆臣)	—楯を引しかば	108	宇都宮	194③
	—を立どころに平げ	101	南都霊地	183②
	則—を平しも	59	十六	112⑭
きやくだん(隔檀)	竜樹菩薩の論釈に—往向を分つつ	77	馬徳	142③
	五熱のほのほ—し	97	十駅	174②
	—りても恋しきに	116	袖情	209⑪
き・ゆ(消)	五熱のほのほ—えがたし	97	十駅	174②
	—えかへりても恋しきに	116	袖情	209⑪
	六根罪障の霜—えざらめや	85	法華	154⑭
	本の滴の玉—えし	134	聖廟霊瑞	239⑧
	柏木の露と—えし思	107	金谷思	191⑮
	—えずはありとも散花の	21	竜田河恋	63⑦
	垂露—えせぬ真文	160	余波	277⑤
	—えせぬ程の屢々も	151	日精徳	264⑤
	万山ゆけば万の罪—えて	54	熊野四	105③
	泡と—えては跡なき沫	88	祝	159⑧
	—えてや中々忍れん	22	袖志浦恋	63⑫
	うき名も—えなで薄雲の	25	源氏恋	67②
	我は—えなでつれもなく	127	恋朋哀傷	225⑩
	泡と—えなでや浮沈	18	吹風恋	60⑤
	やがて—えなば尋ても	167	露曲	289②

	霜をかさねて—えなんとす	71	懐旧	131⑪
	六情の罪霜—えぬ	152	山王威徳	267⑥
	日影に—えぬ玉敷の	10	雪	51②
	跡は何に—えぬらむ	118	雲	211⑥
	—えねとかこつ浮雲	106	忍恋	190⑥
	恵日の光に—えはてば	167	露曲	289⑥
	涙にけてども—えもせず	69	名取河恋	129⑭
	—えもはてなでうたかたの	73	筆徳	136⑤
	さも—えやすき泡の	54	熊野四	105⑧
	煙—えゆく空までも	109	滝山等覚	196⑤
	—えゆくけぶりの下に咽び	131	諏方効験	232④
	枕の氷—えわびぬ	168	霜	290③
きよ(居)	古仙おほく—を卜	110	滝山摩尼	197⑦
	賤きあやこが—を卜	135	聖廟超過	240⑦
	かかる霊地に—を卜て	172	石清水	297⑬
ぎよい(御衣)	恩賜の—と詠つつ	71	懐旧	132⑤
	恩賜の—の言の葉	160	余波	277⑨
	寒夜に—をあらため	161	衣	279⑭
	恩賜の—を返しても	132	源氏紫明	235⑤
	—を送り給しに	67	山寺	128⑩
ぎよいう(御遊)　＊あそび	狭衣の中将の彼百敷の—にや	170	声楽興下	292⑪
	おりおりの—節会の儀	169	声楽興	291③
	同く—の儀を調ふ	135	聖廟超過	240②
きよう(興)	春の遊秋の—	64	夙夜忠	124⑦
	春の情秋の—	107	金谷思	191②
	紅葉をかざす秋の—	145	永福寺幷	256①
	—有哉—あり	150	紅葉興	262①
	—有てぞ見ゆなる	76	鷹徳	140⑪
	鷹の—あるは鶺野	76	鷹徳	141⑥
	卯の日は—ある祖の	105	五節末	189⑥
	いと—ある姿は	156	随身諸芸	271⑨
	所によりて—あるは	95	風	170⑮
	もみぢのころぞ—はます	150	紅葉興	262⑭
	等閑ならぬ—をあまし	149	蒙山謡	261⑨
	晩涼—を勧れば	144	永福寺	255⑬
	鞠に—をすすめしは	114	蹴鞠興	206⑪
	潘子が—を賦せしみな	164	秋夕	284④
	歌舞遊覧の—をまし	97	十駅	173⑨
	紅葉の賀の—をまし	121	管絃曲	216⑩
	是皆秋の—をまして	8	秋興	48⑭
	先この—を催す	114	蹴鞠興	205④
	折々に此—を催す	155	随身競馬	270⑬
	—を催す金言	134	聖廟霊瑞	238②
	競馬の道—を催事	155	随身競馬	270⑥
	晩涼—を催す砌	94	納涼	168⑥
ぎよう(御宇)	桓武の—延暦の旧にし年とかや	131	諏方効験	233⑥
	文武の—かとよ	71	懐旧	132⑪
	雲おさまりし—かとよ	108	宇都宮	192⑩
	清和天皇の—かとよ	172	石清水	296④
	孝徳の—豊崎の宮の古	78	霊鼠誉	144⑩

	一条院の―とかや	60	双六	115④
	天智の賢き―とかや	101	南都霊地	183②
	雲なき―とかや	159	琴曲	276④
	同き―とこそきけ	92	和歌	165⑭
	村上の―に撰ばる	112	磯城島	202⑥
	聖武の―には	62	三島詣	119⑨
	応神の―の栄より	59	十六	112⑫
	鳥羽の―最も賢き善政	155	随身競馬	271①
	仁徳の賢き―より代々の聖代の	76	鷹徳	140⑤
	孝徳の―治りし	119	曹源宗	212⑫
きよういう(興遊)	―の様々なりし所は	114	蹴鞠興	206④
きようえん(興宴)	衆徳を兼たるは酒の―	16	不老不死	56②
	歌舞―妓楽の薩埵の玩び	143	善巧方便	252⑭
	―徳を施せばや	169	声楽興	291⑤
	いはんや―の砌には	47	酒	97⑤
ぎようくわしや(凝花舎)	―は梅壺	111	梅花	200③
きよう・す(拱)	上帝に―するまつりごと	123	仙家道	220⑥
きよう・ず(興)	されば三国是を―じ	158	屛風徳	273⑫
	穆王も是を―じつつ	60	双六	114⑩
きようと(凶徒)	―の陣にまじはり	78	霊鼠誉	144⑧
ぎよかん(御感)	殊に―に納といへども	134	聖廟霊瑞	238⑤
きよく(曲)　＊諸―	上陽の春の野遊の―	3	春野遊	43⑥
	昭君が旅の馬上の―	35	羇旅	81⑦
	潯陽の浪にうかびし―	31	海路	75⑩
	入江の舟の琵琶の―	79	船	145⑩
	春の鶯囀る―	121	管絃曲	216⑨
	潯陽の江の舟の―	121	管絃曲	217⑥
	およそ管絃に―おほく	82	遊宴	151①
	慈尊の―糸竹の調をととのへ	148	竹園如法	260⑦
	胡飲酒の―ぞ勝たる	47	酒	97⑨
	風香調の―とかや	61	郢律講	118③
	取々なる―なり	59	十六	113⑧
	此則琴の―に徳を顕はせり	159	琴曲	両335⑫
	―又異なりといへども	121	管絃曲	215⑪
	春の鶯さえづる―や	82	遊宴	150⑬
	水波の―を弾ぜしに	136	鹿島霊験	242⑨
	水調の―を弾ぜしむ	159	琴曲	276⑥
	品々の―を調し	74	狭衣袖	137⑫
	七徳の―をなす	121	管絃曲	216⑤
	高麗唐の―をわかつ	81	対揚	148⑫
ぎよくえう(玉耀)	眼前遺身―の厳を拝悦せし	129	全身駄都	227⑭
ぎよくしやう(玉章)　＊たまづさ	況や折にふるる―	134	聖廟霊瑞	238②
	史記左伝の―	143	善巧方便	253⑥
	―玉をみがきつつ	102	南都幷	185③
	経論―の文をみがく	67	山寺	128⑧
ぎよくじゆんさん(玉順山)	―ぞゆかしき	42	山	90⑪
	―の勝形	115	車	208③
	―の碧岸	94	納涼	169①
ぎよくしよく(玉燭)	―は寒燠に光を分	164	秋夕	284②
ぎよくしん(玉晨)	―金母東王父	123	仙家道	221②

ぎよくせん(玉泉)	―竜門の滝津瀬	94	納涼	169②
	―の月に惆悵す	173	領巾振恋	298⑬
ぎよくたい(玉体)	―誕生の台に	100	老後述懐	180⑫
	陰陽を―にあらはし	108	宇都宮	192⑫
	―は四方の愁を朝ごとに	39	朝	両332⑫
	―光清くして	13	宇礼志喜	54②
	―ひかりをならぶとか	17	神祇	57⑬
	勝この―威神力を廻して	129	全身駄都	229①
	或は―を橋として	101	南都霊地	184①
ぎよくたいたうぎ(玉体行儀、玉台行儀)	―の砌には	110	滝山摩尼	196⑫
ぎよくぢよ(玉女)	立舞―の袖の荘ひ	123	仙家道	220⑫
きよくてう(曲調)	関の藁屋の―	133	琵琶曲	236⑧
	何も糸竹の―は	159	琴曲	275④
ぎよくでん(玉殿)	―松花の観	69	名取河恋	130⑥
ぎよくばん〔ぎよくはん〕(玉盤)	涙の露は―に	133	琵琶曲	236⑩
	―に跳り	31	海路	75⑨
ぎよくろう(玉楼)	或は―金閣香翠山潘覩婆山	16	不老不死	56⑫
	―金殿に錦をかざるもてなし	15	花亭祝言	55②
ぎよこう(御溝)	―の水玉を含む	133	琵琶曲	236⑤
きよ・し(清)	光もさぞな―からむ	167	露曲	288⑧
	法水底―き石井の流	145	永福寺幷	256⑦
	玉の泉の―き流	124	五明徳	222⑤
	御裳濯河の―きながれをうけつぎ	142	鶴岡霊威	252④
	石清水の―き流を受伝る	172	石清水	296⑤
	伊勢の海の―き渚の	30	海辺	74④
	水上―き法の水に	50	閑居釈教	100⑩
	―き光をみがきつつ	128	得月宝池	227③
	仰げば―き久方の月の都は	7	月	48⑧
	底―き水の柵	94	納涼	168⑧
	げに澄まさりて底―く	55	熊野五	106⑦
	荷葉湛々と水―く	89	薫物	161①
	玉体光―くして	13	宇礼志喜	54②
	流泉の流れ―くして	133	琵琶曲	236③
	くもらぬ政―くして	143	善巧方便	253⑧
	くもらぬ光―くして	13	宇礼志喜	両325①
	かかる流の―ければ	55	熊野五	107⑥
	胎金両部の水―し	109	滝山等覚	195⑤
	玉島河も影―し	153	背振山	268⑭
ぎよしう(漁舟)	―の火の影は	48	遠玄	98②
きよ・す(居)	二世は深宮に―しつつ	63	理世道	122②
きよ・す(来寄)	麻生の浦わに―する	26	名所恋	69③
ぎよぢよべう(堯女廟)	―の春の竹	48	遠玄	98①
ぎよとう(魚燈)	―の燈四面に照して	113	遊仙歌	両340④
ぎよばう(魚網)	―に移す筆の跡	73	筆徳	136④
きよぶ(虚無)	心を―に任つつ	58	道	111②
	―縹渺のさかひ	130	江島景	230②
ぎよべつ(魚鼈)	―のやからを尽ても	97	十駅	173⑦
きよみ(清見)　※関	姨捨山―が関	7	月	48⑦
	光は―が関路より	34	海道下	79⑧
	足柄―不破の関守いたづらに	36	留余波	82⑪

きよみづでら(清水寺)	—の閼伽の水	96	水	両329①
きよみはら(清見原)	—のいにしへ	105	五節末	189⑭
	—のいにしへ	159	琴曲	276③
きよ・む(清)	猶其穢を—むとか	78	霊鼠誉	144⑦
きよれいのかみ(巨霊の神)	—贔屓とちからをこらして	130	江島景	230④
きら・ふ(嫌)	世俗の事をも—はず	152	山王威徳	267⑭
	泥蛇の愚なるを—ひつつ	97	十駅	174②
	唯揀択を—ふとか	119	曹源宗	212⑩
	—ふらくは鶴雲千嶂の遠を泥む事を	151	日精徳	264①
	事をやげにさば—ふらん	125	旅別秋情	223⑥
きり(霧)	雲か—か霞か	20	恋路	61⑭
	結業煩悩の—霞	153	背振山	268⑫
	遠の山路や—こめて	6	秋	47②
	微細の—空はれて	128	得月宝池	227①
	離鴻は秋の—に咽び	121	管絃曲	217⑧
	秋の風にみだるる—に咽て	159	琴曲	275⑩
	哀猿は叫で—に咽ぶ	57	善光寺次	109⑥
	麓は—のへだてつつ	40	夕	87⑪
	うなひ子が小田守—の暮にしも	164	秋夕	285②
	立まよふ夕の—の絶間にも	66	朋友	126⑩
	幾重の—の外ならむ	72	内外	134⑪
	—のまがきのへだてなく	64	夙夜忠	124⑥
	—の籬のへだては	39	朝	87④
	屢—の迷かとよ	134	聖廟霊瑞	239⑨
	—のまよひや晴にけん	109	滝山等覚	195⑫
	微細の—晴ざれば	97	十駅	176②
	—より末の村時雨	99	君臣父子	179①
	—を挑しいにしへや	50	閑居釈教	100⑪
	霞をへだて—を凌ぎ	32	海道上	76⑥
	—を隔て遙々たり	48	遠玄	97⑬
	心の—をや挑まし	22	袖志浦恋	64⑨
きりきおう(枳里紀王)	—に告し十の夢	83	夢	152⑮
きりぎりす(蛬、蟋蟀)	綴させとなく—	6	秋	47⑩
	蓬が杣の—	40	夕	88⑩
	又おりては鹿さえづる声の—	82	遊宴	151⑩
	—の思蟬のこゑ	164	秋夕	284⑦
	—の声聞き	125	旅別秋情	223⑥
きりつぼのかうい(桐壺の更衣)	—の輦の宣旨	115	車	208⑤
きりととの・ふ(伐調)	茅茨を—ふ	140	巨山竜峯	248⑦
	梧桐の霊木を—へ	159	琴曲	275⑥
きりはらのみまき(桐原の御牧)	望月—にたつ駒	77	馬徳	142⑫
きりふ(切符)	山鳥の尾の—の	135	聖廟超過	240⑤
きりめ(切目)	五四尚—振返相見立入品態	60	双六	116⑤
きりめのやま(切目の山)	いなみ斑鳩—	53	熊野三	104⑫
きりめのなかやま(切目の中山)	—中々に月にこゆれば	54	熊野四	105①
きりよ(羈旅)	—に鞭をすすむる	35	羈旅	81③
きりようじんてう(鬼竜人鳥)	—四の像(かたち)	122	文字誉	218④
きりんかく(麒麟閣)	蘇武はこれ—の兵	65	文武	125⑦
き・る(切)	茅茨や—らぬ萱津の軒	32	海道上	77⑩
	四諦の利剣賊を—り	97	十駅	174③

	胡竹を—りて管とせり	169	声楽興	291⑫
	ひげをも—りて由なし	85	法華	155⑥
	舟木—るてふ山人の	34	海道下	80③
き・る(着)	すわうの細長をぞ—たまふ	29	源氏	73⑦
	よき衣—たらん其様	112	磯城島	201⑬
	錦の帽子や—たる	76	鷹徳	140⑩
	いはぬに—たる夏衣	4	夏	44⑧
	たがみの虫の—たるらむ	111	梅花	200⑥
	唐衣—つつ馴にし来つつなれにし	33	海道中	78②
	唐ころも—つつ馴にしと	56	善光寺	108②
	夜を重ね—ても旅衣の	125	旅別秋情	223⑤
ぎをんしやうじや(祇園精舎)	—の鯨音は	170	声楽興下	293③
ぎをんじゆし(祇園鷲子)	—も現前し	97	十駅	175⑭
きん(琴)　＊こと	鳳管—鼓とりどりに	121	管絃曲	215⑪
	—に和する頌の声	59	十六	異307⑨
	—の音の勝たるも	159	琴曲	276①
	班女が夜の—の音	68	松竹	129④
	司馬相如が—の音	77	馬徳	143④
	吉野の宮の—の音	159	琴曲	276③
	女三の宮の—の音	159	琴曲	276⑦
	大衆緊那羅が—の音	159	琴曲	276⑨
	雍門周が—の音	164	秋夕	284⑤
	みな此—の音に喩ふ	159	琴曲	275⑪
	ながく—の緒をはづし	66	朋友	126⑨
	そも—引立し屛風の内	158	屛風徳	273⑭
	—ひきたまふ御姿	29	源氏	73③
	嶺嵐—を弾ずなる	95	風	170⑧
	松風—を掛	139	補陀湖水	246⑥
ぎんえい(吟詠)	翰林の風に—し	173	領巾振恋	298⑫
きんかく(金閣)	或は玉楼—香翠山潘覩婆山	16	不老不死	56⑫
ぎんかく(銀鶴)	金鷲—二の鳥と顕れ	136	鹿島霊験	242③
きんがのびやうぶ(金鵝の屛風)	中にも勝たる屛風は瑠璃の屛風—	158	屛風徳	274⑫
きんぎよく(金玉)	此事—にまされり	58	道	112⑤
	—の声に誉あり	82	遊宴	150⑨
	—の声をそふとかや	66	朋友	126⑨
	—の徳用	140	巨山竜峯	248⑩
	—の光先立て	134	聖廟霊瑞	238⑥
きんけい(金鶏)	—鳴てや別覧	171	司晨曲	294③
きんけいしやう(金鶏障)	—よいかならん	171	司晨曲	295⑤
きんけつ(金闕)	—霞にかかやき	123	仙家道	220⑤
きんげん(金言)	興を催す—	134	聖廟霊瑞	238②
	是毘盧の—なるべし	97	十駅	173④
きんこく(金谷)	—の春の朝には	107	金谷思	191①
きんこくゑん(金谷園)	石崇が住し—	2	花	42⑧
きんこんしや(金根車)	—鸞車来軸青牛朱輪と	115	車	両337⑦
ぎんさ(銀砂)	—たがひに映徹せる	140	巨山竜峯	248⑮
きんじ(勤仕)	猶十列の—のみか	156	随身諸芸	272①
	馬長の—も其品々を顕して	135	聖廟超過	240④
きんしうこく(錦繡谷、金繡谷)	廬山の辺の—	2	花	42⑧
きんじし(金師子)	—像を瑩つつ	97	十駅	176①

きんししゆ(琴詩酒)	色々にさける秋の草—の戯れ	86	釈教	156⑨
	—の戯れ雪月花の玩び	82	遊宴	150⑧
きんしや(釣車)	檜籧篨金作—	115	車	両337⑦
きんしやう(琴上)	—に飛し花の雪	111	梅花	200③
きんじやうくわうてい(今上皇帝)	—と祈なる	103	巨山景	186⑪
きんじゆ(禽獣)	—涙をながすらむ	97	十駅	173⑥
きんしん(近臣)	或は楚の荘王の后に親く—の	19	遅々春恋	61⑥
	—のむつびなつかしく	64	夙夜忠	124⑪
ぎん・ず(吟)	古集の詩を—ずや	94	納涼	168⑥
	箏の柱を—ずらん	170	声楽興下	293③
きんせい(金城)	—の坤の角	113	遊仙歌	202⑫
きんせん(金銭)	—瓊蕊の宝豊に	151	日精徳	264⑥
きんちう(禁中)	—に是を立らる	158	屏風徳	273⑩
きんぢやう(金場)	—を拝したてまつれば	144	永福寺	255③
	—を開く籌	97	十駅	176③
きんてい(禁庭)	—の草霜をいただき	133	琵琶曲	236⑤
きんてう(禁朝)	—に容人もあり	115	車	207⑬
きんでん(金殿)	玉楼—に錦をかざるもてなし	15	花亭祝言	55②
ぎんどう(吟動)	胡の笳—する時は	170	声楽興下	292⑭
きんなら(緊那羅)	大衆—が琴の音	159	琴曲	276⑨
	—摩睺羅が法までも	86	釈教	156⑩
きんは(金波)　＊こがねのなみ	碧浪—三五の初	81	対揚	149⑮
きんはい(金盃)	—の蒪酒にうかぶ	151	日精徳	264⑦
きんふ(金釜)	郭巨が堀得し—までも	99	君臣父子	179②
きんふ(禁父)	又達多が勧めし—の縁	87	浄土宗	157⑭
きんも(禁母)	—を犯し折指の科	87	浄土宗	157⑭
きんも(金母)	玉晨—東王父	123	仙家道	221②
きんや(禁野)	ならべる—の帰るさに	76	鷹徳	141①
	男山につづける交野—の原	51	熊野一	102⑤
きんれい(金鈴)	—りりと房なり	5	郭公	45⑦

く

く(句)	つららをむすぶ—には又	134	聖廟霊瑞	238③
	太祝言宣の—の中に	96	水	172⑬
	試に問し詩賦の—は	134	聖廟霊瑞	237⑭
	此—を竊に連ねつつ	134	聖廟霊瑞	238⑤
く(苦)	愁ふる時は—ともなる	58	道	111⑥
	六の道の—を離る	109	滝山等覚	196⑧
く(来)	来(こ)—し方を思つづけて	28	伊勢物語	72②
	唐衣きつつ馴にし—つつなれにし	33	海道中	78②
	天羽衣希に—て	171	司晨曲	294②
	天の羽衣まれに—て	14	優曇華	両325⑤
	—てだに手にもたまらねば	18	吹風恋	60①
	たまたま—ては手にだにたまらぬ	22	袖志浦恋	63⑩
	春秋—ても同色なれば	137	鹿島社壇	両341②
	つみてや—なむ今夜ねて	3	春野遊	44③
	山口の王子に—にけらし	52	熊野二	103⑩
	小山田の里に—にけらし	56	善光寺	108④

	限なく遠く—にけりと	28	伊勢物語	72②
	はしたなく遠—にけりと	134	聖廟霊瑞	239③
	ありつつも君が—まさん	43	草	92③
	—るおひらくの関守	9	冬	49⑭
	春の—る葛城山の朝霞	39	朝	86⑫
	—るや—ずやの面影の	116	袖情	209⑪
	緑も深き春—れば	10	雪	50⑥
	けふも—ずとうらみしは	2	花	42⑬
	たのめて—ぬ夜はつもるとも	103	巨山景	186⑧
	—ん世も兼てたのもしき	103	巨山景	187③
ぐ(愚)	泥蛇の—なるを嫌つつ	97	十駅	174②
	—をともなふ事なかれ	63	理世道	122⑩
ぐ(虞)	是は—の代に用なく	81	対揚	異302③
くうげ(空仮)	—の二の中なる道	50	閑居釈教	100⑤
くうじやく(空寂)	本来—疑なく	163	少林訣	283⑤
	—の空晴て	50	閑居釈教	100⑥
くうそくぜしき(空即是色)	—の花の色	97	十駅	174⑬
くうとうやさん(空洞射山)	—の絶垠は	123	仙家道	220③
くうり(空裏)	池中の円月—も	139	補陀湖水	246⑦
くうゑ(空恵)	解脱—の二の諍ひ	81	対揚	149⑨
くかい(苦海)	—の鱗品々に	97	十駅	176⑥
	—の群類を済なるも	73	筆徳	136④
くぎやう(苦行)	凡難行—積功累徳の行人は	154	背振山幷	269⑥
	難行—四弘誓願	143	善巧方便	253①
くくうむが(苦空無我)	常楽我浄—	121	管絃曲	217⑪
	—のひびきあり	62	三島詣	119⑬
	—と囀り	144	永福寺	255⑦
くくりい・づ(揮出)	唐紅に—でて	5	郭公	46⑥
くく・る(括)	からくれなゐに水—る	173	領巾振恋	298⑧
	唐紅に—る水も	150	紅葉興	262⑧
くぐ・る(潜)	岩間を—る谷の水	110	滝山摩尼	197④
くごふ(久劫)	芥石を—に磷(ひすらげ)つつ	97	十駅	174⑨
くさ(草)	色々にさける秋の—	86	釈教	156⑨
	—顔淵が巷にしげかんなる物をな	43	草	92⑨
	禁庭の—霜をいただき	133	琵琶曲	236⑤
	木となく—となく	34	海道下	80⑫
	されば—には是を仙とす	151	日精徳	異315③
	みるめの—のかりにても	64	夙夜忠	124⑨
	夏野の—のしげき露	167	露曲	288③
	野沢の—のしげければ	63	理世道	123②
	—の戸ざしの明暮は	40	夕	88⑨
	入ぬる磯の—の名の	107	金谷思	191⑦
	壁に生る—の名のいつまで草の	43	草	92⑧
	—の名は忘る種を誰か蒔し	31	海路	75⑥
	葱にはあらぬ—の名よ	43	草	92⑩
	—の葉末にをとづるるは	124	五明徳	222①
	終は枯野の—の原	84	無常	153⑪
	右北平の—の原	166	弓箭	287⑤
	今は枯行—の原	167	露曲	289②
	—の原より出る月の	56	善光寺	108⑦

	夏野の—の葉をしげみ	43	草	91⑩
	あたりの—のゆかりまでも	8	秋興	49⑤
	—ひきむすぶ旅ねせん	32	海道上	76⑬
	秋の—みなをとろへて	168	霜	290④
	凡四方の—も木も	150	紅葉興	263⑪
	西宮南内に秋の—やしげるらむ	93	長恨歌	167⑭
くさがくれ(草隠れ)	狩場の雉の—	91	隠徳	164⑪
くさか・る(草苅)	彼岡に—るおのこしかな苅そ	43	草	92②
くさど・る(草どる)	つかれをからむ—り	76	鷹徳	141⑦
	おどろに—る箸鷹	97	十駅	173⑥
くさのいほ(草の庵)　＊さうあん	旅ねを慕—	160	余波	277⑫
くさき(草木)	かぎらぬ—の末までも	130	江島景	230⑧
	いたらざる—の本もあらじ	131	諏方効験	232②
	靡ぬ—もあらじかし	95	風	171④
	四方の—もおしなべて	167	露曲	288②
	詞の露をのこす—もなく	164	秋夕	284④
	枯たる—も目も春に	120	二闡提	214⑤
	なびかぬ—やなかりけん	59	十六	113⑦
くさば(草葉)	衆罪は—の末の露	85	法華	154⑭
	茂き—の末までも	35	羇旅	81⑤
	洒かざる—のすゑもあらじ	134	聖廟霊瑞	238⑨
	洒かざる—もなければ	144	永福寺	254⑪
	見えし—も庭におふる	61	郢律講	118⑤
	おもへばさかふる民の—もをしなべて	90	雨	161⑦
	やどらぬ—やなかるらん	51	熊野一	101⑩
	秋の露—を潤すよそほひ	95	風	169⑧
くさび(轄)	井中に抛し車の—	115	車	207⑬
くさふ・す(草臥)	小野の—す草枕	43	草	92⑦
くさまくら(草枕)	小野の草臥—	43	草	92⑦
	旅にしあれば—	117	旅別	210⑥
	—かりそめと思ふ名残だに	37	行余波	83⑦
	露を片敷—に	125	旅別秋情	223⑤
	—ふけゆく夜はの秋かぜに	35	羇旅	81⑩
	げに珍しき—を	75	狭衣妻	138⑬
くさまくらびやうぶ(草枕屛風)	—にをきゐる蔽露の屛風	158	屛風徳	274③
くさむら(叢、草村)	分すぐる秋の—	56	善光寺	108①
	然ば道を求る—	128	得月宝池	226⑫
	中の峯の—	141	巨山修意	249⑨
	霜ふかき庭の—しげれただ	67	山寺	128④
	虫の音—にしげくして	60	双六	115⑧
	ふしどを—に卜とかや	76	鷹徳	140④
	蹄を—になづまざれ	131	諏方効験	232⑥
	野村の—に宿せしめ	35	羇旅	81④
くし(口詩)	駅の長に—とらせし態までも	77	馬徳	142⑩
	—をたまひし駅の	134	聖廟霊瑞	239②
	紅葉がさねの薄様の—	150	紅葉興	263③
ぐし(五四)　＊ごし	—多法師弥多房(まかだばう)	60	双六	116⑪
くしびにあやしきみこと(霊異尊)	天照太神は—にて	172	石清水	295⑭
くじふごしゆ(九十五種)	—を外に避	72	内外	133⑪
くしむぶつしやう(狗子無仏性)	趙州に問し—	163	少林訣	282⑫

くじやう(久城)	—の像をしめす	97	十駅	175⑤
くじやく(孔雀)　※屏風	—と掃画の屏風とこそ聞	158	屏風徳	274⑬
ぐしゆん(虞舜)	—は孝をもて世に聞ゆ	98	明王徳	176⑧
くず(葛)	—の裏風恨わび	95	風	171①
	深草の下這—の葉隠に	91	隠徳	164⑫
	—の紅葉岩柿真坂樹	150	紅葉興	263⑪
くず(国栖)	芳野の—を奏せしも	59	十六	112⑬
くずはな(葛花)	萩の花尾花—常夏の花	43	草	92⑥
くすり(薬)	得つべき哉や不死の—	110	滝山摩尼	197⑨
	淮王の—高くのぼり	97	十駅	173⑭
	其身の—成けむ	99	君臣父子	179⑧
	葛稚仙が—の色を踏けん	150	紅葉興	262⑮
	耆婆が—の壺をぞ	139	補陀湖水	246⑩
	蓬萊不死の—をいただく	165	硯	286③
	不老不死の—を献ずとか	16	不老不死	56①
	—を尋し蓬萊宮	30	海辺	74⑪
	其—を嘗る人はみな	86	釈教	156④
	淮南王の—をなめ	171	司晨曲	295②
	淮王の—を嘗しいにしへ	118	雲	210⑫
	医王の—を儲しも	86	釈教	156④
くすりのくんしん(薬の君臣)	—を弁へんや	90	雨	異304③
くすりのつかさ(薬の司)	—袖を列ね	16	不老不死	55⑬
くすゐのいけ(楠井の池)	—の浪の白木綿かくとみえて	131	諏方効験	232⑧
ぐぜい(虞芮)	—の訴をしづめき	98	明王徳	177⑤
ぐぜい(弘誓)	六八—の門をたて	87	浄土宗	157⑬
ぐぜいのふね(弘誓の舟、船)	然ば—に法の道	138	補陀落	244②
	—をうかべつつ	86	釈教	156⑭
くせんざい(九千歳)	—の老を経て	100	老後述懐	180⑪
	東方朔は—代々の朝に仕つつ	123	仙家道	両335⑤
くぞう(供僧)	住持—借住は	60	双六	116⑪
ぐそく(具足)	上なき功徳を—す	87	浄土宗	158⑫
	—妙相の花ひらけ	120	二闡提	214⑤
くだかけ(鶏)　＊にはとり	まだ夜をこめて—の	34	海道下	79⑥
	夜も明ばきつにはめなで—のと	171	司晨曲	294⑪
くだ・く(砕)	金剛の杵も—かず	129	全身駄都	229③
	心を幾夜の浪に—かむ	32	海道上	76⑥
	瓊蕊を—いて朝に服すれば	123	仙家道	220⑪
	氷を—く心地して	44	上下	94④
	そよや心を—く端として	157	寝覚恋	272⑩
	嵐紫を—く藤袴	164	秋夕	285⑤
	紫を—くまがきの菊	125	旅別秋情	223⑭
	汀に—くる空貝	53	熊野三	104③
	汀に—くるうつせ貝	91	隠徳	164⑧
	あら磯に—くる音たてて	30	海辺	74⑤
	—くる心は我ばかり	22	袖志浦恋	64③
	いかに心も—けけん	27	楽府	70⑩
	風まぜに—けてたまらぬ	90	雨	161⑭
	—けて物を思てふ	24	袖余波	66⑨
くだ・す(下、降)	猶一刀を—さざらめや	128	得月宝池	227⑨
	内覧の宣旨を—されしも	72	内外	135⑧

	いづれにもいかが—されむ	29	源氏	73⑫
	筏を—す大井河	44	上下	94②
	天より—す玉鉾の	17	神祇	57⑨
	紅葉の筏を—すは	95	風	170⑪
	紅葉の筏を—すは	150	紅葉興	262⑫
くだら(百済)　＊はくさい	高麗—新羅の国は帰伏せし	172	石清水	297③
	高麗—新羅三の韓国を随へて	142	鶴岡霊威	252②
	高麗唐や—までも	154	背振山弁	269④
くだりま・す(下座)	天津空よりかざして—す	137	鹿島社壇	両341①
くだ・る(下)	或は久方の天より—り	112	磯城島	200⑬
	弥勒の—りし阿輸舎国の	44	上下	94⑦
	天津人—りてつたへし秘曲は	133	琵琶曲	両338⑦
	—りてはるけき道の末の	52	熊野二	103⑪
	千叉破天より—る神なれば	52	熊野二	103②
	百王の—れるいま	98	明王徳	176⑭
	上の品の上より—れる品の	45	心	95⑦
くち(口)	—に其文字をも唱れば	85	法華	154③
	—に含し竜根草	123	仙家道	221①
ぐちく(呉竹)　＊くれたけ	—の斑なりしは	71	懐旧	131⑭
くち・す(朽)	是や—せぬ記念ならむ	75	狭衣妻	139⑪
	—せぬしるしに残なり	88	祝	159⑪
	—せぬ名を残せり	91	隠徳	164①
	—せぬ名をや残すらん	102	南都弁	184⑬
	—せぬ名をや残覧	45	心	両334⑧
	さながら—せぬ筆の跡	73	筆徳	136①
	—せぬ誉や留りし	160	余波	277⑦
くちずさ・む(口ずさむ)	—みつつ招きけん	91	隠徳	164④
くちのこ・る(朽残)	—るなるしるしをも	34	海道下	80②
くぢら(鯨)	虎臥野べ—のよる島にも	23	袖湊	65⑦
くつ(沓)	脱—又重り	46	顕物	96⑤
	砂にひびく—の音	11	祝言	53①
	気高く聞る—の音	104	五節本	188⑫
	砂に跡みし—の字は	122	文字誉	219⑬
	紅葉の庭の—や彼	150	紅葉興	262⑭
く・つ(朽)	青苔の衣袖—ちて	173	領巾振恋	299①
	箱の底にぞ—ちにける	98	明王徳	177⑦
	—ちにし袖の柵の	22	袖志浦恋	64④
	つららの下にや—ちぬらん	44	上下	94⑤
	—ちぬるあまの捨舟	33	海道中	78⑩
	つゐには—ちぬる埋木の	38	無常	84⑤
	渚に—ちぬる捨舟	79	船	145⑬
	—ちぬるむかしを忍つつ	92	和歌	166⑧
	み山がくれに—ちはてね	106	忍恋	190⑤
	年を経て—ちやはてなん	26	名所恋	両326③
ぐづう(弘通)	中にも山王円宗の—を	138	補陀落	245①
くったく(崛宅)	蓬瀛は神仙の—するところ	151	日精徳	264②
くつて(履手)	—恋ては何かせん	5	郭公	46②
くつばみ(轡、鑣)	或は左右の—に随ひ	155	随身競馬	271③
	同く並る—は	156	随身諸芸	271⑬
	文峯に—を案ず	150	紅葉興	263④

	—を四方にわかちつつ	76	鷹徳	140⑦
	玉の—を調へ	155	随身競馬	270⑪
	前には玉の—をならべ	72	内外	135④
	或は香騎—を並て	145	永福寺并	256⑤
	—をならべ轅を廻しては	88	祝	159⑨
	—を流砂に促し	77	馬徳	142①
くつへい(屈平)	江南の—よしなしや	58	道	112⑤
くてい(倶胝)	—のささげし指頭までも	163	少林訣	282⑬
くでう(九条)	—の錫杖	49	閑居	99⑩
くでうむしろ(九条筵)	—の打ぼうけ	60	双六	116⑨
くどく(功徳)	三礼漸々積—	140	巨山竜峯	247⑫
	書写の—なを勝れ	73	筆徳	136③
	円満無碍の—ならむ	108	宇都宮	194⑧
	まことに無常の—なれ	151	日精徳	265③
	随喜—の真文	100	老後述懐	180⑨
	伝てきかん—は	85	法華	154⑤
	いはんや四十二字の—は	122	文字誉	218⑫
	厳飾荘厳の—は	129	全身駄都	229⑬
	上なき—を具足す	87	浄土宗	158⑫
	願は此—を無辺にして	61	郢律講	117⑨
くどくのはやし(功徳の林)	—にむすばしむ	147	竹園山	259⑥
	—花綻び	97	十駅	175⑫
くどくち(功徳池)	—の砂に戯れて	84	無常	153⑭
	八—の蓮葉の濁にしまぬ露の玉	167	露曲	288⑧
	—の浪に和すなるは	170	声楽興下	293⑥
	—の波に異ならず	128	得月宝池	226⑨
	—の波に異ならず	146	鹿山景	258④
	—の波に声をあはせ	121	管絃曲	217⑪
	—の浪にやかほるらむ	89	薫物	161①
	—の波をたたへては	62	三島詣	119⑬
くどくむりやうむへん(功徳無量無辺)	—引接憑しくぞや覚る	9	冬	50②
くないしやう(宮内省)	—内蔵寮	72	内外	134⑦
くに(国)　*我国	さても別し人の—	173	領巾振恋	298⑨
	又—越る境川	32	海道上	77⑬
	抑—治り家富で	151	日精徳	264⑥
	—栄家富	114	蹴鞠興	205⑨
	—富民豊なり	12	嘉辰令月	53⑥
	—に普き徳をなす	90	雨	161⑤
	其—にいたれば遙なる	136	鹿島霊験	242⑤
	—に神の名を受	108	宇都宮	192⑥
	—に民絶ざれば	98	明王徳	176⑪
	此—に高き山あり	136	鹿島霊験	242⑧
	—の位を譲しむ	98	明王徳	177⑫
	—の界も遠き海の	131	諏方効験	232⑨
	治まれる—の習とて	134	聖廟霊瑞	239②
	政直なる十六の—の風たり	59	十六	異307⑩
	—のまつりごとによる	46	顕物	96③
	そも此—は何ぞと	34	海道下	79⑬
	高麗百済新羅の—は帰伏せし	172	石清水	297③
	—は様々に聞れど	137	鹿島社壇	243⑩

	—又無量に聞ゆれど	59	十六	112⑩
	明暮—を祈ても	150	紅葉興	263⑫
	唐堯は徳をもて—を治む	98	明王徳	176⑧
	忠臣—を治む	144	永福寺	254⑩
	—を治むるいつくしみ	63	理世道	121⑫
	武は—をおさむるかためなり	65	文武	125③
	—を治るはかりこと	76	鷹徳	両326⑦
	清濁を分て—を治め	61	郢律講	117⑪
	替て—を治しより	122	文字誉	218③
	—を治め民を育むはかりこと	143	善巧方便	253②
	—をば則神国とぞ名付ける	152	山王威徳	266⑪
	—を守り政に光をそへ	135	聖廟超過	241②
	功臣忠有ば—をまもる	45	心	94⑫
	—を守功あつし	65	文武	125⑬
くにぐに(国々、州々)	—の名山	42	山	90⑫
	諸の—神々	172	石清水	295⑬
	—の駅	77	馬徳	142⑩
くにつかみ(国津神)	感応擁護を仰ぐ—	86	釈教	157⑤
	天津神—	136	鹿島霊験	241⑭
くにつみかみ(地祇)	—もみそなはす	17	神祇	57⑪
くにとこたちのみこと(国常立の尊)	其中に生す—と申て	172	石清水	295⑪
くにのとこたちのみこと(国の常立の尊)	其中にあれます—	152	山王威徳	266⑨
くにみのたけ(国見の嶽)	登り登れば—	153	背振山	268⑪
くはは・る(加)	影なびく右に—りしより	134	聖廟霊瑞	238⑩
	数の外に—りて	72	内外	134⑫
	匂—れる様して	29	源氏	73⑤
くはんだきのたき(鳩槃荼鬼の滝)	—より善如竜王来て	109	滝山等覚	196②
くび(頸)	—は鳥の如也	77	馬徳	142⑧
くびす(踵)	練行—をつぐとかや	109	滝山等覚	195⑩
	貴賤—を廻して	131	諏方効験	231⑭
	—をめぐらす貴賤の	108	宇都宮	193④
くひぜがは(杭瀬河)	駒なべてわたる堰の—	32	海道上	77⑥
ぐぶ(供奉)	諸衛の佐まで—しけり	41	年中行事	89⑫
くひな(水鶏)	水鶏(すいけい)の—の闔の戸を明ぬに	171	司晨曲	294⑩
くぼつ(九品津)	—小坂郡戸の王子	51	熊野一	102⑦
くま(阿、隈)	久方のあまり—なき心もて	28	伊勢物語	72⑥
	—なき月にしらべ澄	160	余波	278③
	さやけき影の—なきは	97	十駅	174⑭
	冴る夜の月—なくて	104	五節本	187⑬
	明月ことに—なくて	172	石清水	297⑩
	千年を契し—ならむ	28	伊勢物語	異306⑩
	正覚の月円に残れる—はなけれど	59	十六	114⑥
	うき名を隠す—もあらせよとぞ思ふ	74	狭衣袖	138⑦
	いたらざる—やなかりけん	134	聖廟霊瑞	238⑧
	到らぬ—やなかるらん	120	二闡提	214⑧
くまのやま(熊野山)	稲荷や春日—	42	山	91②
くまらわう(狗摩羅王)	—は旗をとる	101	南都霊地	184①
くみあ・ぐ(汲上)	海水の浪を—げて	159	琴曲	両335⑩
くみあげ(汲上)	—と云る事はよな	136	鹿島霊験	242⑧
くみあげのはま(汲上の浜)	—の荒塩に	136	鹿島霊験	242⑦

くみな・る(汲馴)	尽せぬ流を—れて	151	日精徳	264④
く・む(汲)	凡汾陽のながれを—み	110	滝山摩尼	196⑭
	三代まで—みし	96	水	両329④
	三代まで—みし三井の水	96	水	172④
	四海の流を—みても	96	水	171⑦
	薪こり菜摘水—むことはりも	154	背振山幷	269⑨
	閼伽—む水の絶ずのみ	50	閑居釈教	100⑨
	—めども尽せぬいきをひに	122	文字誉	219⑪
	—めどもつきせぬ流なり	96	水	両329④
くみてし・る(汲て知)	深をいかでか—らむ	50	閑居釈教	100①
	—らるる長生	123	仙家道	220⑧
	深き心を—る	102	南都幷	185⑤
	深き心を—る	128	得月宝池	226⑪
	智水の深き源を—る	147	竹園山	259①
	其源を—れば	145	永福寺幷	256⑦
くめ(久米)	東土の—の道場に	91	隠徳	165③
くめがは(久米河)	—の逢瀬をたどる苦しさ	56	善光寺	108⑤
くめのさらやま(久米のさら山)	—さらさらに	26	名所恋	68⑧
ぐめい(愚迷)	転法—の最初也	163	少林訣	282⑤
くも(雲)	峯より峯にかかる—	48	遠玄	98⑤
	暮待空にたつ—	118	雲	211④
	来迎引摂の夕の—	164	秋夕	285⑮
	慶雲の—おさまりし御宇かとよ	108	宇都宮	192⑨
	—か霧か霞か	20	恋路	61⑭
	—霞の外なり	72	内外	134⑩
	二辺二見の—闇く	97	十駅	174①
	隴山—暗くして	81	対揚	149②
	山腰—くらくしてや	66	朋友	126⑪
	此等は—煙の浪の外	60	双六	115③
	はるかに見わたせば—さえて	118	雲	両339①
	—さえて雪ふるみねを踏分て	118	雲	211③
	—さだめなき天のはら	118	雲	両338⑫
	業障の—ぞはれぬべき	118	雲	211⑧
	業障の—ぞはれぬべき	118	雲	異313⑥
	山は峨々として—聳け	53	熊野三	104①
	澗戸に—閉て	153	背振山	268⑥
	朝には—と成	22	袖志浦恋	64⑦
	—とやなり雨とや涙の	38	無常	84⑧
	雨となり—とや成しと歎く比の	118	雲	211②
	稲葉の—に跡とめて	164	秋夕	285②
	商山の—に跡を隠し	91	隠徳	163⑫
	南山の—に跡を垂て	51	熊野一	101⑩
	都率の—にあらはし	66	朋友	127⑧
	渓鳥も—に入ぬれば	5	郭公	45③
	虎牙は—にうそぶき	78	霊鼠誉	143⑦
	—に埋てかすかなり	80	寄山祝	146⑤
	—に埋むみねなれば	55	熊野五	106②
	宝塔—にかかやき	51	熊野一	102⑩
	雲雀は翅を—に隠し	57	善光寺次	109⑥
	抑鷲峯の—に隠しは	91	隠徳	164⑮

兜率の―に声を添	121	管絃曲	216⑮
立騒ぐ―にしばしは迷ふとも	118	雲	211⑦
所居を佉羅多の―にしむ	120	二闡提	213④
或は―に聳たるひびきをなす	159	琴曲	275⑦
―に立そふ煙の	118	雲	211⑥
緱嶺の―に戯れしげいしやう	121	管絃曲	217⑨
山は―に連り	125	旅別秋情	222⑭
遙に兜率の―に照し	135	聖廟超過	240⑨
―に登し霊鶏	171	司晨曲	295②
思を千里の―に馳	32	海道上	76⑤
桜も―にまがひけん	112	磯城島	201⑨
へだつる―にまがふは	97	十駅	174⑬
暁の―にみる月の	112	磯城島	201⑭
かげろふ―にやさはぐらむ	90	雨	161⑨
かげろふ―にやさわぐらん	90	雨	両332①
外朝の―にやのこすらむ	113	遊仙歌	202⑬
香煙―にや昇らん	128	得月宝池	226⑩
宝鐸―にやひびくらん	108	宇都宮	193⑮
はるかに兜卒の―にや送らん	148	竹園如法	260⑧
朝ゐる―の朝まだき	39	朝	87④
空に昇し―の跡	122	文字誉	219⑫
のこれる―の跡もなく	50	閑居釈教	100⑥
月には―の嵐山	42	山	両327⑥
―の幾重ぞ外に見えし	52	熊野二	103⑨
―のいづくを過ぬらむ	72	内外	134⑪
上は三公補佐の―のうへ	64	夙夜忠	124②
遙に伝聞兜率の―の上	72	内外	134②
忉利の―の上	82	遊宴	150⑥
四禅無色の―の上	97	十駅	173⑭
神護景雲の―の上	137	鹿島社壇	243⑦
奏すれば扇をならす―の上	124	五明徳	異312⑩
久方の―の上には	151	日精徳	異315③
進もうれしき―の上の	115	車	208⑫
事問来る―の上の	160	余波	278③
抑百敷の―の上まですみのぼる	74	狭衣袖	137⑪
兜率の―の上をわけ	44	上下	94⑦
―の通路しばしとも	105	五節末	189⑨
―の碓氷につきづきしく	123	仙家道	220⑪
聖衆の―の衣	161	衣	279⑪
四色の―のしるべに	138	補陀落	244⑨
隔る―のそことだに	171	司晨曲	294⑮
八色の―の其中に	118	雲	異313⑥
わかるる―の絶間より	163	少林訣	283⑦
―のたたりがたいらかを	15	花亭祝言	55②
隔る―のなかりせば	154	背振山幷	269③
西北に起る―のはだへ	90	雨	161⑥
―の鬢なつかしく	93	長恨歌	167③
紫の―は猶勝れ	118	雲	異313⑥
されば栴檀の煙―はれて	129	全身駄都	227⑬
―晴ゆけば夏の日の	32	海道上	77⑪

	―吹とむる夕かぜ	123	仙家道	220⑫
	―や昔をへだつらむ	118	雲	211⑦
	―より伊豆の大島	130	江島景	231①
	月氏の―よりはるばると	109	滝山等覚	195⑪
	半天―を穿て三滝浪を重る	55	熊野五	107⑤
	鳳闕の―を打払ひ	134	聖廟霊瑞	238⑩
	深楼は春の―を写し	31	海路	75①
	秋秦嶺の―を驚す	82	遊宴	151④
	―をかさぬる万国に	17	神祇	57⑥
	―収り尽ては行こと遅き夜はの月	81	対揚	150①
	遠く異朝の―を凌て	131	諏方効験	231⑨
	障の―をぞ払べき	128	得月宝池	227③
	誰か遠く三十三天の―をのぞまん	146	鹿山景	258①
	煩悩の―を払つつ	146	鹿山景	257⑪
	秋を告る嵐や―を払らむ	140	巨山竜峯	248⑬
	されば遠く月氏の―を隔て	73	筆徳	135⑬
	―を隔て涙を払ひ	127	恋朋哀傷	225⑬
	外用の―をやはらふらむ	62	三島詣	120⑨
	五性の―をや隔らむ	97	十駅	174⑬
	顕乗の―をや隔らん	59	十六	114⑦
	夕の―をやわけつらむ	118	雲	210⑫
	四禅無色の―を分	129	全身駄都	228⑦
	先この勝嶺の―をわけ	154	背振山幷	269⑤
	山復山の―を分て	34	海道下	80①
	重なる―を分ても	23	袖湊	65④
くものうへびと(雲の上人)	露置そふる―	44	上下	93⑬
	―とりどりに	104	五節本	188②
くものかけはし(雲の梯)	はるかにわたせ―と浮たちしを	74	狭衣袖	137⑬
	―にすみわたる	7	月	48⑧
	―めぐりめぐりて	93	長恨歌	167⑩
くものなみ(雲の波)	漫々たる―	118	雲	211⑤
	―煙の濤をしのぎて	30	海辺	73⑭
	―煙のなみを凌て	51	熊野一	102①
	天のはら―立月の舟星の林に	118	雲	両338⑫
くものほか(雲の外)　＊うんぐわい	端山の峯の―	5	郭公	45⑥
	遠く西天の―	101	南都霊地	183⑬
	又淮南も―也	82	遊宴	異302⑧
	―なる春の風	166	弓箭	287⑪
	遠は―なれや	48	遠玄	97⑭
	五月雨の山本闇き―に	118	雲	211①
	鷹はこれ百済の―をいで	76	鷹徳	140④
くもがくれ(雲隠)	―する隠月	133	琵琶曲	236④
	―せし秋の月	168	霜	290⑦
くもがくれゆ・く(雲隠行)	―く月影を	91	隠徳	164③
くもぢ(雲路)　＊うんろ	富士の―を分てかける	155	随身競馬	270⑤
くもで(蜘手)	参川なる―にかかる八橋の	33	海道中	78③
くもとり(雲通)	―苔路紫金の瀬	55	熊野五	106⑮
くもま(雲間)	―にしるき明方の	57	善光寺次	109⑫
	―にひびく鐘の声	103	巨山景	186⑥
	―の月にさす指も	163	少林訣	282⑩

	心ぼそき—の光	125	旅別秋情	223⑭
	—をわたる夕風	40	夕	88⑤
くもり(曇)	—はあらじとぞ思ふ	154	背振山幷	269④
くもりな・し(曇なし、陰なし)	我きみの御代の栄は—き	15	花亭祝言	55④
	これらの御法も—き	45	心	96①
	光をうかべて—き	50	閑居釈教	100⑩
	かたじけなくも—き	55	熊野五	107⑦
	すめば心の—き	128	得月宝池	227②
	—き海を見わたせば	164	秋夕	284⑫
	抑天照太神の—き御宇とかや	159	琴曲	276④
	嘉辰令月の—き御代に逢ては	12	嘉辰令月	53⑥
	—き世を照す日の	108	宇都宮	193⑤
	御正体の鏡は塵をはらひて—く	55	熊野五	106⑪
	すすむ心を—く	62	三島詣	119⑮
	累代の政は天の下に—く	63	理世道	123①
	地を覆光—く	96	水	171⑩
	高山の峯に—く	97	十駅	175⑫
	名は漢家の秋の月—く	101	南都霊地	183⑫
	明徳一天に—く	108	宇都宮	192⑧
	道ある御世は—く	122	文字誉	219⑭
	神鏡の塵—く	46	顕物	異307⑥
	政—く代治りし基より	146	鹿山景	257④
	内典の月—し	72	内外	133⑪
くも・る(曇、陰)	いにしへ今に—らず	98	明王徳	177⑥
	御代の政—らず	144	永福寺	254⑪
	光も—らず跡をたれ	103	巨山景	異310⑦
	露も—らず聞つつ	102	南都幷	185④
	—らず照し給はば	86	釈教	157④
	春日—らず光を和ぐる玉垣より	129	全身駄都	229④
	御影—らずみそなはし	166	弓箭	287⑧
	日月—らず世を照す	16	不老不死	55⑫
	—らぬ秋の望月は	77	馬徳	142⑮
	又明王の—らぬ鏡なり	91	隠徳	163⑨
	—らぬ鏡の浦なれば	153	背振山	268⑬
	—らぬ鏡の宮柱	88	祝	159②
	—らぬ影をみがくらむ	122	文字誉	219①
	—らぬ影をや照すらん	49	閑居	98⑭
	—らぬ影をや照すらん	123	仙家道	220⑥
	—らぬ空をひき分て	109	滝山等覚	195⑦
	—らぬ光清して	13	宇礼志喜	両325①
	—らぬ光は玉鉾の	11	祝言	52⑩
	—らぬ光を仰ぎても	141	巨山修意	249⑥
	百練—らぬまつりごと	45	心	94⑭
	—らぬ政清くして	143	善巧方便	253⑧
	—らぬ政に影をそへ	34	海道下	80⑪
	—らぬまつりごとに光をそへ	131	諏方効験	231⑫
	凡明王の—らぬまつりごとも	129	全身駄都	228⑮
	—らぬまつりごともみちひろく	163	少林訣	283⑫
	—らぬ御影の	99	君臣父子	178⑥
	五明は帝嫣の—らぬ道を	124	五明徳	221⑥

	用明の—らぬ御代かとよ	59	十六	112⑬
	抑善政—らぬ御代に	10	雪	51①
	—らぬ御代の天の下	13	宇礼志喜	54②
	—らぬ御世は秋津島の	54	熊野四	105④
	—らぬ御代をみそなはす	138	補陀落	244⑦
	今も大君の御影—らぬ翫び	112	磯城島	200⑭
	光も—らぬ世にしあれば	32	海道上	77⑫
	—らぬ代をぞまもるらし	173	領巾振恋	298⑥
	政—らねば明王の徳も顕はる	46	顕物	96④
	抑古賢は今も—らねば	100	老後述懐	180⑭
	月こそ袖に—りけれ	21	竜田河恋	63②
	—るけしきのうれしきは	118	雲	211④
	ちりかひ—るしののめ	143	善巧方便	253⑪
	—るも霞む鏡山	32	海道上	76⑪
くもわけ(雲分)	二重かえで—	114	蹴鞠興	206⑦
くもゐ(雲井、雲居)	—に翔れとぞ思ふ	77	馬徳	142⑪
	—に聴を驚かし	118	雲	210⑫
	—に冴る霜の上の	160	余波	277⑭
	—に天聴を驚し	134	聖廟霊瑞	239⑩
	—に昇る秋の宮	132	源氏紫明	235⑬
	—に遙かに立のぼる	12	嘉辰令月	53⑪
	—に響く玄象	133	琵琶曲	237①
	—に漲る白浪は	109	滝山等覚	195⑥
	程は—にわかるとも	70	暁別	131②
	—にをのが音をそへん	82	遊宴	151⑤
	—の雁の玉章も	21	竜田河恋	63⑤
	—の桜をかざすなる	2	花	42⑨
	同—の月なれど	57	善光寺次	110③
	—の月もかすむらん	22	袖志浦恋	63⑬
	—の月もかすむらん	22	袖志浦恋	両325⑫
	おなじ—のなどやらん	6	秋	47⑦
	—の庭の乞巧奠	41	年中行事	89⑨
	程は—の望にぞ	160	余波	276⑫
	—の外に聞覧	171	司晨曲	293⑭
	—のよそに鳴神の	99	君臣父子	178⑩
	—の外にや成ぬらむ	32	海道上	76⑥
	—のよその一声を	4	夏	44⑩
	鶴の翅は—まで	124	五明徳	222⑦
	霞たなびく—より	1	春	41⑨
	—を慕しなごりや	157	寝覚恋	273④
	—を渡る雁がね	6	秋	47②
	—をわたる雁がね	81	対揚	150③
	—をわたる鶴が原	52	熊野二	103④
くやう(供養)	鎮壇の香の火種々に—の故おほし	138	補陀落	245①
	十種の—を備しむる	148	竹園如法	260⑤
	首をうなだれて—を述	85	法華	154⑨
	かうべをうなだれて—を宣	85	法華	両331⑨
	—をはるかに梵釈四禅に送とか	61	郢律講	118⑫
	我献宝珠の—をば	97	十駅	175⑧
	況や諸仏滅度已—舍利者	129	全身駄都	229⑫

くやうぶつ(供養仏)	香花―南無摩多羅天童飛竜薩埵	110	滝山摩尼	異311①
	若人至心―	99	君臣父子	179⑩
くやうほふ(供養法)	六人不断の―	110	滝山摩尼	196⑬
くや・し(悔)	馴々て中々―しき契さへ	37	行余波	83④
	さこそは―しくおぼえけめ	74	狭衣袖	138⑥
くやしさ(悔)	馴きて後の―を	36	留余波	82⑩
く・ゆ(悔)	いかでか是を―いざらん	167	露曲	289⑤
くゆ・る(燻)	かひなき恋に―る煙	106	忍恋	190⑥
くら(鞍)	露駅に―を解ては	35	羇旅	81④
くら(蔵)	五の―の中にも	45	心	両334⑨
ぐら(倶羅)	―をますも風なり	95	風	170⑬
くらがの(倉賀野)	いざ―にとどまらん	56	善光寺	109①
くら・し(暗、闇)	五月雨の山本―き雲の外に	118	雲	211①
	薄霧残る山もと―き木枯に	96	水	172①
	―きより―きにぞ入ぬべき	22	袖志浦恋	64⑧
	―きまよひの六の道に	122	文字誉	218⑮
	―き道にはまよはじ	167	露曲	289⑥
	―き道より厭きて	97	十駅	176③
	―きより―きを厭こし	49	閑居	98⑫
	二辺二見の雲―く	97	十駅	174①
	隴山雲―くして	81	対揚	149②
	内証の光―くして	97	十駅	174⑬
	境理に猶も―くして	97	十駅	175③
	山腰雲―くしてや	66	朋友	126⑪
くら・す(暮)	なをあかなくに―しつ	1	春	42④
	山路―しつ行やらで	5	郭公	46⑨
	酒を煖て日を―す	47	酒	97①
	永日もあかでぞ―す山鳥の	3	春野遊	43⑭
くらはしやま(倉橋山)	おぼつかなしや―	5	郭公	46⑨
くらゐ(位)	内院外院の―あり	72	内外	134③
	贈て一人師範の極れる―に	134	聖廟霊瑞	237⑤
	十善の―にいたるも	161	衣	279⑫
	極れる―に備り	108	宇都宮	194④
	星の―に連て	123	仙家道	220⑥
	帝軒―に昇て飛黄卓に服し	77	馬徳	異311⑦
	秋の―に拝し	164	秋夕	285⑬
	玄宗―に御座て	93	長恨歌	166⑭
	其―によりて立	119	曹源宗	211⑭
	六の―のしるしの杉の	124	五明徳	異312⑩
	星の―の名を得たり	151	日精徳	異315④
	高き―の光なれば	132	源氏紫明	235⑬
	五等の―へだてなく	97	十駅	174⑩
	鷹揚の―をあふぐも	76	鷹徳	異308⑪
	或は―を賢に譲て	98	明王徳	176⑨
	阿那含道阿羅漢果菩薩の―を証すとも	50	閑居釈教	100⑬
	瑶琴と―を等くしてぞ	149	蒙山謡	261⑥
	国の―を譲しむ	98	明王徳	177⑫
くらゐやま(位山)	霞へだつる―	160	余波	276⑫
	人毎に昇はうれしき―の	80	寄山祝	146⑩
	―麓のちりひぢ積ても	12	嘉辰令月	53⑫

くらんど(蔵人)	—御倉の小舎人を	104	五節本	188④
くらんどのとう(蔵人の頭)	—はやすなる	105	五節末	189⑫
くり(庫裏)	衆寮法堂—僧堂	163	少林訣	283⑧
くりかへ・す(くり返)	梓弓ひき野のつづら—し	71	懐旧	132③
	御手なる糸の—し	87	浄土宗	158⑬
	杣木の練そ—し	140	巨山竜峯	248⑤
	御注連縄猶—し顧る	53	熊野三	104②
くりき(功力)	是等の—化ならねば	148	竹園如法	260③
	結縁—も化ならねば	120	二闡提	214⑨
くりはら(栗原)	—あねはの松までも	28	伊勢物語	異306⑨
くりん(九輪)	—半天に星をみがき	103	巨山景	異310⑤
く・る(暮、晩)	いかがはすべき—るる秋の	6	秋	47⑩
	—るる色なる束帯に	105	五節末	189⑩
	かすめる日影も—るる程	82	遊宴	150⑬
	春のよそほひはやく—れ	160	余波	279①
	洞天に日—れて	118	雲	211⑤
	—れぬといそぐ帰り足	114	蹴鞠興	207⑥
	今日も—れぬと聞わぶる	164	秋夕	285⑩
	此日すでに—れぬめり	103	巨山景	187⑥
	河瀬に秋や—れぬらん	95	風	170⑫
	はや—れぬるかいざやいまは	102	南都弁	184⑬
	正像すでに—れぬれど	160	余波	277⑥
	日—れ道はるかにしては	113	遊仙歌	203②
	さすがに—やはてざらむ	40	夕	87⑫
くる・し(苦)	忍も—しいかにせん	26	名所恋	67⑫
	つくづくと思ふも—し	37	行余波	83②
	暮待程ぞ—しき	19	遅々春恋	60⑨
	—しき恋の淵となる	18	吹風恋	60⑥
	山路は—しき坂なれば	58	道	111⑨
	いはぬは—きたく縄の	23	袖湊	64⑬
	夜さへ—しき綱手縄	31	海路	75⑮
	—しき習なりければ	20	恋路	62⑤
	暮を待間の—しきは	164	秋夕	285⑤
	きこえ—しき世の中に	18	吹風恋	60③
	登れば—しき態坂	52	熊野二	103⑪
	—しき態にさすさで	97	十駅	173⑦
くるしさ(苦)	久米河の逢瀬をたどる—	56	善光寺	108⑤
	心の内の—を	24	袖余波	66⑩
	心まよひの—を	75	狭衣妻	139④
くるすの(栗栖野)	誰—にやどりとらん	3	春野遊	44③
くるま(車)	轅を北にせし—	115	車	207⑫
	夕顔のやどりに立し—	115	車	208⑦
	市の南に遣—	115	車	207⑫
	仙洞に廻す玉の—	151	日精徳	264⑪
	帰遊の—こそ紫野には遣なれ	115	車	208⑦
	大輅は殷の—也	115	車	207⑩
	—に立てやりしは	158	屏風徳	274⑤
	五百の—に積財	115	車	207⑫
	あぢきなき世の中をうしの—の	115	車	両337③
	井中に拋し—の轄	115	車	207⑬

	—の右に乗けれ	115	車	207⑪
	其—の廻るに異ならず	84	無常	153⑥
	家々の—の紋	115	車	208⑬
	堂中に造し—の輪	115	車	207⑬
	主床敷き—は	115	車	208⑬
	—は錦の紐をかざり	72	内外	135⑤
	羊鹿の—軸折	97	十駅	174⑧
	一乗の—を顕しや	115	車	207⑭
	十二の—を照す玉	115	車	207⑫
	麓に—を駐てぞ	115	車	208④
	呂尚周文の—を許されし	65	文武	125⑤
くるまあらそひ(車争)	葵の上の—	115	車	208⑥
くれ(暮)　＊ゆふぐれ	山路の旅の秋の—	57	善光寺次	109⑨
	鴫立沢の秋の—	164	秋夕	285⑧
	松台の—ぞ物うき	164	秋夕	284⑦
	うなひ子が小田守霧の—にしも	164	秋夕	285②
	花散—に響しは	170	声楽興下	292⑧
	—を待間のくるしきは	164	秋夕	285⑤
くれたけ(呉竹)　＊ぐちく	うき節しらぬ—の	21	竜田河恋	63⑧
くれつかた(暮つかた)	三月の空の—	68	松竹	129②
	良陰ろふ—	114	蹴鞠興	207②
くれながし(呉流)	四三小切目の一六難の—	60	双六	116⑥
くれなゐ(紅)	鶏冠木の—	114	蹴鞠興	206①
	碧丹をまじへて—なり	73	筆徳	136⑭
	幾入染て—の	167	露曲	288⑤
	四方の梢は—の	168	霜	289⑬
	数片の—ののこるも	150	紅葉興	262⑬
	—の霞枝にかほり	171	司晨曲	294①
	—の顔翠の黛	113	遊仙歌	203⑬
	—の雪をひるがへすも	123	仙家道	220⑫
	落葉階に満て—払はずとかやな	93	長恨歌	167⑭
くれなゐざくら(紅桜)	—糸桜初花桜さけるより	2	花	42⑥
くれはとり	昨日は今日に—	107	金谷思	192②
くれま・つ(暮待)	—つ空にたつ雲	118	雲	211④
	—つ程ぞくるしき	19	遅々春恋	60⑨
くれゆ・く(暮行)	—く秋のとなせの滝	150	紅葉興	262⑬
	—く空の雨そそき	130	江島景	230⑬
	—く空のけしきは	40	夕	88⑩
	降て—く歳月の	10	雪	50⑤
	—く歳に置霜の	168	霜	290⑩
	—く長月の鴾毛の駒に	150	紅葉興	263④
	—く野辺にしくはなし	164	秋夕	285③
くろ(畔)	或は—に耕す態	91	隠徳	163⑪
	—につらなる事態	63	理世道	121⑬
くろかみ(黒髪)	我—の末までも	37	行余波	83⑩
	誰—のたはれ島	30	海辺	両333⑧
	烏羽玉の吾—のひとすぢに	175	恋	異306①
	あさましげなる—も	22	袖志浦恋	64①
くろごま(黒駒)	甲斐の—と鶴駿の駒と	77	馬徳	142⑫
	上宮太子の—の	34	海道下	79⑩

	厩戸の王子の—は	155	随身競馬	270⑤
	—を牽し明がた	77	馬徳	142⑪
くろと(黒戸)	—の番の諸人も	104	五節本	188⑨
くろぼう(黒方)	烏羽玉の夜はの—は	89	薫物	160⑨
くろみき(黒三寸)	—豊に賜つつ	101	南都霊地	184④
くわいいんこう(淮陰公)	—が策し	172	石清水	297②
くわいきう(懐旧)	是皆—の思あり	71	懐旧	131⑫
	—の思や切なりけむ	64	夙夜忠	124⑭
	客又—の切なる事をすすめき	71	懐旧	132⑪
	—の露の手枕に	71	懐旧	131⑨
	—の涙を浸す	141	巨山修意	249⑪
	挑尽て—の涙を催すは	49	閑居	98⑪
	—の誠をあらはす	71	懐旧	132⑮
くわいくわ(槐花)	—雨に潤ふ	8	秋興	48⑬
くわいさん(檜杉)	百囲の—紺楼をそびかまふる	139	補陀湖水	246③
くわいせき(怪石)	都て危岸—品々に	110	滝山摩尼	197⑤
ぐわいせき(外戚)	—の重臣軽からず	72	内外	135③
くわいせつ(廻雪)　*ゆきをめぐらす	—の袂も花の匂にや移らむ	144	永福寺	255⑨
	—の袂を連ぬる儀	129	全身駄都	229⑧
	—の袂を連ても	78	霊鼠誉	異313⑪
	—の袂を飜し	148	竹園如法	260⑦
ぐわいそ(外祖)	—は戚里の臣として	72	内外	135⑦
ぐわいてう(外朝)	又—外都は遠き境ひ	72	内外	134⑩
	—震旦に名をつたふ	120	二闡提	214②
	—に名をや恥ざらむ	99	君臣父子	179⑤
	—にも双なし	59	十六	114④
	—の雲にやのこすらむ	113	遊仙歌	202⑬
	聞を—の浪にながしけん	134	聖廟霊瑞	238⑥
	—の浪を凌ても	141	巨山修意	249⑪
ぐわいと(外都)	又外朝—は遠き境ひ	72	内外	134⑩
くわいなん(淮南)	又—も雲の外也	82	遊宴	異302⑧
くわいなんわう(淮南王)　*くわいわう	—の薬をなめ	171	司晨曲	295②
くわいもん(槐門)	—のいにしへ	134	聖廟霊瑞	237④
	—不比等の建立	101	南都霊地	183③
くわいやうさん(淮陽山)	—の一老	42	山	90⑨
くわいらん(廻鸞)	—竜鱗虎爪まで	122	文字誉	218④
くわいりふでん(廻立殿)	—の行幸に	104	五節本	187⑬
くわいわう(淮王)　*くわいなんわう	—の薬高くのぼり	97	十駅	173⑭
	—の薬を嘗しいにしへ	118	雲	210⑫
くわう(蝗)	—を呑しまつりごと	63	理世道	121⑫
くわう(簧)	十五の—のしらべには	169	声楽興	291⑧
くわうあん(黄安)	—が仙に登し園の	116	袖情	209③
くわういん(光陰)	—人を待ずして	119	曹源宗	212⑧
くわうえふ(黄葉)　*もみぢ	—梧桐の秋の露	45	心	95③
	—のもみぢの色々	150	紅葉興	262①
	—のもろき秋の梢	84	無常	153⑤
くわうぎく(黄菊)	老を忘るる—	164	秋夕	285⑥
	—籬にあざやかなり	15	花亭祝言	55⑦
くわうきよ(皇居)	或は太宗—を法師の為にあたへて	101	南都霊地	184②
くわうぎよくてんわう(皇極天皇)	我朝—政務を治めたまひしにも	114	蹴鞠興	205②

くわうきん(黄金)	上原石上―の柱の辺には	121	管絃曲	217⑦
くわうけう(広教)　※山	―毘布羅の山の麓	16	不老不死	56⑫
くわうごふ(曠劫)	―の因あさからず	129	全身駄都	227⑬
くわうごふたしやう(曠劫多生)	―の流転は	87	浄土宗	158③
くわうだい(広大、曠大)	乃至十六牟尼―の恩徳	143	善巧方便	254②
	皆恩徳―の慈愍にあり	129	全身駄都	229⑩
くわうちぼさつ(広智菩薩)	―の鐘の銘	139	補陀湖水	246⑭
くわうてい(黄帝)	―徳をひろめしかば	166	弓箭	287②
	―洞庭の楽は	121	管絃曲	216⑥
	―の御代にうつりては	122	文字誉	218③
	―無為の世におよぶ	149	蒙山謡	261②
	―代を治しも	95	風	169⑫
くわうみやうくわうごう(光明皇后)	―の願にこたへ	101	南都霊地	183⑥
くわうみやうぶにん(光明夫人)	―摩尼仙女	59	十六	113⑫
くわかい(果海)	信に―を兼なれば	97	十駅	175⑮
くわぎやう(裸形)	夏耶―の二徳は	109	滝山等覚	195⑪
くわきよ(郭巨)	―が堀得し金釜までも	99	君臣父子	179②
ぐわきよう(臥興)	太宗―みそなはし	158	屛風徳	273⑬
ぐわげき(画鷁)	―は浪の前に開く	31	海路	75①
くわげつ(花月)	―の窓の交には	160	余波	276⑫
くわけん(花軒)	青牛朱輪と―軽軒	115	車	両337⑦
くわげん(過現)	―の利益たのもしくぞや覚る	144	永福寺	255⑤
くわこ(過去)	―の迦葉の御世かとよ	83	夢	152⑭
	―の輪陀の在世かとよ	77	馬徳	142⑤
	―遠々の七仏より	119	曹源宗	212⑪
くわさん(花山)	―の遍昭僧正	2	花	43①
	―の遍昭僧正	42	山	91①
くわさん(花山、華山)　※天皇	清和寛平―の三代の皇もろともに	109	滝山等覚	195⑧
	拾遺は―の製作	92	和歌	165⑬
	―は古き道をしたひ	112	磯城島	201⑧
	清和寛平―より代々の聖代も	55	熊野五	107⑦
くわしゆ(火叢)	火鼠は―にもおかされず	78	霊鼠誉	144⑦
くわ・す(化)	則竜に―しつつ	123	仙家道	221①
くわ・す(和)	されば毛詩には頌の声に―し	143	善巧方便	253⑤
	夕吹霜に―しては	168	霜	289⑧
	風に―しては猥しく	83	夢	152⑫
	礼楽をもて民を―す	169	声楽興	291②
	功徳池の浪に―すなるは	170	声楽興下	293⑥
	琴に―する頌の声	59	十六	異307⑨
	炉下に羹を―するは	3	春野遊	43⑨
くわせい(花省)	晋の十四年の―	124	五明徳	221⑧
くわそ(火鼠)	―は火叢にもおかされず	78	霊鼠誉	144⑥
くわたく(火宅)	―の内を導引	72	内外	134④
くわだん(和暖)	―を奏る政	59	十六	113②
ぐわつくう(月宮)	名は―に昇り	78	霊鼠誉	143⑧
ぐわつくわう(月光)　＊つきのみや	耆婆―の二人の臣	81	対揚	149⑪
	耆婆―のふたりの臣	81	対揚	両330⑥
くわつこうてう(郭公鳥)	ただ―のみならく	5	郭公	46②
ぐわつし〔げつし〕(月氏)	―震旦の古跡より	163	少林訣	283⑪
	如来―に道をえて	72	内外	133⑩

	西天—の古	57	善光寺次	110⑥
	—よりはるばると	109	滝山等覚	195⑪
	されば遠く—の雲を隔て	73	筆徳	135⑬
	遠く西天—の境より	129	全身駄都	228②
	流砂を隔る—の外	49	閑居	99①
ぐわつしん(月神)	日神—山川草木を生成て	152	山王威徳	266⑩
ぐわと(画図)	—の色々様々に	140	巨山竜峯	248⑧
ぐわとのびやうぶ(画図の屏風)	宝祚に立し—	158	屏風徳	274⑧
	小野の道風は—に筆をそむ	95	風	170④
くわぶん(過分)	正に—の巨益にや慰みけん	129	全身駄都	227⑭
くわぼく(花木)	—匂を送るは	140	巨山竜峯	248⑬
くわまん(果満)	妙覚—の台を出で	57	善光寺次	110⑧
くわめい(和鳴)	鳳鴛—の声	133	琵琶曲	236②
くわらく(花洛)	—の境によぢのぼり	11	祝言	53②
	—の月に攀登り	154	背振山弁	269⑪
	帝都—の護にて	142	鶴岡霊威	252④
くわらん(花乱)	—の本に聞をそへ	169	声楽興	291⑧
ぐわりよう(臥竜)	竊に—は地を守り	140	巨山竜峯	247⑭
くわん(関)　＊せき	猶一重の—をへだつ	119	曹源宗	211⑪
くわん(管)	胡竹を切て—とせり	169	声楽興	291⑫
	—をとる門庭	73	筆徳	136⑬
くわん(観)	玉殿松花の—	69	名取河恋	130⑥
ぐわん(願)	当山は桓武嵯峨の御—たり	139	補陀湖水	247①
	大慈大悲の—なれば	163	少林訣	283⑭
	光明皇后の—にこたへ	101	南都霊地	183⑥
	当社の御—に因で以て	172	石清水	297⑥
	超世の—にはやこたへ	87	浄土宗	157⑪
	麟喩の—も年ふりて	164	秋夕	285⑫
	遠離不善の—も又	59	十六	114②
	此—をくもらず照し給はば	86	釈教	157③
くわんいう(歓遊)	誠に万春千秋の—として	114	蹴鞠興	205①
ぐわんいだいじひ(願以大慈悲)	—の宿因ここに答つつ	143	善巧方便	254⑤
くわんおん(観音)　＊くわんぜおん	—受記に徳広く	120	二闡提	213⑤
	先夫—大士は三部の中には蓮華部	120	二闡提	213⑥
	—の形像には馬頭の形を現し	77	馬徳	143②
	—妙智の力なれば	120	二闡提	214④
	—妙智の力には	120	二闡提	両339⑤
くわんおんじ(観音寺)	—の鐘の声	134	聖廟霊瑞	239⑤
くわんおんでん(観音殿)	三門惣門—や	163	少林訣	283⑧
くわんぎ(歓喜)	—の台を並ても	82	遊宴	150⑦
	皆大に—をなしつつ	85	法華	155⑩
くわんぎゆやく(歓喜踊躍)	—の人はみな	87	浄土宗	158⑪
くわんぎやう(観経)	かの—にや説るらん	81	対揚	149⑨
	—証定のいにしへ	87	浄土宗	157⑨
	—証定のいにしへ	87	浄土宗	異303⑥
くわんぎよ(還御)	—の儀式は生者必滅のことはりを	172	石清水	297⑨
くわんくわい(歓会)	一生の—これおなじ	31	海路	75②
くわんげん(管絃)	抑—様々に	169	声楽興	291⑤
	およそ—に曲おほく	82	遊宴	151①
	詩歌—のあそびあり	41	年中行事	89⑪

	一は糸竹に呂律をしらべ	81	対揚	148⑫
	夫一は天地の始	121	管絃曲	215⑨
	何も一を賞ぜらる	121	管絃曲	216⑦
くわんこう(寛弘)	拾遺は華山の製作長保一の比とかや	92	和歌	165⑬
くわんざつ(観察)	十六の一にしくはなく	59	十六	114①
	是忍辱一の思惟石	137	鹿島社壇	243⑤
くわんじやう(勧請)	和光一の玉垣は	138	補陀落	244④
	八幡一の砌には	62	三島詣	120④
くわんじやく(莞蒻)	一をしきゐにせし	124	五明徳	221⑧
くわん・ず(観)	或時は飛花落葉と一じ	150	紅葉興	263⑤
	無常を四種に一じつつ	97	十駅	174⑦
くわんぜおん(観世音)　＊くわんおん	補陀落生身の一	101	南都霊地	183⑦
	千首が崎は一	139	補陀湖水	246⑪
	南無哉千手千眼一	110	滝山摩尼	異310⑫
	是則一五百大願の	45	心	両334⑪
	無量寿仏一共に風大をつかさどり	95	風	異309⑩
	一の補陀落山	42	山	90⑤
くわんしいん(観世音)	一心頂礼(ちんりん)一薩埵	128	得月宝池	227⑤
ぐわんそ(紈素)	婕妤が裁せし一の色	124	五明徳	221⑨
くわんぢやう(灌頂)	結縁一の儀式	139	補陀湖水	247③
くわんぢよ(丱女)	童男一は眼は穿なんとせしかども	27	楽府	70⑩
くわんぶつ(観仏)	抑一念仏の両三昧を宗とする	81	対揚	149⑨
くわんへい(寛平)	清和一花山の三代の皇もろともに	109	滝山等覚	195⑧
	清和一花山より代々の聖代も	55	熊野五	107⑦
ぐわんまう(願望)	蓮に生る一	108	宇都宮	193⑪
	二世の一ことごとく	120	二闡提	両339④
	倩是等の一のむなしからざる事を	141	巨山修意	249⑦
	千手千眼の一は	131	諏方効験	231⑪
	遍一満給へ	110	滝山摩尼	異311①
	発願の一もいとかしこく	146	鹿山景	257③
	現当二世の一も勝憑敷ぞ覚る	172	石清水	297⑮
	二世の一を遙に兜率の雲に照し	135	聖廟超過	240⑨
くわんむ(桓武)	凡当山は一嵯峨の御願たり	139	補陀湖水	247①
	一の御宇延暦の旧にし年とかや	131	諏方効験	233⑥
	一の建立は叡山の霊崛	67	山寺	127⑭
くわんむきよく(歓無極)	天長地久一天下太平楽なれや	170	声楽興下	293⑧
くわんろくによしん(官禄如心)	国栄家富一	114	蹴鞠興	205⑨
ぐわんわう(願王)	正に一の名を与ふ	87	浄土宗	158⑨
	十種の一文珠師利	62	三島詣	120④
くわんわのみかど(寛和の御門)	一のはかなき夢におどろきて	160	余波	278⑥
くをん(久遠)	一実成のことはり	85	法華	154⑥
	一塵点の劫数を	143	善巧方便	254③
	星を連る眷属神皆一の如来	135	聖廟超過	240⑪
	一の如来も常寂光の宮を出	55	熊野五	106⑩
	如来の一を演らる	59	十六	113⑮
くんえかう(薫衣香)	猶しみ深き一	89	薫物	160⑤
くんかう〔くんきやう〕(薫香)	仏土に微妙の一あり	89	薫物	160⑭
	汀は妙なる一風に充満り	128	得月宝池	226⑩
	一風にやかほるらむ	55	熊野五	106⑫
	いたづらに一のたき物のみや	113	遊仙歌	203⑪

くんこく(君国)	忠臣は—の宝なり	99	君臣父子	178③
くんし(君子)	—の名を露し	114	蹴鞠興	206③
くんじゆ(薫修)	—の功をぞ積ときく	109	滝山等覚	195⑨
くんしん(君臣)	—上下をさだむ	161	衣	279⑧
	—の通ずるなるべし	98	明王徳	177⑧
	—世を治て直なれば	81	対揚	148⑪
	薬の—を弁へんや	90	雨	異304③
くんしんがつてい(君臣合体)	凡—のことはり	66	朋友	127①
くん・ず(薫)	薬草薬樹の花の匂病即消滅の風—ず	16	不老不死	56⑭
	涅槃の山に風—ず	89	薫物	161②
	涼風—ずる摩訶陀苑の	94	納涼	168⑭
ぐんせん(軍戦)	楚の—に	65	文武	125⑥
くんめい(君命)	命を—に任つつ	99	君臣父子	179④
ぐんるい(群類)	—の奴とならむとぞ思ふ	86	釈教	157③
	苦海の—を済なるも	73	筆徳	136④
くんわう(君王)	—徳たかくして	80	寄山祝	146④
	—の側にまみえつつ	93	長恨歌	167②

け

け(毛)	磯の上古鼠の尾の—といはるるも	78	霊鼠誉	144⑮
けい(磬)	或は文鮏の—をならすも	130	江島景	230⑫
げい(芸)　＊諸—	夫蹴鞠は三国握玩の—	114	蹴鞠興	204⑫
	道は氏を賞ずる—として	156	随身諸芸	271⑭
	殊に此—に達し	114	蹴鞠興	205⑤
	この—の雌雄を計つつ	155	随身競馬	270⑦
	—を化人に感ぜしむ	60	双六	115⑥
	—を都鄙に感ぜしむ	65	文武	125⑭
げいいん(鯨音)	祇園精舎の—は	170	声楽興下	293③
けいかう(景行)	さればや—の賢き御世の事かとよ	51	熊野一	101⑩
けいきよ(鶏距)	—を馬蹄にまじへては	73	筆徳	135⑩
けいくわんぼく(鶏冠木)　＊かへで	—のくれなゐ	114	蹴鞠興	206①
	—は秋の日の	171	司晨曲	295④
けいげつ(閨月)	—の冷きを愁るも	125	旅別秋情	223⑪
けいけん(軽軒、輊軒)	青牛朱輪と花軒—	115	車	両337⑦
	—轅をめぐらして	145	永福寺并	256⑤
けいげんしゆひ(瑩玄珠碑)	沙門勝道歴山水—と書給し	138	補陀落	244⑪
けいこく(渓谷)	—の砂も滑かに	140	巨山竜峯	248②
けいさう(軽婕)	彼—を退けて	124	五明徳	221⑧
けいし(慶子)	殷の目楊と漢の蘇師—	60	双六	115③
けいしう(瓊樹)	—を抽る林の雪は	10	雪	50⑩
けいしやう(形情)	江の島の—	130	江島景	230③
げいしやう(霓裳)	緱嶺の雲に戯れし—	121	管絃曲	217⑨
	—性律の秋の調	121	管絃曲	217③
げいしやううい(霓裳羽衣)	—のたもとに	62	三島詣	120⑩
	—の袂に	93	長恨歌	167①
けいしゆ(景趣)	—心すごくして	92	和歌	166⑥
けいしよ(経書)	壁に納し—も	91	隠徳	163⑩
けいじん(鶏人)	—暁を唱て雲井に聴を驚かし	118	雲	210⑫

	—暁を唱て明王の眠を驚し	171	司晨曲	293⑬
けいずい(瓊蕊)	金銭—の宝豊に	151	日精徳	264⑥
	—を砕て朝に服すれば	123	仙家道	220⑪
けいせつ(蛍雪)	文には—の玩び	88	祝	159⑥
けいぜつ(鶏舌)	梅—を含ては	171	司晨曲	294①
けいそ(鼷鼠)	—の字を載られ	78·	霊鼠誉	145①
けいそく(鶏足)	学でも—の教儀に	141	巨山修意	249⑦
	—の蘿の洞こそ	91	隠徳	165①
	—の聖跡に同く	146	鹿山景	258③
けいそくせん(鶏足山)	—に置袈裟や	163	少林訣	283⑪
げいたい(鶂退)	さても—の身をかへりみて	76	鷹徳	異308⑪
けいてう(渓鳥)	—も雲に入ぬれば	5	郭公	45③
けいと(京都)	—の声もなつかしく	116	袖情	209⑦
けいば(競馬)	—の道興を催事	155	随身競馬	270⑥
けいばつ(刑罰)	—の依違を慎む	98	明王徳	177⑩
けいび(鶏美)	—はおしねの花かつら	171	司晨曲	295⑤
けいぶつ(景物)	紅葉は秋の—	114	蹴鞠興	206①
	梢をかざる林間の—	150	紅葉興	262②
けいめい(鶏鳴)	函谷の関の—	171	司晨曲	295②
けいりん(渓林)	—葉落て塞雁声冷じ	119	曹源宗	212⑤
けいろう(鶏籠)	—月に嘶しは	171	司晨曲	295③
	そよや暁月を—の峯にをくり	126	暁思留	224⑪
	—の山ぞ明ぬめる	70	暁別	131⑤
けいゑつ(荊越)	昼は—に秣を養ふ	77	馬徳	異311⑦
けうぎ(教義)	学でも鶏足の—に	141	巨山修意	249⑦
けうげ(教外)　＊をしへのほか	—単伝の心印なりければ	119	曹源宗	212①
けうげつ(教月)	—西天に朗に	77	馬徳	141⑭
げうげつ(暁月)	—露にさむき色	67	山寺	127⑫
	そよや—をけいろうの峯にをくり	126	暁思留	224⑩
けうしやう(巧匠)	乾陀羅国の—	101	南都霊地	183⑥
けうしやく(教釈)	大日の—も	102	南都幷	185⑩
けうしゆ(教主)	法華経中一乗—	85	法華	154⑬
	方域西土の—の縁として	147	竹園山	259⑫
	一代—の御法は	122	文字誉	217⑭
	一代無二の—も	161	衣	279⑨
げうしゆん(堯舜)	今又—の直なる道に立帰り	151	日精徳	264⑨
けうぼふ(教法)	始て開し—	91	隠徳	165②
	八会に儲し—	97	十駅	175⑬
	—いまにたえせねば	16	不老不死	56⑬
	されば釈尊の—にも	163	少林訣	282⑥
	凡—の中には	162	新浄土	281⑩
	あるひは四明の—を安置して	138	補陀落	244⑥
けうまう(教網)	—四方に覆つつ	97	十駅	176⑤
けうもん(教文)	逢がたき御法の—	73	筆徳	136③
けうやう(孝養)	復有荘厳修—	99	君臣父子	179⑩
けおさ・る(気おさる)	明石は—るべけれども	29	源氏	73⑨
けが・る(汚)	—れたるにまじはり	152	山王威徳	267③
けがれ(穢)	大白の—はさもあらばあれ	58	道	111④
	猶其—をきよむとか	78	霊鼠誉	144⑦
けぎ(化儀)	垂跡は—にしたがひて	62	三島詣	119②

	—をかしこにととのへ	62	三島詣	119④
げき(外記)	上卿参議弁史—	172	石清水	297⑦
	—の庁の有様	72	内外	134⑧
げくう(外宮)	内宮—と祝れ	72	内外	134①
けげん(化現)	六観音の—にて	62	三島詣	120⑤
けごん(飢饉)	—の愁を顕す	109	滝山等覚	196⑨
けごんかいゑ(花厳海会)	—の霊場の砌に	103	巨山景	異310⑤
けさ(今朝)	とまらぬ—の面影	70	暁別	131④
	契し—の玉章	39	朝	87③
けさ(袈裟)	えんじやうづみ又—つみけるや	78	霊鼠誉	144⑬
	鶏足山に置—や	163	少林訣	283⑪
けし(芥子)	—のひまをも漏さず	143	善巧方便	254③
けしき(気色)	唐人の立舞袖の—	116	袖情	210③
	神さびまさる—なり	172	石清水	297⑪
	稀なる秋の—に	74	狭衣袖	137⑥
	いつしかさゆる—にて	90	雨	161⑬
	しばし立寄—の	94	納涼	168⑨
	くもる—のうれしきは	118	雲	211④
	浅間の嵩のあさましくもゆる—は	22	袖志浦恋	63⑬
	暮ゆく空の—は	40	夕	88⑩
	浅間の嶽の朝夕にもゆる—は	22	袖志浦恋	両325⑪
	ただ—ばかりひきかけて	29	源氏	73⑩
	明る—も閑にて	1	春	41⑨
けしきば・む(気色ばむ)	みな—み霞わたれるに	29	源氏	73①
けしやう(化生)	万物—の謂あり	169	声楽興	291①
けじやう(化城)	されども—にさかのぼる	97	十駅	174⑧
	終には—にとどまらざれ	77	馬徳	異304⑨
	しばらく—にとどまりて	38	無常	85②
	一乗—の妙文	62	三島詣	121⑤
げじゆん(下旬)	さてもこの中呂—の比ぞかし	138	補陀落	245③
けすいく(花水供)	—にはじまり	96	水	171⑦
けすらひ(擬)	香の几帳の—も	160	余波	278②
けせき(芥石)	—を久劫に礲(ひすらげ)つつ	97	十駅	174⑨
げだう(外道)	元これ—の友とかや	72	内外	134⑮
けたうつばり(桁梁)	—の通路に	78	霊鼠誉	144②
けたか・し(気高し)	—く聞る沓の音	104	五節本	188⑫
	—くこそは搔たつれ	29	源氏	73⑦
	内弁—く舎人めす	105	五節末	189⑬
けだし	風の力—よはし	164	秋夕	284⑥
げだつ(解脱)	—空恵の二の諍ひ	81	対揚	149⑨
	皆得—苦衆生	172	石清水	297⑭
	然ば—の風涼しく	146	鹿山景	257⑪
	語言三昧の台には—の風冷しく	95	風	異309⑩
	—の風も涼きは	49	閑居	99②
	—の衣を荘とし	161	衣	279⑨
	威儀を忘れし—の袖も	159	琴曲	276⑨
	—之袂無漏之台	89	薫物	異303⑪
	—の実をぞ示ける	129	全身駄都	229⑥
	—の威儀を刷ふ	128	得月宝池	226⑭
けちえん(結縁)	尊重讃嘆の値遇—	129	全身駄都	229⑩

	—あまねき神垣に	46	顕物	異307⑥
	—灌頂の儀式	139	補陀湖水	247③
	眼前—絶ずして	57	善光寺次	110⑦
	此等の—たのもしく	62	三島詣	120⑧
	せめても浅からぬ—に	131	諏方効験	233②
	我等に深き—の	86	釈教	157⑤
	—のふかく悦しき事を思へば	108	宇都宮	192⑤
	抑—も忝なく憑み有は	72	内外	異308③
	—も殊に憑あるかな	145	永福寺幷	256⑬
	仏陀に—を求る	96	水	171⑦
けちえんくりき(結縁功力)	—も化ならねば	120	二闌提	214⑨
けちえんじや(結縁者)	乃至値遇の—	176	廻向	異315⑪
	哀愍道場—	61	郢律講	117⑨
け・つ(消)	—たずもあらなん玉篠の	168	霜	290①
	涙に—てども消もせず	69	名取河恋	129⑭
	—なば—ぬべき命の	10	雪	51③
	—なば—ぬべき命の	10	雪	両330④
	とはぬはつらく—ぬべきに	103	巨山景	186⑮
げつ(月)　＊つき	夫高山—をささへ	173	領巾振恋	298②
げつくわもん(月花門)	—の夕月夜	7	月	48⑧
げつけい(月卿)	—冠を傾け	39	朝	86⑩
	階下の—松屋の雲客	155	随身競馬	271②
けつごふ(結業)	—煩悩の霧霞	153	背振山	268⑪
けつ・す(決)	雌雄を—せむと望しかば	60	双六	115⑩
けつぢやう(決定)	—代受苦疑がはず	120	二闌提	214⑩
	—知近水の喩に	96	水	172⑥
けづりな・す(削成)	誰かは—しけん	34	海道下	79③
	—せる工も	59	十六	異307⑨
けづ・る(削)	柴椽—る飛騨工み	140	巨山竜峯	248⑥
けづ・る(梳)	風に髪—り雨にゆするしてや	64	夙夜忠	123⑪
げでん(外典)	—の風塵を払ひ	72	内外	133⑩
けど(化度)	ことごとく—せんとの御誓	120	二闌提	両339④
げにさば　＊さば	—何なる睦有て	135	聖廟超過	240⑦
	—えならぬ別路いひしらずぞや覚る	126	暁思留	224⑤
	蛬の声聞き事をや—嫌らん	125	旅別秋情	223⑥
	—神の恵ぞたのもしき	2	花	42⑩
	又—草顔淵が巷にしげかんなる物をな	43	草	92⑨
	其名は—高砂の尾上の松の	12	嘉辰令月	53⑫
	時しも秋の長夜の恨や—尽ざらむ	157	寝覚恋	273①
	—誠の法の道の	89	薫物	160⑬
	—宮城野の原野田の玉河ならねども	145	永福寺幷	256⑩
けにん(化人)	芸を—に感ぜしむ	60	双六	115⑥
げはい(下輩)	—のしもを顕はす	87	浄土宗	157⑭
けはひ(気配)	秋に成ゆく空の—	71	懐旧	132⑧
けふ(今日)	昨日は—にくれは鳥	107	金谷思	192②
	昨日の山よ—の海	58	道	111⑧
	五夜の節会の—の名残	105	五節末	189⑩
	—の日いまにあらずな	13	宇礼志喜	54⑥
	—のひるまのこひしさに	75	狭衣妻	139②
	昨日の現—の夢よ	134	聖廟霊瑞	238⑫

	むさし野を—はなやきそと	28	伊勢物語	異306⑧
	—も暮ぬと聞わぶる	164	秋夕	285⑨
	—もこずとうらみしは	2	花	42⑬
	—よりは間なく時雨の	9	冬	49⑩
	—をや松の梢の	132	源氏紫明	235⑪
げぶ(外部)	乃至—の天童も	72	内外	異308⑤
	—の変作品ことに	143	善巧方便	254⑤
	両部の—を司どる	81	対揚	149⑫
けぶつ(化仏)	—は空に顕れ	85	法華	154④
けぶり(煙)	室の八島にたえぬ—	35	羇旅	81⑨
	胸のあたりに立—	69	名取河恋	130①
	かひなき恋にくゆる—	106	忍恋	190⑥
	富士の高根に立—	107	金谷思	191⑪
	野にも山にも立—	134	聖廟霊瑞	239①
	民はさかふるかまどに立—	68	松竹	両328⑤
	下野や室の八島に立—	31	海路	両334①
	—消行空までも	109	滝山等覚	196⑤
	栴檀の—雲はれて	129	全身駄都	227⑬
	竹の—立まさり	68	松竹	129⑤
	野径に—靡きて	35	羇旅	81②
	思にもゆる—と	113	遊仙歌	203⑪
	旅の空夜半の—と	127	恋朋哀傷	225⑩
	はかなき空の—と立のぼりにし	168	霜	290⑥
	室の八島の—に	74	狭衣袖	138③
	—にまがふあさ霞	30	海辺	74⑦
	浅間の—にまがふは	57	善光寺次	109⑫
	富士の—に身をこがし	92	和歌	166⑦
	朝気の—の朝もよひ	39	朝	87⑥
	雲に立そふ—の跡は	118	雲	211⑥
	賑へる—の竈山も	135	聖廟超過	241⑤
	消ゆく—の下に咽び	131	諏方効験	232④
	—の末ぞおぼつかなき	20	恋路	62⑥
	野原は—のすゑ遠く	125	旅別秋情	223①
	—の末にやあらはれん	21	竜田河恋	62⑭
	—の末の面影	23	袖湊	65⑧
	—の末のとにかくに	75	狭衣妻	139①
	—のすゑのひとすぢに	32	海道上	77⑭
	—のすゑも隠れなく	35	羇旅	82⑦
	此等は雲—の浪の外	60	双六	115③
	東岱前後の—は山の霞と立のぼり	84	無常	153⑧
	—ばかりを此世の思出ならば又	24	袖余波	66④
	野外の—片々たり	57	善光寺次	109⑤
	富士のねの—も空に立のぼり	22	袖志浦恋	63⑬
	富士のねの—も空に立のぼり	22	袖志浦恋	両325⑪
	富士のねの—や空になびくらむ	99	君臣父子	178⑦
けぶりのなみ(煙の濤)	雲の浪—をしのぎて	30	海辺	73⑭
	雲の濤—を凌て	51	熊野一	102②
けぶりくらべ(煙くらべ)	女三の宮の—	107	金谷思	191⑭
げべん(外弁)	—の上達部は鳥曹司にやすらふ	72	内外	134⑨
けまんたいまう(華慢帝網)	花は—たがひに匂をほどこし	61	郢律講	118⑪

けやう(蹴様)	三段に—あり	114	蹴鞠興	207⑤
げゆう(外用)	応化等流の—の	63	理世道	123④
	—の雨あまねく	108	宇都宮	192⑧
	内証の月朗に—の雲をやはらふらむ	62	三島詣	120⑨
	人倫—の諸芸を賞ぜしむる故也	135	聖廟超過	240③
	内証—を顕はす	72	内外	134②
けらく(快楽)	遊宴は勝妙の—なり	82	遊宴	150⑦
	共に—の境なれど	72	内外	134③
げゐん(外院)	内院—の位あり	72	内外	134③
けん(賢)	或は位を—に譲て	98	明王徳	176⑨
	すべからく—をまなびては	63	理世道	122⑩
	殷帝—を求しかば	98	明王徳	177⑤
けん(絃)　＊小—、大—、諸—	其—四絃にして	133	琵琶曲	236②
	猶この—にきはむる	159	琴曲	275⑬
	—の数も事ことに	159	琴曲	276①
	索々たる—のひびき	7	月	48②
	第一第二の—は索々たり	170	声楽興下	292⑥
	第三第四の—は又夜の鶴子を	170	声楽興下	292⑦
げん(現)	二八の尊者はいま—に	16	不老不死	56⑪
けんかくのみね(剣閣の峯)	—に登とか	93	長恨歌	167⑩
げんき(元気)	大易は天地未分の—たり	169	声楽興	290⑬
けんきう(建久)	近く—の治天には	71	懐旧	132⑬
	—の治天を撰びしも建つて久しかるべき	144	永福寺	254⑭
けんぎう(牽牛)	—織女を感じて	115	車	208①
げんきもん(玄暉門)	—の内より	104	五節本	188⑥
げんきう(玄宮)	太上玄始の—は	123	仙家道	220③
げんくわ(元和)	—のいにしへも	13	宇礼志喜	54⑤
	—九年の秋八月	42	山	90⑪
	又—の叟のあそびし	115	車	208②
けんげ(顕化)	両部の諸尊の—にて	137	鹿島社壇	243⑨
げんけ(源家)	—細柳の風を仰ぎ	172	石清水	296⑤
げんけしやうぐん(源家将軍)	—の白旗を	154	背振山幷	269⑬
けんご(堅固)	金剛—の錫杖は	120	二闡提	213⑪
	—法体の体として	129	全身駄都	229③
けんこく(嶮谷)	嶺嵐の烈き—の	159	琴曲	275⑥
けんさい(賢才)	—かかはらざる故とかや	65	文武	125⑤
げんじ(源氏)　※物語	—の紫の上	2	花	42⑭
	—のわりなき節には	59	十六	113⑧
	—の巻にも松風野分ぞわりなく聞ゆ	95	風	170③
	—の巻の中にも紅葉の賀ぞすぐれたる	150	紅葉興	263①
けんしやう(見性)	直指人心—成仏	119	曹源宗	212①
	直指人心の—は	163	少林訣	282⑤
けんじやう(縑緗)	あらゆる内外の—も	143	善巧方便	253⑥
	内外の—おほくは	44	上下	93⑪
げんじやう(硯上)	—氷解て	165	硯	286②
げんじやう(原上)	竜門—の苔の下	160	余波	277⑦
げんじやう(玄弉)	—戒日王の宮にして	101	南都霊地	183⑭
げんじやう(玄象)	雲井に響く—	133	琵琶曲	237①
	—の撥音妙にして	121	管絃曲	217⑥
げんじやう(現成)	—公案大難々々	119	曹源宗	212⑤

けんしゆ(賢首)	—の智光を輝て	97	十駅	176①
けんじよう(顕乗)	—の雲をや隔らん	59	十六	114⑦
げんしれう(厳子陵)	—が富春山	42	山	90⑨
けんしん(懸針)	—垂露麟鵠	122	文字誉	218④
けんじん(賢人)	—の忠を顕すは	46	顕物	96③
	—もさすが捨ざりき	47	酒	97⑤
げんしん(現身)	—に御法を説たまふ	129	全身駄都	228⑧
けん・ず(献)	然も百薬の名を—ず	47	酒	96⑫
	不老不死の薬を—ずとか	16	不老不死	56①
	卯杖を—ずとかやな	44	上下	93②
	軒端なる花たち花をぞ—ずべき	82	遊宴	異302⑨
げん・ず(現)	千の白馬を—じつつ	77	馬徳	142⑤
	霊神三所—ぜしは	138	補陀落	245⑪
けんせい(賢聖)	みな—の風を仰ぐ便として	124	五明徳	221⑦
げんせい(元正)	聖武—の為に造り	101	南都霊地	183⑤
けんせき(賢跡)	弘法大師の—	138	補陀落	244⑪
げんぜん(現前)	祇園鶖子も—し	97	十駅	175⑭
けんそう(顕宗)	—の朝には移けん	96	水	171⑬
けんそう(憲宗)	—常に是を見る	158	屛風徳	273⑬
げんそう(玄宗)	—位に御座て	93	長恨歌	166⑭
	—ことに賞き	114	蹴鞠興	205⑮
	—皇帝の楊妃が肩にかかりて	41	年中行事	89⑨
けんそく(検束)	—の誉あまねく	97	十駅	173⑫
けんぞく(眷属)	をのをの七千の—と	16	不老不死	57②
けんぞくしん(眷属神)	星を連る—	135	聖廟超過	240⑪
げんたう(現当)	—二世の願望も	172	石清水	297⑮
けんだつばじやう(乾闥婆城)	幻夢影焔—の遍計は	38	無常	84③
けんだらこく(乾陀羅国)	—の巧匠	101	南都霊地	183⑥
げんぢう(厳重)	—にぞやおぼゆる	139	補陀湖水	246⑫
けんちやう(建長)	—の昔のまつりごとの	103	巨山景	186③
けんちやうじ(建長寺)→たつてながきてらヲミヨ				
けんぢやく(揀択)	退て—の嶮路につまづかざれ	141	巨山修意	250①
	—の道にもとどこほらず	147	竹園山	259③
	唯—を嫌とか	119	曹源宗	212⑩
けんぢよ(賢女)	—の聞ありしは	45	心	95⑨
けんてい(賢貞)	千歳—の徳をえて	114	蹴鞠興	206②
げんど(玄度)	—なき事をやうらみけん	66	朋友	126⑧
げんとうそせつ(玄冬素雪)	—のさむきにも	110	滝山摩尼	197⑮
けんとくゐん(顕徳院)	中にも—殊に此芸に達し	114	蹴鞠興	205⑤
けんなん(嶮難)	しかれば—の河磯をわたり	136	鹿島霊験	242⑤
けんひ(権扉)	鎮衛の—をおし開く	134	聖廟霊瑞	237⑦
けんふ(玄圃)　＊けんほ	崑崙—閬風山	42	山	90⑥
けんぶ(建武)	斉の—の時かとよ	97	十駅	174⑮
げんぶく(元服)	—祝言之台	174	元服	異301⑦
げんへいりやうか(源平両家)	—の良将よりや	65	文武	125⑭
けんほ(玄圃)	—も浪のよそなれば	82	遊宴	異302⑨
けんみつ(顕密)	—権実みなもれず	85	法華	155③
	すべて—品々の法楽	139	補陀湖水	247③
	—ともに漏ざれば	78	霊鼠誉	145②
	—の法施豊なれば	108	宇都宮	194①

げんむやうえん(幻夢影焔)	―乾闥婆城の遍計は	38	無常	84③
げんめい(元明)	―の聖代和銅二の年とかや	154	背振山幷	269⑩
げんめう(玄妙)	―の善理を巻置て	149	蒙山謡	261⑫
けんりやうのしん(賢良の臣)	あまねく―にまかせて	63	理世道	122⑦
げんれい(玄齢)	魏徴―が諍	65	文武	125⑤
	魏徴房―二人の臣	63	理世道	122⑨
けんろ(嶮路)	退て揀択の―につまづかざれ	141	巨山修意	250①
けんわう(賢王)	―は廟神の再誕	99	君臣父子	178③
けんゑん(軒轅)	―はじめて練武の法則をなせりや	114	蹴鞠興	204⑬

こ

こ(子)	浄蔵浄眼の二人の―	81	対揚	149⑧
	其―以―たる睦なり	99	君臣父子	178⑤
	千世もと祈る人の―の	38	無常	84⑦
	―をあがひて父母にたまふ	63	理世道	121⑪
	夜の鶴―を思ひてや	170	声楽興下	292⑦
	―をおもふ雉も還ては	131	諏方効験	232④
	―を思ふ道にかはらねば	62	三島詣	120①
	―を思ふ道にや播くれむ	99	君臣父子	178⑭
	―を思ふ道の老のなみ	160	余波	278⑫
	―を思ふ闇路は晴やらず	58	道	111⑪
	琴腹に―をばまふけけん	78	霊鼠誉	144⑫
こ(籠)	―の中に鳴声ならん	170	声楽興下	292⑧
こ(胡)	―の笳吟動する時は	170	声楽興下	292⑭
こ(鼓)	鳳管琴―とりどりに	121	管絃曲	215⑪
ご(碁)	三十廿四十とかぞへし―の	60	双六	116①
	御―の相手に召て	60	双六	116③
ご(期)	げに後会を―せんや	134	聖廟霊瑞	238⑬
	後会其―はるかにして	70	暁別	131③
こいう(己有)	恒砂の―をしらざれば	97	十駅	175⑪
ごいん(五音)	宮商角徴羽の―	86	釈教	156⑫
	備るは―なるべし	133	琵琶曲	237②
	この性―に通じて	121	管絃曲	215⑩
	是みな―のし態なり	121	管絃曲	216⑥
	―みな風にあり	95	風	170⑤
	―呂律の徳用も	169	声楽興	290⑭
こいんじゆ(胡飲酒)	―の曲ぞ勝たる	47	酒	97⑨
こう(功)	国を守―あつし	65	文武	125⑬
	其―かならず至ては	128	得月宝池	227⑨
	其―ただ作となさざるとなれば	141	巨山修意	250②
	夙夜の―やつもるらむ	64	夙夜忠	124①
	積れる―をあらはす	102	南都幷	185⑤
	夫蜀茶は―をあらはす事	149	蒙山謡	260⑬
	―を重ぬる亀の尾山の	42	山	両327⑤
	薫修の―をぞ積ときく	109	滝山等覚	195⑨
	夙夜の―をや重ぬらん	39	朝	86⑩
こうあん(公案)	現成―大難々々	119	曹源宗	212⑤
こうえふ(紅葉)　＊もみぢ	林を粧る―	8	秋興	48⑭

	興有哉興あり紅葉又—	150	紅葉興	262①
	—巌上に色をそふ	67	山寺	128③
	興有哉興あり—又紅葉	150	紅葉興	262①
	—落葉の手綱	150	紅葉興	263④
	—を賞ぜられし叡覧	150	紅葉興	262③
ごうが(恒河)　＊恒砂(ごうじや)	数—の砂もかぎりあり	129	全身駄都	229②
ごうがしや(恒河沙)	三千世界—如来	9	冬	50①
こうがん(紅顔)　＊くれなゐのかほ	潘安仁が—	100	老後述懐	179⑭
	—空に衰	27	楽府	70⑫
	翠黛—なつかし	97	十駅	173⑨
	—の粧にほひやかに	59	十六	113⑩
こうき(弘徽)　※弘徽殿	温明—二の殿	114	蹴鞠興	206⑤
	彼—殿の玉章をば	160	余波	278⑧
	—殿の廊の推明方の朧月夜	24	袖余波	66⑥
	—殿の細殿の前をば過て登花殿	104	五節本	188⑤
こうきん(紅錦)	台にはしけり—の色	15	花亭祝言	55⑥
	—を曝す春日かげ	3	春野遊	43⑥
こうくわ(紅花)	—根に帰り	161	衣	280⑥
こうくわい(後会)	—其後はるかにして	70	暁別	131③
	げに—を期せんや	134	聖廟霊瑞	238⑬
こうこく(興国)	—の霊場鎮に	140	巨山竜峯	247⑧
こうさう(空窓)	—にともし火のこれども	69	名取河恋	130⑤
こうざん(空山)	—に送なり	7	月	48③
	—に叫猿の声	49	閑居	99⑩
こうし(孔子)	—の集ける毛詩の郢曲	59	十六	異307⑨
	—の報恩に日を点じて	71	懐旧	132⑫
	伝きく—の教いまに絶ずや	91	隠徳	163⑩
	周公—の教ならむ	45	心	94⑬
	—は顔子淵が別を深く悲む	127	恋朋哀傷	225⑤
こうし(紅紫)	—二の色ならむ	150	紅葉興	263②
ごうじや(恒砂)　＊恒河	—の己有をしらざれば	97	十駅	175⑪
	—の仏もま見え給ふ	85	法華	154⑫
こうしん(功臣)	—忠有ば国をまもる	45	心	94⑫
	—忠ふかき事	80	寄山祝	146④
	—のいとなむ道なり	63	理世道	122①
	—の忠勤によりてなり	64	夙夜忠	123⑬
	—の忠も何かせん	85	法華	155⑤
こうじん(紅塵)	—の賞にすすめても	149	蒙山謡	261⑨
こうたう(紅桃)	—の浪にや立まさらん	82	遊宴	異302⑦
	—の錦を織作り	151	日精徳	264⑨
こうちき(小袿)	色濃—に	29	源氏	73⑥
こうづのわうじ(郡戸の王子)	九品津小坂—	51	熊野一	102⑦
こうてう(後朝)	県召の—	96	水	172④
こうとう(空洞)	—ふかく徹れり	153	背振山	268⑥
こうにん(弘仁)	—聖暦の事かとよ	139	補陀湖水	247②
	されば—天長承和の	76	鷹徳	140⑥
	大同—の善政	139	補陀湖水	247①
	—七年の夏の天	138	補陀落	245⑪
	—の聖主の勅願	138	補陀落	244⑫
こうばい(紅梅)	雪の下の—	111	梅花	200⑤

こうばいどの(紅梅殿)	―梅殿梅苑梅の宮	111	梅花	200④
こうばいのおとど(紅梅の大臣)	―ときこえしも	111	梅花	200⑩
こうひ〔こひ〕(后妃)	―の後に立るてふ	171	司晨曲	295⑤
	第二は―の睦なつかしく	62	三島詣	120⑥
こうふく(興福)	会は―のや春の花あざやかなり	101	南都霊地	183⑫
こうぼふ(弘法)　※弘法大師	南山―の鎮壇	101	南都霊地	183⑦
	伝教―慈覚智証	154	背振山幷	269④
	―大師の賢跡小玉殿の社は	138	補陀落	244⑪
	―大師の形見には妙法山の石の室	109	滝山等覚	195⑬
	―大師の誕生も多度の郡屛風の浦	158	屛風徳	274④
	―大師の入定は紀伊の国高野の山のおく	42	山	91③
こうめい(功名)	―も泡影に異ならず	119	曹源宗	212⑦
こうらう(孔老)	―無為の理を説のみか	122	文字誉	217⑭
こうりう(興隆)	仏法人法―す	139	補陀湖水	247③
こうりやうでん(後涼殿)	―の西裏弘徽殿の細殿の	104	五節本	188⑤
こうりん(紅輪)	―をしづむる青海に	130	江島景	230⑭
こうれい(緱嶺)	―の雲に戯れしげいしやう	121	管絃曲	217⑨
こうれう(紅蓼)	―色さびしき秋の水に	164	秋夕	284⑦
こうろ(鴻臚)	袂を―の露にぬらし	70	暁別	131③
こうわう(興王)	―に虎を伏しつつ	97	十駅	174⑮
こうん(孤雲)	宝や―に普からむ	146	鹿山景	258②
ごうん(五雲)	則竜に化しつつ乗て昇し―の上	123	仙家道	221①
こえかか・る(越かかる)	夕―る旅の空	40	夕	87⑬
こえか・ぬ(越かぬ)	孟嘗君が―ねし	171	司晨曲	295②
こえす・ぐ(越過)	さまざまの渡を―ぎて	57	善光寺次	110⑤
ごえふ(五葉)	―の枝になよびかに	89	薫物	160⑨
ごえふのたけ(五葉の嶽)	―の夕あらし	110	滝山摩尼	197⑬
ごえふまつ(五葉松)	霊山深山の―	104	五節本	188⑪
こえゆ・く(越行)	―くすゑの市路より	173	領巾振恋	299⑥
	―く末の松山の	38	無常	84④
こが(虎牙)	職は―に連りて	65	文武	125②
	―は雲にうそぶき	78	霊鼠誉	143⑦
ごかい(五戒)	―法衣の厚きちから	161	衣	279⑫
こがう(故号)	―八幡大菩薩となりければ	172	石清水	297⑭
ごかう(五更)	眠は―に覚めぬれば	38	無常	84②
	或は―に夢をさまし	51	熊野一	101⑫
	―に夜閑なりしに	60	双六	115⑨
	僅に―の中に	135	聖廟超過	240⑭
	―の天の明方	152	山王威徳	267⑥
	―の鳥に人もなく	173	領巾振恋	299④
	眠は三更―を重ても	157	寝覚恋	272⑪
	人間―を告なれば	171	司晨曲	293⑪
こがくれ(木隠)	大内山に―	60	双六	115⑦
	思もわかぬ―に八声の鳥の	171	司晨曲	295①
	―ふかき中河の	96	水	171⑬
こかげ(木蔭)	外面の―露冷し	4	夏	44⑫
	青葉こそ山のしげみの―なれ	57	善光寺次	109⑨
	―にいざさばやどりとらむ	31	海路	76②
	碇綱を―に結てや	130	江島景	230⑪
	花の―にやすらへる	114	蹴鞠興	207③

こ

	つづける—の松本	52	熊野二	103⑫
	森の—も涼しきに	94	納涼	168⑨
こが・す	富士の煙に身を—し	92	和歌	166⑦
こがね(金)	—の阿字の水すみて	109	滝山等覚	195⑭
こがねのいろ(金の色)　＊こんじき	—にあらはれし鷹の徳ぞ目出き	76	鷹徳	両326⑥
こがねのうてな(金の台)	—に乗じつつ	151	日精徳	265①
こがねのかんざし(金の簪、釵)	—含嬌繡の褥を重て	113	遊仙歌	両340④
	—を直しくし	113	遊仙歌	204⑥
こがねのなみ(金の波)	—のよるの露や	110	滝山摩尼	197⑮
こがねのは(金の葉)　※金葉集	—をかさぬるも同き御宇と	92	和歌	165⑭
こがねのみと(金の御戸)	—の玉簾	171	司晨曲	295⑧
こがねのめい(金の銘)	—をあらはせり	153	背振山	268⑦
こがらし(木枯)	四方の—心あらば	74	狭衣袖	138⑦
	—寒く雪ちれば	55	熊野五	106④
	松の行あひの—に	40	夕	87⑫
	薄霧残る山もとくらき—に	96	水	172①
	すき間さびしき—の	19	遅々春恋	60⑬
	身を—の風のをとに	168	霜	290③
	—はげしき飛鳥川	95	風	170⑭
	—はげしき木にのぼり	171	司晨曲	294④
こが・る(焦)	煖に—るる夏虫の	97	十駅	173⑤
こがん(孤岸)	—に律令する如きにいたりては	138	補陀落	245⑧
こがん(古岸)	—の古風を仰ば	147	竹園山	259②
こぎ(小木)	—の若葉の若緑	52	熊野二	103④
こぎい・づ(漕出)	只ひたすらに—でむ	86	釈教	156⑭
こきう(古宮)	—の月に思出て	64	夙夜忠	124⑫
ごきしちだう(五畿七道)	—の人民も	96	水	172⑪
ごきせい(御起誓)	様々の—ありしかば	172	石清水	296⑨
こきふ(呼吸)	暁の鶯—する時は	169	声楽興	291⑧
こきやう(古郷、故郷)　＊ふるさと	—の橋と聞わたるも	102	南都幷	184⑫
	—もおなじ月ながら	34	海道下	79⑧
	—を忍ぶ心あり	35	羇旅	81⑧
ごぎやう(五行)	鳳鸞和鳴の声三尺—の形	133	琵琶曲	236②
	—の徳御座ば	172	石清水	295⑫
こぎりめ(小切目)	四三—の一六難の呉流	60	双六	116⑥
こきん(古今)	—異なりといへども	65	文武	126①
	夫—累代のまつりごと	104	五節本	187⑪
こきん(古今)　※古今集	延喜は—に集て	98	明王徳	177⑮
	—の作者は春風興風	95	風	170④
	十次に撰し—集	112	磯城島	201⑦
	赤人を下とも定ざりける—集を撰れ	44	上下	93⑩
	延喜の聖の御代には—集を撰て	92	和歌	165⑪
こ・ぐ(漕)	星の林に—ぎ隠されぬるかと	118	雲	両338⑫
	夜舟—ぐ音ぞね覚のうき枕	130	江島景	231②
	—ぐ舟の浪ものどかにめぐり行	95	風	両332③
	浪もしづかに—ぐ舟は	30	海辺	両333⑧
こくう(虚空)	物々無辺遍—	143	善巧方便	254⑧
	風鈴樹響遍—	95	風	異309⑪
こくうざうぼさつ(虚空蔵菩薩)	—は宝生仏	45	心	両334⑩
こくしき(黒色)	—その色をかたどる	95	風	169⑩

こくすい(曲水)	周旦―の古き風	41	年中行事	89②
	―の遊宴に鸚鵡盃のさかづき	122	文字誉	219③
	―の宴を訪へば	96	水	171⑫
こくど(国土)	普き―の利益有	137	鹿島社壇	243③
	―まことに豊なれば	149	蒙山謡	261①
こくびやくげつ(黒白月)	三十石を並ては―の一廻	60	双六	114⑫
こくも(国母)	―を祈るためなれや	109	滝山等覚	195⑧
ごぐわん(御願)	当山は桓武嵯峨の―たり	139	補陀湖水	247①
	当社の―に因で以て	172	石清水	297⑥
こけ(苔)	寂寞の―の岩戸のしづけきに	50	閑居釈教	100①
	垣根にしげる―の色	98	明王徳	177⑪
	万年の―の色までも	80	寄山祝	146⑭
	―の小筵霜冴て	154	背振山幷	269⑦
	―踏ならすいはがね	55	熊野五	107④
	―踏ならす岩が根	23	袖湊	65④
	―踏ならす副伝	57	善光寺次	109⑥
こけのころも(苔の衣)	わきては斗藪の―に	109	滝山等覚	194⑭
こけのした(苔の下)	竜門原上の―	160	余波	277⑦
	―には入ぬとも	167	露曲	289⑥
	―にはただ其名をや残すらん	38	無常	84⑤
こけのほら(蘿の洞)　＊らどう	鶏足の―こそ	91	隠徳	165①
こけのむしろ(苔の筵)	―を岩がねに	110	滝山摩尼	197①
こけい(虎渓)	―の橋のたはぶれ	66	朋友	両339⑧
ごけしちしう(五家七宗)	―と伝りても	128	得月宝池	226⑪
	―も取々に	119	曹源宗	212⑪
こけぢ(苔路)	雲通―紫金の瀬	55	熊野五	106⑮
	―を伝ふ峯通り	158	屛風徳	274⑤
こけん(古賢)	抑―は今も陰らねば	100	老後述懐	180⑭
ごご(御後)	―の妻戸の下にてぞ	105	五節末	189⑫
ここく(胡国)	蘇武が―の雁札	35	羇旅	81⑦
	馬上に愁吟切なりし―の旅	133	琵琶曲	236⑧
ごこくれいげんゐりきじんづう(護国霊験威力神通)	―大自在王菩薩と示し	172	石清水	297⑬
ここち(心地)	身は化波の―して	24	袖余波	66④
	其面影の―して	32	海道上	76⑧
	其鳴沢の―して	34	海道下	79⑪
	氷を砕く―して	44	上下	94④
	見し東路の―して	71	懐旧	132⑨
	我にもあらぬ―して	74	狭衣袖	138⑤
	さめぬる夢の―して	83	夢	152⑥
	心を動かす―して	112	磯城島	201⑫
	間行駒の―して	134	聖廟霊瑞	239⑥
	双なき朝ぼらけをみる―す	29	源氏	73⑥
	猶又夢の―す	164	秋夕	284⑫
	其唐国を移きて見る―する	103	巨山景	186②
	彼岸につく―すれば	54	熊野四	105⑩
ここのかのえん(九日の宴)	―は年旧て久き菊のさかづき	41	年中行事	89⑬
ここのしな(九品)	乃至一念無生の―の	127	恋朋哀傷	226④
ここのへ(九重)	―に是を立らる	77	馬徳	142⑨
	玉しぎの此―の動なく	11	祝言	異301⑩
	月の都は―の雲の梯にすみわたる	7	月	48⑧

	—の豊の明の小忌衣	10	雪	51①
ごこふ(五劫)	—思惟の間には	162	新浄土	281⑩
	思惟を—にをくりて	122	文字誉	218⑭
	—を尽し悲願は	161	衣	280⑪
こころ(心、意)	朱雀院の問し御—	25	源氏恋	67⑦
	夫異生羝羊の拙き—	84	無常	153③
	朝な々々夜な々々の—	93	長恨歌	167⑪
	四方の木がらし—あらば	74	狭衣袖	138⑦
	古郷を忍ぶ—あり	35	羇旅	81⑧
	称我名号の—あり	87	浄土宗	157⑬
	中にも深き—あり	112	磯城島	202⑦
	春にたのしむ—あり	165	硯	286②
	—有てや雁がねの	82	遊宴	151⑤
	—うかれて浮舟の	89	薫物	160⑫
	—内に動て	92	和歌	165⑦
	—賢く故あれば	78	霊鼠誉	143⑬
	—かしこく故あれば	78	霊鼠誉	両338③
	其も我身の—から	69	名取河恋	130⑨
	—直に仕れば	45	心	95①
	竜生の滝も—すむ	138	補陀落	245③
	猶—すむ山陰の	40	夕	88⑧
	かけば—ぞかよふべき	167	露曲	288⑬
	滝津—ぞさはぎまさる	74	狭衣袖	137⑪
	名利貪—たえず	58	道	111⑩
	夢にもかよふ—ならむ	37	行余波	83⑫
	酔吟先生が—なり	58	道	112⑤
	よしや迷の—なれど	162	新浄土	282②
	住ばすまるる—なれば	50	閑居釈教	100⑨
	秋の—なれば愁の字とは読れけり	122	文字誉	219⑧
	—に愁る事もなし	45	心	95⑪
	人を—に送らざらめや	36	留余波	82⑬
	—にかかりし玉だれの	114	蹴鞠興	206⑬
	—にかかるは軒端なる	89	薫物	160⑦
	—にかくる歩をも	96	水	172⑫
	—にたがふふしもなし	64	夙夜忠	124⑨
	—に誰かはかけざらむ	105	五節末	189⑨
	凡—にふかき思	107	金谷思	191⑥
	風雨を—にまかすれば	137	鹿島社壇	243②
	抑宝を—に任つつ	78	霊鼠誉	145③
	恋ぞ—にまかせねば	45	心	95⑫
	月に—のあくがるる	41	年中行事	89⑪
	虚に—のあくがれけるは	157	寝覚恋	273③
	すける—の掲焉く	28	伊勢物語	71⑭
	—の泉に声をそふ	112	磯城島	201①
	人の—の浮雲に	134	聖廟霊瑞	239⑨
	出やらざりし—の中	171	司晨曲	294⑧
	—の中ぞ切なりし	99	君臣父子	178⑪
	只此—の中なり	162	新浄土	281⑪
	我等が—の中なれや	167	露曲	289④
	深き—の中なれや	151	日精徳	異315⑥

—の内の苦さを	24	袖余波	66⑩
思せく—の中の滝なれや	158	屏風徳	274⑪
—の中の水のみぞ	55	熊野五	106⑦
—の中をいはねば	160	余波	278⑪
—の中をかきくどき	5	郭公	45⑫
されば匂に—の移きて	89	薫物	160④
塵をのがれし—の奥	151	日精徳	264⑭
—の奥に思こといはでの山に	26	名所恋	両326③
—の奥は白河の	117	旅別	210⑧
—のおくは陸奥のくの	28	伊勢物語	71⑦
—のおくをしらせばや	26	名所恋	68⑮
—の霧をや挑まし	22	袖志浦恋	64⑨
すめば—のくもりなき	128	得月宝池	227②
げに其—の如なり	130	江島景	230⑫
—のごとくに宝の珠をおさむるは	45	心	両334⑧
かかる—の指南より	112	磯城島	201②
うと浜のうとき—の駿河なる	26	名所恋	68③
春は—の空にのみ	89	薫物	160③
匂をかはす—の底	163	少林訣	282⑨
我等が—のたとへとす	78	霊鼠誉	145②
猶も—のとまりなれ	34	海道下	79⑥
まよふ—のはてぞうき	69	名取河恋	130⑤
かかる—のはてよさば	106	忍恋	190⑥
人の—の花にのみ移ひやすき故かとよ	122	文字誉	218⑥
—の林詞の露	92	和歌	166⑤
秋の—の晴やらで	134	聖廟霊瑞	239⑨
—の外の法の道か	45	心	95⑭
—の外の法はなし	163	少林訣	282⑥
すすむ—の程もなく	74	狭衣袖	138④
—の程をせき返し	69	名取河恋	129⑪
—のまことを悟えてぞ	45	心	95⑮
—の真をさとりえてぞ	45	心	両334⑫
—のままに施して	97	十駅	176⑤
—のままの蓬は	34	海道下	80⑨
陳平張良が—の道ぞかしこき	45	心	両334⑧
陳平張良が—の道にはせかれき	45	心	95⑩
—の水なれば	163	少林訣	283①
—の馬をしづめずば	77	馬徳	143⑤
人をしたふ—のやみは	175	恋	異306①
せきとめがたき滝津—は	18	吹風恋	59⑨
深き—は有明の	169	声楽興	292①
はつかに思ふ—はうき人の	10	雪	50⑥
—はかはらぬ筆の跡の	122	文字誉	218⑤
—は高麗唐を兼	82	遊宴	150⑨
人の—はしらねども	67	山寺	128⑤
ふかき—は玉くしげ	45	心	94⑬
君に—は筑波ねの	98	明王徳	177①
送る—はひたすらに	35	羇旅	82⑥
秋の—は物ごとに	19	遅々春恋	61⑧
摧る—は我ばかり	22	袖志浦恋	64④

―ひきてや久方の	105	五節末	190①
―竊に松陰の	122	文字誉	219④
―ひとつの―なれば	45	心	95⑬
―ひとつを傷る	107	金谷思	191②
人の―も秋の露の	43	草	92⑤
憑―もいとふかし	152	山王威徳	267⑨
思ふ―も浅からず	46	顕物	96⑦
―も歌にやしらるらん	112	磯城島	202③
いかに―も砕けん	27	楽府	70⑩
―も詞も及ばず	139	補陀湖水	246⑪
―も詞も及ばねば	110	滝山摩尼	197⑤
さこそは―もすみけめ	49	閑居	99④
聞に―もすみぬべし	170	声楽興下	293⑤
久方のあまり阿なき―もて	28	伊勢物語	72⑥
濁らずいさぎよき―もて	34	海道下	80⑧
神の―もやうちとけて	11	祝言	52⑨
にぎわひゆたかに―も安くして	34	海道下	両326⑫
色にも―や移らん	78	霊鼠誉	143⑭
思ふ―や誘けん	5	郭公	45④
神の―やなびくらむ	17	神祇	58③
思―や故有けん	60	双六	116③
思ふ―よ君がため	43	草	92④
おもふ―よなぞもかく	18	吹風恋	59⑧
うつろふ人の―より	168	霜	290③
―より外には法の馬もなし	86	釈教	156②
深が中に深き―を	150	紅葉興	263⑬
されば戴淵―を改	45	心	95①
深き―を顕す	131	諏方効験	233②
―を幾夜の浪に砕かむ	32	海道上	76⑤
―をいたす袖の上に	109	滝山等覚	195②
見に―を傷む	67	山寺	127⑬
第一に―を傷むる	8	秋興	49⑥
秋の―を傷しむる	127	恋朋哀傷	226①
恋慕の―を傷しむる	157	寝覚恋	272⑫
―を傷しむる色	93	長恨歌	167⑫
秋の―を傷しめ	64	夙夜忠	124⑬
―を動かす心地して	112	磯城島	201⑫
其―を動かす理あり	45	心	95④
―を動かすつまとなる	19	遅々春恋	60⑫
―を同じくして	124	五明徳	222⑥
山は関に―をかず	45	心	95⑪
人しれぬ―を通し	112	磯城島	201⑤
―をかるる夕露の	8	秋興	49⑥
―を虚無に任つつ	58	道	111②
そよや―を砕く端として	157	寝覚恋	272⑩
深き―を汲て知	102	南都弁	185⑤
深き―を汲てしる	128	得月宝池	226⑪
すすむ―をくもりなく	62	三島詣	119⑮
思ふ―を先立て	55	熊野五	106⑭
其―を先とさとらしむ	45	心	異307④

	—を先とするや是	45	心	94⑫
	—をさきとや撰けん	45	心	95⑧
	—を閑むる暁の	152	山王威徳	267⑤
	—を知ざる人までも	169	声楽興	291⑤
	手折し—をしらせそめて	74	狭衣袖	137⑧
	—をしらぬ箒木に	45	心	95⑥
	秋の—を勧は	164	秋夕	285⑪
	深き—を伝し後	119	曹源宗	211⑭
	不伝の—を伝へつつ	119	曹源宗	212⑪
	三国—を通ける	122	文字誉	218①
	抑—を徳として	45	心	95⑧
	誰かは—をとどめむ	32	海道上	77④
	同く—を直からしむ	45	心	95②
	諸共に—を直からしむる	127	恋朋哀傷	225③
	ますます—を直くす	158	屏風徳	274②
	—を難波津の浪によす	112	磯城島	200⑫
	されば詩篇に—をのべや	71	懐旧	131⑫
	凡—を法として	45	心	94⑭
	誰かは—を励ざらん	141	巨山修意	249⑭
	いざさば—をはげまして	97	十駅	174⑨
	つよき—を引かへて	73	筆徳	136⑪
	両忠—をひとつにして	98	明王徳	177⑧
	誰かは—をみがかざらむ	50	閑居釈教	100③
	明暮—をみがきつつ	45	心	94⑭
	誠の—をみがきつつ	51	熊野一	101⑪
	いさめる—を道として	78	霊鼠誉	異313⑩
	—を南につかさどる	45	心	両334⑨
	祖師の—をや残らむ	103	巨山景	186⑤
	堅き—を和ぐ	112	磯城島	201⑥
	—を和る基なり	121	管絃曲	215⑪
	荒駒も鞭して—を和げ	156	随身諸芸	両340⑨
こころあて(心当)	音にのみ聞し計の—に	35	羇旅	82②
	有とばかりの—に	83	夢	152⑧
	—にそれかといひし言の葉	115	車	208⑧
こころくせ(心くせ)	引手あまたの—に	78	霊鼠誉	144⑫
こころくらべ(心競)	取組番の—	156	随身諸芸	271⑫
こころざし(心ざし、志)	猶あきだらぬ—	97	十駅	173⑧
	筆を馳て—を顕はす	73	筆徳	135⑪
	—を顕す	76	鷹徳	140④
	—をあらはす	73	筆徳	両328⑨
	其—をみそなはす	108	宇都宮	193④
こころすご・し(心凄)	景趣—くして	92	和歌	166⑥
こころづから(心づから)	いざやさば—の色もみん	45	心	95⑤
こころづくし(心尽)	—にあくがれし	171	司晨曲	294⑦
	—にいく世へむ	31	海路	75⑦
	—にさすらひて	173	領巾振恋	299⑤
	—のいにしへも	160	余波	277⑨
	—の浪の上	79	船	145⑬
	—のはてぞうき	75	狭衣妻	139⑥
	—の舟路の	168	霜	289⑪

	—の夕暮	40	夕	両333④
	—みちのく忍ぶの奥	23	袖湊	65②
こころなが・し(心長)	今までも—きは秋の夜の	71	懐旧	132⑤
こころな・し(心なし)	争か—かるべき	77	馬徳	143①
	—き身にも哀はしられけり	164	秋夕	285⑦
	誰かは—しといはん	45	心	95③
こころぼそ・し(心細)	—き雲間の光	125	旅別秋情	223⑭
	—き此又跡をやしたふらん	7	月	異305⑩
	—き其跡をやしたふらん	7	月	異305⑪
	眉かきて—しとも	100	老後述懐	180①
こころまよひ(心迷)	思みだれし—	107	金谷思	191⑭
	我のみまたるる—	115	車	208⑩
	—ぞよしなき	78	霊鼠誉	144⑤
	—に明にけん	28	伊勢物語	72⑨
	—のくるしさを	75	狭衣妻	139④
	—の契ゆへ	24	袖余波	66⑦
こころみ(試)	今夜の—いそぐとて	104	五節本	188⑨
	—に問し詩賦の句は	134	聖廟霊瑞	237⑬
こころもとな・し(心もとなし)	明も—し	27	楽府	71①
こころやま・し(心疾)	せめて—しきわざなりし	74	狭衣袖	138⑧
こころよ・し(心よし、快)	十悪日々に—く	97	十駅	173⑤
ごごんざんまい(語言三昧)	—に答つつ	134	聖廟霊瑞	237⑩
	—の台には解脱の風冷しく	95	風	異309⑨
	—をつかさどる	120	二闡提	213⑧
ございゐ(御在位)	—十六年の間	59	十六	113②
こさう(虎爪)	廻鸞竜鱗—まで	122	文字誉	218④
ごさうじやうしん(五相成身)	—月すめり	108	宇都宮	193⑭
こざか(小坂)	九品津—郡戸の王子	51	熊野一	102⑦
ござせき(御座石)　＊おましのいし	—とは名付くなり	137	鹿島社壇	両340⑫
こさつきゑ(小五月会)	郭公鳴や五月の—	152	山王威徳	267⑪
こさめ(小雨)	—にかかる露けさ	90	雨	161⑪
こさん(巨山)	夫—徳高くして	140	巨山竜峯	247⑧
	ただ此—の勝地にとどまる	103	巨山景	異310⑩
こし(腰)	いまははや—に梓の弓を張	100	老後述懐	180⑦
こ・し(濃)	紫の上は蒲萄染にや色—きこうちきに	29	源氏	73⑥
ごし(五四)　＊ぐし	—尚切目振返	60	双六	116⑤
こじ(故事)	—を天竺に勘れば	114	蹴鞠興	204⑫
こしかた(来し方)	—を思つづけて	28	伊勢物語	72②
ごしき(五色)	—五輪の形も	86	釈教	156⑫
こしざし(腰差)	—の花の色々に	135	聖廟超過	240④
こしつ(鼓瑟)	—の跡にのこりしは	170	声楽興下	292⑬
	—の跡露ふかし	69	名取河恋	130③
こじつ(故実)	—はふるきを弁て	100	老後述懐	180⑮
ごじはつけう(五時八教)	—にわかれたり	122	文字誉	217⑭
こしふ(古集)	—の詩を吟ずや	94	納涼	168⑥
ごじふごのちしき(五十五の知識)	九輪半天に星をみがき善財—	103	巨山景	異310⑤
	善財—も一基三重の荘厳	146	鹿山景	258①
ごじふにるい(五十二類)	—は涅槃の前	99	君臣父子	179⑦
ごじふろくせ(五十六世)	抑はるかに—の	141	巨山修意	249⑤
ごしふゐ(後拾遺)	—の奏覧は応徳三の長月	92	和歌	165⑬

こしふをん(去此不遠)	―と説たり	162	新浄土	281⑫
こじまがさき(小島が崎)	うき名をとどめし―	89	薫物	160⑫
	橘の―に舟指とめし川岸	94	納涼	169⑤
	橘の―に船指留めて契けん	25	源氏恋	67⑧
ごしやう(五性)	―の雲をや隔らむ	97	十駅	174⑬
ごじやう(五常)	―の真をおさむる	121	管絃曲	216②
	―の中の信あるは	5	郭公	46③
	或は―の道をわかつなり	122	文字誉	218①
	空しく―の旨をわすれ	160	余波	277①
	―を堅く守てぞ	97	十駅	173⑪
	八百万代も―を備るは五音なるべし	133	琵琶曲	237②
	外には―をみだらざる	72	内外	135①
ごしやうぜんしよ(後生善処)	除病延寿―と	114	蹴鞠興	205⑨
ごしやく(五尺)	八尺の屛風は―の身を宿せしむ	158	屛風徳	273⑧
ごじゆだい(御入内)	上東門院の―	72	内外	135③
ごしゆほつし(五種法師)	一乗妙典の―の中にも	73	筆徳	136③
こしよう(古松)	―は瓦のひまを蔵し	67	山寺	128③
	―は霊石に碧羅の色を飾る	140	巨山竜峯	248⑪
ごじよう(五乗)	無生―も等く入なれば	87	浄土宗	158⑭
ごしよく(五色)	江淹が―の筆をば	73	筆徳	異308⑧
ごしん(御身)　＊おんみ	―に納たまひける	139	補陀湖水	246⑩
ごしんじ(悟真寺)	―の水にややどるらむ	49	閑居	99③
	―の遙池	94	納涼	169①
こ・す(越)	浪―す岩の島津鳥	31	海路	75⑫
	末―す風をやかこつらむ	21	竜田河恋	63④
	末の松山波―すかと	10	雪	50⑦
	下行水も上―す波も	44	上下	94④
	ささ浪や―す走井	102	南都幷	184⑫
	末葉に浪―すみだれ蘆の	30	海辺	74②
	関の藤河なみ―せど	32	海道上	77④
こすい(湖水)	感見を補陀落の―にうかべ	108	宇都宮	192⑪
	―に近き石山水	96	水	両329①
	白浪―に連り	67	山寺	128②
	―の底涯もなし	138	補陀落	244②
	東海―の砌にとどむ	138	補陀落	244⑬
	金輪際より生じて―の霊地と顕れ	68	松竹	両328②
	三の―を湛て	139	補陀湖水	246①
こすげ(小菅)　＊いはもとこすげ	しづやの―薦枕	61	郢律講	118⑥
	―の笠のひまもがな	43	草	92①
こずゑ(梢)	幕府山の春の―	80	寄山祝	146⑫
	黄葉のもろき秋の―	84	無常	153⑤
	猶帰みし宿の―	134	聖廟霊瑞	238⑮
	木の葉もとまらぬ冬木の―	163	少林訣	282⑫
	白雲深き―かな	164	秋夕	284⑨
	やや冬枯の―さびしき	145	永福寺幷	256③
	砌の―月冴て	171	司晨曲	295⑧
	茂き恵の―なり	135	聖廟超過	241⑤
	おなじみどりの―なれど	55	熊野五	107②
	青嵐―に音信	35	羇旅	81②
	―にかかる天雲に	52	熊野二	103⑦

	—にかかるしら雲	2	花	42⑦
	—にかかる藤代	52	熊野二	103⑫
	七星—にかかれり	110	滝山摩尼	196⑬
	—に掛し緑衣の袖	116	袖情	209④
	—にしげき恵は	108	宇都宮	194⑧
	松嵐—に冷敷く	60	双六	115⑧
	—にすみのぼる	144	永福寺	255⑧
	—に春の風を痛む	111	梅花	199⑨
	今日をや松の—の	132	源氏紫明	235⑪
	いはせの森の—の色にし	26	名所恋	67⑭
	涼しき—の滋の井	94	納涼	169③
	宮樹の—の蟬	98	明王徳	177⑪
	—の雪も寒き夜	67	山寺	128⑨
	—の喚子鳥やな	49	閑居	99⑪
	同—の男山	88	祝	159⑫
	横雲かかる—は	54	熊野四	105②
	緑にさかふる—は	75	狭衣妻	139⑫
	掌のかざしの—は	134	聖廟霊瑞	237⑬
	—はかほる花ならむ	114	蹴鞠興	206⑭
	四方の—は紅の	168	霜	289⑬
	花園の—は西郊に有やな	114	蹴鞠興	206⑧
	さかふる—はたかさゐの	62	三島詣	121①
	まばらに見ゆる—までも	100	老後述懐	180⑤
	目ならぶ—もえならず	131	諏方効験	232⑫
	—もさびしくならぬ梨	56	善光寺	108⑫
	目ならぶ—もなべてみな	148	竹園如法	260⑥
	つれなき人の—より	5	郭公	45⑪
	—をかざる紅葉の会	129	全身駄都	229⑧
	—をかざる林間の景物	150	紅葉興	262②
	逢坂の杉の—をすぎがてに	125	旅別秋情	222⑫
	—を伝ふ木鼠	78	霊鼠誉	143⑭
	—を伝ふ鼯	95	風	170⑬
	—を育む袖しあらば	99	君臣父子	178⑤
	—をわけし色はげに	150	紅葉興	262⑥
ごせいはちいん(五声八音)	—を器として	121	管絃曲	217⑩
こせき(古跡)	月氏震旦の—より	163	少林訣	283⑪
ごせつ(五節)	—の勝て覚るは	104	五節本	187⑪
	是ぞ—のはじめなる	105	五節末	190②
	凡—の粧は	104	五節本	188③
	—の舞姫の参の夜	41	年中行事	89⑮
こせん(姑洗)	—初三の春の日に	96	水	171⑪
こせん(古仙)	—おほく居を卜	110	滝山摩尼	197⑦
ごせん(五千)	—の慢人は筵を巻て去にけん	85	法華	155⑥
こぜんじのかみ(小禅師の紙、濃染紙)	白薄様—巻揚の筆	105	五節末	189⑪
ごせんしゆ(後撰集)	—をあつめしむ	92	和歌	165⑫
ごそう(五奏)	黄帝洞庭の楽は—湯々然たり	121	管絃曲	216⑥
こそだい(姑蘇台)	—の外ぞゆかしき	171	司晨曲	294⑬
こそのろん(虎鼠の論)	東方朔が—	78	霊鼠誉	143⑦
こぞめ(濃染)	唐紅の—の袖	156	随身諸芸	272⑤
ごだい(五大)	—を言ば風大	95	風	169⑩

ごだい(御代)　＊みよ	近く本朝には村上の―ぞかし	101	南都霊地	184③
ごたいざん(五台山)	文殊の御座―	42	山	90⑥
	文殊のまします―	163	少林訣	283⑩
ごたいししよ(五体四所)	―の玉の枢	55	熊野五	106⑨
ごたいそん(五大尊)	日輪寺の―	139	補陀湖水	246⑪
こたかがり(鷹狩)	尋ねし野原の―に	76	鷹徳	141⑤
こだか・し(木高)	つゐに―き色見えて	75	狭衣妻	139⑫
	枝かはす軒端の松の―き陰	15	花亭祝言	55⑦
	―き契をひき結び	11	祝言	両324⑩
	栄―き三笠山に	156	随身諸芸	272③
こたく(古宅)	―の梅をさそひしは	71	懐旧	131⑭
こだち(木立)	ところから故ある庭の―	114	蹴鞠興	206⑫
こた・ふ(答)	かならず明王の徳に―ふ	63	理世道	121⑦
	因位の悲願に―ふるのみかは	108	宇都宮	193②
	超世の願にはや―へ	87	浄土宗	157⑪
	光明皇后の願に―へ	101	南都霊地	183⑥
	憐とはみきとぞ―へけるやな	121	管絃曲	216⑪
	中道の妙理に―へつつ	61	郢律講	118⑪
	普門の誓に―へつつ	62	三島詣	120⑤
	採菓汲水の勤に―へつつ	96	水	172⑤
	語言三昧に―へつつ	134	聖廟霊瑞	237⑪
	願以大慈悲の宿因ここに―へつつ	143	善巧方便	254⑤
	因位の誓約に―へつつ	144	永福寺	255⑤
	祈願誠に―へつつ	148	竹園如法	260④
	様々の誓に―へつつ	92	和歌	異309⑦
	利益応用の普きに―へて	140	巨山竜峯	248④
こだま(児玉)	是やは―玉鉾の道行人に	56	善光寺	108⑭
こたまどののやしろ(小玉殿の社)	弘法大師の賢跡―は	138	補陀落	244⑫
こち(東風)	―吹風に波よるは	95	風	170⑩
	―吹風に送て	135	聖廟超過	240⑮
	―ふくかぜのたよりにも	37	行余波	83⑪
	―吹春の谷かぜ	140	巨山竜峯	248⑬
ごちう(五株)	泰山―の松の陰	42	山	90⑧
ごぢう(五重)	八識―の聖も皆	102	南都弁	185⑦
こちく(胡竹)	―てふことかたからばと歎ても	76	鷹徳	141⑪
	―を切て管とせり	169	声楽興	291⑫
ごぢやう(五娘)	―が握る手丘次郎	133	琵琶曲	236⑭
ごづせんだんかう(牛頭栴檀香)	―沈水香	89	薫物	異303⑩
こづた・ふ(木伝)	賤き垣ねに―ひて	5	郭公	45⑬
	況や花に―ふ鶯	45	心	95④
	花に鳴ては―ふ鶯は	3	春野遊	43⑦
	鶯の―ふ羽風にも	29	源氏	73④
	百千鳥―へばおのが羽かぜにも	1	春	41⑫
こつにく(骨肉)	―は昆布羅の峯たかく	143	善巧方便	254②
ごてい(五帝)	三皇―様々に	99	君臣父子	179⑤
	―の遠きも遠からじ	58	道	111①
	―の昔をなんともせず	88	祝	159⑥
ごでう(語条)	―言を尽せり	60	双六	116⑤
こでうはい(小朝拝)	四方拝―	41	年中行事	88⑭
ごでうわたり(五条わたり)	―の春の夜の在中将が	111	梅花	200⑦

こ

こてふ(胡蝶)	—も霞に遠ざかり	5	郭公	45③
こでん(古殿)	—の更漏沈程	119	曹源宗	212⑥
ごてん(御殿)	三所の—に納めらる	154	背振山弁	269⑭
ごてんぢくこく(五天竺国)	—震旦国	42	山	90④
こと(琴)　＊きん	楚王の台の上の—	159	琴曲	275④
	弾ぶる—の音は又	113	遊仙歌	203⑦
	調し—の妙なる声	105	五節末	190①
	嵐にたぐふ—の音	31	海路	75⑨
	最こよなき様して調ぶる—の音に	133	琵琶曲	両338⑥
	—の音に峯の松風通ふらし	170	声楽興下	293①
	紫の—を奉りしも	159	琴曲	276④
こと(異)　＊事—、様—	後夜の上堂に—ならず	50	閑居釈教	100⑦
	金縄界道に—ならず	62	三島詣	119⑭
	其車の廻るに—ならず	84	無常	153⑥
	日月の照に—ならず	98	明王徳	177③
	蓬莱洞に—ならず	108	宇都宮	192⑭
	眉は恒娥の月を送らんに—ならず	113	遊仙歌	203⑭
	功名も泡影に—ならず	119	曹源宗	212⑧
	雨露の恩に—ならず	120	二闡提	214⑦
	無着世親に—ならず	127	恋朋哀傷	226③
	功徳池の波に—ならず	128	得月宝池	226⑨
	生身在世に—ならず	129	全身駄都	227⑫
	雨露の恩に—ならず	131	諏方効験	232②
	鈴と玉に—ならず	139	補陀湖水	246⑤
	兜卒の園に—ならず	144	永福寺	255⑩
	功徳池の波に—ならず	146	鹿山景	258④
	仙岳の高に—ならず	147	竹園山	259②
	交雪の色に—ならず	171	司晨曲	294②
	尊法に—ならず	172	石清水	296②
	背水の陣に—ならず	172	石清水	297②
	形は米粒に—ならねど	129	全身駄都	229③
	開る色も—ならん	104	五節本	188⑫
	無双余に—なり	147	竹園山	259⑪
	上として恩賞—也	81	対揚	異302⑤
	さこそは余に—なりけめ	72	内外	135⑦
	まがきはよそにや—なりけん	121	管絃曲	216⑬
	古今—なりといへども	65	文武	126①
	曲又—なりといへども	121	管絃曲	215⑪
	西天東土境—なりといへども	146	鹿山景	257⑦
	さすがに人には—なりや	5	郭公	45⑨
	彼は半蔀の階—なる	115	車	異311⑫
	何も時に—なれど	131	諏方効験	232⑪
	余に又—なれば	156	随身諸芸	272⑤
	飛かふ羽かぜも品—に	124	五明徳	221⑭
	そよや光源氏の品—に	132	源氏紫明	234⑧
	外部の変作品—に	143	善巧方便	254⑤
	緋も緑も色—に	156	随身諸芸	271⑨
	さて又楽器品—に	169	声楽興	291⑥
	あまたの竜穴—にあやしく	130	江島景	230⑨
	物みな品—にして	76	鷹徳	140④

	猶物より—にみゆるに	29	源氏	73⑧
	人より—に見ゆれども	25	源氏恋	67③
こと(殊、特)	最—なりし御子なり	172	石清水	296⑦
	余に—なるほまれなり	166	弓箭	287⑨
	満くる紅葉の色—に	150	紅葉興	262⑨
	神慮ぞ—に有がたき	172	石清水	297⑩
	寺号は円に覚月—にいさぎよく	146	鹿山景	257⑫
	中興—に弥さかへ	147	竹園山	259②
	—に感応を顕す	103	巨山景	異310⑦
	霊寺の—にきこゆるは	42	山	91②
	霊験—に聞るは	120	二闡提	213⑭
	又—に奇特の様は	135	聖廟超過	240⑬
	—にきびはにおかしき中に	121	管絃曲	216⑫
	—に御感に納といへども	134	聖廟霊瑞	238⑤
	明月—に隈なくて	172	石清水	297⑩
	—に此芸に達し	114	蹴鞠興	205⑤
	朝家—に此神を重くすれば	131	諏方効験	233⑧
	歌をぞ—に先とせし	112	磯城島	202⑦
	三気品を—にし二儀共に別しより	123	仙家道	220④
	—に上鞠の役を賞ぜらる	114	蹴鞠興	異311③
	—に勝地の眼目を撰べる	140	巨山竜峯	247⑬
	然ば法相も—に勝て	101	南都霊地	183⑩
	—にすぐれておぼゆるは	176	廻向	異315⑧
	—にすぐれて憑あり	45	心	両334⑪
	—にすぐれて妙なるは	151	日精徳	264⑮
	哀を—にそへしは	134	聖廟霊瑞	239④
	袖も—にぞ凋ける	160	余波	278⑥
	—にたぐひも稀なるは	114	蹴鞠興	207①
	結縁も—に憑あるかな	145	永福寺幷	256⑬
	納涼—に便をえて	144	永福寺	255⑪
	人より—にちひさくて	29	源氏	73②
	人には—に残をく	160	余波	277⑪
	中にも—に美々敷覚るは	156	随身諸芸	272②
	—にびびしくぞや覚る	76	鷹徳	140⑧
	玄宗—に賞き	114	蹴鞠興	205⑮
	哀を—に催は	103	巨山景	187⑧
	匂ひも—にやさしく	114	蹴鞠興	206⑦
	なを光—にやまみえけん	133	琵琶曲	236⑦
	—に床敷く覚るは	94	納涼	168⑭
	夕の—にわりなきは	40	夕	88①
	猶又—にわりなきは	145	永福寺幷	256①
	—にわりなく聞しは	127	恋朋哀傷	225⑭
	—にわりなく切なるや	125	旅別秋情	222⑨
ごとう(梧桐)	黄葉—の秋の露	45	心	95③
	秋の露に—の葉の落る時	93	長恨歌	167⑬
	—の霊木を伐調へ	159	琴曲	275⑥
ごとうのくらゐ(五等の位)	—へだてなく	97	十駅	174⑩
ことうらかぜ(異浦風)	—にやなびくらん	20	恋路	62⑤
ことき(異木)	—のもみぢになき事の	150	紅葉興	262⑤
ことく(古徳)	—も多く愛しき	47	酒	97④

ことくさ(言種)	さながら深秘の―	86	釈教	156⑪
	えならぬ情の―に	74	狭衣袖	137⑩
	等閑の其―にいひ置し	127	恋朋哀傷	225⑪
	我―にいひ馴て	58	道	111⑮
	集居ての―には	60	双六	116⑦
	―のすゑはとほらぬあらましの	84	無常	両331④
ことこと(事異)　＊異(こと)	数又眉目に―也	155	随身競馬	271④
	陰陽も互に―ならず	146	鹿山景	258⑦
	絃の数も―に	159	琴曲	276①
ことごと(事毎)	流転所々に―に	129	全身駄都	228④
ことごとく(悉)	百のつかさ―	64	夙夜忠	124②
	音曲郢吟―	82	遊宴	151⑧
	門々毎に―	87	浄土宗	157⑬
	すべて百福の宗は―	92	和歌	166⑩
	所有の産貨も―	160	余波	279④
	二世の願望―	120	二闡提	両339④
	甲乙―に違へず	114	蹴鞠興	207⑥
	法界―道ならむ	128	得月宝池	227⑩
ことさら(殊更)	音曲―にこまやかに	61	郢律講	117⑩
ことさ・る(事去)	時移り―りぬれども	69	名取河恋	130⑥
ことしげ・し(事繁)	―からずはかりては	63	理世道	121⑪
	君の恩も―く	39	朝	86⑨
	神態―くして	142	鶴岡霊威	251⑨
ことぢ(柱)	碧玉の粧なせる箏の琴の―の	81	対揚	150③
	碧玉の―の間には	121	管絃曲	217⑧
	箏の―を吟ずらん	170	声楽興下	293③
ことぢのな(柱の名)	然ば岩越浪に―を流すも	159	琴曲	276⑥
	然ば岩越波に―を流も	159	琴曲	両336①
ことづ・つ(言伝)	夢にも人の―てしも	66	朋友	126⑬
	鳥の鳴々―てて	171	司晨曲	294⑧
	人にや都へ―てん	34	海道下	79⑤
	ゆふつけ鳥にや―てん	75	狭衣妻	139④
	いざや古郷人に―てん	125	旅別秋情	223③
ことと・す(事とす)	清明の日是を―す	114	蹴鞠興	205①
ことと・ふ(言問、事問)	道行人に―はん	56	善光寺	108⑮
	古郷人に―はん	168	霜	289⑩
	―ひ来る雲の上の	160	余波	278②
	―ひわびし旅の空	28	伊勢物語	72③
	僕ここに―ひて	113	遊仙歌	203⑤
	ね覚―ふ夜寒の風	143	善巧方便	253⑫
	ねぬ夜―ふ月影よ	161	衣	280⑧
ことな・し(事なし)	夫泰階平に四海―く	93	長恨歌	166⑭
	さればや四海―くして	98	明王徳	177③
ことねり〔ことのり〕(小舎人)	蔵人御倉の―を	104	五節本	188④
ことのは(言の葉)	情をかくる―	23	袖湊	65①
	閔子騫が―	99	君臣父子	178⑨
	心あてにそれかといひし―	115	車	208⑧
	楽天の露の―	124	五明徳	221⑦
	壁に書たる―	135	聖廟超過	241⑥
	家々の風の―	150	紅葉興	262④

	恩賜の御衣の—	160	余波	277⑨
	もといひをきし—の	37	行余波	83⑩
	最太なる—の	60	双六	116④
	夏草のしげき—の	75	狭衣妻	139⑮
	拾集し—の	112	磯城島	201⑥
	此—の末までも	85	法華	154④
	つけし—のわりなきは	111	梅花	200⑨
	うき習の—は	21	竜田河恋	63③
	恋しやな恋し恋しの—は	58	道	111⑮
	等閑のなげの—は	86	釈教	156⑦
	三十文字余の—は	122	文字誉	218⑧
	露の情の—も	127	恋朋哀傷	225⑪
	其—も及ばれず	63	理世道	123②
	天の浮橋の—を	73	筆徳	136①
ことば(詞、言葉、言)	露も滞る—なく	134	聖廟霊瑞	237⑭
	いはんとすれば—なし	119	曹源宗	212②
	催馬楽の歌の—なり	47	酒	97⑧
	昌泰の昔の—なり	71	懐旧	132①
	催馬楽の歌の—也	76	鷹徳	141⑫
	催馬楽の—なるらん	78	霊鼠誉	144⑬
	悲歎を蔓草の—にのす	65	文武	125⑨
	西京賦の—にも	76	鷹徳	140⑫
	されば詩歌の妙なる—にも	95	風	169⑭
	東坡居士が茶書の—にも	149	蒙山謡	両340①
	—の風にさそはれて	111	梅花	200②
	—の玉を抽で	85	法華	155③
	心の林—の露	92	和歌	166⑤
	—の露をのこす草木もなく	164	秋夕	284④
	—は葦原中津国や	82	遊宴	150⑨
	—は品々なれども	163	少林訣	282⑬
	文集の—は広けれども	44	上下	93⑨
	聞ては—ふりんたり	13	宇礼志喜	54⑤
	—外に顕て	92	和歌	165⑧
	心も—も及ばず	139	補陀湖水	246⑪
	心も—も及ばねば	110	滝山摩尼	197⑤
	勝計の—もおよばれず	129	全身駄都	229⑭
	誉讃の—も及れず	146	鹿山景	257③
	何ぞ褒美の—も及ばん	144	永福寺	255①
	褒美の—も達し難し	134	聖廟霊瑞	238⑦
	和歌に—をあらはす	71	懐旧	131⑫
	終に—をいだひし故かとよ	83	夢	異303③
	其—を写す筆跡	122	文字誉	218①
	諫の—を恐ざれ	63	理世道	122⑫
	—をかはし座を列ぬ	85	法華	155⑧
	語条—を尽せり	60	双六	116⑤
	露の—をつづけても	122	文字誉	219④
	其—をのこしけれ	165	硯	286⑨
	—を述る筆跡は	46	顕物	96④
ことばのはな(詞の花)	—あざやかに	61	郢律講	118⑨
	—の色々に	28	伊勢物語	71⑩

	さても—の色々に	116	袖情	209⑧
	—の梁にもるる	75	狭衣妻	139⑭
	—は桜麻の	34	海道下	80⑧
	和漢に—をかざり	81	対揚	148⑫
ことばのはな　※詞花集	—を手折しは	92	和歌	165⑭
ことばのはやし(詞の林)	—にさえづり	112	磯城島	201①
	広く—をかざりて	73	筆徳	135⑫
	広く—をかざりて	73	筆徳	両328⑩
ことはら(異腹)	—に子をばまふけけん	78	霊鼠誉	144⑫
ことよさ・す(言吉差)	心もて—し給けん	34	海道下	80⑧
ことり(小鳥)	—を付し荻の枝ぞ	76	鷹徳	141⑤
ことわざ(事態、諺)	あらゆる世の—	44	上下	93①
	酒司の—	47	酒	97⑦
	畔につらなる—	63	理世道	121⑬
	直を賞ずる—	88	祝	159⑦
	凡あらゆる—	95	風	169⑬
	上寿をたもつ—なり	16	不老不死	56④
	人の世の—なれば	112	磯城島	200⑭
	様々なりし—を	74	狭衣袖	137②
	みな其—を先とす	82	遊宴	150⑧
ことわり(理)　＊り	咎を酬—	60	双六	114⑪
	凡君臣合体の—	66	朋友	127①
	久遠実成の—	85	法華	154⑦
	瑜伽密教の—	91	隠徳	165④
	開三顕一の—	97	十駅	175⑤
	仏法東漸の—	146	鹿山景	257⑧
	飛花落葉の—	164	秋夕	285⑫
	其心を動かす—あり	45	心	95④
	身をもはなれぬ—ぞ	162	新浄土	281⑫
	—とぞ覚る	93	長恨歌	167⑦
	—とぞ覚る	101	南都霊地	184⑤
	げに—とぞ覚る	114	蹴鞠興	207①
	—とぞ覚る	148	竹園如法	260⑩
	—とぞや覚る	85	法華	155①
	—とぞやおぼゆる	134	聖廟霊瑞	239⑫
	—とぞやおぼゆる	159	琴曲	275⑨
	—とぞやおぼゆる	172	石清水	297⑫
	—とはや覚る	72	内外	134⑭
	—なりし思ならむ	157	寝覚恋	273④
	—なる習かな	76	鷹徳	140⑧
	其—に叶へり	61	郢律講	118①
	円融無碍の—にて	122	文字誉	218⑫
	勝—のすさみ哉	171	司晨曲	294⑩
	げに—のすさみかな	170	声楽興下	293②
	薪こり菜摘水汲—も	154	背振山幷	269⑨
	睦しき—も	116	袖情	209⑥
	よりくるばかりの—も	73	筆徳	136⑫
	其—も好あれや	135	聖廟超過	241⑪
	生者必滅の—を	172	石清水	297⑨
	其—を顕せり	171	司晨曲	294⑥

こ

	―を案ずるに	147	竹園山	259⑧
	倩其―を思にも	77	馬徳	141⑭
	倩有為の―を思へば	38	無常	84②
	冬嵐に脆き―を思へり	150	紅葉興	263⑥
	―をここに顕はす	143	善巧方便	253⑨
	其―を備ればなり	159	琴曲	276⑩
	孔老無為の―を説のみか	122	文字誉	217⑭
	元よりなれる―をば	86	釈教	156⑧
ことわ・る(理)	目にふれ耳に―るところ	141	巨山修意	249⑭
こなたかなた(此方彼方、是方彼方)　＊かなたこなた	蠟燭は―に明也	113	遊仙歌	両340④
	蠟燭は―に明か也	113	遊仙歌	204⑦
ごにん(五人)	昭陽舎の―も皆	99	君臣父子	179⑥
	梨壺の―を昭陽舎にをかれて	92	和歌	165⑫
	―を梨壺にさだめをき	112	磯城島	201⑦
ごねつ(五熱)	―のほのほ消がたし	97	十駅	174②
ごねん(五念)	三念―捨られず	87	浄土宗	158⑭
	三念―の直引	164	秋夕	285⑭
このかた(以来)	それより―終に聖武の御宇には	62	三島詣	119⑧
	其より―文武清和相続	114	蹴鞠興	205④
このした(木の下)	檜曽原しげる―	55	熊野五	106③
	山下―葉分の風	95	風	170⑮
このしたつゆ(木の下露)	七重宝樹の―	167	露曲	288⑦
このてがしは(児の手柏)	―の二面	102	南都幷	184⑩
このは(木の葉)	―にかはらぬ命もても	38	無常	84⑭
	危き―に先立し	164	秋夕	284⑥
	もろくも―の雨とふれば	90	雨	161⑬
	人しれぬ―の下の埋水	96	水	両329①
	―もとまらぬ冬木の梢	163	少林訣	282⑫
	よその―や時雨らむ	40	夕	87⑬
このはな(木の花)	―がたみ目ならぶ	148	竹園如法	260⑥
このはな(此花)	―にます徳はなし	151	日精徳	異315⑤
	―の開る春にあひ	172	石清水	296⑧
	―開て後は更に	125	旅別秋情	223⑭
このま(木の間)	桜をよきて―をわくる鞠は	114	蹴鞠興	206⑮
このみ(菓)	秋の―色あざやかに	134	聖廟霊瑞	237⑤
	秋の―色をます	73	筆徳	135⑫
	三千年に生てふ―の	123	仙家道	220⑦
	秋の―のしぼみて	163	少林訣	282⑪
	―は上林苑に	82	遊宴	150⑪
	―はむすぶ涅槃の山	38	無常	85①
	果して法味の―を	147	竹園山	259⑥
	―を未来にむすばしむ	97	十駅	175⑦
	終に菩提の―をやむすばざりし	140	巨山竜峯	249②
	―を惜し蔡順	99	君臣父子	178⑩
この・む(好)	―むと―まざるとなり	160	余波	279⑤
	汝が―み長ずる道を感じて	60	双六	115⑨
このもかのも(此面彼面)	下筑波根の動なく―に	88	祝	159④
	―にやすらひ	145	永福寺幷	256①
このもと(木の本)	かからぬ山も嵐吹そふ―に	21	竜田河恋	63⑥
	花の春の―には	47	酒	96⑬

このよ(此世)	すべて一の有様は	58	道	111⑤
	一の思出ならば又	24	袖余波	66④
	一ひとつにあらざりけりと	157	寝覚恋	異314⑪
	一ひとつのむくひかは	66	朋友	127④
	衆苦永尽の一より	103	巨山景	187③
このり(兄鷂)	鶉鳥屋がへり屋形尾鷲鳥一と	76	鷹徳	141⑨
このゑ〔こんゑ〕(近衛)　＊ちかきまもり	左右一の節々随身の狩装束	76	鷹徳	140⑧
	左右一の馬長にも折々に	155	随身競馬	270⑬
こば(胡馬)	一北風に嘶なるも	77	馬徳	143①
こはぎ(小萩)	憐をかけし一が本に	44	上下	93⑫
	一がもとの秋のかぜ	160	余波	279①
	宮城野の一が本の哀こそ	167	露曲	288⑭
	柞一が紅葉	150	紅葉興	263⑩
こはぎがはな(小萩が花)	古枝にさける本荒の一苅萱	6	秋	47⑥
こはひき(強引)	ふるこやなぎの一	61	郢律講	118⑧
こひ(恋)	一すてふ袖志の浦に拾ふ玉の	22	袖志浦恋	63⑩
	一すてふわが名はまだき竜田河	21	竜田河恋	62⑧
	一ぞ心にまかせねば	45	心	95⑫
	いかなる一にかかるらん	121	管絃曲	217①
	かひなき一にくゆる煙	106	忍恋	190⑥
	影にも恥ず一にのみ	19	遅々春恋	61②
	一にはまよふならひの	24	袖余波	65⑬
	何かは一の妻ならざらむ	157	寝覚恋	273⑤
	苦き一の淵となる	18	吹風恋	60⑥
	我のみまよふ一の路かは	74	狭衣袖	138①
	尽せぬ一を駿河なる	92	和歌	166⑦
こび(媚)　＊もものこび	わかくて一をととのへしも	100	老後述懐	179⑭
	光明夫人摩尼仙女二人の一を調て	59	十六	113⑫
こひごろも(恋衣)	思立より一	23	袖湊	64⑫
	涙を漏す一	161	衣	280⑥
こひ・し(恋)	ふりにし昔ぞ一しき	71	懐旧	131⑩
	人の一しき常葉山	5	郭公	46⑥
	消かへりても一しきに	116	袖情	209⑪
	且見るからに一しきは	35	羇旅	82⑤
	思いでても一しきは	127	恋朋哀傷	225⑦
	身にしむばかり一しきは	168	霜	289⑪
	昔べやなれも一しき郭公	71	懐旧	132④
	猶又しゐて一しきや	83	夢	152②
	東屋のまやのあまりに一しければ	125	旅別秋情	223②
	一しやな一し一しのことの葉は	58	道	111⑮
こひしさ	けふのひるまの一に	75	狭衣妻	139②
こひだし(乞出)	一透筒袖隠	60	双六	116⑦
こひぢ(恋路)	かかる一と人はしらじ	74	狭衣袖	137⑤
	逢をかぎりの一なれば	69	名取河恋	130④
	一に迷ふならひの	157	寝覚恋	272⑩
	一に身をやかへけん	19	遅々春恋	61⑦
	あやなくまよふ一の	18	吹風恋	59⑨
	一はいかなるならひぞ	20	恋路	61⑬
ごひつ(五筆)	一の水茎にあらはせる	122	文字誉	218⑨
	凡南山一の水茎の跡	138	補陀落	244⑬

こひと・る(乞とる)	寿命ながく—り	114	蹴鞠興	207⑦
こひねがはく(冀)	—は此願をくもらず照し給はば	86	釈教	157③
ごびやう(五瓶)	灑水加持—の水	96	水	171⑦
ごひやく(五百)	是則観世音—大願の	45	心	両334⑪
	大願—に普く	143	善巧方便	254②
	—の車に積財	115	車	207⑫
こひわ・ぶ(恋わぶ)	鳴音空なる—びて	5	郭公	45⑫
こふ(劫)	あだならぬ—をいそがはしく	140	巨山竜峯	248⑥
	肝胆の—を運ばしむ	131	諏方効験	232①
	しるしの亀の—を経ても	137	鹿島社壇	243⑥
こふ(榼)	自—のほとりによらむ	47	酒	97⑥
こ・ふ(恋)	思きや我につれなき人を—ひ	56	善光寺	108⑤
	主じも更に昔を—ひ	71	懐旧	132⑩
	妻—ひかぬる思もみな	107	金谷思	192①
	履手—ひては何かせん	5	郭公	46②
	—ひん涙のとや書付て	165	硯	286⑦
	見らく少なく—ふらくは	30	海辺	異305③
	げに—ふらしやれ駒の爪づきやな	77	馬徳	142⑬
	昔を—ふる夜の思	107	金谷思	191⑤
こ・ふ(乞)	伏—ふ天長地久の祈願成就	129	全身駄都	229⑪
ごふ(業)	劫石の—もなにならじ	173	領巾振恋	299⑧
こふう(古風)	古岸の—を仰ば	147	竹園山	259②
こぶくさん(巨福山)	亀谷山—嵐万歳をよばふなり	80	寄山祝	147①
	亀谷山—大樹営の幕府山	42	山	91⑦
ごふくそう(五復奏)	—の御事法	98	明王徳	177⑩
ごふしやう〔ごつしやう〕(業障)	—の雲ぞはれぬべき	118	雲	211⑧
	—の雲ぞはれぬべき	118	雲	異313⑥
こふすう(劫数)	久遠塵点の—を	143	善巧方便	254③
こふせき〔こつせき〕(劫石)	—の業もなにならじ	173	領巾振恋	299⑧
ごぶつ(五仏)	—の智よりあらはる	86	釈教	156⑫
ごぶのろんせつ(五部の論説)	—八識五重の聖も皆	102	南都幷	185⑦
ごふばく(業縛)	左に—の索を持し	108	宇都宮	193⑨
	左索—の標示たり	138	補陀落	244⑮
ごふほう(業報)	みな是有為の—にて	160	余波	278⑨
ごふゆう(業用)	みな本迹不思議の—	97	十駅	175⑥
こへん(湖辺)	—はるかにあとをたる	68	松竹	129⑦
ごほふ(護法)	満山の—にいたるまで	55	熊野五	106⑨
	—戒賢論師	44	上下	94⑧
こほり(氷、凍)　＊薄氷	待夜むなしき袖の—	161	衣	280④
	枕の—消わびぬ	168	霜	290③
	一千里に—しき	133	琵琶曲	236⑤
	—水面に封じて	134	聖廟霊瑞	238③
	硯上—解て	165	硯	286②
	岩間の—解やらず	1	春	41⑩
	峯の雪汀の—ならねども	20	恋路	61⑭
	—に宥む玉かと見えて	94	納涼	168⑦
	—になやめる流までも	133	琵琶曲	236⑪
	—の上に霰ふり	9	冬	49⑫
	—の隙の水に居る	171	司晨曲	294⑤
	汀の—踏わけて	103	巨山景	186⑬

こ

	みぎはの—峯の雪	10	雪	51③
	汀の—峯の雪	55	熊野五	106⑤
	滝水—咽で	7	月	48③
	—を砕く心地して	44	上下	94④
	春の水—を漲る流あり	95	風	169⑧
こほ・る(凍)	霜置袖も—りつつ	104	五節本	187⑭
	—りやすらむさめが井も	32	海道上	77③
	—る涙を片敷て	126	暁思留	224⑪
	—る汀に風さえて	35	羇旅	82①
	床もさこそは—るらめ	145	永福寺幷	256④
	ふく汀や—るらむ	34	海道下	80②
	月影ながらや—るらん	30	海辺	74⑪
	汀の浪や—るらん	95	風	170⑮
こぼれかか・る	御ぐしは—りて	29	源氏	73③
こま(駒)　＊あがこま	ひのくま河を渡す—	26	名所恋	68⑤
	望月桐原の御牧にたつ—	77	馬徳	142⑬
	御馬草白馬其—	77	馬徳	143④
	—いばゆなりや粟津野に	43	草	91⑬
	雪の中のつながぬ—とかや	10	雪	50⑬
	ひの隈河に—とめよ	77	馬徳	142⑭
	梨原の駅に—とめん	102	南都幷	184⑭
	樫の井冬戸—並て	52	熊野二	103⑧
	—なべて先さきだつは涙にて	36	留余波	82⑪
	—なべてむかふ嵐の	125	旅別秋情	222⑪
	—なべてわたる堰の杭瀬河	32	海道上	77⑥
	げに恋らしやれ—の爪づきやな	77	馬徳	142⑭
	なが乗—の爪だにひぢず	35	羇旅	82④
	はなれぬ—の蹄のみならず	165	硯	286②
	—の振分吹みだる	35	羇旅	81③
	—の木綿四手かけまくも	155	随身競馬	270⑪
	はやむる—は大磯の	34	海道下	80④
	いで我—は早くゆけ	77	馬徳	142⑬
	打渡す早瀬に—やなづむらん	56	善光寺	108⑬
	—を進る類もあり	136	鹿島霊験	242⑦
	しげみに—をとどめても	32	海道上	76⑫
こま(高麗)	—百済新羅の国は帰伏せし	172	石清水	297③
	—百済新羅三の韓国を随へて	142	鶴岡霊威	252②
	—に趣き給し時	110	滝山摩尼	197⑩
	—の青地の錦の	29	源氏	73⑨
	—唐秋津洲の中にも	156	随身諸芸	両340⑦
	—唐の曲をわかつ	81	対揚	148⑫
	—唐や百済までも	154	背振山幷	269③
	心は—唐を兼	82	遊宴	150⑨
こま(狛)	—の劉平王	60	双六	115③
こまがた(駒形)	—の利益ぞ掲焉き	77	馬徳	143②
こまつ(小松)	若葉さす野べの—と祈しも	16	不老不死	56⑧
こまつばら(小松原)	千年ふる様にひかるる—	53	熊野三	104⑪
こまびき(駒牽)	累代の政は白馬の節会—	77	馬徳	142⑨
こまやか(濃)	彼溢浦の辺に—なりし語に	116	袖情	209⑦
	音曲こと更に—に	61	郢律講	117⑩

	夫婦は語ひ—に	81	対揚	149④
	慈悲の忿怒—に	108	宇都宮	193③
	采女の戯れ—に	112	磯城島	201④
	煙霞これ—に	113	遊仙歌	203②
	妹背の睦—に	121	管絃曲	215⑩
	様々のまなじり—に	134	聖廟霊瑞	237⑧
	恩愛の厳—に	139	補陀湖水	247⑤
こ・む(込、籠)	思を—むる若草	107	金谷思	192①
	野にも山にもかすみ—め	170	声楽興下	293②
	其理を糸竹の間に—め	121	管絃曲	215⑨
	まだ夜を—めし明ぐれの	75	狭衣妻	139③
	天地を—めし壺の内に	123	仙家道	220⑨
	さはを—めつつ引網の	97	十駅	173⑦
	遠の山路や霧—めて	6	秋	47②
	沢辺の蘆の夜を—めて	109	滝山等覚	196⑩
	まだ夜を—めて鶏の鳴別ては	34	海道下	79⑥
ごめい(五明)	—は帝嫗のくもらぬ道を	124	五明徳	221⑥
こもまくら(薦枕)	しづやの小菅—	61	郢律講	118⑦
こも・る(籠)	忠仁公の—りしは	109	滝山等覚	195⑧
	遺賢谷にや—るらん	171	司晨曲	294①
	是秘密の字儀に—れり	122	文字誉	218⑫
	妻も—れりむさし野を	28	伊勢物語	異306⑧
こもん(故文)	梵漢隷字—の体	122	文字誉	218⑤
こや(小屋、昆野)	摂津国の—とも更にきかねども	91	隠徳	164⑫
ごや(後夜)	—長く暁深て眠らず	113	遊仙歌	203⑨
	—正に明なんとす	21	竜田河恋	63①
	—に鐘磬を聞のみかは	141	巨山修意	249⑬
	—に上堂告程	103	巨山景	186⑩
	—の上堂に異ならず	50	閑居釈教	100⑥
こやく(巨益)	正に過分の—にや慰みけん	129	全身駄都	227⑭
こやさん(姑射山)	大内山—	42	山	両327⑤
	—の月の光	80	寄山祝	146⑧
こ・ゆ(肥)	—えたる馬にのらずば	34	海道下	79⑦
こ・ゆ(越、超)　＊うちこゆ	いまだ関を—えざるに	71	懐旧	132②
	かたえに—えし誉ならむ	92	和歌	166②
	今宵はさても山な—えそ	56	善光寺	109①
	像を調る事九醞に—えたり	149	蒙山謡	260⑬
	あだにや浪の—えつらむ	89	薫物	160⑬
	争か春の—えつらん	1	春	41⑪
	いかでか浪の—えつらん	26	名所恋	68⑪
	滋きあやめに水—えて	5	郭公	46⑦
	足柄箱根の山—えて	42	山	91⑥
	七夕づめの袖—えて	164	秋夕	284⑭
	あしがら箱根の山—えて	42	山	両327⑩
	逢坂—えて打出の浜より	32	海道上	76⑦
	御輿を—えて傍伝ひ	55	熊野五	106⑤
	—えては稲村いな瀬河	34	海道下	80⑦
	—えては帰らぬ老のなみに	100	老後述懐	180⑥
	いく山—えても我のみぞ	37	行余波	83⑫
	御坂を—えてやすらへば	53	熊野三	104②

	命の内に又も—えなむ幾秋と	33	海道中	78⑬
	神のゐがきも—えぬらむ	24	袖余波	66⑬
	瀬々の岩根に浪—ゆる	94	納涼	169⑤
	足近を—ゆる朝ぼらけ	32	海道上	77⑧
	ささ浪—ゆる音涼し	61	郢律講	118④
	又国—ゆる境川	32	海道上	77⑬
	志賀の山辺を—ゆるには	152	山王威徳	267④
	月に—ゆればほのぼのと	54	熊野四	105①
こゆるぎのいそ(小動の磯)	—がれなくに	37	行余波	83⑥
	—ぎて磯菜	82	遊宴	150⑪
	—ぎて我やゆかまし	26	名所恋	68②
	—にやちかく成ぬらん	30	海辺	両333⑧
ごよく(五欲)	我等が—の園の中	122	文字誉	218⑮
こよな・し	ねざめの中の君の最—き様して	133	琵琶曲	両338⑥
	皆是—き類なれば	159	琴曲	276⑧
	かさなる匂もいと—き袂の	156	随身諸芸	272⑤
	いと—き契の	132	源氏紫明	234⑧
	類もまれに—きは	170	声楽興下	292④
	いと—き砌なれや	144	永福寺	255⑬
	八重さく花のいと—く	72	内外	135⑥
	類も稀にいと—く	121	管絃曲	216⑪
	—くいとおかしき様ならむ	113	遊仙歌	204①
	いと—く覚るは	150	紅葉興	263⑦
こよひ(今夜、今宵)	—ききつとよめりしは	5	郭公	45⑩
	—ねて名残の袖はしほるとも	3	春野遊	44③
	—の試いそぐとて	104	五節本	188⑨
	—の月の光におとらましやはの	157	寝覚恋	異314⑦
	—計や新枕	21	竜田河恋	62⑭
	—ばかりやみな月の	4	夏	44⑭
	—はここに仮枕	32	海道上	76⑬
	—はここにねぬる夜の	34	海道下	79⑥
	よしさらば—はここにやどりとらん	8	秋興	49④
	—はさても山な越ぞ	56	善光寺	109①
こら・す(凝)	祈願の信を—さしむ	154	背振山幷	269⑤
	糸竹の調を—しけん	93	長恨歌	167⑦
	ちからを—して	130	江島景	230④
ごらん(御覧)	主上は忍て—あり	104	五節本	188⑦
こり(去垢)	宵暁の—の水	51	熊野一	102①
こりし・く(凝敷)	—く岩根のいはね伝ひ	34	海道下	79④
	—く岩根は大坂の	55	熊野五	106②
こりずま　※懲りずまの浦	猶—の浦伝	24	袖余波	66⑦
	猶—の浦に焼	21	竜田河恋	62⑬
こりつ・む(伐)	なげ木—む	127	恋朋哀傷	225⑩
こりは・つ(凝果)	—てぬれば中々に	117	旅別	210⑦
こりん(火鈴)	まだ小夜ふかき—の声	103	巨山景	186⑩
ごりん(五輪)	五色—の形も	86	釈教	156⑫
こ・る(樵)	薪—り菜摘水汲ことはりも	154	背振山幷	269⑨
これたかのみこ(惟喬の尊)	—の小野の山	42	山	90⑭
これみつ(惟光)	光源氏につかへし—義清は	64	夙夜忠	124⑤
これみな(是皆)　＊みなこの、みなこれ	深き跡—	123	仙家道	両335⑦

	—秋の興をまして	8	秋興	48⑭
	—新なる堂閣尊像	140	巨山竜峯	247⑪
	—神風やみもすそ河の	88	祝	159⑪
	—歌詠のたぐひなり	61	郢律講	118⑩
	—懐旧の思あり	71	懐旧	131⑫
	—五音のし態なり	121	管絃曲	216⑥
	—徐福文成が偽多しと歎しかひも	27	楽府	70⑪
	—硯の徳を顕す	165	硯	286⑤
	—善巧方便の縁ならざらん	143	善巧方便	252⑬
	—餞別の色ふかく	35	羇旅	81⑧
	—妙なる調なり	133	琵琶曲	236⑪
	—夙におき	64	夙夜忠	124⑭
	—徳を得ゆへに	171	司晨曲	294⑤
	—如来の応用の	85	法華	155⑧
	—筆跡を本として	73	筆徳	135⑫
	—秘密の像なり	86	釈教	156⑩
	—筆を本とす	73	筆徳	136⑭
	—朋友の徳なれや	66	朋友	127⑨
	—物外の楽みきはまらず	123	仙家道	220⑨
これやこの(是や此)	うちすぎぬれば—	32	海道上	77⑬
	田頬を過て—	54	熊野四	105⑥
	時をたがへざるは—	90	雨	161⑥
	見る心地する—	103	巨山景	186②
	ならす扇は—	124	五明徳	221⑬
	—うつつともなき中河の	83	夢	152④
ころ(比)　＊ちかごろ	六宮に粉かざる—	133	琵琶曲	236⑥
	さても承和の—かとよ	67	山寺	128⑨
	白雉四年の—かとよ	119	曹源宗	212⑬
	貞観の—かとよ	142	鶴岡霊威	252③
	そよや梓弓弥生なかばの—かとよ	144	永福寺	255⑨
	竹の葉に置霜月の—ぞかし	104	五節本	188③
	さてもこの中呂下旬の—ぞかし	138	補陀落	245③
	もみぢの—ぞ興はます	150	紅葉興	262⑭
	長保寛弘の—とかや	92	和歌	165⑬
	神無月十日余の—なりし	41	年中行事	89⑭
	月の夜来の—なれば	102	南都弁	185①
	雨となり雲とや成しと歎く—の	118	雲	211②
	波間なき—の哀をば	132	源氏紫明	235⑥
	霞める—の常楽会	131	諏方効験	232⑫
	のどけき—の花の宴	121	管絃曲	216⑨
	わきて風も身にしむ—は	122	文字誉	219⑧
	—は正月の廿日の空	29	源氏	72⑭
	三皇の賢き時の—も	161	衣	279⑭
	信濃なる菅の荒野に鳴—や	5	郭公	46⑬
	御禊の—やさかへん	4	夏	44⑨
ころほひ(己来)	ほのぼの明る—	103	巨山景	186⑪
ころも(衣)　＊きぬ	取て帰りし裳貫の—	126	暁思留	224⑥
	聖衆の雲の—	161	衣	279⑪
	三皇の賢き時の—	161	衣	279⑭
	霞の—たちかへて	161	衣	280⑦

こ

	夜寒の—擣なるは	170	声楽興下	292⑧
	青苔の—袖くちて	173	領巾振恋	299①
	まどをの—袖さえて	30	海辺	74⑩
	—に染し移香	19	遅々春恋	60⑫
	苔の—に法水を漏らさず	109	滝山等覚	194⑭
	山藍もて摺る—の色	59	十六	113⑤
	—の色のふかきは	64	夙夜忠	124⑩
	よるの—のうらめしく	22	袖志浦恋	64⑤
	—の袖を連つつ	51	熊野一	102②
	—の袖をつらねつつ	64	夙夜忠	124③
	—の袖をほさざりき	116	袖情	209②
	麻の—のただ一重	110	滝山摩尼	198①
	—は真俗二諦をわかち	161	衣	279⑧
	梵天の—はそもいかばかり	161	衣	280⑩
	うつ蟬の蜒の—も	46	顕物	96⑨
	—を洗山水	96	水	172⑦
	薄き—をいとはぬは	99	君臣父子	178⑧
	烏羽玉の夜はの—をうち返し	83	夢	152①
	今や—を宇津の山	168	霜	289⑩
	解脱の—を荘とし	161	衣	279⑨
	—を荘る妻として	116	袖情	209④
	麻の—を誰かおりけん	42	山	両327⑦
	色々の—をわかちしも	161	衣	280④
ころものうら(衣の裏)	玉を懸たる—	167	露曲	289③
	あひがたき—とかや	161	衣	279⑩
	—に顕しは	46	顕物	96⑩
ころもざは(衣沢)	嵐も寒—	56	善光寺	109②
ころもで(衣手)	—寒きすずの庵	154	背振山幷	269⑥
	とりとどこほり—に	18	吹風恋	60②
	此羽衣の—に	161	衣	280⑪
	わが—を見せばや妹に	19	遅々春恋	61⑩
こわだし(声出)	よに又類なき—の	159	琴曲	275⑧
こゐ(木居)	—にかかる鈴の音	76	鷹徳	141⑧
こゑ(声)	空山に叫猿の—	49	閑居	99⑪
	僧年旧ぬる念誦の—	50	閑居釈教	100⑧
	蘇多覧般若の—	55	熊野五	106⑬
	晩鐘霜にひびく—	67	山寺	127⑫
	霜夜に冴る鶴の—	83	夢	152⑫
	花の匂ひ鳥の—	92	和歌	166⑥
	青嵐窓を過る—	95	風	170⑦
	雲間にひびく鐘の—	103	巨山景	186⑦
	まだ小夜ふかき火鈴の—	103	巨山景	186⑩
	日影を告る念誦の—	103	巨山景	187⑥
	調し琴の妙なる—	105	五節末	190①
	半夜半夜に人を驚す—	113	遊仙歌	204⑨
	上陽性呂の春の—	121	管絃曲	217③
	梵音和雅の妙なる—	129	全身駄都	229⑨
	鳳鸞和鳴の—	133	琵琶曲	236②
	観音寺の鐘の—	134	聖廟霊瑞	239⑤
	明よと叩瓦の—	163	少林訣	282⑪

檜原の道の鐘の―	163	少林訣	283⑦
蟋蟀の思蟬の―	164	秋夕	284⑦
待宵深行鐘の―	168	霜	290②
征馬なづみていばふ―	170	声楽興下	293①
琴に和する頌の―	59	十六	異307⑨
松の上に―有て	60	双六	115⑨
藍より青き―あるは	5	郭公	46②
楊は陽の―あれば	114	蹴鞠興	205⑮
楽には治世の―あれば	170	声楽興下	293⑦
夜はの床に蛬の―聞き	125	旅別秋情	223⑥
―打そふる興津浪	169	声楽興	291⑭
隣船に歌の―愁て	79	船	146①
澗底嵐ふかくして鳥の―幽なり	66	朋友	126⑫
或は法の―すごく	110	滝山摩尼	197⑧
夜深く輾―すごし	115	車	208⑨
夜深くきしる―すごし	115	車	両337②
渓林葉落て塞雁―冷じ	119	曹源宗	212⑤
独念誦の―すみて	49	閑居	99⑨
例持懺法―すみて	55	熊野五	107⑥
香華の節も―すみて	103	巨山景	187②
懺法の―すみて	152	山王威徳	267⑥
猿の叫び―すみて	152	山王威徳	267⑦
つゐに御法の―すみて	118	雲	異313⑥
みな―すみて船子歌	31	海路	75⑮
旅泊の舟に―澄は	170	声楽興下	292⑩
―すむ程にや成ぬらむ	30	海辺	74⑥
円満陀羅尼の―すめり	110	滝山摩尼	197⑤
読誦の―ぞすみのぼる	109	滝山等覚	196⑤
馴子舞法施の―ぞ尊き	51	熊野一	102⑮
なれこ舞法施の―ぞ尊き	52	熊野二	103⑬
馴子舞法施の―ぞ尊き	53	熊野三	104⑬
馴子舞法施の―ぞ尊き	54	熊野四	105⑪
法施の―ぞ身にはしむ	110	滝山摩尼	198③
山の下荻―たてて	164	秋夕	285⑦
其―陳懸の雉ににたり	171	司晨曲	293⑬
耳に悦を―と聞	58	道	112③
―遠ざかるうら松	168	霜	289⑫
世にただしき―なければ	58	道	112②
籠の中に鳴―ならん	170	声楽興下	292⑧
有つる垣根の同―に	5	郭公	45⑨
ただ秋かぜの過る―に	58	道	111③
糸より竹の―に遇て	121	管絃曲	215⑫
百王の理乱は―にあり	121	管絃曲	216⑤
毛詩には頌の―に和し	143	善巧方便	253⑤
其―二十弾	133	琵琶曲	236③
或は―に立	86	釈教	156⑫
金玉の―に誉あり	82	遊宴	150⑨
妙なる―にや通らん	130	江島景	230⑬
六月の瀬の―の	41	年中行事	89⑥
枕の内に鳴く―の	171	司晨曲	295⑦

	又おりては鹿さえづる—の蕣	82	遊宴	151⑩
	秦台をさる鳳の—は	170	声楽興下	292⑫
	治世の—は安楽なり	121	管絃曲	216④
	陽花の—は勅をまち	114	蹴鞠興	207⑦
	—は舞鳳の鳴をなすも	169	声楽興	291⑩
	かはらぬ鶴の—までも	12	嘉辰令月	53⑪
	—六月の郭公	5	郭公	46⑬
	水にすむてふ蝦の—も	45	心	95④
	夜の雨に猿を聞て腸を断—も	93	長恨歌	167⑫
	竊々たり嘈々たる—もあり	31	海路	75⑨
	—もおしまぬ程なれや	164	秋夕	284⑭
	嵐の—も月影も	42	山	91⑧
	京都の—もなつかしく	116	袖情	209⑦
	駅路の鈴の—やさば	170	声楽興下	292⑭
	—や涙をさそふらん	163	少林訣	283⑥
	—よはりゆく古郷の	40	夕	88⑨
	功徳池の波に—をあはせ	121	管絃曲	217⑪
	香厳は竹を打—を聞	119	曹源宗	212④
	妙なる—を先とせり	169	声楽興	290⑭
	心の泉に—をそふ	112	磯城島	201②
	兜率の雲に—を添	121	管絃曲	216⑮
	金玉の—をそふとかや	66	朋友	126⑨
	葭灰は陰陽に—をなし	164	秋夕	284②
	翼を振ひ—を吐	139	補陀湖水	246⑤
	身にしむ—を吹立る	61	郢律講	118④
	峡猿の—を踏とかや	170	声楽興下	292⑨
	時しも—を穂にあげて	6	秋	47②
	玓瓅の銀の—をまじふ	121	管絃曲	217⑧
	霜夜に—をますなるは	169	声楽興	291⑮
	松の—をも送りける	149	蒙山謡	261⑥
	其—をやよそふらむ	68	松竹	129①
こゑごゑ(声々)	よはるか虫の—	56	善光寺	108⑦
	六時の鳥の—	139	補陀湖水	246④
	節しる鳥の—	143	善巧方便	253⑬
	野寺の鐘の—	164	秋夕	285⑩
	鳥の—鳴わかれ	96	水	171⑭
	弓立宮人—に	17	神祇	58②
	物の音催馬楽—に	169	声楽興	291④
	遠里かけて—に	171	司晨曲	294⑭
	—よびていそぐなる	104	五節本	188④
こんがう(金剛)	遍照—の草創	138	補陀落	244⑬
	大勇—の造立	139	補陀湖水	246⑩
	—堅固の錫杖は	120	二闡提	213⑪
	—の杵も砕かず	129	全身駄都	229③
こんがうざ(金剛座)	如来は—の上	44	上下	94⑨
こんがうはんにや(金剛般若)	—の真文なり	83	夢	153①
こんき(根機)	末代濁世の—には	59	十六	114③
ごんぎやう(勤行)	あさなあさなの—	128	得月宝池	226⑭
	如法写経の—	139	補陀湖水	247③
	如法写経の—	148	竹園如法	260②

こんぎやうもん(金経門)	—ぞ貴き	109	滝山等覚	196⑥
ごんく(言句)	祖師の直下の—	146	鹿山景	258⑥
	祖師の—はひとつにて	163	少林訣	282⑬
ごんく(懃苦)	抜諸生死—	87	浄土宗	157⑫
ごんぐ(欣求)	—は浄土の秋の月	49	閑居	98⑬
ごんぐじやうど(欣求浄土)	—の便ただ	154	背振山幷	269⑩
ごんげ(権化)	慈覚智証—の法味を受しより	152	山王威徳	267⑬
ごんげん(権現)	—照覧し給らむ	139	補陀湖水	246⑮
	三所—若王子	55	熊野五	106⑨
	—の威光を顕はす	152	山王威徳	267⑪
	三所—は鎮に	138	補陀落	244①
	彼満願—の御名には	139	補陀湖水	247⑥
こんごん(金銀)	—及玻梨車渠乃至瑠璃珠等の	129	全身駄都	229⑫
こんごんどうてつぞくさんわう(金銀銅鉄粟散王)	—四州の民に至まで	97	十駅	173⑫
こんじき(金色)　＊こがねのいろ	世々の竜象—の岩窟にして	130	江島景	231③
ごんじき(今食)	月次神—内侍所の御神楽	41	年中行事	90①
ごんじきしやうごん(厳飾荘厳)	—の功徳は	129	全身駄都	229⑬
	—殊妙華香三礼漸々積功徳	140	巨山竜峯	247⑫
ごんじつ(権実)	顕密—みなもれず	85	法華	155③
こんじやう(今生)	—世俗の睦を	127	恋朋哀傷	226②
ごんしやく(権跡)	自八正道垂—	172	石清水	297⑭
こんじゆ(金鷲)	—銀鶴二の鳥と顕れ	136	鹿島霊験	242③
こんじようかいだう(金縄界道)	—に異ならず	62	三島詣	119⑭
ごんせつ(言説)	自性離言の—	143	善巧方便	254⑦
	—の外の不立文字	143	善巧方便	254⑦
ごんだいなんごん(権大納言)	—其外も推て昇し宮司	105	五節末	189③
ごんのちやうくわん(権の長官)	—と聞るも	101	南都霊地	184⑤
こんひらたいしやう(宮毘羅大将)	始—よりや伐折羅大将安底羅	16	不老不死	56⑮
こんぺい(紺碧)	—瑠璃犀角の	60	双六	115⑬
こんよ(来世)	—も兼てたのもしき	103	巨山景	187③
こんりう(建立)	槐門不比等の—	101	南都霊地	183③
	当山—の初なる	138	補陀落	244⑩
	—のむかしを算れば	153	背振山	268③
	桓武の—は叡山の霊崛	67	山寺	127⑭
こんりんざい(金輪際)	彼石は—に融通せるとこそ聞	137	鹿島社壇	両340⑪
	竹生島といへるは—より生じて	68	松竹	両328②
	光は—をつくし	129	全身駄都	228⑦
こんろう(紺楼)	百囲の檜杉—をぞかまふる	139	補陀湖水	246③
こんろん(崑崙)　※山	—山の玉	14	優曇華	54⑪
	—玄圃閬風山	42	山	90⑥

さ

ざ(座)	我—の上をあたへき	44	上下	93⑧
	瑟々の—を動てや	108	宇都宮	193⑩
	弓場殿に—を敷て	16	不老不死	56①
	垣下の—を敷なるは	44	上下	93④
	我—を下にあらたむ	44	上下	93⑧
	詞をかはし—を列ぬ	85	法華	155⑧

	一乗の筵に一を列ね	127	恋朋哀傷	226④
	聞も尊は二仏一を並し	81	対揚	149⑦
さい(簺)	一に又十二の目を定む	60	双六	114⑬
さい(才)	一を雲上にほどこし	65	文武	125⑭
さいかい(西海)	発願を一の波の外に促し	147	竹園山	259④
さいかく(犀角)	紺碧瑠璃一の	60	双六	115⑬
さいがは(西川)	筑摩篠の井一	57	善光寺次	110⑤
さいがん(塞雁)	一声冷じ	119	曹源宗	212⑤
さいき(佐伯)	秦下野一や其名は大中臣まで	156	随身諸芸	271⑭
さいぎ・る(遮)	目にふれ耳に一るたぐひ	49	閑居	99⑪
	眼に一る類は又	35	羇旅	81③
さいぐ(祭供)	九天霊耀の一にも	149	蒙山謡	261⑩
さいくだに(西瞿陀尼)	或は北瞿盧一	16	不老不死	56⑪
さいくわぎつすい(採菓汲水)	一拾薪設食	154	背振山幷	269⑧
	一の勤に答つつ	96	水	172⑤
さいげ(最下)	先は風輪一の安立より	95	風	169⑩
さいげい(才芸)	一を専に賞ずるは	63	理世道	122①
さいげつ(災孽)	一外におふとかや	114	蹴鞠興	207⑧
ざいごふ(罪業)	一の垢もすすがれぬ	167	露曲	288⑦
ざいさう(罪霜)	一残らぬ本願	160	余波	277⑥
さいし(妻子)	されば一珍宝	160	余波	278⑨
ざいしやう(罪障)	六根一の霜消ざらめや	85	法華	154⑭
	無始の一は重くとも	54	熊野四	105⑧
さいじゆん(蔡順)	菓を惜し一	99	君臣父子	178⑩
	一が孝行の筵には	116	袖情	209③
さいしよ(最初)	転法愚迷の一也	163	少林訣	282⑤
	先は我朝仏法一の執政	129	全身駄都	228④
	仏法一の執政も駅の王子と	77	馬徳	142⑥
	仏法一の執政も厩戸の王子と	77	馬徳	異304⑩
	草創一の砌かとよ	146	鹿山景	257⑤
さいしよう(最勝)	一成勝法金剛院	114	蹴鞠興	206⑧
	経を講ぜし所をば一とも又申也	109	滝山等覚	196④
さいしようこう(最勝講)	一を修せしかば	109	滝山等覚	196①
さいしようわうぎやう(最勝王経)	毎年八月十五日に一を講となり	172	石清水	297⑥
さい・す(裁)	婕妤が一せし紈素の色	124	五明徳	221⑨
ざいせ(在世)	過去の輪陀の一かとよ	77	馬徳	142⑤
	生身一に異ならず	129	全身駄都	227⑫
	仏の一にも顕れず	91	隠徳	165②
	如来一の御時菩薩伎楽を調しも	172	石清水	297⑧
	遙に一の名残ある	160	余波	277⑥
	抑一遙に想像	163	少林訣	283⑨
さいたづま(さいた妻)	聞もやさしき一	43	草	91⑩
さいたん(再誕)	賢王は廟神の一	99	君臣父子	178③
ざいちうじやう(在中将)	一が忍ずり	161	衣	280②
	一がつたの下道ふみわけし	42	山	両327⑧
	一がとはずがたり	111	梅花	200⑦
	一が踏わけし	42	山	91⑤
さいぢよらう(崔女郎)	一が家ならし	113	遊仙歌	203⑥
さいてん(西天)	一月氏の古	57	善光寺次	110⑥
	遠く一月氏の境より	129	全身駄都	228②

	―東土境異といへども	146	鹿山景	257⑦
	教月―に朗に	77	馬徳	141⑭
	遠―の古より	60	双六	114⑨
	遠く―の雲の外	101	南都霊地	183⑬
さいてん(柴椽)	―削る飛騨工み	140	巨山竜峯	248⑥
さいど(済度)	―の岸遠からず	138	補陀落	244②
	慈悲―の誓には	166	弓箭	287⑫
	中にも―の方便掲焉	131	諏方効験	232⑧
	外に―の方便道ひろし	129	全身駄都	228②
	―の船に棹指て	108	宇都宮	192⑫
	凡―は鎮に	120	二闡提	213⑫
	―は偏に	135	聖廟超過	241②
さいど(西土)	方域―の教主の縁として	147	竹園山	259⑫
さいのかみ(道祖神)	鎮守に祝―	60	双六	116⑪
ざいは(摧破)	奈落のかなへを―し	120	二闡提	213⑫
さいはい(再拝)	南無―三所和光	108	宇都宮	192⑤
さいばら(催馬楽)	郢曲にも―	77	馬徳	143③
	物の音―こゑごゑに	169	声楽興	291④
	―には葦垣の	82	遊宴	151⑩
	―には梅が枝	111	梅花	199⑩
	―の歌の詞なり	47	酒	97⑧
	―の歌の詞也	76	鷹徳	141⑫
	―の詞なるらん	78	霊鼠誉	144⑬
	―の桜人	2	花	43①
さいふ(宰府)	今に―の御垣にあらためず	135	聖廟超過	241①
ざいもんげりふだいびやくごしや(在門外立大白牛車)	―のはかりこと	72	内外	134④
ざいりよく(財力)	玉をかざり錦色々の―ある	79	船	146②
さいれい(祭礼)	賢き新宮の―	138	補陀落	245②
	節々の―あらたに	131	諏方効験	232⑪
	かかれば節々の―怠らず	135	聖廟超過	240④
	二季の―も新なり	108	宇都宮	194④
ざいゐ(在位)	御―十六年の間	59	十六	113②
さいゑん(塞垣)	―にとらはれ	65	文武	125⑩
さう(相)	抑六大四万の―	86	釈教	156⑨
	彼土の―を修するも	59	十六	114①
さう〔さいう〕(左右)	―に是を掌る	156	随身諸芸	271⑧
	遠く―に望き	172	石清水	296⑫
	―に梵釈の聖客もみそなはせば	146	鹿山景	257⑩
	―の侍者をのをの緑の袖をつらね	93	長恨歌	168①
	或は―の轡に随ひ	155	随身競馬	271③
	明王に―の二童子	81	対揚	149⑫
	―近衛の節々随身の狩装束	76	鷹徳	140⑧
	―近衛の馬長にも	155	随身競馬	270⑬
	―馬の寮頭馬司	77	馬徳	142⑨
ざう(像)	悲母の報恩の釈迦の―は	101	南都霊地	183⑤
ざう(蔵)	頓教菩提の―なれば	87	浄土宗	157⑨
さうあん(草庵)　＊くさのいほ	―の窓の燭	49	閑居	98⑪
さうかい(蒼海)	―渺茫として	31	海路	75⑧
	前には―漫々として	110	滝山摩尼	197⑧
さうがうたんごん(相好端厳)	―に顕す	101	南都霊地	183⑥

さうくわ(霜花)	鴛鴦の瓦すさまじく—重しや	93	長恨歌	167⑮
さうけつ(蒼頡)	—が漢字を書伝へ	73	筆徳	135⑭
	又—が文字を学び	122	文字誉	218③
さうけつ(巣穴)	所謂—冬夏の住ゐとして	95	風	169⑪
さうさう(草創)	遍照金剛の—	138	補陀落	244⑬
	伝教大師の—	139	補陀湖水	246⑬
	彼右幕下家の—	144	永福寺	254⑬
	祈誓のために—	153	背振山	268④
	—最初の砌かとよ	146	鹿山景	257⑤
	—守文を諍しも	99	君臣父子	179④
	—と守文と	98	明王徳	177⑦
	守文—の二の道を分し	65	文武	125④
	天智の—は園城の旧院	67	山寺	127⑬
さうさう(嘈々)	竊々たり—たる声もあり	31	海路	75⑨
さうさう(蒼々)	遠巌—たる水の上	96	水	172⑨
さうじよう(相承)	—其器に蒙しむ	129	全身駄都	228④
さうせつ(霜雪)	—の朝に	114	蹴鞠興	206②
	—をいただひて	64	夙夜忠	124①
さうでう(双調)	柳花苑は—	61	郢律講	118②
	—には柳花苑	2	花	43①
	—には柳花苑	121	管絃曲	216⑦
さうでんむはふゐこう(桑田無法葦航)	しかれば—より	147	竹園山	259①
さうは(蒼波)	西に望めば—きはもなく	173	領巾振恋	298②
	—路遠し	30	海辺	73⑭
さうふれん(想夫恋)	げに—ぞゆかしき	121	管絃曲	217②
さうほう(双峯)	—の軒の間には	67	山寺	127⑪
さうもく(草木)　＊くさき	—法雨に潤て	97	十駅	175⑦
	—も色をあらためず	98	明王徳	177①
さうもん(桑門)	—の姿は学ども	160	余波	277①
さうりく(双六)　＊すぐろく	其名を—と喚とかや	60	双六	114⑫
	—の誉世に勝	60	双六	115⑤
	夫—の基は	60	双六	114⑨
	—の局(ばん)の諍ひ	113	遊仙歌	204①
ざうりふ(造立)	大勇金剛の—	139	補陀湖水	246⑩
さうりん(双林)	—樹下の夕の月	91	隠徳	165①
	娑羅林—那羅陀樹下とかや	94	納涼	169①
	沙羅林の—鹿野苑	49	閑居	99②
さうれう(蒼竜)	或は—篪をしらべ	130	江島景	230⑫
さうろ(草露)	衆罪は—のあだ物	167	露曲	289⑤
	仏日庵を照せば衆罪は—の如なり	146	鹿山景	257⑬
さうろ(霜露)	—の命の残なき	168	霜	290⑩
さうわう(荘王)→しやうわうヲミヨ				
さえかへ・る(冴かへる)	—る霜夜の月も白妙の	108	宇都宮	194⑧
さえくら・す(冴くらす)	さしも—す夕あらしに	32	海道上	77②
さえづ・る	詞の林に—り	112	磯城島	201①
	又おりては鹿—る声の蓋	82	遊宴	151⑨
さえゆ・く(冴行)	鳴音—く夜半の霜	168	霜	289⑭
	音—けばいとど今は	145	永福寺幷	256③
さえわた・る(冴渡)	影—る冬の夜は	44	上下	94③
さか(坂)	二千年の—嶮し	113	遊仙歌	203①

	山路は苦しき—なれば	58	道	111⑨
さが(性)	定ざる世の—なれば	134	聖廟霊瑞	238⑫
	かかる浮世の—に猶	160	余波	277③
さが(嵯峨)　※天皇	凡当山は桓武—の御願たり	139	補陀湖水	247①
	仁子—の御女	72	内外	134⑮
	—の聖代には又	119	曹源宗	212⑬
さが(嵯峨)	彼命婦が遁れし—の庵	160	余波	278①
	宇多野粟津野—野の原	76	鷹徳	141①
さかえ〔さかへ〕(栄)　＊えい	久き宮井の富める—	130	江島景	231⑥
	枌楡の—枝を連ね	17	神祇	57⑤
	何も茂き—かは	102	南都幷	184⑪
	—木高き三笠山に	156	随身諸芸	272②
	専(もはら)藤門の—露滋し	102	南都幷	185⑬
	枝さしそへし—ならむ	132	源氏紫明	235⑪
	富は家の—なり	78	霊鼠誉	145④
	松は千年万年の—なれど	135	聖廟超過	240⑭
	直を賞ずる—にて	34	海道下	80⑨
	秋の—の神事	131	諏方効験	232⑭
	—の程もかくれなく	114	蹴鞠興	206②
	久き—の宮造も	72	内外	134①
	たのしみ—は筑波山	80	寄山祝	146⑦
	御代の—はくもりなき	15	花亭祝言	55④
	後こそ松も—はしれ	168	霜	290⑪
	—は端山茂山の	14	優曇華	54⑨
	—ひさしき大樹営	166	弓箭	287⑨
	応神の御宇の—より	59	十六	112⑫
さか・ゆ〔さかふ〕(栄)　＊さかえ	夫よりおほくの林弥—え	137	鹿島社壇	両341③
	いまに弥—へ	101	南都霊地	183④
	中興殊に弥—へ	147	竹園山	259②
	ふとしきたてて弥—ふ	62	三島詣	119⑫
	門葉—へ枝を連ね	140	巨山竜峯	248⑫
	ゆくすゑ—えしためしには	132	源氏紫明	234⑨
	世々に—えて徳たかく	88	祝	159③
	国—へ家富	114	蹴鞠興	205⑨
	時めき—へし傅	105	五節末	189③
	万州に道を—へしむ	98	明王徳	177⑭
	林はしげく—へつつ	141	巨山修意	249⑩
	そも此国は何ぞととへば—へて	34	海道下	79⑭
	我国やいつも—へむ	55	熊野五	107⑧
	御禊の比や—へん	4	夏	44⑨
	このみぎりにや—へん	80	寄山祝	146⑭
	幾たび恵に—へん	144	永福寺	255③
	げに鎌倉の—ゆべき	142	鶴岡霊威	252⑥
	末—ふべきしるしを	137	鹿島社壇	243⑫
	—うる御代ぞ久しき	167	露曲	288②
	爰に累葉世々に—ふる	147	竹園山	258⑬
	民は—ふるかまどに立煙	68	松竹	両328⑤
	緑に—ふる梢は	75	狭衣妻	139⑫
	—ふる梢はたかさゐの	62	三島詣	121①
	—ふる民の草葉もをしなべて	90	雨	161⑦

	—ふる春の日の	12	嘉辰令月	53⑦
	—ふる御垣の一松	103	巨山景	187④
	楽み—ふる砌なり	89	薫物	161②
	—ふる御園の百千度	82	遊宴	異302⑦
	—ふる御代のしるし也	39	朝	87⑥
	猶又—ふる我門	61	郢律講	118⑧
さかえまさんこと(隆当)	—天壌と極なかるべしと	172	石清水	296①
さかえゆ・く(栄行)	鎌倉山の—く	42	山	91⑥
	世々経ても彌—く	80	寄山祝	146⑪
さかき(坂木)	赤池—柏崎	57	善光寺次	110③
さかき(榊)	三鏡—の枝にかけまくも	136	鹿島霊験	242①
	—幣凡勝地を占給ふ	62	三島詣	異304⑥
さかき(榊)　※神楽歌ノ曲名	—みてぐらささゆみ	82	遊宴	151⑨
さかきば(榊葉)	ふりさけみれば—や	17	神祇	58①
	神代よりしめゆひ初し—を	74	狭衣袖	138⑧
さが・し(嶮)	二千年の坂—し	113	遊仙歌	203①
	高山の—しきに攀登りて	159	琴曲	276⑤
さかづかさ(酒司)	—の事態	47	酒	97⑦
さかづき(盃)	若桜の宮の花の—	2	花	42⑪
	久き菊の—	41	年中行事	89⑬
	鸚鵡盃の—	122	文字誉	219③
	銀の—に黒三寸豊に賜つつ	101	南都霊地	184④
	光を差副る—の	47	酒	97①
	玉の—を客に勧ては	123	仙家道	220⑩
さかどの(酒殿)	百敷には—	47	酒	97⑦
さかのぼ・る(逆上)	滝水天に—り	110	滝山摩尼	197③
	厳巓に通じて—る	55	熊野五	106①
	されども化城に—る	97	十駅	174⑧
さかひ(境、堺、界)	又外朝外都は遠き—	72	内外	134⑩
	虚無縹渺の—	130	江島景	230②
	西天東土—異といへども	146	鹿山景	257⑦
	定まれる別離の—ならん	127	恋朋哀傷	225⑦
	共に快楽の—なれど	72	内外	134③
	我国は賢—なれば	59	十六	112⑪
	声塵得道の—なれば	61	郢律講	117⑫
	六十六の—にそそかしむ	144	永福寺	254⑩
	望らくは無仏の—に身を枉て	120	二闡提	213⑩
	花洛の—によぢのぼり	11	祝言	53②
	池田と和泉の—の里	52	熊野二	103②
	—は不老の幽洞	109	滝山等覚	195⑤
	国の—も遠き海の	131	諏方効験	232⑨
	遠く西天月氏の—より	129	全身駄都	228②
	十万億刹の—を過	57	善光寺次	110⑧
	東の—を渡の谷	147	竹園山	259⑫
さかひがは(境川)	又国越る—	32	海道上	77⑭
さかほこ(逆鉾)	天の—を立初し	59	十六	112⑪
さかま・く(逆巻)	—く浪も立かへり	44	上下	93⑥
さかもと(坂もと)	山路にむかふ—	55	熊野五	107④
さかり(盛)	人に定れる—あり	59	十六	112⑨
	感応ますます—なり	62	三島詣	119⑩

	御前の梅も—に	29	源氏	73①
	翠—に明にして	149	蒙山謡	261①
	善政—に行れ	98	明王徳	177⑬
	朝市の栄花—にしてや	39	朝	86⑨
	—をのこす夕かな	164	秋夕	285④
さかん(盛)	文章の花も—なり	98	明王徳	176⑬
	武威ますますに—なり	172	石清水	296⑥
	仏日影—なれば	163	少林訣	283⑫
さき(先、前)	其心を—とさとらしむ	45	心	異307④
	部行も是を—とし	97	十駅	174⑦
	翰墨を—として	65	文武	125⑪
	此砌を—として	114	蹴鞠興	205⑬
	みな其事態を—とす	82	遊宴	150⑨
	撫民の信を—とす	92	和歌	165⑧
	風月の名を—とす	95	風	169⑭
	忠勤の道を—とす	99	君臣父子	179⑥
	利物の信を—とす	135	聖廟超過	241②
	そのすがたを—とす	143	善巧方便	254④
	弓矢の御手を—とす	166	弓箭	287⑫
	心を—とするや是	45	心	94⑬
	歌をぞ殊に—とせし	112	磯城島	202⑦
	妙なるこゑを—とせり	169	声楽興	290⑭
	心を—とや撰けん	45	心	95⑧
	末の露は花より—に化に散	134	聖廟霊瑞	239⑧
	揚眉瞬目の—に有	119	曹源宗	212①
	天の—に治れる	149	蒙山謡	261①
	我まづ—にと争数の下に	60	双六	116⑧
	我先—にと勝鞭を	156	随身諸芸	271⑫
	わたらぬ—の名取川に	26	名所恋	69②
さぎ(鷺)	—の蓑毛もほしあへぬ	164	秋夕	284⑧
	寒き洲崎に立—も	119	曹源宗	212③
さきくさ(さき草)	栄花の花は—の三葉四葉に	15	花亭祝言	55④
さきこぼ・る(咲溢)	—れたる藤のかたはら	29	源氏	73⑤
さきそ・む(開初)	玉の枝より—めて	98	明王徳	176⑫
さきだ・つ(先立)	危き木の葉に—ちし	164	秋夕	284⑥
	金玉の光—ちて	134	聖廟霊瑞	238⑥
	おくれ—つ花の名残は	160	余波	両332⑦
	駒なべて先—つは涙にて	36	留余波	82⑪
	をくれ—つ夕けぶり	38	無常	84⑧
	おくれ—つ夕けぶり	38	無常	両335③
	思ふ心を—てて	55	熊野五	106⑭
	涼しき風を—てて	90	雨	161⑩
さきまさ・る(咲まさる)	物思の花のみ—りて	74	狭衣袖	137⑥
さく(索)	左に業縛の—を持し	108	宇都宮	193⑨
さ・く(開、咲)　＊ひらく	柳が枝に—かせてしがな	1	春	41⑫
	花はさだかに—きけるは	67	山寺	128⑤
	尾上の桜—きしより	3	春野遊	43⑭
	—きてはいつしか移ろふ	145	永福寺幷	256⑩
	木曽路の桜—きぬらむ	95	風	170⑩
	花—き子成る恵と思ば	131	諏方効験	233③

	—いたる花を手にとりて	43	草	92⑤
	百度—き万度栄る春の日の	12	嘉辰令月	53⑦
	槿の花—く垣ほの朝露	39	朝	87③
	—く花に思つく身の	89	薫物	160②
	八重—く花のいとこよなく	72	内外	135⑥
	春—く花の風に散	163	少林訣	282⑪
	大庾嶺に—く花は	111	梅花	両330①
	卯の花の—くや卯月の祭には	152	山王威徳	267⑨
	—くやこの花冬ごもり	111	梅花	199⑫
	夕顔の花—く宿の主や誰	40	夕	88③
	—けばかつちる雪とふる	148	竹園如法	260⑥
	色々に—ける秋の草	86	釈教	156⑨
	卯花—ける玉河の	4	夏	44⑧
	沢べに—ける花の色に	33	海道中	78③
	古枝に—ける本荒の	6	秋	47⑤
	初花桜—けるより	2	花	42⑦
さ・く(避)	蘊落の賊を外に—く	102	南都弁	185⑥
	九十五種を外に—け	72	内外	133⑪
	漸甲—け萌つつ	97	十駅	174④
	驪山宮に暑を—けしも	115	車	208①
さくご(錯午)	素竹は—の風吹て	68	松竹	128⑬
さくさく(索々)	第一第二の絃は—たり	170	声楽興下	292⑦
	—たる絃のひびき	7	月	48②
さくしや(作者)	古今の—は春風興風	95	風	170④
さくたん(朔旦)	—冬至の叙位の儀	41	年中行事	89⑮
さくぶん(作文)	—筵を展つつ	135	聖廟超過	240②
さくら(桜)	—が枝の紅葉ば	150	紅葉興	262⑮
	山鳥の尾上の—さきしより	3	春野遊	43⑭
	木曽路の—さきぬらむ	95	風	170⑩
	花と云ば—にたとへても	29	源氏	73⑧
	先は木曽路の—の花籃	131	諏方効験	232⑫
	—の花に匂はせて	1	春	41⑫
	紫宸殿の—は玄宗ことに賞き	114	蹴鞠興	205⑮
	—も雲にまがひけん	112	磯城島	201⑨
	—をかざすさくらがり	143	善巧方便	253⑩
	雲居の—をかざすなる	2	花	42⑨
	—をかざす花の会	129	全身駄都	229⑦
	—をよきて木の間をわくる鞠は	114	蹴鞠興	206⑮
	—をわきてねぐらとはせぬ鶯も	68	松竹	129①
さくらのほそなが(桜の細長)	—に柳のいとの様したる	29	源氏	73②
さくらのみへがさね(桜の三重がさね)	思みだれし璽の扇—に	124	五明徳	221⑪
さくらあさ(桜麻)	詞の花は—の	34	海道下	80⑧
さくらいろ(桜色)	惜みし物を—に	4	夏	44⑦
	薄紅の—に	148	竹園如法	260⑦
さくらがは(桜河)	人心移ふ花の—	26	名所恋	68⑪
	霞をながす—	95	風	170⑩
さくらがり(桜狩)	交野のみのの—	3	春野遊	44②
	名残多きは—	114	蹴鞠興	207⑥
	桜をかざす—	143	善巧方便	253⑩
さくらばな(桜花)	ふる野にうへし—	71	懐旧	132④

さくらびと(桜人)	催馬楽の—	2	花	43①
	色にぞ移る—	82	遊宴	151⑪
さくらゐ(桜井)	深はしらず—に	57	善光寺次	109⑭
さけ(酒)	台頭に—有て酔をすすむる	3	春野遊	43⑧
	金盃の蕚—にうかぶ	151	日精徳	264⑦
	—に明徳の誉あり	47	酒	96⑫
	—の芳きのみならず	47	酒	97⑥
	衆徳を兼たるは—の興宴	16	不老不死	56②
	いかなる—の流ならむ	47	酒	97⑩
	池に—の波を堪へ	97	十駅	173⑨
	—を煖て日を暮す	47	酒	97①
	つねに一壺の—を持し	47	酒	97④
	—をたうべてとうたふなるは	47	酒	97⑧
さけい(茶経)	三巻の—を作つつ	149	蒙山謡	261⑦
さけび(叫)	猿の—声すみて	152	山王威徳	267⑦
	猿の—すくなく	66	朋友	126⑫
	猿の—をすごく聞も	164	秋夕	284⑧
さけ・ぶ(叫)	月に—ぶ哀猿	95	風	170⑫
	空山に—ぶ猿の声	49	閑居	99⑪
	漢に—んで驚く夢	83	夢	152⑪
	哀猿は—んで霧に咽ぶ	57	善光寺次	109⑥
さごろも(狭衣)	凋る麻の—	19	遅々春恋	61⑪
	あさの—うつのみや	35	羇旅	81⑩
	重ぬる閨の—	119	曹源宗	212⑥
さごろも(狭衣)　※人名、書名	飛鳥井にしぼりし—	112	磯城島	202⑧
	—の袖の涙の雨と旧にし	74	狭衣袖	137②
	—のふしぶしもいとわすられぬ	161	衣	280⑤
	—の忘られがたき妻ならむ	75	狭衣妻	139⑮
さごろものたいしやう(狭衣の大将)	—の浅からざりし飛鳥井の	171	司晨曲	294⑥
さごろものちうじやう(狭衣の中将)	—の彼百敷の御遊にや	170	声楽興下	292⑩
ささ(篠)	—の葉わけし袖よりも	19	遅々春恋	60⑩
	—分る袖もしほれつつ	32	海道上	76⑩
ささのいほ(篠の庵)	しのに露ちる—	49	閑居	99⑧
	ただ一夜の—も	35	羇旅	82③
ささ(篠)　※神楽歌ノ曲名	榊みてぐら—ゆみ千歳々々	82	遊宴	151⑨
ささ・ぐ(捧)	掌に花ぶさを—ぐとか	120	二闡提	213⑦
	一房—げし花の枝	163	少林訣	282⑨
	倶胝の—げし指頭までも	163	少林訣	282⑬
	鋒を—げたてまつる	109	滝山等覚	196②
	是は宝塔を—げつつ	62	三島詣	120③
ささく(左索)	—業縛の標示たり	138	補陀落	244⑮
ささなみ(ささ浪)	—こゆる音涼し	61	郢律講	118④
	—やこす走井	102	南都弁	184⑫
	—や志賀の山辺を越るには	152	山王威徳	267③
ささのまつばら(篠の松原)	—千草の森	52	熊野二	103③
ささはら(篠原)　＊しのはら	野路の—露分て	136	鹿島霊験	242⑥
ささ・ふ(支)	夫高山月を—へ	173	領巾振恋	298②
ささめか・る(篠目苅)	—る沢田に袖の	19	遅々春恋	61⑩
ささめごと(私言、私語)	彼驪山宮の—	93	長恨歌	168③
	長生の台の—	160	余波	277⑭

	小絃は—の如し	82	遊宴	151③
	—をなす小絃	133	琵琶曲	236⑩
さざん(差山)	—を買むとせしよりや	149	蒙山謡	261⑤
さし(左子)	—が賦を作	165	硯	286⑤
さしあふぎ(指扇)	—にや移けん	104	五節本	187⑭
さしい・づ(差出)	伏待の月—でて	29	源氏	73②
さしいで(指出)	末野を過て—や	56	善光寺	109②
さしう・く(指浮)	淀の河舟—けて	75	狭衣妻	139⑤
さしかく・す(差隠)	面を半—して	116	袖情	209⑦
さしかは・す(差交)	椎柴椮柴楢柴に枝—す白樫	57	善光寺次	109⑦
	枝—す二木	32	海道上	77⑦
さしか・ふ(差替)	—へたまひし夕ばへ	151	日精徳	264⑫
さしそ・ふ(差副)	光を—ふる盃の	47	酒	97①
	猶枝—ふる杉の葉	14	優曇華	54⑩
	法灯も光を—へ	144	永福寺	254⑫
	枝—へし栄ならむ	132	源氏紫明	235⑪
	高砂の尾上の松の枝—へて	12	嘉辰令月	53⑬
さしちがへ(差違)	—をや構まし	60	双六	116⑨
さしでのいそ(指出の磯、差出の磯)	—に栖衡	31	海路	両334①
	しほの山—に八千世経ても	31	海路	75⑩
さしと・む(指留)	松はとこしなへに根—め	103	巨山景	異310⑧
	舟—めし川岸	94	納涼	169⑥
	舟—めて立しは	158	屛風徳	274⑥
	船—めて契けん	25	源氏恋	67⑨
さしば(指羽)	—つみゑつさい金の色にあらはれし	76	鷹徳	両326⑥
	—雀鷂(つみ)雀鷁(ゑっさい)眉白の鷹	76	鷹徳	141⑨
さしはさ・む(差挿)	構を清虚の間に—み	123	仙家道	220③
さしもぐさ(さしも草)	もゆる伊吹の—	26	名所恋	69①
さじん(茶神)	—の号を施て	149	蒙山謡	261⑦
さ・す(鎖)	開て永く—さざるは	87	浄土宗	158⑧
	東路の関の戸—さぬ御代なれや	171	司晨曲	295⑨
	老せぬ門を—してゐへば	16	不老不死	55⑫
さ・す(差、指)	真の法と—されたり	163	少林訣	282⑧
	三笠山に御影を—し	137	鹿島社壇	243⑧
	或は楚水の三湘に棹—し	164	秋夕	284⑩
	端—したる茵に	29	源氏	73⑩
	山城の六田の淀に左手—して	19	遅々春恋	61⑪
	蘆間の月に棹—して	79	船	145⑫
	済度の船に棹—して	108	宇都宮	192⑫
	—していく世の暁に	67	山寺	128⑦
	—して幾代をかぎらん	80	寄山祝	146⑧
	誰を—してか松浦舟	79	船	145⑫
	筏の棹の—してしも	45	心	95⑭
	千年を—して契るは	41	年中行事	88⑬
	—して三笠の山のかひ	102	南都幷	184⑦
	—してもいはじ三笠山	88	祝	159⑬
	—して忘れぬ妻とみえし	124	五明徳	222②
	鞭を—し鞭を持るのみならず	155	随身競馬	271④
	淀の河舟—しもげに	51	熊野一	102③
	戒日蓋を—しや	101	南都霊地	184①

	真如の月の影—す	163	少林訣	282⑭
	さで—す跡にぞ隠なる	91	隠徳	164⑩
	舟—す棹のさすが又	30	海辺	異305③
	くるしき態に—す小網(さで)	97	十駅	173⑦
	舟—す棹のさすが又	30	海辺	異305③
	舟—す棹の取敢ず	34	海道下	79⑪
	船に棹—す始は	139	補陀湖水	246①
	波に棹—す人もあり	136	鹿島霊験	242⑥
	—すや岡辺の夕付日	49	閑居	99⑦
	雲間の月に—す指も	163	少林訣	282⑩
さ・す(挿)	瓶に—したる花を見て	2	花	42⑫
	絹櫛に—すむすび櫛	105	五節末	189④
	下座一枝を地に—せり	137	鹿島社壇	両341①
さすが	—岩木にあらざれば	160	余波	279⑤
	賢人も—捨ざりき	47	酒	97⑤
	数ならで—世にふるならひは	90	雨	162④
さすがに	—いかがおぼしけん	25	源氏恋	67④
	—いかでか仰がざらむ	87	浄土宗	157⑩
	勝かたがたの夜がれも—覚えてや	132	源氏紫明	235③
	—暮やはてざらむ	40	夕	87⑫
	河船の—さしもはなれねば	23	袖湊	64⑭
	道も—しられつつ	53	熊野三	104⑨
	—誰をか捨はてし	28	伊勢物語	71⑫
	—人には異なりや	5	郭公	45⑨
	—目には見ゆるものから	118	雲	両338⑪
	餌袋の鳥も—故々敷ぞ覚る	76	鷹徳	141②
さすらひ	光源氏の—に	169	声楽興	291⑬
さすらひい・づ(滞出)	—でて花の山	160	余波	278⑦
さすら・ふ	辛くうき世に—ひて	22	袖志浦恋	64②
	浮たる此身の—ひて	54	熊野四	105⑦
	彼方此方に—ひて	60	双六	115⑦
	心づくしに—ひて	173	領巾振恋	299⑥
	身こそうき世に—へども	58	道	111②
ざぜん(座禅)	凡—はしづかなれ	163	少林訣	282⑭
さそ・ふ(誘、誘引)	月の光に—はれて	71	懐旧	132⑤
	一葉風に—はれて	79	船	145⑧
	言葉の風に—はれて	111	梅花	200②
	人毎に移ふ情に—はれてや	143	善巧方便	253⑩
	—ひかねにし袖の名残	170	声楽興下	292⑪
	思ふ心や—ひけん	5	郭公	45④
	古宅の梅を—ひしは	71	懐旧	132①
	うつろふ花を—ふ嵐	107	金谷思	191①
	時雨を—ふ浮雲	95	風	170⑪
	なみだを—ふ袖の露	161	衣	280⑧
	鶯—ふ春風	1	春	41⑨
	—ふ水あらばとよめるは	96	水	172③
	—ふ水も流れては	19	遅々春恋	61③
	濃香芬郁の匂を—ふ梅が枝	81	対揚	149⑭
	声や涙を—ふらん	163	少林訣	283⑥
	まことの道に—へかし	160	余波	278⑩

さだか(貞、定)	一なる夢にいくらもまさらぬは	83	夢	152④
	一なる夢にいくらもまさらぬは	83	夢	両331①
	夢の告一に覚て	147	竹園山	259⑧
	花は一に開けるは	67	山寺	128⑤
さだま・る(定)	人事一らざりしより	92	和歌	165⑦
	主一らぬ狂妻の	125	旅別秋情	223③
	咎の一らば	63	理世道	122⑬
	天先生て地后に一り	152	山王威徳	266⑨
	笛音一度一りて	169	声楽興	291⑪
	此名号に一れば	164	秋夕	285⑭
	人に一れる盛あり	59	十六	112⑨
	一れる持にや収らん	156	随身諸芸	271⑬
	一れる番あるなれど	156	随身諸芸	271⑧
	一れる別離のさかひならん	127	恋朋哀傷	225⑥
	六道能化は一れる道たり	120	二闡提	213⑩
さだ・む(定)	簺に又十二の目を一む	60	双六	114⑬
	君臣上下を一む	161	衣	279⑧
	日々を一むる神事	41	年中行事	89①
	いづれを上としいづれを下と一むるも	165	硯	286⑪
	其情をや一めけん	161	衣	280⑤
	赤人を下とも一めざりける	44	上下	93⑩
	一めざる世のさがなれば	134	聖廟霊瑞	238⑪
	上の子の日を一めて	44	上下	93②
	菩提樹下を一めて	44	上下	94⑨
	よるべ一めぬ水の上の	18	吹風恋	60④
	今も一めぬ世なれども	160	余波	276⑬
	韈の色を六の品に一められ	114	蹴鞠興	205⑥
	豈一日の万機を一身の慮に一めん	63	理世道	122⑦
さだめお・く(定置)	五人を梨壺に一き	112	磯城島	201⑧
	或は四七の武将を一く	65	文武	125④
	由有品を一く	149	蒙山謡	両340②
さだめな・し(定なし)	雲一き天のはら	118	雲	両338⑫
	世に一き鳰鳥の	30	海辺	74③
	つながぬ舟の一く	79	船	145⑫
さつき(五月)	一に軒端に蓬菖蒲草	43	草	91⑭
	鳴や一のあやめ草	41	年中行事	89⑤
	郭公鳴や一の小五月会	152	山王威徳	267⑩
	一まつ花橘の花も実も	29	源氏	73⑪
さつきいつひ(五月五日)	御垣には一の儀を飾り	155	随身競馬	270⑫
さつきゑ(五月会)	賑ふ宮の一	131	諏方効験	232⑬
さづ・く(授)	農業の暇を一くとか	98	明王徳	176⑪
	来て一けし姿は	133	琵琶曲	236⑥
	法を一けし星の宮	138	補陀落	244⑥
	正一位を一けしも	139	補陀湖水	247②
さつた(薩埵)	一心頂礼観世音一	128	得月宝池	227⑤
	皆久遠の如来往古の一	135	聖廟超過	240⑪
	南無摩多羅天童飛竜一	110	滝山摩尼	異311①
	生身の一新也	109	滝山等覚	195⑬
	或は慈悲の一なり	152	山王威徳	267②
	一の音声及びがたし	170	声楽興下	292④

	歌舞興宴妓楽の—の玩び	143	善巧方便	252⑭
	能化引摂の—は	120	二闡提	213⑧
	能化の—は忉利の付属を	108	宇都宮	193⑧
	妓楽の—を友とせん	61	郢律講	118⑩
さで(小網)	くるしき態にさす—	97	十駅	173⑦
	—さす跡にぞ隠なる	91	隠徳	164⑩
	山城の六田の淀に—差て	19	遅々春恋	61⑪
さでん(左伝)	史記—の玉章	143	善巧方便	253⑥
さと(里)	池田と和泉の堺の—	52	熊野二	103②
	幾—かけてかかほるらん	89	薫物	160⑤
	朝市の—動まで立さはぐ	56	善光寺	108⑭
	名にほふ—に普くして	102	南都弁	184⑧
	この—にいざ又とまらば	56	善光寺	108⑩
	—のあまのかづく錦のうら	30	海辺	両333⑦
	—のあまのまどをの衣	30	海辺	74⑩
	人をとがむる—の犬上の	32	海道上	76⑭
	何の—もかくばかり	57	善光寺次	110④
	—より遠の程ならん	57	善光寺次	109⑭
	馴来し岡べの—もはや	132	源氏紫明	235⑩
	—わかぬ月にうつりきて	66	朋友	126⑭
	—をばかれずやかよひけん	28	伊勢物語	72⑩
	—をもさこそ守らめ	52	熊野二	103③
	—をもわかずしたがひて	64	夙夜忠	124⑥
	麓の—をよそにみて	125	旅別秋情	222⑪
さとびと(里人)	夜寒の衣擣なるは月の桂の—	170	声楽興下	292⑨
	尾上の里の—は	10	雪	50⑧
	月の桂の—もさこそは御影を	132	源氏紫明	235⑬
	小野の—をのづから	83	夢	152⑦
さとり(覚、悟)	妙なる—に入とかや	83	夢	152⑭
	—にぞ入ぬべき	131	諏方効験	232⑥
	覚母は—の花開け	108	宇都宮	193⑦
	—の華も此にして	128	得月宝池	227④
	はやく—の花を萌と也	129	全身駄都	229⑫
	縁覚の深き—も	164	秋夕	285⑫
	—を聖と顕せり	163	少林訣	282⑤
さとりい・る(悟入)	—りにし実の道	124	五明徳	222④
さとり・う(悟得)	心のまことを—えてぞ	45	心	96①
	心の真を—えてぞ	45	心	両334⑬
	妙なるたとへを—えても	77	馬徳	異304⑨
さと・る(悟、覚)	などかは—らざるべき	162	新浄土	282③
	其心を先と—らしむ	45	心	異307④
	我等が狂酔—りがたく	84	無常	153③
	十二の縁起—りやすく	97	十駅	174⑦
	誰かは是を—るべき	72	内外	異308④
さながら	春は—あさ緑と見えし草葉も	61	郢律講	118⑤
	露も—色々の玉かと見ゆる月かげ	7	月	48⑨
	其名かはらぬ古言も—歌の媒なり	112	磯城島	202⑨
	—朽せぬ筆の跡	73	筆徳	136①
	—深秘の言種見もみざるに似たり	86	釈教	156⑪
	張子が池の水こそ—硯と成けれ	165	硯	286⑤

	睦しきことはりも—袖の情なり	116	袖情	209⑥
	君も—難波津のよしあしを分る故に	92	和歌	166③
	—政のためなり	158	屏風徳	273⑭
	梨の一枝を露も—や手折まし	82	遊宴	異302⑪
	彼浜の浦なみ—山に揚りき	136	鹿島霊験	242⑨
	此川の家ざくら—雪にやながるらん	173	領巾振恋	298⑦
さなぎ	—の汀にうかぶなるも	131	諏方効験	232⑨
さなへ(早苗)	おれなひては—とり	5	郭公	46④
	—採田子の浦浪に	34	海道下	79⑫
	取し—の何の間に	6	秋	47①
	とるや—の態までも	90	雨	161⑧
	—をいそぐ御田屋守	43	草	92②
	賤が—を取々に	131	諏方効験	232⑬
さなみ(小浪)	畔こす—に袖ひぢて	90	雨	161⑧
さねかた(実方)	—の臨時の祭のをみの袖	161	衣	280①
さの(佐野)	—の浜松幾世へん	55	熊野五	107②
さののふなはし(佐野の舟橋)	—かけてだに	69	名取河恋	130⑧
	—さのみやは	26	名所恋	68⑥
さは(沢)	鴫立—の秋の暮	164	秋夕	285⑧
	—をこめつつ引網の	97	十駅	173⑦
さば　＊いざ—、いさや—、げに—、そよ—、そよや—、よしや—	薄雲の浮立思の果よ—	25	源氏恋	67②
	思みだるるはても—	75	狭衣妻	139①
	涙にあらそふ路芝の露の情も今は—	107	金谷思	191⑥
	さらぬ別に合念もののはてや—	127	恋朋哀傷	225⑥
	抑称徳の御代や—	137	鹿島社壇	243⑦
	仏法流布の前に—	153	背振山	268⑤
	兵部卿の宮は—	158	屏風徳	274⑦
	駅路の鈴の声や—	170	声楽興下	292⑭
	猶—思つらぬれば擾しかりし様かとよ	113	遊仙歌	204⑥
	—機に与へし竹篦を	147	竹園山	259⑭
	住吉の岸なるその—草の名は	31	海路	75⑤
	猶—是等の砌のみか	102	南都幷	185⑦
	此等や—狭衣の忘られがたき妻ならむ	75	狭衣妻	139⑮
	誰かは—徧せん	143	善巧方便	252⑭
	この—鵲鵲の背の上とかや	150	紅葉興	262⑬
	さて—後もたのめじとや	117	旅別	210⑨
	さて—本分の上もげに	141	巨山修意	250③
	豈—ゆかざるべけんや	87	浄土宗	158④
	こは—世々の報かは	132	源氏紫明	235⑧
	そよ—教の外の伝へ	128	得月宝池	227⑦
さはだ(沢田)	篠目苅—に袖の	19	遅々春恋	61⑩
	春の—を作岡の	33	海道中	78⑤
さはだがは(沢田河)	—きしに立るか青柳や	82	遊宴	151⑪
さはふ(作法)	三時にわかつ—あり	114	蹴鞠興	207⑤
さはべ(沢辺)	井手の—かとよ	56	善光寺	108③
	—にさける花の色に	33	海道中	78③
	—の蘆の夜を籠て	109	滝山等覚	196⑨
	—の鶴の毛ごろも	75	狭衣妻	139⑬
	—の蛍によそへつつ	106	忍恋	190⑨
	—の真菰つのぐめば	165	硯	286②

	—の道を朝立て	56	善光寺	108②
さばへなす(五蠅成)	—邪神とを平て	41	年中行事	89⑧
さはり(障、礙)	葦分小船の—おほみ	26	名所恋	69④
	蘆分小舟の—おほみ	48	遠玄	98⑥
	葦分小舟の—おほみ	79	船	145⑨
	筑波山端山茂山しげき恵の—なく	159	琴曲	276⑤
	—の雲をぞ払ふべき	128	得月宝池	227③
	浪路の—を凌て	85	法華	155①
さは・る(礙、障)	しげれる宿にも—らぬは	87	浄土宗	158⑦
	—る小舟の寄辺なき	24	袖余波	66③
	石に—る淀には	122	文字誉	219③
	雨に—れば笠縫の	32	海道上	77⑥
さび・し(寂)	滝水漲る音—し	55	熊野五	107⑥
	槇の立枯陰—し	57	善光寺次	109⑧
	寒衣のきぬたの音—し	125	旅別秋情	223⑪
	さこそは—しかりけめ	48	遠玄	98④
	さこそは—しかりけめ	68	松竹	129⑧
	さこそは—しかりけめ	134	聖廟霊瑞	239⑤
	音信ながら—しき	96	水	172③
	—しき秋のね覚なる	145	永福寺幷	256⑨
	紅蓼色—しき秋の水に	164	秋夕	284⑧
	物ごとに—しき色なれや	55	熊野五	106⑤
	冬は—しき枯葉まで	43	草	91⑪
	すき間—しき木枯の	19	遅々春恋	60⑬
	—しき空をやしたふらん	7	月	異305⑨
	—しきながめのつれづれに	90	雨	161⑭
	唐櫓—しき舟の中	79	船	145⑪
	—しき物は東屋に	61	郢律講	118⑥
	やや冬枯の梢—しき山おろしの	145	永福寺幷	256③
	—しき雪の夕ぐれ	103	巨山景	187①
	なく音—しき夕まぐれ	40	夕	87⑭
	—しくたてる翁草の	100	老後述懐	180④
	—しくたてるひとつ松	33	海道中	78⑦
	梢も—しくならぬ梨	56	善光寺	108⑫
	—しくのこる落葉までも	127	恋朋哀傷	226②
	いまはた—しくよはる虫	125	旅別秋情	223⑦
さびしさ(寂)	太山の里の—は	74	狭衣袖	137⑤
	—まさる冬室山	35	羇旅	82①
ざふげい(雑芸)	—風俗の郢曲は	61	郢律講	118⑨
さぶん(左文)	明けき—の道に双ぶ	155	随身競馬	270③
さぶんいうぶ(左文右武)	専—の義法に叶へり	114	蹴鞠興	205②
さへづ・る(囀)	明王の徳化を—らん	147	竹園山	258⑭
	苦空無我と—り	144	永福寺	255⑧
さほやま(佐保山)	—奈良山柞原	102	南都幷	184⑩
さま(左馬)	右車—のはかりこと	88	祝	159⑨
さま(様)　＊ありさま	勝負を互にあらそふ—	60	双六	115①
	よき衣着たらん其—	112	磯城島	201⑬
	擾しかりし—かとよ	113	遊仙歌	204⑥
	柳のいとの—したる	29	源氏	73③
	匂くははれる—して	29	源氏	73⑤

	月の光におとらましやはの—して	157	寝覚恋	異314⑦
	ねざめの中の君の最こよなき—して	133	琵琶曲	両338⑥
	やらこは何事の—ぞとよ	58	道	112①
	こよなくいとおかしき—ならむ	113	遊仙歌	204①
	故ある其—なるらん	124	五明徳	221⑭
	みるかひありし—なれや	16	不老不死	56⑨
	見るかひ有し—なれや	16	不老不死	両325⑦
	秋の別をいか—にせん	125	旅別秋情	223⑫
さまこと(様異)	—なりし態ときく	60	双六	116④
	皆是其—なれど	122	文字誉	218⑤
	そよや光源氏の—に	114	蹴鞠興	206⑪
	住吉の儀式も—に	115	車	異312①
	其—にや聞ゆらむ	105	五節末	189⑬
さまざま(様々)	—聞えしもてなしに	132	源氏紫明	234⑧
	其品己が—なり	155	随身競馬	271⑤
	其品—なりけるは	90	雨	162①
	—なりし諍の	45	心	95⑥
	—なりし事態を	74	狭衣袖	137②
	さても興遊の—なりし所は	114	蹴鞠興	206④
	—なりし女楽に	121	管絃曲	216⑫
	—なりといへども	158	屏風徳	273⑦
	—なる諍の	119	曹源宗	212⑦
	—なる情を	116	袖情	209⑧
	—なる姿なり	165	硯	286⑥
	節にふるる情の—なる中にも	81	対揚	149⑬
	哀愍善巧—なる中にも	143	善巧方便	253⑮
	妙なる霊地の—なる中にも	145	永福寺幷	256⑦
	其徳—なる中にも	155	随身競馬	270⑥
	恋路に迷ふならひの—なる中にも	157	寝覚恋	272⑪
	やさしかりし玩(もてなし)の—なる中にも	159	琴曲	276⑦
	抑音律之—なる中にも	176	廻向	異315⑧
	—なる名残の	168	霜	290⑦
	其品—なれども	82	遊宴	151②
	其品—なれども	107	金谷思	191②
	彼是奇瑞—なれば	131	諏方効験	232⑩
	郢律—に糸竹の調をととのへ	61	郢律講	117⑩
	三皇五帝—に	99	君臣父子	179⑤
	さては慈覚の善巧—に	138	補陀落	244④
	画図の色々—に	140	巨山竜峯	248⑧
	方便の御法も—に	143	善巧方便	254⑥
	樵歌牧笛—に	164	秋夕	285⑩
	管絃—に	169	声楽興	291⑤
	孔子の集ける毛詩の郢曲—に	59	十六	異307⑨
	誓を—に顕はす	96	水	172⑩
	情を—に顕す	112	磯城島	201③
	哀情—に顕る	121	管絃曲	215⑫
	朝家に—きこゆれど	104	五節本	187⑪
	国は—に聞れどに	137	鹿島社壇	243⑩
	をのが—に着なせる笠	135	聖廟超過	240⑥
	風の誉—に取々なる中にも	95	風	異309⑨

さ

	利益を—にほどこす	120	二闡提	214③
	—の奇瑞時を告	134	聖廟霊瑞	239⑩
	—の奇瑞をなせりとか	78	霊鼠誉	両338③
	—の御祈誓ありしかば	172	石清水	296⑨
	—の品を顕す	60	双六	114⑨
	此外—の勝地あり	139	補陀湖水	246⑪
	—の瑞相をあらはす	67	山寺	128⑩
	—の誓にこたへつつ	92	和歌	異309⑦
	—の徳をほどこすも	76	鷹徳	両326⑧
	—の名をかへつつ	100	老後述懐	180⑪
	—のねがひを三のみね	130	江島景	230⑦
	—の標示三摩耶形	108	宇都宮	193③
	—の誉をあらはせり	123	仙家道	両335⑤
	—の政徳を施す	59	十六	113③
	—のまなじりこまやかに	134	聖廟霊瑞	237⑧
	—の御法の教は多けれど	77	馬徳	143④
	—の利生を顕す	46	顕物	異307⑦
	—の利生をかぶらしむ	78	霊鼠誉	145⑤
	—の利益をほどこし	120	二闡提	両339③
	—の利益を施す	55	熊野五	106⑪
	—の渡を越過て	57	善光寺次	110⑤
	—光にみがかれて	110	滝山摩尼	197⑭
	をのが—世々を経ても	19	遅々春恋	61⑤
さま・す(醒、覚)	いつかは酔を—さむ	97	十駅	173⑩
	或は五更に夢を—し	51	熊野一	101⑫
	生死の夢を—しけん	170	声楽興下	293④
さまやかい(三摩耶戒)	瑜伽—の霊場に	158	屛風徳	275①
さまやぎやう(三摩耶形)	様々の標示—	108	宇都宮	193③
	弁財天の—	133	琵琶曲	236⑫
	字印形像—	120	二闡提	214⑨
	—も化ならぬ標示をあらはす	134	聖廟霊瑞	237⑨
さみ・す(編)	いにしへの其謬を—すべし	63	理世道	122②
	旧きをあながちに—せざるは	100	老後述懐	181①
	誰かはさば—せん	143	善巧方便	252⑭
さみだれ(五月雨)	卯の花ぐたし—	90	雨	161⑨
	—すればしほたれぬ	43	草	92①
	水かさまさりぬや—に	4	夏	44⑪
	露けき程の—に	5	郭公	46⑦
	—の跡よりやがてはるる日の	90	雨	両331⑫
	—の山本闇き雲の外に	118	雲	211①
さ・む(覚、醒)	—むるうつつもみなながら	162	新浄土	282①
	—むる枕は跡もなし	58	道	111⑭
	—むれば同友にかたりあはせて	157	寝覚恋	両329⑦
	終十地の眠—め	83	夢	152⑭
	煩悩眠はや—めて	50	閑居釈教	100⑥
	貞かに—めて	147	竹園山	259⑧
	—めてあやなき夜はの小筵に	157	寝覚恋	272⑬
	何かは—めて実あらん	119	曹源宗	212⑦
	よしやさば夢—めてむなでなり	113	遊仙歌	203⑩
	酔ても—めても	58	道	112④

	永き眠や—めぬらん	164	秋夕	285⑩
	長き眠も—めぬるに	103	巨山景	186⑩
	—めぬる夢の心地して	83	夢	152⑥
	眠は五更に—めぬれば	38	無常	84②
	猶其夢の—めやらで	83	夢	異303③
さむ・し(寒)	夜や—からん綴させとなく蛬	6	秋	47⑨
	川かぜ—き暁の	32	海道上	76⑭
	巻り手—き朝食の袖	116	袖情	210①
	山おろしの風も—きあしの海	34	海道下	80②
	暁月露に—き色	67	山寺	127⑫
	手枕—き仮ねの床	8	秋興	49⑥
	嵐も—き衣沢	56	善光寺	109②
	鴨又—き霜の夜は	171	司晨曲	294⑤
	深ては—き霜夜の月を	7	月	48③
	—き洲崎に立鷺も	119	曹源宗	212③
	衣手—きすずの庵	154	背振山幷	269⑥
	鶏—き月の夜は	171	司晨曲	294④
	玄冬素雪の—きにも	110	滝山摩尼	198①
	客帆—き夕塩風や	79	船	145⑭
	梢の雪も—き夜	67	山寺	128⑨
	木枯—く雪ちれば	55	熊野五	106④
	風—ければ汀の浪や凍らん	95	風	170⑭
さむしろ(小筵、狭筵)	苔の—霜冴て	154	背振山幷	269⑦
	さめてあやなき夜はの—に	157	寝覚恋	272⑬
	露を片敷—の	145	永福寺幷	256④
さめがゐ(醒が井)	凍やすらむ—も	32	海道上	77③
さめざめ	窓打雨の—と	50	閑居釈教	100⑦
さもあらばあれ	大白のけがれは—	58	道	111④
	—よしやさば	84	無常	153⑫
	—惜からず	69	名取河恋	129⑫
さもこそあれ	—いかでか色にもめでざらむ	74	狭衣袖	137⑨
さやけ・し(清)	光ぞ—かりける	6	秋	47⑧
	—き影の阿なきは	97	十駅	174⑭
	—きかげは所からかもと	172	石清水	297⑪
さ・ゆ(冴)	袖降雪はなを—えて	10	雪	51②
	まどをの衣袖—えて	30	海辺	74⑩
	凍る汀に風—えて	35	羇旅	82①
	苔の小筵霜—えて	154	背振山幷	269⑦
	かたしき衣霜—えて	161	衣	280③
	砌の梢月—えて	171	司晨曲	295⑧
	雲—えて雪ふるみねを踏分て	118	雲	211③
	—ゆる一尺の雪をよろこぶ	10	雪	51④
	いつしか—ゆるけしきにて	90	雨	161⑬
	雲井に—ゆる霜の上の	160	余波	277⑭
	霜夜に—ゆる鶴の声	83	夢	152⑫
	—ゆる夜の月阿なくて	104	五節本	187⑬
さえさ・ゆ(冴々)	嵐も月も—えて	173	領巾振恋	299②
さよ(小夜)	—の袂かはかぬは	161	衣	280⑥
	—のねざめの床の上に	173	領巾振恋	299②
	まだ—ふかき火鈴の声	103	巨山景	186⑩

	—深るまの	145	永福寺丼	256③
さよごろも(小夜衣)	露うちはらふ—	83	夢	152③
さよちどり(小夜千鳥)	興津浜辺の—	52	熊野二	103⑥
	枕にちかき—	170	声楽興下	292⑩
	友まよはせる—の	30	海辺	74⑤
	ね覚に聞ば—の	32	海道上	77①
さよのなかやま(小夜、佐夜の中山)	—高足山	42	山	91④
	—ながらへば	33	海道中	78⑫
さらさら	久米のさら山—に	26	名所恋	68⑧
	—ねられぬ宿にしも	106	忍恋	190⑦
さらしな(更科、佐良科)	よも—と見ゆるは	57	善光寺次	110④
	去来見にゆかん—や	7	月	48⑥
さら・す(曝)	紅錦を—す春日かげ	3	春野遊	43⑥
さらに(更に)	此花開て後は—	125	旅別秋情	223⑮
	今はた—あはずは	18	吹風恋	60⑦
	蓬は—有がたきや	34	海道下	80⑨
	かへさも—いそがれず	94	納涼	168⑨
	帰さも—急がれず	144	永福寺	255⑫
	上とも—言がたく	44	上下	93⑩
	誰かは—疑はん	87	浄土宗	158⑮
	比手勝—恐ず	60	双六	115⑪
	小屋とも—きかねども	91	隠徳	164⑬
	とけては—ねられめや	126	暁思留	224⑫
	—ねられぬ床の霜	168	霜	290②
	天下の舌頭を—又疑はじ	149	蒙山謡	261⑬
	主じも—昔をこひ	71	懐旧	132⑩
	夢をだに—むすびもあへぬ宵のまに	116	袖情	209⑩
	—求るに所なかりき	30	海辺	74⑫
さらぬわかれ(さらぬ別)	—に合念もののはてやさば	127	恋朋哀傷	225⑥
	老ては—の	38	無常	84⑥
さ・る(去)	あたりを—らざる叢祠にも	78	霊鼠誉	143⑫
	思へばはかなや身を—らぬ	24	袖余波	66②
	かたはら—らぬ面影	75	狭衣妻	139③
	礼を作て而も—りにき	85	法華	155⑪
	筵を巻て—りにけん	85	法華	155⑦
	秦台に鳳—つては	69	名取河恋	130③
	舟—ること速なり	81	対揚	150②
	秦台を—る鳳のこゑは	170	声楽興下	292⑫
	機前に会得し—るも	119	曹源宗	211⑪
	来も—るもなきならば	163	少林訣	283③
さ・る(避)	一里を—らざる床の宮	96	水	172⑨
	道も—りあへぬ花の雪	152	山王威徳	267④
さる(猿)	空山に叫—の声	49	閑居	99⑪
	—の叫び声すみて	152	山王威徳	267⑦
	—の叫びすくなく	66	朋友	126⑫
	—の叫をすごく聞も	164	秋夕	284⑧
	—を聞て腸を断声も	93	長恨歌	167⑫
さるさは(猿沢)	水底深き—	102	南都弁	184⑪
ざれののしば(ざれの熨羽)	—と山還の上羽	76	鷹徳	141⑥
ざわうごんげん(象王権現)	—の氏子とや	60	双六	116⑩

さわ・ぐ(騒)	いへばえにいはねばむねに—がるる	69	名取河恋	129⑪
	冷敷鳴音を聞も胸—ぎ	78	霊鼠誉	144⑤
	滝津心ぞ—ぎまさる	74	狭衣袖	137⑪
	者の武の弓影に—ぐ雉が岡	56	善光寺	108⑮
	舟人—ぐ尓保の海	79	船	146①
	袖に湊の—ぐまで	28	伊勢物語	71⑧
	かげろふ雲にや—ぐらむ	90	雨	161⑩
	かげろふ雲にや—ぐらん	90	雨	両332①
	袖に湊や—ぐらん	173	領巾振恋	298④
さわらび(早蕨)	折手にたまる—	3	春野遊	43⑩
	ほどろと折は—よ	43	草	91⑬
さゑん(茶園)	—を産業として	149	蒙山謡	261⑧
さを(棹)	或は楚水の三湘に—さし	164	秋夕	284⑩
	蘆間の月に—指て	79	船	145⑫
	済度の船に—指て	108	宇都宮	192⑫
	船に—さす始は	139	補陀湖水	246①
	波に—さす人もあり	136	鹿島霊験	242⑥
	筏の—のさしてしも	45	心	95⑭
	舟さす—のさすが又	30	海辺	異305③
	舟さす—の取敢ず	34	海道下	79⑪
さをしか(小男鹿、棹鹿)	打板にもなれぬ—	164	秋夕	285③
	—の跡より外の通路も	74	狭衣袖	137⑤
	—の音におどろかされて	6	秋	47⑧
さをとめ(五乙女)	若苗とらん—	43	草	92②
さん(参)	—是心意識を離る	119	曹源宗	211⑫
さんえ(三衣)	行教和尚の—の袂にやどりて	142	鶴岡霊威	252③
	行教和尚の—の袂にやどりて	172	石清水	296④
さんえう(山腰)	—雲くらくしてや	66	朋友	126⑪
さんか(山下)	—に上を望ば	55	熊野五	105⑬
	屢—を莅ば	153	背振山	268⑥
さんがいゆいしん(三界唯心)	釈尊の教法にも—なり	163	少林訣	282⑥
さんかう(三更)	眠は—五更を重ても	157	寝覚恋	272⑪
さんかん(三巻)	—の茶経を作つつ	149	蒙山謡	261⑦
さんかん(三韓)	—の軍に赴給しに	172	石清水	296⑨
	—はやくしたがはむ	65	文武	126④
	—をせめさせ給べき	173	領巾振恋	298⑦
さんき(三気)	—品を特にし	123	仙家道	220④
さんぎ(参議)	上卿—弁官	41	年中行事	89⑫
	上卿—弁史外記	172	石清水	297⑦
ざんぎ(慚愧)	—懺悔六根罪障の霜	85	法華	154⑭
さんぎひやくごふ(三祇百劫)	—六波羅蜜	143	善巧方便	253①
	—百万行六字の名号にきはまる	122	文字誉	218⑭
さんくわ(産貨)	所有の—も悉く	160	余波	279④
さんくわう(三光)	—おなじく朗に	140	巨山竜峯	247⑭
さんくわう(三皇)	—五帝様々に	99	君臣父子	179⑤
	—に恥ざるまつりごと	88	祝	159⑤
	—の賢き時のころも	161	衣	279⑬
	—の昔もむかしなれば	58	道	110⑭
さんげ(懺悔)	阿闍世の—かしこく	99	君臣父子	179⑧
	六根を—時に—せば	173	領巾振恋	299⑧

	慚愧—六根罪障の霜	85	法華	154⑭
	六根—竜華の閣	148	竹園如法	260②
さんげ(散華)	例時—梵音	49	閑居	99⑨
さんけい(三鏡)	—榊の枝にかけまくも	136	鹿島霊験	242①
さんけい(参詣)	—の輩は	152	山王威徳	267⑧
	都ては—の花の袂に	109	滝山等覚	195①
	初て—の人はみな	136	鹿島霊験	242⑦
さんげつ(三月)	春—を賦せる詩	41	年中行事	89④
ざんげつ(残月)	—窓に傾て	7	月	47⑭
	—峯に傾く	152	山王威徳	267⑦
さんげふ(産業)	茶園を—として	149	蒙山謡	261⑧
さんご(三五)	碧浪金波—の初	81	対揚	149⑮
	—の月の色よりも	133	琵琶曲	236⑦
	—の月もろともにすみのぼる	133	琵琶曲	両338⑧
	—の番衆陀羅尼こそ	110	滝山摩尼	196⑬
さんご(三壺)	腰剣—の霜うすく	109	滝山等覚	195⑤
さんご(珊瑚)	光をかはす—の砂	108	宇都宮	193⑬
	地にはしけり—のいしだたみ	140	巨山竜峯	248⑧
	—の甃玉の砂	144	永福寺	255⑥
	面をならぶる—の甃やな	15	花亭祝言	55⑥
	—の枕の夢の中に	119	曹源宗	212⑦
さんこう(三公、三功)	博陸—のかしづき	72	内外	135④
	上は—補佐の雲のうへ	64	夙夜忠	124①
さんごく(三国)	夫蹴鞠は—握玩の芸	114	蹴鞠興	204⑫
	—心を通ける	122	文字誉	218①
	されば—是を興じ	158	屏風徳	273⑫
	凡—仏祖の礼奠	149	蒙山謡	261⑩
さんごふ(三業)	—夜々に侵つつ	97	十駅	173⑤
さんざう(三蔵)	—に踏しめ	101	南都霊地	184①
	—の鷹竜雨をそそく	97	十駅	174③
	或時は慈愍—も	150	紅葉興	263⑤
さんじ(三時)	—にわかつ作法あり	114	蹴鞠興	207⑤
さんしげつ(三四月)	家を離て—	134	聖廟霊瑞	238④
さんしちにち(三七日)	—の断食は飢饉の愁を顕す	109	滝山等覚	196⑧
さんじふさんじん(三十三身)	—に変作して	120	二闡提	両339③
	—の変作は六趣の塵におなじく	134	聖廟霊瑞	237⑨
さんじふさんでん(三十三天)	或は塔婆を—の月にみがき	129	全身駄都	228⑧
	誰か遠く—の雲をのぞまん	146	鹿山景	258①
	—は忉利天に一夏説れし	99	君臣父子	179⑦
さんじふしちせ(三十七世)	さても我朝—かとよ	78	霊鼠誉	144⑨
さんじふしちほん(三十七品)	—菩提の種	97	十駅	174③
さんじふしゆ(三十頌)	唯識論の—を	137	鹿島社壇	243④
さんじふせき(三十石)	—を並ては	60	双六	114⑫
さんじふばんしん(三十番神)	二聖二天—	148	竹園如法	260⑩
さんじふにさう(三十二相)	—ときこえしも	59	十六	113⑫
さんじふりきう(三十六宮)	—の秋の月	69	名取河恋	130⑦
さんじふろく(三十六)	洞天は—	123	仙家道	220④
さんじや(三車)	或は—の喩にて	115	車	207⑭
	羊鹿の—妙なるたとへを	77	馬徳	異304⑨
さんしやう(三湘)	或は楚水の—に棹さし	164	秋夕	284⑨

さんしやう(三性)	—に塵を払はん	97	十駅	174⑩
さんしやう(三生)	—六十年を重ね	83	夢	異303②
さんしやう(三聖)	先は—震旦に出つつ	72	内外	133⑩
	—の教は残ども	160	余波	276⑭
	—をつかはす仁徳	97	十駅	173③
さんじやく〔さんせき〕(三尺)	鳳鸞和鳴の声—五行の形	133	琵琶曲	236②
	—の霜ふりんたり	48	遠玄	98②
	—の劒一張の弓	81	対揚	149③
さんしゆ(三銖)	わづかに—なるらむ	161	衣	280⑪
さんじよ(三所)	霊神—現ぜしは	138	補陀落	245⑪
	八幡—の御事ぞ	142	鶴岡霊威	251⑪
	—の御殿に納めらる	154	背振山弁	269⑭
	八幡—はかたじけなく	172	石清水	296⑥
	南無再拝—和光	108	宇都宮	192⑤
さんじよごんげん(三所権現)	—若王子五体四所の玉の枢	55	熊野五	106⑨
	—は鎮に哀み深して深事	138	補陀落	244①
さん・ず(散)	いきどほりを—じよはひをのぶ	16	不老不死	56②
	鶏漸—ぜしは	171	司晨曲	295④
さんすい(山水)　＊やまみづ	筆をふくむ—	73	筆徳	136⑬
	—相映ぜり	139	補陀湖水	246①
さんぜ(三世)　＊みよ	—覚母の般若の室	49	閑居	99②
	—十万の諸仏は	161	衣	279⑧
	抑上は—の諸仏	44	上下	94⑥
	—の諸仏の御ことのり	38	無常	84⑭
	海印に浮びし—の徳	97	十駅	175⑭
さんぜん(三千)	—に普きみことのり	87	浄土宗	157⑩
	—の客を賞じつつ	44	上下	93⑧
	—の鐘愛の其中に	59	十六	113⑪
	いはんや—の聖容の一々の誓願	140	巨山竜峯	247⑨
さんぜんせかい(三千世界)	—恒河沙如来　諸仏菩薩受持名号	9	冬	50①
さんぜんだいせんけうじ(三千大千希有事)	南無哉千手千眼観世音—	110	滝山摩尼	異310⑫
さんぜんよざ(三千余座)	—の垂跡	152	山王威徳	266⑪
さんぜんよしや(三千余社)	—の神明は	137	鹿島社壇	243⑨
さんせんさうもく(山川草木)	—又一女三男を生給ふ	172	石清水	295⑬
	日神月神—を生成て	152	山王威徳	266⑪
さんせんそうたく(山川叢沢)	静に—を見わたせば	153	背振山	268⑫
さんそく(三足)	—の思惟は	98	明王徳	177⑨
さんぞん(三尊)	仏殿は釈迦の—	147	竹園山	259⑬
	—光を並つつ	57	善光寺次	110⑥
さんだい(三代)　＊みよ	—の皇もろともに	109	滝山等覚	195⑧
さんだい(三代)　※集	拾遺を—の後に続	112	磯城島	201⑧
さんだい(参内)	いつしか—有しも	72	内外	134⑫
さんだいえん(三台塩)	—団乱旋	59	十六	113⑦
さんたう(三刀)	—を懸し夢には	122	文字誉	219⑤
さんたうみやうじん(三島明神)　＊みしま	夫—は忝くも磯の神布留の神代の	62	三島詣	119③
さんたん(讃嘆)	尊重—の値遇結縁	129	全身駄都	229⑩
さんだん(三段)	—に蹴様あり	114	蹴鞠興	207⑤
さんち(三地)	—の中に進や	156	随身諸芸	271⑪
さんぢう(三重)　＊みへ	塔婆—の荘厳は	103	巨山景	異310⑤
さんてう(三朝)	—に是を重くして	155	随身競馬	270③

	—の間に広まる	114	蹴鞠興	205⑧
さんてう(山鳥)　＊やまどり	一声の—は夜となく昼となく	5	郭公	45⑭
さんてん(三天)	—のすがたにかたどりて	130	江島景	230⑦
さんねん(三念)	—五念捨られず	87	浄土宗	158⑭
	—五念の直引	164	秋夕	285⑭
さんはい(三拝)	二祖は礼—にしてや	119	曹源宗	211⑭
さんぶ(三部)	—の中には蓮華部	120	二闡提	213⑥
さんふく(三伏)	—の松の下風	140	巨山竜峯	248⑭
さんぶつじようのいん(讃仏乗の因)	何ぞ狂言遊宴の戯れ—	143	善巧方便	252⑬
	当来—として	127	恋朋哀傷	226③
ざんへき(巉碧)	又傍を礼すれば—のうへ	128	得月宝池	227④
さんぼう(三宝)	南無哉諸神—	176	廻向	異315⑩
さんまい(三昧)	況や—正受に入給し	146	鹿山景	257⑨
	念仏—退転なく	108	宇都宮	193⑪
	語言—に答つつ	134	聖廟霊瑞	237⑪
	音声—の妙体	164	秋夕	285⑬
	—不染の花いさぎよく	97	十駅	175⑥
	—発得の上人	154	背振山弁	269⑪
	海印—を顕す	146	鹿山景	258②
	語言—をつかさどる	120	二闡提	213⑧
	両—を宗とする	81	対揚	149⑨
さんまぢご(三摩地後)	一字頂輪王の—十六生	59	十六	114⑤
さんまや(三昧耶)	密教—のかべしろ	72	内外	異308③
さんまやかい(三摩耶戒)→さまやかいヲミヨ				
さんまやぎやう(三摩耶形)→さまやぎやうヲミヨ				
さんみつゆが(三密瑜伽)　＊ゆが	—の道場にはや	108	宇都宮	193⑭
さんみやうばう(三明房)	—の筑紫聖	60	双六	116⑫
さんめい(山茗)	—芬を含て鷹の嘴猶懶く	149	蒙山謡	261④
さんもく(三木)	抑—は九酒の源	47	酒	異314③
さんもん(山門)	—中外感安にして	103	巨山景	187④
さんもん(三門)	—惣門観音殿や	163	少林訣	283⑧
さんらい(三礼)	—漸々積功徳	140	巨山竜峯	247⑫
さんらん(散乱)	—麁動も止ぬべし	58	道	112②
さんりよう(三滝)	—浪を重る	55	熊野五	107⑤
さんりんじやうじ(山林成市)	—は又いかに	163	少林訣	283①
さんろ(山路)　＊やまぢ	—に人稀らなり	35	羇旅	81②
	—の旅の秋の暮	57	善光寺次	109⑨
	石岩の—を凌つつ	136	鹿島霊験	242⑤
さんわう(山王)	日吉—にしくはなし	152	山王威徳	267①
	—は慈覚智証権化の法味を受しより	152	山王威徳	267⑬
	中にも—円宗の弘通を	138	補陀落	245①
さんゑ(三会)	—の暁朗ならむ	148	竹園如法	260②
	弥勒竜華の—まで	169	声楽興	292①

し

し(師)	其跡を—とせざるべし	119	曹源宗	213①
し(死)	猶—の行末をば弁ず	86	釈教	155⑭
	舜は隠て—を遁れ	91	隠徳	163⑪

し(詩)	春三月を賦せる—	41	年中行事	89④
	しかすが諸共に—を詠じ	113	遊仙歌	203⑫
	或夜は誰か—をえたる	103	巨山景	186⑥
	古集の—を吟ずや	94	納涼	168⑥
じ(字)　＊巴(は)の字、水の字	いかがは子建が八斗の—	122	文字誉	219⑤
	丁固が夢の松の—	122	文字誉	219⑤
	阿遮の秘密神呪の—	138	補陀落	244⑭
	愁の—とは読れけり	122	文字誉	219⑧
	其徳歌の—にあらはる	92	和歌	異309⑦
	みな上下の—におさまる	44	上下	93①
	上下の—に任つつ	44	上下	93⑥
	此—に巻を名づく也	44	上下	93⑪
	号して其—に故あり	77	馬徳	142②
	諍をなす竜の—の	122	文字誉	219⑪
	第一の不の不の—は	122	文字誉	218⑫
	呂安が書し鳳の—は	122	文字誉	219⑩
	砂に跡みし沓の—は	122	文字誉	219⑬
	上皇の額の—を仰も	146	鹿山景	258⑤
	州の—を作りて	122	文字誉	219⑥
	鼷鼠の—を載られ	78	霊鼠誉	145①
	愁の—をやかこたまし	19	遅々春恋	61⑧
じ(事)	其—を呂律の内になす	121	管絃曲	215⑨
しい(四夷)	—又おこる事なく	65	文武	126④
	—を治る基たり	155	随身競馬	270④
しいう(雌雄)	—を決せむと望しかば	60	双六	115⑩
	この芸の—を計つつ	155	随身競馬	270⑦
しいう(子猷)	—は雪月にあくがれて	66	朋友	126⑦
しいか(詩歌)	—管絃のあそびあり	41	年中行事	89⑪
	されば—の妙なる詞にも	95	風	169⑭
	—の筵には	82	遊宴	150⑨
	—は風月にかたどりて	81	対揚	148⑪
	—を書に道あり	158	屏風徳	273⑪
じいん(字印)	—形像三摩耶形	120	二闡提	214⑨
しう(州)	—の字を作て	122	文字誉	219⑥
しうきく(蹴鞠)	—の徳をば	114	蹴鞠興	205⑧
	夫—は三国握玩の芸	114	蹴鞠興	204⑫
しうぎん(愁吟)	馬上に—切なりし胡国の旅	133	琵琶曲	236⑧
しうけん(朱絃)	—ななめに調たる	121	管絃曲	215⑫
しうげん(祝言)	元服—之台	174	元服	異301⑦
しうこう(周公)	—孔子の教ならむ	45	心	94⑬
	—は成王に代て	98	明王徳	177⑫
しうこうたん(周公旦)	成王をたすけし—	81	対揚	149①
しうし(宗旨)	浄土の—をあらはす	59	十六	114②
しうしよ(愁書)	—を雁の翅につけ	65	文武	125⑧
しうしよ(周処)	—思をひるがへす	45	心	95②
しうたん(周旦)	—曲水の古き風	41	年中行事	89②
しうぢやうしやうりよ(朱娘性呂)	—の水の流	121	管絃曲	217③
しうねん(周年)	源—に起りしより	96	水	171⑫
しうふうらく(秋風楽)	露吹むすぶ—	121	管絃曲	216⑭
	—の笛の音	61	郢律講	118⑤

	楽には夏風—や	95	風	170⑤
しうぶん(守文)	—草創の二の道を分し	65	文武	125④
	草創と—と何もかたきに似たれど	98	明王徳	177⑦
	草創—を諍しも互に誉をほどこす	99	君臣父子	179④
しうぶん(周文)	—いまだまみえずして	98	明王徳	177⑤
	呂尚—の車を許されし	65	文武	125⑤
しうほ(秋畝)	—の恵に会なれば	97	十駅	173⑩
しうぼく(樹木)	—枝を連ね	55	熊野五	105⑬
しうろん(宗論)	応和の—あらそひなく	101	南都霊地	184③
しうゐき(寿域)	聖君の—と等しかるべき物をや	123	仙家道	221④
しか(鹿)	又おりては—さえづる声の蛬	82	遊宴	151⑨
	—のしがらむ萩原	53	熊野三	104⑩
	野外の—の遠声	72	内外	134⑩
	ね覚の—の遠声	157	寝覚恋	273⑤
	麓の—の音峯の月	163	少林訣	283⑥
しが(志賀) ※山 ＊志賀の浦	大泊瀬—の山ごえ	3	春野遊	44①
	ささ浪や—の山辺を越るには	152	山王威徳	267③
	竜田泊瀬—の山	2	花	42⑧
しかい(四海)	夫泰階平に—事なく	93	長恨歌	166⑭
	さればや—事なくして	98	明王徳	177③
	—波しづかにして	11	祝言	52⑦
	—の流を汲ても	96	水	171⑦
	皆一天—を加護せしむ	131	諏方効験	233⑤
しかう(四皓)	—が篇をなす	165	硯	286⑤
	—七賢も	91	隠徳	163⑪
	漢家の—に恥ざるは	65	文武	125⑬
	—は漢恵に仕て	98	明王徳	177⑫
しかう(至孝)	さても—の実に感じて	166	弓箭	287⑤
しがう(紫毫)	—の筆も染やらず	110	滝山摩尼	197⑥
	然ば—も春木の徳多して	73	筆徳	両328⑨
しがうひつ(紫毫筆)	宣城の—こそ	73	筆徳	異308⑨
じがう(寺号) ＊じしやのがう	—は円に覚月	146	鹿山景	257⑪
	—は又賢き法の泉流久く	147	竹園山	258⑭
	其—を新に訪へば	144	永福寺	254⑬
	—を聖暦の賢きに顕し	140	巨山竜峯	247⑧
しかうしくわ(四向四果)	—の蕚(はなぶさ)や	97	十駅	174④
しがく(試楽)	臨時の祭の—に	68	松竹	129④
	いはんや—のしるべせし	160	余波	278⑫
じかく(慈覚)	—誕生の所なり	139	補陀湖水	246⑫
	伝教弘法—智証	154	背振山幷	269④
	—智証権化の法味を受しより	152	山王威徳	267⑬
	伝教—当山に	109	滝山等覚	195⑮
	さては—の善巧様々に	138	補陀落	244④
しかくさん(紫閣山)	—の白雲	42	山	90⑩
しかすが	—定恵の埒にはつまづかざるべし	86	釈教	156③
	—諸共に詩を詠じ	113	遊仙歌	203⑫
しかすがに	くだれる品の—	45	心	95⑦
	然はあれども—	100	老後述懐	180⑩
	はかなき物から—	132	源氏紫明	234⑪
しかすがのわたり(しかすがの渡)	—てなどかとはざらん	26	名所恋	67⑭

しかのうら(鹿の浦)	湖には志賀の浦塩海には—	31	海路	両333⑫
しがのうら(志賀の浦)	湖には—塩海には鹿のうら	31	海路	両333⑫
しかのしま(鹿の島)	磯路を廻る—	154	背振山幷	269③
しかのみならず(加之)	—伝教大師の当初	135	聖廟超過	241⑦
	—代々の征伐を顧て	131	諏方効験	233⑧
しがらみ(柵)	底清き水の—	94	納涼	168⑧
	君—と仰ても	134	聖廟霊瑞	238⑭
	朽にし袖の—の	22	袖志浦恋	64④
	落る涙の—は	56	善光寺	108⑪
	水の—行やらで	32	海道上	77④
しがら・む(柵)	鹿の—む萩原	53	熊野三	104⑩
しかん(芝澗)	—は塵俗の棲泊にあらず	151	日精徳	264①
しき(史記)	—左伝の玉章	143	善巧方便	253⑤
	爰閑に—を伺へば	155	随身競馬	270⑦
しき(四季)	—折節の神事	152	山王威徳	267⑪
	四方—にわかつは	114	蹴鞠興	205⑬
	—をわかつに法あり	158	屛風徳	273⑪
しぎ(鴫)	—立沢の秋の暮	164	秋夕	285⑧
じぎ(字儀)	是秘密の—にこもれり	122	文字誉	218⑫
じぎ(二儀)　＊にぎ	—ともに治る	140	巨山竜峯	247⑭
しきえんみやうしき(識縁名色)	無明縁行より行縁識—名色縁六入	84	無常	153⑦
しきさう(色相)	紅葉は—の秋の風	130	江島景	230⑧
しきし(色紙)	—を押に数有	158	屛風徳	273⑪
しきしま(磯城島)	—の道ある御世はくもりなく	122	文字誉	219⑭
	げに—の道なくば	92	和歌	166⑨
	夫—大和歌	112	磯城島	200⑫
しきそくぜくう(色即是空)	—の秋の月	97	十駅	174⑭
しきた・つ(敷立)	宮—ててゐますがりける	86	釈教	157⑤
しきたへ(敷妙)	げに—のとことはに	110	滝山摩尼	197①
	—の枕ならべんとおもへども	56	善光寺	108⑩
しきつ・む(敷詰)	—められては古薦の	60	双六	116⑧
しきみ(樒)	—つむ山路のそは伝ひ	40	夕	88⑦
	暁起の—の露	167	露曲	289③
しきりに(頻)	—鳥も音にたてて	21	竜田河恋	63①
	—よする浦浪を	56	善光寺	107⑭
しきゐ(敷居)	莞蒻を—にせし	124	五明徳	221⑧
し・く(如、若)	—かじあまねく賢良の臣にまかせて	63	理世道	122⑦
	—かじ根をふかくし	141	巨山修意	250②
	豈—かんや費長房が賢き跡	151	日精徳	264②
	ただ此紅葉に—くはあらじ	150	紅葉興	262②
	此霊地に—くはあらじ	154	背振山幷	269⑩
	ね覚の床に—くはあらじ	157	寝覚恋	272⑫
	十六の観察に—くはなく	59	十六	114①
	此砌に—くはなく	128	得月宝池	226⑫
	終を守に—くはなし	98	明王徳	177⑧
	日吉山王に—くはなし	152	山王威徳	267①
	暮行野辺に—くはなし	164	秋夕	285④
	楽の誉に—くはなし	169	声楽興	291②
	鹿野苑に—く会場やなかりけん	146	鹿山景	257⑦
し・く(敷)	一千里に氷—き	133	琵琶曲	236⑤

	弓場殿に座を—きて	16	不老不死	56①
	垣下の座を—くなるは	44	上下	93④
	星のごとくに—くのみか	34	海道下	80⑫
	台には—けり紅錦の色	15	花亭祝言	55⑥
	地には—けり珊瑚のいしだたみ	140	巨山竜峯	248⑧
しぐ(四具)	—の楽をぞ奏しける	172	石清水	297⑦
しぐせいぐわん(四弘誓願)	難行苦行—	143	善巧方便	253①
しぐ・る(時雨)	よその木の葉や—るらむ	40	夕	87⑬
	暮には雨と—れけん	22	袖志浦恋	64⑦
	雨とや涙の—れけん	38	無常	84⑧
	まづは—れそむらんやな	6	秋	47⑪
	—れていたく守山の	32	海道上	76⑩
しぐれ(時雨)	ねざめに過る夜はの—	112	磯城島	202⑧
	—秋に紅葉し	150	紅葉興	263⑥
	村雨か露か—か	20	恋路	61⑭
	—に染る紅葉ばの	110	滝山摩尼	197⑭
	—に堪ぬ別も	84	無常	153⑤
	—になるか尾上吹	90	雨	161⑪
	ね覚の—ね覚の礎	157	寝覚恋	273④
	今日よりは間なく—の	9	冬	49⑩
	漏くる—のあまそそきぞ	145	永福寺幷	256⑨
	秋の—の雲さだめなき	118	雲	両338⑪
	いかに—の染つらむ	150	紅葉興	262⑪
	—の度に染かへて	164	秋夕	285⑪
	—降をける楢の葉の	92	和歌	165⑨
	—も月もたまらず	32	海道上	77⑤
	—や染て過ぬらん	97	十駅	174⑥
	秋の—や露霜の	129	全身駄都	229⑦
	ふりいでて染る—よりも	168	霜	289⑬
	—をさそふ浮雲	95	風	170⑪
しけい(四境)	—の祭ぞ目出き	171	司晨曲	295⑦
しげ・し(茂、滋)	事—からずはかりては	63	理世道	121⑪
	草顔淵が巷に—かんなる物をな	43	草	92⑨
	穂屋の薄のいと—き	131	諏方効験	232⑪
	—きあやめに水越て	5	郭公	46⑦
	—き草葉の末までも	35	羇旅	81⑤
	恵も—き楠の葉	53	熊野三	104⑬
	夏草の—き言の葉の	75	狭衣妻	139⑮
	何も—き栄かは	102	南都幷	184⑩
	夏野の草の—き露	167	露曲	288③
	夏山の—き時の鳥も	144	永福寺	255⑩
	しげみのみどり—きに	14	優曇華	54⑨
	夏山の—き軒端に薫橘	53	熊野三	104⑤
	岡屋萱原—き人目を凌ても	19	遅々春恋	61①
	葉山茂山—き人目を凌ても	26	名所恋	68⑨
	常葉木—き深山の	137	鹿島社壇	243①
	陰よりも—き恵とは	136	鹿島霊験	242⑩
	陰より—き恵の	98	明王徳	177②
	筑波山端山茂山—き恵の	159	琴曲	276⑤
	—き恵の梢なり	135	聖廟超過	241⑤

	梢に—き恵は	108	宇都宮	194⑧
	ぬるともゆかむみるめ—く	31	海路	75⑤
	松柏緑陰—く	55	熊野五	105⑬
	林は—くさかへつつ	141	巨山修意	249⑨
	虫の音叢に—くして	60	双六	115⑧
	分くる山路は—けれど	53	熊野三	104⑥
	林は所—けれど	128	得月宝池	226⑫
	野沢の草の—ければ	63	理世道	123②
	葉山滋山—ければ	80	寄山祝	146⑦
	檜原槙の葉露—し	66	朋友	126⑬
	専藤門の栄露—し	102	南都弁	185⑬
	夏野の草の葉を—み	43	草	91⑩
しげのゐ(滋野井)	涼しき梢の—	94	納涼	169③
	精霊を—に崇て	114	蹴鞠興	205⑦
しげみ(茂、繁)	—にかくるる姫百合	91	隠徳	164⑩
	—に駒をとどめても	32	海道上	76⑫
	青葉こそ山の—の木蔭なれ	57	善光寺次	109⑨
	—のみどりしげきに	14	優曇華	54⑨
しげみがくれ(茂み隠)	小鹿入野の—	91	隠徳	164⑪
しげやま(茂山、滋山)	筑波山葉山—しげき人目を	26	名所恋	68⑨
	筑波山端山—しげき恵の	159	琴曲	276⑤
	筑波山葉山—しげければ	80	寄山祝	146⑦
	栄は端山—の	14	優曇華	54⑨
しげ・る(茂)	古屋の垣に—らむ	43	草	92⑧
	信田の杜も—りあふ	52	熊野二	103④
	違に—る柏原に	52	熊野二	103⑪
	垣根に—る苔の色	98	明王徳	177⑪
	檜曽原—る木の下	55	熊野五	106③
	軒端に—る忍草の	21	竜田河恋	62⑪
	秋の草や—るらむ	93	長恨歌	167⑭
	軒端に—るわびしさ	43	草	92⑩
	霜ふかき庭の草むら—れただ	67	山寺	128④
	—れとぞ思ふ忘草	117	旅別	210⑦
	—れる宿にもさはらぬは	87	浄土宗	158⑦
しけん(子建)	いかがは—が八斗の字	122	文字誉	219⑤
しけん(四絃)	其絃—にして	133	琵琶曲	236③
	乃至—の誉までも	159	琴曲	275⑪
	—は四序に司どる	121	管絃曲	216①
しごげつ(四五月)	初音ぞ珍き—のあはひの	5	郭公	45⑥
しこのせ(紫金の瀬)	雲通苔路—	55	熊野五	106⑮
じこ(自己)	—の本分になどかは	141	巨山修意	250③
じざい(自在)	進み退き—なれば	143	善巧方便	252⑫
じさん(二三)	其万古の—を訪へば	113	遊仙歌	202⑭
じさんこう(二三更)	—の間の夢のただちの	5	郭公	45⑥
しさん(四三)	—小切目の一六難の呉流	60	双六	116⑤
しし(師子)	床の辺の玉の—	113	遊仙歌	204④
しし(刺史)	益州の—に遷しも	122	文字誉	219⑥
	録—名の屛風は太宗臥興みそなはし	158	屛風徳	273⑬
ししう(四州)	—の民に至まで	97	十駅	173⑬
じじうでん(仁寿殿)	—綾綺殿	114	蹴鞠興	206⑤

	—より萩の戸の	105	五節末	189⑥
ししおん(師子音)	或は須弥頂—師子相	143	善巧方便	254①
ししくおん(師子吼音)	凡釈尊説法の—は	170	声楽興下	292④
ししけい(師子鶏)	—あやしやいかにして	171	司晨曲	295⑥
ししこく(師子国)	或は—臨幸のみぎりには	129	全身駄都	228⑧
ししさう(師子相)	或は須弥頂師子音—	143	善巧方便	254①
ししちのぶしやう(四七の武将)	或は—を定めをく	65	文武	125④
ししのせのやま(鹿の背の山)	—名にしほふ	53	熊野三	104⑩
じしふごへん(二十五篇)	其書—其義二六対陣也	114	蹴鞠興	204⑭
じしふだん(二十弾)	其絃四絃にして其声—	133	琵琶曲	236③
しじふにじ(四十二字)	いはんや—の功徳は	122	文字誉	218⑫
しじふはちぐわん(四十八願)	—荘厳浄土	161	衣	279⑪
しじふはちさう(四十八艘)	超世の悲願に任てや—の御舟にめし	172	石清水	296⑪
じしやうはいのびやうぶ(次成敗の屏風)	—は憲宗常に是を見る	158	屏風徳	273⑬
じしやうほつしん(自性法身)	みな—の内証よりや	63	理世道	123④
じしやうりごん(自性離言)	—の言説	143	善巧方便	254⑦
しじや(紫塵)	—芬々と芳しき	5	郭公	45⑦
ししやう(四生)	—の巷に身を任せ	134	聖廟霊瑞	237⑩
じしやのがう(寺社の号)　＊じがう	理世安楽—の名にしほふも	135	聖廟超過	241③
ししゆ(四種)	無常を—に観じつつ	97	十駅	174⑦
	—曼陀の花ぞ降	2	花	43②
しじよ(四序)	四絃は—に司どる	121	管絃曲	216①
ししん(至心)	若人—供養仏	99	君臣父子	179⑩
	一念—回向証	87	浄土宗	158⑭
しじん(詩人)	—かしこにのぞんでは	173	領巾振恋	298⑫
じしん(侍臣)	—に仰せし万葉	92	和歌	165⑨
ししんせつじき(拾薪設食)	採花汲水—乃至以身而作床座	154	背振山弁	269⑧
ししんでん(紫宸殿)	—の桜は玄宗ことに賞き	114	蹴鞠興	205⑮
じせいくわうてい(二世皇帝)	秦の—梁の武帝のいにしへの	63	理世道	122②
じせい(二世)	—は深宮に居しつつ	63	理世道	122②
しせき(四尺)	わきては—の屏風也	158	屏風徳	273⑩
しせつ(四節)	—の礼も怠らず	103	巨山景	187⑦
しせふ(四摂)	内証四無量—かとよ	131	諏方効験	233④
しぜん(四禅)	南無哉梵釈—	176	廻向	異315⑩
	—高台の閣の内	82	遊宴	150⑥
	梵釈—に送とか	61	郢律講	118⑫
しぜんむしき(四禅無色)	—の雲の上	97	十駅	173⑭
	—の雲を分	129	全身駄都	228⑦
じせんせき(二千石)	—の号有し	55	熊野五	107②
じせんねん(二千年)	—の坂嶮し	113	遊仙歌	203①
じせんり(二千里)	—の須磨の浦伝ひ	79	船	145⑭
じそん(慈尊)	—の曲糸竹の調をととのへ	148	竹園如法	260⑦
	弥勒—万秋楽	121	管絃曲	216⑮
	伝ふ今此—万秋楽	169	声楽興	292②
した(下)　＊しも	—にながるる見馴河	56	善光寺	108⑬
	—にはかよふ思の色を	44	上下	94①
	—這葛の葉隠に	91	隠徳	164⑫
した(舌)	蘆葉を巻て—とし	169	声楽興	291⑫
	雀の—やはらかなり	149	蒙山謡	261⑤
	竜舌の—を含み	159	琴曲	275⑦

したい〔したひ〕(四諦)	—の利剣賊をきり	97	十駅	174③
しだい(次第)	随身御前を渡る—	155	随身競馬	271④
	扇の—ときこゆるも	124	五明徳	異312⑪
じたい(字体)	をのづから本不生の—なれば	109	滝山等覚	195⑭
しだう(至道)	何ぞ—に機を撰ばん	141	巨山修意	250①
	然に—は難からず	119	曹源宗	212⑨
したうづ(韈、下沓)	—の色を六の品に定られ	114	蹴鞠興	205⑥
したえだ(下枝)　＊しづえ	挿頭の花の—	44	上下	93⑤
したおび(下帯)	とけてねられぬ—	19	遅々春恋	60⑬
	契をむすぶ—	44	上下	93⑮
したかげ(下陰)	涼しき松の—	30	海辺	74④
したがさね(下襲)	上裳の裾—	44	上下	93⑮
したかぜ(下風)	三伏の松の—	140	巨山竜峯	248⑭
したが・ふ(随、順)	三韓はやく—はむ	65	文武	126④
	春は春の遊に—ひ	93	長恨歌	167⑥
	主伴は時に—ひ	135	聖廟超過	240⑪
	或は左右の轡に—ひ	155	随身競馬	271③
	耆婆が諌に—ひしや	99	君臣父子	179⑧
	折にふれ時に—ひて	19	遅々春恋	60⑫
	垂跡は化儀に—ひて	62	三島詣	119②
	武帝は朱异に—ひて	63	理世道	122③
	其品々に—ひて	64	夙夜忠	124②
	里をもわかず—ひて	64	夙夜忠	124⑦
	御馬を揚其番を応ずるに—ひて	156	随身諸芸	271⑦
	聞のをしへに—ひて	158	屏風徳	273⑭
	節にふれ時に—ふ	59	十六	113①
	忠臣是に—ふ	98	明王徳	176⑨
	光は魏粉に—ふ	165	硯	286⑥
	風に—ふ青柳の	101	南都霊地	183⑮
	身の正きに—ふ影	98	明王徳	177⑧
	栄木高き三笠山に—ふ番の長	156	随身諸芸	272③
	風に—ふ浪もみな	97	十駅	175②
	嵐に—ふのみならず	84	無常	153⑤
	彼此其身に—ふ態として	156	随身諸芸	272⑧
	高麗百済新羅三の韓国を—へて	142	鶴岡霊威	252②
	諸絃をのをの—へば	169	声楽興	291⑪
したくさ(下草)	入江の浪の—	44	上下	94⑥
	おいその杜の—の	32	海道上	76⑫
	—は猶むすぼほれて	1	春	41⑩
しだごん(斯陀含)	須陀洹—阿那含	50	閑居釈教	100⑫
しただ・る	篷窓雨—りて	173	領巾振恋	299③
しだち(信達)	長岡—も過ぬれば	52	熊野二	103⑨
したつゆ(下露)	七重宝樹の木の—	167	露曲	288⑦
したて(下手)	埒に上手あり—あり	156	随身諸芸	271⑧
したば(下葉)	松の—も紅葉する	150	紅葉興	263⑨
したひ・く(慕来)	同声に—きにける哀は	5	郭公	45⑨
	—くる妹があたりの名も睦しき	91	隠徳	164⑬
したひも(下紐)	千種の花の—	8	秋興	49①
	花の—永日も	3	春野遊	43⑬
	袖の上露—の	44	上下	93⑮

した・ふ(慕、忍)	いかでか—はざるべき	160	余波	277⑬
	降る袖なつかしく—はれて	74	狭衣袖	137⑫
	さのみはいかが—はん	20	恋路	62③
	傾く空を猶—ひ	47	酒	97②
	花山は古き道を—ひ	112	磯城島	201⑧
	天津風をぞ—ひける	105	五節末	189⑨
	星合の睦を—ひけん	99	君臣父子	178⑫
	余波を—ひし長生殿	164	秋夕	285①
	舜を—ひし余波の涙なりけり	71	懐旧	131⑭
	雲居を—ひしなごりや	157	寝覚恋	273④
	猶いにしへを—ひつつ	71	懐旧	132③
	傾く月を—ひても	35	羈旅	82⑤
	秋の名残を—ひてや	125	旅別秋情	224①
	家に忠臣の跡を—ふ	71	懐旧	131⑫
	行路は又友を—ふ	125	旅別秋情	222⑨
	逢瀬を—ふ暁	83	夢	152⑤
	別を—ふあしたに	73	筆徳	136⑩
	馴こし跡を—ふ思	107	金谷思	191④
	旅ねを—ふ草の庵	160	余波	277⑫
	託つ方なき人を—ふ心のやみは	175	恋	異306①
	名残を—ふたもとよりや	6	秋	47⑩
	猶古郷を—ふとか	171	司晨曲	295③
	余波を—ふ涙さへ	70	暁別	131③
	みぬ世を—ふ水茎の跡	164	秋夕	284④
	かたみを—ふ夢もあり	58	道	111⑬
	夢のただちを—ふらむ	83	夢	152②
	傾く月をや—ふらむ	107	金谷思	191②
	むなしき跡をや—ふらん	7	月	異305⑧
	さびしき空をや—ふらん	7	月	異305⑨
	心ぼそき此又跡をや—ふらん	7	月	異305⑩
	心ぼそき其跡をや—ふらん	7	月	異305⑪
	見し面影をや—ふらん	28	伊勢物語	71⑭
しだふげん(四納言)	彼—が仕し跡	99	君臣父子	179⑥
	我朝の—とかや	65	文武	125⑬
したみち(下道)	旅衣宇津の山辺の蔦の—	164	秋夕	284⑪
	陰行山の—	167	露曲	288⑥
	在中将がつたの—ふみわけし	42	山	両327⑧
したみづ(下水)	鄭県の谷の—	151	日精徳	264④
したゆくみづ(下行水)	—のふかき思	126	暁思留	224⑩
	—も上こす波も	44	上下	94④
しだりを(しだり尾)	木綿付鳥の—の	171	司晨曲	294④
したわらび(下蕨)	忍の山の—	26	名所恋	68⑮
	信夫の山の—	26	名所恋	両326④
したをぎ(下荻)	山の—こゑたてて	164	秋夕	285⑦
	そよともすれば—の	21	竜田河恋	63④
しち(四智)	—の垂迹成ければ	137	鹿島社壇	243⑧
	秘讃音律—心略	148	竹園如法	260⑨
しちく(糸竹)　＊いとたけ	管絃は—に呂律をしらべ	81	対揚	148⑫
	其理を—の間にこめ	121	管絃曲	215⑨
	何も—の曲調は	159	琴曲	275④

しちくのしらべ(糸竹の調)	—にあらはる	95	風	170⑤
	—のたへなるも	144	永福寺	255⑨
	—を凝しけん	93	長恨歌	167⑦
	—をととのへ	61	郢律講	117⑩
	—をととのへ	129	全身駄都	229⑧
しちぐわつしちにち(七月七日)	さても秋—驪山宮に暑を避しも	115	車	207⑭
しちくわんおんじ(七観音寺)	—は広けれど	120	二闡提	214②
しちけん〔しつけん〕(七賢)　＊ななのかしこきひと	晋の—が竹林	68	松竹	129④
	四皓—も商山の雲に跡を隠し	91	隠徳	163⑫
しちさつ〔しつさつ〕(七札)	箭は—を成のみか	166	弓箭	287⑦
しちじふに(七十二)	福地は—青巌月にそばだつ	123	仙家道	220⑤
しちしや(七社)	—甍をならぶれど	120	二闡提	213⑬
	—の誓願あらたに	67	山寺	127⑭
しちしやう〔しつしやう〕(七星)	—梢にかかれり	110	滝山摩尼	196⑬
しちせん(七千)	をのをの—の眷属と	16	不老不死	57②
しちぢうほうじゆ(七重宝樹)	—の木の下露	167	露曲	288⑦
しちとく〔しつとく〕(七徳)	—の歌をば奏しけるやな	13	宇礼志喜	54⑤
	或は—の曲をなす	121	管絃曲	216⑤
	—をかなでて	13	宇礼志喜	54④
しちぶつ(七仏)	—岩に顕れ	110	滝山摩尼	196⑫
	過去遠々の—より	119	曹源宗	212⑪
しちほう〔しつほう〕(七宝)	—の中にも	77	馬徳	142②
	—の橋つづきては	62	三島詣	119⑭
しちやう〔してい〕(視聴)	基を—の外にひらく	123	仙家道	220④
じちゐき〔にちゐき〕(日域)	されば—朝廷の	92	和歌	165⑧
	されば仏日—に朗に	129	全身駄都	229①
	東土—の今	57	善光寺次	110⑦
	—の霞を尋つつ	109	滝山等覚	195⑫
	近く—の霜をかさねしいにしへ	73	筆徳	135⑭
	我朝—の伝法は	163	少林訣	283⑫
しづ(賤)	—が仮ねの稲むしろ	6	秋	47⑧
	—が早苗を取々に	131	諏方効験	232⑫
じつ(十)→じふ…ヲモミヨ				
しづえ(下枝)	—をあらふ浪の	7	月	48④
しづか(静、閑)	潯陽に月—なり	79	船	145⑩
	五更に夜—なりしに	60	双六	115⑨
	—なる暇なく	93	長恨歌	167⑤
	浪—なるながれなれば	55	熊野五	106⑧
	いそがはしきも—なるも	163	少林訣	283②
	凡座禅は—なれ	163	少林訣	282⑭
	—に暁の夢にかたらへば	71	懐旧	131⑨
	—に思つづくれば	62	三島詣	120⑧
	倩—に惟に	128	得月宝池	226⑪
	—におもんみれば	135	聖廟超過	240⑧
	—に岩下に眠べし	119	曹源宗	212⑩
	浪も—に漕舟は	30	海辺	両333⑧
	—に山川叢沢を見わたせば	153	背振山	268⑫
	爰—に史記を伺へば	155	随身競馬	270⑦
	更闌夜—にして	7	月	47⑬
	四海波—にして	11	祝言	52⑦

	―に枕をかたぶけず	64	夙夜忠	123⑫
じつかい(十界)	―六道みな漏さず	86	釈教	157③
しつかかいのびやうぶ(集家誡の屏風)	―彼徳にや立けん	158	屛風徳	273⑫
しづく(滴)	本の―となるなるも	85	法華	155①
	本の―の玉きえし	134	聖廟霊瑞	239⑧
	外渡る舟の―もたえがたき	79	船	145⑭
じつけい(日景)	―を告る念誦の声	103	巨山景	187⑥
しづけ・し(静)	寂寞の苔の岩戸の―きに	50	閑居釈教	100①
じつげつ〔じちげつ〕(日月)	―いでて朗に	109	滝山等覚	194⑬
	―くもらず世を照す	16	不老不死	55⑫
	―と光を双なり	119	曹源宗	212⑮
	―の照に異ならず	98	明王徳	177②
	―の光をみがきつつ	134	聖廟霊瑞	238⑩
	―光を和げて	81	対揚	148⑩
	―風雨の及ところ	166	弓箭	287②
じつこふ(十劫)	仏の―成道は	87	浄土宗	158③
じつさう(実相)	随方諸衆声字の―に益ひろく	134	聖廟霊瑞	237⑪
	声字―の其理に叶へり	61	郢律講	118①
	初縁―の匂を施す	50	閑居釈教	100⑤
	―の宗を顕し	85	法華	154⑥
しつしつ(瑟々)	―の座を動てや	108	宇都宮	193⑩
じつじやう(実成)	久遠―のことはり	85	法華	154⑥
じつしゆ(十種)	そよや―の供養を備しむる	148	竹園如法	260④
	―の願王文珠師利	62	三島詣	120③
じつしん(十信)	始―十住より	83	夢	152⑬
しつせい(執政)	先は我朝仏法最初の―	129	全身駄都	228④
	仏法最初の―も	77	馬徳	142⑥
	仏法最初の―も	77	馬徳	異304⑩
じつせき(日夕)	―の露をあらそふ	84	無常	153⑧
しつだたいし(悉達太子)	―の修行せし	42	山	90⑥
しつち(悉地)	先二世の―の標示ならむ	140	巨山竜峯	248⑨
じつち(十地)	終―の眠さめ	83	夢	152⑭
じつち(実地)	―を踏べき基かは	149	蒙山謡	261⑫
しつどでい(湿土泥)	漸―を見れば	96	水	172⑥
しづはたやま(賤機山)	麻の衣を誰かおりけん―のいにしへ	42	山	両327⑨
しつへい(竹篦)	さば機に与へし―を	147	竹園山	259⑭
	払子を秉―を揚て機に示す	146	鹿山景	258⑧
しつへい(執柄)	―朝臣戚里の臣	102	南都弁	185⑫
しづ・む(沈)　＊うきしづむ	いかなる瀬にか―みけん	134	聖廟霊瑞	238⑭
	―みもはてぬ身と成て	30	海辺	74⑧
	―みもはてば無名島	26	名所恋	69②
	―むうき身は	100	老後述懐	180⑥
	浪間に―む思のはて	107	金谷思	191⑫
	古殿の更漏―む程	119	曹源宗	212⑥
	逢瀬に―む埋木も	91	隠徳	164⑭
	浮も―むもとにかくに	60	双六	115①
	紅輪を―むる青海に	130	江島景	230⑭
	うき瀬に身をば―めけん	173	領巾振恋	298⑩
	海中に―め給しかば	172	石清水	297①
	頓に生死に―めぬしるしなれや	131	諏方効験	232⑧

	浪に―める玉柏	53	熊野三	104④
しづ・む(静、閑)	四域の乱を―むなる	171	司晨曲	295⑦
	心を―むる暁の	152	山王威徳	267⑤
	虞芮の訴を―めき	98	明王徳	177⑤
	心の馬を―めずば	77	馬徳	143⑤
	彼は天下を―めつつ	63	理世道	122⑨
しづや(賤家)	―の小菅薦枕	61	郢律講	118⑥
しつらひ(設、室礼)	夫安宅の―	158	屛風徳	273⑦
	内道場の―	72	内外	異308③
しで(四手)	青幣赤幣彼是此二の―	136	鹿島霊験	242①
しでい(紫泥)	凡―のかたじけなきを	143	善巧方便	253③
	―のたつ時(尊)を仰ぎつつ	63	理世道	123⑦
しとう(紫藤)	緑松の陰の下―の露の底	5	郭公	45③
	緑竹―の春の雨	45	心	95②
しとう(指頭)	倶胝のささげし―までも	163	少林訣	282⑬
しとく(四徳)	―二調の誉なれば	121	管絃曲	217⑩
	―波羅蜜の浪の辺	84	無常	153⑬
	海は―を湛つつ	31	海路	74⑭
じとく(自得)	無窮の場に―するも	123	仙家道	221③
しとね(茵)	端したる―に	29	源氏	73⑩
	顕れ初し―の下	46	顕物	96⑧
	繡の―をかさねたり	113	遊仙歌	204⑦
	繡の―を重て	113	遊仙歌	両340④
しどろ	―に違板鼻	56	善光寺	109③
しどろもどろ	―に藤壺の	25	源氏恋	67①
しな(品、種、階)	求子駿河舞の其―	59	十六	113⑥
	前斎院のその―	111	梅花	200⑩
	彼中将の歌の―	112	磯城島	201⑬
	其―あまたにみゆる夢の	83	夢	152⑬
	其―あまたに見ゆれども	114	蹴鞠興	206①
	其―あまたにわかれつつ	112	磯城島	201④
	霊鼠は其―賤しけれど	78	霊鼠誉	143⑧
	其―己が様々なり	155	随身競馬	271⑤
	彼は半蔀の―異なる	115	車	異311⑫
	飛かふ羽かぜも―ことに	124	五明徳	221⑭
	そよや光源氏の―ことに	132	源氏紫明	234⑧
	外部の変作―ことに	143	善巧方便	254⑤
	さて又楽器―ことに	169	声楽興	291⑥
	物みな―異にして志を顕す	76	鷹徳	140④
	其―さまざまなりけるは	90	雨	162①
	其―様々なれども	82	遊宴	151②
	其―様々なれども	107	金谷思	191②
	其―直きのみならず	116	袖情	209⑤
	とりどりなる―なれや	122	文字誉	218⑥
	とりどりなる―なれや	31	海路	両334③
	韈の色を六の―に定られ	114	蹴鞠興	205⑥
	扇はその―によるとかや	124	五明徳	異312⑪
	上の―の上よりくだれる―の	45	心	95⑦
	様々の―を顕す	60	双六	114⑩
	三気―を特にし	123	仙家道	220④

	由有—をさだめをく	149	蒙山謡	両340②
	—をば六義に分てり	92	和歌	165⑪
	十九に—を分て法を説給ふ	120	二闡提	両339④
しなじな(品々)	家々の風儀—也	155	随身競馬	270⑦
	詞は—なれども	163	少林訣	282⑬
	抑博奕—に	60	双六	116④
	風の—に	95	風	170⑮
	苦海の鱗—に	97	十駅	176⑥
	都て危岸怪石—に	110	滝山摩尼	197⑤
	さても紅葉の—に	150	紅葉興	263⑥
	光源氏の—に	161	衣	280④
	其名の—におかしきは	115	車	両337⑥
	情は—におほけれど	157	寝覚恋	異314⑩
	其—にしたがひて	64	夙夜忠	124②
	—にぞ聞る	159	琴曲	276②
	利益を—に施す	17	神祇	57⑦
	奇瑞—に世に勝れ	101	南都霊地	183④
	其—のおかしきは	115	車	208⑩
	—の曲を調し	74	狭衣袖	137⑫
	すべて顕密—の法楽	139	補陀湖水	247③
	其—を顕して	135	聖廟超過	240④
しなの(信濃)	—なる菅の荒野に鳴ころや	5	郭公	46⑫
	—の木曽路甲斐の白根	56	善光寺	107⑫
しなん(指南)	—斗ぞしるべなる	172	石清水	296⑭
しなんじや(指南車)	姫公旦の—	115	車	207⑪
じねんゆしゆつ(自然涌出)	—の不思議をなし	101	南都霊地	183⑦
しの・ぐ(凌)	霞をへだて霧を—ぎ	32	海道上	76⑥
	渡唐の波を—ぎしも	154	背振山幷	269⑤
	梅は万里の波濤を—ぎつつ	135	聖廟超過	240⑮
	石岩の山路を—ぎつつ	136	鹿島霊験	242⑤
	雲の浪煙の濤を—ぎて	30	海辺	73⑭
	雲の濤煙のなみを—ぎて	51	熊野一	102②
	浪路のさはりを—ぎて	85	法華	155②
	鹿島の波を—ぎて	101	南都霊地	182⑪
	遠く異朝の雲を—ぎて	131	諏方効験	231⑨
	千重の雪を—ぎて	138	補陀落	244⑨
	波を—ぎて幽々たり	48	遠玄	97⑬
	雨を—ぎて袖を浸す	127	恋朋哀傷	225⑬
	浪を—ぎて伝きき	63	理世道	122⑭
	西に浪路を—ぎても	11	祝言	53③
	岡屋萱原しげき人目を—ぎても	19	遅々春恋	61①
	葉山茂山しげき人目を—ぎても	26	名所恋	68⑨
	海は波を—ぎても	125	旅別秋情	223①
	外朝の浪を—ぎても	141	巨山修意	249⑪
	波濤を—ぐ便とす	79	船	145⑨
	波濤を—ぐ渡宋の昔を哀みてや	103	巨山景	異310⑨
しのすすき(しの薄)	ほのかに招くか—	125	旅別秋情	222⑬
しのだのもり(信田の森、杜)	—の千枝の数	5	郭公	46⑩
	—も茂あふ	52	熊野二	103③
しのに	急雨の露も—ちる	52	熊野二	103③

	—露ちる篠の庵	49	閑居	99⑧
	—露ちる篠原の	32	海道上	76⑩
しののはぐさ(篠の葉草)	—のかりの世に	173	領巾振恋	298⑩
しののめ(篠の目、東雲)	露わけわぶる—	6	秋	47③
	浪よりしらむ—	31	海路	76①
	袖うちはらふ—	39	朝	87②
	跡よりしらむ—	57	善光寺次	109⑬
	たえだえ残る—	125	旅別秋情	222⑫
	ちりかひくもる—	143	善巧方便	253⑪
	我まだしらぬ—	160	余波	278⑪
	明るもしるき—に	30	海辺	74⑦
	雪よりしらむ—に	32	海道上	77①
	程なく明行—に	124	五明徳	221⑩
	やがて明ぬる—の	5	郭公	46⑩
	我まだしらぬ—の	106	忍恋	190⑩
しののゐ(篠の井)	筑摩—西川	57	善光寺次	110⑤
しのはら(篠原)　＊ささはら	しのに露ちる—の	32	海道上	76⑩
しのびがた・し	旅の情ぞ—き	125	旅別秋情	223①
しのびのをか(忍の岡)	音にはたつれど—	26	名所恋	68⑬
しのびは・つ(忍終)	いかがは—つべき	106	忍恋	190⑦
しのびわ・ぶ(忍侘)	或は鳴音を—び	58	道	111⑫
しのぶ(荵)	—につたふ玉水の	90	雨	161⑫
	—にはあらぬ草の名よ	43	草	92⑩
	—の紅葉忍ぶとも	150	紅葉興	263⑦
しのぶ(信夫、忍)	心づくしみちのく—の奥	23	袖湊	65②
しのぶのさと(信夫の里)	—ぞはるけき	48	遠玄	98⑨
	人を—なれば	117	旅別	210⑧
	—の摺衣	28	伊勢物語	71⑧
しのぶのやま(信夫、忍の山)	—の下蕨	26	名所恋	68⑮
	—のしたわらび	26	名所恋	両326④
しの・ぶ(忍)	跡をば—ばざらめや	34	海道下	79⑩
	いかでか—ばざるべき	160	余波	277⑬
	何にまがへて—ばまし	167	露曲	288⑫
	鳴はむかしや—ばるる	5	郭公	45⑧
	なきいにしへも—ばれて	100	老後述懐	179⑭
	消てや中々—ばれん	22	袖志浦恋	63⑫
	ときはの里を—びけん	24	袖余波	66⑨
	いつしか故郷をや—びけん	71	懐旧	132③
	一夜のふしをや—びけん	76	鷹徳	141⑫
	逢瀬を深くや—びけん	158	屏風徳	274⑦
	露の契や—びけん	167	露曲	288⑪
	藤壺渡に—びしは	24	袖余波	66⑤
	彼は天暦のいにしへを—びつつ	64	夙夜忠	124⑪
	遠く唐のや文の道を—びつつ	71	懐旧	132⑫
	朽ぬるむかしを—びつつ	92	和歌	166⑧
	主上は—びて御覧あり	104	五節本	188⑦
	往事を—ぶ暁の	118	雲	211⑥
	何かは—ぶ思には	18	吹風恋	59⑪
	古郷を—ぶ心あり	35	羇旅	81⑧
	分て又昔を—ぶすさみの	71	懐旧	132⑦

	昔を—ぶ袖の香は	116	袖情	209⑭
	古郷を—ぶ妻なれや	134	聖廟霊瑞	239④
	—ぶとすれど柏木の	106	忍恋	190⑪
	しのぶの紅葉—ぶとも	150	紅葉興	263⑦
	やみのうつつに—ぶ中河の	83	夢	両331①
	昔を—ぶなぐさめとや	73	筆徳	136⑧
	我から—ぶのあまの苅	24	袖余波	65⑭
	跡を—ぶも及ばぬは	34	海道下	79⑩
	—ぶも苦しいかにせん	26	名所恋	67⑫
	古郷人をや—ぶらむ	150	紅葉興	262⑪
	—ぶることぞ負にける	69	名取河恋	129⑫
しのぶぐさ(忍草)	軒端にしげる—の	21	竜田河恋	62⑫
しのぶずり(忍摺)	在中将が—	161	衣	280③
	おもひみだれても—の	89	薫物	160⑥
しのぶもぢずり	みちのくの—いかがせん	69	名取河恋	130②
しはう(四方)　＊よも	—四季にわかつは	114	蹴鞠興	205⑬
しばう(四望)	—眼にきはまらず	130	江島景	230⑥
しはうはい(四方拝)	御賀の砌—	158	屏風徳	274⑮
	—小朝拝	41	年中行事	88⑭
しばくるま(駟馬車)	夏の文命の—	115	車	207⑪
しばし(暫)	あまのまてがたまて—	21	竜田河恋	62⑩
	—おきゐる床の山に	126	暁思留	224⑧
	—立寄気色の	94	納涼	168⑨
	—とまれと招かは	116	袖情	209⑭
	—水飼ふ影をだにみん	77	馬徳	142⑭
	—水かへ影をだにみん	26	名所恋	68⑤
	—と思ふやすらひに	30	海辺	74④
	—とて立寄かひも渚なる	31	海路	76①
	雲の通路—とも	105	五節末	189⑨
	みてだに—慰まむ	175	恋	異306③
	—はうちぬるひまもがな	22	袖志浦恋	64⑤
	立騒ぐ雲に—は迷ふとも	118	雲	211⑦
	—やさても待みん	19	遅々春恋	61④
	駅に—やすらはむ	52	熊野二	103⑧
	里にや—やすらはん	32	海道上	77⑥
	明ても—やすらへど	125	旅別秋情	222⑭
	紅葉せば—山桜	150	紅葉興	262⑮
しばしば(屢)	—いぶかしがれとなり	63	理世道	122⑬
	—壁に背る燈をかかぐといへども	64	夙夜忠	123⑪
	—霧の迷かとよ	134	聖廟霊瑞	239⑨
	—山下を莅ば	153	背振山	268⑤
	—ふかうのつかねをとるなり	139	補陀湖水	246⑦
	瓢簞—空ければ	43	草	92⑨
	げに槮柴の—も	16	不老不死	56⑥
	消せぬ程の—も	151	日精徳	264⑤
	—休まん宿をのぞみ	113	遊仙歌	203⑤
	其身を—やどしをきて	123	仙家道	220⑬
	—夜をも明さん	49	閑居	99⑧
しばしやうじよ(司馬相如)	—が琴の音	77	馬徳	143④
じはつのそんじや(二八の尊者)	無量の寿命なれば—は	16	不老不死	56⑪

	無量の寿命なれど—は	16	不老不死	両325⑨
じはつのぶんし(二八の文士)	されば或は—を撰れ	65	文武	125④
じはつのわうじ(二八の王子)　＊じふろくわうじ	—の末なりし	59	十六	113⑭
しばのとぼそ(柴の扉)	百姓撫民の—	63	理世道	123⑥
	下万民の—	131	諏方効験	231⑬
しばふ(芝生)	小野の—の露わけごろも	3	春野遊	44④
しばらく(暫)	扇を揚て—	124	五明徳	222⑤
	—賀茂の郡に鎮座す	62	三島詣	119⑧
	—岩上にやすらひて	153	背振山	268⑫
	—かりに隠て	55	熊野五	106⑪
	—化城にとどまりて	38	無常	85②
	さればにや—しるべせし	87	浄土宗	158⑥
	仮に—名をやわかちけん	128	得月宝池	226⑪
	—法の馬に	141	巨山修意	249⑭
	—やすむ石龕の辺	55	熊野五	106①
	—やすらふ迷あり	84	無常	153④
しはん(師範)	一人—の安間満由	115	車	異311⑪
じひ(慈悲)　＊大慈大悲、大慈悲	—喜捨忿怒布施愛語	134	聖廟霊瑞	237⑧
	—済渡の誓には	166	弓箭	287⑫
	—真実のすがたなれば	63	理世道	123④
	—忍辱の姿を	55	熊野五	106⑩
	或は—の薩埵なり	152	山王威徳	267②
	—の忿怒濃に	108	宇都宮	193③
	—の誠を顕す	46	顕物	96③
	我等に一子の—をたる	62	三島詣	120②
	一子の—を垂たまふ	86	釈教	156①
しひがもと(椎が下)	名をのみ残す—	140	巨山竜峯	249②
しひしば(椎柴)	—椮柴楢柴に	57	善光寺次	109⑦
しひて(強)	かつみても—あかねば	132	源氏紫明	235①
	在明の名残は—大江山に	51	熊野一	102④
	猶又—恋しきや	83	夢	152②
	猶又—ぞまたれける	103	巨山景	187①
	—など強き色と知ながら	21	竜田河恋	62⑫
	鸚鵡盃の情を—まし	82	遊宴	150⑩
	—もとめぬ別路に	36	留余波	82⑫
	—も酔をや勧けん	113	遊仙歌	204②
	—や手折まし	1	春	42②
しびやう(四兵)	修羅の—のごとくして	97	十駅	175⑬
しふ(師傅)	立所に—に登き	81	対揚	149②
しふ(詩賦)	試に問し—の句は	134	聖廟霊瑞	237⑬
じふ(慈父)	如来は我等が—として	86	釈教	155⑭
	則—の恩愛の	160	余波	278⑭
じふ(十)→じつ…ヲモミヨ				
じふあく(十悪)	—日々に心よく	97	十駅	173④
じふいちめん(十一面)	—の笑をふくみ	62	三島詣	120⑥
	補処の大士—の恩顔は	134	聖廟霊瑞	237⑧
じふいちめんによいりん(十一面如意輪)	—乃至不空羂索	120	二闡提	214⑨
しふえき(十駅)	—を運る住心	97	十駅	173③
じふぎやう(十行)	始十信十住より次又—十回向	83	夢	152⑬
じふく(十九)	—に品を分て法を説給ふ	120	二闡提	両339③

	—にとかるる法は又	134	聖廟霊瑞	237⑩
じふぐわん(十願)	普賢—の誓約は	131	諏方効験	231⑩
じふげつ(十月)	ましてー其はらに	160	余波	278⑮
しふけん(十賢)	魏証が—	158	屏風徳	274⑬
しふけん(十玄)	—あきらかに	97	十駅	176②
じふご(十五)	—の石を分立	60	双六	114⑬
	—の簧のしらべには	169	声楽興	291⑧
	凡弁才—の部類	131	諏方効験	233⑤
じふごどうじ(十五童子)	—の標示なれ	110	滝山摩尼	196⑭
じふさんじよ(十三所)	社壇の甍は—	109	滝山等覚	195④
じふさんや〔じうさんや〕(十三夜)	—の佳名は	41	年中行事	89⑬
しふじ(十二)	其又—にわかれて	121	管絃曲	216①
	—の車を照す玉	115	車	207⑫
	—の呂律を調ふ	164	秋夕	284②
じふじいんえん(十二因縁)	—を顕す	164	秋夕	285⑪
しふじのいんえん(十二の因縁)	—の移ればかはる姿なり	84	無常	153⑦
しふじくわい(十二廻)	—に象る	60	双六	114⑫
しふじぐん(十二軍)	大将の—の薬師の十二神も	166	弓箭	287⑬
しふじげつ(十二月)	彼又—にかたどる	158	屏風徳	273⑨
しふじけん(十二絃)	—の余の琴の音の勝たるも	159	琴曲	276①
しふじつ(十日)	—にのどけき恵ならむ	90	雨	161⑥
じふしねん(十四年)	晋の—の花省	124	五明徳	221⑧
しふしん(執心)	日来の—これなりと	60	双六	115⑫
じふぜん(十善)	—首を垂給ふ	96	水	172⑩
	—の位にいたるも	161	衣	279⑫
	—の宝位を振捨て	42	山	90⑬
じふぢう(十住)	始十信—より次又十行十回向	83	夢	152⑬
しふぢやう(十娘)	柘の小枕とりて是を—に与しや	113	遊仙歌	204⑩
しふぢやく(執着)	いへば—恐あり	58	道	111⑤
しぶつのぼだい(支仏の菩提)	—を成ぜしむ	150	紅葉興	263⑤
じふにじ(十二時)	—に擬して行度有	60	双六	114⑬
じふにしん(十二神)	大将の十二軍薬師の—も	166	弓箭	287⑬
じふにじんしやう(十二神将)	東方医王善逝の—に連て	78	霊鼠誉	143⑩
	薬師の十二大願—の擁護なれば	16	不老不死	56⑮
	—皆をのをの一々の擁護を垂給ふ	148	竹園如法	260⑩
じふにたいぐわん(十二大願)	薬師の—十二神将の擁護なれば	16	不老不死	56⑮
	本地医王の誓約—をあらはす	62	三島詣	119⑥
じふにてんせんずいのびやうぶ(十二天泉水の屏風)	—を立なるも	158	屏風徳	275①
じふにのえんぎ(十二の縁起)	—悟やすく	97	十駅	174⑦
じふにのめ(十二の目)	簺に又—を定む	60	双六	114⑬
じふによ(十女)	—も擁護を垂たまふ	85	法華	154⑫
じふねん(十念)	—称名の内には諸仏と兼て	162	新浄土	281⑪
	—不捨の憑あり	62	三島詣	120④
じふはち(十八)	第一に正に願わうの名を与ふ	87	浄土宗	158⑨
しふはつこう(十八公)	—の栄を顕すは丁固が夢の松の字	122	文字誉	219⑤
	—の栄を北野の御注連に顕し	135	聖廟超過	240⑭
	—はすなはち千歳賢貞の徳をえて	114	蹴鞠興	206②
しふばんり(十万里)	—の浪を浸し	113	遊仙歌	202⑭
じふぶつみやう(十仏名)	其暁の—	103	巨山景	187⑧
じふぶん(十分)	—を引味も	151	日精徳	264⑦

し

じふまん(十万)	三世―の諸仏は	161	衣	279⑧
じふまんおくせつ(十万億刹)	かたじけなくも―の堺を過	57	善光寺次	110⑧
しふもん(十門)	―の霞を払て	97	十駅	176①
じふやう(十様)	―の徳を顕すのみならず	151	日精徳	264⑦
じふらせつによ(十羅刹女)	されば普賢大士―	148	竹園如法	260⑩
しふりく(十六)　＊いちじふろく	参りし時は―	59	十六	113⑪
	数―に徳おほし	59	十六	112⑨
	―を以て盛年とす	59	十六	112⑨
しふりくじん(十六人)　＊じふろくにん	三千の鐘愛の其中に―を撰て	59	十六	113⑪
じふろく(十六)　＊いちじふろく	遠離不善の願も又第―に当とか	59	十六	114②
	―の観察にしくはなく	59	十六	114①
	―の章段を連ては	59	十六	114②
	人代―の皇	59	十六	112⑫
	―乙女の巻とかや	59	十六	113⑧
じふろくさい(十六歳)	―の時なりき	59	十六	113①
じふろくしやう(十六生)	一字頂輪王の三摩地後―	59	十六	114⑥
じふろくしやみ(十六沙弥)	―はすなはち十六王子とあらはれ	62	三島詣	121③
じふろくせ(十六世)	―用明の陰らぬ御代かとよ	59	十六	112⑬
じふろくぜんじん(十六善神)	般若の―は文殊の利剣いちはやく	59	十六	113⑮
じふろくだい(十六代)	人皇―の宝祚君	142	鶴岡霊威	251⑪
	人皇―応神天皇のいにしへ	172	石清水	296②
じふろくぢやう(十六丈)	―の宝塔もみな故あなる物をな	59	十六	114④
	―の盧遮那仏我朝第一の大伽藍	59	十六	114③
	―の盧遮那仏二基の宝塔の	102	南都弁	185⑧
じふろくにち(十六日)	踏歌は正月の―	59	十六	113②
じふろくにん(十六人)　＊しふりくじん	夏の帝舜の忠臣是又―なり	59	十六	異308①
じふろくねん(十六年)	朱雀は明主の誉あり御在位―の間	59	十六	113③
じふろくのくに(十六の国)	政直なる―の風たり	59	十六	異307⑩
じふろくのだいこく(十六の大国)	先は―国又無量に聞ゆれど	59	十六	112⑩
じふろくひやうし(十六拍子)	―の舞曲は	59	十六	113⑦
じふろくぶん(十六分)	菩薩の―の種姓は	59	十六	114⑥
じふろくほん〔じふろっぽん〕(十六品)	寿量は第―	59	十六	113⑮
じふろくまんゆじゆん(十六万由旬)	迷盧は―	59	十六	114④
じふろくむに(十六牟尼)	乃至―曠大の恩徳	143	善巧方便	254①
じふろくらかん(十六羅漢)	―の擁護なり	59	十六	113⑬
じふろくわうじ(十六王子)　＊じはつのわうじ	―とあらはれ	62	三島詣	121④
じふろくのわうじ(十六の王子)	第―も今の釈迦牟尼如来是なり	59	十六	113⑭
しふゐ(拾遺)　※集	―は華山の製作	92	和歌	165⑫
	―を三代の後に続	112	磯城島	201⑧
しふゐあしやう(拾遺亜相)　※藤原成通	―に示したまひけんも	114	蹴鞠興	205⑨
じふゑかう(十回向)	始十信十住より次又十行―	83	夢	152⑬
しへいのおとど(時平の大臣)	―の梓弓	122	文字誉	219⑫
しへた・ぐ(虐)	波旬の類を―げ	153	背振山	268⑩
	さても神敵を―げし	108	宇都宮	194⑥
しへん(詩篇)	されば―に心をのべや	71	懐旧	131⑫
しへん(四変)	―の徳を誉るに	150	紅葉興	263⑤
しほ(塩、潮)	満くる―の弥ましに	30	海辺	74①
	うかりし―の八百合に	30	海辺	74⑧
	―満塩干の入江の浦々の	30	海辺	異305②
	湊の―も流の紅葉の色を錦ぞと	150	紅葉興	262⑩

しほあひ(潮合)	—細きいとすぢの	130	江島景	230⑤
しほうみ(塩海)	—には鹿のうら	31	海路	両333⑫
しほかぜ(塩風)	浦風—興津風	95	風	171②
	願をみつの—も	32	海道上	77⑬
しほき(塩木)	—積なる海人のすむ	52	熊野二	103⑥
しほじり(塩尻)	富士の根の姿に似たるか—	57	善光寺次	110③
しほぜ(潮瀬)	乱て—の浪やかけん	31	海路	75⑫
しほた・る(泣)	五月雨すれば—れぬ	43	草	92①
しほたれやま(しほたれ山)	—に迷つつ	26	名所恋	68⑥
しほぢ(塩路)	そこともしらぬ八重の—	172	石清水	296⑬
しほならぬうみ(塩ならぬ海)	—に倒る	32	海道上	76⑦
しほなれごろも(塩馴衣)	浪にひたすら—	134	聖廟霊瑞	239③
しほのやま(塩の山)	甲斐の白根にちかき—	31	海路	両333⑫
	—指出の磯に八千世経ても	31	海路	75⑩
しほひ(塩干)	—の入江の浦々の磯間伝ひ	30	海辺	異305②
しほひのかた(塩干の潟)	—にいさりせん	82	遊宴	150⑫
しほふ(嗣法)	—の袂に移きて	141	巨山修意	249⑥
しほみざか(潮見坂)	直下と見おろせば—	33	海道中	78⑧
しぼ・む(凋)	秋の菓の—みて	163	少林訣	282⑪
	—める匂を残しつつ	28	伊勢物語	71⑩
	—める花の色なくて	112	磯城島	201⑫
しほやのかみ(塩屋の神)	垂る—なれや	53	熊野三	104⑫
しほ・る(凋)	—るる麻のさごろも	19	遅々春恋	61⑪
	名残の袖は—るとも	3	春野遊	44④
	衣々の袖をや—るらん	83	夢	152⑥
	物思ふ袖は—るらん	167	露曲	289①
	—るるは別の袂なれば	37	行余波	83⑧
	袖も殊にぞ—れける	160	余波	278⑥
	聞こそ袖も—れけれ	121	管絃曲	217④
	すず分し袖も—れけん	161	衣	280⑩
	赤裳の裾は—れつつ	31	海路	75④
	ささ分る袖も—れつつ	32	海道上	76⑩
	一方ならず—れて	20	恋路	61⑬
しぼ・る(絞)	飛鳥井に—りし狭衣	112	磯城島	202⑧
しほんりうじ(四本竜寺)	—を立けるぞ当山建立の初なる	138	補陀落	244⑨
しま(島)	満潮の入江の—に潜てふ	31	海路	75⑬
	虎臥野べ鯨のよる—にも	23	袖湊	65⑦
しま(四魔)	彼は—を退け	62	三島詣	120③
	右剣—を退け	138	補陀落	244⑮
しまがく・る(島隠)	—れゆく海士小船の	91	隠徳	164⑥
しまごん(紫磨金)	—の尊容	57	善光寺次	110⑥
しまじま(島々)	浦々—磯もとゆすり	86	釈教	157①
	—見えて	130	江島景	231①
しまつどり(島津鳥)	浪越岩の—	31	海路	75⑫
しまめぐり(島巡)	みさごゐるあら磯きはの—	130	江島景	230⑨
しみこほ・る(凍凍)	夜の衾は—ほれど	99	君臣父子	178⑬
しみづ(清水)	世に栖甲斐もなきは朧の—	96	水	両329②
	むすぶ—の浅より	50	閑居釈教	100①
	野中の—忘水	96	水	両329③
	谷の—をむすびあげ	154	背振山幷	269⑦

しみふか・し(染深)	—かりし扇の	126	暁思留	224⑥
	いと—き移香の	116	袖情	209⑤
	えならず—き追風	115	車	208⑭
	猶—き薫衣香	89	薫物	160⑤
	いと—き玉章の	46	顕物	96⑧
	梅花の方の—きも	72	内外	135⑦
	袖のなびきも—く	114	蹴鞠興	206⑬
じみん(慈愍)	或時は—三蔵も	150	紅葉興	263⑤
	皆恩徳広大の—にあり	129	全身駄都	229⑩
	—のふかき余に	108	宇都宮	192⑪
し・む(卜、占)	所居を佉羅多の雲に—む	120	二闡提	213④
	竜樹権現跡を—む	153	背振山	268②
	ふしどを叢に—むとかや	76	鷹徳	140④
	はくせきを—むる滝祭	96	水	172⑧
	岩ねを—むる松の門	49	閑居	99⑦
	東勝南瞻浮州を—め	16	不老不死	56⑫
	野村の叢に宿を—め	35	羇旅	81④
	古仙おほく居を—め	110	滝山摩尼	197⑦
	或は霊地を彼に—め	131	諏方効験	231⑭
	賤きあやこが居を—め	135	聖廟超過	240⑧
	かりに滅度を—めける	163	少林訣	283⑩
	三島木綿凡勝地を—め給ふ	62	三島詣	120⑪
	榊幣凡勝地を—め給ふ	62	三島詣	異304⑦
	白雲隣を—めたり	67	山寺	127⑪
	五十鈴の河上を—めつつ	72	内外	133⑫
	杉の庵を—めつつ	109	滝山等覚	196⑦
	かかる霊地に居を—めて	172	石清水	297⑬
	この勝景を—めては	138	補陀落	245⑪
し・む(染)	濁に—まぬ露の玉	167	露曲	288⑧
	衣に—めし移香	19	遅々春恋	60⑫
しむりやう(四無量)	内証—四摂かとよ	131	諏方効験	233④
しめ(注連)　＊御(み)—	神代より—ゆひ初し榊葉を	74	狭衣袖	138⑧
しめい(四明)	其威を—におよぼす	67	山寺	128①
	—の教法を安置して	138	補陀落	244⑥
	—円宗の学窓には	108	宇都宮	193⑬
しめ・す(示、卜)	勝地を選び叢林を—し	146	鹿山景	257⑤
	大自在王菩薩と—し	172	石清水	297⑭
	千年を兼てや—しけむ	100	老後述懐	180⑬
	解脱の実をぞ—しける	129	全身駄都	229⑥
	都遷を—しけるも	78	霊鼠誉	144⑪
	未来を兼てや—しけん	144	永福寺	255①
	拾遺亜相に—したまひけんも	114	蹴鞠興	205⑨
	兼て是を—しつつ	137	鹿島社壇	243⑬
	久城の像を—す	97	十駅	175⑤
	払子を秉竹箆を揚て機に—す	146	鹿山景	258⑨
	天降ります神のしるしを—す梶の葉	131	諏方効験	233⑨
しめの(志目野)	紫野ゆき—ゆき	76	鷹徳	141②
しめん(四面)	魚燈の燈—に照して	113	遊仙歌	両340④
しも(下)　＊した	上舞—歌て	151	日精徳	264⑥
	—闡提にいたるまで	44	上下	94⑥

—筑波根の動なく此面彼面に 88 祝 159④
いづれを—と定も 165 硯 286⑪
—として仰は 44 上下 92⑬
赤人を—とも定ざりける 44 上下 93⑩
我座を—にあらたむ 44 上下 93⑧
—に愁なきは又 98 明王徳 177③
—は名にながれたるや 44 上下 94②
—万民の柴の扉 131 諏方効験 231⑬
—又上にかなひつつ 63 理世道 121⑧
—又衆生に影をたる 44 上下 94⑦
—亦和光の塵の底 86 釈教 157④
—末代につたはる 44 上下 94⑨
—民家にいたるまで 114 蹴鞠興 205⑩
上おさまれば—やすし 122 文字誉 220①
下輩の—を顕はす 87 浄土宗 157⑭
上—をおさめて 63 理世道 121⑧
しも(霜)
鵲のわたせる橋の上の— 168 霜 289⑩
鳴音さえ行夜半の— 168 霜 290①
更にねられぬ床の— 168 霜 290③
老のねざめの袖の— 168 霜 290⑩
腰剣三壺の—うすく 109 滝山等覚 195⑥
—置袖もこほりつつ 104 五節本 187⑭
月の影に—置けん方も 168 霜 290⑤
八百の—多く積る庭 151 日精徳 264③
六根罪障の—消ざらめや 85 法華 154⑭
六情の罪—消ぬ 152 山王威徳 267⑥
苔の小筵—冴て 154 背振山幷 269⑦
かたしき衣—冴て 161 衣 280③
塵点の—遠く 152 山王威徳 267②
天照月の—なれや 168 霜 289⑨
染残しける秋の—に 168 霜 289⑫
—に枯行浅茅生の 9 冬 49⑫
夕吹—に和しては 168 霜 289⑧
猶此—にぞ色をます 168 霜 289⑬
晩鐘—にひびく声 67 山寺 127⑫
結べば—によはる虫 38 無常 84⑧
結べば—によはるむし 38 無常 両335②
暮行歳に置—の 168 霜 290⑪
朝をく—の朝じめり 39 朝 87④
雲井に冴る—の上の 160 余波 277⑭
秋の—の置あへぬね覚を 125 旅別秋情 223⑦
身をつめば—の下なる冬枯に 100 老後述懐 180③
霞にかはる—の経 151 日精徳 264⑨
松の末葉にをく—のつもりて 14 優曇華 両325④
日影の—の解やすく 101 南都霊地 183⑮
—の後に顕れ 68 松竹 128⑬
—のふりばの朝日影 84 無常 153⑪
鴨又さむき—の夜は 171 司晨曲 294⑤
葦鴨の上毛の—はむすべども 44 上下 94⑤
—ふかき庭の草むら 67 山寺 128④

	—深き夜の月に叫哀猿	95	風	170⑫
	—千余歳—ふりて	153	背振山	268⑤
	つゐには八字の—降ぬ	122	文字誉	219⑩
	三尺の—ふりんたり	48	遠玄	98②
	万天に—や満ぬらん	171	司晨曲	294⑫
	—雪雨にそほちても	74	狭衣袖	137⑩
	—雪霰玉篠の	143	善巧方便	253⑬
	禁庭の草—をいただき	133	琵琶曲	236⑤
	おなじく仙洞に—をうち払ふ	80	寄山祝	146⑨
	いくそばくの—をかさね	96	水	171⑬
	日域の—をかさねしいにしへ	73	筆徳	135⑭
	—をかさねて消なんとす	71	懐旧	131⑩
	—をかさねて白妙の	62	三島詣	120⑪
	—を重て白妙の	62	三島詣	異304⑥
	朝家擁護の—を積	108	宇都宮	194②
しも(弑母)	阿闍世の—を諫めしは	81	対揚	149⑩
	阿闍世の—をいさめしは	81	対揚	両330⑥
しもがれ(霜枯)	難波のあしの—	168	霜	289⑭
	はや—の蘆沼の	35	羇旅	82①
しもさぶらひ(下侍)	或は殿上の—	44	上下	93③
しもづかへ(下仕)	汗衫の童と—	104	五節本	188⑧
しもつき(霜月)	置—の比ぞかし	104	五節本	188③
しもつけ(下野)	—や室の八島にたえぬ煙	35	羇旅	81⑧
	—や室の八島に立煙	31	海路	両334①
しもつけ(下野)　※姓	秦—佐伯や	156	随身諸芸	271⑭
しものうのひ(下の卯の日)	—は必ず卯杖を献ずとかやな	44	上下	93②
しもびと(下人)	—して問けるは	44	上下	93⑬
しもよ(霜夜)	—にこゑをますなるは	169	声楽興	291⑮
	—に冴る鶴の声	83	夢	152⑫
	—にひびくならひをも	168	霜	290②
	冴かへる—の月も白妙の	108	宇都宮	194⑧
	深ては寒き—の月を	7	月	48③
	—の床のとことはに	99	君臣父子	178⑭
しや	—がちちなれど鶯は	5	郭公	45⑬
しや(子夜)	或は魏徴を夢にみて—になき	83	夢	152⑪
	魏徴を—に見し夢	98	明王徳	177⑨
じや(邪)	—ともいへ正ともいへ	58	道	112③
しやう(賞)	紅塵の—にすすめても	149	蒙山謡	261⑨
	—の疑はしきをば	63	理世道	122⑫
しやう(性)	この—五音に通じて	121	管絃曲	215⑩
しやう(生)	—を胎内に受ては	99	君臣父子	179③
	凡—を人間にうけて	161	衣	279⑫
しやう(請)	無着の—におもむくより	101	南都霊地	183⑬
しやう(正)	邪ともいへ—ともいへ	58	道	112③
しやう(聖)	覚を—と顕せり	163	少林訣	282⑤
	八識五重の—も皆	102	南都幷	185⑦
しやういちゐ(正一位)	—を授しも	139	補陀湖水	247②
しやうう(請雨)	—の法の法験も	129	全身駄都	228⑪
しやうがい(生涯)	—をすぐしき	149	蒙山謡	261⑧
しやうかう(正好)	—修行の月の前	103	巨山景	186⑤

しやうがく(正覚)	一念に唱る―	97	十駅	175⑮
	―の月円に	59	十六	114⑥
	必至無上の―は	87	浄土宗	157⑪
	―をとなへ給とか	44	上下	94⑨
しやうかく(商客)	纜を解舷を叩て―の夢を驚す	30	海辺	73⑭
しやうきく(上鞠)	ことに―の役を賞ぜらる	114	蹴鞠興	異311③
じやうきやく(常客)	―安居の片延年	110	滝山摩尼	197⑫
じやうぐうたいし(上宮太子)	―の黒駒の	34	海道下	79⑩
じやうぐぼだい(上求菩提)	―の月のひかり	44	上下	94⑥
	―の人のみぞ	110	滝山摩尼	197①
じやうくわう(上皇)	―の額の字を仰も	146	鹿山景	258⑤
しやうくわん(賞玩)	―朝家に軽からず	155	随身競馬	270⑥
しやうくわん(壮観)	瑤池の―便をえて	49	閑居	99③
しやうくわんおん(聖観音)	馬頭准泥―	120	二闡提	214⑧
じやうげ(上下)	―に是をわかたる	44	上下	93⑪
	尊号を―にわかちては	131	諏方効験	231⑭
	無調の―に渡りつつ	121	管絃曲	216②
	みな―の字におさまる	44	上下	93①
	―の字に任つつ	44	上下	93⑥
	―の荘厳妙にして	140	巨山竜峯	248⑨
	四維―の中にも北を以司どる	78	霊鼠誉	143⑧
	―の巻につづまやかに	44	上下	93⑨
	―を兼なれど	156	随身諸芸	271⑭
	君臣―をさだむ	161	衣	279⑧
しやうけい(上卿)	―参議弁官	41	年中行事	89⑫
	―参議弁史外記	172	石清水	297⑦
	内弁の―の	72	内外	134⑨
じやうげん(上弦)	元和九年の秋八月月の―	42	山	90⑪
じやうげん(浄眼)	浄蔵―の賢き跡や	127	恋朋哀傷	226③
	浄蔵―の二人の子	81	対揚	149⑧
しやうげんせきしやう(上原石上)	承武に伝し清涼の秘曲―	121	管絃曲	217⑦
	性律のしらべ石上流泉―流泉	133	琵琶曲	236⑬
しやうこ(上古)	―無着世親と	44	上下	94⑧
しやうごん(荘厳)	いはんや毘盧遮那曼荼の―	143	善巧方便	254⑤
	一基三重の―	146	鹿山景	258①
	抑安養浄土の―	167	露曲	288⑦
	安養世界の―	170	声楽興下	293⑤
	いづれも浄土の―	95	風	異309⑫
	貴く妙なるかな―儀を調へ	158	屏風徳	274⑮
	四十八願―浄土	161	衣	279⑪
	法興の―妙なるは	148	竹園如法	260③
	上下の―妙にして	140	巨山竜峯	248⑨
	一玉を飾つつ	128	得月宝池	226⑬
	いかなる―なるらむ	72	内外	異308④
	然ば―何ぞ褒美の詞も及ばん	144	永福寺	255①
	厳飾―の功徳は	129	全身駄都	229⑬
	厳飾―殊妙華香	140	巨山竜峯	247⑫
	復有―修孝養	99	君臣父子	179⑩
	そよや塔婆三重の―は	103	巨山景	異310⑤
	色々の―微妙にして	108	宇都宮	193⑫

	二基の宝塔の—も	102	南都幷	185⑧
しやうざ(床座)	乃至以身而作—	154	背振山幷	269⑧
じやうざ(常座)	弥勒—の砌より	96	水	172④
じやうざいりやうじゆ(常在霊鷲)	—耆闍崛山	163	少林訣	283⑨
しやうざう(正像)	—すでに暮ぬれど	160	余波	277⑥
じやうざう(浄蔵)	—浄眼の賢き跡や	127	恋朋哀傷	226③
	—浄眼の二人の子	81	対揚	149⑧
しやうざん(商山)	—の雲に跡を隠し	91	隠徳	163⑫
	—の昔にも	123	仙家道	220⑭
しやうじ(生死)	頓に—にしづめぬしるしなれや	131	諏方効験	232⑧
	—に隔はあらじかし	163	少林訣	283③
	—の夢を覚しけん	170	声楽興下	293④
	抜諸—懃苦	87	浄土宗	157⑫
	定起—貞元	87	浄土宗	異303⑥
じやうじ(成市)	山林—は又いかに	163	少林訣	283①
しやうじじつさう(声字実相)	—の其理に叶へり	61	郢律講	118①
しやうじのじつさう	随方諸衆—に益ひろく	134	聖廟霊瑞	237⑪
じやうじつ(成実)	—の楯をなびかしてや	97	十駅	175①
しやうじや(精舎)	されば或は—甍を並たる	146	鹿山景	257⑫
	しかれば—を東南の角にむかふる	140	巨山竜峯	248①
しやうじやうけつかい(清浄結界)	—の露地なれば	153	背振山	268⑪
じやうじやくくわう(常寂光)	—の宮を出	55	熊野五	106⑩
しやうじやひつめつ(生者必滅)	—のことはりを	172	石清水	297⑨
しやうじゆ(聖衆)　＊諸—	曼荼の—に連ては	120	二闌提	213⑨
	—の雲の衣	161	衣	279⑪
	降臨—の納受も	148	竹園如法	260⑨
	曼荼の—の外ならねば	72	内外	異308⑤
	多門諸天—	85	法華	154⑭
しやうじゆ(正受)	況や三昧—に入給し	146	鹿山景	257⑨
じやうじゆ(上寿)	—をたもつ事わざなり	16	不老不死	56③
	—を保栖ならむ	146	鹿山景	257⑬
じやうじゆ(成就)	伏乞天長地久の祈願—	129	全身駄都	229⑪
	無量仏果得—香花供養仏	110	滝山摩尼	異310⑫
	天長地久祈願—し	176	廻向	異315⑪
	—は東関の霊場	147	竹園山	259④
	正に其所願—を顕はせり	139	補陀湖水	247⑥
じやうしよう(成勝)	最勝—法金剛院	114	蹴鞠興	206⑧
しやうじん(精進)	—の道をばすすむとも	141	巨山修意	249⑭
	—の鞭をば勧とも	86	釈教	156③
しやうじん(生身)	—在世に異ならず	129	全身駄都	227⑫
	補陀落—の観世音	101	南都霊地	183⑥
	—の薩埵新也	109	滝山等覚	195⑬
しやう・ず(賞)	玄宗ことに—じき	114	蹴鞠興	205⑮
	三千の客を—じつつ	44	上下	93⑧
	道は氏を—ずる芸として	156	随身諸芸	271⑭
	直を—ずる事態	88	祝	159⑥
	直を—ずる栄にて	34	海道下	80⑨
	才芸を専に—ずるは	63	理世道	122①
	夫物を—ずるは徳に有	73	筆徳	135⑩
	まさに司どる方角を—ずればなり	140	巨山竜峯	248①

	人倫外用の諸芸を一ぜしむる故也	135	聖廟超過	240③
	先この鷹を一ぜらる	76	鷹徳	140⑥
	子の日を先一ぜらる	78	霊鼠誉	143⑩
	文武の二を一ぜらる	81	対揚	148⑪
	何も管絃を一ぜらる	121	管絃曲	216⑧
	ことに上鞠の役を一ぜらる	114	蹴鞠興	異311③
	又屛風を一ぜらるる所は	158	屛風徳	274⑭
	紅葉を一ぜられし叡覧	150	紅葉興	262③
しやう・ず(生)	金輪際より一じて	68	松竹	両328②
	一度一ずる代にあへり	63	理世道	122⑩
しやうじしやう・ず(生々)	一じても猶死の行末をば弁ず	86	釈教	155⑭
じやう・ず(成)	支仏の菩提を一ぜしむ	150	紅葉興	263⑤
	我等がために一ぜらる	87	浄土宗	158④
	器世間是に一ぜらる	95	風	169⑩
しやうせいもん(上西門)	或は上東一	44	上下	93③
しやうせつ(正説)	両会の一とこそきけ	81	対揚	149⑪
	両会の一とこそ聞	81	対揚	両330⑦
しやうぞく(装束)	其色々の一	114	蹴鞠興	207⑤
しやうぞく(正続)	東山の一なるべき	103	巨山景	186⑭
しやうたい(昌泰)	一聖暦の春とかや	134	聖廟霊瑞	238⑫
	一の昔の詞なり	71	懐旧	132①
じやうだう(上堂)	小参一小座湯	103	巨山景	187⑧
	後夜に一告程	103	巨山景	186⑩
	後夜の一に異ならず	50	閑居釈教	100⑦
じやうだう(成道)	竜女が無垢の一	97	十駅	175⑧
	一二七の法輪	97	十駅	175⑫
	累却一の今も又	96	水	172⑤
	八相一の無為の城	51	熊野一	101⑨
	仏の十劫一は	87	浄土宗	158③
	釈尊八相の一も	38	無常	85③
	南方無垢の一も	85	法華	155②
しやうだん(章段)	十六の一を連ては	59	十六	114②
じやうぢう(常住)	抑仏は一にして	16	不老不死	56⑨
	一不退の行法	110	滝山摩尼	198②
	法身一を顕はす	129	全身駄都	229④
しやうぢんせかい(声塵世界)	音律は是一の機器として	169	声楽興	290⑬
しやうぢんとくだう(声塵得道)	一のさかひなれば	61	郢律講	117⑫
しやうてい(上帝)	一に拱するまつりごと	123	仙家道	220⑥
じやうど(浄土)	四十八願荘厳一	161	衣	279⑪
	所は密厳の一にて	109	滝山等覚	195⑤
	欣求は一の秋の月	49	閑居	98⑬
	抑安養一の荘厳	167	露曲	288⑦
	いづれも一の荘厳	95	風	異309⑫
	一の宗旨をあらはす	59	十六	114②
	欣求一の便ただ	154	背振山幷	269⑩
	能々しれば一は	162	新浄土	281⑪
	霊山一の南門と	139	補陀湖水	246⑭
しやうとう(上東)	或は一上西門	44	上下	93③
しやうとうもんゐん(上東門院)	一の御入内	72	内外	135③
じやうとく(上徳)	一の濁は誰かしらむ	58	道	111③

じやうとくぶにん(浄徳夫人)	—はすなはち	66	朋友	127⑤
じやうなんじ(城南寺)	城の南に—	155	随身競馬	270⑭
しやうにん(上人)	三昧発得の—湛誉をめさるる事	154	背振山幷	269⑪
	—伊豆留の岩屋より	138	補陀落	244⑧
	彼—の本尊	109	滝山等覚	195⑬
じやうねいでん(常寧殿)	—の帳台の今夜の試	104	五節本	188⑧
じやうねん(盛年)	十六を以て—とす	59	十六	112⑨
じやうねんぢざう(常念地蔵)	—のたのみあり	120	二闡提	214⑩
しやうのこと(箏、箏の琴)　＊こと	女御の君の—	159	琴曲	276⑧
	—をぞまさぐり給し	29	源氏	73⑤
	—を引給し其かほばせも	157	寝覚恋	異314⑦
しやうのことぢ(箏の柱)	—を吟ずらん	170	声楽興下	293③
しやうのことのことぢ(箏の琴の柱)	—の斜にたてるかとみゆ	81	対揚	150③
しやうびやく(青白)	—朱色の蓮華香	89	薫物	160⑭
じやうぶつ(成仏)	直指人心見性—	119	曹源宗	212①
しやうぶん(声文)	然れば—世におこり	169	声楽興	290⑭
しやうほ(湘浦)	—の竹の世々を経ても	126	暁思留	224⑬
	—に竹斑かなり	69	名取河恋	130②
しやうぼふ(正法)	—を紹隆せし故に	77	馬徳	142⑥
しやうぼん(聖凡)	到事—の道にあらず	119	曹源宗	211⑪
じやうみやうこじ(浄名居士)	—の無言説	86	釈教	156⑤
しやうむ(聖武)	—元正の為に造り	101	南都霊地	183⑤
	終に—の御宇には	62	三島詣	119⑧
しやうめつ(生滅)	—共に終しなく	84	無常	153⑥
	皆—の形を顕す	163	少林訣	282⑫
	利那の—はやくいたり	38	無常	84③
しやうもん(声聞)	外現是—と説る	72	内外	134④
しやうやう(上陽)	—の春の谷の戸に	81	対揚	149⑭
	—の春の野遊の曲	3	春野遊	43⑥
	—の旧き床の辺	107	金谷思	191③
しやうやうきう(上陽宮)	—の雨の音	169	声楽興	291⑮
しやうやうしやうりよ(上陽性呂)	—の春の声	121	管絃曲	217③
しやうやうじん(上陽人)	—が古も参し時は十六	59	十六	113⑩
	—が翠黛眉かきて心ぼそしとも	100	老後述懐	180①
	—は又紅顔空に衰	27	楽府	70⑫
しやうらい(将来)	世々の名匠の—	129	全身駄都	228⑬
	—のむかしは区々なれど	129	全身駄都	228⑬
じやうらく(常楽)	風—の響あれば	144	永福寺	255⑧
	風—を調つつ	170	声楽興下	293⑥
じやうらくがじやう(常楽我浄)	—の風涼し	62	三島詣	119⑭
	—の風閑なる	84	無常	153⑬
	—苦空無我	121	管絃曲	217⑪
しやうらくさん(商洛山)	—の夏黄公	42	山	90⑩
じやうらくゑ(常楽会)	霞める比の—	131	諏方効験	232⑫
	—の梵音は	101	南都霊地	183⑪
しやうらんろう(翔鸞楼)	—上の戸上の御局	44	上下	93③
しやうりつ(性律)	霓裳—の秋の調	121	管絃曲	217③
	—のしらべ石上流泉	133	琵琶曲	236⑬
しやうりうじ(青竜寺)	—にもかぎらず	129	全身駄都	228③
しやうりやうじ(清涼寺)	—の尊容は	160	余波	277④

しやうりやうせん(清涼山)	—の竹林寺	49	閑居	99③
しやうりやく(正暦)	—の宸筆	135	聖廟超過	241⑥
しやうりよ(性呂)	上陽—の春の声	121	管絃曲	217③
	朱娘—の水の流	121	管絃曲	217③
しやうりんゑん(上林苑)	菓は—に	82	遊宴	150⑪
じやうるり(浄瑠璃)	—医王善逝	144	永福寺	255④
しやうわう〔さうわう〕(荘王)	楚の—の狩場には	166	弓箭	287④
	楚の—の后に親く近臣の	19	遅々春恋	61⑥
じやうゑん(上苑)	—の塵に馳	145	永福寺幷	256⑤
しやか(釈迦)	仏殿は—の三尊	147	竹園山	259⑬
	悲母の報恩の—の像は	101	南都霊地	183⑤
しやかつら(沙竭羅)	—竜宮の二の珠を	172	石清水	296⑮
	—竜女が一顆の玉も	14	優曇華	54⑪
しやかによらい(釈迦如来)	是又本地—	78	霊鼠誉	両338②
しやかむに(釈迦牟尼)	是又本地—	78	霊鼠誉	143⑪
しやかむににょらい(釈迦牟尼如来)	今の—是なり	59	十六	113⑭
しやかもん(釈迦文)	—は多子塔の前に	119	曹源宗	211⑫
しやきやう(写経)	如法—の勤行	139	補陀湖水	247③
	如法—の勤行	148	竹園如法	260②
	如法—の硯こそ	165	硯	286⑩
じやくくわう(寂光)	菩提—両伽藍	138	補陀落	245②
しやくそん(釈尊)	—説化の耆闍崛	49	閑居	99①
	凡—説法の師子吼音は	170	声楽興下	292④
	—難行のいにしへ	96	水	172⑤
	されば—の教法にも	163	少林訣	282⑥
	—八相の成道も	38	無常	85③
	此は—摩頂の付属を受	120	二闡提	213⑤
しやくぢう(借住)	住持供僧—は	60	双六	116⑪
しやくぢやう(錫杖)	九条の—	49	閑居	99⑩
	乃至宝瓶—の	134	聖廟霊瑞	237⑨
	金剛堅固の—は	120	二闡提	213⑪
しやくでん(釈奠)	—を大学寮にはじめ	71	懐旧	132⑫
しやくどく(積功徳)	三礼漸々—	140	巨山竜峯	247⑫
しやくびやくれんげらく(赤白蓮花楽)	功徳池の浪に和すなるは—かとよ	170	声楽興下	293⑦
じやくまく(寂寞)	—たる砌は	146	鹿山景	258③
	—の苔の岩戸のしづけきに	50	閑居釈教	100①
じやくまくむにんぜう(寂寞無人声)	—読誦此経典の室には	85	法華	154⑩
じやくや(若耶)	—の薪もとりまうく	110	滝山摩尼	197⑬
しやくるいどく(積功累徳)	—の行人は	154	背振山幷	269⑥
しやこ(鷓鴣)	の背の上とかや	150	紅葉興	262⑬
しやこ(車渠)	金銀及玻梨—乃至瑠璃珠等の	129	全身駄都	229⑬
じやしふ(邪執)	—をひるがへし	173	領巾振恋	299⑦
しやすいかぢ(灑水加持)	—五瓶の水	96	水	171⑦
しやだん(社壇)	ふもとを見れば—あり	173	領巾振恋	298⑤
	しかれば—甍をならべて	62	三島詣	119⑩
	—とぼそををしひらけば	108	宇都宮	193①
	—に臨て跪き	152	山王威徳	267⑤
	—の甍は十三所	109	滝山等覚	195④
	—軒を並て	55	熊野五	106⑧
	—をぞ造し	138	補陀落	244⑧

	其—を何とみてぐらの	137	鹿島社壇	242⑭
しやはくば(赭白馬)	顔延年が—の徳をや連ぬらん	77	馬徳	異311⑨
しやべつ(差別)	又何をか—と分ていはん	163	少林訣	282⑦
しやもん(沙門)	—勝道歴山水瑩玄珠碑と書給し	138	補陀落	244⑪
しやらじゆかう(沙羅樹香)	瞻匍華香—	89	薫物	異303⑪
しやらりん(娑羅林)	—双林那羅陀樹下とかや	94	納涼	169①
	—の双林鹿野苑	49	閑居	99②
しやり(舎利)	高山寺に送りし二粒の—	129	全身駄都	229⑥
	諸仏滅度已供養—者	129	全身駄都	229⑫
	抑全身—宝篋印	129	全身駄都	228⑨
しやりほつ(舎利仏)	長爪梵士—元これ外道の友とかや	72	内外	134⑮
しやれつぢよでんのびやうぶ(写列女伝の屛風)	—に向居	158	屛風徳	274②
しゆ(主)	仁たり—たるいつくしみ	72	内外	135②
しゆ(宗)	両三昧を—とする	81	対揚	149⑨
しゆ(衆)	六十人の—をむすび	109	滝山等覚	196⑧
しゆい(四維)	—上下の中にも北を以司どる	78	霊鼠誉	143⑧
しゆい(思惟)	五劫—の間には衆生を救はん籌	162	新浄土	281⑩
	三足の—は智恵の実を顕す	98	明王徳	177⑨
	—を五劫にをくりて	122	文字誉	218⑭
しゆいせき(思惟石)	是忍辱観察の—	137	鹿島社壇	243⑤
しゆい(朱异)	武帝は—に随て聞事を	63	理世道	122③
しゆうれう(衆寮)	—法堂庫裏僧堂	163	少林訣	283⑧
しゆか(首夏)	少年の春の初より—の夏に移きて	74	狭衣袖	137③
じゆがく(受学)	伝燈—新に	102	南都幷	185⑨
じゆがく(鷲嶽)	蘇巓—異人の都とする所也	138	補陀落	245⑥
じゆき(受記)	観音—に徳広く	120	二闡提	213⑤
しゆぎやう(修行)	悉達太子の—せし	42	山	90⑥
	正好—の月の前	103	巨山景	186⑤
じゆぎよ(入御)	ふくる程にぞ—はなる	105	五節末	189⑭
しゆく(衆苦)	—に闡提の身をまかす	62	三島詣	120⑧
	—に身をかへて	120	二闡提	両339④
	未来の—を憐む	120	二闡提	213⑥
	—永尽の此世より	103	巨山景	187③
しゆくいん(宿因)	機法は—浅に非ず	147	竹園山	258⑪
	願以大慈悲の—ここに答つつ	143	善巧方便	254⑤
しゆくえん(宿縁)	いかなる—もよほして	87	浄土宗	158⑨
しゆくしゆく(宿々)	両部の—の奇特も	139	補陀湖水	246⑫
しゆくしんふぎん(祝聖諷経)	—の回向とか	103	巨山景	186⑪
しゆく・す(宿)	八尺の屛風は五尺の身を—せしむ	158	屛風徳	273⑧
	野村の叢に—せしめ	35	羇旅	81④
	杜荀鶴が臨江駅に—せしよる	48	遠玄	98③
しゆくせい〔しくせい〕(叔斉)	伯夷—は首陽山に隠れつつ	91	隠徳	163⑫
	伯夷—は首陽山のかたらひ	127	恋朋哀傷	225④
しゆくや〔しくや〕(夙夜)	凡—に隙なく	64	夙夜忠	123⑩
	—の功やつもるらむ	64	夙夜忠	124①
	—の功をや重ぬらん	39	朝	86⑩
	—の忠にや備らん	64	夙夜忠	124⑤
	—の忠をかさねつつ	64	夙夜忠	123⑩
	星をいただく—のつとめ	80	寄山祝	146⑨
	—のむかしの面影を	64	夙夜忠	124⑫

じゆぐわい(中外)	山門—感安にして	103	巨山景	187⑤
じゆげ(樹下)	あらまほしきや—石上	163	少林訣	283①
	—石上の棲なり	50	閑居釈教	100⑬
	娑羅林双林那羅陀—とかや	94	納涼	169①
	終には楽音—の砌	121	管絃曲	217⑪
	楽音—の砌には	170	声楽興下	293⑥
	双林—の夕の月	91	隠徳	165①
	菩提—を定て	44	上下	94⑨
しゆげん(修験)	諸徳—の誉をあらはす諍ひ	138	補陀落	245④
しゆご(守護)	東国—のためなれば	138	補陀落	244④
しゆこうさん(酒功讃)	—に徳をのべ	47	酒	97③
しゆこし(酒胡子)	楽には—酒清司	47	酒	97⑧
しゆざい(衆罪)	—は草葉の末の露	85	法華	154⑭
	—は草露のあだ物	167	露曲	289⑤
	—は草露の如なり	146	鹿山景	257⑬
しゆさん(修懺)	—の儀式ぞ珍敷	103	巨山景	187②
しゆし(種子)	稲米の—を施す	136	鹿島霊験	242④
しゆしき(朱色)	青白—の蓮華香	89	薫物	160⑭
しゆしき(衆色)	蓮は—を染出せる	128	得月宝池	226⑨
しゆしや(衆車)	—の轅を廻しつつ	82	遊宴	150⑦
しゆしや(取捨)	物々—の姿なし	119	曹源宗	212⑮
	物々—もいたらじ	146	鹿山景	258⑧
しゆしやう(種姓)	菩薩の十六分の—は	59	十六	114⑥
しゆじやう(主上)	—は忍て御覧あり	104	五節本	188⑦
しゆじやう(衆生)	皆得解脱苦—	172	石清水	297⑭
	下又—に影をたる	44	上下	94⑦
	—にしらしめ給けん	172	石清水	297⑩
	仏—ひとつならば	163	少林訣	282⑥
	—を救はん籌	162	新浄土	281⑩
	濁れる—を漏さず	152	山王威徳	267③
しゆしやく(朱雀)	——条より	114	蹴鞠興	205④
	—は明主の誉あり	59	十六	113②
	終に—の聖暦に	108	宇都宮	194③
しゆしやくゐん(朱雀院)	神無月十日余の比なりし—の行幸	41	年中行事	89⑭
	—の問し御心	25	源氏恋	67⑦
しゆじゆ(種々)	鎮壇の香の火—に供養の故おほし	138	補陀落	244⑮
しゆ・す(修)	彼に勤め此に—する	129	全身駄都	229⑨
	—するに是又基たり	95	風	異309⑪
	彼土の相を—するも	59	十六	114①
	最勝講を—せしかば	109	滝山等覚	196①
しゆせいし(酒清司)	楽には酒胡子—	47	酒	97⑧
しゆぜんゐん(習禅院)	白雉四年の比かとよ—を建られき	119	曹源宗	212⑬
しゆぞく(習俗)	本主は専我国の—を捨ずして	92	和歌	165⑨
しゆそくくわんもん(数息観門)	—を開ても修するに是又基たり	95	風	異309⑩
じゆだい(入内)	上東門院の御—	72	内外	135③
しゆたら(修多羅)	—の中の妙経も	120	二闡提	213⑦
しゆだをん(須陀洹)	—斯陀含阿那含道阿羅漢果菩薩	50	閑居釈教	100⑫
しゆたん(朱丹)	—軒にかかやき	62	三島詣	119⑪
	—をまじへてみがきなす	173	領巾振恋	298⑤
じゆぢ(受持)	仏の御宣を—して	85	法華	155⑩

	若門此経信楽—	87	浄土宗	158⑪
じゆぢみやうがう(受持名号)	諸仏菩薩—	9	冬	50①
じゆつ(術)	万年治世の—なり	114	蹴鞠興	204⑫
	謀計—を究つつ	60	双六	116⑤
しゆつげん(出現)	天神地神—して	172	石清水	296⑩
しゆつせ(出世)	諸仏—の砌にも	169	声楽興	290⑭
しゆつせだいじ(出世大事)	—の因縁を	161	衣	279⑨
しゆと(衆徒)	通夜の—は漸く	152	山王威徳	267⑦
しゆとく(衆徳)	—を兼たるは酒の興宴	16	不老不死	56①
しゆなんざん(終南山)	—の月の光	49	閑居	99③
しゆはん(主伴)	たがひに—のへだてなく	108	宇都宮	193⑥
	共に—の睦あり一乗化城の妙文	62	三島詣	121④
	—は時に随ひ	135	聖廟超過	240⑪
しゆびやうしつぢよ(衆病悉除)	—の聖容は	101	南都霊地	183⑤
じゆぶう(鷲峯)	抑—の雲に隠しは	91	隠徳	164⑮
	望らくは—の遺勅を頂戴し	141	巨山修意	249⑥
じゆぶういちゑ(鷲峯一会)	鋒を捧たてまつる—の儀式も	109	滝山等覚	196②
しゆぼく(衆木)	抑茶は—の中の霊木	149	蒙山謡	両339⑫
しゆみせん(須弥山)	鉄囲山—	42	山	90⑤
しゆみちやう(須弥頂)	或は—師子音師子相	143	善巧方便	254①
じゆみやう(寿命)	—ながく乞とり	114	蹴鞠興	207⑦
	つきせず無量の—なれど	16	不老不死	両325⑨
	つきせず無量の—なれば	16	不老不死	56⑩
しゆやうざん(首陽山)	—に隠つつ	91	隠徳	164①
	—のかたらひあさからず	127	恋朋哀傷	225⑤
しゆら(修羅)	—の四兵のごとくして	97	十駅	175⑬
しゆりう(衆流)	此時—を截断して	119	曹源宗	212⑨
しゆりふ(数粒)	甲乙の尊容—をます	129	全身駄都	228⑭
じゆりやう(寿量)	—は第十六品	59	十六	113⑭
しゆりん(朱輪)　※車	青牛—と花軒軽軒	115	車	両337⑦
じゆりん(樹林)	水鳥—交りて	62	三島詣	119⑬
しゆれん(珠簾)	—いまだ巻ざるに	3	春野遊	43⑦
	—玉をかざりつつ	55	熊野五	106⑫
	瓔珞—仁満盈	89	薫物	異303⑪
しゆん(舜)　＊帝舜(ていしゆん)	—は隠て死を遁れ	91	隠徳	163⑩
	—をしたひし余波の涙なりけり	71	懐旧	131⑭
じゆん(巡)	—の新衆の灯は	109	滝山等覚	196⑨
しゆんあうでん(春鶯囀)→春の鶯囀る曲ヲミヨ				
じゆんえん(順縁)	—逆縁みなもらさず	131	諏方効験	232③
しゆんじう(春秋)　＊はるあき	歳月—つもりても	11	祝言	52⑫
しゆんじうとうか(春秋冬夏)	—を分なる	131	諏方効験	233③
じゆんそ(淳素)	—の宣旨をたがへず	98	明王徳	176⑭
じゆんだう(巡堂)	—点茶もとりどりに	103	巨山景	187⑧
じゆんでい(准泥)	馬頭—聖観音	120	二闡提	214⑧
しゆんていらく(春庭楽)	名におふ春の—や	61	郢律講	118①
しゆんぼく(春木)	然ば紫毫も—の徳多して	73	筆徳	両328⑨
しゆんぼく(瞬目)	揚眉—の先に有	119	曹源宗	212①
じゆんわのみかど(淳和の御門)	—の花の宴	2	花	42⑪
じゆんをく(潤屋)	—軒を並べき	151	日精徳	264④
しよ(書)	其—二十五篇	114	蹴鞠興	204⑭

	—死風死ざる道	73	筆徳	136①
しよ(杵)	金剛の—も砕かず	129	全身駄都	229③
しよ(暑)	驪山宮に—を避しも	115	車	208①
しよあく(諸悪)	—諸善も打すてて	103	巨山景	186⑨
しよぎやうむじやう(諸行無常)	—の聞をつげ	170	声楽興下	293④
しよきよく(諸曲)	—の極るところ皆	91	隠徳	164③
しよげい(諸芸)	—道多しといへども	114	蹴鞠興	205⑧
	人倫外用の—を	135	聖廟超過	240③
しよげん(諸絃)	—をのをのしたがへば	169	声楽興	291⑪
しよざい(諸罪)	世人為子造—	99	君臣父子	179⑧
しよしう(諸宗)	—は是より詞の玉を抽で	85	法華	155③
しよしやう(諸聖)	羅漢—星を連ね	147	竹園山	259⑬
しよしやうじゆ(諸聖衆)	乃至—哀愍	61	郢律講	両327③
	敬礼妙音—哀愍道場結縁者	61	郢律講	117⑨
	—皆をのをの	144	永福寺	255⑤
しよしゆ(諸衆)	随方—声字の実相に益ひろく	134	聖廟霊瑞	237⑪
しよじん(諸神)	南無哉—三宝	176	廻向	異315⑩
しよぜん(諸善)	諸悪—も打すてて	103	巨山景	186⑨
しよそん(諸尊)	両部の—の顕化にて	137	鹿島社壇	243⑨
しよてん(諸天)	前には—擁護をめぐらす	140	巨山竜峯	248⑩
	諸如来梵釈多門—聖衆	85	法華	154⑭
しよどうじ(諸童子)	天—の給仕のみかは	85	法華	154⑫
しよとく(諸徳)	—修験の誉をあらはす諍ひ	138	補陀落	245④
しよによらいぼんしやく(諸如来梵釈)	—多門諸天聖衆	85	法華	154⑬
しよはらみつ(諸波羅蜜)	羼提—のもろもろの徳	121	管絃曲	217⑫
しよぶつ(諸仏)	抑上は三世の—	44	上下	94⑥
	—出世の砌にも	169	声楽興	290⑭
	—と兼てみそなはす	162	新浄土	281⑪
	況や—の証誠は	87	浄土宗	157⑩
	凡三世の—の御ことのり	38	無常	84⑭
	—も共に御座ば	85	法華	154⑪
	されば三世十方の—は	161	衣	279⑧
しよぶつめつどい(諸仏滅度已)	—供養舎利者	129	全身駄都	229⑫
しよぶつぼさつ(諸仏菩薩)	—受持名号	9	冬	50①
	尊きかなや—	143	善巧方便	253⑭
しよほふ(諸法)	—は意識のなすところ也	45	心	95⑭
	—は意識のなす所	45	心	両334⑫
	直約—令識其心	45	心	異307④
しよほふくうゐざ(諸法空為座)	—の御坐の石	137	鹿島社壇	243④
しよやく(諸薬)	—の上の仙薬	149	蒙山謡	両339⑫
しよろん(諸論)	—も楯を引つべし	85	法華	155⑤
しよわう(諸王)	八国の—に及ぼし	129	全身駄都	228①
しよゐ(諸衛)	—の佐まで供奉しけり	41	年中行事	89⑫
しよう(頌)	琴に和する—の声	59	十六	異307⑨
	毛詩には—の声に和し	143	善巧方便	253⑤
しよう(所有)	—の産貨も悉く	160	余波	279④
しようあい(鐘愛)	三千の—の其中に	59	十六	113⑪
じようかい(乗戒)	—ともに是緩し	160	余波	277②
しようがみやうがう(称我名号)	—の心あり	87	浄土宗	157⑬
しようきくしゆじん(松菊主人)	—の余波まで	151	日精徳	264⑭

しようぎのみやこ(勝義の都)	—無為なれば	97	十駅	174⑫
しようくわ(松花)	玉殿—の観時移り事去ぬれども	69	名取河恋	130⑥
しようくわ(証果)	さればや—の羅漢も	38	無常	85②
じようくわん(承観)	—に寝に侍て静なる暇なく	93	長恨歌	167⑤
しようけ(勝計)	—の詞もおよばれず	129	全身駄都	229⑭
しようけい(勝形)	玉順山の—	115	車	208③
しようけい(勝景)	勝地—にもひたすら其誉あり	120	二闡提	214①
	勝地—は又瑞籬光を和ぐ	101	南都霊地	182⑨
	この—を卜ては	138	補陀落	245⑪
しようけい(鐘磬)	後夜に—を聞のみかは	141	巨山修意	249⑬
しようし(鍾子)	伯牙は—なかりしかばや	66	朋友	126⑧
しようじやう(証誠)	況や諸仏の—は	87	浄土宗	157⑩
しようじやう(丞相)	—の尊筆の御尊法に	135	聖廟超過	241⑧
じようしやう(縄床)	—正にうげぬとも	50	閑居釈教	100③
しよう・す(証)	阿那含道阿羅漢果菩薩の位を—すとも	50	閑居釈教	100⑬
	毘盧遮那覚位を—ぜしめ	96	水	171⑧
じよう・ず(乗)	金の台に—じつつ	151	日精徳	265①
	或は小車に—じて	115	車	207⑬
しようぜんけう(昇遷橋)	彼—になずらへて	34	海道下	79⑦
しようたい(松台)	—の暮ぞ物うき	164	秋夕	284⑦
しようだう(勝道)	かたじけなくも—の感見	139	補陀湖水	246②
	沙門—歴山水瑩玄珠碑	138	補陀落	244⑪
しようち(勝地)	此外さまざまの—あり	139	補陀湖水	246⑪
	—勝景にもひたすら其誉あり	120	二闡提	214①
	—勝景は又瑞籬光を和ぐ	101	南都霊地	182⑨
	ただ此巨山の—にとどまる	103	巨山景	異310⑩
	殊に—の眼目を撰べる	140	巨山竜峯	247⑬
	さても此—の体為	147	竹園山	259⑩
	凡彼—の砌に宝の珠を埋て	62	三島詣	両334⑤
	—は多しといへども	145	永福寺幷	256⑪
	抑納涼の—名所の中にも	94	納涼	168⑭
	或は—を此に告	131	諏方効験	231⑭
	—を選び叢林を卜し	146	鹿山景	257⑤
	三島木綿凡—を卜給ふ	62	三島詣	120⑪
	榊幣凡—を占給ふ	62	三島詣	異304⑦
しようぢやう(証定)	観経—のいにしへ	87	浄土宗	157⑨
	観経—のいにしへ	87	浄土宗	異303⑥
しようとく(称徳)	代は—の徳にほこり	108	宇都宮	192⑨
	—の御代やさば神護景雲の	137	鹿島社壇	243⑦
しようはく(松柏)	—の巌桃花の谷に到に	113	遊仙歌	203④
	—緑陰しげく	55	熊野五	105⑬
しようぶ(勝負)	そも揭焉き—ならん	156	随身諸芸	271⑫
	則—に向て	60	双六	115⑪
	—を互にあらそふ様	60	双六	114⑭
	先鼓の—を申は	156	随身諸芸	271⑧
しようぶ(承武)	—に伝し清涼の秘曲	121	管絃曲	217⑥
しようみやう(証明)	—知見垂たまへ	61	郢律講	118⑬
しようみやう(称名)	宝塔涌出の—	81	対揚	149⑦
	十念—の内には諸仏と兼て	162	新浄土	281⑪
しようめい(松明)	—のすみやつもるらむ	68	松竹	129⑥

	—の光地を照	68	松竹	両328①
しようめう(勝妙)	遊宴は—の快楽なり	82	遊宴	150⑦
しようらん(松嵐)	巌洞に響—	57	善光寺次	109⑧
	—梢に冷敷く	60	双六	115⑧
	—冷き月の夜	65	文武	125⑨
しようれい(勝嶺)	先この—の雲をわけ	154	背振山幷	269⑤
しようれつ(勝劣)	—なしといへども	152	山王威徳	266⑫
じようろ(乗輅)	檜籧篨金作鈎車鳳輦—	115	車	両337⑦
しようわ(承和)	さても—の比かとよ	67	山寺	128⑨
	弘仁天長—の旧にし御代を	76	鷹徳	140⑥
	—の御代の承和菊も	151	日精徳	異315⑥
しようん(曙雲)	—の外の郭公	41	年中行事	89⑤
しよえん(初縁)	—実相の匂を施す	50	閑居釈教	100⑤
しよく(食)	内には飢人の—を奪ふ	140	巨山竜峯	248④
	三度—をおさめず	64	夙夜忠	123⑬
しよく(職)	—は虎牙に連りて	65	文武	125②
しよく(俗)	—を悪に易事	169	声楽興	291②
	風を移し—を易る道はただ	121	管絃曲	216③
しよくさ(蜀茶)	夫—は功をあらはす事百薬に勝れ	149	蒙山謡	260⑬
しよくぢよ(織女)	牽牛—を感じて	115	車	208①
しよぐわん(所願)	正に其—成就を顕はせり	139	補陀湖水	247⑥
	如我昔—	85	法華	155⑧
じよくん(徐君)	—が塚の秋の松	48	遠玄	98①
しよけい(書契)	—を作し風体	95	風	169⑫
しよこ(所居)	—を佉羅多の雲にしむ	120	二闡提	213④
しよさんや(初三夜)→そさんや(初三夜)ヲミヨ				
しよしふ(所執)	—の終もなし	38	無常	84④
しよしや(書写)	—の功徳なを勝れ	73	筆徳	136③
しよじやのやま(書写の山)	比叡山—	42	山	91③
しよじよ(所々)	—霊場の法則	129	全身駄都	229⑨
しよぢ(所持)	仏法—の門とかや	153	背振山	268⑧
しよつかう(蜀江)	—の錦と閻浮檀金	14	優曇華	54⑪
	—の錦とゑんぶ	14	優曇華	両325⑥
しよのもん(疏の文)	毗毘盧遮那経王の—	78	霊鼠誉	145①
じよふくぶんせい(徐福文成)	—が偽多しと歎しかひもなくして	27	楽府	70⑪
しよへん(所変)	法界体性の—として	78	霊鼠誉	145④
	毘盧遮那—の分身	120	二闡提	213⑨
	法身—の星を連ね	92	和歌	異309⑥
じよゐ(叙位)	朔旦冬至の—の儀	41	年中行事	89⑮
しらうすやう(白薄様)	—小禅師の紙	105	五節末	189⑪
しらかし(白樫)	枝さしかはす—	57	善光寺次	109⑦
	—のしらぬ山路に踏迷ひ	171	司晨曲	294⑮
しらかは(白河)	花にぞとめし—	2	花	42⑫
しらかはのせき(白河の関)	心の奥は—とめがたき	117	旅別	210⑧
	—の岩稜踏ならし	35	羇旅	82③
しらぎ(新羅)→しんらヲミヨ				
しらぎく(白菊)	秋の籬の—の	89	薫物	160⑧
しらくも(白雲)　＊はくうん	梢にかかる—	2	花	42⑦
	たゆたふ波にたてる—	86	釈教	157①
	行客の跡をうづむ—に	118	雲	210⑬

	匂ひ有とも—のかからぬ山も	21	竜田河恋	63⑥
	峯にたなびく—のかかる心の	112	磯城島	201②
	立別なば—のしらずやいかに	37	行余波	83③
	そよや—のそよや—の	20	恋路	62①
	嶺の—外にやがて	36	留余波	82⑭
しら・す(知)	此二歌は此道の歌の実を—すなり	112	磯城島	201④
	思の色をや—すらん	107	金谷思	191⑨
	夕—する松風の	40	夕	両333④
	古き翁や—せけん	113	遊仙歌	203④
	今の瑞相に—せしも	71	懐旧	132⑭
	未来をはるかに—せしも	83	夢	152⑮
	心のおくを—せばや	26	名所恋	68⑮
	つみ—せばやとぞおもふ	3	春野遊	43⑪
	いかで—せんはるばると	75	狭衣妻	139⑥
しらすがさき(白須賀崎)	—にゐるかもめ	33	海道中	78⑨
しらせそ・む	手折し心を—めて	74	狭衣袖	137⑧
しらたま(白玉)	落梅は浪をかさぬる—	111	梅花	両330①
	末葉の露の—か何ぞととひし	28	伊勢物語	71⑥
	—かなにそと問し袖の露	167	露曲	288⑪
	岩根の滝の—は	80	寄山祝	146⑩
しらつゆ(白露)	みだれてむすぶ—	8	秋興	49①
	秋の—の色々に見ゆる玉なれば	22	袖志浦恋	64⑨
	—のたまらずみだれて	124	五明徳	222①
しらなみ(白浪、白波)	玉河の堰にかかる—	4	夏	44⑨
	奥津—竜田山の垣間見に	28	伊勢物語	両329⑩
	奥津—立田山を思をくりし	28	伊勢物語	異306⑧
	花の—散かかり	57	善光寺次	109⑭
	—の竜田の山の山おろし	163	少林訣	283②
	—の花かとまがふ追風	31	海路	75③
	幾万代と—の浜松が枝の手向草	11	祝言	52⑧
	雲井に漲る—は	109	滝山等覚	195⑥
しらはた(白旗)	源家将軍の—を	154	背振山幷	269⑬
しらふ(白斑)	—に見ゆる箸鷹	10	雪	50⑭
しら・ぶ(調、弾)	何の絃より—ぶらん	95	風	170⑧
	最こよなき様して—ぶる琴の音に	133	琵琶曲	両338⑥
	—ぶる琴の音は又	113	遊仙歌	203⑦
	管絃は糸竹に呂律を—べ	81	対揚	148⑫
	或は蒼竜篪を—べ	130	江島景	230⑫
	—べし琴の妙なる声	105	五節末	190①
	菩薩伎楽を—べしも	172	石清水	297⑧
	村上の聖主の—べたまひし	121	管絃曲	217⑥
	朱絃ななめに—べたる	121	管絃曲	215⑫
	池浪鼓を—べつつ	139	補陀湖水	246⑥
	風常楽を—べつつ	170	声楽興下	293⑥
	和琴緩く—べて	7	月	48②
しらべ(調)　＊いとたけのしらべ、しちくのしらべ	霓裳性律の秋の—	121	管絃曲	217③
	神女の琵琶の—あり	110	滝山摩尼	197④
	和琴の—すがかき	169	声楽興	291⑤
	阿なき月に—澄	160	余波	278③
	性律の—石上流泉	133	琵琶曲	236⑬

	のどけき—ぞすぐれたる	61	郢律講	118②
	啄木の—妙なり	133	琵琶曲	236③
	是皆妙なる—なり	133	琵琶曲	236⑪
	いと睦しき—なれや	159	琴曲	275④
	数曲を弾ぜし—に	116	袖情	209⑦
	妙なる—に音信て	82	遊宴	151⑤
	妙なる—に通きて	123	仙家道	220⑫
	十五の簧の—には	169	声楽興	291⑧
	琵琶の—に風香調	95	風	170⑤
	分無—にまがふなる	159	琴曲	275⑭
	四の—の音をそへても	157	寝覚恋	273③
	思たゆたふ—よりや	133	琵琶曲	236⑨
しらべそ・む(調初)	何の緒より—めけん	170	声楽興下	293①
しらまゆみ(白真弓)	あらき夷の—	73	筆徳	136⑪
	入もしられず—	89	薫物	160③
しら・む(白)	天の戸—む方見えて	54	熊野四	105②
	浪より—む篠の目	31	海路	76①
	跡より—むしのの目	57	善光寺次	109⑬
	雪より—む篠のめに	32	海道上	77①
	跡より—む横雲の	125	旅別秋情	222⑫
しらゆき(白雪)	猶又世にふる—に	10	雪	51④
	尺に満—の	10	雪	50⑤
	—の消てや中々忍れん	22	袖志浦恋	63⑫
しらゆふ(白木綿)	御注連にかかる—	17	神祇	58②
	浪の—かくとみえて	131	諏方効験	232⑨
	浪の—かくる瑞籬	51	熊野一	102⑬
	波の—掛まくも	130	江島景	231④
	花の—かけまくも	138	補陀落	245②
	浪の—神かけて	95	風	170⑨
しららのはま(白良の浜)	—の月影	54	熊野四	105④
しらん(芝蘭)	—谷に匂をほどこし	141	巨山修意	249⑧
	—の睦芳しく	127	恋朋哀傷	225⑫
	—の室にまじはり	66	朋友	126⑥
しりぞ・く(退)	いづれも進—かず	65	文武	125⑤
	天命の外にや—かん	72	内外	135③
	なをし進み—き強に	147	竹園山	259③
	進み—き自在なれば	143	善巧方便	252⑫
	進み—きみだれず	114	蹴鞠興	207④
	—いて揀択の嶮路につまづかざれ	141	巨山修意	250①
	彼は四魔を—け	62	三島詣	120③
	右剣四魔を—け	138	補陀落	244⑮
	あらき風を—けしも	158	屛風徳	274①
	彼軽箑を—けて	124	五明徳	221⑧
	気を—けてふかく思	169	声楽興	291⑥
しりやう(思量)	都莫—の所をば	103	巨山景	186⑨
しりよ(思慮)	—の武きをあらはす	65	文武	125⑥
し・る(知)	誰かは是を—らざらむ	63	理世道	123③
	—らざりけるこそはかなけれ	70	暁別	130⑫
	置けん方も—らざりつ	168	霜	290⑤
	—らざる事ぞ拙き	99	君臣父子	179⑨

―ると―らざると 86 釈教 156⑬
―ると―らざると上として恩賞異也 81 対揚 異302④
心を―らざる人までも 169 声楽興 291⑤
恒砂の己有を―らざれば 97 十駅 175⑪
かかる恋路と人は―らじ 74 狭衣袖 137⑤
衆生に―らしめ給けん 172 石清水 297⑩
身づから―らしめんがためなりき 163 少林訣 282⑭
小康の道をば―らじはや 58 道 111①
人ごころいさまだ―らず 23 袖湊 64⑬
是も湯桁はいさ―らず 34 海道下 80④
―らず幾世か玉の緒の 21 竜田河恋 62⑨
命も―らずかげろふの 18 吹風恋 59⑩
深は―らず桜井に 57 善光寺次 109⑭
後をば―らずたのめつる 21 竜田河恋 62⑭
かぎりも―らずはてもなし 56 善光寺 108⑥
行ゑも―らずはてもなし 69 名取河恋 130④
行末も―らず迷は 20 恋路 62①
―らずやいかに人ごころ 37 行余波 83③
待間も程なき世を―らで 84 無常 153⑫
終に行道とも―らで 38 無常 異307②
思も―らでのみすぐす 86 釈教 156①
そこども―らでや休なまし 87 浄土宗 158②
冨士の高根は時―らぬ 28 伊勢物語 72①
尋ばやまだ我―らぬ 48 遠玄 98⑦
ありとほしをばえぞ―らぬ 52 熊野二 103⑧
情も―らぬ狂鶏の 70 暁別 130⑭
知がほにして―らぬかな 86 釈教 155⑬
行方―らぬ蚊遣火の 75 狭衣妻 138⑭
うき節―らぬ呉竹の 21 竜田河恋 63⑧
我まだ―らぬ篠のめの 106 忍恋 190⑩
我まだ―らぬしののめ 160 余波 278⑪
行末はまだ我―らぬ白河の 35 羇旅 82③
行末も―らぬ詠の末や 107 金谷思 191⑪
心を―らぬ箒木に 45 心 95⑥
まだわが―らぬむしあげの 75 狭衣妻 139⑦
―るも―らぬも埋もれぬ 92 和歌 166⑨
そことも―らぬ八重の塩路 172 石清水 296⑬
―らぬ山路に踏迷ひ 171 司晨曲 294⑮
其地は何も―ねども 42 山 90④
人の心は―らねども 67 山寺 128⑤
其名を―らば影をもやどせ 96 水 両329②
深をいかでか汲て―らむ 50 閑居釈教 100①
上徳の濁は誰か―らむ 58 道 111④
妙なる匂をいかで―らむ 89 薫物 160⑭
心も歌にや―らるらん 112 磯城島 202③
汲て―らるる長生 123 仙家道 220⑧
心なき身にも哀は―られけり 164 秋夕 285⑧
情の色も―られけれ 73 筆徳 136⑬
いかなる便に―られけん 75 狭衣妻 139⑩
蹄に―られし富士のねの 34 海道下 79⑩

	あなかま猫に—られじはや	78	霊鼠誉	144④
	入も—られず白真弓	89	薫物	160②
	道もさすがに—られつつ	53	熊野三	104⑨
	行道も—られつつ	55	熊野五	106⑬
	世々経て後に—られつつ	75	狭衣妻	139⑬
	おこなふ道も—られつつ	157	寝覚恋	異314⑪
	巧に—られで幾年月を	34	海道下	79③
	人に—られで解なるは	44	上下	93⑭
	御幸に—られでとし旧ぬ	98	明王徳	177⑪
	時しも夏とは—られぬに	34	海道下	79⑫
	人に—られぬ山陰の	49	閑居	99⑥
	谷ふかみたくみに—られねば	14	優曇華	54⑩
	世に有とも人に—られねば	73	筆徳	136⑥
	有とも人に—られめや	100	老後述懐	180⑦
	風のやどりを誰か—らん	95	風	171②
	みづから貴き事を—り	81	対揚	149①
	後瀬の山も—り難く	74	狭衣袖	138④
	強き色と—りながら	21	竜田河恋	62⑬
	つゐにはぬしを—りにき	46	顕物	96⑩
	始て—りぬいかがはせん	113	遊仙歌	204⑧
	爰に—りぬ則百王の理乱は	121	管絃曲	216④
	既に—りぬむかしを望て	146	鹿山景	257⑧
	文珠は是を—つて	86	釈教	156⑥
	波おさまれる時を—る	12	嘉辰令月	53⑦
	霞の関といまぞ—る	56	善光寺	108④
	深き心を汲て—る	102	南都幷	185⑤
	代々に絶せぬ道を—る	112	磯城島	201①
	深き心を汲て—る	128	得月宝池	226⑪
	智水の深き源を汲て—る	147	竹園山	259①
	身を—る雨の槇の屋に	90	雨	162⑤
	身を—る雨のをやみなく	73	筆徳	136⑦
	隠て稀に—るとかや	91	隠徳	163⑨
	万鶏時を—るとかや	171	司晨曲	293⑪
	節—る鳥の声々	143	善巧方便	253⑫
	哀を—るも入月の	84	無常	153⑨
	—るや何に	119	曹源宗	212③
	後こそ松も栄は—れ	168	霜	290⑪
	先其あやまる所を—れとなり	78	霊鼠誉	異313⑩
	其源を汲て—れば	145	永福寺幷	256⑦
	能々—れば浄土は	162	新浄土	281⑪
	我身を—れば濁江の	87	浄土宗	158①
	うき身を—れば晴やらぬ	37	行余波	83④
	みな節を—れる情あり	45	心	95③
しらずがほ(知らず顔)	—なる松の風の	24	袖余波	66①
しりがほ(知顔)	—にしてしらざりけるこそ	70	暁別	130⑫
	—にしてしらぬかな	86	釈教	155⑬
しるし(璽、印)	長きためしの—かは	135	聖廟超過	240⑤
	深き思の—とや	19	遅々春恋	61⑤
	風おさまれる—ならむ	16	不老不死	56⑦
	天下静謐の—ならむ	80	寄山祝	146⑬

	忘記念の—ならむ	113	遊仙歌	204⑩
	栄る御代の—也	39	朝	87⑦
	頓に生死にしづめぬ—なれや	131	諏方効験	232⑧
	逢がたき御法の—にて	151	日精徳	265②
	朽せぬ—に残なり	88	祝	159⑪
	思みだれし—の扇	124	五明徳	221⑪
	—の亀の劫を経ても	137	鹿島社壇	243⑥
	杉の—の木高き契をひき結び	11	祝言	両324⑩
	—の杉のよこ目に見ゆる扇は	124	五明徳	異312⑩
	剣の心の—は朽せぬ名をや残覧	45	心	両334⑧
	末代までの—も	154	背振山幷	269⑭
	鈴倉に其—を	108	宇都宮	194⑨
	末栄べき—を	137	鹿島社壇	243⑫
	浅からぬ—を顕して	166	弓箭	287⑨
	—をあらはす立椽	115	車	208⑫
	深き—を顕ひしは	132	源氏紫明	235⑩
	天降ります神の—を示す梶の葉	131	諏方効験	233⑨
	朽のこるなる—をも	34	海道下	80②
しる・し(著)	浪治まれる時や—き	31	海路	75⑪
	雲間に—き明方の	57	善光寺次	109⑫
	渡瀬は—き浅小川	52	熊野二	103⑤
	明るも—き天の戸	39	朝	87①
	それかと—き旧簾の方	89	薫物	160⑥
	明るも—き篠の目に	30	海辺	74⑦
	夕暮—き尾花が袖	164	秋夕	285⑥
	何の田をさぞ名も—く	5	郭公	46④
しるべ(導)	さればにや暫—せし	87	浄土宗	158⑥
	いはんや試楽の—せし	160	余波	278⑫
	うき身を放れぬ—ならむ	24	袖余波	66⑤
	真の法の—ならむ	115	車	207⑭
	光や和光の—ならむ	131	諏方効験	232⑦
	ただそれ思の—なり	107	金谷思	192③
	ただ此道の—なり	112	磯城島	202④
	いかなる—なりけん	30	海辺	74⑨
	指南斗ぞ—なる	172	石清水	296⑭
	四色の雲の—に	138	補陀落	244⑨
	尋る道を—にて	83	夢	152⑧
	誠の道の—は	49	閑居	98⑫
	河舟に法の—もうれしければ	55	熊野五	106⑬
	かかる心の—より	112	磯城島	201②
しろがね(銀)　＊びやくごん	—の盃に黒三寸豊に賜つつ	101	南都霊地	184④
しろ・し(白、素)	白鷗は—きを失はず	76	鷹徳	両326⑨
	白鷗は—きをうしなふ	10	雪	51①
	砂路—く見ゆるは	54	熊野四	105④
しろたへ(白妙)	誰袖ふれし—	111	梅花	199⑨
	—に見ゆるは雪うち払ふ旅ごろも	116	袖情	210①
	はるさめ村雨—の卯の花ぐたし	90	雨	161⑨
	春雨村雨—の卯の花ぐたし	90	雨	両331⑫
	霜をかさねて—の神さびまさる	62	三島詣	120⑪
	霜を重て—の神さびまさる	62	三島詣	異304⑥

	袖—の移香の	151	日精徳	264⑤
	—の衣の袖を連ねつつ	51	熊野一	102②
	霜夜の月も—の袖の追風	108	宇都宮	194⑨
	—の月や砂を照すらん	7	月	48⑤
しろとり(白鳥)	海野—飛鳥の飛鳥の川に	57	善光寺次	110②
しわう(四王)	—切利の花の下	97	十駅	173⑬
しわざ(為態)	乙天童の—とか	153	背振山	268⑩
	無為を—とする白日羽化の輩	123	仙家道	220⑤
	是みな五音の—なり	121	管絃曲	216⑥
	己が習の—なれば	78	霊鼠誉	144⑪
	なれが—もとりどりに	31	海路	75⑭
しゐき(四域)	—の乱を静なる	171	司晨曲	295⑦
じゐん(寺院)	彼等の—につたはり	102	南都幷	185⑩
しん(臣)	朝候日闌ていづる—	39	朝	86⑩
	魏徴房玄齢二人の—	63	理世道	122⑨
	耆婆月光の二人の—	81	対揚	149⑪
	執柄朝臣戚里の—	102	南都幷	185⑫
	耆婆月光のふたりの—	81	対揚	両330⑥
	風后輔佐の—たりき	95	風	169⑬
	—の—たる道とかや	44	上下	92⑬
	外祖は戚里の—として	72	内外	135⑦
	武内は輔佐の—となり	172	石清水	296⑧
	あまねく賢良の—にまかせて	63	理世道	122⑦
	—も又浅香山	92	和歌	166④
	或は—をつかさどり	63	理世道	123⑤
しん(神)　＊かみ	彼—則ここにます	110	滝山摩尼	197⑫
	則擁護の—として	101	南都霊地	182⑫
	人是を—とす	152	山王威徳	267⑫
	乱舞の—と申して	110	滝山摩尼	197⑩
	—自—ならずや	152	山王威徳	267⑫
	四方の—にも勝たり	152	山王威徳	267⑭
	国に—の名を受	108	宇都宮	192⑥
	—の威徳に預ればなり	152	山王威徳	267⑫
	—は法味に誇て威光を増	102	南都幷	184⑦
	二人の—ましましき	110	滝山摩尼	197⑪
	—をあつむる土地堂と	163	少林訣	283⑧
	朝家殊此—を重くすれば	131	諏方効験	233⑧
	猶この—をや仰けん	137	鹿島社壇	243⑪
しん(信)	孝悌仁義礼忠—	58	道	110⑬
	憐むべき—あり	72	内外	133⑧
	五常の中の—あるは	5	郭公	46③
	—に果海を兼なれば	97	十駅	175⑭
	忘れぬ—に徳をます	34	海道下	80⑪
	五の徳を得て文武—勇仁なれば	171	司晨曲	293⑫
しん(寝)	承観に—に侍て静なる暇なく	93	長恨歌	167⑤
しん(真)	老子の—たる徳にも	91	隠徳	164①
	五常の—をおさむる	121	管絃曲	216②
しん(晋)	—の七賢が竹林	68	松竹	129④
	—の十四年の花省	124	五明徳	221⑧
	—の劉伯倫は又	47	酒	97③

	—の王羲之が垂露の点	44	上下	93⑤
しん(秦)	—に仕ては猶又誉を顕す	81	対揚	異302④
	—の二世皇帝	63	理世道	122①
じん(仁)	孝悌—義礼忠信	58	道	110⑬
	—たり主たるいつくしみ	72	内外	135②
	五の徳を得て文武信勇—なれば	171	司晨曲	293⑫
	凡—をほどこして咎を求めざるは	63	理世道	121⑭
じん(人)　＊ひと	鬼竜—鳥四の像	122	文字誉	218④
じんあい(仁愛)	—あまねき故とかや	98	明王徳	177③
しんいしき(心意識)	参是—を離る	119	曹源宗	211⑫
	唯—をはなれても	128	得月宝池	227⑨
しんいん(心印)	教外単伝の—なりければ	119	曹源宗	212①
しんおん(神恩)	仰で—の高を貴み	108	宇都宮	192⑤
しんかう(深更)	—に灯を挑	141	巨山修意	249⑬
	—にのこる燈の	71	懐旧	131⑩
	—に雪を廻す	62	三島詣	120⑩
じんかん(人間)	—五更を告なれば	171	司晨曲	293⑪
じんぎ(仁義)	—の道を仰べき	97	十駅	173⑫
しんきう(深宮)	二世は—に居しつつ	63	理世道	122②
	ただ—に向て	27	楽府	71②
じんぎくわん(神祇官)	—の八神殿	17	神祇	57⑫
しんきやう(神鏡)　＊しんけい	—の塵曇なく	46	顕物	異307⑥
しんきやう(心鏡)	—冥会して道徳はるかに存せり	138	補陀落	245⑦
しんきやう(信敬)	わたすに—の誠による	62	三島詣	119②
しんぐう(新宮)	かけまくも賢き—の祭礼	138	補陀落	245②
	—は垂迹の始なり	55	熊野五	106⑮
じんぐうくわうこう(神功皇后)　＊おきながたらしひめ	—高麗に趣き給し時	110	滝山摩尼	197⑩
	—の三韓の軍に赴給しに	172	石清水	296⑨
	—の以往新羅を責給しに	153	背振山	268④
しんくわう(秦皇)	—泰山の天の下	90	雨	161④
しんくわうてい(秦皇帝)	—のやどりしは泰山五株の松の陰	42	山	90⑧
しんけい(神鏡)　＊しんきやう	—は機を鑑て影を浮べ	131	諏方効験	231⑧
	法灯も—もかかやき	101	南都霊地	182⑩
しんげん(心源)	春かぜ—空寂の空晴て	50	閑居釈教	100⑥
しんこ(親故)	—は駕を廻し	71	懐旧	132①
じんご(神護)	—のいにしへ	35	羇旅	81⑪
じんごきやううん(神護景雲)	—の雲の上	137	鹿島社壇	243⑦
しんこく(神国)	国をば則—とぞ名付ける	152	山王威徳	266⑪
しんごん(真言)	貴かなや—	102	南都弁	185⑩
しんごんゐん(真言院)	—の安置は	145	永福寺弁	256⑬
じんさん(仁山)	—より智水に託して	138	補陀落	245⑧
しんし(神祠)	—にむかひつつ	152	山王威徳	267⑤
しんし(深旨)	密蔵の—及びがたく	129	全身駄都	228⑨
じんし(仁子)	—嵯峨の御女	72	内外	134⑭
じんじ(人事)	—定まらざりしより	92	和歌	165⑦
しんしう(神秀)	誠に—の地なるかな	153	背振山	268③
しんじつ(真実)	一乗—の内に帰す	72	内外	133⑪
	偸伽—の深秘密	129	全身駄都	228⑩
	慈悲—のすがたなれば	63	理世道	123④
	其—をあらはす	143	善巧方便	253③

しんじつ(辰日)	張譴を—に悲む	98	明王徳	177⑨
じんじや(神社)	—の勝て貴きは	42	山	91①
じんじやわう(深砂王)	山菅の橋の—	138	補陀落	244⑦
しんじゆ(新衆)	巡の—の灯は	109	滝山等覚	196⑨
じんじゆ(神呪、神咒)	阿遮の秘密—の字	138	補陀落	244⑭
	一々—深秘密	120	二闡提	214⑨
	—の陀羅尼門	129	全身駄都	228⑨
しんじん(信心)	見るに—浅からめや	139	補陀湖水	246⑮
	—の実を顕して	46	顕物	異307⑥
	—の窓を照しては	57	善光寺次	110⑥
しんじん(真人)	こはうつつと思し—	58	道	111⑧
	—たりし老子も	100	老後述懐	180⑩
じんしん(人心)→にんじんヲミヨ				
しん・ず(信)	誰かは—ぜさるべき	97	十駅	175⑤
	—ぜずはあるべからず	147	竹園山	258⑫
じんせう〔じんしよう〕(忍咲)	—とほうゑんで	113	遊仙歌	203⑮
ししんせつじき(拾薪設食)	採花汲水—乃至以身而作床座	154	背振山幷	269⑧
しんせん(神仙)	蓬瀛は—の崛宅するところ	151	日精徳	264①
	—の妙なる砌とは	113	遊仙歌	203③
しんせん(神山)	海中五の—は	42	山	90⑦
しんせん(神泉)	—霊池の分身	129	全身駄都	228⑪
しんぜんゑん(神泉苑)	久しくすめる—	94	納涼	169③
しんそ(親疎)	—の道を隔てず	98	明王徳	176⑨
しんぞく(真俗)	—に其徳広して	145	永福寺幷	256⑭
	—の花ぶさに洒しむ	101	南都霊地	183①
	凡馬に—のや徳多く	77	馬徳	142②
	夫—道明かなれば	143	善巧方便	252⑪
	—道別れつつ	97	十駅	175③
しんぞくにたい(真俗二諦)	—を兼とかや	61	郢律講	117⑪
	夫衣は—をわかち	161	衣	279⑧
しんぞくふたつ(真俗二)	—をつかさどり	72	内外	133⑧
	—をわかちつつ	63	理世道	123⑤
しんそん(震巽)	蘇迷路山の—	171	司晨曲	293⑩
しんたい(秦台)	—に鳳去ては	69	名取河恋	130③
	—をさる鳳のこゑは	170	声楽興下	292⑫
しんたい(神体)	本迹二の—	139	補陀湖水	246②
しんたう(神道)	六十余州の—	152	山王威徳	266⑪
しんたく(神託)	節々の—新なり	172	石清水	297⑬
	—度をや重ねけん	134	聖廟霊瑞	239⑩
しんたら(真達羅)	乃至摩睺羅—等	16	不老不死	57①
しんだん(震旦)	されば先は三聖—に出つつ	72	内外	133⑩
	旧跡を—に訪へば	114	蹴鞠興	204⑬
	葱嶺にちかき—の	49	閑居	99①
	近く東土—の医王山	129	全身駄都	228③
	—の霞の底には	73	筆徳	135⑬
	月氏—の古跡より	163	少林訣	283⑪
	外朝—に名をつたふ	120	二闡提	214②
しんだんこく(震旦国)	五天竺国—	42	山	90④
しんぢくわんぎやうしんぢぼん(心地観経心地品)	—般若心経心月輪	45	心	95⑮
	—般若心経心月輪	45	心	両334⑫

じんづう(神通)	或時は護国霊験威力―	172	石清水	297⑬
	以大―無碍ならむ	120	二闡提	214⑪
しんていはつふ(身体髪膚)	―をやぶらざる	99	君臣父子	179③
しんてう(晋朝)	中にも―の陶淵明が	151	日精徳	264⑬
じんでう(晨朝)	毎日―の誓約は	120	二闡提	214⑦
しんてき(神敵)	さても―をしへたげし	108	宇都宮	194⑥
じんでん(神殿)	本院の懸は―の前とかや	114	蹴鞠興	206⑦
しんと(神都)	誠に―と覚つつ	138	補陀落	245⑩
しんとく(神徳)	あふげばたかき―	80	寄山祝	異309④
	―いよいよ威光をます	108	宇都宮	194①
	―年々に威光をそへ	62	三島詣	119⑩
	―峯高くして	17	神祇	57⑤
じんとく(仁徳)	三聖をつかはす―	97	十駅	173③
しんによ〔しんじよ〕(神女)	―に結し夢の契	22	袖志浦恋	64⑦
	―の琵琶の調あり	110	滝山摩尼	197④
しんによ(真如)	―の台に塵つもりて	86	釈教	155⑬
	―の台は広けれど	51	熊野一	101⑨
	―の月の影さす	163	少林訣	282⑭
	―の月を隠つつ	97	十駅	174①
	―外にあらざれば	50	閑居釈教	100④
じんひ(深秘)	さながら―の言種	86	釈教	156⑪
	瑜珈―の内証深くして	145	永福寺幷	256⑬
	―の誠あるなれば	166	弓箭	287⑮
しんひつ(宸筆)	さても貴き跡を残すは正暦の―	135	聖廟超過	241⑥
じんひみつ(深秘密)	一々神咒―	120	二闡提	214⑨
	瑜伽真実の―	129	全身駄都	228⑩
じんみん(人民)　＊にんみん	―の罪をあがはんとて	172	石清水	297⑤
じんむ(神武)	―綏靖かたじけなく	63	理世道	122⑭
しんめい(神明)	三千余社の―は	137	鹿島社壇	243⑨
しんめいのせうしやう(信明の少将)	彼―のさもぬれがたく名におひし	160	余波	278⑤
しんもん(真文)	随喜功徳の―	100	老後述懐	180⑨
	垂露消せぬ―	160	余波	277⑤
	金剛般若の―なり	83	夢	153①
しんや(深夜)	―の鐘は別をつげ	173	領巾振恋	299③
じんやう(潯陽)　※江	―に月静なり	79	船	145⑩
	―の浪にうかびし曲	31	海路	75⑩
	―江(かう)の夜泊れる舟の浮浪に	133	琵琶曲	236⑨
	―の江(え)の舟の曲	121	管絃曲	217⑥
	―の江(え)の夜の月	170	声楽興下	292⑥
しんら(新羅)	高麗百済―の国は帰伏せし	172	石清水	297③
	高麗百済―三の韓国を随へて	142	鶴岡霊威	252②
	神功皇后の以往―を責給しに	153	背振山	268④
しんらく(信楽)	若門此経―受持	87	浄土宗	158⑪
しんりやく(心略)	秘讃音律四智―	148	竹園如法	260⑨
しんりよ(神慮)	―ぞ殊に有がたき	172	石清水	297⑩
	擁護の―とこそ聞	102	南都幷	185⑪
	是則―内証の	135	聖廟超過	240②
	―の恵いかでか仰ざらん	62	三島詣	両334⑤
	―もいかてか浅からむ	62	三島詣	異304⑦
	―もいかでか浅からん	62	三島詣	120⑫

じんりん(人倫)	—かたちを分しより	166	弓箭	287①
	—外用の諸芸を	135	聖廟超過	240③
しんれい(振鈴)	暁ふかき—の	50	閑居釈教	100⑦
	或は—のひびきあり	110	滝山摩尼	197⑧
しんれい(秦嶺)	秋—の雲を驚す	82	遊宴	151④
じんろう(深楼)	—は春の雲を写し	31	海路	75①
しんわうしんじゆ(心王心数)	—になぞらふる	143	善巧方便	253⑨
	—の台をいで	63	理世道	123⑤
しんゐ(神威)	—の兵革忝く	131	諏方効験	233⑦
	—の鋒を幣帛に揚	108	宇都宮	194③

す

す(巣)	まだ—の中なるひな鶴	16	不老不死	56④
ずい(瑞)	—を豊年にあらはす	10	雪	50⑤
	放光の—をみせつつ	97	十駅	175⑤
ずいき(随喜)	—功徳の真文	100	老後述懐	180⑨
すいぎんせんじやう(酔吟先生)	—が心なり	58	道	112⑤
すいくわ(翠花)	—揺々として行て又とどまる	93	長恨歌	167⑧
すいけい(水鶏)	—の水鶏(くひな)の闥の戸を明ぬに	171	司晨曲	294⑩
ずいさう(瑞相)	いにしへを今の—にしらせしも	71	懐旧	132⑭
	かの—に燈明仏の古は	85	法華	154⑤
	さまざまの—をあらはす	67	山寺	128⑪
すいさん(推参)	后の宮の—に	104	五節本	188⑭
ずいじ(随自)	終には—の門に	87	浄土宗	異303⑧
すいしく(水菽)	—の孝を道とす	96	水	171⑨
すいしやう(吹簫)	月—の地にすめり	170	声楽興下	292⑬
	—の地には月空	69	名取河恋	130④
すいしやく(垂跡)　＊あとをたる	松の尾の明神は王城鎮護の—	68	松竹	両328①
	三千余座の—	152	山王威徳	266⑫
	補星の—成けり	138	補陀落	244⑫
	四智の—成ければ	137	鹿島社壇	243⑧
	法身和光—の内証外用を顕はす	72	内外	134②
	新宮は—の始なり	55	熊野五	106⑮
	抑—の源の石清水を引導て	34	海道下	80⑦
	—は化儀にしたがひて	62	三島詣	119①
	—を顕す大弁才	130	江島景	230⑥
すいじん(水神)	—地に湛て	96	水	171⑩
ずいじん(随身)	—御前を渡る次第	155	随身競馬	271④
	—の狩装束殊にびびしくぞや覚る	76	鷹徳	140⑧
すいぜい(綏靖)	神武—かたじけなく	63	理世道	122⑭
ずいた(随他)	—の道に帰りつつ	87	浄土宗	異303⑧
すいたい(翠黛)　＊みどりのまゆずみ	銅梁山の—	42	山	90⑪
	上陽人が—	100	老後述懐	180①
	—紅顔なつかし	97	十駅	173⑨
ずいてい(隋堤)	—の柳に繋船	79	船	146②
すいてう(水鳥)　＊みづどり	—樹林交りて	62	三島詣	119⑬
すいでう(水調)	—の曲を弾ぜしむ	159	琴曲	276⑥
すいどう(透筒)	乞出(こいだし)—袖隠	60	双六	116⑦

すいにん(垂仁)	—の治天に天照尊太神	96	水	172⑦
すいは(水波)	筑事をして—の曲を弾ぜしに	136	鹿島霊験	242⑨
ずいはうしよしゆ(随方諸衆)	—声字の実相に益ひろく	134	聖廟霊瑞	237⑪
すいへん(水辺)	五十鈴の原の—に	96	水	172⑦
すいめん(水面)	—に封じて	134	聖廟霊瑞	238④
すいよう(水曜)	—天に列て	96	水	171⑨
すいらうさう(衰老相)	老が世を見彼—	100	老後述懐	180⑧
ずいり(瑞籬)　＊たまがき、みづかき	光を和ぐる—にも	120	二闈提	213⑬
	熊野権現の—は	109	滝山等覚	194⑫
	—は地を撰で跡を垂	131	諏方効験	231⑧
	—光を和ぐ	101	南都霊地	182⑨
すいれん(翠簾)	—を巻あぐる	140	巨山竜峯	248⑭
すいろ(垂露)	—消せぬ真文	160	余波	277⑤
	晋の王羲之が—の点	44	上下	93⑤
	懸針—鷸鵲	122	文字誉	218④
ずいろくざん(瑞鹿山)	—の号ありき	146	鹿山景	257⑤
す・う〔すふ〕(据)	百丈—へたる祖師堂	163	少林訣	283⑨
すかう(数行)	旅客の名残—の涙	56	善光寺	107⑫
	王昭君が—の涙	121	管絃曲	217④
すかうざん(崇高山)	万歳よばふ—	42	山	90⑨
すがかき(透掻)	和琴の手に七拍子の—	159	琴曲	276①
	和琴のしらべ—	169	声楽興	291⑤
すがごも(菅薦)	十輔の—菅筵	134	聖廟霊瑞	239⑥
すがた(姿)	琴ひきたまふ御—	29	源氏	73④
	柳花苑の手折れる—	82	遊宴	150⑭
	花の容貌玉の—	113	遊仙歌	203⑦
	雪を廻す舞の—	113	遊仙歌	204③
	放鷹楽のその—	121	管絃曲	217①
	甍見えたる寺の—	163	少林訣	283⑧
	歌ひ擁し其—	169	声楽興	291④
	物々取捨の—なし	119	曹源宗	212⑮
	移ればかはる—なり	84	無常	153⑦
	様々なる—なり	165	硯	286⑥
	慈悲真実の—なれば	63	理世道	123④
	三天の—にかたどりて	130	江島景	230⑦
	竜体の—に像て	159	琴曲	275⑥
	其—にたとへけるも	124	五明徳	222⑤
	六道能化の—にて	62	三島詣	120⑦
	富士の根の—に似たるか塩尻	57	善光寺次	110③
	鷹の—に身をなして	76	鷹徳	両326⑧
	竜虎の—の勢をなせば	138	補陀落	245⑩
	来て授し—は	133	琵琶曲	236⑦
	いと興ある—は	156	随身諸芸	271⑨
	桑門の—は学ども	160	余波	277①
	乙女の—を改めし	85	法華	155②
	先其—をあらはす	38	無常	85③
	本の—を顕す	166	弓箭	287④
	そことも—をいかが見せん	78	霊鼠誉	144⑥
	右に其—をかざりなす	78	霊鼠誉	異313⑪
	その—を先とす	143	善巧方便	254④

	慈悲忍辱の—を暫かりに隠て	55	熊野五	106⑩
	—を繕ふ儀をなし	116	袖情	209⑤
	先其—を説れしも	87	浄土宗	157⑭
	六種の—をなすのみか	122	文字誉	218④
	—を二諦にあきらむ	97	十駅	174⑮
	—を霊鼠に寰しつつ	78	霊鼠誉	145④
すがたのいけ(姿の池)	妹が—水に	26	名所恋	68⑤
	おとろへはつる—の	19	遅々春恋	61②
	見えわかぬ—の玉藻がくれや	91	隠徳	164⑨
すがのあらの(菅の荒野)	—に鳴ころや	5	郭公	46⑫
	—の広き恵	131	諏方効験	232①
すがのね(菅の根)	永き思は—の	19	遅々春恋	60⑨
すがはら(菅原)	—の末葉の露の	147	竹園山	259⑧
	凡—の露の玉鉾の	134	聖廟霊瑞	238⑨
すがむしろ(菅筵)	問れぬ夜はは—	22	袖志浦恋	64①
	十輔の菅薦—	134	聖廟霊瑞	239⑦
すがらに	夜は—ねられねば	78	霊鼠誉	144①
	よるは—ねられめや	125	旅別秋情	223⑨
すが・る(縋)	法儀に—る勤者の	110	滝山摩尼	198②
すぎ(杉、椙)	いざさば射てみむ矢立の—	34	海道下	80③
	幾年月を—立る	34	海道下	79③
	—の庵を卜つつ	109	滝山等覚	196⑦
	—の梢をすぎがてに	125	旅別秋情	222⑫
	—のしるしの木高き契をひき結び	11	祝言	両324⑩
	猶枝さしそふる—の葉	14	優曇華	54⑩
	きかでも—の村立を	5	郭公	46⑫
	六の位のしるしの—のよこ目に	124	五明徳	異312⑩
	又まばらにふける—の屋	145	永福寺幷	256⑨
すきあふぎ(透扇)	緑の眉も—の	124	五明徳	222②
	—をぞかざしける	105	五節末	189⑧
すぎがてに(過がてに)	袖志の浦を—	37	行余波	83⑤
	杉の梢を—	125	旅別秋情	222⑫
すぎ・く(過来)	—こし方も遠ざかれば	125	旅別秋情	222⑩
	—こし方を隔れば	56	善光寺	108④
すきずき・し(好々)	移し心ぞ—しき	60	双六	116②
すきま(透間)	風の祝に—あらすなと祈ばや	95	風	170⑨
	—さびしき木枯の	19	遅々春恋	60⑬
	—の風はさらでも身にしむ	157	寝覚恋	273①
	妻戸の—まぐさの辺	78	霊鼠誉	144③
すぎむら(杉村)	香椎の宮の—	154	背振山幷	269②
	三輪にはあらぬ—に	103	巨山景	186⑫
すぎや・る(過やる)	山田の原の—らで	96	水	172⑫
	えぞ—られざりける	6	秋	47⑥
すぎゆ・く(過行)	—く方にやすらへば	51	熊野一	102⑦
	ただいたづらに—く老の命を	84	無常	両331⑤
すきよく(数曲)	—を弾ぜし調に	116	袖情	209⑦
す・く(好)	—ける心の掲焉く	28	伊勢物語	71⑭
す・く(透)	宝池の水は瑠璃に—きて	144	永福寺	255⑥
	瑠璃に—きて玉の橋	108	宇都宮	193⑬
す・ぐ(過)	十万億刹の堺を—ぎ	57	善光寺次	110⑧

	立かへりみて—ぎがたき	111	梅花	199⑫
	是には—ぎじとぞ思ふ	109	滝山等覚	196③
	郭公程時—ぎず聞ばやと	5	郭公	45④
	布穀に—ぎたる鳥ぞなき	5	郭公	46③
	是に—ぎたる事はあらじ	139	補陀湖水	247④
	田頰を—ぎて	54	熊野四	105⑥
	ふりわけがみもかた—ぎて	28	伊勢物語	両329⑪
	大坂の王子を—ぎて行前も	55	熊野五	106③
	麓を—ぎてよぢ登	53	熊野三	104①
	末野を—ぎて指出や	56	善光寺	109②
	前をば—ぎて登花殿	104	五節本	188⑥
	春—ぎ夏ふかくつもりて	10	雪	50⑨
	離山の其名もつらし—ぎなばや	57	善光寺次	109⑪
	さても此日すでに—ぎぬ	103	巨山景	187⑤
	早や三年を—ぎぬらむ	37	行余波	83⑦
	雲のいづくを—ぎぬらむ	72	内外	134⑪
	時雨や染て—ぎぬらん	97	十駅	174⑥
	夜さへ山を—ぎぬらん	170	声楽興下	292⑭
	長岡信達も—ぎぬれば	52	熊野二	103⑨
	風—ぎぬれば水の面に	163	少林訣	283④
	いそぎて—ぐる磯づたひ	34	海道下	80⑤
	山を—ぐる駅路の鈴	48	遠玄	98③
	枕を—ぐる風の音	94	納涼	168⑬
	手向て—ぐる神垣	35	羇旅	82①
	青嵐窓を—ぐる声	95	風	170⑦
	ただ秋かぜの—ぐる声に	58	道	111③
	ねざめに—ぐる夜はの時雨	112	磯城島	202⑧
	—ぐる乙女の袖の色	105	五節末	189⑧
	槇の板屋を—ぐるをと	159	琴曲	275⑬
	やすくも—ぐるか浅水の	90	雨	162⑤
	夕立—ぐる谷の水	58	道	111④
	一村—ぐる夕立に	4	夏	44⑫
すぐ・す(過)	—さぬ秋やつらからん	6	秋	47③
	生涯を—しき	149	蒙山謡	261⑨
	幾年月を—しても	28	伊勢物語	異306⑪
	思もしらでのみ—す	86	釈教	156①
すくな・し(少)	其実や—かりけん	112	磯城島	201⑫
	友とする人の—き	66	朋友	126⑪
	猿の叫び—く	66	朋友	126⑫
	世に又様—く	115	車	異311⑪
	余聖にかかる類—く	120	二闡提	異312⑤
	見らく—くこふらくは	30	海辺	異305③
	うる事又—し	127	恋朋哀傷	225③
すく・ふ(済、救)	何をか—はざるべき	97	十駅	176⑥
	因位の悲願に—はれ	87	浄土宗	158③
	衆生を—はん籌	162	新浄土	281⑩
	苦海の群類を—ふなるも	73	筆徳	136④
すぐ・る(勝)	双六の誉世に—れ	60	双六	115⑤
	書写の功徳なを—れ	73	筆徳	136③
	奇瑞品々に世に—れ	101	南都霊地	183④

	誓は余聖に猶—れ	108	宇都宮	193④
	夫蜀茶は功をあらはす事百薬に—れ	149	蒙山謡	260⑬
	紫の雲は猶—れ	118	雲	異313⑥
	色又余に—れたり	114	蹴鞠興	206②
	眺望四方に—れたり	140	巨山竜峯	248⑮
	四方の神にも—れたり	152	山王威徳	267⑭
	弥陀の悲願—れたり	162	新浄土	281⑩
	猶又—れたりしは	59	十六	113⑪
	花の中にも—れたる	2	花	42⑥
	何の処にか—れたる	8	秋興	49⑦
	胡飲酒の曲ぞ—れたる	47	酒	97⑩
	のどけき調ぞ—れたる	61	郢律講	118②
	紅葉の賀ぞ—れたる	150	紅葉興	263①
	中にも—れたる屛風は	158	屛風徳	274⑫
	—れたる道の帰敬として	138	補陀落	244⑧
	—れたる道の聖跡	108	宇都宮	192⑪
	琴の音の—れたるも	159	琴曲	276①
	然ば法相も殊に—れて	101	南都霊地	183⑩
	旧臣の—れてあはれなりしためしの	64	夙夜忠	124⑩
	利生—れて新なり	120	二闡提	213⑭
	中にも—れておぼゆるは	49	閑居	99①
	五節の—れて覚るは	104	五節本	187⑪
	殊に—れておぼゆるは	176	廻向	異315⑧
	其徳—れてきこゆれ	73	筆徳	異308⑨
	ことに—れて憑あり	45	心	両334⑪
	神社の—れて貴きは	42	山	91②
	殊に—れて妙なるは	151	日精徳	264⑮
すぐろく(双六)　＊さうりく	近江の君の—ぞ	60	双六	116④
すぐろのすすき(すぐろの薄)	—つのぐめば	43	草	91⑫
すけ(佐)	諸衛の—まで供奉しけり	41	年中行事	89⑫
すこ・し(少)	女御の君はいま—し	29	源氏	73④
すご・し(凄)	墨染の夕の色の—きは	40	夕	88⑥
	或は法の声—く	110	滝山摩尼	197⑧
	猿の叫を—く聞も	164	秋夕	284⑨
	夜深く轅声—し	115	車	208⑨
	夜深くきしる声—し	115	車	両337②
すさき(洲崎)	寒き—に立鷺も	119	曹源宗	212③
すさのをのみこと(素戔烏の尊)	—の昔より	122	文字誉	219⑬
すさま・じ(冷)	暁の夢—じ	48	遠玄	97⑭
	秋の閨—じ	71	懐旧	131⑪
	渓林葉落て塞雁声—じ	119	曹源宗	212⑤
	松嵐—じき月の夜	65	文武	125⑨
	閨月の—じきを愁るも	125	旅別秋情	223⑪
	松嵐梢に—じく	60	双六	115⑧
	千株の松の下には青嵐窓—じく	67	山寺	127⑪
	寒嵐—じく	95	風	170⑫
	月—じく風秋なり	7	月	48①
	鴛鴦の瓦—じく霜花重しや	93	長恨歌	167⑮
	—じく鳴音を聞も胸さはぎ	78	霊鼠誉	144⑤
すさみ(遊)	げにことはりの—かな	170	声楽興下	293②

	勝ことはりの―哉	171	司晨曲	294⑩
	たださばかりの―ぞとも	132	源氏紫明	235⑦
	あだなるかかる―とはいはじ	85	法華	154④
	せめてもなぐさむ―とや	134	聖廟霊瑞	239②
	月にね覚の―ならむ	35	羇旅	81⑪
	分無ねざめの―ならん	157	寝覚恋	異314⑫
	ただ等閑の―に	87	浄土宗	158⑫
	筆の―にかきくれし	73	筆徳	136⑧
	分て又昔を忍ぶ―の	71	懐旧	132⑦
	わかぬ―もおかしきは	125	旅別秋情	223③
	うちある―も故々敷	60	双六	116①
	せめてもあまりの―にや	134	聖廟霊瑞	237⑭
すさ・む(遊)	丘仲是をや―みけん	169	声楽興	291⑪
	明暮―みし戯れまでも	132	源氏紫明	234⑫
すざん(崇山)	先は―の旧き跡	103	巨山景	186④
すじん(崇神)	叢祠を―に崇しより	108	宇都宮	192⑥
	―のかしこきむかしかとよ	17	神祇	57⑩
すず(鈴)	山を過る駅路の―	48	遠玄	98③
	―と玉に異ならず	139	補陀湖水	246⑤
	神さびまさる―の音	17	神祇	58①
	木居にかかる―の音	76	鷹徳	141⑧
	駅路の―の声やさば	170	声楽興下	292⑭
すずか(鈴鹿)	―の其名も古だり	159	琴曲	275⑪
すずかがは(鈴鹿河)	石河竹河―	61	郢律講	118③
	―八十瀬の水は遠けれど	96	水	172⑩
すずかけごろも(鈴懸衣)	―や旧ぬらむ	158	屛風徳	274⑤
すすき(薄)	ふもとの―いつとなく	173	領巾振恋	298⑬
	すぐろの―つのぐめば	43	草	91⑫
	穂屋の―のいとしげき	131	諏方効験	232⑪
	ほのかにみゆる―の垣	49	閑居	99⑦
	穂屋の―のほのかにも	56	善光寺	107⑬
	我宿の―をしなみ降雪は	10	雪	51⑤
すす・ぐ(濯、洒)	罪業の垢も―がれぬ	167	露曲	288⑧
	潁川耳を―ぎし水上ぞ	94	納涼	169②
	漏さぬ恵をや―ぐらむ	147	竹園山	259⑨
	煩悩の垢をや―ぐらん	51	熊野一	101⑫
	先身を―ぐ礼儀をなし	136	鹿島霊験	242⑦
すずくら(鈴倉)	神さびまさる音旧て―に	108	宇都宮	194⑨
すず・し(涼)	外面の木陰露―し	4	夏	44⑫
	槐花雨に潤ふ桐葉風―し	8	秋興	48⑬
	神冷まさる音―し	53	熊野三	104⑤
	ささ浪こゆる音―し	61	郢律講	118④
	常楽我浄の風―し	62	三島詣	119⑭
	聞さへ―しかりける	94	納涼	169②
	汀の浪のよるは―しき	94	納涼	168⑫
	袂―しき秋かぜに	119	曹源宗	212⑥
	―しき秋の初かぜ	41	年中行事	89⑨
	―しき秋の夕風	166	弓箭	287⑫
	―しき風にやかほるらむ	89	薫物	160⑦
	―しき風をさきだてて	90	雨	161⑩

	—しき風を松陰の	144	永福寺	255⑪
	—しき梢の滋の井	94	納涼	169③
	森の木陰も—しきに	94	納涼	168⑨
	かげろふかたの—しきは	40	夕	88⑤
	解脱の風も—しきは	49	閑居	99②
	かけても袖に—しきは	94	納涼	168⑧
	せきいるる水の—しきは	96	水	171⑬
	名をさへ聞も—しきは	121	管絃曲	216⑬
	瑤地の浪に—しきは	140	巨山竜峯	248⑭
	—しき松の下陰	30	海辺	74④
	—しき夜はや積らん	124	五明徳	221⑩
	陳隋の風—しく	97	十駅	175⑨
	然ば解脱の風—しく	146	鹿山景	257⑪
	解脱の風—しく	95	風	異309⑩
すずしさ(涼)	裳裾にかかる—	94	納涼	168⑪
すずのいほ(篠の庵)	衣手寒き—	154	背振山幷	269⑥
すすみしりぞ・く(進退)	いづれも—かず	65	文武	125⑤
	なをし—き強に	147	竹園山	259③
	—き自在なれば	143	善巧方便	252⑫
	—きみだれず	114	蹴鞠興	207④
すす・む(勧)	—む心の程もなく	74	狭衣袖	138④
	—む心をくもりなく	62	三島詣	119⑮
	精進の鞭をば—むとも	86	釈教	156③
	羇旅に鞭を—むる	35	羇旅	81③
	秋の心を—むるは	164	秋夕	285⑪
	酔を—むるみぎりに	3	春野遊	43⑧
	三寸を—むる砌には	82	遊宴	150⑩
	晩涼興を—むれば	144	永福寺	255⑬
	切なる事を—めき	71	懐旧	132⑪
	何も徳政を—めき	59	十六	異308①
	強ても酔をや—めけん	113	遊仙歌	204②
	誰かは是を—めざらん	47	酒	97②
	又達多が—めし禁父の縁	87	浄土宗	157⑭
	鞠に興を—めしは	114	蹴鞠興	206⑪
	農業を天下に—めつつ	63	理世道	121⑬
	ね覚を—めつつ	125	旅別秋情	223⑦
	彼是共に—めて	66	朋友	127⑧
	玉の盃を客に—めては	123	仙家道	220⑩
	紅塵の賞に—めても	149	蒙山謡	261⑨
すす・む(進)	—まれぬ道に行々も	134	聖廟霊瑞	238⑮
	—みて昇し鸑	104	五節本	187⑫
	路辺の砂に—む	145	永福寺幷	256⑥
	さしも—むとすれども	156	随身諸芸	271⑬
	精進の道をば—むとも	141	巨山修意	250①
	召の内侍の—む路	104	五節本	188①
	由有なる物をな—むも	115	車	両337⑧
	—むもうれしき雲の上の	115	車	208⑫
	三地の中に—むや	156	随身諸芸	271⑪
	はやく菩提の妙果に—むらん	148	竹園如法	260④
	駒を—むる類もあり	136	鹿島霊験	242⑦

	道に歩を—めつつ	130	江島景	230⑤
すすめ(勧)	人の—をまたんや	47	酒	97⑤
すずめ(雀)	—の舌やはらかなり	149	蒙山謡	261⑤
すずり(硯)	如法写経の—こそ	165	硯	286⑩
	さながら—と成けれ	165	硯	286⑤
	是皆—の徳を顕す	165	硯	286⑤
	則—の名と成て	165	硯	286③
	—の箱に入られし	165	硯	286⑦
	此—の水ならんかし	165	硯	286⑦
	—を前にをきてこそ	165	硯	286⑨
すずわ・く(篠分)	—けし袖もしほれけん	161	衣	280⑩
すせい(数声)	—引動すは	170	声楽興下	292⑥
すそ(裾)	上裳の—下がさね	44	上下	93⑮
	赤裳の—はしほれつつ	31	海路	75④
すそご(裾濃)	—の袴革の袴	76	鷹徳	140⑨
すその(裾野、末野)	—を廻れば伊吹山	32	海道上	77②
	—を過て指出や	56	善光寺	109②
	春の雉の—の原	107	金谷思	192①
すぞろ(漫)	—に袖のぬるるは	20	恋路	61⑭
すだ・つ(巣立)	鶯の卵の中より—てども	5	郭公	46②
すだれ(簾)	珠をつらぬる緑の—	15	花亭祝言	55⑤
	玉の—の巻く下の	110	滝山摩尼	197③
	香爐峯の雪の朝—を巻あげて	47	酒	97②
すぢ(筋)	思し—の其ままに	132	源氏紫明	234⑩
す・つ(捨、弃)	—つともいはじ	143	善巧方便	252⑬
	誰かは是を—つべき	97	十駅	173⑬
	麟喩もいかでか—つべき	97	十駅	174⑧
	—つるとすてざるとなれば	86	釈教	156⑬
	涙も我を—つるやらむ	58	道	111⑬
	是は万度命を—て	63	理世道	122⑩
	緑珠が身をも—てけん	23	袖湊	65⑨
	賢人もさすが—てざりき	47	酒	97⑤
	大和歌の情を—てざるあまり	71	懐旧	132⑬
	捨と—てざるとなれば	86	釈教	156⑬
	網代木のうき瀬の浪に—てし身の	73	筆徳	136⑤
	粟散辺地を猶—てず	57	善光寺次	110⑧
	習俗を—てずして	92	和歌	165⑨
	身を—てて何をたづねん	50	閑居釈教	100④
	岩墻淵の隠に身を—てても	18	吹風恋	59⑩
	情を—てぬ名を留て	98	明王徳	177⑭
	かへてもかへて—てぬべし	69	名取河恋	129⑬
	世縁俗念ふつと—てば	58	道	112②
	猶—てはてざるたぐひなれば	45	心	95⑧
	さすがに誰をか—てはてし	28	伊勢物語	71⑫
	三念五念—てられず	87	浄土宗	158⑭
	聖主も是を—てられず	112	磯城島	201⑨
すでに(既、已)	夜—明なんとせしかば	60	双六	115⑫
	—彼所に詣つつ	57	善光寺次	110⑤
	此日—暮ぬめり	103	巨山景	187⑤
	正像—暮ぬれど	160	余波	277⑥

	—知ぬむかしを望て	146	鹿山景	257⑧
	さても此日—過ぬ	103	巨山景	187⑤
	望—達しぬ	147	竹園山	259⑩
	鶏—鳴ぬれば忠臣朝を待とかや	171	司晨曲	293⑭
すてぶね(捨舟)	朽ぬるあまの—	33	海道中	78⑪
	渚に朽ぬる—	79	船	145⑬
すてや・る(捨やる)	宿をいつも—らで	58	道	111⑩
すなどり(漁)	或は賤き—に	91	隠徳	163⑪
すなほ(直)	武威おもく文道—成ければ	65	文武	126③
	正に—なる掟たり	135	聖廟超過	240⑬
	政—なる十六の国の風たり	59	十六	異307⑩
	理世の—なるはこれ	63	理世道	121⑦
	—なるべき源の絶ぬ泉の	76	鷹徳	両326⑦
	—なる道に立帰り	151	日精徳	264⑨
	其徳則—なるや	143	善巧方便	252⑪
	—なれどもわきがたく	98	明王徳	176⑭
	君臣世を治て—なれば	81	対揚	148⑪
	風雨時に—に	138	補陀落	245⑪
	心—に仕れば	45	心	95①
すのこ(簀の子)	仮橋わたりて—より	105	五節末	189⑦
すのまた(墨俣)	わが—や替らむ	32	海道上	77⑧
すは(諏方)	—住吉もひとつとか	137	鹿島社壇	243③
	風わたる—の御海(みうみ)に春立ば	95	風	170⑧
	—の湖の深き誓	166	弓箭	287⑧
	—の御渡の深き誓	131	諏方効験	232①
すはうのほそなが(蘇芳の細長)	—をぞきたまふ	29	源氏	73⑥
すべからく	—賢をまなびては	63	理世道	122⑩
すべな・す(惣成)	是をひとつに—して	58	道	110⑭
すべらぎ(尊、帝、皇)	人代十六の—	59	十六	112⑫
	—の賢き御代のまつりごと	13	宇礼志喜	両325①
	—の玉体光清くして	13	宇礼志喜	54②
	—の世々に栄て徳高く	88	祝	159③
	—の代々に絶せぬ道を知	112	磯城島	200⑭
	—は聖上陛下の御名に御座	44	上下	92⑭
	三代の—もろともに	109	滝山等覚	195⑨
	—や恵の露の遍さに	167	露曲	288②
すべらみまご(皇孫)	—瓊々杵の尊に三種の宝を奉り	172	石清水	295⑭
すへん(数片)	—の紅ののこるも	150	紅葉興	262⑬
すぼ・し(窄)	—き衣裳青黛	27	楽府	71③
すま(須磨)	—明石のうらめしかりし旅ねの床	64	夙夜忠	124⑧
	—の板宿明石潟	134	聖廟霊瑞	239①
	伊勢より—の使とか	44	上下	93⑬
	さても—の浪路の八合に	115	車	異311⑫
	わくらばに問人あらば—の浦の	26	名所恋	68⑭
	二千里の—の浦伝ひ	79	船	145⑭
	三年は—の浦伝	169	声楽興	291⑬
すまひ(住居)	月は明石の浦の—	7	月	48⑤
	河より遠の御—	25	源氏恋	67⑨
	所謂巣穴冬夏の—として	95	風	169⑪
	物さびわたれる—なるに	160	余波	278②

	物うきひなの—なれば	28	伊勢物語	72④
	かしこの—の萱が軒	134	聖廟霊瑞	239⑥
	思はぬ旅の—までも	132	源氏紫明	235④
すまふぐさ(天門冬草)	—天の門の冬や是ならん	43	草	91⑭
すみ(角)	金城の坤の—	113	遊仙歌	202⑫
	精舎を東南の—にむかふる	140	巨山竜峯	248①
すみ(炭)	松明の—やつもるらむ	68	松竹	129⑥
すみ(墨)　＊うすずみ	楞厳禅定の石の—して	165	硯	286⑩
	竜池にひたす—の色	73	筆徳	136⑬
	石の面に—を染	73	筆徳	136④
すみあきらかなるもの(清陽者)	夫—天となり	172	石清水	295⑪
すみうか・る(住憂)	都をさへに—れて	28	伊勢物語	71⑭
すみか(棲、栖、栖家、住家)	雲蓬露萊の—	130	江島景	230②
	猶立まさる—とて	123	仙家道	221①
	上寿を保—ならむ	146	鹿山景	257⑬
	哀をそふる—也	49	閑居	99⑫
	樹下石上の—なり	50	閑居釈教	100⑬
	終にはとまらぬ—なれば	84	無常	153⑬
	藻にすむ虫の—にも	86	釈教	157②
	山深き—の	167	露曲	289③
	長生不老の—は	16	不老不死	55⑪
	年ふるあまの—までも	64	夙夜忠	124⑨
	かの常陸の宮の—を	66	朋友	126⑭
すみぞめ(墨染)	猶—の色ふかき	110	滝山摩尼	197②
	歩を運て—の衣手寒きすずの庵	154	背振山幷	269⑥
	—の夕の色のすごきは	40	夕	88⑥
すみだがはら(栖田河原)	—の渡守に	28	伊勢物語	72③
すみなは(墨縄)	打—の一筋に	140	巨山竜峯	248⑥
すみな・る(住馴)	—れし古郷の池水に	164	秋夕	284⑬
すみのえ(住の江)	広沢—難波潟	7	月	48⑦
すみのぼ・る(澄登)	抑百敷の雲の上まで—る	74	狭衣袖	137⑪
	絵かける橋に—る	103	巨山景	186⑦
	読誦の声ぞ—る	109	滝山等覚	196⑤
	宝樹の梢に—る	144	永福寺	255⑧
	三五の月もろともに—る	133	琵琶曲	両338⑧
すみまさ・る(澄まさる)	心の中の水のみぞげに—りて底清く	55	熊野五	106⑦
	暁ふかき振鈴の音—る	50	閑居釈教	100⑦
	深行月に—るは	169	声楽興	291④
	音—る嶺の嵐	50	閑居釈教	100⑦
すみやか(速)	舟さること—なり	81	対揚	150②
すみよし(住吉)	神冷まさる—の	51	熊野一	102⑭
	—の儀式もさまことに	115	車	異312①
	大虚の月も—の居垣の松の葉	92	和歌	166⑪
	諏方—もひとつとか	137	鹿島社壇	243③
	—の岸なる其さば草の名は	31	海路	75⑤
	猶—の浜松の其名かはらぬ古言も	112	磯城島	202⑧
	—の神の誓に任せつつ	132	源氏紫明	235⑪
すみわた・る(澄渡)	雲の梯に—る	7	月	48⑧
	天の橋立—る	150	紅葉興	263⑨
す・む(住、栖)	喜撰が—みし宇治山に	49	閑居	99⑤

	竹の林に—みしかたらひ	66	朋友	両339⑧
	石崇が—みし金谷園	2	花	42⑦
	葦の葉に隠て—みし摂津国の	91	隠徳	164⑫
	暢師が—みし禅房	41	年中行事	89⑦
	水の尾の山に—み給	42	山	90⑭
	今も絶ず—み給ふ	72	内外	133⑫
	都の南に—み給ふ	142	鶴岡霊威	252④
	猶若宮の松に—む	34	海道下	80⑩
	御影を垂てここに—む	52	熊野二	103②
	塩木積なる海人の—む	52	熊野二	103⑦
	さればや円々海徳の浪に—む	122	文字誉	218⑨
	白銀の鶏斯に—む	171	司晨曲	293⑪
	世に—む甲斐もなきは朧の清水	96	水	両329②
	差出の磯に—む衛	31	海路	両334①
	君が—むつづきの里のゆかしければ	26	名所恋	68⑦
	水に—むてふ蝦の声も	45	心	95④
	水に—むてふ蛙は	112	磯城島	201①
	年を経て—むてふ鼠の	78	霊鼠誉	144③
	ちとせを遠く松に—むは	16	不老不死	56④
	あまの苅藻に—む虫の	24	袖余波	65⑭
	あまの苅藻に—む虫の	34	海道下	80⑥
	藻に—む虫のすみかにも	86	釈教	157②
	—めばすまるる心なれば	50	閑居釈教	100⑧
す・む(澄、清)	久き御影を—ましむ	108	宇都宮	192⑬
	潔き御影を—ましめ	135	聖廟超過	241④
	和光の影を—ましめ	46	顕物	異307⑦
	—まば—まるる心なれば	50	閑居釈教	100⑨
	阿なき月にしらべ—み	160	余波	278④
	さこそは心も—みけめ	49	閑居	99④
	独念誦の声—みて	49	閑居	99⑨
	例持懺法声—みて	55	熊野五	107⑥
	泉に浪の音—みて	82	遊宴	151④
	香華の節も声—みて	103	巨山景	187③
	又金の阿字の水—みて	109	滝山等覚	195⑭
	懺法の声—みて	152	山王威徳	267⑥
	猿の叫び声—みて	152	山王威徳	267⑦
	つゐに御法のこゑ—みて	118	雲	異313⑥
	みな声—みて船子歌	31	海路	75⑮
	聞に心も—みぬべし	170	声楽興下	293⑥
	—みはてぬ飛鳥井	66	朋友	127④
	竜生の滝も心—む	138	補陀落	245③
	月—む滝に袖ひぢて	109	滝山等覚	196⑧
	旅泊の舟に声—むは	170	声楽興下	292⑩
	声—む程にや成ぬらむ	30	海辺	74⑥
	猶こころ—む山陰の	40	夕	88⑧
	—めば心のくもりなき	128	得月宝池	227②
	五相成身月—めり	108	宇都宮	193⑭
	円満陀羅尼のこゑ—めり	110	滝山摩尼	197⑤
	月吹簫の地に—めり	170	声楽興下	292⑬
	久しく—める神泉苑	94	納涼	169③

	千秋の流久しく法水—める宝池に	128	得月宝池	226⑧
すりごろも(摺衣)	しのぶの里の—	28	伊勢物語	71⑧
	行平の鶴の—	161	衣	280②
す・る(摺)	色采衣—る月草	43	草	92④
	大悲の智水を—るなる	165	硯	286⑩
	山藍もて—れる衣の色	59	十六	113⑤
するが(駿河)	うと浜のうとき心の—なる	26	名所恋	68③
	尽せぬ恋を—なる	92	和歌	166⑦
	—なるたごの浦浪	31	海路	両334②
するがのくに(駿河の国)	—の宇津の山	42	山	両327⑧
	—の富士の山	42	山	91⑤
するがまひ(駿河舞)	求子—の其品	59	十六	113⑥
するど(駿)	禿なる樹—なる	57	善光寺次	109⑦
すゑ(末)	かけまくもかしこき流の—	12	嘉辰令月	53⑩
	巴の字を書たる流の—	16	不老不死	56③
	おぼろけならぬ契の—	124	五明徳	221⑫
	東の道の路の—	136	鹿島霊験	242③
	御射山祭は七月の—	131	諏方効験	232⑭
	—こす風をやかこつらむ	21	竜田河恋	63④
	夢路の—こそみじかけれ	173	領巾振恋	299②
	—栄べきしるしを	137	鹿島社壇	243⑫
	絶せぬ—ぞ賢き	145	永福寺幷	256⑧
	煙の—ぞおぼつかなき	20	恋路	62⑥
	—たのもしきちかひかな	76	鷹徳	両326⑨
	されど梓弓—遠かれと朝夕	142	鶴岡霊威	252⑧
	野原は煙の—遠く	125	旅別秋情	223①
	松のみどりも—遠く	154	背振山幷	269②
	げに高原の—とをみ	55	熊野五	106②
	二八の王子の—なりし	59	十六	113⑭
	出る月の尾花が—に入までに	56	善光寺	108⑦
	稲葉の—にかかりて	65	文武	125⑦
	煙の—にやあらはれん	21	竜田河恋	62⑭
	下てはるけき道の—の	52	熊野二	103⑪
	西戎は浪路の—の	88	祝	159⑦
	嵐の—のうき雲	90	雨	161⑪
	入日の—の磯山に	164	秋夕	284⑧
	こえ行—の市路より	173	領巾振恋	299⑥
	煙の—の面影	23	袖湊	65⑧
	契の—のかはらずは	23	袖湊	65⑦
	神楽の—の韓神	160	余波	277⑮
	衆罪は草葉の—の露	85	法華	154⑭
	—の露は花より先に化に散	134	聖廟霊瑞	239⑧
	煙の—のとにかくに	75	狭衣妻	139①
	老ゆく—のはるばると	160	余波	278⑮
	けぶりの—のひとすぢに	32	海道上	77⑭
	霧より—の村時雨	99	君臣父子	179①
	—はとほらぬあらましの	84	無常	両331⑤
	流の—ははるばると	52	熊野二	103⑤
	契の—までかはらずとどめむ	126	暁思留	225①
	茂き草葉の—までも	35	羇旅	81⑤

	山より山の―までも	36	留余波	82⑭
	我黒髪の―までも	37	行余波	83⑩
	此言の葉の―までも	85	法華	154④
	かぎらぬ草木の―までも	130	江島景	230⑧
	八百万代の―までも	11	祝言	異301⑪
	勢多の長橋野路の―も	32	海道上	76⑩
	勝又二月の半も―も	160	余波	両332⑥
	洒かざる草葉の―もあらじ	134	聖廟霊瑞	238⑨
	煙の―も隠れなく	35	羇旅	82⑦
	ながれの―も濁なき	50	閑居釈教	100⑩
	分行―もはるばると	8	秋興	49②
	神代の―も久方の	168	霜	289⑨
	百王の―も瑞籬の久しき神の	55	熊野五	107⑧
	常陸帯の長き契の―もみな	136	鹿島霊験	242⑪
	行末もしらぬ詠の―や	107	金谷思	191⑪
	―やはいづく逢坂の	18	吹風恋	59⑨
	―を受たる政の	136	鹿島霊験	242②
	濁らぬ―をうけつたへ	63	理世道	123①
	絶せざる―を受伝へ	147	竹園山	258⑭
	百年余の―を受て	112	磯城島	201⑦
	誓し―をわすれねば	115	車	異312①
すゑずゑ(末々)	弓杖の―いとやさし	104	五節本	188①
すゑのまつやま(末の松山)	―化にしも	26	名所恋	68⑪
	―波こすかと	10	雪	50⑦
	越行―の	38	無常	84④
すゑば(末葉)	麻の―にかよふや秋の初かぜ	4	夏	44⑭
	―に浪こすみだれ蘆の	30	海辺	74②
	松の―にをく霜の	14	優曇華	両325④
	菅原の―の露の	147	竹園山	259⑧
	―の露の白玉か	28	伊勢物語	71⑥
	いはんや藤の―の花の色は	102	南都幷	185⑫

せ

せ(瀬)	とぶ鳥の飛鳥の河のはやき―	102	南都幷	184⑪
	立へだつるもつらき―に	81	対揚	149⑤
	流にむかひて早き―に	122	文字誉	219④
	もののふの八十宇治河の早き―に	166	弓箭	287⑪
	いかなる―にか沈みけん	134	聖廟霊瑞	238⑭
	ここを―にせん山田の原	5	郭公	46⑫
	幾―に袖をぬらすらむ	54	熊野四	105⑨
	淵は―になるたぐひならん	57	善光寺次	110②
	早河の―にはたたねど	18	吹風恋	60⑤
	いまをかぎりとはやき―の	75	狭衣妻	139⑨
	六月の―の声の	41	年中行事	89⑥
	つゐによる―は有なむと	19	遅々春恋	61③
	つゐのよる―よいかならむ	75	狭衣妻	139②
せ(狭)	衛士のたく火の庭も―に	64	夙夜忠	124④
ぜ(是)	―にもあれ非にもあれ	58	道	112②

せい(聖)	酔ても醒ても—ならむ	58	道	112④
せい(斉)	孫子—に行て	155	随身競馬	270⑦
	—の建武の時かとよ	97	十駅	174⑮
	—の威王は隣国の民に礼をなし	44	上下	93⑦
せいい(征夷)	陛下—の雨露の恩	140	巨山竜峯	247⑨
せいいん(清音)	—塵を飛し	113	遊仙歌	204③
せいうん(聖運)	抑—永延の春の天	109	滝山等覚	196⑥
せいか(星河)	皓々たる—の明なむとする暁	8	秋興	49⑦
せいがいは(青海波)	—の舞の袖	41	年中行事	89⑭
せいかう(青骹)	—のたかの鞲	76	鷹徳	140⑫
せいかう(西郊)	—に有やな	114	蹴鞠興	206⑧
せいかう(政行)	—の道を興にも	169	声楽興	291①
せいかく(聖客)	左右に梵釈の—もみそなはせば	146	鹿山景	257⑩
せいかこう(清河公)	—の古き族	113	遊仙歌	203⑥
せいがん(青巌)	山復山の—	42	山	90⑫
	峨々たる—	80	寄山祝	146④
	—月にそばだつ	123	仙家道	220⑤
	—万仞峙て	103	巨山景	186①
	山は—の像を	34	海道下	79③
せいぎう(青牛)	金根車鸞車来軸—朱輪と	115	車	両337⑦
せいきうなんだい(西宮南内)	—に秋の草やしげるらむ	93	長恨歌	167⑭
せいきよ(清虚)	構を—の間にさしはさみ	123	仙家道	220③
せいくわう(清光)	—比倫を絶す也	103	巨山景	186⑥
せいぐわん(誓願)	三千の聖容の一々の—	140	巨山竜峯	247⑩
	難行苦行四弘—	143	善巧方便	253①
	七社の—あらたに	67	山寺	127⑭
	—ともにまことあり	61	郢律講	118⑫
	二心なき其—をかがみつつ	103	巨山景	異310⑦
せいくん(聖君)	—の寿域と等しかるべき物をや	123	仙家道	221③
せいけいふ(西京賦)	—の詞にも	76	鷹徳	140⑫
せいげつ(歳月)	—春秋つもりても	11	祝言	52⑫
せいこう(井公)	—と戯給き	60	双六	114⑩
せいさう(星霜)	—は積で聴を	113	遊仙歌	202⑬
	—旧にしいにしへ	90	雨	161④
	—ふるき松の戸の	67	山寺	128⑦
せいさく(製作)	契し儲君が—	66	朋友	127③
	是又馬鳴の—	77	馬徳	142④
	拾遺は華山の—	92	和歌	165⑬
せいさん(青衫)	—いたくうるほすは	121	管絃曲	217⑤
	—先や潤し	116	袖情	209⑧
せいざん(青山)	後に—峨々として	110	滝山摩尼	197⑦
せいじう(西戎)	—は浪路の末の	88	祝	159⑦
せいじやう(聖上)	辱も尊は—陛下の御名に御座	44	上下	92⑭
せいしゆ(聖主)	村上の—の調たまひし	121	管絃曲	217⑥
	弘仁の—の勅願	138	補陀落	244⑫
	代々の—も是を捨られず	112	磯城島	201⑨
	代々の—も臨幸駕を飛しめ	109	滝山等覚	195⑩
せいしよだう(清暑堂)	—の御神楽に	104	五節本	188①
せいじん(聖人)	—南面にして	114	蹴鞠興	205⑫
	中にも—代を治て	169	声楽興	291①

せいせき(聖跡)	勝たる道の—	108	宇都宮	192⑪
	—名を埋ず	101	南都霊地	182⑨
	鶏足の—に同く	146	鹿山景	258③
せいたい(青苔)	—地をかざりつつ	15	花亭祝言	55⑦
	—の地のうへ	94	納涼	168⑥
	—の衣袖くちて	173	領巾振恋	299①
せいたい(聖代)	抑元明の—	154	背振山幷	269⑩
	延喜天暦の—に中興す	114	蹴鞠興	205④
	嵯峨の—には又	119	曹源宗	212⑬
	仁徳の賢き御宇より代々の—の	76	鷹徳	140⑤
	我朝の—の作し	121	管絃曲	216⑥
	朝に—の昔をまなび	71	懐旧	131⑪
	我朝の—は寒夜に民を哀み	98	明王徳	177⑬
	—明時のなすところ	100	老後述懐	181①
	—明主の御代ならん	95	風	169⑨
	清和寛平花山より代々の—も	55	熊野五	107⑦
せいだく(清濁)	—を分て国を治め	61	郢律講	117⑪
せいちう(井中)	—に抛し車の轄	115	車	207⑫
せいてう(清調)	—啄木は	121	管絃曲	217②
	丘泉—白力	133	琵琶曲	236⑬
せいでう(性調)	—平調風香調	133	琵琶曲	236⑬
せいど(妻孥)	—は都を出ずして	71	懐旧	132①
せいとうでんこ(星燈電炬)	—しばしばふかうのつかねを	139	補陀湖水	246⑦
せいとく(政徳)	様々の—を施す	59	十六	113③
せいねい(清寧)	稚武第三の—	100	老後述懐	180⑫
せいば(征馬)	—なづみていばふこゑ	170	声楽興下	292⑭
せいはく(棲泊)	芝澗は塵俗の—にあらず	151	日精徳	264①
せいばつ(征伐、征罰)	異国—の甲の宮には	137	鹿島社壇	243③
	加之代々の—を顧て	131	諏方効験	233⑧
せいひつ(静謐)	天下—ならしめし	101	南都霊地	183③
	天下—にや	63	理世道	123③
	天下—のしるしならむ	80	寄山祝	146⑬
せいふ(清風)	劉慎は—に玄度なき事をや	66	朋友	126⑧
せいべう(聖廟)	かたじけなくも—の宝前にしてや	147	竹園山	259⑦
	かたじけなくも—は天下の塩梅	111	梅花	200①
	—幼稚の奇瑞の旧記を拝すれば	134	聖廟霊瑞	237⑫
せいへきのいは(青碧の岩)	—碧潭の淵	113	遊仙歌	203③
せいほく(西北)	—に起る雲のはだへ	90	雨	161⑤
せいむ(政務)	—を治めたまひしにも	114	蹴鞠興	205②
せいめい(清明)	—たる月の夜	7	月	47⑬
	—の日是を事とす	114	蹴鞠興	205①
せいめい(清明)　※安部清明	—祭祀の庭には	110	滝山摩尼	196⑫
せいやう(青陽)	先は—の名におふ春の春庭楽や	61	郢律講	118①
	先は—の初に上の子の日を定て	44	上下	93①
	—の春の初の日	16	不老不死	55⑬
	夫—の春を迎ては	111	梅花	199⑧
せいやく(誓約)	本地医王の—	62	三島詣	119⑥
	六八の—鎮に	108	宇都宮	193②
	因位の—に答つつ	144	永福寺	255⑤
	妙音菩薩の—には	170	声楽興下	292⑤

	毎日晨朝の—は	120	二闡提	214⑦
	普賢十願の—は	131	諏方効験	231⑩
	大職冠の—より	101	南都霊地	183③
せいよう(聖容)	歌嘆歌舞歌詠の菩薩の—	92	和歌	異309⑥
	補陀落の—かたじけなく	128	得月宝池	227⑤
	三千の—の一々の誓願	140	巨山竜峯	247⑨
	衆病悉除の—は聖武元正の為に造り	101	南都霊地	183⑤
	御正体の—は星を連て赫奕たり	62	三島詣	119⑫
	安養の—は無辺の光をたれ	144	永福寺	255④
	六八の—を安置す	147	竹園山	259⑫
	此闡提の二尊—を並つつ	120	二闡提	214③
	—をならべつつ	120	二闡提	両339③
せいらい(西来)	達磨師は梁魏の間に—して	119	曹源宗	211⑬
	—のいにしへ年旧て	103	巨山景	186④
せいらい(政頼)	—は鷹の道に誉ありて	76	鷹徳	141⑩
せいらん(青嵐)	—梢に音信	35	羇旅	81②
	—軒端に音信	146	鹿山景	257⑭
	—はるかに音信て	48	遠玄	97⑭
	—松に音信る	94	納涼	168⑪
	—窓すさまじく	67	山寺	127⑪
	—窓を過る声	95	風	170⑦
せいり(政理)	其—まさに直ければ	98	明王徳	177④
せいりう(細柳)	—の風に名を惜む	160	余波	278⑭
	源家—の風を仰ぎ	172	石清水	296⑤
せいりやう(清涼)	—の重宝と備る	159	琴曲	275⑪
	承武に伝し—の秘曲	121	管絃曲	217⑦
せいりやうでん(清涼殿)	—の月の宴	112	磯城島	202⑥
	—の孫廂	105	五節末	189⑦
	—の御づしに	121	管絃曲	216⑧
	—のむかしもかくやと	133	琵琶曲	両338⑦
せいれい(精霊)	—を滋野井に崇て	114	蹴鞠興	205⑦
せいれき(聖暦)	終に朱雀の—に	108	宇都宮	194③
	寺号を—の賢きに顕し	140	巨山竜峯	247⑧
	天平—の事かとよ	62	三島詣	119⑨
	弘仁—の事かとよ	139	補陀湖水	247②
	昌泰—の春とかや	134	聖廟霊瑞	238⑫
せいわ(清和)　※天皇	其より以来文武—相続	114	蹴鞠興	205④
	—寛平花山の三代の皇もろともに	109	滝山等覚	195⑧
	—寛平花山より代々の聖代も	55	熊野五	107⑦
	忝くも—の宝祚に備り	155	随身競馬	270⑨
	—天皇の御宇かとよ	172	石清水	296③
	—天皇は十善の宝位を振捨て	42	山	90⑬
せいわう(成王)	周公は—に代て	98	明王徳	177⑫
	—をたすけし周公旦	81	対揚	149①
せう(簫)	弄玉が—の音に	19	遅々春恋	61⑥
せう(詔)	則—に応じて	154	背振山幷	269⑪
せう(鵃)	—鳥屋がへり屋形尾	76	鷹徳	141⑧
せうか(樵歌)	—牧笛様々に	164	秋夕	285⑩
せうかう(小康)	—の道をばしらじはや	58	道	110⑭
せうくん(昭君)	—が旅の馬上の曲	35	羇旅	81⑦

せうけん(小絃)	私語をなす—	133	琵琶曲	236⑩
	—は私語の如し	82	遊宴	151③
	大絃—を和げ	121	管絃曲	217⑦
せうさく(蕭索)	風—たり	93	長恨歌	167⑩
せうざたう(小座湯)	小参上堂—	103	巨山景	187⑧
せうさつ(蕭颯)	—たる涼風	8	秋興	48⑬
せうさん(小参)	—上堂小座湯	103	巨山景	187⑧
せうじや(小車)　＊をぐるま	或は—に乗じて	115	車	207⑬
せうせい(小情)	一官の—に憚りて	63	理世道	122⑪
せうせう(蕭々)	—たる秋の夜もすがら	19	遅々春恋	60⑩
せうせん(松壖)	先—を礼すれば	130	江島景	230⑥
せうぜん(悄然)	—たる思を	106	忍恋	190⑧
	—たる思の色を蛍によそへても	106	忍恋	両337⑩
	—として是を聞	79	船	145⑪
せうだいじ(招提寺)	鑑真のあがめし—	129	全身駄都	228⑥
せうちやくきんくご(簫笛琴箜篌)	しかのみならず—	148	竹園如法	260⑧
せうとらたいしやう(招杜羅大将)	—毘羯羅も	16	不老不死	57①
せうねん(少年)	—の春の初より	74	狭衣袖	137③
せうめい(昭明)	梁の—の撰ぜし	76	鷹徳	140⑪
せうめいたいし(昭明太子)	—の撰びし	95	風	169⑭
せうやう(昭陽)	—の床の面影	160	余波	277⑬
せうやうしや(昭陽舎)	—にをかれて	92	和歌	165⑫
	—の五人も皆	99	君臣父子	179⑥
せうよ(婕妤)　＊班女(はんじよ)	—が裁せし紈素の色	124	五明徳	221⑨
せうらん(照覧)	権現—し給らむ	139	補陀湖水	246⑮
	—正に憑あれば	147	竹園山	259⑨
	さればや—もかたじけなく	159	琴曲	276⑤
ぜうりう(紹隆)	正法を—せし故に	77	馬徳	142⑥
せうりん(少林)	—冷坐の雪の夜に	119	曹源宗	211⑭
せえん(世縁)	—俗念ふつと捨ば	58	道	112①
せかい(世界)	安養—の荘厳	170	声楽興下	293⑤
せき(尺)	—に満白雪の	10	雪	50⑤
せき(堰)	—もとどめぬ涙河	134	聖廟霊瑞	238⑭
せき(関)　＊くわん	霞の—といまぞしる	56	善光寺	108④
	山は—に心をかず	45	心	95⑪
	—の岩稜踏ならし	35	羇旅	82④
	霞の—のせき守	26	名所恋	68⑫
	—の藤河なみこせど	32	海道上	77④
	藻塩草掻てふ文字の—の外	88	祝	159⑦
	—の藁屋の曲調	133	琵琶曲	236⑧
	—吹こゆる秋風に	169	声楽興	291⑭
	いまだ—をこえざるに	71	懐旧	132②
せきのと(関の戸)	—ささぬ御代なれや	171	司晨曲	295⑨
	—閉る事もなし	11	祝言	53④
	—とづる時もなし	98	明王徳	177④
	名残をとむる—を	125	旅別秋情	222⑬
せきのとざし(関の戸ざし)	—のきびしければ	26	名所恋	69⑤
せきい・る(塞入)	—るる水の涼しきは	96	水	171⑬
せきかへ・す(塞返)	こころの程を—し	69	名取河恋	129⑪
せきがん(石巌、石岩)	そばだて出せる—	130	江島景	230④

	—の旧苔を打はらふ	140	巨山竜峯	248②
	—の山路を凌つつ	136	鹿島霊験	242⑤
	形は—を帯たるも	165	硯	286⑥
	像は—を帯て円なるも	73	筆徳	136⑭
せきがん(石龕)	暫やすむ—の辺	55	熊野五	106①
せききりん(石季倫)	—が別には	23	袖湊	65⑨
せきくだ・す(塞下)	天の河瀬を—す	109	滝山等覚	195⑥
せきこ(石虎)	—はをのむためしは	166	弓箭	287⑤
せきじつ(夕日)	—浪に浮びて	51	熊野一	102⑨
	浦路はるかにかたぶく—の影ぞ	40	夕	両333⑤
せきしやう(石上)	あらまほしきや樹下—	163	少林訣	283①
	樹下—の棲なり	50	閑居釈教	100⑬
せきしやうりうせん(石上流泉)	性律のしらべ—上原—	133	琵琶曲	236⑬
せきす(石崇)	—が住し金谷園	2	花	42⑦
せきすい(夕吹)	—霜に和しては	168	霜	289⑧
せきせきのやま(積石の山)	夫—は金城の坤の角	113	遊仙歌	202⑫
せきぢ(関路)	光は清見が—より	34	海道下	79⑧
せきてん(夕天)	—にみだるる蛍は思の色を顕す	40	夕	両333③
せきでん(石田)	抑—月日経て	97	十駅	173⑩
せきでん(夕殿)	—に蛍乱飛	69	名取河恋	130⑤
せきと・む(堰止)	逢坂の—めがたき	18	吹風恋	59⑨
	白河の—めがたき	117	旅別	210⑧
	袖の上露下紐の—めがたき涙を	44	上下	93⑮
せきびやう(石屛)	中にも—峨々として	146	鹿山景	258③
せきへき(石壁)	—辺際無碍ならむ	146	鹿山景	258⑧
せきめんのそんぎやう(石面の尊形)	—右剣四魔を退け	138	補陀落	244⑭
せきもり(関守)	厭方ぞなきくるおひらくの—	9	冬	49⑭
	霞の関の—	26	名所恋	68⑫
	足柄清見不破の—いたづらに	36	留余波	82⑫
	なこその—は打ぬるよひも有なん	23	袖湊	65⑤
	緩さぬ夜はの—も	22	袖志浦恋	64⑤
せきや(関屋)	不破の—の板庇	32	海道上	77⑤
せきやう(夕陽)	—西に傾て	40	夕	87⑪
	—西に廻て	56	善光寺	109①
	—に眠を除て	51	熊野一	101⑫
せきりのしん(戚里の臣)	執柄朝臣—	102	南都幷	185⑫
	外祖は—として	72	内外	135⑦
せきりよう(石稜)	遙に—の岩稜	153	背振山	268⑩
せ・く(急)	陳平張良が心の道には—かれき	45	心	95⑩
せけん(世間)	器—是に成ぜらる	95	風	169⑩
	およそ—の美景は	41	年中行事	89④
せぜ(瀬々)	—の岩根に浪こゆる	94	納涼	169⑤
	夏行—の河水楽	121	管絃曲	216⑭
	名取川—の埋木あらはれば	69	名取河恋	130⑨
せぞく(世俗)	—の事をも嫌はず	152	山王威徳	267⑬
	今生—の睦を	127	恋朋哀傷	226③
せそん(世尊)	—納受をたれ給ふ	97	十駅	175⑧
せそんじ(世尊寺)	—の北なる	114	蹴鞠興	206⑤
	—の梅とかや	111	梅花	200⑥
せたのながはし(勢多の長橋、瀬田)	—野路の末も	32	海道上	76⑨

	—よそにやがて	126	暁思留	224⑨
せちゑ(節会)	悠紀主基の—には	104	五節本	187⑭
	白馬踏歌の—の儀	41	年中行事	88⑭
	おりおりの御遊—の儀	169	声楽興	291③
	五夜の—のけふの名残	105	五節末	189⑩
	辰の日の—は豊の明も面白や	41	年中行事	89⑮
せつ(切)	思の色や—ならん	107	金谷思	191③
	懐旧の思や—なりけむ	64	夙夜忠	124⑭
	心の中ぞ—なりし	99	君臣父子	178⑪
	いづれも友ぞ—なりし	66	朋友	両339⑧
	馬上に愁吟—なりし胡国の旅	133	琵琶曲	236⑧
	六十年の思ひ—なりしは	169	声楽興	291⑭
	—なる事をすすめき	71	懐旧	132⑪
	尽せぬ名残の—なるは	19	遅々春恋	60⑪
	猶又夜をのこす思の—なるは	157	寝覚恋	272⑪
	わきて情の—なるは	159	琴曲	275⑤
	遠望遊情の—なるも	164	秋夕	284⑩
	殊にわりなく—なるや	125	旅別秋情	222⑩
	あはれはいづれも—なれど	38	無常	84⑨
せつ(説)	皆方便の—ぞとて	163	少林訣	282⑦
せつ(節)	寒食の—に是を基とし	114	蹴鞠興	205①
せついん(雪印)	—の客に与へても	149	蒙山謡	261⑨
せつぎ(説義)	如来の—をうけつたへ	114	蹴鞠興	204⑬
ぜつぎん(絶垠)	空洞射山の—は	123	仙家道	220③
せつげ(説化)	釈尊—の耆闍崛	49	閑居	99①
せつげつ(雪月)	子猷は—にあくがれて	66	朋友	126⑦
せつげつか(雪月花)	—の玩び	82	遊宴	150⑧
せつご(説期)	抑法華—の砌に	71	懐旧	132⑭
せつざん(雪山)	—行教をたすけつつ	147	竹園山	259⑤
せつし(折指)	禁母を犯し—の科	87	浄土宗	157⑭
ぜつ・す(絶)	清光比倫を—す也	103	巨山景	186⑥
せつせつ(竊々)	—たり嘈々たる声もあり	31	海路	75⑨
ぜつたう(舌頭)	天下の—を更に又疑はじ	149	蒙山謡	261⑬
せつだん(截断)	此時衆流を—して	119	曹源宗	212⑨
ぜつちうのつき(絶中の月)	—を得ざりしかば	97	十駅	175③
せつど(刹土)	—を補陀落の浪にうかべ	120	二闡提	213④
せつな(刹那)	—の生滅はやくいたり	38	無常	84③
せつぽふ(説法)	凡釈尊—の師子吼音は	170	声楽興下	292④
	霊山—の場には	2	花	43②
せな(妹、夫)	—をばいづち遣ぬらむ	34	海道下	79⑦
せなか(背)	鵲鵠の—の上とかや	150	紅葉興	262⑬
	—は竜の如し	77	馬徳	142⑧
	飛竜—を振しかば	153	背振山	268②
せながは(背河)	—の妹をばいづち遣ぬらむ	34	海道下	79⑦
せにふ(施入)	又前唐院—の重宝は	138	補陀落	245④
せにん(世人)	—為子造諸罪	99	君臣父子	179⑧
せふいん (摂引)	能寂の利見妙聖の—	138	補陀落	245⑦
せぶりさん(背振山)	夫海西に名限あり—是也	153	背振山	268②
ぜほふびやうどう(是法平等)	—無有高下	163	少林訣	283⑬
せみ(蟬)	宮樹の梢の—	98	明王徳	177⑪

	蟋蟀の思―のこゑ	164	秋夕	284⑦
せ・む(責)	神功皇后の以往新羅を―め給しに	153	背振山	268④
	昔気長足姫三韓を―めさせ給べき	173	領巾振恋	298⑦
せめ(責)	不孝の―をいかがせん	86	釈教	156①
せめて	―こころやましきわざなりし	74	狭衣袖	138⑧
	あだしみやびの―猶	28	伊勢物語	71⑭
	―隔なかりし中の	132	源氏紫明	235⑦
	―わりなき思成けん	115	車	208②
	―も隠して伝るは	91	隠徳	164⑮
	―も浅からぬ結縁に	131	諏方効験	233②
	―もあまりのすさみにや	134	聖廟霊瑞	237⑭
	―もなぐさむすさみとや	134	聖廟霊瑞	239①
	―も睦しき戯れとや	113	遊仙歌	204①
せりかは(芹河)	ながれ絶せぬ―	76	鷹徳	140⑭
せん(千)	―の白鳥を鳴しめて	77	馬徳	142⑤
	―の白馬を現じつつ	77	馬徳	142⑤
せん(仙)	草には是を―とす	151	日精徳	異315③
	枕の上の―となり	58	道	112⑥
	黄安が―に登し園の	116	袖情	209③
せんのみち(仙の道)	―を得ざりき	83	夢	異303③
ぜん(善)　＊諸―	風を―にうつしつつ	169	声楽興	291②
せんいう(仙遊)	まじはり久き―	123	仙家道	220⑩
せんいん(山陰)	東山―山陽道	42	山	90⑫
せんえうでん(宣耀殿)	―の北の廂	104	五節本	188⑦
せんえふ(千葉)	―は蓮を奪ひ	151	日精徳	264⑦
せんか(仙家)	大仙庵も―なれや	146	鹿山景	257⑬
	―に夢を通ずる夜	83	夢	152⑪
	―の美酒とも名付たり	47	酒	異314③
	―のもてあそびとこそ聞	151	日精徳	異315②
	巴卭も―の道とをし	82	遊宴	異302⑧
せんがく(仙楽)	―風にひるがへり	93	長恨歌	167⑥
せんがく(仙岳)	―の高に異ならず	147	竹園山	259②
ぜんがく(禅学)	―秉払はてぬれば	103	巨山景	187⑦
せんきう(仙宮)	―はただ此ところ	145	永福寺幷	256⑪
	―万年の翫び	16	不老不死	56③
せんきん(千金)	一字―の報なり	122	文字誉	219⑬
	則―を田忌に与しも	155	随身競馬	270⑧
せんくわ(千顆)	―万顆の玉をみがく	108	宇都宮	193①
せんげ(遷化)	たがひに―を都率の雲にあらはし	66	朋友	127⑦
ぜんげう(善巧)	皆是―誘引の基なれば	143	善巧方便	254④
	哀愍―様々なる中にも	143	善巧方便	253⑮
	さては慈覚の―様々に	138	補陀落	244④
	―の教儀を専にし	143	善巧方便	253②
	よしやさば終に―の道区に	143	善巧方便	254⑦
	皆牟尼の―より起り	97	十駅	173③
ぜんげうはうべん(善巧方便)	是皆―の縁ならざらん	143	善巧方便	252⑬
	―の衢につまづかず	143	善巧方便	252⑪
	何か―の道を教とせざる	143	善巧方便	253⑥
	仏陀の―は慈悲の誠を顕す	46	顕物	96③
せんげつ(仙月)	―霞はるかにて	166	弓箭	287⑩

せんこ(千古)	名を—に飛しめ	66	朋友	127⑥
ぜんご(前後)	東岱—の煙は山の霞と立のぼり	84	無常	153⑧
	野の行幸の陣の列—の馬うち	76	鷹徳	140⑦
せんこう(浅紅)	—芬郁の色をます	111	梅花	199⑧
せんざい(千歳)	—賢貞の徳をえて	114	蹴鞠興	206②
	榊みてぐらささゆみ——	82	遊宴	151⑨
せんざい(千載) ※集	—は文治の夏の天	92	和歌	166①
ぜんざい(善財)	—五十五の知識も	146	鹿山景	258①
	—五十五の知識	103	巨山景	異310⑤
ぜんざいどうじ(善哉童子)	—を友とせん	84	無常	153⑭
ぜんさいゐん(前斎院)	—のその品	111	梅花	200⑨
せんじ(宣旨)	桐壺の更衣の輦の—	115	車	208⑤
	抑牛車輦車の—は	115	車	異311⑪
	内覧の—を下されしも	72	内外	135⑧
	淳素の—をたがへず	98	明王徳	176⑭
せんしう(千秋)	万歳—たのしみて	170	声楽興下	293⑦
	月は—の秋の光	88	祝	159②
	万歳—の風のどかなれば	12	嘉辰令月	53⑥
	誠に万春—の歓遊として	114	蹴鞠興	205①
	谷は又—の流久しく	128	得月宝池	226⑧
	万歳—楽未央	104	五節本	188⑩
せんしやう(千聖)	向上の一路—も伝ず	119	曹源宗	211⑩
せんじやう(先生)	籬下—のほまれ	151	日精徳	264⑭
せんじやう(宣城)	—の紫毫筆こそ	73	筆徳	異308⑧
ぜんじやくじ(善寂寺)	漢州—の霊場の東壁に	120	二闡提	異312④
せんしゆ(仙酒)	—共に聖の号有て	47	酒	異314④
せんじゆ(千手)	岩頭に—まみえ給ふ	110	滝山摩尼	197③
ぜんしゆ(善趣)	つゐに—におもむかしむ	66	朋友	127⑥
せんじゆがさき(千首が崎)	—は観世音	139	補陀湖水	246⑪
ぜんしゆしやく(前朱雀)	—の望は長生不老の道なり	114	蹴鞠興	205⑫
せんじゆせんげん(千手千眼)	—慈悲済渡の誓には	166	弓箭	287⑫
	南無飛滝権現—日本第一霊験	55	熊野五	107⑩
	—の願望は円満無碍の巷にみつ	131	諏方効験	231⑪
	—のたぶさには	108	宇都宮	193②
	円満大陀羅尼—観自在	120	二闡提	214⑧
	南無哉—観世音	110	滝山摩尼	異310⑫
せんじゆむりやうじゆぶつ(千手無量寿仏)	—馬頭の忿怒早速く	139	補陀湖水	247④
ぜんしよ(善処)	除病延寿後生—と	114	蹴鞠興	205⑨
せんじん(浅深)	—千万軸多く	97	十駅	173②
せんじん(先人)	—云る事あり	63	理世道	122⑤
ぜんしん(全身)	抑—舎利宝篋印	129	全身駄都	228⑨
	—の駄都に遇奉る	129	全身駄都	227⑫
せん・ず(撰)	梁の昭明の—ぜし	76	鷹徳	140⑫
ぜんせい(善政)	大同弘仁の—	139	補陀湖水	247②
	最も賢き—	155	随身競馬	271①
	抑—くもらぬ御代に	10	雪	51①
	—さかりに行れ	98	明王徳	177⑬
	累代の—は	59	十六	113①
ぜんせい(善逝)→医王(いわう)善逝ヲミヨ				
せんせき(泉石)	—又明かなりや	113	遊仙歌	203②

ぜんぜん(漸々)	三礼—積功徳	140	巨山竜峯	247⑫
せんだい(闡提)	下—にいたるまで	44	上下	94⑥
	此—の二尊聖容を並つつ	120	二闡提	214③
	衆苦に—の身をまかす	62	三島詣	120⑧
	或は—補処の菩薩	55	熊野五	106⑩
せんだいしよはらみつ(羼提諸波羅蜜)	—のもろもろの徳をぞ備べき	121	管絃曲	217⑫
ぜんだうゐん(前唐院)	又—施入の重宝は	138	補陀落	245④
せんだん(栴檀)	多摩羅跋—香木	143	善巧方便	254①
	されば—の煙雲はれて	129	全身駄都	227⑬
	—二葉をきざさしめ	134	聖廟霊瑞	237⑬
せんだんじゆ〔せんだじゆ〕(栴檀樹)	摩訶陀苑の—の下	94	納涼	169①
せんちう(千株)	—の松の下には	67	山寺	127⑪
せんぢう(千重)　＊ちへ	白雲—かさなりて	103	巨山景	186①
ぜんちうしよわう(前中書王)	—の小倉山	42	山	90⑭
せんぢやう(戦場)	—に臨ても勇る色に誇とか	47	酒	97④
	—の道に趣しに	131	諏方効験	233⑦
せんとう(仙洞)	竜楼鳳闕—竹園	82	遊宴	151⑥
	おなじく—に霜をうち払ふ	80	寄山祝	146⑨
	—に廻す玉の車	151	日精徳	264⑩
	—の月にぞ歩をはこびけるやな	13	宇礼志喜	54④
	鳳闕—の春の朝	39	朝	86⑪
	凡北闕—の安全も	102	南都幷	185⑪
ぜんによりうわう(善如竜王)	—来て鋒を捧たてまつる	109	滝山等覚	196②
せんにん〔せんじん〕(仙人)	鶴に乗し—の	41	年中行事	89③
	—は月を玩ぶ	31	海路	74⑭
せんねん(千年)　＊ちとせ	月はみがきて—の影	122	文字誉	219⑮
	—の松の緑も	80	寄山祝	146⑬
	松は—万年の栄へなれど	135	聖廟超過	240⑭
せんはう(仙方)	—の雪に類ては	111	梅花	199⑧
ぜんばう(禅房)	暢師がすみし—	41	年中行事	89⑦
せんはうそ(籛彭祖)	—がながき齢	151	日精徳	264③
せんばんぢく(千万軸)	浅深—多く	97	十駅	173②
せんばんり(千万里)	舟路へだてて—	173	領巾振恋	298⑩
せんぷくけかう(瞻匐華香)	—沙羅樹香	89	薫物	異303⑪
せんぶつ(千仏)	—御首を出して	109	滝山等覚	196①
せんぶゑ(千部会)	—の儀式をあらたに調るは	138	補陀落	245③
せんべつ(餞別)	これ皆—の色ふかく	35	羇旅	81⑧
	—の愁は浮生をもて	134	聖廟霊瑞	238⑬
	情を—の道に顕す	56	善光寺	107⑬
	—は秋の情ならむ	125	旅別秋情	222⑩
せんぽふ(懺法)	例時—声すみて	55	熊野五	107⑥
	—の声すみて	152	山王威徳	267⑤
ぜんもん(羨門)	—高渓安規生	123	仙家道	221②
せんやうだう(山陽道)	東山々陰—	42	山	90⑫
せんやく(仙薬)	諸薬の上の—	149	蒙山謡	両339⑫
せんよく(蟬翼)	—の薄き袂にむすぶ	74	狭衣袖	137④
せんり(千里)　＊ちさと	或は巴山の—に鞭うち	164	秋夕	284⑨
	思を—の雲に馳	32	海道上	76⑤
	—の浜を顧て	54	熊野四	105②
	—をとばするはかりこと	156	随身諸芸	両340⑦

ぜんり(善理)	玄妙の一を巻置て	149	蒙山謡	261⑫
ぜんりよ(禅侶)	一壇にむかひて	110	滝山摩尼	198①
	一軒をならべつつ	108	宇都宮	193⑬
せんりん(仙林)	独処一阿練若	50	閑居釈教	100⑬
ぜんゐん(禅院)	一点茶の軌則	149	蒙山謡	261⑪

そ

そ(楚)　＊楚国(そこく)	一の軍戦に	65	文武	125⑥
	一の荘王の狩場には	166	弓箭	287④
	一の荘王の后に親く近臣の	19	遅々春恋	61⑥
	漢一の戦に淮陰公が策し	172	石清水	297②
そう(宗)	すべて百福の一は悉く	92	和歌	166⑩
そう(僧)	一年旧ぬる念誦の声	50	閑居釈教	100⑧
そうぎよく(宋玉)　※人名	一が風の賦	95	風	170①
そうし(叢祠)	鶴が岡の一にぞ神とどまり御座	34	海道下	80⑩
	あたりを去ざる一にも	78	霊鼠誉	143⑫
	只此一の霊瑞の	135	聖廟超過	241⑪
	一を崇神に崇しより	108	宇都宮	192⑥
	一を府中に遷され	62	三島詣	119⑨
そうじやう(僧正)	花山の遍昭一	2	花	43①
	花山の遍昭一	42	山	91①
	範俊一の山籠	110	滝山摩尼	197②
	一遍昭は徒に絵に書る女の	112	磯城島	201⑪
そう・す(奏)	四具の楽をぞ一しける	172	石清水	297⑦
	七徳の歌をば一しけるやな	13	宇礼志喜	54⑤
	若菜を一する政	44	上下	93②
	霰走の節会は和暖を一する政	59	十六	113②
	一すれば扇をならす雲の上	124	五明徳	異312⑨
	妙音大士の一せしは	133	琵琶曲	236⑫
	梨園に一せし春の花	121	管絃曲	217⑤
	芳野の国栖を一せしも	59	十六	112⑬
	帝に一せし列疏をあらはひし	158	屏風徳	274⑬
そうせい(宋生)	一が悲をつくし	164	秋夕	284③
そうだう(僧堂)	衆寮法堂庫裏一	163	少林訣	283⑧
そうたく(叢沢)	静に山川一を見わたせば	153	背振山	268⑫
そうぢ(惣持)　※陀羅尼	般若一の法施には	62	三島詣	120⑨
そうぢだらに(惣持陀羅尼)	一蘇多覧般若の声	55	熊野五	106⑬
ぞうふく(増福)	祈所の一は宝珠の御手に任すなり	120	二闡提	213⑨
	吠尸羅一の掌	62	三島詣	120②
そうもん(惣門)	三門一観音殿や	163	少林訣	283⑧
そうらん(奏覧)	後拾遺の一は応徳三の長月	92	和歌	165⑬
そうりん(叢林)	勝地を選び一をトし	146	鹿山景	257⑤
そうれい(葱嶺)	一にちかき震旦の	49	閑居	99①
	蹄を一になんどもせず	77	馬徳	142①
そかう(蘇香)	一具終し一の	160	余波	278④
そかう(楚郊)	形は一の鳳のごとし	171	司晨曲	293⑫
そがぎく(承和菊)	承和の御代の一も	151	日精徳	異315⑥
そがのむまこ(蘇我の馬子)	一の大臣も此御時の人とかや	77	馬徳	142⑦

そがひ(違)	—にしげる柏原に	52	熊野二	103⑪
	山の—に見ゆるは	57	善光寺次	110①
	筑波根の—にみゆる二荒の	108	宇都宮	192⑩
ぞく(賊)	濫落の—にも恐れじ	97	十駅	174⑪
	蘊落の—を外に避	102	南都幷	185⑥
	四諦の利剣—をきり	97	十駅	174③
そくさん(粟散)	—広しといへども	59	十六	112⑩
そくさんへんち(粟散辺地)	—に限なく	120	二闡提	214②
	—を猶捨ず	57	善光寺次	110⑧
そくさんわう(粟散王)	金銀銅鉄—四州の民に至まで	97	十駅	173⑫
そくぞくにしん(則俗而真)	—やがて其誠の法の道	135	聖廟超過	240⑦
そくたい(束帯)	暮る色なる—に	105	五節末	189⑩
ぞくぢん(賊塵)	風の前の—は	95	風	171④
そくてん(則天)	されば—の春の月	97	十駅	175⑮
ぞくねん(俗念)	世縁—ふっと捨ば	58	道	112①
そくゐ(即位)	—の台もかたじけなく	96	水	171⑧
そげつ(初月)	陽春—に若菜を備る政も	78	霊鼠誉	143⑨
そこ(底)	紫藤の露の—	5	郭公	45③
	壁に納めし箱の—	45	心	94⑬
	下亦和光の塵の—	86	釈教	157④
	白浪渺々たる水の—	96	水	172⑧
	鶯来鳴花の—	133	琵琶曲	236⑪
	匂をかはす心の—	163	少林訣	282⑨
	湖水の—涯もなし	138	補陀落	244②
	法水—清き石井の流	145	永福寺幷	256⑦
	—清き水の柵	94	納涼	168⑧
	げに澄まさりて—清く	55	熊野五	106⑦
	隔る雲の—とだに	171	司晨曲	295①
	芙蓉の菊の露の—に	151	日精徳	265②
	箱の—にぞ朽にける	98	明王徳	177⑦
	白雲の—に立帰り	152	山王威徳	267⑧
	船をして煙波の—に伝らく	79	船	145⑩
	震旦の霞の—には	73	筆徳	135⑬
	大沢の池の—にも	151	日精徳	異315⑤
	はやき瀬の—のみくづと書つけし	75	狭衣妻	139⑨
	千尋の海の—までも	23	袖湊	65③
	深き御法の—までも	130	江島景	230⑩
	夢の—より聞覧	171	司晨曲	295⑦
そこく(楚国)	彼は—におろそかに	81	対揚	異302③
	夫—の李斯が古	116	袖情	209②
そさん(初三)	姑洗—の春の日に水巴の字を成なる	96	水	171⑪
そさんや(初三夜)	はや長月の—	125	旅別秋情	223⑫
そし(蘇師)	殷の目楊と漢の—慶子	60	双六	115③
そし(祖師)	—の心をや残らむ	103	巨山景	186⑤
	—の言句はひとつにて	163	少林訣	282⑬
	—の直下の言句	146	鹿山景	258⑥
	—の勅号を仰ば	147	竹園山	259⑬
そしどう(祖師堂)	百丈すへたる—	163	少林訣	283⑨
そしやう(素商)	—の秋の夕なり	164	秋夕	284③
そしん(鼠心)	—と説るるみことのりも	78	霊鼠誉	145②

そじん(祖神)	春日補佐の―は四智の垂跡	137	鹿島社壇	243⑧
そじん(鼠神)	―といははれ給て	78	霊鼠誉	両338②
そすい(楚水)	或は―の三湘に棹さし	164	秋夕	284⑨
そそ・く(洒、灑)	―かざる草葉のすゑもあらじ	134	聖廟霊瑞	238⑨
	―かざる草葉もなければ	144	永福寺	254⑩
	真俗の花ぶさに―かしむ	101	南都霊地	183①
	万人の祈願に―かしむ	108	宇都宮	192⑧
	六十六の境に―かしむ	144	永福寺	254⑩
	雨露の恩を―きつつ	80	寄山祝	146⑦
	三蔵の鷹竜雨を―く	97	十駅	174③
	恵の露を広く―く	109	滝山等覚	195①
	恵を洩さず―く	120	二闡提	214⑥
	春雨―く夕暮の	167	露曲	288③
	普き露をや―くらむ	11	祝言	52⑧
	恵の露をや―くらむ	130	江島景	230⑨
	彼等の水をや―くらん	96	水	171⑨
	あまねき露をや―くらん	11	祝言	両324⑨
	雨にまさりて―けば	167	露曲	288⑦
そだ・つ(育)	常葉の森にや―ちけん	75	狭衣妻	139⑫
	類も稀にや―ちけん	132	源氏紫明	235②
そたらん(蘇多覧)	惣持陀羅尼―般若の声	55	熊野五	106⑬
そちく(素竹)	―は錯午の風吹て	68	松竹	128⑬
そつか(足下)	白雲―にかなへり	138	補陀落	245⑫
そで(袖)	青海波の舞の―	41	年中行事	89⑮
	五度謡攞し―	105	五節末	190②
	梢に掛し緑衣の―	116	袖情	209④
	蛍をつつむ汗衫の―	116	袖情	209⑬
	巻り手さむき朝食の―	116	袖情	210①
	唐紅の濃染の―	156	随身諸芸	272⑤
	実方の臨時の祭の小忌の―	161	衣	280②
	夕暮しるき尾花が―	164	秋夕	285⑥
	―うちかはし戯れん	24	袖余波	66⑩
	―うちかはす戯れ	116	袖情	210③
	―うちしめる人長の	160	余波	277⑮
	―うちはらふ唐ころも	56	善光寺	108②
	―うちはらふしののめ	39	朝	87①
	―うち振し御返し	25	源氏恋	67④
	―打振し時しもあれ	82	遊宴	150⑭
	―かとまがふ初尾花	8	秋興	49②
	青苔の衣―くちて	173	領巾振恋	299①
	七夕つめの―越て	164	秋夕	284⑭
	まどをの衣―さえて	30	海辺	74⑩
	梢を育む―しあらば	99	君臣父子	178⑤
	―白妙の移香の	151	日精徳	264⑤
	―たれて行てやみまし	30	海辺	異305②
	降る―なつかしくしたはれて	74	狭衣袖	137⑫
	かたじけなくも拙―に	87	浄土宗	158⑤
	―に移ふ花摺	131	諏方効験	232⑮
	幣もとりあへず―にかざす	35	羇旅	81⑭
	―に片敷月影は	116	袖情	209⑨

月こそ—に曇けれ	21	竜田河恋	63②
かけても—に涼しきは	94	納涼	168⑧
えならぬ—にと有しは	89	薫物	160⑪
—に涙の色染て	5	郭公	46⑤
我身ひとつの—にのみ	69	名取河恋	130⑦
折—匂ふ山人の	82	遊宴	151⑦
尾花の—にまがふ色	116	袖情	209⑭
さこそは—に乱けめ	71	懐旧	132⑨
—に湊の騒まで	28	伊勢物語	71⑧
—に湊やさはぐらん	173	領巾振恋	298④
かざみの—にやうつしけむ	106	忍恋	両337⑩
汗衫の—にや移けん	106	忍恋	190⑨
片敷—にや置そへん	7	月	48①
匂を—にやとどめまし	89	薫物	160④
伝て聞も—ぬるる	160	余波	277⑨
枯葉の尾花—ぬれて	32	海道上	77⑨
よせくる浪に—ぬれて	34	海道下	80⑤
懸樋の水に—ぬれて	96	水	172③
まじるや小忌の—の青摺	105	五節末	189⑪
花摺衣の—の色	35	羇旅	81⑤
蛍をつつむ—の色	46	顕物	96⑥
雪を廻す—の色	102	南都弁	185②
すぐる乙女の—の色	105	五節末	189⑧
連る—の色々に	44	上下	93④
—の上露下紐の	44	上下	93⑮
秋の宮人の—のうへに	7	月	48⑨
心をいたす—の上に	109	滝山等覚	195②
—の裏にやとまるらむ	116	袖情	209⑨
立舞—の追風に	17	神祇	58①
手向の—の追風になびくは	33	海道中	79①
白妙の—の追風ふけぬるか	108	宇都宮	194⑨
立連れる—の懸	114	蹴鞠興	207④
昔を忍ぶ—の香は	116	袖情	209⑭
唐人の立舞—の気色	116	袖情	210③
待夜むなしき—の氷	161	衣	280③
朽にし—の柵の	22	袖志浦恋	64④
老のねざめの—の霜	168	霜	290⑩
いく廻りして—の玉	122	文字誉	219①
庭燎の前に立舞—の手向にも	156	随身諸芸	272②
なみだをさそふ—の露	161	衣	280⑧
白玉かなにそと問し—の露	167	露曲	288⑪
其—の中にやつもるらむ	70	暁別	131⑥
きぬぎぬの—の名残	24	袖余波	65⑪
さそひかねにし—の名残	170	声楽興下	292⑪
さながら—の情なり	116	袖情	209⑥
—のなびきもしみふかく	114	蹴鞠興	206⑫
孟嘗君が—の涙	164	秋夕	284⑦
片敷—の涙に浮ぶ面かげよ	157	寝覚恋	272⑬
そよや狭衣の—の涙の	74	狭衣袖	137②
—の涙の玉鬘	126	暁思留	224④

—の涙をかこちても	24	袖余波	66①
すぞろに—のぬるるは	20	恋路	61⑭
沢田に—のぬれにぞぬれし	19	遅々春恋	61⑩
わりなきはみだるる—の黛	116	袖情	210④
立舞—の緑の色はなく	121	管絃曲	216⑩
袖志の浦—の湊	116	袖情	210②
—の湊のふかくのみ	23	袖湊	64⑫
涙は—のゆかりならむ	116	袖情	210②
—の行摺も故々敷ぞ覚る	145	永福寺幷	256②
立舞玉女の—の荘ひ	123	仙家道	220⑫
—の別をひるがへして	124	五明徳	222③
—は是衣を荘る妻として	116	袖情	209④
涙に—はしほたれ山に迷つつ	26	名所恋	68⑥
名残の—はしほるとも	3	春野遊	44④
物思ふ—はしほるらん	167	露曲	289①
何なれば—は涙のやどりならむ	116	袖情	210②
あまりうきねに—はぬれじ	26	名所恋	68⑭
涙に—はひたすらに	116	袖情	209⑧
—ひたすらにぬるとても	81	対揚	149⑤
畔こすさなみに—ひぢて	90	雨	161⑧
月すむ滝に—ひぢて	109	滝山等覚	196⑧
—巾振し松浦姫	116	袖情	210③
—吹なるる追風	130	江島景	231⑤
—吹なるるおりならん	164	秋夕	285⑦
—降雪はなをさえて	10	雪	51②
本の家主や—ふれし	53	熊野三	104⑤
誰—ふれし白妙	111	梅花	199⑨
誰—ふれし梅が香ぞ	116	袖情	209⑬
威儀を忘れし解脱の—も	159	琴曲	276⑨
涙ゆるさぬ—もあり	58	道	111⑫
立舞—もいそがはし	9	冬	50②
並立る—もうちみだるる	59	十六	113⑤
—も殊にぞ凋ける	160	余波	278⑤
霜置—もこほりつつ	104	五節本	187⑭
聞こそ—もしほれけれ	121	管絃曲	217④
すず分し—もしほれけん	161	衣	280⑩
ささ分る—もしほれつつ	32	海道上	76⑩
行人もとどまる—も旅衣	36	留余波	82⑩
汗衫の—もなよびかに	72	内外	135⑤
—も干あへぬ露の間に	40	夕	88⑨
儛る—もをかしきは	51	熊野一	102⑭
手折し—やそぼちけん	40	夕	88③
ゆかりの—やなつかしき	74	狭衣袖	138①
篠の葉わけし—よりも	19	遅々春恋	60⑩
泣ぬらしけん御—を	168	霜	290⑧
薬の司—を列ね	16	不老不死	56①
をのをの緑の—をつらね	93	長恨歌	168①
皆色々の—を連ね	155	随身競馬	271②
—を列ねし左の司	134	聖廟霊瑞	238⑪
形見に—をつらねつつ	3	春野遊	43⑪

	衣の—を連つつ	51	熊野一	102②
	衣の—をつらねつつ	64	夙夜忠	124③
	片敷—を猶あたへ	99	君臣父子	178⑭
	かく程—をぬらすべしとは	56	善光寺	108⑤
	あやなく—をぬらすらむ	21	竜田河恋	62⑧
	幾瀬に—をぬらすらむ	54	熊野四	105⑨
	—を払て帰らむ	103	巨山景	186⑦
	—を引てぞ扶持すなる	104	五節本	188⑧
	雨を凌て—を浸す	127	恋朋哀傷	225⑭
	をみの衣の立舞—をひるがへし	11	祝言	52⑨
	衣の—をほさざりき	116	袖情	209②
	寒夜に—をや重けん	116	袖情	209③
	衣々の—をやしほるらん	83	夢	152⑥
	おもはぬ—をやぬらすらん	173	領巾振恋	299③
そでがくし(袖隠)	乞出(こひだし)透筒(すいどう)—	60	双六	116⑦
そでぐち(袖口)	色々に匂ふ—	115	車	208⑭
そでしのうら(袖志の浦)	—袖の湊	116	袖情	210②
	恋すてふ—に拾ふ玉の	22	袖志浦恋	63⑩
	—を過がてに	37	行余波	83⑤
そでしのもり(袖志の杜)	民を撫る—も	135	聖廟超過	241⑤
そでのみなと(袖の湊)	袖志の浦—	116	袖情	210②
	—のふかくのみ	23	袖湊	64⑫
そてんじゆがく(蘇巓鷲嶽)	—異人の都とする所也	138	補陀落	245⑥
そどう(麁動)	散乱—も止ぬべし	58	道	112②
そとほりひめ(衣通姫)	いにしへの—が流なり	112	磯城島	202①
そとも(外面)	—の木陰露冷し	4	夏	44⑫
そなは・る(備)	此砌にや—らん	15	花亭祝言	55⑨
	理世の道も—り	92	和歌	165⑧
	八臂三目に—り	101	南都霊地	183⑧
	極れる位に—り	108	宇都宮	194④
	ただこの一体に—り	120	二闡提	213⑦
	きはまれる台に—り	134	聖廟霊瑞	239⑬
	忝くも清和の宝祚に—り	155	随身競馬	270⑨
	霊岳亀に—りて	108	宇都宮	192⑬
	清涼の重宝と—る	159	琴曲	275⑪
そな・ふ(備)	もろもろの徳をぞ—ふべき	121	管絃曲	217⑫
	夙夜の忠にや—ふらん	64	夙夜忠	124⑤
	—ふるは五音なるべし	133	琵琶曲	237②
	若菜を—ふる政も	78	霊鼠誉	143⑨
	絶えずぞ—ふる御調物	11	祝言	53②
	行福寺の誉に—ふれば	145	永福寺幷	256⑮
	其ことはりを—ふればなり	159	琴曲	276⑩
	陽精を養ふ徳を—へ	149	蒙山謡	261③
	何か風の徳を—へざらん	95	風	169⑬
	そよや十種の供養を—へしむる	148	竹園如法	260⑤
	一字多含を—へたり	122	文字誉	218⑬
	夕に御物を—へては	64	夙夜忠	124①
そなへ(備)	玉の—めづらかに	113	遊仙歌	204②
そなへざき(備崎)	むかへる峯は—	55	熊野五	106⑫
その(園、苑)　＊ゑん	花にたはぶるる春の—	38	無常	84⑬

	無差平等の花の—	72	内外	134③
	菅相公の春の—に	134	聖廟霊瑞	237⑫
	妙なる御法の—にあそび	101	南都霊地	183①
	普く文の—にあそびて	73	筆徳	135⑪
	あまねく文の—に遊て	73	筆徳	両328⑩
	福寺宝算家門の—にあまねく	140	巨山竜峯	247⑪
	兜卒の—に異ならず	144	永福寺	255⑩
	黄安が仙に登し—の	116	袖情	209③
	我等が五欲の—の中	122	文字誉	218⑮
	遊覧の花の—のほとり	82	遊宴	150⑥
	道徳の—をひらきて	123	仙家道	220⑨
そのかみ(当初、往年、以往)	其神山の—	5	郭公	45⑤
	大通智勝の—	59	十六	113⑬
	加之伝教大師の—	135	聖廟超過	241⑦
	神功皇后の—	153	背振山	268④
	初冠の—より	28	伊勢物語	71⑨
そのかみやま(其神山)	—の当初	5	郭公	45⑤
	—の御垣には	155	随身競馬	270⑪
	—のもろかづら	41	年中行事	89⑤
そのからかみ(園韓神)	—大原野	41	年中行事	89①
そのからかみのやしろ(園韓神の社)	—と生馬の明神鑑て	17	神祇	57⑬
そのはら(其原)	—や道にあやなく迷ひつつ	45	心	95⑥
	まして十月—に	160	余波	278⑮
そのふ(園生)	竹の—にあそぶなる鳳は	80	寄山祝	146⑪
そのまま(其まま)	ねぐたれがみの—に	38	無常	84⑨
	ねぐたれがみの—に	93	長恨歌	168②
	思し筋の—に	132	源氏紫明	234⑩
そはずのもり	婦に—てしも	56	善光寺	108⑪
そばだ・つ(峙、欹)	青巌万仞—ちて	103	巨山景	186①
	青巌月に—つ	123	仙家道	220⑤
	奇巌斜に—て	153	背振山	268⑥
	耳を—て是を聞	169	声楽興	291⑥
	—て出せる石巌	130	江島景	230④
	つげの小枕—てて	19	遅々春恋	60⑪
	霞を—てて聳たり	80	寄山祝	146④
	しほならぬ海に—てる	32	海道上	76⑧
そはづたひ(岨伝)	樒つむ山路の—	40	夕	88⑦
	御輿をこえて—	55	熊野五	106⑤
	苔踏ならす—	57	善光寺次	109⑥
	はるばる登る—	103	巨山景	186④
そび・く(聳)	山は峨々として雲—け	53	熊野三	104①
	仰ば慶雲峯に—け	140	巨山竜峯	247⑭
	白雲はるかに—けたり	35	羇旅	81③
	霞をそばだてて—けたり	80	寄山祝	146④
	或は雲に—けたるひびきをなす	159	琴曲	275⑦
	浩々と—けたる霊岳	153	背振山	268⑦
	北嶺たかく—けて	62	三島詣	120⑫
	—けて高き峯つづき	103	巨山景	186①
	白雲庵に—けては	146	鹿山景	257⑭
そびやか(軽)	いづれの処か—に	113	遊仙歌	203⑬

そ・ふ(添、副)	紅葉厳上に色を―ふ	67	山寺	128③
	仏日東漸の光を―ふ	77	馬徳	141⑭
	心の泉に声を―ふ	112	磯城島	201②
	兜率の雲に声を―ふ	121	管絃曲	216⑮
	身に―ふ老を返し足	114	蹴鞠興	207⑦
	色―ふ思ひの深さをば	167	露曲	288⑪
	金玉の声を―ふとかや	66	朋友	126⑨
	哀を―ふる住家也	49	閑居	99⑪
	あはれを―ふる妻ならん	161	衣	280⑨
	曇らぬ政に影を―へ	34	海道下	80⑪
	神徳年々に威光を―へ	62	三島詣	119⑩
	仏像烏瑟の影を―へ	67	山寺	128⑧
	春の花匂を―へ	73	筆徳	135⑪
	花の貌ばせ匂を―へ	93	長恨歌	167④
	春日のどけき御影を―へ	101	南都霊地	182⑫
	くもらぬまつりごとに光を―へ	131	諏方効験	231⑬
	国を守り政に光を―へ	135	聖廟超過	241②
	宝珠に駄都の光を―へ	148	竹園如法	260③
	世々にますます光を―へ	163	少林訣	283⑫
	籬の菊は色を―へ	168	霜	289⑫
	花乱の本に聞を―へ	169	声楽興	291⑧
	玉の台に光を―へ	172	石清水	297⑪
	春の花匂を―へ	73	筆徳	両328⑩
	争か情を―へざらむ	132	源氏紫明	235①
	近き守に相―へし	131	諏方効験	233⑦
	哀を殊に―へしは	134	聖廟霊瑞	239④
	匂を―へし紅葉ば	150	紅葉興	262⑤
	うき面影を身に―へて	18	吹風恋	60②
	名残も惜く身に―へて	75	狭衣妻	139⑧
	みよりの方を身に―へて	76	鷹徳	141④
	涙に―へてかへるさの	106	忍恋	190⑩
	日に―へてぞかかやく	152	山王威徳	267⑮
	四の調の音を―へても	157	寝覚恋	273③
	猶御身にぞ―へられし	160	余波	278⑧
	雲井にをのが音を―へん	82	遊宴	151⑤
そぶ〔そふ〕(蘇武)	―が胡国の雁札	35	羇旅	81⑦
	―はこれ麒麟閣の兵	65	文武	125⑦
そへうた(諷歌)	先―をはじめとし	112	磯城島	201③
そぼ・つ(濡)	手折し袖や―ちけん	40	夕	88③
	河瀬の波にや―ちけん	49	閑居	99⑥
	霜雪雨に―ちても	74	狭衣袖	137⑩
	幾度浪に―つらむ	127	恋朋哀傷	225⑪
そほぶね〔そをぶね〕(粧小舟)	緋の―ほのぼのと	31	海路	76①
そま(杣)→わがたつそまヲヨミ				
そまぎ(杣木)	―の練そくり返し	140	巨山竜峯	248⑤
そまなけかう(蘇摩那華香)	―優鉢羅	89	薫物	異303⑩
そ・む(染)	画図の屏風に筆を―む	95	風	170④
	まづは時雨―むらんやな	6	秋	47⑪
	ふりいでて―むる時雨よりも	168	霜	289⑬
	時雨に―むる紅葉ばの	110	滝山摩尼	197⑭

	色—むる夕時雨の	159	琴曲	275⑬
	つたもかえでも色を—め	66	朋友	126⑬
	石の面に墨を—め	73	筆徳	136④
	年旧ぬれど—めあへなくに	9	冬	49⑩
	紫に—めしいにしへを	126	暁思留	224⑭
	涙に—めし色ながら	69	名取河恋	130②
	惜みし物を桜色に—めしは	4	夏	44⑦
	西より秋や—めつらむ	150	紅葉興	262⑥
	いかに時雨の—めつらむ	150	紅葉興	262⑪
	袖に涙の色—めて	5	郭公	46⑥
	幾入—めて紅の深き色とは	167	露曲	288⑤
	時雨や—めて過ぬらん	97	十駅	174⑥
そむ・く(背)	忠孝たがひに是—き	160	余波	277②
	是を—く族はみな	72	内外	135②
	壁に—くる灯のかすかに残る	8	秋興	49⑧
	壁に—くる燈をかかぐといへども	64	夙夜忠	123⑪
そめいだ・す(染出)	蓮は衆色を—せる	128	得月宝池	226⑨
そめいろさん(蘇迷路山)	—の震巽	171	司晨曲	293⑩
そめか・ふ(染替)	時雨の度に—へて	164	秋夕	285⑪
そめな・す(染なす)	色々に—す夕ばへの	129	全身駄都	229⑦
そめのこ・す(染残)	—しける秋の霜に	168	霜	289⑫
	—しける岩根の松の	106	忍恋	190⑫
そめや・る(染やる)	紫毫の筆も—らず	110	滝山摩尼	197⑥
	未—らぬ紅葉ばの	57	善光寺次	109⑩
そめわけ(染分)	—択櫛動櫛	105	五節末	189④
	—の袂ぞをかしき	156	随身諸芸	271⑨
そよ	音信の—ともすれば下荻の	21	竜田河恋	63④
そよさば　＊さば	—教の外の伝へ	128	得月宝池	227⑦
そよや	—朝霧に立をくれじと	76	鷹徳	141④
	—梓弓春は三月の	138	補陀落	245⑭
	—梓弓弥生なかばの比かとよ	144	永福寺	255⑧
	—あらまほしきは梅が香を	1	春	41⑪
	——乗大乗は余に又等からずして	102	南都弁	185⑨
	—かすめる春の朝みどりの	129	全身駄都	229⑥
	—九夏の天に手もたゆく	124	五明徳	221⑫
	—暁月をけいろうの峯にをくり	126	暁思留	224⑩
	—心を砕く端として	157	寝覚恋	272⑩
	—狭衣の袖の涙の	74	狭衣袖	137②
	—静におもんみれば	135	聖廟超過	240⑧
	—十種の供養を備しむる	148	竹園如法	260④
	—白雲の—白雲のかからぬ山も	20	恋路	62①
	—妙なる哉大衆緊那羅が琴の音	159	琴曲	276⑨
	—千種百種風になびき	125	旅別秋情	223⑧
	—倩仰で思へば	131	諏方効験	233⑨
	—九月の重陽の宴にかざす菊の花も	108	宇都宮	194④
	—八幡三所はかたじけなく	172	石清水	296⑥
	—光源氏の様ことに	114	蹴鞠興	206⑩
	—光源氏の品ことに	132	源氏紫明	234⑧
	—人毎に移ふ情に誘引てや	143	善巧方便	253⑩
そよやさば	—其社壇を何とみてぐらの	137	鹿島社壇	242⑭

そら(空、虚)	事問わびし旅の―	28	伊勢物語	72④
	比は正月の廿日の―	29	源氏	72⑭
	立別れば旅の―	32	海道上	76⑥
	夕越かかる旅の―	40	夕	87⑬
	嵐は吹て秋の―	86	釈教	156⑧
	人遣なりし旅の―	134	聖廟霊瑞	238⑮
	かすめる―ぞおぼつかなき	57	善光寺次	110①
	―飛雁の涙にや	167	露曲	289①
	鳴音―なる恋わびて	5	郭公	45⑫
	明行―に朝鳥の	18	吹風恋	60②
	化仏は―に顕れ	85	法華	154④
	ただ暁の―にあり	125	旅別秋情	223⑪
	紅顔―に衰	27	楽府	70⑫
	―に心のあくがれけるは	157	寝覚恋	273③
	富士のねの煙も―に立のぼり	22	袖志浦恋	63⑬
	富士のねの煙も―に立のぼり	22	袖志浦恋	両325⑪
	暮待―にたつ雲	118	雲	211④
	煙や―になびくらむ	99	君臣父子	178⑧
	―に昇し雲の跡	122	文字誉	219⑪
	春は心の―にのみ	89	薫物	160③
	翅たかく法性の―にやかけらん	131	諏方効験	232⑤
	そなたの―にや通らん	35	羇旅	82⑥
	暮行―の雨そそき	130	江島景	230⑬
	三月の―の暮つかた	68	松竹	129②
	暮ゆく―のけしきは	40	夕	88⑩
	秋に成ゆく―のけはひ	71	懐旧	132⑧
	はかなき―の煙と	168	霜	290⑥
	かすめる―の月をうつす	124	五明徳	221⑪
	三月の―の花ぐもり	114	蹴鞠興	207①
	来迎ふ―の郭公	5	郭公	45④
	夕の―の村雲に	40	夕	88②
	寝覚の―の村雨に	5	郭公	46⑤
	閑けき―の夕ばへ	144	永福寺	255⑨
	天の戸の明ゆく―の横雲に	60	双六	115⑭
	傾く―は天のとの	30	海辺	74⑥
	空寂の―晴て	50	閑居釈教	100⑥
	微細の霧―はれて	128	得月宝池	227①
	煙消行―までも	109	滝山等覚	196⑤
	都の―も遠ざかり	118	雲	210⑬
	―ゆく月のあふせまで	70	暁別	131②
	旅の―夜半の煙と	127	恋朋哀傷	225⑨
	待に深行―よりも	171	司晨曲	294⑨
	むなしき―を詠れば	58	道	111②
	傾く―を猶したひ	47	酒	97②
	くもらぬ―をひき分て	109	滝山等覚	195⑦
	さびしき―をやしたふらん	7	月	異305⑨
そらがくれ(空隠)	はや浮雲の―	16	不老不死	56⑩
	ただかりそめの―	16	不老不死	両325⑧
そらだき(空焼)	梅花の方の―	89	薫物	160⑦
そらだのめ(虚頼)	―せし七夕の	99	君臣父子	178⑪

そらね(空音)	暁思ふ鳥の—	24	袖余波	65⑫
そらめ(空目)	たそかれ時の—は	40	夕	88④
そ・る(反)	されば鳳の翅の—れる軒	140	巨山竜峯	248⑦
	—れる宇(のき)彫(ゑれる)甍	113	遊仙歌	204⑤
それ(夫)	—安宅のしつらひ様々なりといへども	158	屛風徳	273⑦
	—異生羝羊の拙き心	84	無常	153③
	—一代教主の御法は	122	文字誉	217⑭
	—栄花の花を開し槐門のいにしへ	134	聖廟霊瑞	237④
	—海西に名隈あり背振山是也	153	背振山	268②
	—高山月をささへ大洋天をひたす	173	領巾振恋	298②
	—管絃は天地の始	121	管絃曲	215⑨
	先—観音大士は三部の中には蓮華部	120	二闡提	213⑥
	—古今累代のまつりごと	104	五節本	187⑪
	—巨山徳高くして	140	巨山竜峯	247⑧
	—衣は真俗二諦をわかち	161	衣	279⑧
	—双六の基は遠西天の古より	60	双六	114⑨
	—三島明神は忝くも磯の神	62	三島詣	119②
	—磯城島大和歌	112	磯城島	200⑫
	—蜀茶は功をあらはす事百薬に勝れ	149	蒙山謡	260⑬
	—心鏡冥会して道徳はるかに存せり	138	補陀落	245⑦
	—神鏡は機を鑑て影を浮べ	131	諏方効験	231⑧
	—真俗道明かなれば	143	善巧方便	252⑪
	—清陽者天となり重濁は地と成	172	石清水	295⑪
	—青陽の春を迎ては	111	梅花	199⑧
	—積石の山は金城の坤の角	113	遊仙歌	202⑫
	—楚国の李斯が古	116	袖情	209②
	—泰階平に四海事なく	93	長恨歌	166⑭
	—椎輪は大輅の始	115	車	207⑩
	—天地開闢のはじめ	166	弓箭	287①
	—天命をまたふするは	63	理世道	121⑦
	—篳篥は笳管也	169	声楽興	291⑫
	—補陀落山の霊瑞は	138	補陀落	244①
	—誉を顕して名を揚るは	91	隠徳	163⑧
	—鞠は三国握玩の芸	114	蹴鞠興	204⑫
	—物を賞ずるは徳に有	73	筆徳	135⑩
	—与善の人にともなひて	66	朋友	126⑥
	—霊地霊場は聖跡名を埋ず	101	南都霊地	182⑨
そわう(楚王)	—の台の上の琴	159	琴曲	275④
そん(尊)　＊諸—	分ては此—に帰せしむ	120	二闡提	異312⑦
そんかう(孫康)	—が窓には	10	雪	50⑫
そんがう(尊号)	面々位牌の—	148	竹園如法	260④
	天満天神の—として	134	聖廟霊瑞	237⑥
	—は又縁により	143	善巧方便	253⑮
	—を上下にわかちては	131	諏方効験	231⑭
そんぎやう(尊形)	石面の—	138	補陀落	244⑭
そんざう(尊像)	是皆新なる堂閣—	140	巨山竜峯	247⑫
	甍あり堂閣—の粧ひ	108	宇都宮	193⑪
	一代牟尼の—	144	永福寺	255⑤
	南円堂の—は	101	南都霊地	183⑦
そんし(孫子)	—斉に行て	155	随身競馬	270⑦

そ

そんし(尊師)	当来—のためならん	163	少林訣	283⑪
そんじや(尊者)	二八の—はいま現に	16	不老不死	56⑪
そんしようじ(尊勝寺)	法勝寺—	114	蹴鞠興	206⑧
そんしん(尊親)	—二を兼たるは	99	君臣父子	178④
そんしん(尊神)	応神天皇のいにしへ—と顕給て	172	石清水	296③
	正に—の御貌を拝せし	130	江島景	231③
ぞん・す(存)	道徳はるかに—せり	138	補陀落	245⑦
そんぢう(尊重)	—讃嘆の値遇結縁	129	全身駄都	229⑩
そんぢうじ(尊重寺)	—の懸こそ	114	蹴鞠興	206⑥
そんひつ(尊筆)	丞相の—の御尊法に	135	聖廟超過	241⑧
そんよう(尊容)	紫磨金の—	57	善光寺次	110⑦
	無仏能化の—	145	永福寺幷	256⑬
	甲乙の—数粒をます	129	全身駄都	228⑭
	清涼寺の—は	160	余波	277④
	同く二尊の—を安置して	120	二闡提	異312④

た

た(田)	のどけき春の—返すより	11	祝言	53①
	丸は—に立いとなみに	5	郭公	46④
	常陸には—をこそ作れ筑波山	26	名所恋	68⑧
た(他)	みな—の有(ぅ)とや成ぬらん	160	余波	279④
た(誰)　＊たれ	—が黒髪のたはれ島	30	海辺	両333⑧
	—が袖ふれし白妙	111	梅花	199⑨
	—が袖ふれし梅が香ぞ	116	袖情	209⑬
	—が手枕にか乱れん	22	袖志浦恋	64①
	—が手枕にかみだれん	22	袖志浦恋	両326①
	—が手枕に香をとめむ	89	薫物	160⑨
	—が為に身をば売てか薫永	99	君臣父子	178⑪
	—がみの虫のきたるらむ	111	梅花	200⑥
	—がむこがねと云よりてか	28	伊勢物語	異306⑨
たい(体)　＊てい	堅固法体の—として	129	全身駄都	229③
だい(代)	—の始の儀式とか	104	五節本	187⑫
たいいうれい(大庾嶺)	—にさく花はいかなる匂なるらん	111	梅花	両330①
だいいち(第一)　＊ていじ・ていさん	不思議七の—也	137	鹿島社壇	両341②
	—に心を傷むる	8	秋興	49⑥
	我朝—の大伽藍	59	十六	114④
	—の不の不の字は	122	文字誉	218⑪
だいいちだいにのけん(第一第二の絃)	—は索々たり	170	声楽興下	292⑥
たいえき(大易)	—は天地未分の元気たり	169	声楽興	290⑬
だいが(堤河)	—の辺の鶴林	163	少林訣	283⑩
たいかい(泰階)	夫—平に四海事なく	93	長恨歌	166⑭
たいかう(大昊)	—木徳の春の始	41	年中行事	88⑬
	—立春の徳	149	蒙山謡	260⑬
だいかく(大覚)	敬礼天人—	129	全身駄都	229⑩
だいかくだう(大覚堂)	—の額の文	147	竹園山	259⑭
だいがくれう(大学寮)	釈奠を—にはじめ	71	懐旧	132⑫
だいがらん(大伽藍)	我朝第一の—	59	十六	114④
たいきよ(大虚)　＊おほぞら	翅は—に翔つつ	76	鷹徳	140③

	—に風を動す	78	霊鼠誉	143⑦
	風—に緩して	95	風	169⑧
だいぐわん(大願)	—五百に普く	143	善巧方便	254②
	是則観世音五百—の	45	心	両334⑪
たいけん(大絃)	村雨にまがふ—	82	遊宴	151③
	急雨送る—	133	琵琶曲	236⑩
	—小絃を和げ	121	管絃曲	217⑦
	急雨送る—は	170	声楽興下	292⑤
たいけん(大剣)	—の峯に移り	138	補陀落	244⑧
たいけん(帯劒)	兵仗牛車のよそほひ—を給て	65	文武	125⑬
たいこうばう(太公望)	—ふれいわうの名をあげしも	166	弓箭	287⑦
	—を得てこそ	115	車	207⑩
たいこく(大国)	先は十六の—	59	十六	112⑩
だいこく(大黒)	—威神の分身	78	霊鼠誉	145④
たいこんりやうぶ(胎金両部)	是や—の岩室	153	背振山	268⑨
	—の水清し	109	滝山等覚	195⑤
たいさん(泰山)	—五株の松の陰	42	山	90⑧
	—に跡をたれ	138	補陀落	245⑧
	秦皇—の天の下	90	雨	161④
だいさんだいしのげん(第三第四の絃)	—は又夜の鶴子を思ひてや	170	声楽興下	292⑦
たいし(太子)	唐の—の賓客も	47	酒	97③
だいし(大師)　＊弘法—、伝教—	皆此—の恩徳	138	補陀落	244⑥
だいじ(大士)	補処の—十一面の恩顔は	134	聖廟霊瑞	237⑦
	—の菩薩より人天竜神其会の衆	85	法華	155⑨
	観音—は三部の中には蓮華部	120	二闌提	213⑥
だいじ(大慈)　＊大悲	—の綱にかかりて	86	釈教	156⑮
	—の峯徳たかく	109	滝山等覚	194⑭
だいじだいひ(大慈大悲)	—の願なれば	163	少林訣	283⑬
	—の本誓	131	諏方効験	232②
だいじひ(大慈悲)	願以—の宿因	143	善巧方便	254⑤
だいしうえい(大樹営)	栄ひさしき—	166	弓箭	287⑨
	—に遠からぬ	130	江島景	230③
	—の幕府山	42	山	91⑦
だいじざいわうぼさつ(大自在王菩薩)	—と示し	172	石清水	297⑬
たいしやう(大将)	みな此等の—もろともに	16	不老不死	57②
	—の十二軍薬師の十二神も	166	弓箭	287⑬
たいしやう(体性)	法界—の所変として	78	霊鼠誉	145④
	法界—のちかひならむ	62	三島詣	121②
	法界—の円満無碍の功徳ならむ	108	宇都宮	194⑧
だいしやう(大聖)	一生補処の—	101	南都霊地	183⑬
たいじやうげんし(太上玄始)	—の玄宮は	123	仙家道	220③
だいしやうじ(大床子)	かざしの扇—の御膳	124	五明徳	異312⑨
だいじやうゐとくてん(太政威徳天)	貴哉や—としては	135	聖廟超過	240⑨
だいじやうゑ(大嘗会)	河原の御禊—	158	屛風徳	274⑮
たいしやくぐう(帝釈宮)	—に記せられ	101	南都霊地	183⑪
たいじゆきんなら(大樹緊那羅)	—が琴の音	159	琴曲	276⑨
だいじよう(大乗)	—戒壇を彼山に建られしに	135	聖廟超過	241⑧
	起信—に依てなり	77	馬徳	142④
	そよや一乗—は	102	南都幷	185⑨
たいしよくくわん(大職冠、大織冠)	—と相ともに	114	蹴鞠興	205③

	さても—のいにしへ	137	鹿島社壇	243⑪
	—の誓約より	101	南都霊地	183③
たいしん(太真)	—の秘録にあづかりて	123	仙家道	221②
だいじん(大臣)	蘇我の馬子の—も	77	馬徳	142⑦
だいじん(大神、太神)	むかし—爰に御座て	136	鹿島霊験	242⑧
	—に台をたてまつりし	108	宇都宮	193⑩
たいじんゐん(太真院)	—の玉の枢	93	長恨歌	168①
たい・す(対)	右に—して	156	随身諸芸	272④
だいせんあん(大仙庵)	或は—も仙家なれや	146	鹿山景	257⑬
だいせんぢう(大山中)	鶴が原—平松	52	熊野二	103④
たいそう(太宗)	—皇居を法師の為にあたへて	101	南都霊地	184②
	—臥輿みそなはし	158	屛風徳	273⑬
	—のいたて重くせしは	63	理世道	122⑧
	唐の—弓はりきんをあげ	166	弓箭	287⑥
たいぞく(大簇)	—の月になぞらへて	169	声楽興	291⑦
たいだい(大内)　＊おほうち	—にとりても内侍所は	72	内外	134⑥
	—には御溝水	96	水	異310②
だいだい(代々)　＊よよ	世々に是を継—に玩ぶ	114	蹴鞠興	205⑤
	—の聖主も是を捨られず	112	磯城島	201⑨
	—の聖主も臨幸駕を飛しめ	109	滝山等覚	195⑩
	仁徳の賢き御字より—の聖代の	76	鷹徳	140⑤
	清和寛平花山より—の聖代も	55	熊野五	107⑦
	今に—の勅封	129	全身駄都	228⑭
	—の朝に仕つつ	123	仙家道	両335⑤
	神武綏靖かたじけなく—の明君	63	理世道	122⑮
	くもらぬ政清くして—の明君	143	善巧方便	253⑧
	—の臨幸にも先	135	聖廟超過	240②
たいたうたう(大唐濤)	—唐艪櫂梶をとりても	23	袖湊	65⑤
たいだうへんざいむげ(大道辺際無碍)	急にあゆみをはこべば—也	141	巨山修意	250④
だいだらに(大陀羅尼)　＊陀羅尼	円満—千手千眼観自在	120	二闡提	214⑧
だいつうちしよう(大通智勝)	—の往年	59	十六	113⑬
	—の其むかし	62	三島詣	121②
たいてつだう(大徹堂)	—と名付つつ	103	巨山景	186⑨
たいてん(退転)	念仏三昧—なく	108	宇都宮	193⑪
たいとう(台頭)	—に酒有て酔をすすむる	3	春野遊	43⑧
だいとう(大同)	—の門をや尋まし	58	道	111①
だいどう(大同)　※年号	—弘仁の善政	139	補陀湖水	247①
たいない(胎内)	生を—に受ては	99	君臣父子	179③
たいないごゐ(胎内五位)	さても—の始より	72	内外	134⑤
だいなごん(大納言)	大宮参の—	105	五節末	189③
だいなん(大難)	現成公案——	119	曹源宗	212⑤
だいにち(大日)	—の教釈も	102	南都幷	185⑨
だいにちだう(大日堂)	先は野口の—	138	補陀落	244③
だいねはん(大涅槃)	—は又夕に像り	164	秋夕	285⑬
たいばうぐし(大茅具茨)　＊茅茨	—のかすかにふかき跡	123	仙家道	220⑧
	—のかすかに深き跡	123	仙家道	両335⑥
たいはく(大白)	—のけがれはさもあらばあれ	58	道	111④
だいひ(大悲)　＊大慈	—の海には	86	釈教	156⑭
	—の滝あはれみ深く	109	滝山等覚	194⑭
	—の智水をするなる	165	硯	286⑩

	—の威力を顕はす	120	二闡提	213⑪
	敬礼—和光同塵	61	郢律講	両327③
だいびやくごしや(大白牛車)	在門外立—のはかりこと	72	内外	134⑤
たいへい(太平、泰平)	皆共に安穏—ならしめ給へと	176	廻向	異315⑪
	—の徳にほこるなり	63	理世道	123⑦
	—の徳を歌なれど	97	十駅	174⑫
	—無為の都ならむ	102	南都幷	185⑥
たいへいらく(太平楽)	天下—なれや	170	声楽興下	293⑧
だいべんざい(大弁才)　＊弁才天	垂跡を顕す—	130	江島景	230⑥
	—の標示には	166	弓箭	287⑬
だいぼん(大梵)	唯摩—の不思議	81	対揚	149⑧
たいやう(大洋)	—天をひたす	173	領巾振恋	298②
だいゆう(大勇)	—金剛の造立	139	補陀湖水	246⑩
たいらか(平か)	今に都鄙—に	137	鹿島社壇	243⑬
たいろ(大輅)	夫椎輪は—の始	115	車	207⑩
	—は殷の車也	115	車	207⑩
だいろくだい(第六代)	—惶根の尊の御子なり	62	三島詣	119③
だいゑ(大会)	維摩—の講匠は	101	南都霊地	183⑪
たいゑん(戴淵)	されば—心を改	45	心	95①
たう(唐)　＊から	—の太子の賓客も	47	酒	97③
	—の太宗弓は六釣をあげ	166	弓箭	287⑥
だう(道)　＊みち	法界悉く—ならむ	128	得月宝池	227⑩
	丈夫の—にむかふには	85	法華	155⑤
	如来月氏に—をえて	72	内外	133⑩
たうか(踏歌)	白馬—の節会の儀	41	年中行事	88⑭
	—は正月の十六日	59	十六	113①
だうかく(堂閣)	是皆新なる—尊像	140	巨山竜峯	247⑫
	西にめぐれば甍あり—尊像の粧ひ	108	宇都宮	193⑪
たうぎ(行儀)	玉体—の砌には	110	滝山摩尼	196⑫
だうぎ(道儀)	—は感応道交の時至り	147	竹園山	258⑪
だうきやう(堂鏡)	—を磨ては	138	補陀落	245⑨
たうくわ(桃花)	霊雲は—の色をみる	119	曹源宗	212④
たうくわのたに(桃花の谷)	—に到に	113	遊仙歌	203④
たうくわすい(桃花水)	あまねきはこれ—	41	年中行事	89③
たうげう(唐堯)	—は徳をもて国を治む	98	明王徳	176⑧
たうごく(当国)	予州と—の本末も	62	三島詣	119④
たうざん(当山)	—建立の初なる	138	補陀落	244⑩
	伝教慈覚—に	109	滝山等覚	195⑮
	—は桓武嵯峨の御願たり	139	補陀湖水	247①
だうし(導師)	—の表白にも	172	石清水	297⑤
たうしや(当社)	—の御願に因で以て	172	石清水	297⑤
	—の霊験をあだにしも	135	聖廟超過	240①
	—明神は遠く異朝の雲を凌て	131	諏方効験	231⑨
	—明神は内証の月円に	108	宇都宮	192⑦
たうたうぜん(湯々然)	黄帝洞庭の楽は五奏—たり	121	管絃曲	216⑥
だうたふ(堂塔)	—甍をつらねて	67	山寺	128⑦
だうちう(堂中)	—に造し車の輪	115	車	207⑬
だうぢやう(道場)	法隆寺の—	129	全身駄都	228⑥
	鎮護の—頼あり	11	祝言	52⑪
	東土の久米の—に	91	隠徳	165③

	三密瑜伽の—にはや	108	宇都宮	193⑭
たうでう(唐朝)	—の義空を迎らる	119	曹源宗	212⑬
だうとく(道徳)	—の苑をひらきて	123	仙家道	220⑨
	—はるかに存せり	138	補陀落	245⑦
たうどさん(唐土山)	彼所に—有て	171	司晨曲	293⑪
たう・ぶ(賜、給)	干飯—べし古も	56	善光寺	108③
	酒を—べてとうたふなるは	47	酒	97⑧
たうべい(稲米)	—の種子を施す	136	鹿島霊験	242④
たうらい(当来)	—讃仏乗の因として	127	恋朋哀傷	226③
	—尊師のためならん	163	少林訣	283⑪
たうり(忉利)	—の形見も今ははや	160	余波	277④
	—の雲の上	82	遊宴	150⑥
	四王—の花の下	97	十駅	173⑬
	—の付属をあやまたず	108	宇都宮	193⑧
たうりてん(忉利天)	—に一夏説れしみこと法	99	君臣父子	179⑦
たうりくわ(桃李花)	—のよそほひ	61	郢律講	118②
たうりのはな(桃李の花)	春の風に—の開る日	93	長恨歌	167⑬
たうゑんめい(陶淵明)	中にも晋朝の—が	151	日精徳	264⑬
たえ・す(絶)　＊絶ゆ	—せざる末を受伝へ	147	竹園山	258⑭
	鳴音も—せざるらむ	1	春	42①
	法灯いまに—せず	51	熊野一	102⑪
	かきをく跡も—せず	112	磯城島	202⑩
	百王今に—せず	172	石清水	296②
	鳴神の音も—せず名乗けん	99	君臣父子	178⑪
	代々に—せずもてあそび	149	蒙山謡	両340①
	—せぬ秋の手向までも	131	諏方効験	233⑩
	流—せぬ池水の	15	花亭祝言	55⑧
	今に—せぬ奇特なり	172	石清水	297④
	世々に—せぬ此歌も	92	和歌	166⑫
	—せぬ末ぞ賢き	145	永福寺幷	256⑧
	ながれ—せぬ芹河	76	鷹徳	140⑭
	つゐに—せぬ契は	93	長恨歌	168③
	西河の御幸—えせぬながれは	150	紅葉興	262③
	鳳闕朝家に—せぬは	169	声楽興	291③
	代々に—せぬ道を知	112	磯城島	201①
	流—せぬ瑞籬の	94	納涼	169③
	其氏—せぬ宮人	137	鹿島社壇	243⑦
	教法いまに—せねば	16	不老不死	56⑬
	賢き擁護も—せねば	103	巨山景	187④
たえだえ(絶々)	峯の横雲それさへ—立別て	70	暁別	131⑤
	横雲の—残る篠目	125	旅別秋情	222⑫
	峯にさへ—迷ふ横雲	107	金谷思	191⑪
	虫の音も—よはる夕暮	8	秋興	49③
たえて(絶)	—しなくば中々に人をも身をも	69	名取河恋	129⑬
たえま(絶間)	立まよふ夕の霧の—にも	66	朋友	126⑩
	—やをかん葛城の	74	狭衣袖	138⑤
	わかるる雲の—より	163	少林訣	283⑦
	朝霧の—を隠す興津波	91	隠徳	164⑦
たか(鷹)	廿鳥屋は希代の—なり	76	鷹徳	141⑩
	是其—のあがれる徳の	76	鷹徳	異308⑪

	—の興あるは鶺野	76	鷹徳	141⑥
	鷹山—の子は催馬楽の歌の詞也	76	鷹徳	141⑫
	—の姿に身をなして	76	鷹徳	両326⑧
	青骹の—の韝	76	鷹徳	140⑫
	—の徳ぞ目出き	76	鷹徳	両326⑥
	—の嘴猶嬾く	149	蒙山謡	261④
	—の道に誉ありて	76	鷹徳	141⑩
	—はこれ百済の雲の外をいで	76	鷹徳	140④
	先この—を賞ぜらる	76	鷹徳	140⑥
たかがひ(鷹飼)	犬飼—の其色々にみゆるは	76	鷹徳	140⑨
たかさご(高砂)	其名はげにさば—の尾上の松の枝	12	嘉辰令月	53⑫
たかさゐ	さかふる梢は—の	62	三島詣	121①
たか・し(高)	辰の日は又名に—き	104	五節本	187⑫
	—き位の光なれば	132	源氏紫明	235⑬
	あふげば—き神徳	80	寄山祝	異309④
	音に聞其名も—き高野山	67	山寺	128⑥
	仙岳の—きに異ならず	147	竹園山	259②
	花の所の名—きは	2	花	42⑦
	聳て—き峯つづき	103	巨山景	186①
	—き峯天に横はり	113	遊仙歌	203②
	此国に—き山あり	136	鹿島霊験	242⑧
	名—き山は聞ゆなれ	42	山	91④
	深き谷—き岳	137	鹿島社壇	243①
	仰で神恩の—きを貴み	108	宇都宮	192⑤
	父母は恩愛徳—く	81	対揚	149③
	世々に栄て徳—く	88	祝	159③
	大慈の峯徳—く	109	滝山等覚	194⑬
	仰でも仰べき徳—く	138	補陀落	244①
	骨肉は毘布羅の峯—く	143	善巧方便	254②
	徳—く仰は名にしほふ三笠山	144	永福寺	254⑫
	唐櫓—く推ては	81	対揚	150②
	其徳—く聞つつ	135	聖廟超過	241⑨
	其名も—く聞ゆなり	133	琵琶曲	237①
	神徳峯—くして	17	神祇	57⑤
	君王徳—くして	80	寄山祝	146④
	一真の台—くして	102	南都弁	185⑤
	夫巨山徳—くして	140	巨山竜峯	247⑧
	北嶺—く聳て	62	三島詣	120⑫
	淮王の薬—くのぼり	97	十駅	173⑭
	翅—く法性の空にやかけらん	131	諏方効験	232⑤
	浮る世に—くも思登ざれ	58	道	111⑨
たかしのはま(高志の浜)	—安濃が浦に	52	熊野二	103⑥
たかしやま(高足山)	佐夜の中山—	42	山	91⑤
	—在中将がつたの下道ふみわけし	42	山	両327⑧
	嵐の音も—に	33	海道中	78⑦
たかすがき(竹簀)	我も伏うき—	22	袖志浦恋	64②
たかだぬき(韝)	青骹の鷹の—	76	鷹徳	140⑫
	緑の—は雪の朝に色はへて	76	鷹徳	140⑪
たかつ(高津)	浪は—の難波がたに	48	遠玄	98⑥
	—の宮柱立て旧にしあとならむ	51	熊野一	102⑧

たかつまど(高妻戸)	貞観殿の―	160	余波	278⑦
たかね(高根)	―に残る横雲の	57	善光寺次	109⑫
たかのやま(高野山)	音に聞其名も高き―	67	山寺	128⑥
たかののやま(高野の山)	紀伊の国―のおく	42	山	91③
たかはし(高橋)	此―も渡らじ	34	海道下	79⑧
たかはら(高原)	げに―の末とをみ	55	熊野五	106②
たがひに(互に)	勝負を―あらそふ様	60	双六	115①
	銀砂―映徹せる	140	巨山竜峯	248⑮
	―行化をたすけつつ	62	三島詣	121④
	陰陽も―事異ならず	146	鹿山景	258⑦
	忠孝―是背き	160	余波	277②
	―主伴のへだてなく	108	宇都宮	193⑥
	利生方便―勝劣なしといへども	152	山王威徳	266⑫
	―遷化を都率の雲にあらはし	66	朋友	127⑦
	―とまる記念の	116	袖情	209⑤
	―匂をほどこし	61	郢律講	118⑪
	―誉をほどこす	99	君臣父子	179④
たが・ふ(違)	心に―ふふしもなし	64	夙夜忠	124⑨
	時を―へざるは	90	雨	161⑥
	風雨又寒暑を―へず	81	対揚	148⑪
	寒暑折を―へず	95	風	169⑨
	淳素の宣旨を―へず	98	明王徳	176⑭
	甲乙悉くに―へず	114	蹴鞠興	207⑥
たがへ・す(耕)	或は畔に―す態	91	隠徳	163⑪
たかまつ(高松)	―大柳大炊殿	114	蹴鞠興	206⑨
たかみくら(高御座)	―へぞ御幸なる	104	五節本	187⑫
たかやす(高安)	莵原の郡―	28	伊勢物語	72⑩
たかやま(鷹山)	―鷹の子は催馬楽の歌の詞也	76	鷹徳	141⑫
たから(宝、珎、財)	五百の車に積―	115	車	207⑫
	鳳闕朝廷の重き―	121	管絃曲	216⑧
	正に馬を―とす	77	馬徳	142②
	忠臣は君国の―なり	99	君臣父子	178③
	―や孤雲に普からむ	146	鹿山景	258②
	金銭瓊蕊の―豊に	151	日精徳	264⑥
	抑―を心に任つつ	78	霊鼠誉	145③
	三種の―を奉り	172	石清水	295⑭
	―を降す如意珠までも	15	花亭祝言	55⑨
	色々の―を送つつ	59	十六	112⑫
	―を納し鎌倉の	137	鹿島社壇	243⑫
たからのたま(宝の珠)　＊ほうしゆ	―を埋て利生の奇瑞を顕はし給ふ	62	三島詣	両334⑤
	意のごとくに―をおさむるは	45	心	両334⑨
たから(宝)　※地名	―富安千年ふる様にひかるる	53	熊野三	104⑩
たからかう(多伽羅香)	多摩羅抹香―	89	薫物	異303⑪
たからのやま(宝の山)	東の奥の御牧は君が―とかや	156	随身諸芸	両340⑧
たかをがみ(高尾神)	内の―と祝れ	108	宇都宮	193⑧
	外の―と名にしほふ	108	宇都宮	193⑨
たがん(多含)	一字―を備へたり	122	文字誉	218⑬
たき(滝)	大悲の―あはれみ深く	109	滝山等覚	194⑭
	思せく心の中の―なれや	158	屛風徳	274⑪
	月すむ―に袖ひぢて	109	滝山等覚	196⑧

	太山おろし—の音	49	閑居	99⑩
	岩間に漲る—の音	57	善光寺次	109⑧
	松吹嵐—のひびき	163	少林訣	283⑥
	音羽の山の—の水	96	水	両329①
たきぎ(薪)	—こり菜摘水汲ことはりも	154	背振山幷	269⑨
	若耶の—もとりまうく	110	滝山摩尼	197⑬
	—を負る山人	112	磯城島	202②
たきすさ・む(焼すさむ)	—みたるいさり火の	30	海辺	74⑦
たきそ・ふ(焼そふ)	あまのもしほ火—ふる	127	恋朋哀傷	225⑩
たぎ・つ(滝津、激)	—つ心ぞさはぎまさる	74	狭衣袖	137⑪
	せきとめがたき—つ心は	18	吹風恋	59⑨
たきつせ(滝津瀬)	玉泉竜門の—	94	納涼	169②
たきのしり(滝の尻)	山河の打滝て落る—	54	熊野四	105⑩
たきのを(滝の尾)	亀山てふ—	138	補陀落	244⑫
たきまつり(滝祭)	はくせきをしむる—	96	水	172⑧
たきもと(滝下)	峯よりをつる—の	55	熊野五	107⑤
たきもの(薫物)	君が為に衣裳に—すれども	21	竜田河恋	63⑥
	結び付けん—の	89	薫物	160⑩
	いたづらに薫香の—のみや	113	遊仙歌	203⑪
たきものあはせ(薫物合)	—の色々	111	梅花	200⑧
たぎ・る(滾)	山河の—りて落る滝の尻	54	熊野四	105⑩
	—りて落る浪の荒河行過て	56	善光寺	108⑬
たく(卓)	飛黄—に服し	77	馬徳	異311⑦
た・く(焼)	猶こりずまの浦に—く	21	竜田河恋	62⑬
	衛士の—く火の庭もせに	64	夙夜忠	124④
た・く(闌)	陽春程なく影—けて	161	衣	280⑥
	朝候日—けていづる臣	39	朝	86⑩
	日—けて起給ては	93	長恨歌	167⑤
	更—け夜静にして	7	月	47⑬
たく・す(託)	幼稚の童男に—して	62	三島詣	119⑧
	仁山より智水に—して	138	補陀落	245⑨
たくなは(栲縄)	いはぬはくるしき—の	23	袖湊	64⑬
たくはへ(資)	九年—豊なり	34	海道下	80⑬
たぐひ(類)	目にふれ耳にさいぎる—	49	閑居	99⑪
	をのづから思をひとつならむ—	127	恋朋哀傷	225④
	誰かはもるる—あらん	87	浄土宗	157⑫
	凡隠に—多けれど	91	隠徳	163⑨
	鳴は我身の—かと	5	郭公	46⑥
	余聖にかかる—すくなく	120	二闡提	異312⑤
	哀は—ぞなかりける	127	恋朋哀傷	225⑨
	余に又—ぞなかりける	129	全身駄都	228⑮
	身を浮雲の—とか	170	声楽興下	292⑬
	稀なる—と聞からに	113	遊仙歌	203⑦
	さればやよに又—なき声出の	159	琴曲	275⑧
	余に又—なきは是	102	南都幷	184⑭
	払に敵する—なく	95	風	171④
	いかなる思の—ならむ	35	羇旅	81⑨
	淵は瀬になる—ならん	57	善光寺次	110②
	おなじ涙の—ならん	125	旅別秋情	223④
	是皆歌詠の—なり	61	郢律講	118⑩

	晩晴微なる—なり	171	司晨曲	295⑤
	猶すてはてざる—なれば	45	心	95⑧
	皆是こよなき—なれば	159	琴曲	276⑧
	王母が甑し—なれば	82	遊宴	異302⑧
	露を—にかこちても	70	暁別	131⑦
	あらまほしくうら山敷—は	50	閑居釈教	100⑫
	眼に遮る—は又	35	羇旅	81③
	—は又もあらじかし	105	五節末	189③
	—はまれに開る優曇華の	14	優曇華	54⑧
	立ならぶ—又なく	158	屏風徳	273⑦
	余に又およぶ—もあらじ	141	巨山修意	249⑩
	駒を進る—もあり	136	鹿島霊験	242⑦
	敵する—もなかりけん	97	十駅	175①
	強堅の—も何ならず	166	弓箭	287③
	林に猪鹿の—をかけや	97	十駅	173⑨
	波旬の—を虐	153	背振山	268⑩
たぐひまれ(類希)　＊まれ	余に又—なれば	150	紅葉興	263⑫
たぐひもまれ(類も稀)	殊に—なるは	114	蹴鞠興	207①
	—にいとこよなく	121	管絃曲	216⑪
	—にこよなきは	170	声楽興下	292④
	—にやそだちけん	132	源氏紫明	235②
たぐひやまれ(類や稀)	よに又—ならむ	145	永福寺幷	256④
	さても余に又—ならむ	146	鹿山景	258④
たぐ・ふ(類)	山おろしの風に—ひつつ	103	巨山景	187②
	嵐に—ふ琴の音	31	海路	75⑧
	半の月に—ふ半月	133	琵琶曲	236④
	仙方の雪に—へては	111	梅花	199⑧
たくぼく(啄木)	—の調べ妙なり	133	琵琶曲	236③
	清調—は調子の中の奥積	121	管絃曲	217③
たくみ(巧)	感応道交の—たり	138	補陀落	245⑥
	是は文芸—なれば	65	文武	125⑩
	—にしられで幾年月を杉立る	34	海道下	79③
	谷ふかみ—にしられねば	14	優曇華	54⑩
	けづり成る—も	59	十六	異307⑩
たくやく(橐籥)	—のためしなるべし	58	道	111③
たくら・ぶ(較)	—ぶるに外に撰びがたし	144	永福寺	255①
たけ(長)	井筒にかけしまろが—	28	伊勢物語	72⑨
たけ(竹)	堯女廟の春の—	48	遠玄	98①
	痩て垂たる危岸の—	115	車	208③
	費張の—遠くとぶ	97	十駅	173⑭
	籬の—に音信るも	159	琴曲	275⑭
	風の—に生夜の	68	松竹	129③
	軒端の—にふしなれ	68	松竹	129①
	—に向ては竜吟に似たる響あり	95	風	170⑥
	松のはしら—のかき	68	松竹	129⑧
	松の柱—の垣	68	松竹	両328⑤
	—のけぶり立まさり	68	松竹	129⑤
	糸より—の声に遇て	121	管絃曲	215⑫
	世々を重ぬる—の声花に	124	五明徳	222⑥
	猶し—の谷までも	144	永福寺	255③

	杉村につづける—の葉ずゑより	103	巨山景	186⑫
	雪を重る—の葉に	104	五節本	188③
	代々を重ぬる—のはに	47	酒	異314④
	—の葉に霰はふらぬよなよなも	106	忍恋	190⑦
	—の林にすみしかたらひ	66	朋友	両339⑧
	湘浦の—の世々を経ても	126	暁思留	224⑬
	松—二は君がよはひの若緑	68	松竹	両328⑥
	湘浦に—斑かなり	69	名取河恋	130②
	香厳は—を打声を聞	119	曹源宗	212④
	—をかざししはじめも	68	松竹	129④
たけのあみど(竹の編戸)	—の明暮は	109	滝山等覚	196⑦
たけのこ(竹の子)	孟宗がもとめし—はいかに	99	君臣父子	179②
たけのそのふ(竹の園生)	—にあそぶなる鳳は	80	寄山祝	146⑪
たけうち(武内)	—は輔佐の臣となり	172	石清水	296⑧
たけかは(竹河)	石河—すずか川	61	郢律講	118③
たけきみち(武道)	—には物の武の堅き心を和ぐ	112	磯城島	201⑤
たけ・し(武)	思慮の—きをあらはす	65	文武	125⑥
たけだかはら(竹田河原)	—の淀車	115	車	208⑧
たけとりのおきな(竹取の翁)	げに—編て	112	磯城島	202⑧
たご(田子)	おり立—のみづからと	45	心	95⑫
たご(田子)　※浦	駿河なる—の浦浪	31	海路	両334②
	早苗採—の浦浪に	34	海道下	79⑫
	西をはるかに望めば—の浦浪に	62	三島詣	120⑮
	—のうらみはありその海の	26	名所恋	68③
たごのうら(丹後の浦)	—天の橋立	31	海路	両334①
だしきぬ(出衣)	繕かさぬる—	104	五節本	188⑬
	外に見えたる—の	72	内外	135⑥
だしぐるま(出車)	重なる妻を—の	115	車	208⑭
たしたふ(多子塔)	釈迦文は—の前に	119	曹源宗	211⑫
たしやう(多生)	—の縁ふかきにあり	129	全身駄都	227⑬
	曠劫—の流転は	87	浄土宗	158③
たす・く(助)	陰気を—くる勢ひあり	149	蒙山謡	261④
	—くるためしは稀なるに	160	余波	278⑫
	君を—くる労深く	65	文武	125⑪
	成王を—けし周公旦	81	対揚	149①
	互に行化を—けつつ	62	三島詣	121④
	雪山行教を—けつつ	147	竹園山	259⑤
	和光の利益を—けて	138	補陀落	245⑤
たそかれどき(誰彼時)	—の上達部	105	五節末	189⑩
	—の空目は	40	夕	88③
	—の露の光	115	車	208⑦
ただ(只、唯)	霜ふかき庭の草むらしげれ—	67	山寺	128④
	風を移し俗を易る道は—	121	管絃曲	216③
	欣求浄土の便—	154	背振山幷	269⑩
	徳をあまたになすは—	156	随身諸芸	両340⑨
	閨月の冷きを愁るも—暁の空にあり	125	旅別秋情	223⑪
	—秋かぜの過る声に	58	道	111②
	—在明の月かげの	5	郭公	45⑪
	—徒に幽閑の思に疲れけんも	140	巨山竜峯	249③
	—徒に老にき	27	楽府	70⑪

—いたづらに過ゆく老の命をたとふれば 84 無常 両331⑤
—一乗の法なれば 85 法華 155③
—一念のなせばにや 163 少林訣 283②
よしや—色にはいでじ山桜 106 忍恋 190④
—かの威力によりて也 129 全身駄都 228⑪
—かりそめと思しを 117 旅別 210⑥
—かりそめにむすぶ契かは 43 草 92⑦
—かりそめの雨やどりに 125 旅別秋情 223②
—かりそめのうたたねの 116 袖情 209⑩
—かりそめの空がくれ 16 不老不死 両325⑧
—仮そめの情に詞をかはし座を列ぬ 85 法華 155⑦
—郭公鳥のみならく 5 郭公 46②
—けしきばかりひきかけて 29 源氏 73⑩
—揀択を嫌とか 119 曹源宗 212⑩
—この一体にそなはり 120 二闡提 213⑦
—この音律の道より出とかや 159 琴曲 275⑫
—此のおりにかぎれり 164 秋夕 284⑪
—此経に任すべし 85 法華 155⑥
専—この敬礼天人大覚 129 全身駄都 229⑨
能々しれば浄土は—此心の中なり 162 新浄土 281⑪
—此巨山の勝地にとどまる 103 巨山景 異310⑩
—此叢祠の霊瑞の 135 聖廟超過 241⑪
—この二闡提のみぞ 120 二闡提 異312⑤
—此儲を専にして 149 蒙山謡 261⑪
遊覧も—この砌にあり 145 永福寺幷 256⑥
—此道のしるべなり 112 磯城島 202④
名を後の世にとどむるは—此道の誉なり 65 文武 126②
則千金を田忌に与しも—此道の誉也 155 随身競馬 270⑧
偏に—此基なれや 141 巨山修意 249⑫
—此紅葉にしくはあらじ 150 紅葉興 262②
—此和光の擁護也 136 鹿島霊験 242⑪
難行苦行四弘誓願—これにあり 143 善巧方便 253①
—これ妙の一字なり 122 文字誉 218⑬
—さばかりのすさみぞとも 132 源氏紫明 235⑥
—さばかりの手習の筆のすさみに 73 筆徳 136⑧
—深宮に向て明月を望とかやな 27 楽府 71②
—其群類の奴とならむとぞ思ふ 86 釈教 157③
—其ために西に馳東に趨て営めど 160 余波 279③
—其名をや残すらん 38 無常 84⑤
—それ思のしるべなり 107 金谷思 192②
其功—作となさざるとなれば 141 巨山修意 250②
—等閑に手折花 85 法華 154⑨
—等閑に手折花 85 法華 両331⑧
—等閑のすさみに 87 浄土宗 158⑫
—等閑のつてもがな 19 遅々春恋 61①
—なるもならずも名にしほふ 82 遊宴 異302⑨
—南泉を思はしむ 119 曹源宗 212②
—二三四五の如来の御もとに 87 浄土宗 158⑩
要道と—にやすくいはん 58 道 110⑭
おもふ事いはでや—にやみにけむ 28 伊勢物語 異306⑩

	いざさらば—ひたすらに漕出でむ	86	釈教	156⑬
	—ひたすらに別路に	117	旅別	210⑦
	—一声のあやなくも	5	郭公	46⑨
	—一筋に壁にむかば	128	得月宝池	227①
	—一時に晴ぬべし	153	背振山	268⑫
	—一筆の跡にこそ情の色もしられけれ	73	筆徳	136⑫
	麻の衣の—一重	110	滝山摩尼	198①
	—一重なる夏衣	94	納涼	168⑧
	—一夜のささの庵も	35	羇旅	82③
	—ひとりのみ思ねの夢路に結ぶ契の	157	寝覚恋	両329⑧
	よしや—やがてまぎるる身ともがな	107	金谷思	191⑫
	—良薬の名にのみめづ	86	釈教	156⑤
たたいこ(叩子)	—平箍の捼馴し	60	双六	116⑥
たたかひ(戦)	漢楚の—に淮陰公が策し	172	石清水	297②
	彼—に没せし	172	石清水	297④
たた・く(叩)	纜を解舷を—いて	30	海辺	73⑭
	明よと—く瓦の声	163	少林訣	282⑪
	閨の戸を明ぬにいかでか—くらん	171	司晨曲	294⑪
ただし(直、正)	世に—しき声なければ	58	道	112②
	身の—しきに順影	98	明王徳	177⑧
	其品—しきのみならず	116	袖情	209⑤
	律令を—しく翰墨を先として	65	文武	125⑪
	金の簪を—しくし	113	遊仙歌	204⑦
	道を—しくして私をかへりみず	63	理世道	122⑪
	ますます心を—しくす	158	屛風徳	274②
たたずみあり・く(佇歩)	温明殿のわたりを—きたまひて	90	雨	162③
たたず・む(佇)	宴の松原に—むに	60	双六	115⑧
	徘徊て—めども	113	遊仙歌	203⑪
	妻戸の砌に—めば	104	五節本	188⑥
ただぢ(直路)	跡なき水の夢の—	24	袖余波	66⑧
	夢の—の雨の後	5	郭公	45⑥
	夢の—をしたふらむ	83	夢	152②
ただちに(直)	—是を嘗知なば	149	蒙山謡	261⑫
たた・ふ(湛)	不返の波を—へ	62	三島詣	119①
	池に酒の波を—へ	97	十駅	173⑩
	流を此砌に—へしかば	108	宇都宮	192⑫
	海は四徳を—へつつ	31	海路	74⑭
	竜神上て岩越波を—へつつ	159	琴曲	両335⑪
	水神地に—へて	96	水	171⑩
	抑三の湖水を—へて	139	補陀湖水	246①
	波濤を—へて鎮なり	109	滝山等覚	194⑭
	功徳池の波を—へては	62	三島詣	119⑬
たた・む(畳)	渭浜の浪を—むまで	13	宇礼志喜	54③
たたりがた(栭)	雲の—いらかをならべたりやな	15	花亭祝言	55②
たちえ(立枝)	穂枝—のうすにほひ	111	梅花	200③
たちおく・る(立後)	霞の中のかくれ家にも—るる事なく	64	夙夜忠	124⑥
	朝霧に—れじと久方の	76	鷹徳	141⑤
たちおと・る(立劣)	げに—らずや聞らん	112	磯城島	201⑪
たちか・ふ(裁替)	霞の衣—へて	161	衣	280⑦
たちかへ・る(立帰)	なをいにしへに—り	11	祝言	52⑪

	磯べの浪の—り	34	海道下	79⑨
	さかまく浪も—り	44	上下	93⑥
	直なる道に—り	151	日精徳	264⑩
	白雲の底に—り	152	山王威徳	267⑧
	—りみて過がたき花の香や	111	梅花	199⑫
	猶—りみてゆかん	35	羇旅	81⑨
	又—る哀は	49	閑居	99⑥
	又—る橋ばしら	33	海道中	78⑦
	又—るまつりごと	98	明王徳	176⑬
たちもかへ・る	—らぬ飛鳥河	160	余波	276⑭
	—らぬわかれぢの	173	領巾振恋	298⑭
たちがれ(立枯)	槇の—陰さびし	57	善光寺次	109⑧
たち・く(立来)	浪も—きて帰るは	150	紅葉興	262⑩
たちこ・む(立籠)	秋の夜の暁深く—むる	54	熊野四	105①
たちさわ・ぐ(立騒)	干潟も遠く—ぐ	31	海路	75⑪
	朝市の里動まで—ぐ	56	善光寺	108⑭
	—ぐ雲にしばしは迷ふとも	118	雲	211⑦
	干潟も遠く—ぐ夕浪ちどり	31	海路	両334③
たちそ・ふ(立副)	思あたりに—ひて	24	袖余波	66④
	雲に—ふ煙の	118	雲	211⑥
	—ふ浪の玉島や	173	領巾振恋	298⑥
たちつらな・る(立連)	—れる袖の懸	114	蹴鞠興	207④
たちどころに(立所に)	—師傅に登き	81	対揚	149②
	逆臣を—平げ	101	南都霊地	183②
たちなら・ぶ(立並)	千木の片鎹—び	51	熊野一	102⑭
	浦山敷も—びて	32	海道上	77⑦
	近衛も—ぶ	104	五節本	188①
	春の霞に—ぶ	132	源氏紫明	235②
	又—ぶためしなく	15	花亭祝言	55③
	—ぶためしものどけき春霞	99	君臣父子	178⑦
たちのぼ・る(立昇)	煙も空に—り	22	袖志浦恋	63⑬
	香は香雲と—り	61	郢律講	118⑫
	山の霞と—り	84	無常	153⑧
	富士のねの煙も空に—り	22	袖志浦恋	両325⑪
	—りにしあかつきより	168	霜	290⑥
	雲井に遙かに—る	12	嘉辰令月	53⑫
	遠里はるかに—る	32	海道上	77⑭
たちばな(橘)	羅浮山の—	42	山	90⑩
	夏山のしげき軒端に薫—	53	熊野三	104⑤
	さても巴卭の—に	123	仙家道	220⑬
たちばなのこじまがさき(橘の小島が崎)	—に舟指とめし川岸	94	納涼	169⑤
	—に船指留て契けん	25	源氏恋	67⑧
たちへだ・つ(立隔)	よそにもやがて—つるか	26	名所恋	68⑫
	—つるもつらき瀬に	81	対揚	149⑤
	—つれどまがきの島	35	羇旅	82⑦
	—てても夕霧の	121	管絃曲	216⑬
たちまさ・る(立まさる)	紅桃の浪にや—らん	82	遊宴	異302⑦
	竹のけぶり—り	68	松竹	129⑤
	商山の昔にも猶—るすみかとて	123	仙家道	221①
たちまちに(忽)	—日夕の露をあらそふ	84	無常	153⑧

	—隔る雲のなかりせば	154	背振山幷	269③
	—ここに顕る	163	少林訣	282⑩
たちま・ふ(立舞)	—ふ玉女の袖の荘ひ	123	仙家道	220⑪
	—ふ袖の追風に	17	神祇	58①
	唐人の—ふ袖の気色	116	袖情	210③
	庭燎の前に—ふ袖の手向にも	156	随身諸芸	272②
	—ふ袖の緑の色は	121	管絃曲	216⑩
	—ふ袖もいそがはし	9	冬	50②
	をみの衣の—ふ袖をひるがへし	11	祝言	52⑨
	—ふべくもあらぬ身の	25	源氏恋	67②
たちまよ・ふ(立迷)	猶—ふ夕霧の	40	夕	88②
	—ふ夕の霧の絶間にも	66	朋友	126⑩
たちもとほ・る(徘徊)	—りてたたずめども	113	遊仙歌	203⑪
たちやすら・ふ(立やすらふ)	其神立に—ひけむ	5	郭公	45⑤
	わすれがたき中にも—ひし雪の夜	168	霜	290⑧
たちよ・る(立寄)	猶あらじとて—りし	24	袖余波	66⑥
	いざ—りてかざしとらむ	57	善光寺次	109⑨
	いざ—りて見てだにゆかん	32	海道上	76⑪
	—る老のなみまでも	28	伊勢物語	71⑪
	暫とて—るかひも渚なる	31	海路	76①
	しばし—る気色の	94	納涼	168⑨
	—る友の行摺にも	125	旅別秋情	223②
たちわか・る(立別)	—るれば旅の空	32	海道上	76⑥
	それさへ絶々—れて	70	暁別	131⑤
	—れなばしら雲の	37	行余波	83②
たちゐ(起居、立居)	青海の波の—につけて	121	管絃曲	216⑪
	—につけて憐と	25	源氏恋	67⑤
	浪の—に古郷の	71	懐旧	132⑥
	浪の—に忘れねば	132	源氏紫明	235④
た・つ(立)　※四段	好とても善名も—たず	25	源氏恋	67①
	瀬には—たねど苦き恋の淵となる	18	吹風恋	60⑥
	天のはら雲の浪—ち	118	雲	両338⑫
	春—ちけりな天の戸の	1	春	41⑨
	—ちし都の名残は	167	露曲	288⑥
	をのをのとぼそに—ちたまふ	62	三島詣	120⑥
	—ちつる浪の跡ぞなき	163	少林訣	283④
	沢辺の道を朝—ちて	56	善光寺	108②
	先目に—ちて見ゆるや	156	随身諸芸	272④
	いざ—ちなんやと計の	105	五節末	189⑤
	男山花にあだ名は—ちぬとも	8	秋興	49④
	—ちもはなれぬ面影	74	狭衣袖	138④
	欄檻に—ちや尽さまし	103	巨山景	186⑧
	丸は田に—ついとなみに	5	郭公	46④
	暮待空に—つ雲	118	雲	211④
	胸のあたりに—つけぶり	69	名取河恋	130①
	富士の高根に—つ煙	107	金谷思	191⑪
	野にも山にも—つ煙	134	聖廟霊瑞	238⑮
	民はさかふるかまどに—つ煙	68	松竹	両328⑤
	下野や室の八島に—つ煙	31	海路	両334①
	望月桐原の御牧に—つ駒	77	馬徳	142⑬

	寒き洲崎に一つ鷺も	119	曹源宗	212③
	鴫一つ沢の秋の暮	164	秋夕	285⑦
	されば吾一つ杣の麓の	78	霊鼠誉	143⑪
	薄霧の一つ旅衣の	8	秋興	49①
	朝一つ旅の行末	39	朝	87⑤
	風わたる諏方の御海に春一てば	95	風	170⑨
	秋風一てば織女の	171	司晨曲	294②
	たゆたふ波に一てるしら雲	86	釈教	157①
	さびしく一てるひとつ松	33	海道中	78⑧
	名にこそ一てれ百年に	28	伊勢物語	71⑪
た・つ(立)　※下二段	或は色にいで或は声に一つ	86	釈教	156⑫
	其位によりて一つ	119	曹源宗	212①
	十二天泉水の屏風を一つなるも	158	屏風徳	275①
	さはだ河きしに一つるか青柳や	82	遊宴	151⑪
	后妃の後に一つるてふ	171	司晨曲	295⑤
	懸を又一つるも	114	蹴鞠興	206④
	なれも恨てねを一つるや	125	旅別秋情	223④
	音には一つれど忍の岡	26	名所恋	68⑬
	六八弘誓の門を一て	87	浄土宗	157⑬
	彼徳にや一てけん	158	屏風徳	273⑫
	夕顔のやどりに一てし車	115	車	208⑦
	宝祚に一てし画図の屏風	158	屏風徳	274⑧
	舟さしとめて一てしは	158	屏風徳	274⑥
	むかひに一てし女車	115	車	208⑤
	頻に鳥も音に一てて	21	竜田河恋	63②
	なるとの浪の音に一てて	23	袖湊	64⑫
	音羽の滝の音に一てて	26	名所恋	67⑭
	あら磯に砕る音一てて	30	海辺	74⑤
	ふるや霰の音一てて	32	海道上	77④
	吹送由井の浜風音一てて	56	善光寺	107⑭
	山の下荻こゑ一てて	164	秋夕	285⑦
	ふとしき一てて弥さかふ	62	三島詣	119⑫
	ふとしき一ててては尊の世々に栄て	88	祝	159②
	一てて旧にしあとならむ	51	熊野一	102⑧
	音に一ててもいはばや物を	18	吹風恋	59⑨
	音にこそ一てね笛竹の	76	鷹徳	141⑫
	九重に是を一てらる	77	馬徳	142⑨
	禁中に是を一てらる	158	屏風徳	273⑩
	幾年月を杉一てる	34	海道下	79③
	さびしく一てる翁草の	100	老後述懐	180④
	斜に一てるかとみゆ	81	対揚	150③
た・つ(建)	四本竜寺を一てけるぞ	138	補陀落	244⑨
	習禅院を一てられき	119	曹源宗	212⑬
	大乗戒壇を彼山に一てられしに	135	聖廟超過	241⑧
た・つ(断)	夜の雨に猿を聞て腸を一つ声も	93	長恨歌	167⑫
	先腸を一つとかや	169	声楽興	291⑨
たづ(鶴)　＊つる	一鳴わたる磯伝ひ	51	熊野一	102⑫
	記念の浦に鳴一の	26	名所恋	68⑫
	かはらぬ一の声までも	12	嘉辰令月	53⑪
	渚の一の夕こゑ	164	秋夕	284⑭

	—は渚に遊て	139	補陀湖水	246④
	葦辺の—も鳴渡る	53	熊野三	104③
	行平の—の摺衣	161	衣	280②
たづさは・る(携)	此道にぞ—る	114	蹴鞠興	205⑪
たつ・す(達)	殊に此芸に—し	114	蹴鞠興	205⑤
	褒美の詞も—し難し	134	聖廟霊瑞	238⑦
	望既に—しぬ	147	竹園山	259⑩
だつすいりようがん(達水竜坎)	—霊物爰にあるをや	138	補陀落	245⑥
たつた(達多)	又—が勧めし禁父の縁	87	浄土宗	157⑬
たつた(竜田)　※山	—泊瀬志賀の山	2	花	42⑧
	—の奥のいくかすみ	3	春野遊	44②
	緑の松の—山	171	司晨曲	294③
	奥津しら浪—山の垣間見に	28	伊勢物語	両329⑩
	奥津白波—山を思をくりし	28	伊勢物語	異306⑧
	—のやまの山おろし	163	少林訣	283②
たつたがは(竜田河)	恋すてふわが名はまだき—	21	竜田河恋	62⑧
たつたのかは(竜田の河)	—のまさる水も	150	紅葉興	262⑧
たつてながきてら(建長寺)	伽藍—興国の霊場鎮に	140	巨山竜峯	247⑧
たつてひさ・し(建久)　＊けんきう	建久の治天を撰びしも—しかるべき	144	永福寺	254⑭
たつと・し〔たとし、たんとし〕(貴、尊)	—かりし奇特は春日くもらず	129	全身駄都	229④
	さても—かりしは伝教弘法慈覚智証	154	背振山弁	269④
	金経門ぞ—き	109	滝山等覚	196⑥
	奥の御前ぞ—き	137	鹿島社壇	243②
	開山の—き跡をのこす	128	得月宝池	227⑦
	さても—き跡を残すは正暦の宸筆	135	聖廟超過	241⑥
	彼と云是と云—き哉	145	永福寺弁	256⑭
	—きかなや真言深かなや法相と	102	南都弁	185⑩
	—きかなや諸仏菩薩	143	善巧方便	253⑭
	—き哉や太政威徳天としては	135	聖廟超過	240⑧
	周公旦みづから—き事をしり	81	対揚	149①
	返々も—きは青幣赤幣	136	鹿島霊験	242①
	聞も—きは二仏座を並し	81	対揚	149⑦
	聞わたるも—きは山菅の橋の深砂王	138	補陀落	244⑦
	紫泥の—きを仰ぎつつ	63	理世道	123⑦
	さても—く妙なるかな	158	屛風徳	274⑮
	如法写経の硯こそ—くは覚ゆれ	165	硯	286⑩
	天長地久の祈念を思いづれば—し	139	補陀湖水	246⑨
たつと・む(尊、貴)	仰で神恩の高を—み	108	宇都宮	192⑤
	—むべき礼あり	72	内外	133⑧
	—むべし仰べし	147	竹園山	258⑫
	掲焉き霊威を—めば	134	聖廟霊瑞	237⑥
	又遺身駄都の安置を—めば	146	鹿山景	257⑭
たづな(手綱)	紅葉落葉の—	150	紅葉興	263④
	七寸を搦—なり	156	随身諸芸	271⑪
	をさまれる—に取そふる	156	随身諸芸	272③
たづ・ぬ(尋)	遠波の泊を—ぬる	164	秋夕	284⑩
	—ぬる道をしるべにて	83	夢	152⑧
	主の行末を—ぬれば	113	遊仙歌	203⑥
	其本地を—ぬれば	152	山王威徳	267①
	はるかに安道を—ねき	66	朋友	126⑦

	蓬莱宮を―ねけん	27	楽府	70⑩
	松の価を―ねけん	149	蒙山謡	261⑤
	いなや帰らじと―ねしかど	16	不老不死	55⑪
	―ねし野原の鷙狩に	76	鷹徳	141⑤
	朝に跡を―ねしは	10	雪	50⑬
	薬を―ねし蓬莱宮	30	海辺	74⑪
	跡を―ねし御代かとよ	112	磯城島	201⑥
	遇難き蓬壺を―ねしも	79	船	145⑨
	―ねしやどのまきばしら	75	狭衣妻	139⑩
	入江の浜物―ねつつ	82	遊宴	150⑫
	日域の霞を―ねつつ	109	滝山等覚	195⑫
	其源を―ねつつ	142	鶴岡霊威	252⑤
	―ねてとふべきためしかは	151	日精徳	264⑮
	小野の山里―ねても	73	筆徳	136⑦
	やがて消なば―ねても	167	露曲	289②
	―ねてもみばや堀兼の	56	善光寺	108⑧
	―ねばやまだ我しらぬ	48	遠玄	98⑦
	大同の門をや―ねまし	58	道	111①
	つづきの里をや―ねまし	91	隠徳	164⑬
	―ねやすく行やすきは	130	江島景	230③
	―ねやせまし花桜	58	道	110⑪
	身を捨て何を―ねん	50	閑居釈教	100④
	誰かは外に―ねん	110	滝山摩尼	197⑨
たづねいるの(尋入野)	―のつぼすみれ	3	春野遊	44③
たづね・う(尋得)	抑方士が―えし太真院の玉の枢	93	長恨歌	168①
たづねゆ・く(尋行)	―きては美作や久米のさら山	26	名所恋	68⑦
たつのひ(辰の日)	―は又名に高き	104	五節本	187⑫
たつのひのせちゑ(辰の日の節会)	―は豊の明も面白や	41	年中行事	89⑮
たづら(田頬、田面)　＊たのも	落穂拾し―の庵	28	伊勢物語	72⑩
	―の奥の露の命	65	文武	125⑦
	―を過て是やこの	54	熊野四	105⑥
たて(楯)	成実の―をなびかしてや	97	十駅	175①
	―を引し有様	101	南都霊地	183⑮
	逆臣―を引しかば	108	宇都宮	194③
	諸論も―を引つべし	85	法華	155⑤
たて(経)	霞にかはる霜の―	151	日精徳	264⑨
たていれ(立入)	相見―品態	60	双六	116⑤
たてそ・む(立初)	天の逆鉾を―めし	59	十六	112⑪
たてなら・ぶ(立幷)	台をかざる屛風に―ぶたぐひ	158	屛風徳	273⑦
	御忌の物見車は一条の大路に―べ	115	車	208⑥
	八竜の幢を―べ	172	石清水	296⑫
たてぶち(立掾)	しるしをあらはす―	115	車	208⑫
たてまつ・る(奉)	皇孫瓊々杵の尊に三種の宝を―り	172	石清水	295⑭
	太神に台を―りし	108	宇都宮	193⑩
	紫の琴を―りしも	159	琴曲	276④
	ひとつの玉を―りしも	159	琴曲	両335⑫
	あらたに―りて	154	背振山幷	269⑭
	百済経典を―る	59	十六	112⑫
たてや・る(立やる)	車に―りしは	158	屛風徳	274⑤
だと(駄都)	全身の―に遇奉る	129	全身駄都	227⑫

	又遺身―の安置を尊ば	146	鹿山景	257⑭
	遺身―の加被なり	129	全身駄都	228⑫
	宝珠に―の光を副	148	竹園如法	260③
たどたど・し	湯桁の数も―しからず	60	双六	115⑮
たどのこほり(多度の郡)	弘法大師の誕生も―屛風の浦	158	屛風徳	274④
たと・ふ(喩、譬)	みな此琴の音に―ふ	159	琴曲	275⑪
	風の徳に―ふれば	95	風	171④
	老の命を―ふれば	84	無常	両331⑤
	其姿に―へけるも	124	五明徳	222⑤
	法華に―へし優曇花	2	花	43③
	この色に―へたり	68	松竹	128⑭
	恩徳―へていはんかたぞなき	72	内外	134⑥
	荘厳も―へていはん方ぞなき	102	南都幷	185⑧
	功徳は―へていはん方もなし	129	全身駄都	229⑬
	花と云ば桜に―へても	29	源氏	73⑧
	―へば漢楚の戦に	172	石清水	297②
たとへ(喩)	おごれるあまりの―たり	78	霊鼠誉	異313⑨
	犯を辜―とす	60	双六	114⑪
	我等が心の―とす	78	霊鼠誉	145②
	優曇―とする	73	筆徳	136②
	決定知近水の―に	96	水	172⑥
	或は三車の―にて	115	車	207⑭
	ともにをし折たる―は	29	源氏	73⑫
	―も化にや及べき	140	巨山竜峯	248⑩
	薬草薬樹の―も一味の雨に潤	90	雨	異304③
	―もたらざりければにや	85	法華	154⑤
	かみなる―をあらはす	76	鷹徳	異308⑫
	妙なる―をさとり得ても	77	馬徳	異304⑨
たど・る(辿)	わりなき路も―られき	104	五節本	187⑬
	うつつを夢とや―りけん	173	領巾振恋	299⑦
	久米河の逢瀬を―る苦しさ	56	善光寺	108⑤
	夢路を―る袂には	83	夢	152②
	逢瀬をだにも―る身の	26	名所恋	69②
	見なれぬ渡を―るらし	56	善光寺	108⑭
	道をや外に―るらむ	84	無常	153④
	驚く程こそ―るらめ	83	夢	152⑬
	おどろく程こそ―るらめ	83	夢	異303③
たなか(田中)	―の井戸にひくたなぎ	3	春野遊	43⑩
たなぎ(田水葱)	田中の井戸にひく―	3	春野遊	43⑩
たなごころ(掌)	吠尸羅増福の―	62	三島詣	120②
	―に得たるのみならず	85	法華	154③
	―に花ぶさを捧とか	120	二闡提	213⑥
	用明の太子の―の	129	全身駄都	228⑤
	―のかざしの梢は	134	聖廟霊瑞	237⑬
	貞元入蔵の―を	87	浄土宗	157⑩
たなざき(手先)	雪うち払ふ―の	76	鷹徳	141③
たなばた(織女、七夕)	秋風立ば―の天羽衣希に来て	171	司晨曲	294②
	秋かぜふけば―の妻むかへ船に	6	秋	47①
	―の手づかひかしこき態までも	45	心	95⑦
	―の星合の睦をしたひけん	99	君臣父子	178⑫

	醫は一の星をとどめ	113	遊仙歌	203⑭
	一ひこ星の絶せぬ秋の手向までも	131	諏方効験	233⑩
たなばたつめ〔たなばたづめ〕(七夕つめ)	一の袖越て	164	秋夕	284⑭
たなび・く(靡)	野径に煙一きて	35	羇旅	81②
	八十万艘を一きて	172	石清水	296⑭
	霞一く雲井より	1	春	41⑨
	峯に一くしら雲の	112	磯城島	201②
たなべのうら(田辺の浦)	いまはや出立一	54	熊野四	105④
たに(谷)　＊やつ	深き一高き岳	137	鹿島社壇	243①
	桃花の一に到に	113	遊仙歌	203④
	げにこの一にてや初音きかん	144	永福寺	255⑪
	芝蘭一に匂をほどこし	141	巨山修意	249⑧
	遺賢一にや籠らん	171	司晨曲	294①
	一の岩かど踏ならし	50	閑居釈教	100⑨
	幾年月を杉立る一の磴路に	34	海道下	79③
	鄭県の一の下水	151	日精徳	264④
	一の清水をむすびあげ	154	背振山幷	269⑦
	夕立過る一の水	58	道	111④
	岩間をくぐる一の水	110	滝山摩尼	197④
	一の埋木いつまでか	26	名所恋	両326④
	一は又千秋の流久しく	128	得月宝池	226⑧
	一ふかみたくみにしられねば	14	優曇華	54⑩
	猶し竹の一までも	144	永福寺	255③
	後には老杉一を囲み	140	巨山竜峯	248⑪
たにのと(谷の戸)	上陽の春の一に	81	対揚	149⑭
	時まちいづる一に	143	善巧方便	253⑫
たにかぜ(谷風)	東風吹春の一	140	巨山竜峯	248⑬
	山風一山下	95	風	170⑮
たにごしのは(谷越の羽)	一ぞをかしき	76	鷹徳	141⑦
たにち(谷地)	深き一をめぐり	113	遊仙歌	203①
たね(種)	三十七品菩提の一	97	十駅	174③
	一とらましを逢事の	21	竜田河恋	62⑫
	涙の一とやなりぬらん	173	領巾振恋	298⑭
	御もとにうへけん一のみかは	87	浄土宗	158⑩
	一まきをきし姫小松	75	狭衣妻	139⑪
	忘る一を誰か蒔し	31	海路	75⑥
	一をば誰か蒔けむ	106	忍恋	190⑫
たねん(多年)	一のあそびをわすれざれと	66	朋友	127③
たの・し(楽)	逢が一しき九重の	10	雪	51①
たのしみ(楽)　＊らく	是皆物外の一きはまらず	123	仙家道	220⑨
	市をなす一は	39	朝	86⑨
	宝の珠をおさむるは一久しき砌也	45	心	両334⑨
	一日々にまさりけり	34	海道下	両326⑫
たのしみさか・ゆ〔たのしみさかふ〕(楽栄)	涅槃の山に風薫ず一ふる砌なり	89	薫物	161②
	雨露の恩をそそきつつ一へは筑波山	80	寄山祝	146⑦
たのし・む(楽)	誰かは一まざるべき	122	文字誉	220①
	誰かは一まざるべき	145	永福寺幷	256⑮
	衣食に耽て一み	97	十駅	173⑧
	万歳千秋一みて	170	声楽興下	293⑦
	春に一む心あり	165	硯	286②

た

	—む時は楽もあり	58	道	111⑥
たのみ(憑、頼)	なにかは露の—あらん	38	無常	84⑭
	鎮護の道場—あり	11	祝言	52⑪
	十念不捨の—あり	62	三島詣	120⑤
	うらもひなく—あり	87	浄土宗	157⑫
	万人やすき—あり	96	水	172⑭
	若は後も—あり	100	老後述懐	179⑬
	うらもひなく—あり	108	宇都宮	193⑪
	常念地蔵の—あり	120	二闡提	214⑩
	ことにすぐれて—あり	45	心	両334⑪
	結縁も殊に—あるかな	145	永福寺幷	256⑬
	聞わたるも—あるは	135	聖廟超過	241④
	抑結縁も忝なく—み有は	72	内外	異308③
	照覧正に—あれば	147	竹園山	259⑨
	—だにかけてもいかがあだ浪の	18	吹風恋	60④
	—をかくる神事	108	宇都宮	194⑥
	一筋に—をかくるならば	87	浄土宗	158⑬
	—をかくるゆふだすき	55	熊野五	107①
	誰かは—をかけざらむ	54	熊野四	105⑩
	誰か—をかけざらん	41	年中行事	89⑤
たの・む(憑)	いかでか—まざるべき	85	法華	155⑨
	あさがほのはかなき契を—まぬは	40	夕	両333④
	かけてもいさや—まねば	21	竜田河恋	63③
	又夕暮や—ままし	70	暁別	131⑦
	ならひを誰かは—まん	23	袖湊	64⑭
	逢みる夢を—みけん	70	暁別	130⑬
	夢を—みし妻となる	132	源氏紫明	235⑤
	掛てもさやは—みしに	38	無常	84⑩
	真の誓を—みつつ	109	滝山等覚	195⑦
	神の誓を—みても	74	狭衣袖	138⑤
	誰かは—みはつべき	84	無常	153⑫
	なげきは—む陰もなく	38	無常	84⑦
	契も—む方ぞなき	38	無常	両335②
	—むかひなき世のならひは	127	恋朋哀傷	225⑧
	—む心もいとふかし	152	山王威徳	267⑨
	—むよすがと待えては	132	源氏紫明	234⑪
	鳰鳥の浮巣をあだにや—むらむ	30	海辺	74③
	人毎に浅からず—むる中河の	126	暁思留	224⑦
	—めし人も来やこずやの面影の	116	袖情	209⑪
	さてさば後も—めじとや	117	旅別	210⑨
	後をばしらず—めつる	21	竜田河恋	62⑭
	—めてこぬ夜はつもるとも	103	巨山景	186⑧
	—めて問ぬ夕暮	95	風	171①
	夢幻を—めども	168	霜	290⑨
	—めば慰むあらまし	100	老後述懐	179⑬
たのむのかり(田の面の雁、憑)	—もひたぶるに	28	伊勢物語	72⑤
	峯飛越る—	159	琴曲	275⑩
たのめお・く(頼置)	行末遠く—けば	75	狭衣妻	138⑭
たのも(田の面)　＊たづら	—の露ぞかかるなる	171	司晨曲	295⑥
たのも・し(憑)	思しられて—し	154	背振山幷	269⑨

	いかでか—しからざらむ	140	巨山竜峯	247⑫
	いかでか—しからざらむ	146	鹿山景	257⑧
	神の恵ぞ—しき	2	花	42⑩
	来世も兼て—しき	103	巨山景	187③
	光を仰ぞ—しき	142	鶴岡霊威	252⑧
	もらさぬ恵ぞ—しき	163	少林訣	283⑭
	宇礼志喜哉—しき哉	129	全身駄都	227⑫
	—しき哉や	160	余波	277⑤
	末—しきちかひかな	76	鷹徳	両326⑨
	渡せる橋も—しく	54	熊野四	105⑩
	此等の結縁—しく	62	三島詣	120⑧
	—しくぞおぼゆる	86	釈教	157⑥
	—しくぞ覚る	114	蹴鞠興	205⑩
	勝—しくぞ覚る	172	石清水	297⑮
	—しくぞや覚る	9	冬	50②
	—しくぞや覚る	77	馬徳	143③
	—しくぞやおぼゆる	87	浄土宗	158⑮
	—しくぞや覚る	93	長恨歌	168④
	勝—しくぞや覚る	99	君臣父子	179⑪
	—しくぞや覚る	144	永福寺	255⑤
	—しくぞや覚る	176	廻向	異315⑫
	猶—しくは覚ゆれ	131	諏方効験	233③
	猶—しく三熊野の神もろともに	12	嘉辰令月	53⑨
たばし・る(手走)	霰—る玉霰の籬の竹に音信るも	159	琴曲	275⑭
たはぶ・る(戯)	名利に誇て—る	97	十駅	173⑧
	鷗は浪に—る	139	補陀湖水	246④
	花に—るる春の園	38	無常	84⑬
	鳧雁鴛鴦は羽をかはして—れ	144	永福寺	255⑦
	花に—れし貌ばせ	127	恋朋哀傷	225⑬
	緱嶺の雲に—れしげいしやう	121	管絃曲	217⑨
	井公と—れ給き	60	双六	114⑩
	功徳池の砂に—れて	84	無常	153⑭
	袖うちかはし—れん	24	袖余波	66⑪
たはぶれ(戯)	振分がみの—	28	伊勢物語	72⑨
	鸚鵡盃の—	47	酒	97⑥
	竹馬は幼稚の—	77	馬徳	143①
	琴詩酒の—	82	遊宴	150⑧
	琴詩酒の—	86	釈教	156⑨
	袖うちかはす—	116	袖情	210③
	何ぞ狂言遊宴の—	143	善巧方便	252⑬
	虎渓の橋の—	66	朋友	両339⑧
	采女の—濃に	112	磯城島	201④
	せめても睦しき—とや	113	遊仙歌	204①
	又及至童子の—まで	85	法華	154⑩
	又乃至童子の—まで	85	法華	両331⑩
	明暮すさみし—までも	132	源氏紫明	234⑫
	あさねがみの—も	22	袖志浦恋	両326①
たはやか(婀)	窈窕と—に	113	遊仙歌	203⑭
たはれじま(戯島)	誰黒髪の—	30	海辺	両333⑧
たび(度)	神託—をや重ねけん	134	聖廟霊瑞	239⑩

たび(旅)	馬上に愁吟切なりし胡国の—	133	琵琶曲	236⑧
	終は何の—ならむ	35	羇旅	82⑦
	旅より—に移きて	35	羇旅	81⑤
	—にしあれば草枕	117	旅別	210⑥
	山路の—の秋の暮	57	善光寺次	109⑨
	—の台の仮にも	135	聖廟超過	240⑧
	勝此—のうれしければ	35	羇旅	81⑭
	さればや思はぬ—の住居までも	132	源氏紫明	235④
	とけてねられぬ—の床	33	海道中	78⑫
	露駅を伝し—の泊	134	聖廟霊瑞	239③
	—の情ぞ忍びがたき	125	旅別秋情	223①
	昭君が—の馬上の曲	35	羇旅	81⑦
	朝立—の行末	39	朝	87⑤
	いそぐは—のゆふぐれ	32	海道上	77⑭
	—より旅に移きて	35	羇旅	81④
たびのそら(旅の空)	事問わびし—	28	伊勢物語	72④
	立別れば—	32	海道上	76⑥
	夕越かかる—	40	夕	87⑬
	人遣なりし—	134	聖廟霊瑞	238⑮
	—夜半の煙と	127	恋朋哀傷	225⑨
たびごろも(旅衣)	蓑うらがへす—	32	海道上	77②
	行人もとどまる袖も—	36	留余波	82⑩
	又思立—	37	行余波	83⑤
	雪うち払ふ—	116	袖情	210①
	分ればぬるる—	167	露曲	288⑥
	—宇津の山辺の蔦の下道	164	秋夕	284⑪
	薄霧の立—の袖かとまがふ	8	秋興	49②
	きても—の露を片敷草枕に	125	旅別秋情	223⑤
たびね(旅寝)	草ひきむすぶ—せん	32	海道上	76⑬
	うらめしかりし—の床	64	夙夜忠	124⑧
	—の床のとことはに	37	行余波	83⑦
	中にも—の程もなく	171	司晨曲	294⑭
	—を慕草の庵	160	余波	277⑫
たびびと(旅人)　＊りよじん	友まよはせる—は	6	秋	47③
たひらか(平)	夫泰階—に	93	長恨歌	166⑭
	今に都鄙—に	137	鹿島社壇	243⑬
	世を—にやみそなはすらん	88	祝	159⑬
たひら・ぐ(平)	逆臣を立どころに—げ	101	南都霊地	183③
	則逆臣を—げしも	59	十六	113①
	五蠅成邪神とを—げて	41	年中行事	89⑧
たふ(塔)	供養舎利者起万億種—	129	全身駄都	229⑫
た・ふ(堪、耐)	生ても思に—へじとや	23	袖湊	65⑨
	—へぬ涙を抑ても	19	遅々春恋	60⑨
	時雨に—へぬ別も	84	無常	153⑤
たぶさ(腕)	千手千眼の—には	108	宇都宮	193②
たふと(尊)	那智の御山は安名—	55	熊野五	107④
	西寺におこなふ道はあな—	61	郢律講	118⑦
	さても冬籠る御室はあな—	131	諏方効験	233①
たふと・し(尊、貴)	馴子舞法施の声ぞ—き	51	熊野一	102⑮
	なれこ舞法施の声ぞ—き	52	熊野二	103⑬

	馴子舞法施の声ぞ—き	53	熊野三	104⑬
	馴子舞法施の声ぞ—き	54	熊野四	105⑪
	神社の勝て—きは	42	山	91②
	法華の妙文の—きは	72	内外	134③
	聞も新に—きは	163	少林訣	283⑩
たふば(塔婆)	そよや—三重の荘厳は	103	巨山景	異310⑤
	或は—を三十三天の月にみがき	129	全身駄都	228⑧
だふりやう(納涼)	—殊に便をえて	144	永福寺	255⑪
	抑—の勝地名所の中にも	94	納涼	168⑭
たへ(妙)	啄木の調べ—なり	133	琵琶曲	236③
	花の容貌—なりし	59	十六	113⑩
	さても貴く—なるかな	158	屛風徳	274⑮
	—なる哉大衆緊那羅が琴の音	159	琴曲	276⑨
	—なる哉や八軸の垂露消せぬ真文	160	余波	277⑤
	汀は—なる薫香風に充満り	128	得月宝池	226⑩
	されば詩歌の—なる詞にも	95	風	169⑭
	調し琴の—なる声	105	五節末	190①
	梵音和雅の—なる声	129	全身駄都	229⑨
	—なる声にや通らん	130	江島景	230⑬
	—なるこゑを先とせり	169	声楽興	290⑭
	—なる覚に入とかや	83	夢	152⑭
	是皆—なる調なり	133	琵琶曲	236⑪
	—なる調に音信て	82	遊宴	151⑤
	—なる調に通きて	123	仙家道	220⑫
	—なるたとへをさとり得ても	77	馬徳	異304⑨
	霊琴の—なる手翫	159	琴曲	275⑤
	—なる匂をいかでしらむ	89	薫物	160⑭
	—なる法の道に入	160	余波	278⑦
	逢事は—なる法の華を	85	法華	154③
	戒珠の光—なるは	97	十駅	173⑬
	衣の色の—なるは	111	梅花	200⑤
	法輿の荘厳—なるは	148	竹園如法	260③
	殊にすぐれて—なるは	151	日精徳	264⑮
	—なる響のある故も	58	道	111③
	神仙の—なる砌とは	113	遊仙歌	203③
	—なる御法の園にあそび	101	南都霊地	182⑫
	糸竹の調の—なるも	144	永福寺	255⑩
	抑—なる霊地の様々なる中にも	145	永福寺幷	256⑦
	巫女が鼓もうつ—に	17	神祇	57⑭
	玄象の撥音—にして	121	管絃曲	217⑥
	花の貌ばせ—にして	134	聖廟霊瑞	237⑬
	上下の荘厳—にして	140	巨山竜峯	248⑨
たほうふんじん(多宝分身)	—諸如来梵釈	85	法華	154⑬
たま(玉、珠)	崑崙山の—	14	優曇華	54⑪
	乙女が漁に拾—	91	隠徳	164⑧
	十二の車を照す—	115	車	207⑫
	濁にしまぬ露の—	167	露曲	288⑧
	氷に宥む—かと見えて	94	納涼	168⑦
	—かと見ゆる月かげ	7	月	48⑩
	本の滴の—きえし	134	聖廟霊瑞	239⑧

	袖の—くもらぬ影をみがくらむ	122	文字誉	219①
	一乗無価の—とかや	46	顕物	96⑩
	岩こす浪の—とちる	54	熊野四	105⑨
	落そふ—と成やせん	133	琵琶曲	236⑩
	色々に見ゆる—なれば	22	袖志浦恋	64⑩
	鈴と—に異ならず	139	補陀湖水	246⑤
	—にまがふ露をみだり	125	旅別秋情	223⑬
	露の—ぬく青柳の	167	露曲	288③
	恋すてふ袖志の浦に拾ふ—の	22	袖志浦恋	63⑩
	珊瑚の甃—の砂	144	永福寺	255⑦
	驪宮の—の甃	98	明王徳	177⑩
	—の枝より開初て	98	明王徳	176⑫
	いかに結て—の帯	109	滝山等覚	196⑩
	前には—の轡をならべ	72	内外	135④
	—の轡を調へ	155	随身競馬	270⑩
	仙洞に廻す—の車	151	日精徳	264⑪
	—の盃を客に勧ては	123	仙家道	220⑩
	床の辺の—の師子	113	遊仙歌	204④
	花の容貌—のすがた	113	遊仙歌	203⑦
	—の備めづらかに	113	遊仙歌	204②
	王子晋が—の床	71	懐旧	131⑬
	—の扉の明方に	171	司晨曲	294③
	瑠璃にすきて—の橋	108	宇都宮	193⑬
	—の御垣あざやかに	62	三島詣	119⑪
	露の—巻真葛原	19	遅々春恋	60⑭
	娑竭羅竜女が一顆の—も	14	優曇華	54⑫
	一乗無価の—たまも	161	衣	279⑩
	漏たる—やなかりけん	92	和歌	166⑤
	拾ふ袂の—や如意珠	130	江島景	230⑪
	沙竭羅竜宮の二の—を	172	石清水	296⑮
	中道の—をうかべても	97	十駅	175②
	竜宮の—をえてしかば	97	十駅	176④
	宝の—を埋て	62	三島詣	両334⑤
	宝の—をおさむるは	45	心	両334⑨
	—を懸たる衣の裏	167	露曲	289③
	珠簾—をかざりつつ	55	熊野五	106⑫
	荘厳—を飾つつ	128	得月宝池	226⑬
	—をかざり錦色々の財力ある	79	船	146②
	ひとつの—をたてまつりしも	159	琴曲	両335⑫
	みだれて—を連らむ	110	滝山摩尼	197⑮
	—をつらぬる緑の簾	15	花亭祝言	55⑤
	軒の垂氷も—を連ね	140	巨山竜峯	248⑮
	—を連て光をみがき	143	善巧方便	253⑥
	—を連てみだらず	134	聖廟霊瑞	237⑭
	範俊僧正の山籠ひとつの—を留をき	110	滝山摩尼	197②
	詞の—を抽で	85	法華	155④
	御溝の水—を含む	133	琵琶曲	236⑤
	玉章—をみがきつつ	102	南都丼	185③
	千顆万顆の—をみがく	108	宇都宮	193①
たまのうてな(玉の台)	しかれば上万乗の—	131	諏方効験	231⑫

	—に誕生の奇瑞様々に	129	全身駄都	228⑤
	—に光をそへ	172	石清水	297⑩
たまのすだれ(玉の簾)　＊たますだれ	—の巻く下の	110	滝山摩尼	197③
たまのとぼそ(玉の枢)	五体四所の—	55	熊野五	106⑨
	喜見城宮の—	82	遊宴	150⑥
	太真院の—	93	長恨歌	168①
	此二聖の—	120	二闡提	213⑭
たまあられ(玉霰)	風まぜにくだけてたまらぬ—の	90	雨	161⑭
	霰手走—の	159	琴曲	275⑭
たまがき(瑞籬、玉垣、玉籬)	詣て三島の—	34	海道下	80①
	白木綿かくる—	51	熊野一	102⑬
	天の岩戸をあけの—に	17	神祇	57⑧
	塵に交はる—に	35	羇旅	81⑫
	星を連ぬる—に	51	熊野一	101⑪
	御手洗河の—に	59	十六	113③
	然ば所々の—に	155	随身競馬	270⑩
	甍を並る—には	135	聖廟超過	240⑩
	掛も賢き—の	78	霊鼠誉	143⑫
	光を和る—は	108	宇都宮	192⑦
	和光勧請の—は	138	補陀落	244④
	春日くもらず光を和ぐる—より	129	全身駄都	229⑤
たまかしは(玉柏)	浪に沈める—	53	熊野三	104④
	藻に埋るる—	87	浄土宗	158②
	水底に隠る—	91	隠徳	164⑧
	藻に埋もるる—	100	老後述懐	180⑥
	うき身ごもりの—	173	領巾振恋	299①
たまかづら(玉鬘)	散にし花の—	38	無常	84⑩
	長き誓の—	72	内外	134①
	絶ぬは御注連の—	88	祝	159⑫
	袖の涙の—	126	暁思留	224⑤
	かけてかへりし—	173	領巾振恋	299⑤
たまがは(玉河)	山の井玉の井—	94	納涼	169④
	野田の—ならねども	145	永福寺幷	256⑩
	卯花さける—の	4	夏	44⑧
たまくしげ(玉匣、玉櫛笥)	つゐにあはずは—	22	袖志浦恋	63⑪
	ふかき心は—	45	心	94⑬
	二心なく—	132	源氏紫明	234⑫
	浦島のこはいかにして—	30	海辺	異305⑤
	—箱崎のいにしへを訪へば	103	巨山景	異310⑥
	—箱崎の松のみどりも	154	背振山幷	269②
	—二見の浦	31	海路	両333⑪
たまくら(手枕)	—寒き仮ねの床	8	秋興	49⑥
	—ちかき明ぐれ	24	袖余波	66①
	懐旧の露の—に	71	懐旧	131⑨
	ねぐたれがみの—に	73	筆徳	136⑩
	かはしもあへぬ—に	116	袖情	210④
	婦と我ねぐたれ髪の—に	126	暁思留	224④
	誰—にか乱れん	22	袖志浦恋	64①
	誰—にかみだれん	22	袖志浦恋	両326①
	誰—に香をとめむ	89	薫物	160⑨

	独ねの我—の	19	遅々春恋	60⑬
	ね覚を託—の	157	寝覚恋	273①
	—のたはさへかたみとふりこして	175	恋	異306②
たまさか(偶)	葉末の露の—に	18	吹風恋	60①
たまざさ(玉篠)	—の葉分に結ぶ朝露	168	霜	290①
	—の葉分の風にやみだるらむ	81	対揚	150①
	霜雪霰—の葉分の露の色までも	143	善巧方便	253⑬
	山路の露の—の裳裾にかかる	94	納涼	168⑪
たましぎ(玉敷)	—の此九重の動なく	11	祝言	異301⑩
	—の御墻に絶ぬ御溝水	10	雪	51②
たまし・く(玉敷)	参詣の輩は猶—く庭に集る	152	山王威徳	267⑧
	—く庭にはをとづれず	5	郭公	45⑭
	—く浜辺に拾ふ貝	30	海辺	74④
たましま(玉島)	たちそふ浪の—や	173	領巾振恋	298⑥
たましまがは(玉島河)	—も影清し	153	背振山	268⑭
たますだれ(玉簾)	金の御戸の—	171	司晨曲	295⑧
たまたま(偶)	—得たる人身	97	十駅	173⑪
	—かかる身を受て	50	閑居釈教	100②
	—きては手にだにたまらぬ	22	袖志浦恋	63⑩
	—もあひがたき衣の裏とかや	161	衣	279⑩
たまだれ(玉だれ)	心にかかりし—の	114	蹴鞠興	206⑬
たまづさ(玉章)　＊ぎよくしやう	契し今朝の—	39	朝	87③
	見るもうれしき—	73	筆徳	136⑪
	由なきいもが—	86	釈教	156⑦
	烏羽に書—	91	隠徳	164⑮
	いとしみ深き—の	46	顕物	96⑧
	書尽したる—の	112	磯城島	202③
	—のもじのうす墨に	107	金谷思	191⑧
	柿の紅葉の—は	150	紅葉興	263⑧
	雲ゐの雁の—も	21	竜田河恋	63⑤
	梶の葉に露の—を	122	文字誉	219⑦
	彼弘徽殿の—をば	160	余波	278⑧
たまつしま(玉津島)	拾ひ集る—の	122	文字誉	219⑭
	つきせずひさしき—や	12	嘉辰令月	53⑨
たまつしまのみやうじん(玉津島の明神)	—玉藻の塵にまじはりて	53	熊野三	104④
たまのいづみ(玉の泉)　＊ぎよくせん	—の清き流五の塵をや洗らん	124	五明徳	222⑤
たまのむらぎくのまき(玉の村菊の巻)　※物語	うつろふ色をと恨しも—かとよ	151	日精徳	264⑬
たまのゐ(玉の井)	山の井—玉河	94	納涼	169④
たまのを(玉の緒)	何をか—にはせむ	18	吹風恋	60⑦
	しらず幾世か—の	21	竜田河恋	62⑨
たまは・る(給)	兵仗牛車のよそほひ帯劒を—りて	65	文武	125⑬
たま・ふ(賜)	口詩を—ひし駅の	134	聖廟霊瑞	239②
	黒三寸豊に—ひつつ	101	南都霊地	184④
	子をあがひて父母に—ふ	63	理世道	121⑪
たまぼこの(玉鉾の)	天より降す—道ある御世の	17	神祇	57⑨
	曇ぬ光は—道ある御世をや	11	祝言	52⑩
	菅原の露の—道たる家の風に	134	聖廟霊瑞	238⑨
	児玉—道行人にこととはん	56	善光寺	108⑭
たまま・く(玉巻)	露の—く真葛原	19	遅々春恋	60⑭
たまみづ(玉水)	しのぶにつたふ—の	90	雨	161⑫

たまも(玉藻)	—の塵にまじはりて	53	熊野三	104④
たまもがくれ(玉藻隠)	見えわかぬ姿の池の—や	91	隠徳	164⑨
たまもかひ(玉藻貝)	鳴渡の若めみる房—	30	海辺	74⑩
たまもの(賜物)	—を与へつつ	63	理世道	121⑩
たまゆら(玉ゆら)	色どる露の—も	6	秋	47④
	浅茅が露の—も	64	夙夜忠	124⑬
たまよりびめ(玉依姫)	誉田の天皇—	172	石清水	296⑥
たまらばつせんだんかうぼく(多摩羅跋栴檀香木)	或は—乃至十六牟尼曠大の恩徳	143	善巧方便	254①
たまらまかう(多摩羅抹香)	—多伽羅香	89	薫物	異303⑩
たま・る(溜)	時雨も月も—らず	32	海道上	77⑤
	月も—らず漏くる時雨の	145	永福寺幷	256⑨
	白露の—らずみだれて	124	五明徳	222①
	くだけて—らぬ玉あられの	90	雨	161⑭
	手にだに—らぬつれなさは	22	袖志浦恋	63⑩
	風に—らぬ夕露は	40	夕	88⑥
	来てだに手にも—らねば	18	吹風恋	60①
	折手に—る早蕨	3	春野遊	43⑩
たみ(民)	国に—絶ざれば	98	明王徳	176⑪
	四州の—に至まで	97	十駅	173⑬
	—におよぶあはれみ	143	善巧方便	253⑨
	隣国の—に礼をなし	44	上下	93⑦
	さかふる—の草葉もをしなべて	90	雨	161⑦
	又賤き—の態までも	140	巨山竜峯	248⑤
	—はさかふるかまどに立煙	68	松竹	両328⑤
	愁を懐る—もなく	121	管絃曲	216④
	—も久き御影を仰ぐ天下	11	祝言	53①
	国富—豊なり	12	嘉辰令月	53⑥
	寒夜に—を哀み	98	明王徳	177⑬
	—を哀みたまひしも	161	衣	279⑭
	礼楽をもて—を和す	169	声楽興	291②
	—を仕に時あり	98	明王徳	176⑪
	—を撫る袖しの杜も	135	聖廟超過	241④
	—を撫るはかりこと	63	理世道	121⑬
	文は—をなづるはかりこと	65	文武	125③
	国を治め—を育むはかりこと	143	善巧方便	253②
たみのかまど(民の竈)	賑ふ—は栄る御代のしるし也	39	朝	87⑥
	—も賑にければ	34	海道下	80⑬
	—もにぎわひゆたかに	34	海道下	両326⑫
たみののしま(田蓑の島)	—の夕塩に	164	秋夕	284⑬
たむきどの(田向殿)	—法住寺殿	114	蹴鞠興	206⑨
たむ・く(手向)	秋の挿頭をや—くらん	135	聖廟超過	240⑤
	内侍所に—くる	124	五明徳	異312⑨
	—くる幣もとりどりに	52	熊野二	103⑫
	—くる花の花かつみ	49	閑居	99⑧
	法味を—け奉る	109	滝山等覚	195⑮
	—け奉る法楽にも	176	廻向	異315⑨
	—けて過る神垣	35	羇旅	82①
	仮の其身を—けば	131	諏方効験	232⑥
たむけ(手向)	秋山かざりの—に	108	宇都宮	194⑥
	祈る—になびきつつ	130	江島景	231⑤

	—になびく神事	96	水	172⑬
	庭燎の前に立舞袖の—にも	156	随身諸芸	272②
	—の袖の追風になびくは	33	海道中	79①
	祈る—のゆふしでも	142	鶴岡霊威	252⑧
	一華一香の—までも	129	全身駄都	229⑪
	絶せぬ秋の—までも	131	諏方効験	233⑩
	其から神に—やせまし梅が枝	61	郢律講	118⑦
たむけぐさ(手向草)	白波の浜松が枝の—	11	祝言	52⑧
	岩代の浜松がえの—	11	祝言	両324⑪
	—の松はとこしなへに	103	巨山景	異310⑧
たむけのわうじ(手向の王子)	—の御注連縄	53	熊野三	104②
たむら(田村)	秋の—のほのかに聞	131	諏方効験	233⑥
たむら(田村)　※坂上田村麻呂	—保昌にいたるまで	65	文武	126①
ため(為)	思ふ心よ君が—	43	草	92④
	当来尊師の—ならん	163	少林訣	283⑪
	誤らざらむ—なり	63	理世道	122⑥
	さながら政の—なり	158	屛風徳	273⑭
	身づからしらしめんが—なりき	163	少林訣	282⑭
	東国守護の—なれば	138	補陀落	244⑤
	国母を祈る—なれや	109	滝山等覚	195⑧
	祈誓の—に草創	153	背振山	268④
	聖武元正の—に造り	101	南都霊地	183⑤
	ただ其—に西に馳	160	余波	279③
	帝都をまもらむが—には	137	鹿島社壇	243⑧
	げに我—にやつらからむ	116	袖情	209⑫
ためし(様、例)	何の所にかかかる—有ける	101	南都霊地	183⑨
	哀なりし—かとよ	73	筆徳	136⑤
	げにありがたかりし—かな	22	袖志浦恋	64⑧
	げに有難かりし—哉	44	上下	93⑦
	げに有難かりし—哉	47	酒	97⑪
	げに及ばれぬ—哉	123	仙家道	221②
	げに有難かりし—かな	170	声楽興下	292⑪
	ひさしかるべき—かな	68	松竹	両328⑥
	たづねてとふべき—かは	151	日精徳	264⑮
	世に又—すくなく	115	車	異311⑪
	かかる—ぞ有難き	153	背振山	268⑤
	世々の久しき—たり	140	巨山竜峯	248⑫
	又立ならぶ—なく	15	花亭祝言	55③
	筑波の陰も—なし	104	五節本	188⑪
	さて有はてぬ—なり	162	新浄土	282②
	故有—也けり	80	寄山祝	異309②
	いかなる—なりけん	55	熊野五	107③
	賢き—なるべき	103	巨山景	186③
	槖籥の—なるべし	58	道	111③
	故ある—なるらし	136	鹿島霊験	242⑪
	思へば久しきみが代の—に	14	優曇華	54⑧
	老せぬ君が世の—に	16	不老不死	56⑤
	ゆくすゑ栄し—には	132	源氏紫明	234⑨
	宝富安千年ふる—にひかるる	53	熊野三	104⑪
	ひさしき—に引るる	80	寄山祝	146⑤

	伝らく分なき—にひかれても	159	琴曲	275③
	長き—にひきけるは	41	年中行事	89⑥
	世々の賢き—にも	121	管絃曲	216⑦
	有難かりし—にも	157	寝覚恋	273②
	賢き代々の—にも	159	琴曲	276③
	旧臣の勝てあはれなりし—の	64	夙夜忠	124⑩
	かかる賢き—の	98	明王徳	178①
	長き—のしるしかは	135	聖廟超過	240⑤
	目出かりし—は	72	内外	135③
	彼是いづれも有難かりし—は	100	老後述懐	180⑭
	又殊に奇特の—は	135	聖廟超過	240⑬
	石虎はをのむ—は	166	弓箭	287⑤
	有難かりし—は	73	筆徳	異308⑧
	いにしへもかかる—は在原の	74	狭衣袖	138②
	たすくる—は稀なるに	160	余波	278⑬
	久しき世々の—も	62	三島詣	120⑭
	立ならぶ—ものどけき	99	君臣父子	178⑦
	万代の—をば	2	花	42⑫
たも・つ(保)	五百年の歳を—ちしも	151	日精徳	264④
	上寿を—つ事わざなり	16	不老不死	56③
	上寿を—つ栖ならむ	146	鹿山景	257⑬
たもと(袂)	雪を廻らす花の—	59	十六	113⑤
	いつしか薄き—かな	161	衣	280⑦
	さ夜の—かはかぬは	161	衣	280⑥
	—涼しき秋かぜに	119	曹源宗	212⑥
	染分の—ぞをかしき	156	随身諸芸	271⑨
	しほるるは別の—なれば	37	行余波	83⑧
	霓裳羽衣の—に	62	三島詣	120⑪
	霓裳羽衣の—に	93	長恨歌	167①
	都ては参詣の花の—に	109	滝山等覚	195①
	嗣法の—に移きて	141	巨山修意	249⑥
	衲衣の—に移る月の	102	南都幷	185④
	惜き名残は衣々の—に強き有明	160	余波	277⑭
	夢路をたどる—には	83	夢	152③
	かへる—に吹初て	41	年中行事	89⑧
	—にむすぶあやめ草の	74	狭衣袖	137④
	—に結ぶべきやな	23	袖湊	65⑥
	款冬の花色衣の—にも	46	顕物	96⑦
	衣々の名残—にも	89	薫物	160④
	行教和尚の三衣の—にやどりて	142	鶴岡霊威	252③
	行教和尚の三衣の—にやどりて	172	石清水	296④
	かさなる匂もいとこよなき—の	156	随身諸芸	272⑤
	則其—の糸をば一筋に	156	随身諸芸	271⑩
	拾ふ—の玉や如意珠	130	江島景	230⑪
	星を連ぬる—は	128	得月宝池	226⑭
	緋の—ふし括り	76	鷹徳	140⑨
	野臥にあらぬ—まで	114	蹴鞠興	207③
	博陸補佐の—までも	143	善巧方便	253⑨
	解脱之—無漏之台	89	薫物	異303⑪
	廻雪の—も花の匂にや移らむ	144	永福寺	255⑨

	雪を廻す―より	82	遊宴	150⑭
	名残をしたふ―よりや	6	秋	47⑩
	染しは花の―を	4	夏	44⑦
	衲衣の―を浸す露の	50	閑居釈教	100②
	―を鴻臚の露にぬらし	70	暁別	131③
	廻雪の―を連ぬる儀	129	全身駄都	229⑧
	雲客―を連るは	39	朝	86⑪
	衲衣の―を連たる	103	巨山景	187①
	又廻雪の―を連ても	78	霊鼠誉	異313⑪
	廻雪の―を飜し	148	竹園如法	260⑦
たもん(多門)	諸如来梵釈―諸天聖衆	85	法華	154⑭
たやす・し(輙)	猶―からず聞ゆる	47	酒	97⑨
	いとも―くうちなびき	101	南都霊地	183⑮
	誰かは―く伝へん	91	隠徳	165④
	誰かは―く申尽さん	129	全身駄都	228⑩
	―くも無名の敵をば	85	法華	155⑥
	誰かは―くわきまへん	128	得月宝池	227⑧
た・ゆ(絶)　＊絶えす	梶を―え命も絶と	75	狭衣妻	139⑤
	外渡る舟の櫂の滴も―えがたき	79	船	145⑭
	今に―えざる郢曲	95	風	170②
	書死風―えざる道	73	筆徳	136①
	伝て―えざる翫	60	双六	114⑨
	国に民―えざれば	98	明王徳	176⑪
	跡―えじとぞや覚る	10	雪	51⑤
	水の流て―えじやとぞおもふ	117	旅別	210⑩
	名利貪心―えず	58	道	111⑩
	賢き勅願代々に―えず	155	随身競馬	270⑪
	誉讃の徳家に―えず	156	随身諸芸	272①
	小野の古道風―えず	158	屛風徳	274⑧
	さても累代の政いまに―えず	159	琴曲	276②
	眼前結縁―えずして	57	善光寺次	110⑦
	今も―えず栖給ふ	72	内外	133⑫
	―えずぞ備る御調物	11	祝言	53②
	神の恵の―えずのみ	34	海道下	79⑭
	閼伽汲水の―えずのみ	50	閑居釈教	100⑩
	長き契の―えずのみ	28	伊勢物語	両329⑪
	今に―えず御幸あれば	55	熊野五	107⑦
	流を―えず見るにも	114	蹴鞠興	206⑩
	伝きく孔子の教いまに―えずや	91	隠徳	163⑩
	身を萍の根を―えて	19	遅々春恋	61④
	歩―えて閑なるや	113	遊仙歌	203⑮
	ひとすぢに―えにし後は	175	恋	異306②
	代々を経ても流は―えぬ	96	水	異310③
	源の―えぬ泉の石清水の	76	鷹徳	両326⑦
	―えぬ命のながらへても	83	夢	152⑨
	室の八島に―えぬ煙	35	羇旅	81⑨
	―えぬ誓の御注連縄	35	羇旅	81⑬
	―えぬ流をとどめて	41	年中行事	89②
	水茎の―えぬ名残	124	五明徳	221⑪
	―えぬは御注連の玉かづら	88	祝	159⑪

	問べき道は一えぬべし	167	露曲	289②
	御墻に一えぬ御溝水	10	雪	51②
	一えぬる中の恨は	19	遅々春恋	60⑭
	緒絶の橋の一えねとや	26	名所恋	69④
	書一え風死ざる道	73	筆徳	136①
	梶をたえ命も一ゆと	75	狭衣妻	139⑤
たゆ・し(弛)	苅手も一き河長の	4	夏	44⑪
	九夏の天に手も一く	124	五明徳	221⑬
	海士の足一くくるしき習なりければ	20	恋路	62⑤
	とる手は一くとも	86	釈教	156⑭
たゆた・ふ	一ふ波にたてるしら雲	86	釈教	157①
たゆみな・し(弛なし)	忍辱の梶に身を任せ引手に一く	86	釈教	156⑮
たより(便)	林下の劉伶一あり	58	道	112⑥
	風の一風の伝	95	風	171②
	思寄べき一かは	28	伊勢物語	72⑦
	欣求浄土の一ただ	154	背振山弁	269⑩
	身にしむ風の一だに	19	遅々春恋	60⑭
	うかび出べき一だに	87	浄土宗	158②
	みな賢聖の風を仰ぐ一として	124	五明徳	221⑦
	波濤を凌一とす	79	船	145⑨
	披申に一なし	113	遊仙歌	203⑫
	涙を催す一なり	49	閑居	99⑩
	さてもいかなる垣間見の一にか	74	狭衣袖	138③
	終にいかなる一にか	114	蹴鞠興	206⑭
	いかなる一にしられけん	75	狭衣妻	139⑩
	東風ふくかぜの一にも	37	行余波	83⑪
	風を一に渡なるは	95	風	170⑫
	むなしき風の一の	127	恋朋哀傷	225⑨
	吹来る一の風車の	115	車	208⑩
	瑤池の壮観一をえて	49	閑居	99④
	納涼殊に一をえて	144	永福寺	255⑪
	いつの一を松浦川	173	領巾振恋	298⑩
たらえふ(多羅葉)	一の梵本	73	筆徳	135⑬
たらちめ	三世の仏の一の	62	三島詣	120①
だらに(陀羅尼)　＊大陀羅尼	三五番衆の一こそ	110	滝山摩尼	196⑭
	惣持一蘇多覧般若の声	55	熊野五	106⑬
	円満一のこゑすめり	110	滝山摩尼	197④
だらにもん(陀羅尼門)	神咒の一	129	全身駄都	228⑨
たりきてうせ(他力超世)	一の本願	151	日精徳	264⑮
た・る(足)	喩も一らざりければにや	85	法華	154⑤
	百年に一年一らぬ白髪	28	伊勢物語	71⑪
た・る(垂)	下又衆生に影を一る	44	上下	94⑦
	我等に一子の慈悲を一る	62	三島詣	120②
	湖辺はるかにあとを一る	68	松竹	129⑦
	北城の南に光を一る	109	滝山等覚	194⑬
	瑞籬は地を撰で跡を一る	131	諏方効験	231⑧
	常陸の国に跡を一る	136	鹿島霊験	242③
	天童爰に跡を一る	68	松竹	両328③
	光を一るる応用は	129	全身駄都	229②
	仏光を一るる事	146	鹿山景	257⑨

	—るる塩屋の神なれや	53	熊野三	104⑫
	興津島根に跡を—れ	62	三島詣	119⑦
	所々に跡を—れ	96	水	172⑨
	光もおなじく影を—れ	108	宇都宮	193⑤
	まのあたり賢き跡を—れ	135	聖廟超過	240⑩
	たいざんに跡を—れ	138	補陀落	245⑧
	無辺の光を—れ	144	永福寺	255④
	宇佐の宮に跡を—れ	172	石清水	296③
	光も曇ず跡を—れ	103	巨山景	異310⑦
	是のみならず所々に跡を—れ	76	鷹徳	両326⑧
	誰かは首を—れざらむ	131	諏方効験	233⑨
	哀愍納受を—れ給ひ	176	廻向	異315⑩
	宇佐の宮に跡を—れ給き	142	鶴岡霊威	252③
	十女も擁護を—れたまふ	85	法華	154⑬
	一子の慈悲を—れたまふ	86	釈教	156①
	十善首を—れ給ふ	96	水	172⑩
	世尊納受を—れ給ふ	97	十駅	175⑧
	天地哀を—れたまふ	99	君臣父子	179③
	納受の首を—れたまふ	102	南都幷	185⑪
	あまねく擁護を—れたまふ	128	得月宝池	227⑤
	光を此に—れたまふ	135	聖廟超過	240⑧
	一々の擁護を—れ給ふ	148	竹園如法	260⑪
	先冥応を—れたまふ	149	蒙山謡	261⑪
	証明知見—れたまへ	61	郢律講	118⑬
	痩て—れたる危岸の竹	115	車	208③
	一葩は髪を—れたるに似たり	151	日精徳	264⑧
	南山の雲に跡を—れて	51	熊野一	101⑪
	かけまくも賢く跡を—れて	88	祝	159⑫
	御影を—れてここにすむ	52	熊野二	103②
	なかば—れてや挑げん	113	遊仙歌	203⑬
	袖—れて行てやみまし	30	海辺	異305②
	何ぞ徒に頭然に手を—れんや	147	竹園山	258⑬
たるひ(垂氷)	軒の—も玉を連ね	140	巨山竜峯	248⑮
だるまし(達磨師)	—は梁魏の間に西来して	119	曹源宗	211⑬
たれ(誰)　＊た	夕顔の花さく宿の主や—	40	夕	88③
	—が家の軒端にか	3	春野遊	43⑦
	—くるす野のにやどりとらん	3	春野遊	44③
	—と伴にかなづさはん	93	長恨歌	167⑮
	—におほせてか	1	春	42①
	—に思をかけまくも賢き神の	28	伊勢物語	72⑥
	—にか今は語らはん	127	恋朋哀傷	225⑭
	起て—に語はん	113	遊仙歌	203⑩
	—にか早敷妙の枕ならべんと	56	善光寺	108⑩
	君ならで—にかみせん	111	梅花	199⑪
	影をも今更—に恥ん	78	霊鼠誉	144①
	松が根年を経て—主ならむ	33	海道中	78⑩
	—又ここに臥柴のしばしば	49	閑居	99⑧
	—松かぜを契けん	159	琴曲	275③
	—松井田にとまるらん	56	善光寺	109③
	—もあはれやまさるらむ	40	夕	88⑩

た

	—も思は津の国の難波の葦の	24	袖余波	66②
	—もかざしとらむ	94	納涼	168⑩
	名残は—もかはらねば	35	羇旅	81⑦
	うしとは—を岩打浪の摧る心は	22	袖志浦恋	64③
	—をか託べき	20	恋路	62③
	—をか捨はてし	28	伊勢物語	71⑫
	—を指てか松浦舟	79	船	145⑫
たれか(誰か)	—徒に袖を払て帰らむ	103	巨山景	186⑦
	—謂し春の色東より到と	134	聖廟霊瑞	238②
	—うへしと読れしも	151	日精徳	異315⑤
	—おりけん賤機山のいにしへ	42	山	両327⑨
	上徳の濁は—しらむ	58	道	111④
	風のやどりを—しらん	95	風	171②
	—詩をえたる	103	巨山景	186⑥
	—憑をかけざらん	41	年中行事	89⑤
	—ちらしけん	26	名所恋	69③
	—遠く三十三天の雲をのぞまん	146	鹿山景	257⑭
	岩根の松の種をば—蒔けむ	106	忍恋	190⑫
	忘る種を—蒔し	31	海路	75⑥
	花には—めでざらむ	125	旅別秋情	223⑨
たれかは(誰かは)	—あだにのべ尽さむ	150	紅葉興	263⑬
	—あだにおもふべき	57	善光寺次	異313③
	—仰がざるべき	138	補陀落	245①
	—仰がざるべき	120	二闡提	214⑩
	—歩をはこばざらん	51	熊野一	101⑪
	—厭はざるべき	100	老後述懐	180⑨
	—擁護を仰がざらむ	146	鹿山景	257⑩
	—思の外といはん	72	内外	134⑬
	—首を垂ざらむ	131	諏方効験	233⑧
	—書初けんやな	19	遅々春恋	61⑧
	心に—かけざらむ	105	五節末	189⑨
	—削成けん	34	海道下	79③
	—心なしといはん	45	心	95③
	—心をとどめむ	32	海道上	77④
	—心を励ざらん	141	巨山修意	249⑭
	—心をみがかざらむ	50	閑居釈教	100②
	—是を仰がざらむ	17	神祇	57⑧
	—是をあふがざらむ	62	三島詣	121⑤
	—是を仰がざりし	135	聖廟超過	241⑨
	—是をさとるべき	72	内外	異308④
	—是をしらざらむ	63	理世道	123②
	—是を勧ざらん	47	酒	97②
	—是を捨べき	97	十駅	173⑬
	—是を三寸といはざらむ	47	酒	異314⑤
	—是を弁へん	119	曹源宗	213①
	—さば徧せん	143	善巧方便	252⑭
	—更に疑はん	85	法華	155①
	—更に疑はん	87	浄土宗	158⑮
	—信ぜさるべき	97	十駅	175⑤
	—たのしまざるべき	122	文字誉	220①

	—楽まざるべき	145	永福寺幷	256⑮
	—憑まん	23	袖湊	64⑭
	—憑はつべき	84	無常	153⑫
	—憑をかけざらむ	54	熊野四	105⑩
	—輒く伝へん	91	隠徳	165④
	—輒く申尽さん	129	全身駄都	228⑩
	—輒くわきまへん	128	得月宝池	227⑧
	—珍財投ざらむ	60	双六	116⑫
	—とがめざるべき	44	上下	94①
	—徳に帰せざらん	47	酒	97⑦
	—問はん旧はてし	73	筆徳	136⑦
	—ひかざらむ	16	不老不死	56⑤
	—外に尋ねん	110	滝山摩尼	197⑨
	—まことの道に入らむ	77	馬徳	143⑤
	—正にのべつくさむ	143	善巧方便	254③
	—求ざるべき	82	遊宴	150⑪
	—もるる類あらん	87	浄土宗	157⑫
	—世にはもらしけむ	74	狭衣袖	137③
	—悦ばしめざるべき	145	永福寺幷	257①
	—我ために慰む程も	24	袖余波	66⑩
たれい(多齢)	阿遮—の二明王	81	対揚	149⑪
たれそ・む(垂初)	此地に跡を—めしに	137	鹿島社壇	両340⑪
たわ(撓)	手枕の—さへかたみと	175	恋	異306②
たをさ(田長)	何の—ぞ名もしるく	5	郭公	46④
たをやか(嫋)	—につかひなしたる撥のもてなし	29	源氏	73⑪
たを・る(手折)	しゐてや—らまし	1	春	42③
	露もさながらや—らまし	82	遊宴	異302⑪
	—りし袖やそぼちけん	40	夕	88③
	一枝—りし薫の	60	双六	116③
	—りし心をしらせそめて	74	狭衣袖	137⑧
	詞の花を—りしは	92	和歌	166①
	垣生の夕顔を—りしも	156	随身諸芸	272⑧
	紅葉となるを—りつつ	150	紅葉興	262⑦
	—りてかざす花総に	87	浄土宗	158⑤
	一枝—りて手向草の松は	103	巨山景	異310⑧
	おもひおもひに—るは	44	上下	93⑤
	ただ等閑に—る花	85	法華	154⑨
	只等閑に—る花	85	法華	両331⑨
	—るやかざしの花ならん	33	海道中	78⑭
	柳花苑の—れる姿	82	遊宴	150⑬
だん(壇)	禅侶—にむかひて	110	滝山摩尼	198②
	彼—をつきたまふ	101	南都霊地	183⑨
だんがん(断岸)	—に横だはる舟	130	江島景	230⑩
たんげつ(潭月)	—に臨むのみならし	7	月	48②
だんし(段氏)	—顔氏の石の上	160	余波	277⑧
だんじき(断食)	三七日の—は飢饉の愁を顕す	109	滝山等覚	196⑨
たんじやう(誕生)	玉体—の台に	100	老後述懐	180⑬
	されば平安—の祈願にも	120	二闡提	異312⑥
	玉の台に—の奇瑞様々に	129	全身駄都	228⑤
	慈覚—の所なり	139	補陀湖水	246⑬

た

	弘法大師の―も	158	屏風徳	274④
だんしん(檀信)	同く―家門の	147	竹園山	259⑥
	―の台をみそなはして	140	巨山竜峯	247⑩
	―法の光を照しつつ	146	鹿山景	257④
	―福寿を増とかや	103	巨山景	187⑤
だん・ず(弾)	嶺嵐琴を―ずなる	95	風	170⑧
	数曲を―ぜし調に	116	袖情	209⑦
	筑事をして水波の曲を―ぜしに	136	鹿島霊験	242⑨
	水調の曲を―ぜしむ	159	琴曲	276⑥
たんぜい(丹誠)	因位の―を展らる	96	水	172⑥
たんぜんむげ(坦然無碍)	―物々無辺遍虚空	143	善巧方便	254⑧
たんたん(湛々)	妙高―たる法水の流は	146	鹿山景	258③
	莅ば則宝流―として	128	得月宝池	226⑨
	荷葉―と水清く	89	薫物	161①
たんぢ(丹治)　＊ひでかつ	―の比手勝は双六の誉世に勝	60	双六	115⑤
たんでん(単伝)	教外―の心印なりければ	119	曹源宗	212①
だんどくせん(檀特山)	阿私仙人が―	42	山	90⑥
だんはら(檀波羅)	乃至―羼提諸波羅蜜の	121	管絃曲	217⑪
だんばらみつ(檀波羅蜜)	―是にあり	138	補陀落	244③
たんよ(湛誉)	―をめさるる事有き	154	背振山幷	269⑪

ち

ち(地)	重濁は―と成	172	石清水	295⑪
	誠に神秀の―なるかな	153	背振山	268③
	此―に跡を垂そめしに	137	鹿島社壇	両340⑪
	花の簪―にいして	93	長恨歌	167⑨
	下座一枝を―にさせり	137	鹿島社壇	両341①
	月吹簫の―にすめり	170	声楽興下	292⑬
	水神―に湛て	96	水	171⑩
	則彼―に望ば深き谷高き岳	137	鹿島社壇	243①
	―にはしけり珊瑚のいしだたみ	140	巨山竜峯	248⑧
	吹簫の―には月空	69	名取河恋	130④
	青苔の―のうへ	94	納涼	168⑥
	其―は何もしらねども	42	山	90④
	天長く―久く	93	長恨歌	168③
	瑞籬は―を撰で跡を垂	131	諏方効験	231⑧
	―を覆光くもりなく	96	水	171⑩
	青苔―をかざりつつ	15	花亭祝言	55⑦
	眉間の光―を照す	109	滝山等覚	196①
	松明の光―を照	68	松竹	両328①
	竊に臥竜は―を守り	140	巨山竜峯	247⑭
ち(智)	五仏の―よりあらはる	86	釈教	156⑬
	永福―円満の標示として	144	永福寺	254⑭
ち(篪)	或は蒼竜―をしらべ	130	江島景	230⑫
ちいほあき(千五百秋)	―瑞穂の州に天降し	172	石清水	296①
ちいん(知音)	未―あらず	119	曹源宗	212②
ちう(柱)	黄金の―の辺には	121	管絃曲	217⑦
ちう(忠)	功臣―有ば国をまもる	45	心	94⑫

	両—心をひとつにして	98	明王徳	177⑦
	孝悌仁義礼—信	58	道	110⑬
	夙夜の—にや備らん	64	夙夜忠	124⑤
	功臣—ふかき事	80	寄山祝	146④
	功臣の—も何かせん	85	法華	155⑤
	賢人の—を顕すは	46	顕物	96③
	夙夜の—をかさねつつ	64	夙夜忠	123⑩
	—を天朝に尽して	65	文武	126①
ちうかう(忠孝)	—たがひに是背き	160	余波	277②
	—ともに勇ある	45	心	94⑫
ちうかのつがひ(中下の番)	—を勝しめ	155	随身競馬	270⑧
ちうきん(忠勤)	功臣の—によりてなり	64	夙夜忠	123⑬
	—の聞え有しかど	17	対揚	異302③
	—の誉をあらはし	116	袖情	209②
	—の道を先とす	99	君臣父子	179⑥
ちうがい(中外)→じゆぐわいヲミヨ				
ちうくわん(忠管)　※人名	—般若を講ぜしに	110	滝山摩尼	197②
ちうこう(中興)	—殊に弥さかへ	147	竹園山	259②
	延喜天暦の聖代に—す	114	蹴鞠興	205④
ちうじやう(中将)	彼—の歌の品	112	磯城島	201⑬
ちうしゆ(中宗)	倩—の誉を訪へば	101	南都霊地	183⑫
ちうしん(忠臣)	君につかふる—	64	夙夜忠	123⑨
	革車に乗し—	65	文武	125⑥
	八愷八元はみな夏の帝舜の—	59	十六	異308①
	—朝を待いづる	11	祝言	52⑫
	—朝を待とかや	171	司晨曲	293⑭
	—国を治む	144	永福寺	254⑩
	—是に随ふ	98	明王徳	176⑧
	家に—の跡をしたふ	71	懐旧	131⑪
	—の諫によるとかや	63	理世道	121⑧
	君に仕る—の功を重ぬる	42	山	両327⑤
	—の誉を揚とかや	114	蹴鞠興	206③
	—の誉をあらはすは	64	夙夜忠	123⑨
	されば—の道をも	68	松竹	128⑭
	—は君国の宝なり	99	君臣父子	178③
	君に仕ふる—も	91	隠徳	164②
ぢうしん(住心)	十駅を連る—	97	十駅	173③
ちうじんこう(忠仁公)	—の籠しは	109	滝山等覚	195⑧
ちうせいとうち(中正通智)	—の身とならば	58	道	112④
ちうせつ(忠節)	猟夫が—の恩を憐て	108	宇都宮	194⑥
ちうぜんじ(中禅寺)	又前唐院施入の重宝は—に納まる	138	補陀落	245⑤
ちうだう(中道)	—の玉をうかべても	97	十駅	175②
	—の妙理にこたへつつ	61	郢律講	118⑪
	正に—の妙理の其ことはりを	159	琴曲	276⑩
ちうたはたまき(千歌廿巻)	古今集を撰れ—なれども	44	上下	93⑪
ぢうぢ(住持)	—供僧借住は	60	双六	116⑪
ちうちやう(惆悵)	玉泉の月に—す	173	領巾振恋	298⑬
ちうてんぢく(中天竺)	—の藍毗園	41	年中行事	89④
ちうりく(誅戮)	居ながら異賊を—す	172	石清水	297②
ちうりよ(中呂)	さてもこの—下旬の比ぞかし	138	補陀落	245③

ちうゐん(中院)	一に跡をのこせり	109	滝山等覚	196④
ちえ(千枝)	信田の森の一の数	5	郭公	46⑩
ちえだ(千枝)	一の紅葉散過て	171	司晨曲	294③
ちかきまもり(近衛)　＊このゑ	一も立並ぶ	104	五節本	188①
	一に相副し	131	諏方効験	233⑦
ちかごろ(近比)	我朝の一道々に長ぜる人を	60	双六	115④
ちか・し(近)	手枕一き明ぐれ	24	袖余波	66②
	湖水に一き石山水	96	水	両329①
	枕に一き小夜千鳥	170	声楽興下	292⑩
	甲斐の白根に一き塩の山	31	海路	両333⑫
	葱嶺に一き震旦の	49	閑居	99①
	媿かしや百年一きつくもがみ	100	老後述懐	180②
	水上一き程なれや	145	永福寺并	256⑧
	右に一き御垣守	135	聖廟超過	240⑩
	遠も一きもおしなべて	163	少林訣	283⑬
	遠きもなく一きもなく	98	明王徳	176⑩
	由良の湊も程一く	53	熊野三	104⑨
	巾振山も程一く	153	背振山	268⑬
	秋風一く通ふらし	167	露曲	288④
	一く建久の治天には	71	懐旧	132⑫
	一く日域の霜をかさねしいにしへ	73	筆徳	135⑭
	一く聖廟幼稚の	134	聖廟霊瑞	237⑫
	王城一く鎮座し	68	松竹	129⑦
	一く東土震旦の医王山	129	全身駄都	228③
	一く東土の今に至	60	双六	114⑨
	難波も一くなりぬらん	51	熊野一	102⑥
	こゆるぎのいそにや一く成ぬらん	30	海辺	両333⑧
	一く廿八祖の秋の月は	141	巨山修意	249⑤
	一く扶桑の塵にまじはる	131	諏方効験	231⑨
	みゆる浦一く降くる雪	10	雪	50⑦
	一く本朝には	101	南都霊地	184③
	一く用明の太子	155	随身競馬	270⑤
	一く我朝を顧れば	95	風	170①
	春の隣の一ければ	9	冬	49⑬
	傾く山の端一ければ	84	無常	153⑩
ちかつあすか(近津飛鳥)	一の入会も	102	南都并	184⑬
ちかづ・く(近づく、親づく)	帝都に一き給ては	134	聖廟霊瑞	237⑦
	后に一く近臣の	19	遅々春恋	61⑥
	船を一けて語しは	31	海路	75⑩
ちかつゆ(近露)	はや一にや成ぬらん	55	熊野五	106③
ちかのしほがま(千賀の塩釜)	みゆるや一	35	羇旅	82⑧
ちかひ(誓)	諏方の御渡の深き一	131	諏方効験	232①
	諏方の湖の深き一	166	弓箭	287⑨
	五百大願の如意輪薩埵の御一	45	心	両334⑪
	ことごとく化度せんとの御一	120	二闡提	両339⑤
	末たのもしき一かな	76	鷹徳	両326⑨
	各留半座の一かはらず	127	恋朋哀傷	226⑤
	二聖の一巷にみつ	120	二闡提	213⑬
	本願の軟化難度の一ならむ	57	善光寺次	110⑨
	法界体性の一ならむ	62	三島詣	121②

	深き―に遇初河の	135	聖廟超過	241④
	普門の―に答へつつ	62	三島詣	120⑤
	様々の―にこたへつつ	92	和歌	異309⑦
	慈悲済渡の―には	166	弓箭	287⑫
	住吉の神の―に任せつつ	132	源氏紫明	235⑪
	普門の―に任てや	131	諏方効験	233②
	長き―の玉かづら	72	内外	134①
	深き―の尽せぬは	137	鹿島社壇	243⑤
	深き―のつきせぬは	137	鹿島社壇	両341③
	神の―の放生会	41	年中行事	89⑫
	絶ぬ―の御注連縄	35	羇旅	81⑬
	斯願不満足の―は	87	浄土宗	157⑫
	神の―は楢の葉の	102	南都幷	184⑧
	馬櫪神の―は馬を守る霊猿	77	馬徳	143③
	―は余聖に猶すぐれ	108	宇都宮	193④
	普門の―広して	146	鹿山景	258②
	水上の深―や故有ん	96	水	異310③
	本願の難化難度の―を	57	善光寺次	異313③
	石清水のふかき―をあらはす	142	鶴岡霊威	252⑤
	深き―を思へば	54	熊野四	105⑦
	―を様々に顕はす	96	水	172⑨
	真の―をたのみつつ	109	滝山等覚	195⑦
	葛城の神の―を憑ても	74	狭衣袖	138⑤
ちか・ふ(誓)	冥加あらせ給へと―はしめ	135	聖廟超過	241⑩
	―ひし末をわすれねば	115	車	異311⑫
	鹿島の常陸帯の神に―ひし契の	26	名所恋	68⑩
ちが・ふ(違)	しどろに―ふ板鼻	56	善光寺	109③
ちから(力)	移をしむる腹帯の―	156	随身諸芸	271⑪
	五戒法衣の厚き―	161	衣	279⑬
	風の―けだしよはし	164	秋夕	284⑥
	上に行―なく	98	明王徳	176⑪
	観音妙智の―なれば	120	二闡提	214④
	観音妙智の―には	120	二闡提	両339⑤
	巨霊の神贔屓と―をこらして	130	江島景	230④
	風の―を待ずして	151	日精徳	264⑧
ぢきいん(直引)	三念五念の―	164	秋夕	285⑭
ぢきげ(直下)　＊ちよか	祖師の―の言句	146	鹿山景	258⑥
ぢきしにんじん(直指人心)	―の見性は転法愚迷の最初也	163	少林訣	282⑤
	―見性成仏	119	曹源宗	212①
ちぎのかたそぎ(千木の片鍛)	住吉の―立ならび	51	熊野一	102⑭
ぢきやくしよほふ(直約諸法)	―令識其心と説るるも	45	心	異307④
ちぎり(契)	神女に結し夢の―	22	袖志浦恋	64⑦
	斎の宮のかりの―	24	袖余波	66⑫
	ただかりそめにむすぶ―かは	43	草	92⑦
	馴々て中々くやしき―さへ	37	行余波	83④
	あだなる露の―さへ	167	露曲	289②
	こはかかるべき―ぞとも	75	狭衣妻	138⑭
	はかなき―となる世には	160	余波	279②
	鴛鴦魮鮨の―に至まで	66	朋友	両339⑨
	我等はいかなる―にて	85	法華	155⑦

	鹿島の常陸帯の神に誓し—の	26	名所恋	68⑪
	いとこよなき—の	132	源氏紫明	234⑧
	夢路にむすぶ—の	157	寝覚恋	272⑫
	思ねの夢路に結ぶ—の	157	寝覚恋	両329⑧
	稀なる—の岩枕	164	秋夕	285①
	おぼろけならぬ—のすゑ	124	五明徳	221⑫
	—の末のかはらずは	23	袖湊	65⑦
	形見は記念にながき—のすゑまで	126	暁思留	225①
	長き—の末もみな	136	鹿島霊験	242⑪
	長き—のたえずのみ	28	伊勢物語	両329⑪
	危なる—のなからひかは	28	伊勢物語	71⑦
	あだながらむすぶ—の名残をも	56	善光寺	108⑨
	みじかき—のはてしなく	38	無常	84⑩
	つゐに絶せぬ—は	93	長恨歌	168③
	むすぶ—は化ながら	125	旅別秋情	223⑤
	—は在明の強く見えし暁	70	暁別	131②
	一夜の—は仮なれど	160	余波	277⑫
	妹とわれ—はむすばん総角や	82	遊宴	151⑪
	婦と吾—はむすばん総角や	82	遊宴	両330⑨
	陰陽の—睦しく	139	補陀湖水	247⑤
	浅からざりし—も	30	海辺	74⑨
	夫婦同穴の—も	66	朋友	127②
	—もたのむ方ぞなき	38	無常	両335②
	恩愛の—も睦しく	108	宇都宮	194⑦
	露の—や忍けん	167	露曲	288⑪
	なれも—やむすぶの杜	32	海道上	77⑦
	ふかき—や故あらむ	62	三島詣	120⑬
	心迷の—ゆへ	24	袖余波	66⑦
	あだなる—を顕はす	46	顕物	96⑤
	比翼の—をうらやみしや	115	車	208②
	はかなき—をたのまぬは	40	夕	両333④
	—をなどかは結ばざるべき	127	恋朋哀傷	226⑤
	木高き—をひき結び	11	祝言	両324⑩
	夏はつる扇に—をむすびをきてや	124	五明徳	221⑭
	かかる—をむすびけんと	107	金谷思	191⑭
	ながき—を結びつつ	35	羇旅	81⑬
	鶴亀に—を結びてや	174	元服	異301⑦
	つららに—を結てや	131	諏方効験	233①
	—をむすぶ下帯	44	上下	93⑭
ちぎ・る(契)	浅くは—らぬ中なれや	96	水	172②
	長世かけて—らばや	21	竜田河恋	63⑧
	幾千年をか—らん	142	鶴岡霊威	252⑦
	—り興津の浜千鳥	34	海道下	79⑨
	船指留めて—りけん	25	源氏恋	67⑨
	誰松かぜを—りけん	159	琴曲	275④
	比翼連理と—りし	41	年中行事	89⑩
	二葉より—りし葵草	16	不老不死	56⑧
	千年を—りしくまならむ	28	伊勢物語	異306⑩
	—りし今朝の玉章	39	朝	87③
	—りし儲君が製作	66	朋友	127③

	思もわかで―りしより	89	薫物	160⑫
	帰こん程をば待とし―りつつ	127	恋朋哀傷	225⑧
	妻むかへ船に―りてや	6	秋	47②
	千年をさして―るは	41	年中行事	88⑬
	幾万代を―るらむ	42	山	91⑧
	出べき光を―るらむ	67	山寺	128⑦
	又夕暮と―れども	21	竜田河恋	63②
ぢく(管)	鞆絵書たる筆の―	105	五節末	189⑫
ちぐけちえん(値遇結縁)	尊重讃嘆の―	129	全身駄都	229⑩
ちぐのけちえんじや(値遇の結縁者)	乃至―皆共に	176	廻向	異315⑪
ちくさ(千草)	―も紐とけ	43	草	92⑤
ちくさのもり(千草の森)	篠の松原―	52	熊野二	103③
ちくさ(千種)	―の花の色々	56	善光寺	108⑥
	―の花の下紐	8	秋興	49①
	―百種風になびき	125	旅別秋情	223⑧
ぢくぢく(軸々)	輪蔵の経典―に	140	巨山竜峯	248⑩
ちくとうじよう(竹藤丞)	―が手仕	60	双六	116⑦
ちくば(竹馬)	―は幼稚の戯れ	77	馬徳	142⑮
	又幼稚―をぞ哀むべき	131	諏方効験	233④
ちくふう(竹風)	―葉をならすや	95	風	170⑦
ちくぶしま(竹生島)	―といへるは金輪際より生じて	68	松竹	両328②
	―の天童は	68	松竹	129⑦
ちくま(筑摩)　*千曲	―篠の井西川	57	善光寺次	110④
ちくまのなべ(筑摩の鍋)　*つくま	―の数やれ	46	顕物	96⑥
ちくりん(竹林)	晋の七賢が―	68	松竹	129④
ちくりんのいんじ(竹林の隠士)	―として各名を埋き	91	隠徳	163⑫
ちくりんじ(竹林寺)	清涼山の―	49	閑居	99③
ちくわう(智光)	賢首の―を輝て	97	十駅	176①
ちくゐん(竹園)	竜楼鳳闕仙洞―	82	遊宴	151⑥
	つねに―に翅る徳化に誇つつ	144	永福寺	255②
ちくゐんざん(竹園山)	爰に累葉世々にさかふる―動なく	147	竹園山	258⑬
ちけん(知見)	証明―垂たまへ	61	郢律講	118⑬
ちごみや(児宮)	きびはの名にしほふ―	131	諏方効験	233⑤
ちさと(千里)　*せんり	―に月明なり	7	月	47⑬
	波をへだつる―の外	17	神祇	57⑥
ちしき(知識)	善財五十五の―	103	巨山景	異310⑤
	善財五十五の―も	146	鹿山景	258①
ちしま(千島)	百島や―の浪の外までも	30	海辺	異305③
ちじやう(池上)	鳳凰―の月に送られしも	71	懐旧	132②
ちしよう(智証)	伝教弘法慈覚―	154	背振山弁	269⑤
	慈覚―権化の法味を受しより	152	山王威徳	267⑬
	―大師は此峯に	109	滝山等覚	195⑮
ぢじん(地神)	天神―あらたに	142	鶴岡霊威	251⑨
	天神―出現して	172	石清水	296⑩
ぢ・す(治)	家を―すとかやな	158	屏風徳	273⑫
	万国を―する源	166	弓箭	287①
ぢ・す(持)　*もつ	つねに一壺の酒を―し	47	酒	97④
	左に業縛の索を―し	108	宇都宮	193⑨
ちすい(智水)	仁山より―に託して	138	補陀落	245⑨
	―の深きはかりこと	140	巨山竜峯	248②

	—の深き源を汲てしる	147	竹園山	259①
	蛍を拾ふ—は	102	南都弁	185④
	大悲の—をするなる	165	硯	286⑩
ちせい(治世)	楽には—の声あれば	170	声楽興下	293⑦
	—の声は安楽なり	121	管絃曲	216④
	万年—の術なり	114	蹴鞠興	204⑫
ちたび(千度)	—ねざめの床のうへに	7	月	47⑭
	—を重ても猶	62	三島詣	119⑮
ちち(遅々)	—たる春の終日に	19	遅々春恋	60⑨
ちち(父)	—たる父のいつくしみ	99	君臣父子	178④
	者が—なれど鶯は	5	郭公	45⑬
	父たる—のいつくしみ	99	君臣父子	178④
ちぢ(千々)	—に物思ふ月かげ	122	文字誉	219⑨
	—の秋をもかぎらぬや	121	管絃曲	216⑭
	—の貌ばせも	38	無常	84③
ちちう(池中)	—の円月空裏の恵日も	139	補陀湖水	246⑦
ちてん(治天)	垂仁の—に天照尊太神	96	水	172⑦
	近く建久の—には	71	懐旧	132⑬
	建久の—を撰びしも	144	永福寺	254⑭
ちとせ(千年)　＊幾千年	—の春ぞ閑けき	2	花	43④
	君が—は津守の	51	熊野一	102⑫
	宝富安—ふる	53	熊野三	104⑩
	—も遠き行末	56	善光寺	108①
	—をかけても憑むかひ	127	恋朋哀傷	225⑧
	—を兼てやしめしけむ	100	老後述懐	180⑬
	君が—を菊河の	33	海道中	78⑬
	—をさして契るは	41	年中行事	88⑬
	—を契しくまならむ	28	伊勢物語	異306⑩
	—を遠く松にすむは	16	不老不死	56④
	—を送る鶴のつばさと	66	朋友	両339⑨
ちどり(衛)	差出の磯に栖—	31	海路	両334①
	汀の—うちわびて	168	霜	289⑭
ちな・む(因)	当社の御願に—んで以て	172	石清水	297⑥
ちはやふる(千刄破)	—天より下る神なれば	52	熊野二	103②
	—神の恵の絶ずのみ	34	海道下	79⑭
ちひさ・し(小)	人より殊に—くて	29	源氏	73②
ちひろ(千尋)	—の海の底までも	23	袖湊	65②
ちへ(千重)　＊せんぢう	—の雪を凌て四本竜寺を立けるぞ	138	補陀落	244⑨
ちまた(巷、衢)	忍辱の—に出つつ	62	三島詣	120⑦
	草顔淵が—にしげかんなる物をな	43	草	92⑨
	善巧方便の—につまづかず	143	善巧方便	252⑪
	—に徳をや歌ふらん	88	祝	159④
	二聖の誓—にみつ	120	二闡提	213⑬
	円満無碍の—にみつ	131	諏方効験	231⑪
	四生の—に身を任せ	134	聖廟霊瑞	237⑩
	六の—の外にいで	108	宇都宮	193⑧
ぢもく(除目)	—の朝の上書	39	朝	87③
	—の中の夜はの天	68	松竹	129⑥
	—の中の夜半の天	68	松竹	両328①
ちや(茶)	抑—は衆木の中の霊木	149	蒙山謡	両339⑫

ちやう（庁）	外記の―の有様	72	内外	134⑧
ちやう(帳)	芙蓉の―暖に春の夜いとみじかく	93	長恨歌	167④
ちやうあん(長安)	―の薺の青色	3	春野遊	43⑩
ちやうかう(長甲)	―まのあたり如来の説義を	114	蹴鞠興	204⑫
ぢやうぎしやうじていげん(定起生死貞元)	観経証定のいにしへ―	87	浄土宗	異303⑥
ちやうきん(張謹)	―を辰日に悲む	98	明王徳	177⑨
ちやうぐわのびやうぶ(張画の屏風)	―とかやな	158	屏風徳	274⑥
ぢやうぐわん(貞観)	―の比かとよ	142	鶴岡霊威	252③
	―の御代かとよ	150	紅葉興	262④
ぢやうぐわんでん(貞観殿)	―の北裏の	104	五節本	188⑥
	―の高妻戸	160	余波	278⑦
ちやうけん(張騫)	―が賢き古き跡は	113	遊仙歌	202⑭
ちやうさうぼんし(長爪梵士)	―舎利仏元これ外道の友とかや	72	内外	134⑮
ぢやうさん(定散)	―等く廻して	87	浄土宗	158⑧
ちやうし(暢師)	―がすみし禅房	41	年中行事	89⑦
ちやうし(張子)	―が池の水こそ	165	硯	286④
ちやうしゅ(聴衆)	我遣天竜王夜叉鬼神を―とし	85	法華	154⑪
ちやう・ず(長)	此道に―じましまして	114	蹴鞠興	205⑥
	汝が好―ずる道を感じて	60	双六	115⑨
	道々に―ぜる人を得給ふ	60	双六	115④
ちやうせい(長生)	菊を洗し流まで汲てしらるる―	123	仙家道	220⑧
	―の台の私言	160	余波	277⑬
ちやうせいふらう(長生不老)	―の棲はかならず蓬莱の島のみかは	16	不老不死	55⑪
	前朱雀の望は―の道なり	114	蹴鞠興	205⑫
ちやうせいでん(長生殿)	蓬莱洞は―	11	祝言	52⑫
	余波をしたひし―	164	秋夕	285①
ちやうだい(頂戴)	形を毘佉羅の―にあらはす	78	霊鼠誉	143⑪
	望らくは鷲峯の遺勅を―し	141	巨山修意	249⑥
ちやうだい(帳台)	常寧殿の―の今夜の試	104	五節本	188⑧
ぢやうどう(定筒)	―入破採居	60	双六	116⑥
ちやうとく(長徳)	―の賢き恵なり	72	内外	135⑧
ぢやうぶ(丈夫)	―の道にむかふには	85	法華	155⑤
ちやうほう(長保)	拾遺は華山の製作―寛弘の比とかや	92	和歌	165⑬
ちやうりやう(張良)	漢高を守し―	81	対揚	149①
	陳平―が心の道ぞかしこき	45	心	両334⑧
	陳平―が心の道にはせかれき	45	心	95⑩
ぢやうゑ(定恵)	弓矢を―に納む	166	弓箭	287⑬
	―の法を顕す	81	対揚	149⑫
	―の二を分ては	62	三島詣	120④
	しかすが―の埒にはつまづかざるべし	86	釈教	156③
ちやくざ(着座)	をのをの―し給へば	172	石清水	297⑦
	本の―を改め	156	随身諸芸	271⑦
ちやく・す(着)	錦を―する其氏人の	155	随身競馬	270⑫
ちやしよ(茶書)	東坡居士が―のこと葉にも	149	蒙山謡	両340①
ちよ(千世)	幾―秋を重ぬらむ	82	遊宴	151⑦
	―もと祈る人の子の	38	無常	84⑥
	いかでか―を重けん	151	日精徳	264⑥
ぢようきやう(濃香)	―芬郁の匂をさそふ梅が枝	81	対揚	149⑭
ちようくわ(重華)	―の徳をもや隠しけん	91	隠徳	163⑪
ちようざん(重山)	―遙によぢ上	57	善光寺次	109⑤

	遍照の光—に隠ぬれば	124	五明徳	222④
ちようしん(重臣)	外戚の—軽からず	72	内外	135③
ちようほう(重宝)	叡山の嶺の—と	135	聖廟超過	241⑨
	清涼の—と備る	159	琴曲	275⑪
	又前唐院施入の—は	138	補陀落	245④
	密蔵の—を納をきて	130	江島景	231③
ちようやう(重陽)	—の露の情久く留り	151	日精徳	264③
ちようやうのえん(重陽の宴)	露台の乱舞—	82	遊宴	151⑦
	九月の—にかざす菊の花も	108	宇都宮	194④
	—の菊水	16	不老不死	56③
ちよか(直下)　＊ぢきげ	—と見おろせばしほみ坂	33	海道中	78⑧
	—と見おろせば蓬が島も遠からず	110	滝山摩尼	197⑧
ちよく(勅)	別山嘉名の—なれば	109	滝山等覚	195③
	—なればいともかしこしと仰て	74	狭衣袖	137⑭
	いとも賢き—なれや	134	聖廟霊瑞	237⑤
	最も賢—なれや	114	蹴鞠興	異311④
	或は—に応ずる益に叶ひ	155	随身競馬	271③
	唯教流布の—をうけ	16	不老不死	56⑪
	陽花の声は—をまち	114	蹴鞠興	207⑦
ちよくがう(勅号)	開山和尚の—	146	鹿山景	257⑩
	祖師の—を仰ば	147	竹園山	259⑬
ちよくぐわん(勅願)	弘仁の聖主の—	138	補陀落	244⑫
	賢き—代々にたえず	155	随身競馬	270⑪
ちよくし(勅使)	時に—のいたりし麓寺	154	背振山幷	269⑫
ちよくしゆ(勅集)	侍臣に仰せし万葉—の源なりけり	92	和歌	165⑩
ぢよくせ(濁世)	末代—の根機には	59	十六	114③
	—の塵にまじはる	57	善光寺次	110⑧
ちよくたふ(勅答)	—に預る	65	文武	125⑩
ちよくはん(勅判)	かたじけなかりし—は	112	磯城島	202⑤
ちよくふう(勅封)	今に代々の—	129	全身駄都	228⑭
ちよくめい(勅命)	然て香性が分布の—	129	全身駄都	228①
	今一涯の—は	134	聖廟霊瑞	239⑪
	つゐに—を全す	131	諏方効験	233⑧
ちよくやく(勅約)	果て—かたじけなく	108	宇都宮	194③
ちよくゑ(勅会)	誠に—の砌なれば	172	石清水	297⑥
ちよくん(儲君)	契し—が製作	66	朋友	127③
ぢよびやうえんじゆ(除病延寿)	—後生善処	114	蹴鞠興	205⑨
ちよろく(猪鹿)	林に—の類をかけや	97	十駅	173⑨
ちらう(池浪)	—鼓を調つつ	139	補陀湖水	246⑥
ちら・す(散)	森てもたれか—しけん	26	名所恋	69③
ちり(塵)	神鏡の—曇なく	46	顕物	異307⑥
	真如の台に—つもりて	86	釈教	155⑬
	六趣の—におなじく	134	聖廟霊瑞	237⑩
	上苑の—に馳	145	永福寺幷	256⑤
	玉藻の—にまじはりて	53	熊野三	104④
	濁世の—にまじはる	57	善光寺次	110⑨
	近く扶桑の—にまじはる	131	諏方効験	231⑩
	—に交はる瑞籬に	35	羇旅	81⑫
	—にまじはるわざまでも	64	夙夜忠	124④
	光を—にやはらげて	12	嘉辰令月	53⑨

	下亦和光の—の底	86	釈教	157④
	清音—を飛し	113	遊仙歌	204③
	—をのがれし心の奥	151	日精徳	264⑭
	三性に—を払はん	97	十駅	174⑩
	外典の風—を払ひ	72	内外	133⑩
	—をはらひて陰なく	55	熊野五	106⑪
	五の—をや洗らん	124	五明徳	222⑤
ちりかか・る(散かかる)	花の白浪—り	57	善光寺次	109⑭
ちりか・ふ(散交)	—ひくもるしののめ	143	善巧方便	253⑪
	—ふ紅葉も照まさる	102	南都幷	185①
ちりす・ぐ(散過)	—ぎたりし挿頭に	151	日精徳	264⑪
	—ぎたりし梅の枝に	111	梅花	200⑨
	千枝の紅葉—ぎて	171	司晨曲	294③
ちりひぢ(塵土)	位山麓の—積ても	12	嘉辰令月	53⑫
	麓の—山と成て	112	磯城島	201②
ち・る(散)	花も常葉に—らざれば	158	屛風徳	274⑨
	—らぬみどりの松の葉	68	松竹	129②
	末の露は花より先に化に—り	134	聖廟霊瑞	239⑧
	春さく花の風に—り	163	少林訣	282⑪
	—りしままなる涙さへ	69	名取河恋	130⑦
	—りにし花の玉かづら	38	無常	84⑩
	柏木の—りにし古郷に	127	恋朋哀傷	226①
	嵐のままに—りはてて	97	十駅	174⑤
	身にしむかぜにもろく—る	38	無常	84⑬
	急雨の露もしのに—る	52	熊野二	103③
	岩こす浪の玉と—る	54	熊野四	105⑨
	花—る暮に響しは	170	声楽興下	292⑧
	居垣の松の葉—る事なく	92	和歌	166⑪
	ぬるでの紅葉—る事を引とどめばや	150	紅葉興	263⑩
	しのに露—る篠の庵	49	閑居	99⑧
	しのに露—る篠原の	32	海道上	76⑩
	消ずはありとも—る花の	21	竜田河恋	63⑦
	—るもうらめしき花の枝に	114	蹴鞠興	206⑮
	開ばかつ—る雪とふる	148	竹園如法	260⑥
	木枯寒く雪—れば	55	熊野五	106④
ちゑ(智恵)	—の実を顕す	98	明王徳	177⑨
ぢん(陣)	凶徒の—にまじはり	78	霊鼠誉	144⑧
	野の行幸の—の列	76	鷹徳	140⑦
ちんけん(陳懸)	其声—の雉ににたり	171	司晨曲	293⑬
ちんご(鎮護)	南都—の加被也	102	南都幷	185⑪
	松の尾の明神は王城—の垂跡	68	松竹	両328①
	—の道場頼あり	11	祝言	52⑪
ちんざ(鎮座)	王城ちかく—し	68	松竹	129⑦
	しばらく賀茂の郡に—す	62	三島詣	119⑧
	帝都の南に—す	172	石清水	296⑤
ちんざい(珍財)	誰かは—投ざらむ	60	双六	116⑫
ぢんじや(沈麝)	—匂をまじへつつ	128	得月宝池	226⑩
ちんじゆ(鎮守)	—に祝道祖神	60	双六	116⑩
ぢんじゆ(塵数)	両部—の妙徳	97	十駅	176⑤
ぢんずい(陳隋)	—の風涼しく	97	十駅	175⑨

ぢんすいかう(沈水香)	牛頭栴檀香—	89	薫物	異303⑩
ぢんぞく(塵俗)	芝澗は—の棲泊にあらず	151	日精徳	264①
ちんだいりやう(陣泰良)	さうばんたんそう—	133	琵琶曲	236⑭
ちんだん(鎮壇)	南山弘法の—	101	南都霊地	183⑦
	—の香の火種々に供養の故おほし	138	補陀落	244⑮
ちんちん(沈々)	—たる雲海	118	雲	211⑤
	雲海—として辺もなく	172	石清水	296⑬
ぢんてん(塵点)	久遠—の劫数を	143	善巧方便	254③
	—の霜遠く	152	山王威徳	267②
ちんへい(陳平)	—張良が心の道ぞかしこき	45	心	両334⑧
	—張良が心の道にはせかれき	45	心	95⑩
ちんほう(珍宝)	妻子—及王位に至るまで	160	余波	278⑨
ぢんらう(塵浪)	—を払に無碍ならん	147	竹園山	259③
ちんゑ(鎮衛)	—の権扉をおし開く	134	聖廟霊瑞	237⑦
ちんゑい(鎮衛)	朝家—のはかりこと	39	朝	両332⑩
ちんをくのはう(鎮屋の方)	懸を又立るも—なり	114	蹴鞠興	206④

つ

つ(津)	思の—をぞはやすなる	104	五節本	188⑭
ついな(追儺)	—の夜半の宮人	9	冬	50②
ついりん(椎輪)	夫—は大輅の始	115	車	207⑩
つか(塚)	じよくんが—の秋の松	48	遠玄	98①
つかさ(司)	百の—悉く	64	夙夜忠	124②
	雲師の—にやならびけん	149	蒙山謡	261②
つかさど・る(掌)	天地も是を—り	44	上下	92⑭
	是を陰陽に—り	60	双六	114⑪
	或は君となり或は臣を—り	63	理世道	123⑤
	其形天地に—り	170	声楽興下	292⑥
	共に風大を—り	95	風	異309⑩
	真俗二を—り陰陽みな治る	72	内外	133⑧
	蓮府僕射亜相は文を—りて	65	文武	125⑪
	四維上下の中にも北を以—る	78	霊鼠誉	143⑨
	両部の外部を—る	81	対揚	149⑫
	六大観音に—る	110	滝山摩尼	196⑬
	語言三昧を—る	120	二闡提	213⑧
	四絃は四序に—る	121	管絃曲	216①
	左右に是を—る	156	随身諸芸	271⑧
	心を南に—る	45	心	両334⑩
	まさに—る方角を賞ずればなり	140	巨山竜峯	248①
つかさびと(司人)	花の駅の—	160	余波	277⑪
つかね(把束)	ふかうの—をとるなり	139	補陀湖水	246⑦
つかのま(束の間)	男鹿の角の—も	102	南都幷	184⑨
	小鹿の角の—も	131	諏方効験	232⑤
つかは・す(遣)	三聖を—す仁徳	97	十駅	173③
つかひ(使)	伊勢より須磨の—とか	44	上下	93⑬
つがひ(番)	定れる—あるなれど	156	随身諸芸	271⑧
	各—に向しむ	156	随身諸芸	271⑦
	—の数や故あらん	155	随身競馬	270⑫

	取組—の心競	156	随身諸芸	271⑫
	随—の長	156	随身諸芸	272③
	御馬を揚其—を応ずるに随て	156	随身諸芸	271⑦
つかひな・す(遣なす)	たをやかに—したる撥のもてなし	29	源氏	73⑪
つか・ふ(仕)	民を—ふに時あり	98	明王徳	176⑪
	—ふる君の厚き恩	99	君臣父子	178⑧
	君に—ふる忠臣	64	夙夜忠	123⑨
	君に—ふる忠臣の	42	山	両327⑤
	君に—ふる忠臣も	91	隠徳	164②
	—ふる道ある御代なれば	39	朝	86⑨
	—ふる道に物うからず	64	夙夜忠	124③
	朝に—ふるものの武の	39	朝	両332⑪
	心直に—ふれば	45	心	95①
	仁明の朝に—へき	65	文武	125⑨
	勝疎からぬ道にや—へけむ	156	随身諸芸	272⑧
	仏の道にぞ—へける	154	背振山弁	269⑧
	道にや—へけん	156	随身諸芸	両340⑦
	彼四納言が—へし跡	99	君臣父子	179⑥
	光源氏に—へし惟光義清は	64	夙夜忠	124⑤
	暇こそなけれ—へつつ	21	竜田河恋	62⑪
	代々の朝に—へつつ	123	仙家道	両335⑤
	老せぬ門に—へて	11	祝言	52⑫
	四皓は漢恵に—へて	98	明王徳	177⑫
	代々の朝に—へて	100	老後述懐	180⑫
	しかれども秦に—へては	81	対揚	異302④
つかへ・く(仕来)	神代のままに—きて	137	鹿島社壇	243⑥
つか・る(疲)	ただ徒に幽閑の思に—れけんも	140	巨山竜峯	249③
	馬—れ人や腕けん	113	遊仙歌	203③
つかれをか・る	—らむ草どり	76	鷹徳	141⑦
つき(月)　＊げつ	葦間にやどる夜はの—	7	月	48⑦
	香山楼の秋の—	48	遠玄	97⑬
	欣求は浄土の秋の—	49	閑居	98⑭
	村雲かかる秋の—	58	道	111⑤
	三十六宮の秋の—	69	名取河恋	130⑦
	行こと遅き夜はの—	81	対揚	150②
	望仏本願の秋の—	87	浄土宗	158⑧
	双林樹下の夕の—	91	隠徳	165①
	色即是空の秋の—	97	十駅	174⑭
	されば則天の春の—	97	十駅	176①
	幕府山の秋の—	142	鶴岡霊威	252⑦
	寺号は円に覚—	146	鹿山景	257⑪
	麓の鹿の音峯の—	163	少林訣	283⑥
	雲がくれせし秋の—	168	霜	290⑦
	潯陽の江の夜の—	170	声楽興下	292⑥
	いざよひ弓はりふし待の—	7	月	異305⑦
	影をもやどせ春の—	96	水	両329③
	千里に—明なり	7	月	47⑭
	—落鳥啼ぬれば	171	司晨曲	294⑫
	冴る夜の—阿なくて	104	五節本	187⑬
	内典の—くもりなし	72	内外	133⑪

名は漢家の秋の—くもりなく	101	南都霊地	183⑫
在明の—こそ袖に曇けれ	21	竜田河恋	63②
砌の梢—冴て	171	司晨曲	295⑧
潯陽に—静なり	79	船	145⑩
—冷く風秋なり	7	月	48①
—すむ滝に袖ひぢて	109	滝山等覚	196⑧
五相成身—すめり	108	宇都宮	193⑭
—吹簫の地にすめり	170	声楽興下	292⑬
光は在明の—せず	16	不老不死	56⑩
誓約はげに在明の—せず	120	二闡提	214⑦
深き心は有明の—せず	169	声楽興	292①
和光の—ぞやどるなる	109	滝山等覚	195③
古郷もおなじ—ながら	34	海道下	79⑧
同雲居の—なれど	57	善光寺次	110③
軒もる—にあくがれて	78	霊鼠誉	144②
鶏籠—に嘶しは	171	司晨曲	295③
—に色付ときは木の	110	滝山摩尼	197⑭
里わかぬ—にうつりきて	66	朋友	126⑭
—に促す天の戸を	31	海路	75⑮
高槐の—に詠を留め	160	余波	278⑬
鳳凰池上の—に送られしも	71	懐旧	132②
古宮の—に思出て	64	夙夜忠	124⑬
—に語ひし面かげ	127	恋朋哀傷	225⑬
—にかたらふ秋の閨	38	無常	84⑬
—に語ふ秋のねやに	143	善巧方便	253⑪
—にかなづる露台の	167	露曲	288⑨
おぼろけならぬ—に帰雁がね	159	琴曲	275⑨
—に心のあくがるる	41	年中行事	89⑪
—にこゆればほのぼのと	54	熊野四	105①
—に叫哀猿	95	風	170⑫
雲間の—にさす指も	163	少林訣	282⑩
蘆間の—に棹指て	79	船	145⑫
阿なき—にしらべ澄	160	余波	278③
深行—に澄まさるは	169	声楽興	291④
—にぞ歩をはこびけるやな	13	宇礼志喜	54④
青巌—にそばだつ	123	仙家道	220⑤
玉泉の—に惆悵す	173	領巾振恋	298⑬
有明の—に強きうかれ鳥の	157	寝覚恋	272⑭
—にともなふ夜半の遊ぞ面白き	47	酒	異314④
—に友よぶ哀猿の声	163	少林訣	283⑥
別鶴は夜の—に鳴	121	管絃曲	217⑨
大簇の—になぞらへて	169	声楽興	291⑦
—にね覚のすさみならむ	35	羇旅	81⑩
—には雲の嵐山	42	山	両327⑥
塔婆を三十三天の—にみがき	129	全身駄都	228⑧
花洛の—に攀登り	154	背振山幷	269⑫
山のはつかに残る—の	22	袖志浦恋	64⑨
苫ふく軒をもる—の	30	海辺	74⑥
草の原より出る—の	56	善光寺	108⑦
哀をしるも入—の	84	無常	153⑨

衲衣のたもとに移る—の	102	南都幷	185④
暁の雲にみる—の	112	磯城島	201⑭
—の明なる前	8	秋興	49⑦
久方の—の明らかに	63	理世道	123②
空ゆく—のあふせまで	70	暁別	131②
三五の—の色よりも	133	琵琶曲	236⑦
一心三観の—の影	67	山寺	128②
真如の—の影さす	163	少林訣	282⑭
入方の—の影にしも	168	霜	290⑤
和光同塵の—の影は	51	熊野一	101⑨
天照—の霜なれや	168	霜	289⑨
元和九年の秋八月—の上弦	42	山	90⑪
伏待朧夜在明の—の鼠の	78	霊鼠誉	143⑭
上求菩提の—のひかり	44	上下	94⑥
終南山の—の光	49	閑居	99③
姑射山の—の光	80	寄山祝	146⑧
抑毘盧舎那無辺の—の光	92	和歌	異309⑥
—の光にさそはれて	71	懐旧	132⑤
今夜の—の光におとらましやは	157	寝覚恋	異314⑦
—の光雪の色	92	和歌	166⑥
明行—のほのかにも	58	道	110⑫
上は法身の—の前	86	釈教	157④
正好修行の—の前	103	巨山景	186⑥
漢宮万里—の前の腸	133	琵琶曲	236⑧
南楼の—の下には	125	旅別秋情	223⑩
清明たる—の夜	7	月	47⑬
松嵐冷き—の夜	65	文武	125⑨
—の夜来の比なれば	102	南都幷	185①
鶏寒き—の夜は	171	司晨曲	294④
近く廿八祖の秋の—は	141	巨山修意	249⑤
—は明石の浦のすま居	7	月	48⑤
—は在明の光納りて	96	水	172①
—は千秋の秋の光	88	祝	159②
—は中空の雲より伊豆の大島	130	江島景	230⑭
枌楡和光の—は猶	34	海道下	80⑪
—はみがきて千年の影	122	文字誉	219⑮
利生の—晴たり	152	山王威徳	267②
内証の—朗に外用の雲をや	62	三島詣	120⑨
有明の—待程の手ずさみに	50	閑居釈教	99⑭
—待程の手ずさみに	94	納涼	168⑫
正覚の—円に	59	十六	114⑥
当社明神は内証の—円に	108	宇都宮	192⑦
—みて後はなにならじ	163	少林訣	282⑩
吹籥の地には—空	69	名取河恋	130④
冴かへる霜夜の—も白妙の	108	宇都宮	194⑧
絵に書ば—も有明にて	158	屛風徳	274⑨
雲井の—もかすむらん	22	袖志浦恋	63⑭
雲井の—もかすむらん	22	袖志浦恋	両325⑫
嵐も—もさえさえて	173	領巾振恋	299②
大虚の—も住吉の	92	和歌	166⑪

	時雨も—もたまらず	32	海道上	77⑤
	—もたまらず漏くる時雨の	145	永福寺幷	256⑨
	三五の—もろともにすみのぼる	133	琵琶曲	両338⑧
	撥して招く在明の—や	133	琵琶曲	236④
	—やあらぬと託けんも	111	梅花	200⑦
	—やあらぬと託ても	28	伊勢物語	71⑬
	—や砂を照すらん	7	月	48⑤
	傾く—や残らん	51	熊野一	102④
	深ては寒き霜夜の—を	7	月	48③
	秋の—を仰見れば	99	君臣父子	178⑥
	かすめる空の—をうつす	124	五明徳	221⑪
	絶中の—を得ざりしかば	97	十駅	175③
	眉は恒娥の—を送らんに異ならず	113	遊仙歌	203⑭
	寒流—を帯て	168	霜	289⑧
	二空の—を耀かし	97	十駅	174⑩
	真如の—を隠つつ	97	十駅	174①
	—を隠して懐にいるる	124	五明徳	221⑥
	傾く—をしたひても	35	羇旅	82⑤
	深て蘿洞の—をみる	83	夢	152⑪
	行宮に—を見れば	93	長恨歌	167⑪
	仙人は—を玩ぶ	31	海路	74⑭
	故あれば—をもめで	78	霊鼠誉	両338④
	—をもめで花紅葉の	78	霊鼠誉	143⑬
	傾く—をやしたふらむ	107	金谷思	191①
	妙覚の—を宿すこそ	151	日精徳	265②
	両の顔に—を協	77	馬徳	異311⑧
つきのえん(月の宴)	清涼殿の—	112	磯城島	202⑥
つきのかつら(月の桂)	久方の—の河淀に	44	上下	94③
	夜寒の衣擣なるは—の里人	170	声楽興下	292⑨
	—の里人もさこそは御影を	132	源氏紫明	235⑬
	久方の—の里までも	76	鷹徳	141⑤
	—の紅葉ばを	150	紅葉興	263⑨
つきのでしほ(月の出塩)	—のや三津の浜松の	7	月	48④
つきのねずみ(月の鼠)	—の名にしほへば	78	霊鼠誉	143⑭
つきのふね(月の舟)	天のはら雲の浪立—星の林に	118	雲	両338⑫
つきのみや(月の宮)	あぢきなき—	113	遊仙歌	203⑨
つきのみやこ(月の都)	久方の—に	6	秋	47⑦
	—の天つ人	133	琵琶曲	236⑥
	久方の—は九重の	7	月	48⑧
	かげなびく—より	64	夙夜忠	124②
つぎ(次)	始十信十住より—又十行十回向	83	夢	152⑬
つきかげ(月影)	槙の戸口の—	7	月	48⑥
	玉かと見ゆる—	7	月	48⑩
	秋八月の—	50	閑居釈教	100⑪
	白良の浜の—	54	熊野四	105④
	千々に物思ふ—	122	文字誉	219⑨
	—ながらやこほるらん	30	海辺	74⑪
	子一(ねひとつ)ばかりの—に	28	伊勢物語	72⑧
	押明方の—に	160	余波	278⑦
	ただ在明の—の	5	郭公	45⑪

	袖に片敷—は	116	袖情	209⑨
	嵐の声も—も	42	山	91⑧
	ねぬ夜こととふ—よ	161	衣	280⑧
	雲隠行—を	91	隠徳	164④
つきかた・む(築固)	—め給しゆへに筑波山とは号せらる	159	琴曲	両335⑩
つきがは(槻川)	げに大蔵に—の	56	善光寺	108⑪
つきくさ(月草)	色采衣する—	43	草	92④
つきげのこま(鴾毛の駒)	暮行長月の—に	150	紅葉興	263④
	秋の夜の—をば	77	馬徳	142⑪
つぎざくら(継桜)	花かとまがふ—	55	熊野五	106④
つき・す(尽)	恨はさても—せじ	20	恋路	62⑤
	—せず哀なりしは	168	霜	290④
	—せずひさしき玉津島や	12	嘉辰令月	53⑧
	—せず誉をのこす	169	声楽興	292①
	—せず煩悩の眠の枕までも	120	二闡提	214⑦
	—せず無量の寿命なれど	16	不老不死	両325⑧
	—せず無量の寿命なれば	16	不老不死	56⑩
	汲ども—せぬいきをひに	122	文字誉	219⑪
	—せぬ恋を駿河なる	92	和歌	166⑦
	汲ども—せぬ流なり	96	水	両329④
	—せぬ流を汲馴て	151	日精徳	264④
	—せぬ名残の切なるは	19	遅々春恋	60⑪
	深き誓の—せぬは	137	鹿島社壇	243⑤
	なでても—せぬは	14	優曇華	両325⑤
	深き誓の—せぬは	137	鹿島社壇	両341③
	—せぬ水のみなもと	123	仙家道	220⑦
つきづきし	雲から碓水に—しく	123	仙家道	220⑪
	—しくぞ覚る	76	鷹徳	140⑩
つきなみ(月次)	流てはやき—の	22	袖志浦恋	64④
	水の面に照—の程もなく	96	水	両329③
つきなみじん(月次神)	—今食内侍所の御神楽	41	年中行事	90①
つきは・つ(尽終)	暁の夢も—てし	134	聖廟霊瑞	239⑤
つきひ(月日)	抑石田—経て	97	十駅	173⑩
	雪も—も積年	41	年中行事	90①
	つもる—を送て	168	霜	290⑩
つきびと(恒娥)	眉は—の月を送らんに異ならず	113	遊仙歌	203⑭
つきゆみ(槻弓)	武は又梓弓真弓—とりどりに	88	祝	159⑧
つきをえたるろうかく(月を得たる楼閣)　＊とくげつろう	—の名を顕はせる台なれば	128	得月宝池	227②
つ・く(尽)	恨やげにさば—きざらむ	157	寝覚恋	273①
	恨はさても—きせじ	20	恋路	62⑤
	雲収り—きては行こと遅き夜はの月	81	対揚	150①
	名残はいまだ—きなくに	21	竜田河恋	63①
	まだ睦言も—きなくに	107	金谷思	191⑩
	恨はさても—きねども	134	聖廟霊瑞	239①
つ・く(着)	向の岸にや—きぬらむ	34	海道下	79⑫
	彼岸に—く心地すれば	54	熊野四	105⑩
つ・く(築)	彼壇を—きたまふ	101	南都霊地	183⑨
つ・く(付)	月に色—くときは木の	110	滝山摩尼	197⑭
	浅茅色—く冬枯の	61	郢律講	118⑥
	愁書を雁の翅に—け	65	文武	125⑧

	―けし言の葉のわりなきは	111	梅花	200⑨
	小鳥を―けし荻の枝ぞ	76	鷹徳	141⑥
	折に―けたる花紅葉	74	狭衣袖	137⑩
	青海の波の起居に―けて	121	管絃曲	216⑪
	跡だに―けねばこゆるぎの	26	名所恋	68②
つ・く(突)	先は雪間の若菜卯杖―き	43	草	91⑪
つ・ぐ(継、続)	練行踵を―ぐとかや	109	滝山等覚	195⑩
	世々に是を―ぎ	114	蹴鞠興	205⑤
	八九の節候を―ぎ	164	秋夕	284②
	世々に―ぎても跡たえじとぞや覚る	10	雪	51⑤
	凡日を―ぎ夜を重ね	125	旅別秋情	223⑤
	拾遺を三代の後に―ぐ	112	磯城島	201⑧
つ・ぐ(告)	或は勝地を此に―ぐ	131	諏方効験	231⑭
	一時の秋を―ぐとかや	8	秋興	48⑬
	人間五更を―ぐなれば	171	司晨曲	293⑪
	秋を―ぐる嵐や雲を払	140	巨山竜峯	248⑬
	明ぬと―ぐる鐘の音	157	寝覚恋	273②
	日影を―ぐる念誦の声	103	巨山景	187⑥
	後夜に上堂―ぐる程	103	巨山景	186⑩
	終に常ならぬ世を―げ	134	聖廟霊瑞	239⑦
	様々の奇瑞時を―げ	134	聖廟霊瑞	239⑩
	飛花落葉の時を―げ	141	巨山修意	249⑬
	諸行無常の聞を―げ	170	声楽興下	293④
	深夜の鐘は別を―げ	173	領巾振恋	299④
	聞事を四方に―げざれば	63	理世道	122③
	枳里紀王に―げし十の夢	83	夢	152⑮
つくこと(筑事)	―をして水波の曲を弾ぜしに	136	鹿島霊験	242⑨
つくしひじり(筑紫聖)	三明房の―	60	双六	116⑫
つく・す(尽)	欄檻に立や―さまし	103	巨山景	186⑧
	光は金輪際を―し	129	全身駄都	228⑦
	宋生が悲を―し	164	秋夕	284③
	伶倫秘曲を―しければ	172	石清水	297⑧
	五劫を―しし悲願は	161	衣	280⑪
	忠を天朝に―して	65	文武	126②
	魚鼈のやからを―しても	97	十駅	173⑦
	砂の数を―しても	100	老後述懐	180⑤
	色々の花を―しても	112	磯城島	202⑦
	身を―しても逢見けん	19	遅々春恋	61⑤
	いかがはあだに―すべき	110	滝山摩尼	197⑦
	炎暑を―す玩物たり	124	五明徳	221⑦
	語条言を―せり	60	双六	116⑤
つくづく	―思ひつづくれば	170	声楽興下	293④
	―と思ひめぐらせば	115	車	両337③
	―と思ふもくるし入会の	37	行余波	83②
つくづくし(土筆)	土筆(どひっ)と書るは―	3	春野遊	43⑩
つくば〔ちくば〕(筑波)	―の陰も様なし	104	五節本	188⑪
つくばね(筑波根)	君に心は―の	98	明王徳	177①
	彼―のいにしへをとぶらへば	159	琴曲	両335⑨
	下―の動なく	88	祝	159④
	―のそがひにみゆる二荒の	108	宇都宮	192⑩

つくばやま(筑波山)	常陸には田をこそ作れ—	26	名所恋	68⑨
	たのしみさかへは—	80	寄山祝	146⑦
	さて其嶺も—	136	鹿島霊験	242⑩
	—とは号せらる	159	琴曲	両335⑩
	—端山茂山しげき恵のさはりなく	159	琴曲	276⑤
つくもがみ(白髪)	名にこそ立れ百年に一年たらぬ—	28	伊勢物語	71⑪
	媿かしや百年ちかき—	100	老後述懐	180②
つくりな・す(造作)	いかがは—すべき	86	釈教	156⑧
つくりをか(作岡)	春の沢田を—の	33	海道中	78⑤
つく・る(作、造)	聖武元正の為に—り	101	南都霊地	183⑤
	やまみな寺ある寺—り	103	巨山景	186②
	左子が賦を—り	165	硯	286⑤
	我朝の聖代の—りし	121	管絃曲	216⑦
	社壇をぞ—りし	138	補陀落	244⑧
	堂中に—りし車の輪	115	車	207⑬
	書契を—りし風体	95	風	169⑫
	三巻の茶経を—りつつ	149	蒙山謡	261⑦
	州の字を—りて	122	文字誉	219⑥
	都良香が記を—る	42	山	91⑤
	巴の字を—る波の上	122	文字誉	219③
	常陸には田をこそ—れ筑波山	26	名所恋	68⑧
つくろひかさ・ぬ(繕重)	—ぬる出衣	104	五節本	188⑬
つくろ・ふ(刷、繕)	身のゆがめるを—ひ	158	屛風徳	274②
	姿を—ふ儀をなし	116	袖情	209⑤
つげ(告)	祈念夜をかさねし夢の—	147	竹園山	259⑧
	或は夢の—有て	62	三島詣	119⑥
	いかなる—なりけん	67	山寺	128⑩
	旅宿に—を蒙て	137	鹿島社壇	243⑫
	あらたに—をなすこそ	39	朝	両332⑩
つげのをまくら(柘の小枕)	衣々の涙を—	171	司晨曲	294⑫
	—欹て聞もかなしき鐘の音	19	遅々春恋	60⑪
	暁を—とりて是を十娘に与しや	113	遊仙歌	204⑨
つた(蔦)	宇都の山辺の—鶏冠木	42	山	91⑥
	葛の紅葉岩柿真坂樹—の葉	150	紅葉興	263⑪
	—這かかる宇都の山	34	海道下	79④
	—もかえでも色をそめ	66	朋友	126⑬
つたのしたみち(蔦の下道)	旅衣宇津の山辺の—	164	秋夕	284⑪
	在中将が—ふみわけし	42	山	両327⑧
	—や打払ひ	28	伊勢物語	72②
つたな・し(拙、頑)	しらざる事ぞ—き	99	君臣父子	179⑨
	いとはぬ人ぞ—き	163	少林訣	283⑤
	—き蟹の足の毛も	78	霊鼠誉	144⑭
	夫異生羝羊の—き心	84	無常	153③
	異生の—き狂酔	97	十駅	173④
	かたじけなくも—き袖に	87	浄土宗	158⑤
つたは・る(伝)	家々の風に—り	95	風	170③
	彼等の寺院に—り	102	南都幷	185⑩
	天震より—りて	149	蒙山謡	両339⑫
	五家七宗と—りても	128	得月宝池	226⑪
	延喜よりぞ—る	41	年中行事	89⑬

	下末代に—る	44	上下	94⑨
	兜率天より—る	101	南都霊地	183⑪
	わがよに—る和歌	122	文字誉	218⑦
	皆家々の風に—れり	88	祝	159⑦
	迦葉の微笑に—れり	163	少林訣	282⑨
	又家々の風に—れる	124	五明徳	異312⑪
つた・ふ(伝)	露駅を—ひし旅の泊	134	聖廟霊瑞	239③
	渚の松が根磯間—ふ	91	隠徳	164⑦
	或は八雲の風を—ふ	112	磯城島	200⑬
	外朝震旦に名を—ふ	120	二闡提	214②
	垣ほに—ふ槿	6	秋	47⑤
	—ふ今此慈尊万秋楽	169	声楽興	292②
	梢を—ふ木鼠	78	霊鼠誉	143⑭
	しのぶに—ふ玉水の	90	雨	161⑫
	苔路を—ふ峯通り	158	屏風徳	274⑤
	梢を—ふ鼯	95	風	170⑬
	船をして煙波の底に—ふらく	79	船	145⑩
	—ふらく河源は遠く	113	遊仙歌	202⑫
	—ふらく遠く穆王八匹の馬蹄は	155	随身競馬	270④
	—ふらく分なき様にひかれても	159	琴曲	275③
	八雲の風をや—ふらん	82	遊宴	150⑩
	家々の風にや—ふらん	73	筆徳	136②
	家に—ふる朝恩	39	朝	両332⑪
	せめても隠して—ふるは	91	隠徳	164⑮
	ひそかに—ふる梵語の体たらく	45	心	両334⑩
	道を—へ家を起し	64	夙夜忠	123⑨
	是を—へしあまりかとよ	76	鷹徳	141⑪
	承武に—へし清涼の秘曲	121	管絃曲	217⑦
	深き心を—へし後	119	曹源宗	211⑭
	天津人下りて—へし秘曲は	133	琵琶曲	両338⑦
	—へし道ぞ賢き	77	馬徳	142①
	向上の一路千聖も—へず	119	曹源宗	211⑩
	不伝の心を—へつつ	119	曹源宗	212⑪
	潜に—へてあらはさざるを	91	隠徳	164③
	名を—へて聞山々は	42	山	90④
	露の点より—へてぞ	122	文字誉	218①
	—へて絶ざる翫	60	双六	114⑨
	誰かは輙く—へん	91	隠徳	165④
	世がたりに—へんあぢきなく	107	金谷思	191⑬
つたへ(伝)	猶し教の外の—	122	文字誉	219①
	そよさば教の外の—	128	得月宝池	227⑧
つたへき・く(伝聞)	浪を凌て—き	63	理世道	122⑭
	東路はるかに—きし	127	恋朋哀傷	225⑨
	そもそもはるかに—く	35	羇旅	81⑪
	遙に—く異朝の浪の外とかや	78	霊鼠誉	144⑦
	—く北山の室の扉には	140	巨山竜峯	249①
	—く孔子の教いまに絶ずや	91	隠徳	163⑨
	幽に—く西天月氏の古	57	善光寺次	110⑥
	かかる徳を—く神護のいにしへ	101	南都霊地	183⑩
	遙に—く兜率の雲の上	72	内外	134②

つ

	—く和尚のいにしへとかや	147	竹園山	259④
つたへてき・く(伝て聞)	—かん功徳は	85	法華	154⑤
	—くも面白や	29	源氏	72⑭
	—くも袖ぬるる	160	余波	277⑨
	名を—く山々は	42	山	90④
つち(地)	荒金の—の動きなく	17	神祇	57⑩
	天先生て—后に定り	152	山王威徳	266⑨
つちくれ	雨—を犯さず	11	祝言	52⑦
つつが(恙)	百王—ましまさず	96	水	172⑬
つづきのさと(綴喜の里)	君がすむ—のゆかしければ	26	名所恋	68⑦
	—をや尋まし	91	隠徳	164⑬
つづ・く(続)	聳て高き峯—き	103	巨山景	186①
	七宝の橋—きては	62	三島詣	119⑭
	渚に—く和歌の浦の	53	熊野三	104②
	露の言葉を—けても	122	文字誉	219④
	男山に—ける	51	熊野一	102⑤
	—ける木陰の松本	52	熊野二	103⑫
	—ける竹の葉ずゑより	103	巨山景	186⑫
つつし・む(慎)	刑罰の依違を—む	98	明王徳	177⑩
づづすいし(頭々垂示)	—の所なれば	119	曹源宗	212⑭
つづまやか(約)	—なるをよみすといへども	140	巨山竜峯	248③
	上下の巻に—に	44	上下	93⑨
つづみ(鼓)	先—の勝負を申は	156	随身諸芸	271⑧
	巫女が—もうつたへに	17	神祇	57⑭
	巫女が—をうちたのみ	55	熊野五	107①
	池浪—を調つつ	139	補陀湖水	246⑥
つつみは・つ(包終)	さのみはいかが—てん	26	名所恋	67⑬
つつ・む(包、裹)	よその人目を—みても	100	老後述懐	180③
	海士だに—む思さへ	21	竜田河恋	62⑬
	蛍を—む汗衫の袖	116	袖情	209⑬
	蛍を—む袖の色	46	顕物	96⑥
	—むとすれどいさやさば	74	狭衣袖	137②
	—むとすれど思には	69	名取河恋	129⑪
	—むとすれど涙河	22	袖志浦恋	64④
	上には—むとすれども	44	上下	94①
	人しれずよそには—む中河の	91	隠徳	164⑭
つづら(葛)	梓弓ひき野の—くり返し	71	懐旧	132③
つづらをり(盤折、葛折)	松柏緑陰しげく道は—	55	熊野五	105⑬
	向へる尾上の—	57	善光寺次	109⑦
	山の尾上の—	103	巨山景	186⑫
つづりさせ(綴させ)	—となく蛬	6	秋	47⑨
つて(伝)	風の便風の—	95	風	171②
	わりなき紅葉の—ならむ	150	紅葉興	262⑧
	—にきく大和尊の歌は是	92	和歌	165⑦
	風の—にて紅葉ばを	150	紅葉興	263②
	浦かぜの—にや問けむ	132	源氏紫明	235⑥
	などかは—のなかるべき	37	行余波	83⑪
	其浦かぜの—までも	75	狭衣妻	139⑨
	ただ等閑の—もがな	19	遅々春恋	61①
つと(夙)	是みな—におき	64	夙夜忠	124⑭

つと(土産)	都の—にいざといはむ	28	伊勢物語	72⑤
つと・む(勤)	彼に—め此に修する	129	全身駄都	229⑨
つとめ(勤)	星をいただく夙夜の—	80	寄山祝	146⑨
	宮仕の—にいそがはしく	64	夙夜忠	123⑬
	採菓汲水の—に答つつ	96	水	172⑤
つとめしや(勤者)	法儀にすがる—の	110	滝山摩尼	198②
つな(綱)	大慈の—にかかりて	86	釈教	156⑮
つな・ぐ(繋)	雪の中の—がぬ駒とかや	10	雪	50⑬
	—がぬ日数を重ねつつ	134	聖廟霊瑞	239⑥
	—がぬ舟の定なく	79	船	145⑫
	隋堤の柳に—ぐ船	79	船	146②
つなてなは(綱手縄)	夜さへくるしき—	31	海路	75⑮
つね(常)	終に—ならぬ世を告	134	聖廟霊瑞	239⑦
	—に一壺の酒を持し	47	酒	97③
	憲宗—に是を見る	158	屏風徳	273⑬
	—に竹園に翅る徳化に誇つつ	144	永福寺	255②
	異人—に浴して	139	補陀湖水	246⑤
	—の名にはあらざれば	58	道	110⑫
	—の道にはあらざれば	58	道	110⑪
つねな・し(常なし)	恨らくは—き世の	127	恋朋哀傷	225⑥
づねん(頭然)	何ぞ徒に—に手を垂んや	147	竹園山	258⑫
つの(角)	男鹿の—のつかの間も	102	南都幷	184⑨
	小鹿の—のつかの間も	131	諏方効験	232⑤
	則竜角の—を戴き	159	琴曲	275⑦
つのくに(津の国、摂津国)	—の小屋とも更にきかねども	91	隠徳	164⑫
	—の難波の葦のうきふしに	24	袖余波	66③
つのぐ・む	むかひの汀に—む	51	熊野一	102⑥
	すぐろの薄—めば	43	草	91⑫
	沢辺の真菰—めば	165	硯	286②
つばくらめ(燕)	梁の—は並栖ども	27	楽府	71②
つばさ(翅)	—たかく法性の空にやかけらん	131	諏方効験	232⑤
	千年を送る鶴の—と	66	朋友	両339⑨
	愁書を雁の—につけ	65	文武	125⑧
	鳳去ては—のかへらぬ道なれば	69	名取河恋	130③
	されば鳳の—の反る軒	140	巨山竜峯	248⑦
	甍をまもる鳳の—は	144	永福寺	255②
	鶴の—は雲井まで翔て名をや揚べき	124	五明徳	222⑦
	—は大虚に翔つつ	76	鷹徳	140③
	形は歌鸞の—を移し	169	声楽興	291⑨
	鳳は—をかひつくろひ	80	寄山祝	146⑫
	雲雀は—を雲に隠し	57	善光寺次	109⑥
	文武の—を双ては	143	善巧方便	253④
	鳳凰—を休てや	147	竹園山	258⑬
つはもの(兵)	項羽が勇る—	45	心	95⑩
	蘇武はこれ麒麟閣の—	65	文武	125⑦
つひ(終)	—のよるせよいかならむ	75	狭衣妻	139①
つひえ(費)	万人の—をなす事なく	63	理世道	122⑪
つひに(終)	—明石の恨なく	132	源氏紫明	235⑨
	—あはずは玉匣	22	袖志浦恋	63⑪
	—いかなる便にか	114	蹴鞠興	206⑭

	—いな葉に結ぶ露の	37	行余波	83⑧
	—隠徳の為ところ	91	隠徳	163⑧
	—木だかき色見えて	75	狭衣妻	139⑫
	—詞をいだひし故かとよ	83	夢	異303③
	—聖武の御宇には	62	三島詣	119⑧
	—朱雀の聖暦に	108	宇都宮	194②
	—善巧の道区に	143	善巧方便	254⑦
	—善趣におもむかしむ	66	朋友	127⑤
	—絶せぬ契は	93	長恨歌	168③
	—勅命を全す	131	諏方効験	233⑧
	—常ならぬ世を告	134	聖廟霊瑞	239⑦
	—とまらぬ神無月	97	十駅	174⑥
	—南無仏の詔	129	全身駄都	228⑤
	—は楽音樹下の砌	121	管絃曲	217⑩
	—は朽ぬる埋木の	38	無常	84⑤
	—は化城にとどまらざれ	77	馬徳	異304⑨
	—は随自の門に	87	浄土宗	異303⑧
	—はとまらぬ棲なれば	84	無常	153⑫
	—は豊国の宇佐の宮に	142	鶴岡霊威	252②
	—はなびかぬ物なれば	160	余波	278⑩
	—はぬしを知にき	46	顕物	96⑨
	—は八字の霜降ぬ	122	文字誉	219⑩
	—鳳闕の雲を打払ひ	134	聖廟霊瑞	238⑩
	—は御法の風吹て	118	雲	211⑦
	とはでや—深なんと	116	袖情	209⑫
	—菩提の菓をやむすばざりし	140	巨山竜峯	249②
	—法身のはだへをや飾らん	161	衣	279⑬
	—法燈を挑げたまふ	59	十六	112⑭
	—御法のこゑすみて	118	雲	異313⑥
	—紅葉ぬ松が枝の	10	雪	50⑥
	埋木も—や隠はてなむ	91	隠徳	164⑮
	—行道とも知で	38	無常	異307②
	—よる瀬は有なむと	19	遅々春恋	61③
	—怨心をひるがへし	120	二闡提	214④
つぼ(壺)	天地をこめし—の内に	123	仙家道	220⑨
	耆婆が薬の—をぞ	139	補陀湖水	246⑩
つぼすみれ	尋入野の—	3	春野遊	44③
つぼのいしぶみ(壺の石文)	陸の奥の—に書し跡も	88	祝	159⑩
	陸奥の—ふみも見ず心のおくを	26	名所恋	68⑮
	—ふみもみず心の奥に	26	名所恋	両326③
つぼみこうばい(つぼみ紅梅)	—梅がさね	111	梅花	200⑤
つぼみはな(つぼみ花)　※巻名	栄花には—やれ	111	梅花	200④
つぼやなぐひ(壺胡籙)	幽華名にしほふ—	156	随身諸芸	272④
つま(妻、端)	—恋かぬる思もみな	107	金谷思	192①
	来つつなれにし—しあれば	33	海道中	78②
	哀を催す—として	143	善巧方便	253⑭
	心を動かす—となる	19	遅々春恋	60⑫
	何も思の—となる	107	金谷思	191⑨
	夢を憑し—となる	132	源氏紫明	235⑤
	さして忘れぬ—とみえし	124	五明徳	222②

	何かは恋の—ならざらむ	157	寝覚恋	273⑤
	忘られがたき—ならむ	75	狭衣妻	140①
	あはれをそふる—ならん	161	衣	280⑨
	忘ぬ情の—なれや	28	伊勢物語	72⑪
	みな思出の—なれや	35	羇旅	81⑥
	かたみも忘ぬ—なれや	126	暁思留	224⑦
	古郷を忍ぶ—なれや	134	聖廟霊瑞	239④
	—もこもれりむさし野を	28	伊勢物語	異306⑧
	わするる—やなかるらむ	102	南都幷	184⑩
	—よぶ小鹿の真葛原に	125	旅別秋情	223③
つま(棲)	衣を荘る—として	116	袖情	209④
	出し衣のかさなる—の色々	72	内外	135⑥
	—を出し車の	115	車	208⑭
	—をかさぬる衣々の	73	筆徳	136⑨
つまおと(爪音)	—夜ふかく成し程	160	余波	278④
つまぎ(爪木)	峯の—をとりどりに	154	背振山幷	269⑦
つまごめに(妻ごめに)	ほのかに聞ば—男鹿鳴野の	8	秋興	49②
つまづき(躓)	げに恋らしやれ駒の—やな	77	馬徳	142⑭
つまづ・く(躓)	定恵の埒には—かざるべし	86	釈教	156③
	退て揀択の嶮路に—かざれ	141	巨山修意	250①
	善巧方便の衢に—かず	143	善巧方便	252⑪
つまど(妻戸)	御後の—の下にてぞ	105	五節末	189⑫
	—の透間まぐさの辺	78	霊鼠誉	144③
	—の砌にたたずめば	104	五節本	188⑥
つまむかへぶね(妻迎船)	織女の—に契てや	6	秋	47①
つみ(罪)	万山ゆけば万の—消て	54	熊野四	105③
	六情の—霜消ぬ	152	山王威徳	267⑥
	つもれる—のふかさをば	167	露曲	289⑤
	つもれる—も跡なく	131	諏方効験	232④
	あらゆる—も祓殿	55	熊野五	106⑦
	人民の—をあがはんとて	172	石清水	297⑤
つみ(雀鷂)	指羽—雀鴘(ゐっさい)眉白の鷹真白符ぞ	76	鷹徳	141⑨
	此さしば—ゐつさい金の色に	76	鷹徳	両326⑥
つみしら・す(摘しらす)	—せばやとぞおもふ	3	春野遊	43⑪
つみし・る(摘しる)	—る恵の道しあれば	102	南都幷	184⑨
つみな・ふ(辜)	犯を—ふ喩とす	60	双六	114⑪
つみなら・す(抓鳴)	細き緒を時々—せば	113	遊仙歌	203⑧
つ・む(積)	朝家擁護の霜を—み	108	宇都宮	194②
	星霜は—んで聴を	113	遊仙歌	202⑬
	五百の車に—む財	115	車	207⑫
	薫修の功をぞ—むときく	109	滝山等覚	195⑨
	塩木—むなる海人のすむ	52	熊野二	103⑥
つ・む(摘、採)	卯杖つき—まほしきに	43	草	91⑫
	えんじやうづみ又けさ—みけるや	78	霊鼠誉	144⑬
	浪に袖ぬれて磯菜—みて	34	海道下	80⑤
	磯菜採に—みてや帰らん	31	海路	75⑤
	つぼすみれ—みてやきなむ	3	春野遊	44③
	苧生の浦はの磯菜—みに	31	海路	75⑤
	薪こり菜—み水汲ことはりも	154	背振山幷	269⑨
	樒—む山路のそば伝ひ	40	夕	88⑦

つ・む(抓)	身を—めば霜の下なる冬枯に	100	老後述懐	180③
つめ(爪)	なが乗駒の—だにひぢず	35	羇旅	82④
つもりのうら(津守の浦)	今将—みなくや	115	車	異312①
	—のうらめしからめや	31	海路	75⑥
	千年は—みを	51	熊野一	102⑫
つも・る(積)	真如の台に塵—りて	86	釈教	155⑬
	—りて路はまよはず	10	雪	50⑨
	歳月春秋—りても	11	祝言	52⑫
	位山麓のちりひぢ—りても	12	嘉辰令月	53⑫
	—りて四方の海となるよりも	14	優曇華	両325④
	負ては—る借銭の	60	双六	116⑬
	袖の霜—る月日を送て	168	霜	290⑩
	雪も月日も—る年	41	年中行事	90①
	たのめてこぬ夜は—るとも	103	巨山景	186⑧
	明日は雪とや—るべき	21	竜田河恋	63⑦
	岡辺の松に—る雪の	32	海道上	77①
	夙夜の功や—るらむ	64	夙夜忠	124①
	松明のすみや—るらむ	68	松竹	129⑥
	衣々の其袖の中にや—るらむ	70	暁別	131⑥
	さこそはおもひの—るらめ	173	領巾振恋	298⑪
	涼しき夜はや—るらん	124	五明徳	221⑩
	—れば人の老と成	122	文字誉	219⑨
	—れる功をあらはす	102	南都幷	185⑤
	—れる罪のふかさをば	167	露曲	289④
	—れる罪も跡なく	131	諏方効験	232④
	八百の霜多く—れる庭	151	日精徳	264③
	降て暮行歳月の—り—りても	10	雪	50⑤
つや(通夜)	—の衆徒は漸く白雲の底に立帰り	152	山王威徳	267⑦
つゆ(露)	黄葉梧桐の秋の—	45	心	95③
	時を分ぬ夕の—	71	懐旧	132⑨
	衆罪は草葉の末の—	85	法華	154⑭
	心の林詞の—	92	和歌	166⑤
	なみだをさそふ袖の—	161	衣	280⑧
	夏野の草のしげき—	167	露曲	288④
	白玉かなにそと問し袖の—	167	露曲	288⑪
	山深き栖家の暁起の樒の—	167	露曲	289③
	—暖にして南枝花始て開く	134	聖廟霊瑞	238③
	—うちはらふさ夜ごろも	83	夢	152③
	—置そふる雲の上人	44	上下	93⑬
	—かかるべき身のゆくゑ	173	領巾振恋	298⑪
	村雨か—か時雨か	20	恋路	61⑭
	秋の—草葉を潤すよそほひ	95	風	169⑧
	檜原槇の葉—しげし	66	朋友	126⑬
	専藤門の栄—滋し	102	南都幷	185⑬
	外面の木陰—冷し	4	夏	44⑫
	田の面の—ぞかかるなる	171	司晨曲	295⑥
	しのに—ちる篠の庵	49	閑居	99⑧
	しのに—ちる篠原の	32	海道上	76⑩
	夕暮の露をば—と置ながら	167	露曲	289①
	柏木の—ときえし思	107	金谷思	191⑮

—とやいはむ涙とやいはん	39	朝	87①
小萱苅萱—ながら	56	善光寺	108②
乃至一念無生の九品の蓮の—に	127	恋朋哀傷	226⑤
ゆかりはおなじ野の—に	167	露曲	288⑫
秋の—に梧桐の葉の落る時	93	長恨歌	167⑬
暁月—にさむき色	67	山寺	127⑫
分ては暁の—に鹿鳴花開	164	秋夕	285④
—になれきていく秋か	161	衣	280⑨
袂を鴻臚の—にぬらし	70	暁別	131③
涙も—にまがひしは	99	君臣父子	178⑨
—に分入夕暮	164	秋夕	284⑪
人の心も秋の—の	43	草	92⑤
菅原の末葉の—の	147	竹園山	259⑨
なにぞは—のあだ物よ	69	名取河恋	129⑬
帝皇や恵の—の遍さに	167	露曲	288②
利生利物の—の色	152	山王威徳	267⑮
葉分の—の色までも	143	善巧方便	253⑬
—の仮言もかからぬ身に	20	恋路	62②
楽天の—の言の葉	124	五明徳	221⑦
松陰の—の言葉をつづけても	122	文字誉	219④
移ひやすき—の下に	56	善光寺	108⑥
末葉の—の白玉か何ぞと	28	伊勢物語	71⑥
なにかは—のたのみあらん	38	無常	84⑭
濁にしまぬ—の玉	167	露曲	288⑧
懐旧の—の手枕に	71	懐旧	131⑨
葉末の—の玉さかに	18	吹風恋	60①
山路の—の玉篠の	94	納涼	168⑪
衲衣の袂を浸す—のたまたま	50	閑居釈教	100②
梶の葉に—の玉章を	122	文字誉	219⑦
—の玉ぬく青柳の	167	露曲	288③
凡菅原の—の玉鉾の	134	聖廟霊瑞	238⑨
—の玉巻真葛原	19	遅々春恋	60⑭
色どる—の玉ゆらも	6	秋	47④
浅茅が—の玉ゆらも	64	夙夜忠	124⑬
あだなる—の契さへ	167	露曲	289②
撫子の—の契や忍けん	167	露曲	288⑪
—の点より伝てぞ	122	文字誉	218①
—の情の言の葉も	127	恋朋哀傷	225⑪
重陽の—の情久く留り	151	日精徳	264③
涙にあらそふ路芝の—の情も	107	金谷思	191⑤
むすびし—の情より	35	羇旅	81⑤
たそかれ時の—の光	115	車	208⑦
はじめて—のむすぶより	81	対揚	149⑮
—のよすがのむかしまで	160	余波	279②
をけらん—はいでて払はん	21	竜田河恋	62⑩
涙の—は玉盤に	133	琵琶曲	236⑩
末の—は花より先に化に散	134	聖廟霊瑞	239⑧
雨の余波の—払ひ	114	蹴鞠興	207②
猶—深き暁を	19	遅々春恋	60⑩
鼓瑟の跡—ふかし	69	名取河恋	130③

	―吹結ぶ風の音に	167	露曲	288⑬
	―吹むすぶ秋風楽	121	管絃曲	216⑭
	―もくもらず聞つつ	102	南都弁	185④
	―もさながら色々の	7	月	48⑨
	―もさながらや手折まし	82	遊宴	異302⑪
	置らん―もさのみやは	23	袖湊	65⑥
	急雨の―もしのにちる	52	熊野二	103③
	―も滞る詞なく	134	聖廟霊瑞	237⑭
	―も涙もはらひあへぬ	125	旅別秋情	223⑮
	―もまだひぬ槇の葉の	167	露曲	288⑤
	金の波のよるの―や	110	滝山摩尼	197⑮
	野路の篠原―分て	136	鹿島霊験	242⑥
	―わけわぶる狩衣	76	鷹徳	140⑬
	―わけわぶるしののめ	6	秋	47③
	日夕の―をあらそふ	84	無常	153⑧
	枝には―を帯つつ	5	郭公	45⑦
	―を片敷草枕に	125	旅別秋情	223⑤
	―を片敷狭筵の	145	永福寺弁	256③
	―をきそふる秋の雨は	90	雨	161⑩
	路芝の―をたぐいにかこちても	70	暁別	131⑦
	詞の―をのこす草木もなく	164	秋夕	284④
	夕暮の―をば露と置ながら	167	露曲	289①
	恵の―を広く灑く	109	滝山等覚	195①
	玉にまがふ―をみだり	125	旅別秋情	223⑬
	―をもみがく事なかれ	75	狭衣妻	139⑮
	普き―をやそそくらむ	11	祝言	52⑧
	恵の―をや洒らむ	130	江島景	230⑨
	あまねき―をやそそくらん	11	祝言	両324⑨
	鞭して―をや払けん	156	随身諸芸	272⑦
つゆのいのち(露の命)	田づらの奥の―	65	文武	125⑦
	―の中にだに	167	露曲	289④
	つゐにいな葉に結ぶ―の中にも	37	行余波	83⑧
つゆのそこ(露の底)	紫藤の―	5	郭公	45③
	芙蓉の菊の―に	151	日精徳	265②
つゆのま(露の間)	袖も干あへぬ―に	40	夕	88⑨
	―にだにわすられず	167	露曲	288⑥
つゆけさ(露けさ)	小雨にかかる―	90	雨	161⑪
つゆけ・し(露けし)	―き程の五月雨に	5	郭公	46⑥
つゆしも(露霜)	秋の時雨や―の色々に染めなす	129	全身駄都	229⑦
	―の小倉の山の紅葉葉は	167	露曲	288④
	払もあへぬ―を	7	月	48①
つゆのむまや(露の駅)　＊ろえき	行々たる―に	32	海道上	76⑤
つゆわけごろも(露分衣)	小野の芝生の―	3	春野遊	44④
	武の―の日も夕ばへの色々に	131	諏方効験	232⑮
つよ・し(強、健)	強てもなを―かるべきは	156	随身諸芸	271⑩
	―き心を引かへて	73	筆徳	136⑪
	―くてもなを健かるべきは	156	随身諸芸	271⑩
つら(顔)	両の―に月を協	77	馬徳	異311⑧
つら(行)	―をみだれぬ雁がね	66	朋友	126⑩
	帰雁―をやみだるらん	166	弓箭	287⑩

つらさ(辛)	夢かとよ見しにもあらぬ―哉	74	狭衣袖	138⑦
	逢人からの―なれば	70	暁別	131①
	かへるさの―に残在明の	106	忍恋	190⑪
	―やわきてまさるらむ	106	忍恋	190⑧
つら・し(辛)	げに我ためにや―からむ	116	袖情	209⑫
	すぐさぬ秋や―からん	6	秋	47③
	衣衣の朝や―からん	39	朝	87⑤
	立へだつるも―き瀬に	81	対揚	149⑤
	みるさへ―き横雲	118	雲	211④
	逢瀬も―き別路	24	袖余波	65⑬
	―き別は在明の月こそ	21	竜田河恋	63②
	とはぬは―くけぬべきに	103	巨山景	186⑮
	さしも―くてやまんとや	26	名所恋	69①
	移ふ色の―ければ	19	遅々春恋	61⑨
	離山の其名も―し	57	善光寺次	109⑪
つらつら(倩)	―仰で思へば	131	諏方効験	233⑨
	―異朝を思ふにも	166	弓箭	287②
	―いにしへの旧にし跡をおもへば	17	神祇	57⑦
	―有為の理を	38	無常	84②
	―おもひつづくれば	50	閑居釈教	100①
	―思つづくれば	57	善光寺次	110⑤
	―思つづくれば	86	釈教	156②
	―思解ば	62	三島詣	121②
	―おもひとけば	63	理世道	123③
	―おもひとけば	95	風	異309⑨
	―思へば	139	補陀湖水	246⑮
	―思へば	162	新浄土	281⑫
	―惟ば	129	全身駄都	227⑫
	―おもんみれば	143	善巧方便	253⑭
	―おもんみれば	145	永福寺幷	256⑫
	―おもんみれば	147	竹園山	258⑪
	―旧記を訪ふに	130	江島景	230④
	―是等の願望の	141	巨山修意	249⑦
	―静に惟に	128	得月宝池	226⑩
	―其理を思にも	77	馬徳	141⑭
	―其徳を思へば	78	霊鼠誉	145④
	―其風を思とけば	60	双六	114⑭
	―其水上の深き誓を思へば	54	熊野四	105⑦
	―中宗の誉を訪へば	101	南都霊地	183⑫
	―放生大会を思へば	172	石清水	297④
	―我等が有様を思解にも	160	余波	277②
つらな・る(連、列)	白浪湖水に―り	67	山寺	128②
	山は雲に―り	125	旅別秋情	222⑭
	雲水はるかに―りて	33	海道中	78⑧
	職は虎牙に―りて	65	文武	125②
	十二神将に―りて	78	霊鼠誉	143⑪
	水曜天に―りて	96	水	171⑩
	星の位に―りて	123	仙家道	220⑥
	曼荼の聖衆に―りては	120	二闡提	213⑨
	白雲峯に―る	173	領巾振恋	298③

	皆其内外に—る	72	内外	異308⑤
	畔に—る事態	63	理世道	121⑬
	各法灯—れり	119	曹源宗	212⑫
つら・ぬ(連、列)	詞をかはし座を—ぬ	85	法華	155⑧
	みだれて玉を—ぬらむ	110	滝山摩尼	197⑮
	赭白馬の徳をや—ぬらん	77	馬徳	異311⑨
	廻雪の袂を—ぬる儀	129	全身駄都	229⑧
	星を—ぬる眷属神	135	聖廟超過	240⑪
	十駅を—ぬる住心	97	十駅	173③
	上達部の並立て—ぬる袖の	44	上下	93④
	星を—ぬる袂は	128	得月宝池	226⑭
	瑤階を—ぬる庭の雪	10	雪	50⑩
	雲客袂を—ぬるは	39	朝	86⑪
	星を—ぬる御垣に	108	宇都宮	193⑥
	星を—ぬる瑞籬に	51	熊野一	101⑪
	珠を—ぬる緑の簾	15	花亭祝言	55⑤
	—ぬる文字の誉ならむ	122	文字誉	218⑩
	とぼそを—ぬる霊場は	101	南都霊地	183④
	薬の司袖を—ね	16	不老不死	56①
	枌楡の栄枝を—ね	17	神祇	57⑤
	樹木枝を—ね	55	熊野五	105⑬
	をのをの緑の袖を—ね	93	長恨歌	168①
	一乗の筵に座を—ね	127	恋朋哀傷	226④
	百尺の枝を—ね	135	聖廟超過	240⑭
	門葉さかへ枝を—ね	140	巨山竜峯	248⑫
	軒の垂氷も玉を—ね	140	巨山竜峯	248⑮
	羅漢諸聖星を—ね	147	竹園山	259⑬
	皆色々の袖を—ね	155	随身競馬	271③
	法身所変の星を—ね	92	和歌	異309⑥
	袖を—ねし左の司	134	聖廟霊瑞	238⑪
	衲衣の袂を—ねたる	103	巨山景	187②
	形見に袖を—ねつつ	3	春野遊	43⑪
	衣の袖を—ねつつ	51	熊野一	102②
	あけも緑も色々に衣の袖を—ねつつ	64	夙夜忠	124③
	此句を竊に—ねつつ	134	聖廟霊瑞	238⑤
	堂塔甍を—ねて	67	山寺	128⑧
	星を—ねて赫奕たり	62	三島詣	119⑫
	枝を—ねてのどかなるや	80	寄山祝	146⑬
	十六の章段を—ねては	59	十六	114②
	玉を—ねて光をみがき	143	善巧方便	253⑥
	波濤—ねて渺々為	171	司晨曲	293⑩
	玉を—ねてみだらず	134	聖廟霊瑞	237⑭
	又廻雪の袂を—ねても	78	霊鼠誉	異313⑪
つらら	—に契を結てや	131	諏方効験	233①
	—の下にむせぶながれの	82	遊宴	151③
	—の下にや朽ぬらん	44	上下	94⑤
	—をむすぶ句には又	134	聖廟霊瑞	238③
つり(釣)	その占形の—の糸	173	領巾振恋	298⑧
つりどの(釣殿)	平等院に—	94	納涼	169④
	先目にかかる—	144	永福寺	255⑫

つる(鶴)　＊たづ	夜の—子を思ひてや	170	声楽興下	292⑦
	—に乗し仙人の	41	年中行事	89③
	霜夜に冴る—の声	83	夢	152⑫
	千年を送る—のつばさと	66	朋友	両339⑨
	—の翅は雲井まで	124	五明徳	222⑥
つるのかみ(鶴の髪)	白頭の—千年を兼てや	100	老後述懐	180⑬
つるのけごろも(鶴の毛ごろも)	哀をなをもかさねしは沢辺の—	75	狭衣妻	139⑬
つるのこ(鶴の子)	育み立けん—の	132	源氏紫明	235⑫
つる(絃)	養由—を撫しかば	166	弓箭	287④
つ・る(釣、吊)	竜伯人に—られて	42	山	90⑦
つるがはら(鶴が原)	雲居をわたる—	52	熊野二	103④
つるかめ(鶴亀)	—に契を結びてや	174	元服	異301⑦
	—によそへても	92	和歌	166⑧
	—の名をあらはせば	80	寄山祝	146⑭
つるがをか(鶴が岡)	—の叢祠にぞ神とどまり御座	34	海道下	80⑩
つるがをかのみね(鶴が岡の峯)	—ぞげにあふげばたかき神徳	80	寄山祝	異309④
つるがをかべ(鶴が岡辺)	—に新宮造せしより	142	鶴岡霊威	252⑤
つるぎ(剣)	三尺の—一張の弓	81	対揚	149③
	—にひとしきのみならず	168	霜	289⑧
	—の心のしるしは	45	心	両334⑧
	江南に—を振しかば	97	十駅	175①
つるぎのみや(剣の宮)	阿遮の利剣は—	108	宇都宮	193⑨
つるぶちのこま(鶴駮の駒)	甲斐の黒駒と—と	77	馬徳	142⑫
つれづれ(徒然)	さびしきながめの—に	90	雨	162①
	船の内の—を	110	滝山摩尼	197⑪
つれなさ	手にだにたまらぬ—は	22	袖志浦恋	63⑩
つれな・し(強)	袂に—き有明	160	余波	277⑭
	—き命はながらへて	106	忍恋	190⑪
	—き色と知ながら	21	竜田河恋	62⑬
	—き色のかはらぬは	26	名所恋	68⑬
	—き色をのこしても	40	夕	87⑫
	月に—きうかれ鳥の	157	寝覚恋	272⑭
	—き影は有明の	103	巨山景	186⑦
	—き中の隔とや	28	伊勢物語	72⑦
	—き中の隔の行末もしらず	20	恋路	62①
	戸ざしきびしく—きは	48	遠玄	98⑧
	松吹風の—きは	95	風	171①
	—き人の梢より	5	郭公	45⑪
	—き人は常盤山	26	名所恋	67⑫
	我に—き人をこひ	56	善光寺	108④
	をのが青羽は—くて	44	上下	94⑤
	命—くながらへて	28	伊勢物語	71⑨
	ながれて—く年やへにけん	73	筆徳	136⑥
	—く残る在明	4	夏	44⑩
	見るめのよそに—くは	18	吹風恋	59⑫
	在明の—く見えし暁	70	暁別	131③
	—く見えし在明に	24	袖余波	65⑪
つれもな・し	我は消なで—く	127	恋朋哀傷	225⑩
	—くいきの松原いきて世に	31	海路	75⑦

て

て(手)	引—あまたの心くせに	78	霊鼠誉	144⑪
	五娘が握る—きうじらう	133	琵琶曲	236⑭
	たまたまきては—にだにたまらぬ	22	袖志浦恋	63⑩
	折—にたまる早蕨	3	春野遊	43⑨
	引—にたゆみなく	86	釈教	156⑮
	—にとりかたに取かざす	62	三島詣	異304⑥
	さいたる花を—にとりて	43	草	92⑥
	和琴の—に七拍子の透播	159	琴曲	275⑭
	何しに—にならしけむ	78	霊鼠誉	144⑤
	来てだに—にもたまらねば	18	吹風恋	60①
	—にもならさぬ梓弓	134	聖廟霊瑞	238①
	とる—はたゆくとも	86	釈教	156⑭
	苅—もたゆき河長の	4	夏	44⑪
	九夏の天に—もたゆく	124	五明徳	221⑬
	—を揚足を頓るに	113	遊仙歌	204③
	—をあげ首をうなだれて	85	法華	154⑨
	—をあげかうべをうなだれて	85	法華	両331⑨
	歩を運び—をあざふ	86	釈教	156⑩
	何ぞ徒に頭然に—を垂んや	147	竹園山	258⑬
てい(体)　＊たい	梵漢隷字故文の—	122	文字誉	218⑤
	霊鼠を見るに—あり	78	霊鼠誉	異313⑪
てい(悌)	孝—仁義礼忠信	58	道	110⑬
てい(帝)	—に奏せし列疏をあらはひし	158	屛風徳	274⑬
ていき(帝嬀)	五明は—のくもらぬ道を	124	五明徳	221⑥
ていけつ(帝闕)	上—かたじけなく	114	蹴鞠興	205⑩
	—の星を仰て	154	背振山幷	269⑫
	大宮人は—の星を戴に	13	宇礼志喜	54③
ていけん(帝軒)	さても昔—位に昇て	77	馬徳	異311⑦
ていげん(貞元)	定起生死—	87	浄土宗	異303⑥
	—入蔵の掌を	87	浄土宗	157⑩
ていこ(丁固)	—が夢の松の字	122	文字誉	219⑤
ていさん(第三)	—は王子のいつくしみ	62	三島詣	120⑦
ていじ(第二)	—は后妃の睦なつかしく	62	三島詣	120⑥
ていじのくわうごうくう(定子の皇后宮)	—の歌こそやさしくは聞えしか	165	硯	286⑧
ていじのゐんのうたあはせ(亭子の院の歌合)	かたじけなかりし勅判は—	112	磯城島	202⑤
でいじや(泥蛇)	—の愚なるを嫌つつ	97	十駅	174②
ていしゆん(帝舜)　＊舜	八愷八元はみな夏の—の忠臣	59	十六	異307⑩
ていしん(貞臣)	悦を合する—	124	五明徳	222⑥
ていしん(貞心)	—思浅からず	99	君臣父子	178③
ていぜん(庭前)	—柏樹の色までも	103	巨山景	186⑤
ていたらく(為体、体為)	凡其身の—	78	霊鼠誉	143⑩
	此山の頂の—	138	補陀落	245⑨
	さても此勝地の—	147	竹園山	259⑩
	さればひそかに伝る梵語の—	45	心	両334⑩
ていぢよかふ(貞女峡)	—の古馴こし跡をしたふ思	107	金谷思	191④
でいぢん(泥塵)	—の如く軽して	58	道	112⑥

ていと(帝都)	—花洛の護にて	142	鶴岡霊威	252④
	—に近づき給ては	134	聖廟霊瑞	237⑥
	—の南に鎮座す	172	石清水	296④
	—をまもらむがためには	137	鹿島社壇	243⑦
ていぼく(貞木)	緑松は—の号有て	68	松竹	128⑬
てう(朝)　＊我朝	—に聖代の昔をまなび	71	懐旧	131⑪
	—に仕るものの武の	39	朝	両332⑪
	仁明の—に仕き	65	文武	125⑨
	代々の—に仕つつ	123	仙家道	両335⑤
	代々の—に仕て	100	老後述懐	180⑫
	顕宗の—には移けん	96	水	171⑬
	延喜の—にはすなはち	67	山寺	128⑩
てう(鳥)　＊とり	鬼竜人—四の像	122	文字誉	218⑤
てううんぼう(朝雲暮雨)	—の夢とかや	160	余波	277⑩
てうおん(朝恩)	家につたふる—	39	朝	両332⑪
てうか(朝家)	此霊神は—擁護の霜を積	108	宇都宮	194②
	—殊此神を重くすれば	131	諏方効験	233⑧
	東山の柳営は—鎮衛のはかりこと	39	朝	両332⑩
	賞玩—に軽からず	155	随身競馬	270⑥
	—に様々きこゆれど	104	五節本	187⑪
	鳳闕—に絶せぬは	169	声楽興	291③
てうぎよ(釣漁)	歌ふ翁の—の舟	79	船	145⑫
てうきん(朝覲)	御賀—の儀式にも	114	蹴鞠興	異311③
	朝拝—の其儀式	39	朝	86⑪
てうくわ(超過)	余に又—せる誉なればなり	135	聖廟超過	241⑫
てうご(調御)	摩訶—の伽藍甍をならべ	147	竹園山	259⑩
	見る目はかしこき—の師	62	三島詣	120①
てうこう(朝候)	—日闌ていづる臣	39	朝	86⑩
てうし(朝市)　＊あさいち	—の栄花盛にしてや	39	朝	86⑨
	—の栄花は忽に	84	無常	153⑧
てうし(調子)	凡—に六義あり	121	管絃曲	216①
	—の中の奥賾	121	管絃曲	217③
でうしう(趙州)	—に問し狗子無仏性	163	少林訣	282⑫
	—の喫茶去	149	蒙山謡	261⑫
てうじつ(朝日)	—ひかりかかやく東山の柳営は	39	朝	両332⑩
てうしん(朝臣)	執柄—戚里の臣	102	南都幷	185⑫
てうせ(超世)	—の願にはやこたへ	87	浄土宗	157⑪
	—の悲願に任てや	172	石清水	296⑪
	他力—の本願	151	日精徳	264⑮
てうせき(朝夕)　＊あさゆふ	末遠かれと—祈る	142	鶴岡霊威	252⑧
	—慇懃の砌として	148	竹園如法	260②
てうてい(朝廷)	されば日域—の本主	92	和歌	165⑨
	鳳闕—の重き宝	121	管絃曲	216⑧
	抑—竜楼鳳闕	82	遊宴	151⑥
でうでう(嫋々)	—たる秋風に	98	明王徳	177⑩
てうてん(朝天)	—を守る事	152	山王威徳	267①
でうど(調度)	紺碧瑠璃犀角の—をかたみと	60	双六	115⑬
てうはい(朝拝)	—朝覲の其儀式	39	朝	86⑪
てうばう(眺望)	雪の朝の—は	145	永福寺幷	256④
	—眼にうかぶより	92	和歌	166⑥

	—四方に勝たり	140	巨山竜峯	248⑮
てうらん(朝嵐)　＊あさあらし	交野のみのの—に	143	善巧方便	253⑪
てうろ(朝露)　＊あさつゆ	芭蕉泡沫電光—に	84	無常	153⑪
	ばせうはうまつでん光—に	84	無常	両331⑥
てき(敵)	払に—する類なく	95	風	171④
	—する類もなかりけん	97	十駅	175①
	輙も無名の—をば	85	法華	155⑥
てきいん(笛音)	——一度さだまりて	169	声楽興	291⑪
てきれきのかね(玓瓅の銀)	—の声をまじふ	121	管絃曲	217⑧
てぐるま(輦)　＊れん	桐壺の更衣の—の宣旨	115	車	208⑤
てごし(手越)	書やるふみの—こそ	34	海道下	79⑤
でしほ(出塩)	月の—のや三津の浜松の	7	月	48④
てずさみ(手翫)	砂を集る—	85	法華	154⑨
	砂を集る—	85	法華	両331⑧
	霊琴の妙なる—	159	琴曲	275⑤
	月待程の—に	50	閑居釈教	99⑭
	月待程の—に	94	納涼	168⑫
でた・つ(出立)	いまはや—ち田辺の浦	54	熊野四	105③
てづかひ(手仕)	七夕の—かしこき態までも	45	心	95⑦
	竹藤丞が—負博のをかしきは	60	双六	116⑦
てづから(手づから)	よしあしを分る故に—集め	92	和歌	166④
てつけん(鄭県)	—の谷の下水	151	日精徳	264④
てつこう(鄭弘)	—は雲母の屛風に	158	屛風徳	274①
てつじやう(鉄城)	—のとざしも何ならず	120	二闡提	213⑫
てつせき(鉄石)	—の的も穿やすく	166	弓箭	287③
てつたふ(鉄塔)	南天の—を始て開し教法	91	隠徳	165②
てつゐせん〔てちゐせん〕(鉄囲山)	名を伝て聞山々は—須弥山	42	山	90⑤
てならし(手馴)	我—の振分髪	132	源氏紫明	234⑩
てならひ(手習)	其—の中にも思出る事おほく	71	懐旧	132⑦
	—の筆のすさみにかきくれし	73	筆徳	136⑧
てふ(蝶)	籬の—を夢に見て	58	道	111⑦
てら(寺)	やまみな—ある寺作り	103	巨山景	186②
	やまみな寺ある—作り	103	巨山景	186②
	甍見えたる—の姿	163	少林訣	283⑧
てらでら(寺々)	—の甍もかはらねば	11	祝言	52⑪
てらしみ・る(照見)	台をいさぎよく—て	131	諏方効験	231⑫
てら・す(照)	灯は四方に—し	113	遊仙歌	204⑦
	遙に兜率の雲に—し	135	聖廟超過	240⑨
	松明の光地を—し	68	松竹	両328①
	冀は此願をくもらず—し給はば	86	釈教	157④
	檀信法の光を—しつつ	146	鹿山景	257④
	魚燈の燈四面に—して	113	遊仙歌	両340④
	信心の窓を—しては	57	善光寺次	110⑥
	日月くもらず世を—す	16	不老不死	55⑫
	眉間の光地を—す	109	滝山等覚	196①
	十二の車を—す玉	115	車	207⑫
	日月の—すに異ならず	98	明王徳	177②
	くもりなき世を—す日の	108	宇都宮	193⑤
	後の闇路を—すべき	131	諏方効験	232⑦
	神もさこそは—すらめ	54	熊野四	105⑤

	月や砂を―すらん	7 月	48⑤
	道ある御世をや―すらむ	11 祝言	52⑩
	くもらぬ影をや―すらん	49 閑居	98⑭
	くもらぬ影をや―すらん	123 仙家道	220⑦
	和光の御影をや―すらむ	156 随身諸芸	272②
	影をや―す覧	123 仙家道	両335⑤
	仏日庵を―せば衆罪は	146 鹿山景	257⑬
	遍法界を―せり	139 補陀湖水	246⑧
てりまさ・る(照まさる)	散かふ紅葉も―る	102 南都幷	185①
て・る(照)	水の面に―る月次の程もなく	96 水	両329③
てるひ(照日)	―の影は限あらじ	88 祝	159⑭
	―の光を和て	35 羇旅	81⑫
てん(天)　＊諸―	除目の中の夜はの―	68 松竹	129⑥
	除目の中の夜半の―	68 松竹	両328①
	千載は文治の夏の―	92 和歌	166①
	抑聖運永延の春の―	109 滝山等覚	196⑦
	弘仁七年の夏の―	138 補陀落	245⑪
	―諸童子の給仕のみかは	85 法華	154⑫
	夫清陽者―となり	172 石清水	295⑪
	滝水―にさかのぼり	110 滝山摩尼	197③
	水曜―に列て	96 水	171⑩
	九夏の―に手もたゆく	124 五明徳	221⑬
	碧羅の―になびくなり	3 春野遊	43⑬
	夏の―に誉あり	68 松竹	128⑬
	高き峯―に横はり	113 遊仙歌	203②
	五更の―の明方	152 山王威徳	267⑥
	人―竜神其会の衆	85 法華	155⑩
	―を載る恵あり	96 水	171⑩
	大洋―をひたす	173 領巾振恋	298②
てん(点)	晋の王羲之が垂露の―	44 上下	93⑥
	露の―より伝てぞ	122 文字誉	218①
でん(殿)	温明弘徽二の―	114 蹴鞠興	206⑤
てんおう(天応)	旧にし―のいにしへより	108 宇都宮	194②
	―の久きむかしかとよ	35 羇旅	81⑪
てんか(天下)	―静謐ならしめし	101 南都霊地	183③
	―静謐にや	63 理世道	123③
	―静謐のしるしならむ	80 寄山祝	146⑬
	―太平楽なれや	170 声楽興下	293⑧
	威光を―にかかやかし	120 二闡提	異312⑤
	農業を―に勧めつつ	63 理世道	121⑬
	伏犠氏の―に王たりしに	122 文字誉	218②
	聖廟は―の塩梅	111 梅花	200①
	―の舌頭を更に又疑はじ	149 蒙山謡	261⑬
	彼は―をしづめつつ	63 理世道	122⑨
	猶し一四―をなんともせず	155 随身競馬	270④
	―を治る故とかや	114 蹴鞠興	205⑫
でんき(田忌)	則千金を―に与しも	155 随身競馬	270⑧
てんぐわい(天外)	首を―に廻らすに	119 曹源宗	212②
でんくわうてうろ(電光朝露)	芭蕉泡沫―に	84 無常	153⑪
	ばせうはうまつ―に	84 無常	両331⑥

でんげう(伝教)　※伝教大師	—慈覚当山に	109	滝山等覚	195⑮
	—弘法慈覚智証	154	背振山弁	269④
	—大師の草創	139	補陀湖水	246⑬
	加之—大師の当初	135	聖廟超過	241⑦
	—大師吾立杣の紅葉の箱	150	紅葉興	263⑫
てんさ(点茶)	禅院—の軌則	149	蒙山謡	261⑪
	巡堂—もとりどりに	103	巨山景	187⑧
てんし(天子)	凡雨は—のや恩として	90	雨	161⑤
	明星—の由ありて	108	宇都宮	193⑥
てんじく(天竺)	故事を—に勘れば	114	蹴鞠興	204⑫
てんじや(殿舎)	さて又—の構は	113	遊仙歌	204④
てんじやう(殿上)	或は—の下侍	44	上下	93③
	寅の日は又—の渕酔漸はじまりて	104	五節本	188⑩
	—の渕酔露台の乱舞	82	遊宴	151⑥
てんしよどうじ(天諸童子)	—の給仕のみかは	85	法華	154⑫
てんしん(天真)	—朗かなりとやせん	97	十駅	175⑩
てんしん(天震)	仙薬—よりつたはりて	149	蒙山謡	両339⑫
てんじん(天神)	天満—の尊号として	134	聖廟霊瑞	237⑥
てんじんちじん(天神地神)	—あらたに	142	鶴岡霊威	251⑨
	—出現して	172	石清水	296⑩
てん・ず(転)	無上の法輪を—ぜしむ	143	善巧方便	254⑥
てん・ず(点)	雪林頭に—ずとか	134	聖廟霊瑞	238④
	孔子の報恩に日を—じて	71	懐旧	132⑫
てんすい(天水)	—茫々として	30	海辺	74⑪
てんそん(天尊)	—光普くして	136	鹿島霊験	241⑭
てんだいさん(天台山)	曝布の泉は—	42	山	90⑦
	—に曝布の泉	94	納涼	169②
てんたう(点湯)	方丈—有やな	103	巨山景	187⑦
てんち(天智)	—の賢き御宇とかや	101	南都霊地	183②
	—の草創は園城の旧院	67	山寺	127⑬
	—の皇子たりし時	114	蹴鞠興	205③
てんち(天地)	—哀をたれたまふ	99	君臣父子	179③
	—勢を和	96	水	171⑪
	—と徳を均し	119	曹源宗	212⑮
	—と共に動なし	146	鹿山景	258⑦
	或は—にかたどる	133	琵琶曲	236②
	—にこれをはぐくみ	81	対揚	148⑩
	其形—に司どり	170	声楽興下	292⑥
	夫管絃は—の始	121	管絃曲	215⑨
	—開け始まり	92	和歌	165⑦
	—も是をつかさどり	44	上下	92⑭
てんちかいびやく(天地開闢)	夫—のはじめ	166	弓箭	287①
てんちびぶん(天地未分)	大易は—の元気たり	169	声楽興	290⑬
てんちやう(天長)　※年号	されば弘仁—承和の	76	鷹徳	140⑥
	淳和の御門の花の宴—八年の春也	2	花	42⑪
てんちやうちきう(天長地久)　＊てんながくちひさし	—祈願成就し	176	廻向	異315⑩
	—歓無極	170	声楽興下	293⑧
	—と祈は	110	滝山摩尼	198②
	伏乞—の祈願成就	129	全身駄都	229⑪
	—の祈念を	139	補陀湖水	246⑧

	彼是何も—のはかりこと	108	宇都宮	194①
てんてう〔てんてい〕(天聴)	雲井に—を驚し	134	聖廟霊瑞	239⑩
てんてう(天朝)	忠を—に尽して	65	文武	126②
てんどう(天童)	—爰に跡をたる	68	松竹	両328②
	竹生島の—は	68	松竹	129⑦
	乃至外部の—も	72	内外	異308⑤
	南無摩多羅—飛竜薩埵	110	滝山摩尼	異311①
でんとう(伝燈)	—受学新に	102	南都弁	185⑨
てんとく(天徳)	—四年は小野の宮村上の御宇に撰ばる	112	磯城島	202⑤
てんながくちひさし　＊てんちやうちきう	—くつゐに絶せぬ契は	93	長恨歌	168③
てんにんだいかく(天人大覚)	敬礼—	129	全身駄都	229⑩
てんのこま(天の駒)	穆王八匹の—	77	馬徳	142⑧
てんひやう(天平)	—聖暦の事かとよ	62	三島詣	119⑨
てんひやうせうぼうねん(天平勝宝年)	—中には宇佐の宮に跡をたれ	172	石清水	296③
てんほふ(転法)	—愚迷の最初也	163	少林訣	282⑤
でんほふ(伝法)	我朝日域の—は	163	少林訣	283⑫
てんぼふりんじよ(転法輪所)	—を顕して	51	熊野一	102⑪
てんま〔てんまん〕(天満)	—天神の尊号として	134	聖廟霊瑞	237⑥
てんむてんわう(天武天皇)	—は大伴の王子を怖て	42	山	90⑫
てんめい(天命)	—の外にや退かん	72	内外	135③
	夫—をまたふするは	63	理世道	121⑦
てんりやく(天暦)	彼は—のいにしへをしのびつつ	64	夙夜忠	124⑪
	延喜—の聖代に中興す	114	蹴鞠興	205④
	延喜—の明主も	99	君臣父子	179⑤
	—はあまねき歌の聖	112	磯城島	201⑦

と

と(戸)　＊御(み)—	翔鸞楼上の—上の御局	44	上下	93③
	東路の関の—ささぬ御代なれや	171	司晨曲	295⑨
	関の—閉る事もなし	11	祝言	53④
	関の—とづる時もなし	98	明王徳	177④
	きかん事を松の—に	5	郭公	45⑭
	上陽の春の谷の—に	81	対揚	149⑭
	時まちいづる谷の—に	143	善巧方便	253⑫
	星霜ふるき松の—の	67	山寺	128⑦
	仁寿殿より萩の—の上の御局の	105	五節末	189⑦
	明る朝の槇の—は	74	狭衣袖	138⑥
	室の—深き北山	42	山	91①
	名残をとむる関の—を	125	旅別秋情	222⑬
	闔の—を明ぬにいかでか叩らん	171	司晨曲	294⑪
	内記の—を出ては	72	内外	134⑧
	槇の—をやすらひにこそ出しかと	171	司晨曲	294⑦
と(外)	—の高尾神と名にしほふ	108	宇都宮	193⑨
どう(筒)	—の中をば夜とし	60	双六	114⑭
とうえい(黨永)	誰為に身をば売てか—	99	君臣父子	178⑪
とうえふ(桐葉)	—風涼し	8	秋興	48⑬
とうか(冬夏)	所謂巣穴—の住ゐとして	95	風	169⑪
とうかい(東海)	利益を施す—	130	江島景	231④

	南瞻浮州の―	171	司晨曲	293⑩
	―湖水の砌にとどむ	138	補陀落	244⑬
とうくわでん(登花殿)	前をば過て―	104	五節本	188⑥
とうくわん(東関)	成就は―の霊場	147	竹園山	259④
	―ますますおさまりて	65	文武	126③
どうけつ(同穴)	夫婦―のちぎりも	66	朋友	127②
とうごく(東国)	―守護のためなれば	138	補陀落	244④
どうざ(同座)	二仏―の宝塔	97	十駅	175⑥
とうざん(東山)	―の正続なるべき	103	巨山景	186⑭
	洛陽―の麓には	155	随身競馬	270⑭
	―の柳営は朝家鎮衛のはかりこと	39	朝	両332⑩
とうじ(冬至)	朔旦―の叙位の儀	41	年中行事	89⑮
とうじ(東寺)	是則――流の誉として	129	全身駄都	228⑮
どうじ(童子)	又及至―の戯れまで	85	法華	154⑩
	又乃至―のたはぶれまで	85	法華	両331⑨
どうしやく(銅雀)	或は―の将に開	113	遊仙歌	204⑤
とうしよう(東勝)	―南瞻浮州をしめ	16	不老不死	56⑫
とう・ず(通)	三国心を―じける	122	文字誉	218②
	この性五音に―じて	121	管絃曲	215⑩
	厳巓に―じて逆上る	55	熊野五	105⑬
	暁の夢に―ずとか	95	風	170⑦
	竜宮大城に―ずる	153	背振山	268⑧
	君臣の―ずるなるべし	98	明王徳	177⑧
	仙家に夢を―ずる夜	83	夢	152⑪
とうせん(東山) ※道	―々陰山陽道	42	山	90⑫
とうぜん(東漸)	仏法―の理	146	鹿山景	257⑧
	―の光ますますに	129	全身駄都	229②
	仏日―の光をそふ	77	馬徳	141⑭
とうたい(東岱)	―前後の煙は山の霞と立のぼり	84	無常	153⑦
とうぢのじやう(等持の城)	―を守つつ	97	十駅	174⑫
	―を守てや	102	南都幷	185⑥
とうていのがく(洞庭の楽)	黄帝―は五奏湯々然たり	121	管絃曲	216⑥
とうてん(洞天)	―に日暮て	118	雲	211⑤
	―は三十六	123	仙家道	220④
とうど(東土)	西天―境異といへども	146	鹿山景	257⑦
	紫磨金の尊容―日域の今	57	善光寺次	110⑦
	近く―震旦の医王山	129	全身駄都	228③
	近く―の今に至	60	双六	114⑨
	―の久米の道場に	91	隠徳	165③
	―の利生怠ず	160	余波	277③
とうなん(東南)	―に来る雨の足	90	雨	161⑥
	精舎を―の角にむかふる	140	巨山竜峯	248①
どうなん(童男)	―丱女は眼は穿なんとせしかども	27	楽府	70⑩
	幼稚の―に託して	62	三島詣	119⑦
とうのちうじやう(頭の中将)	紅葉の賀の夕ばへに―の匂も	25	源氏恋	67③
とうばう(東方)	―医王善逝の	78	霊鼠誉	143⑩
	―阿閦と聞るも	62	三島詣	121③
	―阿閦のはじめより	143	善巧方便	253⑮
とうばうさく(東方朔)	―が虎鼠の論	78	霊鼠誉	143⑦
	―は九千歳の老を経て	100	老後述懐	180⑪

	—は九千歳代々の朝に仕つつ	123	仙家道	両335⑤
とうばこじ(東坡居士)	—が茶書のこと葉にも	149	蒙山謡	両340①
とうへき(東壁)	さても漢州善寂寺の霊場の—に	120	二闡提	異312④
とうみやうぶつ(燈明仏)	抑かの瑞相に—の古は	85	法華	154⑥
とうもん(藤門)	—の栄花をひらかしむ	137	鹿島社壇	243⑬
	専—の栄露滋し	102	南都幷	185⑬
とうらん(冬嵐)	—に脆き理を思へり	150	紅葉興	263⑥
どうりやうざん(銅梁山)	—の翠黛	42	山	90⑩
とうわうふ(東王父)	玉晨金母—	123	仙家道	221②
とが(咎、科)	禁母を犯し折指の—	87	浄土宗	157⑭
	強竊二の—多く	97	十駅	173⑧
	げに我身の—なれば	20	恋路	62③
	—の定らば	63	理世道	122⑬
	—を酬理	60	双六	114⑪
	—を求めざるはこれ	63	理世道	121⑭
とが・む(咎)	人を—むる里の犬上の	32	海道上	76⑬
	誰かは—めざるべき	44	上下	94①
	人な—めそといひしは	76	鷹徳	140⑬
	いもや—めん花の香を	89	薫物	160⑩
とき(時)　＊或—、御(おん)—	民を仕に—あり	98	明王徳	176⑪
	道儀は感応道交の—至り	147	竹園山	258⑪
	拈華微笑の—到る	119	曹源宗	211⑬
	代々の明君—うつり	63	理世道	122⑮
	—移り事去ぬれども	69	名取河恋	130⑥
	さても皇唐の—かとよ	149	蒙山謡	261⑥
	此—衆流を截断して	119	曹源宗	212⑨
	富士の高根は—しらぬ	28	伊勢物語	72①
	郭公程—すぎず聞ばやと	5	郭公	45④
	逢に遇るは—なり	122	文字誉	219⑥
	爰に—にあへる哉明徳	144	永福寺	254⑫
	其徳—に叶へるや	95	風	169⑨
	何も—に異なれど	131	諏方効験	232⑪
	主伴は—に随ひ	135	聖廟超過	240⑪
	折にふれ—にしたがひて	19	遅々春恋	60⑫
	節にふれ—に随ふ	59	十六	113①
	風雨—に直に	138	補陀落	245⑪
	此—にぞ極る	164	秋夕	285⑫
	—に勅使のいたりし麓寺	154	背振山幷	269⑫
	陰陽—に調り	96	水	171⑪
	幽鳥—に一声	115	車	208③
	是又—によるとかや	156	随身諸芸	271⑨
	縁は—の宜にまかすれば	129	全身駄都	228③
	—のよろしきにやまかせけむ	62	三島詣	119⑤
	—は慶雲の雲おさまりし御宇かとよ	108	宇都宮	192⑨
	—は三月の鶏冠の	150	紅葉興	262⑥
	古も参りし—は十六	59	十六	113⑪
	—は南呂無射かとよ	60	双六	115⑥
	—は葉守の神無月	102	南都幷	184⑭
	—まちいづる谷の戸に	143	善巧方便	253⑫
	遙に—を移すまで	60	双六	115⑪

	波おさまれる—をしる	12	嘉辰令月	53⑦
	万鶏—を知とかや	171	司晨曲	293⑪
	—をたがへざるはこれやこの	90	雨	161⑥
	様々の奇瑞—を告	134	聖廟霊瑞	239⑩
	飛花落葉の—をつげ	141	巨山修意	249⑬
	—をもわかず浮贊	131	諏方効験	233①
	—を分ぬ夕の露	71	懐旧	132⑨
ときしも(時しも)	—秋の長夜の	157	寝覚恋	273①
	—声を穂にあげて	6	秋	47②
	—夏とは知れぬに	34	海道下	79⑫
	—春の青柳の	170	声楽興下	292⑫
ときしもあれ(時しもあれ)	いと哀なる—	28	伊勢物語	72③
	袖打振し—	82	遊宴	151①
	—や秋の夕べ	61	郢律講	118④
	—や秋の別を	125	旅別秋情	223⑪
	—や入会のかねて思し	40	夕	88⑧
ときあらは・す(説あらはす)	出世大事の因縁を—し給へり	161	衣	279⑩
ときお・く(説置)	—く法の数々も	163	少林訣	282⑦
ときの・ぶ(説演)	仏も—べ給はず	85	法華	154⑤
ときのとり(時の鳥)	げに治れる—	5	郭公	46⑤
	夏山の茂き—も	144	永福寺	255⑩
ときは(常葉、常盤)	花も—にちらざれば	158	屛風徳	274⑨
	いつも—の色ながら	42	山	91⑧
	いつも—の色ながら	131	諏方効験	233⑩
	いつも—の若緑	16	不老不死	56④
ときはかきは(常盤堅磐)	—の松が枝に	142	鶴岡霊威	252⑥
	—の恵には	139	補陀湖水	247②
ときはぎ(常葉木)	—茂き深山の	137	鹿島社壇	243①
	月に色付—の	110	滝山摩尼	197⑭
	—の名を得たり	137	鹿島社壇	両341②
ときはのさと(常葉の里)	—を忍けむ	24	袖余波	66⑧
ときはのもり(常葉の森)	—にやそ立けん	75	狭衣妻	139⑫
ときはやま(常葉山、常盤山)	人のこひしき—	5	郭公	46⑥
	強き人は—	26	名所恋	67⑫
	なを顧る—	56	善光寺	108①
	往反の道ある—は	147	竹園山	259⑪
ときめ・く(時めく)	—きさかへし傳	105	五節末	189③
とく(徳)　＊諸—	是を兼たるは内外の—	72	内外	133⑧
	海印に浮びし三世の—	97	十駅	175⑭
	是則文字の—	122	文字誉	219⑬
	乃至今におよぼす—	147	竹園山	259②
	大昊立春の—	149	蒙山謡	261①
	則この器の—	159	琴曲	276⑩
	春は羲木の—ありて	2	花	42⑥
	凡梅花の—有て	111	梅花	199⑩
	よはひをのぶる—有ば	47	酒	異314③
	誉讃の—家に絶ず	156	随身諸芸	272①
	菊の誉の—多き中にも	151	日精徳	異315②
	凡馬に真俗のや—多く	77	馬徳	142②
	然ば紫毫も春木の—多して	73	筆徳	両328⑨

数十六に—おほし	59	十六	112⑨
世の政に—おほし	98	明王徳	177⑬
和尚の—賢くして	140	巨山竜峯	248③
其—歌の字にあらはる	92	和歌	異309⑦
其—様々なる中にも	155	随身競馬	270⑥
其—勝てきこゆれ	73	筆徳	異308⑨
其—則直なるや	143	善巧方便	252⑪
屛風の—ぞ面白き	158	屛風徳	274⑩
鷹の—ぞ目出き	76	鷹徳	両326⑥
父母は恩愛—たかく	81	対揚	149③
世々に栄て—たかく	88	祝	159③
大慈の峯—たかく	109	滝山等覚	194⑬
仰でも仰べき—高く	138	補陀落	244①
—高く仰は名にしほふ三笠山	144	永福寺	254⑫
其—高く聞つつ	135	聖廟超過	241⑨
君王—たかくして	80	寄山祝	146④
夫巨山—高くして	140	巨山竜峯	247⑧
先此道の—たり	155	随身競馬	270⑩
弓矢のなせる—たりき	166	弓箭	287⑦
其—時に叶へるや	95	風	169⑨
抑心を—として	45	心	95⑧
是みな朋友の—なれや	66	朋友	127⑨
夫物を賞ずるは—に有	73	筆徳	135⑩
誰かは—に帰せざらん	47	酒	97⑦
かならず明王の—にこたふ	63	理世道	121⑦
風の—に喩れば	95	風	171④
代は称徳の—にほこり	108	宇都宮	192⑨
太平の—にほこるなり	63	理世道	123⑦
老子の真たる—にも	91	隠徳	164①
彼—にや立けん	158	屛風徳	273⑫
是其鷹のあがれる—の	76	鷹徳	異308⑫
万物の—は何も八雲の奥に納れり	92	和歌	166⑪
此花にます—はなし	151	日精徳	異315⑤
—は名にあらはる	73	筆徳	135⑩
凡君たる—は又	98	明王徳	176⑩
—は唯識の法施豊なれば	102	南都弁	184⑦
其—ひとつに非ずとか	73	筆徳	135⑫
観音受記に—広く	120	二闡提	213⑤
真俗に其—広して	145	永福寺弁	256⑮
五行の—御座ば	172	石清水	295⑫
明王の—も顕はる	46	顕物	96④
—をあまたになすはただ	156	随身諸芸	両340⑨
其—を余多にわかつとか	149	蒙山謡	両340①
さればや—を普く施して	138	補陀落	245⑫
老後に—をあらはす	100	老後述懐	180⑮
是皆硯の—を顕す	165	硯	286⑤
十様の—を顕すのみならず	151	日精徳	264⑦
此則琴の曲に—を顕はせり	159	琴曲	両335⑫
太平の—を歌なれど	97	十駅	174⑫
是みな—を得ゆへに	171	司晨曲	294⑤

	千歳賢貞の—をえて	114	蹴鞠興	206②
	凡五の—を得て	171	司晨曲	293⑫
	倩其—を思へば	78	霊鼠誉	145④
	水にあまたの—を聞	96	水	171⑪
	もろもろの—をぞ備べき	121	管絃曲	217⑫
	陽精を養ふ—を備へ	149	蒙山謡	261③
	何か風の—を備ざらん	95	風	169⑬
	かかる—を伝きく	101	南都霊地	183⑩
	国に普き—をなす	90	雨	161⑤
	酒功讃に—をのべ	47	酒	97③
	蹴鞠の—をば	114	蹴鞠興	205⑧
	天地と—を均し	119	曹源宗	212⑮
	明静の—を開しは	97	十駅	175⑨
	黄帝—をひろめしかば	166	弓箭	287②
	隠して—を施し	91	隠徳	163⑩
	歌には—を施す	112	磯城島	202⑤
	忍辱の—をほどこす	161	衣	279⑨
	様々の—をほどこすも	76	鷹徳	両326⑨
	興宴—を施せばや	169	声楽興	291⑤
	四変の—を誉るに	150	紅葉興	263⑥
	忘れぬ信に—をます	34	海道下	80⑫
	明王の—を待いで	80	寄山祝	146⑫
	唐堯は—をもて国を治む	98	明王徳	176⑧
	重華の—をもや隠しけん	91	隠徳	163⑪
	巷に—をや歌ふらん	88	祝	159④
	赭白馬の—をや連ぬらん	77	馬徳	異311⑨
	ひそかに—をや開らむ	108	宇都宮	193①
と・く(解)	露駅に鞍を—きては	35	羇旅	81④
	纜を—き舷を叩て	30	海辺	73⑭
	人にしられで—くなるは	44	上下	93⑭
	纜を—く程こそあれ	172	石清水	296⑫
	硯上氷—けて	165	硯	286②
	—けてねられぬ下帯	19	遅々春恋	60⑬
	—けてねられぬ旅の床	33	海道中	78⑫
	—けては更にねられめや	126	暁思留	224⑪
	—けぬおもひをや重ぬらん	161	衣	280④
	紕れる縄—けやすく	58	道	111⑧
	日影の霜の—けやすく	101	南都霊地	184①
と・く(説)	外現是声聞と—かる	72	内外	134④
	かの観経にや—かるらん	81	対揚	149⑨
	十九に—かるる法は又	134	聖廟霊瑞	237⑩
	鼠心と—かるるみことのりも	78	霊鼠誉	145②
	如夢幻泡影と—かるるも	83	夢	152⑮
	直約諸法令識其心と—かるるも	45	心	異307④
	凡此経を—かれし事	85	法華	154⑦
	鹿野苑に—かれし法の	131	諏方効験	232⑥
	忉利天に一夏—かれしみこと法	99	君臣父子	179⑦
	先其姿を—かれしも	87	浄土宗	157⑭
	あだなる態とは—かれず	85	法華	154⑩
	あだなるわざとは—かれず	85	法華	両331⑩

	去此不遠と―かれたり	162	新浄土	282①
	不老不死と―かれたる	16	不老不死	56⑬
	あだにしもいかが―かれん	100	老後述懐	180⑩
	現身に御法を―きたまふ	129	全身駄都	228⑨
	十九に品を分て法を―き給ふ	120	二闡提	両339④
	孔老無為の理を―くのみか	122	文字誉	217⑭
とくくわ(徳化)	―に誇つつ	144	永福寺	255②
	明王の―を囀らん	147	竹園山	258⑭
とくげつ(得月)	―光円に	140	巨山竜峯	248⑬
とくげつろう(得月楼)　＊つきをえたるろうかく	―の秋の夕	103	巨山景	186⑤
どくじゆ(読誦)	―の声ぞすみのぼる	109	滝山等覚	196⑤
	寂寞無人声―此経典の室には	85	法華	154⑪
どくしよせんりんあれんにや(独処仙林阿練若)	―樹下石上の棲なり	50	閑居釈教	100⑬
とくせい(徳政)	何も―をすすめき	59	十六	異308①
とくぜんだいわう(徳善大王)	―弁才天	153	背振山	268②
とくだう(得道)	―にむかふはかりこと	66	朋友	127⑧
	声塵―のさかひなれば	61	郢律講	117⑫
	―来不動法性 自八正道垂権跡	172	石清水	297⑭
とぐち(戸口)	槙の―の月影	7	月	48⑤
とくゆう(徳用)	摩尼宝殿の―	129	全身駄都	228⑦
	輪蔵の経典軸々に金玉の―	140	巨山竜峯	248⑩
	内外の―普くして	72	内外	135②
	五音呂律の―も	169	声楽興	291①
	不思議―を顕して	164	秋夕	285⑭
とけそ・む(解初)	千種の花の下紐はや―むる	8	秋興	49①
とけや・る(解やる)	岩間の氷―らず	1	春	41⑩
とこ(床)　＊ゆか	手枕寒き仮ねの―	8	秋興	49⑥
	窓うつ雨の夜の―	27	楽府	70⑫
	とけてねられぬ旅の―	33	海道中	78⑫
	うらめしかりし旅ねの―	64	夙夜忠	124⑧
	王子晋が珠の―	71	懐旧	131⑬
	片敷涙に―なれて	134	聖廟霊瑞	239⑦
	苅ほす汀の岩根の―に	31	海路	75⑬
	ね覚の―にしくはあらじ	157	寝覚恋	272⑫
	涙の―のうき枕	18	吹風恋	60⑥
	千度ねざめの―のうへに	7	月	48①
	起うき朝の―のうへに	39	朝	87②
	さ夜のねざめの―の上に	173	領巾振恋	299②
	浮ねの―の梶枕	30	海辺	74①
	浮ねの―の梶枕に	132	源氏紫明	235⑤
	更にねられぬ―の霜	168	霜	290②
	旅ねの―のとことはに	37	行余波	83⑦
	霜夜の―のとことはに	99	君臣父子	178⑭
	東屋に片敷―の筵田	61	郢律講	118⑥
	―もさこそはこほるらめ	145	永福寺幷	256④
	鶉の―も深草の下這葛の葉隠に	91	隠徳	164⑪
	鶉の―も深草の露わけわぶる	76	鷹徳	140⑬
	ねやの―をあたためず	64	夙夜忠	123⑫
とこしなへ(鎮)	波濤を湛て―なり	109	滝山等覚	194⑭
	法性の海―に	62	三島詣	119①

	利益を—に	101	南都霊地	183①
	利益—に	131	諏方効験	231⑬
	六八の誓約—に	108	宇都宮	193②
	凡済度は—に	120	二闡提	213⑫
	忍辱の室—に	128	得月宝池	226⑬
	内薫の哀愍—に	129	全身駄都	228②
	三所権現は—に	138	補陀落	244①
	興国の霊場—に	140	巨山竜峯	247⑨
	手向草の松は—に根さしとめ	103	巨山景	異310⑧
とことは(永久)	人は鶉の—に	19	遅々春恋	61⑨
	旅ねの床の—に	37	行余波	83⑦
	霜夜の床の—に	99	君臣父子	178⑭
	げに敷妙の—に	110	滝山摩尼	197①
	ひとりねの涙のひまの—に	115	車	両337②
とこのみや(床の宮)	—里を避ざる—	96	水	172⑨
とこのやま(床の山)	しばしおきゐる—に	126	暁思留	224⑧
	人をとがむる里の犬上の—は	32	海道上	76⑭
ところ(所)	仙宮はただ此—	145	永福寺弁	256⑫
	林は—しげけれど	128	得月宝池	226⑫
	更に求るに—なかりき	30	海辺	74⑫
	代々の聖代もこの—に	55	熊野五	107⑦
	則この—にあり	138	補陀落	244⑩
	かの—にいたて	173	領巾振恋	298③
	何の—にかかかるためし有ける	101	南都霊地	183⑨
	此—に広まり	101	南都霊地	183⑩
	—によりて興あるは	95	風	170⑮
	花の—の名高きは	2	花	42⑦
	又屏風を賞ぜらるる—は	158	屏風徳	274⑭
	—は密厳の浄土にて	109	滝山等覚	195⑤
	—をいへば紀伊国や	51	熊野一	102①
	七の—を荘つつ	97	十駅	175⑬
	都莫思量の—をば	103	巨山景	186⑨
	応用は—を分てども	135	聖廟超過	241①
ところから(所柄)	さやけきかげは—かもと詠じけるも	172	石清水	297⑫
	—故ある庭の木立	114	蹴鞠興	206⑫
ところせ・し(所狭)	白麻の紙も—く	110	滝山摩尼	197⑥
ところどころ(所々)	—に跡を垂	96	水	172⑨
	—に跡をたれ	76	鷹徳	両326⑧
	—に聞つつ	93	長恨歌	167⑥
	流転—に事毎に	129	全身駄都	228④
	—の奇瑞は	108	宇都宮	192⑭
	然ば—の玉垣に	155	随身競馬	270⑩
	あるひは—の仏閣	138	補陀落	244⑤
	—の宮柱	11	祝言	52⑩
	—の霊窟	55	熊野五	107⑤
とざし(戸ざし)	—きびしくつれなきは	48	遠玄	98⑧
	草の—の明暮は	40	夕	88⑨
	雪の—の明暮は	154	背振山弁	269⑦
	関の—のきびしければ	26	名所恋	69⑤
	—はいかに名のみなれや	36	留余波	82⑫

	鉄城の—も何ならず	120	二闡提	213⑫
とさんかうさん	—とうたひても	61	郢律講	118⑧
とし(年、歳)	雪も月日も積—	41	年中行事	90①
	延暦の旧にし—とかや	131	諏方効験	233⑥
	暮行—に置霜の	168	霜	290⑩
	旧行—のいつまでか	84	無常	153⑩
	いたづらに老ぬる—の程もなく	38	無常	異307②
	—は百年あまりかとよ	92	和歌	165⑩
	九日の宴は—旧て	41	年中行事	89⑬
	西来のいにしへ—旧て	103	巨山景	186④
	麟喩の願も—ふりて	164	秋夕	285⑫
	御幸にしられで—旧ぬ	98	明王徳	177⑫
	僧—旧ぬる念誦の声	50	閑居釈教	100⑧
	—旧ぬれど染あへなくに	9	冬	49⑩
	—ふるあまのすみかまでも	64	夙夜忠	124⑨
	—旧松がうらしま	26	名所恋	68⑬
	—経ぬる身はこの老ぬるか	32	海道上	76⑫
	ながれて強く—やへにけん	73	筆徳	136⑥
	—やへぬらん長井の浦の	79	船	145⑬
	荒玉の—を重ても	93	長恨歌	166⑭
	五百年の—を保しも	151	日精徳	264④
	渚の松が根—を経て	33	海道中	78⑩
	古屋の壁に—を経て	78	霊鼠誉	144③
	思こといはでの山に—を経て	26	名所恋	両326③
としつき(歳月、年月)	降て暮行—の	10	雪	50⑤
	五十年にあまる—を	28	伊勢物語	71⑨
	あだにも—を	86	釈教	156②
としつきなみ(年月次)	—の程もなく	72	内外	134⑫
	—を重ても	16	不老不死	56②
としどし(年々)	海漫々たり—に	30	海辺	74⑪
	神徳—に威光をそへ	62	三島詣	119⑩
	—わたる天河	41	年中行事	89⑨
としなみ(年次)	ながれてはやき—は	160	余波	276⑬
としば(鳥柴)	見るにつけて—の雉	76	鷹徳	141②
とじゅんかく(杜荀鶴)	—が臨江駅に宿せしよる	48	遠玄	98③
どせき(土石)	是を本として多の—を運	159	琴曲	両335⑩
とそう(渡宋)	—の昔を哀みてや	103	巨山景	異310⑨
とそう(斗藪)	—のいにしへもわすれず	141	巨山修意	249⑪
	わきては—の苔の衣に	109	滝山等覚	194⑭
とそつ(兜率、都率)	—の台を伴に飾り	127	恋朋哀傷	226④
	—の雲にあらはし	66	朋友	127⑦
	—の雲に声を添	121	管絃曲	216⑮
	遙に—の雲に照し	135	聖廟超過	240⑨
	はるかに—の雲にや送らん	148	竹園如法	260⑧
	遙に伝聞—の雲の上	72	内外	134②
	されば—の雲の上をわけ	44	上下	94⑦
	—の園に異ならず	144	永福寺	255⑩
とそつてん(兜率天)	常楽会の梵音は—より伝る	101	南都霊地	183⑪
とたう(渡唐)	—の波をしのぎしも	154	背振山幷	269⑤
とだえ	わかるる夢の—にて	83	夢	152⑤

とだえのはし(跡絶の橋)	一よいかならん	126	暁思留	224⑦
とだち(鳥立)	夕に一に迷ふ雪も	10	雪	50⑭
とだ・ゆ〔とだふ〕(跡絶)	一ふる峯の横雲	70	暁別	131④
とちだう(土地堂)	神をあつむる一と	163	少林訣	283⑨
とぢめは・つ	一てぬる八重律	87	浄土宗	158⑦
と・づ(閉)	澗戸に雲一ぢて	153	背振山	268⑥
	関の戸一づる事もなし	11	祝言	53④
	関の戸一づる時もなし	98	明王徳	177④
とつぎ(十次、十続)	一に撰し古今集	112	磯城島	201⑦
	其後代は一を経	92	和歌	165⑩
とつすゐ(採居)	定筒(ぢやうどう)入破(いれわれ)一	60	双六	116⑦
とてん(渡天)	一をいさめんと	129	全身駄都	229⑤
とどこほ・る(滞)	揀択の道にも一らず	147	竹園山	259③
	露も一る詞なく	134	聖廟霊瑞	237⑭
ととの・ふ(調)	糸竹の弾を一ふ	113	遊仙歌	204③
	同く御遊の儀を一ふ	135	聖廟超過	240②
	十二の呂律を一ふ	164	秋夕	284③
	あご一ふるあま小船	39	朝	87⑤
	像を一ふる事九醞に超たり	149	蒙山謡	260⑬
	千部会の儀式をあらたに一ふるは	138	補陀落	245④
	糸竹の調を一へ	61	郢律講	117⑩
	化儀をかしこに一へ	62	三島詣	119④
	古今集を撰て巻を廿に一へ	92	和歌	165⑪
	利他を無縁に一へ	97	十駅	174⑨
	父母は陰薬を一へ	99	君臣父子	178⑬
	横笛音を一へ	121	管絃曲	217⑩
	糸竹の調を一へ	129	全身駄都	229⑧
	糸竹の調を一へ	148	竹園如法	260⑧
	玉の轡を一へ	155	随身競馬	270⑪
	荘厳儀を一へ	158	屏風徳	274⑮
	本末の拍子を一へ	169	声楽興	291③
	品々の曲を一へし	74	狭衣袖	137⑫
	わかくて媚を一へしも	100	老後述懐	179⑭
	拍子を一へし童姿	121	管絃曲	216⑫
	二人の媚を一へて	59	十六	113⑫
	論談筵を一へて	109	滝山等覚	195⑮
	八佾の礼を一へて	123	仙家道	220⑪
とtのほ・る(調)	陰陽時に一り	96	水	171⑪
とどま・る(留)	終には化城に一らざれ	77	馬徳	異304⑨
	うつろふ影も一らず	163	少林訣	283④
	ながれ今に一らず	164	秋夕	284⑤
	いざ倉賀野に一らん	56	善光寺	109①
	空き洞に一り	71	懐旧	131⑬
	重陽の露の情久く一り	151	日精徳	264③
	朽せぬ誉や一りし	160	余波	277⑧
	しばらく化城に一りて	38	無常	85②
	神一り御座	34	海道下	80⑩
	ただ此巨山の勝地に一る	103	巨山景	異310⑩
	翠花瑤々として行て又一る	93	長恨歌	167⑧
	行人も一る袖も旅衣	36	留余波	82⑩

とど・む(留、駐)	賢きむかしの御名を—む	39	朝	87⑧
	東海湖水の砌に—む	138	補陀落	244⑭
	其名を新に—むなり	78	霊鼠誉	143⑬
	名を後の世に—むるは	64	夙夜忠	123⑨
	名を後の世に—むるは	65	文武	126②
	二度野跡を—むるは	158	屛風徳	274⑧
	みづから撰べる跡を—め	92	和歌	166④
	鬠は織女の星を—め	113	遊仙歌	203⑭
	高槐の月に詠を—め	160	余波	278⑬
	忘形見を—めけんも	132	源氏紫明	235⑧
	うき名を—めし小島が崎	89	薫物	160⑫
	浮世にかげも—めじと	168	霜	290⑦
	逢坂や人の往来を—めしは	133	琵琶曲	236⑧
	御舟を—めし淀の渡	5	郭公	46⑧
	絶ぬ流を—めて	41	年中行事	89②
	名を今の世に—めて	101	南都霊地	184④
	麓に車を—めてぞ	115	車	208④
	しげみに駒を—めても	32	海道上	76⑫
	堰も—めぬ涙河	134	聖廟霊瑞	238⑭
	—めばとまりなんやな	23	袖湊	65⑦
	匂を袖にや—めまし	89	薫物	160④
	誰かは心を—めむ	32	海道上	77④
	するまでかはらず—めむ	126	暁思留	225①
とどめを・く(留置)	ひとつの玉を—き	110	滝山摩尼	197②
	其名を新に—き	78	霊鼠誉	両338③
	忝なくも—く	160	余波	277④
とどろとどろ	—と降りし雨	90	雨	162⑥
となせのたき(戸無瀬の滝)	其水上は—	44	上下	94②
	暮ゆく秋の—	150	紅葉興	262⑬
とな・ふ(唱)	一念に—ふる正覚	97	十駅	175⑮
	口に其文字をも—ふれば	85	法華	154③
	正覚を—へ給とか	44	上下	94⑩
	鶏人暁を—へて雲井に聴を驚かし	118	雲	210⑫
	鶏人暁を—へて明王の眠を驚し	171	司晨曲	293⑬
となり(隣)	春の—のちかければ	9	冬	49⑬
	白雲—を卜たり	67	山寺	127⑪
とにかくに	ねのみ鳴かれて—	18	吹風恋	60③
	よしなし—	45	心	95⑬
	—何かは嘆何か思ふ	50	閑居釈教	100③
	浮も沈も—	60	双六	115①
	煙の末の—	75	狭衣妻	139①
とねり(舎人)	内弁気高く—めす	105	五節末	189⑬
とのつくり(殿造)	三葉四葉に—	15	花亭祝言	55④
とのもんれう(主殿寮)	—に侍し	60	双六	115⑤
とば(鳥羽)	彼は—の御宇最も賢き善政	155	随身競馬	270⑭
とば・す(飛)	清音塵を—し	113	遊仙歌	204③
	名を千古に—しめ	66	朋友	127⑥
	臨幸駕を—しめ	109	滝山等覚	195⑩
	千里を—するはかりこと	156	随身諸芸	両340⑦
とはずがたり(問はず語)	在中将が—	111	梅花	200⑦

	―の夢も勝	7	月	48⑥
とひ(都鄙)	―おなじく故あなる物をな	135	聖廟超過	241③
	今に―平かに	137	鹿島社壇	243⑬
	芸を―に感ぜしむ	65	文武	125⑭
とびか・ふ(飛交)	―ふ羽かぜも品ことに	124	五明徳	221⑬
とひ・く(問来)	宿には人も―こず	9	冬	49⑫
とびこ・ゆ(飛越)	峯―ゆる憑の雁	159	琴曲	275⑩
	峯―ゆる春の雁	91	隠徳	164⑥
どひつ(土筆)	―と書るは土筆(つくづくし)	3	春野遊	43⑩
とびむめ(飛梅)	握て移る―	111	梅花	200③
とびら(扉)　＊とぼそ	春に逢―に開けん	128	得月宝池	227④
	玉の―の明方に	171	司晨曲	294③
とびわた・る(飛渡)	みね―るはしたかの	76	鷹徳	141⑦
とひわ・ぶ(問侘)	事―びし旅の空	28	伊勢物語	72④
と・ふ(問)	渡てなどか―はざらん	26	名所恋	68①
	―はでやつゐに深なんと	116	袖情	209⑫
	―はぬはつらくけぬべきに	103	巨山景	186⑮
	たのめて―はぬ夕暮	95	風	171①
	―はぬを情と思へども	10	雪	50⑧
	―はれぬよはは	22	袖志浦恋	両326①
	―はれぬ夜はは菅筵	22	袖志浦恋	64①
	仮にもげに又―はれねば	19	遅々春恋	61⑩
	―はればいかにうれしからむ	37	行余波	83⑨
	誰かは―はん旧はてし	73	筆徳	136⑦
	浦かぜの伝にや―ひけむ	132	源氏紫明	235⑥
	下人して―ひけるは	44	上下	93⑬
	朱雀院の―ひし御心	25	源氏恋	67⑦
	趙州に―ひし狗子無仏性	163	少林訣	282⑫
	試に―ひし詩賦の句は	134	聖廟霊瑞	237⑬
	白玉かなにぞと―ひし袖の露	167	露曲	288⑪
	踏分て―ひし情に	71	懐旧	132⑩
	白玉か何ぞと―ひし人もみな	28	伊勢物語	71⑦
	秋はてぬとも―ひてまし	26	名所恋	68⑩
	賞の疑はしきをば二度―ふ事なかれ	63	理世道	122⑫
	わくらばに―ふ人あらば須磨の浦の	26	名所恋	68⑭
	跡―ふ人の面影も	118	雲	211②
	たづねて―ふべきためしかは	151	日精徳	264⑮
	―ふべき道は絶ぬべし	167	露曲	289②
	其名をいづくと―へば伊豆の海	30	海辺	両333⑦
	―へばさかへてちはやふる	34	海道下	79⑭
	―へばはるけき東路を	33	海道中	78⑥
と・ぶ(飛)	名を千古に―ばしめ	66	朋友	127⑥
	琴上に―びし花の雪	111	梅花	200③
	費張の竹遠く―ぶ	97	十駅	173⑭
	空―ぶ雁の涙にや	167	露曲	289①
とぶさたて(鳥総立)	―足柄山に	34	海道下	80③
とぶとりの(飛鳥の)	―飛鳥の川にあらねども	57	善光寺次	110②
	―飛鳥の河のはやき瀬	102	南都幷	184⑪
とふのすがごも(十輔の菅薦)	―菅筵	134	聖廟霊瑞	239⑥
とぶひ(飛火)　※野	―の野辺の若菜の	102	南都幷	184⑨

	—の野守いでて見よ	43	草	91⑫
とぶら・ふ(訪、詢)	彼宇治山の跡を—ひて	92	和歌	166①
	—つて賤に聞くべしと	63	理世道	122⑤
	倩旧記を—ふに	130	江島景	230④
	今又旧記を—ふにも	143	善巧方便	253⑦
	旧にし御代を—へば	76	鷹徳	140⑦
	其古を—へば	77	馬徳	142⑤
	さればいにしへを—へば	88	祝	159⑤
	遙に漢家を—へば	95	風	169⑭
	曲水の宴を—へば	96	水	171⑫
	倩中宗の誉を—へば	101	南都霊地	183⑬
	遠く其旧記を—へば	108	宇都宮	192⑨
	其万古の二三を—へば	113	遊仙歌	202⑭
	旧跡を震旦に—へば	114	蹴鞠興	204⑬
	其源を—へば	128	得月宝池	226⑪
	本地を遙に—へば	131	諏方効験	231⑩
	先遙に本地を—へば	134	聖廟霊瑞	237⑦
	其寺号を新に—へば	144	永福寺	254⑬
	爰遙にいにしへを—へば	146	鹿山景	257⑥
	本朝の旧記を—へば	155	随身競馬	270⑨
	其基を—へば	159	琴曲	275⑥
	箱崎のいにしへを—へば	103	巨山景	異310⑦
	彼筑波嶺のいにしへを—へば	159	琴曲	両335⑨
とふろう(都府楼)	—の瓦の色	134	聖廟霊瑞	239⑤
とほこゑ(遠声)	野外の鹿の—	72	内外	134⑩
	ね覚の鹿の—	157	寝覚恋	273⑤
とほざかりゆ・く(遠ざかり行)	—く人心の	48	遠玄	98⑧
	—けばいかがせむ	36	留余波	82⑭
とほざか・る(遠ざかる)	胡蝶も霞に—り	5	郭公	45③
	隔る跡も—り	51	熊野一	102③
	都の空も—り	118	雲	210⑬
	忘ずながら—る	21	竜田河恋	63⑤
	ね覚の枕に—る	48	遠玄	98④
	吹風の声—るうら松	168	霜	289⑫
	過こし方も—れば	125	旅別秋情	222⑪
とほざと(遠里)	—かけてこゑ声に	171	司晨曲	294⑭
	—はるかに立のぼる	32	海道上	77⑭
	—はるかに見わたせば	39	朝	87⑥
とほざとをの(遠里小野)	—の道遠み	48	遠玄	98⑤
とほ・し(遠)　*をち	五帝の遠きも—からじ	58	道	111①
	阿耨菩提も—からじ	160	余波	279⑥
	蓬が島も—からず	110	滝山摩尼	197⑨
	猶此砌に—からず	135	聖廟超過	241⑤
	済度の岸—からず	138	補陀落	244②
	—からずして至は	162	新浄土	282①
	大樹営に—からぬ	130	江島景	230③
	世を宇治山も—からぬ	168	霜	289⑭
	されど梓弓末—かれと朝夕	142	鶴岡霊威	252⑧
	—き跡とも云つべし	160	余波	277⑧
	行末—き磯伝ひ	48	遠玄	98⑥

国の界も―き海の	131	諏方効験	232⑨
干潟も―き浦伝ひ	32	海道上	77⑫
又外朝外都は―き境ひ	72	内外	134⑩
―きは雲の外なれや	48	遠玄	97⑭
入海―き浜名の橋	33	海道中	78⑩
渚に―き水底の	87	浄土宗	158②
―きも近きもおしなべて	163	少林訣	283⑬
五帝の―きも遠からじ	58	道	111①
―きもなく近もなく	98	明王徳	176⑩
海づら―き山里さこそは	68	松竹	129⑧
海づら―き山里の家居までも	68	松竹	両328⑤
千年も―き行末	56	善光寺	108①
霞めば―き遠山	133	琵琶曲	236④
嫌らくは鶴雲千嶂の―きを	151	日精徳	264①
伝らく河源は―く	113	遊仙歌	202⑫
野原は煙のすゑ―く	125	旅別秋情	223①
塵点の霜―く	152	山王威徳	267②
松のみどりも末―く	154	背振山幷	269②
一陰一陽の風―く仰ぎ	142	鶴岡霊威	251⑨
―く異朝の雲を凌て	131	諏方効験	231⑨
―く異朝を顧れば	88	祝	159⑤
限なく―く来にけりと	28	伊勢物語	72②
はしたなく―く来にけりと	134	聖廟霊瑞	239③
されば―く月氏の雲を隔て	73	筆徳	135⑬
―く左右に望き	172	石清水	296⑫
―く西天の古より	60	双六	114⑨
―く西天の雲の外	101	南都霊地	183⑬
―く西天月氏の境より	129	全身駄都	228②
誰か―く三十三天の雲をのぞまん	146	鹿山景	258①
蓬萊―くして	118	雲	211⑤
―く其旧記をとぶらへば	108	宇都宮	192⑨
干潟も―く立騒ぐ夕浪千鳥	31	海路	75⑪
干潟も―く立騒ぐ夕浪ちどり	31	海路	両334③
行末―くたのめをけば	75	狭衣妻	138⑬
費張の竹―くとぶ	97	十駅	173⑭
原をば―く隔て来て	34	海道下	80⑥
伝らく―く穆王八匹の馬蹄は	155	随身競馬	270④
ちとせを―く松にすむは	16	不老不死	56④
―く唐のや文の道を忍つつ	71	懐旧	132⑪
海づら―くや隔りし	132	源氏紫明	235⑩
原中―く行々て	34	海道下	79⑬
―く徃事を思へば又	48	遠玄	97⑭
白麝の匂を―くをくり	151	日精徳	264⑨
鈴鹿河八十瀬の水は―けれど	96	水	172⑪
浜路はるかに―ければ	53	熊野三	104⑦
蒼波路―し	30	海辺	73⑭
巴卭も仙家の道―し	82	遊宴	異302⑧
遠里小野の道―み	48	遠玄	98⑤
皆へだてこし道―み	54	熊野四	105③
げに高原の末―み	55	熊野五	106②

とぼそ(枢、扉)　＊とびら	五体四所の玉の—	55	熊野五	106⑨
	百姓撫民の柴の—	63	理世道	123⑥
	喜見城宮の玉の—	82	遊宴	150⑥
	太真院の玉の—	93	長恨歌	168①
	此二聖の玉の—	120	二闡提	213⑭
	下万民の柴の—	131	諏方効験	231⑬
	名号不思議の—なり	87	浄土宗	158⑧
	をのをの—に立たまふ	62	三島詣	120⑥
	伝聞北山の室の—には	140	巨山竜峯	249①
	発心の—ひらけなば	160	余波	279⑥
	撫民の—を哀む	129	全身駄都	229①
	—をあはれむ擁護は	131	諏方効験	231⑬
	松の—を出たるや	92	和歌	166②
	—を連る霊場は	101	南都霊地	183④
	霊場—ををし開く	144	永福寺	254⑬
	—を押開にあらたなり	147	竹園山	259⑤
	社壇—ををしひらけば	108	宇都宮	193①
とほつうら(遠津浦)	絵島の磯の—	51	熊野一	102⑩
とほつうらわ(遠津浦廻)	—にやほの見ゆる	48	遠玄	98⑤
とほやま(遠山)　＊ゑんざん	紀路の—めぐりつつ	5	郭公	46⑪
	紀路の—行廻	53	熊野三	104⑩
とほやまでら(遠山寺)	—の入会	170	声楽興下	292⑧
とほやまどり(遠山鳥)	—の遅桜	48	遠玄	98⑦
とほ・る(通、徹)	すゑは—らぬあらましの	84	無常	両331⑤
	苔路を伝ふ峯—り	158	屏風徳	274⑤
	空洞ふかく—れり	153	背振山	268⑥
とま(苫)	—ふく軒をもる月の	30	海辺	74⑥
とまくしりやう(都莫思量)	—の所をば	103	巨山景	186⑨
とまや(苫屋)	—はいかに浦廻る	31	海路	76②
とまり(泊)	鸚鵡州の夜の—	79	船	146①
	露駅を伝し旅の—	134	聖廟霊瑞	239③
	猶も心の—なれ	34	海道下	79⑥
	渺々たる風の—に	32	海道上	76⑤
	遠波の—を尋ぬる	164	秋夕	284⑩
とまりな・る(留馴)	—れにしやどの梅	67	山寺	128⑥
とま・る(止、留)	終に—らぬ神無月	97	十駅	174⑥
	—らぬ今朝の面影	70	暁別	131④
	終には—らぬ棲なれば	84	無常	153⑬
	木の葉も—らぬ冬木の梢	163	少林訣	282⑫
	この里にいざ又—らば	56	善光寺	108⑩
	—りなれにしやどの梅	67	山寺	128⑥
	とどめば—りなんやな	23	袖湊	65⑦
	わが身に—る形見かは	126	暁思留	224⑫
	互に—る記念の	116	袖情	209⑤
	其袖の裏にや—るらむ	116	袖情	209⑨
	誰松井田に—るらん	56	善光寺	109③
	しばし—れと招かは	116	袖情	209⑭
とま・る(泊)	—れる舟の浮浪に	133	琵琶曲	236⑨
とみやす(富安)	宝—千年ふる	53	熊野三	104⑩
と・む(富)	国栄家—み	114	蹴鞠興	205⑨

	宜も—みけり我きみの	15	花亭祝言	55④
	国—み民豊なり	12	嘉辰令月	53⑥
	久き宮井の—めるさかへ	130	江島景	231⑥
	—めるは家の栄なり	78	霊鼠誉	145③
	抑国治り家—んで	151	日精徳	264⑥
と・む(留、止)	名残を—むる関の戸を	125	旅別秋情	222⑬
	名残を—むるゐなの渡	30	海辺	74②
	都に—めし面影	132	源氏紫明	235④
	花にぞ—めししら河	2	花	42⑫
	汀に—めし水の字は	122	文字誉	219⑪
	動なき岩根を—めて	15	花亭祝言	55⑧
	情を捨ぬ名を—めて	98	明王徳	177⑭
	稲葉の雲に跡—めて	164	秋夕	285②
	しゐても—めぬ別路に	36	留余波	82⑫
	ひの隈河に駒—めよ	77	馬徳	142⑭
	梨原の駅に駒—めん	102	南都弁	184⑭
	命にかへてだに—めん方なき	70	暁別	131⑤
と・む(求)	花橘の香を—めて	5	郭公	45⑧
	誰手枕に香を—めむ	89	薫物	160⑨
とめ・く(尋来)	あこめよいかに—こかし	3	春野遊	43⑪
とも(友、朋)	家路忘るる花の—	160	余波	277⑫
	いづれも—ぞ切なりし	66	朋友	両339⑧
	元これ外道の—とかや	72	内外	134⑮
	—として諸共に心を直からしむる	127	恋朋哀傷	225③
	—とする人のすくなき	66	朋友	126⑪
	妓楽の薩埵を—とせん	61	郢律講	118⑩
	善哉童子を—とせん	84	無常	153⑭
	影をや—と鳴つらむ	66	朋友	126⑪
	ねぬ夜の—と成にける	24	袖余波	66①
	夜を残すね覚の—ならむ	95	風	170⑧
	窓に望し—ならむ	113	遊仙歌	203⑩
	遇がたきは—なり	127	恋朋哀傷	225③
	深き情の—なれや	66	朋友	127①
	同—にかたりあはせてなぐさむ	157	寝覚恋	両329⑦
	みな是—になずらふ	66	朋友	127②
	—にはなるる道はなし	66	朋友	両339⑩
	都の—の行あひ	66	朋友	126⑭
	都の—の行逢	66	朋友	両339⑦
	立寄—の行摺にも	125	旅別秋情	223②
	—まよはせる小夜ちどりの	30	海辺	74⑤
	—まよはせる旅人は	6	秋	47③
	古世の—よはひ経て	59	十六	113⑨
	—よびまよふ夏虫の	109	滝山等覚	196⑨
	月に—よぶ哀猿の	163	少林訣	283⑥
	与悪の—をいとひて	66	朋友	126⑥
	行路は又—を忍ふ	125	旅別秋情	222⑨
	閻浮の—をぞ待べき	127	恋朋哀傷	226⑥
ともがら(輩)	白日羽化の—	123	仙家道	220⑥
	参詣の—は猶玉敷庭に集る	152	山王威徳	267⑧
ともしび(燈、灯)	廬山の雨の夜の草庵の窓の—	49	閑居	98⑪

	魚燈の一四面に照して	113	遊仙歌	両340④
	深更にのこる一の	71	懐旧	131⑩
	枕に織き一の	116	袖情	209⑪
	壁に背る一のかすかに残る	8	秋興	49⑧
	空窓に一のこれども	69	名取河恋	130⑤
	巡の新衆の一は	109	滝山等覚	196⑨
	一は四方に照し	113	遊仙歌	204⑦
	壁に背る一をかかぐといへども	64	夙夜忠	123⑪
	深更に一を挑	141	巨山修意	249⑬
とも・す(燃)	鵜舟に一す篝火も	131	諏方効験	232⑦
	火一す程にもなりぬれば	104	五節本	188③
ともちどり(友千鳥)	干潟を廻一	66	朋友	両339⑨
ともづな(纜)	一を解舩を叩て	30	海辺	73⑭
	一をとく程こそあれ	172	石清水	296⑫
ともなひ(友なひ)	いはんや膠漆の一離がたく	127	恋朋哀傷	225⑫
ともな・ふ(伴、友なふ)	夫与善の人に一ひて	66	朋友	126⑥
	愚を一ふ事なかれ	63	理世道	122⑩
	うき音を一ふね覚ならん	157	寝覚恋	272⑭
	月に一ふ夜半の遊ぞ面白き	47	酒	異314④
ともに(共、伴)	一十六師皆一	101	南都霊地	183⑭
	涙も一あらそひて	54	熊野四	105⑨
	皆一安穏泰平ならしめ給へと	176	廻向	異315⑪
	忠孝一勇ある	45	心	94⑫
	一甍を並べつつ	101	南都霊地	182⑨
	一うき世をいとひつつ	66	朋友	両339⑦
	天地と一動なし	146	鹿山景	258⑧
	梵漢一益広く	138	補陀落	244⑭
	涙も一播ながす	160	余波	278④
	兜卒の台を一飾り	127	恋朋哀傷	226④
	一かたらひし節からや	157	寝覚恋	異314⑫
	誰と一かなづさはん	93	長恨歌	167⑮
	彼此一叶ひつつ	131	諏方効験	231⑧
	一快楽の境なれど	72	内外	134③
	乗戒一是緩し	160	余波	277②
	一主伴の睦あり	62	三島詣	121④
	彼是一すすめて得道にむかふ	66	朋友	127⑧
	生滅一終しなく	84	無常	153⑥
	仙酒一聖の号有て	47	酒	異314④
	一風大をつかさどり	95	風	異309⑩
	かすみと一富士のねの	99	君臣父子	178⑦
	皇道一朗なり	144	永福寺	254⑫
	奇瑞を一ほどこしける	120	二闡提	異312⑥
	舞姫一まいるめり	104	五節本	188⑤
	誓願一まことあり	61	郢律講	118⑫
	大織冠と相一先この興を催す	114	蹴鞠興	205③
	諸仏も一御座ば	85	法華	154⑪
	いづれも一むかしの夢とかや	160	余波	両332⑦
	彼此一むすぼほれ	87	浄土宗	158④
	顕密一漏ざれば	78	霊鼠誉	145③
	二儀一別しより	123	仙家道	220④

	何も—わきがたき	112	磯城島	201⑩
	王道—私なく	98	明王徳	176⑧
	二儀—治る	140	巨山竜峯	248①
	—をし折たるたとへは	29	源氏	73⑪
ともゑ(鞆絵)	—書たる筆の管	105	五節末	189⑫
ともん(都門)	—を出て百余里	93	長恨歌	167⑧
とやがへり(鳥屋がへり)	鵤—屋形尾	76	鷹徳	141⑧
とやとやとり(とやとや鳥)	—のうやむやの	26	名所恋	69⑤
とよあしはらのほんじん(豊葦原の本神)	賢き鹿島の明神は—	136	鹿島霊験	242②
とよくに(豊国)	終には—の宇佐の宮に跡を垂給き	142	鶴岡霊威	252②
とよざきのみや(豊崎の宮)	孝徳の御宇—の古	78	霊鼠誉	144⑩
	—の古は興津島根に跡をたれ	62	三島詣	119⑥
とよのあかり(豊の明)	さして忘れぬ妻とみえし—の面影	124	五明徳	222②
	—の面影をいつかは思わすれん	59	十六	113⑨
	—の程かとよ	104	五節本	188①
	九重の—の小忌衣	10	雪	51①
	辰の日の節会は—も面白や	41	年中行事	90①
とよふぢまる(豊藤丸)	宴賀道虚—	60	双六	115③
とよみてぐら(豊幣)	—とりどりなる態までも	17	神祇	58②
どよ・む(動む)	朝市の里—むまで立さはぐ	56	善光寺	108⑭
とよらあなとのみや(豊良穴戸の宮)	日本武の尊の御孫—の御子なり	142	鶴岡霊威	252①
とよをか(豊岡)	—かけて見わたせば	56	善光寺	109②
とら(虎)	興王に—を伏しつつ	97	十駅	174⑮
とらのひ(寅の日)	—は又殿上の	104	五節本	188⑩
とらは・る(捕)	塞垣に—れ	65	文武	125⑩
とらふすのべ(虎臥野べ)	—鯨のよる島にも	23	袖湊	65⑦
とらんでん(団乱旋)	三台塩—	59	十六	113⑦
	皇帝—は皆	121	管絃曲	217②
とり(鳥)　＊てう	澗戸に—かへり	164	秋夕	285⑨
	布穀に過たる—ぞなき	5	郭公	46③
	—だに翔らぬ山の奥	153	背振山	268⑥
	金鶩銀鶴二の—と顕れ	136	鹿島霊験	242③
	五更の—に人もなく	173	領巾振恋	299④
	翰墨に記する—の跡	143	善巧方便	253④
	澗戸に—のかへる時や	68	松竹	129⑤
	頚は—の如也	77	馬徳	142⑧
	花の匂ひ—の声	92	和歌	166⑥
	—の声幽なり	66	朋友	126⑫
	六時の—の声々	139	補陀湖水	246④
	節しる—の声々	143	善巧方便	253⑫
	—の声々鳴わかれ	96	水	171⑭
	忘る間なきは暁思ふ—の空音	24	袖余波	65⑫
	—の鳴々言伝て	171	司晨曲	294⑧
	あかぬ別の—の音	107	金谷思	191⑨
	やがて明行—の音	125	旅別秋情	223⑦
	あかぬ余波の—の音は	171	司晨曲	294⑨
	名も睦しき—の音も	28	伊勢物語	72③
	—の初音にひびくなる	171	司晨曲	295⑧
	—の一声汀の氷峯の雪	55	熊野五	106⑤
	花は根に—は旧巣にや帰らん	4	夏	44⑦

	餌袋の—もさすがに	76	鷹徳	141②
	頻に—も音にたてて	21	竜田河恋	63②
	—も古巣に入ぬれば	161	衣	280⑦
とりあはせ(鳥合)	三月の三日の—	171	司晨曲	295③
とりあへ・ず(取敢ず)	—ざりし簪の	38	無常	84⑨
	—ざりし夕顔の	93	長恨歌	168②
	舟さす棹の—ず	34	海道下	79⑪
	幣も—ず袖にかざす	35	羇旅	81⑭
	—ぬまでおどろかす	96	水	171⑭
とりかざ・す(取かざす)	手にとりかたに—す	62	三島詣	異304⑥
とりがなく(鳥が鳴)	—なる東路の関の戸	171	司晨曲	295⑨
とりく・む(取組)	—む番の心競	156	随身諸芸	271⑫
とりざうし(鳥曹司)	上達部は—にやすらふ	72	内外	134⑨
とりし・づ(取垂)	ますみの鏡—でて	101	南都霊地	182⑩
とりそ・ふ(取副)	矢はぎに—ふる	33	海道中	78④
	をさまれる手綱に—ふる	156	随身諸芸	272③
とりたが・ふ(取違)	—へたるは天門冬草	43	草	91⑬
とりとどこほ・る	—り衣手に咽ぶ涙の中に	18	吹風恋	60①
とりどり(取々)	八元八愷—なり	99	君臣父子	179⑤
	緌を—なりし態までも	19	遅々春恋	61⑦
	いづれも—なりといへども	108	宇都宮	192⑦
	糸竹の曲調は—なりといへども	159	琴曲	275⑤
	—なるあはれは	57	善光寺次	109⑧
	—なる曲なり	59	十六	113⑧
	—なる品なれや	122	文字誉	218⑥
	—なる種なれや	31	海路	両334②
	—なる中にも	43	草	91⑪
	—なる中にも	74	狭衣袖	137⑦
	さまざまに—なる中にも	95	風	異309⑨
	—なる道とかや	55	熊野五	106⑮
	豊幣—なる態までも	17	神祇	58②
	なれがしわざも—に	31	海路	75⑭
	凡旅客の情旅人の思は—に	35	羇旅	81⑥
	手向る幣も—に	52	熊野二	103⑬
	各々利篗を—に	60	双六	116⑧
	本末の拍子も—に	82	遊宴	151⑧
	武は又梓弓真弓槻弓—に	88	祝	159⑧
	巡堂点茶も—に	103	巨山景	187⑧
	雲の上人—に	104	五節本	188②
	まじるや小忌の袖の青摺—に	105	五節末	189⑪
	五家七宗も—に	119	曹源宗	212⑪
	鳳管琴鼓—に	121	管絃曲	215⑪
	賤が早苗を—に	131	諏方効験	232⑬
	梓の真弓—に	143	善巧方便	253④
	峯の爪木を—に	154	背振山幷	269⑦
	わきたる物の音—に	160	余波	278③
	はかりごと—にぞ覚る	72	内外	134⑤
	池の面—にぞや覚る	1	春	42②
とりひし・ぐ(取拉)	又正に武勇を—ぎ	65	文武	125②
とりまう・く(取設)	若耶の薪も—く	110	滝山摩尼	197⑬

とりやうきやう(都良香)	—が記を作る	42	山	91⑤
と・る(取、秉)	駅の長に口詩—らせし態までも	77	馬徳	142⑩
	拾持会ぬうらみの数—り—らばや	18	吹風恋	59⑫
	種—らましを逢事の	21	竜田河恋	62⑫
	誰くるす野のにやどり—らん	3	春野遊	44③
	今夜はここにやどり—らん	8	秋興	49④
	木陰にいざさばやどり—らむ	31	海路	76③
	若苗—らん五乙女	43	草	92②
	いざさば誰もかざし—らむ	94	納涼	168⑩
	おれなひては早苗—り	5	郭公	46④
	手に—りかたに取かざす	62	三島詣	異304⑥
	—りし早苗の何の間に	6	秋	47①
	払子を—り竹篦を揚て	146	鹿山景	258⑧
	飯匙—りし態までも	28	伊勢物語	72⑪
	さいたる花を手に—りて	126	暁思留	224⑥
	—りて帰りし裳貫の衣	43	草	92⑥
	柘の小枕—りて是を十娘に与しや	113	遊仙歌	204⑨
	百敷に—りては	124	五明徳	異312⑨
	大唐濤唐艪櫂梶を—りても	23	袖湊	65⑤
	狗摩羅王は旗を—る	101	南都霊地	184①
	早苗—る田子の浦浪に	34	海道下	79⑫
	—る手はたゆくとも	86	釈教	156⑭
	しばしばふかうのつかねを—るなり	139	補陀湖水	246⑦
	管を—る門庭	73	筆徳	136⑬
	—るや早苗の態までも	90	雨	161⑧
とわた・る(外渡)	—る舟の櫂の滴もたえがたき	79	船	145⑬
とを(十)	枳里紀王に告し—の夢	83	夢	152⑮
とをつら(十列)	猶—の勤仕のみか	156	随身諸芸	272①
	楽人—の蹄までも	135	聖廟超過	240⑥
とん(頓)	—に生死にしづめぬしるしなれや	131	諏方効験	232⑧
とんげう(頓教)	—菩提の蔵なれば	87	浄土宗	157⑨

な

な(名)	牧馬といへるは琵琶の—	77	馬徳	143④
	其—かはらぬ	112	磯城島	202⑨
	皆—こそ旧たれやな	121	管絃曲	216⑧
	げに其—さへ睦き	81	対揚	149④
	—さへ睦き女郎花	164	秋夕	285⑤
	花の所の—高きは	2	花	42⑦
	—高き山は聞ゆなれ	42	山	91④
	名の—たるべきも	58	道	110⑫
	則硯の—と成て	165	硯	286④
	徳は—にあらはる	73	筆徳	135⑩
	干潟も風の—に有て	95	風	両332③
	—にこそ立れ百年に	28	伊勢物語	71⑪
	辰の日は又—に高き	104	五節本	187⑫
	下は—にながれたるや久方の	44	上下	94②
	ただ良薬の—にのみめづ	86	釈教	156⑤

常の—にはあらざれば	58	道	110⑫
入ぬる磯の草の—の	107	金谷思	191⑦
壁に生る草の—のいつまで草の	43	草	92⑧
其—のしなじなにおかしきは	115	車	両337⑥
—の名たるべきも	58	道	110⑫
戸ざしはいかに—のみなれや	36	留余波	82⑫
唐の足高山は—のみにて	42	山	両327⑨
其—はいかなる屛風なるらん	158	屛風徳	274⑭
其—は大中臣まで	156	随身諸芸	272①
—は漢家の秋の月くもりなく	101	南都霊地	183⑫
—は月宮に昇り	78	霊鼠誉	143⑧
其—はげにさば高砂の尾上の松の	12	嘉辰令月	53⑫
然も其—は是おなじ	146	鹿山景	257⑦
恋すてふわが—はまだき竜田河	21	竜田河恋	62⑧
草の—は忘る種を誰か蒔し	31	海路	75⑥
其—ふりんたりといへども	136	鹿島霊験	242④
其—も賀茂のみたらしと	62	三島詣	120⑬
何の田をさぞ—もしるく	5	郭公	46④
音に聞其—も高き高野山	67	山寺	128⑥
其—も高聞ゆなり	133	琵琶曲	237①
好とても善—もたたず	25	源氏恋	67①
其—もつらし過なばや	57	善光寺次	109⑪
鈴鹿の其—も古だり	159	琴曲	275⑪
慕くる妹があたりの—も睦しき	91	隠徳	164⑬
—もむつましき妹とわれ	82	遊宴	151⑩
—もむつましき婦と吾	82	遊宴	両330⑨
—も睦しき鳥の音も	28	伊勢物語	72③
—も睦しき女郎花の	125	旅別秋情	223⑧
隠月の其—も由あれや	91	隠徳	164⑤
我—もらすなといひ出ても	126	暁思留	224⑧
葱にはあらぬ草の—よ	43	草	92⑩
夫誉を顕して—を揚るは	91	隠徳	163⑧
太公望ふれいわうの—をあげしも	166	弓箭	287⑦
正に願わうの—を与ふ	87	浄土宗	158⑨
其—をあまたにわかちつつ	111	梅花	199⑩
其—を新にとどむなり	78	霊鼠誉	143⑬
其—を新にとどめをき	78	霊鼠誉	両338②
君子の—を露し	114	蹴鞠興	206③
鶴亀の—をあらはせば	80	寄山祝	146⑭
—を顕せる桜桃李	2	花	42⑥
—を顕はせる台なれば	128	得月宝池	227②
其—をいづくと問ば伊豆の海	30	海辺	両333⑦
左に遷る—をいとひ	134	聖廟霊瑞	239⑪
—を今の世にとどめて	101	南都霊地	184④
国に神の—を受	108	宇都宮	192⑥
夫霊地霊場は聖跡—を埋ず	101	南都霊地	182⑨
竹林の隠士として各—を埋き	91	隠徳	163⑫
芬陀梨の—をうるのみならず	87	浄土宗	158⑤
我朝に—をえし名馬也	77	馬徳	142⑮
雲腴雲脚の—をえしも	149	蒙山謡	261②

	則馬鳴の—をえたり	77	馬徳	142⑥
	星の位の—を得たり	151	日精徳	異315④
	常葉木の—を得たり	137	鹿島社壇	両341②
	凡此道に—をえたりしは	60	双六	115②
	嘉木の—を得たりしは	114	蹴鞠興	206⑤
	又—を得たりし人はこれ	112	磯城島	201⑪
	其より此—を得たりとぞ	136	鹿島霊験	242⑩
	其—を興すのみならず	92	和歌	166③
	緒絶の橋の—をかけて	24	袖余波	65⑫
	様々の—をかへつつ	100	老後述懐	180⑫
	其—を聞もゆかしきは	80	寄山祝	異309②
	然も百薬の—をけんず	47	酒	96⑫
	其—を双六と喚とかや	60	双六	114⑫
	風月の—を先とす	95	風	169⑭
	—をさへ聞も涼しきは	121	管絃曲	216⑬
	其—をしらば影をもやどせ	96	水	両329②
	—を千古に飛しめ	66	朋友	127⑥
	外朝震旦に—をつたふ	120	二闡提	214②
	—を伝て聞山々は	42	山	90④
	情を捨ぬ—を留て	98	明王徳	177⑭
	御裳濯河の—を流す	96	水	172⑧
	亀が淵と—をながすも	145	永福寺幷	256⑫
	柱の—を流すも	159	琴曲	276⑥
	朽せぬ—を残せり	91	隠徳	164①
	—を後の世に留るは	64	夙夜忠	123⑨
	—を後の世にとどむるは	65	文武	126②
	むなしく—をのみ聞	130	江島景	230②
	—をのみ残す椎が下	140	巨山竜峯	249②
	—をば埋まぬならひかは	173	領巾振恋	299①
	其—をばなににか残べき	92	和歌	166⑩
	—を福増と号せられ	78	霊鼠誉	145⑤
	其—を外にやおもふべき	100	老後述懐	180④
	—を又異朝におよぼし	60	双六	115⑤
	其—を三井の水にやながすらむ	67	山寺	127⑬
	翔て—をや揚べき	124	五明徳	222⑦
	この巻にその—をやあらはしけむ	111	梅花	200⑩
	埋まぬ—をやのこしけむ	160	余波	277⑦
	うづまぬ—をや残しけん	160	余波	両332⑥
	ただ其—をや残すらん	38	無常	84⑤
	朽せぬ—をや残すらん	102	南都幷	184⑬
	朽せぬ—をや残覧	45	心	両334⑧
	外朝に—をや恥ざらむ	99	君臣父子	179⑥
	仮に暫—をやわかちけん	128	得月宝池	226⑫
	細柳の風に—を惜む	160	余波	278⑭
なにお・ふ(名に負)	さもぬれがたく—ひし	160	余波	278⑤
	—ふ里に普くして	102	南都幷	184⑧
	—ふ春の春庭楽や	61	郢律講	118①
	皆—へる誉有	171	司晨曲	293⑫
なにしお・ふ(名にし負)	宜なる哉逢春閣の—ひて	128	得月宝池	227③
	爪だにひぢず—ふ	35	羇旅	82④

	鹿の背の山—ふ	53	熊野三	104⑩
	外の高尾神と—ふ	108	宇都宮	193⑨
	—ふ嵐のやまおろしの	150	紅葉興	262③
	きびはの—ふ児宮	131	諏方効験	233⑤
	幽華—ふ壺胡籙	156	随身諸芸	272④
	—ふ三笠山	144	永福寺	254⑫
	理世安楽寺社の号の—ふも	135	聖廟超過	241③
	—ふ麻生の浦半に有といふ	82	遊宴	異302⑩
	月の鼠の—へば	78	霊鼠誉	144①
な(汝)　＊なんぢ	—が乗駒の	35	羇旅	82④
な(菜)	薪こり—摘水汲ことはりも	154	背振山幷	269⑨
ないき(内記)	—の戸を出ては	72	内外	134⑦
ないくう(内宮)	—外宮と祝れ	72	内外	134①
ないくん(内薫)	—の哀愍鎮に	129	全身駄都	228②
	—の匂芳しく	108	宇都宮	193⑦
	法界毘富羅の—外に顕て	97	十駅	173⑪
ないげ(内外)	皆其—につらなる	72	内外	異308⑤
	—に百種の道広し	97	十駅	173②
	—の縑緗おほくは	44	上下	93⑪
	あらゆる—の縑緗も	143	善巧方便	253⑥
	是を兼たるは—の徳	72	内外	133⑧
	—の徳用普くして	72	内外	135②
	—の父母の恩徳	72	内外	134⑥
	—の利益をなすとかや	137	鹿島社壇	243⑨
ないけうばう(内教坊)	—は雅楽所	72	内外	134⑦
ないざうれう(内蔵寮)	宮内省—	72	内外	134⑦
ないし(乃至)	—以身而作床座	154	背振山幷	269⑧
	——念至心回向証	87	浄土宗	158⑭
	——念無生の九品の	127	恋朋哀傷	226④
	—今におよぼす徳	147	竹園山	259①
	—外部の天童も	72	内外	異308⑤
	—四絃の誉までも	159	琴曲	275⑪
	—十六牟尼曠大の恩徳	143	善巧方便	254①
	—諸聖衆哀愍	61	郢律講	両327③
	—檀波羅	121	管絃曲	217⑪
	又—童子の戯れまで	85	法華	154⑩
	又—童子のたはぶれまで	85	法華	両331⑨
	—値遇の結縁者皆共に	176	廻向	異315⑪
	—不空羂索	120	二闡提	214⑨
	—宝瓶錫杖の	134	聖廟霊瑞	237⑨
	—摩睺羅真達羅等	16	不老不死	57①
	—瑠璃珠等の	129	全身駄都	229⑬
ないし(内侍)	召の—の進路	104	五節本	187⑭
ないしどころ(内侍所)	百敷に取ては—に手向る	124	五明徳	異312⑨
	—の御神楽	41	年中行事	90①
	—は温明殿	72	内外	134⑦
ないしよう(内証)	瑜珈深秘の—深くして	145	永福寺幷	256⑭
	—外用を顕はす	72	内外	134②
	—四無量四摂かとよ	131	諏方効験	233④
	—の月朗に外用の雲をやはらふらむ	62	三島詣	120⑨

	当社明神は―の月円に	108	宇都宮	192⑦
	神慮―の納受に収るのみならず	135	聖廟超過	240③
	―の光闇して五性の雲をや隔らむ	97	十駅	174⑫
	みな自性法身の―よりや	63	理世道	123④
ないしんわう(内親王)	―の始は仁子嵯峨の御女	72	内外	134⑭
ないだいじん(内大臣)	―と聞し後牛車を許され給しぞ	72	内外	134⑬
ないだうぢやう(内道場)	―のしつらひ	72	内外	異308③
ないでん(内典)	―の月くもりなし	72	内外	133⑩
ないひ(内秘)	―菩薩の行のみかは	72	内外	134④
ないべん(内弁)	―気高く舎人めす	105	五節末	189⑬
	―の上卿の	72	内外	134⑨
ないらん(内覧)	―の宣旨を下されしも	72	内外	135⑧
ないゐん(内院)	―外院の位あり	72	内外	134③
なか(中、仲)	夕霧のへだてなかりし―	127	恋朋哀傷	226①
	うきたる―と思ども	23	袖湊	65①
	ゆるさぬ―とやなりぬらむ	26	名所恋	69⑤
	浅くは契らぬ―なれや	96	水	172②
	諸共に翼をかはひし―にして	132	源氏紫明	235⑫
	絶えぬる―の恨は	19	遅々春恋	60⑭
	せめて隔なかりし―の其睦言	132	源氏紫明	235⑦
	強き―の隔とや	28	伊勢物語	72⑦
	いかなる―の隔ならむ	134	聖廟霊瑞	238⑪
	つれなき―の隔の	20	恋路	62①
	又いつとだにもなき―の睦言	70	暁別	130⑭
ながえ(轅)	―を北にせし車	115	車	207⑫
	―を北に廻しめ	59	十六	113④
	―をめぐらしけむやな	115	車	異312②
	衆車の―を廻しつつ	82	遊宴	150⑦
	或は軽軒―をめぐらして	145	永福寺幷	256⑤
	―を廻しては	88	祝	159⑨
	後には花の―を廻らす	72	内外	135④
なかがは(中河)	よそにはつつむ―の逢瀬に	91	隠徳	164⑭
	又ともわたらぬ―の逢瀬も	24	袖余波	65⑬
	―の逢瀬夜ふかき暁	83	夢	両331①
	うつつともなき―の逢瀬を	83	夢	152⑤
	先いひわたる―の岩漏る水	112	磯城島	202②
	―のとだえの橋よ	126	暁思留	224⑦
	木隠ふかき―のやどりも	96	水	171⑭
なが・し(長、永)	まさ木のかづら―からむ	92	和歌	166⑫
	―き恨となりやせん	23	袖湊	64⑬
	―き思は菅の根の	19	遅々春恋	60⑨
	―き様にひきけるは	41	年中行事	89⑥
	―きためしのしるしかは	135	聖廟超過	240⑤
	―き誓の玉かづら	72	内外	134①
	形見は記念に―き契の	126	暁思留	224⑭
	―き契の末もみな	136	鹿島霊験	242⑪
	―き契のたえずのみ	28	伊勢物語	両329⑪
	―き契を結びつつ	35	羇旅	81⑬
	水隠の沼のあやめの―き根	91	隠徳	164⑨
	―き眠もさめぬるに	103	巨山景	186⑩

	—き眠や覚ぬらん	164	秋夕	285⑩
	三月の—き春日も	1	春	42③
	花の下紐—き日も	3	春野遊	43⑬
	—きもすそをひたしつつ	173	領巾振恋	298⑧
	—き世かけて契ばや	21	竜田河恋	63⑧
	時しも秋の—き夜の	157	寝覚恋	273①
	籛彭祖が—き齢	151	日精徳	264③
	正に—き夜もすがら	60	双六	115⑥
	後夜—く暁深て眠らず	113	遊仙歌	203⑨
	秋の夜—くいねざれば	27	楽府	71①
	—く琴の緒をはづし	66	朋友	126⑨
	寿命—く乞とり	114	蹴鞠興	207⑦
	開て—くささざるは	87	浄土宗	158⑧
	天—く地久く	93	長恨歌	168③
	宮漏正に—ければ	7	月	47⑭
	夜はじめて—ければ	8	秋興	49⑦
	眉かきて細—ければ	27	楽府	71③
なが・す(流)	柿の紅葉を—しけん	46	顕物	96⑧
	聞を外朝の浪に—しけん	134	聖廟霊瑞	238⑥
	水茎の跡をや—しけん	150	紅葉興	263⑧
	御裳濯河の名を—す	96	水	172⑧
	霞を—す桜河	95	風	170⑩
	泉を—す水上	137	鹿島社壇	243⑤
	亀が淵と名を—すも	145	永福寺幷	256⑫
	柱の名を—すも	159	琴曲	276⑥
	河瀬に—す木綿注連	41	年中行事	89⑧
	其名を三井の水にや—すらむ	67	山寺	127⑭
	禽獣涙を—すらむ	97	十駅	173⑥
なかそら(中空)	かはりて月は—の	130	江島景	230⑭
なかだえ(中絶)	—たりける光ならむ	109	滝山等覚	196⑩
なかだち(媒)	みな情を催す—たり	47	酒	96⑬
	さながら歌の—なり	112	磯城島	202⑨
ながつき(九月、長月)	七月八月—になれば	6	秋	47⑦
	はや—の初三夜	125	旅別秋情	223⑫
	そよや—の重陽の	108	宇都宮	194④
	暮行—の鴾毛の駒に	150	紅葉興	263④
なかなか(中々)	馴々て—くやしき契さへ	37	行余波	83④
	消てや—忍れん	22	袖志浦恋	63⑫
	宮路の山中—に	33	海道中	78⑥
	切目の中山—に	54	熊野四	105①
	絶てしなくば—に	69	名取河恋	129⑬
	こりはてぬれば—に	117	旅別	210⑦
なかのあき(中の秋)	—の夜はのね覚の中の君に	133	琵琶曲	236⑥
	—の夜半のねざめの中の君の	133	琵琶曲	両338⑥
なかのきみ(中の君)	ね覚の—とかや	157	寝覚恋	273③
	中の秋の夜はのね覚の—に	133	琵琶曲	236⑥
	中の秋の夜半のねざめの—の	133	琵琶曲	両338⑥
なかのふゆのなかのさる(中の冬の中の申)	神祭る—	152	山王威徳	267⑪
なかのみね(中の峯)	—の叢	141	巨山修意	249⑨
なかば(半)	康保の秋の—	112	磯城島	202⑥

	面を—差隠して	116	袖情	209⑦
	—垂てや挑げん	113	遊仙歌	203⑫
	南呂—の天津空の	157	寝覚恋	273②
	梓弓弥生—の比かとよ	144	永福寺	255⑧
	勝又二月の—もすゑも	160	余波	両332⑥
なかばのつき(半の月)	—にたぐふ半月	133	琵琶曲	236④
なが・む(眺)	思もあへず—むれば	4	夏	44⑩
	ほととぎす鳴つる方を—むれば	5	郭公	45⑪
	むなしき空を—むれば	58	道	111②
	詠じつつ—め明石の浦伝	71	懐旧	132⑥
	跡なき庭を—めても	103	巨山景	186⑮
なが・む(詠)	柿の本のまうち君の—めし	165	硯	286⑨
	まだ夜深きにと—めしは	5	郭公	46⑧
	見ずもあらずと—めしは	115	車	208⑤
ながめ(詠)	行末もしらぬ—の末や	107	金谷思	191⑪
	冬の雨さびしき—のつれづれに	90	雨	161⑭
	秋の—のわりなきは	164	秋夕	285③
ながものみ(長物見)	八葉五緒—	115	車	両337⑧
ながらのはし(長良の橋)	—の橋柱	92	和歌	166⑧
ながらのやま(長良の山)	—を外に見て	32	海道上	76⑨
なからひ	凡好色優人の—	73	筆徳	136⑨
	危なる契の—かは	28	伊勢物語	71⑦
	見まくほしき—の隔となるは	158	屏風徳	274⑩
	紫の上なき—の睦しく	132	源氏紫明	234⑨
ながら・ふ(存、永、長)	二度命の—へて	22	袖志浦恋	63⑪
	命つれなく—へて	28	伊勢物語	71⑨
	つれなき命は—へて	106	忍恋	190⑪
	絶ぬ命の—へても	83	夢	152⑨
	—へにける伊勢の海の	21	竜田河恋	62⑨
	小夜の中山—へば	33	海道中	78⑬
なが・る(流)	竜華を待てや—るらむ	96	水	172④
	さながら雪にや—るらん	173	領巾振恋	298⑦
	浮て—るる蘆の根の	31	海路	75⑫
	—るる事をや得ざるらむ	7	月	48③
	下に—るる見馴河	56	善光寺	108⑬
	漢家の浪の外に—れ	113	遊仙歌	202⑬
	紅葉の色にや—れけん	150	紅葉興	262⑧
	下は名に—れたるや久方の	44	上下	94②
	—れてあはむたのみだに	18	吹風恋	60④
	ねにのみ—れて浮沈み	74	狭衣袖	137④
	水の—れて川島の	32	海道上	77⑦
	水の—れてたえじやとぞおもふ	117	旅別	210⑩
	—れて強く年やへにけん	73	筆徳	136⑥
	さそふ水も—れては	19	遅々春恋	61③
	—れてはやき月次の	22	袖志浦恋	64④
	—れてはやき年次は	160	余波	276⑬
	—れてはやき走井に	61	郢律講	118③
	水は—れて春の色	86	釈教	156⑧
ながれ(流)	朱娘性呂の水の—	121	管絃曲	217④
	玉の泉の清き—	124	五明徳	222⑤

	法水底清き石井の—	145	永福寺幷	256⑦
	春の水氷を漲る—あり	95	風	169⑧
	—今にとどまらず	164	秋夕	284⑤
	流泉の—清くして	133	琵琶曲	236③
	—たえせぬ池水の	15	花亭祝言	55⑧
	—絶せぬ芹河	76	鷹徳	140⑭
	—たえせぬ瑞籬の	94	納涼	169③
	いかなる酒の—ならむ	47	酒	97⑪
	ききのみわたりし—ならむ	54	熊野四	105⑦
	無熱池ひとつの—なり	109	滝山等覚	195⑥
	汲どもつきせぬ—なり	96	水	両329④
	浪しづかなる—なれば	55	熊野五	106⑧
	江南江北の—には	81	対揚	149⑧
	—にむかひて早き瀬に	122	文字誉	219④
	つららの下にむせぶ—の	82	遊宴	151③
	御手洗河の—の	137	鹿島社壇	243⑤
	湊のしほも—の	150	紅葉興	262⑩
	かかる—の清ければ	55	熊野五	107⑥
	かけまくもかしこき—のすゑ	12	嘉辰令月	53⑩
	巴の字を書たる—のすゑ	16	不老不死	56③
	—の末ははるばると	52	熊野二	103⑤
	—の末も濁なき	50	閑居釈教	100⑩
	濁ぬ泉の—は	44	上下	93⑦
	其名も賀茂のみたらしと同—は	62	三島詣	120⑭
	妙高湛々たる法水の—は	146	鹿山景	258④
	西河の御幸絶せぬ—は	150	紅葉興	262③
	—はかはらず在田河	53	熊野三	104⑥
	—はかはらぬ石清水	88	祝	159⑫
	代々を経ても—はたえぬ	96	水	異310③
	—は松の源をうけ	141	巨山修意	249⑨
	—久き瑞籬の	63	理世道	122⑮
	遇初河の—久しき瑞籬の	135	聖廟超過	241④
	後の白河の—久き瑞籬の	155	随身競馬	271①
	谷は又千秋の—久しく	128	得月宝池	226⑧
	寺号は又賢き法の泉—久く	147	竹園山	258⑭
	菊を洗し—まで	123	仙家道	220⑧
	氷になやめる—までも	133	琵琶曲	236⑪
	—も早く比企野が原	56	善光寺	108⑫
	—も久し大井河	33	海道中	78⑬
	御裳濯河の清き—をうけつぎ	142	鶴岡霊威	252⑤
	石清水の清き—を受伝る	172	石清水	296⑤
	石清水の—を受ぬ人はなし	76	鷹徳	両326⑦
	凡汾陽の—をくみ	110	滝山摩尼	196⑭
	四海の—を汲ても	96	水	171⑦
	尽せぬ—を汲馴て	151	日精徳	264④
	—を此砌にたたへしかば	108	宇都宮	192⑫
	—をたえず見るにも	114	蹴鞠興	206⑩
	絶ぬ—をとどめて	41	年中行事	89②
ながれ・く(流来)	形は簸の河上より—きて	112	磯城島	200⑫
	妹背の中を—くる芳野の河の川村	52	熊野二	103⑩

ながゐのうら(長井の浦)	年やへぬらん—の渚に朽ぬる捨舟	79	船	145⑬
	栄る春の日の—のまさご路の	12	嘉辰令月	53⑧
ながをか(長岡)	—信達も過ぬれば	52	熊野二	103⑨
	—水無瀬小野の里	28	伊勢物語	72⑩
なきあと(無き跡)	—までもむつましく	75	狭衣妻	139⑩
なぎさ(渚)	暫とて立寄かひも—なる	31	海路	76②
	鶴は—に遊て	139	補陀湖水	246④
	—に朽ぬる捨舟	79	船	145⑬
	—につづく和歌の浦の	53	熊野三	104②
	—に遠き水底の	87	浄土宗	158②
	伊勢の海のきよき—の	30	海辺	74④
	—のたづの夕こゑ	164	秋夕	284⑬
	—の松が根年を経て	33	海道中	78⑩
なぎさのゐん(渚の院)	浪よする—	51	熊野一	102⑤
	河浪よする—	94	納涼	169④
なきなしま(無名島)	沈みもはてば—	26	名所恋	69②
なきぬら・す(泣ぬらす)	—しけん御袖を	168	霜	290⑧
なぎのは(梛の葉)	恵もしげき—	53	熊野三	104⑬
なぎのまつばら(莫の松原)	日影のどけく—はるばると	57	善光寺次	109⑬
なきわか・る(鳴別)	鳥の声々—れ	96	水	172①
	—れては背河の	34	海道下	79⑥
なきわた・る(鳴渡)	葦辺の鶴も—る	53	熊野三	104③
	安部野の松に鶴—る磯伝ひ	51	熊野一	102⑫
な・く(鳴、泣)	千の白鳥を—かしめて	77	馬徳	142⑤
	ねにのみ—かれて浮沈み	74	狭衣袖	137④
	ねのみ—かれてとにかくに	18	吹風恋	60③
	或は魏徴を夢にみて子夜に—き	83	夢	152⑪
	うき水鳥の音に—きし	49	閑居	99⑤
	霊鷹来て—きしは	67	山寺	128⑨
	影をや友と—きつらむ	66	朋友	126⑪
	—きつる方をながむれば	5	郭公	45⑪
	花に—きては木伝鶯は	3	春野遊	43⑦
	—きてもいまだ夜や深き	171	司晨曲	295①
	金鶏—きてや別覧	171	司晨曲	294③
	月落烏—きぬれば	171	司晨曲	294⑫
	鶏已—きぬれば忠臣朝を待とかや	171	司晨曲	293⑭
	声は舞鳳の—きをなすも	169	声楽興	291⑩
	鮫室に亀—いて	130	江島景	230⑬
	おれ—ひては早苗とり	5	郭公	46④
	藻にすむ虫の音をぞ—く	24	袖余波	65⑭
	別鶴は夜の月に—く	121	管絃曲	217⑨
	花に—く鶯は詞の林にさえづり	112	磯城島	201①
	綴させと—く蛬	6	秋	47⑩
	菅の荒野に—くころや	5	郭公	46⑬
	籠の中に—く声ならん	170	声楽興下	292⑧
	枕の内に—く声の	171	司晨曲	295⑥
	妹が島記念の浦に—く鶴の	26	名所恋	68⑫
	はやかけんろと—くなれば	171	司晨曲	294⑭
	きぎす—く野の夕煙	3	春野遊	44②
	鶯来—く花の底	133	琵琶曲	236⑩

	—くはむかしや忍ばるる	5	郭公	45⑧
	—くは我身の類かと	5	郭公	46⑥
	我方にのみよると—く物を	28	伊勢物語	72⑥
	—くや五月のあやめ草	41	年中行事	89⑤
	郭公—くや五月の小五月会	152	山王威徳	267⑩
なくなく(鳴々)	もろき涙も—帰る路芝の	70	暁別	131⑥
	鳥の—言伝て	171	司晨曲	294⑧
	かからぬ山も—ぞ	20	恋路	62②
な・ぐ(投、抛)	誰かは珍財—げざらむ	60	双六	116⑫
	井中に—げし車の轄	115	車	207⑫
	—げても—げてもよしなしや	60	双六	116⑫
なぐさのはま(名草の浜)	流はかはらず在田河々より遠や—	53	熊野三	104⑦
	—のはま千鳥の	26	名所恋	68①
なぐさ・む(慰)	みてだにしばし—まむ	175	恋	異306③
	正に過分の巨益にや—みけん	129	全身駄都	228①
	かたりあはせて—む	157	寝覚恋	両329⑦
	憑めば—むあらまし	100	老後述懐	179⑬
	せめても—むすさみとや	134	聖廟霊瑞	239②
	花の別を—むは	150	紅葉興	262⑮
	—む程もかたらひて	24	袖余波	66⑩
	つれづれを—めたまひけるとかや	110	滝山摩尼	197⑪
なぐさめ(慰)	昔を忍ぶ—とや	73	筆徳	136⑧
なくね(鳴音)	—さえ行夜半の霜	168	霜	289⑭
	—さびしき夕まぐれ	40	夕	87⑭
	—空なる恋わびて	5	郭公	45⑫
	—も絶せざるらむ	1	春	42①
	—よいざさば我に駕らん	71	懐旧	132④
	冷敷—を聞も胸さはぎ	78	霊鼠誉	144⑤
	或は—を忍びわび	58	道	111⑫
なげ(無げ)	等閑の—の言の葉は	86	釈教	156⑦
	—の情もあだなれば	37	行余波	83③
なげき(嘆)	—こりつむ	127	恋朋哀傷	225⑩
	—は憑む陰もなく	38	無常	84⑦
なげきわ・ぶ	今日はなやきそと—び	28	伊勢物語	異306⑧
なげ・く(嘆、歎)	偽多しと—きしかひもなくして	27	楽府	70⑪
	及ばぬ枝と—きしぞ	74	狭衣袖	138⑧
	胡竹てふことかたからばと—きても	76	鷹徳	141⑪
	—く命はかひぞなき	69	名取河恋	130⑥
	雨となり雲とや成しと—く比の	118	雲	211②
	とにかくに何かは—く何か思ふ	50	閑居釈教	100④
	げに引とどめばやと—けども	36	留余波	82⑪
なげす・つ(投捨)	鉛刀の鈍を—て	97	十駅	174②
なこそ(勿来) ※関	—の関守は打ぬるよひも有なん	23	袖湊	65⑤
	争か春の越つらん—の関の東路	1	春	41⑪
なごやか(盈)	いづれの処か軽かに—ならざらん	113	遊仙歌	203⑬
なごり(名残、余波)	きぬぎぬの袖の—	24	袖余波	65⑪
	やどりもはてぬ夢の—	96	水	171⑭
	五夜の節会のけふの—	105	五節末	189⑩
	小野の小町は古き—	112	磯城島	201⑮
	水茎のたえぬ—	124	五明徳	221⑫

	さそひかねにし袖の—	170	声楽興下	292⑪
	遙に在世の—ある	160	余波	277⑥
	睦言—おほかるに	70	暁別	131①
	—多きは桜狩	114	蹴鞠興	207⑥
	又寝の夢の—かは	83	夢	152⑦
	是等も旧にし—かは	110	滝山摩尼	197⑫
	旅客の—数行の涙	56	善光寺	107⑫
	草枕かりそめと思ふ—だに	37	行余波	83⑦
	跡まで及ぶ—也	160	余波	278⑭
	さこそはおしき—なりけめ	133	琵琶曲	両338⑧
	又ねの夢の—なれば	39	朝	87②
	見はてぬ夢の—の	94	納涼	168⑬
	あかぬ—の暁に	118	雲	211③
	—のおし明け方の天の戸を	37	行余波	83②
	尽せぬ—の切なるは	19	遅々春恋	60⑪
	—の袖はしほるとも	3	春野遊	44④
	衣々の—の袂にも	89	薫物	160④
	雨の—の露払ひ	114	蹴鞠興	207②
	あかぬ—の鳥の音は	171	司晨曲	294⑨
	舜をしたひし—の涙なりけり	71	懐旧	131⑭
	雨の—の宵のまに	90	雨	162②
	—のわすられがたき中にも	168	霜	290⑧
	—のをし明けがたにぞ	105	五節末	189⑤
	ききてもあかぬ—は	5	郭公	46⑩
	旅衣立し都の—は	167	露曲	288⑥
	おくれ先立花の—は	160	余波	両332⑦
	—はいまだつきなくに	21	竜田河恋	63①
	明る夜の惜き—は衣々の	160	余波	277⑭
	在明の—はしゐて大江山に	51	熊野一	102④
	—は誰もかはらねば	35	羇旅	81⑦
	松菊主人の—まで	151	日精徳	264⑭
	あやにくに惜き—までも	107	金谷思	192②
	余香を拝せし—までも	134	聖廟霊瑞	239④
	何の—もなき物を	160	余波	279③
	—も身にしむ松風に	160	余波	278④
	—も惜き夕祓	4	夏	44⑭
	—も惜く身にそへて	75	狭衣妻	139⑧
	雲居を慕し—や	157	寝覚恋	273④
	げに忘られぬ—を	127	恋朋哀傷	225⑫
	—をしたひし長生殿	164	秋夕	285①
	秋の—をしたひてや	125	旅別秋情	224①
	—をしたふたもとよりや	6	秋	47⑩
	—をしたふ涙さへ	70	暁別	131③
	—をとむる関の戸を	125	旅別秋情	222⑬
	—をとむるゐなの渡	30	海辺	74②
	白河のせきとめがたき—をば	117	旅別	210⑧
	あだながらむすぶ契の—をも	56	善光寺	108⑨
なさけ(情)	春の—秋の興	107	金谷思	191②
	みな節をしれる—あり	45	心	95③
	旅の—ぞ忍びがたき	125	旅別秋情	223①

凡旅客の—旅人の思は 35 羇旅 81⑥
問ぬを—と思へども 10 雪 50⑧
薄媚と—なき狂鶏の 113 遊仙歌 204⑨
餞別は秋の—ならむ 125 旅別秋情 222⑩
さながら袖の—なり 116 袖情 209⑥
雪の朝踏分て問し—に 71 懐旧 132⑩
只仮そめの—に 85 法華 155⑦
人毎に移ふ—に誘引てや 143 善巧方便 253⑩
其睹の—には 113 遊仙歌 204②
渡らぬ君が—には 150 紅葉興 262⑨
うつろふ—の色しあらば 3 春野遊 43⑫
—の色もしられけれ 73 筆徳 136⑫
えならぬ—の言種に 74 狭衣袖 137⑩
露の—の言の葉も 127 恋朋哀傷 225⑪
節にふるる—の様々なる中にも 81 対揚 149⑬
わきて—の切なるは 159 琴曲 275⑤
忘ぬ—のつまなれや 28 伊勢物語 72⑪
深き—の友なれや 66 朋友 127①
—ばかりはかけよ鹿島の常陸帯の 26 名所恋 68⑩
—は品々におほけれど 157 寝覚恋 異314⑩
節にふるる—は舟の中浪の上 31 海路 75①
—はよしや蘆垣の 21 竜田河恋 62⑩
重陽の露の—久く留り 151 日精徳 264③
育みたてけん—までも 38 無常 84⑪
涙にあらそふ路芝の露の—も 107 金谷思 191⑤
なげの—もあだなれば 37 行余波 83③
露の—も今はさば 107 金谷思 191⑤
—もしらぬ狂鶏の 70 暁別 130⑭
哀も—も露の仮言もかからぬ身に 20 恋路 62②
—や哀催けん 160 余波 278③
むすびし露の—より 35 羇旅 81⑤
詞の花の色々に様々なる—を 116 袖情 209⑨
彼是由なき—を 126 暁思留 224⑬
—をかくることの葉 23 袖湊 65①
—をかくれば武蔵鐙 28 伊勢物語 71⑫
—をさまざまに顕す 112 磯城島 201③
鸚鵡盃の—を強てまし 82 遊宴 150⑩
大和歌の—を捨ざるあまり 71 懐旧 132⑬
—を捨ぬ名を留て 98 明王徳 177⑭
—を餞別の道に顕す 56 善光寺 107⑬
争か—をそへざらむ 132 源氏紫明 234⑫
いかなる—を残すらむ 116 袖情 209④
—をほどこす道ある御代の恵也 100 老後述懐 181①
かごとばかりの—をも 167 露曲 288⑬
みな—を催す媒たり 47 酒 96⑬
其—をやさだめけん 161 衣 280⑤

なし(梨)
梢もさびしくならぬ— 56 善光寺 108⑫
—の一枝を露もさながらや 82 遊宴 異302⑪

なしつぼ(梨壺)
五人を—にさだめをき 112 磯城島 201⑧
—の五人を昭陽舎にをかれて 92 和歌 165⑫

な

なしはら(梨原)	—の駅に駒とめん	102	南都幷	184⑭
なすの(那須野)	是や其と思—の仮枕	35	羇旅	82②
	其しるしを—の男鹿の贄も	108	宇都宮	194⑩
なずら・ふ(比)	みな是友に—ふ	66	朋友	127②
	新なる今に—ふれば	146	鹿山景	257⑧
	彼昇遷橋に—へて	34	海道下	79⑦
	或は竜鱗に—へて	149	蒙山謡	261③
なぞら・ふ(比)	心王心数に—ふる	143	善巧方便	253⑨
	笠のはたに—ふる狩杖も	76	鷹徳	140⑩
	大簇の月に—へて	169	声楽興	291⑦
	まつに齢を—へても	38	無常	84⑤
なたか・し(名高)	花の所の—きは	2	花	42⑦
	—き山は聞ゆなれ	42	山	91④
なちのおやま(那智の御山)	—は安名尊	55	熊野五	107④
	—はかたじけなく	109	滝山等覚	195③
なつ(夏)	時しも—とは知れぬに	34	海道下	79⑫
	首夏の—に移きて	74	狭衣袖	137④
	—に是を象り	114	蹴鞠興	205⑮
	雲晴ゆけば—の日の	32	海道上	77⑪
	—はつる扇に契を	124	五明徳	221⑭
	—は汀の蓮葉の涼しき風にや	89	薫物	160⑦
	春すぎ—ふかく	10	雪	50⑨
	今ははや—六月の御手作の	131	諏方効験	232⑬
	—行瀬々の河水楽	121	管絃曲	216⑭
なつのてん(夏の天)	千載は文治の—	92	和歌	166①
	弘仁七年の—	138	補陀落	245⑪
	—に誉あり	68	松竹	128⑬
な・づ(撫)	民を—づる袖しの杜も	135	聖廟超過	241⑤
	民を—づるはかりこと	63	理世道	121⑬
	文は民を—づるはかりこと	65	文武	125③
	養由絃を—でしかば	166	弓箭	287④
	—でてもつきせぬは	14	優曇華	両325⑤
なつか・し(懐)	みな其睦—し	47	酒	97⑥
	蘭麝の匂—し	81	対揚	149④
	翠黛紅顔—し	97	十駅	173⑨
	—しかりし様かとよ	113	遊仙歌	204⑥
	ゆかりの袖や—しき	74	狭衣袖	138①
	うつろふ匂ぞ—しき	89	薫物	160⑧
	さも—しき夕風	53	熊野三	104⑥
	第二は后妃の睦—しく	62	三島詣	120⑥
	近臣のむつび—しく	64	夙夜忠	124⑫
	無着世親のそのむつび—しく	66	朋友	127⑥
	雲の鬢—しく	93	長恨歌	167③
	京都の声も—しく	116	袖情	209⑦
	降る袖—しくしたはれて	74	狭衣袖	137⑫
	さも—しくや残けん	124	五明徳	221⑫
なづ・く(名付)	此字に巻を—くなり	44	上下	93⑫
	御座石とは—くなり	137	鹿島社壇	両340⑫
	異花の色は—けがたし	139	補陀湖水	246③
	国をば則神国とぞ—けける	152	山王威徳	266⑪

	仙家の美酒とも—けたり	47	酒	異314③
	大徹堂と—けつつ	103	巨山景	186⑨
	迷を凡と—けつつ	163	少林訣	282⑤
	屏風の横懸と—けて	158	屏風徳	274⑤
	亀首とも是を—けり	165	硯	286④
なつくさ(夏草)	—のしげき言の葉の	75	狭衣妻	139⑮
なつこだち(夏木立)	青葉に残る—	97	十駅	174⑤
なつごろも(夏衣)	いはぬにきたる—	4	夏	44⑧
	ただ一重なる—	94	納涼	168⑧
なづさ・ふ	誰と伴にか—はん	93	長恨歌	167⑮
	春の花に—ひては	99	君臣父子	178⑤
なづな(薺)	長安の—の青色	3	春野遊	43⑩
なつの(夏野)	—の草のしげき露	167	露曲	288③
	—の草の葉をしげみ	43	草	91⑩
	深き—を分行ば	91	隠徳	164⑩
なつびきの(夏引の)	—糸の貫川いかにせん	82	遊宴	151⑫
なづ・む(踠、宥、泥)	蹄を草村に—まざれ	131	諏方効験	232⑥
	馬疲人や—みけん	113	遊仙歌	203③
	征馬—みていばふこゑ	170	声楽興下	292⑭
	鶴雲千嶂の遠を—む事を	151	日精徳	264①
	氷に—む玉かと見えて	94	納涼	168⑦
	打渡す早瀬に駒や—むらん	56	善光寺	108⑬
なつむし(夏虫)	煖に焦るる—の	97	十駅	173⑤
	友よびまよふ—の	109	滝山等覚	196⑨
なつやま(夏山)	—の茂き時の鳥も	144	永福寺	255⑩
	—のしげき軒端に薫橘	53	熊野三	104⑤
なつやまのしげき(夏山繁樹)	—世継をうつす大鏡	143	善巧方便	253⑦
なでしこ(撫子、常夏)	記念にのこる—の	167	露曲	288⑪
	萩の花尾花葛花—の花	43	草	92⑥
など(何)	—あやなく袖をぬらすらむ	21	竜田河恋	62⑧
	—あやぶまず成にけむ	160	余波	277③
	—かくよそに成ぬらん	58	道	112①
	—強き色と知ながら	21	竜田河恋	62⑬
	おなじ雲居の—やらん	6	秋	47⑦
などか(何か)	厭ばやいとはば—いとはざらむ	160	余波	279④
	—善巧方便の道を教とせざる	143	善巧方便	253⑥
	渡て—とはざらん	26	名所恋	68①
	瑩かば—みがかざらむ	22	袖志浦恋	64⑩
などかは(何かは)	—五千の慢人は	85	法華	155⑥
	—悟ざるべき	162	新浄土	282②
	—つてのなかるべき	37	行余波	83⑪
	—結ばざるべき	127	恋朋哀傷	226⑤
	—もとづかざるべき	141	巨山修意	250③
なとりがは(名取川)	さもあやにくなる—	69	名取河恋	130⑨
	わたらぬさきの—に	26	名所恋	69②
なな(七)	不思議—の第一也	137	鹿島社壇	両341①
	—の聖も其むかし	109	滝山等覚	195⑨
	吾建杣の—の御注連を崇らる	155	随身競馬	270⑭
	—の社のゆふだすき	78	霊鼠誉	143⑫
ななくさ(七草)	かきかぞふれば—	43	草	92⑥

ななつのところ(七の所)	—を荘つつ	97	十駅	175⑬
ななのかしこきひと(七賢人)　＊しちけん	いにしへの—は皆	66	朋友	両339⑦
ななひやうし(七拍子)	和琴の手に—の透播	159	琴曲	275⑭
ななめ(斜め)	朱絃—に調たる	121	管絃曲	215⑫
	奇巌—に側て	153	背振山	268⑥
	—にたてるかとみゆ	81	対揚	150③
なに(何)	月みて後は—ならじ	163	少林訣	282⑩
	劫石の業も—ならじ	173	領巾振恋	299⑧
	鉄城のとざしも—ならず	120	二闡提	213⑫
	強堅の類も—ならず	166	弓箭	287③
	其名をば—にか残べき	92	和歌	166⑩
	—にまがへてしのばまし	167	露曲	288⑫
	—をか差別と分ていはん	163	少林訣	282⑦
	—をか玉の緒にはせむ	18	吹風恋	60⑦
	あぢきなく—を待にか	107	金谷思	191⑬
なにか(何か)	何かは歎—思ふ	50	閑居釈教	100④
	履手恋ては—せん	5	郭公	46③
	これも思へば—せん	22	袖志浦恋	64⑧
	蓬が島も—せん	80	寄山祝	146⑥
	功臣の忠も—せん	85	法華	155⑤
	あくがれ出ても—せん	89	薫物	160③
	—其逢みる夢を憑みけん	70	暁別	130⑬
なにかは(何かは)	—覚て実あらん	119	曹源宗	212⑦
	—忍ぶ思には	18	吹風恋	59⑪
	—露のたのみあらん	38	無常	84⑭
	—歎何か思ふ	50	閑居釈教	100④
なにごと(何事)	やらこは—の様ぞとよ	58	道	112①
なにしに(何しに)	—手にならしけむ	78	霊鼠誉	144④
	—楢柴の馴も初けんと	117	旅別	210⑥
なにぞ(何ぞ)	白玉か—と問し袖の露	167	露曲	288⑪
	白玉か—ととひし人もみな	28	伊勢物語	71⑦
	—は露のあだ物よ	69	名取河恋	129⑫
なぞ	おもふ心よ—もかく	18	吹風恋	59⑧
	分けても—やわづらはしく	58	道	110⑬
なんぞ(何ぞ)	—徒に頭然に手を垂んや	147	竹園山	258⑫
	—必ずしも人の勧をまたんや	47	酒	97⑤
	—必ずしもひとりを用るは	63	理世道	122④
	—狂言遊宴の戯れ	143	善巧方便	252⑬
	—至道に機を撰ばん	141	巨山修意	250①
	—しも我等が思もしらでのみすぐす	86	釈教	156①
	—測事をえむ	143	善巧方便	254⑧
	—褒美の詞も及ばん	144	永福寺	255①
	—外に疑はん	146	鹿山景	257⑩
	—外にもとめん	129	全身駄都	228⑦
	人として—礼なからんや	78	霊鼠誉	異313⑩
なにと(何と)	人をも身をも—かこつ覧	115	車	両337②
	—かやあないひしらずや	86	釈教	156⑦
	—かや葱にはあらぬ草の名よ	43	草	92⑨
なにの(何の)	—名残もなき物を	160	余波	279②
なには(難波)	—の葦のうきふしに	24	袖余波	66③

	—のあしの霜枯	168	霜	289⑭
	—もちかくなりぬらん	51	熊野一	102⑥
	いへば—も法の舟	160	余波	279⑤
なにはいりえ(難波入江)	—のいさり火の	107	金谷思	191⑫
	—の浦かぜに	30	海辺	74②
なにはがた(難波潟)	広沢住の江—	7	月	48⑦
	浪は高津の—に	48	遠玄	98⑥
なにはづ(難波津)	—に開やこの花冬ごもり	111	梅花	199⑪
	心を—の浪によす	112	磯城島	200⑫
	—のよしあしを分る故に	92	和歌	166③
なにはのうら(難波の浦)	—に蘆を苅	19	遅々春恋	61④
なにはのみこと(難波の尊)	—は冬籠	172	石清水	296⑦
なのりそ(名乗そ、名告藻)	海士の—苅ほす汀の	31	海路	75⑬
なの・る(名乗、名謁)	音も絶せず—りけん	99	君臣父子	178⑪
	待れてぞ—る郭公	58	道	110⑬
	一声—る郭公	118	雲	211①
	明がたかけてや—るらん	5	郭公	46①
なは(縄)	糺れる—とけやすく	58	道	111⑧
	あざなはれる—の一筋に	60	双六	115②
	—を結びし政に	122	文字誉	218②
	—を結びや木を刻みしまつりごと	95	風	169⑪
なはしろみづ(苗代水)	—の引々に	90	雨	161⑧
	—をやまかすらむ	33	海道中	78⑤
なびか・す(靡)	風の如くに—して	34	海道下	80⑬
	成実の楯を—してや	97	十駅	175①
	余経も幡を—してん	85	法華	155④
なびきそ・む(靡初)	—めにしひとかたに	69	名取河恋	130①
なび・く(靡、聳)	—かぬ草木もあらじかし	95	風	171④
	—かぬ草木やなかりけん	59	十六	113⑦
	終には—かぬ物なれば	160	余波	278⑩
	そよや千種百種風に—き	125	旅別秋情	223⑧
	祈る手向に—きつつ	130	江島景	231⑤
	袖の—きもしみふかく	114	蹴鞠興	206⑫
	さればや風に—く	93	長恨歌	167③
	身にしむ秋の風に—く	131	諏方効験	232⑭
	汀に—く池の面	1	春	42②
	手向に—く神事	96	水	172⑬
	かげ—く月の都より	64	夙夜忠	124②
	碧羅の天に—くなり	3	春野遊	43⑬
	—くは神のゆふしで	33	海道中	79①
	影—く右に加りしより	134	聖廟霊瑞	238⑩
	神の意や—くらむ	17	神祇	58③
	煙や空に—くらむ	99	君臣父子	178⑧
	異浦風にや—くらん	20	恋路	62⑥
	其勢にや—くらん	88	祝	159⑧
	皆其羽化にや—くらん	166	弓箭	287③
	さこそは君に—くらめ	142	鶴岡霊威	252⑨
な・ぶ(並)	樫の井冬戸駒—べて	52	熊野二	103⑧
	駒—べて先さきだつは涙にて	36	留余波	82⑪
	駒—べてむかふ嵐の	125	旅別秋情	222⑪

	駒―べてわたる堰の杭瀬河	32	海道上	77⑥
なふえ(衲衣)	―のたもとに移る月の	102	南都幷	185④
	―の袂を浸す露の	50	閑居釈教	100②
	―の袂を連たる	103	巨山景	187①
なふじゆ(納受)	―に収るのみならず	135	聖廟超過	240③
	―の首を垂たまふ	102	南都幷	185⑩
	降臨聖衆の―も	148	竹園如法	260⑨
	哀愍―を垂給ひ	176	廻向	異315⑩
	世尊―をたれ給ふ	97	十駅	175⑧
なふりやう(納涼)→だふりやうヲミヨ				
なべ(鍋)	筑間の―の数やれ	46	顕物	96⑥
なべて	うつる匂も―ならず	114	蹴鞠興	207③
	―にはあらぬ御あたりに	29	源氏	73⑧
	目ならぶ梢も―みな	148	竹園如法	260⑥
なほざり(等閑)	―ならぬ興をあまし	149	蒙山謡	261⑨
	秘所名窟を―に	110	滝山摩尼	197⑥
	ただ―に手折花	85	法華	154⑨
	只―に手折花	85	法華	両331⑧
	ただ―のすさみに	87	浄土宗	158⑫
	―の其言種にいひ置し	127	恋朋哀傷	225⑪
	ただ―のつてもがな	19	遅々春恋	61①
	―のなげの言の葉は	86	釈教	156⑥
なほ・し(直)	同く心を―からしむ	45	心	95②
	諸共に心を―からしむる	127	恋朋哀傷	225③
	内には―きをあはれむ	135	聖廟超過	240⑫
	―きを賞ずる事態	88	祝	159⑥
	―きを賞ずる栄にて	34	海道下	80⑨
	其政理まさに―ければ	98	明王徳	177④
	法令元より―ければ	143	善巧方便	253⑤
なほしすがた(直衣姿)	其夜は―にて	104	五節本	188④
なまめきた・つ	―てる女郎花	8	秋興	49⑤
なみ(波、浪、濤)	流水帰らぬ老の―	38	無常	84④
	魏年のむかしの―	41	年中行事	89②
	漫々たる雲の―	118	雲	211⑤
	子を思ふ道の老の―	160	余波	278⑫
	海又―おさまる	45	心	95⑪
	―治まれる時や知き	31	海路	75⑪
	―おさまれる時をしる	12	嘉辰令月	53⑦
	―おさまれるふなよせの	62	三島詣	121①
	雲の―煙の―をしのぎて	30	海辺	73⑭
	雲の―煙の―を凌て	51	熊野一	102①
	―越岩の島津鳥	31	海路	75⑫
	末の松山―こすかと	10	雪	50⑦
	末葉に―こすみだれ蘆の	30	海辺	74②
	関の藤河―こせど	32	海道上	77④
	瀬々の岩根に―こゆる	94	納涼	169⑤
	―しづかなるながれなれば	55	熊野五	106⑧
	四海―しづかにして	11	祝言	52⑦
	天のはら雲の―立	118	雲	両338⑫
	雪と―とはいとはしく	92	和歌	166⑦

な

あやめも見えぬ夜の—に	5	郭公	46⑦
浦山敷も帰るか—に	37	行余波	83⑤
越ては帰らぬ老の—に	100	老後述懐	180⑥
然ば岩越—に	159	琴曲	276⑥
潯陽の—にうかびし曲	31	海路	75⑩
夕日—に浮びて	51	熊野一	102⑨
蘋蘩の緑—に浮	17	神祇	57⑤
白鷺池の—にうかぶなり	97	十駅	175⑦
刹土を補陀落の—にうかべ	120	二闡提	213④
—にうかべる水の字は	96	水	両329④
寄来る—に隠るは	91	隠徳	164⑦
心を幾夜の—に砕かむ	32	海道上	76⑤
功徳池の—に和すなるは	170	声楽興下	293⑥
功徳池の—に異ならず	128	得月宝池	226⑨
功徳池の—に異ならず	146	鹿山景	258④
功徳池の—に声をあはせ	121	管絃曲	217⑪
—に棹さす人もあり	136	鹿島霊験	242⑥
—に沈める玉柏	53	熊野三	104④
瑶地の—に涼きは	140	巨山竜峯	248⑭
網代木のうき瀬の—に捨し身の	73	筆徳	136⑤
さればや円々海徳の—にすむ	122	文字誉	218⑨
よせくる—に袖ぬれて	34	海道下	80⑤
幾度—にそぼつらむ	127	恋朋哀傷	225⑪
たゆたふ—にたてるしら雲	86	釈教	157①
鷗は—に戯る	139	補陀湖水	246④
聞を外朝の—にながしけん	134	聖廟霊瑞	238⑥
汀の—に並寄て	144	永福寺	255⑦
然ば岩越—に柱の名を流も	159	琴曲	両336①
—にひたすらしほなれ衣	134	聖廟霊瑞	239③
浮てや—に廻らむ	115	車	208⑨
功徳池の—にやかほるらむ	89	薫物	161①
河瀬の—にやそぼちけん	49	閑居	99⑥
紅桃の—にや立まさらん	82	遊宴	異302⑦
心を難波津の—によす	112	磯城島	200⑫
三津の浜松の下枝をあらふ—の	7	月	48④
うしとは誰を岩打—の	22	袖志浦恋	64③
むかしにかへる—の	112	磯城島	202⑩
立つる—の跡ぞなき	163	少林訣	283④
たぎりて落る—の荒河行過て	56	善光寺	108⑬
舟の中—の上	31	海路	75②
心づくしの—の上	79	船	145⑬
巴の字を造る—の上	122	文字誉	219③
—の上に幽なる	48	遠玄	98②
吹るの浦の—の音	52	熊野二	103⑥
泉に—の音すみて	82	遊宴	151④
なるとの—の音にたてて	23	袖湊	64⑫
聞ば青海の—の音は	31	海路	75⑧
あだにや—のこえつらむ	89	薫物	160⑬
いかでか—の越つらん	26	名所恋	68⑪
入江の—の下草	44	上下	94⑥

—の白木綿かくとみえて 131 諏方効験 232⑨
—の白木綿かくる瑞籬 51 熊野一 102⑬
—の白木綿掛まくも 130 江島景 231④
—の白木綿神かけて 95 風 170⑨
磯べの—の立帰り 34 海道下 79⑨
青海の—の起居につけて 121 管絃曲 216⑪
—の立居に古郷の 71 懐旧 132⑥
—の立居に忘れねば 132 源氏紫明 235④
たちそふ—の玉島や 173 領巾振恋 298⑥
岩こす—の玉とちる 54 熊野四 105⑨
—のぬれ衣はづかしの 26 名所恋 69③
今は春なる—の初花 111 梅花 199⑫
此等は雲煙の—の外 60 双六 115③
異朝の—の外とかや 78 霊鼠誉 144⑦
—の外に促し 147 竹園山 259④
漢家の—の外にながれ 113 遊仙歌 202⑬
百島や千島の—の外までも 30 海辺 異305③
四徳波羅蜜の—の辺 84 無常 153⑭
画鷁は—の前に開く 31 海路 75①
玄圃も—のよそなれば 82 遊宴 異302⑨
金の—のよるの露や 110 滝山摩尼 197⑮
汀の—のよるは涼しき 94 納涼 168⑫
—は高津の難波がたに 48 遠玄 98⑥
肩瀬の—はゆく河の 37 行余波 83⑥
浮津の—はわたづ海の 75 狭衣妻 139⑦
立よる老の—までも 28 伊勢物語 71⑪
下行水も上こす—も 44 上下 94④
—もしづかに漕舟は 30 海辺 両333⑧
さかまく—も立かへり 44 上下 93⑥
—も立来て帰るは 150 紅葉興 262⑩
漕舟の—ものどかにめぐり行 95 風 両332③
風にしたがふ—もみな 97 十駅 175②
乱てしほぜの—やかけん 31 海路 75⑫
汀の—や凍らん 95 風 170⑮
—能船を浮ぶれば 63 理世道 121⑧
岩打越—よする浦路に 53 熊野三 104⑫
—よする渚の院 51 熊野一 102⑤
—よせかへるあたりや 166 弓箭 287⑪
—よりしらむ篠の目 31 海路 76①
東吹風に—よるは 95 風 170⑩
きしべに—よる藤枝を 33 海道中 78⑭
三滝—を重る 55 熊野五 107⑤
落梅は—をかさぬる白玉 111 梅花 両330①
いくへの—をかわけすぎん 75 狭衣妻 139⑥
海水の—を汲上て 159 琴曲 両335⑩
渡唐の—をしのぎしも 154 背振山幷 269⑤
鹿島の—を凌て 101 南都霊地 182⑪
—を凌て幽々たり 48 遠玄 97⑬
異朝のいにしへは—を凌て伝きき 63 理世道 122⑭
海は—を凌ても 125 旅別秋情 223①

	外朝の—を凌ても	141	巨山修意	249⑪
	不返の—をたたへ	62	三島詣	119①
	池に酒の—を堪へ	97	十駅	173⑩
	竜神上て岩越—をたたへつつ	159	琴曲	両335⑪
	功徳池の—をたたへては	62	三島詣	119⑬
	滑浜の—を畳まで	13	宇礼志喜	54③
	十万里の—を浸し	113	遊仙歌	203①
	海は漫々として—を浸す	53	熊野三	104①
	—をへだつる千里の外	17	神祇	57⑥
	—を隔て百万里	42	山	90④
	煩悩の—をや分すぎん	55	熊野五	106⑭
なみだ(涙)	旅客の名残数行の—	56	善光寺	107⑫
	王昭君が数行の—	121	管絃曲	217④
	孟嘗君が袖の—	164	秋夕	284⑦
	—諍ゆふぐれに	164	秋夕	284⑭
	夕はもろき—かな	40	夕	88⑪
	散しままなる—さへ	69	名取河恋	130⑦
	余波をしたふ—さへ	70	暁別	131④
	露とやいはむ—とやいはん	39	朝	87①
	舜をしたひし余波の—なりけり	71	懐旧	131⑭
	—にあらそふ路芝の	107	金谷思	191⑤
	片敷袖の—に浮ぶ面かげよ	157	寝覚恋	272⑬
	—にけてども消もせず	69	名取河恋	129⑭
	人しれぬ—に袖は	26	名所恋	68⑥
	—に袖はひたすらに	116	袖情	209⑧
	—にそへてかへるさの	106	忍恋	190⑩
	—にそめし色ながら	69	名取河恋	130②
	駒なべて先さきだつは—にて	36	留余波	82⑪
	片敷—に床なれて	134	聖廟霊瑞	239⑦
	空飛雁の—にや	167	露曲	289①
	そよや狭衣の袖の—の	74	狭衣袖	137②
	みだれておつる—の	175	恋	異306①
	老の—の雨とのみ	84	無常	153⑩
	—の雨の古郷へ	37	行余波	83④
	—の色ぞおぼつかなと	25	源氏恋	67⑥
	袖に—の色染て	5	郭公	46⑥
	咽ぶ—の中に別にし	18	吹風恋	60②
	落る—のしがらみは	56	善光寺	108⑪
	雨とや—の時雨けん	38	無常	84⑧
	おなじ—のたぐひならん	125	旅別秋情	223④
	—のたねとやなりぬらん	173	領巾振恋	298⑭
	袖の—の玉鬘	126	暁思留	224④
	—の露は玉盤に	133	琵琶曲	236⑩
	—の床のうき枕	18	吹風恋	60⑥
	恋ん—のとや書付て	165	硯	286⑦
	ひとりねの—のひまの常言に	115	車	両337②
	老の—のふりにし昔ぞ恋しき	71	懐旧	131⑨
	袖は—のやどりならむ	116	袖情	210②
	—は顕れけりやな	46	顕物	96⑦
	—は袖のゆかりならむ	116	袖情	210②

な

	落る―は百千行	134	聖廟霊瑞	238⑤
	虫の音ももろき―も	122	文字誉	219⑧
	―も露にまがひしは	99	君臣父子	178⑨
	―も共にあらそひて	54	熊野四	105⑨
	―もともに掻ながす	160	余波	278④
	もろき―もなくなく帰る路芝の	70	暁別	131⑥
	露も―もはらひあへぬ	125	旅別秋情	223⑮
	―も我を捨るやらむ	58	道	111⑬
	―や晴まもなかりけん	73	筆徳	136⑨
	―ゆるさむ袖もあり	58	道	111⑫
	思みだるる―より	28	伊勢物語	71⑧
	せきとめがたき―を	44	上下	93⑮
	耐ぬ―を抑ても	19	遅々春恋	60⑨
	袖の―をかこちても	24	袖余波	66①
	凍―を片敷て	126	暁思留	224⑪
	―をさそふ袖の露	161	衣	280⑧
	哀猿の声や―をさそふらん	163	少林訣	283⑥
	衣々の―を柘の小枕	171	司晨曲	294⑫
	禽獣―をながすらむ	97	十駅	173⑥
	雲を隔て―を払ひ	127	恋朋哀傷	225⑬
	懐旧の―を浸す	141	巨山修意	249⑪
	―を催す便なり	49	閑居	99⑩
	挑尽て懐旧の―を催すは	49	閑居	98⑪
	さめざめと老の―を催すは	50	閑居釈教	100⑧
	―を漏す恋衣	161	衣	280⑥
	明月―をや瑩らん	79	船	146①
なみだがは(涙河)	つつむとすれど―	22	袖志浦恋	64④
	堰もとどめぬ―	134	聖廟霊瑞	238⑭
なみた・つ(並立)	上達部の―ちて	44	上下	93④
	汀に―つ人給の	115	車	異312②
	浦の干潟に―てる	53	熊野三	104③
	風に乱て―てる	114	蹴鞠興	206⑫
	―てる安部野の松に	51	熊野一	102⑪
	―てる袖もうちみだるる	59	十六	113⑤
なみだのたき(涙の滝)	水あり是―	173	領巾振恋	298④
なみぢ(浪路)	―の如く浮る世に	58	道	111⑨
	―のさはりを凌て	85	法華	155①
	西戎は―の末の	88	祝	159⑦
	さても諏磨の―の八合に	115	車	異311⑫
	西に―を凌ても	11	祝言	53③
なみま(浪間、波間)	―なき比の哀をば	132	源氏紫明	235⑤
	―にうかぶ白妙の	7	月	48⑤
	―にしづむ思のはて	107	金谷思	191⑫
	かなたこなたの―わけ	130	江島景	231①
なみまくら(浪枕)	旅泊のよるの―	173	領巾振恋	299③
なみよ・る(並寄)	汀の浪に―りて	144	永福寺	255⑦
な・む(嘗)	其薬を―むる人はみな	86	釈教	156⑤
	淮南王の薬を―め	171	司晨曲	295②
	淮王の薬を―めしいにしへ	118	雲	210⑫
なむ(南無)	―再拝三所和光	108	宇都宮	192⑤

	—当来導師と	157	寝覚恋	異314⑩
	—日本第一大霊験熊野参詣	51	熊野一	103①
	—日本第一大霊験熊野参詣	52	熊野二	103⑭
	—日本第一大霊験熊野参詣	53	熊野三	104⑭
	—日本第一大霊験熊野参詣	54	熊野四	105⑫
	—飛滝権現千手千眼日本第一大霊験	55	熊野五	107⑩
	—摩多羅天童飛竜薩埵	110	滝山摩尼	異311①
	—霊山界会	85	法華	154⑬
なむや〔なもや〕(南無哉)	—諸神三宝	176	廻向	異315⑩
	—千手千眼観世音	110	滝山摩尼	異310⑫
	—梵釈四禅	176	廻向	異315⑩
なむぶつ（南無仏）	つゐに—の詔	129	全身駄都	228⑤
なめし・る(嘗知)	ただちに是を—りなば	149	蒙山謡	261⑬
なめらか(滑、濃)	花のもとに—なるのみならず	82	遊宴	151②
	冷泉砂—に	94	納涼	168⑦
	渓谷の砂も—に	140	巨山竜峯	248②
なや・む	女の—めるところ有しも	112	磯城島	201⑮
	氷に—める流までも	133	琵琶曲	236⑪
なよびか	汗衫の袖も—に	72	内外	135⑤
	五葉の枝に—に	89	薫物	160⑩
なら(奈良)	さても—のいにしへに	112	磯城島	201⑥
ならく(奈落)	—のかなへを摧破し	120	二闡提	213⑫
ならしば(楢柴)	椎柴椽柴—に	57	善光寺次	109⑦
	なれよ何しに—の	117	旅別	210⑥
なら・す(鳴)	風も枝を—さず	2	花	43④
	枝を—さずのどかなるや	16	不老不死	56⑥
	幣鐸を—して	172	石清水	296⑫
	—す扇の風をも	94	納涼	168⑦
	—す扇はこれやこの	124	五明徳	221⑬
	奏すれば扇を—す雲の上	124	五明徳	異312⑩
	或は文魮の磬を—すも	130	江島景	230⑫
	竹風葉を—すや	95	風	170⑦
なら・す(馴)	手にも—さぬ梓弓	134	聖廟霊瑞	238①
	何しに手に—しけむ	78	霊鼠誉	144⑤
ならだじゆげ(那羅陀樹下)	娑羅林双林—とかや	94	納涼	169①
ならのは(楢の葉)	忝も—の	28	伊勢物語	71⑥
	時雨降をける—の	92	和歌	165⑨
	あはれむかしべ—の	98	明王徳	177⑮
	神の誓は—の	102	南都幷	184⑧
ならのはがしは(楢の葉柏)	—打そよぎ	95	風	170⑭
	—片枝色染る夕時雨の	159	琴曲	275⑬
	—はらはらと	32	海道上	77③
ならのみやこ(奈良の都)	—の八重桜	2	花	42⑧
ならはし(習)	うき—のことの葉は	21	竜田河恋	63③
ならひ(習)	理なる—かな	76	鷹徳	140⑧
	名をば埋まぬ—かは	173	領巾振恋	299①
	恋路はいかなる—ぞ	20	恋路	61⑬
	治まれる国の—とて	134	聖廟霊瑞	239②
	くるしき—なりければ	20	恋路	62⑤
	みしは化なる—にて	134	聖廟霊瑞	238⑫

	恋にはまよふ—の	24	袖余波	65⑭
	恋路に迷ふ—の	157	寝覚恋	272⑩
	己が—のし態なれば	78	霊鼠誉	144⑪
	数ならでさすが世にふる—は	90	雨	162⑤
	軒端に栽る—は	114	蹴鞠興	205⑭
	憑むかひなき世の—は	127	恋朋哀傷	225⑧
	負る—も有蘇の海のかたし貝	18	吹風恋	59⑪
	—を誰かは憑まん	23	袖湊	64⑭
	霜夜にひびく—をも	168	霜	290②
ならびす・む(並栖)	梁の燕は—めども	27	楽府	71②
ならびな・し(双なし)	—き朝ぼらけをみる心地す	29	源氏	73⑥
	仏像又—く	101	南都霊地	183④
	外朝にも—し	59	十六	114④
	叡覧其儀外に—し	155	随身競馬	271②
ならびに(並)	妙見—摩訶羅天	138	補陀落	245⑤
ならびのをか(双の岡)	うらやましきは—	26	名所恋	68④
なら・ふ(馴)	身には—はぬ恨と	126	暁思留	224⑥
なら・ぶ(並、双)	雲師のつかさにや—びけん	149	蒙山謡	261②
	明けき左文の道に—ぶ	155	随身競馬	270③
	玉体ひかりを—ぶとか	17	神祇	57⑭
	日月と光を—ぶなり	119	曹源宗	212⑮
	弓矢に—ぶ物はなし	166	弓箭	287①
	面を—ぶる珊瑚の甃やな	15	花亭祝言	55⑥
	甍を—ぶる玉籬には	135	聖廟超過	240⑩
	七社甍を—ぶれど	120	二闡提	213⑬
	前には玉の轡を—べ	72	内外	135④
	ねがひを三の山を—べ	109	滝山等覚	194⑬
	摩訶調御の伽藍甍を—べ	147	竹園山	259⑪
	潤屋軒を—べき	151	日精徳	264⑤
	聞も尊は二仏座を—べし	81	対揚	149⑦
	いらかを—べたりやな	15	花亭祝言	55②
	精舎甍を—べたる	146	鹿山景	257⑫
	三尊光を—べつつ	57	善光寺次	110⑥
	ともに甍を—べつつ	101	南都霊地	182⑩
	禅侶軒を—べつつ	108	宇都宮	193⑬
	闡提の二尊聖容を—べつつ	120	二闡提	214③
	理智光を—べつつ	145	永福寺弁	256⑮
	聖容を—べつつ	120	二闡提	両339③
	伽藍甍を—べて	51	熊野一	102⑩
	社壇軒を—べて	55	熊野五	106⑧
	しかれば社壇甍を—べて	62	三島詣	119⑪
	坊舎窓を—べて	67	山寺	128⑧
	烏瑟を—べて	128	得月宝池	227⑤
	或は香騎轡を—べて	145	永福寺弁	256⑥
	三十石を—べては	60	双六	114⑫
	文武の翅を—べては	143	善巧方便	253④
	歓喜の台を—べても	82	遊宴	150⑦
	轡を—べ轅を廻しては	88	祝	159⑨
	—べる禁野の帰るさに	76	鷹徳	141①
	同く—べる轡は	156	随身諸芸	271⑬

	或は—べる眼に鏡を夾み	77	馬徳	異311⑧
	—べる態や稀なりけむ	159	琴曲	276⑧
	—べる鴛鴦の瓦	140	巨山竜峯	248⑦
	敷妙の枕—べんとおもへども	56	善光寺	108⑩
ならやま(奈良山)	佐保山—柞原	102	南都幷	184⑩
	はたちばかりに—や	173	領巾振恋	299⑥
な・る(馴)	まやの余も—れじとや	90	雨	162④
	片敷涙に床—れて	134	聖廟霊瑞	239⑦
	唐衣きつつ—れにし来つつ—れにし	33	海道中	78②
	唐ころもきつつ—れにしと	56	善光寺	108②
	打板にも—れぬ小男鹿	164	秋夕	285③
	—れも初けんと	117	旅別	210⑥
	—れよと思ふ面影の	58	道	111⑮
なれな・る(馴々)	—れて中々くやしき契さへ	37	行余波	83③
な・る(生)	梢もさびしく—らぬ梨	56	善光寺	108⑫
	天先—りて地后に定り	152	山王威徳	266⑨
	三千年に—るてふ菓の	123	仙家道	220⑦
	風北林に—る花を帯て	95	風	170⑥
	花さき子—る恵と思ば	131	諏方効験	233③
	—るも—らずも名にしほふ麻生の	82	遊宴	異302⑩
	風の竹に—る夜の	68	松竹	129③
な・る(鳴)	能—る和琴の秘曲の	82	遊宴	151④
なるかみ(鳴神)	雲井のよそに—の	99	君臣父子	178⑩
	踏轟し—の	134	聖廟霊瑞	239⑩
なるこ(鳴子)	稲葉の—引替て	6	秋	47①
なるさは(鳴沢)	富士の明神に—の	62	三島詣	120⑬
	其—の心地して	34	海道下	79⑪
なると(鳴渡)	—の浪の音にたてて	23	袖湊	64⑫
	—の若めみる房玉もかい	30	海辺	74⑨
なるみがた(鳴海潟)	恵にひたすら—	32	海道上	77⑪
なるみのうら(鳴海の浦)	いかに—みても	21	竜田河恋	63⑦
なれ(己、汝)	—がしわざもとりどりに	31	海路	75⑭
	—も恨てねをたつるや	125	旅別秋情	223④
	昔べや—も恋敷郭公	71	懐旧	132④
	—も契やむすぶの杜	32	海道上	77⑦
	—よ何しに手にならしけむ	78	霊鼠誉	144④
	—よ何しに楢柴の	117	旅別	210⑥
なれ・く(馴来)	露に—きていく秋か	161	衣	280⑨
	—きて後のくやしさを	36	留余波	82⑩
	—こし跡をしたふ思	107	金谷思	191④
	ひたすら—こしいにしへを	127	恋朋哀傷	225⑭
	—こし岡べの里もはや	132	源氏紫明	235⑨
	—こし都を帰りみて	32	海道上	76⑦
なれこまひ(馴子舞)	王子々々の—法施の声ぞ尊き	51	熊野一	102⑭
	王子々々の—法施の声ぞ尊き	52	熊野二	103⑬
	王子々々の—法施の声ぞ尊き	53	熊野三	104⑬
	王子々々の—法施の声ぞ尊き	54	熊野四	105⑪
なれゆ・く(馴行)	—くままの哀に	75	狭衣妻	138⑬
なんかい(南海)	—の北に影をうかべ	109	滝山等覚	194⑫
なんがく(南岳)	誠に—山明て	97	十駅	175⑨

なんぎやう(難行)	釈尊—のいにしへ	96	水	172⑤
なんぎやうくぎやう(難行苦行)	—四弘誓願	143	善巧方便	253①
	—積功累徳の行人は	154	背振山幷	269⑥
なんけなんど(難化難度)	本願の—の誓ならむ	57	善光寺次	110⑨
	本願の—の誓を	57	善光寺次	異313③
なんざん(南山)	—弘法の鎮壇	101	南都霊地	183⑦
	—五筆の水茎の跡	138	補陀落	244⑬
	—の雲に跡を垂て	51	熊野一	101⑩
なんし(南枝)	—の初花先開け	111	梅花	199⑧
	—花始て開く	134	聖廟霊瑞	238③
	—北枝の梅の花	104	五節本	188⑪
なんせん(南泉)	只—を思はしむ	119	曹源宗	212②
なんせんぶしう(南瞻浮州)	—の東海	171	司晨曲	293⑩
	東勝—をしめ	16	不老不死	56⑫
なんだ(難陀)	折々—のばくれきせる	139	補陀湖水	246⑥
なんぢ(汝)　＊な	—が好長ずる道を感じて	60	双六	115⑨
なんてい(南庭)	方角区々なれども—を用は	114	蹴鞠興	205⑪
なんてん(南天)	—の鉄塔を始て開し教法	91	隠徳	165②
なんと(南都)	—鎮護の加被也	102	南都幷	185⑪
なんばう(南方)	—無垢の成道も	85	法華	155②
なんめん(南面)	聖人—にして	114	蹴鞠興	205⑫
なんもん(南門)	霊山浄土の—と掘出せる額あり	139	補陀湖水	246⑭
なんやうけん(南陽県)	—の花の色	82	遊宴	151⑦
なんりよ(南呂)	—半の天津空の	157	寝覚恋	273②
	時は—無射かとよ	60	双六	115⑥
なんろう(南楼)	—にかたぶくかげまでも	172	石清水	297⑪
	—の秋の夜もすがら	47	酒	97①
	—の秋の終夜	107	金谷思	191①
	—の月の下には	125	旅別秋情	223⑩
なんゑんだう(南円堂)	—の尊像は	101	南都霊地	183⑦

に

にうわ(柔和)	内には—の室ふかく	72	内外	135①
にかい(二階)	—の閣を重るや	140	巨山竜峯	248⑨
にき(二季)	—の祭礼も新なり	108	宇都宮	194④
	—の彼岸を始をく	138	補陀落	244⑥
にき(二基)	—の宝塔の荘厳も	102	南都幷	185⑧
にぎ(二儀)　＊じぎ	—共に別しより	123	仙家道	220④
にぎはひ(賑)	民の烟も—ゆたかに	34	海道下	両326⑫
にぎはひわた・る(賑わたる)	—る君が世の	5	郭公	46⑤
にぎは・ふ(賑)	民の竈も—ひにければ	34	海道下	80⑬
	—ふ宮の五月会	131	諏方効験	232⑬
	—ふ民の竈は	39	朝	87⑥
	—へる煙の竈山も	135	聖廟超過	241⑤
にぎ・る(握)	五娘が—る手丘次郎	133	琵琶曲	236⑭
にくう(二空)	—の月を耀かし	97	十駅	174⑩
にけん(二見)	二辺—の雲闇く	97	十駅	174①
にごり(濁)	—にしまぬ露の玉	167	露曲	288⑧

	上徳の一は誰かしらむ	58	道	111④
にごりえ(濁江)	我身をしれば一の	87	浄土宗	158①
にご・る(濁)	一らずいさぎよき心もて	34	海道下	80⑧
	一らぬ泉の流は	44	上下	93⑥
	一らぬ末をうけつたへ	63	理世道	123①
	一らぬ蓮あざやかに	97	十駅	176④
	一らぬ道ある政	155	随身競馬	271①
	ながれの末も一りなき	50	閑居釈教	100⑩
	入よりいとど一りなく	55	熊野五	106⑦
	其みなもとの一りなく	88	祝	159⑬
	六行の水一りやすく	97	十駅	174①
	渡れば一る河のせの	96	水	172②
	一れる衆生を漏さず	152	山王威徳	267③
	重一れるは地と成	172	石清水	295⑪
にさんしごのによらい(二三四五の如来)	一の御もとにうへけん種のみかは	87	浄土宗	158⑩
にし(西)	一に入日をまねけども	173	領巾振恋	298⑬
	夕陽一に傾て	40	夕	87⑪
	一にかたぶく蓮葉の	95	風	両332④
	一に浪路を凌ても	11	祝言	53③
	一に望めば蒼波きはもなく	173	領巾振恋	298②
	ただ其ために一に馳	160	余波	279③
	夕陽一に廻て	56	善光寺	109①
	一にめぐれば甍あり	108	宇都宮	193⑩
	谷より一の西の谷	147	竹園山	259⑫
	東の舟一の舟	79	船	145⑩
	一乗菩提の一の嶺	153	背振山	268⑨
	一ははるかに松浦がた	153	背振山	268⑬
	一より秋や染つらむ	150	紅葉興	262⑥
	一をはるかに望ば	51	熊野一	102⑧
	一をはるかに望めば	62	三島詣	120⑭
にしうら(西裏)	後涼殿の一弘徽殿の細殿の	104	五節本	188⑤
にしかは(西河)	一の御幸絶せぬながれは	150	紅葉興	262③
にしき(錦)	一色々の財力ある	79	船	146②
	紅葉の色を一ぞと	150	紅葉興	262⑩
	一とや惜みたまひけん	150	紅葉興	262⑩
	蜀江の一とゑんぶ	14	優曇華	両325⑥
	蜀江の一と閻浮檀金	14	優曇華	54⑪
	高麗の青地の一の	29	源氏	73⑩
	紅葉の一の色々に	35	羇旅	81⑭
	紅葉の一の色々に	82	遊宴	150⑭
	一の障揚たる帷	113	遊仙歌	203⑫
	小車の一の紐とかや	115	車	208⑬
	車は一の紐をかざり	72	内外	135⑤
	一の帽子やきたる	76	鷹徳	140⑩
	村々見ゆる一より	110	滝山摩尼	197⑭
	紅桃の一を織作り	151	日精徳	264⑨
	一をかざるもてなし	15	花亭祝言	55②
	一を着する其氏人の	155	随身競馬	270⑫
にしきのうら(錦の浦)	里のあまのかづく一	30	海辺	両333⑦
にしちのほふりん(二七の法輪)	成道一七の所を荘つつ	97	十駅	175⑬

にしでら(西寺)	—におこなふ道はあな尊と	61	郢律講	118⑦
	—の老鼠	78	霊鼠誉	144⑫
にしのやつ(西の谷)	谷より西の—	147	竹園山	259⑫
にじふはちほん(二十八品)	法華八軸—	122	文字誉	218⑬
にじふはつそ(廿八祖)	近く—の秋の月は	141	巨山修意	249⑤
にしやう(二聖)	目連阿難の—来	81	対揚	149⑩
	—二天三十番神	148	竹園如法	260⑩
	此—の玉の枢	120	二闡提	213⑭
	—の誓巷にみつ	120	二闡提	213⑬
にしやま(西山)	山の御門の—	42	山	91①
にせ(二世)　＊ふたよ	—の願望ことごとく	120	二闡提	両339④
	現当—の願望も	172	石清水	297⑮
	—の願望を遙に兜率の雲に照し	135	聖廟超過	240⑨
	先—の悉地の標示ならむ	140	巨山竜峯	248⑨
にせんだい(二闡提)	—のみぞ奇瑞を共にほどこしける	120	二闡提	異312⑥
	此—は刹土を補陀落の浪にうかべ	120	二闡提	213④
にせんよさい(二千余歳)	—と宣給ふ	138	補陀落	245⑫
にそ(二祖)	—は礼三拝にしてや	119	曹源宗	211⑭
にそん(二尊)	此闡提の—聖容を並つつ	120	二闡提	214③
	同く—の尊容を安置して	120	二闡提	異312④
にたい(二諦)	姿を—にあきらむ	97	十駅	174⑮
	真俗—を兼とかや	61	郢律講	117⑪
	衣は真俗—をわかち	161	衣	279⑧
にぢうかへで(二重鶏冠)	鞠の懸に—	150	紅葉興	262⑭
	—雲分	114	蹴鞠興	206⑦
にちしん(日神)	—月神山川草木を生成て	152	山王威徳	266⑩
にちりんじ(日輪寺)	—の五大尊	139	補陀湖水	246⑩
にてう(二調)	四徳—の誉なれば	121	管絃曲	217⑩
にてん(二天)	二聖—三十番神	148	竹園如法	260⑩
にどうし(二童子)	明王に左右の—	81	対揚	149⑫
にとく(二徳)	夏耶裸形の—は	109	滝山等覚	195⑪
にな・し(二なし)	—く見る粧ひ	72	内外	134⑨
にな・ふ(荷)	経典を白馬に—はしめ	77	馬徳	141⑭
	感を—ひて行し	153	背振山	268⑨
ににきのみこと(瓊々杵の尊)	皇孫—に三種の宝を奉り	172	石清水	295⑭
には(庭、場)	八百の霜多く積る—	151	日精徳	264④
	人目かれゆく跡なき—に	10	雪	50⑧
	参詣の輩は猶玉敷—に集る	152	山王威徳	267⑧
	見えし草葉も—におふる	61	郢律講	118⑤
	無窮の—に自得するも	123	仙家道	221③
	霊山説法の—には	2	花	43②
	清明祭祀の—には	110	滝山摩尼	196⑫
	紅錦の色—にはみてり	15	花亭祝言	55⑥
	玉敷—にはをとづれず	5	郭公	45⑭
	あだにむすぶ蓬が—の朝露の	58	道	111⑩
	臨時のまつりの—の儀	44	上下	93④
	雲井の—の乞巧奠	41	年中行事	89⑨
	霜ふかき—の草むらしげれただ	67	山寺	128④
	紅葉の—の沓や彼	150	紅葉興	262⑭
	ところから故ある—の木立	114	蹴鞠興	206⑫

	雪と降し—の花	2	花	42⑬
	瑤階を連ぬる—の雪	10	雪	50⑩
	衛士のたく火の—もせに	64	夙夜忠	124④
	跡なき—をながめても	103	巨山景	186⑮
	礼義の—を拝すれば	148	竹園如法	260⑤
にはとり(鶏、庭鳥)	白銀の—斯に住	171	司晨曲	293⑪
	—寒き月の夜は	171	司晨曲	294④
	—已鳴ぬれば忠臣朝を待とかや	171	司晨曲	293⑭
	花の塒の—は	171	司晨曲	294②
	—漸散しは	171	司晨曲	295④
	廟に—を待賓	97	十駅	176④
にはび(庭燎)	—の影もほのかなる	160	余波	277⑮
	—の前にかざすてふ	82	遊宴	151⑧
	—の前に立舞袖の手向にも	156	随身諸芸	272①
にひいまばし(新今橋)	—の今更に	33	海道中	78⑦
にひまくら(新枕)	今夜計や—	21	竜田河恋	62⑭
にひみやづくり(新宮造)	鶴が岡辺に—せしより	142	鶴岡霊威	252⑥
にひやくごじふ(二百五十)	四向四果の尊やそも—に開らむ	97	十駅	174④
にふざう(入蔵)	貞元—の掌を	87	浄土宗	157⑩
にぶ・し(鈍)	鉛刀の—きをなげすて	97	十駅	174②
にふしつ〔にしつ〕(入室)	告香普説—の儀	103	巨山景	187⑦
にふぢやう(入定)	弘法大師の—は	42	山	91③
にぶつ(二仏)	聞も尊は—座を並し	81	対揚	149⑦
	—同座の宝塔	97	十駅	175⑥
にへ(贄)	時をもわかず浮—	131	諏方効験	233②
	なす野の男鹿の—も	108	宇都宮	194⑩
にへん(二辺)	—二見の雲闇く真如の月を隠つつ	97	十駅	174①
にほどり(鳰鳥)	世にさだめなき—の	30	海辺	74③
にほのうみ(尓保の海)	舟人さはぐ—	79	船	146①
にほのわたり(湖の渡)	山田にかかる—	32	海道上	76⑧
にほは・す(匂)	桜の花に—せて	1	春	41⑫
にほひ(匂、香、薫)　＊うすにほひ	霞に漏る花の—	3	春野遊	43⑦
	薬草薬樹の花の—	16	不老不死	56⑭
	花は万歳の春の—	88	祝	159②
	老木は深き—あり	111	梅花	199⑨
	—有とも白雲の	21	竜田河恋	63⑥
	内薫の—芳しく	108	宇都宮	193⑦
	風月の—芳しく	111	梅花	200②
	春の—芳しく	134	聖廟霊瑞	237④
	春の—芳く	147	竹園山	259⑥
	—くははれる様して	29	源氏	73⑤
	うつろふ—ぞなつかしき	89	薫物	160⑧
	花の—鳥の声	92	和歌	166⑥
	蘭麝の—なつかし	81	対揚	149④
	如何なる—なるらむ	2	花	43③
	いかなる—なるらん	111	梅花	両330①
	いかなる—に移けん	106	忍恋	190④
	されば—に心の移きて	89	薫物	160④
	花の—にや移らむ	144	永福寺	255⑨
	移ひやすき—の	84	無常	153⑤

	—の中には梅花方	111	梅花	199⑪
	薄き—の残しは	112	磯城島	201⑬
	やさしく覚る—は	89	薫物	160⑨
	奇香の—はいづくよりぞ	139	補陀湖水	246③
	扇の—深かりし	124	五明徳	222③
	拾ひ集し—までも	116	袖情	209⑨
	頭の中将の—も	25	源氏恋	67③
	かさなる—もいとこよなき袂の	156	随身諸芸	272⑤
	—も殊にやさしく	114	蹴鞠興	206⑦
	袂までうつる—もなべてならず	114	蹴鞠興	207③
	—ものどけき御代なれば	98	明王徳	176⑫
	花の—も紅葉ばも	42	山	91⑦
	春やむかしの—を	135	聖廟超過	241①
	—をあまねくほどこして	66	朋友	127⑦
	妙なる—をいかでしらむ	89	薫物	160⑭
	—を送りし折かとよ	89	薫物	160⑩
	花木—を送るは	140	巨山竜峯	248⑬
	—をかはす心の底	163	少林訣	282⑨
	濃香芬郁の—をさそふ梅が枝	81	対揚	149⑭
	—を袖にやとどめまし	89	薫物	160④
	春の花—をそへ	73	筆徳	135⑪
	花の貌ばせ—をそへ	93	長恨歌	167④
	春の花—をそへ	73	筆徳	両328⑩
	—をそへし紅葉ば	150	紅葉興	262⑤
	白麝の—を遠くをくり	151	日精徳	264⑧
	しぼめる—を残しつつ	28	伊勢物語	71⑩
	—を八不に任つつ	97	十駅	174⑭
	たがひに—をほどこし	61	郢律講	118⑪
	芝蘭谷に—をほどこし	141	巨山修意	249⑧
	初縁実相の—を施す	50	閑居釈教	100⑤
	沈麝—をまじへつつ	128	得月宝池	226⑩
	—を四方にやわかつらむ	97	十駅	175⑫
にほひやか	紅顔の粧—に	59	十六	113⑩
にほ・ふ(匂)	一年に二度—ふ菊の花	151	日精徳	異315④
	色々に—ふ袖口	115	車	208⑭
	はるかに—ふ百歩香	89	薫物	160⑤
	折袖—ふ山人の	82	遊宴	151⑦
	のどけき風にや—ふらむ	3	春野遊	43⑥
	あだなる色にや—ふらむ	49	閑居	98⑬
	梅津の里に—ふらむ	111	梅花	200①
にほふ(匂)　※人名	—もかほるも思もわかで契しより	89	薫物	160⑪
にほふひやうぶきやうのみや(匂兵部卿の宮)	浮舟の—	25	源氏恋	67⑧
にみやうわう(二明王)	阿遮多齢の—	81	対揚	149⑫
にやくき(若姫)	若宮—宇礼久礼はうつくしみ	172	石清水	296⑦
にやくわうじ(若王子)	三所権現—	55	熊野五	106⑨
によいしゆ(如意珠)	拾ふ袂の玉や—	130	江島景	230⑪
	宝を降す—までも	15	花亭祝言	55⑨
によいりんくわんおん(如意輪観音)	—と申は彼上人の本尊	109	滝山等覚	195⑫
によいりんさつた(如意輪薩埵)	五百大願の—の御ちかひ	45	心	両334⑪
にようごのきみ(女御の君)	—の箏紫の上の和琴	159	琴曲	276⑦

	—はいますこし匂くははれる様して	29	源氏	73④
によさんのみや(女三の宮)	—の柏木も	25	源氏恋	67⑦
	—の煙くらべ	107	金谷思	191⑭
	—の琴の音	159	琴曲	276⑦
	先—を見たてまつれば	29	源氏	73②
によたいちうぐう(女体中宮)	—の額あり	138	補陀落	244⑬
によほふ(如法)	—写経の勤行	139	補陀湖水	247③
	—写経の勤行	148	竹園如法	260②
	—写経の硯こそ	165	硯	286⑩
	—に経を写されし	109	滝山等覚	196⑤
によらい(如来)　＊釈迦如来	三千世界恒河沙—	9	冬	50①
	星を連る眷属神皆久遠の—	135	聖廟超過	240⑪
	—月氏に道をえて	72	内外	133⑩
	—在世の御時	172	石清水	297⑧
	或は往古の—なり	152	山王威徳	267①
	番々出世の—の	85	法華	154⑧
	是皆—の応用の	85	法華	155⑧
	—の久遠を演らる	59	十六	113⑮
	—の説義をうけつたへ	114	蹴鞠興	204⑬
	二三四五の—の御もとに	87	浄土宗	158⑩
	抑一切の—は	122	文字誉	218⑩
	—は金剛座の上	44	上下	94⑨
	—は我等が慈父として	86	釈教	155⑭
	久遠の—も常寂光の宮を出	55	熊野五	106⑩
	されども—霊山会上にして	163	少林訣	282⑧
にりふ(二粒)	高山寺に送りし—の舎利	129	全身駄都	229⑥
に・る(似)	弓にや—たらん三日月の	125	旅別秋情	223⑬
	見もみざるに—たり	86	釈教	156⑪
	一葩は髪を垂たるに—たり	151	日精徳	264⑧
	其声陳懸の雉に—たり	171	司晨曲	293⑬
	晴の雨に—たりしは	41	年中行事	89⑦
	眉目に—たりといへども	134	聖廟霊瑞	239⑪
	都夢に—たりとか	83	夢	152⑩
	山は屛風に—たりな	158	屛風徳	274⑧
	富士の根の姿に—たるか塩尻	57	善光寺次	110③
	竹に向ては竜吟に—たる響あり	95	風	170⑥
	何もかたきに—たれど	98	明王徳	177⑦
	げに—る物やなかりけん	24	袖余波	66⑦
にろくたいぢん(二六対陣)	其義—也	114	蹴鞠興	204⑭
にんげん(人間)　＊じんかん	凡生を—にうけて	161	衣	279⑫
	—の栄利をば	58	道	112⑥
にんごく(任国)	彼常陸の宮の—までも	137	鹿島社壇	243⑪
にんじゆ(人数)	—を六八にわかちつつ	114	蹴鞠興	205⑥
にんじん(人心)	直指—見性成仏	119	曹源宗	212①
	直指—の見性は	163	少林訣	282⑤
にんじん(人身)	たまたま得たる—	97	十駅	173⑪
にんだいじふろくのすべらぎ(人代十六の皇)	我国は賢境なれば—	59	十六	112⑫
にんぢやう(人長)	袖うちしめる—の	160	余波	277⑮
にんてん(人天)	—竜神其会の衆	85	法華	155⑩
	—六種にあまねく	129	全身駄都	228①

にんとく（仁徳）	―の賢き御宇より代々の聖代の	76	鷹徳	140⑤
にんにく（忍辱）	是―観察の思惟石	137	鹿島社壇	243⑤
	―の梶に身を任せ	86	釈教	156⑮
	慈悲―の姿を	55	熊野五	106⑩
	―のちまたに出つつ	62	三島詣	120⑦
	―の徳をほどこす	161	衣	279⑨
	―の法衣いたはしく	120	二闡提	213⑪
	―の室とこしなへに	128	得月宝池	226⑬
にんほふ（人法）	仏法―興隆す	139	補陀湖水	247③
にんみやう（仁明）	―の朝に仕き	65	文武	125⑧
にんみん（人民）　＊じんみん	五畿七道の―も	96	水	172⑪
にんわうじふろくだい（人皇十六代）	―の宝祚君	142	鶴岡霊威	251⑪
	抑―応神天皇のいにしへ	172	石清水	296②
にんわじ（仁和寺）	安井は―	114	蹴鞠興	206⑥
にんわらく（仁和楽）	―や延喜楽	121	管絃曲	216⑦

ぬ

ぬ（寝）	―るが中にみるてふ夢の面影は	83	夢	152①
	つみてやきなむ今夜―て	3	春野遊	44③
	―ぬ夜こととふ月影よ	161	衣	280⑧
	―ぬ夜の友と成にける	24	袖余波	65⑭
	今夜はここに―ぬる夜の	34	海道下	79⑥
	とけて―られぬ下帯	19	遅々春恋	60⑬
	とけて―られぬ旅の床	33	海道中	78⑫
	更に―られぬ床の霜	168	霜	290②
	さらさら―られぬ宿にしも	106	忍恋	190⑦
	夜はすがらに―られねば	78	霊鼠誉	144①
	よるはすがらに―られめや	125	旅別秋情	223⑨
	とけては更に―られめや	126	暁思留	224⑫
ぬきい・づ〔ぬきん・づ〕（抽）	瓊樹を―づる林の雪は	10	雪	50⑩
	詞の玉を―で	85	法華	155④
	学は麟角を―で文章を味ふ	65	文武	125②
ぬぎか・く（脱掛）	我―けん藤袴	8	秋興	49④
ぬきかは（貫川）	夏引の糸の―いかにせん	82	遊宴	151⑫
ぬぎき・す（脱着）	われ―せんは勅なれば	74	狭衣袖	137⑭
ぬ・く（貫）	露の玉―く青柳の糸をみだして	167	露曲	288③
ぬ・ぐ（脱）	―ぐ沓又重り	46	顕物	96⑤
ぬさ（幣、麻）	紅葉の―の夕ばへ	108	宇都宮	194⑤
	―もとりあへず袖にかざす	35	羇旅	81⑭
	手向る―もとりどりに	52	熊野二	103⑬
ぬし（主）	―さだまらぬ狂妻の	125	旅別秋情	223③
	―なきやどにのこれり	71	懐旧	131⑬
	誰―ならむおぼつかな	33	海道中	78⑩
	夕顔の花さく宿の―や誰	40	夕	88③
	―床敷き車は	115	車	208⑬
	つゐには―を知にき	46	顕物	96⑨
ぬのびきのやま（布引の山）	―の違に見ゆるは	57	善光寺次	110①
ぬひもの（繡）	―の茵をかさねたり	113	遊仙歌	204⑦

ぬま(沼)	水隠の—のあやめのながき根	91	隠徳	164⑨
ぬら・す(濡)	袂を鴻臚の露に—し	70	暁別	131③
	かく程袖を—すべしとは	56	善光寺	108⑤
	あやなく袖を—すらむ	21	竜田河恋	62⑧
	幾瀬に袖を—すらむ	54	熊野四	105⑨
	おもはぬ袖をや—すらん	173	領巾振恋	299③
ぬ・る(濡)	袖ひたすらに—るとても	81	対揚	149⑥
	裳すそは—るともやすらはむ	37	行余波	83⑤
	—るともゆかむみるめしげく	31	海路	75④
	伝て聞も袖—るる	160	余波	277⑨
	分ればー—るる旅衣	167	露曲	288⑥
	すぞろに袖の—るるは	20	恋路	61⑭
	さも—れがたく名におひし	160	余波	278⑤
	沢田に袖の—れにぞ—れし	19	遅々春恋	61⑩
	あまりうきねに袖は—れじ	26	名所恋	68⑭
	枯葉の尾花袖—れて	32	海道上	77⑨
	よせくる浪に袖—れて	34	海道下	80⑤
	懸樋の水に袖—れて	96	水	172③
ぬるでのもみぢ(ぬるでの紅葉)	—散事を引とどめばや	150	紅葉興	263⑩
ぬれぎぬ(濡衣)	浪の—はづかしの	26	名所恋	69③

ね

ね(根)	水隠の沼のあやめのながき—	91	隠徳	164⑨
	とこしなへに—さしとめ	103	巨山景	異310⑧
	紅花—に帰り	161	衣	280⑦
	花は—に鳥は旧巣にや帰らん	4	夏	44⑦
	浮てながるる蘆の—の	31	海路	75⑫
	奥山の岩本小菅—ふかめて	43	草	92④
	身を萍の—を絶て	19	遅々春恋	61④
	しかじ—をふかくし	141	巨山修意	250②
ね(音)　＊いん、おと	嵐にたぐふ琴の—	31	海路	75⑨
	秋風楽の笛の—	61	郢律講	118⑤
	竜吟にひびく笛の—	62	三島詣	120⑩
	班女が夜の琴の—	68	松竹	129④
	司馬相如が琴の—	77	馬徳	143④
	あかぬ別の鳥の—	107	金谷思	191⑨
	吉野の宮の琴の—	159	琴曲	276③
	女三の宮の琴の—	159	琴曲	276⑦
	大衆緊那羅が琴の—	159	琴曲	276⑨
	雍門周が琴の—	164	秋夕	284⑤
	虫の—叢にしげくして	60	双六	115⑧
	鳴—さえ行夜半の霜	168	霜	289⑭
	なく—さびしき夕まぐれ	40	夕	87⑭
	鳴—空なる恋わびて	5	郭公	45⑫
	弄玉が簫の—に	19	遅々春恋	61⑥
	小男鹿の—におどろかされて	6	秋	47⑧
	—にこそ立ね笛竹の	76	鷹徳	141⑪
	頻に鳥も—にたてて	21	竜田河恋	63②

	みな此琴の―に喩ふ	159	琴曲	275⑪
	うき水鳥の―に鳴し	49	閑居	99⑤
	―にのみなかれて浮沈み	74	狭衣袖	137④
	―にはたつれど忍の岡	26	名所恋	68⑬
	琴の―に峯の松風通ふらし	170	声楽興下	293①
	糸竹の―にやめでけん	74	狭衣袖	137⑫
	―のみ鳴かれてとにかくに	18	吹風恋	60③
	あかぬ余波の鳥の―は	171	司晨曲	294⑨
	麓の鹿の―峯の月	163	少林訣	283⑥
	裏枯ぬれば虫の―も	8	秋興	49③
	名も睦しき鳥の―も	28	伊勢物語	72③
	浅茅が原も虫の―も	168	霜	290④
	鳴―も絶せざるらむ	1	春	42①
	虫の―ももろき涙も	122	文字誉	219⑧
	鳴―よいざさば我にからん	71	懐旧	132④
	冷敷鳴―を聞も胸さはぎ	78	霊鼠誉	144⑤
	或は鳴―を忍びわび	58	道	111⑫
	あまの苅藻にすむ虫の―をぞなく	24	袖余波	65⑭
	四の調の―をそへても	157	寝覚恋	273③
	雲井にをのが―をそへん	82	遊宴	151⑤
	なれも恨て―をたつるや	125	旅別秋情	223④
ね(子)　※時刻	うき―ひとつの語らひより	24	袖余波	66⑫
	―ひとつばかりの月影に	28	伊勢物語	72⑧
ねのはう(子の方)	―則是なり	78	霊鼠誉	143⑨
ねのひ(子の日)	梅の初花初―の	16	不老不死	56⑤
	―の松を引てこそ	41	年中行事	88⑭
	―を先賞ぜらる	78	霊鼠誉	143⑨
ねがはくは(願)	―此功徳を無辺にして	61	郢律講	117⑨
ねがひ(願)	参れば―を満塩の	51	熊野一	102⑬
	―をみつのしほかぜも	32	海道上	77⑫
	さまざまの―を三のみね	130	江島景	230⑦
	―を三の山をならべ	109	滝山等覚	194⑬
ねぐたれがみ(ねぐたれ髪)	―の其ままに	38	無常	84⑨
	―の其ままに	93	長恨歌	168②
	―の手枕に	73	筆徳	136⑩
	婦と我―の手枕に	126	暁思留	224④
ねぐら	桜をわきて―とはせぬ鶯も	68	松竹	129①
	花の―の庭鳥は	171	司晨曲	294②
	―を林に求むなり	76	鷹徳	140③
ねこ(猫)	あなかま―にしられじはや	78	霊鼠誉	144④
ねこ・ず(握、根掘)	―じて移る飛梅	111	梅花	200②
ねざめ(寝覚)	―事とふ夜寒の風	143	善巧方便	253⑫
	うき音をともなふ―ならん	157	寝覚恋	272⑭
	さびしき秋の―なる	145	永福寺幷	256⑨
	―に聞ば小夜千鳥の	32	海道上	76⑭
	―に過る夜はの時雨	112	磯城島	202⑧
	夜を残す―の暁	49	閑居	98⑪
	夜舟漕音ぞ―のうき枕	130	江島景	231②
	―の時雨―の碪	157	寝覚恋	273④
	―の鹿の遠声	157	寝覚恋	273⑤

	月に—のすさみならむ	35	羇旅	81⑩
	分無—のすさみならん	157	寝覚恋	異314⑫
	老の—の袖の霜	168	霜	290⑩
	—の空の村雨に	5	郭公	46⑤
	—の床にしくはあらじ	157	寝覚恋	272⑫
	千度—の床のうへに	7	月	47⑭
	さ夜の—の床の上に	173	領巾振恋	299②
	夜を残す—の友ならむ	95	風	170⑧
	—の枕に遠ざかる	48	遠玄	98④
	山田の飛板の—は	6	秋	47⑨
	老の—も有物を	157	寝覚恋	両329⑧
	—を託手枕の	157	寝覚恋	272⑭
	秋の霜の置あへぬ—をすすめつつ	125	旅別秋情	223⑦
ねざめ(寝覚)　※書名	—の中の君とかや	157	寝覚恋	273③
	中の秋の夜はの—の中の君に	133	琵琶曲	236⑥
	—の中の君の最こよなき様して	133	琵琶曲	両338⑥
ねずばしり	いそがはしくや—	78	霊鼠誉	144③
ねずみ(鼠)　＊鼠心(そしん)	古屋の壁に年を経て住てふ—の	78	霊鼠誉	144③
	永州の—はおごれるあまりの喩たり	78	霊鼠誉	異313⑨
	—は頑なれども	78	霊鼠誉	145⑤
	多くの—群り	78	霊鼠誉	144⑩
	月の—の名にしほへば	77	霊鼠誉	142⑭
ねす・む(寝住)	いかなる方に—みてか	78	霊鼠誉	144⑫
ねたましがほ(嫉顔)	—に細き緒を	113	遊仙歌	203⑦
ねとり(音取)	竜笛—麗く	121	管絃曲	215⑪
ねはん(涅槃)	五十二類は—の前	99	君臣父子	179⑦
	菓はむすぶ—の山	38	無常	85①
	—の山に入ざれば	97	十駅	174①
	—の山に風薫ず	89	薫物	161①
ねはんゑ(涅槃会)	帰命頂礼弥陀願皆即得不退—	87	浄土宗	157⑧
ねびまさ・る	いと—りて物々しく	16	不老不死	56⑨
ねびやまさ・る	かはらず—りけん	132	源氏紫明	234⑪
ねぶり(眠)	終十地の—さめ	83	夢	152⑭
	烈子が—のうちにして	83	夢	異303②
	煩悩の—の枕までも	120	二闡提	214⑦
	—は五更に覚めぬれば	38	無常	84②
	—は三更五更を重ても	157	寝覚恋	272⑪
	煩悩—はやさめて	50	閑居釈教	100⑥
	長き—もさめぬるに	103	巨山景	186⑩
	永き—や覚ぬらん	164	秋夕	285⑩
	鶏人暁を唱て明王の—を驚し	171	司晨曲	293⑬
	夕陽に—を除て	51	熊野一	101⑫
ねぶ・る(眠)	後夜長く暁深て—らず	113	遊仙歌	203⑨
	むなしく—ることなかれ	50	閑居釈教	100③
	閑に岩下に—るべし	119	曹源宗	212⑩
ねや(閨)	月にかたらふ秋の—	38	無常	84⑬
	消なんとす秋の—冷	71	懐旧	131⑪
	月に語ふ秋の—に	143	善巧方便	253⑫
	陵園の深き—の内	107	金谷思	191③
	雪を集る—の中に	124	五明徳	221⑨

	寒霜は—の中にのこる	126	暁思留	224⑪
	班女が—の内には	10	雪	50⑫
	班女が—の中には	159	琴曲	275③
	重ぬる—の狭衣	119	曹源宗	212⑥
	—の床をあたためず	64	夙夜忠	123⑫
	—の戸を明ぬにいかでか叩らん	171	司晨曲	294⑩
ねりそ(練麻)	杣木の—くり返し	140	巨山竜峯	248⑤
ねんげみせう〔ねんぐわみせう〕(拈華微笑)	—の時到る	119	曹源宗	211⑬
ねんごろ(懇)	—にかたらひを成つつ	60	双六	115⑫
ねんじゆ(念誦)	僧年旧ぬる—の声	50	閑居釈教	100⑧
	日影を告る—の声	103	巨山景	187⑥
	独—の声すみて	49	閑居	99⑨
ねんとうぶつ(燃燈仏)	—のいにしへを	71	懐旧	132⑭
ねんぶつ(念仏)	—三昧退転なく	108	宇都宮	193⑪
	観仏—の両三昧を宗とする	81	対揚	149⑨

の

の(野)	—にも山にもかすみこめ	170	声楽興下	293②
	—にも山にも立煙	134	聖廟霊瑞	238⑮
	—の行幸の陣の列	76	鷹徳	140⑦
	ゆかりはおなじ—の露に	167	露曲	288⑫
	きぎす鳴—の夕煙	3	春野遊	44②
のうげ(能化)	—引摂の薩埵は	120	二闡提	213⑧
	—の薩埵は忉利の付属を	108	宇都宮	193⑧
	無仏—の尊客	145	永福寺幷	256⑬
のうげふ(農業)	—の暇を授くとか	98	明王徳	176⑪
	—を天下に勧めつつ	63	理世道	121⑬
のうじやく(能寂)	—の利見妙聖の摂引	138	補陀落	245⑦
のが・る(遁)	舜は隠て死を—れ	91	隠徳	163⑪
	塵を—れし心の奥	151	日精徳	264⑭
	彼命婦が—れし嵯峨の庵	160	余波	278①
のき(軒)	されば鳳の翅の反る—	140	巨山竜峯	248⑦
	朱丹—にかかやき	62	三島詣	119⑪
	双峯の—の間には	67	山寺	127⑪
	—の垂氷も玉を連ね	140	巨山竜峯	248⑮
	—もみだれて吹風に	32	海道上	77⑩
	—もる月にあくがれて	78	霊鼠誉	144①
	苫ふく—をもる月の	30	海辺	74⑥
	潤屋—を並べき	151	日精徳	264④
	禅侶—をならべつつ	108	宇都宮	193⑬
	社壇—を並て	55	熊野五	106⑧
のきば(軒端)	心にかかるは—なる	89	薫物	160⑦
	—なる花たち花をぞ献ずべき	82	遊宴	異302⑨
	—に栽るならひは	114	蹴鞠興	205⑭
	青嵐—に音信	146	鹿山景	257⑭
	誰が家の—にか	3	春野遊	43⑦
	夏山のしげき—に薫橘	53	熊野三	104⑤
	—にしげる忍草の	21	竜田河恋	62⑪

	—にしげるわびしさ	43	草	92⑩
	霞の—には	15	花亭祝言	55③
	菖蒲はもらぬ—にも	4	夏	44⑪
	五月に—に蓬菖蒲草	43	草	91⑭
	—の竹にふしなれ	68	松竹	129①
	枝かはす—の松の木高き陰	15	花亭祝言	55⑦
	—の梅も片開て	111	梅花	200③
	をつるや—の山おろしに	90	雨	161⑫
のぐちのだいにちだう(野口の大日堂)	先は—六波羅蜜の額の中	138	補陀落	244③
のこ(野古、能許)	唐泊—の浦波立まちに	154	背振山幷	269③
のこしお・く(残置)	人には殊に—く	160	余波	277⑪
のこ・す(残)	賢き跡を—されしも	160	余波	278⑧
	埋まぬ名をや—しけむ	160	余波	277⑦
	うづまぬ名をや—しけん	160	余波	両332⑥
	其詞を—しけれ	165	硯	286⑨
	しぼめる匂を—しつつ	28	伊勢物語	71⑩
	一輪光を—しつつ	51	熊野一	102⑪
	つれなき色を—しても	40	夕	87⑫
	片岡山の詠を—す	119	曹源宗	212⑭
	開山の貴き跡を—す	128	得月宝池	227⑦
	つきせず誉を—す	169	声楽興	292①
	夜を—す思の切なるは	157	寝覚恋	272⑪
	詞の露を—す草木もなく	164	秋夕	284④
	津守の恨を—す事もなく	51	熊野一	102⑫
	名をのみ—す椎が下	140	巨山竜峯	249②
	夜を—すねざめの暁	49	閑居	98⑪
	夜を—すね覚の友ならむ	95	風	170⑧
	さても貴き跡を—すは	135	聖廟超過	241⑥
	其名をばなににか—すべき	92	和歌	166⑩
	夕日を—す紅葉ば	164	秋夕	285⑪
	盛を—す夕かな	164	秋夕	285④
	思を—す夜はの床に	125	旅別秋情	223⑥
	祖師の心をや—すらむ	103	巨山景	186⑤
	外朝の雲にや—すらむ	113	遊仙歌	202⑬
	いかなる情を—すらむ	116	袖情	209④
	御手洗川にや—すらむ	161	衣	280②
	ただ其名をや—すらん	38	無常	84⑥
	朽せぬ名をや—すらん	102	南都幷	184⑬
	聞を今にや—すらん	159	琴曲	275③
	隴山の跡にや—すらん	166	弓箭	287⑥
	朽せぬ名をや—す覧	45	心	両334⑧
	中院に跡を—せり	109	滝山等覚	196⑤
	朽せぬ名を—せり	91	隠徳	164①
	誉を来葉に—せり	149	蒙山謡	261⑧
	愁を外に—せりき	63	理世道	122④
のこ・る(残)	花は—らぬあらしに	68	松竹	129②
	罪霜—らぬ本願	160	余波	277⑥
	はかなき跡にや—りけむ	38	無常	84⑫
	いかなる恨か—りけん	122	文字誉	219⑩
	さもなつかしくや—りけん	124	五明徳	221⑫

	跡にも光や―りけん	134	聖廟霊瑞	239⑧
	猶むつごとや―りけん	173	領巾振恋	299④
	三の山こそ―りけれ	42	山	90⑧
	をのが色こそ―りけれ	171	司晨曲	294④
	薄き匂の―りしは	112	磯城島	201⑬
	鼓瑟の跡に―りしは	170	声楽興下	292⑬
	面影かすかに―りしも	112	磯城島	201⑭
	其家々に―りつつ	61	郢律講	118⑨
	霜露の命の―りなき	168	霜	290⑩
	寒霜は閨の中に―る	126	暁思留	224⑪
	つれなく―る在明	4	夏	44⑩
	つらさに―る在明の	106	忍恋	190⑪
	ほのかに―る晨明の光も細き暁	56	善光寺	108⑧
	紅葉に―る色ぞなき	150	紅葉興	263⑪
	さびしく―る落葉までも	127	恋朋哀傷	226②
	枕に―る面影は	83	夢	152⑥
	たえだえ―る篠目	125	旅別秋情	222⑫
	山のはつかに―る月の	22	袖志浦恋	64⑨
	深更に―る燈の	71	懐旧	131⑩
	青葉に―る夏木立	97	十駅	174⑤
	記念に―る撫子の	167	露曲	288⑩
	春の形見に―るなり	48	遠玄	98⑧
	朽せぬしるしに―るなり	88	祝	159⑪
	そも老の誉に―るなり	100	老後述懐	180⑭
	かすかに―る窓の中	8	秋興	49⑧
	数片の紅の―るも	150	紅葉興	262⑬
	わづかに―る紅葉は	9	冬	49⑪
	薄霧―る山もとくらき木枯に	96	水	172①
	高根に―る横雲の	57	善光寺次	109⑫
	傾く月や―るらん	51	熊野一	102④
	其旧記にや―るらむ	150	紅葉興	262④
	花の春まで―れかし	150	紅葉興	263①
	空窓にともし火―れども	69	名取河恋	130⑥
	三聖の教は―れども	160	余波	276⑭
	主なきやどに―れり	71	懐旧	131⑭
	伯禹のかたじけなく―れる跡は	113	遊仙歌	203①
	―れる隈はなけれども	59	十六	114⑥
	―れる雲の跡もなく	50	閑居釈教	100⑥
のざは(野沢)	―に求めしゐぐの若菜	3	春野遊	43⑨
	―の草のしげければ	63	理世道	123①
の・す(載、乗)	悲歎を蔓草のこと葉に―す	65	文武	125⑨
	天を―する恵あり	96	水	171⑩
	車の右に―せけれ	115	車	207⑪
	鼷鼠の字を―せられ	78	霊鼠誉	145①
のぞ・く(除)	夕陽に眠を―きて	51	熊野一	101⑫
のぞみ(望)	―既に達しぬ	147	竹園山	259⑩
	程は雲井の―にぞ	160	余波	276⑫
	前朱雀の―は	114	蹴鞠興	205⑫
	恨らくは鼇波万里の―を隔る事を	151	日精徳	264②
のぞ・む(望、臨、莅)	誰か遠く三十三天の雲を―まん	146	鹿山景	258①

	屢休まん宿を―み	113	遊仙歌	203⑤
	左に―み右に顧に	145	永福寺幷	256⑥
	遠く左右に―みき	172	石清水	296⑫
	雌雄を決せむと―みしかば	60	双六	115⑪
	窓に―みし友ならむ	113	遊仙歌	203⑩
	市の南に―みし売炭翁は	10	雪	51④
	方に今此霊場に―みて	146	鹿山景	257③
	既に知ぬむかしを―みて	146	鹿山景	257⑧
	四方に―みてかへりみれば	138	補陀落	245⑩
	霊場の砌に―みて拝すれば	103	巨山景	異310⑥
	社壇に―みて跪き	152	山王威徳	267⑤
	戦場に―みても勇る色に誇とか	47	酒	97④
	詩人かしこに―んでは	173	領巾振恋	298⑫
	明月を―むとかやな	27	楽府	71③
	潭月に―むのみならし	7	月	48②
	―むらくは無仏の境に身を枉て	120	二闡提	213⑩
	―むらくは鷲峯の遺勅を頂戴し	141	巨山修意	249⑥
	山下に上を―めば	55	熊野五	105⑬
	西をはるかに―めば	62	三島詣	120⑮
	ふもとをはるかに―めば	67	山寺	128②
	屢山下を―めば奇巌斜に側て	153	背振山	268⑥
	―めば則宝流湛々として	128	得月宝池	226⑧
	北に―めば則霊岳亀に備て	108	宇都宮	192⑬
	西に―めば蒼波きはもなく	173	領巾振恋	298②
	北嶺を―めば玉櫛笥箱崎の	154	背振山幷	269②
	彼地に―めば深き谷高き岳	137	鹿島社壇	243①
	西をはるかに―めば夕日浪に浮びて	51	熊野一	102⑨
のだのたまかは(野田の玉河)	宮城野の原―ならねども	145	永福寺幷	256⑩
のち(後)	夢のただちの雨の―	5	郭公	45⑦
	内大臣と聞し―	72	内外	134⑭
	采女の御膳はてて―	105	五節末	189⑭
	深き心を伝し―	119	曹源宗	211⑭
	旧ぬる世々をかさねし―	135	聖廟超過	241⑧
	―こそ松も栄はしれ	168	霜	290⑪
	―ならねども	145	永福寺幷	256⑩
	霜の―に顕れ	68	松竹	128⑬
	天先生て地―に定り	152	山王威徳	266⑨
	世々経て―にしられつつ	75	狭衣妻	139⑬
	拾遺を三代の―に続	112	磯城島	201⑧
	菊の花うつろふ―の色は	151	日精徳	異315④
	移ふ―の形見とは	89	薫物	160③
	馴きて―のくやしさを	36	留余波	82⑩
	花より―の花なれば	151	日精徳	異315③
	―の闇路をてらすべき	131	諏方効験	232⑦
	吾黒髪のひとすぢにたえにし―は	175	恋	異306②
	此花開けて―は更に	125	旅別秋情	223⑮
	月みて―はなにならじ	163	少林訣	282⑩
	若は―も憑あり	100	老後述懐	179⑬
	さてさば―もたのめじとや	117	旅別	210⑨
	六十の―や愁けん	100	老後述懐	180②

	其一代は十続を経	92	和歌	165⑩
	―をばしらずたのめつる	21	竜田河恋	62⑭
のちのひと(後の人)	―是を愛すな	77	馬徳	142⑧
のちのよ(後の世)	名を―に留るは	64	夙夜忠	123⑨
	名を―にとどむるは	65	文武	126②
のぢ(野路)	―の篠原露分て	136	鹿島霊験	242⑥
	勢多の長橋―の末も	32	海道上	76⑩
のちせのやま(後瀬の山)	―もしり難く	74	狭衣袖	138④
のちのさが(後の嵯峨)　※後嵯峨天皇	―野の道ある御代の	105	五節末	189②
のちのしらかは(後の白河)　※後白河天皇	是は―の流久き瑞籬の	155	随身競馬	271①
のでら(野寺)	―の鐘のこゑごゑ	164	秋夕	285⑩
	麓の―のはるばると	40	夕	88⑦
のどか(閑)	一天風―なり	41	年中行事	88⑬
	常楽我浄の風―なる	84	無常	153⑬
	枝をならさず―なるや	16	不老不死	56⑥
	枝をつらねて―なるや	80	寄山祝	146⑬
	万歳千秋の風―なれば	12	嘉辰令月	53⑥
	春の風―に	120	二闡提	214⑥
	山はこれ万歳の嵐―に	128	得月宝池	226⑧
	明るけしきも―にて	1	春	41⑨
	道ある御代は―にて	62	三島詣	120⑮
	波能船を浮ぶれば船則―にて	63	理世道	121⑨
	漕舟の浪も―にめぐり行	95	風	両332③
のどけ・し(閑)	千年の春ぞ―き	2	花	43④
	―き風にや匂らむ	3	春野遊	43⑥
	―き比の花の宴	121	管絃曲	216⑨
	―き調ぞすぐれたる	61	郢律講	118②
	―き空の夕ばへ	144	永福寺	255⑨
	春日―き花の宴	82	遊宴	150⑫
	立ならぶためしも―き春霞	99	君臣父子	178⑦
	―き春の朝霞	81	対揚	149⑬
	―き春の霞の中に	159	琴曲	275⑨
	―き春の田返すより	11	祝言	53①
	―き日影は薄紅の	129	全身駄都	229⑥
	春日―き御影をそへ	101	南都霊地	182⑫
	かかる―き御代なれば	45	心	95⑪
	匂も―き御代なれば	98	明王徳	176⑫
	―き御代にあへる哉	72	内外	135①
	風治りて―き御世の春ながら	148	竹園如法	260⑤
	十日に―き恵ならむ	90	雨	161⑦
	日影―く莫の松原はるばると	57	善光寺次	109⑬
のなかのしみづ(野中の清水)	―忘水浪にうかべる水の字は	96	水	両329③
ののみや(野の宮)	―の秋の哀	125	旅別秋情	224①
	―の深き夜の	168	霜	290⑤
のばら(野原)	―に馬を失て	58	道	111⑦
	尋ねし―の鷲狩に	76	鷹徳	141⑤
	―は煙のすゑ遠く	125	旅別秋情	222⑭
の・ぶ(延)	いきどほりを散じよはひを―ぶ	16	不老不死	56②
	君が八千代を―ぶる足	114	蹴鞠興	207⑥
	よはひを―ぶる徳有ば	47	酒	異314③

	万年を—ぶるもてあそび	47	酒	96⑫
	御法の筵を広く—べ	128	得月宝池	226⑬
	二千余歳と—べ給ふ	138	補陀落	245⑫
の・ぶ(述、演、宣、展)	詞を—ぶる筆跡は	46	顕物	96④
	酒功讃に徳を—べ	47	酒	97③
	供養を—べ	85	法華	154⑩
	かうべをうなだれて供養を—べ	85	法華	両331⑨
	あだにも是を—べ難し	166	弓箭	287⑮
	阿含の筵を—べしも	146	鹿山景	257⑥
	作文筵を—べつつ	135	聖廟超過	240②
	されば詩篇に心を—べや	71	懐旧	131⑫
	如来の久遠を—べらる	59	十六	113⑮
	因位の丹誠を—べらる	96	水	172⑥
のぶし(野臥)	—にあらぬ袂まで	114	蹴鞠興	207②
のぶるあし(延足)	君が八千代を—	114	蹴鞠興	207⑥
のべ(野辺)	秋の男鹿の麓の—	107	金谷思	192①
	暮行—にしくはなし	164	秋夕	285④
	花は—に紅葉は峯に	6	秋	47④
	若葉さす—の小松と祈しも	16	不老不死	56⑧
	飛火の—の若菜の	102	南都幷	184⑨
	荊の—も推なべて	11	祝言	52⑦
	—より—を顧て	57	善光寺次	109⑤
のべつく・す(述尽、申尽)	誰かは輙く—さん	129	全身駄都	228⑩
	及てもいかがは—さん	134	聖廟霊瑞	238⑦
	誰かは正に—さむ	143	善巧方便	254③
	たれかはあだに—さむ	150	紅葉興	263⑬
	六義の中に—し	92	和歌	166⑩
のぼりは(上羽)	ざれの熨羽と山還の—	76	鷹徳	141⑦
のぼ・る(登、昇)	淮王の薬高く—り	97	十駅	173⑭
	木枯はげしき木に—り	171	司晨曲	294⑤
	立所に師傅に—りき	81	対揚	149②
	進て—りし甃	104	五節本	187⑫
	竜の字の空に—りし雲の跡	122	文字誉	219⑫
	乗て—りし五雲の上	123	仙家道	221①
	黄安が仙に—りし園の	116	袖情	209③
	漢の武帝の—りしは	42	山	90⑨
	推て—りし宮司	105	五節末	189③
	雲に—りし霊鶏	171	司晨曲	295②
	雲梯飛楼に—りて	172	石清水	296⑪
	さても昔帝軒位に—りて	77	馬徳	異311⑦
	雲井に—る秋の宮	132	源氏紫明	235⑬
	はるばる—る傍伝ひ	103	巨山景	186④
	剣閣の峯に—るとか	93	長恨歌	167⑩
	人毎に—るはうれしき位山の	80	寄山祝	146⑩
	香煙雲にや—るらん	128	得月宝池	226⑩
	庾公が楼に—れば	7	月	47⑬
	—れば苦しき態坂	52	熊野二	103⑪
	—ればはるけき箱根路の	34	海道下	80①
	名は月宮に—れり	78	霊鼠誉	143⑧
のぼりのぼ・る(登登)	—りては暫やすむ石龕の辺	55	熊野五	106①

	―れば国見の嶽	153	背振山	268⑪
の・む(呑)	蝗を―みしまつりごと	63	理世道	121⑫
	石虎はを―むためしは	166	弓箭	287⑤
のもり(野守)	春日野の飛火の―いでて見よ	43	草	91⑫
のり(法、教)　＊ほふ、みのり	真の―とさされたり	163	少林訣	282⑧
	凡心を―として	45	心	94⑭
	何か善巧方便の道を―とせざる	143	善巧方便	253⑦
	ただ一乗の―なれば	85	法華	155③
	教の外の賢き―に	124	五明徳	222④
	今此―に逢ぬらむ	87	浄土宗	158⑩
	鹿野苑に説れし―の	131	諏方効験	232⑥
	寺号は又賢き―の泉流久く	147	竹園山	258⑭
	説置―の数々も	163	少林訣	282⑦
	或は―の声すごく	110	滝山摩尼	197⑦
	真の―のしるべならむ	115	車	207⑭
	河舟に―のしるべもうれしければ	55	熊野五	106⑬
	隠て納し―の箱も	108	宇都宮	192⑭
	逢事は妙なる―の華を	85	法華	154③
	檀信―の光を照しつつ	146	鹿山景	257④
	請雨の―の法験も	129	全身駄都	228⑪
	誠の道のしるべは―のをしへにて	49	閑居	98⑬
	心の外の―はなし	163	少林訣	282⑥
	十九にとかるる―は又	134	聖廟霊瑞	237⑩
	―を授し星の宮	138	補陀落	244⑥
	十九に品を分て―を説給ふ	120	二闡提	両339④
のりのふね(法の舟)	いへば難波も―	160	余波	279⑤
のりのみち(法の道)	則俗而真やがて其真の―	135	聖廟超過	240⑦
	然ば弘誓の舟に―	138	補陀落	244②
	心の外の―か	45	心	95⑭
	上なき―なれや	164	秋夕	285⑮
	妙なる―に入	160	余波	278⑧
	誠の―の妙なる匂を	89	薫物	160⑬
のりのみづ(法の水)　＊ほつすい	水上清き―に	50	閑居釈教	100⑩
のりのむま(法の馬)	暫―に精進の道をばすすむとも	141	巨山修意	249⑭
	心より外には―もなし	86	釈教	156③
のりもの(乗物)	界外に荘りし―	97	十駅	175⑤
	其―をあらそひけん	123	仙家道	220⑭
のりもの(賭)	其―の情には	113	遊仙歌	204②
のりゆみ(賭弓)	―の儀式も由あれや	155	随身競馬	270⑬
の・る(乗)	肥たる馬に―らずば	34	海道下	79⑧
	鶴に―りし仙人の	41	年中行事	89③
	楚の軍戦に革車に―りし忠臣	65	文武	125⑥
	羽客は霞に―りて至り	31	海路	74⑭
	竜に化しつつ―りて昇し	123	仙家道	221①
	なが―る駒の爪だにひぢず	35	羇旅	82④
のわき(野分)　※巻名	源氏の巻にも松風―ぞ	95	風	170③
のわき(野分)	―の風ぞはげしき	145	永福寺幷	256⑪
	―の風も身にしみて	40	夕	88①

は

は(葉)	猶枝さしそふる杉の—	14	優曇華	54⑩
	ちらぬみどりの松の—	68	松竹	129②
	天降ります神のしるしを示す梶の—	131	諏方効験	233⑨
	葛の紅葉岩柿真坂樹蔦の—	150	紅葉興	263⑪
	渓林—落て	119	曹源宗	212⑤
	居垣の松の—散事なく	92	和歌	166⑪
	檜原槇の—露しげし	66	朋友	126⑬
	雪を重る竹の—に	104	五節本	188③
	竹の—に霰はふらぬよなよなも	106	忍恋	190⑦
	葦の—に隠て住し摂津国の	91	隠徳	164⑫
	梶の—に露の玉章を書ながす	122	文字誉	219⑥
	代々を重ぬる竹の—にもりあかしたる	47	酒	異314④
	忝も奈良の—の	28	伊勢物語	71⑥
	時雨降をける楢の—の	92	和歌	165⑨
	楢の—柏打そよぎ	95	風	170⑭
	楢の—柏片枝色染る夕時雨の	159	琴曲	275⑬
	楢の—柏はらはらと	32	海道上	77③
	あはれむかしべならの—の	98	明王徳	177⑮
	神の誓は楢の—の	102	南都弁	184⑧
	いつしかかはる萩の—の	121	管絃曲	216⑭
	露もまだひぬ槇の—の	167	露曲	288⑤
	秋の露に梧桐の—の落る時	93	長恨歌	167⑬
	篠の—わけし袖よりも	19	遅々春恋	60⑩
	夏野の草の—をしげみ	43	草	91⑩
	竹風—をならすや	95	風	170⑦
は(羽)	石虎—をのむためしは	166	弓箭	287⑤
はいえつ(拝悦)	眼前遺身玉耀の厳を—せし	129	全身駄都	227⑭
ばいくわ(梅花)	凡—の徳有て	111	梅花	199⑩
ばいくわはう(梅花方)	薫の中には—	111	梅花	199⑪
ばいくわのはう(梅花の方)	—の染深きも	72	内外	135⑦
	—の空焼	89	薫物	160⑦
はい・す(拝)	秋の位に—し	164	秋夕	285⑬
	さては金場を—したてまつれば	144	永福寺	255④
	奇瑞の旧記を—すれば	134	聖廟霊瑞	237⑫
	奇瑞の儀を—すれば	146	鹿山景	257③
	礼義の場を—すれば	148	竹園如法	260⑤
	霊場の砌に望て—すれば	103	巨山景	異310⑥
	正に尊神の御貌を—せし	130	江島景	231③
	余香を—せし余波までも	134	聖廟霊瑞	239④
はいすいのぢん(背水の陣)	—に異ならず	172	石清水	297②
はいせん(廃詮)	—の客に仰れ	102	南都弁	185⑥
	—の客にかしづかれ	97	十駅	174⑪
ばいぞう(倍増)	威光—の方便	139	補陀湖水	247④
はいたか(鷙鳥)　＊はしたか	鷂鳥屋がへり屋形尾—兄鷂と	76	鷹徳	141⑧
ばいたんをう(売炭翁)	市の南にのぞみし—は	10	雪	51④
はいつ(八佾)	—の礼を調て	123	仙家道	220⑪

は

はういき(方域)	—をわかち	143	善巧方便	253⑮
はうえいしうのやま(方瀛州の山)	其名を聞もゆかしきは—とかや	80	寄山祝	異309②
はうがく(方角)	—区々なれども	114	蹴鞠興	205⑪
	—を賞ずればなり	140	巨山竜峯	248①
はうぎよ(鮑魚)	—のいちくらに入べからず	66	朋友	126⑥
はうくわう(放光)	—の瑞をみせつつ	97	十駅	175⑤
はうくわうぼさつ(放光菩薩)	天下にかかやかし—の号ありき	120	二闡提	異312⑤
ばうくんとう(茅君洞)	花に遊し—	41	年中行事	89③
はうさんれう(放参了)	—の夕まぐれ	103	巨山景	187⑥
はうし(方士)	抑—が尋ねえし	93	長恨歌	168①
はうし(芳志)	あはれみを送りし—のいたり	141	巨山修意	249⑫
ばうし(茅茨)　＊大茅具茨(たいばうぐし)	—やきらぬ萱津の軒	32	海道上	77⑨
	—を伐調ふ	140	巨山竜峯	248⑦
ばうしや(坊舎)	—窓をならべて	67	山寺	128⑧
はうじやうだいゑ(放生大会)	倩—を思へば	172	石清水	297④
はうじやうゑ(放生会)	神の誓の—	41	年中行事	89⑫
はうそ(彭祖)	籛—がながき齢	151	日精徳	264③
ばうばう(茫々)	天水—として	30	海辺	74⑪
ばうふせき(望夫石)	石あり則—	173	領巾振恋	298③
はうべん(方便)	威光倍増の—	139	補陀湖水	247④
	中にも済度の—掲焉	131	諏方効験	232⑧
	利生—たがひに	152	山王威徳	266⑫
	是皆善巧—の縁ならざらん	143	善巧方便	252⑬
	—の賢によるが故に	143	善巧方便	253②
	利生—の数多く	109	滝山等覚	195④
	皆—の説ぞとて	163	少林訣	282⑦
	善巧—の衢につまづかず	143	善巧方便	252⑪
	—の舟をうかべつつ	62	三島詣	119②
	何か善巧—の道を教とせざる	143	善巧方便	253⑥
	—の御法も様々に	143	善巧方便	254⑥
	仏陀の善巧—は	46	顕物	96③
	外に済度の—道ひろし	129	全身駄都	228②
はうまつ(泡沫)	芭蕉—電光朝露に	84	無常	153⑩
	ばせう—でん光朝露に	84	無常	両331⑥
はうやう(泡影)	功名も—に異ならず	119	曹源宗	212⑦
はうようらく(放鷹楽)	—のそのすがた	121	管絃曲	217①
	—を催すも	76	鷹徳	140⑧
はうゐきさいど(方域西土)	—の教主の縁として	147	竹園山	259⑫
はがくれ(葉隠)	下這葛の—に	91	隠徳	164⑫
はかぜ(羽風)	木伝へばおのが—にも	1	春	42①
	鶯の木伝ふ—にも	29	源氏	73④
	飛かふ—も品ことに	124	五明徳	221⑬
	世々の—をや仰らん	144	永福寺	255③
はかな・し	—き跡にや残けむ	38	無常	84⑫
	—き空の煙と	168	霜	290⑥
	—き契となる世には	160	余波	279②
	—き契をたのまぬは	40	夕	両333③
	中にも愚かに—きは	97	十駅	173④
	—き物からしかすがに	132	源氏紫明	234⑪
	—き夢におどろきて	160	余波	278⑥

	—き夢のあだしよを	84	無常	両331④
	—き夢の中にさへ	22	袖志浦恋	64⑤
	しらざりけるこそ—けれ	70	暁別	130⑫
	思へば—や身をさらぬ面影ばかりの	24	袖余波	66②
はかふ(巴峡)	—の哀猿の三叫	50	閑居釈教	100⑧
はかふざん(巴峡山)	—の巴水は	122	文字誉	219②
はかま(袴)	すそごの—革の—	76	鷹徳	140⑩
はかりこと(謀、籌)	和光同塵は利物の—	62	三島詣	119①
	民を撫る—	63	理世道	121⑬
	物を利する—	63	理世道	123③
	文は民をなづる—	65	文武	125③
	得道にむかふ—	66	朋友	127⑧
	在門外立大白牛車の—	72	内外	134⑤
	霊鼠のなせる—	78	霊鼠誉	144⑨
	河海をわたる—	79	船	145⑧
	勇士の諌る—	81	対揚	149③
	化一切衆生の—	85	法華	155⑨
	右車左馬の—	88	祝	159⑨
	金場を開く—	97	十駅	176③
	天津児屋根の—	101	南都霊地	182⑪
	彼是何も天長地久の—	108	宇都宮	194①
	都て木を栽は安宅の—	114	蹴鞠興	206④
	智水の深き—	140	巨山竜峯	248②
	国を治め民を育む—	143	善巧方便	253②
	衆生を救はん—	162	新浄土	281⑩
	君をまもる弓取の国を治る—	76	鷹徳	両326⑦
	東山の柳営は朝家鎮衛の—	39	朝	両332⑩
	抑馬に策千里をとばする—	156	随身諸芸	両340⑦
	—を帷帳の中に運し	172	石清水	296⑩
はか・る(計、測、策)	みづから是を—らずとも	63	理世道	122⑧
	化にしもいかがは—らん	146	鹿山景	258⑦
	慮ぞ—りがたき	134	聖廟霊瑞	238⑪
	淮陰公が—りし	172	石清水	297②
	この芸の雌雄を—りつつ	155	随身競馬	270⑦
	ふたりの尊—りて	17	神祇	57⑨
	されば孟嘗君は—りて	60	双六	114⑩
	事しげからず—りては	63	理世道	121⑫
	何ぞ—る事をえむ	143	善巧方便	254⑧
	—るに豈与はんや	146	鹿山景	258⑨
はぎ(萩)　＊いとはぎ	うつろふ—が花摺	7	月	48⑨
	移ろふ—がやつるらむ	145	永福寺幷	256⑪
	—の花尾花葛花常夏の花	43	草	92⑥
	—の葉の露吹むすぶ秋風楽	121	管絃曲	216⑭
はぎのと(萩の戸)	仁寿殿より—の	105	五節末	189⑦
はぎはら(萩原)	鹿のしがらむ—	53	熊野三	104⑩
はきよう(巴叩)	さても—のたちばなに	123	仙家道	220⑬
	—も仙家の道とをし	82	遊宴	異302⑧
はく(百)→ひやくヲモミヨ				
は・く(吐)	翼を振ひ声を—く	139	補陀湖水	246⑤
はくい(伯夷)	—叔斉は首陽山に隠れつつ	91	隠徳	163⑫

	—叔斉は首陽山のかたらひ	127	恋朋哀傷	225④
はくう(伯禹)	—のかたじけなくのこれる跡は	113	遊仙歌	203①
はくうん(白雲)　＊しらくも	紫閣山の—	42	山	90⑩
	—足下にかなへり	138	補陀落	245⑫
	—千重かさなりて	103	巨山景	186①
	—隣を卜たり	67	山寺	127⑪
	—の底に立帰り	152	山王威徳	267⑧
	—はるかに聳たり	35	羇旅	81③
	—深き梢かな	164	秋夕	284⑨
	—峯につらなる	173	領巾振恋	298③
はくうんあん(白雲庵)	—に聳ては	146	鹿山景	257⑭
ばくえき(博奕)	抑—品々に	60	双六	116④
はくが(伯牙)	—は鍾子なかりしかばや	66	朋友	126⑧
はくかん〔はつかん〕(白鷴)	—は素を失はず	76	鷹徳	両326⑨
	—はしろきをうしなふ	10	雪	50⑭
はぐくみた・つ〔はごくみたつ〕(育立)	はるばると—つるかなしみも	160	余波	278⑮
	—てけん鶴の子の	132	源氏紫明	235⑫
	—てけん情までも	38	無常	84⑪
はぐく・む(育)	天地にこれを—み	81	対揚	148⑩
	梢を—む袖しあらば	99	君臣父子	178⑤
	国を治め民を—むはかりこと	143	善巧方便	253②
はくさい(百済)　＊くだら	—経典を奉	59	十六	112⑫
	鷹はこれ—の雲の外をいで	76	鷹徳	140④
はくしか(白鹿)	—看来りしかば	146	鹿山景	257⑤
はくじつうくわ(白日羽化)	無為をしわざとする—の輩	123	仙家道	220⑥
はくじや(白麝)	—の匂を遠くをくり	151	日精徳	264⑧
はくじゆ(柏樹)	庭前—の色までも	103	巨山景	186⑤
はくじゆ(百種)	内外に—の道広し	97	十駅	173②
はくせい(百姓)	—撫民の柴のとぼそ	63	理世道	123⑥
はくせき(百尺)	—の枝を連ね	135	聖廟超過	240⑭
	—をしむる滝祭	96	水	172⑧
はくせん(百川)	海—をいとはず	88	祝	159③
ばくだう(博堂)	三たけのこひが—には	60	双六	116⑩
はくち(白雉)	—四年の比かとよ	119	曹源宗	212⑫
はくとう(白頭)	—の鶴のかみ	100	老後述懐	180⑬
はくねんよ(百年余)　＊ももとせあまり	—の経行	67	山寺	127⑬
はくば(白馬)　＊びやくめ	経典を—に荷はしめ	77	馬徳	141⑭
はくば(白馬)　※白馬の節会　＊あをむま	—踏歌の節会の儀	41	年中行事	88⑭
	—の節会駒牽	77	馬徳	142⑨
はくばんり(百万里)	波を隔て—	42	山	90④
はくび(薄媚)	—となさけなき狂鶏の	113	遊仙歌	204⑨
はくふく(百福)	すべて—の宗は悉く	92	和歌	166⑩
ばくぶさん(幕府山)	大樹営の—	42	山	91⑦
	—の秋の月	142	鶴岡霊威	252⑦
	—の春の木ずゑ	80	寄山祝	146⑫
はくふ〔はくほ〕(曝布)	天台山に—の泉	94	納涼	169②
	—の泉は天台山	42	山	90⑥
はくま(白麻)	—の紙も所せく	110	滝山摩尼	197⑥
はくやう(白楊)	—が柳の枝なり	99	君臣父子	178⑨
はくやく(百薬)	然も—の名をけんず	47	酒	96⑫

	夫蜀茶は功をあらはす事—に勝れ	149	蒙山謡	260⑬
はくより(百余里)	都門を出て—	93	長恨歌	167⑨
はくらう(白浪)	—湖水に連り	67	山寺	128②
	—渺々たる水の底	96	水	172⑧
はくらくてん(白楽天)	—の遊し玉順山ぞゆかしき	42	山	90⑪
	彼—も又	149	蒙山謡	両340②
	彼—も又茶園を産業として	149	蒙山謡	261⑧
はくりく(博陸)	—三公のかしづき	72	内外	135④
	—補佐の袂までも	143	善巧方便	253⑨
	—補佐の玩殿上の淵酔	82	遊宴	151⑥
はくりけい(百里奚)	李斯と—とは忠勤の聞え有しかど	81	対揚	異302③
はくりようわう(博陵王)	—の苗裔	113	遊仙歌	203⑥
はくりよくさう(白力相)	丘泉清調—番段宗	133	琵琶曲	236⑬
ばくれき(莫歴)	折々難陀の—せる	139	補陀湖水	246⑥
はくれん(百練)	—くもらぬまつりごと	45	心	94⑭
	像(かたち)を鑑し—は	98	明王徳	177⑥
はくろち(白鷺池)	—の浪にうかぶなり	97	十駅	175⑦
はくわう(百王)	—今に絶せず	172	石清水	296②
	—恙ましまさず	96	水	172⑬
	—の下れるいま	98	明王徳	176⑭
	—の末も瑞籬の	55	熊野五	107⑧
	—の理乱は声にあり	121	管絃曲	216④
はくゐ(百囲)	—の檜杉紺楼をぞかまふる	139	補陀湖水	246③
はくゑん(白猿)	箭をおそれざる—も	166	弓箭	287④
はげ・し(烈)	秋風—し吹上の	56	善光寺	108⑫
	野分の風ぞ—しき	145	永福寺幷	256⑪
	木枯—しき飛鳥川	95	風	170⑭
	木枯—しき木にのぼり	171	司晨曲	294⑤
	嶺嵐の—しき嶮谷の	159	琴曲	275⑥
はげしさ	夕塩風の—に	173	領巾振恋	298⑥
はげま・す(励)	誰かは心を—さざらん	141	巨山修意	249⑭
	いざさば心を—して	97	十駅	174⑨
はげ・む(励)	誰かは心を—まざらん	141	巨山修意	249⑭
はこ(箱)	吾立杣の紅葉の—	150	紅葉興	263⑫
	硯の—に入られし	165	硯	286⑦
	壁に納めし—の底	45	心	94⑬
	百練は—の底にぞ朽にける	98	明王徳	177⑦
	隠て納し法の—も	108	宇都宮	192⑭
はこざき(箱崎)	玉くしげ—のいにしへを訪へば	103	巨山景	異310⑥
	玉櫛笥—の松のみどりも末遠く	154	背振山幷	269②
はこねぢ(箱根路)	登ればはるけき—の	34	海道下	80①
はこねのやま(箱根の山)	足柄—越て	42	山	91⑥
	あしがら—こえて	42	山	両327⑩
はこ・ぶ(運)	誰かは歩を—ばざらん	51	熊野一	101⑪
	肝胆の劫を—ばしむ	131	諏方効験	232①
	思ひを雲路に—ばしめ	56	善光寺	107⑫
	是を本として多の土石を—び	159	琴曲	両335⑩
	月にぞ歩を—びけるやな	13	宇礼志喜	54④
	歩を南に—びつつ	59	十六	113④
	歩を—びて墨染の	154	背振山幷	269⑥

	歩を一び手をあざふ	86	釈教	156⑩
	一ぶ歩に物うからず	140	巨山竜峯	248⑥
	一ぶ歩の数々に	108	宇都宮	193④
	一ぶ歩の日を経ては	53	熊野三	104⑧
	歩を一ぶ数おほく	120	二闡提	214①
	彼所に歩を一ぶ人	60	双六	116⑫
	歩を一ぶ人はみな	109	滝山等覚	195②
	踏分て歩を一ぶ人はみな	152	山王威徳	267④
	神垣に歩を一ぶ人はみな	46	顕物	異307⑥
	歩を一ぶ人も皆	62	三島詣	119⑭
	歩を一ぶ宮人の	35	羇旅	81⑫
	急あゆみを一べば	141	巨山修意	250④
	歩を一べば我も先	34	海道下	79⑭
はごろも(羽衣)	天降けん一の	170	声楽興下	292⑪
	此一のころもでに	161	衣	280⑪
	天一希に来て	171	司晨曲	294②
	天の一まれに来てなでても	14	優曇華	両325⑤
はざま(摂)	鶚のゐる岩の一にも	23	袖湊	65③
はさ・む(夾)	或は双眼に鏡を一み	77	馬徳	異311⑧
ばさらたいしやう(伐折羅大将)	一安底羅	16	不老不死	57①
はさん(巴山)	或は一の千里に鞭うち	164	秋夕	284⑨
はし(橋)	瑠璃にすきて玉の一	108	宇都宮	193⑬
	天河瀬の紅葉の一	150	紅葉興	262⑫
	一うち渡す雨もよに	90	雨	162⑤
	七宝の一つづきては	62	三島詣	119⑭
	故郷の一と聞わたるも	102	南都幷	184⑫
	或は玉体を一として	101	南都霊地	184①
	絵かける一に澄登る	103	巨山景	186⑦
	一にとかかる陸人	32	海道上	77⑩
	鵲のわたせる一の上の霜	168	霜	289⑨
	山菅の一の深砂王	138	補陀落	244⑦
	虎渓の一のたはぶれ	66	朋友	両339⑧
	長良の一の橋柱	92	和歌	166⑧
	渡せる一も憑敷	54	熊野四	105⑩
	一をばわたらざらめや	82	遊宴	151⑫
	移れる一を見わたせば	144	永福寺	255⑥
はし(階)	落葉一に満て紅払はずとかやな	93	長恨歌	167⑭
はし(端)	一さしたる茵に	29	源氏	73⑩
	四十七にやはらぐる文字を一として	122	文字誉	218⑧
	そよや心を砕く一として	157	寝覚恋	272⑩
	世のわたらひの一も皆	60	双六	115①
はし(嘴)	鷹の一猶懶く	149	蒙山謡	261④
はじ(櫨)	一の紅葉のはしばかり	150	紅葉興	263⑧
はしたか(箸鷹、鷂)　＊はいたか	しらふに見ゆる一	10	雪	50⑭
	おどろに草どる一	97	十駅	173⑥
	みね飛わたる一の	76	鷹徳	141⑦
はしたな・し	一く遠来にけりと	134	聖廟霊瑞	239③
はじとみ(半蔀)	彼は一の階異なる	115	車	異311⑪
はしばしら(橋柱)	又立帰る一	33	海道中	78⑦
	長良の橋の一	92	和歌	166⑧

はしひめ(橋姫)	宇治の―かたしき衣霜さえて	161	衣	280③
はじま・る(始)	花水供に―り	96	水	171⑦
	其儀武徳殿に―りしより	155	随身競馬	270⑨
	渕酔漸―りて	104	五節本	188⑩
	此御時に―る	59	十六	112⑬
	童御覧ぞ―れる	105	五節末	189⑥
はじ・む(始)	楽を―むる謂あり	169	声楽興	291⑫
	釈奠を大学寮に―め	71	懐旧	132⑫
	抑役の優婆塞を―めて	130	江島景	231②
はじめ(始、初)	大昊木徳の春の―	41	年中行事	88⑬
	碧浪金波三五の―	81	対揚	149⑮
	夫椎輪は大輅の―	115	車	207⑩
	夫管絃は天地の―	121	管絃曲	215⑨
	夫天地開闢の―	166	弓箭	287①
	げに此道の―かは	109	滝山等覚	195⑪
	―宮毗羅大将よりや	16	不老不死	56⑮
	―十信十住より	83	夢	152⑬
	先孝の―とこそ聞	99	君臣父子	179④
	無常を発心の―とし	38	無常	85①
	先そへ歌を―とし	112	磯城島	201③
	新宮は垂迹の―なり	55	熊野五	106⑮
	是ぞ五節の―なる	105	五節末	190②
	当山建立の―なる	138	補陀落	244⑩
	先は青陽の―に	44	上下	93①
	代は―の儀式とか	104	五節本	187⑫
	青陽の春の―の日	16	不老不死	55⑬
	内親王の―は	72	内外	134⑭
	船に棹さす―は	139	補陀湖水	246①
	竹をかざしし―も	68	松竹	129⑤
	さても胎内五位の―より	72	内外	134⑤
	少年の春の―より	74	狭衣袖	137③
	我かもあらぬ―より	75	狭衣妻	138⑪
	一音不生の―より	121	管絃曲	216②
	ゆかりの色を思そめにし―より	132	源氏紫明	234⑩
	東方阿閦の―より	143	善巧方便	253⑮
	春の―をあらはせり	169	声楽興	291⑦
はじめお・く(始置)	二季の彼岸を―く	138	補陀落	244⑥
はじめて(始、初)	蠟燭は此方彼方に明也―	113	遊仙歌	両340⑤
	―顕たまひしより	152	山王威徳	266⑨
	―参詣の人はみな	136	鹿島霊験	242⑦
	―知ぬいかがはせん	113	遊仙歌	204⑧
	―露のむすぶより	81	対揚	149⑮
	夜―長ければ	8	秋興	49⑦
	―八卦書契をかき	122	文字誉	218②
	―半座をわかち与へ	119	曹源宗	211⑫
	―開し教法	91	隠徳	165②
	南枝花―開く	134	聖廟霊瑞	238③
	―練武の法則をなせりや	114	蹴鞠興	204⑬
ばしやう(馬上)	―に愁吟切なりし胡国の旅	133	琵琶曲	236⑧
ばしやうのきよく(馬上の曲)	昭君が旅の―	35	羇旅	81⑦

は

はじゆん(波旬)	—の類を虐	153	背振山	268⑨
はしら(柱)	天童爰に跡をたる松の—	68	松竹	両328③
	四の御—かたかしはも	131	諏方効験	233④
	松の—竹のかき	68	松竹	129⑦
	松の—竹の垣	68	松竹	両328⑤
	黄金の—の辺には	121	管絃曲	217⑦
はしりゐ(走井)	ささ浪やこす—	102	南都幷	184⑫
	流てはやき—に	61	郢律講	118④
はし・る(走)	緤をはなれて—る犬にや	97	十駅	173⑥
はじろ(羽白)	—藤沢唐まく	76	鷹徳	141⑩
は・す(馳)	思を千里の雲に—せ	32	海道上	76⑤
	上苑の塵に—せ	145	永福寺幷	256⑤
	ただ其ために西に—せ	160	余波	279③
	蹄は陸路に—せつつ	76	鷹徳	140③
	筆を—せて志を顕はす	73	筆徳	135⑪
はすい(巴水)	巴峡山の—は	122	文字誉	219②
はずゑ(葉末)	草の—にをとづるるは	124	五明徳	222①
	—の露の玉さかに	18	吹風恋	60①
	杉村につづける竹の—より	103	巨山景	186⑫
ばせう(芭蕉)	—泡沫電光朝露に替ぬ身の	84	無常	153⑩
	—泡沫電光朝露にかはらぬ身の	84	無常	両331⑥
はた(廿)	巻を—に調へ	92	和歌	165⑪
	三十—四十とかぞへし碁の	60	双六	116①
はた(旗、幡)	笠の—になぞらふる狩杖も	76	鷹徳	140⑩
	唯識の—を揚しかば	101	南都霊地	183⑭
	狗摩羅王は—をとる	101	南都霊地	184①
	余経も—をなびかしてん	85	法華	155④
はだ(秦)	—下野佐伯や	156	随身諸芸	271⑭
はたう(波濤)	—連て渺々為	171	司晨曲	293⑩
	梅は万里の—を凌つつ	135	聖廟超過	240⑮
	—を凌便とす	79	船	145⑧
	—をしのぐ渡宋の昔を哀みてや	103	巨山景	異310⑨
	—を湛て鎮なり	109	滝山等覚	194⑭
はたして(果て)	—きはまれる台に備り	134	聖廟霊瑞	239⑫
	—勅約かたじけなく	108	宇都宮	194③
	—法味の菓を	147	竹園山	259⑥
はたち(二十歳)	—ばかりにならし山や	173	領巾振恋	299⑥
はたはたくび(将々頸)	—に着ならせる	114	蹴鞠興	207④
はだへ(膚)	西北に起る雲の—	90	雨	161⑥
	つゐに法身の—をや飾らん	161	衣	279⑬
はたほこ(鋒、幢)	—を捧たてまつる	109	滝山等覚	196②
	八竜の—を立幷	172	石清水	296⑫
はだれ(羽だれ、斑)	まじろの鷹の—の雪	131	諏方効験	232③
	—の雪の明ぼのに	76	鷹徳	141③
はち(八)→はつヲモミヨ				
ばち(撥)	—して招く在明の月や	133	琵琶曲	236④
	つかひなしたる—のもてなし	29	源氏	73⑪
	—を納し所かとよ	91	隠徳	164④
ばちおと(撥音)	玄象の—妙にして	121	管絃曲	217⑥
はちいん(八音)	五声—を器として	121	管絃曲	217⑩

はちえふ(八葉)	—五緒長物見は	115	車	208⑪
	—五緒長物見	115	車	両337⑧
はぢがま・し(恥がまし)	—しくぞ聞ゆる	78	霊鼠誉	144⑮
はちくどくち(八功徳池)	—の蓮葉の	167	露曲	288⑧
はちくのせつこう(八九の節候)	—をつぎ	164	秋夕	284②
はちぐわつ(八月)　＊はつき	くもりなき秋—の月影	50	閑居釈教	100⑪
	毎年—十五日に最勝王経を講となり	172	石清水	297⑥
はちじふまんさう(八十万艘)	—をたなびきて	172	石清水	296⑭
はぢしら・ふ(慝)	—へる粧ひ	113	遊仙歌	203⑮
はちす(蓮)	濁らぬ—あざやかに	97	十駅	176④
	—に生る願望	108	宇都宮	193⑪
	—の露に契をなどかは結ばざるべき	127	恋朋哀傷	226⑤
	—は衆色を染出せる	128	得月宝池	226⑨
	千葉は—を奪ひ	151	日精徳	264⑧
はちすば(蓮葉)	西にかたぶく—の	95	風	両332④
	汀の—の涼しき風にやかほるらむ	89	薫物	160⑦
	八功徳池の—の濁にしまぬ露の玉	167	露曲	288⑧
はちまん(八幡)	—勧請の砌には	62	三島詣	120④
	—三所の御事ぞ	142	鶴岡霊威	251⑪
	—三所はかたじけなく	172	石清水	296⑥
はちまんだいぼさつ(八幡大菩薩)	故号—となりければ	172	石清水	297⑮
はちまんだら(八曼荼羅)	又—に写すは	138	補陀落	244⑮
ばちやう(馬長)	左右近衛の—にも	155	随身競馬	270⑬
	—の勤仕も其品々を顕して	135	聖廟超過	240④
はちりう(八竜)	—雷風の神風雨を心にまかすれば	137	鹿島社壇	243②
	—の幢を立幷	172	石清水	296⑫
はちゑ(八会)	—に儲し教法	97	十駅	175⑬
は・つ(終)	夏—つる扇に契を	124	五明徳	221⑭
	采女の御膳—てて後	105	五節末	189⑭
	秋—てぬとも問てまし	26	名所恋	68⑨
	やどりも—てぬ夢の名残	96	水	171⑭
	禅学秉払—てぬれば	103	巨山景	187⑦
	露台の乱舞も—てぬれば	105	五節末	189⑪
は・づ(恥)	—ぢてもいかが—ぢざらむ	25	源氏恋	67⑦
	外朝に名をや—ぢざらむ	99	君臣父子	179⑥
	いかでか是を—ぢざらむ	100	老後述懐	180⑧
	漢家の四皓に—ぢざるは	65	文武	125⑬
	正に—ぢざるべけんや	160	余波	276⑭
	三皇に—ぢざるまつりごと	88	祝	159⑤
	山鳥のをのが鏡の影にも—ぢず	19	遅々春恋	61②
	影をも今更誰に—ぢん	78	霊鼠誉	144①
はつかい(八愷)	八元—とりどりなり	99	君臣父子	179⑤
	—八元はみな夏の帝舜の忠臣	59	十六	異307⑩
はづか・し(媿)	—しや百年ちかきつくもがみ	100	老後述懐	180②
はづかしのもり(羽束志の森)	浪のぬれ衣—ても	26	名所恋	69③
はつかぜ(初風)	麻の末葉にかよふや秋の—	4	夏	44⑭
	涼き秋の—	41	年中行事	89⑨
	身にしむ秋の—	95	風	171②
	いま将秋の—	124	五明徳	222①
ばつかとごだいり(幕下都護大理)	—はをのをの武にかたどりて	65	文武	125⑫

はつかに	—思ふ心はうき人の	10	雪	50⑥
	山の—残る月の	22	袖志浦恋	64⑨
はつかのくに(八箇の国)	—を寄附せられしは	139	補陀湖水	247①
はつき(八月)	七月—九月になれば	6	秋	47⑦
はつくわしよげい(八卦書契)	始て—をかき	122	文字誉	218②
はつげん(発言)	—いまだ現さざりし	134	聖廟霊瑞	238⑥
はつげん(八元)	—八愷とりどりなり	99	君臣父子	179⑤
	八愷—はみな夏の帝舜の忠臣	59	十六	異307⑩
はつこく(八国)	—に及ぼし	129	全身駄都	228①
はつさうじやうだう(八相成道)	—の無為の城	51	熊野一	101⑨
はつさうのじやうだう(八相の成道)	釈尊—も先其すがたをあらはす	38	無常	85③
はつしき(八識)	—五重の聖も皆	102	南都幷	185⑦
はつじのしも(八字の霜)	つゐには—降ぬ	122	文字誉	219⑩
はつしも(初霜)	—結ぶいと薄	32	海道上	77⑨
はつしやうだう(八正道)	自—垂権跡	172	石清水	297⑭
はつしんでん(八神殿)	神祇官の—	17	神祇	57⑬
はづ・す(外)	ながく琴の緒を—し	66	朋友	126⑨
はつせ(泊瀬)　※山	竜田—志賀の山	2	花	42⑧
	霞ゆく檜原を分入—山	67	山寺	128⑤
	—山石山	42	山	91②
はつせあさくらのみや(泊瀬朝倉の宮)	—に宮居して	39	朝	87⑦
はつせまうで(初瀬詣)	—のあいやどり	173	領巾振恋	299⑥
はつせき(八尺)	—の屛風は五尺の身を宿せしむ	158	屛風徳	273⑧
はつたう(法堂)	衆寮—庫裏僧堂	163	少林訣	283⑧
はつぢく(八軸)	法華—二十八品	122	文字誉	218⑬
	—の垂露消せぬ真文	160	余波	277⑤
はつと(八斗)	いかがは子建が—の字	122	文字誉	219⑤
はつね(初音)	げにこの谷にてや—きかん	144	永福寺	255⑪
	もりて—ぞ珍き	5	郭公	45⑤
	鳥の—にひびくなる	171	司晨曲	295⑧
	何も—のほとときす	5	郭公	46⑩
	げにまづ—も珍き郭公	4	夏	44⑨
はつねのひ(初子の日)	梅の初花—の	16	不老不死	56⑤
はつはな(初花)	今は春なる浪の—	111	梅花	199⑫
	梅の—初子の日の	16	不老不死	56⑤
	南枝の—先開け	111	梅花	199⑧
はつはなざくら(初花桜)	—さけるより	2	花	42⑦
はつひさんもく(八臂三目)	—に備り	101	南都霊地	183⑧
はつひつ(八匹)	穆王—の天の駒	77	馬徳	142⑦
	伝らく遠く穆王—の馬蹄は	155	随身競馬	270④
はつひやく〔はんひやく〕(八百)	—の霜多く積る庭	151	日精徳	264③
はつひやくさい(八百歳)	滅後—かとよ	91	隠徳	165②
はつふ(八不)	句を—に任つつ	97	十駅	174⑭
	彼—の中の不文字の	122	文字誉	218⑪
はつぶ(八部)	竜神—の擁護も	129	全身駄都	228⑫
はつまご(苗裔)	博陵王の—	113	遊仙歌	203⑥
はつもとゆひ(初もとゆひ)	—を祝ふらん	174	元服	異301⑦
	—をむすびしは	16	不老不死	56⑧
はづ・る(外)	猶其道にも—れず	134	聖廟霊瑞	238②
はつをばな(初尾花)	袖かとまがふ—	8	秋興	49②

はて(終、果)	柏木のもゆるおもひの—	38	無常	84⑫
	浪間にしづむ思の—	107	金谷思	191⑫
	まよふ心の—ぞうき	69	名取河恋	130⑤
	心づくしの—ぞうき	75	狭衣妻	139⑥
	朝露にかはらぬ身の—は	84	無常	両331⑥
	—は何の旅ならむ	35	羇旅	82⑦
	—は枯野の草の原	84	無常	153⑪
	—は無名のゐひもせずと	122	文字誉	218⑩
	思みだるる—もさば	75	狭衣妻	139①
	さらぬ別に合念ものの—やさば	127	恋朋哀傷	225⑥
	浮立思の—よさば	25	源氏恋	67②
	かかる心の—よさば	106	忍恋	190⑥
はてもな・し	所執の—し	38	無常	84④
	かぎりもしらず—し	56	善光寺	108⑥
	行ゐもしらず—し	69	名取河恋	130④
ばてい(馬蹄)	—とも是をいひ	165	硯	286④
	鶏距を—にまじへては	73	筆徳	135⑩
	伝らく遠く穆王八匹の—は	155	随身競馬	270④
はてしな・し	みじかき契の—く	38	無常	84⑩
	生滅共に—く	84	無常	153⑥
ばとう(馬頭)	—の形を現し	77	馬徳	143②
	—の忿怒早速く	139	補陀湖水	247④
ばとういつなんのみこ(馬頭一男の御子)	—としては慈悲の忿怒濃に	108	宇都宮	193③
ばとうじゆんでいしやうくわんおん(馬頭准泥聖観音)	千手千眼観自在—	120	二闡提	214⑧
はとのみね(鳩の峯)	男山—帝都の南に鎮座す	172	石清水	296④
はとばせん(潘覩婆山)	香翠山—	16	不老不死	56⑫
はとや(廿鳥屋)	—は希代の鷹なり	76	鷹徳	141⑩
はな(花、華)	雪と降し庭の—	2	花	42⑭
	萩の花尾花葛花常夏の—	43	草	92⑥
	厭離は穢土の春の—	49	閑居	98⑬
	ただ等閑に手折—	85	法華	154⑨
	南枝北枝の梅の—	104	五節本	188⑪
	粧車に結ぶ—	115	車	208⑫
	梨園に奏せし春の—	121	管絃曲	217⑤
	雨を帯てはえならぬ—	82	遊宴	異302⑪
	只等閑に手折—	85	法華	両331⑨
	春の—あざやかなり	101	南都霊地	183⑫
	詞の—あざやかに	61	郢律講	118⑨
	三昧不染の—いさぎよく	97	十駅	175⑦
	—かとまがふ追風	31	海路	75③
	—かとまがふ継桜	55	熊野五	106④
	曼荼の—芳しく	97	十駅	176⑤
	—さき子成る恵と思ば	131	諏方効験	233③
	槿の—さく垣ほの朝露	39	朝	87③
	夕顔の—さく宿の主や誰	40	夕	88③
	四種曼陀の—ぞ降	2	花	43②
	—散暮に響しは	170	声楽興下	292⑧
	—と云ば桜にたとへても	29	源氏	73⑧
	梢はかほる—ならむ	114	蹴鞠興	206⑮
	手折やかざしの—ならん	33	海道中	79①

—より後の—なれば	151	日精徳	異315③
—に遊し茅君洞	41	年中行事	89③
男山—にあだ名は立ぬとも	8	秋興	49④
御法の—にうつさばや	160	余波	278⑪
さく—に思つく身のいかなれば	89	薫物	160②
況や—に木づたふ鶯	45	心	95④
—にぞとめししら河	2	花	42⑫
—にたはぶるる春の園	38	無常	84⑫
—に戯れし貌ばせ	127	恋朋哀傷	225⑬
—に鳴ては木伝鶯は	3	春野遊	43⑦
—になく鶯は	112	磯城島	201①
—になせども埋木の	106	忍恋	190⑤
春の—になづさひては	99	君臣父子	178⑤
桜の—に匂はせて	1	春	41⑫
中にも人の心の—にのみ	122	文字誉	218⑥
—には誰かめでざらむ	125	旅別秋情	223⑨
春の—匂をそへ	73	筆徳	135⑪
春の—匂をそへ広く詞の林を	73	筆徳	両328⑨
消ずはありとも散—の	21	竜田河恋	63⑦
八重さく—のいとこよなく	72	内外	135⑥
円頓円融の—の色	50	閑居釈教	100⑤
南陽県の—の色	82	遊宴	151⑦
空即是色の—の色	97	十駅	174⑭
千種の—の色々	56	善光寺	108⑥
栄花の—の色々	143	善巧方便	253⑧
詞の—の色々に	28	伊勢物語	71⑩
さても詞の—の色々に	116	袖情	209⑧
腰差の—の色々に	135	聖廟超過	240④
凋める—の色なくて	112	磯城島	201⑫
沢べにさける—の色に	33	海道中	78③
—の色にやまがふらん	118	雲	211①
藤の末葉の—の色は	102	南都幷	185⑫
雨を帯たる—の枝	2	花	42⑭
一房捧し—の枝	163	少林訣	282⑨
散もうらめしき—の枝に	114	蹴鞠興	206⑮
—の陰にやすらひて	112	磯城島	202①
春さく—の風に散	163	少林訣	282⑪
—の傍の深山木とおされしも	25	源氏恋	67④
立かへりみて過がたき—の香や	111	梅花	200①
いもやとがめん—の香を	89	薫物	160⑪
—の簪地にいして	93	長恨歌	167⑨
大かたの—の木どもも	29	源氏	73①
—の木陰にやすらへる	114	蹴鞠興	207③
若桜の宮の—の盃	2	花	42⑪
人心移ふ—の桜河	26	名所恋	68⑪
挿頭の—の下枝	44	上下	93⑤
—の白浪散かかり	57	善光寺次	109⑭
—のしらゆふかけまくも	138	補陀落	245②
鶯来鳴—の底	133	琵琶曲	236⑪
無差平等の—の園	72	内外	134③

遊覧の―の園のほとり	82	遊宴	150⑥
散にし―の玉かづら	38	無常	84⑩
―の所の名高きは	2	花	42⑦
家路忘るる―の友	160	余波	277⑫
後には―の轅を廻らす	72	内外	135④
―の中にも勝たる	2	花	42⑥
おくれ先立―の名残は	160	余波	両332⑦
霞に漏る―の香	3	春野遊	43⑦
薬草薬樹の―の匂	16	不老不死	56⑭
―の匂ひ鳥の声	92	和歌	166⑤
―の匂にや移らむ	144	永福寺	255⑨
―の匂も紅葉ばも	42	山	91⑦
―の塒の庭鳥は	171	司晨曲	294②
手向る―の花かつみ	49	閑居	99⑨
樺桜の―の花かつみ	132	源氏紫明	235①
道ある御世の栄花の―の花盛	132	源氏紫明	235⑭
―の春の木のもとには	47	酒	96⑬
―の春までのこれかし	150	紅葉興	263①
蓮葉の風にや―のひらくらん	95	風	両332④
春の風に桃李の―の開る日	93	長恨歌	167⑬
養得ては―の父母たり	90	雨	異304③
物思の―のみさきまさりて	74	狭衣袖	137⑥
―の都をうつろひて	109	滝山等覚	196⑦
―の駅の司人	160	余波	277⑪
四王忉利の―の下	97	十駅	173⑬
―の下に帰らん事をや忘らむ	3	春野遊	43⑫
―のもとに濃かなるのみならず	82	遊宴	151②
詞の―の梁にもるる	75	狭衣妻	139⑭
籬の―の夕しめり	40	夕	88②
えならぬ―の夕ばへ	114	蹴鞠興	206⑫
―の別を慰は	150	紅葉興	262⑮
桜をかざす―の会	129	全身駄都	229⑦
大庾嶺にさく―は	111	梅花	両330①
―は萠せり菩提の樹	38	無常	85①
―は華慢帝網	61	郢律講	118⑪
栄花の―はさき草の	15	花亭祝言	55④
詞の―は桜麻の	34	海道下	80⑧
―はさだかに開けるは	67	山寺	128⑤
南枝―始て開く	134	聖廟霊瑞	238③
―は根に鳥は旧巣にや帰らん	4	夏	44⑦
―はのこらぬあらしに	68	松竹	129②
―は野べに紅葉は峯に	6	秋	47④
―は春の栄徳	114	蹴鞠興	205⑭
―は万歳の春の匂ひ	88	祝	159②
―は開て万歳の色	122	文字誉	219⑮
―は曼荼の春の霞	130	江島景	230⑧
栄花の―春の色あざやかなり	140	巨山竜峯	247⑪
―は艶をほどこして	5	郭公	45⑦
分ては暁の露に鹿鳴―開	164	秋夕	285④
覚母はさとりの―開け	108	宇都宮	193⑦

	具足妙相の―ひらけ	120	二闡提	214⑤
	比―開て後は更に	125	旅別旅情	223⑭
	開やこの―冬ごもり	111	梅花	199⑫
	梅が枝に―ふりまがふ淡雪	10	雪	50⑪
	―芬馥の気を含むは	61	郢律講	118③
	一万株の―ほころび	10	雪	50⑪
	功徳の林―綻び	97	十駅	175⑫
	優曇華の―待えても	14	優曇華	54⑧
	扇に置し―までも	115	車	208⑧
	―見て帰る人もがな	158	屏風徳	274④
	宴にかざす菊の―も	108	宇都宮	194⑤
	老木は―もうらやまし	9	冬	49⑭
	悟の―も此にして	128	得月宝池	227④
	文章の―も盛なり	98	明王徳	176⑬
	―も常葉にちらざれば	158	屏風徳	274⑨
	五月まつ花橘の―も実も	29	源氏	73⑪
	末の露は―より先に化に散	134	聖廟霊瑞	239⑧
	―を帯て鳳の舞かと疑はれ	95	風	170⑥
	和漢に詞の―をかざり	81	対揚	148⑫
	はやく悟の―を萌と也	129	全身駄都	229⑫
	うつろふ―をさそふ嵐	107	金谷思	191①
	詞の―を手折しは	92	和歌	165⑭
	色々の―を尽ても	112	磯城島	202⑦
	さいたる―を手にとりて	43	草	92⑤
	萩の―尾花葛花	43	草	92⑥
	移―をばよぎて吹	45	心	95⑤
	夫栄花の―を開し	134	聖廟霊瑞	237④
	瓶に差たる―を見て	2	花	42⑬
はなのえん(花の宴)	淳和の御門の―	2	花	42⑪
	春日のどけき―	82	遊宴	150⑬
	のどけき比の―	121	管絃曲	216⑨
	―紅葉の賀	64	夙夜忠	124⑦
はなのかほばせ(花の容貌、貌ばせ)	―妙なりし	59	十六	113⑩
	―妙にして	134	聖廟霊瑞	237⑫
	―玉のすがた	113	遊仙歌	203⑥
	―匂をそへ	93	長恨歌	167④
はなのしたひも(花の下紐)	千種の―	8	秋興	49①
	―永日も	3	春野遊	43⑬
はなのたもと(花の袂)	雪を廻らす―	59	十六	113⑤
	都ては参詣の―に	109	滝山等覚	195①
	染しは―を	4	夏	44⑦
はなのやま(花の山)	鶯来鳴―	110	滝山摩尼	197⑬
	滞出て―	160	余波	278⑦
はなのゆき(花の雪)	琴上に飛し―	111	梅花	200③
	霞みだれて―	143	善巧方便	253⑪
	道も去あへぬ―	152	山王威徳	267④
はないろごろも(花色衣)	款冬の―の袂にも	46	顕物	96⑥
	―花染	2	花	43②
はなうすやう(花薄様)	―花形見	2	花	43②
はながさ(花笠)	垣根の梅の―	111	梅花	200⑦

はながた(花がた)	霞める春の―	77	馬徳	142⑮
はながたみ(花籃、花形見)	花薄様―	2	花	43②
	―目ならぶ色やなかりけん	93	長恨歌	167①
	木曽路の桜の―目ならぶ梢も	131	諏方効験	232⑫
	木の―目ならぶ梢も	148	竹園如法	260⑥
	思おもはず―目ならぶ人は	28	伊勢物語	71⑩
はなかつみ(花かつみ)	樺桜の花の―かつみても	132	源氏紫明	235①
	―かつみる色やなかるらん	125	旅別秋情	223⑮
	浅香の沼の―且見るからに	35	羇旅	82④
	手向る花の―かつみる人も	49	閑居	99⑨
はなかつら(花かつら)	鶏美はおしねの―	171	司晨曲	295⑤
はなぐもり(花ぐもり)	三月の空の―	114	蹴鞠興	207①
はなざかり(花盛)	無常は春の―	84	無常	153④
	えならぬ梅の―	111	梅花	200⑧
	道ある御世の栄花の花の―	132	源氏紫明	235⑭
はなざくら(花桜)	大内山の―	2	花	42⑨
	尋やせまし―	58	道	110⑫
はなし(話)	おろそかなる―やな	29	源氏	72⑬
はなしづめのまつり(花鎮の祭)	―はげにさば神の恵ぞたのもしき	2	花	42⑩
はなすすき(花薄)	女郎花―	6	秋	47⑥
はなずり(花摺)	うつろふ萩が―	7	月	48⑨
	袖に移ふ―	131	諏方効験	232⑮
はなずりごろも(花摺衣)	―の袖の色	35	羇旅	81⑤
はなぞの(花園)	―の梢は	114	蹴鞠興	206⑧
はなぞののさだいじん(花園の左大臣)	―とかや	2	花	43①
はなぞめ(花染)	花色衣―	2	花	43②
	人ごころいさまだしらず―の	23	袖湊	64⑬
はなたちばな(花橘)	―の香をとめて	5	郭公	45⑧
	五月まつ―の花も実も	29	源氏	73⑪
	―の夕風	116	袖情	209⑭
	軒端なる―をぞ献ずべき	82	遊宴	異302⑨
はなちるさと(花散里)	夕顔の宿―	64	夙夜忠	124⑦
	―のほととぎす	5	郭公	45⑨
はな・つ(放)	郊に牛を―ちし客	97	十駅	176③
	生を―ち給なり	172	石清水	297⑤
はなぶさ(花総、蕚)	一乗円宗の―	67	山寺	128①
	緑の春の―	86	釈教	156⑨
	金盃の―酒にうかぶ	151	日精徳	264⑦
	手折てかざす―に	87	浄土宗	158⑤
	真俗の―に洒しむ	101	南都霊地	183①
	四向四果の―や	97	十駅	174④
	逢事は妙なる法の―を	85	法華	154③
	掌に―を捧とか	120	二闡提	213⑥
はなみのごかう(花覧の御幸)	―と聞えしは	2	花	42⑪
はなもみぢ(花紅葉)	折に付たる―	74	狭衣袖	137⑩
	節にふれたる―	108	宇都宮	193⑫
	―の色にも心や移らん	78	霊鼠誉	143⑬
はなやか(声花)	世々を重ぬる竹の―に	124	五明徳	222⑥
	いと―に和琴を	29	源氏	73⑦
はな・る(離、放)	六の道の苦を―る	109	滝山等覚	196⑧

	参是心意識を—る	119	曹源宗	211⑫
	友に—るる道はなし	66	朋友	両339⑩
	膠漆の友なひ—れがたく	127	恋朋哀傷	225⑫
	玉鬘掛な—れそと託ても	126	暁思留	224⑤
	家を—れて三四月	134	聖廟霊瑞	238④
	緤を—れて走る犬にや	97	十駅	173⑥
	唯心意識を—れても	128	得月宝池	227⑨
	立も—れぬ面影	74	狭衣袖	138④
	身をも—れぬ理ぞ	162	新浄土	281⑫
	—れぬ駒の蹄のみならず	165	硯	286②
	うき身を—れぬしるべならむ	24	袖余波	66⑤
	河船のさすがにさしも—れねば	23	袖湊	64⑭
	阿字門を—れねば	122	文字誉	218⑪
はなれやま(離山)	いかでわかれむ—の	57	善光寺次	109⑪
はにふのこや(はにふの小屋)	—のいぶせさも	23	袖湊	65④
	賤き—までも	63	理世道	123⑥
はね(翼、羽)	鳧雁鴛鴦は—をかはして戯れ	144	永福寺	255⑦
	諸共に—をかはひし中にして	132	源氏紫明	235⑫
	—を振ひ声を吐	139	補陀湖水	246⑤
はのじ(巴の字)　＊水の字、字	—を書たる流のすゑ	16	不老不死	56③
	—を造る波の上	122	文字誉	219②
	水—を成なる	96	水	171⑫
はばか・る(憚)	一官の小情に—りて	63	理世道	122⑪
ははきぎ(箒木)	心をしらぬ—に	45	心	95⑥
	やどしわづらふ—の	160	余波	278⑮
	伏屋に生る—を	56	善光寺	107⑬
ははそ(柞)	—小萩が紅葉	150	紅葉興	263⑩
ははそはら(柞原)	佐保山奈良山—	102	南都幷	184⑩
はひかか・る(這かかる)	蔦—る宇都の山	34	海道下	79④
は・ふ(這)	下—ふ葛の葉隠に	91	隠徳	164⑫
はふり(祝)	風の—に透間あらすなと	95	風	170⑨
はふりこ(祝子)	又賤き宮奴—	17	神祇	57⑭
はま(浜)	彼—の浦なみ	136	鹿島霊験	242⑨
	千里の—を顧て	54	熊野四	105②
はまかぜ(浜風)	吹送由井の—音たてて	56	善光寺	107⑭
	吹上の浜の—も	53	熊野三	104④
はまぢ(浜路)	—はるかに遠ければ	53	熊野三	104⑦
はまちどり(浜千鳥)	契興津の—	34	海道下	79⑨
	跡ふみつくる—	122	文字誉	218⑥
	なぐさの浜の—の	26	名所恋	68②
はまなのはし(浜名の橋)	入海遠き—	33	海道中	78⑩
はまのまさご(浜の砂)	—はかぞへても	33	海道中	78⑨
	—をうちすさみ	123	仙家道	220⑬
はまのみや(浜の宮)	磯路をめぐる—	55	熊野五	107③
はまべ(浜辺)	玉敷—に拾ふ貝	30	海辺	74④
はままつ(浜松)	佐野の—幾世へん	55	熊野五	107②
	三津の—の下枝をあらふ浪の	7	月	48④
	猶住吉の—の其名かはらぬ古言も	112	磯城島	202⑨
はままつがえ(浜松が枝)	白波の—の手向草	11	祝言	52⑧
	岩代の—のたむけ草	11	祝言	両324⑩

はまもの(浜物)	入江の—尋つつ	82	遊宴	150⑫
はまゆふ(浜木綿)	紀路の—かさねても	12	嘉辰令月	53⑨
はまをぎ(浜荻)	伊勢の—世々旧ぬ	142	鶴岡霊威	251⑪
	伊勢の—代々をへて	12	嘉辰令月	53⑪
は・む	夜も明ばきつに—めなでくだかけのと	171	司晨曲	294⑪
はもりのかみ(葉守の神)	時は—無月	102	南都幷	185①
はや(早)	忉利の形見も今は—	160	余波	277④
	いま—出立田辺の浦	54	熊野四	105③
	—浮雲の空隠れ	16	不老不死	56⑩
	—海づら遠や隔りし	132	源氏紫明	235⑩
	—鎌倉を見こしが崎	34	海道下	80⑦
	—衣々の恨は	74	狭衣袖	138④
	—暮ぬるかいざやいまは	102	南都幷	184⑬
	いまは—腰に梓の弓を張	100	老後述懐	180⑦
	超世の願に—こたへ	87	浄土宗	157⑪
	煩悩眠—さめて	50	閑居釈教	100⑥
	—敷妙の枕ならべんと	56	善光寺	108⑩
	—霜枯の蘆沼の	35	羇旅	82①
	—近露にや成ぬらん	55	熊野五	106③
	—とけ初るいと萩に	8	秋興	49①
	—長月の初三夜	125	旅別秋情	223⑫
	今は—夏六月の御手作の	131	諏方効験	232⑬
	程もなく秋のも中に—なりぬ	96	水	両329③
	—藤沢にかかりぬる	33	海道中	78⑤
	待らん婦を—みん	77	馬徳	142⑬
	青柳の糸我の山のいと—も	53	熊野三	104⑧
	今は—夕しらする松風の	40	夕	両333④
はやかけんろ	こゑ声に—と鳴なれば	171	司晨曲	294⑭
はやかは(早河、早川)	まだみぬ湯本—	34	海道下	80④
	水隠にいきづきあまり—の	18	吹風恋	60⑤
はやし(林)	夫よりおほくの—弥栄	137	鹿島社壇	両341②
	心の—詞の露	92	和歌	166⑤
	星の—に漕かくされぬるかと	118	雲	両338⑫
	詞の—にさえづり	112	磯城島	201①
	竹の—にすみしかたらひ	66	朋友	両339⑧
	—に猪鹿の類をかけや	97	十駅	173⑨
	紅葉の秋の—には酒を煖て	47	酒	97①
	功徳の—にむすばしむ	147	竹園山	259⑦
	ねぐらを—に求むなり	76	鷹徳	140③
	緑の—の中まで	99	君臣父子	178⑩
	瓊樹を抽る—の雪は	10	雪	50⑩
	—はしげくさかへつつ	141	巨山修意	249⑨
	—は所しげけれど	128	得月宝池	226⑫
	功徳の—花綻び	97	十駅	175⑫
	—は菩提を荘つつ	89	薫物	161①
	広く詞の—をかざりて	73	筆徳	135⑫
	広く詞の—をかざりて	73	筆徳	両328⑩
	—を粧る紅葉	8	秋興	48⑬
	—をかざる夕の色	84	無常	153④
	ひとつの—をなせるとか	137	鹿島社壇	242⑭

はや・し(早)	落羽も―き隼	76	鷹徳	141⑧
	とぶ鳥の飛鳥の河の―き瀬	102	南都幷	184⑪
	流にむかひて―き瀬に	122	文字誉	219④
	もののふの八十宇治河の―き瀬に	166	弓箭	287⑪
	いまをかぎりと―き瀬の	75	狭衣妻	139⑨
	流て―き月次の	22	袖志浦恋	64④
	ながれて―き年次は	160	余波	276⑬
	流て―き走井に	61	郢律講	118③
	刹那の生滅―くいたり	38	無常	84③
	無常は―く到やすし	119	曹源宗	212⑧
	春のよそほひ―く暮	160	余波	279①
	―く悟の花を萌と也	129	全身駄都	229⑪
	三韓―くしたがはむ	65	文武	126④
	槻川の流も―く比企野が原	56	善光寺	108⑫
	―く菩提の妙果に進らん	148	竹園如法	260④
	―くや三年を過ぬらむ	37	行余波	83⑦
	いで我駒は―くゆけ	77	馬徳	142⑬
	川瀬の水も―ければ	34	海道下	79⑪
はや・す(囃)	思の津をぞ―すなる	104	五節本	188⑭
	蔵人の頭―すなる	105	五節末	189⑬
はやせ(早瀬)	打渡す―に駒やなづむらん	56	善光寺	108⑬
はやぶさ(隼)	落羽もはやき―	76	鷹徳	141⑧
はやま(葉山、端山)	―茂山しげき人目を凌ても	26	名所恋	68⑨
	筑波山―茂山しげき恵の	159	琴曲	276⑤
	―滋山しげければ	80	寄山祝	146⑦
	栄は―茂山のしげみの	14	優曇華	54⑨
	―の峯の雲の外	5	郭公	45⑥
はや・む(早)	―むる駒は大磯の	34	海道下	80④
	馬の蹄を―めても	156	随身諸芸	271⑫
は・ゆ(映)	雪の朝に色―へて	76	鷹徳	140⑪
はら(原)	男山につづける交野禁野の―	51	熊野一	102⑤
	宇多野粟津野嵯峨野の―	76	鷹徳	141①
	終は枯野の草の―	84	無常	153⑪
	右北平の草の―	166	弓箭	287⑤
	今は枯行草の―	167	露曲	289②
	草の―より出る月の	56	善光寺	108⑦
はらおび(腹帯)→はるびヲミヨ				
はらなか(原中)	―遠く行々て	34	海道下	79⑬
はらはらと	楢の葉柏―	32	海道上	77③
はらひどの(祓殿)	あらゆる罪も―	55	熊野五	106⑦
はら・ふ(払)	紅―はずとかやな	93	長恨歌	167⑭
	衣被ども―はせて	104	五節本	188⑧
	三性に塵を―はん	97	十駅	174⑩
	いでて―はんとばかりの	21	竜田河恋	62⑩
	外典の風塵を―ひ	72	内外	133⑩
	雨の余波の露―ひ	114	蹴鞠興	207②
	石の床嵐に―ひ	123	仙家道	220⑩
	雲を隔て涙を―ひ	127	恋朋哀傷	225⑬
	露も涙も―ひあへぬ	125	旅別秋情	223⑮
	鞭して露をや―ひけん	156	随身諸芸	272⑦

	秋の風松をや—ひけん	170	声楽興下	292⑦
	雪を—ひし面影	161	衣	280②
	煩悩の雲を—ひつつ	146	鹿山景	257⑪
	十門の霞を—ひて	97	十駅	176①
	塵を—ひて陰なく	55	熊野五	106⑪
	袖を—ひて帰らむ	103	巨山景	186⑦
	—ひもあへぬ葦鴨の上毛の霜は	44	上下	94④
	—ひもあへぬ衣々の	126	暁思留	224④
	—ひもあへぬ露霜を	7	月	48①
	夕霜—ふ秋の風	168	霜	289⑩
	—ふに敵する類なく	95	風	171④
	塵浪を—ふに無碍ならん	147	竹園山	259③
	柳を—ふはる風	81	対揚	149⑮
	障の雲をぞ—ふべき	128	得月宝池	227③
	緑苔を—ふもてなし	8	秋興	48⑭
	外用の雲をや—ふらむ	62	三島詣	120⑨
	秋を告る嵐や雲を—ふらむ	140	巨山竜峯	248⑬
はらへ(禊)	河原の御—大嘗会	158	屏風徳	274⑭
はらみつ(波羅蜜)	四徳—の浪の辺	84	無常	153⑬
はらわた(腸)	漢宮万里月の前の—	133	琵琶曲	236⑨
	夜の雨に猿を聞て—を断声も	93	長恨歌	167⑫
	先—を断とかや	169	声楽興	291⑨
はり(玻梨)	金銀及—車渠乃至瑠璃珠等の	129	全身駄都	229⑬
はりのかべ	彫る甍—	140	巨山竜峯	248⑧
はりまがた(播磨潟)	—にも二見の浦	31	海路	両333⑪
はりようさん(覇陵山)	—にをくれざりける孟光	66	朋友	127②
はる(春)	物思なしや老の—	2	花	42⑬
	緑も深き—くれば	10	雪	50⑥
	—さく花の風に散	163	少林訣	282⑪
	—三月を賦せる詩	41	年中行事	89④
	—すぎ夏ふかく	10	雪	50⑨
	千年の—ぞ閑けき	2	花	43④
	—立けりな天の戸の	1	春	41⑨
	風わたる諏方の御海に—立ば	95	風	170⑨
	岡べの若草—といへば	33	海道中	78⑪
	昌泰聖暦の—とかや	134	聖廟霊瑞	238⑬
	風治りて閑き御世の—ながら	148	竹園如法	260⑤
	—ながらかくこそ秋のと言しや	150	紅葉興	262⑦
	花の宴天長八年の—也	2	花	42⑪
	今は—なる浪の初花	111	梅花	199⑫
	此花の開る—にあひ	172	石清水	296⑧
	普き—に逢とかや	152	山王威徳	267⑤
	—に逢扉に開けん	128	得月宝池	227④
	—にたのしむ心あり	165	硯	286②
	かすめる—の曙に	61	郢律講	118②
	鳳闕仙洞の—の朝	39	朝	86⑪
	閑けき—の朝霞	81	対揚	149⑬
	金谷の—の朝には	107	金谷思	191①
	—の朝の吉野山	112	磯城島	201⑨
	かすめる—の朝みどりの	129	全身駄都	229⑥

緑竹紫藤の一の雨	45	心	95②
楡柳営の一の雨	142	鶴岡霊威	252⑦
一の荒小田うちかへし	90	雨	161⑦
時しも一の青柳の	170	声楽興下	292⑫
水はながれて一の色	86	釈教	156⑧
誰か謂し一の色	134	聖廟霊瑞	238②
一の色あざやかなり	140	巨山竜峯	247⑪
花は一の栄徳	114	蹴鞠興	205⑭
春やむかしの一の仮言は	24	袖余波	66⑪
凌雲台の一の霞	48	遠玄	97⑬
花は曼荼の一の霞	130	江島景	230⑧
一の霞に立並ぶ	132	源氏紫明	235②
閑き一の霞の中に	159	琴曲	275⑨
一の霞をへだつといへども	141	巨山修意	249⑤
雲の外なる一の風	166	弓箭	287⑪
一の風に桃李の花の開る日	93	長恨歌	167⑬
一の風のどかに	120	二闡提	214⑥
梢に一の風を痛む	111	梅花	199⑩
一の形見に残なり	48	遠玄	98⑦
峯飛越る一の雁	91	隠徳	164⑥
一の雉のすそ野の原	107	金谷思	191⑮
深楼は一の雲を写し	31	海路	75①
一のくる葛城山の朝霞	39	朝	86⑫
争か一の越つらん	1	春	41⑪
幕府山の一の木ずゑ	80	寄山祝	146⑫
花の一の木のもとには	47	酒	96⑬
上陽性呂の一の声	121	管絃曲	217③
一の沢田を作岡の	33	海道中	78⑤
名におふ一の春庭楽や	61	郢律講	118①
花にたはぶるる一の園	38	無常	84⑬
菅相公の一の苑に	134	聖廟霊瑞	237⑫
のどけき一の田返すより	11	祝言	53①
堯女廟の一の竹	48	遠玄	98①
東風吹一の谷かぜ	140	巨山竜峯	248⑬
上陽の一の谷の戸に	81	対揚	149⑭
されば則天の一の月	97	十駅	175⑮
影をもやどせ一の月	96	水	両329③
抑聖運永延の一の天	109	滝山等覚	196⑦
一の隣のちかければ	9	冬	49⑬
一の情秋の興	107	金谷思	191②
花は万歳の一の匂ひ	88	祝	159②
一の匂芳しく	134	聖廟霊瑞	237④
一の匂芳く	147	竹園山	259⑥
大昊木徳の一の始	41	年中行事	88⑬
青陽の一の初の日	16	不老不死	55⑬
少年の一の初より	74	狭衣袖	137③
一の初をあらはせり	169	声楽興	291⑦
厭離は穢土の一の花	49	閑居	98⑬
梨園に奏せし一の花	121	管絃曲	217⑤
一の花あざやかなり	101	南都霊地	183⑫

	霞める—の花がた	77	馬徳	142⑮
	無常は—の花盛	84	無常	153④
	—の花になづさひては	99	君臣父子	178⑤
	—の花匂をそへ	73	筆徳	135⑪
	—の花匂をそへ	73	筆徳	両328⑩
	緑の—の花ぶさ	86	釈教	156⑨
	姑洗初三の—の日に	96	水	171⑪
	栄る—の日の	12	嘉辰令月	53⑧
	遅々たる—の終日に	19	遅々春恋	60⑨
	—の水氷を漲る流あり	95	風	169⑧
	—のめぐみあまねく	80	寄山祝	146⑥
	猶風まぜの—の雪は	10	雪	50⑫
	—の夜いとみじかく	93	長恨歌	167④
	—のよそほひはやく暮	160	余波	279①
	五条わたりの—の夜の在中将が	111	梅花	200⑦
	—のよの月やあらぬと	28	伊勢物語	71⑬
	—の蘭秋の菊	66	朋友	127⑦
	—は義木の徳ありて	2	花	42⑥
	—は心の空にのみ	89	薫物	160③
	—はさながらあさ緑と	61	郢律講	118⑤
	—は春の遊に順ひ	93	長恨歌	167⑤
	—はみどりに見えし若草の	6	秋	47④
	そよや梓弓—は三月の	138	補陀落	245②
	花の—までのこれかし	150	紅葉興	263①
	さいた妻—みどりと	43	草	91⑩
	万代の—をかさねても	15	花亭祝言	55③
	いく代の—を重ても	68	松竹	両328⑥
	彼より多の—を経て	92	和歌	165⑭
	幾万代の—を経ても	132	源氏紫明	235⑮
	夫青陽の—を迎ては	111	梅花	199⑧
	—を忘るなとばかりの	111	梅花	200②
	—を忘ぬ記念は	71	懐旧	132③
はるのあそび(春の遊)	—秋の興	64	夙夜忠	124⑦
	春は—に順ひ	93	長恨歌	167⑥
	—の態までも	134	聖廟霊瑞	238①
はるやむかし(春や昔)	—の匂を	135	聖廟超過	241①
	—の春の仮言は	24	袖余波	66⑪
	—もゆかしけれ	114	蹴鞠興	206⑥
は・る(晴)	跡よりやがて—るる日の	90	雨	両331⑫
	微細の霧—れざれば	97	十駅	176②
	利生の月—れたり	152	山王威徳	267②
	空寂の空—れて	50	閑居釈教	100⑥
	微細の霧空—れて	128	得月宝池	227①
	されば栴檀の煙雲—れて	129	全身駄都	227⑬
	霧のまよひや—れにけん	109	滝山等覚	195⑫
	業障の雲ぞ—れぬべき	118	雲	211⑧
	業障の雲ぞ—れぬべき	118	雲	異313⑦
	ただ一時に—れぬべし	153	背振山	268⑫
	夕立の—れぬる跡の夕づくひ	40	夕	88④
	やがて—れぬる夕づくひの	130	江島景	230⑭

は・る(張)	いまははや腰に梓の弓を―り	100	老後述懐	180⑧
はるあき(春秋)　＊しゆんじう	―来ても同色なれば	137	鹿島社壇	両341②
	送迎る―の詞の花の色々に	28	伊勢物語	71⑩
	幾―を重ぬらむ	61	郢律講	118⑨
	いく―をかさねむ	130	江島景	231⑥
はるあきのみや(春秋の宮)	―の宮井こそ	131	諏方効験	233③
	―におよぼし	143	善巧方便	253⑧
はるか(遙)	霞をへだてて―なり	63	理世道	122⑭
	悠々として―なり	97	十駅	173②
	其国にいたれば―なる	136	鹿島霊験	242⑥
	かたぶく夕日の影ぞ―なる	40	夕	両333⑤
	路駅の―なるにいそぎ	164	秋夕	284⑩
	密教の峯―なれば	59	十六	114⑦
	湖辺―にあとをたる	68	松竹	129⑦
	未来を―にあらはして	97	十駅	175⑭
	―に安道をたづねき	66	朋友	126⑦
	爰―にいにしへを訪へば	146	鹿山景	257⑥
	―に入ぬる山の内	103	巨山景	186①
	東路―に宇津の山	37	行余波	83⑫
	青嵐―に音信て	48	遠玄	97⑭
	東路―に思立	28	伊勢物語	72①
	―に思ひつづくれば	169	声楽興	291⑮
	伊勢まで―に思やり	96	水	172⑪
	抑―におもひやる	161	衣	279⑪
	抑在世―に想像	163	少林訣	283⑨
	伊勢まで―に思をくりけむ	125	旅別秋情	224②
	―に思ふ行すゑ	16	不老不死	56⑦
	さても―に思へば	119	曹源宗	212⑩
	行末―におもへば	103	巨山景	異310⑨
	浦路―にかたぶく夕日の影ぞ	40	夕	両333⑤
	―に漢家を訪へば	95	風	169⑭
	抑―に五十六世の	141	巨山修意	249⑤
	蒙古は―に是をみて	172	石清水	296⑭
	―に在世の名残ある	160	余波	277⑥
	後会其後―にして	70	暁別	131③
	日晩道―にしては	113	遊仙歌	203③
	未来を―にしらせしも	83	夢	152⑮
	―に石稜の岩稜	153	背振山	268⑩
	白雲―に聳たり	35	羇旅	81③
	道徳―に存せり	138	補陀落	245⑦
	雲井に―に立のぼる	12	嘉辰令月	53⑫
	遠里―に立のぼる	32	海道上	77⑭
	東路―に伝ききし	127	恋朋哀傷	225⑧
	―に伝聞異朝の浪の外とかや	78	霊鼠誉	144⑦
	―に伝きく神護のいにしへ	35	羇旅	81⑪
	―に伝聞兜率の雲の上	72	内外	134②
	雲水―に連て	33	海道中	78⑧
	仙月霞―にて	166	弓箭	287⑩
	―に時を移すまで	60	双六	115⑪
	―に兜率の雲に照し	135	聖廟超過	240⑨

は

	—に兜卒の雲にや送らん	148	竹園如法	260⑧
	本地を—に訪へば	131	諏方効験	231⑩
	浜路—に遠ければ	53	熊野三	104⑦
	—に匂ふ百歩香	89	薫物	160⑤
	西を—に望ば	51	熊野一	102⑧
	西を—に望めば	62	三島詣	120⑭
	ふもとを—に望ば	67	山寺	128②
	供養を—に梵釈四禅に送とか	61	郢律講	118⑫
	先—に本地を訪へば	134	聖廟霊瑞	237⑦
	西は—に松浦がた	153	背振山	268⑬
	行末を—に美豆の	51	熊野一	102⑤
	向を—に三穂が崎	34	海道下	79⑨
	跡を—にみるめも	168	霜	289⑪
	遠里—に見わたせば	39	朝	87⑥
	其方を—に見わたせば	118	雲	両339①
	—に文字の外に出	119	曹源宗	211⑩
	重山—によぢ上	57	善光寺次	109⑤
	—にわたせ雲の梯と	74	狭衣袖	137⑬
はるがすみ(春霞)	立ならぶためしものどけき—	99	君臣父子	178⑦
はるかぜ(春風)	鶯さそふ—	1	春	41⑩
	おさまれる御代の—	45	心	95⑤
	柳を払—	81	対揚	149⑮
	—心源空寂の空晴て	50	閑居釈教	100⑤
はるかぜ(春風)　※小野春風	古今の作者は—興風	95	風	170④
はるけ・し	信夫の里ぞ—き	48	遠玄	98⑨
	問ば—き東路を	33	海道中	78⑥
	—きかなやゆく末	14	優曇華	54⑩
	—きかなや行末	14	優曇華	両325④
	登れば—き箱根路の	34	海道下	80①
	下て—き道の末の	52	熊野二	103⑪
はるさめ(春雨)	—そそく夕暮の	167	露曲	288②
	—村雨しろたへの卯の花ぐたし	90	雨	161⑨
	—村雨白妙の卯の花ぐたし	90	雨	両331⑫
	—急雨夕時雨	143	善巧方便	253⑬
はるのうぐひすさえづるきよく(春の鶯囀る曲)	—や柳花苑の手折れる姿	82	遊宴	150⑬
	さてもやさしかりしは—	121	管絃曲	216⑨
はるのやいうのきよく(春の野遊の曲)	上陽の—	3	春野遊	43⑥
はるばる(遙々)	分行末も—と	8	秋興	49②
	麓の野寺の—と	40	夕	88⑦
	流の末は—と	52	熊野二	103⑤
	岩神湯の河—と	55	熊野五	106④
	日影のどけく莫の松原—と	57	善光寺次	109⑬
	ふかき御室の—と	67	山寺	128⑥
	いかでしらせん—と	75	狭衣妻	139⑥
	月氏の雲より—と	109	滝山等覚	195⑪
	猶行前も—と	136	鹿島霊験	242③
	老ゆくすゑの—と	160	余波	278⑮
	半夜の鐘の—と	171	司晨曲	294⑬
	—登る傍伝ひ	103	巨山景	186④
はるひ(春日)	—くもらず光を和ぐる玉垣より	129	全身駄都	229④

	—のどけき花の宴	82	遊宴	150⑫
	—のどけき御影をそへ	101	南都霊地	182⑫
	三月の永き—も	1	春	42③
はるび(腹帯)	移をしむる—の力	156	随身諸芸	271⑪
はるひかげ(春日影)	紅錦を曝す—	3	春野遊	43⑥
	御笠の山の—	80	寄山祝	146⑧
ばれきじん(馬櫪神)	—の誓は	77	馬徳	143③
はれのあめ(晴の雨)	—に似たりしは	41	年中行事	89⑦
はれま(晴間)	涙や—もなかりけん	73	筆徳	136⑨
はれや・る(晴やる)	子を思ふ闇路は—らず	58	道	111⑪
	秋の心の—らで	134	聖廟霊瑞	239⑨
	うき身をしれば—らぬ	37	行余波	83④
はれゆ・く(晴行)	峯の浮雲—けば	94	納涼	168⑩
	雲—けば夏の日の	32	海道上	77⑪
はわけ(葉分)	玉篠の—に結ぶ朝露	168	霜	290①
	山下木の下—の風	95	風	171①
	玉篠の—の風にやみだるらむ	81	対揚	150①
	霜雪霰玉篠—の露の色までも	143	善巧方便	253⑬
ばん(番)	黒戸の—の諸人も	104	五節本	188⑨
ばん(盤、局)	—の面を刻ては	60	双六	114⑪
	双六の—の諍ひ	113	遊仙歌	204②
はんあんじん(潘安仁)	—が紅顔	100	老後述懐	179⑭
ばんき(万機)	—いかがはみだらむ	143	善巧方便	253⑤
	一日の—を一身の慮に	63	理世道	122⑥
ばんくわ(万顆)	千顆—の玉をみがく	108	宇都宮	193①
はんくわい(樊噲)	—予譲に及は	65	文武	125⑭
ばんけい(万鶏)	—時を知とかや	171	司晨曲	293⑪
はんげつ(半月)	半の月にたぐふ—	133	琵琶曲	236④
ばんこ(万古)	其—の二三を訪へば	113	遊仙歌	202⑭
はんごんかう(反魂香)	—に咽し	23	袖湊	65⑧
はんざ(半座)	始て—をわかち与へ	119	曹源宗	211⑫
はんし(潘子)	—が興を賦せしみな	164	秋夕	284④
ばんじ(万事)	—を浮雲に任せつつ	119	曹源宗	212⑩
ばんしう(万州)	—に感応をほどこす	131	諏方効験	231⑨
	—に道をさかへしむ	98	明王徳	177⑭
はんじつのかく(半日の客)	—は化なれど	160	余波	277⑪
はんじやう(繁昌)	抑家門—の砌	174	元服	異301⑦
	柳営の—ますますなり	138	補陀落	244⑤
はんじやく(繙鵲)	懸針垂露—	122	文字誉	218④
はんしゆのわうじ(飯酒の王子)	—と号せらる	62	三島詣	120③
ばんしゆん(万春)	誠に—千秋の歓遊として	114	蹴鞠興	205①
はんしゆんそうじやう(範俊僧正)	—の山籠	110	滝山摩尼	197②
ばんしよう(晩鐘)	—霜にひびく声	67	山寺	127⑫
ばんじよう(万乗)	しかれば上—の玉の台	131	諏方効験	231⑫
ばんじん(万人)	—の祈願にそそかしむ	108	宇都宮	192⑧
	—の費をなす事なく	63	理世道	122⑪
	—やすきたのみあり	96	水	172⑬
ばんじん(万仞)	青巌—峙て	103	巨山景	186①
ばんせい(晩晴)	—微なる類なり	171	司晨曲	295④
ばんぜい(万歳)	—千秋たのしみて	170	声楽興下	293⑦

	—千秋の風のどかなれば	12	嘉辰令月	53⑥
	山—と喚て	154	背振山并	270①
	山はこれ—の嵐のどかに	128	得月宝池	226⑧
	花は開て—の色	122	文字誉	219⑮
	花は—の春の匂ひ	88	祝	159②
	—よばふ崇高山	42	山	90⑨
	嵐—をよばふなり	80	寄山祝	147①
ばんぜいせんしうらくびやう(万歳千秋楽未央)	令月歓無極—	104	五節本	188⑩
ばんたんそう(番段宗)	丘泉清調白力相—	133	琵琶曲	236⑭
はんぢよ(班女)　*婕妤(せうよ)	—が閨の内には	10	雪	50⑫
	—が閨の中には	159	琴曲	275③
	—が夜の琴の音	68	松竹	129③
はんでう(半帖)	陵王の—よりの乱拍子	59	十六	113⑧
はんてん(半天)	—雲を穿て	55	熊野五	107⑤
	九輪—に星をみがき	103	巨山景	異310⑤
はんにや(般若)	—惣持の法施には	62	三島詣	120⑨
	—の十六善神は	59	十六	113⑮
	三世覚母の—の室	49	閑居	99②
	—の室をやかざるらん	108	宇都宮	193⑦
	金剛—の真文なり	83	夢	153①
	惣持陀羅尼蘇多覧—の声	55	熊野五	106⑬
	忠管—を講ぜしに	110	滝山摩尼	197②
はんにやしんぎやうしんぐわちりん(般若心経心月輪)	心地観経心地品—	45	心	95⑮
	心地観経心地品—	45	心	両334⑫
ばんねん(万年)	—治世の術なり	114	蹴鞠興	204⑫
	—の苔の色までも	80	寄山祝	146⑭
	松は千年—の栄へなれど	135	聖廟超過	240⑭
	仙宮—の翫び	16	不老不死	56③
	—を延るもてあそび	47	酒	96⑫
ばんばんしゆつせ(番々出世)	—の如来の唯以一大事因縁と	85	法華	154⑦
ばんぶつ(万物)	—の徳は何も	92	和歌	166⑩
	—の父母たりやな	121	管絃曲	215⑨
	陰陽—を養育し	81	対揚	148⑩
ばんぶつけしやう(万物化生)	—の謂あり	169	声楽興	291①
ばんみん(万民)	—愁をなさざれば	11	祝言	53③
	下—の柴の扉	131	諏方効験	231⑬
はんや(半夜)	—の鐘のはるばると	171	司晨曲	294⑬
ばんり(万里)	—眼前に白雲足下にかなへり	138	補陀落	245⑫
	漢宮—月の前の腸	133	琵琶曲	236⑧
	連檣を—に廻しめ	31	海路	74⑭
	王昭君が—の思	107	金谷思	191⑤
	鼇波—の望を隔る事を	151	日精徳	264②
	梅は—の波濤を凌つつ	135	聖廟超過	240⑮
ばんりやう(晩涼)	—興を勧(すすむ)れば	144	永福寺	255⑬
	—興を催す砌	94	納涼	168⑥

ひ

ひ(日)	青陽の春の初の—	16	不老不死	55⑬
	春の風に桃李の花の開る—	93	長恨歌	167⑬
	今日の—いまにあらずな	13	宇礼志喜	54⑥
	洞天に—暮て	118	雲	211⑤
	—晩道はるかにしては	113	遊仙歌	203②
	清明の—是を事とす	114	蹴鞠興	205①
	此—すでに暮ぬめり	103	巨山景	187⑤
	さても此—すでに過ぬ	103	巨山景	187⑤
	朝候—闌ていづる臣	39	朝	86⑩
	—闌て起給ては	93	長恨歌	167⑤
	姑洗初三の春の—に	96	水	171⑪
	—にそへてぞかかやく	152	山王威徳	267⑮
	—に瑩き風に瑩き	98	明王徳	176⑫
	百度さき万度栄る春の—の	12	嘉辰令月	53⑧
	雲晴ゆけば夏の—の	32	海道上	77⑪
	くもりなき世を照す—の	108	宇都宮	193⑤
	風納て霞む—の	114	蹴鞠興	207②
	鶏冠木は秋の—の	171	司晨曲	295④
	跡よりやがてはるる—の	90	雨	両331⑫
	待—はきかず日比へて	5	郭公	45⑩
	花の下紐永—も	3	春野遊	43⑬
	—も夕陰に傾けど	94	納涼	168⑧
	—も夕暮にや成ぬらむ	32	海道上	76⑪
	—も夕暮のかへるさ	3	春野遊	44④
	露分衣の—も夕ばへの色々に	131	諏方効験	232⑮
	愁を忘て—を送る	82	遊宴	150⑧
	酒を煖て—を暮す	47	酒	97①
	凡—を続夜を重ね	125	旅別秋情	223⑤
	孔子の報恩に—を点じて	71	懐旧	132⑫
	はこぶ歩の—を経ては	53	熊野三	104⑧
ひ(火)	鎮壇の香の—種々に供養の故おほし	138	補陀落	244⑮
	—燃程にもなりぬれば	104	五節本	188③
	漁舟の—の影は	48	遠玄	98②
	衛士のたく—の庭もせに	64	夙夜忠	124④
ひ(秘)	—が中の—なれば	91	隠徳	165⑤
ひ(非)	是にもあれ—にもあれ	58	道	112②
ひ(簸)	形は—の河上よりながれきて	112	磯城島	200⑫
び(微)	晩晴—なる類なり	171	司晨曲	295④
ひあじろ(檜網代、檜籧篨)	大顔—金作	115	車	208⑪
	大顔—金作	115	車	両337⑥
ひいき(贔屓)	巨霊の神—とちからをこらして	130	江島景	230④
ひえいさん(比叡山)	—書写の山	42	山	91③
ひかげ(日影)　＊朝日影、春日影	—にきえぬ玉敷の	10	雪	51②
	—の霜の解やすく	101	南都霊地	183⑮
	—のどけく莫の松原はるばると	57	善光寺次	109⑬
	のどけき—は薄紅の	129	全身駄都	229⑦

	かすめる—もくるる程	82	遊宴	150⑬
	あだなりや—を待ぬ槿の	167	露曲	289④
	—を待えざりけるは	6	秋	47⑤
ひがし〔ひうがし、ひんがし〕(東)	—に霞を隔ては	11	祝言	53②
	—にかへりみれば又	40	夕	87⑪
	—に顧れば又	51	熊野一	102⑩
	—にかへりみれば又	108	宇都宮	193⑮
	—に趨て営めど	160	余波	279③
	—の境を渡の谷	147	竹園山	259⑪
	—の舟西の舟	79	船	145⑩
	—をかへりみれば	173	領巾振恋	298②
	春の色—より到と	134	聖廟霊瑞	238②
ひかず(日数)	繋ぬ—を重ねつつ	134	聖廟霊瑞	239⑥
ひかた(干潟)	浦の—に並立る	53	熊野三	104③
	—も遠き浦伝ひ	32	海道上	77⑫
	—も遠く立騒ぐ	31	海路	75⑪
	—をもとむる朝なぎに	130	江島景	230⑪
ひかり(光)	上求菩提の月の—	44	上下	94⑦
	終南山の月の—	49	閑居	99③
	姑射山の月の—	80	寄山祝	146⑧
	月は千秋の秋の—	88	祝	159②
	たそかれ時の露の—	115	車	208⑦
	心ぼそき雲間の—	125	旅別秋情	223⑭
	抑毘盧舎那無辺の月の—	92	和歌	異309⑥
	天尊—普くして	136	鹿島霊験	241⑭
	朝日—かかやく東山の柳営は	39	朝	両332⑩
	玉体—清くして	13	宇礼志喜	54②
	くもらぬ—清して	13	宇礼志喜	両325①
	地を覆—くもりなく	96	水	171⑩
	内証の—闇して五性の雲をや	97	十駅	174⑬
	なを—殊にやまみえけん	133	琵琶曲	236⑦
	金玉の—先立て	134	聖廟霊瑞	238⑥
	白毫の—さしもげに	151	日精徳	265①
	—ぞさやけかりける	6	秋	47⑧
	戒珠の—妙なるは	97	十駅	173⑬
	遍照の—重山に隠ぬれば	124	五明徳	222④
	眉間の—地を照す	109	滝山等覚	196①
	松明の—地を照	68	松竹	両328①
	雪を集て—とす	10	雪	50⑬
	中絶たりける—ならむ	109	滝山等覚	196⑩
	高き位の—なれば	132	源氏紫明	235⑬
	やぶしもわかぬ—なれや	99	君臣父子	178⑥
	雪の—に明る山の	10	雪	50⑦
	今夜の月の—におとらましやはの	157	寝覚恋	異314⑦
	恵日の—に消はてば	167	露曲	289⑥
	月の—にさそはれて	71	懐旧	132⑤
	さまざま—にみがかれて	110	滝山摩尼	197⑮
	—は秋の白露の	22	袖志浦恋	64⑨
	法性の—は在明のつきせず	16	不老不死	56⑩
	法性の—は有明のつきせず	16	不老不死	両325⑧

—は清見が関路より	34	海道下	79⑧
—は魏粉にしたがふ	165	硯	286⑥
—は金輪際をつくし	129	全身駄都	228⑦
曇ぬ—は玉鉾の道ある御世をや	11	祝言	52⑩
普照耀の—は遍法界を照せり	139	補陀湖水	246⑧
東漸の—ますますに	129	全身駄都	229②
満月の—円かなり	66	朋友	127⑧
得月—円に	140	巨山竜峯	248⑬
—もおなじく影をたれ	108	宇都宮	193⑤
—も曇ず跡をたれ	103	巨山景	異310⑦
—も曇らぬ世にしあれば	32	海道上	77⑫
—もさぞな清からむ	167	露曲	288⑧
—も細き暁	56	善光寺	108⑧
御垣の—や是ならん	16	不老不死	55⑬
跡にも—や残けん	134	聖廟霊瑞	239⑧
—や和光のしるべならむ	131	諏方効験	232⑦
月の—雪の色	92	和歌	166⑥
みだるる蛍の—より	167	露曲	288④
くもらぬ—を仰ぎても	141	巨山修意	249⑥
—を仰ぞたのもしき	142	鶴岡霊威	252⑧
—をうかべてくもりなき	50	閑居釈教	100⑩
鳳輦—をかかやかし	59	十六	113③
—をかはす珊瑚の砂	108	宇都宮	193⑬
—を沓崛のほしにみがき	97	十駅	175⑥
—を此に垂たまふ	135	聖廟超過	240⑧
月は在明の—納りて	96	水	172①
—を差副る盃の	47	酒	97①
法灯も—を指そへ	144	永福寺	254⑫
仏日東漸の—をそふ	77	馬徳	141⑭
くもらぬまつりごとに—をそへ	131	諏方効験	231⑫
国を守り政に—をそへ	135	聖廟超過	241②
宝珠に駄都の—を副	148	竹園如法	260③
世々にますます—をそへ	163	少林訣	283⑫
玉の台に—をそへ	172	石清水	297⑪
北城の南に—をたる	109	滝山等覚	194⑬
仏—を垂る事	146	鹿山景	257⑨
—をたるる応用は	129	全身駄都	229②
無辺の—をたれ	144	永福寺	255④
出べき—を契らむ	67	山寺	128⑦
—を塵にやはらげて	12	嘉辰令月	53⑨
檀信法の—を照しつつ	146	鹿山景	257④
玉体—をならぶとか	17	神祇	57⑭
日月と—を双なり	119	曹源宗	212⑮
三尊—を並つつ	57	善光寺次	110⑥
理智—を並つつ	145	永福寺并	256⑮
一輪—を残しつつ	51	熊野一	102⑪
感応日々に—をます	135	聖廟超過	241⑩
玉を連て—をみがき	143	善巧方便	253⑥
戒珠の—を磨し	135	聖廟超過	241⑧
清き—をみがきつつ	128	得月宝池	227③

	日月の—をみがきつつ	134	聖廟霊瑞	238⑩
	—をみがく玉篠の	81	対揚	150①
	瑞籬—を和ぐ	101	南都霊地	182⑨
	—を和る玉垣は	108	宇都宮	192⑥
	春日くもらず—を和ぐる玉垣より	129	全身駄都	229④
	—を和ぐる瑞籬にも	120	二闡提	213⑬
	—を和げ給て	96	水	172⑦
	—をやはらげたまへり	142	鶴岡霊威	251⑩
	照日の—を和て	35	羇旅	81⑫
	日月—を和げて	81	対揚	148⑩
	—を和げて汚れたるにまじはり	152	山王威徳	267②
	玉燭は寒燠に—を分	164	秋夕	284②
ひかりがみね(光が峯)	百毫かかやく—	109	滝山等覚	196④
ひかるげんじ(光源氏)	—にあつめしは	111	梅花	200⑧
	—につかへし惟光義清は	64	夙夜忠	124⑤
	—のうかりし程の浦伝	164	秋夕	284⑫
	—の方違に	60	双六	115⑮
	—のさすらひに	169	声楽興	291⑬
	そよや—の様ことに	114	蹴鞠興	206⑪
	そよや—の品ことに	132	源氏紫明	234⑧
	—の品々に	161	衣	280④
	さればにや—の中にも	137	鹿島社壇	243⑩
	—の紅葉の賀に	151	日精徳	264⑪
	—のわりなきは	44	上下	93⑫
	—は物語	112	磯城島	202⑦
ひかるげんじのだいしやう(光源氏の大将)	—の都の外の浦伝ひ	72	内外	134⑪
	—の蓬生のやどりを分入しにも	156	随身諸芸	272⑥
ひがん(彼岸)　＊かのきし	二季の—を始をく	138	補陀落	244⑥
ひきうごか・す(引動)	数声—すは	170	声楽興下	292⑥
ひきか・く(牽掛)	望月の駒—くる布引の	57	善光寺次	110①
ひきか・く(弾掛)	ただけしきばかり—けて	29	源氏	73⑩
ひきか・ふ(引替)	稲葉の鳴子—へて	6	秋	47①
	つよき心を—へて	73	筆徳	136⑪
	百敷の色を—へて	110	滝山摩尼	197①
ひきた・つ(引立)	哀とて又—つる人やなからむ	100	老後述懐	180⑦
	そも琴—てし屛風の内	158	屛風徳	273⑭
	いと—てて手にもならさぬ梓弓	134	聖廟霊瑞	238①
ひきとど・む(引止)	ぬるでの紅葉散事を—めばや	150	紅葉興	263⑩
	げに—めばやとなげけども	36	留余波	82⑪
ひきなら・す(引鳴)	ひた—す音までも	71	懐旧	132⑧
ひきの(ひき野)	梓弓—のつづらくり返し	71	懐旧	132③
ひきのがはら(比企野が原)	流も早く—	56	善光寺	108⑫
ひきひき(引々)	苗代水の—に	90	雨	161⑧
ひきま(引馬)	—もさこそは晰らめ	33	海道中	78⑪
ひきむす・ぶ(引結)	杉のしるしの木高き契を—び	11	祝言	両324⑩
	草—ぶ旅ねせん	32	海道上	76⑬
びきやら(毘佉羅、毘羯羅)	形を—の頂戴にあらはす	78	霊鼠誉	143⑪
	招杜羅大将—も	16	不老不死	57①
ひきや・る(引やる)	—るばかり覚ても	158	屛風徳	274⑪
ひきよく(秘曲)	承武に伝し清涼の—	121	管絃曲	217⑦

	いかなる—なりけん	169	声楽興	292②
	能鳴和琴の—の	82	遊宴	151⑤
	—のかずを褒美して	159	琴曲	両335⑫
	天津人下りてつたへし—は	133	琵琶曲	両338⑦
	雁鳴能鳴の—も	159	琴曲	275⑩
	何なる—を隠すらん	91	隠徳	164⑤
	伶倫—をつくしければ	172	石清水	297⑧
ひきわ・く(引分)	くもらぬ空を—けて	109	滝山等覚	195⑦
ひ・く(引、牽、弾)	ためしに誰かは—かざらむ	16	不老不死	56⑥
	様(ためし)に—かるる小松原	53	熊野三	104⑪
	ひさしきためしに—かるる	80	寄山祝	146⑤
	伝らく分なき様に—かれても	159	琴曲	275③
	長き様に—きけるは	41	年中行事	89⑥
	黒駒を—きし明がた	77	馬徳	142⑪
	逆臣楯を—きしかば	108	宇都宮	194③
	箏の琴を—き給し	157	寝覚恋	異314⑦
	琴—きたまふ御姿	29	源氏	73③
	子の日の松を—きてこそ	41	年中行事	88⑭
	袖を—きてぞ扶持すなる	104	五節本	188⑧
	心—きてや久方の	105	五節末	190①
	楯を—いし有様	101	南都霊地	183⑮
	諸論も楯を—いつべし	85	法華	155⑤
	十分を—く味も	151	日精徳	264⑦
	さはをこめつつ—く網の	97	十駅	173⑦
	田中の井戸に—くたなぎ	3	春野遊	43⑩
	—く手あまたの心くせに	78	霊鼠誉	144⑪
	—く手にたゆみなく	86	釈教	156⑮
	家家にかはりて—くは	44	上下	93⑭
	—けば本末よりくるばかりの	73	筆徳	136⑪
びく(比丘)　＊法蔵比丘(ほふざうびく)	海雲—の如くならむ	84	無常	153⑭
ひくわう(飛黄)	—卓に服し	77	馬徳	異311⑦
ひくわらくえふ(飛花落葉)	或時は—と観じ	150	紅葉興	263⑤
	—のことはり	164	秋夕	285⑫
	—の時をつげ	141	巨山修意	249⑬
ひぐわん(悲願)	弥陀の—勝たり	162	新浄土	281⑩
	因位の—に答るのみかは	108	宇都宮	193②
	因位の—に済はれ	87	浄土宗	158③
	超世の—に任てや	172	石清水	296⑪
	五劫を尽し—は	161	衣	280⑪
ひげ(鬚)	—をもきりて由なし	85	法華	155⑤
びけい(美景)	およそ世間の—は	41	年中行事	89④
ひこのやまぢ(彦の山路)	—の雲の濤煙のなみを	51	熊野一	102①
ひこは・ゆ(蘖)	汀の松も—へて	62	三島詣	121①
ひこほし(彦星)	七夕—のほの絶せぬ秋の	131	諏方効験	233⑩
	そも—やわたるらん	109	滝山等覚	195⑦
ひごろ(日来、日比)	—の執心これなりと	60	双六	115⑫
	待日はきかず—へて	5	郭公	45⑩
ひさかたの(久方の)	—天津乙女の薄衣	105	五節末	190①
	—天照月の霜なれや	168	霜	289⑨
	—天の乙女の見尾が崎	31	海路	両334②

ひ

	—あまり阿なき心もて	28	伊勢物語	72⑥
	—天よりくだり	112	磯城島	200⑬
	—雲の上には	151	日精徳	異315③
	—月の明らかに	63	理世道	123②
	—月の桂の河淀に	44	上下	94③
	—月の桂の里までも	76	鷹徳	141⑤
	—月の都に	6	秋	47⑦
	—月の都は九重の	7	月	48⑧
ひさし(廂)	宣耀殿の北の—	104	五節本	188⑦
ひさ・し(久)	数を競て良—し	60	双六	115⑫
	ながれも—し大井河	33	海道中	78⑭
	—しかるべきためしかな	68	松竹	両328⑥
	栄る御代ぞ—しき	167	露曲	288②
	尚又—しき跡は勝	123	仙家道	両335⑥
	瑞籬の—しき跡や是ならむ	56	善光寺	108⑨
	—しき神の御世なれば	55	熊野五	107⑧
	—しき菊のさかづき	41	年中行事	89⑬
	賢く—しき君が代は	34	海道下	80⑬
	—しき栄の宮造も	72	内外	134①
	まじはり—しき仙遊	123	仙家道	220⑩
	栄—しき大樹宮	166	弓箭	287⑨
	つきせず—しき玉津島や	12	嘉辰令月	53⑧
	世々の—しき様たり	140	巨山竜峯	248⑫
	—しきためしに引るる	80	寄山祝	146⑤
	いつも—しき軒端なる	82	遊宴	異302⑨
	民も—しき御影を仰ぐ天下	11	祝言	53①
	—しき御影をすましむ	108	宇都宮	192⑬
	思へば—しきみが代の	14	優曇華	54⑧
	宝の珠をおさむるは楽—しき砌也	45	心	両334⑨
	瑞籬の—しき道は	141	巨山修意	249⑨
	遇初河の流—しき瑞籬の	135	聖廟超過	241④
	後の白河の流—しき瑞籬の	155	随身競馬	271①
	ながれ—しき瑞籬の濁らぬ末を	63	理世道	122⑮
	—しき宮井の富めるさかへ	130	江島景	231⑤
	天応の—しきむかしかとよ	35	羇旅	81⑪
	—しき世々のためしも	62	三島詣	120⑭
	天長く地—しく	93	長恨歌	168③
	谷は又千秋の流—しく	128	得月宝池	226⑧
	寺号は又賢き法の泉流—しく	147	竹園山	258⑭
	—しくすめる神泉苑	94	納涼	169③
	重陽の露の情—しく留り	151	日精徳	264③
ひざまづ・く(跪)	社壇に臨て—き	152	山王威徳	267⑤
ひさん(秘讃)	—音律四智心略	148	竹園如法	260⑨
ひしきもの(引敷物)	それかと見ゆる—	31	海路	75⑭
びしゅ(美酒)	仙家の—とも名付たり	47	酒	異314③
ひしょ(秘所)	—名窟を等閑に	110	滝山摩尼	197⑥
ひじり(聖)	天暦はあまねき歌の—	112	磯城島	201⑦
	然後神—其中に生す	172	石清水	295⑪
	仙酒共に—の号有て	47	酒	異314④
	七の—も其むかし	109	滝山等覚	195⑨

ひすら・ぐ(磷)	芥石を久劫に—げつつ	97	十駅	174⑨
ひせつ(秘説)	舞曲の中の—なり	121	管絃曲	217②
ひそか(竊、潜)	—に惟ば大易は天地未分の元気たり	169	声楽興	290⑬
	—に臥竜は地を守り	140	巨山竜峯	247⑭
	—に伝る梵語の体たらく	45	心	両334⑩
	—に伝てあらはさざるを	91	隠徳	164③
	此句を—に連ねつつ	134	聖廟霊瑞	238⑤
	—に徳をや開らむ	108	宇都宮	193①
	心—に松陰の露の言葉を	122	文字誉	219④
ひそはら(檜曽原)	—しげる木の下	55	熊野五	106③
ひそ・む(潜)	仏祖跡を—めや	140	巨山竜峯	248⑤
ひた(打板、飛板)	—にもなれぬ小男鹿	164	秋夕	285③
	山田の—のね覚は	6	秋	47⑨
	—ひきならす音までも	71	懐旧	132⑧
ひだかのかは(氷高の河)	—の河岸の	53	熊野三	104⑪
ひた・す(浸)	十万里の浪を—し	113	遊仙歌	203①
	ながきもすそを—しつつ	173	領巾振恋	298⑧
	海は漫々として波を—す	53	熊野三	104①
	雨を凌て袖を—す	127	恋朋哀傷	225⑭
	大洋天を—す	173	領巾振恋	298②
	竜池に—す墨の色	73	筆徳	136⑬
ひたすら	いざさば—思すてん	126	暁思留	224⑬
	浪に—しほなれ衣	134	聖廟霊瑞	239③
	—其誉あり	120	二闡提	214①
	恵に—鳴海がた	32	海道上	77⑪
	—馴こしいにしへを	127	恋朋哀傷	225⑭
	送るこころは—に	35	羇旅	82⑥
	涙に袖は—に	116	袖情	209⑧
	いざさらば只—に漕出でむ	86	釈教	156⑭
	袖—にぬるとても	81	対揚	149⑤
	ただ—に別路に	117	旅別	210⑦
ひだたくみ(飛驒工み)	柴椽削る—	140	巨山竜峯	248⑥
ひたち(常陸)	—には田をこそ作れ筑波山	26	名所恋	68⑧
	友にはなるる道はなし彼—の	66	朋友	両339⑩
ひたちおび(常陸帯)	かけよ鹿島の—の	26	名所恋	68⑩
	げに逢事片結なりし—の	136	鹿島霊験	242⑪
ひたちのくに(常陸の国)	—に跡をたる	136	鹿島霊験	242③
ひたちのみや(常陸の宮)	かの—のすみかを	66	朋友	126⑭
	彼—の任国までも	137	鹿島社壇	243⑩
ひたぶる〔ひたふる〕	憑の雁も—に	28	伊勢物語	72⑤
ひだり(左)	—に遷る名をいとひ	134	聖廟霊瑞	239⑪
	—に業縛の索を持し	108	宇都宮	193⑨
	—に莅み右に顧に	145	永福寺幷	256⑥
	—に持る梓弓	156	随身諸芸	272③
ひだりのつかさ(左の司)	袖を列ねし—	134	聖廟霊瑞	238⑪
ひたん(悲歎)	—を蔓草のこと葉にのす	65	文武	125⑨
ひち(悲智)	—の実の誉ならむ	143	善巧方便	252⑪
ひぢかさあめ(肱笠雨)	—のふるわたりの	32	海道上	77⑩
	—のやすらひ	90	雨	161⑫
ひちやう(費張)	—の竹遠くとぶ	97	十駅	173⑭

ひちやうばう(費長房)	豈しかんや一が賢き跡	151	日精徳	264②
ひちりき(篳篥)	夫一は笳管也	169	声楽興	291⑫
ひ・づ(漬)	なが乗駒の爪だに一ぢず	35	羇旅	82④
	畔こすさなみに袖一ぢて	90	雨	161⑨
	月すむ滝に袖一ぢて	109	滝山等覚	196⑧
ひつぎ(日次)	天照一を受伝	59	十六	112⑪
ひつじさる(坤)	金城の一の角	113	遊仙歌	202⑫
ひつしむじやう(必至無上)	一の正覚は	87	浄土宗	157⑪
ひつせき(筆跡)	其詞を写す一	122	文字誉	218①
	詞を述る一は	46	顕物	96④
	是みな一を本として	73	筆徳	135⑫
ひづち〔ひつち〕(穭)	苅田の一思出て	37	行余波	83⑨
	苅田の一思出ば	26	名所恋	68⑨
ひづめ(蹄)	一にしられし富士のねの	34	海道下	79⑩
	はなれぬ駒の一のみならず	165	硯	286③
	一は陸路に馳つつ	76	鷹徳	140③
	楽人十列の一までも	135	聖廟超過	240⑥
	一を草村になづまざれ	131	諏方効験	232⑥
	一を葱嶺になんどもせず	77	馬徳	142①
	馬の一をはやめても	156	随身諸芸	271⑫
ひでかつ(比手勝)	丹治の一は双六の誉世に勝	60	双六	115⑤
	一更に恐ず	60	双六	115⑪
ひと(人)　＊じん	彼所に歩を運一	60	双六	116⑫
	わくらばに問一あらば	26	名所恋	68⑭
	逢一からのつらさなれば	70	暁別	131①
	後の一是を愛すな	77	馬徳	142⑧
	一是を神とす	152	山王威徳	267⑫
	げに我とひとしき一しなかりし	28	伊勢物語	異306⑪
	一しれぬ木の葉の下の埋水	96	水	両329①
	いとはぬ一ぞ拙き	163	少林訣	283⑤
	恨をふくめる一ぞなき	98	明王徳	177②
	行かふ一ぞ稀なりし	93	長恨歌	167⑪
	さぞな昔の一だにも	24	袖余波	65⑬
	一の一たるは神の恵によるとかや	17	神祇	57⑫
	此御時の一とかや	77	馬徳	142⑦
	一としてなむぞ礼なからんや	78	霊鼠誉	異313⑩
	一なとがめそといひしは	76	鷹徳	140⑬
	まだ一なれぬ荒駒も	156	随身諸芸	両340⑧
	争か一にあはざらむ	26	名所恋	68⑧
	一に定れる盛あり	59	十六	112⑨
	一にしられで解なるは	44	上下	93⑭
	一にしられぬ山陰の	49	閑居	99⑥
	さても世に有とも一にしられねば	73	筆徳	136⑥
	有とも一にしられめや	100	老後述懐	180⑦
	夫与善の一にともなひて	66	朋友	126⑥
	さすがに一には異なりや	5	郭公	45⑨
	一には殊に残をく	160	余波	277⑪
	疎一には見えじとよ	27	楽府	71③
	一にや都へ言伝ん	34	海道下	79⑤
	はつかに思ふ心はうき一の	10	雪	50⑦

きつつ馴にしといひし—の 56 善光寺 108③
神の神たるは—の敬によりてなり 17 神祇 57⑪
積れば—の老と成て 122 文字誉 219⑨
跡とふ—の面影も 118 雲 211②
明王の用し—の鏡 98 明王徳 177⑥
—の心の浮雲に 134 聖廟霊瑞 239⑨
中にも—の心の花にのみ 122 文字誉 218⑥
—の心はしらねども 67 山寺 128⑤
—の心も秋の露の 43 草 92⑤
うつろふ—の心より 168 霜 290③
つれなき—の梢より 5 郭公 45⑪
千世もと祈る—の子の 38 無常 84⑦
—のこひしき常葉山 5 郭公 46⑥
友とする—のすくなき東の路の宇津の山 66 朋友 126⑪
—の勧をまたんや 47 酒 97⑤
夢にも—のと言伝しも 66 朋友 126⑬
上求菩提の—のみぞ 110 滝山摩尼 197①
逢坂や—の往来を留しは 133 琵琶曲 236⑦
—の世の諺なれば 112 磯城島 200⑭
—は鶉の床とはに 19 遅々春恋 61⑨
目ならぶ—は大幣と 28 伊勢物語 71⑪
又名を得たりし—はこれ 112 磯城島 201⑪
かかる恋路と—はしらじ 74 狭衣袖 137⑤
強き—は常盤山 26 名所恋 67⑫
石清水の流を受ぬ—はなし 76 鷹徳 両326⑧
其薬を嘗る—はみな 86 釈教 156⑤
歓喜踊躍の—はみな 87 浄土宗 158⑫
されば歩を運ぶ—はみな 109 滝山等覚 195②
初て参詣の—はみな 136 鹿島霊験 242⑦
踏分て歩を運ぶ—はみな 152 山王威徳 267④
神垣に歩を運ぶ—はみな 46 顕物 異307⑥
心を知ざる—までも 169 声楽興 291⑤
閑谷—希也 55 熊野五 106⑤
山路に—稀らなり 35 羇旅 81②
—自安からず 152 山王威徳 267⑫
禁朝に容—もあり 115 車 207⑬
波に棹さす—もあり 136 鹿島霊験 242⑥
我も—も命あらば 117 旅別 210⑨
花見て帰る—もがな 158 屏風徳 274④
たのめし—も来やこずやの面影の 116 袖情 209⑪
目にみぬ—もここにかよふ 112 磯城島 202④
行—もとどまる袖も旅衣 36 留余波 82⑩
宿には—も問来ず 9 冬 49⑫
五更の鳥に—もなく 173 領巾振恋 299④
思とがむる—もなし 125 旅別秋情 222⑭
かつみる—も稀なれば 49 閑居 99⑨
何ぞととひし—もみな 28 伊勢物語 71⑦
歩を運ぶ—も皆 62 三島詣 119⑭
哀とて又ひきたつる—やなからむ 100 老後述懐 180⑦
納る—やなかりけん 93 長恨歌 167⑨

	馬疲—や踠けん	113	遊仙歌	203③
	行かふ—や稀ならむ	48	遠玄	98⑤
	—より殊にちひさくて	29	源氏	73②
	—より異に見ゆれども	25	源氏恋	67③
	道々に長ぜる—を得給ふ	60	双六	115④
	半夜半夜に—を驚す声	113	遊仙歌	204⑨
	よそにも—を聞わたらむ	26	名所恋	68⑦
	—を心に送らざらめや	36	留余波	82⑬
	我につれなき—をこひ	56	善光寺	108⑤
	託つ方なき—をしたふ	175	恋	異306①
	—を信夫の里なれば	117	旅別	210⑧
	—をとがむる里の犬上の	32	海道上	76⑬
	光陰—を待ずして	119	曹源宗	212⑧
	—を見し事は	173	領巾振恋	299⑦
	—をみるめは仮にだに	21	竜田河恋	63⑧
	中々に—をも身をもとばかりに	69	名取河恋	129⑬
	—をも身をも何とかこつ覧	115	車	両337②
	—を漏さぬ恵かな	142	鶴岡霊威	252⑦
	ふかきあはれみ—をわかず	63	理世道	121⑩
ひとえだ(一枝)　＊いつし	—手折し薫の	60	双六	116③
	—手折て手向草の	103	巨山景	異310⑧
	青葉に交る—は	48	遠玄	98⑦
	百度攀折—も	164	秋夕	285④
	八重疑冬の—を	74	狭衣袖	137⑧
	梨の—を露もさながらや	82	遊宴	異302⑪
ひとかた(一方)	なびきそめにし—に	69	名取河恋	130①
ひとかたなら・ず(一方ならず)	—ずしほれて	20	恋路	61⑬
	—ぬ迷にも	28	伊勢物語	71⑧
ひとかなで(一祝、一撫)	今はとみゆる—	160	余波	278①
ひとき(一木)	—がもとはあやなくて	3	春野遊	43⑭
ひときは(一涯)	今—の勅命は	134	聖廟霊瑞	239⑪
ひとく(人来)	—と客をよぶとかや	3	春野遊	43⑧
ひとごころ(人心)	しらずやいかに—	37	行余波	83③
	—いさまだしらず花染の	23	袖湊	64⑬
	—移ふ花の桜河	26	名所恋	68⑪
	とをざかりゆく—の	48	遠玄	98⑨
	移ひやすき—を	33	海道中	78④
ひとごと(人毎)	—に浅からずたのむる中河の	126	暁思留	224⑦
	そよや—に移ふ情に誘引てや	143	善巧方便	253⑩
	—に昇はうれしき位山の	80	寄山祝	146⑩
	うき物なれや—の	18	吹風恋	60③
	あひみんといふ—の	19	遅々春恋	61①
ひとこゑ(一声)　＊いつせい	幽鳥時に—	115	車	208③
	—名乗郭公	118	雲	211①
	只—のあやなくも	5	郭公	46⑨
	八声の鳥の—は	171	司晨曲	295①
	鳥の—汀の氷峯の雪	55	熊野五	106⑤
	雲居のよその—を	4	夏	44⑩
ひと・し(等、均)	余に又—しからずして	102	南都幷	185⑨
	聖君の寿域と—しかるべき物をや	123	仙家道	221④

	剣に—しきのみならず	168	霜	289⑧
	げに我と—しき人しなかりし	28	伊勢物語	異306⑩
	いづくにか—しき砌あらん	140	巨山竜峯	249①
	無生五乗も—しく入なれば	87	浄土宗	158⑭
	天地と徳を—しくし	119	曹源宗	212⑮
	瑤琴と位を—しくしてぞ	149	蒙山謡	261⑥
	定散—しく廻して	87	浄土宗	158⑧
ひとし・む(等)	誉を—むる物なし	158	屛風徳	273⑧
ひとしれ・ず(人知れず)	—ず室の八島にまがへても	106	忍恋	190⑤
	—ずよそにはつつむ中河の	91	隠徳	164⑭
	—ぬ心を通し	112	磯城島	201⑤
	—ぬ涙に袖は	26	名所恋	68⑥
ひとすぢ(一筋)	けぶりのすゑの—に	32	海道上	77⑭
	あざなはれる縄の—に	60	双六	115②
	打墨縄の—に	140	巨山竜峯	248⑥
	則其袂の糸をば—に	156	随身諸芸	271⑩
	烏羽玉の吾黒髪の—に	175	恋	異306②
	ただ—に壁にむかば	128	得月宝池	227①
	—に憑をかくるならば	87	浄土宗	158⑬
ひとだのめ(人憑)	—なる夢をだに	18	吹風恋	60⑥
ひとたび(一度)	笛音—さだまりて	169	声楽興	291⑪
	—生ずる代にあへり	63	理世道	122⑩
	—御名を菊の色	151	日精徳	265①
ひとたまへ(人給)	汀に並立—の	115	車	異312②
ひとつ(一)	小野寺は則其—	139	補陀湖水	246⑫
	踏みる道の—だに	160	余波	277③
	諏方住吉も—とか	137	鹿島社壇	243③
	仏衆生—ならば	163	少林訣	282⑥
	をのづから思を—ならむ類	127	恋朋哀傷	225④
	此世—にあらざりけりと	157	寝覚恋	異314⑪
	其奇瑞—にあらずとか	139	補陀湖水	246①
	其徳—に非ずとか	73	筆徳	135⑫
	両忠心を—にして	98	明王徳	177⑧
	是を—に惣成て	58	道	110⑭
	祖師の言句は—にて	163	少林訣	282⑬
	其傍に—の樹有	137	鹿島社壇	両340⑫
	心—の心なれば	45	心	95⑬
	—の玉をたてまつりしも	159	琴曲	両335⑫
	—の玉を留をき	110	滝山摩尼	197②
	無熱池—の流なり	109	滝山等覚	195⑥
	—の林をなせるとか	137	鹿島社壇	242⑭
	この世—のむくひかは	66	朋友	127⑤
	—も闕ては道をなさず	72	内外	133⑨
	心—を傷る	107	金谷思	191②
ひとつまつ(一松)	さびしくたてる—	33	海道中	78⑧
	さかふる御垣の—	103	巨山景	187④
	八柳の昔の跡旧て—の今の御幸	152	山王威徳	267⑩
ひととき(一時)	ただ—に晴ぬべし	153	背振山	268⑫
ひととせ(一年)	百年に—たらぬ白髪	28	伊勢物語	71⑪
	—に二度匂ふ菊の花	151	日精徳	異315④

ひとのくに(人の国)	さても別し—	173	領巾振恋	298⑨
ひとふさ(一房)	—捧し花の枝	163	少林訣	282⑨
ひとふで(一筆)	ただ—の跡にこそ	73	筆徳	136⑫
ひとへ(一重)	麻の衣のただ—	110	滝山摩尼	198①
	ただ—なる夏衣	94	納涼	168⑧
ひとへに(偏、単)	—ただ此基なれや	141	巨山修意	249⑫
	—勝れる色ぞなき	156	随身諸芸	272⑤
	—御名に限れり	87	浄土宗	158⑥
	済度は—利物の信をさきとす	135	聖廟超過	241②
ひとむら(一村)　※一群	—すぐる夕立に	4	夏	44⑫
ひとむらさめ(一村雨)	—のやすらひに	57	善光寺次	109⑩
	—も森戸の松の	31	海路	76②
ひとめ(人目)	—かれゆく跡なき庭に	10	雪	50⑧
	みま草がくれの—よきて	75	狭衣妻	138⑫
	岡屋萱原しげき—を凌ても	19	遅々春恋	61①
	葉山茂山しげき—を凌ても	26	名所恋	68⑨
	よその—をつつみても	100	老後述懐	180③
ひとめぐり(一廻)	黒白月の—	60	双六	114⑬
ひともと(一本)	—と思し菊を大沢の池の底にも	151	日精徳	異315⑤
ひとやり(人遣)	—ならぬ道ならなくに	20	恋路	62④
	—ならぬ道ならなくに	132	源氏紫明	235③
	—なりし旅の空	134	聖廟霊瑞	238⑭
ひとよ(一夜)	ただ—のささの庵も	35	羇旅	82③
	—の契は仮なれど	160	余波	277⑫
	—のふしをや忍びけん	76	鷹徳	141⑫
	いねてふ—の程もなき	131	諏方効験	232⑬
	かたらふ—の夢路にや	24	袖余波	65⑫
	—の夢の浮橋	70	暁別	131④
ひとよろひ(一双)	六折々々は—	158	屏風徳	273⑨
ひとり(火取)	—を被られし態と	46	顕物	96⑨
ひとり(独)	—うきねに聞わぶるは	169	声楽興	291⑬
	—念誦の声すみて	49	閑居	99⑨
	ただ—のみ思ねの	157	寝覚恋	両329⑧
	—の乙女子水の傍に	113	遊仙歌	203④
	—明月にうそぶき	60	双六	115⑦
	何ぞ必ずしも—を用るは	63	理世道	122④
ひとりね(独寝)	—の涙のひまの常言に	115	車	両337②
	—の我手枕の	19	遅々春恋	60⑬
ひな(鄙)	物うき—のすまゐなれば	28	伊勢物語	72④
ひなつる(雛鶴)	まだ巣の中なる—	16	不老不死	56⑤
ひねのまつばら(日根の松原)	—やこれならむ	52	熊野二	103⑦
ひのかは(簸の河)	形は—上よりながれきて	112	磯城島	200⑫
ひのくまがは(檜隈河)	—に駒とめよ	77	馬徳	142⑭
	—を渡す駒	26	名所恋	68⑤
ひのもん(碑の文)	羊太傅が—	71	懐旧	131⑬
びは(琵琶)	入江の舟の—の曲	79	船	145⑩
	神女の—の調あり	110	滝山摩尼	197④
	—の調に風香調	95	風	170④
	牧馬といへるは—の名	77	馬徳	143④
	—をうち置て	29	源氏	73⑩

ひばら(檜原)	—の道の鐘のこゑ	163	少林訣	283⑦
	—槇の葉露しげし	66	朋友	126⑬
	霞ゆく—を分入泊瀬山	67	山寺	128⑤
ひばり(雲雀)	—は翅を雲に隠し	57	善光寺次	109⑥
ひび(日々)	十悪—に心よく	97	十駅	173⑤
	感応—に光をます	135	聖廟超過	241⑩
	たのしみ—にまさりけり	34	海道下	両326⑫
	—を定る神事	41	年中行事	89①
ひびき(響)	索々たる絃の—	7	月	48②
	待宵の鐘の—	107	金谷思	191⑨
	知や何に嵐に咽ぶ松の—	119	曹源宗	212④
	或は玲瓏の—	133	琵琶曲	236②
	梵音和雅の—	148	竹園如法	260⑨
	松吹嵐滝の—	163	少林訣	283⑥
	苦空無我の—あり	62	三島詣	119⑬
	竹に向ては竜吟に似たる—あり	95	風	170⑦
	或は振鈴の—あり	110	滝山摩尼	197⑧
	風常楽の—あれば	144	永福寺	255⑧
	—同かりけり	139	補陀湖水	246④
	真梶の—唐艫の音	31	海路	75⑭
	豊嶺の鐘の—なり	169	声楽興	291⑮
	いかなる—なればにや	170	声楽興下	293④
	松の—にかよふは	68	松竹	129③
	妙なる—のある故も	58	道	111③
	梟鐘の夜の—や	171	司晨曲	293⑭
	或は雲に聳たる—をなす	159	琴曲	275⑧
ひび・く(響)	花散暮に—きしは	170	声楽興下	292⑧
	雲間に—く鐘の声	103	巨山景	186⑥
	砂に—く沓の音	11	祝言	53①
	雲井に—く玄象	133	琵琶曲	237①
	晩鐘霜に—く声	67	山寺	127⑫
	巌洞に—く松嵐	57	善光寺次	109⑧
	霜夜に—くならひをも	168	霜	290②
	鳥の初音に—くなる	171	司晨曲	295⑧
	竜吟に—く笛の音	62	三島詣	120⑩
	遠山に—く弁の滝	110	滝山摩尼	197④
	宝鐸雲にや—くらん	108	宇都宮	193⑮
びび・し(美々)	中にも殊に—しく覚るは	156	随身諸芸	272②
	殊に—しくぞや覚る	76	鷹徳	140⑧
びふら(毘布羅、毘富羅)	法界—の内薫外に顕て	97	十駅	173⑪
	骨肉は—の峯たかく	143	善巧方便	254②
	広教—の山の麓	16	不老不死	56⑫
びぶん(未分)	大易は天地—の元気たり	169	声楽興	290⑬
ひぼく(魮⿰魚目)	鴛鴦—の契に至まで	66	朋友	両339⑨
びぼく(眉目)	累代の—也	109	滝山等覚	195④
	数又—に事異也	155	随身競馬	271④
	—に似たりといへども	134	聖廟霊瑞	239⑪
ひま(暇、隙)	みすぐしがたき—かとよ	114	蹴鞠興	206⑭
	—こそなけれ仕つつ	21	竜田河恋	62⑪
	うれふる—こそやすからね	69	名取河恋	129⑭

	わするる—ぞなかりける	64	夙夜忠	124⑬
	ひとりねの涙の—の常言に	115	車	両337②
	氷の—の水に居る	171	司晨曲	294⑤
	しばしはうちぬる—もがな	22	袖志浦恋	64⑥
	小菅の笠の—もがな	43	草	92①
	古松は瓦の—を蔵し	67	山寺	128③
	芥子の—をも漏さず	143	善巧方便	254③
ひまゆくこま(間行駒)	—の心地して	134	聖廟霊瑞	239⑥
ひみつ(秘密)	阿遮の—神呪の字	138	補陀落	244⑭
	これ皆—の像なり	86	釈教	156⑩
	是—の字儀にこもれり	122	文字誉	218⑪
ひめこまつ(姫小松)	種まきをきし—	75	狭衣妻	139⑪
ひめつ(非滅)	さても仏は—にして	16	不老不死	両325⑧
ひめもす(終日)	遅々たる春の—に	19	遅々春恋	60⑨
	叡覧—に飽ざりしも	93	長恨歌	167⑦
ひめゆり(姫百合)	しげみにかくるる—	91	隠徳	164⑪
ひも(紐)	小車の錦の—とかや	115	車	208⑬
	車は錦の—をかざり	72	内外	135⑤
ひも(悲母)	—の報恩の釈迦の像は	101	南都霊地	183⑤
ひもと・く(紐解)	千草も—けさいたる花を	43	草	92⑤
ひやうがく(兵革)	神威の—忝く	131	諏方効験	233⑦
びやうざい(平簺)	叩子—の揍馴し	60	双六	116⑥
ひやうし(拍子)	—の音も物の音も	104	五節本	188②
	—を調し童姿	121	管絃曲	216⑫
びやうそくせうめつ(病即消滅)	—の風薫ず	16	不老不死	56⑭
ひやうぢやう(兵仗)	—牛車のよそほひ	65	文武	125⑫
ひやうでう(平調)	性調—風香調	133	琵琶曲	236⑬
びやうどうゐん(平等院)	—に釣殿	94	納涼	169④
びやうぶ(屛風)	其名はいかなる—なるらん	158	屛風徳	274⑭
	台をかざる—に	158	屛風徳	273⑦
	山は—に似たりな	158	屛風徳	274⑦
	草枕—にをきゐる	158	屛風徳	274③
	そも琴引立し—の内	158	屛風徳	273⑭
	隔となるは—のかくれ	158	屛風徳	274⑩
	—の徳ぞ面白き	158	屛風徳	274⑨
	—の横懸と名付て	158	屛風徳	274④
	中にも勝たる—は	158	屛風徳	274⑫
	又—を賞ぜらるる所は	158	屛風徳	274⑭
	わきては四尺(しせき)の—(へいふ)也	158	屛風徳	273⑪
	八尺(はつせき)の—(へいふ)は	158	屛風徳	273⑧
ひやうぶきやうのみや(兵部卿の宮)	—の御返し	89	薫物	160⑪
	—はさば逢瀬を深くや忍びけん	158	屛風徳	274⑥
びやうぶのうら(屛風の浦)	多度の郡—	158	屛風徳	274④
びやくがう(白毫)	—かかやく光が峯	109	滝山等覚	196③
	—の光さしもげに	151	日精徳	265①
ひやくごふ(百劫)	三祇—百万行	122	文字誉	218⑭
	然ば三祇—六波羅蜜	143	善巧方便	253①
びやくごん(白銀)　＊しろがね	—の鶏斯に住	171	司晨曲	293⑪
ひやくぢやう(百丈)	—すへたる祖師堂	163	少林訣	283⑨
びやくてう(白鳥)	千の—を鳴しめて	77	馬徳	142⑤

ひやくぶかう(百歩香)	はるかに匂ふ―	89	薫物	160⑤
ひやくまんぎやう(百万行)	三祇百劫―	122	文字誉	218⑭
びやくめ(白馬)　＊はくば	千の―を現じつつ	77	馬徳	142⑤
ひゆ(譬喩)	法華―の妙文には	78	霊鼠誉	144⑮
ひよく(比翼)	―の契をうらやみしや	115	車	208①
	―連理と契し	41	年中行事	89⑩
ひよしさんわう(日吉山王)	―にしくはなし	152	山王威徳	267①
ひらきの・ぶ(披申)	―ぶるに便なし	113	遊仙歌	203⑫
ひら・く(開)	藤門の栄花を―かしむ	137	鹿島社壇	243⑬
	門を―かん程なれや	163	少林訣	282⑪
	広く甘露の門を―き	143	善巧方便	254⑥
	夫栄花の花を―きし	134	聖廟霊瑞	237④
	始て―きし教法	91	隠徳	165②
	明静の徳を―きしは	97	十駅	175⑨
	普門を―きつつ	35	羇旅	81⑫
	普き門を―きつつ	120	二闡提	214①
	道徳の苑を―きて	123	仙家道	220⑩
	―きて永くささざるは	87	浄土宗	158⑧
	数息観門を―きても	95	風	異309⑩
	―きても猥に疑はざれ	87	浄土宗	157⑨
	画鷁は浪の前に―く	31	海路	75①
	基を視聴の外に―く	123	仙家道	220④
	南枝花始て―く	134	聖廟霊瑞	238③
	分ては暁の露に鹿鳴花―く	164	秋夕	285④
	金場を―く籌	97	十駅	176③
	そも二百五十に―くらむ	97	十駅	174④
	ひそかに徳をや―くらむ	108	宇都宮	193①
	蓮葉の風にや花の―くらん	95	風	両332④
	―くる色も異ならん	104	五節本	188⑪
	まれに―くる優曇華の	14	優曇華	54⑧
	此花の―くる春にあひ	172	石清水	296⑧
	春の風に桃李の花の―くる日	93	長恨歌	167⑬
	覚母はさとりの花―け	108	宇都宮	193⑦
	南枝の初花先―け	111	梅花	199⑧
	或は銅雀の将に―け	113	遊仙歌	204⑤
	具足妙相の花―け	120	二闡提	214⑤
	栄花あまねく―け	147	竹園山	259⑥
	優曇海中に―けつつ	12	嘉辰令月	53⑦
	此花―けて後は更に	125	旅別秋情	223⑭
	花は―けて万歳の色	122	文字誉	219⑮
	発心の扉―けなば	160	余波	279⑥
	春に逢扉に―けん	128	得月宝池	227④
ひらけはじま・る(開始)	天地--り人事定まらざりしより	92	和歌	165⑦
ひらのたかね(比良の高根)	―にかかやく	67	山寺	128②
ひらまつ(平松)	雲居をわたる鶴が原大山中―	52	熊野二	103④
ひらやなぐひ(平胡籙)	家家にかはりて引は―の上帯	44	上下	93⑭
ひらをか(平岡)	春日―率河	41	年中行事	89①
びりやう(檳榔)	糸毛―唐廂大顔	115	車	208⑪
	青毛糸毛―唐廂大顔	115	車	両337⑥
ひりよう(飛竜)	南無摩多羅天童―薩埵	110	滝山摩尼	異311①

	一背を振しかば	153	背振山	268②
ひりようごんげん(飛滝権現)	南無一千手千眼日本第一大霊験	55	熊野五	107⑩
	一をはします	55	熊野五	107④
ひりん(比倫)	清光一を絶す也	103	巨山景	186⑥
ひる(昼)	外に出ては一とす	60	双六	114⑭
	一声の山鳥は夜となく一となく	5	郭公	45⑭
	一は荊越に秣を養ふ	77	馬徳	異311⑦
ひ・る(干る)	露もまだ一ぬ槇の葉の	167	露曲	288⑤
びる(毘盧)	是一の金言なるべし	97	十駅	173④
びるしやな(毗盧遮那)	一覚位を証ぜしめ	96	水	171⑧
	一所変の分身	120	二闡提	213⑨
	いはんや一曼荼の荘厳	143	善巧方便	254④
	抑一無辺の月の光	92	和歌	異309⑥
びるしやなきやう(毗盧遮那経)	一王の蹠の文	78	霊鼠誉	145①
ひるがへ・す(飜)	をみの衣の立舞袖を一し	11	祝言	52⑨
	つゐに怨心を一し	120	二闡提	214④
	廻雪の袂を一し	148	竹園如法	260⑦
	邪執を一し	173	領巾振恋	299⑧
	袖の別を一して	124	五明徳	222③
	周処思を一す	45	心	95②
	紅の雪を一すも	123	仙家道	220⑫
ひるがへ・る(飜)	仙楽風に一り	93	長恨歌	167⑥
ひるま	けふの一のこひしさに	75	狭衣妻	139②
ひれ(巾)	袖一振し松浦姫	116	袖情	210③
ひれふるやま(巾振山)	一も程ちかく	153	背振山	268⑬
ひろう(飛楼)	雲梯一に昇て	172	石清水	296⑪
ひろく(秘録)	太真の一にあづかりて	123	仙家道	221③
ひろさは(広沢)	一住の江難波潟	7	月	48⑦
ひろ・し(広)	菅の荒野の一き恵	131	諏方効験	232①
	一き恵と思へば	152	山王威徳	267⑧
	海は一き恵辺もなくや	63	理世道	121⑨
	観音受記に徳一く	120	二闡提	213⑤
	随方諸衆声字の実相に益一く	134	聖廟霊瑞	237⑪
	梵漢ともに益一く	138	補陀落	244⑭
	くもらぬまつりごともみち一く	163	少林訣	283⑬
	一くうかがひて	63	理世道	122⑥
	一く甘露の門を開き	143	善巧方便	254⑥
	風土記は一く記するところ	95	風	170②
	一く詞の林をかざりて	73	筆徳	135⑪
	一く詞の林をかざりて	73	筆徳	両328⑩
	真俗に其徳一くして	145	永福寺幷	256⑮
	普門の誓一くして	146	鹿山景	258②
	一くして猶辺もなく	87	浄土宗	157⑧
	恵の露を一く灑く	109	滝山等覚	195①
	御法の筵を一くのべ	128	得月宝池	226⑬
	真如の台は一けれど	51	熊野一	101⑨
	七観音寺は一けれど	120	二闡提	214②
	文集の詞は一けれども	44	上下	93⑨
	感応海一けれぱ	17	神祇	57⑤
	上として哀み一ければ	88	祝	159③

	内外に百種の道―し	97	十駅	173③
	外に済度の方便道―し	129	全身駄都	228②
	粟散―しといへども	59	十六	112⑩
ひろひあつ・む(拾集)	―むる玉津島の	122	文字誉	219⑭
	―めし言の葉の	112	磯城島	201⑥
	―めしにほひまでも	116	袖情	209⑨
ひろひお・く(拾置)	旧にし事を―き	98	明王徳	177⑮
ひろ・ふ(拾)	落穂―ひし田面の庵	28	伊勢物語	72⑩
	―ひ持会ぬうらみの数取とらばや	18	吹風恋	59⑪
	蛍を―ひ雪を集め	108	宇都宮	193⑭
	玉敷浜辺に―ふ貝	30	海辺	74④
	由良の湊に―ふ貝の	97	十駅	173⑪
	乙女が漁に―ふ玉	91	隠徳	164⑧
	君にあはでの浦に―ふ玉章の	107	金谷思	191⑧
	恋すてふ袖志の浦に―ふ玉の	22	袖志浦恋	63⑩
	―ふ袂の玉や如意珠	130	江島景	230⑪
	蛍を―ふ智水は	102	南都幷	185④
	砂の数は―へども	12	嘉辰令月	53⑧
ひろま・る(広)	此ところに―り	101	南都霊地	183⑩
	三朝の間に―る	114	蹴鞠興	205⑧
ひろ・む(広)	黄帝徳を―めしかば	166	弓箭	287②
ひをりのひ(日折の日)	右近の馬場の―	115	車	208⑤
ひん(賓)	廟に鶏を待―	97	十駅	176④
びん(鬢)	雲の―なつかしく	93	長恨歌	167③
ひんかく(賓客)	されば唐の太子の―も	47	酒	97③
びんしけん(閔子騫)	―が言の葉	99	君臣父子	178⑨
ひんはん(蘋蘩)	―の粧厳く	134	聖廟霊瑞	239⑬
	―の緑波に浮	17	神祇	57⑤
	―礼奠の風は又	34	海道下	80⑪
ひんほつ(秉払)	禅学―はてぬれば	103	巨山景	187⑦

ふ

ふ(不)	第一の―の―の字は	122	文字誉	218⑪
	彼八―の中の―文字の	122	文字誉	218⑪
ふ(賦)	宋玉が風の―	95	風	170①
	左子が―を作	165	硯	286⑤
ふ(輔)	そも―よわげに見ゆれば	60	双六	116⑨
ふ(経)	猶又世に―るしら雪に	10	雪	51④
	宝富安千年―る様にひかるる	53	熊野三	104⑩
	数ならでさすが世に―るならひは	90	雨	162④
	世に―る態をもかへりみず	99	君臣父子	179①
	其後代は十続を―(へ)	92	和歌	165⑩
	わづかに一夜を―しかども	83	夢	異303②
	待日はきかず日比―て	5	郭公	45⑩
	伊勢の浜荻代々を―て	12	嘉辰令月	53⑪
	渚の松が根年を―て	33	海道中	78⑩
	古世の友よはひ―て	59	十六	113⑨
	古屋の壁に年を―て	78	霊鼠誉	144③

	彼より多の春を—て	92	和歌	165⑭
	抑石田月日—て	97	十駅	173⑩
	九千歳の老を—て	100	老後述懐	180⑪
	思こといはでの山に年を—て	26	名所恋	両326③
	世々—て後にしられつつ	75	狭衣妻	139⑬
	はこぶ歩の日を—ては	53	熊野三	104⑧
	刈干稲葉の秋を—ても	11	祝言	53②
	をのが様々世々を—ても	19	遅々春恋	61⑤
	しほの山指出の磯に八千世—ても	31	海路	75⑩
	湘浦の竹の世々を—ても	126	暁思留	224⑬
	幾万代の春を—ても	132	源氏紫明	235⑮
	しるしの亀の劫を—ても	137	鹿島社壇	243⑥
	賀茂の瑞籬代々を—ても	96	水	異310③
	世々—ても彌さかへゆく	80	寄山祝	146⑪
	渡殿を—てや廻らむ	104	五節本	188⑬
	ながれて強く年や—にけん	73	筆徳	136⑥
	年や—ぬらん長井の浦の	79	船	145⑬
	年—ぬる身はこの老ぬるか	32	海道上	76⑫
	心づくしにいく世—む	31	海路	75⑦
	佐野の浜松幾世—ん	55	熊野五	107②
ぶ(武)	誠に文誠に—	34	海道下	80⑫
	をのをの—にかたどりて	65	文武	125⑫
	—は国をおさむるかためなり	65	文武	125③
	—は又梓弓真弓槻弓とりどりに	88	祝	159⑧
ふう(風)	六義の風情に—あり	95	風	170③
	書死—死ざる道	73	筆徳	136①
	政直なる十六の国の—たり	59	十六	異307⑩
	蘋蘩礼奠の—は又	34	海道下	80⑪
	礼奠の—をあふぐなり	134	聖廟霊瑞	239⑬
	—を移し俗を易る道はただ	121	管絃曲	216③
	倩其—を思とけば	60	双六	114⑭
	—を善にうつしつつ	169	声楽興	291②
ふうう(風雨)	—時に直に	138	補陀落	245⑪
	日月—の及ところ	166	弓箭	287②
	—又寒暑を違ず	81	対揚	148⑩
	—を心にまかすれば	137	鹿島社壇	243②
ふうぎ(風儀)	世に皆其—あり	95	風	169⑪
	家々の—品々也	155	随身競馬	270⑦
ふうくわう(風光)	本地の—潔く	119	曹源宗	212⑭
ふうげつ〔ふげつ〕(風月)	詩歌は—にかたどりて	81	対揚	148⑪
	—の主と仰がれ	134	聖廟霊瑞	238⑧
	—の名を先とす	95	風	169⑭
	—の匂ひ芳しく	111	梅花	200①
ふうこう(風后)	—輔佐の臣たりき	95	風	169⑬
ふうぞく〔ふぞく〕(風俗)	雑芸—の郢曲は	61	郢律講	118⑨
	—は神の御代より	95	風	170②
ふうだい(風大)	五大を言ば—	95	風	169⑩
	共に—をつかさどり	95	風	異309⑩
ふうてい(風体)	書契を作し—	95	風	169⑫
ふうふ(夫婦)	—同穴のちぎりも	66	朋友	127①

	—は語ひ濃に	81	対揚	149④
ふうりやう(風鈴)	—閑響与文同	95	風	異309⑫
	—樹響遍虚空	95	風	異309⑪
ふうりん(風輪)	先は—最下の安立より	95	風	169⑩
ふうん(浮雲)　＊うきくも	万事を—に任せつつ	119	曹源宗	212⑩
ふえ(笛)	秋風楽の—の音	61	郢律講	118⑤
	竜吟にひびく—の音	62	三島詣	120⑩
	—は漢武の代におこり	169	声楽興	291⑩
ぶえき(無射)	時は南呂—かとよ	60	双六	115⑥
ふえたけ(笛竹)	音にこそ立ね—の	76	鷹徳	141⑫
ふえつ(傅説)	或は殷丁夢に見て—をえ	83	夢	152⑩
	—を夢にえたりな	98	明王徳	177⑤
ふかう(普香)	—のつかねをとるなり	139	補陀湖水	246⑦
ふかうでう(風香調)	琵琶の調に—	95	風	170⑤
	性調平調—	133	琵琶曲	236⑬
	—の曲とかや	61	郢律講	118③
ふかくさ(深草)	春日の里—	28	伊勢物語	72⑩
	春日の里—	28	伊勢物語	両329⑪
	鶉の床も—の	76	鷹徳	140⑬
	鶉の床も—の	91	隠徳	164⑪
ふかさ(深)	—はしらず桜井に	57	善光寺次	109⑭
	色そふ思ひの—をば	167	露曲	288⑪
	つもれる罪の—をば	167	露曲	289⑤
ふか・し(深)	扇の匂ひ—かりし	124	五明徳	222③
	外に養育の哀み—き	72	内外	134⑥
	猶墨染の色—き	110	滝山摩尼	197②
	智水の—き	147	竹園山	259①
	紅葉の山ぞ色—き	150	紅葉興	262⑫
	槇立山の奥—き	163	少林訣	283⑦
	鳴てもいまだ夜や—き	171	司晨曲	295②
	中河の逢瀬夜—き暁	83	夢	両331②
	猶露—き暁を	19	遅々春恋	60⑩
	道芝—きあさ露を	106	忍恋	190⑩
	大茅具茨のかすかに—き跡	123	仙家道	220⑨
	大茅具茨のかすかに—き跡	123	仙家道	両335⑥
	—きあはれみ人をわかず	63	理世道	121⑩
	慈愍の—き余に	108	宇都宮	192⑪
	緑も—き色々を	97	十駅	174⑤
	—き色とは成ぬらん	167	露曲	288⑤
	緑も—き色をます	90	雨	161⑤
	小野山や—き恨の雪の朝	71	懐旧	132⑩
	飛鳥井の—き思	24	袖余波	66⑧
	凡心に—き思	107	金谷思	191⑥
	下行水の—き思	126	暁思留	224⑩
	—き思のしるしとや	19	遅々春恋	61⑤
	—きおもひの程はなほ	66	朋友	127④
	—き思は飛鳥井に	75	狭衣妻	138⑪
	—きが中に猶—きは	129	全身駄都	228⑩
	—きが中に—きこころを	150	紅葉興	263⑬
	—きが中に—しとす	91	隠徳	165⑤

ふ

―きかなや法相と	102	南都幷	185⑩
室の戸―き北山	42	山	91①
我等に―き結縁の	86	釈教	157④
中にも―き心あり	112	磯城島	202⑦
―き心の中なれや	151	日精徳	異315⑥
―き心は有明の	169	声楽興	292①
―き心は玉くしげ	45	心	94⑬
―き心を顕す	131	諏方効験	233②
―き心を汲て知	102	南都幷	185⑤
―き心を汲てしる	128	得月宝池	226⑪
―き心を伝し後	119	曹源宗	211⑭
白雲―き梢かな	164	秋夕	284⑨
功臣忠―き事	80	寄山祝	146④
哀み深して―き事	138	補陀落	244②
まだ小夜―き火鈴の声	103	巨山景	186⑩
縁覚の―き覚も	164	秋夕	285⑫
水底―き猿沢	102	南都幷	184⑪
―きしるしを顕ひしは	132	源氏紫明	235⑩
暁―き振鈴の	50	閑居釈教	100⑦
山―き栖家の暁起の樒の露	167	露曲	289③
―き谷高き岳	137	鹿島社壇	243①
―き谷地をめぐり	113	遊仙歌	203①
諏方の御渡の―き誓	131	諏方効験	232①
諏方の湖の―き誓	166	弓箭	287⑧
―き誓に遇初河の	135	聖廟超過	241④
―き誓の尽せぬは	137	鹿島社壇	243⑤
―き誓のつきせぬは	137	鹿島社壇	両341③
水上の―き誓や故有ん	96	水	異310③
石清水の―き誓をあらはす	142	鶴岡霊威	252⑤
―き誓を思へば	54	熊野四	105⑦
―き契や故あらむ	62	三島詣	120⑬
木隠―き中河の	96	水	171⑬
―き情の友なれや	66	朋友	127①
―き夏野を分行ば	91	隠徳	164⑩
多生の縁―きにあり	129	全身駄都	227⑬
霜―き庭の草むら	67	山寺	128④
老木は―き匂ひあり	111	梅花	199⑨
浅き―きにまよはねば	92	和歌	166⑤
陵園の―き閨の内	107	金谷思	191③
衣の色の―きは	64	夙夜忠	124⑩
智水の―きはかりこと	140	巨山竜峯	248②
緑も―き春くれば	10	雪	50⑥
紫―き藤並	1	春	42②
楊家の―き窓に養はれ	93	長恨歌	167①
―き御法の底までも	130	江島景	230⑩
―き御室のはるばると	67	山寺	128⑥
―き故あなる物をな	96	水	171⑧
―き故有なる物をな	145	永福寺幷	256⑭
わきて哀も―き夜の	124	五明徳	221⑩
野の宮の―き夜の	168	霜	290⑤

	霜―き夜の月に叫哀猿	95	風	170⑫
	―きをいかでか汲てしらむ	50	閑居釈教	100①
	春すぎ夏―く	10	雪	50⑨
	これ皆餞別の色―く	35	羇旅	81⑧
	君をたすくる労―く	65	文武	125⑫
	内には柔和の室―く	72	内外	135①
	伏て結縁の―く	108	宇都宮	192⑥
	大悲の滝あはれみ―く	109	滝山等覚	194⑭
	影をも―く敬へ	99	君臣父子	178③
	気をしりぞけて―く思	169	声楽興	291⑥
	別を―く悲む	127	恋朋哀傷	225⑤
	哀み―く涯もなし	81	対揚	149③
	しかじ根を―くし	141	巨山修意	250②
	澗底嵐―くして	66	朋友	126⑫
	瑜珈深秘の内証―くして	145	永福寺幷	256⑭
	哀み―くして深事	138	補陀落	244①
	―くして又量もなし	87	浄土宗	157⑧
	秋の夜の暁―く立こむる	54	熊野四	105①
	空洞―く徹れり	153	背振山	268⑥
	袖の湊の―くのみ	23	袖湊	64⑫
	山陰―くむすぶ庵に	50	閑居釈教	100⑨
	―くも思しづまざれ	58	道	111⑧
	―くやおもひ入間河	56	善光寺	108⑨
	逢瀬を―くや忍びけん	158	屏風徳	274⑦
	紅葉の色も―けれど	96	水	172②
	六相の門―けれど	97	十駅	176②
	雨露の恩また―ければ	98	明王徳	177①
	淵瀬ともなく―ければ	150	紅葉興	262⑨
	小野の山里雪―し	9	冬	49⑬
	鼓瑟の跡露―し	69	名取河恋	130③
	憑心もいと―し	152	山王威徳	267⑨
	谷―みたくみにしられねば	14	優曇華	54⑩
ふか・む(深)	奥山の岩本小菅ね―めて	43	草	92④
ふがんゑんあう(鳧雁鴛鴦)	―は羽をかはして戯れ	144	永福寺	255⑦
ふきあげ(吹上)	秋風はげし―の梢もさびしく	56	善光寺	108⑫
ふきあげのはま(吹上の浜)	―のはま風も	53	熊野三	104④
ふきあは・す(吹合)	―せたる糸竹の	82	遊宴	151①
ぶきう(無窮)	―の場に自得するも	123	仙家道	221③
ふきおく・る(吹送)	興津塩あひを―る	31	海路	75③
	浦―る音までも	51	熊野一	102⑧
	夕立の跡―る風越の	94	納涼	168⑩
	猶―る二村山	32	海道上	77⑬
	―る由井の浜風音たてて	56	善光寺	107⑭
ふきおろ・す(吹下)	―す嵐の山の麓の	44	上下	94①
	―すみねの松風は	102	南都幷	185①
ふきかへ・す(吹返)	松風の音―すまくず原	40	夕	両333⑤
ふき・く(吹来)	―くる便の風車の	115	車	208⑩
ふきこ・す(吹越)	あはと見る淡路―す興津風に	30	海辺	74⑨
	湊―すいなの渡り	95	風	171③
ふきこ・ゆ(吹越)	関―ゆる秋風に	169	声楽興	291⑭

ふきそ・ふ(吹そふ)	かからぬ山も嵐—ふ木の本に	21	竜田河恋	63⑥
ふきそ・む(吹初)	かへるたもとに—めて	41	年中行事	89⑨
ふきた・つ(吹立)	身にしむ声を—つる	61	郢律講	118⑤
	夜の嵐に—つる	62	三島詣	120⑩
ふきたゆ・む(吹弛)	良—む程も猶	160	余波	277⑪
ふきと・む(吹留)	雲—むる夕かぜ	123	仙家道	220⑫
ふきな・る(吹馴)	袖—るる追風	130	江島景	231⑤
	袖—るるおりならん	164	秋夕	285⑦
ふきみだ・る(吹乱)	駒の振分—る	35	羇旅	81③
ふきむす・ぶ(吹結)	露—ぶ風の音に	167	露曲	288⑬
	露—ぶ秋風楽	121	管絃曲	216⑭
ぶぎやう(部行)	—も是を先とし	97	十駅	174⑦
ぶきやうのさと(無疆の郷)	—に入なんぞ	58	道	112⑥
ぶきよく(舞曲)	—の中の秘説なり	121	管絃曲	217②
	十六拍子の—は三台塩団乱旋	59	十六	113⑦
	みな—はなけれど	47	酒	97⑨
	林歌の—は故あむなる物をな	78	霊鼠誉	異314①
ふ・く(深、更)	むかひの峯に影—くる	42	山	両327⑥
	—くる程にぞ入御はなる	105	五節末	189⑭
	いとど今は小夜—くるまの	145	永福寺幷	256③
	後夜長く暁—けて眠らず	113	遊仙歌	203⑨
	—けては寒き霜夜の月を	7	月	48③
	—けて蘿洞の月をみる	83	夢	152⑪
	とはでやつゐに—けなんと	116	袖情	209⑫
	袖の追風—けぬるか	108	宇都宮	194⑨
	—けぬるか人をとがむる里の	32	海道上	76⑬
ふ・く(吹)	素竹は錯午の風—きて	68	松竹	128⑬
	つゐには御法の風—きて	118	雲	211⑦
	嵐やよきて—きぬらん	9	冬	49⑪
	嵐は—いて秋の空	86	釈教	156⑧
	しぐれになるか尾上—く	90	雨	161⑪
	松—く嵐滝のひびき	163	少林訣	283⑥
	糸をみだして—く風	167	露曲	288③
	軒もみだれて—く風に	32	海道上	77⑩
	東風—く風に送て	135	聖廟超過	240⑮
	東—く風に波よるは	95	風	170⑩
	およばぬ枝を—く風の	168	霜	289⑫
	補陁落の南—く風の跡より	95	風	両332③
	東風—くかぜのたよりにも	37	行余波	83⑪
	松—く風のつれなきは	95	風	171①
	—く風の目に見ぬからに身にしみて	18	吹風恋	59⑧
	及ばぬ枝を—く風よ	106	忍恋	190④
	東風—く春の谷かぜ	140	巨山竜峯	248⑬
	あしの海—く汀や凍るらむ	34	海道下	80②
	移花をばよぎて—け	45	心	95⑤
	秋かぜ—けば織女の	6	秋	47①
ふ・く(葺)	苫—く軒をもる月の	30	海辺	74⑥
	まばらに—ける板びさしに	125	旅別秋情	223⑨
	又まばらに—ける杉の屋	145	永福寺幷	256⑧
ふくうけんじやく(不空羂索)	十一面如意輪乃至—	120	二闡提	214⑨

	—新に八臂三目に備り	101	南都霊地	183⑧
ふくしやうぐん(副将軍)	—の高良に仰せ	172	石清水	297①
ふくしゆ(覆手)	—に隠る隠月	91	隠徳	164⑤
ふくじゆ(福寿)	—の宝算家門の園にあまねく	140	巨山竜峯	247⑩
	檀信—を増とかや	103	巨山景	187⑤
ふく・す(伏)	興王に虎を—しつつ	97	十駅	175①
ぶく・す(服)	飛黄卓に—し	77	馬徳	異311⑦
	瓊蕊を砕て朝に—すれば	123	仙家道	220⑪
ふくぞう(福増)	名を—と号せられ	78	霊鼠誉	145⑤
ふくち(福地)	—は七十二	123	仙家道	220⑤
ふく・む(含)	十一面の笑を—み	62	三島詣	120⑦
	竜舌の舌を—み	159	琴曲	275⑦
	口に—みし竜根草	123	仙家道	221①
	山茗芬を—みて鷹の嘴猶懶く	149	蒙山謡	261④
	梅鶏舌を—みては	171	司晨曲	294①
	御溝の水玉を—む	133	琵琶曲	236⑤
	筆を—む山水	73	筆徳	136⑬
	花芬馥の気を—むは	61	郢律講	118③
	恨を—める人ぞなき	98	明王徳	177②
ふくろく(福禄)	—は身に阿梨	114	蹴鞠興	207⑧
ふけう(不孝)	—の責をいかがせん	86	釈教	156①
ふけゆ・く(深行)	待宵—く鐘の声	168	霜	290①
	待に—く空よりも	171	司晨曲	294⑨
	—く月に澄まさるは	169	声楽興	291④
	草枕—く夜はの秋かぜに	35	羇旅	81⑩
ふけ・る(耽)	衣食に—りて楽み	97	十駅	173⑧
ふけゐのうら(吹ゐの浦)	—の波の音	52	熊野二	103⑥
ふげん(普賢)	—十願の誓約は	131	諏方効験	231⑩
ふげんだいし(普賢大士)	されば—十羅刹女	148	竹園如法	260⑩
ぶこう(武功)	彼は—有しかば	65	文武	125⑨
ふこく(布穀)	—に過たる鳥ぞなき	5	郭公	46③
ふさ(房)→みるぶさ(海松房)ヲミヨ				
ふさ(補佐)	上は三功—の雲のうへ	64	夙夜忠	124②
	風后—の臣たりき	95	風	169⑬
	武内は—の臣となり	172	石清水	296⑧
	春日—の祖神は四智の垂跡	137	鹿島社壇	243⑧
	博陸—の袂までも	143	善巧方便	253⑨
	博陸—の玩	82	遊宴	151⑥
ふさう(扶桑)	—の霞の中にいり	76	鷹徳	140⑤
	近く—の塵にまじはる	131	諏方効験	231⑩
ぶさう(無双)	—余に異なり	147	竹園山	259⑪
ふさ・ぐ(塞)	老杉は門を—げり	67	山寺	128④
ふさな・る(房なる)	金鈴りりと—り	5	郭公	45⑦
	嘉樹霊木—れり	110	滝山摩尼	197⑤
ふし(節)	忘ぬ—とぞ成ぬべき	35	羇旅	82③
	忘ぬ—とや成ぬらん	7	月	48⑥
	香厳の忘ぬ—なれや	140	巨山竜峯	248⑫
	香華の—も声すみて	103	巨山景	187②
	笛竹の一夜の—をや忍びけん	76	鷹徳	141⑫
ふし(不死)	不老—と説れたる	16	不老不死	56⑬

	得つべき哉や—の薬	110	滝山摩尼	197⑨
	蓬莱—の薬をいただく	165	硯	286③
	不老—の薬を献ずとか	16	不老不死	56①
	凡不老—の利益	16	不老不死	56⑭
ふじ(富士)	—の煙に身をこがし	92	和歌	166⑦
	—の雲路を分てかける	155	随身競馬	270⑤
ふじさん(富士山)	我国吾妻の—故有ためし也けり	80	寄山祝	異309②
ふじのたかね(冨士の高根)	—に立煙	107	金谷思	191⑪
	—は時しらぬ	28	伊勢物語	72①
ふじのね(富士の根)	—の煙も空に立のぼり	22	袖志浦恋	63⑬
	—の煙も空に立のぼり	22	袖志浦恋	両325⑪
	—の煙や空になびくらむ	99	君臣父子	178⑦
	—の姿に似たるか塩尻	57	善光寺次	110③
	—の其鳴沢の心地して	34	海道下	79⑩
ふじのみやうじん(富士の明神)	—になるさはの	62	三島詣	120⑫
ふじのやま(富士の山)	駿河の国の—	42	山	91⑤
	峯より上は—	42	山	両327⑩
ふしう・し(伏憂)	我も—き竹簀	22	袖志浦恋	64①
ふしぎ(不思議)	唯摩大梵の—	81	対揚	149⑧
	補陀落の—いとおほし	139	補陀湖水	246⑮
	—徳用を顕して	164	秋夕	285⑭
	—とぞや覚る	78	霊鼠誉	144⑪
	—七の第一也	137	鹿島社壇	両341①
	入にし事ぞ—なる	60	双六	115⑭
	—なる奇瑞なれ	39	朝	両332⑪
	名号—の枢なり	87	浄土宗	158⑧
	みな本迹—の業用	97	十駅	175⑥
	中にも有がたき—は	134	聖廟霊瑞	238④
	自然涌出の—をなし	101	南都霊地	183⑦
ふしぐくり(ふし括)	緋の袂—	76	鷹徳	140⑨
ふししば(臥柴、椮柴)	椎柴—楢柴に	57	善光寺次	109⑦
	誰又ここに—の	49	閑居	99⑧
	げに—のしばしばも	16	不老不死	56⑥
ふしど(臥所)	—を叢に卜とかや	76	鷹徳	140③
ふしな・る(伏馴)	軒端の竹に—れ	68	松竹	129①
ふしぶし(節々)	左右近衛の—	76	鷹徳	140⑧
	さてもわすられがたき—の	157	寝覚恋	異314⑩
	げにわすられぬ—も	90	雨	162②
	げに又狭衣の—も	161	衣	280⑤
ふしまち(伏待)	—朧夜在明の月の鼠の	78	霊鼠誉	143⑭
ふしまちのつき(伏待の月、臥待の月)	いさ宵弓張—	7	月	48⑩
	いざよひ弓はり—	7	月	異305⑦
	—さし出て	29	源氏	73①
ふしや(不捨)	十念—の憑あり	62	三島詣	120⑤
ふしやう(浮生)	餞別の愁は—をもて	134	聖廟霊瑞	238⑬
ふしやう(補星)	—の垂迹成けり	138	補陀落	244⑫
ふしゆんざん(富春山)	厳子陵が—	42	山	90⑨
ふしよ(補処)	彼は無量寿仏の—として	120	二闌提	213⑤
	—の大士十一面の恩顔は	134	聖廟霊瑞	237⑦
	一生—の大聖	101	南都霊地	183⑬

	或は闡提—の菩薩	55	熊野五	106⑩
ふしよう(梟鐘)	—の夜の響や	171	司晨曲	293⑬
ふ・す(伏)	興王に虎を—しつつ	97	十駅	175①
	—して結縁のふかく	108	宇都宮	192⑤
	—して乞天長地久の祈願成就	129	全身駄都	229⑪
ふ・す(賦)	潘子が興を—せしみな	164	秋夕	284④
	春三月を—せる詩	41	年中行事	89④
ふすま(衾)	古枕古—誰と伴にかなづさはん	93	長恨歌	167⑮
	夜の—はしみこほれど	99	君臣父子	178⑬
ふせ(布施)	慈悲喜捨忿怒—愛語	134	聖廟霊瑞	237⑧
ふぜい(風情)	六義の—に風あり	95	風	170③
ふせいもん(敷政門)	内記の戸を出てはそも—をや入らん	72	内外	134⑧
ふせうえう(普照耀)	—の光は遍法界を照せり	139	補陀湖水	246⑧
ふせ・ぐ(防)	荒き風をも—ぎてん	99	君臣父子	178⑥
ふせや(伏屋)	—に生る箒木を	56	善光寺	107⑬
ふぜん(不染)	三昧—の花いさぎよく	97	十駅	175⑦
ふぞく(付属)	汝好持是語の—は	87	浄土宗	158⑥
	忉利の—をあやまたず	108	宇都宮	193⑧
	此は釈尊摩頂の—を受	120	二闡提	213⑤
	慇懃—を忘れざれば	120	二闡提	214⑪
ふたあらのやま(二荒の山)	筑波根のそがひにみゆる—より山に	108	宇都宮	192⑩
ふたい(不退)	常住—の行法	110	滝山摩尼	198②
ふたうた(二歌)	此—は此道の歌の実をしらすなり	112	磯城島	201④
ふたおもて(二面)	児の手柏の—	102	南都幷	184⑩
ふたごころ(二心)	—なき其誓願をかがみつつ	103	巨山景	異310⑦
	—なく玉櫛笥	132	源氏紫明	234⑫
ふたたび(二度)	—命のながらへて	22	袖志浦恋	63⑪
	—旧里にかへりけむ	30	海辺	異305⑤
	—問事なかれ	63	理世道	122⑫
	一年に—匂ふ菊の花	151	日精徳	異315④
	—野跡をとどむるは	158	屛風徳	274⑧
ふたちぢ(二千々)	歌を—に重つつ	92	和歌	166③
ふたつ(二、両)	解脱空恵の—の諍ひ	81	対揚	149⑨
	紅紫—の色ならむ	150	紅葉興	263②
	—の顔に月を協	77	馬徳	異311⑧
	青幣赤幣彼是此—の四手	136	鹿島霊験	242①
	本迹—の神体	139	補陀湖水	246②
	沙竭羅竜宮の—の珠を	172	石清水	296⑮
	温明弘徽—の殿	114	蹴鞠興	206⑤
	強竊—の咎多く	97	十駅	173⑧
	金鷲銀鶴—の鳥と顕れ	136	鹿島霊験	242③
	空仮の—の中なる道	50	閑居釈教	100⑤
	守文草創の—の道を分し	65	文武	125④
	松竹—は君がよはひの若緑	68	松竹	両328⑥
	—もなく三もなき	85	法華	155②
	尊親—を兼たるは	99	君臣父子	178④
	文武の—を賞ぜらる	81	対揚	148⑪
	真俗—をつかさどり	72	内外	133⑧
	真俗—をわかちつつ	63	理世道	123⑤
	定恵の—を分ては	62	三島詣	120④

ふたつぎ(二木)	枝さしかはすー	32	海道上	77⑦
ふたつのかど(二の門)	ーの益も猶	87	浄土宗	158⑦
	ーの益もなを	87	浄土宗	異303⑧
ふたば(二葉)	ーに見えし葵草	4	夏	44⑨
	ーより契し葵草	16	不老不死	56⑧
	梅檀ーをきざさしめ	134	聖廟霊瑞	237⑬
ふたはしら(二柱)	伊弉諾伊弉冉ーの太神	152	山王威徳	266⑩
	伊弉諾伊弉冊のーの御神	172	石清水	295⑬
ふたみ(二見)	伊勢の御海のー	31	海路	両333⑪
ふたみのうら(二見の浦)	玉匣ー	31	海路	両333⑪
	播磨潟にもー	31	海路	両333⑫
ふたむらやま(二村山)	猶吹送るー	32	海道上	77⑬
ふたよ(二世)　＊にせ	ーの怨をあらはひしも	134	聖廟霊瑞	239⑪
ふだらく(補陀落)	ー生身の観世音	101	南都霊地	183⑥
	感見をーの湖水にうかべ	108	宇都宮	192⑪
	ーの聖容かたじけなく	128	得月宝池	227④
	刹土をーの浪にうかべ	120	二闡提	213④
	ーの不思議いとおほし	139	補陀湖水	246⑮
	ーの南吹風の跡より	95	風	両332③
ふだらくせん(補陀落山)	観世音のー	42	山	90⑤
	ーの霊瑞は	138	補陀落	244①
ふたり(二人)	ーの翁の閑適	123	仙家道	220⑭
	浄蔵浄眼のーの子	81	対揚	149⑧
	光明夫人摩尼仙女ーの媚を調て	59	十六	113⑫
	魏徴房玄齢ーの臣	63	理世道	122⑨
	耆婆月光のーの臣	81	対揚	149⑪
	耆婆月光のーの臣	81	対揚	両330⑥
	ーの神ましましき	110	滝山摩尼	197⑪
	伊弉諾伊弉冉のーの尊計て	17	神祇	57⑨
ふだん(不断)	六人ーの供養法	110	滝山摩尼	196⑬
ふち(淵)	青碧の岩碧潭のー	113	遊仙歌	203③
	苦き恋のーとなる	18	吹風恋	60⑥
	ーは瀬になるたぐひならん	57	善光寺次	110②
ふち(扶持)	袖を引てぞーすなる	104	五節本	188⑧
ふぢ(藤)	さきこぼれたるーのかたはら	29	源氏	73⑤
	いはんやーの末葉の花の色は	102	南都幷	185⑫
ぶち(鞭)　＊むち	或は巴山の千里にーうち	164	秋夕	284⑨
	荒駒もーして心を和げ	156	随身諸芸	両340⑧
ふちう(府中)	叢祠をーに遷され	62	三島詣	119⑨
ふぢえだ(藤枝)	きしべに浪よるーを	33	海道中	78⑭
ふぢえのうら(藤江の浦)	ーに居鷗	31	海路	75⑪
	ーに居鷗	31	海路	両334③
ふぢがは(藤河)	関のーなみこせど	32	海道上	77④
ふぢさは(藤沢)　※鷹	羽白ー唐まく	76	鷹徳	141⑩
ふぢさは(藤沢)	はやーにかかりぬる	33	海道中	78⑤
ふぢしろ(藤代)	梢にかかるー	52	熊野二	103⑫
ふちせ(淵瀬)	ーともなく深ければ	150	紅葉興	262⑨
ふぢつぼ(藤壺)	しどろもどろにーの	25	源氏恋	67①
	何を待にかーの	107	金谷思	191⑬
	ー渡に忍しは	24	袖余波	66⑤

ふぢなみ(藤並)	八重款冬紫ふかき—	1	春	42②
ふぢばかま(藤袴、蘭)	我脱かけん—	8	秋興	49④
	嵐紫をくだく—	164	秋夕	285⑤
	やつるる秋の—	167	露曲	288⑬
	女郎花—槿	43	草	92⑥
ぶちやううんばく(霧帳雲幕)	—に折々難陀のばくれ	139	補陀湖水	246⑥
ふぢよく(不直)	鵙めが—を顕す	5	郭公	46③
ぶつ(仏)	望—本願の秋の月	87	浄土宗	158⑦
ぶつかく(仏閣)	あるひは所々の—	138	補陀落	244⑤
ふつき(七月)	—八月九月になれば	6	秋	47⑦
	御射山祭は—の末	131	諏方効験	232⑭
ふつき(富貴)	弁才—のみならず	130	江島景	230⑥
	—も露電の如なり	119	曹源宗	212⑧
ふつきし〔ふんきし〕(伏犠氏)	—の皇たりし	95	風	169⑫
	—の天下に王たりしに	122	文字誉	218②
ぶつくわ(仏果)	無量—得成就	110	滝山摩尼	異310⑫
ぶつざう(仏像)	—烏瑟の影をそへ	67	山寺	128⑧
	—又ならびなく	101	南都霊地	183④
ぶつしやうにち(仏生日)	卯月の八日は—	41	年中行事	89④
ぶつそ(仏祖)	—跡をひそめや	140	巨山竜峯	248④
	凡三国—の礼奠	149	蒙山謡	261⑩
ぶつた(仏陀)	—に結縁を求る	96	水	171⑦
	—の善巧方便は	46	顕物	96③
ふつつか(太)	—なることの葉の	60	双六	116④
ぶつでん(仏殿)	—は釈迦の三尊	147	竹園山	259⑬
ふつと	世縁俗念—捨ば	58	道	112①
ぶつど(仏土)	—に微妙の薫香あり	89	薫物	160⑭
ぶつとうさん(仏頭山)	—と号するも	109	滝山等覚	196③
ぶつにち〔ぶつにつ〕(仏日)	—影盛なれば	163	少林訣	283⑫
	—東漸の光をそふ	77	馬徳	141⑭
	されば—日域に朗に	129	全身駄都	229①
ぶつにちあん(仏日庵)	—を照せば衆罪は草露の如なり	146	鹿山景	257⑫
ぶつほふ(仏法)	先は我朝—最初の執政	129	全身駄都	228④
	—最初の執政も	77	馬徳	142⑥
	—最初の執政も	77	馬徳	異304⑨
	—所持の門とかや	153	背振山	268⑧
	—東漸の理	146	鹿山景	257⑧
	—人法興隆す	139	補陀湖水	247③
	—流布の前にさば	153	背振山	268⑤
	—王法をまもる事	152	山王威徳	267⑭
ぶつみやう(仏名)	さても—になりぬれば	9	冬	50①
ぶつみやうのびやうぶ(仏名の屛風)	—日本絵の御屛風も禁中に是を立らる	158	屛風徳	273⑨
ぶつみやうごう(仏名号)	其有得聞彼—	87	浄土宗	158⑪
ふで(筆)	白薄様小禅師の紙巻揚の—	105	五節末	189⑫
	—のすさみにかきくれし	73	筆徳	136⑧
	鞆絵書たる—の管	105	五節末	189⑫
	紫毫の—も染やらず	110	滝山摩尼	197⑥
	画図の屛風に—をそむ	95	風	170④
	江淹が五色の—をば	73	筆徳	異308⑧
	—を馳て志を顕はす	73	筆徳	135⑪

	—をふくむ山水	73	筆徳	136⑬
	是皆—を本とす	73	筆徳	136⑭
ふでのあと(筆の跡)　＊ひつせき	紫式部が—	29	源氏	72⑬
	さながら朽せぬ—	73	筆徳	136①
	魚網に移す—	73	筆徳	136④
	心はかはらぬ—の	122	文字誉	218⑤
	書ながしけん—も	107	金谷思	191⑧
ぶてい(武帝)　※漢	漢の—の登しは	42	山	90⑧
ぶてい(武帝)　※梁	梁の—のいにしへの其謬を	63	理世道	122②
	—は朱异に随て	63	理世道	122③
ふでん(不伝)	—の心を伝へつつ	119	曹源宗	212⑪
ふどう(不動)	得道来—法性	172	石清水	297⑭
ふどき(風土記)	—は広く記するところ	95	風	170①
ぶとくでん(武徳殿)	其儀—に始しより	155	随身競馬	270⑨
ふとことのれ(太祝言宣)	—の句の中に	96	水	172⑬
ふところ(懐)	月を隠して—にいるる	124	五明徳	221⑥
ふところがひ(懐貝)	からからと—のからかひて	22	袖志浦恋	63⑪
ふとし・く(太)	—きたてて弥さかふ	62	三島詣	119⑫
	—き立ては尊の	88	祝	159②
	化ならず—に納まる	135	聖廟超過	241⑥
ふどの(文殿)	—伐てふ山人の	34	海道下	80③
ふなぎ(舟木)	みな声すみて—	31	海路	75⑮
ふなこうた(船子歌)	心づくしの—の跡を	168	霜	289⑪
ふなぢ(舟路)	—へだてて千万里	173	領巾振恋	298⑨
	—すらしわぎもこが	31	海路	75④
ふなのり(舟乗)	佐野の—かけてだに	69	名取河恋	130⑧
ふなはし(舟橋)	佐野の—さのみやは	26	名所恋	68⑥
	纜を解—を叩て	30	海辺	73⑭
ふなばた(舷)	—さはぐ尓保の海	79	船	145⑭
ふなびと(舟人)	波おさまれる—の	62	三島詣	121①
ふなよせ(舟寄)	—と誉たまふ	86	釈教	156⑥
ふにほふもん(不二法門)	東の—西の—	79	船	145⑩
ふね(船、舟)　＊御(み)—	歌ふ翁の釣漁の—	79	船	145⑫
	隋堤の柳に繋—	79	船	146②
	断岸に横だはる—	130	江島景	230⑪
	いへば難波も法の—	160	余波	279⑤
	—指とめし川岸	94	納涼	169⑤
	—さしとめて立しは	158	屏風徳	274⑥
	—指留めて契けん	25	源氏恋	67⑨
	—さす棹のさすが又	30	海辺	異305③
	—さす棹の取敢ず	34	海道下	79⑪
	—さること速なり	81	対揚	150②
	—則のどかにて	63	理世道	121⑨
	旅客の—に聞ゆなる	171	司晨曲	294⑬
	旅泊の—に声澄は	170	声楽興下	292⑩
	済度の—に棹指て	108	宇都宮	192⑫
	—に棹さす始は	139	補陀湖水	246①
	然ば弘誓の—に法の道	138	補陀落	244②
	泊れる—の浮浪に	133	琵琶曲	236⑨
	唐櫓さびしき—の中	79	船	145⑪

	一の中浪の上	31	海路	75②
	いかなる一の中ならん	5	郭公	46⑧
	一の内のつれづれを	110	滝山摩尼	197⑪
	外渡る一の櫂の滴も	79	船	145⑬
	潯陽の江の一の曲	121	管絃曲	217⑥
	つながぬ一の定なく	79	船	145⑫
	漕一の浪ものどかにめぐり行	95	風	両332③
	入江の一の琵琶の曲	79	船	145⑩
	浪もしづかに漕一は	30	海辺	両333⑧
	一は湊にいりあひの	173	領巾振恋	299④
	月の一星の林に	118	雲	両338⑫
	波能一を浮ぶれば	63	理世道	121⑨
	方便の一をうかべつつ	62	三島詣	119②
	弘誓の一をうかべつつ	86	釈教	156⑭
	一をして煙波の底に伝らく	79	船	145⑨
	一を近づけて語しは	31	海路	75⑨
ふは(不破)　※関	足柄清見一の関守いたづらに	36	留余波	82⑫
	一の関屋の板廂	32	海道上	77⑤
ふはのなかやま(不破の中山)	逢坂一佐夜の中山高足山	42	山	91④
ふひと(不比等)	槐門一の建立	101	南都霊地	183③
ふぶき(吹雪)	小野の旧路一して	32	海道上	77②
ふへん(不返、不変)	一の波をたたへ	62	三島詣	119①
ふぼ(父母)	養得ては花の一たり	90	雨	異304③
	万物の一たりやな	121	管絃曲	215⑨
	子をあがひて一にたまふ	63	理世道	121⑪
	内外の一の恩徳	72	内外	134⑥
	一の恩徳を酬も	96	水	171⑨
	一は陰薬をととのへ	99	君臣父子	178⑬
	一は恩愛徳たかく	81	対揚	149③
ぶほう(舞鳳)	声は一の鳴をなすも	169	声楽興	291⑩
ふまんぞく(不満足)	斯願一の誓はうらもひなく憑あり	87	浄土宗	157⑪
ふみ(文)　＊ぶん、もん	書やる一の手越こそ	34	海道下	79⑤
	遠く唐のや一の道を忍つつ	71	懐旧	132⑫
	壺の石文一も見ず	26	名所恋	68⑮
	石文一もみず	26	名所恋	両326③
ふみそ・む(踏初)	跡なき太山を一めて	58	道	110⑪
ふみつ・く(踏付)	跡一くるはま千鳥	122	文字誉	218⑥
ふみとどろか・す(踏轟)	一し鳴神の	134	聖廟霊瑞	239⑩
	一す乱橋の	56	善光寺	109②
ふみなら・す(踏均)	関の岩稜一し	35	羇旅	82④
	谷の岩かど一し	50	閑居釈教	100⑨
	苔一す岩が根	23	袖湊	65④
	苔一すいはがね	55	熊野五	107④
	苔一す副伝	57	善光寺次	109⑥
ふみまよ・ふ(踏迷)	しらぬ山路に一ひ	171	司晨曲	294⑮
	思はぬ山に一ふ	83	夢	152⑧
ふみみ・る(踏みる)	一る道のひとつだに	160	余波	277③
ふみもみ・る	石文一ず心の実に思こと	26	名所恋	両326③
ふみわ・く(踏分)	在中将が一けし	42	山	91⑤
	在中将がつたの下道一けし	42	山	両327⑧

	汀の氷—けて	103	巨山景	186⑬
	雲さえて雪ふるみねを—けて	118	雲	211③
	—けて歩を運人はみな	152	山王威徳	267④
	雪—けて君を見ても	83	夢	152③
	—けて問し情に	71	懐旧	132⑩
ぶみん(撫民)	百姓—の柴のとぼそ	63	理世道	123⑥
	—の信を先とす	92	和歌	165⑧
	—の枢を哀む	129	全身駄都	229①
ふ・む(踏)	三蔵に—ましめ	101	南都霊地	184②
	葛稚仙が薬の色を—みけん	150	紅葉興	262⑮
	峡猿のこゑを—むとかや	170	声楽興下	292⑨
	実地を—むべき基かは	149	蒙山謡	261⑫
ふもと(麓)	広教毘布羅の山の—	16	不老不死	56⑬
	我立杣の—に	120	二闡提	213⑬
	—に車を駐てぞ	115	車	208④
	大内山の—には	80	寄山祝	146⑥
	大内山の—には	135	聖廟超過	240⑩
	洛陽東山の—には	155	随身競馬	270⑭
	—に見ゆる款冬の	94	納涼	169⑤
	さればや我立杣の—にも	78	霊鼠誉	両338②
	吹下す嵐の山の—の	44	上下	94②
	されば吾立杣の—の	78	霊鼠誉	143⑫
	嵐の山の—の	95	風	170⑪
	吾立杣の—の	138	補陀落	244④
	—の里をよそにみて	125	旅別秋情	222⑪
	—の鹿の音峯の月	163	少林訣	283⑥
	—のすすきいつとなく	173	領巾振恋	298⑬
	位山—のちりひぢ積ても	12	嘉辰令月	53⑫
	—の塵土山と成て	112	磯城島	201②
	—の野寺のはるばると	40	夕	88⑦
	秋の男鹿の—の野べ	107	金谷思	192①
	—は霧のへだてつつ	40	夕	87⑪
	—を過てよぢ登	53	熊野三	104①
	—をはるかに望ば	67	山寺	128②
	—を見れば社壇あり	173	領巾振恋	298④
ふもとでら(麓寺)	時に勅使のいたりし—	154	背振山幷	269⑬
ふもん(普門)　＊あまねきかど	—の誓に答へつつ	62	三島詣	120⑤
	—の誓に任てや	131	諏方効験	233②
	—の誓広して	146	鹿山景	258②
ぶやうたい(巫陽台)	—の辺にして	22	袖志浦恋	64⑥
ふゆ(冬)	みぞれにかはる—の雨	90	雨	161⑭
	影さえわたる—の夜は	44	上下	94③
	—はさびしき枯葉まで	43	草	91⑪
ふゆがれ(冬枯)	身をつめば霜の下なる—に	100	老後述懐	180④
	やや—の梢さびしき山おろしの	145	永福寺幷	256②
	浅茅色づく—のさびしき物は	61	郢律講	118⑥
ふゆぎ(冬木)	木の葉もとまらぬ—の梢	163	少林訣	282⑫
ふゆくさ(冬草)	やや枯まさる—	43	草	92⑪
	—の枯ゆく哀にいたるまで	74	狭衣袖	137⑥
ふゆごもり(冬籠)	難波津に開やこの花—	111	梅花	199⑫

	難波の尊は―	172	石清水	296⑧
ふゆごも・る(冬籠)	さても―る御室はあな尊と	131	諏方効験	233①
ふゆど(冬戸)	樫の井―駒並て	52	熊野二	103⑧
ふゆむろやま(冬室山)	さびしさまさる―	35	羇旅	82②
ふよう(芙蓉)	―の菊の露の底に	151	日精徳	265②
	―の帳暖に	93	長恨歌	167④
ぶよう(武勇)	又正に―をとりひしぎ	65	文武	125②
ふらう(不老)	堺は―の幽洞	109	滝山等覚	195⑤
	長生―の棲は	16	不老不死	55⑪
	前朱雀の望は長生―の道なり	114	蹴鞠興	205⑫
ふらうふし(不老不死)	―と説れたる	16	不老不死	56⑬
	―の薬を献ずとか	16	不老不死	56①
	凡―の利益	16	不老不死	56⑭
ふら・す(降)	宝を―す如意珠までも	15	花亭祝言	55⑨
ふりい・づ(揮出)	唐紅に―でて	5	郭公	46⑥
	―でて染る時雨よりも	168	霜	289⑬
ふりうもんじ(不立文字)	かしこき諫の―	122	文字誉	219②
	言説の外の―	143	善巧方便	254⑧
	―の理は	163	少林訣	282⑨
ふりお・く(降置)	時雨―ける楢の葉の	92	和歌	165⑨
ふりがへし(振返)	五四尚切目―	60	双六	116⑤
ふり・く(降来)	みゆる浦ちかく―くる雪	10	雪	50⑦
ふりこ・す	手枕のたはさへかたみと―して	175	恋	異306②
ふりさけみ・る	―みれば榊葉や	17	神祇	58①
ふりす・つ(振捨)	十善の宝位を―てて	42	山	90⑬
ふりつも・る(降積)	雪―る朝ぼらけ	103	巨山景	186⑭
ふりば	霜の―の朝日影	84	無常	153⑪
ふりは・つ(旧終)	誰かは問はん―てし	73	筆徳	136⑦
ふりまが・ふ(降紛)	梅が枝に花―ふ淡雪	10	雪	50⑪
ふりゆ・く(旧行)	―く年のいつまでか	84	無常	153⑩
ふりわけ(振分)	駒の―吹みだる	35	羇旅	81③
ふりわけがみ(振分髪)	我手ならしの―	132	源氏紫明	234⑩
	―の戯れ	28	伊勢物語	72⑨
	井筒にかけし―もかた過て	28	伊勢物語	両329⑪
ふる(布留)	時雨の―の神杉や	9	冬	49⑩
	―の神代の天にしては	62	三島詣	119③
ふ・る(旧、古)	九日の宴は年―りて	41	年中行事	89⑬
	西来のいにしへ年―りて	103	巨山景	186④
	神さびまさる音―りて	108	宇都宮	194⑨
	八柳の昔の跡―りて	152	山王威徳	267⑩
	麟喩の願も年―りて	164	秋夕	285⑫
	白雪の―りて暮行歳月の	10	雪	50⑤
	立て―りにしあとならむ	51	熊野一	102⑧
	よしあし原の―りにし跡に	98	明王徳	176⑬
	―りにし跡にやよそへけん	74	狭衣袖	138②
	―りにし跡をおもへば	17	神祇	57⑦
	星霜―りにしいにしへ	90	雨	161④
	御幸―りにし大原の	76	鷹徳	140⑭
	―りにし事を拾をき	98	明王徳	177⑮
	―りにし天応のいにしへより	108	宇都宮	194②

	延暦の—りにし年とかや	131	諏方効験	233⑥
	是等も—りにし名残かは	110	滝山摩尼	197⑫
	—りにし御代をとぶらへば	76	鷹徳	140⑥
	—りにし昔ぞ恋しき	71	懐旧	131⑨
	雨と—りにし昔の	74	狭衣袖	137②
	御幸にしられでとし—りぬ	98	明王徳	177⑫
	伊勢の浜荻世々—りぬ	142	鶴岡霊威	251⑪
	鈴懸衣や—りぬらむ	158	屏風徳	274⑤
	聞ては—りぬる五十鈴川	12	嘉辰令月	53⑪
	—りぬる磯の神代より	59	十六	112⑪
	—りぬる老蘇の森なれや	100	老後述懐	180⑤
	僧年—りぬる念誦の声	50	閑居釈教	100⑧
	—りぬる世々をかさねし後	135	聖廟超過	241⑦
	昔の跡は—りぬれど	121	管絃曲	217①
	年—りぬれど染あへなくに	9	冬	49⑩
	聞ては詞—りんたり	13	宇礼志喜	54⑥
	三尺の霜—りんたり	48	遠玄	98②
	鈴鹿の其名も—りんだり	159	琴曲	275⑪
	其名—りんたりといへども	136	鹿島霊験	242④
	皆名こそ—りんたれやな	121	管絃曲	216⑨
	年—るあまのすみかまでも	64	夙夜忠	124⑨
	年—る松がうらしま	26	名所恋	68⑬
ふ・る(降)	竹の葉に霰は—らぬよなよなも	106	忍恋	190⑦
	氷の上に霰—り	9	冬	49⑬
	とどろとどろと—りし雨	90	雨	162⑥
	雪と—りし庭の花	2	花	42⑬
	一千余歳霜—りて	153	背振山	268⑤
	白雪の—りて暮行歳月の	10	雪	50⑤
	雨と—りにし昔の	74	狭衣袖	137②
	つゐには八字の霜—りぬ	122	文字誉	219⑩
	四種曼陀の花ぞ—る	2	花	43②
	開ばかつちる雪と—る	148	竹園如法	260⑥
	猶又世に—るしら雪に	10	雪	51④
	時雨の—るの神杉や	9	冬	49⑩
	雲さえて雪—るみねを踏分て	118	雲	211③
	—るや霰の音たてて	32	海道上	77③
	袖—る雪は	10	雪	51②
	我宿の薄をしなみ—る雪は	10	雪	51⑤
	鹿子斑に—る雪は	34	海道下	79⑫
	肱笠雨の—るわたりの	32	海道上	77⑩
	もろくも木の葉の雨と—れば	90	雨	161⑬
ふ・る(振)	江南に剣を—りしかば	97	十駅	175①
	飛竜背を—りしかば	153	背振山	268②
	袖巾—りし松浦姫	116	袖情	210③
	袖—る雪は	10	雪	51②
ふ・る(触)	況や折に—るる玉章	134	聖廟霊瑞	238②
	節に—るる情の	81	対揚	149⑬
	節に—るる情は	31	海路	75①
	本の家主や袖—れし	53	熊野三	104⑤
	誰袖—れし白妙	111	梅花	199⑨

	誰袖—れし梅が香ぞ	116	袖情	209⑬
	節に—れたる花紅葉	108	宇都宮	193⑫
	折に—れ時にしたがひて	19	遅々春恋	60⑫
	節に—れ時に随ふ	59	十六	113①
	目に—れ耳にことはるところ	141	巨山修意	249⑭
	目に—れ耳にさいぎるたぐひ	49	閑居	99⑪
ぶるい(部類)	凡弁才十五の—	131	諏方効験	233⑤
ふるえ(古枝)	—にさける本荒の	6	秋	47⑤
ふるごと(古言)	其名かはらぬ—も	112	磯城島	202⑨
ふるごも(古薦)	しきつめられては—の	60	双六	116⑧
ふるこやなぎ	—のこはひき	61	郢律講	118⑧
ふるさと(古郷、故郷)	見すぐしがたき—に	89	薫物	160⑥
	柏木の散にし—に	127	恋朋哀傷	226①
	—に帰る夜の夢	162	新浄土	282①
	声よはりゆく—の	40	夕	88⑩
	浪の立居に—の	71	懐旧	132⑥
	通絶にし—の	167	露曲	288⑩
	住なれし—の池水に	164	秋夕	284⑬
	猶—の面影	35	羇旅	82⑤
	涙の雨の—へ	37	行余波	83④
	猶—を慕とか	171	司晨曲	295③
	—を忍ぶ妻なれや	134	聖廟霊瑞	239④
	雪—を見やれば	158	屏風徳	274⑦
	いつしか—をや忍けん	71	懐旧	132②
ふるさとひと(古郷人)	いざや—に言伝ん	125	旅別秋情	223③
	—にこととはん	168	霜	289⑩
	—をやしのぶらむ	150	紅葉興	262⑪
ふる・し(古、旧)	先は崇山の—き跡	103	巨山景	186④
	賢き御代の—き跡	109	滝山等覚	196⑥
	張騫が賢き—き跡は	113	遊仙歌	202⑭
	周旦曲水の—き風	41	年中行事	89②
	小野の小町は—き名残	112	磯城島	201⑮
	—き枕—き衾	93	長恨歌	167⑮
	星霜—き松の戸の	67	山寺	128⑦
	花山は—き道をしたひ	112	磯城島	201⑧
	清河公の—き族	113	遊仙歌	203⑥
	上陽の—き床の辺	107	金谷思	191③
	—き世の友よはひ経て	59	十六	113⑨
	—きをあながちに褊せざるは	100	老後述懐	181①
	—き翁やしらせけん	113	遊仙歌	203④
	故実は—きを弁て	100	老後述懐	180⑮
ふるす(古巣)	鳥も—に入ぬれば	161	衣	280⑦
	花は根に鳥は—にや帰らん	4	夏	44⑦
ふるねずみ(古鼠)	磯の上—の尾の毛といはるるも	78	霊鼠誉	144⑮
ふるの(布留野)	—にうへし桜花	71	懐旧	132④
ふる・ふ(振)	翼を—ひ声を吐	139	補陀湖水	246⑤
ふるみち(古道、旧路)	小野の—風たえず	158	屏風徳	274⑧
	小野の—ふぶきして	32	海道上	77①
ふるや(古屋)	—の垣にしげらむ	43	草	92⑧
	—の壁に年を経て	78	霊鼠誉	144③

ふれいわう(武霊王)	太公望—の名をあげしも	166	弓箭	287⑦
ぶゐ(武威)	—おもく文道すなほ成ければ	65	文武	126③
	—ますますに盛なり	172	石清水	296⑤
ぶゐ(無為)　＊むゐ	まつりごと—なりと	151	日精徳	264⑩
	勝義の都—なれば	97	十駅	174⑫
	太平—の都ならむ	102	南都幷	185⑥
ふん(芬)	山茗—を含て鷹の嘴猶懶く	149	蒙山謡	261④
ふん(粉)	六宮に—飾るころ	133	琵琶曲	236⑥
ぶん(文)　＊ふみ、もん	—には蛍雪の玩び	88	祝	159⑥
	—は民をなづるはかりこと	65	文武	125③
	誠に—誠に武	34	海道下	80⑫
	—をつかさどりて	65	文武	125⑪
ぶんのその(文の園)	普く—にあそびて	73	筆徳	135⑪
	あまねく—に遊て	73	筆徳	両328⑩
ふんいく(芬郁)	浅紅—の色をます	111	梅花	199⑧
	濃香—の匂をさそふ梅が枝	81	対揚	149⑭
ぶんげい(文芸)	是は—巧なれば	65	文武	125⑩
ぶんさん(分散)	唐の山の—たり	159	琴曲	両335⑨
ぶんしやう(文章)	—の花も盛なり	98	明王徳	176⑫
	—を味ふ	65	文武	125②
ぶんしゆ(文集)	—の詞は広けれども	44	上下	93⑨
ふんじん(分身)	大黒威神の—	78	霊鼠誉	145④
	多宝—	85	法華	154⑬
	毘盧遮那所変の—	120	二闡提	213⑨
	神泉霊池の—	129	全身駄都	228⑫
	—あまねく及して	16	不老不死	56⑬
ぶんせい(文成)	徐福—が偽多しと歎しかひも	27	楽府	70⑪
	—が詐も由なし	16	不老不死	55⑫
ふんだい(粉黛)	六宮の—も	93	長恨歌	167③
ぶんだう(文道)	武威おもく—すなほ成ければ	65	文武	126③
ふんだり(芬陀梨)	—の名をうるのみならず	87	浄土宗	158⑤
ぶんぢ(文治)	千載は—の夏の天	92	和歌	166①
ふんぬ(忿怒)	馬頭の—早速く	139	補陀湖水	247⑤
	慈悲の—濃に	108	宇都宮	193③
	慈悲喜捨—布施愛語	134	聖廟霊瑞	237⑧
ふんひ(文紕)	或は—の磬をならすも	130	江島景	230⑫
ぶんふ(分布)	然て香性が—の勅命	129	全身駄都	228①
ぶんぶ(文武)	—の翅を双ては	143	善巧方便	253④
	—の二を賞ぜらる	81	対揚	148⑪
ぶんぶしんようじん(文武信勇仁)	五の徳を得て—なれば	171	司晨曲	293⑫
ふんふく(芬馥)	花—の気を含むは	61	郢律講	118③
ふんふん(芬々)	紫塵—と芳しき	5	郭公	45⑧
ふんほ(湓浦)	彼—の辺に濃かなりし語に	116	袖情	209⑥
ぶんほう(文峯)	—に轡を案ず	150	紅葉興	263③
ぶんめい(文命)	夏の—の駟馬車	115	車	207⑪
ふんやう(汾陽)	凡—のながれをくみ	110	滝山摩尼	196⑭
ふんやのやすひで(文屋の康秀)	—は商人の	112	磯城島	201⑬
ふんゆ(枌楡)	—の影をあふひしより	62	三島詣	119⑨
	—の栄枝を連ね	17	神祇	57⑤
	—和光の月は猶	34	海道下	80⑪

ぶんわう(文王)	—渭陽に狩して	115	車	207⑩

へ

へいあん(平安)	されば—誕生の祈願にも	120	二闡提	異312⑥
へいか(陛下)	—征夷の雨露の恩	140	巨山竜峯	247⑨
	聖上—の御名に御座	44	上下	92⑭
	—の好するところなり	63	理世道	121⑭
へいじやく(病鵲)	—のやもめがらす	70	暁別	130⑬
べいしら(吠尸羅)	阿遮一睨のまなじり—増福の掌	62	三島詣	120②
へいたく(幣鐸)	—を鳴して	172	石清水	296⑫
へいちう(平中)	—が色どりせしは	165	硯	286⑥
へいはく(幣帛)	神威の鋒を—に揚	108	宇都宮	194③
へいふ(屛風)→びやうぶヲミヨ				
へいへい(平々)	—たる野外に	137	鹿島社壇	242⑭
へいろのびやうぶ(蔽露の屛風)	草枕屛風にをきゐる—	158	屛風徳	274③
べう(廟)	—に鶏を待賓	97	十駅	176④
べうぎ(妙義)→めうぎヲミヨ				
へうじ(標示)	様々の—三摩耶形	108	宇都宮	193③
	左索業縛の—たり	138	補陀落	244⑮
	化ならぬ—と仰ぐべし	131	諏方効験	232⑩
	永福智円満の—として	144	永福寺	254⑭
	先二世の悉地の—ならむ	140	巨山竜峯	248⑨
	十五童子の—なれ	110	滝山摩尼	196⑭
	大弁才の—には	166	弓箭	287⑬
	—朗かなるかな	146	鹿山景	257⑫
	化ならぬ—をあらはす	134	聖廟霊瑞	237⑨
べうしん(廟神)	賢王は—の再誕	99	君臣父子	178③
へうたん(瓢簞)	—屢空ければ	43	草	92⑨
べうばう(渺茫)	蒼海—として	31	海路	75⑧
	往事—として	83	夢	152⑨
へうびやく(表白)	さればにや導師の—にも	172	石清水	297⑤
	波濤連て—為	171	司晨曲	293⑩
べうべう(縹渺、渺々)	—たる風の泊に	32	海道上	76⑤
	白浪—たる水の底	96	水	172⑧
	虚無—のさかひ	130	江島景	230②
へきがん(碧岸)	玉順山の—	94	納涼	169①
へきぎよく(碧玉)	—の柱の間には	121	管絃曲	217⑦
	—の粧なせる	81	対揚	150③
へきたん(碧丹)	—をまじへて紅なり	73	筆徳	136⑬
へきたん(碧潭)	青碧の岩—の淵	113	遊仙歌	203③
へきら(碧羅)	—の色を飾る	140	巨山竜峯	248⑪
	—の天になびくなり	3	春野遊	43⑬
へきらう(碧浪)	—金波三五の初	81	対揚	149⑮
へだた・る(隔)	海づら遠や—りし	132	源氏紫明	235⑩
へだ・つ(隔)	猶一重の関を—つ	119	曹源宗	211⑪
	春の霞を—つといへども	141	巨山修意	249⑤
	五性の雲をや—つらむ	97	十駅	174⑬
	雲や昔を—つらむ	118	雲	211⑦

	ほのみの崎をや―つらん	53	熊野三	104⑧
	顕乗の雲をや―つらん	59	十六	114⑦
	―つる跡も遠ざかり	51	熊野一	102③
	湊を―つる出手舟の	30	海辺	74①
	八重に―つるうな原や	86	釈教	157①
	―つる方や葛原の	57	善光寺次	109⑬
	流砂を―つる月氏の外	49	閑居	99①
	―つる雲にまがふは	97	十駅	174⑬
	―つる雲のそことだに	171	司晨曲	294⑮
	―つる雲のなかりせば	154	背振山幷	269③
	霞―つる位山	160	余波	276⑫
	鼇波万里の望を―つる事を	151	日精徳	264②
	波を―つる千里の外	17	神祇	57⑥
	山より山を―つるは	48	遠玄	98④
	霞を―つる陸の奥の	88	祝	159⑩
	過来方を―つれば	56	善光寺	108④
	されば遠く月氏の雲を―て	73	筆徳	135⑬
	霞を―て霧を凌ぎ	32	海道上	76⑥
	霞を―てし古なり	60	双六	115④
	親疎の道を―てず	98	明王徳	176⑩
	麓は霧の―てつつ	40	夕	87⑪
	思立より峯の秋霧―てつつ	125	旅別秋情	222⑩
	霧を―てて遙々たり	48	遠玄	97⑬
	舟路―てて千万里	173	領巾振恋	298⑨
	雲を―てて涙を払ひ	127	恋朋哀傷	225⑬
	東に霞を―てては	11	祝言	53②
	波を―てて百万里	42	山	90④
	霞を―てて遙なり	63	理世道	122⑭
	―てて見ゆる杜若	33	海道中	78④
	煙霞―てて悠々たり	171	司晨曲	293⑩
へだて(隔)	化にしもいかが―あらん	143	善巧方便	253①
	―となるは屏風のかくれ	158	屏風徳	274⑩
	強き中の―とや	28	伊勢物語	72⑦
	いかなる中の―ならむ	134	聖廟霊瑞	238⑪
	葦垣の―にかくれぬ梅がえ	82	遊宴	151⑩
	葦垣の―にかくれぬ梅が枝	82	遊宴	両330⑨
	つれなき中の―の	20	恋路	62①
	霧の籬の―は	39	朝	87④
	生死に―はあらじかし	163	少林訣	283③
へだて・く(隔来)	原をば遠く―きて	34	海道下	80⑥
	皆―こし道遠み	54	熊野四	105③
へだてな・し(隔なし)	―かりしいにしへも	74	狭衣袖	137⑧
	夕霧のへだて―かりし中	127	恋朋哀傷	226①
	せめて―かりし中の	132	源氏紫明	235⑦
	霧のまがきの―く	64	夙夜忠	124⑥
	五等の位―く	97	十駅	174⑩
	たがひに主伴の―く	108	宇都宮	193⑥
べつかく(別鶴)	―は夜の月に鳴	121	管絃曲	217⑧
べつさん(別山)	―嘉名の勅なれば	109	滝山等覚	195③
べつり(別離)	定まれる―のさかひならん	127	恋朋哀傷	225⑥

へん(篇)	四皓が—をなす	165	硯	286⑤
べんくわん(弁官)	上卿参議—	41	年中行事	89⑫
へんげ(遍計)	乾闥婆城の—は	38	無常	84④
へんさ(変作)	春日の権現—して	101	南都霊地	183⑧
	三十三身に—して	120	二闡提	両339③
	外部の—品ことに	143	善巧方便	254⑤
	三十三身の—は六趣の塵に	134	聖廟霊瑞	237⑨
へんさい(辺際)	石壁—無碍ならむ	146	鹿山景	258⑧
	大道—無碍也	141	巨山修意	250④
べんざい(弁才)	凡—十五の部類	131	諏方効験	233⑤
	—富貴のみならず	130	江島景	230⑥
べんざいてん(弁才天、弁財天)　＊大弁才	徳善大王—	153	背振山	268③
	—の三摩耶形	133	琵琶曲	236⑫
べんし(弁史)	上卿参議—外記	172	石清水	297⑦
へんぜう(遍照)	—の光重山に隠ぬれば	124	五明徳	222④
へんぜう(遍昭)　※人名	花山の—僧正	2	花	43①
	花山の—僧正	42	山	91①
	僧正—は徒に絵に書る女の	112	磯城島	201⑪
へんぜうこんがう(遍照金剛)	—の草創	138	補陀落	244⑬
べんのたき(弁の滝)	遠山にひびく—	110	滝山摩尼	197④
べんのめのと(弁の乳母)	—のうつろふ色をと恨しも	151	日精徳	264⑬
へんふく(蝙蝠)	—のかはほりの	124	五明徳	221⑬
へんへん(片々)	野外の煙—たり	57	善光寺次	109⑤
へんほふかい(遍法界)	普照耀の光は—を照せり	139	補陀湖水	246⑧

ほ

ほ(穂)	時しも声を—にあげて	6	秋	47②
ほいな・し(本意なし)	いと—き事には	78	霊鼠誉	144⑬
ほう(鳳)	秦台に—去ては翅のかへらぬ	69	名取河恋	130③
	騰れる—にや紛らむ	113	遊仙歌	204⑥
	形は楚郊の—のごとし	171	司晨曲	293⑫
	秦台をさる—のこゑは	170	声楽興下	292⑫
	呂安が書し—の字は	122	文字誉	219⑩
	されば—の翅の反る軒	140	巨山竜峯	248⑦
	甍をまもる—の翅は	144	永福寺	255②
	—の舞かと疑はれ	95	風	170⑥
	—はつばさをかひつくろひ	80	寄山祝	146⑫
	—鸞和鳴の声	133	琵琶曲	236②
ぼう(暮雨)	朝雲—の夢とかや	160	余波	277⑩
ほうあん(保安)	花覧の御幸と聞えしは—第五の二月	2	花	42⑫
ほういう(朋友)	是みな—の徳なれや	66	朋友	127⑨
ほううんかく(宝雲閣)	—と聞るも	146	鹿山景	258②
ほうえい(蓬瀛)	—は神仙の崛宅するところ	151	日精徳	264①
ほうおん(報恩)	孔子の—に日を点じて	71	懐旧	132⑫
	悲母の—の釈迦の像は	101	南都霊地	183⑤
ほうくわん(鳳管)　＊ほうわうくわん、めいほうのくわん	—琴鼓とりどりに	121	管絃曲	215⑪
	一声の—は秋秦嶺の雲を驚す	82	遊宴	151④
	一声の—は王子晋がそのむかし	121	管絃曲	217⑨

ほうくわんぎやうほうとう(宝冠形宝幢)	曼荼の聖衆に連ては—	120	二闡提	213⑨
ぼうけい(謀計)	—術を究つつ	60	双六	116④
ほうけつ(鳳闕)	抑朝廷竜楼—	82	遊宴	151⑥
	—仙洞の春の朝	39	朝	86⑪
	—朝家に絶せぬは	169	声楽興	291③
	—朝廷の重き宝	121	管絃曲	216⑧
	されば終に—の雲を打払ひ	134	聖廟霊瑞	238⑩
ほうけふいん(宝篋印)	抑全身舎利—	129	全身駄都	228⑨
ほうこ(蓬壺)	遇難き—を尋しも	79	船	145⑨
ほうさん(宝算)	福寺—家門の園にあまねく	140	巨山竜峯	247⑪
ぼうし(帽子)	錦の—やきたる	76	鷹徳	140⑩
ほうしや(報謝)	いかでか我等—せん	129	全身駄都	229⑪
ほうしやう(保昌) ※人名	田村—にいたるまで	65	文武	126①
ほうしやうぶつ(宝生仏)	虚空蔵菩薩は—	45	心	両334⑩
ほうしゆ(宝珠)	—に駄都の光を副	148	竹園如法	260③
	我献—の供養をば	97	十駅	175⑧
	—の御手に任すなり	120	二闡提	213⑩
ほうじゆ(宝樹)	—にすみのぼる	144	永福寺	255⑧
	—の下の宝池は	108	宇都宮	193⑫
	微風—をうごかすのみか	95	風	異309⑪
ほうしゆんかく(逢春閣)	宜なる哉—の名にしほひて	128	得月宝池	227③
ほうしよ(宝所)	漸—にいたらしむ	38	無常	85②
	何かは—に至べき	97	十駅	174⑧
ほう・ず(報)	祈願の誠に—ぜしむ	140	巨山竜峯	247⑨
ほう・ず(封)	水面に—じて	134	聖廟霊瑞	238④
ほうぜん(宝前)	聖廟の—にしてや	147	竹園山	259⑦
ほうそ(宝祚) ＊あまつひつぎ	忝くも清和の—に備り	155	随身競馬	270⑨
	—に立し画図の屛風	158	屛風徳	274⑧
ほうそぎみ(宝祚君)	人皇十六代の—	142	鶴岡霊威	251⑫
ほうそう(篷窓)	—雨しただりて	173	領巾振恋	299③
ほうたふ(宝塔)	二仏同座の—	97	十駅	175⑥
	—雲にかかやき	51	熊野一	102⑩
	ほのかにみゆる—の	103	巨山景	186⑬
	二基の—の荘厳も	102	南都弁	185⑧
	十六丈の—も	59	十六	114⑤
	—裳越に重りて	108	宇都宮	193⑮
	—涌出の称名	81	対揚	149⑦
	是は—をささげつつ	62	三島詣	120③
ほうち(宝池)	法水澄る—に	128	得月宝池	226⑧
	—の水は瑠璃に透て	144	永福寺	255⑥
	宝樹の下の—は	108	宇都宮	193⑫
ほうぢやう(方丈)	蓬萊—瀛州のや	42	山	90⑦
	—点湯有やな	103	巨山景	187⑦
ほうちやく(宝鐸)	—雲にやひびくらん	108	宇都宮	193⑮
ほうでん(宝殿)	宝拝殿—	137	鹿島社壇	243②
	摩尼—の徳用	129	全身駄都	228⑥
ほうねん(豊年)	瑞を—にあらはす	10	雪	50⑤
ほうはいでん(宝拝殿)	—宝殿	137	鹿島社壇	243②
ほうび(褒美)	秘曲のかずを—して	159	琴曲	両335⑫
	然ば荘厳何ぞ—の詞も及ばん	144	永福寺	255①

	—の詞も達し難し	134	聖廟霊瑞	238⑦
ほうびやう(宝瓶)	乃至—錫杖の	134	聖廟霊瑞	237⑨
ほうよく(鳳翼)	或は—にかたどりて	149	蒙山謡	261③
ほうらい(蓬萊)	—遠くして	118	雲	211⑤
	—不死の薬をいただく	165	硯	286③
	—方丈瀛州のや	42	山	90⑦
ほうらいのしま(蓬萊の島)	かならず—のみかは	16	不老不死	55⑪
ほうらいきう(蓬萊宮)	薬を尋し—	30	海辺	74⑪
	—を尋けん	27	楽府	70⑩
ほうらいどう(蓬萊洞)	—に異ならず	108	宇都宮	192⑭
	—は長生殿	11	祝言	52⑪
	—をやうかぶらむ	145	永福寺幷	256⑫
ほうりう(宝流)	莅ば則—湛々として	128	得月宝池	226⑨
ほうれい(豊嶺)	—の鐘のひびきなり	169	声楽興	291⑮
ほうれん(鳳輦)	檜籧篨金作鈎車—	115	車	両337⑦
	—光をかかやかし	59	十六	113③
ほうわう(鳳凰)	—池上の月に送られしも	71	懐旧	132②
	—翅を休てや	147	竹園山	258⑬
ほうわうくわん(鳳凰管)　＊ほうくわん、めいほうのくわん	—はをのづから	169	声楽興	291⑦
ほうゐ(宝位)	十善の—を振捨て	42	山	90⑬
ほか(外)	端山の峯の雲の—	5	郭公	45⑥
	波をへだつる千里の—	17	神祇	57⑥
	流砂を隔る月氏の—	49	閑居	99①
	此等は雲煙の浪の—	60	双六	115④
	藻塩草掻てふ文字の関の—	88	祝	159⑦
	遠く西天の雲の—	101	南都霊地	183⑬
	此—さまざまの勝地あり	139	補陀湖水	246⑪
	姑蘇台の—ぞゆかしき	171	司晨曲	294⑬
	誰かは思の—といはん	72	内外	134⑬
	異朝の浪の—とかや	78	霊鼠誉	144⑦
	曼荼の聖衆の—ならねば	72	内外	異308⑤
	幾重の霧の—ならむ	72	内外	134⑪
	外朝外都は遠き境ひ雲霞の—なり	72	内外	134⑩
	又淮南も雲の—也	82	遊宴	異302⑧
	水の—なる色ぞなき	97	十駅	175②
	雲の—なる春の風	166	弓箭	287⑪
	遠は雲の—なれや	48	遠玄	97⑭
	五月雨の山本闇き雲の—に	118	雲	211①
	真如—にあらざれば	50	閑居釈教	100④
	詞—に顕て	92	和歌	165⑧
	法界毘富羅の内薫—に顕て	97	十駅	173⑪
	遙に文字の—に出	119	曹源宗	211⑩
	六の巷の—にいで	108	宇都宮	193⑧
	—に出ては昼とす	60	双六	114⑭
	さればにや—に出ては	61	郢律講	117⑪
	何ぞ—に疑はん	146	鹿山景	257⑩
	発願を西海の波の—に促し	147	竹園山	259④
	たくらぶるに—に撰びがたし	144	永福寺	255①
	災孽—におふとかや	114	蹴鞠興	207⑧
	勝事を異朝の—に及す	172	石清水	296⑩

ほ

	数の—に加りて	72	内外	134⑫
	—に済度の方便道ひろし	129	全身駄都	228②
	九十五種を—に避	72	内外	133⑪
	蘊落の賊を—に避	102	南都并	185⑥
	唯仏与仏の—にさば	72	内外	異308④
	誰かは—に尋ねん	110	滝山摩尼	197⑨
	道をや—にたどるらむ	84	無常	153③
	漢家の浪の—にながれ	113	遊仙歌	202⑬
	叡覧其儀—に双なし	155	随身競馬	271②
	愁を—にのこせりき	63	理世道	122④
	恨らくは—には詐れる道をいとひ	135	聖廟超過	240⑫
	—には耕夫の牛を仮	140	巨山竜峯	248④
	—には五常をみだらざる	72	内外	135①
	心より—には法の馬もなし	86	釈教	156③
	基を視聴の—にひらく	123	仙家道	220④
	—に見えたる出し衣の	72	内外	135⑥
	何ぞ—にもとめん	129	全身駄都	228⑦
	—に養育の哀み深き	72	内外	134⑥
	天命の—にや退かん	72	内外	135③
	光源氏の大将の都の—の浦伝ひ	72	内外	134⑪
	棹鹿の跡より—の通路も	74	狭衣袖	137⑤
	心の—の法の道か	45	心	95⑭
	心の—の法はなし	163	少林訣	282⑥
	言説の—の不立文字	143	善巧方便	254⑦
	曙雲の—の郭公	41	年中行事	89⑤
	都の—の名山	42	山	両327⑥
	百島や千島の浪の—までも	30	海辺	異305③
	権大納言其—も推て昇し宮司	105	五節末	189③
	—よりも来らず内よりも出ず	146	鹿山景	258⑦
	鷹はこれ百済の雲の—をいで	76	鷹徳	140④
ほがらか(朗)	三会の暁—ならむ	148	竹園如法	260②
	皇道共に—なり	144	永福寺	254⑫
	天真—なりとやせん	97	十駅	175⑩
	標示—なるかな	146	鹿山景	257⑫
	内証の月—に	62	三島詣	120⑨
	教月西天に—に	77	馬徳	141⑭
	日月いでて—に	109	滝山等覚	194⑬
	されば仏日々域に—に	129	全身駄都	229①
	三光おなじく—に	140	巨山竜峯	247⑭
ほくし(北枝)	南枝—の梅の花	104	五節本	188⑪
ほくせい(北城)	—の南に光をたる	109	滝山等覚	194⑫
ぼくてき(牧笛)	樵歌—様々に	164	秋夕	285⑩
ほくと(北斗)	—の星の前には	125	旅別秋情	223⑩
ぼくとく(木徳)	大昊—の春の始	41	年中行事	88⑬
ぼくば(牧馬)	—といへるは琵琶の名	77	馬徳	143④
	—はいかが嘶らん	133	琵琶曲	237①
ほくふう(北風)	胡馬—に嘶なるも	77	馬徳	143①
ほくや(北野)	—の御注連に顕し	135	聖廟超過	240⑮
ぼくや(僕射)	蓮府—亜相は文をつかさどりて	65	文武	125⑩
ぼくやう(目楊)	むかしの殷の—	60	双六	115⑩

	殷の―と漢の蘇師慶子	60	双六	115②
ほくりん(北林)	風―に	95	風	両332④
	風―になる花を帯て	95	風	170⑥
ほくれい(北嶺)	―たかく聳	62	三島詣	120⑫
	猶又―を莅めば	154	背振山幷	269②
ぼくわう(穆王)	―八匹の天の駒	77	馬徳	142⑦
	伝らく遠く―八匹の馬蹄は	155	随身競馬	270④
	―も是を興じつつ	60	双六	114⑩
ほけきやう(法華経)	六千部の―	139	補陀湖水	246⑬
	―中一乗教主	85	法華	154⑬
	―を我得し事は	154	背振山幷	269⑨
ほこさき(鋒)	神威の―を幣帛に揚	108	宇都宮	194③
ほこら(洞)	空き―にとどまり	71	懐旧	131⑬
ほこ・る(誇)	代は称徳の徳に―り	108	宇都宮	192⑨
	幾度恩に―りけん	100	老後述懐	180⑫
	竹園に翅る徳化に―りつつ	144	永福寺	255②
	名利に―りて戯る	97	十駅	173⑧
	神は法味に―りて威光を増	102	南都幷	184⑦
	勇る色に―るとか	47	酒	97④
	是恩沢の真に―るとか	91	隠徳	164②
	太平の徳に―るなり	63	理世道	123⑦
	猶賢き誉に―るなり	132	源氏紫明	235⑮
ほころ・ぶ(綻)	一万株の花―び	10	雪	50⑪
	功徳の林花―び	97	十駅	175⑫
ぼさつ(菩薩)	或は闍提補処の―	55	熊野五	106⑩
	阿那含道阿羅漢果―	50	閑居釈教	100⑫
	諸仏―受持名号	9	冬	50①
	尊きかなや諸仏―	143	善巧方便	253⑭
	―伎楽を調しも	172	石清水	297⑧
	涌出の―に譲しは	85	法華	154⑥
	―の位を証すとも	50	閑居釈教	100⑫
	―の十六分の種姓は	59	十六	114⑥
	歌嘆歌舞歌詠の―の聖容	92	和歌	異309⑥
	大士の―より人天竜神其会の衆	85	法華	155⑩
ぼさつかい(菩薩戒)	是則―の雪山行教をたすけつつ	147	竹園山	259⑤
ぼさつのぎやう(菩薩行)	内秘―のみかは	72	内外	134④
ほし(星)	暁に出―に入	64	夙夜忠	123⑪
	光を蒼嶇の―にみがき	97	十駅	175⑥
	―のごとくに敷のみか	34	海道下	80⑫
	北斗の―の前には	125	旅別秋情	223⑩
	帝闕の―を仰て	154	背振山幷	269⑫
	―をいただく夙夜のつとめ	80	寄山祝	146⑨
	―を戴にいそがはしく	13	宇礼志喜	54③
	―を連る眷属神	135	聖廟超過	240⑪
	―を連ぬる袂は	128	得月宝池	226⑬
	―をつらぬる御垣に	108	宇都宮	193⑥
	―を連ぬる瑞籬に	51	熊野一	101⑪
	羅漢諸聖―を連ね	147	竹園山	259⑬
	法身所変の―を連ね	92	和歌	異309⑥
	―を連て赫奕たり	62	三島詣	119⑫

	髻は織女の一をとどめ	113	遊仙歌	203⑭
	九輪半天に一をみがき	103	巨山景	異310⑤
ほしのくらゐ(星の位)	一に連て	123	仙家道	220⑥
	一の名を得たり	151	日精徳	異315④
ほしのはやし(星の林)	一に漕かくされぬるかと	118	雲	両338⑫
ほしあひ(星合)	一の睦をしたひけん	99	君臣父子	178⑫
ほしざき(星崎)	天照神は一に	32	海道上	77⑫
ほしのみや(星の宮)	法を授し一	138	補陀落	244⑦
ほ・す(干)	衣の袖を一さざりき	116	袖情	209②
	鷺の蓑毛も一しあへぬ	164	秋夕	284⑧
	袖も一しあへぬ露の間に	40	夕	88⑨
ほぞ(臍)	一をかたからしめんには	141	巨山修意	250②
ほそ・し(細、纖)	光も一き暁	56	善光寺	108⑧
	しほあひ一きいとすぢの	130	江島景	230⑤
	枕に一き灯の	116	袖情	209⑪
	嫉ましがほに一き緒を	113	遊仙歌	203⑧
	眉かきて一く長ければ	27	楽府	71③
ほそどの(細殿、廊)	弘徽殿の一の	24	袖余波	66⑥
	後涼殿の西裏弘徽殿の一の	104	五節本	188⑤
ほそなが(細長)	桜の一に柳のいとの様したる	29	源氏	73③
	蘇芳の一をぞきたまふ	29	源氏	73⑦
ほそみち(細道)	跡だに見えぬ一	9	冬	49⑬
ぼだい(菩提)	一寂光両伽藍	138	補陀落	245②
	終に一の菓をやむすばざりし	140	巨山竜峯	249②
	頓教一の蔵なれば	87	浄土宗	157⑨
	三十七品一の種	97	十駅	174③
	上求一の月のひかり	44	上下	94⑥
	一乗一の西の嶺	153	背振山	268⑨
	上求一の人のみぞ	110	滝山摩尼	197①
	一の道の縁となる	64	夙夜忠	124⑫
	はやく一の妙果に進らん	148	竹園如法	260④
	林は一を荘つつ	89	薫物	161①
ぼだいじゆげ(菩提樹下)	一を定て	44	上下	94⑨
ぼだいのうゑき(菩提の樹)	花は萠せり一	38	無常	85①
ほたる(蛍)	篝火や一にまがふ夕やみ	4	夏	44⑬
	沢辺の一によそへつつ	106	忍恋	190⑨
	悄然たる思の色を一によそへても	106	忍恋	両337⑩
	みだるる一の光より	167	露曲	288④
	夕天にみだるる一は思の色を顕す	40	夕	両333③
	夕殿に一乱飛	69	名取河恋	130⑤
	鵜飼舟一やかがり	4	夏	44⑬
	一をつつむ汗衫の袖	116	袖情	209⑬
	一をつつむ袖の色	46	顕物	96⑥
	一を拾ひ雪を集め	108	宇都宮	193⑭
	一を拾ふ智水は	102	南都丼	185④
ほたるびのかかやくかみ(蛍火のかかやく神)	一と五蠅成邪神とを平て	41	年中行事	89⑦
ほつえ(穂枝)	一立枝のうすにほひ	111	梅花	200③
ほつくる(北瞿盧)	或は一西瞿陀尼東勝南瞻浮州をしめ	16	不老不死	56⑪
ほつぐわん(発願)	一のかしこき恵より	128	得月宝池	227⑥
	一の願望もいとかしこく	146	鹿山景	257③

	—を西海の	147	竹園山	259④
ほつけ(法華)	——乗の妙典は	163	少林訣	282⑧
	抑—説期の砌に	71	懐旧	132⑭
	—に喩し優曇花	2	花	43②
	—の妙文の尊きは	72	内外	134③
	—八軸二十八品六万九千三百余字	122	文字誉	218⑬
	—譬喩の妙文には	78	霊鼠誉	144⑮
ほつけつ(北闕)	凡—いよいよ安全に	65	文武	126②
	凡—仙洞の安全も	102	南都幷	185⑪
ほつさう(法相)	深かなや—と	102	南都幷	185⑩
	然ば—も殊に勝て	101	南都霊地	183⑩
ほつしやう(法性)	—の海鎮に	62	三島詣	119①
	翅たかく—の空にやかけらん	131	諏方効験	232⑤
	—の光は在明のつきせず	16	不老不死	56⑩
	—の光は有明のつきせず	16	不老不死	両325⑧
	得道来不動—	172	石清水	297⑭
ほつしようじ(法勝寺)	—尊勝寺	114	蹴鞠興	206⑧
ほつしん〔ほふしん〕(法身)	—常住を顕はす	129	全身駄都	229③
	—所変の星を連ね	92	和歌	異309⑥
	上は—の月の前	86	釈教	157④
	つゐに—のはだへをや飾らん	161	衣	279⑬
	—和光垂跡の	72	内外	134②
ほつしん〔ほんしん〕(発心)	是ぞ—の門ときけば	55	熊野五	106⑥
	—の扉ひらけなば	160	余波	279⑥
	無常を—の始とし	38	無常	85①
ほつす(払子)	—を秉竹篦を揚て機に示す	146	鹿山景	258⑧
ぼつ・す(没)	彼戦に—せし	172	石清水	297④
ほつすい(法水)　＊のりのみづ	—澄る宝池に	128	得月宝池	226⑧
	—底清き石井の流	145	永福寺幷	256⑦
	妙高湛々たる—の流は	146	鹿山景	258④
	—を漏さずうるほすのみか	109	滝山等覚	195①
ほつせ(法施)	般若惣持の—には	62	三島詣	120⑨
	王子々々の馴子舞—の声ぞ尊き	51	熊野一	102⑭
	王子々々の馴子舞—の声ぞ尊き	52	熊野二	103⑬
	王子々々の馴子舞—の声ぞ尊き	53	熊野三	104⑬
	王子々々の馴子舞—の声ぞ尊き	54	熊野四	105⑪
	—の声ぞ身にはしむ	110	滝山摩尼	198③
	徳は唯識の—豊なれば	102	南都幷	184⑦
	顕密の—豊なれば	108	宇都宮	194①
ほつとう(法灯、法燈)	—いまに絶せず	51	熊野一	102⑪
	各—連れり	119	曹源宗	212⑫
	—も神鏡もかかやき	101	南都霊地	182⑩
	—も光を指そへ	144	永福寺	254⑪
	夜な夜な—を挑とか	128	得月宝池	226⑭
	終に—を挑げたまふ	59	十六	112⑭
ほつたい(法体)	堅固—の体として	129	全身駄都	229③
ほつとく(発得)	三昧—の上人	154	背振山幷	269⑪
ほつびやくにめんじゆ(髪白而面皺)	—誰かは厭はざるべき	100	老後述懐	180⑨
ほつろ(発露)	—を無為の都にうちはらひ	131	諏方効験	231⑩
ほど(程)	おどろく—こそたとるらめ	83	夢	異303③

	由良の湊も—ちかく	53	熊野三	104⑨
	巾振山も—ちかく	153	背振山	268⑬
	郭公—時すぎず聞ばやと	5	郭公	45④
	—なき夢の逢瀬まで	164	秋夕	285①
	待間も—なき世をしらで	84	無常	153⑫
	—なく明行篠目に	124	五明徳	221⑩
	此木—なく生登	137	鹿島社壇	両341①
	陽春—なく影たけて	161	衣	280⑥
	—は雲井にわかるとも	70	暁別	131②
	—は雲井の望にぞ	160	余波	276⑫
	年月次の—もなく	72	内外	134⑫
	すすむ心の—もなく	74	狭衣袖	138④
	中にも旅寝の—もなく	171	司晨曲	294⑭
	いたづらに老ぬる年の—もなく	38	無常	異307②
	水の面に照月次の—もなく	96	水	両329③
	かくやと思合せし—もなく	133	琵琶曲	両338⑦
	こころの—をせき返し	69	名取河恋	129⑪
ほとけ(仏)　＊諸—	—衆生ひとつならば	163	少林訣	282⑥
	—の在世にも顕れず	91	隠徳	165①
	—の十劫成道は	87	浄土宗	158③
	三世の—のたらちめの	62	三島詣	120①
	—の御宣を受持して	85	法華	155⑩
	いつか—の御本へと	55	熊野五	106⑭
	抑—は常住にして	16	不老不死	56⑨
	さても—は非滅にして	16	不老不死	両325⑧
	—光を垂る事	146	鹿山景	257⑨
	—も説演給はず	85	法華	154⑤
	恒沙の—もま見え給ふ	85	法華	154⑫
ほとけのみち(仏の道)	—にぞ仕へける	154	背振山幷	269⑧
ほとけたち(仏達)	阿耨多羅三藐三菩提の—	135	聖廟超過	241⑩
ほどこ・す(施)	たがひに匂を—し	61	郢律講	118⑪
	才を雲上に—し	65	文武	125⑭
	隠して徳を—し	91	隠徳	163⑩
	芝蘭谷に匂を—し	141	巨山修意	249⑧
	干珠満珠の霊威を—し	142	鶴岡霊威	252②
	干珠満珠の威力を—し	172	石清水	297①
	様々の利益を—し	120	二闡提	両339③
	奇瑞を共に—しける	120	二闡提	異312⑥
	花は艶を—して	5	郭公	45⑦
	凡仁を—して	63	理世道	121⑭
	にほひをあまねく—して	66	朋友	127⑦
	意のままに—して	97	十駅	176⑤
	さればや徳を普く—して	138	補陀落	245⑫
	茶神の号を—して	149	蒙山謡	261⑦
	利益を品々に—す	17	神祇	57⑦
	初縁実相の匂を—す	50	閑居釈教	100⑤
	様々の利益を—す	55	熊野五	106⑪
	利益を普—す	57	善光寺次	110⑦
	様々の政徳を—す	59	十六	113③
	其勢を—す	81	対揚	149③

ほ

	普き恵を—す	98	明王徳	176⑩
	互に誉を—す	99	君臣父子	179④
	歌には徳を—す	112	磯城島	202⑤
	利益を様々に—す	120	二闡提	214④
	重宝を納をきて利益を—す	130	江島景	231④
	万秋に感応を—す	131	諏方効験	231⑨
	区々の利益を—す	135	聖廟超過	240⑫
	稲米の種子を—す	136	鹿島霊験	242④
	忍辱の徳を—す	161	衣	279⑨
	情を—す道ある御代の恵也	100	老後述懐	181①
	様々の徳を—すも	76	鷹徳	両326⑨
	興宴徳を—せばや	169	声楽興	291⑤
ほととぎす(郭公)	げにまづ初音も珍き—	4	夏	44⑩
	花散里の—	5	郭公	45⑨
	音羽の山の—	5	郭公	45⑩
	岩瀬の森の—	5	郭公	45⑫
	何も初音の—	5	郭公	46⑪
	声六月の—	5	郭公	46⑬
	曙雲の外の—	41	年中行事	89⑤
	待れてぞ名謁—	58	道	110⑬
	昔べやなれも恋敷—	71	懐旧	132④
	一声名乗—	118	雲	211①
	—鳴や五月の小五月会	152	山王威徳	267⑩
	—程時すぎず聞ばやと	5	郭公	45④
	雲外の—野外の鹿の遠声	72	内外	134⑩
ほどはし・る(跳)	玉盤に—り竊々たり嘈々たる声もあり	31	海路	75⑨
ほとり(辺)	暫やすむ石龕の—	55	熊野五	106①
	妻戸の透間まぐさの—	78	霊鼠誉	144③
	遊覧の花の園の—	82	遊宴	150⑥
	四徳波羅蜜の浪の—	84	無常	153⑭
	上陽の旧き床の—	107	金谷思	191③
	彼溢浦の—に濃かなりし語に	116	袖情	209⑥
	巫陽台の—にして	22	袖志浦恋	64⑥
	黄金の柱の—には	121	管絃曲	217⑦
	峨嵋の山の—にも	93	長恨歌	167⑪
	自榼の—によらむ	47	酒	97⑥
	堤河の—の鶴林	163	少林訣	283⑩
	廬山の—のきんしう谷	2	花	42⑧
	床の—の玉の師子	113	遊仙歌	204④
	広くして猶—もなく	87	浄土宗	157⑧
	雲海沈々として—もなく	172	石清水	296⑬
	海は広き恵—もなくや	63	理世道	121⑨
ほどろ	—と折は早蕨よ	43	草	91⑬
ほなみ(穂並)	—もゆらと打なびく	54	熊野四	105⑤
ほのか(仄)	庭燎の影も—なる	160	余波	277⑮
	かたぶく夕日の影ぞ—なる	40	夕	両333⑤
	秋の田村の—に聞	131	諏方効験	233⑥
	—に聞ば妻ごめに	8	秋興	49②
	—にのこる晨明の	56	善光寺	108⑦
	—に招くかしの薄	125	旅別秋情	222⑬

	—に招く夕まぐれ	6	秋	47⑥
	—にみゆる薄の垣	49	閑居	99⑦
	—にみゆる宝塔の	103	巨山景	186⑬
	穂屋の薄の—にも	56	善光寺	107⑬
	明行月の—にも	58	道	110⑫
	—に往事をかぞふれば	71	懐旧	131⑩
ほのほ(熖、火)	五熱の—消がたし	97	十駅	174②
	—に焦るる夏虫の	97	十駅	173⑤
	思の—もえまさり	69	名取河恋	130⑤
ほのぼの	—明る己来	103	巨山景	186⑩
	緋の粧小舟—と	31	海路	76①
	月にこゆれば—と	54	熊野四	105①
	—みゆる朝霧の	91	隠徳	164⑥
ほのみのさき(ほのみの崎)	—をや隔らん	53	熊野三	104⑦
ほの・みゆ(仄見)	遠津浦はにや—みゆる	48	遠玄	98⑤
ほふ(法)　＊のり、諸—	四季をわかつに—あり	158	屏風徳	273⑪
	緊那羅摩睺羅が—までも	86	釈教	156⑩
	定恵の—を顕す	81	対揚	149⑫
	一乗無二の—を受	96	水	172⑤
ほふう(法雨)	草木—に潤て	97	十駅	175⑦
	甘露の—を潤して	120	二闡提	214⑤
ほふえ(法衣)	五戒—の厚きちから	161	衣	279⑫
	忍辱の—いたはしく	120	二闡提	213⑪
ほふかい(法界)	—悉く道ならむ	128	得月宝池	227⑨
	—体性の所変として	78	霊鼠誉	145④
	—体性のちかひならむ	62	三島詣	121②
	—体性の円満無碍の功徳ならむ	108	宇都宮	194⑧
	—毘富羅の内薫外に顕て	97	十駅	173⑪
	普照耀の光は遍—を照せり	139	補陀湖水	246⑧
ほふぎ(法儀)	—にすがる勤者の	110	滝山摩尼	198②
ほふけん(法験)	請雨の法の—も	129	全身駄都	228⑪
ほふこうじ(法興寺)	—の砌にして	114	蹴鞠興	205③
ほふこんがうゐん(法金剛院)	法勝寺尊勝寺最勝成勝—	114	蹴鞠興	206⑧
ほふざうびく(法蔵比丘)　＊びく	—の其昔超世の悲願に任てや	172	石清水	296⑩
	—の本願は思惟を五劫に	122	文字誉	218⑭
ほふし(法師)	—の為にあたへて	101	南都霊地	184②
ほふそく〔ほつそく〕(法則)	所々霊場の—	129	全身駄都	229⑨
	練武の—をなせりや	114	蹴鞠興	204⑭
ほふぢうじどの(法住寺殿)	田向殿—高松大柳大炊殿	114	蹴鞠興	206⑨
ほふみ(法味)	神は—に誇て威光を増	102	南都幷	184⑦
	果して—の菓を	147	竹園山	259⑥
	慈覚智証権化の—を受しより	152	山王威徳	267⑬
	—を手向奉る	109	滝山等覚	195⑮
ほふよ(法輿)	—の荘厳妙なるは	148	竹園如法	260③
ほふらく(法楽)	すべて顕密品々の—	139	補陀湖水	247③
	手向奉る—にも	176	廻向	異315⑨
ほふりうじ(法隆寺)	—の道場	129	全身駄都	228⑥
ほふりやう(法令)	—むなしからんや	63	理世道	122⑧
	—元より直ければ	143	善巧方便	253④
ほふりん(法輪)	成道二七の—	97	十駅	175⑬

ほ

	無上の—を転ぜしむ	143	善巧方便	254⑥
ほふゐ(法威)	密教の—鞭加持の	155	随身競馬	270⑩
ほほゑ・む〔ほうゑむ〕	忍咲と—んで	113	遊仙歌	203⑮
ほまれ(誉)	籬下先生の—	151	日精徳	264⑭
	検束の—あまねく	97	十駅	173⑫
	酒に明徳の—あり	47	酒	96⑫
	朱雀は明主の—あり	59	十六	113②
	夏の天に—あり	68	松竹	128⑭
	金玉の声に—あり	82	遊宴	150⑨
	ひたすら其—あり	120	二闡提	214②
	皆名に負—有	171	司晨曲	293⑫
	抑政頼は鷹の道に—ありて	76	鷹徳	141⑩
	風の—さまざまに	95	風	異309⑨
	是則東寺一流の—として	129	全身駄都	228⑮
	かたえにこえし—ならむ	92	和歌	166②
	つらぬる文字の—ならむ	122	文字誉	218⑩
	悲智の実の—ならむ	143	善巧方便	252⑫
	ただ此道の—なり	65	文武	126②
	ただ此道の—也	155	随身競馬	270⑧
	勝余に殊なる—なり	166	弓箭	287⑨
	此家々の—也	156	随身諸芸	両340⑨
	何なる—なりけん	134	聖廟霊瑞	238⑦
	四徳二調の—なれば	121	管絃曲	217⑩
	余に又超過せる—なればなり	135	聖廟超過	241⑫
	其—に帰せしむ	63	理世道	121⑨
	楽の—にしくはなし	169	声楽興	291②
	行福寺の—に備れば	145	永福寺幷	256⑮
	そも老の—にのこるなり	100	老後述懐	180⑭
	猶賢き—にほこるなり	132	源氏紫明	235⑮
	音にのみ菊の—の徳多き中にも	151	日精徳	異315②
	賢き誠の—は	141	巨山修意	249⑩
	乃至四絃の—までも	159	琴曲	275⑫
	朽せぬ—や留りし	160	余波	277⑧
	双六の—世に勝	60	双六	115⑤
	忠臣の—を揚とかや	114	蹴鞠興	206③
	夫—を顕して名を揚るは	91	隠徳	163⑧
	忠勤の—をあらはし	116	袖情	209②
	秦に仕ては猶又—を顕す	81	対揚	異302④
	諸徳修験の—をあらはす諍ひ	138	補陀落	245④
	忠臣の—をあらはすは	64	夙夜忠	123⑨
	様々の—をあらはせり	123	仙家道	両335⑤
	抑仰で是等の—を思へば	128	得月宝池	227⑥
	倩中宗の—を訪へば	101	南都霊地	183⑬
	つきせず—をのこす	169	声楽興	292①
	—をひとしむる物なし	158	屏風徳	273⑧
	互に—をほどこす	99	君臣父子	179④
	—を来葉にのこせり	149	蒙山謡	261⑧
	—を和漢におよぼす	98	明王徳	178①
ほ・む(誉)	四変の徳を—むるに	150	紅葉興	263⑥
	不二法門と—めたまふ	86	釈教	156⑥

ほむだのてんわう(誉田の天皇)	—玉依姫	172	石清水	296⑥
ほむだのみかど(誉田の御門)	—といますがりき	142	鶴岡霊威	251⑫
ほや(穂屋)	—の薄のいとしげき	131	諏方効験	232⑪
	—の薄のほのかにも	56	善光寺	107⑬
ほりいだ・す(掘出)	—せる額あり	139	補陀湖水	246⑭
ほり・う(掘得)	郭巨が—得し金釜までも	99	君臣父子	179②
ほりがね(堀兼)　※井	尋ねてもみばや—の出で難かりし	56	善光寺	108⑧
ほりもと・む(掘求)	隠家をば—めても穴鼠の	78	霊鼠誉	144⑥
ほろぼ・す(滅)	あらゆる弓弦を—して	78	霊鼠誉	144⑧
ほわけのてんわう(穂分の天皇)	—の若桜の宮の花の盃	2	花	42⑩
ぼん(凡)	迷を—と名付つつ	163	少林訣	282⑤
ぼん(梵)　※文字	—漢ともに益広く	138	補陀落	244⑭
	—漢隷字故文の体	122	文字誉	218⑤
ぼんおん(梵音)	例時散華—	49	閑居	99⑨
	常楽会の—は	101	南都霊地	183⑪
ぼんおんわげ(梵音和雅)	—の妙なる声	129	全身駄都	229⑨
	—のひびき	148	竹園如法	260⑨
ほんがく(本覚)	—の都を出しより	86	釈教	155⑬
ほんぐわい(本懐)	無二亦無三の—	97	十駅	175⑩
ほんぐわん(本願)	他力超世の—	151	日精徳	264⑮
	罪霜残らぬ—	160	余波	277⑥
	—の軟化難度の誓ならむ	57	善光寺次	110⑨
	—の難化難度の誓を	57	善光寺次	異313③
	法蔵比丘の—は	122	文字誉	218⑭
	望仏—の秋の月	87	浄土宗	158⑦
ぼんげう(梵篋)	覚母の—を囲遶す	59	十六	114①
ぼんご(梵語)	さればひそかに伝る—の体たらく	45	心	両334⑩
ほんじやく(本迹)	みな—不思議の業用	97	十駅	175⑥
	—二の神体	139	補陀湖水	246②
ぼんしやく(梵釈)	南無哉—四禅	176	廻向	異315⑩
	—四禅に送とか	61	郢律講	118⑫
	左右に—の聖客もみそなはせば	146	鹿山景	257⑩
ほんじゆ(本主)	—は専我国の	92	和歌	165⑨
ほんぜい(本誓)	大慈大悲の—	131	諏方効験	232②
ほんぞん(本尊)	彼上人の—	109	滝山等覚	195⑬
	薬師寺の—は	139	補陀湖水	246⑩
ほんぢ(本地)	—医王の誓約	62	三島詣	119⑥
	是又—釈迦如来	78	霊鼠誉	両338②
	是又—釈迦牟尼	78	霊鼠誉	143⑪
	—の風光潔く	119	曹源宗	212⑭
	其—を尋れば	152	山王威徳	267①
	先遙に—を訪へば	134	聖廟霊瑞	237⑦
	—を遙に訪へば	131	諏方効験	231⑩
ほんてう(本朝)	近く—には村上の御代ぞかし	101	南都霊地	184③
	—にも限らず	114	蹴鞠興	205⑭
	—の旧記を訪へば	155	随身競馬	270⑧
ぼんてん(梵天)	—の衣はそもいかばかり軽して	161	衣	280⑩
ぼんなう(煩悩)	—眠はやさめて	50	閑居釈教	100⑥
	—の垢をや濯らん	51	熊野一	101⑫
	結業—の霧霞	153	背振山	268⑪

	—の雲を払つつ	146	鹿山景	257⑪
	—の波をや分すぎん	55	熊野五	106⑭
	—の眠の枕までも	120	二闡提	214⑦
ぼんぶ(凡夫)	末代悪世の—の	152	山王威徳	267⑬
ほんふしやう(本不生)	をのづから—の字体なれば	109	滝山等覚	195⑭
ほんぶん(本分)	—無碍にして	143	善巧方便	252⑫
	自己の—になどかは	141	巨山修意	250③
	—の上もげに	141	巨山修意	250③
ぼんほん(梵本)	多羅葉の—	73	筆徳	135⑬
ほんまつ(本末)　＊もとすゑ	予州と当国の—も	62	三島詣	119⑤
ほんらい(本来)	—空寂疑なく	163	少林訣	283⑤
ほんわざ(品態)	相見立入—	60	双六	116⑤
ほんゐん(本院)	—の懸は神殿の前とかや	114	蹴鞠興	206⑥

ま

ま(間)　＊よひのま	忘る—なきは暁思ふ鳥の空音	24	袖余波	65⑪
	わするる—なく忘られぬ	40	夕	88②
	露の—にだにわすられず	167	露曲	288⑥
	暮を待—のくるしきは	164	秋夕	285⑤
	小夜深る—の露を	145	永福寺幷	256③
	待—も程なき世をしらで	84	無常	153⑪
	朝なぎの霞の—より帰りみる	31	海路	75②
まいとし(毎年)	—八月十五日に	172	石清水	297⑥
まいにち(毎日)	—晨朝の誓約は	120	二闡提	214⑦
まいりふ(米粒)	形は—に異ならねど	129	全身駄都	229③
まう・く〔まふく〕(儲)	琴腹に子をば—けけん	78	霊鼠誉	144⑫
	八会に—けし教法	97	十駅	175⑬
	医王の薬を—けしも	86	釈教	156④
まうけ(儲)	御馬草—にせんやな	43	草	92③
	ただ此—を専にして	149	蒙山謡	261⑪
まうくわう(孟光)	彼梁伯鸞が—	45	心	95⑨
	覇陵山にをくれざりける—	66	朋友	127③
まうさう(孟宗)	雪を分けん—が	99	君臣父子	179①
まうしやうくん(孟嘗君)	—が越かねし	171	司晨曲	295②
	—が袖の涙	164	秋夕	284⑥
	—が砌には	44	上下	93⑧
	されば—ははかりて	60	双六	114⑩
まう・す(申)	あんどんみのうた丸乱舞の神と—して	110	滝山摩尼	197⑩
	国常立の尊と—して	172	石清水	295⑪
	経を講ぜし所をば最勝とも又—す也	109	滝山等覚	196④
	先鼓の勝負を—すは	156	随身諸芸	271⑧
	如意輪観音と—すは彼上人の本尊	109	滝山等覚	195⑫
	八幡三所の御事ぞ—すも愚かなるやな	142	鶴岡霊威	251⑪
まう・づ(詣)	鹿島へ—で給しに	137	鹿島社壇	243⑪
	既に彼所に—でつつ	57	善光寺次	110⑤
まがき(籬)	黄菊—にあざやかなり	15	花亭祝言	55⑦
	—に隠る面影	91	隠徳	164⑭
	紫を砕く—の菊	125	旅別秋情	223⑭

	—の菊は色をそへ	168	霜	289⑫
	秋の—の白菊の	89	薫物	160⑧
	—の竹に音信るも	159	琴曲	275⑭
	—の蝶を夢に見て	58	道	111⑦
	—の花の夕しめり	40	夕	88②
	霧の—のへだてなく	64	夙夜忠	124⑥
	霧の—のへだては	39	朝	87④
	—はよそにや異なりけん	121	管絃曲	216⑬
まがきのしま(籬の島)	立隔つれど—	35	羇旅	82⑦
まか・す(任)	衆苦に闡提の身を—す	62	三島詣	120⑧
	宝珠の御手に—すなり	120	二闡提	213⑩
	ただ此経に—すべし	85	法華	155⑥
	苗代水をや—すらむ	33	海道中	78⑤
	縁は時の宜に—すれば	129	全身駄都	228③
	風雨を心に—すれば	137	鹿島社壇	243②
	忍辱の梶に身を—せ	86	釈教	156⑮
	四生の巷に身を—せ	134	聖廟霊瑞	237⑩
	時のよろしきにや—せけむ	62	三島詣	119⑤
	上下の字に—せつつ	44	上下	93⑥
	心を虚無に—せつつ	58	道	111②
	抑宝を心に—せつつ	78	霊鼠誉	145③
	匂を八不に—せつつ	97	十駅	174⑭
	命を君命に—せつつ	99	君臣父子	179④
	万事を浮雲に—せつつ	119	曹源宗	212⑩
	住吉の神の誓に—せつつ	132	源氏紫明	235⑪
	あまねく賢良の臣に—せて	63	理世道	122⑦
	普門の誓に—せてや	131	諏方効験	233②
	超世の悲願に—せてや	172	石清水	296⑪
	恋ぞ心に—せねば	45	心	95⑫
まかだばう(弥多房)	五四多法師—	60	双六	116⑪
まかだゐん(摩訶陀苑)	涼風薫ずる—の	94	納涼	168⑭
まかぢ(真梶)	—の響唐艫の音	31	海路	75⑭
まかてうご(摩訶調御)	前には—の伽藍甍をならべ	147	竹園山	259⑩
まが・ふ(紛)	桜も雲に—ひけん	112	磯城島	201⑨
	旧廉の方にや—ひけん	114	蹴鞠興	206⑬
	涙も露に—ひしは	99	君臣父子	178⑨
	煙に—ふあさ霞	30	海辺	74⑦
	尾花の袖に—ふ色	116	袖情	210①
	蘆手に—ふ薄霞	51	熊野一	102⑨
	花かと—ふ追風	31	海路	75③
	村雨に—ふ大絃	82	遊宴	151③
	花かと—ふ継桜	55	熊野五	106④
	玉に—ふ露をみだり	125	旅別秋情	223⑬
	分無調に—ふなる	159	琴曲	275⑭
	浅間の煙に—ふは	57	善光寺次	109⑫
	へだつる雲に—ふは	97	十駅	174⑬
	袖かと—ふ初尾花	8	秋興	49②
	篝火や蛍に—ふ夕やみ	4	夏	44⑬
	騰れる鳳にや—ふらむ	113	遊仙歌	204⑥
	花の色にや—ふらん	118	雲	211①

	何に—へてしのばまし	167	露曲	288⑫
	人しれず室の八島に—へても	106	忍恋	190⑤
まかまんだら(摩訶曼荼羅)　※香	曼珠曼荼羅—	89	薫物	異303⑩
まからが(摩訶羅伽)	—愛染明王の弓箭の御手に至ては	166	弓箭	287⑭
まからてん(摩訶羅天)	妙見並に—	138	補陀落	245⑤
まき(巻)	この—にその名をやあらはしけむ	111	梅花	200⑩
	上下の—につづまやかに	44	上下	93⑨
	此字に—を名づく也	44	上下	93⑪
	—を廿に調へ	92	和歌	165⑪
まき(槇)	—の板屋をすぐるをと	159	琴曲	275⑬
	—の立枯陰さびし	57	善光寺次	109⑦
	—の戸口の月影	7	月	48⑤
	明る朝の—のとは	74	狭衣袖	138⑥
	—の戸をやすらひにこそ	171	司晨曲	294⑦
	檜原—の葉露しげし	66	朋友	126⑬
	露もまだひぬ—の葉の	167	露曲	288⑤
	身をしる雨の—の屋に	90	雨	162⑤
まきあ・ぐ(巻上)	炉峯の雪の朝には翠簾を—ぐる	140	巨山竜峯	248⑭
	香爐峯の雪の朝簾を—げて	47	酒	97②
まきあげのふで(巻揚の筆)	—鞆絵書たる筆の管	105	五節末	189⑪
まきお・く(蒔置)	種—きし姫小松	75	狭衣妻	139⑪
まきお・く(巻置)	玄妙の善理を—きて	149	蒙山謡	261⑫
まきたつやま(槇立山)	—の奥ふかき	163	少林訣	283⑦
	—の夕日にも	58	道	111⑪
まきばしら(真木柱)	尋しやどの—	75	狭衣妻	139⑩
まぎ・る(紛)	よしやただやがて—るる身ともがな	107	金谷思	191⑬
ま・く(蒔)	忘る種を誰か—きし	31	海路	75⑥
	種をば誰か—きけむ	106	忍恋	190⑫
ま・く(負)	—くる習も有蘇の海のかたし貝	18	吹風恋	59⑪
	—けては積借銭の	60	双六	116⑬
	しのぶることぞ—けにける	69	名取河恋	129⑫
ま・く(巻)	珠簾いまだ—かざるに	3	春野遊	43⑦
	筵を—きて去にけん	85	法華	155⑦
	蘆葉を—きて舌とし	169	声楽興	291⑫
	玉の簾の—く下の	110	滝山摩尼	197③
ま・ぐ(枉)	望らくは無仏の境に身を—げて	120	二闡提	213⑪
まぐさ(秣)	妻戸の透間—の辺	78	霊鼠誉	144③
	昼は荊越に—を養ふ	77	馬徳	異311⑧
まくず(真葛)	岡辺の—恨ても	43	草	92⑪
まくずはら(真葛原)	男鹿鳴野の—	8	秋興	49③
	露の玉巻—	19	遅々春恋	60⑭
	松風の音ふきかへす—	40	夕	両333⑤
	妻よぶ小鹿の—に	125	旅別秋情	223④
まくら(枕)	—ならべんとおもへども	56	善光寺	108⑩
	夢の—に音信て	3	春野遊	43⑧
	—にちかき小夜千鳥	170	声楽興下	292⑩
	ね覚の—に遠ざかる	48	遠玄	98④
	—にのこる面影は	83	夢	152⑥
	—に纖き灯の	116	袖情	209⑪
	—の内に鳴く声の	171	司晨曲	295⑥

	―の上の仙となり	58	道	112⑥
	―の氷消わびぬ	168	霜	290③
	珊瑚の―の夢の中に	119	曹源宗	212⑦
	さむる―は跡もなし	58	道	111⑭
	古―古衾	93	長恨歌	167⑮
	煩悩の眠の―までも	120	二闡提	214⑦
	静に―をかたぶけず	64	夙夜忠	123⑫
	―を過る風の音	94	納涼	168⑬
まくりて(巻り手)	―さむき朝食の袖	116	袖情	210①
まげ(魔碍)	―伺ひがたし	140	巨山竜峯	248⑤
まけばくち(負博)	―のをかしきは	60	双六	116⑦
まご(孫)	日本武の尊の御―	142	鶴岡霊威	252①
まこと(誠、実、真)	何かは覚て―あらん	119	曹源宗	212⑦
	誓願ともに―あり	61	郢律講	118⑫
	深秘の―あるなれば	166	弓箭	287⑮
	孝行の―といへるは	99	君臣父子	178④
	―なる哉彼是同く	45	心	95②
	至孝の―に感じて	166	弓箭	287⑤
	祈願の―に報ぜしむ	140	巨山竜峯	247⑨
	是恩沢の―に誇とか	91	隠徳	164②
	わたすに信敬の―による	62	三島詣	119②
	物に―の色なければ	58	道	112③
	―の心をみがきつつ	51	熊野一	101⑪
	―の誓をたのみつつ	109	滝山等覚	195⑦
	―の法とさされたり	163	少林訣	282⑧
	―の法のしるべならむ	115	車	207⑭
	―の法の道	135	聖廟超過	240⑦
	―の法の道の妙なる匂を	89	薫物	160⑬
	悲智の―の誉ならむ	143	善巧方便	252⑫
	賢き―の誉は	141	巨山修意	249⑩
	悟り入にし―の道	124	五明徳	222④
	誰かは―の道に入らむ	77	馬徳	143⑤
	―の道にさそへかし	160	余波	278⑩
	―の道のしるべは	49	閑居	98⑫
	其―やすくなかりけん	112	磯城島	201⑫
	孝行の―を顕しも	47	酒	97⑩
	信心の―を顕して	46	顕物	異307⑥
	慈悲の―を顕す	46	顕物	96③
	懐旧の―をあらはす	71	懐旧	132⑮
	智恵の―を顕す	98	明王徳	177⑩
	帰敬の―をあらはす	101	南都霊地	184②
	祈願の―を凝さしむ	154	背振山幷	269⑤
	撫民の―を先とす	92	和歌	165⑧
	利物の―をさきとす	135	聖廟超過	241②
	心の―を悟えてぞ	45	心	95⑮
	心の―をさとりえてぞ	45	心	両334⑬
	此道の歌の―をしらすなり	112	磯城島	201④
	解脱の―をぞ示ける	129	全身駄都	229⑥
まことに(誠、実)	其縁―あらはる	147	竹園山	258⑫
	祈願―答つつ	148	竹園如法	260④

	—神秀の地なるかな	153	背振山	268③
	—神都と覚つつ	138	補陀落	245⑩
	—勅会の砌なれば	172	石清水	297⑥
	—南岳山明て	97	十駅	175⑨
	—万春千秋の歓遊として	114	蹴鞠興	205①
	—文—武	34	海道下	80⑫
	—無常の功徳なれ	151	日精徳	265②
	—唯識の戦の	97	十駅	174⑪
	国土—豊なれば	149	蒙山謡	261①
	—和光利物の	152	山王威徳	267⑧
まごひさし(孫廂)	清涼殿の—	105	五節末	189⑧
まこも(真菰)	沢辺の—つのぐめば	165	硯	286②
まこもぐさ(真薦草)	いつ苅ほさむ—	43	草	92①
まごら(摩睺羅)	乃至—真達羅等	16	不老不死	57①
	緊那羅—が法までも	86	釈教	156⑩
まさかき(真榊)	百十の—に	101	南都霊地	182⑩
まさき(真坂樹)	葛の紅葉岩柿—蔦の葉	150	紅葉興	263⑪
	—のかづら長からむ	92	和歌	166⑫
まさぐ・る(弄)	箏をぞ—り給し	29	源氏	73⑤
まさご(砂)	汀の—のかずかずに	15	花亭祝言	55⑨
	—の数は拾へども	12	嘉辰令月	53⑧
	—の数をつくしても	100	老後述懐	180⑤
まさごぢ(砂路)	—白く見ゆるは	54	熊野四	105④
	長井の浦の—の	12	嘉辰令月	53⑧
	老蘇の浜の—の	100	老後述懐	180⑤
まさ・し(正)	かたじけなくも—しく	101	南都霊地	183⑧
まさに(正、方、将)	後夜—明なんとす	21	竜田河恋	63①
	—怖れ—傷み	160	余波	276⑭
	—今此霊場に望て	146	鹿山景	257③
	—隠君子の号あり	91	隠徳	164①
	眼—うげなんとす	33	海道中	78⑨
	縄床—うげぬとも	50	閑居釈教	100③
	—宮商に叶へり	113	遊仙歌	204③
	—過分の巨益にや慰みけん	129	全身駄都	227⑭
	—願わうの名を与ふ	87	浄土宗	158⑨
	—直なる掟たり	135	聖廟超過	240⑬
	—其所願成就を顕はせり	139	補陀湖水	247⑥
	—尊神の御貌を拝せし	130	江島景	231③
	照覧—憑あれば	147	竹園山	259⑨
	—中道の妙理の	159	琴曲	276⑩
	—司どる方角を賞ずればなり	140	巨山竜峯	248①
	—長き夜もすがら	60	双六	115⑥
	宮漏—永ければ	7	月	47⑭
	其政理—直ければ	98	明王徳	177④
	誰かは—のべつくさむ	143	善巧方便	254③
	—恥ざるべけんや	160	余波	276⑭
	或は銅雀の—開	113	遊仙歌	204⑤
	又—武勇をとりひしぎ	65	文武	125②
	—馬を珎とす	77	馬徳	142②
まさ・る(勝、増)	一村すぐる夕立に水—らざらめや	4	夏	44⑬

	さだかなる夢にいくらも—らぬは	83	夢	152④
	さだかなる夢にいくらも—らぬは	83	夢	両331①
	虫の恨に—りけめ	167	露曲	288⑭
	哀はなをや—りけめ	28	伊勢物語	両329⑩
	たのしみ日々に—りけり	34	海道下	両326⑫
	雨に—りてそそけば	167	露曲	288⑦
	水かさ—りぬや五月雨に	4	夏	44⑪
	猶も哀の—るは	97	十駅	174④
	さびしさ—る冬室山	35	羇旅	82②
	竜田の河の—る水も	150	紅葉興	262⑧
	夕やわきて—るらん	40	夕	87⑭
	誰もあはれや—るらむ	40	夕	88⑪
	旅泊の哀や—るらん	48	遠玄	98③
	つらさやわきて—るらむ	106	忍恋	190⑧
	此事金玉に—れり	58	道	112⑤
	単に—れる色ぞなき	156	随身諸芸	272⑤
	楽より—れる物はなし	121	管絃曲	216③
まじはり(交)	花月の窓の—には	160	余波	276⑫
	—久き仙遊	123	仙家道	220⑩
まじは・る(交)	芝蘭の室に—り	66	朋友	126⑥
	凶徒の陣に—り	78	霊鼠誉	144⑧
	汚たるに—り	152	山王威徳	267③
	玉藻の塵に—りて	53	熊野三	104④
	水鳥樹林—りて	62	三島詣	119⑬
	剣凝島に—りて	152	山王威徳	266⑩
	濁世の塵に—る	57	善光寺次	110⑨
	近く扶桑の塵に—る	131	諏方効験	231⑩
	塵に—る瑞籬に	35	羇旅	81⑫
	塵に—るわざまでも	64	夙夜忠	124④
まじ・ふ(交)	玓瓅の銀の声を—ふ	121	管絃曲	217⑧
	韻を—ふる寒蟬	115	車	208④
	沈麝匂を—へつつ	128	得月宝池	226⑩
	碧丹を—へて紅なり	73	筆徳	136⑭
	朱丹を—へてみがきなす	173	領巾振恋	298⑤
	鶏距を馬蹄に—へては	73	筆徳	135⑩
ましま・す(御座)	二人の神—しき	110	滝山摩尼	197⑪
	玄宗位に—して	93	長恨歌	166⑭
	むかし大神爰に—して	136	鹿島霊験	242⑧
	文殊の—す五台山	42	山	90⑤
	文殊の—す五台山	163	少林訣	283⑩
	五行の徳—せば	172	石清水	295⑫
ましらふ(真白符)	眉白の鷹—ぞ	76	鷹徳	141⑨
	ましろの鷹—ぞ	76	鷹徳	両326⑩
まじりた・つ(交立)	みな其後に—つ	104	五節本	188⑩
まじ・る(交)	青葉に—る一枝は	48	遠玄	98⑦
	—るや小忌の袖の青摺とりどりに	105	五節末	189⑩
まじろのたか(眉白の鷹)	—の羽だれの雪	131	諏方効験	232③
	—真白符ぞ	76	鷹徳	141⑨
	—ましらふぞ	76	鷹徳	両326⑨
ま・す(坐)	彼神則ここに—す	110	滝山摩尼	197⑫

ま・す(増)	歌舞遊覧の興を—し	97	十駅	173⑨
	神は法味に誇て威光を—し	102	南都丼	184⑦
	紅葉の賀の興を—し	121	管絃曲	216⑩
	是皆秋の興を—して	8	秋興	48⑭
	忘れぬ信に徳を—す	34	海道下	80⑫
	秋の菓色を—す	73	筆徳	135⑫
	緑もふかき色を—す	90	雨	161⑤
	神徳いよいよ威光を—す	108	宇都宮	194②
	浅紅芬郁の色を—す	111	梅花	199⑨
	甲乙の尊容数粒を—す	129	全身駄都	228⑭
	今将えならぬ色を—す	132	源氏紫明	235①
	感応日々に光を—す	135	聖廟超過	241⑪
	もみぢのころぞ興は—す	150	紅葉興	262⑭
	猶此霜にぞ色を—す	168	霜	289⑬
	檀信福寿を—すとかや	103	巨山景	187⑤
	此花に—す徳はなし	151	日精徳	異315⑤
	霜夜にこゑを—すなるは	169	声楽興	291⑮
	倶羅を—すも風なり	95	風	170⑬
ますかがみ(増鏡)	託思の—	107	金谷思	191⑥
ますだのいけ(増田の池)	思—る限は	26	名所恋	67⑬
ますます(倍)	利生は—あらたなり	136	鹿島霊験	242④
	東関—おさまりて	65	文武	126③
	—心を直くす	158	屛風徳	274②
	感応—さかりなり	62	三島詣	119⑩
	利益鎮に—なり	131	諏方効験	231⑬
	柳営の繁昌—なり	138	補陀落	244⑤
	玉の台に誕生の奇瑞—に	129	全身駄都	228⑤
	東漸の光—に	129	全身駄都	229②
	武威—に盛なり	172	石清水	296⑤
	世々に—光をそへ	163	少林訣	283⑫
ますみのかがみ(真澄の鏡)	—とりしでて	101	南都霊地	182⑩
まだ(未)	—明ぬに別を催す	70	暁別	130⑭
	—小夜ふかき火鈴の声	103	巨山景	186⑨
	人ごころいさ—しらず	23	袖湊	64⑬
	我—	106	忍恋	両337⑪
	我—しらぬ篠のめの	106	忍恋	190⑩
	我—しらぬしののめ	160	余波	278⑪
	—巣の中なるひな鶴	16	不老不死	56④
	—染やらぬ紅葉ばの	57	善光寺次	109⑩
	—人なれぬ荒駒も	156	随身諸芸	両340⑧
	露も—ひぬ槙の葉の	167	露曲	288⑤
	—みぬ湯本早川	34	海道下	80④
	—睦言も尽なくに	107	金谷思	191⑩
	—夜深きにとながめしは	5	郭公	46⑧
	—夜をこめし明ぐれの	75	狭衣妻	139③
	—夜をこめて鶏の	34	海道下	79⑥
	行末は—我しらぬ白河の	35	羇旅	82③
	尋ばや—我しらぬ遠山鳥の	48	遠玄	98⑦
	いまぞきく—わがしらぬむしあげの	75	狭衣妻	139⑦
まだき	朝ゐる雲の朝—	39	朝	87④

	恋すてふわが名は—竜田河	21	竜田河恋	62⑧
またな・し(又なし)	立ならぶたぐひ—く	158	屛風徳	273⑧
	—く覚し名残の	105	五節末	189⑤
またね(又寝)	或は別に—して	58	道	111⑬
	—の夢の余波かは	83	夢	152⑦
	—の夢のなごりなれば	39	朝	87②
まだら(斑)	呉竹の—なりしは	71	懐旧	131⑭
まだらか(斑)	湘浦に竹—なり	69	名取河恋	130②
まちい・づ(待出)	忠臣朝を—づる	11	祝言	52⑫
	時—づる谷の戸に	143	善巧方便	253⑫
	明王の徳を—で	80	寄山祝	146⑫
まち・う(待得)	日影を—えざりけるは	6	秋	47⑤
	たのむよすがと—えては	132	源氏紫明	234⑫
	花—えても百千度	14	優曇華	54⑧
	秋—えてやわたるらむ	150	紅葉興	262⑫
まぢか・し(間近)	—き世の事なれど	129	全身駄都	229④
まちまち(区々)	何も奇瑞—なり	172	石清水	296⑧
	将来のむかしは—なれど	129	全身駄都	228⑬
	方角—なれども	114	蹴鞠興	205⑪
	終に善巧の道—に	143	善巧方便	254⑦
	—の利益を施す	135	聖廟超過	240⑪
まちみ・る(待みる)	暫やさても—ん	19	遅々春恋	61④
まちやう(摩頂)	此は釈尊—の付属を受	120	二闡提	213⑤
まつ(松)	じよくんが塚の秋の—	48	遠玄	98②
	緑みじかき岩根の—	115	車	208③
	瓦の—老たり	153	背振山	268⑤
	年旧—がうらしま	26	名所恋	68⑬
	並たてる安部野の—に	51	熊野一	102⑫
	青嵐—に音信る	94	納涼	168⑫
	猶若宮の—にすむ	34	海道下	80⑩
	ちとせを遠く—にすむは	16	不老不死	56④
	岡辺の—に積る雪の	32	海道上	77①
	岡べの—にや通らむ	31	海路	75⑧
	—に齢をなぞらへても	38	無常	84④
	一村雨も森戸の—の	31	海路	76②
	染残しける岩根の—の	106	忍恋	190⑫
	身にしむ—の秋かぜも	116	袖情	209⑫
	—の価をたづねけん	149	蒙山謡	261⑤
	深山の—の嵐も	152	山王威徳	267⑥
	—の嵐も通きて	7	月	48②
	—の上に声有て	60	双六	115⑨
	高砂の尾上の—の枝さしそへて	12	嘉辰令月	53⑬
	泰山五株の—の陰	42	山	90⑧
	しらずがほなる—の風の	24	袖余波	66①
	岩ねをトる—の門	49	閑居	99⑦
	陵園妾が—の門	68	松竹	129④
	今日をや—の梢の	132	源氏紫明	235⑪
	枝かはす軒端の—の木高き陰	15	花亭祝言	55⑦
	—の声をも送りける	149	蒙山謡	261⑥
	丁固が夢の—の字	122	文字誉	219⑤

	涼しき—の下陰	30	海辺	74④
	三伏の—の下風	140	巨山竜峯	248⑭
	—の下葉も紅葉する	150	紅葉興	263⑧
	—の末葉にをく霜のつもりて	14	優曇華	両325④
	緑の—の竜田山	171	司晨曲	294③
	きかん事を—の戸に	5	郭公	46①
	星霜ふるき—の戸の	67	山寺	128⑦
	—の枢を出たるや	92	和歌	166②
	ちらぬみどりの—の葉	68	松竹	129②
	あとをたる—のはしら竹のかき	68	松竹	129⑦
	天童爰に跡をたる—の柱	68	松竹	両328③
	—の柱竹の垣	68	松竹	両328⑤
	居垣の—の葉散事なく	92	和歌	166⑪
	知や何に嵐に咽ぶ—の響	119	曹源宗	212④
	—のひびきにかよふは	68	松竹	129③
	かはらぬ—の緑の	56	善光寺	108①
	千年の—の緑も	80	寄山祝	146⑬
	—のみどりも末遠く	154	背振山幷	269②
	流は—の源をうけ	141	巨山修意	249⑨
	千株の—の下には	67	山寺	127⑪
	—の行あひの木枯に	40	夕	87⑫
	いはねの—のわかみどり	38	無常	84⑫
	瓦の—の若緑	103	巨山景	186④
	いとかく堅き岩にも—は生なる	21	竜田河恋	62⑫
	—は千年万年の栄へなれど	135	聖廟超過	240⑭
	手向草の—はとこしなへに	103	巨山景	異310⑧
	—吹嵐滝のひびき	163	少林訣	283⑥
	—吹風のつれなきは	95	風	171①
	栗原あねはの—までも	28	伊勢物語	異306⑨
	瓦の—も徒に	98	明王徳	177⑪
	後こそ—も栄はしれ	168	霜	290⑪
	汀の—もひこはへて	62	三島詣	121①
	こずゑはそも岩代の—やらん	54	熊野四	105②
	入江の—をあらふ浪の	51	熊野一	102⑬
	子の日の—を引てこそ	41	年中行事	88⑭
	秋の風—をや払けん	170	声楽興下	292⑦
まつがえ(松が枝)	常盤かきはの—に	142	鶴岡霊威	252⑥
	終に紅葉ぬ—の	10	雪	50⑥
	神も我をや—の	52	熊野二	103⑫
	叡爵にあづかる—の	90	雨	161④
まつがね(松が根)	渚の—磯間伝ふ	91	隠徳	164⑦
	渚の—年を経て	33	海道中	78⑩
ま・つ(待)	恨わび—たじ今はのうき身にも	164	秋夕	285⑧
	利益をここに—たしむ	62	三島詣	119④
	光陰人を—たずして	119	曹源宗	212⑧
	風の力を—たずして	151	日精徳	264⑧
	あだなりや日影を—たぬ槿の	167	露曲	289④
	ゆふべを—たぬあさがほの	40	夕	両333③
	今来の岡にぞ—たるなる	5	郭公	46⑪
	猶うらめしくや—たるらむ	10	雪	50⑨

	我のみ—たるるこころ迷ひ	115	車	208⑩
	—たるる物とは我宿に	5	郭公	45④
	猶又しゐてぞ—たれける	103	巨山景	187①
	—たれてぞ名謁郭公	58	道	110⑬
	人の勧を—たんや	47	酒	97⑥
	陽花の声は勅を—ち	114	蹴鞠興	207⑦
	いつかと—ちし朝日影	97	十駅	175⑪
	竜華を—ちてや流らむ	96	水	172④
	さりともと真土の山の—つかひも	26	名所恋	68①
	鶏已に鳴ぬれば忠臣朝を—つとかや	171	司晨曲	293⑭
	帰こん程をば—つとし契つつ	127	恋朋哀傷	225⑧
	—つとしもなき音信の	21	竜田河恋	63③
	竜華の朝を—つなる	109	滝山等覚	196⑥
	—つに命ぞとかこちても	74	狭衣袖	138③
	何を—つにか藤壺の	107	金谷思	191⑬
	—つに深行空よりも	171	司晨曲	294⑨
	五月—つ花橘の花も実も	29	源氏	73⑪
	—つ日はきかず日比へて	5	郭公	45⑩
	廟に鶏を—つ賓	97	十駅	176④
	閻浮の朋をぞ—つべき	127	恋朋哀傷	226⑥
	有明の月—つ程の手ずさみに	50	閑居釈教	99⑭
	月—つ程の手ずさみに	94	納涼	168⑫
	暮を—つ間のくるしきは	164	秋夕	285⑤
	—つ間も程なき世をしらで	84	無常	153⑪
	—つ宵の鐘の響	107	金谷思	191⑨
	—つ宵深行鐘の声	168	霜	290①
	—つ夜むなしき袖の氷	161	衣	280③
	—つらん婦をはやみん	77	馬徳	142⑬
	あまのまてがた—てしばし	21	竜田河恋	62⑩
まづ(先)	—いひわたる中河の岩漏水のと託ても	112	磯城島	202②
	—孝の始とこそ聞	99	君臣父子	179③
	大織冠と相ともに—この興を催す	114	蹴鞠興	205③
	—この勝嶺の雲をわけ	154	背振山幷	269⑤
	—この鷹を賞ぜらる	76	鷹徳	140⑥
	効験を顕しも—此道の徳たり	155	随身競馬	270⑩
	—この山にあらはれ	55	熊野五	107①
	駒なべて—さきだつは涙にて	36	留余波	82⑪
	我—前にと争数の下に	60	双六	116⑧
	我—前にと勝鞭を	156	随身諸芸	271⑫
	—作文筵を展つつ	135	聖廟超過	240②
	子の日を—賞ぜらる	78	霊鼠誉	143⑩
	—松壖を礼すれば垂跡を顕す大弁才	130	江島景	230⑥
	—其あやまる所を知となり	78	霊鼠誉	異313⑩
	釈尊八相の成道も—其すがたをあらはす	38	無常	85③
	—其姿を説れしも	87	浄土宗	157⑭
	—そへ歌をはじめとし	112	磯城島	201③
	—夫観音大士は三部の中には蓮華部	120	二闡提	213⑥
	—鼓の勝負を申は	156	随身諸芸	271⑧
	天—生て地后に定り	152	山王威徳	266⑨
	—二世の悉地の標示ならむ	140	巨山竜峯	248⑨

	―は木曽路の桜の花籃	131	諏方効験	232⑫
	されば―は三聖震旦に出つつ	72	内外	133⑩
	―は時雨そむらんやな	6	秋	47⑩
	―は十六の大国	59	十六	112⑩
	―は崇山の旧き跡	103	巨山景	186③
	―は青陽の名におふ春の春庭楽や	61	郢律講	118①
	―は青陽の初に	44	上下	93①
	―は野口の大日堂	138	補陀落	244③
	―は風輪最下の安立より	95	風	169⑩
	―は雪間の若菜卯杖つき	43	草	91⑪
	―腸を断とかや	169	声楽興	291⑨
	―遙に本地を訪へば	134	聖廟霊瑞	237⑦
	―は我朝仏法最初の執政	129	全身駄都	228④
	南枝の初花―開け	111	梅花	199⑧
	我も―詣て三島の玉がき	34	海道下	79⑭
	―身を濯ぐ礼儀をなし	136	鹿島霊験	242⑦
	―冥応を垂たまふ	149	蒙山謡	261⑪
	―目にかかる釣殿	144	永福寺	255⑫
	―目に立て見ゆるや	156	随身諸芸	272④
	青衫―や潤し	116	袖情	209⑧
	―女三の宮を見たてまつれば	29	源氏	73②
まつかげ(松陰)	心竊に―の	122	文字誉	219④
	涼しき風を―の	144	永福寺	255⑪
まつかぜ(松風)	調に通ふ―	82	遊宴	151①
	琴の音に峯の―通ふらし	170	声楽興下	293①
	―琴を掛	139	補陀湖水	246⑥
	名残も身にしむ―に	160	余波	278⑤
	―の音ふきかへすまくず原	40	夕	両333④
	吹下すみねの―は	102	南都幷	185②
	誰―を契けん	159	琴曲	275④
まつかぜ(松風)　※巻名	源氏の巻にも―野分ぞ	95	風	170③
まつご(末後)	猶又―の一句あり	119	曹源宗	212⑮
まつだい(末代)	―悪世の凡夫の	152	山王威徳	267⑬
	―濁世の根機には	59	十六	114③
	下―につたはる	44	上下	94⑨
	―までのしるしも	154	背振山幷	269⑭
	利益は―を鑑てや	128	得月宝池	227⑦
まつたう・す(全)	つゐに勅命を―す	131	諏方効験	233⑧
	夫天命を―するは	63	理世道	121⑦
まつたけ(松竹)	―二は君がよはひの若緑	68	松竹	両328⑥
まつちのやま(真土の山)	さりともと―の待かひも	26	名所恋	68①
まつのをのみやうじん(松の尾の明神)	―は王城ちかく鎮座し	68	松竹	129⑥
	―は王城鎮護の垂迹	68	松竹	両328①
まつもと(松本)	つづける木陰の―	52	熊野二	103⑫
まつもとのみやうじん(松本の明神)	―と号したてまつる	114	蹴鞠興	205⑦
まつや(松屋)	階下の月卿―の雲客	155	随身競馬	271②
まつよひ(待宵)	―の鐘の響	107	金谷思	191⑨
	―深行鐘の声	168	霜	290①
まつらがた(松浦潟)	西ははるかに―	153	背振山	268⑬
まつらがは(松浦川)	いつのたよりを―	173	領巾振恋	298⑩

まつらひめ(松浦姫)	袖巾振し—	116	袖情	210③
まつらぶね(松浦舟)	誰を指てか—	79	船	145⑫
まつり(祭)	四境の—ぞ目出き	171	司晨曲	295⑦
	えならぬ—なれや	108	宇都宮	194⑤
まつりごと(政)	若菜を奏する—	44	上下	93②
	百練くもらぬ—	45	心	94⑭
	和暖を奏る—	59	十六	113②
	蝗を呑し—	63	理世道	121⑫
	三皇に恥ざる—	88	祝	159⑤
	縄を結びや木を刻みし—	95	風	169⑫
	又立帰る—	98	明王徳	176⑬
	古今累代の—	104	五節本	187⑪
	上帝に拱する—	123	仙家道	220⑥
	濁らぬ道ある—	155	随身競馬	271①
	帝の賢き御代の—	13	宇礼志喜	両325①
	—あまねからず	63	理世道	122③
	累代の—いまに絶ず	159	琴曲	276②
	累代の—かしこくして	16	不老不死	55⑬
	くもらぬ—清くして	143	善巧方便	253⑧
	御代の—くもらず	144	永福寺	254⑪
	—くもらねば	46	顕物	96④
	—陰なく	146	鹿山景	257④
	—直なる十六の国の風たり	59	十六	異307⑩
	縄を結びし—に	122	文字誉	218③
	曇らぬ—に影をそへ	34	海道下	80⑪
	世の—に徳おほし	98	明王徳	177⑬
	くもらぬ—に光をそへ	131	諏方効験	231⑫
	国を守り—に光をそへ	135	聖廟超過	241②
	国の—による	46	顕物	96③
	建長の昔の—の	103	巨山景	186③
	末を受たる—の	136	鹿島霊験	242②
	さながら—のためなり	158	屛風徳	273⑭
	累代の—は天の下にくもりなく	63	理世道	123①
	累代の—は白馬の節会駒牽	77	馬徳	142⑧
	—無為なりと	151	日精徳	264⑩
	若菜を備る—も	78	霊鼠誉	143⑨
	明王のくもらぬ—も	129	全身駄都	228⑮
	くもらぬ—もみちひろく	163	少林訣	283⑬
	—を諫き	63	理世道	122⑨
	—をかたどる	61	郢律講	117⑫
	—をなすのみか	73	筆徳	両328⑨
まつゐだ(松井田)	誰—にとまるらん	56	善光寺	109③
まと(的)	鉄石の—も穿やすく	166	弓箭	287③
まど(窓)	青嵐—すさまじく	67	山寺	127⑪
	凡嶺嵐—に音信	141	巨山修意	249⑫
	残月—に傾て	7	月	47⑭
	—に望し友ならむ	113	遊仙歌	203⑩
	孫康が—には	10	雪	50⑫
	韋提の愁の—には	81	対揚	149⑩
	楊家の深き—に養はれ	93	長恨歌	167①

	—の間のうたたね	68	松竹	129③
	かすかに残る—の中	8	秋興	49⑧
	草庵の—の燭	49	閑居	98⑪
	花月の—に交には	160	余波	276⑫
	一心三観の—の前	97	十駅	175⑩
	青嵐—を過る声	95	風	170⑦
	信心の—を照しては	57	善光寺次	110⑥
	坊舎—をならべて	67	山寺	128⑧
まどうつあめ(窓打雨)	—のさめざめと	50	閑居釈教	100⑦
	—のよるの床	27	楽府	70⑫
まどか(円)　＊円月(ゑんぐわつ)	満月の光—なり	66	朋友	127⑧
	像は石岩を帯て—なるも	73	筆徳	136⑭
	正覚の月—に	59	十六	114⑥
	内証の月—に	108	宇都宮	192⑧
	得月光—に	140	巨山竜峯	248⑬
まどかにさとる(円に覚る)　※円覚寺	寺号は—月殊にいさぎよく	146	鹿山景	257⑪
まどほ(間遠)	—の衣袖さえて	30	海辺	74⑩
まなこ(眼)	眺望—にうかぶより	92	和歌	166⑥
	或は双—に鏡を夾み	77	馬徳	異311⑧
	四望—にきはまらず	130	江島景	230⑥
	—に遮る類は又	35	羇旅	81②
	—は穿なんとせしかども	27	楽府	70⑩
	—まさにうげなんとす	33	海道中	78⑧
まな・し(間なし)	忘る—きは暁思ふ鳥の空音	24	袖余波	65⑪
	今日よりは—く時雨の	9	冬	49⑩
	—く時雨の布留の神杉や	9	冬	49⑩
	わするる—く忘られぬ	40	夕	88②
まなじり(眥)	阿遮一睨の—	62	三島詣	120②
	様々の—こまやかに	134	聖廟霊瑞	237⑧
まな・ぶ(学)	朝に聖代の昔を—び	71	懐旧	131⑪
	又蒼頡が文字を—び	122	文字誉	218④
	賢を—びては愚をともなふ事なかれ	63	理世道	122⑩
	桑門の姿は—べども	160	余波	277①
	善柳下恵を—んで	119	曹源宗	213①
	—んでも鶏足の教儀に	141	巨山修意	249⑦
まに(摩尼)	—勝地の中にも玉体行儀の砌には	110	滝山摩尼	196⑫
	猶又勝たりしは光明夫人—仙女	59	十六	113⑫
	—宝殿の徳用	129	全身駄都	228⑥
	妙法一乗—宝王	167	露曲	289③
まね・く(招)	口ずさみつつ—きけん	91	隠徳	164④
	撥して—く在明の月や	133	琵琶曲	236④
	ほのかに—く夕まぐれ	6	秋	47⑥
	ほのかに—くかしの薄	125	旅別秋情	222⑬
	しばしとまれと—くかは	116	袖情	209⑭
	西に入日を—けども	173	領巾振恋	298⑬
まのあたり(眼前)　＊がんぜん	—賢き跡をたれ	135	聖廟超過	240⑩
	—結縁絶ずして	57	善光寺次	110⑦
	長甲—如来の説義をうけつたへ	114	蹴鞠興	204⑫
	—遺身玉耀の厳を拝悦せし	129	全身駄都	227⑭
まばら(疎)	真屋のあまりに—なれば	32	海道上	77⑤

	—にふける板びさしに	125	旅別秋情	223⑨
	—にふける杉の屋	145	永福寺幷	256⑧
	—に見ゆる梢までも	100	老後述懐	180④
まひ(舞)	雪を廻す—の姿	113	遊仙歌	204③
	青海波の—の袖	41	年中行事	89⑮
まひびと(舞人)	臨時の祭の—	2	花	42⑨
まひびめ(舞姫)	—ともにまゐるめり	104	五節本	188⑤
	五節の—の参の夜	41	年中行事	89⑮
ま・ふ(舞)	上—ひ下歌て	151	日精徳	264⑥
	鳳の—ふかと疑はれ	95	風	170⑥
まへ(前)　＊おまへ	月の明なる—	8	秋興	49⑦
	硯を—にをきてこそ	165	硯	286⑨
	—には蒼海漫々として	110	滝山摩尼	197⑧
	—には諸天擁護をめぐらす	140	巨山竜峯	248⑨
	—には玉の轡をならべ	72	内外	135④
	—には摩訶調御の伽藍甍をならべ	147	竹園山	259⑩
	—をば過て登花殿	104	五節本	188⑤
まへじま(前島)	陸よりわたれば—の	33	海道中	78⑭
まほ(真帆)	—にあたれる舟乗すらし	31	海路	75③
	—の追風朝嵐にや	95	風	171③
まぼ・る(守)	等持の城を—りつつ	97	十駅	174⑫
	五常を堅く—りてぞ	97	十駅	173⑫
	終を—るにしくはなし	98	明王徳	177⑧
まぼろし(幻)	夢—をたのめども	168	霜	290⑨
まみえ・く(看来)	白鹿—きたりしかば瑞鹿山の号ありき	146	鹿山景	257⑤
まみ・ゆ(目見)	なを光殊にや—えけん	133	琵琶曲	236⑦
	周文いまだ—えずして	98	明王徳	177⑤
	恒沙の仏も—え給ふ	85	法華	154⑫
	岩頭に千手—え給ふ	110	滝山摩尼	197③
	朝まつりごとに—えつつ	64	夙夜忠	123⑭
	君王の側に—えつつ	93	長恨歌	167②
	閨だにあるを—えばと	113	遊仙歌	203⑧
まもり(守、護)	近き—に相副し	131	諏方効験	233⑦
	帝都花洛の—にて	142	鶴岡霊威	252④
まも・る(守)	漢高を—つし張良	81	対揚	149①
	帝都を—らむがためには	137	鹿島社壇	243⑦
	竊に臥竜は地を—り	140	巨山竜峯	247⑭
	君をぞ—りたてまつらむ	16	不老不死	57②
	等持の城を—りてや	102	南都幷	185⑥
	国を—り政に光をそへ	135	聖廟超過	241②
	功臣忠有ば国を—る	45	心	94⑫
	国を—る功あつし	65	文武	125⑬
	朝天を—る事	152	山王威徳	267①
	仏法王法を—る事	152	山王威徳	267⑭
	あるてふ御代を—るなる	102	南都幷	184⑧
	甍を—る鳳の翅は	144	永福寺	255②
	君を—る弓取の	76	鷹徳	両326⑥
	くもらぬ代をぞ—るらし	173	領巾振恋	298⑥
	里をもさこそ—るらめ	52	熊野二	103③
	馬を—る霊猿	77	馬徳	143③

まや(真屋)	東屋の—に恋しければ	125	旅別秋情	223①
	—のあまりにまばらなれば	32	海道上	77⑤
	雨そそき—の余もなれじとや	90	雨	162④
まゆ(眉)	—かきて心ぼそしとも	100	老後述懐	180①
	—かきて細長ければ	27	楽府	71③
	—は恒娥の月を送らんに	113	遊仙歌	203⑭
	緑の—も透扇のさして忘れぬ	124	五明徳	222②
まゆずみ(黛)	窄衣裳青—	27	楽府	71③
	紅の顔翠の—	113	遊仙歌	203⑬
	みだるる袖の—	116	袖情	210④
まゆみ(檀、真弓)	—八入(やしほ)の紅葉	150	紅葉興	263⑩
	武は又梓弓—槻弓とりどりに	88	祝	159⑧
まよひ(迷)	暫やすらふ—あり	84	無常	153④
	屢霧の—かとよ	134	聖廟霊瑞	239⑨
	猶昨日の夢の—ならん	50	閑居釈教	100⑪
	迷の中の—なり	22	袖志浦恋	64⑧
	何なる—成けん	25	源氏恋	67②
	一方ならぬ—にも	28	伊勢物語	71⑧
	よしや—のこころなれど	162	新浄土	282②
	—の中のまよひなり	22	袖志浦恋	64⑧
	暗き—の六の道に	122	文字誉	218⑮
	霧の—や晴にけん	109	滝山等覚	195⑫
	かかる—を思ふにも	89	薫物	160⑬
	—を凡と名付つつ	163	少林訣	282⑤
まよ・ふ(迷)	冥き道には—はじ	167	露曲	289⑥
	つもりて路は—はず	10	雪	50⑩
	老馬は雪にも—はず	77	馬徳	143①
	君にぞ—ふ道は—はずと	10	雪	51③
	君にぞ—ふ道は—はずと	10	雪	両330④
	君には—ふ—ひても	20	恋路	62②
	友—はせる小夜ちどりの	30	海辺	74⑤
	友—はせる旅人は	6	秋	47③
	—はぬ道ある奥や	103	巨山景	186⑬
	浅き深きに—はねば	92	和歌	166⑤
	きみにや道を—はまし	118	雲	211③
	都の道や—ひけん	77	馬徳	142⑪
	しほたれ山に—ひつつ	26	名所恋	68⑥
	その原や道にあやなく—ひつつ	45	心	95⑥
	—ふ心のはてぞうき	69	名取河恋	130⑤
	あやなく—ふ恋路の	18	吹風恋	59⑧
	我のみ—ふ恋の路かは	74	狭衣袖	138①
	立騒ぐ雲にしばしは—ふとも	118	雲	211⑦
	恋には—ふならひの	24	袖余波	65⑬
	恋路に—ふならひの	157	寝覚恋	272⑩
	行末もしらず—ふは	20	恋路	62①
	あなしの風に—ふは	95	風	170⑪
	—ふ闇路を引導は	97	十駅	175④
	帰りて—ふ闇路をも	160	余波	278⑫
	夕に鳥立に—ふ雪も	10	雪	50⑭
	絶々—ふ横雲	107	金谷思	191⑪

	無明の闇にや―ふらむ	97	十駅	175④
	夢路も我を―へとて	58	道	111⑭
まり(鞠)	―に興をすすめしは	114	蹴鞠興	206⑪
	―の懸に二重鶏冠	150	紅葉興	262⑭
	桜をよきて木の間をわくる―は	114	蹴鞠興	206⑮
まれ(稀、希)　＊たぐひまれ	行かふ人や―ならむ	48	遠玄	98⑤
	並べる態や―なりけむ	159	琴曲	276⑧
	行かふ人ぞ―なりし	93	長恨歌	167⑪
	―なる秋の気色に	74	狭衣袖	137⑥
	―なるたぐひと聞からに	113	遊仙歌	203⑦
	―なる契の岩枕	164	秋夕	285①
	たすくるためしは―なるに	160	余波	278⑬
	かつみる人も―なれば	49	閑居	99⑨
	―に逢夜を驚かす	70	暁別	130⑬
	天羽衣―に来て	171	司晨曲	294②
	天の羽衣―に来て	14	優曇華	両325⑤
	隠て―に知とかや	91	隠徳	163⑨
	―に開る優曇華の	14	優曇華	54⑧
まれら(稀、希)	山路に人―なり	35	羇旅	81②
	閑谷人―也	55	熊野五	106⑤
まろ(丸)	―は田に立いとなみに	5	郭公	46④
まろがたけ(まろが長)	井筒にかけし―	28	伊勢物語	72⑨
まろのわうじ(万呂の王子)	―の神館	54	熊野四	105⑤
まゐり(参)	五節の舞姫の―の夜	41	年中行事	89⑮
まゐ・る(参)	上陽人が古も―りし時は十六	59	十六	113⑪
	歩を運べば我も先―りて	34	海道下	79⑭
	后町より―るなる	104	五節本	188⑨
	舞姫ともに―るめり	104	五節本	188⑤
	―れば願を満塩の	51	熊野一	102⑬
まんえふ(万葉)	侍臣に仰せし―	92	和歌	165⑩
まんおくしゆたふ(万億種塔)	供養舎利者起―	129	全身駄都	229⑫
まんぐわんごんげん(満願権現)	彼―の御名には	139	補陀湖水	247⑥
まんぐわつ(満月)	―の光円かなり	66	朋友	127⑧
まんさう(蔓草)	悲歎を―のこと葉にのす	65	文武	125⑨
まんざん(満山)	―の護法にいたるまで	55	熊野五	106⑨
まんじゆまんだら(曼珠曼荼羅)　※香	―摩訶曼荼羅	89	薫物	異303⑩
まんじゆらく(万秋楽)	弥勒慈尊―	121	管絃曲	216⑮
	伝ふ今此慈尊―	169	声楽興	292②
まんじん(慢人)	五千の―は筵を巻て去にけん	85	法華	155⑦
まんだ(曼荼、曼陀)	―の聖衆に連ては	120	二闡提	213⑨
	―の聖衆の外ならねば	72	内外	異308⑤
	いはんや毘盧遮那―の荘厳	143	善巧方便	254⑤
	―の花芳しく	97	十駅	176⑤
	四種―の花ぞ降	2	花	43②
	花は―の春の霞	130	江島景	230⑧
まんてん(万天)	―に霜や満ぬらん	171	司晨曲	294⑫
まんまん(漫々)	海―	30	海辺	両333⑨
	海―たり年々に	30	海辺	74⑪
	―たる雲の波	118	雲	211⑤
	前には蒼海―として	110	滝山摩尼	197⑧

海は—として波を浸す　53 熊野三　104①

み

み(子)

花開—成恵と思ば　131 諏方効験　233③

み(身)　＊我—

—こそうき世にさすらへども　58 道　111①
中正通智の—とならば　58 道　112④
哀をかくる—とならば　81 対揚　149⑥
沈もはてぬ—と成て　30 海辺　74⑧
やすらひ終ぬ—となりて　38 無常　85④
よしやただやがてまぎるる—ともがな　107 金谷思　191⑬
露の仮言もかからぬ—に　20 恋路　62③
福禄は—に阿梨　114 蹴鞠興　207⑧
—にいたづきの入もしられず　89 薫物　160②
—におはずや見えけん　112 磯城島　201⑭
数にもあらぬ—にしあれど　147 竹園山　259⑨
彼此其—に随態として　156 随身諸芸　272⑧
御—にぞ副られし　160 余波　278⑧
—にそふ老を返し足　114 蹴鞠興　207⑦
うき面影を—にそへて　18 吹風恋　60②
名残も惜く—にそへて　75 狭衣妻　139⑧
みよりの方を—にそへて　76 鷹徳　141④
—にはならはぬ恨と　126 暁思留　224⑥
心なき—にも哀はしられけり　164 秋夕　285⑧
立舞べくもあらぬ—の　25 源氏恋　67③
逢瀬をだにもたどる—の　26 名所恋　69②
網代木のうき瀬の浪に捨し—の　73 筆徳　136⑤
芭蕉泡沫電光朝露に替ぬ—の　84 無常　153⑪
思つく—のいかなれば　89 薫物　160②
其—の薬成けむ　99 君臣父子　179⑧
浮たる此—のさすらひて　54 熊野四　105⑦
—の正きに順影　98 明王徳　177⑧
凡其—の為体　78 霊鼠誉　143⑩
朝露にかはらぬ—のはては　84 無常　両331⑥
此—の—を知がほにして　86 釈教　155⑬
—のゆがめるを刷ひ　158 屏風徳　274②
露かかるべき—のゆくゑ　173 領巾振恋　298⑪
—は化波の心地して　24 袖余波　66③
年経ぬる—は老ぬるか　32 海道上　76⑫
其—は賤といひながら　28 伊勢物語　71⑥
—を秋風のいたづらに　173 領巾振恋　298⑭
—を徒になすのみか　97 十駅　173⑤
—を萍の根を絶て　19 遅々春恋　61④
—を浮雲の類とか　170 声楽興下　292⑬
—を浮浪の下までも　107 金谷思　191⑦
たまたまかかる—を受て　50 閑居釈教　100②
又衆苦に—をかへて　120 二闡提　両339④
さても鵙退の—をかへりみて　76 鷹徳　異308⑪
富士の煙に—をこがし　92 和歌　166⑦

	—を木枯の風のをとに	168	霜	290③
	思へばはかなや—をさらぬ	24	袖余波	66②
	其—をしばしばやどしをきて	123	仙家道	220⑬
	先—を濯ぐ礼儀をなし	136	鹿島霊験	242⑦
	—を捨て何をたづねん	50	閑居釈教	100④
	岩墻淵の隠に—を捨ても	18	吹風恋	59⑩
	仮の其—を手向ば	131	諏方効験	232⑤
	—を尽ても逢見けん	19	遅々春恋	61⑤
	—をつめば霜の下なる冬枯に	100	老後述懐	180③
	鷹の姿に—をなして	76	鷹徳	両326⑧
	誰為に—をば売てか薫永	99	君臣父子	178⑪
	うき瀬に—をばしづめけん	173	領巾振恋	298⑩
	衆苦に闡提の—をまかす	62	三島詣	120⑧
	忍辱の梶に—を任せ	86	釈教	156⑮
	四生の巷に—を任せ	134	聖廟霊瑞	237⑩
	望らくは無仏の境に—を枉て	120	二闡提	213⑪
	緑珠が—をも捨けん	23	袖湊	65⑨
	人をも—をもとばかりに	69	名取河恋	129⑭
	人をも—をも何とかこつ覧	115	車	両337②
	—をもはなれぬ理ぞ	162	新浄土	281⑫
	恋路に—をやかへけん	19	遅々春恋	61⑦
	御—をやすめ給しかは	137	鹿島社壇	両340⑪
	八尺の屛風は五尺の—を宿せしむ	158	屛風徳	273⑧
	其—をわかちし道には又	143	善巧方便	254②
みにし・む(身に染む)	吹風の目に見ぬからに—みて	18	吹風恋	59⑧
	野分の風も—みて	40	夕	88①
	透間の風はさらでも—む	157	寝覚恋	273①
	—む秋の風に聳	131	諏方効験	232⑭
	—む秋の風にみだるる霧に咽て	159	琴曲	275⑨
	—む秋の初風	95	風	171②
	—む秋の夕かぜ	81	対揚	149⑬
	—むかぜにもろくちる	38	無常	84⑬
	—む風の便だに	19	遅々春恋	60⑬
	—む風をも厭はず	99	君臣父子	178⑬
	—む声を吹立る	61	郢律講	118④
	わきて風も—むころは	122	文字誉	219⑧
	—むばかり恋しきは	168	霜	289⑩
	—む松風に	160	余波	278⑤
	—む松の秋かぜも	116	袖情	209⑫
	秋かぜ—む夕ばへの	82	遊宴	150⑭
	秋は—む夕とて	161	衣	280⑧
みにはし・む	法施の声ぞ—む	110	滝山摩尼	198③
みをしるあめ(身を知る雨)	—の槇の屋に	90	雨	162⑤
	—のをやみなく	73	筆徳	136⑦
み(実)	五月まつ花橘の花も—も	29	源氏	73⑪
みあれ(御禊・御忌)	—の葵のかつらと	43	草	91⑭
	—の比やさかへん	4	夏	44⑨
	葵の上の車争ひ—の物見車は	115	車	208⑥
みいくさ(皇師)	—利あらず見えしかば	172	石清水	296⑮
みえわ・く(見分)	—かぬ姿の池の玉藻がくれや	91	隠徳	164⑨

みえわた・る(見渡)	故々敷ぞ―る	135	聖廟超過	240⑥
みおろ・す(見下)	直下と―せばしほみ坂	33	海道中	78⑧
	直下と―せば蓬が島も遠からず	110	滝山摩尼	197⑧
みかき(御垣、御墻)	玉の―あざやかに	62	三島詣	119⑪
	星をつらぬる―に	108	宇都宮	193⑥
	今に宰府の―にあらためず	135	聖廟超過	241①
	―に絶ぬ御溝水	10	雪	51②
	其神山の―には	155	随身競馬	270⑫
	さればや大内の―にも	17	神祇	57⑫
	―の光や是ならん	16	不老不死	55⑫
	さかふる―の一松	103	巨山景	187④
	我大君の―をみがく	11	祝言	異301⑩
みかきもり(御垣守)	大内山の麓には右に近き―	135	聖廟超過	240⑩
みが・く(磨、瑩)	―かばなどか―かざらむ	22	袖志浦恋	64⑩
	誰かは心を―かざらむ	50	閑居釈教	100③
	さまざま光に―かれて	110	滝山摩尼	197⑮
	光を蒼崛のほしに―き	97	十駅	175⑥
	日に―き風に―き	98	明王徳	176⑫
	塔婆を三十三天の月に―き	129	全身駄都	228⑧
	玉を連て光を―き	143	善巧方便	253⑥
	九輪半天に星を―き	103	巨山景	異310⑤
	戒珠の光を―きし	135	聖廟超過	241⑧
	明暮心を―きつつ	45	心	94⑭
	誠の心を―きつつ	51	熊野一	101⑪
	一真の台を―きつつ	97	十駅	174⑪
	金師子像を―きつつ	97	十駅	176①
	玉章玉を―きつつ	102	南都幷	185③
	清き光を―きつつ	128	得月宝池	227③
	日月の光を―きつつ	134	聖廟霊瑞	238⑩
	月は―きて千年の影	122	文字誉	219⑮
	堂鏡を―いては	138	補陀落	245⑨
	朱丹をまじへて―きなす	173	領巾振恋	298⑤
	経論玉章の文を―く	67	山寺	128⑨
	光を―く玉篠の	81	対揚	150①
	千顆万顆の玉を―く	108	宇都宮	193①
	鏡を―く諍ひ	85	法華	155④
	露をも―く事なかれ	75	狭衣妻	139⑮
	我大君の御垣を―く玉しぎの	11	祝言	異301⑩
	鏡を―くよそほひ	15	花亭祝言	55⑤
	明月涙をや―くらん	79	船	146①
	くもらぬ影を―くらむ	122	文字誉	219①
みかぐら(御神楽)	内侍所の―	41	年中行事	90①
	清暑堂の―に	104	五節本	188②
みがくれ(水隠)	―にいきづきあまり早河の	18	吹風恋	60⑤
	―の沼のあやめのながき根	91	隠徳	164⑧
みかげ(御影)	―くもらずみそなはし	166	弓箭	287⑧
	今も大君の―くもらぬ甑び	112	磯城島	200⑭
	神の―ぞやどるなる	96	水	異310②
	陰らぬ―の	99	君臣父子	178⑥
	さこそは―を仰けめ	132	源氏紫明	235⑬

	賢き—を仰つつ	45	心	95①
	民も久き—を仰ぐ天下	11	祝言	53①
	三笠山に—をさし	137	鹿島社壇	243⑧
	久き—をすましむ	108	宇都宮	192⑬
	潔き—を清しめ	135	聖廟超過	241④
	春日のどけき—をそへ	101	南都霊地	182⑫
	—を垂てここにすむ	52	熊野二	103②
	和光の—をや照らむ	156	随身諸芸	272②
みかさ(水かさ)	—まさりぬや五月雨に	4	夏	44⑪
みかさやま(三笠山)	さしてもいはじ—	88	祝	159⑭
	名にしほふ—	144	永福寺	254⑬
	栄木高き—に	156	随身諸芸	272③
	—に御影をさし	137	鹿島社壇	243⑧
	—の家の風	160	余波	277⑩
みかさのやま(三笠の山、御笠の山)	万代と—ぞよばふなる	11	祝言	両324⑨
	指て—のかひ	102	南都幷	184⑦
	—の春日影	80	寄山祝	146⑦
みかづき(三日月)	おぼろにかすむ—	7	月	48⑩
	おぼろにかすむ—	7	月	異305⑦
	弓にや似たらん—の	125	旅別秋情	223⑬
	ゆふべ迎る—の	164	秋夕	285⑥
	—弓張居待の月	78	霊鼠誉	143⑭
みかは(参川)	—なる蜘手にかかる八橋の	33	海道中	78③
みかはみづ(御溝水)	御墻に絶ぬ—	10	雪	51②
	大内には—	96	水	異310②
みかほ(御貌)	正に尊神の—を拝せし	130	江島景	231③
みき(三寸)	誰かは是を—といはざらむ	47	酒	異314⑤
	—を勧る砌には	82	遊宴	150⑩
みぎ(右)	左に莅み—に顧に	145	永福寺幷	256⑥
	—に其姿をかざりなす	78	霊鼠誉	異313⑪
	—に対して幽華	156	随身諸芸	272④
	—に近き御垣守	135	聖廟超過	240⑩
	大公望を得てこそ車の—に乗けれ	115	車	207⑪
みぎは(汀)	さなぎの—にうかぶなるも	131	諏方効験	232⑨
	凍る—に風さえて	35	羇旅	82①
	—にくだくる空貝	53	熊野三	104③
	—に砕るうつせ貝	91	隠徳	164⑧
	むかひの—につのぐむ	51	熊野一	102⑥
	—にとめし水の字は	122	文字誉	219⑪
	—になびく池の面	1	春	42②
	—に並立人給の	115	車	異312①
	苅ほす—の岩根の床に	31	海路	75⑬
	峯の雪—の氷ならねども	20	恋路	61⑭
	—の氷踏わけて	103	巨山景	186⑬
	—の氷峯の雪	10	雪	51③
	—の氷峯の雪	55	熊野五	106⑤
	—の千鳥うちわびて	168	霜	289⑭
	—の浪に並寄て	144	永福寺	255⑦
	—の浪のよるは涼しき	94	納涼	168⑫
	—の浪や凍らん	95	風	170⑭

夏は—の蓮葉の涼しき風にや 89 薫物 160⑦
—の砂のかずかずに 15 花亭祝言 55⑨
—の松が根磯間伝ふ 91 隠徳 164⑦
—の松もひこはへて 62 三島詣 121①
影ろふ—は朝日山の 94 納涼 169④
—は妙なる薫香風に充満り 128 得月宝池 226⑨
ふく—や凍るらむ 34 海道下 80②
みぎはがくれ(汀隠)
—の冬草の枯ゆく哀に 74 狭衣袖 137⑥
みぎり(砌)
晩涼興を催す— 94 納涼 168⑥
終には楽音樹下の— 121 管絃曲 217⑪
抑家門繁昌の— 174 元服 異301⑦
いづくにか等き—あらん 140 巨山竜峯 249①
草創最初の—かとよ 146 鹿山景 257⑤
御賀の—四方拝 158 屏風徳 274⑮
朝夕慇懃の—として 148 竹園如法 260②
神仙の妙なる—とは 113 遊仙歌 203③
楽み栄る—なり 89 薫物 161②
楽久しき—也 45 心 両334⑨
迦葉の隠し—なれ 91 隠徳 165①
誠に勅会の—なれば 172 石清水 297⑦
いとこよなき—なれや 144 永福寺 255⑬
酔をすすむる—に 3 春野遊 43⑨
抑法華説期の—に 71 懐旧 132⑭
神さびたる—に 137 鹿島社壇 243①
凡彼勝地の—に 62 三島詣 両334⑤
遊覧もただこの—にあり 145 永福寺幷 256⑥
影なびく—に加りしより 134 聖廟霊瑞 238⑩
此—にしくはなく 128 得月宝池 226⑫
法興寺の—にして 114 蹴鞠興 205③
さればや霊験霊場の—にして 176 廻向 異315⑨
妻戸の—にたたずめば 104 五節本 188⑥
流を此—にたたへしかば 108 宇都宮 192⑫
東海湖水の—にとどむ 138 補陀落 244⑭
猶此—に遠からず 135 聖廟超過 241⑤
花厳海会の霊場の—に望て 103 巨山景 異310⑥
孟嘗君が—には 44 上下 93⑧
いはんや興宴の—には 47 酒 97⑤
八幡勧請の—には 62 三島詣 120④
三寸を勧る—には 82 遊宴 150⑩
燕子楼の—には 107 金谷思 191④
玉体行儀の—には 110 滝山摩尼 196⑫
獅子国臨幸の—には 129 全身駄都 228⑧
楽音樹下の—には 170 声楽興下 293⑥
諸仏出世の—にも 169 声楽興 290⑭
此—にやあらはれん 14 優曇華 54⑫
この—にやさかへん 80 寄山祝 146⑭
此—にや備らん 15 花亭祝言 55⑨
抑霊社の神垣や—の梢月冴て 171 司晨曲 295⑧
猶さば是等の—のみか 102 南都幷 185⑧
寂莫たる—は 146 鹿山景 258③

	王宮耆山の—も	81	対揚	149⑪
	王宮耆仙の—も	81	対揚	両330⑥
	弥勒常座の—より	96	水	172④
	此—を先として	114	蹴鞠興	205⑬
みくさ(水草)	—の色や緑の池	102	南都幷	184⑪
	板井の水も—ゐて	9	冬	49⑫
みくさのたから(三種の宝)	—を奉り	172	石清水	295⑭
みくし(御首)	千仏—を出して	109	滝山等覚	196①
みぐし(御髪)→おんぐしヲミヨ				
みくづ(水屑)	はやき瀬の底の—と書つけし	75	狭衣妻	139⑨
みくまののかみ(三熊野の神)	—もろともにみそなはせば	12	嘉辰令月	53⑩
みくら(御倉)	蔵人—の小舎人を	104	五節本	188④
みけん(眉間)	—の光地を照す	109	滝山等覚	196①
みこ(御子)　＊おんこ	馬頭一男の—としては	108	宇都宮	193③
	第六代惶根の尊の—なり	62	三島詣	119④
	最殊なりし—なり	172	石清水	296⑦
みこし(御輿)	—をこえて傍伝ひ	55	熊野五	106④
みこしがさき(見越が崎)	はや鎌倉を—	34	海道下	80⑦
みこと(尊)	天照太神は霊(くしび)に異しき—にて	172	石清水	295⑭
	伊弉諾伊弉冉のふたりの—計て	17	神祇	57⑨
みことのり(詔、御事法、御尊法、尊法、御宣)	凡三世の諸仏の—	38	無常	85①
	もらさず賢き—	63	理世道	123⑦
	三千に普き—	87	浄土宗	157⑪
	五復奏の—	98	明王徳	177⑩
	忉利天に一夏説れし—	99	君臣父子	179⑦
	いとも賢き—	109	滝山等覚	195④
	つゐに南無仏の—	129	全身駄都	228⑥
	丞相の尊筆の—に	135	聖廟超過	241⑧
	—に異ならず	172	石清水	296②
	天児屋根の—の末を受たる政の	136	鹿島霊験	242②
	鼠心と説るる—も	78	霊鼠誉	145②
	仏の—を受持して	85	法華	155⑩
みごもり	うき—の玉柏	173	領巾振恋	299①
みさい(微細)	—の霧空はれて	128	得月宝池	227①
	—の霧晴ざれば	97	十駅	176②
みさか(御坂)	—をこえてやすらへば	53	熊野三	104①
みさけび(三叫)	巴峡の哀猿の—	50	閑居釈教	100⑧
みさご(鶚)	—ゐるあら磯きはの島巡り	130	江島景	230⑨
みさほ(操)	雅妙の—にして	113	遊仙歌	203⑮
みさやままつり(御射山祭)	—は七月の末	131	諏方効験	232⑭
みじか・し(短)	緑—き岩根の松	115	車	208③
	—き契のはてしなく	38	無常	84⑩
	春の夜いと—く	93	長恨歌	167④
	秋の夜—く明なんとす	70	暁別	131①
	夢路の末こそ—けれ	173	領巾振恋	299②
みしま(三島)　＊さんたうみやうじん(三島明神)	詣て—の玉がき	34	海道下	80①
みしまえ(三島江)	葦の若葉を—や	51	熊野一	102⑥
みしまゆふ(三島木綿)	神さびまさる—	62	三島詣	120⑪
	神さびまさる—	62	三島詣	異304⑥
みしめ(御注連)	北野の—に顕し	135	聖廟超過	240⑮

	—にかかる白木綿	17	神祇	58①
	絶ぬは—の玉かづら	88	祝	159⑪
	吾建杣の七の—を崇らる	155	随身競馬	270⑭
みしめなは(御注連縄)	絶ぬ誓の—	35	羇旅	81⑬
	手向の王子の—	53	熊野三	104②
み・す(見)	放光の瑞を—せつつ	97	十駅	175⑤
	入方—せぬとうたがひしも	66	朋友	127①
	わが衣手を—せばや妹に	19	遅々春恋	61⑩
	そことも姿をいかが—せん	78	霊鼠誉	144⑥
	君ならで誰にか—せん	111	梅花	199⑪
みすぐ・す(見過)	—しがたき稲葉ね	54	熊野四	105⑤
	—しがたきひまかとよ	114	蹴鞠興	206⑬
	—しがたき古郷に	89	薫物	160⑥
みせう(微笑)	迦葉の—に伝れり	163	少林訣	282⑨
	拈華—の時到る	119	曹源宗	211⑬
みそ(三十)	—廿四十とかぞへし碁の	60	双六	116①
みそなは・す(御座)	朝餉に—し	39	朝	86⑫
	神もろともに—し	122	文字誉	219⑮
	太宗臥興—し	158	屏風徳	273⑬
	御影くもらず—し	166	弓箭	287⑧
	あらぶる神も—して	112	磯城島	202④
	檀信の台を—して	140	巨山竜峯	247⑩
	地祇も—す	17	神祇	57⑪
	いまもかはらず—す	35	羇旅	81⑬
	其こころざしを—す	108	宇都宮	193⑤
	くもらぬ御代を—す	138	補陀落	244⑦
	諸仏と兼て—す	162	新浄土	281⑪
	天照神や—すらむ	11	祝言	異301⑪
	世を平にや—すらん	88	祝	159⑬
	神もろともに—せば	12	嘉辰令月	53⑩
	諸仏も共に—せば	85	法華	154⑪
	左右に梵釈の聖客も—せば	146	鹿山景	257⑩
みその(御園)	さかふる—の百千度	82	遊宴	異302⑦
みそもじあまり(三十文字余)	和歌—の言の葉は	122	文字誉	218⑦
みそもじあまりひともじ(三十文字あまり一文字)	八雲の風を伝ふ—は	112	磯城島	200⑬
みぞれ(霙)	—にかはる冬の雨	90	雨	161⑭
みだ(弥陀)	—の悲願勝たり	162	新浄土	281⑩
	倩思へば—は又	162	新浄土	281⑫
みだぐわん(弥陀願)	帰命頂礼—皆即得不退涅槃会	86	浄土宗	157⑧
みたけ(三たけ)	—のこひが博堂には	60	双六	116⑩
みだ・す(乱)	糸を—して吹風	167	露曲	288③
みたび(三度)	—髪をあぐるは	64	夙夜忠	123⑬
	—食をおさめず	64	夙夜忠	123⑬
みたやもり(御田屋守)	早苗をいそぐ—	43	草	92②
みたらし(御手洗)	其名も賀茂の—と	62	三島詣	120⑬
	げに—のみづかきの	108	宇都宮	192⑬
みたらしがは(御手洗河)	—にやのこすらむ	161	衣	280②
	—の瑞籬に	59	十六	113③
	—の流の	137	鹿島社壇	243⑤
みだり(猥)	開ても—に疑はざれ	87	浄土宗	157⑨

	—に木叉の戒を犯す	160	余波	277①
みだりがは・し(猥、濫)	風に和しては—しく	83	夢	152⑫
	緩くうたひ—しく乙でてや	93	長恨歌	167⑦
みだ・る(乱)	外には五常を—らざる	72	内外	135①
	今に位次を—らざる家例までも	135	聖廟超過	240⑬
	玉を連て—らず	134	聖廟霊瑞	237⑭
	万機いかがは—らむ	143	善巧方便	253⑤
	玉にまがふ露を—り	125	旅別秋情	223⑬
	むすびもあへずや—るらむ	40	夕	88⑥
	葉分の風にや—るらむ	81	対揚	150①
	帰雁行をや—るらん	166	弓箭	287⑩
	身にしむ秋の風に—るる霧に咽て	159	琴曲	275⑩
	—るる袖の黛	116	袖情	210④
	—るる蛍の光より	167	露曲	288④
	夕天に—るる蛍は	40	夕	両333③
	さこそは袖に—れけめ	71	懐旧	132⑩
	進み退き—れず	114	蹴鞠興	207④
	いまに—れずとこそ聞	109	滝山等覚	195⑭
	たまらず—れて	124	五明徳	222①
	—れておつる涙の	175	恋	異306①
	—れてしほぜの浪やかけん	31	海路	75⑫
	—れて玉を連らむ	110	滝山摩尼	197⑮
	風に—れて並たてる	114	蹴鞠興	206⑫
	霞—れて花の雪	143	善巧方便	253⑪
	軒も—れて吹風に	32	海道上	77⑩
	—れてむすぶ白露	8	秋興	49①
	箭並—れて武の	131	諏方効験	232⑮
	刈萱のやいざ—れなん	25	源氏恋	67①
	つらを—れぬ雁がね	66	朋友	126⑩
	—れぬべき物をな	1	春	42①
	—れぬべくぞ覚る	29	源氏	73④
	誰手枕にか—れん	22	袖志浦恋	64①
	誰手枕にか—れん	22	袖志浦恋	両326①
みだれ(乱)	四域の—を静なる	171	司晨曲	295⑦
みだれあし(みだれ蘆)	末葉に浪こす—の	30	海辺	74③
みだれと・ぶ(乱飛)	夕殿に蛍—ぶ	69	名取河恋	130⑤
みだればし(乱橋)	踏とどろかす—の	56	善光寺	109②
みだれは・つ(乱終)	—てぬればみちのくの	69	名取河恋	130①
みだれびやうし(乱拍子)	陵王の半帖よりの—	59	十六	113⑧
みち(道、路)	空仮の二の中なる—	50	閑居釈教	100⑤
	書死風死ざる—	73	筆徳	136①
	召の内侍の進—	104	五節本	188①
	悟り入にし実の—	124	五明徳	222④
	立田山を思をくりし夜半の—	28	伊勢物語	異306⑨
	夫真俗—明かなれば	143	善巧方便	252⑪
	諸芸—多しといへども	114	蹴鞠興	205⑧
	我のみまよふ恋の—かは	74	狭衣袖	138①
	競馬の—興を催事	155	随身競馬	270⑥
	都を出る—すがら	51	熊野一	102②
	伝し—ぞ賢き	77	馬徳	142①

陳平張良が心の—ぞかしこき	45	心	両334⑧
いはんや陰陽の—ぞげに	58	道	111⑪
わたらぬ—ぞなかりける	122	文字誉	218⑧
六道能化は定れる—たり	120	二闡提	213⑩
臣の臣たる—とかや	44	上下	92⑬
取々なる—とかや	55	熊野五	106⑮
此郢曲の—とかや	176	廻向	異315⑧
いさめる心を—として	78	霊鼠誉	異313⑩
隠て床敷—とす	91	隠徳	164③
水萩の孝を—とす	96	水	171⑨
賢き—とは云つべき	58	道	112⑦
蒼波—遠し	30	海辺	73⑭
遠里小野の—遠み	48	遠玄	98⑤
皆へだてこし—遠み	54	熊野四	105③
終に行—とも知で	38	無常	異307②
巴卭も仙家の—とをし	82	遊宴	異302⑧
げに敷城島の—なくば	92	和歌	166⑨
人遣ならぬ—ならなくに	20	恋路	62④
人やりならぬ—ならなくに	132	源氏紫明	235③
功臣のいとなむ—なり	63	理世道	122①
前朱雀の望は長生不老の—なり	114	蹴鞠興	205⑬
えならぬよひの—なれど	104	五節本	188⑦
翅のかへらぬ—なれば	69	名取河恋	130③
我からゆかんの—なれば	86	釈教	157②
そもいちじるき—なれや	130	江島景	230⑩
今はいなばといひし—に	127	恋朋哀傷	225⑦
その原や—にあやなく迷ひつつ	45	心	95⑥
—に歩をすすめつつ	130	江島景	230⑤
到事聖凡の—にあらず	119	曹源宗	211⑪
情を餞別の—に顕す	56	善光寺	107⑬
都の—にいそがはしく	11	祝言	53③
誰かはまことの—に入らむ	77	馬徳	143⑤
哀逢がたき—に入ば	54	熊野四	105⑧
戦場の—に趣しに	131	諏方効験	233⑦
子を思ふ—にかはらねば	62	三島詣	120①
随他の—に帰りつつ	87	浄土宗	異303⑧
まことの—にさそへかし	160	余波	278⑩
悟の—にぞ入ぬべき	131	諏方効験	232⑥
此—にぞ携る	114	蹴鞠興	205⑪
直なる—に立帰り	151	日精徳	264⑩
此—に長じましまして	114	蹴鞠興	205⑥
明けき左文の—に双ぶ	155	随身競馬	270③
凡此—に名をえたりしは	60	双六	115②
陳平張良が心の—にはせかれき	45	心	95⑩
其身をわかちし—には又	143	善巧方便	254③
冥き—にはまよはじ	167	露曲	289⑥
鷹の—に誉ありて	76	鷹徳	141⑩
揀択の—にもとどこほらず	147	竹園山	259③
仕—に物うからず	64	夙夜忠	124③
猶其—にもはずれず	134	聖廟霊瑞	238①

子を思ふ—にや掻くれむ	99	君臣父子	178⑭
勝疎からぬ—にや仕けむ	156	随身諸芸	272⑧
—にや仕けん	156	随身諸芸	両340⑦
進まれぬ—に行々も	134	聖廟霊瑞	238⑮
岩根の—の岩かど	91	隠徳	164⑧
此二歌は此—の歌の実を	112	磯城島	201④
子を思ふ—の老のなみ	160	余波	278⑫
檜原の—の鐘のこゑ	163	少林訣	283⑦
やすらふ—のかへるさ	100	老後述懐	180③
勝たる—の帰敬として	138	補陀落	244⑧
ただ此—のしるべなり	112	磯城島	202④
誠の—のしるべは	49	閑居	98⑫
東の—の—の末	136	鹿島霊験	242③
下てはるけき—の末の	52	熊野二	103⑪
勝たる—の聖跡	108	宇都宮	192⑪
先此—の徳たり	155	随身競馬	270⑩
げに此—のはじめかは	109	滝山等覚	195⑪
踏みる—のひとつだに	160	余波	277③
ただ此—の誉なり	65	文武	126②
ただ此—の誉也	155	随身競馬	270⑧
玉鉾の—の—たる家の風に	134	聖廟霊瑞	238⑨
—の—たるは常の—にはあらざれば	58	道	110⑪
行かふ—のよろづたび	62	三島詣	119⑮
菩提の—の縁となる	64	夙夜忠	124⑫
瑞籬の久しき—は	141	巨山修意	249⑨
西寺におこなふ—はあな尊と	61	郢律講	118⑦
—は氏を賞ずる芸として	156	随身諸芸	271⑭
問べき—は絶ぬべし	167	露曲	289②
風を移し俗を易る—はただ	121	管絃曲	216③
—は盤折	55	熊野五	105⑬
友にはなるる—はなし	66	朋友	両339⑩
つもりて—はまよはず	10	雪	50⑩
君にぞ迷ふ—はまよはずと	10	雪	51③
君にぞまよふ—はまよはずと	10	雪	両330④
日晩—はるかにしては	113	遊仙歌	203②
くもらぬまつりごとも—ひろく	163	少林訣	283⑬
内外に百種の—広し	97	十駅	173③
外に済度の方便—ひろし	129	全身駄都	228②
終に善巧の—区に	143	善巧方便	254⑦
文字にはやすらふ—もあらじ	122	文字誉	219②
いたらざる—もあらじかし	134	聖廟霊瑞	237⑪
世渡る—もいさやさば	157	寝覚恋	272⑩
—もさすがにしられつつ	53	熊野三	104⑨
—も去あへぬ花の雪	152	山王威徳	267④
行—もしられつつ	55	熊野五	106⑫
おこなふ—も知れつつ	157	寝覚恋	異314⑪
理世の—も備り	92	和歌	165⑧
わりなき—もたどられき	104	五節本	187⑬
和歌の浦や—もむかしにかへる浪の	112	磯城島	202⑨
都の—や迷けん	77	馬徳	142⑪

	こはいかにして—やらむ	60	双六	116⑬
	ただこの音律の—より出とかや	159	琴曲	275⑫
	暗き—より厭きて	97	十駅	176③
	真俗—別れつつ	97	十駅	175③
	沢辺の—を朝立て	56	善光寺	108②
	仁義の—を仰べき	97	十駅	173⑫
	くもらぬ—をあらはすのみならず	124	五明徳	221⑥
	渡天の—をいさめんと	129	全身駄都	229⑤
	外には詐れる—をいとひ	135	聖廟超過	240⑫
	仙の—を得ざりき	83	夢	異303③
	政行の—を興にも	169	声楽興	291①
	或は—を重して	160	余波	278⑬
	汝が好長ずる—を感じて	60	双六	115⑨
	万州に—をさかへしむ	98	明王徳	177⑭
	忠勤の—を先とす	99	君臣父子	179⑥
	花山は古き—をしたひ	112	磯城島	201⑧
	遠く唐のや文の—を忍つつ	71	懐旧	132⑫
	代々に絶せぬ—を知	112	磯城島	201①
	尋る—をしるべにて	83	夢	152⑧
	精進の—をばすすむとも	141	巨山修意	249⑭
	—を直くして	63	理世道	122⑪
	—を伝家を起し	64	夙夜忠	123⑨
	ひとつも闕ては—をなさず	72	内外	133⑨
	小康の—をばしらじはや	58	道	111①
	親疎の—を隔てず	98	明王徳	176⑩
	きみにや—を迷はまし	118	雲	211③
	されば忠臣の—をも	68	松竹	128⑭
	然ば—を求る叢	128	得月宝池	226⑫
	—をや外にたどるらむ	84	無常	153③
	ゐるさの—をや廻らん	34	海道下	80③
	或は五常の—をわかつなり	122	文字誉	218①
	守文草創の二の—を分し	65	文武	125④
	をしふる—をわすれざれ	63	理世道	122⑥
	何か善巧方便の—を教とせざる	143	善巧方便	253⑦
みちあ・り(道あり)	詩歌を書に—り	158	屏風徳	273⑪
	まよはぬ—る奥や	103	巨山景	186⑭
	—る時の賢に	42	山	91⑥
	往反の—る常盤山は	147	竹園山	259⑪
	濁らぬ—る政	155	随身競馬	271①
みちしあ・り(道しあり)	藪しもわかず—る御代の	144	永福寺	254⑪
	やぶしもわかず—れば	88	祝	159④
	つみしる恵の—れば	102	南都幷	184⑨
	あまねき利物の—れば	131	諏方効験	232③
みちあるみよ(道ある御代、御世)	げにこの—として	114	蹴鞠興	異311④
	つかふる—なれば	39	朝	86⑨
	後の嵯峨野の—の	105	五節末	189②
	天より降す玉鉾の—のいまも猶	17	神祇	57⑨
	—の栄花の花の花盛	132	源氏紫明	235⑭
	情をほどこす—の恵也	100	老後述懐	181①
	昇はうれしき位山の—は治り	80	寄山祝	146⑪

	しきしまの—はくもりなく	122	文字誉	219⑭
	—はのどかにて	62	三島詣	120⑮
	曇ぬ光は玉鉾の—をや照すらむ	11	祝言	52⑩
みち・く(満来)	—くるしほの弥ましに	30	海辺	74①
	—くる紅葉の色殊に	150	紅葉興	262⑨
みちしば(道芝、路芝)	涙にあらそふ—の露の情も	107	金谷思	191⑤
	—の露をたぐいにかこちても	70	暁別	131⑥
	—ふかきあさ露を	106	忍恋	190⑩
みちつかひ(道つかひ)	大宮人の—進み退きみだれず	114	蹴鞠興	207③
みちとせ(三千年)	—に生てふ菓の	123	仙家道	220⑦
みちのく(陸奥)	心づくし—忍ぶの奥	23	袖湊	65②
	心のおくは—の	28	伊勢物語	71⑦
	書絶ぬれば—の	26	名所恋	68⑮
	奥にあるてふ—の	48	遠玄	98⑨
	みだれはてぬれば—のしのぶもぢずり	69	名取河恋	130①
みちのおく(陸奥のおく、陸の奥)	霞を隔る—の	88	祝	159⑩
	—の終は何の旅ならむ	35	羇旅	82⑦
みちび・く(導、引導、導引)	妙荘厳王を—きし	81	対揚	149⑧
	石清水を—きて	34	海道下	80⑧
	火宅の内を—く	72	内外	134④
	迷ふ闇路を—くは	97	十駅	175④
みちみち(道々)	—に長ぜる人を得給ふ	60	双六	115④
	—の名匠	109	滝山等覚	195⑩
みちゆきびと(道行人)	玉鉾の—にこととはん	56	善光寺	108⑮
みちゆきぶり(道行ぶり)	思ふどちは—もうれしくて	57	善光寺次	109⑪
みちよ(三千代)	—の霞を重ても	82	遊宴	異302⑦
みつ(三)	高麗百済新羅—の韓国を随へて	142	鶴岡霊威	252②
	抑—の湖水を湛て	139	補陀湖水	246①
	ねがひを—のみね	130	江島景	230⑦
	蓬萊方丈瀛州のや—の山こそ	42	山	90⑧
	ねがひを—の山をならべ	109	滝山等覚	194⑬
	二もなく—もなき	85	法華	155③
み・つ(満)	塩—ち塩干の入江の浦々の	30	海辺	異305②
	落葉階に—ちて	93	長恨歌	167⑭
	万天に霜や—ちぬらん	171	司晨曲	294⑫
	二聖の誓巷に—つ	120	二闡提	213⑬
	円満無碍の巷に—つ	131	諏方効験	231⑪
	尺に—つ白雪の	10	雪	50⑤
	願を—つのしほかぜも	32	海道上	77⑬
	遍願望—て給へ	110	滝山摩尼	異311①
	庭には—てり	15	花亭祝言	55⑥
	蘇多覧般若の声耳に—てり	55	熊野五	106⑬
	耳に—てる秋なり	164	秋夕	284⑦
	耳に—てる物は是	35	羇旅	81②
みちみ・つ(充満、満盈)	汀は妙なる薫香風に—てり	128	得月宝池	226⑩
	瓔珞珠簾—てり	89	薫物	異303⑪
みづ(水)	宵暁の去垢の—	51	熊野一	102①
	夕立過る谷の—	58	道	111④
	灑水加持五瓶の—	96	水	171⑦
	三代まで汲し三井の—	96	水	172④

岩間をくぐる谷の—	110	滝山摩尼	197④
音羽の山の滝の—	96	水	両329①
清水寺の閼伽の—	96	水	両329①
さそふ—あらばとよめるは	96	水	172③
—あり是なみだの滝	173	領巾振恋	298③
荷葉湛々と—清く	89	薫物	161①
胎金両部の—清し	109	滝山等覚	195⑤
薪こり菜摘—汲ことはりも	154	背振山幷	269⑨
滋きあやめに—越て	5	郭公	46⑦
張子が池の—こそ	165	硯	286④
春の—氷を漲る流あり	95	風	169⑧
又金の阿字の—すみて	109	滝山等覚	195⑭
御溝の—玉を含む	133	琵琶曲	236⑤
此硯の—ならんかし	165	硯	286⑦
心の—なれば	163	少林訣	283①
日夕の露をあらそふ行—に	84	無常	153⑨
紅蓼色さびしき秋の—に	164	秋夕	284⑧
—にあまたの徳を聞	96	水	171⑪
—に浮べる昔より	79	船	145⑧
行—に算(かず)書がごと跡なき世と	84	無常	153⑨
行—に数かくがごとく	84	無常	両331④
六行の—濁やすく	97	十駅	174①
—にすむてふ蝦の声も	45	心	95④
—に住てふ蛙は	112	磯城島	201①
懸樋の—に袖ぬれて	96	水	172③
雲の碓—につきづきしく	123	仙家道	220⑪
其名を三井の—にやながすらむ	67	山寺	127⑬
悟真寺の—にややどるらむ	49	閑居	99③
氷の隙の—に居る	171	司晨曲	294⑤
よるべさだめぬ—の	18	吹風恋	60⑤
岩間の—のいくむすび	94	納涼	168⑫
遠巌蒼々たる—の上	96	水	172⑨
海に出たる—の浦	52	熊野二	103⑤
岩洞に淀む—の音	119	曹源宗	212④
風過ぬれば—の面に	163	少林訣	283④
—の面に照月次の程もなく	96	水	両329③
独の乙女子—の傍に	113	遊仙歌	203④
底清き—の柵	94	納涼	168⑧
—のしがらみ行やらで	32	海道上	77④
汀にとめし—の字は	122	文字誉	219⑪
浪にうかべる—の字は	96	水	両329④
せきいるる—の涼しきは	96	水	171⑬
白浪渺々たる—の底	96	水	172⑧
閼伽汲—の絶ずのみ	50	閑居釈教	100⑩
岩漏—のと託ても	112	磯城島	202③
朱娘性呂の—の流	121	管絃曲	217④
—の流て川島の	32	海道上	77⑦
—の流てたえじやとぞおもふ	117	旅別	210⑨
下行—のふかき思	126	暁思留	224⑩
—の外なる色ぞなき	97	十駅	175②

	心の中の—のみぞ	55	熊野五	106⑦
	尽せぬ—のみなもと	123	仙家道	220⑧
	宮河の—の木綿かづら	96	水	172⑪
	跡なき—の夢のただち	24	袖余波	66⑧
	わたらぬ—のわきてなど	21	竜田河恋	62⑧
	鈴鹿河八十瀬の—は遠けれど	96	水	172⑪
	—はながれて春の色	86	釈教	156⑦
	—巴の字を成なる	96	水	171⑫
	宝池の—は瑠璃に透て	144	永福寺	255⑥
	—まさらざらめや	4	夏	44⑬
	竜田の河のまさる—も	150	紅葉興	262⑨
	秋の—漲来は舟さること速なり	81	対揚	150②
	唐紅にくくる—も	150	紅葉興	262⑧
	下行—も上こす波も	44	上下	94④
	さそふ—も流れては	19	遅々春恋	61③
	川瀬の—も早ければ	34	海道下	79⑪
	板井の—も水草ゐて	9	冬	49⑫
	彼等の—をや洒らん	96	水	171⑨
	岩井の—をや結らん	144	永福寺	255⑪
	或は—を納て	98	明王徳	176⑨
みづ(美豆)	行末をはるかに—の	51	熊野一	102⑤
みづうみ(湖)	—には志賀の浦	31	海路	両333⑫
みづかき(瑞籬)	光を和ぐる—にも	120	二闡提	213⑬
	百王の末も—の	55	熊野五	107⑧
	賀茂のみたらしと同流は—の	62	三島詣	120⑭
	恵はかはらぬ—の	72	内外	134①
	流たえせぬ—の	94	納涼	169③
	げに御手洗の—の	108	宇都宮	192⑬
	神さびまさる—の	130	江島景	231⑤
	遇初河の流久しき—の	135	聖廟超過	241④
	後の白河の流久き—の	155	随身競馬	271①
	ながれ久き—の濁らぬ末を	63	理世道	122⑮
	—の久き跡や是ならむ	56	善光寺	108⑧
	—の久しき道は	141	巨山修意	249⑨
	賀茂の—代々を経ても	96	水	異310②
みづかさ(水かさ)	—まさりぬや五月雨に	4	夏	44⑪
みづか・ふ(水飼)	或は朝に幽燕に—ひ	77	馬徳	異311⑦
	しばし—ふ影をだにみん	77	馬徳	142⑭
	しばし—へ影をだにみん	26	名所恋	68⑤
みづから(自)	—畝におり立て	63	理世道	121⑫
	—撰べる跡をとどめ	92	和歌	166④
	—樵のほとりによらむ	47	酒	97⑥
	—是をはからずとも	63	理世道	122⑦
	—しらしめんがためなりき	163	少林訣	282⑬
	—貴き事をしり	81	対揚	149①
	おり立田子の—と	45	心	95⑫
	人—安からず	152	山王威徳	267⑫
みつぎもの(御調物)	絶ずぞ備る—	11	祝言	53②
	いみじき—是なり	159	琴曲	276④
みづぐき(水茎)	五筆の—にあらはせる	122	文字誉	218⑨

	薄墨に書みだしたる―の	73	筆徳	136⑩
	書ながしけん―の上下の字に	44	上下	93⑥
	―のたえぬ名残	124	五明徳	221⑪
	書しるしたる―の流を	114	蹴鞠興	206⑩
	その―のゆくゑも	46	顕物	96⑧
みづぐきのあと(水茎の跡)	凡南山五筆の―	138	補陀落	244⑬
	みぬ世をしたふ―	164	秋夕	284⑤
	かき流しけん―は	22	袖志浦恋	64②
	―も及ばねば	75	狭衣妻	139⑭
	―をやながしけん	150	紅葉興	263⑧
みづぐきのをか(水茎の岡)	見るかひなきは―屋萱原	19	遅々春恋	60⑭
	書絶ぬるか―辺の真葛恨ても	43	草	92⑩
みづくく・る(水くくる)	からくれなゐに―る	173	領巾振恋	298⑨
みつくぬぎ(三椚)	交野の御野の―	76	鷹徳	141①
みづくるま(水車)	逢瀬にかけよ―	22	袖志浦恋	64③
	世を宇治河の―	115	車	208⑨
	―三昧耶のかべしろ	72	内外	異308③
みつけう(密教)	瑜伽―のことはり	91	隠徳	165④
	―の法威鞭加持の	155	随身競馬	270⑨
	―の峯はるかなれば	59	十六	114⑦
みつごん(密厳)	所は―の浄土にて	109	滝山等覚	195⑤
みつざう(密蔵)	―の深旨及がたく	129	全身駄都	228⑨
	―の重宝を納をきて	130	江島景	231③
みつじ(密事)	―の偽らざれば	91	隠徳	164②
みづし(御厨子)	清涼殿の―に	121	管絃曲	216⑧
みつしほ(満潮)	参れば願を―の	51	熊野一	102⑬
	朝―の朝なぎに	39	朝	87⑤
	―の入江の島に潜てふ	31	海路	75⑬
みづつき(七寸)	―を搦手綱なり	156	随身諸芸	271⑪
みづどり(水鳥) ＊すいてう	うき―の音に鳴し	49	閑居	99⑤
	―のおりゐる池田の薄氷	33	海道中	78⑪
みづのうら(水の浦)	海に出たる―	52	熊野二	103⑤
みづのじ(水の字) ＊巴の字、字	汀にとめし―は	122	文字誉	219⑪
	浪にうかべる―は	96	水	両329④
みつのはままつ(三津の浜松)	―の下枝をあらふ浪の	7	月	48④
みづのを(水の尾)	―のいにしへとかやな	24	袖余波	66⑪
みづのをのやま(水の尾の山)	―に住給	42	山	90⑭
みつばよつば(三葉四葉)	―に殿造り	15	花亭祝言	55④
みづほのくに(瑞穂の州)	千五百秋―に天降し	172	石清水	296①
みて(御手)	―なる糸のくり返し	87	浄土宗	158⑬
	弓箭の―に至ては	166	弓箭	287⑭
	宝珠の―に任すなり	120	二闡提	213⑩
	弓矢の―を先とす	166	弓箭	287⑫
みてぐら(幣)	榊―凡勝地を占給ふ	62	三島詣	異304⑥
	榊―ささゆみ	82	遊宴	151⑨
	社壇を何と―の	137	鹿島社壇	242⑭
みてづくり(御手作)	夏六月の―のいねてふ夜の	131	諏方効験	232⑬
みと(御戸)	金の―の玉簾	171	司晨曲	295⑧
みとせ(三年)	―は須磨の浦伝	169	声楽興	291⑬
	早や―を過ぬらむ	37	行余波	83⑦

みどり(緑、翠)	—を送りし二月の	134	聖廟霊瑞	239⑦
	松柏—陰しげく	55	熊野五	105⑬
	—さかりに明にして	149	蒙山謡	261①
	しげみの—しげきに	14	優曇華	54⑨
	春—と夏野の草の葉をしげみ	43	草	91⑩
	蘋蘩の—波に浮	17	神祇	57⑤
	—にさかふる梢は	75	狭衣妻	139⑫
	春は—に見えし若草の	6	秋	47④
	—に見る山あゐの	11	祝言	52⑨
	猶—に三輪の山もと	9	冬	49⑪
	かはらぬ松の—の	56	善光寺	108①
	水草の色や—の池	102	南都幷	184⑪
	立舞袖の—の色は	121	管絃曲	216⑩
	緑珠が—の簪	100	老後述懐	179⑭
	おなじ—の梢なれど	55	熊野五	107②
	珠をつらぬる—の簾	15	花亭祝言	55⑤
	をのをの—の袖をつらね	93	長恨歌	168①
	—の韝は雪の朝に色はへて	76	鷹徳	140⑪
	—の林の中まで	99	君臣父子	178⑨
	—の春の花ぶさ	86	釈教	156⑨
	—の松の竜田山	171	司晨曲	294③
	ちらぬ—の松の葉	68	松竹	129②
	—の眉も透扇のさして忘れぬ	124	五明徳	222②
	—みじかき岩根の松	115	車	208③
	千年の松の—も	80	寄山祝	146⑬
	あけも—も色々に	64	夙夜忠	124③
	緋も—も色異に	156	随身諸芸	271⑨
	松の—も末遠く	154	背振山幷	269②
	—も深き色々を	97	十駅	174⑤
	—もふかき色をます	90	雨	161④
	—も深き春くれば	10	雪	50⑥
みどりのまゆずみ(翠黛)　＊すいたい	紅の顔—	113	遊仙歌	203⑬
みな(御名)	聖上陛下の—に御座	44	上下	92⑭
	偏に—に限れり	87	浄土宗	158⑥
	彼満願権現の—には	139	補陀湖水	247⑥
	各—を顕して	172	石清水	295⑫
	一度—を菊の色	151	日精徳	265①
	賢きむかしの—を留む	39	朝	87⑧
みな(皆)　＊これみな	何ぞととひし人も—	28	伊勢物語	71⑦
	世のわたらひの端も—	60	双六	115①
	歩を運人も—	62	三島詣	119⑮
	是を背く族は—	72	内外	135②
	其薬を嘗る人は—	86	釈教	156⑤
	歓喜踊躍の人は—	87	浄土宗	158⑫
	諸曲の極るところ—	91	隠徳	164③
	風にしたがふ浪も—	97	十駅	175②
	昭陽舎の五人も—	99	君臣父子	179⑥
	八識五重の聖も—	102	南都幷	185⑦
	妻恋かぬる思も—	107	金谷思	192②
	されば歩を運ぶ人は—	109	滝山等覚	195②

初て参詣の人は—	136	鹿島霊験	242⑦
長き契の末も—	136	鹿島霊験	242⑪
目ならぶ梢もなべて—	148	竹園如法	260⑥
踏分て歩を運人は—	152	山王威徳	267④
潘子が興を賦せし—	164	秋夕	284④
歩を運ぶ人は—	46	顕物	異307⑥
いにしへの七のかしこき人は—	66	朋友	両339⑦
——天四海を加護せしむ	131	諏方効験	233⑤
—家々の風に伝れり	88	祝	159⑦
—色々の袖を連ね	155	随身競馬	271②
—大に歓喜をなしつつ	85	法華	155⑩
—思出の妻なれや	35	羇旅	81⑥
—恩徳広大の慈愍にあり	129	全身駄都	229⑩
五音—風にあり	95	風	170⑤
八愷八元は—夏の帝舜の忠臣	59	十六	異307⑩
—二月の事なり	41	年中行事	89②
—久遠の如来往古の薩埵	135	聖廟超過	240⑪
—気色ばみ霞わたれるに	29	源氏	73①
—賢聖の風を仰ぐ便として	124	五明徳	221⑦
—声すみて船子歌	31	海路	75⑮
—自性法身の内証よりや	63	理世道	123④
物—品異にして	76	鷹徳	140④
抑遺教流布は—十六羅漢の擁護なり	59	十六	113⑬
—上下の字におさまる	44	上下	93①
—生滅の形を顕す	163	少林訣	282⑫
—他の有とや成ぬらん	160	余波	279④
やま—寺ある寺作り	103	巨山景	186②
—十六師—ともに	101	南都霊地	183⑭
乃至値遇の結縁者—共に	176	廻向	異315⑪
さむるうつつも—ながら	162	新浄土	282①
—名こそ旧たれやな	121	管絃曲	216⑧
—情を催す媒たり	47	酒	96⑫
—名に負誉有	171	司晨曲	293⑫
説置法の数々も—方便の説ぞとて	163	少林訣	282⑦
皇帝団乱旋は—舞曲の中の秘説なり	121	管絃曲	217②
—舞曲はなけれど	47	酒	97⑨
—へだてこし道遠み	54	熊野四	105③
—本迹不思議の業用	97	十駅	175⑤
—牟尼の善巧より起り	97	十駅	173③
十界六道—漏さず	86	釈教	157③
順縁逆縁—もらさず	131	諏方効験	232③
顕密権実—もれず	85	法華	155③
—故あなる物をな	59	十六	114⑤
—故有てぞや覚る	115	車	208⑬
—故あんなるものをな	169	声楽興	291⑩
—由あむなる物をな	124	五明徳	異312⑪
—我国の神事	17	神祇	57⑧
陰陽—治る	72	内外	133⑨
秋の草—をとろへて	168	霜	290④
十二神将—をのをの一々の擁護を垂給ふ	148	竹園如法	260⑪

	諸聖衆—をのをの因位の誓約に答つつ	144	永福寺	255⑤
	—節をしれる情あり	45	心	95③
みなこの(皆此)	—琴の音に喩ふ	159	琴曲	275⑪
	—大師の恩徳	138	補陀落	244⑥
みなこれ(皆是)	—有為の業報にて	160	余波	278⑨
	—こよなき類なれば	159	琴曲	276⑧
	—善巧誘引の基なれば	143	善巧方便	254④
	—其様異なれど	122	文字誉	218⑤
	—友になずらふ	66	朋友	127②
みなこれら(此等)	—の大将もろともに	16	不老不死	57②
みなその(皆其)	—羽化にや靡らん	166	弓箭	287③
	—後に交立	104	五節本	188⑨
	—事態を先とす	82	遊宴	150⑧
	—内外につらなる	72	内外	異308⑤
	世に—風儀あり	95	風	169⑪
	—睦なつかし	47	酒	97⑥
	—故有やな	114	蹴鞠興	205⑬
みなかみ(水上)	御手流河の流の泉をながす—	137	鹿島社壇	243⑤
	—清き法の水に	50	閑居釈教	100⑩
	—近き程なれや	145	永福寺幷	256⑧
	潁川耳を濯し—ぞ	94	納涼	169②
	吉野の川の—に	105	五節末	189⑭
	—の深誓や故有ん	96	水	異310③
	倩其—の深き誓を思へば	54	熊野四	105⑦
	其—はとなせの滝	44	上下	94②
	石清水の—より	103	巨山景	187④
みなぎり・く(漲来)	秋の水—きたつては	81	対揚	150②
みなぎ・る(漲)	滝水—る音さびし	55	熊野五	107⑥
	雲井に—る白浪は	109	滝山等覚	195⑥
	岩間に—る滝の音	57	善光寺次	109⑧
	春の水氷を—る流あり	95	風	169⑧
みなせ(水無瀬)	長岡—小野の里	28	伊勢物語	72⑩
みなせどの(水無瀬殿)	—に至まで	114	蹴鞠興	206⑨
みなそこ(水底)	—深き猿沢	102	南都幷	184⑪
	—に隠る玉柏	91	隠徳	164⑧
	渚に遠き—の	87	浄土宗	158②
	—の石の面には	153	背振山	268⑦
みなづき(六月)　*りくげつ	今夜ばかりや—の	4	夏	44⑭
	声—の郭公	5	郭公	46⑬
	今ははや夏—の御手作の	131	諏方効験	232⑬
	—の廿日あまりかとよ	160	余波	278⑥
みなと(湊)	袖志の浦袖の—	116	袖情	210②
	船は—にいりあひの	173	領巾振恋	299④
	袖に—の騒まで	28	伊勢物語	71⑧
	—のしほも流の紅葉の色を錦ぞと	150	紅葉興	262⑩
	袖の—のふかくのみ	23	袖湊	64⑫
	—吹こすいなの渡り	95	風	171③
	袖に—やさはぐらん	173	領巾振恋	298④
	—を隔つる出手舟の	30	海辺	74①
みなといり(湊入)	あふことをいまはたいなの—の	26	名所恋	69④

みなみ(南)	城の—に城南寺	155	随身競馬	270⑬
	都の—にすみ給ふ	142	鶴岡霊威	252④
	帝都の—に鎮座す	172	石清水	296⑤
	心を—につかさどる	45	心	両334⑨
	市の—にのぞみし売炭翁は	10	雪	51④
	歩を—に運びつつ	59	十六	113④
	北城の—に光をたる	109	滝山等覚	194⑫
	市の—に遺車	115	車	207⑪
	都の—に男山	41	年中行事	89⑫
	—の岸に雨を帯	102	南都幷	185⑫
	補陁落の—吹風の跡より	95	風	両332③
みなもと(源)	尽せぬ水の—	123	仙家道	220⑧
	万国を治する—	166	弓箭	287①
	抑三木は九酒の—	47	酒	異314③
	—周年に起りしより	96	水	171⑫
	其—ぞかしこき	114	蹴鞠興	206⑩
	勅集の—なりけり	92	和歌	165⑩
	抑垂跡の—の	34	海道下	80⑦
	直なるべき—の絶ぬ泉の	76	鷹徳	両326⑦
	其—の濁なく	88	祝	159⑬
	流は松の—をうけ	141	巨山修意	249⑨
	—を汲てしる	147	竹園山	259①
	其—を汲てしれば	145	永福寺幷	256⑦
	其—を尋つつ	142	鶴岡霊威	252⑤
	其—を訪へば	128	得月宝池	226⑪
みな・る(見馴)	—れぬ渡をたどるらし	56	善光寺	108⑭
みなれがは(見馴河)	下にながるる—	56	善光寺	108⑬
みにく・し(醜)	其質—かりしかど	45	心	95⑨
みね(峯、嶺)	吉野の奥小倉が—	49	閑居	99⑤
	さまざまのねがひを三の—	130	江島景	230⑦
	一乗菩提の西の—	153	背振山	268⑨
	骨肉は毘布羅の—たかく	143	善巧方便	254②
	神徳—高くして	17	神祇	57⑤
	高き—天に横はり	113	遊仙歌	203②
	大慈の—徳たかく	109	滝山等覚	194⑬
	—飛越る憑の雁	159	琴曲	275⑩
	—飛越る春の雁	91	隠徳	164⑥
	—飛わたる鶚の	76	鷹徳	141⑦
	苔路を伝ふ—通り	158	屏風徳	274⑤
	雲に埋む—なれば	55	熊野五	106②
	花は野べに紅葉は—に	6	秋	47④
	智証大師は此—に	109	滝山等覚	196①
	大剣の—に移り	138	補陀落	244⑨
	—より—にかかる雲	48	遠玄	98⑤
	むかひの—に影ふくる	42	山	両327⑤
	残月—に傾く	152	山王威徳	267⑦
	高山の—にくもりなく	97	十駅	175⑫
	いまはの山の—にさへ	107	金谷思	191⑩
	仰ば慶雲—に聳け	140	巨山竜峯	247⑭
	—にたなびくしら雲の	112	磯城島	201②

	白雲—につらなる	173	領巾振恋	298③
	又男山の—には大宮人のかざし折	59	十六	113④
	此—にもろもろの神遊の有しに	159	琴曲	両335⑪
	—に横ぎる朝霞	110	滝山摩尼	197⑬
	夜ふかき暁うきたる—の	83	夢	両331②
	思立より—の秋霧へだてつつ	125	旅別秋情	222⑩
	音すみまさる—の嵐	50	閑居釈教	100⑦
	端山の—の雲の外	5	敦公	45⑥
	—の白雲外にやがて	36	留余波	82⑭
	叡山の—の重宝と	135	聖廟超過	241⑨
	麓の鹿の音—の月	163	少林訣	283⑥
	—の爪木をとりどりに	154	背振山幷	269⑦
	琴の音に—の松風通ふらし	170	声楽興下	293①
	吹下す—の松風は	102	南都幷	185①
	みぎはの氷—の雪	10	雪	51③
	汀の氷—の雪	55	熊野五	106⑤
	—の雪汀の氷ならねども	20	恋路	61⑬
	とだふる—の横雲	70	暁別	131④
	うき立—の横雲は	83	夢	152⑤
	むかへる—は備崎	55	熊野五	106⑫
	—より—はかさなりて	103	巨山景	186⑪
	密教の—はるかなれば	59	十六	114⑦
	さて其—も筑波山	136	鹿島霊験	242⑩
	—より上は富士の山	42	山	両327⑨
	—よりをつる滝下の	55	熊野五	107⑤
	雲さえて雪ふる—を踏分て	118	雲	211③
みねつづき(峯つづき)	彼方是方の—	52	熊野二	103⑨
	むかへる小倉の—	76	鷹徳	141④
	聳て高き—	103	巨山景	186①
みの(簑)	—うらがへす旅衣	32	海道上	77②
みの(御野)	交野の—の桜がり	3	春野遊	44②
	交野の—の朝嵐に	143	善巧方便	253⑪
	交野の—の三栖	76	鷹徳	141①
みのげ(蓑毛)	鷺の—もほしあへぬ	164	秋夕	284⑧
みのごろも(蓑衣)	役の優婆塞の其—	161	衣	280⑨
みのしろ(身代)	かたじけなしや—も	74	狭衣袖	137⑬
みのしろごろも(蓑代衣)	—うちはらふ	94	納涼	168⑪
みのむし(蓑虫)	たが—のきたるらむ	111	梅花	200⑥
みのり(御法)　*のり、ほふ	つゐには—の風吹て	118	雲	211⑦
	逢がたき—の教文	73	筆徳	136③
	つゐに—のこゑすみて	118	雲	異313⑥
	逢がたき—のしるしにて	151	日精徳	265①
	深き—の底までも	130	江島景	230⑩
	妙なる—の園にあそび	101	南都霊地	183①
	—の花にうつさばや	160	余波	278⑪
	—の筵を広くのべ	128	得月宝池	226⑬
	抑様々の—の教は多けれど	77	馬徳	143④
	夫一代教主の—は	122	文字誉	217⑭
	もらさぬ—は有明の	50	閑居釈教	99⑭
	これらの—もくもりなき	45	心	96①

み

	方便の—も様々に	143	善巧方便	254⑥
	現身に—を説たまふ	129	全身駄都	228⑨
	踰闍那講堂の—をも	44	上下	94⑧
みは・つ(見終)	—てぬ夢の名残の	94	納涼	168⑬
みふう(微風)	—宝樹をうごかすのみか	95	風	異309⑪
みふね(御舟)	四十八艘の—にめし	172	石清水	296⑪
	—をとどめし淀の渡	5	郭公	46⑦
みへ(三重)　＊さんぢう	一基—の荘厳	146	鹿山景	258①
みへがさね(三重襲)	璽の扇桜の—に	124	五明徳	221⑪
みほがさき(三穂が崎)	向をはるかに—	34	海道下	79⑨
みまき(御牧)	望月桐原の—にたつ駒	77	馬徳	142⑫
	東の奥の—は君が宝の山とかや	156	随身諸芸	両340⑧
みまくさ(御馬草)	—白馬其駒	77	馬徳	143③
	—儲にせんやな	43	草	92③
みまくさがくれ(みま草がくれ)	—の人目よきて	75	狭衣妻	138⑫
みまくほ・し(見)	—しきなからひの	158	屏風徳	274⑩
みまさか(美作)	尋ね行ては—や	26	名所恋	68⑦
みみ(耳)	目にふれ—にことはるところ	141	巨山修意	249⑭
	目にふれ—にさいぎるたぐひ	49	閑居	99⑪
	蘇多覧般若の声—に満り	55	熊野五	106⑬
	—にみてる秋なり	164	秋夕	284⑦
	—に満る物は是	35	羇旅	81②
	—に悦を声と聞	58	道	112③
	潁川—を濯し水上ぞ	94	納涼	169②
	—を峙て是を聞	169	声楽興	291⑥
みむろ(御室)	ふかき—のはるばると	67	山寺	128⑥
	さても冬籠る—はあな尊と	131	諏方効験	233①
みめう(微妙)	何も—なる中に	169	声楽興	291⑦
	色々の荘厳—にして	108	宇都宮	193⑫
	仏土に—の薫香あり	89	薫物	160⑭
みもすそがは(御裳濯河)	是皆神風や—の	88	祝	159⑪
	—の清きながれをうけつぎ	142	鶴岡霊威	252④
	—の名を流す	96	水	172⑧
みもと(御本)	—にうへけん種のみかは	87	浄土宗	158⑩
	いつか仏の—へと思ふ心を	55	熊野五	106⑭
みや(宮)	雲井に昇る秋の—	132	源氏紫明	235⑬
	あぢきなき月の—	113	遊仙歌	203⑨
	法を授し星の—	138	補陀落	244⑦
	—しき立てゐますがりける	86	釈教	157⑤
	春秋の—におよぼし	143	善巧方便	253⑧
	玄弉戒日王の—にして	101	南都霊地	183⑭
	優婆塞の—の宇治山も	140	巨山竜峯	249②
	優婆塞の—の移て	49	閑居	99⑤
	常寂光の—を出	55	熊野五	106⑩
みやのうぐひす(宮の鶯)	—は百さえづりすれども	27	楽府	71①
みやうが(冥加)	—あらせ給へと誓はしめ	135	聖廟超過	241⑩
みやうがう(名号)	其有得聞彼仏—	87	浄土宗	158⑪
	諸仏菩薩受持—	9	冬	50①
	六字の—にきはまる	122	文字誉	218⑮
	此—にさだまれば	164	秋夕	285⑭

	称我—の心あり	87	浄土宗	157⑬
	—不思議の枢なり	87	浄土宗	158⑧
	一聞一滅重罪	110	滝山摩尼	異310⑫
みやうじ(名字)	さればこの論師の—の	77	馬徳	142④
みやうしきえんろくにう(名色縁六入)	無明縁行より行縁識々縁名色—は	84	無常	153⑦
みやうじやう(明星)	—天子の由ありて	108	宇都宮	193⑥
みやうじやう(明静)	—の徳を開しは	97	十駅	175⑨
みやうじん(明神)	当社—は内証の月円に	108	宇都宮	192⑦
	当社—は遠く異朝の雲を凌て	131	諏方効験	231⑨
みやうぶ(命婦)	彼—が遁れし嵯峨の庵	160	余波	278①
みやうり(名利)	—貪心たえず	58	道	111⑩
	—に誇て戯る	97	十駅	173⑧
みやうわう(明王)　＊めいわう	阿遮多齢の二—	81	対揚	149⑫
	—に左右の二童子	81	対揚	149⑫
みやうゑ(冥会)	夫心鏡—して	138	補陀落	245⑦
みやがは(宮河)	—の水の木綿かづら	96	水	172⑪
みやぎの(宮城野)	想像れし—の	167	露曲	288⑭
みやぎののはら(宮城野の原)	げにさば—	145	永福寺拚	256⑩
みやこ(都、城)	八相成道の無為の—	51	熊野一	101⑨
	太平無為の—ならむ	102	南都拚	185⑦
	久方の月の—に	6	秋	47⑦
	発露を無為の—にうちはらひ	131	諏方効験	231⑪
	—にとめし面影	132	源氏紫明	235④
	月の—の天つ人	133	琵琶曲	236⑥
	—の空も遠ざかり	118	雲	210⑬
	—の土産にいざといはむ	28	伊勢物語	72④
	—の友の行あひ	66	朋友	126⑭
	—の友の行逢	66	朋友	両339⑦
	立し—の名残は	167	露曲	288⑥
	—の外の浦伝ひ	72	内外	134⑪
	—の外の名山	42	山	両327⑥
	—の道にいそがはしく	11	祝言	53③
	—の道や迷けん	77	馬徳	142⑩
	—の南に城南寺	155	随身競馬	270⑬
	—の南にすみ給ふ	142	鶴岡霊威	252④
	—の南に男山	41	年中行事	89⑫
	久方の月の—は九重の	7	月	48⑧
	人にや—へ言伝ん	34	海道下	79⑤
	かげなびく月の—より	64	夙夜忠	124②
	—を出る道すがら	51	熊野一	102②
	本覚の—を出しより	86	釈教	155⑬
	妻拏は—を出ずして	71	懐旧	132①
	花の—をうつろひて	109	滝山等覚	196⑦
	—を霞の余所にして	134	聖廟霊瑞	238⑬
	馴来し—を帰りみて	32	海道上	76⑦
	—をさへに住うかれて	28	伊勢物語	71⑭
	—をさへに忘めや	33	海道中	78②
みやこうつり(都遷)	—を示けるも	78	霊鼠誉	144⑪
みやこのよしか(都良香)→とりやうきやうヲミヨ				
みやこびと(都人)	見きとかたらむ—に	3	春野遊	44①

みやしろと(御社戸)	—の六体は	62	三島詣	120⑤
みやぢ(宮路)	—の山中なかなかに	33	海道中	78⑥
みやづかさ(宮司)	推て昇し—	105	五節末	189③
みやつくり(宮造)	これや鏡の—	173	領巾振恋	298⑤
	久き栄の—も	72	内外	134①
みやづこ(宮奴)	又賤き—祝子	17	神祇	57⑭
みやのおまへ(宮の御前)	—の置櫛は	105	五節末	189④
みやはしら(宮柱)	くもらぬ鏡の—	88	祝	159②
	所々の—	11	祝言	52⑩
	これや高津の—	51	熊野一	102⑧
	めぐれる廊下の—	62	三島詣	119⑫
みやび	あだし—のせめて猶	28	伊勢物語	71⑭
みやびか(閑)	歩絶て—なるや	113	遊仙歌	203⑮
みやびと(宮人)	其氏絶せぬ—	137	鹿島社壇	243⑦
	百敷や掖庭の秋の—	167	露曲	288⑨
	歩を運ぶ—の	35	羇旅	81⑬
	秋の—の袖のうへに	7	月	48⑨
みやびと(宮人)　※神楽歌	追儺の夜半の—	9	冬	50③
	神楽には湯立—	82	遊宴	151⑧
	弓立—こゑごゑに	17	神祇	58②
みやま(深山、太山)	常葉木茂き—の	137	鹿島社壇	243①
	霊山—の五葉松	104	五節本	188⑪
	—の松の嵐も	152	山王威徳	267⑥
	跡なき—を踏初て	58	道	110⑪
みやまのさと(太山の里)	—のさびしさは	74	狭衣袖	137⑤
みやまおろし(太山おろし)	—滝の音	49	閑居	99⑩
みやまがくれ(み山がくれ)	—に朽はてね	106	忍恋	190⑤
みやまぎ(深山木)	花の傍の—とおされしも	25	源氏恋	67④
みやまざくら(深山桜)	—の色に移り	140	巨山竜峯	249①
みや・る(見やる)	雪古郷を—れば	158	屛風徳	274⑦
みやゐ(宮居)	春秋の宮の—こそ	131	諏方効験	233③
	泊瀬朝倉の宮に—して	39	朝	87⑦
	—する世々にいたるまで	17	神祇	57⑧
	かけまくもかしこき—にて	142	鶴岡霊威	251⑩
	久き—の富めるさかへ	130	江島景	231⑤
み・ゆ(見)	げに面白くは—えける	76	鷹徳	141⑨
	身におはずや—えけん	112	磯城島	201⑭
	雲の幾重ぞ外に—えし	52	熊野二	103⑩
	さして忘れぬ妻と—えし	124	五明徳	222②
	在明の強く—えし暁	70	暁別	131③
	二葉に—えし葵草	4	夏	44⑨
	さてもこのつれなく—えし在明に	24	袖余波	65⑪
	皇師利あらず—えしかば	172	石清水	296⑮
	生前—えしきびはの程	132	源氏紫明	234⑩
	—えし草葉も庭におふる	61	郢律講	118⑤
	疎人には—えじとよ	27	楽府	71④
	春はみどりに—えし若草の	6	秋	47④
	外に—えたる出し衣の	72	内外	135⑥
	甍—えたる寺の姿	163	少林訣	283⑧
	唯以一大事因縁とこそ—えたれ	85	法華	154⑧

唯以一大事因縁とこそ—えたれ	85	法華	両331⑧
げにいひしらずや—えつらむ	104	五節本	188⑬
天の戸しらむ方—えて	54	熊野四	105②
つゐに木だかき色—えて	75	狭衣妻	139⑫
氷に宥む玉かと—えて	94	納涼	168⑧
しまじま—えて	130	江島景	231①
楠井の池の浪の白木綿かくと—えて	131	諏方効験	232⑨
面影—えて哀なり	164	秋夕	284⑬
—えなば咲れなむやな	27	楽府	71④
目に—えぬ鬼神	121	管絃曲	215⑩
そことも—えぬかへるさに	40	夕	88⑦
跡だに—えぬほそみち	9	冬	49⑬
そことも—えぬ夕暮に	170	声楽興下	293②
あやめも—えぬ夜の浪に	5	郭公	46⑦
色にし—えねばしかすがの	26	名所恋	67⑭
やどりはつべき影し—えねばと恨しに	75	狭衣妻	138⑫
斜にたてるかと—ゆ	81	対揚	150④
興有てぞ—ゆなる	76	鷹徳	140⑪
げに故々敷ぞ—ゆなる	131	諏方効験	233①
風にやもろく—ゆらん	158	屛風徳	274③
末の松山波こすかと—ゆる	10	雪	50⑦
ほのぼの—ゆる朝霧の	91	隠徳	164⑥
よこ目に—ゆる扇は	124	五明徳	異312⑩
浮てや—ゆる浮島が	34	海道下	79⑬
へだてて—ゆる杜若	33	海道中	78④
行末かけて—ゆる哉	15	花亭祝言	55⑤
矢並に—ゆる鏑河	56	善光寺	108⑮
数さへ—ゆる雁が音	164	秋夕	285②
まばらに—ゆる梢までも	100	老後述懐	180④
ほのかに—ゆる薄の垣	49	閑居	99⑦
色々に—ゆる玉なれば	22	袖志浦恋	64⑩
玉かと—ゆる月かげ	7	月	48⑩
猶物より異に—ゆるに	29	源氏	73⑧
紅葉ばの村々—ゆる錦より	110	滝山摩尼	197⑭
砂路白く—ゆるは	54	熊野四	105④
布引の山の違に—ゆるは	57	善光寺次	110①
よも佐良科と—ゆるは	57	善光寺次	110④
其色々に—ゆるは	76	鷹徳	140⑨
白妙に—ゆるは	116	袖情	210①
ほのかに—ゆる宝塔の	103	巨山景	186⑬
しらふに—ゆる箸鷹	10	雪	50⑭
それかと—ゆるひ敷物	31	海路	75⑭
今はと—ゆる一祝	160	余波	277⑮
筑波根のそがひに—ゆる二荒の	108	宇都宮	192⑩
さすがに目には—ゆるものから	118	雲	両338⑪
色々に—ゆる百種	8	秋興	48⑭
色々に—ゆる諸人の	145	永福寺幷	256②
先目に立て—ゆるや	156	随身諸芸	272④
—ゆるやちかのしほがま	35	羇旅	82⑧
みどりに—ゆる山あゐの	11	祝言	52⑨

	入方—ゆる山の端に	125	旅別秋情	223⑬
	影さへ—ゆる山の井	66	朋友	127④
	麓に—ゆる款冬の	94	納涼	169⑤
	其品あまたに—ゆる夢の	83	夢	152⑬
	二なく—ゆる粧ひ	72	内外	134⑨
	—ゆる渡瀬はしるき浅小川	52	熊野二	103⑤
	人より異に—ゆれども	25	源氏恋	67③
	其品あまたに—ゆれども	114	蹴鞠興	206①
	よわげに—ゆれば	60	双六	116⑨
みゆき(御幸)　*行幸(ぎやうがう)	一松の今の—	152	山王威徳	267⑩
	今に絶ず—あれば	55	熊野五	107⑦
	西河の—絶せぬながれは	150	紅葉興	262③
	高御座へぞ—なる	104	五節本	187⑫
	—にしられでとし旧ぬ	98	明王徳	177⑪
	—旧にし大原の	76	鷹徳	140⑭
みよ(三代、三世)	—の仏のたらちめの	62	三島詣	120①
	—までくみし	96	水	両329④
	—まで汲し三井の水	96	水	172④
みよ(御代、御世)	用明の陰らぬ—かとよ	59	十六	112⑭
	過去の迦葉の—かとよ	83	夢	152⑭
	跡を尋し—かとよ	112	磯城島	201⑥
	貞観の—かとよ	150	紅葉興	262⑤
	君が—こそ目出けれ	42	山	91⑦
	栄る—ぞ久しき	167	露曲	288②
	げにこの道ある—として	114	蹴鞠興	異311④
	聖代明主の—ならん	95	風	169⑨
	我君の—なりけり	41	年中行事	90②
	いと明けき—なりし	103	巨山景	186③
	あはれ賢き—なれば	2	花	43③
	つかふる道ある—なれば	39	朝	86⑩
	かかるのどけき—なれば	45	心	95⑪
	風おさまれる—なれば	59	十六	113⑥
	匂ものどけき—なれば	98	明王徳	176⑫
	—なれば幾千年を送るとも	34	海道下	80⑨
	関の戸ささぬ—なれや	171	司晨曲	295⑨
	抑善政くもらぬ—に	10	雪	51①
	おきながたらし姫の—に	142	鶴岡霊威	252①
	嘉辰令月のくもりなき—に逢ては	12	嘉辰令月	53⑥
	のどけき—にあへる哉	72	内外	135①
	黄帝の—にうつりては	122	文字誉	218③
	文武の賢き—には	62	三島詣	119⑦
	延喜の聖の—には	92	和歌	165⑪
	玉鉾の道ある—の	17	神祇	57⑨
	後の嵯峨野の道ある—の	105	五節末	189②
	くもらぬ—の天の下	13	宇礼志喜	54②
	道ある—の栄花の花の花盛	132	源氏紫明	235⑭
	かかりける—の事かとよ	13	宇礼志喜	54④
	景行の賢き—の事かとよ	51	熊野一	101⑩
	—の栄はくもりなき	15	花亭祝言	55④
	栄る—のしるし也	39	朝	87⑦

	承和の—の承和菊も	151	日精徳	異315⑥
	おさまれる—の春かぜ	45	心	95⑤
	風治りて閑き—の春ながら	148	竹園如法	260⑤
	賢き—の旧き跡	109	滝山等覚	196⑥
	帝の賢き—のまつりごと	13	宇礼志喜	両325①
	道しある—の政くもらず	144	永福寺	254⑪
	情をほどこす道ある—の恵也	100	老後述懐	181②
	陰らぬ—は秋津島の	54	熊野四	105④
	道ある—は治り	80	寄山祝	146⑪
	道ある—はくもりなく	122	文字誉	219⑭
	道ある—はのどかにて	62	三島詣	120⑮
	称徳の—やさば神護景雲の	137	鹿島社壇	243⑦
	風俗は神の—より	95	風	170②
	弘仁天長承和の旧にし—を	76	鷹徳	140⑥
	あるてふ—を守なる	102	南都幷	184⑧
	玉鉾の道ある—をや	11	祝言	52⑩
	くもらぬ—をみそなはす	138	補陀落	244⑦
みよしの(御吉野、御芳野)　＊よしの	いつかは忘ん—の	28	伊勢物語	72⑤
	いざうちむれて—や	3	春野遊	44①
みより	—の方を身にそへて	76	鷹徳	141③
みらい(未来)	菓を—にむすばしむ	97	十駅	175⑦
	—の衆苦を憐む	120	二闡提	213⑥
	—を兼てや示しけん	144	永福寺	255①
	—を遙にあらはして	97	十駅	175⑭
	—をはるかにしらせしも	83	夢	152⑮
みるぶさ(海松房)	鳴渡の若め—玉もかい	30	海辺	74⑩
みるめ(海松布)	わたづ海の—かなしくおもふにも	75	狭衣妻	139⑦
	いそぎて磯菜—かり	82	遊宴	150⑫
	磯間の—ぞゆかしき	52	熊野二	103⑦
	—の草のかりにても	64	夙夜忠	124⑨
	草の名の—はさてもかたし貝	107	金谷思	191⑦
み・る(見)	遇難く—難きことを	113	遊仙歌	204⑧
	—きとかたらむ都人に	3	春野遊	44①
	憐とは—きとぞ答けるやな	121	管絃曲	216⑪
	思もあへず昔—し	34	海道下	79⑤
	—し東路の心地して	71	懐旧	132⑨
	—し面影の百の媚	38	無常	84②
	—し面影をや慕らん	28	伊勢物語	71⑬
	むかしの人を—し事は	173	領巾振恋	299⑦
	夢かとよ—しにもあらぬつらさ哉	74	狭衣袖	138⑥
	—しは化なる習にて	134	聖廟霊瑞	238⑫
	—しや夢ありしやうつつ面影の	21	竜田河恋	63④
	魏徴を子夜に—し夢	98	明王徳	177⑨
	語あはせん—し夢の	75	狭衣妻	139③
	壺の石文ふみも—ず	26	名所恋	68⑮
	—ずもあらずと詠しは	115	車	208⑤
	先女三の宮を—たてまつれば	29	源氏	73②
	病に利ありと—たまへども	86	釈教	156④
	瓶に差たる花を—て	2	花	42⑬
	長良の山を外に—て	32	海道上	76⑨

愛徳山をばよそに—て	53	熊野三	104⑪
籬の蝶を夢に—て	58	道	111⑦
目に悦を色と—て	58	道	112④
或は魏徴を夢に—て	83	夢	152⑩
麓の里をよそに—て	125	旅別秋情	222⑪
役の優婆塞是を—て	153	背振山	268⑨
蒙古ははるかに是を—て	172	石清水	296⑭
思出の有し昔を夢に—て	157	寝覚恋	両329⑦
花—て帰る人もがな	158	屛風徳	274④
魏徴を夢に—て子夜になき	83	夢	152⑩
立かへり—て過がたき花の香や	111	梅花	199⑫
—てだにしばし慰まむ	175	恋	異306②
いざ立寄て—てだにゆかん	32	海道上	76⑪
—てだにゆかんと	125	旅別秋情	222⑬
月—て後はなにならじ	163	少林訣	282⑩
殷丁夢に—て傅説をえ	83	夢	152⑩
雪踏分て君を—ても	83	夢	152③
かつ—ても強てあかねば	132	源氏紫明	235①
猶たちかへり—てゆかん	35	羇旅	81⑨
去来—にゆかん	7	月	48⑥
いざ—にゆかん	76	鷹徳	140⑫
吹風の目に—ぬからに身にしみて	18	吹風恋	59⑧
目に—ぬ人もここにかよふ	112	磯城島	202③
まだ—ぬ湯本早川	34	海道下	80④
—ぬ世をしたふ水茎の跡	164	秋夕	284④
袖たれて行てや—まし	30	海辺	異305②
有とばかりもいつか—む	56	善光寺	107⑭
しばし水かへ影をだに—ん	26	名所恋	68⑤
待らん婦をはや—ん	77	馬徳	142⑬
しばし水飼ふ影をだに—ん	77	馬徳	142⑭
いかならん世にかまた—むと	168	霜	290⑨
紅葉ばを夜まで—むと	150	紅葉興	263⑨
—らく少なくこふらくは	30	海辺	異305③
飛火の野守いでて—よ	43	草	91⑫
深て蘿洞の月を—る	83	夢	152⑪
霊雲は桃花の色を—る	119	曹源宗	212④
憲宗常に是を—る	158	屛風徳	273⑭
あはと—る淡路吹こす興津風に	30	海辺	74⑨
花かつみかつ—る色やなかるらん	125	旅別秋情	223⑮
—るかひありしさまなれや	16	不老不死	56⑨
—るかひ有し様なれや	16	不老不死	両325⑦
—るかひ有てうれしきは	39	朝	87②
—るかひなきは水茎の	19	遅々春恋	60⑭
且—るからに恋しきは	35	羇旅	82⑤
双なき朝ぼらけを—る心地す	29	源氏	73⑥
唐国を移きて—る心地する	103	巨山景	186②
—るさへつらき横雲	118	雲	211④
暁の雲に—る月の	112	磯城島	201⑭
寝が中に—るてふ夢の面影は	83	夢	152①
—るに心を傷む	67	山寺	127⑫

	—るに信心浅からめや	139	補陀湖水	246⑭
	—るにつけて鳥柴の雉	76	鷹徳	141②
	霊鼠を—るに体あり	78	霊鼠誉	異313⑪
	流をたえず—るにも	114	蹴鞠興	206⑩
	陰徳の言ざるを—るは	91	隠徳	163⑧
	かつ—る人も稀なれば	49	閑居	99⑨
	—るもうれしき玉章	73	筆徳	136⑪
	—るも—ざるに似たり	86	釈教	156⑪
	落とは—れど其音はきこえざりけり	158	屛風徳	274⑪
	行宮に月を—れば	93	長恨歌	167⑫
	漸湿土泥を—れば	96	水	172⑥
	ふもとを—れば社壇あり	173	領巾振恋	298⑤
	上野島を—れば又	139	補陀湖水	246⑧
	心づからの色も—ん	45	心	95⑤
みるめ(見目)	ぬるともゆかむ—しげく	31	海路	75④
	—のよそにつれなくは	18	吹風恋	59⑫
	—のよそにや成ぬらむ	26	名所恋	68③
	—はかしこきてうごの師	62	三島詣	119⑮
	人を—は仮にだに	21	竜田河恋	63⑧
	跡をはるかに—も	168	霜	289⑪
みろく(弥勒)	—慈尊万秋楽	121	管絃曲	216⑮
	—常座の砌より	96	水	172④
	—の下し阿輸舎国の	44	上下	94⑦
	—竜華の三会まで	169	声楽興	292①
みろくぼさつ(弥勒菩薩)	—吉祥天	139	補陀湖水	246⑨
みわ(三輪)	—にはあらぬ杉村に	103	巨山景	186⑫
	猶緑に—の山もと	9	冬	49⑪
みわた・す(見渡)	浜より遠を—せば	32	海道上	76⑦
	わたうづかけて—せば	33	海道中	78⑥
	遠里はるかに—せば	39	朝	87⑥
	豊岡かけて—せば	56	善光寺	109②
	移れる橋を—せば	144	永福寺	255⑥
	静に山川叢沢を—せば	153	背振山	268⑫
	曇なき海を—せば	164	秋夕	284⑫
	其方をはるかに—せば	118	雲	両339①
みわたり(御渡)	諏方の—の深き誓	131	諏方効験	232①
みゐ(三井)	三代まで汲し—の水	96	水	172④
	其名を—の水にやながすらむ	67	山寺	127⑬
みをがさき(見尾が崎)	久方の天の乙女の—	31	海路	両334②
みをつくし(澪標)	—の深きしるしを	132	源氏紫明	235⑩
みをつくしのまき(澪標巻)	—かとよ内大臣と聞し後	72	内外	134⑬
みんか(民家)	下—にいたるまで	114	蹴鞠興	205⑩

む

※「む」は「ぶ」をも参照。

むえん(無縁)	利他を—に調へ	97	十駅	174⑨
むかし(昔)　＊いにしへ	大通智勝の其—	62	三島詣	121③
	七の聖も其—	109	滝山等覚	195⑨
	王子晋がその—	121	管絃曲	217⑩

法蔵比丘の其— 172 石清水 296⑪
そも—いかなる故ならん 78 霊鼠誉 144⑭
—おぼゆる物ながら 160 余波 278①
崇神のかしこき—かとよ 17 神祇 57⑩
天応の久き—かとよ 35 羇旅 81⑪
ふりにし—ぞ恋しき 71 懐旧 131⑩
驪山の—ぞ床敷 41 年中行事 89⑩
—大神爰に御座て 136 鹿島霊験 242⑧
さても—帝軒位に昇て 77 馬徳 異311⑦
—ながらの山とかや 123 仙家道 両335⑥
三皇の—も—なれば 58 道 110⑭
—にかへる浪の 112 磯城島 202⑩
商山の—にも 123 仙家道 220⑭
鏡の影に向居て—にも非ず 22 袖志浦恋 両325⑫
—にもあらず山の井の 22 袖志浦恋 63⑭
狭衣の袖の涙の雨と旧にし—の 74 狭衣袖 137②
—の跡は旧ぬれど 121 管絃曲 217①
八柳の—の跡旧て 152 山王威徳 267⑩
—のあな面白もや 102 南都幷 185③
—の殷の目楊 60 双六 115⑩
是は夙夜の—の面影を 64 夙夜忠 124⑫
うかりし—のかたみとや 38 無常 84⑪
昌泰の—の詞なり 71 懐旧 132①
魏年の—のなみ 41 年中行事 89②
春や—の匂を 135 聖廟超過 241①
春や—の春の仮言は 24 袖余波 66⑪
建長の—のまつりごとの 103 巨山景 186③
賢き—の御名を留む 39 朝 87⑧
—の睦忘れねど 160 余波 276⑫
いづれもともに—の夢とかや 160 余波 両332⑦
そも我朝の—は孝徳の御宇治りし 119 曹源宗 212⑫
将来の—は区々なれど 129 全身駄都 228⑬
石山詣の—まで 32 海道上 76⑧
露のよすがの—まで 160 余波 279②
思もあへず—見し 34 海道下 79⑤
清涼殿の—もかくやと 133 琵琶曲 両338⑦
春や—もゆかしけれ 114 蹴鞠興 206⑥
鳴は—や忍ばるる 5 郭公 45⑧
水に浮べる—より 79 船 145⑧
素戔烏の尊の—より 122 文字誉 219⑬
渡宋の—を哀みてや 103 巨山景 異310⑨
—をうつす鏡たり 100 老後述懐 180⑭
垣間見に—を思合つつ 28 伊勢物語 両329⑩
幾世の—をかさぬらむ 48 遠玄 98①
建立の—を算れば 153 背振山 268③
—気長足姫三韓をせめさせ給べき 173 領巾振恋 298⑦
主じも更に—をこひ 71 懐旧 132⑩
—を恋る夜の思 107 金谷思 191⑤
朽ぬる—を忍つつ 92 和歌 166⑧
分て又—を忍ぶすさみの 71 懐旧 132⑦

	―を忍ぶ袖の香は	116	袖情	209⑭
	―を忍ぶなぐさめとや	73	筆徳	136⑦
	五帝の―をなんともせず	88	祝	159⑥
	既に知ぬ―を望て	146	鹿山景	257⑧
	雲や―をへだつらむ	118	雲	211⑦
	朝に聖代の―をまなび	71	懐旧	131⑪
	思出の有し―を夢に見て	157	寝覚恋	両329⑦
	有し―を忘めや	83	夢	152⑨
むかしのひと(昔の人)	さぞな―だにも	24	袖余波	65⑬
	―を見し事は	173	領巾振恋	299⑦
むかしがたり(昔がたり)	―を思出る	111	梅花	200⑥
むかしべ(昔べ)	あはれ―ならの葉の	98	明王徳	177⑮
	―やなれも恋敷郭公	71	懐旧	132④
むかしをとこ(昔男)	―在原の其身は賤といひながら	28	伊勢物語	71⑥
むかひ(向)	―にたてし女車	115	車	208⑤
	―の岸にや着ぬらむ	34	海道下	79⑪
	―の汀につのぐむ	51	熊野一	102⑥
	―の峯に影ふくる	42	山	両327⑤
	―をはるかに三穂が崎	34	海道下	79⑨
むかひゐ・る(向居)	写列女伝の屏風に―る	158	屏風徳	274②
	鏡の影に―て	22	袖志浦恋	63⑭
	鏡の影に―て	22	袖志浦恋	両325⑫
むか・ふ(向)	各番に―はしむ	156	随身諸芸	271⑦
	柳塞に―ひし秋の風	121	管絃曲	217④
	神祠に―ひつつ	152	山王威徳	267⑤
	ただ深宮に―ひて	27	楽府	71③
	則勝負に―ひて	60	双六	115⑪
	禅侶壇に―ひて	110	滝山摩尼	198②
	流に―ひて早き瀬に	122	文字誉	219④
	竹に―つては竜吟に似たる響あり	95	風	170⑥
	麓の里をよそにみて駒なべて―ふ	125	旅別秋情	222⑪
	嵐に―ふ明ぼの	35	羇旅	81④
	山路に―ふ坂もと	55	熊野五	107③
	丈夫の道に―ふには	85	法華	155⑤
	得道に―ふはかりこと	66	朋友	127⑧
	鏡に―ふ山鳥の影をや友と鳴つらむ	66	朋友	126⑩
	―へば玲瓏岩とかや	103	巨山景	186⑬
	―へる峯は備崎	55	熊野五	106⑫
	―へる小倉のみねつづき	76	鷹徳	141④
	―へる尾上の盤折	57	善光寺次	109⑥
むか・ふ(迎)	風を―ふる海月	95	風	170⑬
	しかれば精舎を東南の角に―ふる	140	巨山竜峯	248①
	ゆふべ―ふる三日月の	164	秋夕	285⑥
	をくり―へて幾代とも	41	年中行事	90②
	夫青陽の春を―へては	111	梅花	199⑧
	唐朝の義空を―へらる	119	曹源宗	212⑬
むく(無垢)	竜女が―の成道	97	十駅	175⑧
	南方―の成道も	85	法華	155②
む・く(向)	ただ一筋に壁に―かば	128	得月宝池	227①
むくい(報)	この世ひとつの―かは	66	朋友	127⑤

	こはさば世々の—かは	132	源氏紫明	235⑧
	一字千金の—なり	122	文字誉	219⑬
むぐう(無窮)→ぶきうヲミヨ				
むくさ(六義)　＊りくぎ	品をば—に分てり	92	和歌	165⑪
むくさ(六種)　＊ろくしゆ	—の姿をなすのみか	122	文字誉	218④
むく・ゆ〔むくふ〕(酬)	咎を—ふ理	60	双六	114⑪
	父母の恩徳を—ふも	96	水	171⑨
むぐら(葎)　＊やへむぐら	—の宿萱が軒	23	袖湊	65④
むげ(無碍)	以大神通—ならむ	120	二闡提	214⑪
	石壁辺際—ならむ	146	鹿山景	258⑧
	塵浪を払に—ならん	147	竹園山	259③
	大道辺際—也	141	巨山修意	250④
	本分—にして	143	善巧方便	252⑫
	円満—の功徳ならむ	108	宇都宮	194⑧
	円融—のことはりにて	122	文字誉	218⑫
	円満—の巷にみつ	131	諏方効験	231⑪
	坦然—物々無辺遍虚空	143	善巧方便	254⑧
むげ(無価)	一乗—のたまたまも	161	衣	279⑩
	一乗—の玉とかや	46	顕物	96⑩
むげんはうやう(夢幻泡影)	如—と説かるるも	83	夢	152⑮
	如—夢の世を	163	少林訣	283⑤
むこ(武庫)	—の山風下来て	51	熊野一	102⑦
むこがね(婿がね)	誰—と云よりてか	28	伊勢物語	異306⑨
むごんせつ(無言説)	浄名居士の—	86	釈教	156⑤
むささび(鼯)	梢を伝ふ—	95	風	170⑬
むさしあぶみ(武蔵鐙)	情をかくれば—	28	伊勢物語	71⑫
むさしの(武蔵野)	—の紫のゆかりの袖やなつかしき	74	狭衣袖	137⑭
	—はかぎりもしらずはてもなし	56	善光寺	108⑥
	—を今日はなやきそと	28	伊勢物語	異306⑧
むさぼ・る(貪)	名利—る心たえず	58	道	111⑩
むし(虫)	結べば霜によはる—	38	無常	84⑧
	いまはたさびしくよはる—	125	旅別秋情	223⑦
	今何日ぞ結べば霜によはる—	38	無常	両335②
	—の恨にまさりけめ	167	露曲	288⑭
	よはるか—の声々	56	善光寺	108⑦
	藻にすむ—のすみかにも	86	釈教	157②
	—の音叢にしげくして	60	双六	115⑧
	裏枯ぬれば—の音も	8	秋興	49③
	浅茅が原も—の音も	168	霜	290④
	—の音ももろき涙も	122	文字誉	219⑧
	あまの苅藻にすむ—の音をぞなく	24	袖余波	65⑭
	あまの苅藻にすむ—の我から衣	34	海道下	80⑥
むし(無始)	—の罪障は重くとも	54	熊野四	105⑧
むしあけ(虫明)	まだわがしらぬ—の浮津の浪は	75	狭衣妻	139⑦
むしき(無色)	四禅—の雲の上	97	十駅	173⑭
	四禅—の雲を分	129	全身駄都	228⑦
むしやう(無生)	—五乗も等く入なれば	87	浄土宗	158⑭
	乃至一念—の九品の	127	恋朋哀傷	226④
むじやう(無上)	—の法輪を転ぜしむ	143	善巧方便	254⑥
	必至—の正覚は	87	浄土宗	157⑪

むじやう(無常)	まことに―の功徳なれ	151	日精徳	265②
	―は早く到やすし	119	曹源宗	212⑧
	―は春の花盛	84	無常	153④
	―を思ふ夕暮の	118	雲	211⑤
	―を四種に観じつつ	97	十駅	174⑥
	―を発心の始とし	38	無常	85①
むしやびやうどう(無差平等)	―の花の園	72	内外	134②
むしろ(筵)	台を荘る竜鬢の―	113	遊仙歌	204④
	一乗の―に座を列ね	127	恋朋哀傷	226④
	詩歌の―には	82	遊宴	150⑨
	蔡順が孝行の―には	116	袖情	209③
	霊山会上の―には	119	曹源宗	211⑬
	苔の―を岩がねに	110	滝山摩尼	197①
	論談―をととのへて	109	滝山等覚	195⑮
	阿含の―を展しも	146	鹿山景	257⑥
	作文―を展つつ	135	聖廟超過	240②
	御法の―を広くのべ	128	得月宝池	226⑬
	―を巻て去にけん	85	法華	155⑦
むしろだ(筵田)	片敷床の―	61	郢律講	118⑥
むすび(結)	岩間の水のいく―	94	納涼	168⑬
むすびあ・ぐ(結上)	谷の清水を―げ	154	背振山幷	269⑦
むすびお・く(結置)	―きてや白露の	124	五明徳	221⑭
むすびかさ・ぬ(結重)	いくたび―ねけん	75	狭衣妻	138⑬
むすびぐし(むすび櫛)	絹櫛にさす―	105	五節末	189④
むすびつ・く(結付)	―けけん薫物の	89	薫物	160⑩
むす・ぶ(結)	終に菩提の菓をや―ばざりし	140	巨山竜峯	249②
	契をなどかは―ばざるべき	127	恋朋哀傷	226⑤
	菓を未来に―ばしむ	97	十駅	175⑧
	功徳の林に―ばしむ	147	竹園山	259⑦
	岩根に夢も―ばれず	110	滝山摩尼	198①
	契は―ばん総角や	82	遊宴	151⑪
	契は―ばん総角や	82	遊宴	両330⑨
	あなうらを―ばんとなり	141	巨山修意	249⑦
	六十人の衆を―び	109	滝山等覚	196⑧
	かかる契を―びけんと	107	金谷思	191⑭
	―びし露の情より	35	羇旅	81⑤
	初もとゆひを―びしは	16	不老不死	56⑧
	縄を―びし政に	122	文字誉	218②
	神女に―びし夢の契	22	袖志浦恋	64⑦
	ながき契を―びつつ	35	羇旅	81⑬
	然れば縁を―びて	85	法華	154⑧
	然ば縁を―びて	85	法華	両331⑧
	物に縁を―びて	152	山王威徳	267③
	いかに―びて玉の帯	109	滝山等覚	196⑩
	碇綱を木陰に―びてや	130	江島景	230⑪
	つららに契を―びてや	131	諏方効験	233①
	鶴亀に契を―びてや	174	元服	異301⑦
	―びもあへずやみだるらむ	40	夕	88⑥
	―びもあへぬうたたねの	94	納涼	168⑬
	―びも敢ぬ夕露	91	隠徳	164⑫

	―びもあへぬ宵のまに	116	袖情	209⑩
	―びもはてぬかたいとの	18	吹風恋	60⑦
	縄を―びや木を刻みしまつりごと	95	風	169⑪
	葉分に―ぶ朝露	168	霜	290①
	袂に―ぶあやめ草の	74	狭衣袖	137④
	初霜―ぶいと薄	32	海道上	77⑨
	山陰ふかく―ぶ庵に	50	閑居釈教	100⑨
	つららを―ぶ句には又	134	聖廟霊瑞	238③
	契を―ぶ下帯	44	上下	93⑭
	―ぶ清水の浅より	50	閑居釈教	99⑭
	みだれて―ぶ白露	8	秋興	49①
	ただかりそめに―ぶ契かは	43	草	92⑦
	夢路に―ぶちぎりの	157	寝覚恋	272⑫
	思ねの夢路に―ぶ契の	157	寝覚恋	両329⑧
	あだながら―ぶ契の名残をも	56	善光寺	108⑨
	―ぶ契は化ながら	125	旅別秋情	223⑤
	つゐにいな葉に―ぶ露の	37	行余波	83⑧
	菓は―ぶ涅槃の山	38	無常	85①
	粧車に―ぶ花	115	車	208⑫
	袂に―ぶべきやな	23	袖湊	65⑥
	―ぶや老の涙の	71	懐旧	131⑨
	あだに―ぶ蓬が庭の朝露の	58	道	111⑩
	はじめて露の―ぶより	81	対揚	149⑮
	岩井の水をや―ぶらん	144	永福寺	255⑫
	上毛の霜は―べども	44	上下	94⑤
	―べば霜によはる虫	38	無常	84⑦
	―べば霜によはるむし	38	無常	両335②
むすぶのもり(結の杜)	なれも契や―	32	海道上	77⑦
むすぼほ・る(結)	彼此共に―れ	87	浄土宗	158④
	下草は猶―れて	1	春	41⑩
むすめ(女)	仁子嵯峨の御―	72	内外	134⑮
むせ・ぶ(咽)	離鴻は秋の霧に―び	121	管絃曲	217⑧
	消ゆくけぶりの下に―び	131	諏方効験	232④
	おなじ思にや―びけん	134	聖廟霊瑞	239①
	反魂香に―びし	23	袖湊	65⑧
	風にみだるる霧に―びて	159	琴曲	275⑩
	哀猿は叫で霧に―ぶ	57	善光寺次	109⑥
	つららの下に―ぶながれの	82	遊宴	151③
	―ぶ涙の中に別にし	18	吹風恋	60②
	知や何に嵐に―ぶ松の響	119	曹源宗	212③
	滝水氷―んで	7	月	48③
むそぢ(六十年)　＊ろくじふねん	―の思ひ切なりしは	169	声楽興	291⑭
	―の後や愁けん	100	老後述懐	180②
	―の夢を送思	107	金谷思	191③
むち(鞭)　＊ぶち	―して露をや払けん	156	随身諸芸	272⑦
	―を指し―を持るのみならず	155	随身競馬	271④
	羇旅に―をすすむる	35	羇旅	81③
	精進の―をば勧とも	86	釈教	156③
むちう・つ(策)	抑馬に―ち千里をとばする	156	随身諸芸	両340⑦
むちかぢ(鞭加持)	密教の法威―の	155	随身競馬	270⑩

むぢやく(無着)	―の請におもむくより	101	南都霊地	183⑬
むぢやくせしん(無着世親)	上古―と護法戒賢論師より	44	上下	94⑧
	―に異ならず	127	恋朋哀傷	226③
	―のそのむつびなつかしく	66	朋友	127⑥
むつ(六)	韈の色を―の品に定られ	114	蹴鞠興	205⑥
	―の巷の外にいで	108	宇都宮	193⑧
むつき(正月)	踏歌は―の十六日	59	十六	113①
	比は―の廿日の空	29	源氏	72⑭
むつごと(睦言)	―余波おほかるに	70	暁別	131①
	其―に顕れん	132	源氏紫明	235⑦
	丑三ばかりの―にや	24	袖余波	66⑬
	かはしもあへぬ―の	21	竜田河恋	63①
	まだ―も尽なくに	107	金谷思	191⑩
	猶―やのこりけん	173	領巾振恋	299④
むつたのよど(六田の淀)	山城の―に左手差て	19	遅々春恋	61⑪
むつのくらゐ(六の位)	―のしるしの杉の	124	五明徳	異312⑩
むつのみち(六の道)　＊ろくだう	帰去来―に	38	無常	85③
	暗きまよひの―に	122	文字誉	218⑮
	―の苦を離る	109	滝山等覚	196⑧
むつび(睦)	共に主伴の―あり	62	三島詣	121⑤
	げにさば何なる―有て	135	聖廟超過	240⑦
	芝蘭の―芳しく	127	恋朋哀傷	225⑫
	妹背の―濃に	121	管絃曲	215⑩
	みな其―なつかし	47	酒	97⑥
	后妃の―なつかしく	62	三島詣	120⑥
	近臣の―なつかしく	64	夙夜忠	124⑫
	無着世親のその―なつかしく	66	朋友	127⑥
	其子以子たる―なり	99	君臣父子	178⑤
	昔の―忘れねど	160	余波	276⑫
	今生世俗の―を	127	恋朋哀傷	226③
	星合の―をしたひけん	99	君臣父子	178⑫
むつま・し(睦)	いかでか―しからざらむ	127	恋朋哀傷	225④
	げに其名さへ―しき	81	対揚	149④
	妹があたりの名も―しき	91	隠徳	164⑬
	名も―しき妹とわれ	82	遊宴	151⑩
	名も―しき婦と吾	82	遊宴	両330⑨
	いと―しき移香も	126	暁思留	224⑫
	―しきことはりも	116	袖情	209⑥
	いと―しき調なれや	159	琴曲	275④
	せめても―しき戯れとや	113	遊仙歌	204①
	名も―しき鳥の音も	28	伊勢物語	72③
	名さへ―しき女郎花	164	秋夕	285⑤
	名も―しき女郎花の	125	旅別秋情	223⑧
	なき跡までも―しく	75	狭衣妻	139⑩
	恩愛の契も―しく	108	宇都宮	194⑦
	紫の上なきなからひの―しく	132	源氏紫明	234⑨
	陰陽の契―しく	139	補陀湖水	247⑤
	其かほばせも―しく	82	遊宴	異302⑩
むてう(無調)	―の上下に渡りつつ	121	管絃曲	216②
むな・し(空)	吹簫の地には月―し	69	名取河恋	130④

む

	—しからざる事をおもひとけば	141	巨山修意	249⑧
	其縁—しからめや	143	善巧方便	253⑭
	法令—しからんや	63	理世道	122⑧
	面影の—しき跡をやしたふらん	7	月	異305⑧
	—しき風の便の	127	恋朋哀傷	225⑨
	待夜—しき袖の氷	161	衣	280③
	—しき空を詠れば	58	道	111②
	—しき洞にとどまり	71	懐旧	131⑬
	—しく五常の旨をわすれ	160	余波	277①
	—しく名をのみ聞	130	江島景	230②
	—しく眠ことなかれ	50	閑居釈教	100③
	瓢箪屢—しければ	43	草	92⑨
むなで(空手)	よしやさば夢さめて—なり	113	遊仙歌	203⑩
むに(牟尼)	皆—の善巧より起り	97	十駅	173③
	一代—の尊像	144	永福寺	255⑤
むに(無二)	一乗—の法を受	96	水	172⑤
むにやくむさん(無二亦無三)	—の本懐	97	十駅	175⑩
むね(宗、旨)	格外の—は又	119	曹源宗	211⑩
	実相の—を顕し	85	法華	154⑥
	空しく五常の—をわすれ	160	余波	277①
むね(胸)	冷敷鳴音を聞も—さはぎ	78	霊鼠誉	144⑤
	いはねば—にさはがるる	69	名取河恋	129⑪
	—のあたりに立けぶり	69	名取河恋	130①
むね(棟)	梅の梁桂の—	113	遊仙歌	204⑤
むねつち(無熱池)	—ひとつの流なり	109	滝山等覚	195⑥
むぶつ(無仏)	—能化の尊客	145	永福寺幷	256⑬
	望らくは—の境に身を枉て	120	二闡提	213⑩
むべ(宜)	—なるかな斗藪のいにしへもわすれず	141	巨山修意	249⑪
	—なる哉逢春閣の名にしほひて	128	得月宝池	227③
	—なる哉や第十八に正に願わうの名を	87	浄土宗	158⑨
	—も富けり我きみの御代の栄は	15	花亭祝言	55④
むへん(無辺)	願は此功徳を—にして	61	郢律講	117⑨
	抑毘盧舎那—の月の光	92	和歌	異309⑥
	—の光をたれ	144	永福寺	255④
	物々—遍虚空	143	善巧方便	254⑧
むま(馬)	前後の—うち	76	鷹徳	140⑦
	—疲人や踠けん	113	遊仙歌	203③
	いかなる—なるらむ	77	馬徳	142⑫
	凡—に真俗のや徳多く	77	馬徳	142①
	肥たる—にのらずば	34	海道下	79⑦
	抑—に策千里をとばする	156	随身諸芸	両340⑦
	—の蹄をはやめても	156	随身諸芸	271⑫
	御—を揚其番を応ずるに随て	156	随身諸芸	271⑦
	野原に—を失ていと愁ざりし老翁	58	道	111⑦
	心の—をしづめずば	77	馬徳	143⑤
	七宝の中にも正に—を珎とす	77	馬徳	142②
	—を守る霊猿	77	馬徳	143③
むまがたのみしやうじ(馬形の御障子)	—は九重に是を立らる	77	馬徳	142⑨
むまづかさ(馬司)	左右馬の寮頭—	77	馬徳	142⑨
むまのれうとう(馬の寮頭)	左右—馬司	77	馬徳	142⑨

むまや(駅)	梨原の—に駒とめん	102	南都幷	184⑭
	花の—の司人	160	余波	277⑪
	国々の—	77	馬徳	142⑩
むまやのをさ(駅の長)	口詩をたまひし—まれる	134	聖廟霊瑞	239②
	—に口詩とらせし態までも	77	馬徳	142⑩
むまやど(駅)	—にしばしやすらはむ	52	熊野二	103⑧
むまやどのわうじ(厩戸の王子)	仏法最初の執政も—と号せらる	77	馬徳	142⑥
	仏法最初の執政も—と号せらる	77	馬徳	異304⑩
	—の黒駒は	155	随身競馬	270⑤
	—世に出て	59	十六	112⑭
むまをさ(馬長)→ばちやうヲミヨ				
むみやう(無名)	輙も—の敵をば	85	法華	155⑥
	終は—のゐひもせずと	122	文字誉	218⑩
むみやう(無明)	いはねば—に落ぬべし	58	道	111⑤
	—の闇にや迷らむ	97	十駅	175④
むみやうえんぎやう(無明縁行)	—より行縁識々縁名色名色縁六入	84	無常	153⑥
むめ(梅)	とまりなれにしやどの—	67	山寺	128⑥
	—鶏舌を含ては	171	司晨曲	294①
	世尊寺の—とかや	111	梅花	200⑥
	—の梁桂の棟	113	遊仙歌	204⑤
	散すぎたりし—の枝に	111	梅花	200⑨
	若木の—の垣越に	111	梅花	199⑨
	—の初花初子の日の	16	不老不死	56⑤
	南枝北枝の—の花	104	五節本	188⑪
	えならぬ—の花ざかり	111	梅花	200⑧
	綾綺殿の—の紅葉	150	紅葉興	262⑤
	—は万里の波濤を凌つつ	135	聖廟超過	240⑮
	軒端の—も片開て	111	梅花	200③
	御前の—も盛に	29	源氏	73①
	古宅の—をさそひしは	71	懐旧	132①
むめのはながさ(梅の花笠)	垣根の—	111	梅花	200⑦
むめがえ(梅が枝)	其から神に手向やせまし—	61	郢律講	118⑦
	濃香芬郁の匂をさそふ—	81	対揚	149⑭
	—に花ふりまがふ淡雪	10	雪	50⑪
むめがえ(梅が枝)　※催馬楽	葦垣のへだてにかくれぬ—	82	遊宴	151⑩
	葦垣の隔にかくれぬ—	82	遊宴	両330⑨
	催馬楽には—	111	梅花	199⑪
むめがか(梅が香)	誰袖ふれし—ぞ	116	袖情	209⑬
	—を桜の花に匂はせて	1	春	41⑪
むめがさね(梅襲)	つぼみ紅梅—	111	梅花	200⑤
むめからくさ(梅唐草)	—唐梅	111	梅花	200④
むめぞの(梅苑)	—梅の宮	111	梅花	200④
むめづ(梅津)	—の大桜は	114	蹴鞠興	206⑦
むめづのさと(梅津の里)	—に匂らむ	111	梅花	200①
むめつぼ(梅壺)	凝花舎は—	111	梅花	200④
むめどの(梅殿)	紅梅殿—	111	梅花	200④
むめのみや(梅の宮)	梅苑—	111	梅花	200④
むもれぎ(埋木)	瀬々の—あらはれば	69	名取河恋	130⑨
	谷の—いつまでか	26	名所恋	両326④
	つゐには朽ぬる—の	38	無常	84⑤

	花になせども—の	106	忍恋	190⑤
	色好の家に—の	112	磯城島	201⑤
	逢瀬に沈む—も	91	隠徳	164⑭
むもれみづ(埋水)	人しれぬ木の葉の下の—	96	水	両329②
むよのかみ(六代の神)	—とも号し奉る	172	石清水	295⑫
むらかみ(村上)	—の御宇に撰ばる	112	磯城島	202⑥
	—の御代ぞかし	101	南都霊地	184③
むらかみのせいしゆ(村上の聖主)	—の調たまひし	121	管絃曲	217⑥
むらが・る(群)	多くの鼠—り	78	霊鼠誉	144⑩
むらくも(村雲)	—かかる秋の月	58	道	111④
	夕の空の—に	40	夕	88②
むらさき(紫)	—に染しいにしへを	126	暁思留	224⑬
	八重款冬—ふかき藤並	1	春	42②
	嵐—を摧藤袴	164	秋夕	285⑤
	—を砕くまがきの菊	125	旅別秋情	223⑭
むらさきいし(紫石)	瓦瑪瑙唐硯—青石	165	硯	286⑪
むらさきしきぶ(紫式部)	—が筆の跡	29	源氏	72⑬
むらさきの(紫野)	—には遣なれ	115	車	208⑦
	—ゆき志目野ゆき	76	鷹徳	141②
むらさきのうへ(紫の上)	源氏の—霞の中に樺桜	2	花	42⑭
	—なきなからひの睦しく	132	源氏紫明	234⑨
	—に送りしや	150	紅葉興	263②
	—の和琴	159	琴曲	276⑧
	思ひ出るもかなしきは—の別の	168	霜	290⑥
	—は蒲萄染にや	29	源氏	73⑥
むらさきのくも(紫の雲)	—は猶勝れ	118	雲	異313⑥
むらさきのこと(紫の琴)	—を奉りしも	159	琴曲	276④
むらさきのゆかり(紫のゆかり)	移菊の—の色も浅からず	60	双六	116②
	げに武蔵野の—の袖や	74	狭衣袖	137⑭
むらさめ(村雨、急雨)	—送る大絃	133	琵琶曲	236⑨
	—送る大絃は	170	声楽興下	292⑤
	—か露か時雨か	20	恋路	61⑭
	はるさめ—しろたへの卯の花ぐたし	90	雨	161⑨
	春雨—白妙の卯の花ぐたし	90	雨	両331⑫
	寝覚の空の—に	5	郭公	46⑤
	—にまがふ大絃	82	遊宴	151③
	—の露もしのにちる	52	熊野二	103③
	春雨—夕時雨	143	善巧方便	253⑬
むらしぐれ(村時雨)	霧より末の—	99	君臣父子	179①
むらだち(村立)	きかでも梢の—を	5	郭公	46⑫
むらむら(村々)	—移る紅葉ばの	97	十駅	174⑥
	—見ゆる錦より	110	滝山摩尼	197⑭
むりやう(無量)	国又—に聞ゆれど	59	十六	112⑩
	つきせず—の寿命なれど	16	不老不死	両325⑨
	つきせず—の寿命なれば	16	不老不死	56⑩
	—仏果得成就	110	滝山摩尼	異310⑫
むりやうじゆぶつ(無量寿仏)	—観世音共に風大をつかさどり	95	風	異309⑩
	彼は—の補処として	120	二闡提	213⑤
	千手—馬頭の忿怒早速く	139	補陀湖水	247④
むろ(室)	三世覚母の般若の—	49	閑居	99②

	妙法山の石の—	109	滝山等覚	195⑬
	忍辱の—とこしなへに	128	得月宝池	226⑬
	此経典の—には	85	法華	154⑪
	芝蘭の—にまじはり	66	朋友	126⑥
	内には柔和の—ふかく	72	内外	135①
	般若の—をやかざるらん	108	宇都宮	193⑦
むろのと(室の戸)	—深き北山	42	山	91①
むろのとぼそ(室の扉)	伝聞北山の—には	140	巨山竜峯	249①
むろ(無漏)	解脱之袂—之台	89	薫物	異303⑪
むろのこほり(無漏の郡)	所をいへば紀伊国や—	51	熊野一	102①
むろのやしま(室の八島)	下野や—にたえぬ煙	35	羇旅	81⑨
	海にはあらぬ下野や—に立煙	31	海路	両334①
	人しれず—にまがへても	106	忍恋	190⑤
	—の煙に立もはなれぬ面影	74	狭衣袖	138③
むゐ(無為)　＊ぶゐ	八相成道の—の城	51	熊野一	101⑨
	発露を—の都にうちはらひ	131	諏方効験	231⑩
	黄帝—の世におよぶ	149	蒙山謡	261②
	孔老—の理を説のみか	122	文字誉	217⑭
	—をしわざとする	123	仙家道	220⑤
むゐ(無畏)	嬰童—の幼き	84	無常	153③
むをりむをり(六折々々)	—は一双	158	屛風徳	273⑨

め

め

め(目)　＊見る目	先—にかかる釣殿	144	永福寺	255⑫
	先—に立て見ゆるや	156	随身諸芸	272④
	さすがに—には見ゆるものから	118	雲	両338⑪
	—にふれ耳にことはるところ	141	巨山修意	249⑬
	—にふれ耳にさいぎるたぐひ	49	閑居	99⑪
	—にみえぬ鬼神	121	管絃曲	215⑩
	吹風の—に見ぬからに身にしみて	18	吹風恋	59⑧
	—にみぬ人もここにかよふ	112	磯城島	202③
	—に悦を色とみて	58	道	112④
	枯たる草木も—も春に	120	二闡提	214⑤
めい(命)	—を君命に任つつ	99	君臣父子	179④
	是は万度—をすて	63	理世道	122⑩
	軽きは—をや忘るらむ	88	祝	159⑩
めい(銘)	広智菩薩の鐘の—	139	補陀湖水	246⑭
	金の—をあらはせり	153	背振山	268⑧
めいおう(冥応)	先—を垂たまふ	149	蒙山謡	261⑪
めいぐ(名隈)	夫海西に—あり	153	背振山	268②
めいくつ(名窟)	秘所—を等閑に	110	滝山摩尼	197⑥
めいくん(明君)	神武綏靖かたじけなく代々の—	63	理世道	122⑮
	くもらぬ政清くして代々の—	143	善巧方便	253⑧
めいげつ(名月、明月)	一輪の—雲霄を出とかきすさむ	124	五明徳	222②
	—ことに隈なくて	172	石清水	297⑩
	—涙をや瑩らん	79	船	146①
	独—にうそぶき	60	双六	115⑦
	—を望とかやな	27	楽府	71③

めいげつかふ(明月峡)	—の暁	7	月	47⑬
めいざん(名山)	国々の—	42	山	90⑫
	月には雲の嵐山都の外の—	42	山	両327⑥
めいし(明時)	聖代—のなすところ	100	老後述懐	181①
めいしやう(名匠)	道々の—	109	滝山等覚	195⑩
	さても世々の—の将来	129	全身駄都	228⑬
めいしゆ(明主)	されば—としては	63	理世道	121⑩
	朱雀は—の誉あり	59	十六	113②
	聖代—の御世ならん	95	風	169⑨
	延喜天暦の—も	99	君臣父子	179⑤
めいしよ(名所)	抑納涼の勝地—の中にも	94	納涼	168⑭
めい・す(銘す)	音楽時々—すなり	139	補陀湖水	246⑥
めいとく(明徳)	爰に時にあへる哉—	144	永福寺	254⑫
	——天にくもりなく	108	宇都宮	192⑧
	酒に—の誉あり	47	酒	96⑫
めいば(名馬)	我朝に名をえし—也	77	馬徳	142⑮
めいほうのくわん(鳴鳳の管)　＊ほうくわん、ほうわうくわん	—にも其声をやよそふらむ	68	松竹	128⑭
めいろ(迷盧)	—は十六万由旬	59	十六	114④
めいわう(明王)　＊みやうわう	—考をもて代を治む	45	心	94⑫
	—のかしこき恵をあふぎてや	11	祝言	両324⑨
	—の陰らぬ鏡なり	91	隠徳	163⑨
	凡—のくもらぬまつりごとも	129	全身駄都	228⑮
	—の徳化を囀らん	147	竹園山	258⑭
	かならず—の徳にこたふ	63	理世道	121⑦
	—の徳も顕はる	46	顕物	96④
	—の徳を待いで	80	寄山祝	146⑫
	—の眠を驚し	171	司晨曲	293⑬
	—の用し人の鏡	98	明王徳	177⑥
めうおんだいじ(妙音大士)	—の奏せしは	133	琵琶曲	236⑪
めうおんぼさつ(妙音菩薩)	—の誓約には	170	声楽興下	292⑤
めうおんしよしやうじゆ(妙音諸聖衆)	敬礼—	61	郢律講	117⑨
めうおんむじんくわんぜおん(妙音無尽観世音)	—語言三昧をつかさどる	120	二闡提	213⑦
めうか(妙果)	はやく菩提の—に進らん	148	竹園如法	260④
めうかう(妙高)	—湛々たる法水の流は	146	鹿山景	258③
めうかく(妙覚)	—果満の台を出で	57	善光寺次	110⑧
	—の月を宿すこそ	151	日精徳	265②
めうぎ〔べうぎ〕(妙儀)	是又今の—也	121	管絃曲	216③
めうきやう(妙経)	修多羅の中の—も	120	二闡提	213⑦
めうくわんさつち(妙観察智)	抑—は秋の位に拝し	164	秋夕	285⑬
めうけん(妙見)	—並に摩訶羅天	138	補陀落	245⑤
めうさう(妙相)	具足—の花ひらけ	120	二闡提	214⑤
めうしやう(妙聖)	能寂の利見—の摂引	138	補陀落	245⑦
めうしやうごんわう(妙荘厳王)	—をいさめて	66	朋友	127⑤
	—を導し	81	対揚	149⑦
めうたい(妙体)	音声三昧の—	164	秋夕	285⑭
めうち(妙智)	観音—の力なれば	120	二闡提	214④
	観音—の力には	120	二闡提	両339⑤
めうでん(妙典)	一乗—の五種法師の中にも	73	筆徳	136③
	法華一乗の—は	163	少林訣	282⑧
めうとく(妙得)	両部塵数の—	97	十駅	176⑤

めうのいちじ(妙の一字)	ただこれ—なり	122	文字誉	218⑬
めうほふ(妙法)	円宗の—をうけて	152	山王威徳	266⑫
めうほふいちじようまにほうわう(妙法一乗摩尼宝王)	—我等が心の中なれや	167	露曲	289③
めうほふざん(妙法山)	—の石の室	109	滝山等覚	195⑬
めうもん(妙文)	一乗化城の—	62	三島詣	121⑤
	法華譬喩の—には	78	霊鼠誉	145①
	法華の—の尊きは	72	内外	134③
めうり(妙理)	中道の—にこたへつつ	61	郢律講	118⑪
	正に中道の—の其ことはりを	159	琴曲	276⑩
めぐみ(恵)	菅の荒野の広き—	131	諏方効験	232①
	春の—あまねく	80	寄山祝	146⑥
	天を載る—あり	96	水	171⑩
	神慮の—いかでか仰ざらん	62	三島詣	両334⑤
	人を漏さぬ—かな	142	鶴岡霊威	252⑦
	神の—ぞたのもしき	2	花	42⑩
	もらさぬ—ぞたのもしき	163	少林訣	283⑭
	花さき子成る—と思ば	131	諏方効験	233③
	広き—と思へば	152	山王威徳	267⑨
	陰よりも茂き—とは	136	鹿島霊験	242⑩
	十日にのどけき—ならむ	90	雨	161⑦
	君の君たる—なり	44	上下	92⑬
	長徳の賢き—なり	72	内外	135⑧
	情をほどこす道ある御代の—也	100	老後述懐	181②
	秋畝の—に会なれば	97	十駅	173⑩
	幾たび—にさかへん	144	永福寺	255③
	常葉かきはの—には	139	補陀湖水	247②
	—にひたすら鳴海がた	32	海道上	77⑪
	人の人たるは神の—によるとかや	17	神祇	57⑫
	陰より茂き—の	98	明王徳	177②
	筑波山端山茂山しげき—の	159	琴曲	276⑤
	神の—のあまねきや	62	三島詣	121②
	上なき—の上なきは	99	君臣父子	178⑧
	かかりし—のかひ有て	132	源氏紫明	235⑫
	茂き—の梢なり	135	聖廟超過	241⑤
	賢き—の事かとよ	105	五節末	189②
	神の—の絶ずのみ	34	海道下	79⑭
	明けき—の渡天の道を	129	全身駄都	229⑤
	つみしる—の道しあれば	102	南都弁	184⑨
	梢にしげき—は	108	宇都宮	194⑧
	—はかはらぬ瑞籬の	72	内外	134①
	あふぐ—は八百万代の	103	巨山景	異310⑨
	海は広き—辺もなくや	63	理世道	121⑨
	開山の—も芳しく	141	巨山修意	249⑧
	—もしげき楠の葉	53	熊野三	104⑬
	発願のかしこき—より	128	得月宝池	227⑥
	朝ごとに憐み給ふ—を	39	朝	両333①
	明王のかしこき—をあふぎてや	11	祝言	両324⑨
	賢き—を仰なり	64	夙夜忠	123⑩
	普き—をほどこす	98	明王徳	176⑩
	—を洩さず灑	120	二闡提	214⑥

	漏さぬ—をや洒らむ	147	竹園山	259⑨
めぐみのつゆ(恵の露)	帝皇や—の遍さに	167	露曲	288②
	—を広く灑く	109	滝山等覚	195①
	—をや洒らむ	130	江島景	230⑧
めぐら・す(廻、運)	親故は駕を—し	71	懐旧	132①
	謀を帷帳の中に—し	172	石清水	296⑩
	ながへを—しけむやな	115	車	異312②
	衆車の轅を—しつつ	82	遊宴	150⑦
	定散等く—して	87	浄土宗	158⑧
	勝この玉体威神力を—して	129	全身駄都	229①
	貴賤踵を—して	131	諏方効験	232①
	されば或は軽軒轅を—して	145	永福寺幷	256⑤
	轡をならべ轅を—しては	88	祝	159⑨
	轅を北に—しめ	59	十六	113④
	深更に雪を—す	62	三島詣	120⑩
	後には花の轅を—す	72	内外	135⑤
	前には諸天擁護を—す	140	巨山竜峯	248⑩
	踵を—す貴賤の	108	宇都宮	193④
	雪を—す袖の色	102	南都幷	185②
	仙洞に—す玉の車	151	日精徳	264⑩
	雪を—す袂より	82	遊宴	150⑭
	首を天外に—すに	119	曹源宗	212②
	雪を—す花の袂	59	十六	113⑤
	雪を—す舞の姿	113	遊仙歌	204③
めぐり(廻)	いく—して袖の玉	122	文字誉	219①
めぐりゆ・く(廻行)	漕舟の浪ものどかに—く	95	風	両332③
めぐ・る(廻)	連檣を万里に—らしめ	31	海路	74⑭
	此輪の中に—らば	22	袖志浦恋	64③
	深き谷地を—り	113	遊仙歌	203②
	紀路の遠山—りつつ	5	郭公	46⑪
	夕陽西に—りて	56	善光寺	109①
	後に—りて北にゆく	147	竹園山	259⑪
	苫屋はいかに浦—る	31	海路	76②
	磯路を—る鹿の島	154	背振山幷	269③
	干潟を—るともちどり	66	朋友	両339⑨
	其車の—るに異ならず	84	無常	153⑥
	磯路を—る浜の宮	55	熊野五	107③
	渡殿を経てや—るらむ	104	五節本	188⑬
	浮てや浪に—るらむ	115	車	208⑨
	ゐるさの道をや—るらん	34	海道下	80④
	裾野を—れば伊吹山	32	海道上	77②
	西に—れば甍あり	108	宇都宮	193⑩
	—れる廊下の宮柱	62	三島詣	119⑫
めぐりめぐ・る(廻々)	雲の梯—りて	93	長恨歌	167⑩
	—りて幽々たる小篠原	153	背振山	268⑩
めしのないし(召の内侍)	—の進路	104	五節本	187⑭
め・す(召)	湛誉を—さるる事有き	154	背振山幷	269⑪
	御碁の相手に—されて	60	双六	116③
	四十八艘の御舟に—し	172	石清水	296⑪
	内弁気高く舎人—す	105	五節末	189⑬

め

め・づ(愛)	ただ良薬の名にのみ—づ	86	釈教	156⑤
	月をも—で	78	霊鼠誉	両338④
	糸竹の音にや—でけん	74	狭衣袖	137⑫
	いかでか色にも—でざらむ	74	狭衣袖	137⑨
	花には誰か—でざらむ	125	旅別秋情	223⑨
	色には—でじさく花に	89	薫物	160②
	月をも—で花紅葉の色にも	78	霊鼠誉	143⑬
めつご(滅後)	—八百歳かとよ	91	隠徳	165②
めつど(滅度)	かりに—をしめける	163	少林訣	283⑩
めづら(珍)	一松の今の御幸猶弥—なり	152	山王威徳	267⑩
めづらか(珍)	玉の備—に	113	遊仙歌	204②
めづら・し(珍)	いかに—しかりけん	72	内外	134⑬
	片岡のもりて初音ぞ—しき	5	郭公	45⑤
	修懺の儀式ぞ—しき	103	巨山景	187②
	げに—しき草枕を	75	狭衣妻	138⑬
	げにまづ初音も—しき郭公	4	夏	44⑨
	影—しき山のは	164	秋夕	285⑥
めでた・し(目出)	—かりしためしは	72	内外	135③
	さても—かりしは	105	五節末	189②
	四境の祭ぞ—き	171	司晨曲	295⑦
	鷹の徳ぞ—き	76	鷹徳	両326⑥
	君が御世こそ—けれ	42	山	91⑦
めなう(瑪瑙)	瓦—唐硯紫石青石	165	硯	286⑪
めなら・ぶ(目並)	花籃—ぶ色やなかりけん	93	長恨歌	167①
	—ぶ梢もえならず	131	諏方効験	232⑫
	—ぶ梢もなべてみな	148	竹園如法	260⑥
	—ぶ人は大幣と	28	伊勢物語	71⑪
めみやう(馬鳴)	是又—の製作	77	馬徳	142④
	則—の名をえたり	77	馬徳	142⑥
めんめん(面々)	—位牌の尊号	148	竹園如法	260④

も

も(藻)	—に埋るる玉がしは	87	浄土宗	158①
	—に埋もるる玉柏	100	老後述懐	180⑥
もうこ(蒙古)	—ははるかに是をみて	172	石清水	296⑭
もうし(毛詩)	—には頌の声に和し	143	善巧方便	253⑤
	—には先人云る事あり	63	理世道	122⑤
	孔子の集ける—の郢曲様々に	59	十六	異307⑨
もえまさ・る(燃まさる)	思のほのを—り	69	名取河恋	130⑤
もくしやのいましめ(木叉の戒)	猥に—を犯す	160	余波	277①
もくれん(目連)	—阿難の二聖来	81	対揚	149⑩
もくゑ(木絵)　※琵琶名	良道—井天謂橋	133	琵琶曲	236⑭
もこし(裳越)	宝塔—に重りて	108	宇都宮	193⑮
もじ〔もんじ〕(文字)　＊字	—にはやすらふ道もあらじ	122	文字誉	219②
	彼八不の中の不—の	122	文字誉	218⑪
	玉章の—のうす墨に	107	金谷思	191⑧
	書ながす—の沫は	122	文字誉	219⑦
	是則—の徳	122	文字誉	219⑬

	遙に—の外に出	119	曹源宗	211⑩
	つらぬる—の誉ならむ	122	文字誉	218⑩
	四十七字にやはらぐる—を端として	122	文字誉	218⑧
	又蒼頡が—を学び	122	文字誉	218③
	口に其—をも唱れば	85	法華	154③
もじのせき(文字の関)	藻塩草搔てふ—の外	88	祝	159⑦
もしほぐさ(藻塩草)	跡は入江の—	22	袖志浦恋	64②
	よしあしわけて—	112	磯城島	202⑩
	—書集たる其中に	29	源氏	72⑬
	—搔てふ文字の関の外	88	祝	159⑦
もしほび(もしほ火)	あまの—焼そふる	127	恋朋哀傷	225⑩
もず(鵙)	—めが不直を顕す	5	郭公	46③
もずのくさぐき(鵙の草ぐき)	あだなる—	43	草	92⑦
もすそ(裳裾)	—にかかる涼しさ	94	納涼	168⑪
	—はぬるともやすらはむ	37	行余波	83⑤
	ながき—をひたしつつ	173	領巾振恋	298⑧
もちづき(望月)	陰らぬ秋の—は	77	馬徳	142⑮
もちづき(望月)　※御牧	—桐原の御牧にたつ駒	77	馬徳	142⑫
もちづきのこま(望月の駒)	—牽かくる布引の	57	善光寺次	110①
もちゐ〔もちひ〕(用)	是は虞の代に—なく	81	対揚	異302④
もちゐ・る〔もちふ〕(用)	明王の—し人の鏡	98	明王徳	177⑥
	—る所には勢をなし	78	霊鼠誉	143⑦
	南庭を—るは	114	蹴鞠興	205⑪
	ひとりを—るは明かならざる君たり	63	理世道	122④
も・つ(持)　＊ぢす	左に—てる梓弓	156	随身諸芸	272③
	鞭を指鞭を—てるのみならず	155	随身競馬	271④
	物のふの—てる矢はぎに取副る	33	海道中	78④
もつぐわい(物外)	是皆—の楽みきはまらず	123	仙家道	220⑨
もつぱら〔もはら〕(専)	—左文右武の義法に叶へり	114	蹴鞠興	205②
	—ただこの敬礼天人大覚	129	全身駄都	229⑨
	—藤門の栄露滋し	102	南都幷	185⑬
	—にして又—なれ	87	浄土宗	158⑬
	夜は夜を—に	93	長恨歌	167⑥
	善巧の教儀を—にし	143	善巧方便	253②
	ただ此儲を—にして	149	蒙山謡	261⑪
	才芸を—に賞ずるは	63	理世道	122①
	本主は—我国の習俗を捨ずして	92	和歌	165⑨
もつもつ(物々)	—取捨の姿なし	119	曹源宗	212⑮
	—取捨もいたらじ	146	鹿山景	258⑧
	担然無碍—無辺遍虚空	143	善巧方便	254⑧
もてあそび(翫、玩)	仙宮万年の—	16	不老不死	56③
	万年を延る—	47	酒	96⑫
	伝て絶ざる—	60	双六	114⑨
	雪月花の—	82	遊宴	150⑧
	博陸補佐の—	82	遊宴	151⑥
	文には蛍雪の—	88	祝	159⑥
	崇徳の賢き—	92	和歌	166①
	今も大君の御影くもらぬ—	112	磯城島	200⑭
	歌舞興宴妓楽の薩埵の—	143	善巧方便	252⑭
	代々にたえせず—	149	蒙山謡	両340①

	炎暑を尽す—たり	124	五明徳	221⑦
	仙家の—とこそ聞	151	日精徳	異315②
もてあそ・ぶ(玩、翫)	王母が—びしたぐひなれば	82	遊宴	異302⑧
	仙人は月を—ぶ	31	海路	75①
	世々に是を継代々に—ぶ	114	蹴鞠興	205⑤
	是を—ぶ家々は上下を兼なれど	156	随身諸芸	271⑭
	是を—ぶ方角凶々なれども	114	蹴鞠興	205⑪
もてなし(玩)	緑苔を払ふ—	8	秋興	48⑭
	玉楼金殿に錦をかざる—	15	花亭祝言	55②
	たをやかにつかひなしたる撥の—	29	源氏	73⑪
	遣つづけけん—	72	内外	135⑤
	或は霊光の新なる—	113	遊仙歌	204⑤
	天の下の—	134	聖廟霊瑞	238⑧
	様々聞えし—に	132	源氏紫明	234⑧
	やさしかりし—の	159	琴曲	276⑦
もてな・す(玩)	いとさしもあらず—して	29	源氏	73⑨
もと(本、元、基、下)	—いひをきしことの葉の	37	行余波	83⑩
	—これ外道の友とかや	72	内外	134⑮
	緑松の陰の—紫藤の露の底	5	郭公	45③
	寒食の節に是を—とし	114	蹴鞠興	205①
	是みな筆跡を—として	73	筆徳	135⑫
	是を—として多の土石を運	159	琴曲	両335⑨
	是皆筆を—とす	73	筆徳	136⑭
	音楽をもて—とす	170	声楽興下	292⑤
	憐をかけし小萩が—に	44	上下	93⑬
	花乱の—に聞をそへ	169	声楽興	291⑧
	小萩が—の秋のかぜ	160	余波	279①
	小萩が—の哀こそ	167	露曲	288⑭
	—の家主や袖ふれし	53	熊野三	104⑤
	鏡は—の鏡にて	163	少林訣	283③
	—の滴となるなるも	85	法華	155①
	—の滴の玉きえし	134	聖廟霊瑞	239⑧
	—の姿を顕す	166	弓箭	287④
	—の着座を改め	156	随身諸芸	271⑦
	一木が—はあやなくて	3	春野遊	43⑭
	いたらざる草木の—もあらじ	131	諏方効験	232②
もとあら(本荒)	古枝にさける—の小萩が花	6	秋	47⑤
もとすゑ(本末)　＊ほんまつ	つよき心を引かへてひけば—	73	筆徳	136⑫
もとすゑのひやうし(本末の拍子)	—もとりどりに	82	遊宴	151⑧
	—を調へ	169	声楽興	291③
もとづ・く(基)	自己の本分になどかは—かざるべき	141	巨山修意	250③
もと・む(求)	—むともいはじ	143	善巧方便	252⑫
	ねぐらを林に—むなり	76	鷹徳	140③
	げに彼岸をや—むべき	45	心	95⑭
	仏陀に結縁を—むる	96	水	171⑦
	干潟を—むる朝なぎに	130	江島景	230⑪
	板間を—むるいたびさし	78	霊鼠誉	144②
	然ば道を—むる叢	128	得月宝池	226⑫
	—むる事を得ざりき	27	楽府	70⑪
	更に—むるに所なかりき	30	海辺	74⑫

	凡仁をほどこして咎を―めざるは	63	理世道	121⑭
	誰かは―めざるべき	82	遊宴	150⑪
	殷帝賢を―めしかば	98	明王徳	177⑤
	―めし竹の子はいかに	99	君臣父子	179②
	野沢に―めしゑぐの若菜	3	春野遊	43⑨
	何ぞ外に―めん	129	全身駄都	228⑦
もとめこ(求子)	―駿河舞の其品	59	十六	113⑤
もとより(元より)	法令―直ければ	143	善巧方便	253④
	―なれる理をば	86	釈教	156⑧
もとゐ(基)	実地を踏べき―かは	149	蒙山謡	261⑫
	四夷を治る―たり	155	随身競馬	270④
	修するに是又―たり	95	風	異309⑪
	心を和る―なり	121	管絃曲	215⑪
	皆是善巧誘引の―なれば	143	善巧方便	254④
	偏にただ此―なれや	141	巨山修意	249⑫
	夫双六の―は	60	双六	114⑨
	延暦の余流の―までも	135	聖廟超過	241⑪
	代治りし―より	146	鹿山景	257④
	抑此等の―をおもへば	147	竹園山	259⑦
	―を視聴の外にひらく	123	仙家道	220④
	其―をとぶらへば	159	琴曲	275⑥
	帰敬の―をや現しけん	129	全身駄都	228⑥
もなか(最中)	程もなく秋の―にはやなりぬ	96	水	両329③
	秋の―のかひ有て	41	年中行事	89⑩
もにすむむし(藻にすむ虫)	―のすみかにも	86	釈教	157②
	あまの苅―の音をぞなく	24	袖余波	65⑭
	あまの苅―の我から衣	34	海道下	80⑥
もぬけ(裳貫、蛻)	取て帰りし―の衣	126	暁思留	224⑥
	うつ蟬の―の衣も	46	顕物	96⑨
ものあはれ(物哀)	いと―なる女の	112	磯城島	201⑮
	―なる夕かな	164	秋夕	284⑥
ものいみ(物忌)→おものいみ(御物忌)ヲミヨ				
ものう・し(懶、物憂)	仕道に―からず	64	夙夜忠	124③
	運歩に―からず	140	巨山竜峯	248⑥
	松台の暮ぞ―き	164	秋夕	284⑦
	―きひなのすまゐなれば	28	伊勢物語	72④
	鷹の嘴猶―く	149	蒙山謡	261④
ものおもひ(物思)	―なしや老の春	2	花	42⑬
	―の花のみさきまさりて	74	狭衣袖	137⑥
ものおも・ふ(物思)	ぬれにぞぬれし―ふ	19	遅々春恋	61⑩
	―ふ袖はしほるらん	167	露曲	289①
	千々に―ふ月かげ	122	文字誉	219⑨
	われてぞ―ふよゐのまに	7	月	異305⑦
ものがたり(物語)	光源氏は―	112	磯城島	202⑦
	雨夜のすさみの―	90	雨	162①
ものさびわた・る	―れる栖居なるに	160	余波	278②
ものねた・む(物妬)	―む事を休てげり	27	楽府	71②
もののね(物の音)	―催馬楽こゑごゑに	169	声楽興	291④
	わきたる―とりどりに	160	余波	278③
	拍子の音も―も	104	五節本	188②

もののふ(物の武、武、者の武)	武道には―の	112	磯城島	201⑤
	箭並乱て―の	131	諏方効験	232⑮
	朝に仕る―の	39	朝	両332⑪
	―のもてる矢はぎに取副る梓の真弓	33	海道中	78④
	―の八十宇治河の早き瀬に	166	弓箭	287⑪
	―の弓影にさはぐ雉が岡	56	善光寺	108⑮
ものみ(物見)→ながものみヲミヨ				
ものみぐるま(物見車)	葵の上の車争ひ御忌の―は	115	車	208⑥
ものもの・し(物々)	いとねびまさりて―しく	16	不老不死	56⑨
もはや	―赤池にや成ぬらん	32	海道上	77⑨
もふしつかふな(もふしつか鮒)	―うなひ子が	91	隠徳	164⑨
もみぢ(紅葉)　＊こうえふ	綾綺殿の梅の―	150	紅葉興	262⑥
	真弓八入(やしほ)の―	150	紅葉興	263⑩
	柞小萩が―	150	紅葉興	263⑪
	葛の―岩柿真坂樹蔦の葉	150	紅葉興	263⑪
	時雨秋に―し	150	紅葉興	263⑥
	しのぶの―忍ぶとも	150	紅葉興	263⑦
	松の下葉も―する	150	紅葉興	263⑨
	―せばしばし山桜	150	紅葉興	262⑮
	千枝の―散過て	171	司晨曲	294③
	ぬるでの―散事を引とどめばや	150	紅葉興	263⑩
	―となるを手折つつ	150	紅葉興	262⑦
	ただ此―にしくはあらじ	150	紅葉興	262②
	異木の―になき事の	150	紅葉興	262⑤
	―に残色ぞなき	150	紅葉興	263⑪
	―の秋の林には	47	酒	96⑬
	黄葉の―の色々	150	紅葉興	262①
	満くる―の色殊に	150	紅葉興	262⑨
	―の色にうつろひし	41	年中行事	89⑭
	―の色にやながれけん	150	紅葉興	262⑧
	―の色もふかけれど	96	水	172①
	―の色を錦ぞと	150	紅葉興	262⑩
	―のころぞ興はます	150	紅葉興	262⑭
	さても―の品々に	150	紅葉興	263⑥
	柿の―の玉章は	150	紅葉興	263⑧
	わりなき―の伝ならむ	150	紅葉興	262⑦
	―の庭の沓や彼	150	紅葉興	262⑭
	―の麻の夕ばへ	108	宇都宮	194⑤
	吾立杣の―の箱	150	紅葉興	263⑫
	天河瀬の―の橋	150	紅葉興	262⑫
	櫨の―のはしばかり	150	紅葉興	263⑧
	―の山ぞ色ふかき	150	紅葉興	262⑪
	梢をかざる―の会	129	全身駄都	229⑧
	―は秋の景物	114	蹴鞠興	206①
	―は色相の秋の風	130	江島景	230⑧
	花は野べに―は峯に	6	秋	47④
	散かふ―も照まさる	102	南都幷	185①
	衣に色々の―や	150	紅葉興	263③
	―をかざす秋の興	145	永福寺幷	256①
	柿の―をながしけん	46	顕物	96⑧

もみぢのいかだ(紅葉の筏)	—をくだすは	95	風	170⑪
	—を下すは	150	紅葉興	262⑫
もみぢのが(紅葉の賀)	花の宴—	64	夙夜忠	124⑦
	—ぞすぐれたる	150	紅葉興	263①
	光源氏の—に	151	日精徳	264⑪
	—の興をまし	121	管絃曲	216⑩
	—の夕ばへに	25	源氏恋	67③
もみぢのにしき(紅葉の錦)	—の色々に	35	羇旅	81⑭
	—の色々に	82	遊宴	150⑭
もみぢがさね(紅葉襲)	—の薄様のくし	150	紅葉興	263③
もみぢば(紅葉葉)	わづかにのこる—	9	冬	49⑪
	匂をそへし—	150	紅葉興	262⑤
	桜が枝の—	150	紅葉興	262⑮
	夕日をのこす—	164	秋夕	285⑪
	未染やらぬ—の	57	善光寺次	109⑩
	村々移る—の	97	十駅	174⑥
	時雨に染る—の	110	滝山摩尼	197⑭
	露霜の小倉の山の—は	167	露曲	288④
	花の匂も—も	42	山	91⑧
	風の伝にて—を	150	紅葉興	263②
	月の桂の—を	150	紅葉興	263⑨
もみ・づ(紅葉)	終に—ぢぬ松が枝の	10	雪	50⑥
もみならし(揉馴)	叩子(たたいこ)平簺(びやうざい)の—	60	双六	116⑥
ももくさ(百種、百草)	色々にみゆる—	8	秋興	48⑭
	そよや千種—風になびき	125	旅別秋情	223⑧
	秋—の色色	43	草	91⑩
ももさへづり(百囀)	鶯の—すれども	10	雪	50⑪
	宮の鶯は—すれども	27	楽府	71①
ももしき(百敷)	—に取ては内侍所に手向る	124	五明徳	異312⑨
	—には酒殿	47	酒	97⑦
	—の色を引かへて	110	滝山摩尼	196⑭
	彼—の御遊にや	170	声楽興下	292⑩
	抑—の雲の上まですみのぼる	74	狭衣袖	137⑪
	—や掖庭の秋の宮人	167	露曲	288⑨
ももしま(百島)	—や千島の浪の外までも	30	海辺	異305③
ももたび(百度)	—攀折一枝も	164	秋夕	285④
	—さき万度栄る春の日の	12	嘉辰令月	53⑦
ももちたび(百千度)	花待えても—	14	優曇華	54⑨
	さかふる御園の—	82	遊宴	異302⑦
	—万代をかさねて	123	仙家道	220⑦
ももちどり(百千鳥)	—木伝へばおのが羽かぜにも	1	春	41⑫
ももつつ(百十)	—の真榊に	101	南都霊地	182⑩
ももとせ(百年)	媿かしや—ちかきつくもがみ	100	老後述懐	180②
	名にこそ立れ—に一年たらぬ白髪	28	伊勢物語	71⑪
ももとせあまり(百年余)　＊ひやくねんよ	年は—かとよ	92	和歌	165⑩
	—の末を受て	112	磯城島	201⑦
もものこび(百の媚)	見し面影の—	38	無常	84③
	—有しかば	93	長恨歌	167②
もものつかさ(百の司)	—悉く	64	夙夜忠	124②
も・ゆ(萌)	信夫の山のしたわらび—ゆる	26	名所恋	両326④

	—ゆる伊吹のさしも草	26	名所恋	68⑮
も・ゆ(燃)	柏木の—ゆるおもひのはて	38	無常	84⑪
	あさましく—ゆる気色は	22	袖志浦恋	63⑬
	浅間の嶽の朝夕に—ゆる気色は	22	袖志浦恋	両325⑪
	思に—ゆるけぶりと	113	遊仙歌	203⑪
もよほ・す(催)	夜深き別を—し	171	司晨曲	294⑩
	情や哀—しけん	160	余波	278③
	いかなる宿縁—して	87	浄土宗	158⑨
	聞にあはれを—し見に心を傷む	67	山寺	127⑫
	旅泊のあはれを—す	30	海辺	74①
	まだ明ぬに別を—す	70	暁別	130⑭
	先この興を—す	114	蹴鞠興	205④
	折々に此興を—す	155	随身競馬	270⑬
	おりから感を—す	164	秋夕	284⑤
	興を—す金言	134	聖廟霊瑞	238②
	競馬の道興を—す事	155	随身競馬	270⑥
	涙を—す便なり	49	閑居	99⑩
	哀を—す妻として	143	善巧方便	253⑬
	みな情を—す媒たり	47	酒	96⑬
	挑尽て懐旧の涙を—すは	49	閑居	98⑪
	老の涙を—すは	50	閑居釈教	100⑧
	哀を殊に—すは	103	巨山景	187⑧
	晩涼興を—す砌	94	納涼	168⑥
	放鷹楽を—すも	76	鷹徳	140⑧
もら・す(漏、洩)	—さじとこそおもへども	26	名所恋	67⑬
	十界六道みな—さず	86	釈教	157③
	順縁逆縁みな—さず	131	諏方効験	232③
	芥子のひまをも—さず	143	善巧方便	254③
	濁れる衆生を—さず	152	山王威徳	267③
	法水を—さずうるほすのみか	109	滝山等覚	195①
	—さず賢き御ことのり	63	理世道	123⑥
	—さず機をばおさめけん	128	得月宝池	227⑦
	恵を—さず灑	120	二闡提	214⑥
	—さぬ御法は有明の	50	閑居釈教	99⑭
	人を—さぬ恵かな	142	鶴岡霊威	252⑦
	—さぬ恵ぞたのもしき	163	少林訣	283⑭
	—さぬ恵をや洒らむ	147	竹園山	259⑨
	誰かは世には—しけむ	74	狭衣袖	137③
	涙を—す恋衣	161	衣	280⑥
	我名—すなといひ出ても	126	暁思留	224⑧
もり(森)	—の木陰も涼しきに	94	納涼	168⑨
もりあか・す(漏明)	竹のはに—したる月に	47	酒	異314④
もり・く(漏来)	月もたまらず—くる時雨の	145	永福寺幷	256⑨
もりど(森戸)	一村雨も—の松の	31	海路	76②
も・る(守)	うなひ子が小田—る霧の	164	秋夕	285②
も・る(漏)	菖蒲は—らぬ軒端にも	4	夏	44⑪
	—りてきこえし夕時雨	106	忍恋	190⑫
	婦にそはずの—りてしも	56	善光寺	108⑪
	—りて初音ぞ珍き	5	郭公	45⑤
	—りてもたれかちらしけん	26	名所恋	69③

	おさへむとすればわざと—る	58	道	111⑭
	軒—る月にあくがれて	78	霊鼠誉	144②
	苫ふく軒を—る月の	30	海辺	74⑥
	何か是に—るべき	102	南都幷	185⑦
	岩—る水のと託ても	112	磯城島	202③
	詞の花の梁に—るる	75	狭衣妻	139⑭
	誰かは—るる類あらん	87	浄土宗	157⑫
	霞に—るる花の香	3	春野遊	43⑦
	顕密ともに—れざれば	78	霊鼠誉	145③
	顕密権実みな—れず	85	法華	155③
	—れたる玉やなかりけん	92	和歌	166⑤
もるやま(守山)	時雨ていたく—の	32	海道上	76⑩
もろかづら(諸葛)	その神山の—	41	年中行事	89⑤
もろこし(唐)　＊からくに、たう	高麗—秋津洲の中にも	156	随身諸芸	両340⑦
	本朝にも限らず—にとりても	114	蹴鞠興	205⑭
	—の足高山は名のみにて	42	山	両327⑨
	高麗—の曲をわかつ	81	対揚	148⑫
	—の遠き跡とも云つべし	160	余波	277⑧
	遠く—のや文の道を忍つつ	71	懐旧	132⑪
	—の山の分散たり	159	琴曲	両335⑨
	高麗—や百済までも	154	背振山幷	269④
	心は高麗—を兼	82	遊宴	150⑨
	日本—を分つつ	159	琴曲	276②
もろこしがはら(唐が原)	大和にはあらぬ—をば	34	海道下	80⑥
もろこしぶね(唐舟)	—はよせねども	173	領巾振恋	298④
もろ・し(脆)	はや神無月の風に—き	121	管絃曲	216⑩
	—き木の葉に先立し	164	秋夕	284⑥
	黄葉の—き秋の梢	84	無常	153⑤
	王事—き事なかりしも	78	霊鼠誉	144⑨
	冬嵐に—き理を思へり	150	紅葉興	263⑥
	夕は—き涙かな	40	夕	88⑪
	虫の音も—き涙も	122	文字誉	219⑧
	—き涙もなくなく帰る	70	暁別	131⑥
	身にしむかぜに—くちる	38	無常	84⑬
	風にや—く見ゆらん	158	屛風徳	274③
	—くも木の葉の雨とふれば	90	雨	161⑬
もろともに(諸共)	みな此等の大将—	16	不老不死	57②
	三代の皇—	109	滝山等覚	195⑨
	—思と聞ばよしやさば	23	袖湊	65②
	友として—心を直からしむる	127	恋朋哀傷	225③
	しかすが—詩を詠じ	113	遊仙歌	203⑫
	三五の月—すみのぼる	133	琵琶曲	両338⑧
	—翼をかはひし中にして	132	源氏紫明	235⑫
	神—みそなはし	122	文字誉	219⑭
	神—みそなはせば	12	嘉辰令月	53⑩
もろびと(諸人)	色々にみゆる—の	145	永福寺幷	256②
	かたじけなくも—の	130	江島景	231④
	黒戸の番の—も	104	五節本	188⑨
もろもろ(諸)	此峯に—の神遊の有しに	159	琴曲	両335⑪
	—の州々神々	172	石清水	295⑬

	―の徳をぞ備べき	121	管絃曲	217⑫
もん(文)　＊ふみ、ぶん	家々の車の―	115	車	208⑬
	大覚堂の額の―	147	竹園山	259⑭
	聞もうれしき―はげに	151	日精徳	264⑩
	学者は―を集て	85	法華	155④
	経論玉章の―をみがく	67	山寺	128⑨
もん(門)	仏法所持の―とかや	153	背振山	268⑧
	終には随自の―に	87	浄土宗	異303⑧
	六八弘誓の―をたて	87	浄土宗	157⑬
	―を開かん程なれや	163	少林訣	282⑪
	広く甘露の―を開き	143	善巧方便	254⑥
もんえふ(門葉)	―さかへ枝を連ね	140	巨山竜峯	248⑫
もんく(文句)	講匠の―は	102	南都幷	185③
もんぐわのびやうぶ(掃画の屛風)	―とこそ聞け	158	屛風徳	274⑬
もんじゆ(文殊)	―の御座五台山	42	山	90⑤
	―のまします五台山	163	少林訣	283⑩
	―の利剣いちはやく	59	十六	113⑮
	―は是を知て	86	釈教	156⑥
もんじゆしり(文珠師利)	十種の願王―	62	三島詣	120④
もんぜん(文選)	―の中にも	95	風	170①
もんてい(門庭)	管をとる―	73	筆徳	136⑬
もんむ(文武)	―清和相続	114	蹴鞠興	205④
	―の賢き御代には	62	三島詣	119⑦
	さても―の御宇かとよ	71	懐旧	132⑪
もんもん(門々)	―毎に悉く	87	浄土宗	157⑬

や

や(箭)　＊弓箭(きうせん)	―はしつさつを成のみか	166	弓箭	287⑥
	―をおそれざる白猿も	166	弓箭	287④
や(屋)	又まばらにふける杉の―	145	永福寺幷	256⑨
	身をしる雨の槇の―に	90	雨	162⑤
やいう(野遊)	上陽の春の―の曲	3	春野遊	43⑥
やいろ(八色)	―の雲の其中に	118	雲	異313⑥
やう(陽)	楊は―の声あれば	114	蹴鞠興	205⑮
やういう(養由)	―絃を撫しかば	166	弓箭	287④
やういく(養育)	陰陽万物を―し	81	対揚	148⑩
	外に―の哀み深き	72	内外	134⑥
やうか(楊家)	―の深き窓に養はれ	93	長恨歌	167①
やうきひ(楊貴妃)	―が一枝の雨	121	管絃曲	217⑤
	―がかほばせ	2	花	42⑭
やうひ(楊妃)	玄宗皇帝の―が肩にかかりて	41	年中行事	89⑩
	―輦に侍き	115	車	208①
やうくわ(陽花)	―の声は勅をまち	114	蹴鞠興	207⑦
やうしゆん(陽春)	―初月に	78	霊鼠誉	143⑨
	―程なく影たけて	161	衣	280⑥
やうせい(陽精)	―を養ふ徳を備へ	149	蒙山謡	261③
やうたいふ(羊太傅)	―が碑の文	71	懐旧	131⑬
やうどうむゐ(嬰童無畏)	―の幼き	84	無常	153③

やうとく(陽徳)	君は—にかたどり	99	君臣父子	178⑫
やうびしゆんぼく(揚眉瞬目)	—の先に有	119	曹源宗	212①
やうふくちゑんまん(永福智円満)	—の標示として	144	永福寺	254⑭
やうめいもん(陽明門)	—の一廻	41	年中行事	89⑪
やうやく(漸)	通夜の衆徒は—	152	山王威徳	267⑦
	—甲避萌つつ	97	十駅	174④
	—湿土泥を見れば	96	水	172⑥
	鶏—散しは	171	司晨曲	295④
	渕酔—はじまりて	104	五節本	188⑩
	—宝所にいたらしむ	38	無常	85②
やうらうのたき(養老の滝)	—のいにしへ	47	酒	97⑩
やうらく(瓔珞)	—珠簾満盈	89	薫物	異303⑪
	柳をかざす—には	120	二闡提	214⑥
やうろく(羊鹿)	—の車軸折	97	十駅	174⑧
	—の三車妙なるたとへを	77	馬徳	異304⑨
やかたを(屋形尾)	鶻鳥屋がへり—	76	鷹徳	141⑧
やがて	—明ぬる篠のめの	5	郭公	46⑨
	—明行かたみのわりなきは	116	袖情	210④
	—明行鳥の音	125	旅別秋情	223⑦
	—消なば尋ても	167	露曲	289②
	よそに—聞もわたらば	126	暁思留	224⑨
	—其誠の法の道	135	聖廟超過	240⑦
	よそにも—立へだつるか	26	名所恋	68⑫
	嶺の白雲外に—遠ざかり行ば	36	留余波	82⑭
	五月雨の跡より—はるる日の	90	雨	両331⑫
	—晴ぬる夕づくひの	130	江島景	230⑭
	—まぎるる身ともがな	107	金谷思	191⑫
やから(族)	清河公の古き—	113	遊仙歌	203⑥
	是を背く—はみな	72	内外	135②
	魚鼈の—を尽ても	97	十駅	173⑦
やく(益)	或は勅に応ずる—に叶ひ	155	随身競馬	271③
	声字の実相に—ひろく	134	聖廟霊瑞	237⑪
	梵漢ともに—広く	138	補陀落	244⑭
	二の門の—も猶	87	浄土宗	158⑦
	二の門の—もなを	87	浄土宗	異303⑧
やく(役)	ことに上鞠の—を賞ぜらる	114	蹴鞠興	異311③
や・く(焼)	むさし野を今日はな—きそと	28	伊勢物語	異306⑧
やくさうやくじゆ(薬草薬樹)	—の喩も一味の雨に潤	90	雨	異304③
	—の花の匂	16	不老不死	56⑭
やくし(薬師)	—の十二神も	166	弓箭	287⑬
	—の十二大願	16	不老不死	56⑮
やくしじ(薬師寺)	—の本尊は	139	補陀湖水	246⑨
やくも(八雲)	—の奥に納れり	92	和歌	166⑪
やくものかぜ(八雲の風)	或は—を伝ふ	112	磯城島	200⑬
	—をや伝らむ	82	遊宴	150⑩
やぐわい(野外)	平々たる—に	137	鹿島社壇	242⑭
	代々の聖代の—の叡覧も	76	鷹徳	140⑥
	—の煙片々たり	57	善光寺次	109⑤
	—の鹿の遠声	72	内外	134⑩
やけい(野径)	風—に音信て	95	風	169⑧

	—に煙靡きて	35	羇旅	81②
やごゑのとり(八声の鳥)	—のひとこゑは	171	司晨曲	295①
やさ・し(幽華、優)	弓杖の末々いと—し	104	五節本	188①
	さても—しかりしは	121	管絃曲	216⑨
	—しかりし玩の	159	琴曲	276⑦
	さばかり—しき柏木の	78	霊鼠誉	144④
	聞も—しきさいた妻	43	草	91⑩
	—しき名にしほふ壺胡簶	156	随身諸芸	272④
	匂ひも殊に—しく	114	蹴鞠興	206⑦
	—しく覚るにほひは	89	薫物	160⑨
	中にも—しくおぼゆるは	60	双六	115⑭
	いとも—しく聞えしは	160	余波	278①
	—しくは聞えしか	165	硯	286⑧
やしなひ・う(養得)	—えては花の父母たり	90	雨	異304③
やしな・ふ(養)	楊家の深き窓に—はれ	93	長恨歌	167①
	昼は荊越に秣を—ふ	77	馬徳	異311⑧
	陽精を—ふ徳を備へ	149	蒙山謡	261③
やしほ(椰子、八入)	真弓—の紅葉	150	紅葉興	263⑩
やしま(八島)→むろのやしま(室の八島)ヲミヨ				
やしやうこう(野相公)	—はすなはち仁明の朝に仕き	65	文武	125⑧
やしやきじん(夜叉鬼神)	我遣天竜王—を聴衆とし	85	法華	154⑪
やしろ(社)	七の—のゆふだすき	78	霊鼠誉	143⑫
や・す(瘦)	—せて垂たる危岸の竹	115	車	208③
やす・し(安)	—くして又—からず	119	曹源宗	212⑥
	人自—からず神の威徳に預ればなり	152	山王威徳	267⑫
	うれふる隙こそ—からね	69	名取河恋	129⑭
	万人—きたのみあり	96	水	172⑬
	要道と只に—くいはん	58	道	110⑭
	こころも—くして	34	海道下	両326⑫
	—くも過るか浅水の	90	雨	162⑤
	上おさまれば下—し	122	文字誉	220①
やすみしる(八隅知)	佐礼早—我大君の	11	祝言	異301⑩
やす・む(休、息)	屢—まん宿をのぞみ	113	遊仙歌	203⑤
	暫—む石龕の辺	55	熊野五	106①
	九年の愁を—めしむ	98	明王徳	176⑨
	御身を—め給しかは	137	鹿島社壇	両340⑪
	鳳凰翅を—めてや	147	竹園山	258⑬
やすらひ(休)	ひぢ笠あめの—	90	雨	161⑫
	しばしと思ふ—に	30	海辺	74④
	一村雨の—に	57	善光寺次	109⑩
	—にこそ出しかと	171	司晨曲	294⑦
やすらひか・ぬ	—ねし天の戸	75	狭衣妻	139④
やすらひは・つ(休終)	—てぬ身となりて	38	無常	85③
やすらひわ・ぶ(休侘)	—びし通路	132	源氏紫明	235③
やすら・ふ(休)	里にやしばし—はん	32	海道上	77⑥
	裳すそはぬるとも—はん	37	行余波	83⑥
	駅にしばし—はん	52	熊野二	103⑨
	一道に争か—はん	97	十駅	175⑪
	このもかのもに—ひ	145	永福寺幷	256②
	暫く岩上に—ひ	153	背振山	268⑫

	大伴の黒主は花の陰に―ひて	112	磯城島	202②
	鳥曹司に―ふ	72	内外	134⑨
	暫―ふ迷あり	84	無常	153④
	―ふ道のかへるさ	100	老後述懐	180③
	文字には―ふ道もあらじ	122	文字誉	219②
	明てもしばし―へど	125	旅別秋情	222⑭
	すぎゆく方に―へば	51	熊野一	102⑦
	御坂をこえて―へば	53	熊野三	104②
	花の木陰に―へる	114	蹴鞠興	207③
やすゐ(安井)	―は仁和寺	114	蹴鞠興	206⑥
やせき(野跡)	二度―をとどむるは	158	屏風徳	274⑧
やそうぢがは(八十宇治河)	もののふの―の早き瀬に	166	弓箭	287⑪
やそせ(八十瀬)	鈴鹿河―の水は遠けれど	96	水	172⑩
やそん(野村)	―の叢に宿せしめ	35	羇旅	81④
やたて(矢立)	いざさば射てみむ―の杉	34	海道下	80③
やたへや	凡其身の為体忝なくも―	78	霊鼠誉	143⑩
	東方朔は―	100	老後述懐	180⑪
	かたじけなくも―	129	全身駄都	228⑭
	かかりし程に―	134	聖廟霊瑞	239⑨
	かたじけなくも―	140	巨山竜峯	247⑩
	還御の儀式は―	172	石清水	297⑨
	―此ところに広まり	101	南都霊地	183⑩
やちよ(八千世、八千代)	しほの山指出の磯に―経ても	31	海路	75⑩
	君が―を延足	114	蹴鞠興	207⑥
やつ(谷)	―より西の西の―	147	竹園山	259⑫
	東の境を渡の―	147	竹園山	259⑪
やつがり(僕)	―ここに言問て	113	遊仙歌	203⑤
やつこ(奴)	群類の―とならむとぞ思ふ	86	釈教	157③
やつ・す(窶)	姿を霊鼠に―しつつ	78	霊鼠誉	145⑤
やつはし(八橋)	参川なる蜘手にかかる―の	33	海道中	78③
やつやなぎ(八柳)	―の昔の跡旧て	152	山王威徳	267⑩
やつ・る(窶)	開てはいつしか移ろふ萩が―るらむ	145	永福寺幷	256⑪
	―るる秋の蘭	167	露曲	288⑫
やつるぎ(八剣)	熱田―いちはやき	32	海道上	77⑪
やど(宿)	葎の―萱が軒	23	袖湊	65④
	我―に来迎ふ空の郭公	5	郭公	45④
	さらさらねられぬ―にしも	106	忍恋	190⑧
	主なき―にのこれり	71	懐旧	131⑬
	―には人も問来ず	9	冬	49⑫
	しげれる―にもさはらぬは	87	浄土宗	158⑦
	猶帰みし―の梢	134	聖廟霊瑞	238⑮
	我―の薄をしなみ降雪は	10	雪	51⑤
	夕顔の花さく―の主や誰	40	夕	88③
	わが―の軒端にしげる	21	竜田河恋	62⑪
	尋し―のまきばしら	75	狭衣妻	139⑩
	とまりなれにし―の梅	67	山寺	128⑥
	夕顔の―花散里	64	夙夜忠	124⑦
	屢休まん―をのぞみ	113	遊仙歌	203⑤
やどしお・く(宿置)	其身をしばしば―きて	123	仙家道	220⑬
やどしわづら・ふ	―ふ箒木の	160	余波	278⑮

やど・す(宿)	朝夕影を—し	158	屏風徳	274①
	妙覚の月を—すこそ	151	日精徳	265②
	影をも—せ春の月	96	水	両329②
やどり(宿)	木陰にいざさば—とらむ	31	海路	76③
	誰くるす野のに—とらん	3	春野遊	44③
	今夜はここに—とらん	8	秋興	49④
	袖は涙の—ならむ	116	袖情	210②
	夕顔の—に立し車	115	車	208⑦
	夕がほの—の垣ほあれはてて	167	露曲	288⑩
	朝露の—をいつも捨やらで	58	道	111⑩
	風の—を誰かしらん	95	風	171②
	蓬生の—を分入しにも	156	随身諸芸	272⑦
やど・る(宿)	—らぬ草葉やなかるらん	51	熊野一	101⑨
	秦皇帝の—りしは	42	山	90⑧
	行教和尚の三衣の袂に—りて	142	鶴岡霊威	252③
	行教和尚の三衣の袂に—りて	172	石清水	296④
	—りはつべき影し見えねばと	75	狭衣妻	138⑫
	—りもはてぬ夢の名残	96	水	171⑭
	和光の月ぞ—るなる	109	滝山等覚	195③
	神の御影ぞ—るなる	96	水	異310②
	葦間に—る夜はの月	7	月	48⑦
	悟真寺の水にや—るらむ	49	閑居	99③
やな(梁)	詞の花の—にもるる	75	狭衣妻	139⑭
やなぎ(柳、楊)　＊細柳(せいりう)	—が枝にさかせてしがな	1	春	41⑫
	隋堤の—に繫船	79	船	146②
	—のいとの様したる	29	源氏	73③
	白楊が—の枝なり	99	君臣父子	178⑨
	—は陽の声あれば	114	蹴鞠興	205⑮
	—をかざす瓔珞には	120	二闡提	214⑥
	—を払はる風	81	対揚	149⑮
やなぐひ(胡籙)→つぼやなぐひ(壺胡籙)ヲミヨ				
やなみ(矢並、箭並)	—に見ゆる鏑河	56	善光寺	108⑮
	—乱て武の	131	諏方効験	232⑮
やはぎ(矢はぎ)	物のふのもてる—に取副る	33	海道中	78④
やばせ(矢橋)	—をいそぐ渡守	32	海道上	76⑨
やはらか(柔)	雀の舌—なり	149	蒙山謡	261⑤
やはら・ぐ(和)	瑞籬光を—ぐ	101	南都霊地	182⑨
	堅き心を—ぐ	112	磯城島	201⑥
	光を—ぐる玉垣は	108	宇都宮	192⑦
	春日くもらず光を—ぐる玉垣より	129	全身駄都	229⑤
	四十七字に—ぐる文字を端として	122	文字誉	218⑧
	心を—ぐる基なり	121	管絃曲	215⑪
	天地勢を—げ	96	水	171⑪
	大絃小絃を—げ	121	管絃曲	217⑦
	光を—げ給て	96	水	172⑦
	光を—げたまへり	142	鶴岡霊威	251⑩
	光を塵に—げて	12	嘉辰令月	53⑨
	照日の光を—げて	35	羇旅	81⑫
	日月光を—げて	81	対揚	148⑩
	光を—げて	152	山王威徳	267②

やぶ(藪)	—しもわかず道しある	144	永福寺	254⑪
	—しもわかず道しあれば	88	祝	159④
	—しもわかぬ光なれや	99	君臣父子	178⑥
やぶ・る(破)	身体髪膚を—らざる	99	君臣父子	179③
やへ(八重)	—さく花のいとこよなく	72	内外	135⑥
	—に隔るうな原や	86	釈教	157①
	そこともしらぬ—の塩路	172	石清水	296⑬
やへざくら(八重桜)	奈良の都の—	2	花	42⑨
やへむぐら(八重葎)	—しげれる宿にもさはらぬは	87	浄土宗	158⑦
やへやまぶき(八重款冬)	—紫ふかき藤並	1	春	42②
	—の一枝を	74	狭衣袖	137⑧
やほあひ(八百合、八合)	うかりし塩の—に	30	海辺	74⑧
	さても諏磨の浪路の—に	115	車	異311⑫
やほよろづ(八百万)	—の神をそへ	172	石清水	295⑭
やほよろづよ(八百万代)	あふぐ恵は—の	103	巨山景	異310⑨
	—の糸竹の	130	江島景	230⑫
	—の末までも	11	祝言	異301⑪
	—の中にも	136	鹿島霊験	241⑭
	—も五常を	133	琵琶曲	237②
やま(山)	東路はるかに宇津の—	37	行余波	83⑪
	鶯来鳴花の—	110	滝山摩尼	197⑬
	滞出て花の—	160	余波	278⑦
	誠に南岳—明て	97	十駅	175⑨
	此国に高き—あり	136	鹿島霊験	242⑧
	いく—こえても我のみぞ	37	行余波	83⑫
	蓬萊方丈瀛州のや三の—こそ	42	山	90⑧
	紅葉の—ぞ色ふかき	150	紅葉興	262⑪
	むかしながらの—とかや	123	仙家道	両335⑥
	麓の塵土—と成て	112	磯城島	201②
	今宵はさても—な越ぞ	56	善光寺	109①
	則此—なり	109	滝山等覚	196③
	げに有難き—なれば	154	背振山幷	270①
	さながら—に揚りき	136	鹿島霊験	242⑨
	先この—にあらはれ	55	熊野五	107①
	大乗戒壇を彼—に建られしに	135	聖廟超過	241⑧
	思はぬ—に踏まよふ	83	夢	152⑧
	野にも—にもかすみこめ	170	声楽興下	293②
	野にも—にも立煙	134	聖廟霊瑞	238⑮
	雪の光に明る—の	10	雪	50⑧
	霞に隠て帰る—の	91	隠徳	164⑥
	此—の頂の体たらく	138	補陀落	245⑨
	遙に入ぬる—の内	103	巨山景	186①
	鳥だに翔らぬ—の奥	153	背振山	268⑦
	槇立—の奥ふかき	163	少林訣	283⑦
	—の霞と立のぼり	84	無常	153⑧
	青葉こそ—のしげみの木蔭なれ	57	善光寺次	109⑨
	陰行—の下道	167	露曲	288⑥
	—の下荻こゑたてて	164	秋夕	285⑦
	—のはつかに残る月の	22	袖志浦恋	64⑨
	広教毘布羅の—の麓	16	不老不死	56⑫

	唐の—の分散たり	159	琴曲	両335⑨
	—の尾上の葛折	103	巨山景	186⑫
	峨々たる—は動なき	15	花亭祝言	55⑧
	—は峨々として雲聳け	53	熊野三	104①
	名高き—は聞ゆなれ	42	山	91④
	—は雲に連り	125	旅別秋情	222⑭
	—はこれ万歳の嵐のどかに	128	得月宝池	226⑧
	—は青巌の像を	34	海道下	79③
	—は関に心をかず	45	心	95⑪
	—は屏風に似たりな	158	屏風徳	274⑦
	—万歳と喚て	154	背振山弁	270①
	—深き栖家の	167	露曲	289③
	—みな寺ある寺作り	103	巨山景	186②
	白雲のかからぬ—も嵐吹そふ	21	竜田河恋	63⑥
	白雲のかからぬ—も鳴々ぞ	20	恋路	62②
	有明にて入—もなし	158	屏風徳	274⑨
	昨日の—よ今日の海	58	道	111⑧
	—より遠の夕日影	40	夕	87⑪
	夜さへ—を過ぬらん	170	声楽興下	292⑭
	—を過る駅路の鈴	48	遠玄	98③
	ねがひを三の—をならべ	109	滝山等覚	194⑬
やまのは(山の端)	影珍しき—	164	秋夕	285⑥
	傾く—ちかければ	84	無常	153⑩
	入方見ゆる—に	125	旅別秋情	223⑬
やままた(山復)	都の外の名山—	42	山	両327⑥
やままたやま(山復山)	—の雲を分て	34	海道下	80①
	—の青巌	42	山	90⑫
やまやま(山々)	名を伝て聞—は	42	山	90④
やまよりやま(山より山)	—に移来て	57	善光寺次	109⑤
	—によぢのぼる	108	宇都宮	192⑩
	—の末までも	36	留余波	82⑬
	—を隔は	48	遠玄	98④
やまあゐ(山藍)	みどりに見る—の	11	祝言	52⑨
	—もて摺る衣の色	59	十六	113⑤
やまおろし(山下)　＊やました	山風谷風—	95	風	170⑮
	竜田の山の—	163	少林訣	283②
	をつるや軒端の—に	90	雨	161⑫
	やや冬枯の梢さびしき—の	145	永福寺弁	256③
	名にしほふ嵐の—の	150	紅葉興	262④
やまおろしのかぜ(山おろしの風)	—にたぐひつつ	103	巨山景	187②
	—も寒きあしの海	34	海道下	80①
やまがえり(山還)	ざれの熨羽と—の上羽	76	鷹徳	141⑦
やまかげ(山陰)　＊せんいん	猶こころすむ—の	40	夕	88⑧
	人にしられぬ—の	49	閑居	99⑥
	—ふかくむすぶ庵に	50	閑居釈教	100⑨
やまかぜ(山風)	武庫の—下来て	51	熊野一	102⑦
	—谷風山下	95	風	170⑮
やまがた(山がた)	—かけたる家ゐの	71	懐旧	132⑧
やまがは(山川、山河)	せきとめがたき滝津心は—の	18	吹風恋	59⑨
	—の打滝て落る滝の尻	54	熊野四	105⑨

やまぐちのわうじ(山口の王子)	—に来にけらし	52	熊野二	103⑩
やまごえ(山越)	大泊瀬志賀の—	3	春野遊	44①
やまごもり(山籠)	範俊僧正の—	110	滝山摩尼	197②
やまざくら(山桜)	霞の内の—	97	十駅	174⑤
	よしやただ色にはいでじ—	106	忍恋	190④
	紅葉せばしばし—	150	紅葉興	263①
やまざと(山里)	海づら遠き—	68	松竹	129⑧
	小野の—尋ても	73	筆徳	136⑦
	海づら遠き—の家居までも	68	松竹	両328⑤
	小野の—雪ふかし	9	冬	49⑬
やました(山下)　＊やまおろし	—木の下葉分の風	95	風	170⑮
やましなでら(山階寺)	—は是かけまくもかたじけなき	101	南都霊地	183①
やましろ(山城)	—の六田の淀に左手差て	19	遅々春恋	61⑪
やますげのはし(山菅の橋)	—の深砂王	138	補陀落	244⑦
やまだ(山田)	—にかかる湖の渡	32	海道上	76⑧
	—の飛板のね覚は	6	秋	47⑨
やまだのはら(山田の原)	ここを瀬にせん—	5	郭公	46⑫
	—の過やらで	96	水	172⑫
やまぢ(山路)　＊さんろ	—暮しつ行やらで	5	郭公	46⑨
	梯あやうき—には	170	声楽興下	292⑨
	しらぬ—に踏迷ひ	171	司晨曲	294⑮
	—にむかふ坂もと	55	熊野五	107③
	足引の—の菊を打払ふ	151	日精徳	264⑤
	—の雲の濤煙のなみを	51	熊野一	102①
	行かふ—のこのもかのもにやすらひ	145	永福寺幷	256①
	樒つむ—のそば伝ひ	40	夕	88⑦
	—の露の玉篠の	94	納涼	168⑪
	—の雪の明ぼの	28	伊勢物語	72①
	—は苦しき坂なれば	58	道	111⑨
	分くる—はしげけれど	53	熊野三	104⑥
	遠の—や霧こめて	6	秋	47②
やまと(大和、日本)	我から衣—にはあらぬ唐が	34	海道下	80⑥
	—唐を分つつ	159	琴曲	276②
やまとうた(大和歌、和歌)	夫磯城島—	112	磯城島	200⑫
	わがよに伝る—	122	文字誉	218⑦
	—の情を捨ざるあまり	71	懐旧	132⑬
やまとごと(和琴)　＊わごん	紫の上の—	159	琴曲	276⑧
やまとことのは(大和ことの葉)	さて又—の	98	明王徳	177⑭
やまとたけのみこと(日本武の尊)	—の御孫豊良穴戸の宮の御子なり	142	鶴岡霊威	251⑫
やまとみこと(大和尊)	—の歌は是	92	和歌	165⑦
やまどり(山鳥)　＊さんてう	鏡に向ふ—の	66	朋友	126⑩
やまどりのを(山鳥の尾)	—のが鏡の	19	遅々春恋	61②
	—の切符の	135	聖廟超過	240⑤
やまとゑのみびやうぶ(日本絵の御屏風)	—も禁中に是を立らる	158	屏風徳	273⑨
やまなか(山中)	葛城山の—	52	熊野二	103⑩
	宮路の—なかなかに	33	海道中	78⑥
やまのべ(山辺)	—の霞の色	112	磯城島	201⑩
やまのみかど(山の御門)	—の西山	42	山	91①
やまのゐ(山の井)	影さへみゆる—	66	朋友	127④
	—玉の井玉河	94	納涼	169④

	むかしにもあらずーの	22	袖志浦恋	63⑭
	昔にも非ずーの	22	袖志浦恋	両325⑫
やまびと(山人)	薪を負るー	112	磯城島	202②
	舟木伐てふーの	34	海道下	80③
	折袖匂ふーの	82	遊宴	151⑦
やま・ふ(病)	ーふに利ありと見たまへども	86	釈教	156④
やまぶき(款冬)	麓に見ゆるーの	94	納涼	169⑤
	ーの花色衣の袂にも	46	顕物	96⑥
やまべ(山辺)	宇都のーの蔦鶏冠木	42	山	91⑥
	旅衣宇津のーの蔦の下道	164	秋夕	284⑪
	ささ浪や志賀のーを越るには	152	山王威徳	267④
やまみづ(山水)　＊さんすい	衣を洗ー	96	水	172⑧
やまもと(山もと)	猶緑に三輪のー	9	冬	49⑪
	ーかすむ夕ばへ	148	竹園如法	260⑦
	五月雨のー闇き雲の外に	118	雲	211①
	薄霧残るーくらき木枯に	96	水	172①
やみ(闇)	無明のーにや迷らむ	97	十駅	175④
	ーのうつつにしのぶ中河の	83	夢	両331①
	託つ方なき人をしたふ心のーは	175	恋	異306①
やみぢ(闇路)	子を思ふーは晴やらず	58	道	111⑪
	後のーをてらすべき	131	諏方効験	232⑦
	迷ふーを引導は	97	十駅	175④
	帰りて迷ふーをも	160	余波	278⑫
や・む(止、休)	さしもつらくてーまんとや	26	名所恋	69①
	そこともしらでやーみなまし	87	浄土宗	158③
	いはでやただにーみにけむ	28	伊勢物語	異306⑩
	散乱麁動もーみぬべし	58	道	112②
	物妬事をーめてげり	27	楽府	71②
やもめがらす(やもめ烏、病鵲)	病鵲(へいじゃく)のー	70	暁別	130⑬
	ーのうかれ声に	106	忍恋	190⑧
	可憎のーや	113	遊仙歌	204⑧
やや(夜々)	三業ーに侵つつ	97	十駅	173⑤
やや(良)	ー陰ろふ暮つかた	114	蹴鞠興	207②
	ー枯まさる冬草	43	草	92⑪
	ー冬枯の梢さびしき山おろしの	145	永福寺幷	256②
やよひ(三月、弥生)	梓弓ーなかばの比かとよ	144	永福寺	255⑧
	時はーの鶏冠の	150	紅葉興	262⑥
	ーの空の暮つかた	68	松竹	129②
	ーの空の花ぐもり	114	蹴鞠興	207①
	ーの永き春日も	1	春	42③
	梓弓春はーの花のしらゆふ	138	補陀落	245②
やよひのみつか(三月の三日)	ーの鳥合	171	司晨曲	295③
やらこ	ーは何事の様ぞとよ	58	道	112①
やりつづ・く(遣続)	ーけけんもてなし	72	内外	135⑤
や・る(遣)	妹をばいづちーりぬらん	34	海道下	79⑦
	市の南にーる車	115	車	207⑫
	紫野にはーるなれ	115	車	208⑦
やわら・ぐ(和)	光をーぐる瑞籬にも	120	二闡提	213⑬
	荒駒も鞭して心をーげ	156	随身諸芸	両340⑨

ゆ

ゆあさのわうじ(湯浅の王子)	—角の瀬	53	熊野三	104⑨
ゆいけうるふ(遺教流布)	—の勅をうけ	16	不老不死	56⑪
	抑—はみな	59	十六	113⑬
	羅漢の—も又	129	全身駄都	228⑫
ゆいしき(唯識)	誠に—の戦の	97	十駅	174⑪
	—の旗を揚しかば	101	南都霊地	183⑭
	徳は—の法施豊なれば	102	南都幷	184⑦
ゆいしきろん(唯識論)	—の三十頌を	137	鹿島社壇	243④
ゆいしんぎよくえう(遺身玉耀)	眼前—の厳を拝悦せし	129	全身駄都	227⑭
ゆいしんだと(遺身駄都)	又—の安置を尊ば	146	鹿山景	257⑭
	—の加被なり	129	全身駄都	228⑫
ゆいちよく(遺勅)	望らくは鷲峯の—を頂戴し	141	巨山修意	249⑥
ゆいぶつよぶつ(唯仏与仏)	—の外にさば	72	内外	異308④
ゆいほふるふ(遺法流布)	—の時なれや	160	余波	277⑦
ゆいま(維摩、唯摩)	—大梵の不思議	81	対揚	149⑧
	—大会の講匠は	101	南都霊地	183⑪
	さても此—会場の儀式の	102	南都幷	184⑭
ゆうこう(庾公)	—が楼に登れば	7	月	47⑬
ゆか(床)　＊とこ	石の—嵐にはらひ	123	仙家道	220⑩
	思をのこす夜はの—に	125	旅別秋情	223⑥
	昭陽の—の面影	160	余波	277⑬
	上陽の旧き—の辺	107	金谷思	191③
	—の辺の玉の師子	113	遊仙歌	204④
ゆが(瑜伽)	—真実の深秘密	129	全身駄都	228⑩
	—深秘の内証深くして	145	永福寺幷	256⑬
	三密—の道場には	108	宇都宮	193⑭
	—密教のことはり	91	隠徳	165④
	—三摩耶戒の霊場に	158	屛風徳	275①
ゆかげ(弓影)	者の武—にさはぐ雉が岡	56	善光寺	108⑮
ゆか・し	—しからずはなき物を	30	海辺	異305④
	げにいかばかりかは—しかりし	113	遊仙歌	203⑨
	驪山のむかしぞ—しき	41	年中行事	89⑩
	玉順山ぞ—しき	42	山	90⑪
	磯間のみるめぞ—しき	52	熊野二	103⑦
	げに想夫恋ぞ—しき	121	管絃曲	217②
	姑蘇台の外ぞ—しき	171	司晨曲	294⑬
	聞もうらやましく—しき跡は	49	閑居	98⑭
	主—しき車は色々に匂ふ袖口	115	車	208⑬
	—しき事の限は	158	屛風徳	274⑩
	其名を聞も—しきは	80	寄山祝	異309②
	隠て—しき道とす	91	隠徳	164③
	殊に—しく覚るは	94	納涼	168⑭
	春やむかしも—しけれ	114	蹴鞠興	206⑥
	神代のわざこそ—しけれ	173	領巾振恋	298⑨
	君がすむつづきの里の—しければ	26	名所恋	68⑦
ゆが・む(歪)	身の—めるを刷ひ	158	屛風徳	274②

ゆ

ゆかり(縁)	涙は袖の—ならむ	116	袖情	210②
	おもへば—の色の形見なれや	126	暁思留	224⑭
	若紫の—の色も	107	金谷思	191⑮
	移菊の紫の—の色も浅からず	60	双六	116②
	—の色を思そめにし始より	132	源氏紫明	234⑨
	げに武蔵野の紫の—の袖や	74	狭衣袖	137⑭
	—はおなじ野の露に	167	露曲	288⑫
	あたりの草の—までも	8	秋興	49⑤
ゆき(雪)	みゆる浦ちかく降くる—	10	雪	50⑦
	瑶階を連ぬる庭の—	10	雪	50⑩
	みぎはの氷峯の—	10	雪	51③
	汀の氷峯の—	55	熊野五	106⑤
	琴上に飛びし花の—	111	梅花	200③
	まじろの鷹の羽だれの—	131	諏方効験	232④
	霞みだれて花の—	143	善巧方便	253⑪
	道も去あへぬ花の—	152	山王威徳	267④
	霜—雨にそほちても	74	狭衣袖	137⑩
	霜—霰玉篠の	143	善巧方便	253⑬
	—うち払ふたなざきの	76	鷹徳	141③
	—うち払ふ旅ごろも	116	袖情	210①
	木枯寒く—ちれば	55	熊野五	106④
	—と浪とはいとはしく	92	和歌	166⑦
	—と降し庭の花	2	花	42⑬
	開ばかつちる—とふる	148	竹園如法	260⑥
	明日は—とや積べき	21	竜田河恋	63⑦
	仙方の—に類ては	111	梅花	199⑧
	—にはおなじ色ならず	119	曹源宗	212③
	老馬は—にも迷はず	77	馬徳	143①
	さながら—にやながるらん	173	領巾振恋	298⑦
	岡辺の松に積る—の	32	海道上	77①
	山路の—の明ぼの	28	伊勢物語	72①
	はだれの—の明ぼのに	76	鷹徳	141③
	香爐峯の—の朝	47	酒	97②
	小野山や深き恨の—の朝	71	懐旧	132⑩
	—の朝に色はへて	76	鷹徳	140⑪
	炉峯の—の朝には	140	巨山竜峯	248⑭
	—の朝の眺望は	145	永福寺幷	256④
	月の光—の色	92	和歌	166⑥
	狩場の小野の—の中に	121	管絃曲	216⑮
	—の中のつながぬ駒とかや	10	雪	50⑬
	—の下の紅梅	111	梅花	200⑤
	—の扃の明暮は	154	背振山幷	269⑦
	—の光に明る山の	10	雪	50⑦
	さびしき—の夕ぐれ	103	巨山景	187①
	立やすらひし—の夜	168	霜	290⑧
	少林冷坐の—の夜に	119	曹源宗	211⑭
	瓊樹を抽る林の—は	10	雪	50⑩
	猶風まぜの春の—は	10	雪	50⑫
	我宿の薄をしなみ降—は	10	雪	51⑤
	鹿子斑にふる—は	34	海道下	79⑫

ゆ

	袖降―はなをさえて	10	雪	51②
	小野の山里―ふかし	9	冬	49⑬
	―踏分て君を見ても	83	夢	152③
	―降つもる朝ぼらけ	103	巨山景	186⑭
	―古郷を見やれば	158	屏風徳	274⑦
	雲さえて―ふるみねを踏分て	118	雲	211③
	峯の―汀の氷ならねども	20	恋路	61⑭
	袁司徒が家の―も	10	雪	50⑨
	夕に鳥立に迷ふ―も	10	雪	50⑭
	梢の―も寒き夜	67	山寺	128⑨
	―も月日も積年	41	年中行事	90①
	―よりしらむ篠のめに	32	海道上	77①
	―林頭に点ずとか	134	聖廟霊瑞	238④
	―を重る竹の葉に	104	五節本	188③
	千重の―を凌て四本竜寺を立けるぞ	138	補陀落	244⑨
	―をはらひし面影	161	衣	280②
	紅の―をひるがへすも	123	仙家道	220⑫
	冴る一尺の―をよろこぶおもひあり	10	雪	51⑤
	―を分けん孟宗が	99	君臣父子	179①
ゆきをあつ・む(雪を集)	―むる学窓には	102	南都幷	185⑤
	―むる闇の中に	124	五明徳	221⑨
	蛍を拾ひ―め	108	宇都宮	193⑭
	―めて光とす	10	雪	50⑬
ゆきをめぐら・す(雪を廻)　＊廻雪(くわいせつ)	深更に―す	62	三島詣	120⑩
	―す袖の色	102	南都幷	185②
	―す袂より	82	遊宴	150⑭
	―す花の袂	59	十六	113⑤
	―す舞の姿	113	遊仙歌	204③
ゆきあひ(行逢)	都の友の―	66	朋友	126⑭
	都の友の―	66	朋友	両339⑦
	松の―の木枯に	40	夕	87⑫
ゆきか・ふ(行交)	―ふ人ぞ稀なりし	93	長恨歌	167⑪
	―ふ人や稀ならむ	48	遠玄	98⑤
	―ふ道のよろづたび	62	三島詣	119⑮
	―ふ山路の	145	永福寺幷	256①
ゆきき(往来)	逢坂や人の―を留しは	133	琵琶曲	236⑦
ゆきす・ぐ(行過)	右近の馬場を―ぎ	60	双六	115⑧
	たぎりて落る浪の荒河―ぎて	56	善光寺	108⑬
ゆきずり(行摺)	立寄友の―にも	125	旅別秋情	223②
	袖の―も	145	永福寺幷	256②
ゆきひら(行平)	―の鶴の摺衣	161	衣	280②
ゆきま(雪間)	先は―の若菜卯杖つき	43	草	91⑪
	―を分る若草の	10	雪	50⑥
ゆきめぐ・る(行廻)	紀路の遠山―る	53	熊野三	104⑩
ゆきや・る(行やる)	山路暮しつ―らで	5	郭公	46⑨
	水のしがらみ―らで	32	海道上	77④
ゆ・く(行)	豈さば―かざるべけんや	87	浄土宗	158④
	いそぎて我や―かまし	26	名所恋	68②
	ぬるとも―かむみるめしげく	31	海路	75④
	いざ立寄て見てだに―かん	32	海道上	76⑪

ゆ

	猶たちかへりみて—かん	35	羇旅	81⑨
	いざ見に—かん狩場の小野	76	鷹徳	140⑫
	去来見に—かん更科や姨捨山	7	月	48⑥
	見てだに—かんと	125	旅別秋情	222⑬
	我から—かんの道なれば	86	釈教	157②
	紫野—き志目野—き	76	鷹徳	141②
	孫子斉に—きて	155	随身競馬	270⑦
	—きて又とどまる	93	長恨歌	167⑧
	あふの松原—きてみん	26	名所恋	68④
	袖たれて—きてやみまし	30	海辺	異305②
	浩然として—きぬれば	160	余波	279③
	尋やすく—きやすきは	130	江島景	230③
	後に廻て北に—く	147	竹園山	259⑪
	肩瀬の浪は—く河の	37	行余波	83⑥
	雲収り尽ては—くこと遅き夜はの月	81	対揚	150②
	間—く駒の心地して	134	聖廟霊瑞	239⑥
	夏—く瀬々の河水楽	121	管絃曲	216⑭
	空—く月のあふせまで	70	暁別	131②
	—く人もとどまる袖も旅衣	36	留余波	82⑩
	おぼつかなさは此—くべき	35	羇旅	82⑥
	終に—く道とも知で	38	無常	異307②
	—く水に算(かず)書がごと跡なき世と	84	無常	153⑨
	—く水に数かくがごとく	84	無常	両331④
	下—く水のふかき思	126	暁思留	224⑩
	下—く水も上こす波も	44	上下	94④
	—くも帰もをしなべて	35	羇旅	81⑥
	いで我駒は早く—け	77	馬徳	142⑬
	万山—けば万の罪消て	54	熊野四	105③
ゆきゆ・く(行々)	浮島が原中遠く—きて	34	海道下	79⑬
	—きては猶又幽々たりとかや	55	熊野五	106①
ゆくゆく(行々)	進まれぬ道に—も	134	聖廟霊瑞	238⑮
ゆくかた(行方)	—しらぬ蚊遣火の	75	狭衣妻	138⑭
ゆくさき(行先、行前)	王子をすぎて—も	55	熊野五	106③
	猶—もはるばると	136	鹿島霊験	242②
ゆくすゑ(行末)	はるけきかなや—	14	優曇華	54⑪
	はるかに思ふ—	16	不老不死	56⑦
	朝立旅の—	39	朝	87⑤
	千年も遠き—	56	善光寺	108①
	又近江路の—	126	暁思留	224⑨
	はるけきかなや—	14	優曇華	両325④
	—かけて見ゆる哉	15	花亭祝言	55⑤
	—栄しためしには	132	源氏紫明	234⑧
	—遠き磯伝ひ	48	遠玄	98⑥
	—遠くたのめをけば	75	狭衣妻	138⑬
	猶—にも逢坂は	36	留余波	82⑬
	—はまだ我しらぬ白河の	35	羇旅	82③
	—遙におもへば	103	巨山景	異310⑨
	—をはるかに美豆の	51	熊野一	102④
ゆくへ(行末)	露かかるべき身の—	173	領巾振恋	298⑪
	薫の—と思へば	25	源氏恋	67⑦

	うへなき思の―とや	22	袖志浦恋	63⑬
	うへなき思の―とや	22	袖志浦恋	両325⑫
	その水茎の―も	46	顕物	96⑨
	―もしらずはてもなし	69	名取河恋	130④
	―もしらず迷は	20	恋路	62①
	―もしらぬ詠の末や	107	金谷思	191⑪
	主の―を尋ぬれば	113	遊仙歌	203⑤
	猶死の―をば弁ず	86	釈教	155⑭
ゆげた(湯桁)	―の数もたどただしからず	60	双六	115⑮
	是も―はいさしらず	34	海道下	80④
ゆじやなかうだう(踰闍那講堂)	―の御法をも	44	上下	94⑧
ゆしゆつ(涌出)	宝塔―の称名	81	対揚	149⑦
	―の菩薩に譲しは	85	法華	154⑥
ゆする(泔)	雨に―しても猶	116	袖情	209②
	風に髪梳り雨に―してや	64	夙夜忠	123⑪
ゆす・る(揺)	浦々島々磯もと―り	86	釈教	157①
ゆたか(豊)	国富民―なり	12	嘉辰令月	53⑥
	九年資へ―なり	34	海道下	80⑭
	徳は唯識の法施―なれば	102	南都幷	184⑦
	顕密の法施―なれば	108	宇都宮	194①
	国土まことに―なれば	149	蒙山謡	261①
	金銭瓊蕊の宝―に	151	日精徳	264⑥
	民の烟もにぎわひ―に	34	海道下	両326⑫
	黒三寸―に賜つつ	101	南都霊地	184④
ゆだち(湯立)	―宮人こゑごゑに	17	神祇	58②
	神楽には―宮人	82	遊宴	151⑧
ゆづう(融通)	彼石は金輪際に―せるとこそ聞	137	鹿島社壇	両340⑪
ゆづ・る(譲)	国の位を―らしむ	98	明王徳	177⑫
	涌出の菩薩に―りしは	85	法華	154⑥
	或は位を賢に―りて	98	明王徳	176⑨
ゆつゑ(弓杖)	―の末々いとやさし	104	五節本	188①
ゆのかは(湯の河)	岩神―はるばると	55	熊野五	106④
ゆばどの(弓場殿)	―に座を敷て	16	不老不死	56①
ゆび(指)	雲間の月にさす―も	163	少林訣	282⑩
ゆひそ・む(結初)	神代よりしめ―めし榊葉を	74	狭衣袖	138⑧
ゆふ(夕)	―越かかる旅の空	40	夕	87⑬
ゆふあらし(夕嵐)	五百代小田の―	40	夕	88⑨
	五葉の嶽の―	110	滝山摩尼	197⑬
	さしも冴くらす―に	32	海道上	77③
ゆふかげ(夕陰)	日も―に傾けど	94	納涼	168⑨
ゆふかぜ(夕風)	雲間をわたる―	40	夕	88⑤
	さもなつかしき―	53	熊野三	104⑥
	身にしむ秋の―	81	対揚	149⑬
	花橘の―	116	袖情	209⑭
	雲吹とむる―	123	仙家道	220⑬
	涼しき秋の―	166	弓箭	287⑫
ゆふかづら(木綿かづら)	宮河の水の―	96	水	172⑪
ゆふがほ(夕顔)	―のねぐたれがみの其ままに	38	無常	84⑨
	―の花さく宿の主や誰	40	夕	88③
	―の宿花散里	64	夙夜忠	124⑦

	—のやどりに立し車	115	車	208⑦
	—のやどりの垣ほあれはてて	167	露曲	288⑩
	垣生の—を手折しも	156	随身諸芸	272⑧
ゆふぎり(夕霧)	猶立まよふ—の	40	夕	88②
	立隔ても—の	121	管絃曲	216⑬
	—のへだてなかりし中	127	恋朋哀傷	226①
ゆふぐれ(夕暮)	絶々よはる—	8	秋興	49③
	いそぐは旅の—	32	海道上	77⑭
	たのめて問ぬ—	95	風	171①
	さびしき雪の—	103	巨山景	187①
	旅宿の秋の—	125	旅別秋情	224①
	露に分入—	164	秋夕	284⑪
	枯々になる—	168	霜	290④
	こころづくしの—	40	夕	両333④
	—しるき尾花が袖	164	秋夕	285⑥
	又—と契ども	21	竜田河恋	63②
	涙諍—に	164	秋夕	284⑭
	そこともみえぬ—に	170	声楽興下	293③
	日も—にや成ぬらむ	32	海道上	76⑪
	無常を思ふ—の	118	雲	211⑥
	春雨そそく—の	167	露曲	288③
	日も—のかへるさ	3	春野遊	44④
	—の露をば露と置ながら	167	露曲	288⑭
	又—やたのままし	70	暁別	131⑦
	思ひなれにし—を	164	秋夕	285⑨
ゆふくれなゐ(夕紅)	—の色なれや	171	司晨曲	295④
ゆふけぶり(夕煙)	きぎす鳴野の—	3	春野遊	44②
	浅間の嶽の—	28	伊勢物語	72①
	をくれ先立—	38	無常	84⑧
	おくれ先立—	38	無常	両335③
	いまはの涯の—	160	余波	278⑩
ゆふこゑ(夕声)	渚のたづの—	164	秋夕	284⑭
ゆふしぐれ(夕時雨)	もりてきこえし—	106	忍恋	190⑫
	春雨急雨—	143	善巧方便	253⑬
	楢の葉柏片枝色染る—の	159	琴曲	275⑬
ゆふしで(木綿注連、木綿四手)	なびくは神の—	33	海道中	79①
	河瀬にながす—	41	年中行事	89⑧
	祈る手向の—も	142	鶴岡霊威	252⑧
	駒の—かけまくも	155	随身競馬	270⑪
ゆふしほ(夕塩)	—夕なぎ夕波千鳥	40	夕	87⑭
	田蓑の島の—に	164	秋夕	284⑬
ゆふしほかぜ(夕塩風)	—のはげしさに	173	領巾振恋	298⑥
	客帆寒き—や	79	船	145⑭
ゆふしめり(夕しめり)	籬の花の—	40	夕	88②
ゆふしも(夕霜)	—はらふ秋の風	168	霜	289⑩
	—の晩稲のいな葉うちなびき	40	夕	88⑤
ゆふだすき(木綿襷)	憑をかくる—	55	熊野五	107②
	七の社の—	78	霊鼠誉	143⑫
	あだにしもいかがは—	135	聖廟超過	240①
ゆふだち(夕立)	おもひもあへぬ—	90	雨	161⑩

ゆ

	思もあへぬ―	90	雨	両332①
	―過る谷の水	58	道	111④
	―す也遠近の雲井のよそに	99	君臣父子	178⑩
	一村すぐる―に	4	夏	44⑬
	―の跡吹送る風越の	94	納涼	168⑩
	―の晴ぬる跡の夕づくひ	40	夕	88④
ゆふづくひ(夕付日)	夕立の晴ぬる跡の―	40	夕	88④
	さすや岡辺の―	49	閑居	99⑦
	やがて晴ぬる―の	130	江島景	230⑭
ゆふづくよ(夕月夜)	月花門の―	7	月	48⑨
	―おぼつかなきに玉匣	31	海路	両333⑪
ゆふつけどり(木綿付鳥)	―にや言伝ん	75	狭衣妻	139④
	―のしだり尾の	171	司晨曲	294④
ゆふつゆ(夕露)	結も敢ぬ―	91	隠徳	164⑫
	心をかるる―の	8	秋興	49⑥
	風にたまらぬ―は	40	夕	88⑥
ゆふなぎ(夕なぎ)	夕しほ―夕波千鳥	40	夕	87⑭
	淡路の瀬戸の―に	51	熊野一	102⑨
ゆふなみちどり(夕浪千鳥、夕波千鳥)	干潟も遠く立騒ぐ―	31	海路	75⑪
	干潟も遠く立騒ぐ―	31	海路	両334③
	夕しほ夕なぎ―	40	夕	87⑭
ゆふばえ(夕映)	紅葉の麻の―	108	宇都宮	194⑤
	えならぬ花の―	114	蹴鞠興	206⑫
	閑けき空の―	144	永福寺	255⑨
	山もとかすむ―	148	竹園如法	260⑦
	さしかへたまひし―	151	日精徳	264⑫
	紅葉の賀の―に	25	源氏恋	67③
	秋かぜ身にしむ―の	82	遊宴	150⑭
	色々に染なす―の	129	全身駄都	229⑧
	露分衣の日も―の色々に	131	諏方効験	232⑮
ゆふばらへ(夕祓)	名残も惜き―	4	夏	44⑭
ゆふひ(夕日)　＊せきじつ	槙立山の―にも	58	道	111⑪
	―をのこす紅葉ば	164	秋夕	285⑪
ゆふひがくれ(夕日隠)	―の秋風や	164	秋夕	285⑦
ゆふひかげ(夕日影)	山より遠の―	40	夕	87⑪
ゆふべ(夕、暮)	時しもあれや秋の―	61	郢律講	118④
	得月楼の秋の―	103	巨山景	186⑤
	もの哀なる―かな	164	秋夕	284⑥
	盛をのこす―かな	164	秋夕	285⑤
	今ははや―しらする松風の	40	夕	両333④
	秋は身にしむ―とて	161	衣	280⑧
	素商の秋の―なり	164	秋夕	284③
	大涅槃は又―に像り	164	秋夕	285⑬
	―に御物を備ては	64	夙夜忠	123⑭
	―に鳥立に迷ふ雪も	10	雪	50⑬
	―には雨と時雨けん	22	袖志浦恋	64⑦
	林をかざる―の色	84	無常	153④
	墨染の―の色のすごきは	40	夕	88⑥
	立まよふ―の霧の絶間にも	66	朋友	126⑩
	来迎引摂の―の雲	164	秋夕	285⑮

	—の雲をやわけつらむ	118	雲	210⑫
	—のことにわりなきは	40	夕	88①
	—の空の村雲に	40	夕	88②
	双林樹下の—の月	91	隠徳	165①
	時を分ぬ—の露	71	懐旧	132⑨
	—はもろき涙かな	40	夕	88⑪
	—迎る三日月の	164	秋夕	285⑥
	—やわきてまさるらん	40	夕	87⑬
	—をまたぬあさがほの	40	夕	両333③
ゆふまぐれ(夕まぐれ)	ほのかに招く—	6	秋	47⑥
	なく音さびしき—	40	夕	87⑭
	放参了の—	103	巨山景	187⑥
ゆふやみ(夕闇)	篝火や蛍にまがふ—	4	夏	44⑬
ゆみ(弓)	三尺の劒一張の—	81	対揚	149③
	榊みてぐらささ—	82	遊宴	151⑨
	—にや似たらん三日月の	125	旅別秋情	223⑬
	一張の—のいきほひ	166	弓箭	287⑩
	—はりきんをあげ	166	弓箭	287⑥
ゆみとり(弓取)	君をまもる—の国を治るはかりこと	76	鷹徳	両326⑦
ゆみはり(弓張)	いさ宵—臥待の月	7	月	48⑩
	いざよひ—ふし待の月	7	月	異305⑦
	三日月—居待の月	78	霊鼠誉	143⑭
ゆめ(夢)	漢に叫で驚く—	83	夢	152⑫
	枳里紀王に告し十の—	83	夢	152⑮
	魏徴を子夜に見し—	98	明王徳	177⑨
	古里に帰る夜の—	162	新浄土	282①
	見しや—ありしやうつつ	21	竜田河恋	63④
	—うつつともわきかねてや	28	伊勢物語	72⑧
	—かうつつかおぼほえず	24	袖余波	66⑫
	—かとぞおもふおもひきや	83	夢	152③
	—かとよ見しにもあらぬつらさ哉	74	狭衣袖	138⑥
	—か—にあらざるか	49	閑居	98⑫
	—さへうとくや成ぬらむ	33	海道中	78⑫
	—さめてむなでなり	113	遊仙歌	203⑩
	暁の—すさまじ	48	遠玄	97⑭
	朝雲暮雨の—とかや	160	余波	277⑩
	ともにむかしの—とかや	160	余波	両332⑦
	うつつとやいはむ—とだに	34	海道下	79⑤
	—とやいはんさても彼	83	夢	152⑦
	うつつを—とやたどりけん	173	領巾振恋	299⑦
	—にいくらもまさらぬは	83	夢	152④
	—にいくらもまさらぬは	83	夢	両331①
	傅説を—にえたりな	98	明王徳	177⑥
	はかなき—におどろきて	160	余波	278⑥
	静に暁の—にかたらへば	71	懐旧	131⑨
	暁の—に通ずとか	95	風	170⑦
	都—に似たりとか	83	夢	152⑩
	三刀を懸し—には	122	文字誉	219⑤
	籬の蝶を—に見て	58	道	111⑦
	思出の有し昔を—に見て	157	寝覚恋	両329⑦

	或は魏徴を—にみて子夜になき	83	夢	152⑩
	或は殷丁—に見て傳説をえ	83	夢	152⑩
	—にもかよふこころならむ	37	行余波	83⑫
	—にも人の言伝しも	66	朋友	126⑬
	語あはせん見し—の	75	狭衣妻	139③
	思へば—のあだし世に	38	無常	84②
	はかなき—のあだしよを	84	無常	両331④
	程なき—の逢瀬まで	164	秋夕	285①
	抑おほくの—の中に	83	夢	152⑫
	珊瑚の枕の—の中に	119	曹源宗	212⑦
	抑おほくの—の中に	83	夢	異303③
	—の中に得たりき	73	筆徳	異308⑧
	はかなき—の中にさへ	22	袖志浦恋	64⑤
	寝が中にみるてふ—の面影は	83	夢	152①
	さめぬる—の心地して	83	夢	152⑥
	猶又—の心ちす	164	秋夕	284⑫
	猶其—のさめやらで	83	夢	異303③
	—の底より聞覧	171	司晨曲	295⑦
	神女に結し—の契	22	袖志浦恋	64⑦
	祈念夜をかさねし—の告	147	竹園山	259⑧
	或は—の告有て	62	三島詣	119⑥
	わかるる—のとだえにて	83	夢	152⑤
	やどりもはてぬ—の名残	96	水	171⑭
	又寝の—の余波かは	83	夢	152⑦
	又ねの—のなごりなれば	39	朝	87②
	見はてぬ—の名残の	94	納涼	168⑬
	—の枕に音信て	3	春野遊	43⑧
	丁固が—の松の字	122	文字誉	219⑤
	猶昨日の—の迷ならん	50	閑居釈教	100⑪
	如夢幻泡影—の世を	163	少林訣	283⑤
	—の終十地の眠さめ	83	夢	152⑭
	—幻をたのめども	168	霜	290⑨
	かたみをしたふ—もあり	58	道	111⑬
	とはず語の—も勝	7	月	48⑥
	暁の—も尽はてし	134	聖廟霊瑞	239④
	岩根に—もむすばれず	110	滝山摩尼	198①
	昨日の現今日の—よ	134	聖廟霊瑞	238⑫
	商客の—を驚す	30	海辺	73⑭
	或は五更に—をさまし	51	熊野一	101⑫
	生死の—を覚しけん	170	声楽興下	293④
	人だのめなる—をだに	18	吹風恋	60⑥
	うたたねの—をだに	116	袖情	209⑩
	逢みる—を憑みけん	70	暁別	130⑬
	—を憑し妻となる	132	源氏紫明	235⑤
	仙家に—を通ずる夜	83	夢	152⑪
	六十年の—を送思	107	金谷思	191③
ゆめのうきはし(夢の浮橋)	とまらぬ今朝の面影一夜の—	70	暁別	131④
	—浮沈み	83	夢	152⑧
ゆめのただち(夢のただち)	跡なき水の—	24	袖余波	66⑧
	—の雨の後	5	郭公	45⑥

	—をしたふらむ	83	夢	152②
ゆめぢ(夢路)	—にむすぶちぎりの	157	寝覚恋	272⑫
	—に結ぶ契の	157	寝覚恋	両329⑧
	かたらふ一夜の—にや	24	袖余波	65⑫
	—の末こそみじかけれ	173	領巾振恋	299②
	—も我をまよへとて	58	道	111⑭
	—をたどる袂には	83	夢	152②
ゆもと(湯本)	まだみぬ—早川	34	海道下	80④
ゆやごんげん(熊野権現)	—の瑞籬は	109	滝山等覚	194⑫
ゆらと	穂並も—打なびく	54	熊野四	105⑥
ゆらのみなと(由良の湊)	—に拾貝の	97	十駅	173⑪
	—も程ちかく	53	熊野三	104⑨
ゆりうえい(楡柳営)	—の春の雨	142	鶴岡霊威	252⑦
ゆるぎぐし(動櫛)	染分択櫛(えりぐし)—	105	五節末	189④
ゆる・し(緩)	—くうたひ濫しく乙でてや	93	長恨歌	167⑥
	和琴—く攪鳴して	79	船	145⑪
	風大虚に—くして	95	風	169⑧
	和琴—く調て	7	月	48②
	乗戒ともに是—し	160	余波	277②
ゆる・す(許、緩)	涙—さぬ袖もあり	58	道	111⑫
	—さぬ中とやなりぬらむ	26	名所恋	69⑤
	—さぬ夜はの関守も	22	袖志浦恋	64⑤
	牛車を—され給しぞ	72	内外	134⑭
	呂尚周文の車を—されし	65	文武	125⑤
	あだにも—す事ぞなき	91	隠徳	165④
ゆゐのはま(由井の浜)	吹送—風音たてて	56	善光寺	107⑭
ゆゑ(故)	種々に供養の—おほし	138	補陀落	245①
	移ひやすき—かとよ	122	文字誉	218⑦
	終に詞をいだひし—かとよ	83	夢	異303③
	賢才かかはらざる—とかや	65	文武	125⑥
	仁愛あまねき—とかや	98	明王徳	177③
	天下を治る—とかや	114	蹴鞠興	205⑫
	そも昔いかなる—ならん	78	霊鼠誉	144⑭
	げに此経の—也	85	法華	155②
	賞ぜしむる—也	135	聖廟超過	240③
	何なる—なるらむ	133	琵琶曲	236⑫
	いかなる—なるらん	95	風	170⑭
	いかなる—なるらん	171	司晨曲	295③
	正法を紹隆せし—に	77	馬徳	142⑥
	よしあしを分る—に	92	和歌	166④
	方便の賢によるが—に	143	善巧方便	253③
	是みな徳を得—に	171	司晨曲	294⑥
	つきかため給し—に	159	琴曲	両335⑩
	かるが—に則其名を双六と	60	双六	114⑫
	妙なる響のある—も	58	道	111③
	—をいはばや岩躑躅	150	紅葉興	263⑦
ゆゑあ・り(故あり)	みな—あなるものをな	59	十六	114⑤
	—あなるものをな	91	隠徳	165②
	深き—あなる物をな	96	水	171⑧
	しかすがに—あなるものをな	100	老後述懐	180⑩

	―あなるものをな	135	聖廟超過	241③
	―あなるものをな	138	補陀落	244⑩
	―あなるものをな	150	紅葉興	263④
	さても―あなる物をな	114	蹴鞠興	異311③
	ふかき契や―あらむ	62	三島詣	120⑬
	番の数や―あらん	155	随身競馬	270⑫
	水上の深誓や―あらん	96	水	異310③
	物に必ず―あり	59	十六	112⑨
	号して其字に―あり	77	馬徳	142②
	思心や―ありけん	60	双六	116③
	―ありてぞ覚る	151	日精徳	異315⑥
	―ありてぞや覚る	131	諏方効験	232⑩
	皆―ありてぞや覚る	115	車	208⑬
	―ありとぞや覚る	86	釈教	156⑤
	皆其―ありやな	114	蹴鞠興	205⑭
	―あるためし也けり	80	寄山祝	異309②
	かたじけなくも―あるかな	120	二闡提	213⑧
	―ある哉や本願の難化難度の	57	善光寺次	110⑨
	―あるかなや本願の難化難度の	57	善光寺次	異313③
	―ある其様なるらん	124	五明徳	221⑭
	―あるためしなるらし	136	鹿島霊験	242⑩
	ところから―ある庭の木立	114	蹴鞠興	206⑫
	其跡までも―あるは	160	余波	277⑩
	心賢く―あれば	78	霊鼠誉	143⑬
	こころかしこく―あれば	78	霊鼠誉	両338③
	―あんなるものをな	108	宇都宮	194⑩
	―あんなるものをな	129	全身駄都	228⑫
	―あんなるものをな	140	巨山竜峯	247⑬
	深き―あんなるものをな	145	永福寺幷	256⑭
	―あんなるものをな	158	屏風徳	275①
	―あんなるものをな	159	琴曲	276①
	皆―あんなるものをな	169	声楽興	291⑩
	―あむなる物をな	78	霊鼠誉	異314①
ゆゑゆゑ・し(故々し)	うちあるすさみも―しく	60	双六	116①
	勝に―しくぞおほゆる	59	十六	113⑥
	さすがに―しくぞおぼゆる	76	鷹徳	141②
	―しくぞおぼゆる	105	五節末	189⑫
	―しくぞおぼゆる	114	蹴鞠興	207⑤
	―しくぞおぼゆる	145	永福寺幷	256②
	―しくぞおぼゆる	156	随身諸芸	272⑥
	げに―しくぞ見ゆなる	131	諏方効験	232⑮
	―しくぞ見わたる	135	聖廟超過	240⑥
ゆんづる(弓弦)	あらゆる―をほろぼして	78	霊鼠誉	144⑧

よ

よ(世、代)	算(かず)書がごと跡なき―と	84	無常	153⑨
	逢に別のある―とは	70	暁別	130⑫
	おもひみだるる―なりとも	87	浄土宗	158⑬

今も定めぬ—なれども	160	余波	276⑬
いきの松原いきて—に	31	海路	75⑦
思へば夢のあだし—に	38	無常	84②
浪路の如く浮る—に	58	道	111⑨
思はぬをだにも思ふ—に	81	対揚	149⑦
しのの葉草のかりの—に	173	領巾振恋	298⑪
一度生る—にあへり	63	理世道	122⑩
さても—に有とも人にしられねば	73	筆徳	136⑥
厩戸の王子—に出て	59	十六	112⑭
用明の太子—に出ても	119	曹源宗	212⑭
然れば声文—におこり	169	声楽興	290⑭
笛は漢武の—におこり	169	声楽興	291⑩
黄帝無為の—におよぶ	149	蒙山謡	261②
いかならん—にかまたみむと	168	霜	290⑨
虞舜は孝をもて—に聞ゆ	98	明王徳	176⑧
—にさだめなき鳰鳥の	30	海辺	74③
光も曇らぬ—にしあれば	32	海道上	77⑫
双六の誉—に勝	60	双六	115⑤
奇瑞品々に—に勝れ	101	南都霊地	183④
—に栖甲斐もなきは	96	水	両329②
—にただしき声なければ	58	道	112②
わが—に伝る和歌	122	文字誉	218⑦
はかなき契となる—には	160	余波	279②
誰かは—にはもらしけむ	74	狭衣袖	137③
猶又—にふるしら雪に	10	雪	51④
数ならでさすが—にふるならひは	90	雨	162④
—にふる態をもかへりみず	99	君臣父子	179①
—に又様すくなく	115	車	異311⑪
—に皆其風儀あり	95	風	169⑪
是は虞の—に用なく	81	対揚	異302④
天の岩戸の開し—の	102	南都幷	185②
恨らくは常なき—の	127	恋朋哀傷	225⑥
いかなる—の事なりけん	5	郭公	45⑬
間近き—の事なれど	129	全身駄都	229④
あらゆる—の事態	44	上下	93①
人の—の諺なれば	112	磯城島	200⑭
定ざる—のさがなれば	134	聖廟霊瑞	238⑫
古—の友よはひ経て	59	十六	113⑨
なき—のならひは	127	恋朋哀傷	225⑧
—の政に徳おほし	98	明王徳	177⑬
—のわたらひの端も皆	60	双六	115①
—は称徳の徳にほこり	108	宇都宮	192⑨
其後—は十続を経	92	和歌	165⑩
—は又今にかさなれど	63	理世道	122⑮
この—ひとつのむくひかは	66	朋友	127⑤
—渡る道もいさやさば	157	寝覚恋	272⑩
よはりはてたるや老が—を	100	老後述懐	180⑧
如夢幻泡影夢の—を	163	少林訣	283⑤
—を宇治河の水車	115	車	208⑨
—を宇治山も遠からぬ	168	霜	289⑭

よ

みぬ—をしたふ水茎の跡 164 秋夕 284④
待間も程なき—をしらで 84 無常 153⑫
くもらぬ—をぞまもるらし 173 領巾振恋 298⑥
—を平にやみそなはすらん 88 祝 159⑬
終に常ならぬ—を告 134 聖廟霊瑞 239⑦
日月くもらず—を照す 16 不老不死 55⑫
くもりなき—を照す日の 108 宇都宮 193⑤
—治りし基より 146 鹿山景 257④
明王考をもて—を治む 45 心 94⑫
黄帝—を治しも 95 風 169⑫
中にも聖人—を治て 169 声楽興 291①
君臣—を治て直なれば 81 対揚 148⑪

よ(夜)　＊よる、よもすがら、或一、幾一
　夜深し
清明たる月の— 7 月 47⑬
五節の舞姫の参の— 41 年中行事 89⑮
姨捨山の秋の— 57 善光寺次 110④
松嵐冷き月の— 65 文武 125⑨
梢の雪も寒き— 67 山寺 128⑨
仙家に夢を通ずる— 83 夢 152⑪
立やすらひし雪の— 168 霜 290⑧
春の—いとみじかく 93 長恨歌 167④
長—かけて契ばや 21 竜田河恋 63⑧
ねぬ—こととふ月影よ 161 衣 280⑧
五更に—閑なりしに 60 双六 115⑨
更闌—静にして 7 月 47⑬
—すでに明なんとせしかば 60 双六 115⑫
秋の—長くいねざれば 27 楽府 71①
少林冷坐の雪の—に 119 曹源宗 211⑭
おぼろけならぬ春の—の 28 伊勢物語 71⑬
今夜はここにねぬる—の 34 海道下 79⑥
風の竹に生—の 68 松竹 129③
霜深き—の 95 風 170⑫
五条わたりの春の—の 111 梅花 200⑦
わきて哀もふかき—の 124 五明徳 221⑩
時しも秋の長—の 157 寝覚恋 273①
野の宮の深き—の 168 霜 290⑤
秋の—の暁深く立こむる 54 熊野四 105①
廬山の雨の—の草庵の窓の燭 49 閑居 98⑪
冴る—の月阿なくて 104 五節本 187⑬
秋の—の鴾毛の駒をば 77 馬徳 142⑪
秋の—の月の光にさそはれて 71 懐旧 132⑤
ねぬ—の友と成にける 24 袖余波 66①
明る—の惜き名残は衣々の 160 余波 277⑭
影さえわたる冬の—は 44 上下 94③
鶏寒き月の—は 171 司晨曲 294⑤
—はじめて長ければ 8 秋興 49⑦
たのめてこぬ—はつもるとも 103 巨山景 186⑧
其—は直衣姿にて 104 五節本 188④
秋の—みじかく明なんとす 70 暁別 131①
待—むなしき袖の氷 161 衣 280③
—も明ばきつにはめなで 171 司晨曲 294⑪

	—や寒からん	6	秋	47⑨
	鳴てもいまだ—や深き	171	司晨曲	295①
	稀に逢—を驚かす	70	暁別	130⑬
	凡日を続—を重ね	125	旅別秋情	223⑤
	祈念—をかさねし夢の告	147	竹園山	259⑧
	まだ—をこめし明ぐれの	75	狭衣妻	139③
	沢辺の蘆の—を籠て	109	滝山等覚	196⑩
	まだ—をこめて鶏の	34	海道下	79⑥
	—をのこす思の切なるは	157	寝覚恋	272⑪
	—を残すねざめの暁	49	閑居	98⑪
	—を残すね覚の友ならむ	95	風	170⑦
	しばしば—をも明さん	49	閑居	99⑧
	夜(よる)は—を専に	93	長恨歌	167⑥
よ(余)	無双—に異なり	147	竹園山	259⑪
	さこそは—に異なりけめ	72	内外	135⑦
	—に殊なるほまれなり	166	弓箭	287⑨
	色又—に勝たり	114	蹴鞠興	206②
	—に又およぶ類もあらじ	141	巨山修意	249⑩
	—に又異なれば	156	随身諸芸	272⑤
	—に又類ぞなかりける	129	全身駄都	228⑮
	—に又類なき声出の	159	琴曲	275⑧
	—に又類なきは是	102	南都幷	184⑭
	—に又類希なれば	150	紅葉興	263⑫
	—に又類や稀ならむ	145	永福寺幷	256④
	—に又類や稀ならむ	146	鹿山景	258④
	—に又超過せる誉なればなり	135	聖廟超過	241⑪
	—に又等からずして	102	南都幷	185⑨
よあく(与悪)	—の友をいとひて	66	朋友	126⑥
よいろ(四色)	—の雲のしるべに	138	補陀落	244⑨
よう(勇)	五の徳を得て文武信—仁なれば	171	司晨曲	293⑫
ようし(勇士)	—の諫る謀と	81	対揚	149②
ようめい(用明)	—の陰らぬ御代かとよ	59	十六	112⑬
ようめいのたいし(用明の太子)	—廐戸の王子の黒駒は	155	随身競馬	270⑤
	—世に出ても	119	曹源宗	212⑬
	—のたなごころの	129	全身駄都	228⑤
ようやう(鷹揚)	—の位をあふぐも	76	鷹徳	異308⑪
ようりやう(鷹竜)	三蔵の—雨をそそく	97	十駅	174③
よがたり(世がたり)	—につたへんあぢきなく	107	金谷思	191⑬
よがれ(夜がれ)	かたがたの—もさすがに覚えてや	132	源氏紫明	235②
よきやう(余香)	—を拝せし余波までも	134	聖廟霊瑞	239③
よきやう(余経)	—も幡をなびかしてん	85	法華	155④
よ・く(避)	みま草がくれの人目—きて	75	狭衣妻	138⑫
	桜を—きて木の間をわくる鞠は	114	蹴鞠興	206⑮
	嵐や—きて吹ぬらん	9	冬	49⑪
	移花をば—ぎて吹	45	心	95⑤
よく(能・善)	—鳴和琴の秘曲の	82	遊宴	151④
	波—船を浮ぶれば	63	理世道	121⑨
	—柳下恵を学で	119	曹源宗	213①
	さても—弁ふべきは是也	78	霊鼠誉	異313⑨
よく・す(浴)	異人常に—して	139	補陀湖水	246⑤

よ

よくよく(能々)	—しれば浄土は	162	新浄土	281⑪
よこかけ(横懸)	屛風の—と名付て	158	屛風徳	274⑤
よこがみ(軸)	羊鹿の車—折	97	十駅	174⑧
よこぎ・る(横ぎる)	峯に—る朝霞	110	滝山摩尼	197⑬
よこぐも(横雲)	とだふる峯の—	70	暁別	131④
	絶々迷ふ—	107	金谷思	191⑪
	みるさへつらき—	118	雲	211④
	—かかるこずゑは	54	熊野四	105②
	天の戸の明ゆく空の—に	60	双六	115⑭
	高根に残る—の跡よりしらむ	57	善光寺次	109⑫
	跡よりしらむ—のたえだえ残る篠目	125	旅別秋情	222⑫
	うき立みねの—は	83	夢	152⑤
よこたは・る(横たはる)	高き峯天に—り	113	遊仙歌	203②
	断岸に—る舟	130	江島景	230⑩
よこた・ふ(横たふ)	旅雁を—へ	125	旅別秋情	223⑩
よこめ(横目)	しるしの杉の—に見ゆる扇は	124	五明徳	異312⑩
よごろ(夜来)	月の—の比なれば	102	南都幷	185①
よざ(与佐)	烏羽玉の—の浦浪の	30	海辺	74⑤
よさむ(夜寒)	ね覚事とふ—の風	143	善巧方便	253⑫
	さるは—の風いとはしく	125	旅別秋情	223⑫
	—の衣擣なるは	170	声楽興下	292⑧
よさん(誉讃)	—の言も及れず	146	鹿山景	257③
	—の徳家に絶ず	156	随身諸芸	272①
よ・し(好、善)	—き衣着たらん其様	112	磯城島	201⑬
	—しとても—き名もたたず	25	源氏恋	67①
よしあし(善悪)	—わけて藻塩草	112	磯城島	202⑩
	—を分る故に	92	和歌	166③
よしあしはら(葦蘆原)	—の旧にし跡に	98	明王徳	176⑬
よしあ・り(由有)	—あなる物をな	62	三島詣	120⑭
	—あなる物をな	115	車	208⑪
	いづれも—あなる物をな	115	車	両337⑧
	明星天子の—ありて	108	宇都宮	193⑥
	—ありてぞや覚る	68	松竹	129⑤
	—ありてぞや覚る	85	法華	154⑦
	いづれも—ありてぞやおぼゆる	150	紅葉興	263③
	—ありてぞや覚る	151	日精徳	264⑫
	—ある品をさだめをく	149	蒙山謡	両340②
	隠月の其名も—あれや	91	隠徳	164⑤
	賭弓の儀式も—あれや	155	随身競馬	270⑬
	—あんなる物をな	72	内外	134⑧
	—あんなる物をな	77	馬徳	142⑩
	—あんなる物をな	131	諏方効験	233⑩
	—あんなる物をな	159	琴曲	276⑥
	皆—あむなる物をな	124	五明徳	異312⑫
	—あむなる物をな	157	寝覚恋	異314⑧
よしう(予州)	—と当国の本末も	62	三島詣	119④
よしきよ(義清)	光源氏につかへし惟光—は	64	夙夜忠	124⑤
よしさらば	—思はじよしなしとにかくに	45	心	95⑬
	—今夜はここにやどりとらん	8	秋興	49③
	—我のみまよふ恋の路かは	74	狭衣袖	138①

よしたかのせうしやう(義孝の少将)	―が昔がたりを思出る	111	梅花	200⑤
よしな・し(由なし)	心まよひぞ―き	78	霊鼠誉	144⑤
	―きいもが玉章	86	釈教	156⑦
	彼是―き情を	126	暁思留	224⑬
	芳野の滝の―きに	24	袖余波	66⑨
	―きまでに覚れど	160	余波	277⑤
	―くぞやおぼゆる	140	巨山竜峯	249③
	文成が詐も―し	16	不老不死	55⑫
	ひげをもきりて―し	85	法華	155⑥
	思はじ―しとても又	69	名取河恋	130⑧
	思はじ―しとにかくに	45	心	95⑬
	江南の屈平―しや	58	道	112⑤
	抛ても抛ても―しや	60	双六	116⑫
よしの(吉野、芳野)　＊みよしの	―の奥小倉が峯	49	閑居	99④
	―の国栖を奏せしも	59	十六	112⑬
	よしや―の河浪の	81	対揚	149⑤
よしののかは(吉野、芳野の河)	―の川村	52	熊野二	103⑪
	―の水上に	105	五節末	189⑭
よしののたき(芳野の滝)	―のよしなきに	24	袖余波	66⑨
よしののみや(吉野の宮)	―の琴の音	159	琴曲	276③
よしのやま(吉野山、芳野山)	我朝の―	2	花	42⑧
	春の朝の―	112	磯城島	201⑨
よしののやま(芳野の山)	―に入給	42	山	90⑬
よしみ(好)	其理も―あれや	135	聖廟超過	241⑪
よしや	情は―蘆垣の暇こそなけれ	21	竜田河恋	62⑩
	聞もわたらば―げに	126	暁思留	224⑨
	彼も是も―げに	128	得月宝池	227①
	―げにさのみはいかが書ながさむ	75	狭衣妻	139⑭
	―ただ色にはいでじ山桜	106	忍恋	190④
	―ただやがてまぎるる身ともがな	107	金谷思	191⑫
	―迷のこころなれど	162	新浄土	282②
	妹背の山の中に落―吉野の河浪の	81	対揚	149⑤
よしやさば　＊さば	もろともに思と聞ば―	23	袖湊	65②
	―彼も是もいかがはせん	146	鹿山景	258⑤
	―今生世俗の睦を	127	恋朋哀傷	226②
	―諸悪諸善も打すてて	103	巨山景	186⑧
	―終に善巧の道区に	143	善巧方便	254⑥
	―終にはとまらぬ棲なれば	84	無常	153⑫
	―夢さめてむなでなり	113	遊仙歌	203⑩
よしやう(余聖)	―にかかる類すくなく	120	二闡提	異312⑤
	誓は―に猶すぐれ	108	宇都宮	193④
よじやう(予譲)	樊噲―に及は	65	文武	125⑭
よじを・る(攀折)	百度―る一枝も	164	秋夕	285④
よ・す(寄)	心を難波津の浪に―す	112	磯城島	200⑫
	岩打越浪―する浦路に	53	熊野三	104⑪
	頻に―する浦浪を	56	善光寺	107⑭
	浪―する渚の院	51	熊野一	102⑤
	河浪―する渚の院	94	納涼	169④
	―せては帰る化波の	23	袖湊	65①
	もろこし舟は―せねども	173	領巾振恋	298④

よすが	たのむ—と待えては	132	源氏紫明	234⑫
	露の—のむかしまで	160	余波	279②
よせかへ・る(寄返)	浪—るあたりや	166	弓箭	287⑪
よせ・く(寄来)	—くる浪に隠るは	91	隠徳	164⑦
	—くる浪に袖ぬれて	34	海道下	80⑤
よぜん(与善)	夫—の人にともなひて	66	朋友	126⑥
よそ(四十)	三十廿—とかぞへし碁の	60	双六	116①
よそ(外、余所)	玄圃も浪の—なれば	82	遊宴	異302⑨
	雲居の—に聞覧	171	司晨曲	293⑭
	都を霞の—にして	134	聖廟霊瑞	238⑬
	見るめの—につれなくは	18	吹風恋	59⑫
	などかく—に成ぬらん	58	道	112①
	雲井の—に鳴神の	99	君臣父子	178⑩
	—にのみ聞渡しを	33	海道中	78②
	人しれず—にはつつむ中河の	91	隠徳	164⑭
	雲の幾重ぞ—に見えし	52	熊野二	103⑩
	長良の山を—に見て	32	海道上	76⑨
	愛徳山をば—に見て	53	熊野三	104⑪
	麓の里を—にみて	125	旅別秋情	222⑪
	—にもいまはなり行か	118	雲	両338⑪
	—にも人を聞わたらむ	26	名所恋	68⑥
	—にもやがて立へだつるか	26	名所恋	68⑪
	其名を—にやおもふべき	100	老後述懐	180④
	嶺の白雲—にやがて	36	留余波	82⑭
	瀬田の長橋—にやがて	126	暁思留	224⑨
	まがきは—にや異なりけん	121	管絃曲	216⑬
	みるめの—にや成ぬらむ	26	名所恋	68③
	雲井の—にや成ぬらむ	32	海道上	76⑥
	—の木の葉や時雨らむ	40	夕	87⑬
	雲居の—の一声を	4	夏	44⑩
	—の人目をつつみても	100	老後述懐	180③
よそななじ(四十七字)	—にやはらぐる文字を端として	122	文字誉	218⑧
よそ・ふ(装)	其声をや—ふらむ	68	松竹	129①
	旧にし跡にや—へけん	74	狭衣袖	138②
	沢辺の蛍に—へつつ	106	忍恋	190⑨
	鶴亀に—へても	92	和歌	166⑧
	悄然たる思の色を蛍に—へても	106	忍恋	両337⑩
よそほひ(粧)	鏡をみがく—	15	花亭祝言	55⑤
	桃李花の—	61	郢律講	118②
	兵仗牛車の—	65	文武	125⑫
	二なく見る—	72	内外	134⑨
	思みだれし—	93	長恨歌	168②
	秋の露草葉を潤す—	95	風	169⑨
	堂閣尊像の—	108	宇都宮	193⑪
	慝(はぢしら)へる—	113	遊仙歌	203⑮
	立舞玉女の袖の—	123	仙家道	220⑫
	歌歎歌舞の—	148	竹園如法	260⑨
	伎楽歌詠の—	170	声楽興下	293⑤
	碧玉の—なせる	81	対揚	150③
	いかなる—なるらむ	161	衣	279⑫

	紅顔の—にほひやかに	59	十六	113⑩
	凡五節の—は	104	五節本	188③
	春の—はやく暮	160	余波	279①
よぢのぼ・る(攀登)	花洛の境に—り	11	祝言	53②
	岩根づたひに—り	130	江島景	230⑤
	花洛の月に—り	154	背振山弁	269⑫
	高山の嶮きに—りて	159	琴曲	276⑥
	麓を過て—る	53	熊野三	104①
	重山遙に—る	57	善光寺次	109⑤
	山より山に—る	108	宇都宮	192⑩
よつ(四)	—の御柱かたかしはも	131	諏方効験	233④
	鬼竜人鳥—の像	122	文字誉	218⑤
	—の調の音をそへても	157	寝覚恋	273③
よつぎ(世継)	—をうつす大鏡	143	善巧方便	253⑦
よつぎのびやうぶ(代継の屏風)	—の歌にも	158	屏風徳	274③
よど(淀)	—河舟さしうけて	75	狭衣妻	139⑤
	—河舟さしもげに	51	熊野一	102③
よどぐるま(淀車)	竹田河原の—	115	車	208⑧
よどのわたり(淀の渡)	御舟をとどめし—	5	郭公	46⑧
よどみ(淀)	石に礙る—には	122	文字誉	219③
よど・む(淀)	岩洞に—む水の音	119	曹源宗	212④
よなかよなか(半夜半夜)	—に人を驚す声	113	遊仙歌	204⑨
よなよな(夜な夜な)	—法灯を挑とか	128	得月宝池	226⑭
	朝な々々—の心	93	長恨歌	167⑪
	竹の葉に霰はふらぬ—も	106	忍恋	190⑦
よのなか(世の中、世間)　＊せけん	きこえくるしき—に	18	吹風恋	60③
	移やすき—の	23	袖湊	64⑭
	—のおくれ先立花の名残は	160	余波	両332⑦
	あぢきなき—をうしの車の	115	車	両337③
よは(夜半)	—にいねざりし	64	夙夜忠	124⑭
	草枕ふけゆく—の秋かぜに	35	羇旅	81⑩
	—の遊ぞ面白き	167	露曲	288⑨
	月にともなふ—の遊ぞ面白き	47	酒	異314⑤
	烏羽玉の—のくろぼうは	89	薫物	160⑨
	旅の空—の煙と	127	恋朋哀傷	225⑨
	烏羽玉の—の衣をうち返し	83	夢	152①
	さめてあやなき—の小筵に	157	寝覚恋	272⑬
	ねざめに過る—の時雨	112	磯城島	202⑧
	鳴音さえ行—の霜	168	霜	290①
	緩さぬ—の関守も	22	袖志浦恋	64⑤
	葦間にやどる—の月	7	月	48⑦
	行こと遅き—の天	81	対揚	150②
	除目の中の—の天	68	松竹	129⑥
	除目の中の—の天	68	松竹	両328①
	中の秋の—のね覚の中の君に	133	琵琶曲	236⑥
	—のねざめの中の君の	133	琵琶曲	両338⑥
	立田山を思をくりし—の道	28	伊勢物語	異306⑨
	追儺の—の宮人	9	冬	50②
	思をのこす—の床に	125	旅別秋情	223⑥
	問れぬ—は	22	袖志浦恋	両326①

	問れぬ—は菅筵我も伏うき竹簀	22	袖志浦恋	64①
	涼しき—や積らん	124	五明徳	221⑩
よはひ(齢)	籛彭祖がながき—	151	日精徳	264③
	松竹二は君が—の若緑	68	松竹	両328⑥
	古世の友—経て	59	十六	113⑨
	をのが—も限なし	151	日精徳	異315③
	君が—を祈けれ	41	年中行事	89①
	まつに—をなぞらへても	38	無常	84⑤
	いきどほりを散じ—をのぶ	16	不老不死	56②
	—をのぶる徳有ば	47	酒	異314③
よば・ふ(喚)	山万歳と—ひて	154	背振山弁	270①
	万歳—ふ崇高山	42	山	90⑨
	嵐万歳を—ふなり	80	寄山祝	147①
	万代と三笠の山ぞ—ふなる	11	祝言	両324⑩
よひ(宵)　＊まつよひ	—暁の去垢の水	51	熊野一	101⑫
	えならぬ—の道なれど	104	五節本	188⑦
	打ぬる—も有なん	23	袖湊	65⑥
よひのま(宵の間)	雨の名残の—に	90	雨	162②
	夢をだに更にむすびもあへぬ—に	116	袖情	209⑩
	われてぞ物おもふ—に	7	月	異305⑧
よびまよ・ふ(喚迷)	友—ふ夏虫の	109	滝山等覚	196⑨
よ・ぶ(喚)	声々—びていそぐなる	104	五節本	188④
	月に友—ぶ哀猿の	163	少林訣	283⑥
	人来と客を—ぶとかや	3	春野遊	43⑧
	其名を双六と—ぶとかや	60	双六	114⑫
	妻—ぶ小鹿の真葛原に	125	旅別秋情	223④
よふか・し(夜深)	まだ—きにとながめしは	5	郭公	46⑧
	中河の逢瀬—き暁	83	夢	両331②
	—き別を催し	171	司晨曲	294⑩
	—く轜声すごし	115	車	208⑧
	—くきしる声すごし	115	車	両337②
	爪音—く成し程	160	余波	278④
よぶこどり(喚子鳥)	梢の—やな	49	閑居	99⑪
よぶね(夜舟)	—漕音ぞね覚のうき枕	130	江島景	231①
	—を急磯づたひ	31	海路	75⑮
よみ・す(好)	つづまやかなるを—すといへども	140	巨山竜峯	248③
	陛下の—するところなり	63	理世道	122①
よ・む(読、詠)	—ませ給けんもわりなし	25	源氏恋	67⑤
	愁の字とは—まれけり	122	文字誉	219⑨
	誰かうへしと—まれしも	151	日精徳	異315⑥
	今夜ききつと—めりしは	5	郭公	45⑩
	何の緒より調初けんと—めりしは	170	声楽興下	293①
	さそふ水あらばと—めるは	96	水	172③
よも(四方)　＊しはう	教網—に覆つつ	97	十駅	176⑤
	眺望—に勝たり	140	巨山竜峯	248⑮
	聞事を—に告ざれば	63	理世道	122③
	灯は—に照し	113	遊仙歌	204⑦
	—に望てかへりみれば	138	補陀落	245⑩
	匂を—にやわかつらむ	97	十駅	175⑫
	轡を—にわかちつつ	76	鷹徳	140⑦

	つもりて―の海となるよりも	14	優曇華	両325④
	―の愁を朝ごとに	39	朝	両332⑫
	―の草木もおしなべて	167	露曲	288②
	―の草も木も	150	紅葉興	263⑪
	―の木がらし心あらば	74	狭衣袖	138⑦
	―の梢は紅の	168	霜	289⑬
	―の神にも勝たり	152	山王威徳	267⑭
よも	―佐良科と見ゆるは	57	善光寺次	110④
よもぎ(蓬)	五月に軒端に―菖蒲草	43	草	91⑭
	あだにむすぶ―が庭の朝露の	58	道	111⑩
	心のままの―は	34	海道下	80⑨
よもぎがしま(蓬が島)	―も遠からず	110	滝山摩尼	197⑨
	―もなにかせん	80	寄山祝	146⑤
よもぎがそま(蓬が杣)	―のきりぎりす	40	夕	88⑩
よもぎふ(蓬生)	―のやどりを分入しにも	156	随身諸芸	272⑦
よもすがら(終夜)	蕭々たる秋の―	19	遅々春恋	60⑩
	正に長き―	60	双六	115⑥
	南楼の秋の―傾く月をや	107	金谷思	191①
	南楼の秋の―光を差副る盃の	47	酒	97①
よよ(世々、代々)　＊だいだい	宮居する―にいたるまで	17	神祇	57⑧
	―に是を継代々に玩ぶ	114	蹴鞠興	205⑤
	―に栄て徳たかく	88	祝	159③
	爰に累葉―にさかふる	147	竹園山	258⑬
	賢き勅願―にたえず	155	随身競馬	270⑪
	―に絶せぬ此歌も	92	和歌	166⑫
	―に絶せぬ道を知	112	磯城島	200⑭
	―に続ても	10	雪	51⑤
	―にますます光をそへ	163	少林訣	283⑫
	―の賢き様にも	121	管絃曲	216⑦
	加之―の征伐を顧て	131	諏方効験	233⑧
	賢き―の様にも	159	琴曲	276③
	久しき―のためしも	62	三島詣	120⑭
	―の朝に仕て	100	老後述懐	180⑫
	―のは風をや仰らん	144	永福寺	255③
	―の久しき様たり	140	巨山竜峯	248⑫
	こはさば―の報かは	132	源氏紫明	235⑧
	さても―の名匠の将来	129	全身駄都	228⑬
	―の竜象金色の岩窟にして	130	江島景	231③
	伊勢の浜荻―旧ぬ	142	鶴岡霊威	251⑪
	―経て後にしられつつ	75	狭衣妻	139⑬
	―経ても彌さかへゆく	80	寄山祝	146⑪
	―を重ぬる竹の声花に	124	五明徳	222⑥
	聖の号ありて―を重ぬる竹のはに	47	酒	異314④
	旧ぬる―をかさねし後	135	聖廟超過	241⑦
	伊勢の浜荻―をへて	12	嘉辰令月	53⑪
	をのが様々―を経ても	19	遅々春恋	61⑤
	湘浦の竹の―を経ても	126	暁思留	224⑬
	賀茂の瑞垣―を経ても	96	水	異310③
よりう(余流)	延暦の―の基までも	135	聖廟超過	241⑪
より・く(寄来)	―くるばかりのことはりも	73	筆徳	136⑫

よりより(時々)	—つみ鳴せば	113	遊仙歌	203⑧
	音楽—銘すなり	139	補陀湖水	246⑤
よる(夜)　＊よ	杜荀鶴が臨江駅に宿せし—	48	遠玄	98③
	抑潯陽江の—	133	琵琶曲	236⑨
	—さへくるしき綱手縄	31	海路	75⑮
	—さへ山を過ぬらん	170	声楽興下	292⑭
	筒の中をば—とし	60	双六	114⑭
	—となく昼となく	5	郭公	45⑭
	—の雨に猿を聞て腸を断声も	93	長恨歌	167⑫
	—の嵐に吹立る	62	三島詣	120⑩
	昔を恋る—の思	107	金谷思	191⑤
	班女が—の琴の音	68	松竹	129③
	—の衣のうらめしく	22	袖志浦恋	64⑤
	潯陽の江の—の月	170	声楽興下	292⑥
	別鶴は—の月に鳴	121	管絃曲	217⑧
	金の波の—の露や	110	滝山摩尼	197⑮
	—の鶴子を思ひてや	170	声楽興下	292⑦
	窓うつ雨の—の床	27	楽府	70⑫
	鸚鵡州の—の泊	79	船	146①
	あやめも見えぬ—の浪に	5	郭公	46⑦
	旅泊の—の浪枕	173	領巾振恋	299③
	梟鐘の—の響や	171	司晨曲	293⑭
	—の衾はしみこほれど	99	君臣父子	178⑬
	古里に帰る—の夢	162	新浄土	282①
	—はすがらにねられねば	78	霊鼠誉	144①
	—はすがらにねられめや	125	旅別秋情	223⑨
	—は夜(よ)を専に	93	長恨歌	167⑥
	—までみむとうたたねに	150	紅葉興	263⑨
よ・る(依、寄、因)	自榼のほとりに—らむ	47	酒	97⑥
	尊号は又縁に—り	143	善巧方便	254①
	所に—りて興あるは	95	風	170⑮
	其位に—りて立	119	曹源宗	211⑭
	神の神たるは人の敬に—りてなり	17	神祇	57⑪
	功臣の忠勤に—りてなり	64	夙夜忠	123⑭
	起信大乗に—りてなり	77	馬徳	142④
	ただかの威力に—りて也	129	全身駄都	228⑪
	国のまつりごとに—る	46	顕物	96④
	わたすに信敬の誠に—る	62	三島詣	119②
	方便の賢に—るが故に	143	善巧方便	253②
	虎臥野べ鯨の—る島にも	23	袖湊	65⑦
	人の人たるは神の恵に—るとかや	17	神祇	57⑫
	忠臣の諫に—るとかや	63	理世道	121⑧
	是又時に—るとかや	156	随身諸芸	271⑨
	我方にのみ—ると鳴物を	28	伊勢物語	72⑥
	東吹風に波—るは	95	風	170⑩
	汀の浪の—るは涼しき	94	納涼	168⑫
	きしべに浪—る藤枝を	33	海道中	78⑭
	重きは恩に—れば也	88	祝	159⑩
よるせ(寄瀬)	つるに—は有なむと	19	遅々春恋	61③
	つるの—よいかならむ	75	狭衣妻	139①

よ

よるべ(寄辺)	—さだめぬ水の上の	18	吹風恋	60④
	礙る小舟の—なき身は化波の心地して	24	袖余波	66③
よろこば・し(悦)	—しき事を思へば	108	宇都宮	192⑥
よろこび(悦)	—を合する貞臣	124	五明徳	222⑥
よろこ・ぶ(悦)	誰かは—ばしめざるべき	145	永福寺幷	257①
	冴る一尺の雪を—ぶおもひあり	10	雪	51⑤
	目に—ぶを色とみて	58	道	112④
	耳に—ぶを声と聞	58	道	112③
よろ・し(宜)	縁は時の—しきにまかすれば	129	全身駄都	228③
	時の—しきにやまかせけむ	62	三島詣	119⑤
よろづ(万)	万山ゆけば—の罪消て	54	熊野四	105③
よろづくに(万国)	雲をかさぬる—に	17	神祇	57⑥
	—を治する源	166	弓箭	287①
よろづごゑ(万声)	擣や砧の—	7	月	47⑭
よろづたび(万度)	百度さき—	12	嘉辰令月	53⑦
	行かふ道の—	62	三島詣	119⑮
	是は—命をすて	63	理世道	122⑨
よろづやま(万山)	—ゆけば万の罪消て	54	熊野四	105③
よろづよ(万代)　＊幾—	—と三笠の山ぞよばふなる	11	祝言	両324⑨
	—のためしをば	2	花	42⑫
	—の春をかさねても	15	花亭祝言	55③
	—を祈まで	92	和歌	166⑨
	百千度—をかさねて	123	仙家道	220⑦
よわげ(弱)	—に見ゆれば	60	双六	116⑨
よわ・し(弱)	—かれと構なれど	156	随身諸芸	271⑩
	風の力けだし—し	164	秋夕	284⑥
よわ・る(弱)	—りはてたるや老が世を	100	老後述懐	180⑧
	声—りゆく古郷の	40	夕	88⑨
	—るか虫の声々	56	善光寺	108⑦
	結べば霜に—る虫	38	無常	84⑧
	いまはたさびしく—る虫	125	旅別秋情	223⑦
	今何日ぞ結べば霜に—るむし	38	無常	両335②
	絶々—る夕暮	8	秋興	49③

ら

らい(礼)	又傍を—すれば	128	得月宝池	227④
	先松墻を—すれば	130	江島景	230⑥
	—を作て而も去にき	85	法華	155⑪
らいえふ(来葉)	誉を—にのこせり	149	蒙山謡	261⑧
らいかう(来迎)	—引摂の夕の雲	164	秋夕	285⑭
らいぢく(来軸)	金根車鸞車—青牛朱輪と	115	車	両337⑦
らう(労)	君をたすくる—深く	65	文武	125⑫
らうか(廊下)	めぐれる—の宮柱	62	三島詣	119⑫
らうこう(朗公)	遼東を出し—	97	十駅	174⑮
らうこう(老後)	—に徳をあらはす	100	老後述懐	180⑮
らうさん(老杉)	後には—谷を囲み	140	巨山竜峯	248⑪
	—は門を塞げり	67	山寺	128③
らうし(老子)	—の真たる徳にも	91	隠徳	164①

	真人たりし—も	100	老後述懐	180⑩
らうそく(蠟燭)	—は彼方此方に明か也	113	遊仙歌	204⑦
	—は此方彼方に明也	113	遊仙歌	両340④
らうば(老馬)	—は雪にも迷はず	77	馬徳	143①
らうふさん(閬風山)	崑崙玄圃—	42	山	90⑥
らうやく(良薬)	ただ—の名にのみめづ	86	釈教	156⑤
らうをう(老翁)	いと愁ざりし—	58	道	111⑦
らかん(羅漢)	—諸聖星を連ね	147	竹園山	259⑬
	—の遺教流布も又	129	全身駄都	228⑫
	さればや証果の—も	38	無常	85②
らぎやう(裸形)→くわぎやうヲミヨ				
らく(楽)	たのしむ時は—もあり	58	道	111⑥
らくえふ(落葉)	宴有かな宴あり—又—	150	紅葉興	262①
	或時は飛花—と観じ	150	紅葉興	263⑤
	飛花—のことはり	164	秋夕	285⑫
	紅葉—の手綱	150	紅葉興	263④
	飛花—の時をつげ	141	巨山修意	249⑬
	—階に満て紅払はずとかやな	93	長恨歌	167⑭
らくてん(楽天)	—の露の言の葉	124	五明徳	221⑦
	—は又遺文に	66	朋友	126⑨
らくばい(落梅)	澗水にうかぶ—は	111	梅花	両330①
らくやう(洛陽)	—東山の麓には	155	随身競馬	270⑭
らち(埒)	—に上手あり下手あり	156	随身諸芸	271⑦
	定恵の—にはつまづかざるべし	86	釈教	156③
らどう(蘿洞)　*こけのほら	深て—の月をみる	83	夢	152⑪
らふさん(羅浮山)	—の橘	42	山	90⑩
らん(蘭)	春の—秋の菊	66	朋友	127⑦
らんかん(欄檻)	—に立や尽さまし	103	巨山景	186⑧
らんけいゑん(蘭蕙苑)	—のあらしの紫を砕くまがきの菊	125	旅別秋情	223⑭
らんしや(鸞車)	金根車—来軸青牛朱輪と	115	車	両337⑦
らんじや(蘭麝)	—の匂なつかし	81	対揚	149④
らんびをん(藍毘園)	中天竺の—	41	年中行事	89④
らんぶ(乱舞)	殿上の渕酔露台の—	82	遊宴	151⑦
	—の神と申して	110	滝山摩尼	197⑩
	露台の—も終ぬれば	105	五節末	189⑪

り

り(利)	皇師—あらず見えしかば	172	石清水	296⑮
	病に—ありと見たまへども	86	釈教	156④
	物を—するはかりこと	63	理世道	123③
り(理)　*ことわり	不立文字の—は	163	少林訣	282⑨
	其—を糸竹の間にこめ	121	管絃曲	215⑨
	孔老無為の—を説のみか	122	文字誉	217⑭
りう(流)	いにしへの衣通姫が—なり	112	磯城島	202①
りう(竜)	鬼—人鳥四の像	122	文字誉	218④
	則—に化しつつ	123	仙家道	221①
	背は—の如し	77	馬徳	142⑧
	諍をなす—の字の	122	文字誉	219⑪

りうえい(柳営)	—の繁昌ますますなり	138	補陀落	244⑤
	東山の—は朝家鎮衛のはかりこと	39	朝	両332⑩
りうかけい(柳下恵)	善—を学で	119	曹源宗	213①
りうがん(竜坎)	達水—霊物	138	補陀落	245⑥
りうぎん(竜吟)	竹に向ては—に似たる響あり	95	風	170⑥
	—にひびく笛の音	62	三島詣	120⑩
りうぐう(竜宮)	沙竭羅—の二の珠を	172	石清水	296⑮
	—の玉をえてしかば	97	十駅	176④
りうぐうだいじやう(竜宮大城)	—に通ずる	153	背振山	268⑧
りうくわゑん(柳花苑)	双調には—	2	花	43①
	双調には—	121	管絃曲	216⑦
	—の手折れる姿	82	遊宴	150⑬
	—は双調	61	郢律講	118①
りうげ(竜華)	—の朝を待なる	109	滝山等覚	196⑥
	六根懺悔—の閣	148	竹園如法	260②
	弥勒—の三会まで	169	声楽興	292①
	—を待てや流らむ	96	水	172④
りうけつ(竜穴)	あまたの—ことにあやしく	130	江島景	230⑨
りうこ(竜虎)	—の姿の勢をなせば	138	補陀落	245⑩
りうこんさう(竜根草)	口に含し—	123	仙家道	221①
りうさ(流砂)	轡を—に促し	77	馬徳	142①
	—を隔る月氏の外	49	閑居	98⑭
りうさい(柳塞)	—にむかひし秋の風	121	管絃曲	217④
りうざう(竜象)	世々の—金色の岩窟にして	130	江島景	231③
りうしやうのたき(竜生の滝)	—も心すむ	138	補陀落	245③
りうじゆごんげん(竜樹権現)	—跡を卜	153	背振山	268②
りうじゆぼさつ(竜樹菩薩)	—の論釈に	77	馬徳	142③
りうしん(劉慎)	—は清風に	66	朋友	126⑧
りうじん(竜神)	—上て岩越波をたたへつつ	159	琴曲	両335⑪
	人天—其会の衆	85	法華	155⑩
	—八部の擁護も	129	全身駄都	228⑫
りうすい(流水)	—帰らぬ老のなみ	38	無常	84④
	—かへるはいかならん	115	車	両337⑦
りうぜつ(竜舌)	—の舌を含み	159	琴曲	275⑦
りうせん(流泉)	性律のしらべ石上—上原石上—	133	琵琶曲	236⑬
	—の流れ清くして	133	琵琶曲	236③
りうち(竜池)	其頂に—あり	153	背振山	268⑦
	—にひたす墨の色	73	筆徳	136⑬
りうてい(竜体)	—の姿に像て	159	琴曲	275⑥
りうてき(竜笛)	—音取麗く	121	管絃曲	215⑪
りうによ(竜女)	—が一顆(いっくわ)の玉も	14	優曇華	54⑪
	—が無垢の成道	97	十駅	175⑧
りうはく(竜伯)	海中五の神山は—人につられて	42	山	90⑦
りうはくりん(劉伯倫)	晋の—は又	47	酒	97③
りうびん(竜鬢)	台を荘る—の筵	113	遊仙歌	204④
りうへいわう(劉平王)	狛の—	60	双六	115③
りうほう(竜峯)	—の号故有なる物をな	140	巨山竜峯	247⑬
りうもん(竜門)	玉泉—の滝津瀬	94	納涼	169②
りうもんげんじやう(竜門原上)	むかしの夢とかや—	160	余波	両332⑦
	—の苔の下朽せぬ誉や留りし	160	余波	277⑦

りうりん(竜鱗)	廻鸞—虎爪まで	122	文字誉	218④
	或は—になずらへて	149	蒙山謡	261③
りうれい(劉伶)	林下の—たよりあり	58	道	112⑤
りか(籬下)	—先生のほまれ	151	日精徳	264⑭
りきう(驪宮)	—の玉の甃	98	明王徳	177⑩
りきう(六宮)	—に粉かざるころ	133	琵琶曲	236⑤
	—の粉黛も	93	長恨歌	167②
りきん(六鈞)	弓は—をあげ	166	弓箭	287⑥
りくぎ(六義)　＊むくさ	凡歌に—あり	112	磯城島	201③
	凡調子に—あり	121	管絃曲	216①
	—の中に述尽し	92	和歌	166⑩
	—の風情に風あり	95	風	170③
りくげい(六芸)	凡—の中より出て	114	蹴鞠興	205⑦
りくげつ(六月)　＊みなづき	—の瀬の声の	41	年中行事	89⑥
りくこうぜん(陸鴻漸)	—と聞へしは	149	蒙山謡	261⑥
りぐん(六軍)	其—なともせざりき	93	長恨歌	167⑨
りけん(利剣)	文珠の—いちはやく	59	十六	113⑮
	四諦の—賊をきり	97	十駅	174③
	能寂の—妙聖のせういん	138	補陀落	245⑦
	阿遮の—は剣の宮	108	宇都宮	193⑨
りこう(離鴻)	—は秋の霧に咽び	121	管絃曲	217⑧
りさい(利簺)	各々—を取々に	60	双六	116⑧
りさん(驪山)	—のむかしぞ床敷	41	年中行事	89⑩
りさんきう(驪山宮)	—に暑を避しも	115	車	208①
	彼—の私言	93	長恨歌	168③
りし(李斯)	夫楚国の—が古	116	袖情	209②
	—と百里奚とは忠勤の聞え	81	対揚	異302③
りしやう(利生)	東土の—怠ず	160	余波	277④
	—すぐれて新なり	120	二闡提	213⑭
	—の奇瑞を顕はし給ふ	62	三島詣	両334⑤
	—の月晴たり	152	山王威徳	267②
	—方便たがひに	152	山王威徳	266⑫
	—方便の数多く	109	滝山等覚	195④
	—は倍あらたなり	136	鹿島霊験	242④
	—利物の露の色	152	山王威徳	267⑭
	然ば一天—を仰つつ	96	水	172⑩
	様々の—を顕す	46	顕物	異307⑦
	様々の—をかぶらしむ	78	霊鼠誉	145⑤
りしやうぐん(李将軍)	—が家にある	81	対揚	149②
	—が隴山	42	山	90⑨
りせい(理世)	—のすなほなるはこれ	63	理世道	121⑦
	心内に動て—の道も備り	92	和歌	165⑧
りせいあんらく(理世安楽)	—寺社の号の名にしほふも	135	聖廟超過	241②
	—ののどけき御代にあへる哉	72	内外	134⑮
りた(利他)	—を無縁に調へ	97	十駅	174⑨
りち(理智)	—光を並つつ	145	永福寺幷	256⑮
りつしゆん(立春)	大昊—の徳	149	蒙山謡	260⑬
りつりやう(律令)	こがんに—する如きにいたりては	138	補陀落	245⑧
	—をただしく	65	文武	125⑪
りもつ(利物)	利生—の露の色	152	山王威徳	267⑭

	和光同塵は━のはかりこと	62	三島詣	119①
	誠に和光━の広き恵と思へば	152	山王威徳	267⑧
	━の信をさきとす	135	聖廟超過	241②
	あまねき━の道しあれば	131	諏方効験	232③
りやう(梁)	達磨師は━魏の間に西来して	119	曹源宗	211⑬
	━の昭明の撰ぜし	76	鷹徳	140⑪
	━の武帝のいにしへの其謬を	63	理世道	122②
りやう(両)	菩提寂光━伽藍	138	補陀落	245③
	━三昧を宗とする	81	対揚	149⑨
	━忠心をひとつにして	98	明王徳	177⑦
りやうしやう(良将)	源平両家の━よりや	65	文武	126①
りやうじゆ(霊鷲)	常在━耆闍崛山	163	少林訣	283⑨
りやうぜん(霊山)	━浄土の南門と	139	補陀湖水	246⑭
	━説法の場には	2	花	43②
	━深山の五葉松	104	五節本	188⑪
りやうぜんかいゑ(霊山界会)	南無━法華経中一乗教主	85	法華	154⑬
りやうぜんゑじやう(霊山会上)	されども如来━にして	163	少林訣	282⑧
	━の筵には	119	曹源宗	211⑬
りやうだう(良道)　※琵琶名	━木絵井天謂橋	133	琵琶曲	236⑭
りやうはくらん(梁伯鸞)	中にも━が覇陵山に	66	朋友	127②
	彼━が孟光	45	心	95⑨
りやうぶ(両部)	━塵数の妙得	97	十駅	176⑤
	━の外部を司どる	81	対揚	149⑫
	━の宿々の奇特も	139	補陀湖水	246⑫
	━の諸尊の顕化にて	137	鹿島社壇	243⑨
りやうふう(涼風)	蕭颯たる━	8	秋興	48⑬
	━薫ずる摩訶陀苑の	94	納涼	168⑭
りやうゑ(両会)	━の正説とこそきけ	81	対揚	149⑪
	━の正説とこそ聞	81	対揚	両330⑥
りやく(利益)	凡不老不死の━	16	不老不死	56⑮
	普き国土の━有	137	鹿島社壇	243③
	━応用の普きに答て	140	巨山竜峯	248③
	駒形の━ぞ掲焉き	77	馬徳	143②
	過現の━たのもしくぞや覚る	144	永福寺	255⑤
	━鎮にますますなり	131	諏方効験	231⑬
	━は末代を鑑てや	128	得月宝池	227⑦
	━を普施す	57	善光寺次	110⑦
	━をここにまたしむ	62	三島詣	119④
	━を様々にほどこす	120	二闡提	214③
	━を品々に施す	17	神祇	57⑦
	和光の━を助けて	138	補陀落	245⑤
	━を鎮に真俗の花ぶさに洒しむ	101	南都霊地	183①
	内外の━をなすとかや	137	鹿島社壇	243⑨
	様々の━をほどこし	120	二闡提	両339③
	様々の━を施す	55	熊野五	106⑪
	重宝を納をきて━を施す	130	江島景	231④
	区々の━を施す	135	聖廟超過	240⑫
りよあん(呂安)	━が書し鳳の字は	122	文字誉	219⑩
りよう(竜)→りう(竜)ヲミヨ				
りよううんだい(凌雲台)	━の春の霞	48	遠玄	97⑬

りようかく（竜角）	則—の角を戴き	159	琴曲	275⑦
りようきでん（綾綺殿）	仁寿殿—	114	蹴鞠興	206⑤
	—の梅の紅葉	150	紅葉興	262⑤
りようごんぜんぢやう（楞厳禅定）　＊れんげんうい	—の石の墨して	165	硯	286⑩
りようざん（隴山）	李将軍が—	42	山	90⑨
	—雲暗くして	81	対揚	149②
	—の跡にやのこすらん	166	弓箭	287⑥
りようざんとうかく（滝山等覚）	—の霊地は	109	滝山等覚	194⑫
りようすい（滝水）	—氷咽で	7	月	48③
	—天にさかのぼり	110	滝山摩尼	197③
	—漲る音さびし	55	熊野五	107⑥
りようはくじん（竜伯人）	海中五の神山は—につられて	42	山	90⑦
りようろう（竜楼）	—鳳闕	82	遊宴	151⑥
りようゑん（陵園）	—の深き閨の内	107	金谷思	191③
りようゑんせふ（陵園妾）	—が松の門	68	松竹	129④
りよかく（旅客）	—の名残数行の涙	56	善光寺	107⑫
	凡—の情旅人の思はとりどりに	35	羇旅	81⑥
	—の舟に聞ゆなる	171	司晨曲	294⑬
りよがん（旅雁）	—を横たへ	125	旅別秋情	223⑩
りよくい（緑衣）	梢に掛し—の袖	116	袖情	209④
りよくしゆ（緑珠）	—が翠の簪	100	老後述懐	179⑭
	—が身をも捨けん	23	袖湊	65⑨
りよくじゆ（緑樹）	—の陰のまゐ	94	納涼	168⑥
りよくしよう（緑松）	—の陰の下	5	郭公	45③
	—は貞木の号有て	68	松竹	128⑬
りよくたい（緑苔）	—を払ふもてなし	8	秋興	48⑭
りよくちく（緑竹）	—紫藤の春の雨	45	心	95②
りよしやう（呂尚）	—周文の車を許されし	65	文武	125⑤
りよしゆく（旅宿）	—に告を蒙て	137	鹿島社壇	243⑫
	—の秋の夕ぐれ	125	旅別秋情	224①
りよじん（旅人）　＊たびびと	凡旅客の情—の思はとりどりに	35	羇旅	81⑥
りよはく（旅泊）	—の哀やまさるらん	48	遠玄	98③
	—のあはれを催す	30	海辺	74①
	—の舟に声澄は	170	声楽興下	292⑨
	—のよるの浪枕	173	領巾振恋	299③
りよべつ（旅別）	—はこれ客のおもひ	125	旅別秋情	222⑨
りよりつ（呂律）	其事を—の内になす	121	管絃曲	215⑩
	五音—の徳用も	169	声楽興	290⑭
	管絃は糸竹に—をしらべ	81	対揚	148⑫
	十二の—を調ふ	164	秋夕	284③
りらん（理乱）	百王の—は声にあり	121	管絃曲	216④
りり	金鈴—と房なり	5	郭公	45⑦
りゑん（梨園）	—に奏せし春の花	121	管絃曲	217⑤
りんあう（林鶯）	—何の所にか	170	声楽興下	293③
りんか（林下）	—の劉伶たよりあり	58	道	112⑤
りんかう（臨幸）	—今に新に	155	随身競馬	271②
	—鸞を飛しめ	109	滝山等覚	195⑩
	代々の—にも先	135	聖廟超過	240②
	或は師子国—のみぎりには	129	全身駄都	228⑧
りんかうえき（臨江駅）	杜荀鶴が—に宿せしよる	48	遠玄	98③

りんかく(麟角)	学は―を抽で文章を味ふ	65	文武	125②
りんがのぶきよく(林歌の舞曲)	―は故あむなる物をな	78	霊鼠誉	異314①
りんかん(林間)	梢をかざる―の景物	150	紅葉興	262②
りんこく(隣国)	―の民に礼をなし	44	上下	93⑦
りんざう(輪蔵)	―の経典軸々に	140	巨山竜峯	248⑩
りんじのまつり(臨時の祭)	―の試楽に	68	松竹	129④
	―の庭の儀	44	上下	93④
	―の舞人	2	花	42⑨
	実方の―のをみの袖	161	衣	280①
りんせん(隣船)	―に歌の声愁て	79	船	146①
りんだ(輪陀)	過去の―の在世かとよ	77	馬徳	142⑤
りんとう(林頭)	雪―に点ずとか	134	聖廟霊瑞	238④
りんゆ(麟喩)	―の願も年ふりて	164	秋夕	285⑫
	―もいかでか弃べき	97	十駅	174⑦
りんゑ(輪廻)	不見―難可報	99	君臣父子	179⑨

る

るいえふ(累葉)	爰に―世々にさかふる	147	竹園山	258⑬
るいこふじやうだう(累劫成道)	―の今も又	96	水	172⑤
るいたい(累代)	―の善政は	59	十六	113①
	―の眉目也	109	滝山等覚	195④
	夫古今―の政	104	五節本	187⑪
	さても―の政いまに絶ず	159	琴曲	276②
	されば―の政かしこくして	16	不老不死	55⑬
	―の政は天の下にくもりなく	63	理世道	123①
	―の政は白馬の節会駒牽	77	馬徳	142⑧
るしやなぶつ(盧遮那仏)	十六丈の―我朝第一の大伽藍	59	十六	114③
	十六丈の―二基の宝塔の荘厳も	102	南都并	185⑧
るてん(流転)	―所々に事毎に	129	全身駄都	228④
	曠劫多生の―は	87	浄土宗	158③
るふ(流布)	仏法―の前にさば	153	背振山	268⑤
	抑遺教―はみな	59	十六	113⑬
	羅漢の遺教―も又	129	全身駄都	228⑫
	遺教―の勅をうけ	16	不老不死	56⑪
	遺法―の時なれや	160	余波	277⑦
るり(瑠璃)	紺碧―犀角の	60	双六	115⑬
	宝池の水は―に透て	144	永福寺	255⑥
	―にすきて玉の橋	108	宇都宮	193⑫
るりしゆ(瑠璃珠)	金銀及玻梨車渠乃至―等の	129	全身駄都	229⑬
るりのびやうぶ(瑠璃の屛風)	中にも勝たる屛風は―	158	屛風徳	274⑫

れ

れい(礼)	尊むべき―あり	72	内外	133⑧
	二祖は―三拝にしてや	119	曹源宗	211⑭
	孝悌仁義―忠信	58	道	110⑬
	人としてなむぞ―なからんや	78	霊鼠誉	異313⑪

	四節の—も怠らず	103	巨山景	187⑦
	八佾の—を調て	123	仙家道	220⑪
	隣国の民に—をなし	44	上下	93⑦
れいうん(霊雲)	—は桃花の色をみる	119	曹源宗	212④
れいおう(霊鷹)	—来て鳴しは	67	山寺	128⑨
れいがく(霊岳)	浩々と聳たる—	153	背振山	268⑦
	—亀に備て	108	宇都宮	192⑬
れいがく(礼楽)	—をもて民を和す	169	声楽興	291②
れいかん(霊鑑)	—あらはれたまひて	114	蹴鞠興	205⑧
れいき(霊亀)	—の首にいたるまで	165	硯	286③
れいぎ(礼儀、礼義)	—の場を拝すれば	148	竹園如法	260⑤
	先身を濯ぐ—をなし	136	鹿島霊験	242⑧
れいぎん(霊琴)	—の妙なる手甑	159	琴曲	275⑤
れいくつ(霊窟、霊崛)	所所の—	55	熊野五	107⑤
	叡山の—	67	山寺	127⑭
れいくわう(霊光)	或は—の新なる玩し	113	遊仙歌	204⑤
れいけい(霊鶏)	雲に登し—	171	司晨曲	295③
れいげつくわんぶきよく(令月歓無極)	—万歳千秋楽	104	五節本	188⑩
れいげん(霊験)	—殊に聞るは	120	二闡提	213⑭
	さればや—霊場の砌にして	176	廻向	異315⑨
	或時は護国—威力神通	172	石清水	297⑬
	抑当社の—を	135	聖廟超過	240①
れいざ(冷坐)	少林—の雪の夜に	119	曹源宗	211⑭
れいじ(例時)	—懺法声すみて	55	熊野五	107⑤
	—散華梵音	49	閑居	99⑨
れいじ(霊寺)	—の殊にきこゆるは	42	山	91②
れいじ(隷字)	梵漢—故文の体	122	文字誉	218⑤
れいしや(霊社)	抑—の神垣や	171	司晨曲	295⑦
	霊仏—はおほけれど	60	双六	116⑨
れいじん(霊神)	—三所現ぜしは	138	補陀落	245⑪
	抑此—は朝家擁護の霜を積	108	宇都宮	194②
れいずい(霊瑞)	只此叢祠の—の	135	聖廟超過	241⑪
	夫補陀落山の—は	138	補陀落	244①
	—もただ此巨山の勝地にとどまる	103	巨山景	異310⑩
	爰に—を鑑て	140	巨山竜峯	247⑬
れいぜき(霊石)	古松は—に	140	巨山竜峯	248⑪
れいせん(冷泉)	—砂滑に	94	納涼	168⑦
れいそ(霊鼠)	姿を—に褰しつつ	78	霊鼠誉	145⑤
	—のなせる謀	78	霊鼠誉	144⑨
	—は其品賤しけれど	78	霊鼠誉	143⑧
	—を見るに体あり	78	霊鼠誉	異313⑪
れいち(霊地)	湖水の—と顕れ	68	松竹	両328②
	かかる—に居を卜て	172	石清水	297⑫
	此—にしくはあらじ	154	背振山幷	269⑩
	抑妙なる—の様々なる中にも	145	永福寺幷	256⑦
	滝山等覚の—は	109	滝山等覚	194⑫
	或は—を彼に卜	131	諏方効験	231⑭
れいち(霊池)	神泉—の分身	129	全身駄都	228⑪
れいぢやう(霊場)	成就は東関の—	147	竹園山	259⑤
	乙護法の—	153	背振山	268③

	興国の—鎮に	140	巨山竜峯	247⑧
	—枢ををし開く	144	永福寺	254⑬
	瑜伽三摩耶戒の—に	158	屏風徳	275①
	方に今此—に望て	146	鹿山景	257③
	漢州善寂寺の—の東壁に	120	二闡提	異312④
	所々—の法則	129	全身駄都	229⑨
	さればや霊験—の砌にして	176	廻向	異315⑨
	花厳海会の—の砌に	103	巨山景	異310⑥
	とぼそを連る—は	101	南都霊地	183④
れいちれいぢやう(霊地霊場)	—には普き門を開つつ	120	二闡提	213⑭
	—は聖跡名を埋ず	101	南都霊地	182⑨
れいてん(礼奠)	凡三国仏祖の—	149	蒙山謡	261⑩
	蘋蘩—の風は又	34	海道下	80⑪
	—の風をあふぐなり	134	聖廟霊瑞	239⑬
れいぶつ(霊仏)	—霊社はおほけれど	60	双六	116⑨
れいぼく(霊木)	抑茶は衆木の中の—	149	蒙山謡	両339⑫
	嘉樹—房なれり	110	滝山摩尼	197⑤
	梧桐の—を伐調へ	159	琴曲	275⑥
れいもつ(霊物)	達水竜坎—爰にあるをや	138	補陀落	245⑥
れいらん(嶺嵐)	—琴を弾ずなる	95	風	170⑧
	—の烈き嶮谷の	159	琴曲	275⑥
	凡—窓に音信	141	巨山修意	249⑫
れいりん(伶倫)	—秘曲をつくしければ	172	石清水	297⑧
れいろう(玲瓏)	楼閣—の奇瑞をなし	62	三島詣	119⑤
	或は—の響	133	琵琶曲	236②
れいろうがん(玲瓏岩)	むかへば—とかや	103	巨山景	186⑬
れいゐ(霊威)	掲焉き—を尊めば	134	聖廟霊瑞	237⑥
	干珠満珠の—を施し	142	鶴岡霊威	252②
れいゑん(霊猿)	馬櫪神の誓は馬を守る—	77	馬徳	143③
れうとう(遼東)	—を出し朗公	97	十駅	174⑮
れうふ〔れふふ〕(猟夫)	—が忠節の恩を憐て	108	宇都宮	194⑥
れうわう(陵王)	—の半帖よりの乱拍子	59	十六	113⑦
れつ(列)	野の行幸の陣の—	76	鷹徳	140⑦
れつし(烈子)	—が眠のうちにして	83	夢	異303②
れつそ(列疏)	帝に奏せし—をあらはひし	158	屏風徳	274⑬
れつぢよでん(列女伝)	写—の屏風に向居	158	屏風徳	274②
れん(輦)　＊てぐるま	楊妃—に侍き	115	車	208①
れんぎやう(練行)	—踵をつぐとかや	109	滝山等覚	195⑩
れんげかう(蓮華香)	青白朱色の—	89	薫物	160⑭
れんげぶ(蓮華部)	三部の中には—	120	二闡提	213⑥
れんげんうい(楞厳会)　＊りようごんぜんぢやう	—の朝日影	103	巨山景	187⑥
れんしや(輦車)	牛車—の宣旨は世に又様すくなく	115	車	異311⑪
れんしやう(連檣)	—を万里に廻しめ	31	海路	74⑭
れんぶ(練武)	—の法則をなせりや	114	蹴鞠興	204⑭
れんふ(蓮府)	—僕射亜相は文をつかさどりて	65	文武	125⑩
れんぼ(恋慕)	—の思なりけり	19	遅々春恋	60⑪
	—のおもひをあらため	129	全身駄都	227⑭
	—の心を傷しむる	157	寝覚恋	272⑫
れんり(連理)	比翼—と契し	41	年中行事	89⑩

ろ

ろう(楼)	庾公が―に登れば	7	月	47⑬
ろうかく(楼閣)	―玲瓏の奇瑞をなし	62	三島詣	119⑤
ろうぎよく(弄玉)	あるいは―が簫の音に	19	遅々春恋	61⑥
ろうろう(朧々)	―たりし明がたに	97	十駅	176①
ろえき(露駅)　＊つゆのむまや	―に鞍を解ては	35	羇旅	81④
	―を伝し旅の泊	134	聖廟霊瑞	239②
ろえき(路駅)	―の遙なるにいそぎ	164	秋夕	284⑩
ろえふ(蘆葉)	―を巻て舌とし	169	声楽興	291⑫
ろか(炉下)	―に羹を和するは	3	春野遊	43⑨
ろく(禄)	恩賜の―を重ても	155	随身競馬	271③
ろくぎやう(六行)	―の水濁やすく	97	十駅	174①
ろくくわんおん〔ろつくわんおん〕(六観音)	―の化現にて	62	三島詣	120⑤
ろくさう(六相)	―の門深けれど	97	十駅	176②
ろくし(六時)	―の鳥の声々	139	補陀湖水	246④
ろくししめいのびやうぶ(録刺史名の屛風)	―は太宗臥興みそなはし	158	屛風徳	273⑬
ろくじのみやうがう(六字の名号)	―にきはまる	122	文字誉	218⑮
ろくじふしん(六十心)	―の其中に	78	霊鼠誉	145①
ろくじふにん(六十人)	―の衆をむすび	109	滝山等覚	196⑧
ろくじふねん(六十年)　＊むそぢ	三生―を重ね	83	夢	異303②
ろくじふよしう(六十余州)	―の神道	152	山王威徳	266⑪
ろくじふろくのさかひ(六十六の境)	―にそそかしむ	144	永福寺	254⑩
ろくしやう(六情、六生)	―の罪霜消ぬ	152	山王威徳	267⑥
ろくしゆ(六種)　＊むくさ	人天―にあまねく	129	全身駄都	228①
ろくしゆ(六趣)	―の塵におなじく	134	聖廟霊瑞	237⑩
ろくせんぶ(六千部)	―の法華経	139	補陀湖水	246⑬
ろくぞく(六賊)	六根―白浪の	163	少林訣	283②
ろくたい(六体)	御社戸の―は	62	三島詣	120⑤
ろくだいくわんおん(六大観音)	―につかさどる	110	滝山摩尼	196⑬
ろくだいしまん(六大四万)	抑―の相	86	釈教	156⑨
ろくだう(六道)　＊むつのみち	十界―みな漏さず	86	釈教	157③
ろくだうのうげ(六道能化)	―の姿にて	62	三島詣	120⑦
	―は定れる道たり	120	二闌提	213⑩
ろくでうのゐん(六条の院)	―の女楽	29	源氏	72⑬
ろくでうわたり(六条渡)	―の通路	64	夙夜忠	124⑧
ろくにふ(六入)	名色縁―は	84	無常	153⑦
ろくにん(六人)	―不断の供養法	110	滝山摩尼	196⑬
ろくはつ(六八)	―弘誓の門をたて	87	浄土宗	157⑬
	人数を―にわかちつつ	114	蹴鞠興	205⑥
	―の聖容を安置す	147	竹園山	259⑫
	―の誓約鎮に	108	宇都宮	193②
ろくはらみつ(六波羅蜜)	然ば三祇百劫―	143	善巧方便	253①
	―の額の中	138	補陀落	244③
ろくはらみつじ(六波羅蜜寺)	―はわきて猶	120	二闌提	214③
ろくめい(鹿鳴)	分ては暁の露に―花開	164	秋夕	285④
ろくやをん(鹿野苑)	沙羅林の双林―	49	閑居	99②
	―にしく会場やなかりけん	146	鹿山景	257⑥

	―に説れし法の	131	諏方効験	232⑥
ろくろ(陸路)	蹄は―に馳つつ	76	鷹徳	140③
ろさん(廬山)	―の雨の夜の	49	閑居	98⑪
	―の辺のきんしう谷	2	花	42⑧
ろだい(露台)	月に攤る―の	167	露曲	288⑨
	―の月の在明	7	月	48⑧
	殿上の渕酔―の乱舞	82	遊宴	151⑥
	―の乱舞も終ぬれば	105	五節末	189⑪
ろぢ(露地)	清浄結界の―なれば	153	背振山	268⑪
ろつこん(六根)	―罪障の霜消ざらめや	85	法華	154⑭
	―懺悔竜華の閣	148	竹園如法	260②
	―六賊白浪の	163	少林訣	283②
	―を一時に懺悔せば	173	領巾振恋	299⑧
ろでん(露電)	富貴も―の如なり	119	曹源宗	212⑧
ろへん(路辺)	―の砂に進	145	永福寺幷	256⑥
ろほう(炉峯)	―の雪の朝には	140	巨山竜峯	248⑭
ろんじ(論師)	さればこの―の名字の	77	馬徳	142④
ろんしやく(論釈)	竜樹菩薩の―に	77	馬徳	142③
ろんせつ(論説)	五部の―八識五重の聖も皆	102	南都幷	185⑦
ろんだん(論談)	―筵をととのへて	109	滝山等覚	195⑮

わ

わ(輪)	堂中に造し車の―	115	車	207⑬
	此―の中に回らば	22	袖志浦恋	64③
わう(王、皇)　＊諸―	伏犠氏の―たりし	95	風	169⑫
	伏犠氏の天下に―たりしに	122	文字誉	218②
	毗盧遮那経―の疏の文	78	霊鼠誉	145①
わういのかみひと(黄衣の神人)	―御物忌	137	鹿島社壇	243⑥
わうかう(往向)	隔檀―を分つつ	77	馬徳	142③
わうぎし(王羲之)	晋の―が垂露の点	44	上下	93⑤
わうぐう(王宮)	―耆山の砌も	81	対揚	149⑪
	―耆仙の砌も	81	対揚	両330⑥
わうこ(往古)	皆久遠の如来―の薩埵	135	聖廟超過	240⑪
	或は―の如来なり	152	山王威徳	267①
わうじ(皇子、王子)	天智の―たりし時	114	蹴鞠興	205③
	第三は―のいつくしみ	62	三島詣	120⑦
	―王子の馴子舞法施の声ぞ尊き	51	熊野一	102⑭
	―王子の馴子舞法施の声ぞ尊き	52	熊野二	103⑬
	―王子の馴子舞法施の声ぞ尊き	53	熊野三	104⑬
	―王子の馴子舞法施の声ぞ尊き	54	熊野四	105⑪
わうじ(王事)	―もろき事なかりしも	78	霊鼠誉	144⑨
わうじ(徃事)	―渺茫として	83	夢	152⑨
	遠く―を思へば又	48	遠玄	97⑭
	ほのかに―をかぞふれば	71	懐旧	131⑩
	―を忍ぶ暁の	118	雲	211⑥
わうししん(王子晋)	―がそのむかし	121	管絃曲	217⑨
	―が珠の床	71	懐旧	131⑬
わうじやう(王城)	―ちかく鎮座し	68	松竹	129⑦

	松の尾の明神は—鎮護の垂跡	68	松竹	両328①
わうしやじやう(王舎城)	—の耆闍崛山	42	山	90⑤
わうじん(応神)	—の御宇の栄より	59	十六	112⑫
わうせうくん(王昭君)	—が数行の涙	121	管絃曲	217④
	—が万里の思	107	金谷思	191⑤
わうたい(皇帝) ※楽	—団乱旋は皆	121	管絃曲	217②
わうたう(皇道、王道)	—共に朗なり	144	永福寺	254⑫
	—共に私なく	98	明王徳	176⑧
わうてき(横笛)	—音を調へ	121	管絃曲	217⑩
わうはん(往反)	—の道ある常盤山は	147	竹園山	259⑪
わうぼ(王母)	—が翫したぐひなれば	82	遊宴	異302⑧
わうほふ(王法)	仏法—をまもる事	152	山王威徳	267⑭
わうゐ(王位)	及—に至るまで	160	余波	278⑨
わか(和歌)	—に言葉をあらはす	71	懐旧	131⑫
わが(我) ※私ガ	法華経を—得し事は	154	背振山并	269⑨
	尋ばやまだ—しらぬ	48	遠玄	98⑦
	—まだしらぬ篠のめの	106	忍恋	190⑩
	行末はまだ—しらぬ白河の	35	羇旅	82③
	まだ—しらぬむしあげの	75	狭衣妻	139⑦
	—手ならしの振分髪	132	源氏紫明	234⑩
わがたつそま(我立杣)	—乗円宗のはなぶさ—に芳しく	67	山寺	128①
	—の七の御注連を崇らる	155	随身競馬	270⑭
	—の麓に光を和ぐる	120	二闡提	213⑬
	—の麓にも鼠神といははれ給て	78	霊鼠誉	両338②
	—の麓の七の社のゆふだすき	78	霊鼠誉	143⑪
	—の麓の和光勧請の玉垣は	138	補陀落	244④
	—の紅葉の箱	150	紅葉興	263⑫
	—の斧の柄の	135	聖廟超過	241⑦
わが(我) ※私ノ	—方にのみよると鳴物を	28	伊勢物語	72⑤
	猶又さかふる—門	61	郢律講	118⑧
	—黒髪の末までも	37	行余波	83⑩
	烏羽玉の—黒髪の—すぢに	175	恋	異306①
	—言種にいひ馴て	58	道	111⑮
	—衣手を見せばや妹に	19	遅々春恋	61⑩
	—座の上をあたへき	44	上下	93⑧
	—座を下にあらたむ	44	上下	93⑧
	—墨俣や替らむ	32	海道上	77⑧
	独ねの—手枕の	19	遅々春恋	60⑬
	さて又誰かは—ために	24	袖余波	66⑩
	げに—ためにやつらからむ	116	袖情	209⑫
	—名もらすなといひ出ても	126	暁思留	224⑧
	—宿に来迎ふ空の郭公	5	郭公	45④
	—やどの軒端にしげる忍草の	21	竜田河恋	62⑪
	—宿の薄をしなみ降雪は	10	雪	51⑤
	—よに伝る和歌	122	文字誉	218⑦
わがおほきみ(我大君)	佐礼早八隅知—の	11	祝言	異301⑩
わがきみ(我君)	—の御代なりけり	41	年中行事	90②
	宜も富けり—の御代の栄は	15	花亭祝言	55④
わがくに(我国)	—秋津島には	42	山	90⑫
	—吾妻の富士山	80	寄山祝	異309②

	—の習俗を捨ずして	92	和歌	165⑨
	みな—の神事	17	神祇	57⑧
	—は賢境なれば	59	十六	112⑪
	—やいつもさかへむ	55	熊野五	107⑧
わがてう(我朝)	—皇極天皇	114	蹴鞠興	205②
	さても—三十七世かとよ	78	霊鼠誉	144⑨
	—日域の伝法は	163	少林訣	283⑫
	—第一の大伽藍	59	十六	114④
	—に名をえし名馬也	77	馬徳	142⑮
	—の天照神代より	63	理世道	122⑭
	—の起を思ふにも	72	内外	133⑪
	—の四納言とかや	65	文武	125⑬
	—の聖代の作りし	121	管絃曲	216⑥
	—の聖代は	98	明王徳	177⑬
	—の近比	60	双六	115④
	そも—のむかしは	119	曹源宗	212⑫
	—の芳野山	2	花	42⑧
	先は—仏法最初の執政	129	全身駄都	228④
	近く—を顧れば	95	風	170①
わがみ(我身)	—にとまる形見かは	126	暁思留	224⑫
	其も—の心から	69	名取河恋	130⑨
	鳴は—の類かと	5	郭公	46⑥
	げに—のとがなれば	20	恋路	62③
	—をしれば濁江の	87	浄土宗	158①
わがみひとつ(我身一)	—に聞わびて	168	霜	290②
	—の袖にのみ	69	名取河恋	130⑦
	—はかはらぬに	28	伊勢物語	71⑫
	—を託ても	122	文字誉	219⑨
わかぎ(若木)	—の梅の垣越に	111	梅花	199⑨
わかくさ(若草)	思をこむる—	107	金谷思	192①
	岡べの—春といへば	33	海道中	78⑪
	春はみどりに見えし—の	6	秋	47④
	雪間を分る—の	10	雪	50⑥
わかざくらのみや(若桜の宮)	—の花の盃	2	花	42⑩
わか・し(若)	—きは後も憑あり	100	老後述懐	179⑬
	—きををくる老のうらみ	38	無常	84⑥
	—くて媚をととのへしも	100	老後述懐	179⑭
わかだけ(稚武)	—第三の清寧	100	老後述懐	180⑫
わかちあた・ふ(分与)	始て半座を—へ	119	曹源宗	211⑫
わかちた・つ(分立)	十五の石を—つ	60	双六	114⑬
わか・つ(分)	上下に是を—たる	44	上下	93⑪
	方域を—ち	143	善巧方便	253⑮
	夫衣は真俗二諦を—ち	161	衣	279⑧
	玉燭は寒燠に光を—ち	164	秋夕	284②
	仮に暫名をや—ちけん	128	得月宝池	226⑫
	守文草創の二の道を—ちし	65	文武	125⑤
	其身を—ちし道には又	143	善巧方便	254②
	色々の衣を—ちしも	161	衣	280④
	人倫かたちを—ちしより	166	弓箭	287①
	真俗二を—ちつつ	63	理世道	123⑤

	轡を四方に―ちつつ	76	鷹徳	140⑦
	隔檀往向を―ちつつ	77	馬徳	142③
	其名をあまたに―ちつつ	111	梅花	199⑩
	人数を六八に―ちつつ	114	蹴鞠興	205⑥
	日本唐を―ちつつ	159	琴曲	276②
	清濁を―ちて国を治め	61	郢律講	117⑪
	十九に品を―ちて法を説給ふ	120	二闡提	両339④
	其像をあまたに―ちては	17	神祇	57⑥
	定恵の二を―ちては	62	三島詣	120④
	尊号を上下に―ちては	131	諏方効験	231⑭
	高麗唐の曲を―つ	81	対揚	149①
	三時に―つ作法あり	114	蹴鞠興	207⑤
	其徳を余多に―つとか	149	蒙山謡	両340①
	或は五常の道を―つなり	122	文字誉	218①
	春秋冬夏を―つなる	131	諏方効験	233③
	四季を―つに法あり	158	屛風徳	273⑪
	四方四季に―つは	114	蹴鞠興	205⑬
	匂を四方にや―つらむ	97	十駅	175⑫
	応用は所を―てども	135	聖廟超過	241①
	品をば六義に―てり	92	和歌	165⑫
わかどころ(和歌所)	―におこなはる	71	懐旧	132⑬
わかな(若菜)	野沢に求めしゑぐの―	3	春野遊	43⑨
	先は雪間の―卯杖つき	43	草	91⑪
	飛火の野辺の―の	102	南都幷	184⑨
	―は老せぬ君が世の	16	不老不死	56⑤
	上の子の日を定て―を奏する政	44	上下	93②
	陽春初月に―を備る政も	78	霊鼠誉	143⑨
わかなのじやうげ(若菜の上下)　※巻名	光源氏のわりなきは―成けり	44	上下	93⑫
わかなへ(若苗)	―とらん五乙女	43	草	92②
わが・ぬ(宛)	きくぢんの糸を―ねたる	81	対揚	149⑮
	糸を―ねては打解る	3	春野遊	43⑬
わかのうら(和歌の浦)	渚につづく―の	53	熊野三	104③
	―や道もむかしにかへる浪の	112	磯城島	202⑨
わかば(若葉)	―さす野べの小松と祈しも	16	不老不死	56⑧
	茂あふ小木の―の若緑	52	熊野二	103④
	つのぐむ葦の―を三島江や	51	熊野一	102⑥
わかみどり(若緑)	いつも常盤の―	16	不老不死	56④
	いはねの松の―	38	無常	84⑫
	小木の若葉の―	52	熊野二	103④
	瓦の松の―	103	巨山景	186④
	松竹二は君がよはひの―	68	松竹	両328⑥
わかみや(若宮)	―若姫宇礼久礼は	172	石清水	296⑦
	猶―の松にすむ	34	海道下	80⑩
わかむらさき(若紫)	いとけなかりしは―の	16	不老不死	56⑦
	―のゆかりの色も	107	金谷思	191⑮
わかめ(若布)	鳴渡の―みる房玉もかい	30	海辺	74⑩
わか・る(別、分)	程は雲井に―るとも	70	暁別	131②
	金鶏鳴てや―るらん	171	司晨曲	294③
	―るる雲の絶間より	163	少林訣	283⑦
	―るる夢のとだえにて	83	夢	152⑤

	さても—れし人の国	173	領巾振恋	298⑨
	五時八教に—れたり	122	文字誉	217⑭
	真俗道—れつつ	97	十駅	175③
	其品あまたに—れつつ	112	磯城島	201④
	其又十二に—れて	121	管絃曲	216②
	咽ぶ涙の中に—れにし	18	吹風恋	60②
	いかで—れむ離山の	57	善光寺次	109⑪
わかれ(別)　＊さらぬわかれ	或は—に又ねして	58	道	111⑬
	せききりんが—には	23	袖湊	65⑨
	紫の上の—の	168	霜	290⑥
	逢に—のある世とは	70	暁別	130⑫
	しほるるは—の袂なれば	37	行余波	83⑧
	あかぬ—の鳥の音	107	金谷思	191⑨
	つらき—は在明の	21	竜田河恋	63②
	時雨に堪ぬ—も	84	無常	153⑥
	秋の—をいか様にせん	125	旅別秋情	223⑫
	—をしたふあしたに	73	筆徳	136⑩
	深夜の鐘は—をつげ	173	領巾振恋	299④
	花の—を慰は桜が枝の紅葉ば	150	紅葉興	262⑮
	袖の—をひるがへして	124	五明徳	222③
	—を深く悲む	127	恋朋哀傷	225⑤
	夜深き—を催し	171	司晨曲	294⑩
	まだ明ぬに—を催す	70	暁別	130⑭
わかれぢ(別路)	逢瀬もつらき—	24	袖余波	65⑬
	げにさばえならぬ—	126	暁思留	224⑤
	しゐてもとめぬ—に	36	留余波	82⑫
	明ぬといそぐ—に	75	狭衣妻	139⑤
	ただひたすらに—に	117	旅別	210⑦
	たちもかへらぬ—の	173	領巾振恋	298⑭
わかん(和漢)	誉を—におよぼす	98	明王徳	178①
	—に詞の花をかざり	81	対揚	148⑫
わきか・ぬ(分かぬ)	夢うつつとも—ねてや	28	伊勢物語	72⑧
わきかへ・る(涌返)	岩間づたひに—り	44	上下	94③
わきま・ふ(弁)	さてもよく—ふべきは是也	78	霊鼠誉	異313⑨
	猶死の行末をば—へず	86	釈教	155⑭
	故実はふるきを—へて	100	老後述懐	180⑮
	誰かは是を—へん	119	曹源宗	213①
	誰かは輙く—へん	128	得月宝池	227⑧
	薬の君臣を—へんや	90	雨	異304③
わぎもこ(我妹子)	真帆にあたれる舟乗すらし—が	31	海路	75④
わぎもこがゐ(わぎもこが井)	面影移か—	102	南都弁	184⑫
わ・く(分、別)　※四段	ふかきあはれみ人を—かず	63	理世道	121⑩
	時をも—かず浮贇	131	諏方効験	233②
	里をも—かずしたがひて	64	夙夜忠	124⑦
	やぶしも—かず道しあれば	88	祝	159④
	藪しも—かず道しある	144	永福寺	254⑪
	思も—かぬ木隠に	171	司晨曲	295①
	—かぬすさみもおかしきは	125	旅別秋情	223③
	里—かぬ月にうつりきて	66	朋友	126⑭
	やぶしも—かぬ光なれや	99	君臣父子	178⑥

	時を一かぬ夕の露	71	懐旧	132⑨
	何もともに一きがたき	112	磯城島	201⑩
	直なれども一きがたく	98	明王徳	176⑭
	一きたる物の音とりどりに	160	余波	278③
	一きて哀もふかき夜の	124	五明徳	221⑩
	又何をか差別と一きていはん	163	少林訣	282⑦
	一きて風も身にしむころは	122	文字誉	219⑦
	一きて情の切なるは	159	琴曲	275⑤
	わたらぬ水の一きてなど	21	竜田河恋	62⑧
	六波羅蜜寺は一きて猶	120	二闡提	214③
	桜を一きてねぐらとはせぬ鶯も	68	松竹	129①
	一きては暁の露に鹿鳴花開	164	秋夕	285④
	一きては此尊に帰せしむ	120	二闡提	異312⑦
	一きては四尺の屛風也	158	屛風徳	273⑩
	一きては斗藪の苔の衣に	109	滝山等覚	194⑭
	夕や一きてまさるらん	40	夕	87⑭
	つらさや一きてまさるらむ	106	忍恋	190⑧
	一きて又昔を忍ぶすさみの	71	懐旧	132⑦
わ・く(分、別)　※下二段	四禅無色の雲を一く	129	全身駄都	228⑦
	ささ一くる袖もしほれつつ	32	海道上	76⑩
	桜をよきて木の間を一くる鞠は	114	蹴鞠興	206⑮
	よしあしを一くる故に	92	和歌	166④
	雪間を一くる若草のはつかに思ふ心は	10	雪	50⑥
	一くればぬるる旅衣	167	露曲	288⑥
	されば兜率の雲の上を一け	44	上下	94⑦
	かなたこなたの浪間一け	130	江島景	231①
	先この勝嶺の雲を一け	154	背振山并	269⑤
	皓々たる風を一け	172	石清水	296⑬
	雪を一けけん孟宗が	99	君臣父子	179①
	梢を一けし色はげに	150	紅葉興	262⑥
	篠の葉一けし袖よりも	19	遅々春恋	60⑩
	二儀共に一けしより	123	仙家道	220④
	夕の雲をや一けつらむ	118	雲	210⑬
	山復山の雲を一けて	34	海道下	80①
	野路の篠原露一けて	136	鹿島霊験	242⑥
	富士の雲路を一けてかける	155	随身競馬	270⑤
	霞を一けて誰くるす野に	3	春野遊	44②
	重なる雲を一けても	23	袖湊	65⑤
	よしあし一けて藻塩草	112	磯城島	202⑩
	一けてもなぞやわづらはしく	58	道	110⑬
わくらば	一に問人あらば須磨の浦の	26	名所恋	68⑬
わくわう(和光)	南無再拝三所一	108	宇都宮	192⑤
	一勧請の玉垣は	138	補陀落	244④
	法身一垂跡の	72	内外	134②
	只此一の擁護也	136	鹿島霊験	242⑫
	一の影を澄しめ	46	顕物	異307⑦
	光や一のしるべならむ	131	諏方効験	232⑦
	下亦一の塵の底	86	釈教	157④
	一の月ぞやどるなる	109	滝山等覚	195②
	枌楡一の月は猶	34	海道下	80⑪

	—の御影をや照らむ	156	随身諸芸	272②
	—の利益を助けて	138	補陀落	245⑤
	誠に—利物の	152	山王威徳	267⑧
わくわうどうぢん(和光同塵)	敬礼大悲—	61	郢律講	両327③
	—の月の影は	51	熊野一	101⑨
	—は利物のはかりこと	62	三島詣	119①
わけい・づ(分出)	青波—づる岩が根	86	釈教	157②
わけい・る(分入)	蓬生のやどりを—りしにも	156	随身諸芸	272⑦
	霞ゆく檜原を—る泊瀬山	67	山寺	128⑤
	露に—る夕暮	164	秋夕	284⑪
わけ・く(分来)	—くる山路はしげけれど	53	熊野三	104⑥
わけす・ぐ(分過)	煩悩の波をや—ぎん	55	熊野五	106⑭
	いくへの浪をか—ぎん	75	狭衣妻	139⑥
	—ぐる秋の叢	56	善光寺	108①
わけゆ・く(分行)	—く末もはるばると	8	秋興	49②
	深き夏野を—けば	91	隠徳	164⑩
わけわ・ぶ(分侘)	露—ぶる狩衣	76	鷹徳	140⑬
	露—ぶるしののめ	6	秋	47③
わごん(和琴)　＊やまとごと	—緩く攪鳴して	79	船	145⑪
	—のしらべすがかき	169	声楽興	291⑤
	—の手に七拍子の透掻	159	琴曲	275⑭
	能鳴—の秘曲の	82	遊宴	151④
	—緩く調て	7	月	48②
	いと声花に—を	29	源氏	73⑦
わざさか(態坂)	登れば苦しき—	52	熊野二	103⑪
わざと	おさへむとすれば—もる	58	道	111⑭
わし・る(趨)	東に—りて営ど	160	余波	279③
わ・す(和)	琴に—する頌の声	59	十六	異307⑨
わす・る(忘)	帰らん家路も—られ	47	酒	96⑬
	—られがたき妻ならむ	75	狭衣妻	140①
	—られがたき中にも	168	霜	290⑧
	さても—られがたきふしぶしの	157	寝覚恋	異314⑩
	露の間にだに—られず	167	露曲	288⑥
	—るる間なく—られぬ	40	夕	88①
	いと—られぬかたみなれや	161	衣	280⑤
	げに—られぬ名残を	127	恋朋哀傷	225⑫
	げに—られぬふしぶしも	90	雨	162②
	春を—るなとばかりの	111	梅花	200②
	—るなよ契は在明の強く見えし暁	70	暁別	131②
	花の下に帰らん事をや—るらむ	3	春野遊	43⑫
	軽きは命をや—るらむ	88	祝	159⑩
	岸風に替てや—るらん	94	納涼	168⑦
	老を—るる黄菊	164	秋夕	285⑥
	—るる種を誰か蒔し	31	海路	75⑥
	—るるつまやなかるらむ	102	南都幷	184⑩
	家路—るる花の友	160	余波	277⑫
	—るるひまぞなかりける	64	夙夜忠	124⑬
	—るる間なきは暁思ふ鳥の空音	24	袖余波	65⑪
	恐るべきを—れ	99	君臣父子	179⑨
	空しく五常の旨を—れ	160	余波	277①

わ

	をしふる道を—れざれ	63	理世道	122⑥
	多年のあそびを—れざれと	66	朋友	127③
	殷懃付属を—れざれば	120	二闡提	214⑪
	威儀を—れし解脱の袖も	159	琴曲	276⑨
	斗藪のいにしへも—れず	141	巨山修意	249⑪
	—れずながら遠ざかる	21	竜田河恋	63⑤
	命の中にも—れずば	37	行余波	83⑧
	愁を—れて日を送る	82	遊宴	150⑧
	—れなはてそといひけるも	75	狭衣妻	139⑪
	春を—れぬ記念は	71	懐旧	132③
	さして—れぬ妻と見えし	124	五明徳	222②
	かたみも—れぬ妻なれや	126	暁思留	224⑦
	—れぬ情のつまなれや	28	伊勢物語	72⑪
	—れぬ節とぞ成ぬべき	35	羇旅	82③
	—れぬ節とや成ぬらん	7	月	48⑥
	香厳の—れぬふしなれや	140	巨山竜峯	248⑫
	岸風に扇をも—れぬべきは	144	永福寺	255⑫
	—れぬ信に徳をます	34	海道下	80⑪
	昔の睦—れねど	160	余波	276⑫
	浪の立居に—れねば	132	源氏紫明	235④
	誓し末を—れねば	115	車	異312①
	都をさへに—れめや	33	海道中	78②
	有しむかしを—れめや	83	夢	152⑨
	いつかは—れん御吉野の	28	伊勢物語	72⑤
わすれがたみ(忘形見、忘記念)	面影ばかりの—	24	袖余波	66②
	—のしるしならむ	113	遊仙歌	204⑩
	—を留めけんも	132	源氏紫明	235⑧
わすれぐさ(忘草)	しげれとぞ思ふ—	117	旅別	210⑧
わすれみづ(忘水)	野中の清水—	96	水	両329④
わたうづ	—かけて見わたせば	33	海道中	78⑥
わたくし(私)	王道共に—なく	98	明王徳	176⑧
	—をかへりみず	63	理世道	122⑫
わたしもり(渡守)	矢橋をいそぐ—	32	海道上	76⑨
	栖田河原の—に	28	伊勢物語	72③
わた・す(渡)	危く—す浮橋の	32	海道上	77⑧
	ひのくま河を—す駒	26	名所恋	68⑤
	—すに信敬の誠による	62	三島詣	119②
	はるかに—せ雲の梯と浮たちしを	74	狭衣袖	137⑬
	鵲の—せる橋の上の霜	168	霜	289⑨
	—せる橋も憑敷	54	熊野四	105⑩
わたせ(渡瀬)	見ゆる—はしるき浅小川	52	熊野二	103⑤
わたづうみ(わたづ海)	浮津の浪は—の	75	狭衣妻	139⑦
わたどの(渡殿)	—を経てや廻らむ	104	五節本	188⑫
わたらひ	世の—の端も皆	60	双六	115①
	憂喜の門の—は	160	余波	276⑬
わたり(渡)	小塩の山小野の—	76	鷹徳	140⑭
	湊吹こすいなの—	95	風	171③
	洗衣する—あり	113	遊仙歌	203⑤
	藤壺—に忍しは	24	袖余波	66⑤
	肱笠雨のふる—の	32	海道上	77⑩

	温明殿の—を	90	雨	162③
	さまざまの—を越過て	57	善光寺次	110⑤
	見なれぬ—をたどるらし	56	善光寺	108⑭
わたりのやつ(渡の谷)	東の境を—	147	竹園山	259⑫
わた・る(渡)	橋をば—らざらめや	82	遊宴	151⑫
	此高橋も—らじ	34	海道下	79⑧
	—らぬ君が情には	150	紅葉興	262⑨
	—らぬさきの名取川に	26	名所恋	69②
	又とも—らぬ中河の	24	袖余波	65⑬
	—らぬ道ぞなかりける	122	文字誉	218⑧
	—らぬ水のわきてなど	21	竜田河恋	62⑧
	—らまほしき物をな	23	袖湊	65⑤
	飛鳥河あす—らんとおもふにも	75	狭衣妻	139②
	しかれば嶮難の河磯を—り	136	鹿島霊験	242⑤
	大日本の国へ—りつつ	78	霊鼠誉	144⑩
	北の陣を—りつつ	104	五節本	188⑫
	無調の上下に—りつつ	121	管絃曲	216②
	仮橋—りて簀の子より	105	五節末	189⑦
	—りてなどかとはざらん	26	名所恋	68①
	年々—る天河	41	年中行事	89⑨
	雲居を—る雁がね	6	秋	47②
	雲井を—る雁がね	81	対揚	150③
	随身御前を—る次第	155	随身競馬	271④
	風—る諏方の御海に春立ば	95	風	170⑧
	駒なべて—る堰の杭瀬河	32	海道上	77⑥
	雲居を—る鶴が原	52	熊野二	103④
	風を便に—るなるは	95	風	170⑬
	河海を—るはかりこと	79	船	145⑧
	世—る道もいさやさば	157	寝覚恋	272⑩
	雲間を—る夕風	40	夕	88⑤
	秋待えてや—るらむ	150	紅葉興	262⑫
	そもひこ星や—るらん	109	滝山等覚	195⑦
	—ればにごる河のせの	96	水	172②
	陸より—れば前島の	33	海道中	78⑭
わづか(僅、纔)	—に一夜を経しかども	83	夢	異303②
	—に五更の中に	135	聖廟超過	240⑭
	園芽—に萌て	149	蒙山謡	261④
	—に三銖なるらむ	161	衣	280⑩
	—にのこる紅葉ば	9	冬	49⑪
わづらは・し(煩)	分てもなぞや—しく	58	道	110⑬
わどう(和銅)	抑元明の聖代—二の年とかや	154	背振山幷	269⑩
わびしさ(侘)	軒端にしげる—	43	草	92⑩
わらは(童)	汗衫の—と下仕へ	104	五節本	188⑧
わらはごらん(童御覧)	—ぞはじまれる	105	五節末	189⑥
わらはすがた(童姿)	拍子を調し—	121	管絃曲	216⑫
わら・ふ(咲)	見えなば—はれなむやな	27	楽府	71④
わらや(藁屋)	関の—の曲調	133	琵琶曲	236⑧
	—や萱屋板店	4	夏	44⑫
わりな・し(分無)	せめて—き思成けん	115	車	208②
	—き調にまがふなる	159	琴曲	275⑭

	伝らく—き様にひかれても	159	琴曲	275③
	—きねざめのすさみならん	157	寝覚恋	異314⑫
	夕のことに—きは	40	夕	88①
	光源氏の—きは	44	上下	93⑫
	つけし言の葉の—きは	111	梅花	200⑨
	やがて明行かたみの—きは	116	袖情	210④
	猶又ことに—きは	145	永福寺幷	256①
	思あはせて—きは	160	余波	277⑩
	秋の詠の—きは	164	秋夕	285③
	源氏の—き節には	59	十六	113⑧
	—き路もたどられき	104	五節本	187⑬
	—き紅葉の伝ならむ	150	紅葉興	262⑦
	いと—き態なれども	24	袖余波	66⑤
	—く聞えし中にも	114	蹴鞠興	206⑪
	殊に—く聞しは	127	恋朋哀傷	225⑭
	さても—く聞えしは	151	日精徳	264⑪
	さても—く聞えしは	156	随身諸芸	272⑥
	中にも—くきこえしは	161	衣	280①
	松風野分ぞ—く聞る	95	風	170③
	殊に—く切なるや	125	旅別秋情	222⑨
	—くは聞ゆる	76	鷹徳	141⑥
	詠せ給けんも—し	25	源氏恋	67⑤
わ・る(割)	—れてぞ物おもふよゐのまに	7	月	異305⑦
われ(我)	名もむつましき妹と—	82	遊宴	151⑪
	名もむつましき婦と—	82	遊宴	両330⑨
	げに—とひとしき人しなかりし	28	伊勢物語	異306⑩
	鳴音よいざさば—に駕らん	71	懐旧	132④
	—につれなき人をこひ	56	善光寺	108④
	さても思の—にのみ	31	海路	75⑥
	—にもあらぬ心地して	74	狭衣袖	138⑤
	—脱かけん藤袴	8	秋興	49④
	—ぬぎきせんは勅なれば	74	狭衣袖	137⑬
	婦と—ねぐたれ髪の手枕に	126	暁思留	224④
	いく山こえても—のみぞ	37	行余波	83⑫
	—のみまたるるこころ迷ひ	115	車	208⑩
	—のみまよふ恋の路かは	74	狭衣袖	138①
	摧る心は—ばかり	22	袖志浦恋	64④
	—は消なでつれもなく	127	恋朋哀傷	225⑩
	—まだ	106	忍恋	両337⑪
	—まだしらぬしののめ	160	余波	278⑪
	—先前にと争数の下に	60	双六	116⑧
	—先前にと勝鞭を	156	随身諸芸	271⑫
	—も人も命あらば	117	旅別	210⑨
	—も伏うき竹簀	22	袖志浦恋	64①
	歩を運べば—も先	34	海道下	79⑭
	いそぎて—やゆかまし	26	名所恋	68②
	涙も—を捨るやらむ	58	道	111⑬
	夢路も—をまよへとて	58	道	111⑭
	神も—をや松が枝の	52	熊野二	103⑫
われか(我か)	—もあらずあくがれて	115	車	両337④

	—もあらぬ初より	75	狭衣妻	138⑪
われから(我から)	あまの苅藻にすむ虫の—衣	34	海道下	80⑥
	—しのぶのあまの苅	24	袖余波	65⑭
	—ゆかんの道なれば	86	釈教	157②
われら(我等)	倩—が有様を	160	余波	277②
	何しも—が思もしらでのみすぐす	86	釈教	156①
	—が狂酔覚がたく	84	無常	153③
	—が心のたとへとす	78	霊鼠誉	145②
	—が心の中なれや	167	露曲	289④
	—が五欲の園の中	122	文字誉	218⑮
	如来は—が慈父として	86	釈教	155⑭
	—がために成ぜらる	87	浄土宗	158③
	—に一子の慈悲をたる	62	三島詣	120②
	—に深き結縁の	86	釈教	157④
	—はいかなる契にて	85	法華	155⑦
	いかでか—報謝せん	129	全身駄都	229⑪
	—理世安楽の	72	内外	134⑮

ゐ

※「い」ではじまる語をも参照。

ゐ(威)	其—を四明におよぼす	67	山寺	128①
ゐおんなはん(威音那畔)	—のいにしへ	119	曹源宗	211⑩
ゐぎ(威儀)	解脱の—を刷ふ	128	得月宝池	226⑭
	—を忘れし解脱の袖も	159	琴曲	276⑨
ゐくわう(威光)	—倍増の方便	139	補陀湖水	247④
	権現の—を顕はす	152	山王威徳	267⑪
	効験—をかかやかす	154	背振山幷	269⑫
	神徳年々に—をそへ	62	三島詣	119⑩
	—を天下にかかやかし	120	二闡提	異312④
	神は法味に誇て—を増	102	南都幷	184⑦
	神徳いよいよ—をます	108	宇都宮	194①
ゐけう(謂橋)　※琵琶名	良道木絵井天—	133	琵琶曲	237①
ゐけん(遺賢)	—谷にや籠らん	171	司晨曲	294①
ゐじ(位次)	今に—をみだらざる家例までも	135	聖廟超過	240⑬
ゐじん(威神)	大黒—の分身	78	霊鼠誉	145④
ゐしんりき(威神力)	勝この玉体—を廻して	129	全身駄都	229①
ゐ・す(委)	花の簪地に—して	93	長恨歌	167⑨
ゐせき(堰)	—にかかるしら浪	4	夏	44⑧
	駒なべてわたる—の杭瀬河	32	海道上	77⑥
ゐだい(韋提)	—の愁の窓には	81	対揚	149⑩
ゐちやう(帷帳)	謀を—の中に運し	172	石清水	296⑩
ゐづつ(井筒)	—にかけしふりわけがみも	28	伊勢物語	両329⑩
	—にかけしまろが長	28	伊勢物語	72⑨
ゐで(井天)　※琵琶名	良道木絵—謂橋	133	琵琶曲	237①
ゐで(井手)	かかりし—の沢辺かとよ	56	善光寺	108③
ゐど(井戸)	田中の—にひくたなぎ	3	春野遊	43⑩
ゐとく(威徳)	神の—に預ればなり	152	山王威徳	267⑫
ゐなのわたり(ゐなの渡)	名残をとむる—	30	海辺	74②
ゐねう(囲遶)	覚母の梵篋を—す	59	十六	114①

ゐはい(位牌)	面々—の尊号	148	竹園如法	260④
ゐひん(渭浜)	—の浪を畳まで	13	宇礼志喜	54③
ゐぶん(遺文)	楽天は又—に	66	朋友	126⑨
ゐまちのつき(居待の月)	三日月弓張—	78	霊鼠誉	143⑭
ゐもりのしるし(蜴のしるし)	—も隠なきは	46	顕物	96⑤
ゐやう(渭陽)	文王—に狩して	115	車	207⑩
ゐりき(威力)	或時は護国霊験—神通	172	石清水	297⑬
	ただかの—によりて也	129	全身駄都	228⑪
	大悲の—を顕はす	120	二闡提	213⑪
	干珠満珠の—を施し	172	石清水	297①
ゐ・る(居)　＊立居(たちゐ)	板井の水も水草—て	9	冬	49⑫
	—ながら異賊を誅戮す	172	石清水	297①
	氷の隙の水に—る	171	司晨曲	294⑤
	みさご—るあら磯きはの島巡り	130	江島景	230⑨
	鵜の—る岩の摂にも	23	袖湊	65③
	藤江の浦に—る鷗	31	海路	75⑪
	藤江の浦に—る鷗	31	海路	両334③
	白すが崎に—るかもめ	33	海道中	78⑨
	朝—る雲の朝まだき	39	朝	87④
ゐわう(威王)	斉の—は隣国の民に礼をなし	44	上下	93⑦
ゐん(韻)	—を交ふる寒蟬	115	車	208④

ゑ

※「え」ではじまる語をも参照。

ゑ(会)	桜をかざす花の—	129	全身駄都	229⑦
	梢をかざる紅葉の—	129	全身駄都	229⑧
	—は興福のや	101	南都霊地	183⑫
ゑのしゆ(会の衆)	人天竜神其—	85	法華	155⑩
ゑ(絵)	—かける橋に澄登る	103	巨山景	186⑦
	—に書ば月も有明にて入山もなし	158	屏風徳	274⑨
	—に書る女の心を動かす心地して	112	磯城島	201⑪
ゑかう(回向)	—したてまつるも	176	廻向	異315⑪
	祝聖諷経の—とか	103	巨山景	186⑪
ゑぐのわかな(女萎の若菜)	野沢に求めし—	3	春野遊	43⑨
ゑじまのいそ(絵島の磯)	—の遠津浦	51	熊野一	102⑩
ゑぢやう(会場)	彼此—の有様も	85	法華	154⑦
	さても此維摩—の儀式の	102	南都弁	184⑭
	鹿野苑にしく—やなかりけん	146	鹿山景	257⑦
ゑつさい(雀鵵)	指羽(さしば)雀鷂(つみ)—	76	鷹徳	141⑨
	此さしばつみ—	76	鷹徳	両326⑥
ゑど(穢土)	厭離は—の春の花	49	閑居	98⑬
ゑとく(会得)	機前に—し去も	119	曹源宗	211⑪
	機前—のいにしへを	128	得月宝池	227⑧
ゑにち(恵日)	—の光に消はてば	167	露曲	289⑤
	池中の円月空裏—も	139	補陀湖水	246⑧
ゑひ(酔)	いつかは—を醒さむ	97	十駅	173⑩
	—をすすむるみぎりに	3	春野遊	43⑧
	強ても—をや勧けん	113	遊仙歌	204②
ゑひもせす	終は無名の—と	122	文字誉	218⑩

ゑ・ふ(酔)	—いても醒ても聖ならむ	58	道	112④
ゑぶくろ(餌袋)	—の鳥もさすがに	76	鷹徳	141②
ゑみ(笑み)	十一面の—をふくみ	62	三島詣	120⑥
ゑれるいらか(彫甍)	梅の梁桂の棟反宇—	113	遊仙歌	204⑤
	—はりのかべ	140	巨山竜峯	248⑧
ゑん(園)　＊その	—芽纔に萌て	149	蒙山謡	261④
ゑん(鴛)　＊をしのかもとり	鳳—和鳴の声	133	琵琶曲	236②
ゑんあう(鴛鴦)	鳬雁—は羽をかはして戯れ	144	永福寺	255⑦
	—魮鯒の契に至まで	66	朋友	両339⑨
ゑんあうのかはら(鴛鴦の瓦)	双べる—	140	巨山竜峯	248⑦
	—すさまじく	93	長恨歌	167⑭
ゑんが(垣下)	掃部寮に仰て—の座を敷なるは	44	上下	93④
ゑんがん(遠巌)	—蒼々たる水の上	96	水	172⑨
ゑんぐわつ(円月)　＊まどか	池中の—空裏の恵日も	139	補陀湖水	246⑦
ゑんざん(遠山)　＊とほやま	霞めば遠き—	133	琵琶曲	236④
	—にひびく弁の滝	110	滝山摩尼	197④
ゑんしう(遠樹)	—を隠すうき雲は	118	雲	210⑬
ゑんしと(袁司徒)	—が家の雪も	10	雪	50⑨
ゑんしゆ(円宗)	四明—の学窓には	108	宇都宮	193⑬
	中にも山王—の弘通を	138	補陀落	245①
	一乗—のはなぶさ	67	山寺	128①
	—の妙法をうけて	152	山王威徳	266⑫
ゑんずい(渕酔)	寅の日は又殿上の—	104	五節本	188⑩
	殿上の—露台の乱舞	82	遊宴	151⑥
ゑんづうかく(円通閣)	抑—の上に	103	巨山景	187①
ゑんとん(円頓)	—円融の花の色	50	閑居釈教	100⑤
ゑんばういうせい(遠望遊情)	—の切なるも	164	秋夕	284⑩
ゑんはのとまり(遠波の泊)	—を尋ぬる	164	秋夕	284⑩
ゑんまん(円満)	永福智—の標示として	144	永福寺	254⑭
ゑんまんだいだらに(円満大陀羅尼)	—千手千眼観自在	120	二闡提	214⑧
ゑんまんだらに(円満陀羅尼)	—のこゑすめり	110	滝山摩尼	197④
ゑんまんむげ(円満無碍)	—の功徳ならむ	108	宇都宮	194⑧
	—の巷にみつ	131	諏方効験	231⑪
ゑんゆう(円融)	円頓—の花の色	50	閑居釈教	100⑤
	—無碍のことはりにて	122	文字誉	218⑫
ゑんゑん(遠々)　＊をんをん	—たる閑谷	80	寄山祝	146⑤
ゑんゑんかいとく(円々海徳)	されぱや—の浪にすむ	122	文字誉	218⑨
	—をあらはひしも	77	馬徳	142③

を

※「お」ではじまる語をも参照。

を(絃、緒)	何の—より調らん	95	風	170⑧
	何の—より調初けん	170	声楽興下	293①
	嫉ましがほに細き—を	113	遊仙歌	203⑧
	ながく琴の—をはづし	66	朋友	126⑨
を(尾)	山鳥の—の切符の	135	聖廟超過	240⑤
	磯の上古鼠の—の毛といはるるも	78	霊鼠誉	144⑮
をか(岳)	則彼地に望ば深き谷高き—	137	鹿島社壇	243①
をかし(犯)	—を辜喩とす	60	双六	114⑪

をか・し(咲)	谷越の羽ぞ—しき	76	鷹徳	141⑦
	染分の袂ぞ—しき	156	随身諸芸	271⑩
	こよなくいと—しき様ならむ	113	遊仙歌	204①
	殊にきびはに—しき中に	121	管絃曲	216⑫
	其品々の—しきは	115	車	208⑩
	わかぬすさみも—しきは	125	旅別秋情	223③
	儛る袖も—しきは	51	熊野一	102⑭
	負博の—しきは	60	双六	116⑦
	其名のしなじなに—しきは	115	車	両337⑥
	—しき程に成行に	29	源氏	72⑭
をか・す(犯、侵)	雨つちくれを—さず	11	祝言	52⑦
	禁母を—しし折指の科	87	浄土宗	157⑭
	三業夜々に—しつつ	97	十駅	173⑤
をがはのたに(小河の谷)	—と聞渡も	145	永福寺幷	256⑧
をかべ(岡辺)	水茎の—の真葛恨ても	43	草	92⑩
	—の松に積る雪の	32	海道上	77①
	—の松にや通らむ	31	海路	75⑧
	さすや—の夕付日	49	閑居	99⑦
	—の若草春といへば	33	海道中	78⑪
をかべのさと(岡べの里)	馴来し—もはや	132	源氏紫明	235⑩
をかや(岡屋)	—萱原しげき人目を淩ても	19	遅々春恋	61①
をかや(小萱)	—苅萱露ながら	56	善光寺	108①
をきながたらしびめ(息長足姫)	昔—三韓をせめさせ給べき	173	領巾振恋	298⑦
	誉田の天皇玉依姫—とかや	172	石清水	296⑥
をぎ(荻)	小鳥を付し—の枝ぞ	76	鷹徳	141⑥
	いつしかかはる—の葉の	121	管絃曲	216⑭
をぐら(小倉)　※峯	吉野の奥—が峯	49	閑居	99④
	むかへる—のみねつづき	76	鷹徳	141④
をぐらやま(小倉山)	前中書王の—	42	山	90⑭
をぐらのやま(小倉の山)	露霜の—の紅葉葉は	167	露曲	288④
をぐるま(小車)　＊せうじや	—の錦の紐とかや	115	車	208⑬
	—の我かもあらぬ初より	75	狭衣妻	138⑪
をさ(長)	随番の—	156	随身諸芸	272③
をざさはら(小篠原)	廻々て幽々たる—	153	背振山	268⑪
をさま・る(治、納、収)	定れる持にや—らん	156	随身諸芸	271⑬
	九州風—り	11	祝言	52⑦
	道ある御代は—り	80	寄山祝	146⑪
	抑国—り家富で	151	日精徳	264⑥
	時は慶雲の雲—りし御宇かとよ	108	宇都宮	192⑨
	孝徳の御宇—りし白雉四年の比	119	曹源宗	212⑫
	代—りし基より	146	鹿山景	257④
	雲—り尽ては行こと遅き夜はの月	81	対揚	150①
	東関ますます—りて	65	文武	126③
	月は在明の光—りて	96	水	172①
	—りて雨露の恩かたじけなく	144	永福寺	254⑩
	風—りて霞む日の	114	蹴鞠興	207②
	風—りて閑き御世の春ながら	148	竹園如法	260⑤
	みな上下の字に—る	44	上下	93①
	海又浪—る	45	心	95⑪
	陰陽みな—る	72	内外	133⑨

	化ならず文殿に―る	135	聖廟超過	241⑦
	中禅寺に―る	138	補陀落	245⑤
	二儀ともに―る	140	巨山竜峯	248①
	天の下―る事	93	長恨歌	166⑭
	納受に―るのみならず	135	聖廟超過	240③
	上―れば下やすし	122	文字誉	219⑮
	八雲の奥に―れり	92	和歌	166⑪
	天のさきに―れる	149	蒙山謡	261①
	―れる国の習とて	134	聖廟霊瑞	239②
	風―れるしるしならむ	16	不老不死	56⑥
	―れる手綱に取そふる	156	随身諸芸	272③
	げに―れる時の鳥	5	郭公	46⑤
	浪―れる時や知き	31	海路	75⑪
	波―れる時をしる	12	嘉辰令月	53⑦
	波―れるふなよせの	62	三島詣	121①
	風―れる御世なれば	59	十六	113⑥
	―れる御代の春かぜ	45	心	95⑤
をさ・む(治)	明王考をもて代を―む	45	心	94⑫
	唐堯は徳をもて国を―む	98	明王徳	176⑧
	忠臣国を―む	144	永福寺	254⑩
	五常の真を―むる	121	管絃曲	216②
	国を―むるいつくしみ	63	理世道	121⑫
	武は国を―むるかためなり	65	文武	125③
	国を―むるはかりこと	76	鷹徳	両326⑦
	四夷を―むる基たり	155	随身競馬	270④
	天下を―むる故とかや	114	蹴鞠興	205⑫
	清濁を分て国を―め	61	郢律講	117⑪
	漏さず機をば―めけん	128	得月宝池	227⑦
	黄帝代を―めしも	95	風	169⑫
	替て国を―めしより	122	文字誉	218③
	政務を―めたまひしにも	114	蹴鞠興	205②
	国を―め民を育むはかりこと	143	善巧方便	253②
	中にも聖人代を―めて	169	声楽興	291①
	上下を―めて下又上にかなひつつ	63	理世道	121⑧
	君臣世を―めて直なれば	81	対揚	148⑪
をさ・む(納)	弓矢を定恵に―む	166	弓箭	287⑬
	両の顔に月を―む	77	馬徳	異311⑧
	殊に御感に―むといへども	134	聖廟霊瑞	238⑤
	一千部をぞ―むる	139	補陀湖水	246⑭
	宝の珠を―むるは	45	心	両334⑨
	―むる人やなかりけん	93	長恨歌	167⑨
	隠して―めしいにしへ	91	隠徳	165③
	宝を―めし鎌倉の	137	鹿島社壇	243⑫
	壁に―めし経書も	91	隠徳	163⑩
	撥を―めし所かとよ	91	隠徳	164④
	隠て―めし法の箱も	108	宇都宮	192⑭
	壁に―めし箱の底	45	心	94⑬
	三度食を―めず	64	夙夜忠	123⑬
	御身に―めたまひける	139	補陀湖水	246⑩
	或は水を―めて	98	明王徳	176⑨

	三所の御殿に—めらる	154	背振山幷	269⑭
をさめお・く(納置)	密蔵の重宝を—きて	130	江島景	231③
を・し(惜)	さもあらばあれ—しからず	69	名取河恋	129⑫
	—しからぬ命にかへてだに	70	暁別	131⑤
	さこそは—しき名残なりけめ	133	琵琶曲	両338⑧
	明る夜の—しき名残は衣々の	160	余波	277⑭
	あやにくに—しき名残までも	107	金谷思	192②
	名残も—しき夕祓	4	夏	44⑭
	名残も—しく身にそへて	75	狭衣妻	139⑧
をしか(男鹿、小鹿)	なす野の—の贄も	108	宇都宮	194⑩
	秋の—の麓の野べ	107	金谷思	192①
	妻よぶ—の真葛原に	125	旅別秋情	223④
をしかのつの(男鹿，小鹿の角)	—のつかの間も	102	南都幷	184⑨
	—のつかの間も	131	諏方効験	232⑤
をしかいるの(小鹿入野)	—のしげみ隠れ	91	隠徳	164⑪
をしかなくの(男鹿鳴野)	—の真葛原	8	秋興	49③
をしのかもとり(鴛の鴨鳥)　＊ゑん	—おりからは	105	五節末	189⑤
をし・ふ(教)	—ふる道をわすれざれ	63	理世道	122⑤
をしへ(教)	伝きく孔子の—いまに絶ずや	91	隠徳	163⑩
	周公孔子の—ならむ	45	心	94⑬
	聞の—にしたがひて	158	屏風徳	273⑭
	誠の道のしるべは法の—にて	49	閑居	98⑬
	抑様々の御法の—は多けれど	77	馬徳	143⑤
	三聖の—は残ども	160	余波	276⑭
をしへのほか(教の外)　＊けうげ	—の賢き法に	124	五明徳	222③
	猶し—のつたへ	122	文字誉	219①
	そよさば—の伝へ	128	得月宝池	227⑧
をしほのやま(小塩の山)	—小野のわたり	76	鷹徳	140⑭
をし・む(惜)	声も—まぬ程なれや	164	秋夕	284⑭
	菓を—みし蔡順	99	君臣父子	178⑩
	—みし物を桜色に	4	夏	44⑦
	錦とや—みたまひけん	150	紅葉興	262⑩
	細柳の風に名を—む	160	余波	278⑭
をしやう(和尚)	伝聞—のいにしへとかや	147	竹園山	259④
	—の徳賢くして	140	巨山竜峯	248③
をだ(小田)　＊いはしろをだ	うなひ子が—守霧の	164	秋夕	285②
をだえのはし(緒絶の橋)	—のたえねとや	26	名所恋	69④
	—の名をかけて	24	袖余波	65⑫
をたかむしや(雄高武者)	興の洲沼の—は	137	鹿島社壇	243③
をち(遠)　＊とほし	河より—の網代屏風	158	屏風徳	274⑥
	浦より—の浦伝ひ	30	海辺	74⑧
	浦より—の浦伝ひ	132	源氏紫明	235⑥
	河より—の御すまひ	25	源氏恋	67⑨
	里より—の程ならん	57	善光寺次	109⑭
	—の山路や霧こめて	6	秋	47②
	山より—の夕日影	40	夕	87⑪
	河より—や名草の浜	53	熊野三	104⑦
	浜より—を見渡せば	32	海道上	76⑦
をちかへ・る	又—り信濃なる	5	郭公	46⑫
をちこち(遠近)	夕立す也—の	99	君臣父子	178⑩

をちこちびと(遠近人)	―や急ぐらん	171	司晨曲	294⑮
をとこやま(男山)	都の南に―	41	年中行事	89⑫
	同梢の―	88	祝	159⑫
	―賀茂山	42	山	91②
	―に遷り給しも	142	鶴岡霊威	252③
	―につづける交野禁野の原	51	熊野一	102⑤
	―には石清水	96	水	異310②
	―の御影くもらずみそなはし	166	弓箭	287⑧
	又―の峯には	59	十六	113④
	―鳩の峯	172	石清水	296④
	―花にあだ名は立ぬとも	8	秋興	49④
をとめ(乙女)　＊あまつをとめ	―が漁に拾玉	91	隠徳	164⑧
	―の姿を改めし	85	法華	155②
	すぐる―の袖の色	105	五節末	189⑧
をとめご(乙女子)	海人の―袖たれて行てやみまし	30	海辺	異305②
	独の―水の傍に洗衣する渡あり	113	遊仙歌	203④
をとめのまき(乙女の巻)	十六―とかや	59	十六	113⑧
をの(小野)	いざ見にゆかん狩場の―	76	鷹徳	140⑬
	―の草臥草枕	43	草	92⑦
	―の芝生の露わけごろも	3	春野遊	44④
	狩場の―の雪の中に	121	管絃曲	216⑮
をの(小野)　※地名	小塩の山―のわたり	76	鷹徳	140⑭
をのでら(小野寺)	―は則其ひとつ	139	補陀湖水	246⑫
をののさと(小野の里)	長岡水無瀬―	28	伊勢物語	72⑩
	閑居は大原―	49	閑居	99④
をののさとびと(小野の里人)	―をのづから	83	夢	152⑦
をののふるみち(小野の古道、旧路)	―風たえず	158	屛風徳	274⑧
	―ふぶきして	32	海道上	77①
をののやま(小野の山)	惟喬の尊の―	42	山	90⑭
をののやまざと(小野の山里)	―尋ても	73	筆徳	136⑦
	―雪ふかし	9	冬	49⑬
をのやま(小野山)	―や深き恨の雪の朝	71	懐旧	132⑩
をのこ	彼岡に草苅―しかな苅そ	43	草	92②
をののえ(斧の柄)	吾立杣の―の	135	聖廟超過	241⑦
をののこまち(小野の小町)	―は古き名残	112	磯城島	201⑮
をののみちかぜ(小野の道風)	―は画図の屛風に筆をそむ	95	風	170④
をののみや(小野の宮)	天徳四年は―	112	磯城島	202⑥
をのへ(尾上)	―の桜さきしより	3	春野遊	43⑭
	向へる―の盤折	57	善光寺次	109⑦
	山の―の葛折	103	巨山景	186⑫
	高砂の―の松の枝さしそへて	12	嘉辰令月	53⑬
	―吹嵐のすゑにうき雲	90	雨	161⑪
をのへのさと(尾上の里)	―の里人は	10	雪	50⑧
をばすてやま(姨捨山)	―清見が関	7	月	48⑦
	―の秋の夜	57	善光寺次	110④
をばな(尾花)	―が末に入までに	56	善光寺	108⑦
	夕暮しるき―が袖	164	秋夕	285⑥
	萩の花―葛花常夏の花	43	草	92⑥
	枯葉の―袖ぬれて	32	海道上	77⑨
	―の袖にまがふ色	116	袖情	209⑭

をはり(終)	—十地の眠さめ	83	夢	152⑭
	—を守にしくはなし	98	明王徳	177⑧
をは・る(終)	一曲いまだ—らざるに	169	声楽興	291⑨
	一具—りし蘇香の	160	余波	278④
をぶね(小舟)　＊あまをぶね	礙る—の寄辺なき	24	袖余波	66③
をふのうらわ(麻生の浦廻、苧生の浦廻)	名にしほふ—に有といふ	82	遊宴	異302⑩
	—にきよする	26	名所恋	69②
	—の磯菜採に	31	海路	75⑤
をまくら(小枕)→つげのをまくらヲミヨ				
をみごろも(小忌衣)	豊の明の—	10	雪	51②
をみのころも	—の立舞袖をひるがへし	11	祝言	52⑨
をみのそで(小忌の袖)	まじるや—の青摺とりどりに	105	五節末	189⑩
	実方の臨時の祭の—	161	衣	280①
をみなへし(女郎花)	なまめきたてる—	8	秋興	49⑤
	名さへ睦き—	164	秋夕	285⑤
	名も睦しき—の	125	旅別秋情	223⑧
	—花薄	6	秋	47⑥
	—蘭槿	43	草	92⑥
をやまだのさと(小山田の里)	—に来にけらし	56	善光寺	108③
をやみな・し	身をしる雨の—く	73	筆徳	136⑦
をり(折、節)	—しる鳥の声々	143	善巧方便	253⑫
	袖吹なるる—ならん	164	秋夕	285⑦
	只此の—にかぎれり	164	秋夕	284⑪
	—に付たる花紅葉	74	狭衣袖	137⑨
	況や—にふるる玉章	134	聖廟霊瑞	238②
	—にふるる情の	81	対揚	149⑬
	—にふるる情は	31	海路	75①
	—にふれたる花紅葉	108	宇都宮	193⑫
	—にふれ時にしたがひて	19	遅々春恋	60⑫
	—にふれ時に随ふ	59	十六	113①
	寒暑も—を誤ず	98	明王徳	177④
	みな—をしれる情あり	45	心	95③
	寒暑—を違ず	95	風	169⑨
をりから	—感を催す	164	秋夕	284⑤
	鴛の鴨鳥—は	105	五節末	189⑤
	共にかたらひし—や	157	寝覚恋	異314⑫
をりふし(折節)	四季—の神事	152	山王威徳	267⑪
をりをり(折々、節々)	—難陀のばくれきせる	139	補陀湖水	246⑥
	—に此興を催す	155	随身競馬	270⑬
	—のあらゆる儀をなすにも	158	屛風徳	273⑩
	—の御遊節会の儀	169	声楽興	291③
	—の祭礼あらたに	131	諏方効験	232⑪
	—の祭礼怠らず	135	聖廟超過	240④
	—の神託新なり	172	石清水	297⑬
を・る(折)	—らでやかざさましやな	1	春	42③
	—る袖匂ふ山人の	82	遊宴	151⑦
	—る手にたまる早蕨	3	春野遊	43⑨
	ほどろと—るは早蕨よ	43	草	91⑬
	羊鹿の車軸—れ	97	十駅	174⑧
をんじやうのきうゐん(園城の旧院)	抑天智の草創は—	67	山寺	127⑬

をんじん(怨心)	つゐに—をひるがへし	120	二闡提	214④
をんな(女)	絵に書る—の心を動かす心地して	112	磯城島	201⑫
	—のなやめるところ有しも	112	磯城島	201⑮
をんながく(女楽)	六条の院の—	29	源氏	72⑭
	様々なりし—に	121	管絃曲	216⑫
をんなぐるま(女車)	むかひにたてし—	115	車	208⑤
をんりふぜん(遠離不善)	—の願も又第十六に当とか	59	十六	114②
をんをん(遠々)　＊ゑんゑん	過去—の七仏より	119	曹源宗	212⑪

漢字逆引き索引

○本文索引における見出し語の漢字表記を、末尾の文字によって並べ替え、漢字の音を現代表記によって五十音順に配列した。本文索引に掲出した語の末尾の一字を見出しとすることを原則としたが、検索の便を考慮して、以下の通りいくつかの特例を設けた。

・底本の表記が単純で、同類表記との判別が曖昧な場合、意味を明確化する語を補うことがある。

　　例)「院」の項　河上院(かはかみ)
　　　「巻」の項　松風の巻(まつかぜ)

・熟語として示したほうが分り易い場合、末尾に文字を加え、〔　〕を用いて掲出した。

　　例)「会」の項　〔節会〕
　　　「子」の項　〔太子〕、〔童子〕、〔拍子〕、〔王子〕

・森(杜)、川(河)、船(舟)、波(浪)等、同意の漢字については、(　)内に示した。

○漢字逆引き索引に掲げた文字の一覧は次の通りである。

あ	愛 悪 安 庵
い	夷 衣 位 威 域 引 印 院 陰 隠
う	羽 雨 雲
え	営 影 衛 奕 益 駅 越 苑 宴 淵 園 塩
	煙 猿 筵 縁
お	王 応 桜 翁 鴦 鶯 屋 音 〔観音〕 恩
か	下 化 火 何 花 果 夏 家 華 歌 霞 顆
	(河→川) 会 〔節会〕 戒 貝 海 界 階 外
	碍 蓋 垣 角 覚 閣 鶴 岳 楽 嶽 官 冠
	巻 閑 間 感 漢 管 関 観 含 岸 玩 雁
	願 巌
き	気 忌 季 姫 記 起 崎 亀 喜 器 機 磯
	義 儀 菊 鞠 客 弓 宮 牛 居 虚 供 峡
	教 郷 橋 興 鏡 業 曲 玉 金 琴 錦 吟
	銀
く	句 苦 駒 具 空 崛 窟 君 軍 郡
け	形 契 計 恵 経 卿 敬 詣 鶏 芸 穴 蕨
	闕 月 見 県 剣 軒 萱 賢 験 騫 言
	〔納言〕 弦 原 〔松原〕 現 〔権現〕 絃 厳
こ	戸 古 虎 枯 壺 後 御 護 公 尻 光 向
	后 江 行 孝 更 岡 幸 垢 皇 紅 郊 香
	候 綱 号 合 劫 毫 谷 国 根
さ	砂 茶 座 才 妻 柴 祭 菜 塞 歳 際 簺
	財 作 札 薩 山 杉 参 衫 散 讃
し	士 子 〔太子 童子 拍子 王子〕 氏 仕 史
	司 市 使 枝 姿 師 祠 紫 詩 飼 字 寺
	次 事 侍 持 時 識 軸 室 執 瑟 櫛 実
	社 車 舎 者 捨 麝 尺 釈 若 〔般若〕
	寂 雀 鵲 手 主 守 取 狩 首 珠 酒 種
	趣 寿 受 樹 州 宗 秋 袖 萩 衆 集 襲
	鷲 (舟→船) 住 重 祝 宿 出 旬 春 舜
	処 所 書 暑 女 匠 尚 松 沼 省 将 商
	証 象 摺 裳 誦 障 鐘 上 丈 杖 条 乗
	城 娘 常 情 場 縄 色 食 燭 心 臣
	〔大臣〕 身 信 津 神 〔明神〕 真 森(杜) 寝
	人 仁 陣 塵
す	水 酔 瑞 数 寸
せ	世 瀬 井 正 生 成 声 姓 性 政 星 聖
	誓 夕 石 跡 潟 雪 節 説 千 川(河) 仙
	染 泉 洗 扇 船(舟) 銭 薦 蟬 前 善 然
	禅 漸
そ	祖 素 鼠 双 奏 相 草 倉 巣 窓 湊 艘
	霜 藻 造 像 増 蔵 則 束 足 俗 属 賊
	杣 村 孫 尊
た	他 多 陀 体 苔 帯 態 黛 大 代 台 宅
	沢 鐸 達 丹 旦 歎 男 段 断 壇 檀
ち	地 池 智 竹 着 中 柱 虫 長 帳 張 頂
	鳥 朝 調 聴 勅 枕
つ	通
て	定 底 帝 庭 提 〔菩提〕 諦 泥 笛 荻 天
	典 転 奠 田 伝 淀 殿
と	斗 徒 都 渡 (杜→森) 土 度 刀 唐 島
	湯 筒 塔 燈 頭 濤 洞 堂 童 道 得 徳
な	内 南 難
に	尼 日 入
ね	年 念
の	濃
は	波(浪) 破 馬 婆 拝 盃 梅 白 泊 柏 薄
	髪 帆 坂 斑 槃
ひ	妃 悲 扉 尾 美 媚 筆 苗 廟 品 浜 愍
ふ	夫 父 布 婦 符 敷 賦 傅 武 部 舞 風
	〔屛風〕 伏 福 仏 物 分 文
へ	平 並 幣 米 碧 壁 別 辺 変 篇
ほ	浦 母 方 宝 法 峯 房 望 北 牧 墨 本
ま	麻 末 万 満
み	密 蜜 妙 民
む	霧
め	名 命 明 鳴 滅 面 綿
も	毛 網 木 目 門
や	夜 耶 野 約 薬
ゆ	喩 有 勇 遊
よ	輿 用 容 葉 陽 楊 様 養 耀 鷂 鷹 翼
ら	羅 来 落 乱 嵐 覧 藍 鸞
り	利 里 理 裏 離 立 律 柳 流 竜 粒 隆
	慮 良 涼 量 稜 寮 力 緑 林 倫 輪
る	類
れ	令 鈴 嶺 齢 暦 連 簾
ろ	呂 路 盧 露 老 郎 楼 滝 漏 籠
	(浪→波) 鹿 籙 論
わ	和

愛　恩愛（おんあい）
鐘愛（しようあい）
仁愛（じんあい）
悪　十悪（じふあく）
与悪（よあく）
善悪（よしあし）
安　感安（かんあん）
黄安（くわうあん）
高安（たかやす）
長安（ちやうあん）
富安（とみやす）
平安（へいあん）
呂安（りよあん）
庵　草庵（さうあん、くさのいほ）
大仙庵（だいせんあん）
白雲庵（はくうんあん）
夷　四夷（しい）
征夷（せいい）
伯夷（はくい）
衣　天羽衣（あまのはごろも）
洗衣（あらひごろも）
色采衣（いろどりごろも）
薄衣（うすごろも）
片敷衣（かたしきごろも）
唐衣（からころも）
狩衣（かりごろも）
寒衣（かんい）
衣衣（きぬぎぬ）
御衣（ぎよい）
桐壺の更衣（きりつぼのかうい）
霓裳羽衣（げいしやううい）
五戒法衣（ごかいほふえ）
恋衣（こひごろも）
狭衣（さごろも）
小夜衣（さよごろも）
三衣（さんえ）
塩馴衣（しほなれごろも）
鈴懸衣（すずかけごろも）
摺衣（すりごろも）
出衣（だしきぬ）
旅衣（たびごろも）
露分衣（つゆわけごろも）
夏衣（なつごろも）
衲衣（なふえ）
濡衣（ぬれぎぬ）
羽衣（はごろも）
花色衣（はないろごろも）
花摺衣（はなずりごろも）
蓑代衣（みのしろごろも）
緑衣（りよくい）
小忌衣（をみごろも）
位　因位（いんゐ）
覚位（かくゐ）
在位（ざいゐ）
正一位（しやういちゐ）
叙位（じよゐ）
即位（そくゐ）
胎内五位（たいないごゐ）
宝位（ほうゐ）
王位（わうゐ）
威　神威（しんゐ）
武威（ぶゐ）
法威（ほうゐ）
霊威（れいゐ）
域　日域（じちゐき）
寿域（じゆいき）
四域（しゐき）
方域（はういき）
引　強引（こはひき）
誘引（さそふ）
摂引（せういん）
直引（ぢきいん）
印　海印（かいいん）
心印（しんいん）
雪印（せついん）
院　一条院（いちでうのゐん）
河上院（かはかみゐん）
河崎院（かはさきゐん）
高陽院（かやうゐん）
外院（げゐん）
顕徳院（けんとくゐん）
最勝院（さいしよう）
成勝院（じやうしよう）
上東門院（しやうとうもんゐん）
朱雀院（しゆしやくゐん）
習禅院（しゆぜんゐん）
寺院（じゐん）
真言院（しんごんゐん）
前斎院（ぜんさいゐん）
前唐院（ぜんだうゐん）
禅院（ぜんゐん）
太真院（たいじんゐん）
中院（ちうゐん）
内院（ないゐん）
渚の院（なぎさのゐん）
平等院（びやうどうゐん）
法金剛院（ほふこんがうゐん）
本院（ほんゐん）
六条の院（ろくでうのゐん）
園城の旧院（をんじやうのきうゐん）
陰　光陰（くわういん）
木蔭（こかげ）
下陰（したかげ）
山陰（せんいん、やまかげ）
松陰（まつかげ）
夕陰（ゆふかげ）
隠　雲隠（くもがくれ）
木隠（こがくれ）
しげみ隠（しげみがくれ）
島隠（しまがくる）
袖隠（そでがくし）
空隠（そらがくれ）
葉隠（はがくれ）
水隠（みがくれ）
汀隠（みぎはがくれ）
夕日隠（ゆふひがくれ）
羽　青羽（あをば）
落羽（おちば）
項羽（かうう）
烏羽（からすば）
宮商角徴羽（きうしやうかくちう）
指羽（さしば）
ざれの熨羽（ざれののしば）
谷越の羽（たにごしのは）
鳥羽（とば）
上羽（のぼりは）
雨　小雨（こさめ）
五月雨（さみだれ）
時雨（しぐれ）
請雨（しやうう）
朝雲暮雨（てううんぼう）
春雨（はるさめ）
肱笠雨（ひぢかさあめ）
一村雨（ひとむらさめ）
風雨（ふうう）
暮雨（ぼう）
法雨（ほふう）
窓打雨（まどうつあめ）
身を知る雨（みをしるあめ）
村雨、急雨（むらさめ）
村時雨（むらしぐれ）
夕時雨（ゆふしぐれ）
雲　天雲（あまぐも）
浮雲（うきくも、ふうん）
薄雲（うすぐも）
海雲（かいうん）
香雲（かううん）
慶雲（きやううん）

孤雲(こうん)
五雲(ごうん)
曙雲(しようん)
白雲(しらくも、はくうん)
神護景雲(じんごきやううん)
村雲(むらくも)
紫の雲(むらさきのくも)
八雲(やくも)
横雲(よこぐも)
霊雲(れいうん)
営　大樹営(だいしうえい)
楡柳営(ゆりうえい)
柳営(りうえい)
影　朝日影(あさひかげ)
面影(おもかげ)
泡影(はうやう)
春日影(はるひかげ)
日影(ひかげ)
御影(みかげ)
夢幻泡影(むげんはうやう)
弓影(ゆかげ)
夕日影(ゆふひかげ)
衛　近衛(このゑ、ちかきまもり)
諸衛(しよゑ)
鎮衛(ちんゑ)
奕　赫奕(かくやく)
博奕(ばくえき)
益　巨益(こやく)
利益(りやく)
駅　十駅(しふえき)
臨江駅(りんかうえき)
露駅(ろえき、つゆのむまや)
越　垣越(かきごし)
荊越(けいゑつ)
手越(てごし)
裳越(もこし)
山越(やまごえ)
苑　上林苑(しやうりんゑん)
上苑(じやうゑん)
神泉苑(しんぜんゑん)
摩訶陀苑(まかだゑん)
梅苑(むめぞの)
蘭恵苑(らんけいゑん)
柳花苑(りうくわゑん)
鹿野苑(ろくやをん)
宴　遊宴(いうえん)
興宴(きようえん)
淵　いな淵(いなぶち)
亀が淵(かめがふち)
顔子淵(がんしゑん)
顔淵(がんゑん)
戴淵(たいゑん)
園　金谷園(きんこくゑん)
茶園(さゑん)
竹園(ちくゑん)
花園(はなぞの)
御園(みその)
藍毗園(らんびをん)
陵園(りようゑん)
梨園(りゑん)
塩　荒塩(あらしほ)
三台塩(さんだいえん)
月の出塩(つきのでしほ)
夕塩(ゆふしほ)
煙　香煙(かうえん)
夕煙(ゆふけぶり)
猿　哀猿(あいゑん)
峡猿(かふゑん)
白猿(はくゑん)
霊猿(れいゑん)
筵　九条筵(くでうむしろ)
苔の筵(こけのむしろ)
小筵、狭筵(さむしろ)
菅筵(すがむしろ)
縁　因縁(いんえん)
逆縁(ぎやくえん)
結縁(けちえん)
十二因縁(じふじいんねん)
宿縁(しゆくえん)
順縁(じゆんえん)
初縁(しよえん)
世縁(せえん)
値遇結縁(ちぐけちえん)
無縁(むえん)
王　愛染明王(あいぜんみやうわう)
一字頂輪王(いちじちやうりんわう)
医王(いわう)
戒日王(かいにちわう)
我遣天竜王(がけんてんりうわう)
枳里紀王(きりきおう)
狗摩羅王(くまらわう)
淮南王(くわいなんわう)
淮王(くわいわう)
頑王(ぐわんわう)
君王(くんわう)
賢王(けんわう)
興王(こうわう)
山王(さんわう)
荘王(しやうわう)
四王(しわう)
深砂王(じんじやわう)
成王(せいわう)
前中書王(ぜんちうしよわう)
善如竜王(ぜんによりうわう)
粟散王(そくさんわう)
楚王(そわう)
徳善大王(とくぜんだいわう)
内親王(ないしんわう)
二明王(にみやうわう)
博陵王(はくりようわう)
百王(ひやくわう)
武霊王(ふれいわう)
文王(ぶんわう)
穆王(ぼくわう)
明王(みやうわう、めいわう)
妙荘厳王(めうしやうごんわう)
妙法一乗摩尼宝王(めうほふいちじようまにほうわう)
劉平王(りうへいわう)
陵王(れうわう)
威王(ゐわう)
応　感応(かんおう)
天応(てんおう)
冥応(めいおう)
桜　糸桜(いとざくら)
家桜(いへざくら)
遅桜(おそざくら)
大桜(おほざくら)
樺桜(かばざくら)
紅桜(くれなゐざくら)
継桜(つぎざくら)
初花桜(はつはなざくら)
花桜(はなざくら)
深山桜(みやまざくら)
八重桜(やへざくら)
山桜(やまざくら)
翁　竹取の翁(たけとりのおきな)
売炭翁(ばいたんをう)
老翁(らうをう)
鴦　鳧雁鴛鴦(ふがんゑんあう)
鴛鴦(ゑんあう)
鶯　宮の鶯(みやのうぐひす)
林鶯(りんあう)
屋　東屋(あづまや)
板屋(いたや)
岩屋(いはや)
萱屋(かやや)
潤屋(じゆんをく)

関屋(せきや)
苫屋(とまや)
廿鳥屋(はとや)
はにふの小屋(はにふのこや)
伏屋(ふせや)
古屋(ふるや)
穂屋(ほや)
松屋(まつや)
真屋(まや)
藁屋(わらや)
岡屋(をかや)

音
雲雷音(うんらいおん)
楽音(がくおん)
雁が音(かりがね)
鯨音(げいいん)
五音(ごいん)
五声八音(ごせいはちいん)
師子音(ししおん)
師子吼音(ししくおん)
清音(せいいん)
知音(ちいん)
爪音(つまおと)
笛音(てきいん)
八音(はちいん)
撥音(ばちおと)
初音(はつね)
梵音(ぼんおん)
物の音(もののね)

〔観音〕
観世音(くわんぜおん)
如意輪観音(によいりんくわんおん)
馬頭・准泥・聖観音(ばとう・じゆんでい・しやうくわんおん)
妙音無尽観世音(めうおんむじんくわんぜおん)
例時散華梵音(れいじさんげぼんおん)
六観音(ろくくわんおん)
六大観音(ろくだいくわんおん)

恩
雨露の恩(うろのおん)
神恩(しんおん)
朝恩(てうおん)
報恩(ほうおん)

下
天の下(あめのした)
右幕下(いうばくか)
一四天下(いつしてんか)
岩下(いはした、がんか)
階下(かいか)
苔の下(こけのした)
木の下(このした)
最下(さいげ)
山下(さんか)
椎が下(しひがもと)
上下(じやうげ)
樹下(じゆげ)
足下(そつか)
滝下(たきもと)
直下(ぢきげ、ちよか)
天下(てんか)
那羅陀樹下(ならだじゆげ)
陛下(へいか)
菩提樹下(ぼだいじゆげ)
巻下(まくした)
廊下(らうか)
籬下(りか)
林下(りんか)
炉下(ろか)
垣下(ゑんが)

化
羽化(うくわ)
行化(ぎやうげ)
顕化(けんげ)
権化(ごんげ)
説化(せつげ)
遷化(せんげ)
徳化(とくくわ)
能化(のうげ)
白日羽化(はくじつうくわ)
六道能化(ろくだうのうげ)

火
漁火(いさりび)
篝火(かがりび)
蚊遣火(かやりび)
飛火(とぶひ)
藻塩火(もしほび)

何
何、如何(いか)
何(など)
何(なに)

花
異花(いくわ)
卯花(うのはな)
栄花(えいぐわ)
葛花(くずはな)
槐花(くわいくわ)
優曇花(うどんげ)
紅花(こうくわ)
此花(このはな)
木の花(このはな)
小萩が花(こはぎがはな)
霜花(さうくわ)
桜花(さくらばな)
松花(しようくわ)
翠花(すいくわ)
雪月花(せつげつか)
桃花(たうくわ)
桃李花(たうりくわ)
梅花(ばいくわ)
初花(はつはな)
初尾花(はつをばな)
声花(はなやか)
陽花(やうくわ)
尾花(をばな)
女郎花(をみなへし)

果
阿羅漢果(あらかんくわ)
四向四果(しかうしくわ)
証果(しようくわ)
妙果(めうか)

夏
一夏(いちげ)
九夏(きうか)
春秋冬夏(しゆんじうとうか)
冬夏(とうか)
常夏(なでしこ)

家
右幕下家(いうばくかけ)
隠家(かくれが)
漢家(かんか)
源家(げんけ)
源平両家(げんへいりやうか)
仙家(せんか)
朝家(てうか)
民家(みんか)
楊家(やうか)

華
優曇華、優曇花(うどんげ)
香華(かうげ)
散華(さんげ)
重華(ちようくわ)
法華(ほつけ)
幽華(やさし)
竜華(りうげ)

歌
詩歌(しいか)
樵歌(せうか)
諷歌(そへうた)
二歌(ふたうた)
船子歌(ふなこうた)
大和歌、和歌(やまとうた)
和歌(わか)

霞
朝霞(あさがすみ)
薄霞(うすがすみ)
煙霞(えんか)
春霞(はるがすみ)

顆
一顆(いつくわ)
千顆(せんくわ)
万顆(ばんくわ)

会 歓会（くわんくわい）
花厳海会（けごんかいゑ）
後会（こうくわい）
小五月会（こさつきゑ）
五月会（さつきゑ）
三会（さんゑ）
常楽会（じやうらくゑ）
鷲峯一会（じゆぶういちゑ）
千部会（せんぶゑ）
大嘗会（だいじやうゑ）
大会（だいゑ）
勅会（ちよくゑ）
放生大会（はうじやうだいゑ）
放生会（はうじやうゑ）
八会（はちゑ）
冥会（みやうゑ）
両会（りやうゑ）
楞厳会（れんげんうい）
〔節会〕 霰走の節会（あらればしりのせちゑ）
悠紀主基の節会（いうきしゆきのせちゑ）
踏歌の節会（たうかのせちゑ）
白馬の節会（はくばのせちゑ）
戒 五戒（ごかい）
三摩耶戒（さまやかい）
乗戒（じようかい）
菩薩戒（ぼさつかい）
木叉の戒（もくしやのいましめ）
貝 空貝（うつせがひ）
片貝（かたしがひ）
玉藻貝（たまもかひ）
懐貝（ふところがひ）
海 あしの海（あしのうみ）
有蘇の海（ありそのうみ）
伊勢の海（いせのうみ）
伊勢の御海（いせのみうみ）
伊豆の海（いづのうみ）
入海（いりうみ）
雲海（うんかい）
奥の海（おくのうみ）
河海（かかい）
苦海（くかい）
果海（くわかい）
西海（さいかい）
蒼海（さうかい）
四海（しかい）
塩海（しほうみ）
塩ならぬ海（しほならぬうみ）
諏方海（すは）
東海（とうかい）
南海（なんかい）
尓保の海（にほのうみ）
わたづ海（わたづうみ）
界 十界（じつかい）
清浄結界（しやうじやうけつかい）
声塵世界（しやうぢんせかい）
遍法界（へんほふかい）
法界（ほふかい）
階 瑶階（えうかい）
泰階（たいかい）
二階（にかい）
外 雲外（うんぐわい、くものほか）
界外（かいげ）
格外（かくぐわい）
教外（けうげ、をしへのほか）
中外（じゆぐわい）
天外（てんぐわい）
内外（ないげ）
物外（もつぐわい）
野外（やぐわい）
碍 魔碍（まげ）
無碍（むげ）
蓋 戒日蓋（かいにちがい）
函蓋（かんがい）
垣 蘆垣、葦垣（あしかき）
斎垣（いがき）
神垣（かみがき）
塞垣（さいゑん）
角 総角（あげまき）
犀角（さいかく）
方角（はうがく）
竜角（りようかく）
覚 縁覚（えんがく）
慈覚（じかく）
正覚（しやうがく）
大覚（だいかく）
寝覚（ねざめ）
本覚（ほんがく）
妙覚（めうかく）
滝山等覚（りようざんとうかく）
閣 麒麟閣（きりんかく）
金閣（きんかく）
仏閣（ぶつかく）
宝雲閣（ほううんかく）
逢春閣（ほうしゆんかく）
楼閣（ろうかく）
円通閣（ゑんづうかく）
鶴 皓鶴（かうかく）
銀鶴（ぎんかく）
杜荀鶴（とじゆんかく）
別鶴（べつかく）
岳 仙岳（せんがく）
南岳（なんがく）
霊岳（れいがく）
楽 哀楽（あいらく）
安楽（あんらく）
延喜楽（えんぎらく）
音楽（おんがく）
神楽（かぐら）
河水楽（かすいらく）
夏風楽（かふう）
伎楽（ぎがく）
快楽（けらく）
催馬楽（さいばら）
秋風楽（しうふうらく）
試楽（しがく）
常楽（じやうらく）
赤白蓮花楽（しやくびやくれんげらく）
春庭楽（しゆんていらく）
仙楽（せんがく）
太平楽（たいへいらく）
洞庭の楽（とうていのがく）
仁和楽（にんわらく）
放鷹楽（はうようらく）
法楽（ほふらく）
万秋楽（まんじゆらく）
理世安楽（りせいあんらく）
礼楽（れいがく）
女楽（をんながく）
嶽 浅間の嶽（あさまのだけ）
国見の嶽（くにみのたけ）
五葉の嶽（ごえふのたけ）
蘇巓鷲嶽（そてんじゆがく）
官 一官（いつくわん）
権の長官（ごんのちやうくわん）
神祇官（じんぎくわん）
弁官（べんくわん）
冠 初冠（うひかぶり）
冠（かぶり）
大職冠、大織冠（たいしよくくわん）
二重鶏冠（にぢうかへで）
巻 乞巧奠の巻（きかうでんのまき）
源氏の巻（げんじ）
三巻（さんかん）
玉の村菊の巻（たまのむらぎくのまき）

千歌廿巻（ちうたはたまき）
つぼみ花の巻（つぼみはな）
野分の巻（のわき）
松風の巻（まつかぜ）
若菜の上下の巻（わかなのじやうげ）
乙女の巻（をとめのまき）

閑　幽閑（いうかん）
等閑（なほざり）

間　葦間、蘆間（あしま）
磯間（いそま）
板間（いたま）
岩間（いはま）
雲間（くもま）
木の間（このま）
人間（じんかん、にんげん）
透間（すきま）
世間（せけん、よのなか）
絶間（たえま）
束の間（つかのま）
露の間（つゆのま）
浪間、波間（なみま）
晴間（はれま）
眉間（みけん）
雪間（ゆきま）
宵の間（よひのま）
林間（りんかん）

感　叡感（えいかん）
御感（ぎよかん）

漢　十六羅漢（じふろくらかん）
羅漢（らかん）
和漢（わかん）

管　笳管（かくわん）
忠管（ちうくわん）
鳳管（ほうくわん）
鳳凰管（ほうわうくわん）
鳴鳳の管（めいほうのくわん）

関　足柄の関（あしがらのせき）
逢坂の関（あふさかのせき）
岩手の関（いはでのせき）
有耶無耶の関（うやむやのせき）
函谷の関（かんこくのせき）
清見が関（きよみがせき）
白河の関（しらかはのせき）
東関（とうくわん）
勿来の関（なこそのせき）
不破の関（ふはのせき）
文字の関（もじのせき）

観　一心三観（いつしんさんぐわん）
壮観（しやうくわん）
承観（じようくわん）
貞観（ぢやうぐわん）

含　阿含（あごん）
一字多含（いちじたがん）
斯陀含（しだごん）
多含（たがん）

岸　川岸（かはぎし）
危岸（きがん）
孤岸（こがん）
古岸（こがん）
断岸（だんがん）
彼岸（ひがん、かのきし）
碧岸（へきがん）

玩　握玩（あくぐわん）
賞玩（しやうくわん）

雁　帰雁（きがん）
塞雁（さいがん）
憑の雁（たのむのかり）
旅雁（りよがん）

願　祈願（きぐわん）
四弘誓願（しぐせいぐわん）
四十八願（しじふはちぐわん）
十願（じふぐわん）
十二大願（じふにたいぐわん）
所願（しよぐわん）
誓願（せいぐわん）
大願（だいぐわん）
勅願（ちよくぐわん）
悲願（ひぐわん）
発願（ほつぐわん）
本願（ほんぐわん）

巌　奇巌（きがん）
青巌（せいがん）
石巌（せきがん）
遠巌（ゑんがん）

気　気（いき）
陰気（いんき）
元気（げんき）
三気（さんき）

忌　御物忌（おものいみ）
田忌（でんき）
御忌（みあれ）

季　四季（しき）
二季（にき）

姫　衣通姫（そとほりひめ）
玉依姫（たまよりびめ）
若姫（にやくき）
橋姫（はしひめ）
舞姫（まひびめ）
松浦姫（まつらひめ）
息長足姫（をきながたらしびめ）

記　旧記（きうき）
外記（げき）
史記（しき）
受記（じゆき）
内記（ないき）
風土記（ふどき）

起　暁起（あかつきおき）
縁起（えんぎ）
十二の縁起（じふにのえんぎ）

崎　柏崎（かしはざき）
小島が崎（こじまがさき）
白須賀崎（しらすがさき）
洲崎（すさき）
千首が崎（せんじゆがさき）
備崎（そなへざき）
箱崎（はこざき）
星崎（ほしざき）
ほのみの崎（ほのみのさき）
見越が崎（みこしがさき）
三穂が崎（みほがさき）
見尾が崎（みをがさき）

亀　鶴亀（つるかめ）
霊亀（れいき）

喜　延喜（えんぎ）
歓喜（くわんぎ）
随喜（ずいき）

器　器（うつはもの）
楽器（がつき）
機器（きき）

機　根機（こんき）
万機（ばんき）

磯　荒磯（あらいそ）
大磯（おほいそ）
河磯（かき）
指出、差出の磯（さしでのいそ）
絵島の磯（ゑじまのいそ）

義　仁義（じんぎ）
説義（せつぎ）
六義（むくさ、りくぎ）
妙義（めうぎ）

儀　教儀（きやうぎ）
化儀（けぎ）
字儀（じぎ）
二儀（じぎ、にぎ）
道儀（だうぎ）
風儀（ふうぎ）
法儀（ほふぎ）
礼儀、礼義（れいぎ）
威儀（ゐぎ）

菊　黄菊（くわうぎく）
白菊（しらぎく）
承和菊（そがぎく）

鞠　蹴鞠（しうきく）
上鞠（しやうきく）

客　羽客（うかく）
雲客（うんかく）
行客（かうかく）
聖客（せいかく）
賓客（ひんかく）
旅客（りよかく）

弓　梓の真弓（あづさのまゆみ）
梓弓（あづさゆみ、あづさのゆみ）
白真弓（しらまゆみ）
槻弓（つきゆみ）
賭弓（のりゆみ）
真弓（まゆみ）

宮　秋の宮（あきのみや）
飛鳥の宮（あすかのみや）
斎の宮（いつきのみや）
今本宮（いまほんぐう）
宇佐の宮（うさのみや）
宇都宮（うつのみや）
行宮（かうきう）
鏡の宮（かがみのみや）
香椎の宮（かしひのみや）
勝手の宮（かつてのみや）
甲の宮（かぶとのみや）
漢宮（かんきう）
喜見城宮（きけんじやうぐう）
后の宮（きさいのみや）
月宮（ぐわつくう、つきのみや）
外宮（げくう）
玄宮（げんきう）
古宮（こきう）
三十六宮（さんじふりきう）
上陽宮（しやうやうきう）
深宮（しんきう）
新宮（しんぐう）
仙宮（せんきう）
帝釈宮（たいしやくぐう）
児宮（ちごみや）
剣の宮（つるぎのみや）
定子の皇后宮（ていじのくわうごうくう）
床の宮（とこのみや）
豊崎の宮（とよざきのみや）
豊良穴戸の宮（とよらあなとのみや）
内宮（ないくう）
匂兵部卿の宮（にほふひやうぶきやうのみや）
女三の宮（によさんのみや）
女体中宮（によたいちうぐう）
野の宮（ののみや）
泊瀬朝倉の宮（はつせあさくらのみや）
浜の宮（はまのみや）
常陸の宮（ひたちのみや）
兵部卿の宮（ひやうぶきやうのみや）
蓬莱宮（ほうらいきう）
星の宮（ほしのみや）
梅の宮（むめのみや）
吉野の宮（よしののみや）
竜宮（りうぐう）
六宮（りきう）
驪宮（りきう）
驪山宮（りさんきう）
王宮（わうぐう）
若桜の宮（わかざくらのみや）
若宮（わかみや）
小野の宮（をののみや）

牛　牽牛（けんぎう）

居　安居（あんご）
閑居（かんきよ）
雲居（くもゐ）
皇居（くわうきよ）
木居（こゐ）
敷居（しきゐ）
所居（しよこ）
住居（すまひ）
採居（とつすゑ）
宮居（みやゐ）

虚　宴賀道虚（えんかだうこ）
清虚（せいきよ）
大虚（おほぞら、たいきよ）

供　影供（えいぐ）
柿の本の影供（かきのもとのえいぐ）
花水供（けすいく）
祭供（さいぐ）

峡　貞女峡（ていぢよかふ）
巴峡（はかふ）
明月峡（めいげつかふ）

教　行教（ぎやうけう）
五時八教（ごじはつけう）
伝教（でんげう）
頓教（とんげう）
密教（みつけう）

郷　古郷、故郷（こきやう）
無疆の郷（ぶきやうのさと）

橋　浮橋（うきはし）
仮橋（かりはし）
昇遷橋（しようぜんけう）
瀬田の長橋（せたのながはし）
高橋（たかはし）
跡絶の橋（とだえのはし）
長良の橋（ながらのはし）
新今橋（にひいまばし）
浜名の橋（はまなのはし）
舟橋（ふなはし）
乱橋（みだればし）
八橋（やつはし）
矢橋（やばせ）
緒絶の橋（をだえのはし）

興　秋の興（あきのきよう）
臥興（ぐわきよう）
中興（ちうこう）

鏡　大鏡（おほかがみ）
三鏡（さんけい）
心鏡（しんきやう）
神鏡（しんけい、しんきやう）
堂鏡（だうきやう）
増鏡（ますかがみ）
真澄の鏡（ますみのかがみ）

業　結業（けつごふ）
罪業（ざいごふ）
産業（さんげふ）
三業（さんごふ）
農業（のうげふ）

曲　一曲（いつきよく）
音曲（いんきよく）
郢曲（えいきよく）
数曲（すきよく）
諸曲（しよきよく）
秘曲（ひきよく）
舞曲（ぶきよく）

玉　金玉（きんぎよく）
児玉（こだま）
白玉（しらたま）
宋玉（そうぎよく）
碧玉（へきぎよく）
弄玉（ろうぎよく）

金　一字千金（いちじせんきん）
閻浮檀金（えんぶだんごん）
黄金（くわうきん）
紫磨金（しまごん）
千金（せんきん）

琴　瑤琴（えうきん）

箏の琴(しやうのこと)
紫の琴(むらさきのこと)
和琴(やまとこと、わごん)
霊琴(れいぎん)

錦　紅錦(こうきん)
紅葉の錦(もみぢのにしき)

吟　郢吟(えいぎん)
愁吟(しうぎん)
竜吟(りうぎん)

銀　金銀(こんごん)
銀(しろがね)
玓瓅の銀(てきれきのかね)
白銀(びやくごん)

句　一句(いつく)
言句(ごんく)
文句(もんく)

苦　懃苦(ごんく)
衆苦(しゆく)

駒　我駒(あがこま)
荒駒(あらこま)
甲斐の黒駒(かひのくろこま)
鴾毛の駒(つきげのこま)
鶴駿の駒(つるぶちのこま)
天の駒(てんのこま)
間行駒(ひまゆくこま)
望月の駒(もちづきのこま)

具　一具(いちぐ)
四具(しぐ)

空　天津空(あまつそら)
うはの空(うはのそら)
義空(ぎくう)
色即是空(しきそくぜくう)
中空(なかそら)
二空(にくう)

崛　耆崛(きくつ)
耆闍崛(ぎしやくつ)

窟　岩窟(がんくつ)
名窟(めいくつ)
霊窟(れいくつ)

君　明かならざる君(あきらかならざるきみ)
近江の君(あふみのきみ)
大君(おほきみ)
徐君(じよくん)
聖君(せいくん)
昭君(せうくん)
儲君(ちよくん)
中の君(なかのきみ)
女御の君(にようごのきみ)
宝祚君(ほうそぎみ)
孟嘗君(まうしやうくん)
明君(めいくん)
王昭君(わうせうくん)
我大君(わがおほきみ)
我君(わがきみ)

軍　源家将軍(げんけしやうぐん)
十二軍(しふじぐん)
副将軍(ふくしやうぐん)
六軍(りぐん)
李将軍(りしやうぐん)

郡　菟原の郡(うばらのこほり)
賀茂の郡(かものこほり)
多度の郡(たどのこほり)
無漏の郡(むろのこほり)

形　占形(うらかた)
裸形(くわぎやう)
駒形(こまがた)
三摩耶形(さんまやぎやう)
勝形(しようけい)
石面の尊形(せきめんのそんぎやう)

契　書契(しよけい)
八卦書契(はつくわしよげい)

計　勝計(しようけ)
遍計(へんげ)
謀計(ぼうけい)

恵　漢恵(かんけい)
空恵(くうゑ)
定恵(ぢやうゑ)
智恵(ちゑ)
花開子成恵(はなさきみなるめぐみ)
柳下恵(りうかけい)

経　観経(くわんぎやう)
最勝王経(さいしようわうぎやう)
茶経(さけい)
写経(しやきやう)
祝聖諷経(しゆくしんふぎん)
法華経(ほけきやう)
妙経(めうきやう)
余経(よきやう)

卿　月卿(げつけい)
上卿(しやうけい)

敬　帰敬(ききやう)
信敬(しんきやう)

詣　石山詣(いしやままうで)
参詣(さんけい)
初瀬詣(はつせまうで)

鶏　狂鶏(うかれどり、きやうけい)
金鶏(きんけい)
鶏(くたかけ、にわとり)
水鶏(くひな、すいけい)
師子鶏(ししけい)
万鶏(ばんけい)
霊鶏(れいけい)

芸　才芸(さいげい)
雑芸(ざふげい)
諸芸(しよげい)
文芸(ぶんげい)
六芸(りくげい)

穴　巣穴(さうけつ)
同穴(どうけつ)
竜穴(りうけつ)

蕨　早蕨(さわらび)
下蕨(したわらび)

闕　金闕(きんけつ)
帝闕(ていけつ)
鳳闕(ほうけつ)
北闕(ほつけつ)

月　隠月(いんげつ)
卯月(うづき)
海月(かいげつ)
嘉辰令月(かしんれいげつ)
神無月(かみなづき)
二月(きさらぎ)
花月(くわげつ)
閨月(けいげつ)
教月(けうげつ)
暁月(げうげつ)
黒白月(こくびやくげつ)
五月(さつき)
三月(さんげつ)
残月(ざんげつ)
四五月(しごげつ)
日月(じつげつ)
十月(じふげつ)
十二月(しふじげつ)
霜月(しもつき)
歳月(せいげつ)
雪月(せつげつ)
絶中の月(ぜつちうのつき)
仙月(せんげつ)
潭月(たんげつ)
得月(とくげつ)
歳月、年月(としつき)
九月、長月(ながつき)
八月(はつき、はちぐわつ)
半月(はんげつ、なかばのつき)
風月(ふうげつ)

伏待の月(ふしまちのつき)
七月(ふつき)
満月(まんげつ)
三日月(みかづき)
六月(みなづき、りくげつ)
名月、明月(めいげつ)
望月(もちづき)
居待の月(ゐまちのつき)
円月(ゑんぐわつ)
見　相見(あひけん)
垣間見(かいまみ)
形見、記念(かたみ)
感見(かんけん)
知見(ちけん)
二見(にけん)
妙見(めうけん)
忘形見、忘記念(わすれがたみ)
県　鄭県(てつけん)
南陽県(なんやうけん)
剣　右剣(いうけん)
腰剣(えうけん)
大剣(たいけん)
八剣(やつるぎ)
利剣(りけん)
軒　萱が軒(かやがのき)
萱津の軒(かやつののき)
帝軒(ていけん)
萱　苅萱(かるかや)
小萱(をかや)
賢　古賢(こけん)
七賢(しちけん)
十賢(しふけん)
普賢(ふげん)
遺賢(ゐけん)
験　効験(かうけん)
修験(しゆげん)
法験(ほふけん)
霊験(れいげん)
騫　張騫(ちやうけん)
閔子騫(びんしけん)
言　仮言(かごと)
狂言(きやうげん)
金言(きんげん)
私言(ささめごと)
自性離言(じしやうりごん)
真言(しんごん)
発言(はつげん)
古言(ふるごと)
睦言(むつごと)
〔納言〕　顕基の中納言(あきもとのちうなごん)
延光の大納言(えんくわうのだいなごん)
権大納言(ごんだいなんごん)
四納言(しだふげん)
大納言(だいなごん)
弦　上弦(じやうげん)
弓弦(ゆんづる)
原　浅茅が原(あさぢがはら)
葦原(あしはら)
淡津の原(あはづのはら)
在原(ありはら)
五十鈴の原(いすずのはら)
浮島が原(うきしまがはら)
海原(うなばら)
大原(おほはら)
柏原(かしはばら)
葛原(かづらはら)
河原(かはら)
萱原(かやはら)
清見原(きよみはら)
栗原(くりはら)
小松原(こまつばら)
篠原(ささはら、しのはら)
菅原(すがはら)
裾野※(すその)
栖田河原(すみだがはら)
其原(そのはら)
高原(たかはら)
竹田河原(たけだかはら)
鶴が原(つるがはら)
梨原(なしはら)
野原(のばら)
萩原(はぎはら)
柞原(ははそはら)
比企野が原(ひきのがはら)
檜曽原(ひそはら)
檜原(ひばら)
真葛原(まくずはら)
宮城野の原(みやぎののはら)
唐が原(もろこしがはら)
山田の原(やまだのはら)
葦蘆原(よしあしはら)
小篠原(をざさはら)
〔松原〕　会の松原(あふのまつばら)
生の松原(いきのまつばら)
宴の松原(えんのまつばら)
篠の松原(ささのまつばら)
莫の松原(なぎのまつばら)
日根の松原(ひねのまつばら)
現　過現(くわげん)
化現(けげん)
出現(しゆつげん)
〔権現〕　春日の権現(かすがのごんげん)
象王権現(ざわうごんげん)
飛滝権現(ひりようごんげん)
満願権現(まんぐわんごんげん)
熊野権現(ゆやごんげん)
竜樹権現(りうじゆごんげん)
絃　管絃(くわんげん)
朱絃(しうけん)
四絃(しけん)
十二絃(しふじけん)
諸絃(しよげん)
小絃(せうけん)
第一第二の絃(だいいちだいにのけん)
大絃(たいけん)
第三第四の絃(だいさんだいしのけん)
厳　香厳(きやうげん)
厳飾荘厳(こんじきしやうごん)
相好端厳(さうがうたんごん)
荘厳(しやうごん)
密厳(みつごん)
戸　淡路の瀬戸(あはぢのせと)
天の戸(あまのと)
編戸(あみど)
岩戸(いはと)
澗戸(かんこ)
黒戸(くろと)
高妻戸(たかつまど)
妻戸(つまど)
冬戸(ふゆど)
御社戸(みやしろと)
森戸(もりど)
井戸(ゐど)
古　上古(しやうこ)
千古(せんこ)
野古(のこ)
万古(ばんこ)
蒙古(もうこ)
往古(わうこ)
虎　石虎(せきこ)
竜虎(りうこ)
枯　裏枯(うらがる)
木枯(こがらし)
霜枯(しもがれ)
立枯(たちがれ)
冬枯(ふゆがれ)

壺
一壺（いつこ）
三壺（さんご）
梨壺（なしつぼ）
藤壺（ふぢつぼ）
蓬壺（ほうこ）
梅壺（むめつぼ）

後
御後（ごご）
三摩地後（さんまぢご）
前後（ぜんご）
末後（まつご）
滅後（めつご）
老後（らうこう）

御
還御（くわんぎよ）
入御（じゆぎよ）
摩訶調御（まかてうご）

護
擁護（おうご）
加護（かご）
守護（しゆご）
神護（じんご）
鎮護（ちんご）

公
菅相公（かんしやうこう）
淮陰公（くわいいんこう）
黄公（くわうこう）
周公（しうこう）
十八公（しふはつこう）
清河公（せいかこう）
井公（せいこう）
忠仁公（ちうじんこう）
野相公（やしやうこう）
庾公（ゆうこう）
朗公（らうこう）
三公（さんこう）

尻
塩尻（しほじり）
滝の尻（たきのしり）

光
月光（ぐわつくわう）
惟光（これみつ）
三光（さんくわう）
常寂光（じやうじやくくわう）
寂光（じやくくわう）
清光（せいくわう）
智光（ちくわう）
放光（はうくわう）
孟光（まうくわう）
霊光（れいくわう）
和光（わくわう）
威光（ゐくわう）

向
十回向（じふゑかう）
手向（たむけ）
往向（わうかう）
回向（ゑかう）

后
光明皇后（くわうみやうくわうごう）
風后（ふうこう）

江
入江（いりえ）
蜀江（しよつかう）
潯陽※（じんやう）
住の江（すみのえ）
難波入江（なにはいりえ）
濁江（にごりえ）
三島江（みしまえ）

行
孝行（かうかう）
経行（きやうぎやう）
苦行（くぎやう）
景行（けいかう）
五行（ごぎやう）
勤行（ごんぎやう）
十行（じふぎやう）
修行（しゆぎやう）
数行（すかう）
政行（せいかう）
行（つら）
内秘菩薩行（ないひぼさつのぎやう）
難行（なんぎやう）
難行苦行（なんぎやうくぎやう）
百万行（ひやくまんぎやう）
部行（ぶぎやう）
無明縁行（むみやうえんぎやう）
練行（れんぎやう）
六行（ろくぎやう）

孝
至孝（しかう）
忠孝（ちうかう）
不孝（ふけう）

更
今更（いまさら）
五更（ごかう）
三更（さんかう）
二三更（じさんこう）
深更（しんかう）

岡
平岡（ひらをか）
水茎の岡（みづぐきのをか）
今来の岡（いまきのをか）
彼岡（かのをか）
雉が岡（きじがをか）
忍の岡（しのびのをか）
作岡（つくりをか）
鶴が岡（つるがをか）
豊岡（とよをか）
長岡（ながをか）
双の岡（ならびのをか）

幸
行幸（ぎやうがう）
花覧の御幸（はなみのごかう）
御幸（みゆき）
臨幸（りんかう）

垢
去垢（こり）
無垢（むく）

皇
応神天皇（おうじんてんわう）
皇極天皇（くわうぎよくてんわう）
三皇（さんくわう）
上皇（じやうくわう）
秦皇（しんくわう）
清和天皇（せいわてんわう）
天武天皇（てんむてんわう）
後の嵯峨天皇（のちのさが）
後の白河天皇（のちのしらかは）
誉田の天皇（ほむだのてんわう）
穂分の天皇（ほわけのてんわう）

紅
薄紅（うすくれなゐ）
唐紅（からくれなゐ）
浅紅（せんこう）
夕紅（ゆふくれなゐ）

郊
西郊（せいかう）
楚郊（そかう）

香
一香（いつかう）
一華一香（いつげいつかう）
一色一香（いつしきいつかう）
移香（うつりが）
奇香（きかう）
薫衣香（くんえかう）
薫香（くんかう）
牛頭栴檀香（ごつせんだんかう）
沙羅樹香（しやらじゆかう）
瞻匍華香（せんぶくけかう）
蘇香（そかふ）
蘇摩那華香（そまなけかう）
多伽羅香（たからかう）
多摩羅抹香（たまらまかう）
沈水香（ぢんすいかう）
都良香（とりやうきやう）
反魂香（はんごんかう）
百歩香（ひやくぶかう）
梅が香（むめがか）
余香（よきやう）
蓮華香（れんげかう）

候
朝候（てうこう）
八九の節候（はちくのせつこう）

綱
碇綱（いかりづな）
手綱（たづな）

号
受持名号（じゆじみやうがう）
称我名号（しようがみやうがう）

尊号(そんがう)
勅号(ちよくがう)
名号(みやうがう)
合　郁芳門院の根合(いくはうもんゐんのねあはせ)
落合(おちあひ)
潮合(しほあひ)
薫物合(たきものあはせ)
亭子の院の歌合(ていじのゐんのうたあはせ)
鳥合(とりあはせ)
星合(ほしあひ)
八百合(やほあひ)
劫　久劫(くごふ)
曠劫(くわうごふ)
五劫(ごこふ)
三祇百劫(さんぎひやくごふ)
十劫(じつこふ)
百劫(ひやくごふ)
毫　紫毫(しがう)
白毫、百毫(びやくがう)
谷　小河の谷(おがはのたに)
閑谷(かんこく)
金谷(きんこく)
錦繡谷、金繡谷(きんしうこく)
渓谷(けいこく)
嶮谷(けんこく)
桃花の谷(たうくわのたに)
渡の谷(わたりのやつ)
国　葦原中津国(あしはらなかつくに)
阿輸舎国(あゆじやこく)
異国(いこく)
大日本の国(おほやまとのくに)
韓国(からくに)
唐国(からくに)
紀伊国(きいのくに)
君国(くんこく)
乾陀羅国(けんだらこく)
興国(こうこく)
胡国(ここく)
五天竺国(ごてんぢくこく)
三国(さんごく)
師子国(ししこく)
神国(しんこく)
震旦国(しんだんこく)
駿河の国(するがのくに)
楚国(そこく)
大国(たいこく)
当国(たうごく)
津の国、摂津国(つのくに)
東国(とうごく)
豊国(とよくに)
任国(にんごく)
八箇の国(はつかのくに)
八国(はつこく)
常陸の国(ひたちのくに)
人の国(ひとのくに)
万国(よろづくに)
隣国(りんこく)
我国(わがくに)
根　天津児屋根(あまつこやね)
天児屋根(あまのこやね)
岩根(いはね)
興津島根(おきつしまね)
垣根(かきね)
甲斐の白根(かひのしらね)
菅の根(すがのね)
高根(たかね)
筑波根(つくばね)
比良の高根(ひらのたかね)
冨士の高根(ふじのたかね)
富士の根(ふじのね)
松が根(まつがね)
六根(ろつこん)
砂　銀砂(ぎんさ)
恒砂(ごうじや)
高砂(たかさご)
浜の砂(はまのまさご)
流砂(りうさ)
茶　蜀茶(しよくさ)
点茶(てんさ)
座　各留半座(かくるはんざ)
金剛座(こんがうざ)
三千余座(さんぜんよざ)
諸法空為座(しよほふくうゐざ)
高御座(たかみくら)
着座(ちやくざ)
鎮座(ちんざ)
半座(はんざ)
冷坐(れいざ)
才　英才(えいさい)
賢才(けんさい)
大弁才(だいべんざい)
弁才(べんざい)
妻　吾妻(あづま)
狂妻(うかれづま)
さいた妻(さいたづま)
柴　椎柴(しひしば)
鳥柴(としば)
楢柴(ならしば)
臥柴(ふししば)
祭　卯月の祭(うづきのまつり)
神祭(かみまつる)
滝祭(たきまつり)
花鎮の祭(はなしづめのまつり)
御射山祭(みさやままつり)
臨時の祭(りんじのまつり)
菜　磯菜(いそな)
若菜(わかな)
ゐぐの若菜(ゐぐのわかな)
塞　優婆塞(うばそく)
柳塞(りうさい)
歳　一千余歳(いつせんよさい)
九千歳(くせんざい)
十六歳(じふろくさい)
千歳(せんざい)
二千余歳(にせんよさい)
二十歳(はたち)
八百歳(はつひやくさい)
万歳(ばんぜい)
際　金輪際(こんりんざい)
辺際(へんさい)
簺　金簺(かなざい)
平簺(びやうざい)
利簺(りさい)
財　珍財(ちんざい)
作　製作(せいさく)
変作(へんさ)
御手作(みてづくり)
美作(みまさか)
札　雁札(がんさつ)
七札(しちさつ)
薩　広智菩薩(くわうちぼさつ)
虚空蔵菩薩(こくうざうぼさつ)
大自在王菩薩(だいじさいわうぼさつ)
放光菩薩(はうくわうぼさつ)
八幡大菩薩(はちまんだいぼさつ)
弥勒菩薩(みろくぼさつ)
妙音菩薩(めうおんぼさつ)
竜樹菩薩(りうじゆぼさつ)
山　愛徳山(あいとくさん)
秋山(あきやま)
浅香山(あさかやま)
朝日山(あさひやま)
足高山(あしたかやま)
足柄山(あしがらやま)
逢坂※(あふさか)

天の香久山(あまのかぐやま)
嵐山(あらしやま)
石山(いしやま)
磯山(いそやま)
糸我の山(いとがのやま)
稲荷山(いなりやま)
犬上の床の山(いぬかみのとこのやま)
岩手の山(いはでのやま)
伊吹山(いぶきやま)
今はの山(いまはのやま)
妹背の山(いもせのやま)
入狭の山(いるさのやま)
医王山(いわうざん)
臼井山(うすゐやま)
宇治山(うぢやま)
宇津の山(うつのやま)
叡山(えいざん)
奥山(おくやま)
音羽の山(おとはのやま)
大内山(おほうちやま)
大江山(おほえやま)
開山(かいざん)
高山(かうざん、かうぜん)
香翠山(かうすいせん)
鏡山(かがみやま)
春日山(かすが)
片岡山(かたをかやま)
葛城山(かづらきやま)
峨嵋の山(がびのやま)
鎌倉山(かまくらやま)
竈山(かまどやま)
亀の尾山(かめのをやま)
賀茂山(かもやま)
亀谷山(きこくさん)
亀山(きさん)
耆闍崛山(ぎしやくつせん)
耆山(ぎせん)
北山(きたやま)
匡廬山(きやうろさん)
玉順山(ぎよくじゆんさん)
切目の中山(きりめのなかやま)
切目の山(きりめのやま)
空洞射山(くうとうやさん)
熊野山(くまのやま)
久米のさら山(くめのさらやま)
倉橋山(くらはしやま)
位山(くらゐやま)
淮陽山(くわいやうさん)
広教山(くわうけう)
花山(くわさん)
鶏足山(けいそくせん)
鶏籠山(けいろう)
玄圃山(けんふ)
空山(こうざん)
巨山(こさん)
五台山(ごたいざん)
巨福山(こぶくさん)
姑射山(こやさん)
崑崙山(こんろんさん)
差山(さざん)
佐保山(さほやま)
小夜の中山(さよのなかやま)
紫閣山(しかくさん)
志賀の山(しがのやま)
茂山、滋山(しげやま)
鹿の背の山(ししのせのやま)
賤機山(しづはたやま)
信夫の山(しのぶのやま)
しほたれ山(いほたれやま)
塩の山(しほのやま)
商山(しやうざん)
商洛山(しやうらくさん)
清涼山(しやうりやうせん)
終南山(しゆなんざん)
須弥山(しゆみせん)
首陽山(しゆやうざん)
書写の山(しよじやのやま)
仁山(じんさん)
神山(しんせん)
瑞鹿山(ずいろくざん)
崇高山(すかうざん)
崇山(すざん)
末の松山(すゑのまつやま)
青山(せいざん)
積石の山(せきせきのやま)
雪山(せつざん)
背振山(せぶりさん)
其神山(そのかみやま)
蘇迷路山(そめいろさん)
泰山(たいさん)
当山(たうざん)
唐土山(たうどさん)
高足山(たかしやま)
高野山(たかのやま)
鷹山(たかやま)
宝の山(たからのやま)
竜田山(たつたやま)
檀特山(だんどくせん)
竹園山(ちくゑんざん)
重山(ちようざん)
筑波山(つくばやま)
鉄囲山(てつゐせん)
天台山(てんだいさん)
東山(とうざん、とうせん)
銅梁山(どうりやうざん)
常葉山、常盤山(ときはやま)
床の山(とこのやま)
遠山(とほやま、ゑんざん)
長良の山(ながらのやま)
那智の御山(なちのおやま)
夏山(なつやま)
奈良山(ならやま)
南山(なんざん)
西山(にしやま)
布引の山(ぬのびきのやま)
涅槃の山(ねはんのやま)
後瀬の山(のちせのやま)
方瀛州の山(はうえいしゆうのやま)
巴峡山(はかふざん)
幕府山(ばくぶさん)
箱根の山(はこねのやま)
巴山(はさん)
泊瀬山(はつせやま)
潘覩婆山(はとばせん)
花の山(はなのやま)
離山(はなれやま)
葉山、端山(はやま)
覇陵山(はりようさん)
比叡山(ひえいさん)
毘布羅山(びふら)
巾振山(ひれふるやま)
富士山(ふじさん)
富春山(ふしゆんざん)
二荒の山(ふたあらのやま)
二村山(ふたむらやま)
補陀落山(ふだらくせん)
仏頭山(ぶつとうさん)
不破の中山(ふはのなかやま)
冬室山(ふゆむろやま)
槇立山(まきたつやま)
真土の山(まつちのやま)
満山(まんざん)
三笠山(みかさやま)
水の尾の山(みづのをのやま)
深山、太山(みやま)
名山(めいざん)
妙法山(めうほふざん)
守山(もるやま)

吉野山、芳野山（よしのやま）
万山（よろづやま）
閬風山（らうふさん）
羅浮山（らふさん）
驪山（りさん）
霊山（りやうぜん）
霊鷲山（りやうじゆ）
隴山（りようざん）
廬山（ろさん）
小倉山（をぐらやま）
小塩の山（をしほのやま）
男山（をとこやま）
小野山（をのやま、をののやま）
姨捨山（をばすてやま）

杉
神杉（かみすぎ）
檜杉（くわいさん）
老杉（らうさん）

参
大宮参（おほみやまゐり）
推参（すいさん）
小参（せうさん）

衫
汗衫（かざみ）
青衫（せいさん）

散
粟散（そくさん）
定散（ぢやうさん）

讃
酒功讃（しゆこうさん）
誉讃（よさん）

士
衛士（えじ）
二八の文士（じはつのぶんし）
浄名居士（じやうみやうこじ）
大士（だいじ）
竹林の隠士（ちくりんのいんじ）
東坡居士（とうばこじ）
方士（はうし）
普賢大士（ふげんだいし）
富士（ふじ）
妙音大士（めうおんだいじ）
勇士（ようし）

子
網子（あご）
一子（いつし）
隠君子（いんくんし）
氏子（うぢこ）
うなゐ子（うなゐこ）
浦島の子（うらしまのこ）
祇園鷲子（ぎをんじゆし）
金師子（きんじし）
君子（くんし）
慶子（けいし）
芥子（けし）
孔子（こうし）
妻子（さいし）
左子（さし）
酒胡子（しゆこし）
種子（しゆし）
鍾子（しようし）
仁子（じんし）
簀の子（すのこ）
蘇我の馬子（そがのむまこ）
孫子（そんし）
大床子（だいしやうじ）
鷹の子（たかのこ）
竹の子（たけのこ）
田子（たご）
叩子（たたいこ）
張子（ちやうし）
鶴の子（つるのこ）
調子（てうし）
天子（てんし）
鳴子（なるこ）
祝子（はふりこ）
潘子（はんし）
帽子（ぼうし）
払子（ほつす）
御子（みこ、おんこ）
馬形の御障子（むまがたのみしやうじ）
求子（もとめこ）
老子（らうし）
烈子（れつし）
我妹子（わぎもこ）

〔太子〕
悉達太子（しつだたいし）
上宮太子（じやうぐうたいし）
昭明太子（せうめいたいし）
用明の太子（ようめいのたいし）

〔童子〕
十五童子（じふごどうじ）
善哉童子（ぜんざいどうじ）
天諸童子（てんしよどうじ）
二童子（にどうし）

〔拍子〕
十六拍子（じふろくひやうし）
七拍子（ななひやうし）
乱拍子（みだれびやうし）
本末の拍子（もとすゑのひようし）

〔王子〕
大坂王子（おほさかのわうじ）
大伴王子（おほとものわうじ）
郡戸王子（こうづのわうじ）
二八王子（じはつのわうじ）
十六王子（じふろくわうじ）
手向王子（たむけのわうじ）
飯酒王子（はんしゆのわうじ）
万呂王子（まろのわうじ）
厩戸王子（むまやどのわうじ）
山口王子（やまぐちのわうじ）
湯浅王子（ゆあさのわうじ）

氏
顔氏（がんし）
月氏（ぐわつし）
源氏（げんじ）
段氏（だんし）
光源氏（ひかるげんじ）
伏犠氏（ふつきし）

仕
給仕（きふじ）
勤仕（きんじ）
下仕（しもづかへ）
手仕（てづかひ）

史
刺史（しし）
弁史（べんし）

司
薬の司（くすりのつかさ）
酒司（さかづかさ）
酒清司（しゆせいし）
鳥曹司（とりざうし）
左の司（ひだりのつかさ）
宮司（みやづかさ）
馬司（むまづかさ）

市
朝市（あさいち、てうし）
山林成市（さんりんじやうじ）
成市（じやうじ）

使
狩の使（かりのつかひ）
須磨※（すま）
勅使（ちよくし）

枝
片枝（かたえ）
下枝（したえだ、しづえ）
立枝（たちえ）
千枝（ちえ）
南枝（なんし）
浜松が枝（はままつがえ）
藤枝（ふぢえだ）
古枝（ふるえ）
北枝（ほくし）
穂枝（ほつえ）
松が枝（まつがえ）
梅が枝（むめがえ）

姿
直衣姿（なほしすがた）
童姿（わらはすがた）

師
一十六師（いちじふろくし）
雲師（うんし）
戒賢論師（かいけんろんし）
弘法大師（こうぼふだいし）
五種法師（ごしゆほつし）
蘇師（そし）
祖師（そし）
尊師（そんし）

- 大師（だいし）
- 導師（だうし）
- 智証大師（ちしようだいし）
- 暢師（ちやうし）
- 伝教大師（でんげうだいし）
- 法師（ほふし）
- 皇師（みいくさ）
- 薬師（やくし）
- 論師（ろんじ）
- **祠**　神祠（しんし）
- 叢祠（そうし）
- **紫**　紅紫（こうし）
- 若紫（わかむらさき）
- **詩**　口詩（くし）
- 毛詩（もうし）
- **飼**　犬飼（いぬかひ）
- 鷹飼（たかがひ）
- 水飼（みづかふ）
- **字**　阿字（あじ）
- 一字（いちじ）
- 漢字（かんじ）
- 四十二字（しじふにじ）
- 巴の字（はのじ）
- 不立文字（ふりうもんじ）
- 梵字（ぼん）
- 三十文字あまり一文字（みそもじあまりひともじ）
- 水の字（みづのじ）
- 名字（みやうじ）
- 文字（もじ）
- 四十七字（よそななじ）
- 隷字（れいじ）
- **寺**　安楽寺（あんらくじ）
- 院使寺（いんしじ）
- 高山寺（かうぜんじ）
- 行福寺（ぎやうふくぢ）
- 清水寺（きよみづでら）
- 観音寺（くわんおんじ）
- 悟真寺（ごしんじ）
- 七観音寺（しちくわんおんじ）
- 四本竜寺（しほんりうじ）
- 城南寺（じやうなんじ）
- 青竜寺（しやうりうじ）
- 清涼寺（しやうりやうじ）
- 招提寺（せうだいじ）
- 世尊寺（せそんじ）
- 善寂寺（ぜんじやくじ）
- 尊勝寺（そんしようじ）
- 尊重寺（そんぢうじ）
- 建長寺（たつてながきてら）
- 中禅寺（ちうぜんじ）
- 竹林寺（ちくりんじ）
- 東寺（とうじ）
- 遠山寺（とほやまでら）
- 西寺（にしでら）
- 日輪寺（にちりんじ）
- 仁和寺（にんわじ）
- 野寺（のでら）
- 麓寺（ふもとでら）
- 法勝寺（ほつしようじ）
- 法興寺（ほふこうじ）
- 法隆寺（ほふりうじ）
- 薬師寺（やくしじ）
- 山階寺（やましなでら）
- 霊寺（れいじ）
- 六波羅蜜寺（ろくはらみつじ）
- 小野寺（をのでら）
- **次**　月次（つきなみ）
- 年月次（としつきなみ）
- 年次（としなみ）
- 日次（ひつぎ）
- 位次（ゐじ）
- **事**　故事（こじ）
- 三千大千希有事（さんぜんだいせんけうじ）
- 出世大事（しゆつせだいじ）
- 人事（じんじ）
- 筑事（つくこと）
- 万事（ばんじ）
- 密事（みつじ）
- 王事（わうじ）
- 徃事（わうじ）
- **侍**　下侍（しもさぶらひ）
- 召の内侍（めしのないし）
- **持**　灑水加持（しやすいかぢ）
- 受持（じゆぢ）
- 惣持（そうぢ）
- 住持（ぢうぢ）
- 扶持（ふち）
- 鞭加持（むちかぢ）
- **時**　或時（あるとき）
- 一時（いちじ、ひととき）
- 御時（おんとき）
- 三時（さんじ）
- 十二時（じふにじ）
- 誰彼時（たそかれどき）
- 明時（めいし）
- 例時（れいじ）
- 六時（ろくし）
- **識**　意識（いしき）
- 行縁識（ぎやうえんしき）
- 心意識（しんいしき）
- 知識（ちしき）
- 八識（はつしき）
- 唯識（ゆいしき）
- **軸**　千万軸（せんばんぢく）
- 八軸（はつぢく）
- **室**　岩室（いはむろ）
- 鮫室（かうしつ）
- 入室（にふしつ）
- 御室（みむろ）
- **執**　邪執（じやしふ）
- 所執（しよしふ）
- **瑟**　烏瑟（うしゆつ）
- 鼓瑟、湖瑟（こしつ）
- **櫛**　択櫛（えりぐし）
- 置櫛（おきぐし）
- 絹櫛（きぬぐし）
- むすび櫛（むすびぐし）
- 動櫛（ゆるぎぐし）
- **実**　故実（こじつ）
- 権実（ごんじつ）
- 成実（じやうじつ）
- 真実（しんじつ）
- **社**　天津社（あまつやしろ）
- 小玉殿の社（こたまどののやしろ）
- 三千余社（さんぜんよしや）
- 七社（しちしや）
- 神社（じんじや）
- 園韓神の社（そのからかみのやしろ）
- 当社（たうしや）
- 霊社（れいしや）
- **車**　青毛車（あをげ）
- 右車（いうしや）
- 五緒長車（いつつをなが）
- 糸毛車（いとげ）
- 大顔車（おほがほ）
- 革車（かくしや）
- 風車（かざぐるま）
- 粧車（かざりくるま）
- 金作車（かなづくり）
- 唐廂車（からびさし）
- 牛車（ぎつしや、うしのくるま）
- 金根車（きんこんしや）
- 鈞車（きんしや）
- 花軒車（くわけん）
- 軽軒車（けいけん）
- 三車（さんじや）

指南車(しなんじや)
駟馬車(しばくるま)
衆車(しゆしや)
朱輪車(しゆりん)
乗輅車(じようろ)
青牛車(せいぎう)
小車(せうじや、をぐるま)
大白牛車(だいびやくごしや)
出車(だしぐるま)
長物見車(ながものみ)
八葉車(はちえふ)
檳榔車(びりやう)
鳳輦車(ほうれん)
水車(みづくるま)
物見車(ものみぐるま)
淀車(よどぐるま)
来軸車(らいぢく)
鸞車(らんしや)
輦車(れんしや)
女車(をんなぐるま)

舎　凝花舎(ぎようくわしや)
祇園精舎(ぎをんしやうじや)
精舎(しやうじや)
昭陽舎(せうやうしや)
殿舎(てんじや)
坊舎(ばうしや)

者　侍者(おもとびと)
学者(がくしや)
作者(さくしや)
二八の尊者(じはつのそんじや)
清陽者(すみあきらかなるもの)
勤者(つとめしや)
雄高武者(をたかむしや)

捨　喜捨(きしや)
不捨(ふしや)
物々取捨(もつもつしゆしや)

麝　沈麝(ぢんじや)
白麝(はくじや)
蘭麝(らんじや)

尺　一尺(いつせき)
五尺(ごしやく)
三尺(さんじやく)
四尺(しせき)
八尺(はつせき)
百尺(ひやくせき)

釈　教釈(けうしやく)
諸如来梵釈(しよによらいぼんしやく)
梵釈(ぼんしやく)
論釈(ろんしやく)

若　天葉若(あめはわか)
阿練若(あれんにや)
杜若(かきつばた)

〔般若〕　金剛般若(こんがうはんにや)

寂　空寂(くうじやく)
能寂(のうじやく)

雀　朱雀(しゆしやく)
前朱雀(ぜんしゆしやく)
銅雀(どうしやく)
雲雀(ひばり)

鵲　鵲(かささぎ)
飜鵲(はんじやく)
病鵲(へいじやく)

手　蘆手(あしで)
相手(あひて)
上手(うはて)
履手(くつて)
蜘手(くもで)
衣手(ころもで)
下手(したて)
千手(せんじゆ)
覆手(ふくしゆ)
巻り手(まくりて)
御手(みて)
空手(むなで)
井手(ゐで)

主　大伴の黒主(おほとものくろぬし)
教主(けうしゆ)
聖主(せいしゆ)
本主(ほんじゆ)
明主(めいしゆ)

守　関守(せきもり)
鎮守(ちんじゆ)
御垣守(みかきもり)
御田屋守(みたやもり)
渡守(わたしもり)

取　数取(かずとり)
音取(ねとり)
火取(ひとり)
弓取(ゆみとり)

狩　鷙狩(こたかがり)
桜狩(さくらがり)

首　亀首(きしゆ)
賢首(けんしゆ)
御首(みくし)

珠　戒珠(かいしゆ)
我献宝珠(がけんほうしゆ)
干珠満珠(かんじゆまんじゆ)
如意珠(によいしゆ)
宝珠(ほうしゆ、たからのたま)
緑珠(りよくしゆ)
瑠璃珠(るりしゆ)

酒　九酒(きうしゆ)
琴詩酒(きんししゆ)
胡飲酒 (こいんじゆ)
仙酒(せんしゆ)
美酒(びしゆ)

種　九十五種(くじふごしゆ)
言種(ことくさ)
四種(ししゆ)
十種(じつしゆ)
千種(ちくさ)
百種(はくじゆ)
六種(むくさ、ろくしゆ)

趣　景趣(けいしゆ)
善趣(ぜんしゆ)
六趣(ろくしゆ)

寿　上寿(じやうじゆ)
除病延寿(ぢよびやうえんじゆ)
福寿(ふくじゆ)

受　正受(しやうじゆ)
納受(なふじゆ)

樹　嘉樹(かじゆ)
宮樹(きうじゆ)
瓊樹(けいしう)
七重宝樹(しちぢうほうじゆ)
梅檀樹(せんだんじゆ)
柏樹(はくじゆ)
宝樹(ほうじゆ)
菩提の樹(ぼだいのうゑき)
真坂樹(まさき)
薬草薬樹(やくさうやくじゆ)
緑樹(りよくじゆ)
遠樹(ゑんしう)

州　鸚鵡州(あうむしう)
永州(えいしう)
瀛州(えいしう)
益州(えきしう)
漢州(かんしう)
九州(きうしう)
四州(ししう)
趙州(でうしう)
南瞻浮州(なんせんぶしう)
万州(ばんしう)
瑞穂の州(みづほのくに)
予州(よしう)
六十余州(ろくじふよしう)

宗　憲宗(けんそう)
顕宗(けんそう)
玄宗(げんそう)

五家七宗(ごけしちしう)
諸宗(しよしう)
太宗(たいそう)
段宗(たんそう)
中宗(ちうしゆ)
番段宗(ばんたんそう)
孟宗(まうさう)
円宗(ゑんしゆ)
秋 一時の秋(いつしのあき)
春秋(しゆんじう、はるあき)
千秋(せんしう)
千五百秋(ちいほあき)
中の秋(なかのあき)
袖 天津袖(あまつそで)
萩 糸萩(いとはぎ)
小萩(こはぎ)
衆 聖衆(しやうじゆ)
諸聖衆(しよしやうじゆ)
新衆(しんじゆ)
随方諸衆(ずいはうしよしゆ)
聴衆(ちやうしゆ)
会の衆(ゑのしゆ)
集 新古今集(あらたにいにしへいま)
金の葉集(こがねのは)
古今集(こきんしゆ)
古集(こしふ)
後拾遺集(ごしふゐ)
後撰集(ごせんしゆ)
詞花集(ことばのはな)
三代集(さんだい)
拾遺集(しふゐしゆ)
千載集(せんざい)
勅集(ちよくしゆ)
文集(ぶんしゆ)
襲 下襲(したがさね)
三重襲(みへがさね)
梅襲(むめがさね)
紅葉襲(もみぢがさね)
鷲 金鷲(こんじゆ)
常在霊鷲(じやうざいりやうじゆ)
住 十住(じふぢう)
常住(じやうぢう)
借住(しやくぢう)
重 幾重(いくへ)
一重(いちぢう、ひとへ)
厳重(げんぢう)
九重(ここのへ)
五重(ごぢう)
三重(さんぢう、みへ)
千重(せんぢう、ちへ)
尊重(そんぢう)
八重(やへ)
祝 祝(はふり)
一祝(ひとかなで)
宿 板宿(いたやど)
旅宿(りよしゆく)
出 思出(おもひで)
乞出(こひだし)
声出(こわだし)
指出(さしいで)
自然涌出(じねんゆしゆつ)
涌出(ゆしゆつ)
旬 下旬(げじゆん)
十六万由旬(じふろくまんゆじゆん)
波旬(はじゆん)
春 万春(ばんしゆん)
陽春(やうしゆん)
立春(りつしゆん)
舜 虞舜(ぐしゆん)
堯舜(げうしゆん)
帝舜(ていしゅん)
処 一生補処(いつしやうふしよ)
後生善処(ごしやうぜんしよ)
周処(しうしよ)
補処(ふしよ)
所 雅楽所(ががくしよ)
賢所(かしこどころ)
五体四所(ごたいししよ)
三所(さんじよ)
十三所(じふさんじよ)
転法輪所(てんぼふりんじよ)
内侍所(ないしどころ)
秘所(ひしよ)
臥所(ふしど)
宝所(ほうしよ)
名所(めいしよ)
和歌所(わかどころ)
書 上書(うはがき)
経書(けいしよ)
愁書(しうしよ)
茶書(ちやしよ)
暑 炎暑(えんしよ)
寒暑(かんしよ)
女 天津乙女(あまつをとめ)
采女(うねめ)
巫女(きね)
玉女(ぎよくぢよ)
丱女(くわんぢよ)
賢女(けんぢよ)
十女(じふによ)
十羅刹女(じふらせつによ)
織女(しよくぢよ)
神女(しんによ)
班女(はんぢよ)
竜女(りうによ)
乙女(をとめ)
匠 講匠(かうしやう)
巧匠(けうしやう)
名匠(めいしやう)
尚 開山和尚(かいざんをしやう)
行教和尚(ぎやうけうくわしやう)
呂尚(りよしやう)
和尚(をしやう)
松 姉歯の松(あねはのまつ)
浦松(うらまつ)
五葉松(ごえふまつ)
古松(こしよう)
小松(こまつ)
浜松(はままつ)
一松(ひとつまつ)
姫小松(ひめこまつ)
平松(ひらまつ)
海松(みる)
緑松(りよくしよう)
沼 浅香の沼(あさかのぬま)
蘆沼(あしぬま)
興の洲沼(おきのすぬま)
省 宮内省(くないしやう)
花省(くわせい)
将 宮毘羅大将(こんひらたいしやう)
在中将(ざいちうじやう)
狭衣の大将(さごろものたいしやう)
狭衣の中将(さごろものちうじやう)
四七の武将(ししちのぶしやう)
十二神将(じふにじんしやう)
信明の少将(しんめいのせうしやう)
招杜羅大将(せうとらたいしやう)
大将(たいしやう)
中将(ちうじやう)
頭の中将(とうのちうじやう)
伐折羅大将(ばさらたいしやう)

光源氏の大将（ひかるげんじのだいしやう）
義孝の少将（よしたかのせうしやう）
良将（りやうしやう）

商
宮商（きうしやう）
素商（そしやう）

証
魏証（ぎしよう）
智証（ちしよう）
内証（ないしよう）

象
玄象（げんじやう）
竜象（りうざう）

摺
青摺（あをずり）
花摺（はなずり）
行摺（ゆきずり）

裳
赤裳（あかも）
衣裳（いしやう）
上裳（うはも）
霓裳（げいしやう）

誦
読誦（どくじゆ）
念誦（ねんじゆ）

障
金鶏障（きんけいしやう）
業障（ごふしやう）
罪障（ざいしやう）

鐘
入会の鐘（いりあひのかね）
晩鐘（ばんしよう）
梟鐘（ふしよう）

上
葵の上（あふひのうへ）
磯の上（いそのかみ）
雲上（うんしやう）
向上（かうじやう）
河上（かはかみ）
上の品の上（かみのしなのかみ）
巌上、岩上（がんじやう）
琴上（きんしやう）
汲上（くみあげ）
硯上（げんじやう）
原上（げんじやう）
上原石上（しやうげんせきしやう）
主上（しゆじやう）
聖上（せいじやう）
殿上（てんじやう）
馬上（ばしやう）
必至無上（ひつしむじやう）
吹上（ふきあげ）
水上（みなかみ）
無上（むじやう）
村上（むらかみ）
紫の上（むらさきのうへ）
竜門原上（りうもんげんじやう）
霊山会上（りやうぜんゑじやう）
尾上（をのへ）

丈
十六丈（じふろくぢやう）
百丈（ひやくぢやう）
方丈（はうぢやう）

杖
卯杖（うづゑ）
狩杖（かりづゑ）
錫杖（しやくぢやう）
弓杖（ゆつゑ）

条
一条（いちでう）
九条（くでう）
語条（ごでう）

乗
一乗（いちじよう）
顕乗（けんじよう）
五乗（ごじよう）
大乗（だいじよう）
万乗（ばんじよう）
舟乗（ふなのり）

城
金城（きんせい）
久城（くじやう）
化城（けじやう）
乾闥婆城（けんだつばじやう）
宣城（せんじやう）
鉄城（てつじやう）
等持の城（とうぢのじやう）
北城（ほくせい）
山城（やましろ）
竜宮大城（りうぐうだいじやう）
王城（わうじやう）
王舎城（わうしやじやう）

娘
五娘（ごぢやう）
十娘（しふぢやう）

常
五常（ごじやう）
諸行無常（しよぎやうむじやう）
無常（むじやう）

情
哀情（あいせい）
形情（けいしやう）
小情（せうせい）
風情（ふぜい）
六情（ろくしやう）
遠望遊情（ゑんばういうせい）

場
右近の馬場（うこんのばば）
狩場（かりば）
金場（きんぢやう）
戦場（せんぢやう）
道場（だうぢやう）
内道場（ないだうぢやう）
霊場（れいぢやう）
霊地霊場（れいちれいぢやう）
会場（ゑぢやう）

縄
墨縄（すみなは）
たく縄（たくなは）
綱手縄（つなてなは）
御注連縄（みしめなは）

色
思の色（おもひのいろ）
好色（かうしよく）
顔色（がんしよく）
空即是色（くうそくぜしき）
気色（けしき）
黒色（こくしき）
五色（ごしき）
金色（こんじき、こがねのいろ）
桜色（さくらいろ）
識縁名色（しきえんみやうしき）
四禅無色（しぜんむしき）
朱色（しゆしき）
衆色（しゆしき）
無色（むしき）
八色（やいろ）
四色（よいろ）

食
朝食（あさけ）
衣食（いし）
寒食（かんしよく）
今食（ごんじき）
拾薪設食（ししんせつじき）
断食（だんじき）

燭
玉燭（ぎよくしよく）
蠟燭（らうそく）

心
移心（うつしごころ）
夷心（えびすごころ）
官禄如心（くわんろくによしん）
三界唯心（さんがいゆいしん）
執心（しふしん）
信心（しんじん）
鼠心（そしん）
住心（ぢうしん）
直指人心（ぢきしにんじん）
貞心（ていしん）
人心（ひとごころ）
二心（ふたごころ）
発心（ほつしん）
六十心（ろくじふしん）
怨心（をんじん）

臣
大中臣（おほなかとみ）
旧臣（きうしん）
逆臣（ぎやくしん）
近臣（きんしん）
君臣（くんしん）

功臣(こうしん)
侍臣(じしん)
大臣(かげなびく)
忠臣(ちうしん)
重臣(ちようしん)
貞臣(ていしん)
朝臣(てうしん)

〔大臣〕 紅梅の大臣(こうばいのおとど)
時平の大臣(しへいのおとど)
内大臣(ないだいじん)
花園の左大臣(はなぞののさだいじん)

身 一身(いつしん)
憂身(うきみ)
御身(おんみ、ごしん)
現身(げんしん)
五相成身(ごさうじやうしん)
三十三身(さんじふさんじん)
自性法身(じしやうほつしん)
生身(しやうじん)
随身(ずいじん)
多宝分身(たほうふんじん)
人身(にんじん)
分身(ふんじん)
法身(ほつしん)

信 音信(おとづれ)
起信(きしん)
十信(じつしん)
檀信(だんしん)

津 浮津(うきつ)
興津(おきつ)
九品津(くぼつ)
高津(たかつ)
滝津(たぎつ)
難波津(なにはづ)
梅津(むめづ)

神 邪神(あしきかみ)
天津御神(あまつみかみ)
天津神(あまつやしろ)
天照太神(あまてるおんがみ)
天照神(あまてる)
天照尊太神(あまてるすべらおんがみ)
雷風の神(いかづちかぜのかみ)
岩神(いはがみ)
鬼神(おにがみ)
太神、御神(おんかみ)
葛城の神(かづらきのかみ)
韓神(からかみ)
巨霊の神(きよれいのかみ)
国津神(くにつかみ)
月神(ぐわつしん)
眷属神(けんぞくしん)
道祖神(さいのかみ)
三十番神(さんじふばんしん)
十二神(じふにしん)
十六善神(じふろくぜんじん)
塩屋の神(しほやのかみ)
水神(すいじん)
崇神(すじん)
住吉神(すみよし)
祖神(そじん)
鼠神(そじん)
園韓神(そのからかみ)
尊神(そんしん)
大神、太神(だいじん)
高尾神(たかをがみ)
地神(ちじん)
月次神(つきなみじん)
天神(てんじん)
豊葦原の本神(とよあしはらのほんじん)
鳴神(なるかみ)
日神(にちしん)
葉守の神(はもりのかみ)
馬櫪神(ばれきじん)
廟神(べうしん)
蛍火のかかやく神(ほたるびのかかやくかみ)
三熊野の神(みくまののかみ)
六代の神(むよのかみ)
夜叉鬼神(やしやきじん)
竜神(りうじん)
霊神(れいじん)
応神(わうじん)
威神(ゐじん)

〔明神〕 生馬の明神(いくめのみやうじん)
鹿島の明神(かしまのみやうじん)
三島明神(さんたうみやうじん)
玉津島の明神(たまつしまのみやうじん)
富士の明神(ふじのみやうじん)
松の尾の明神(まつのをのみやうじん)
松本の明神(まつもとのみやうじん)

真 鑑真(がんじん)
則俗而真(そくぞくにしん)
太真(たいしん)
天真(てんしん)

森(杜) 岩瀬の森(いはせのもり)
老蘇の森(おいそのもり)
織の森(おんのもり)
片岡の森(かたをかのもり)
信田の杜(しのだのもり)
袖志の杜(そでしのもり)
千草の森(ちくさのもり)
常葉の森(ときはのもり)
羽束志の森(はづかしのもり)
結ぶの杜(むすぶのもり)

寝 思寝(おもひね)
仮寝(かりね)
旅寝(たびね)
独寝(ひとりね)
又寝(またね)

人 赤人(あかひと)
商人(あきびと)
阿私仙人(あしせんにん)
海人(あま)
天つ人(あまつひと)
優人(いうじん)
異人(いじん)
氏人(うぢびと)
応照上人(おうせうしやうにん)
大宮人(おほみやびと)
楽人(がくにん)
陸人(かちびと)
唐人(からびと)
飢人(きじん)
行人(ぎやうにん)
雲の上人(くものうへびと)
蔵人(くらんど)
光明夫人(くわうみやうぶにん)
鶏人(けいじん)
化人(けにん)
賢人(けんじん)
小舎人(こどねり)
五人(ごにん)
桜人(さくらびと)
里人(さとびと)
詩人(しじん)
十六人(しふりくじん、じふろくにん)
下人(しもびと)
浄徳夫人(じやうとくぶにん)
上人(しやうにん)
上陽人(しやうやうじん)
松菊主人(しようきくしゆじん)

真人（しんじん）
聖人（せいじん）
先人（せんじん）
仙人（せんにん）
旅人（たびびと、りよじん）
司人（つかさびと）
舎人（とねり）
後の人（のちのひと）
万人（ばんじん）
二人（ふたり）
舟人（ふなびと）
古郷人（ふるさとひと）
舞人（まひびと）
慢人（まんじん）
道行人（みちゆきびと）
都人（みやこびと）
宮人（みやびと）
昔の人（むかしのひと）
諸人（もろびと）
山人（やまびと）
竜伯人（りようはくじん）
六十人（ろくじふにん）
六人（ろくにん）
黄衣の神人（わういのかみひと）
遠近人（をちこちひと）
小野の里人（をののさとびと）

仁
弘仁（こうにん）
垂仁（すいにん）
潘安仁（はんあんじん）
文武信勇仁（ぶんぶしんようじん）

陣
北の陣（きたのぢん）
二六対陣（にろくたいぢん）
背水の陣（はいすいのぢん）

塵
紅塵（こうじん）
紫塵（しじや）
賊塵（ぞくぢん）
泥塵（でいぢん）
和光同塵（わくわうどうぢん）

水
浅水（あさんづ）
池水（いけみづ）
石清水（いはしみづ）
雲水（うんすい）
海水（かいすい）
澗水（かんすい）
菊水（きくすい）
機水（きすい）
曲水（こくすい）
湖水（こすい）
採菓汲水（さいくわぎんすい）
山水（さんすい、やまみづ）
下水（したみづ）
下行水（したゆくみづ）
清水（しみづ）
楚水（そすい）
桃花水（たうくわすい）
玉水（たまみづ）
智水（ちすい）
天水（てんすい）
苗代水（なはしろみづ）
巴水（はすい）
法水（ほつすい、のりのみづ）
御溝水（みかはみづ）
埋水（むもれみづ）
流水（りうすい）
滝水（りうすい）
忘水（わすれみづ）

酔
狂酔（きやうすい）
渕酔（ゑんずい）

瑞
奇瑞（きずい）
霊瑞（れいずい）

数
劫数（こふすう）
心王心数（しんわうしんじゆ）
塵数（ぢんじゆ）
人数（にんじゆ）
日数（ひかず）

寸
黒三寸（くろみき）
三寸（みき）
七寸（みづつき）

世
悪世（あくせ）
阿闍世（あじやせ）
今の世（いまのよ）
憂世（うきよ）
五十六世（ごじふろくせ）
此世（このよ）
来世（こんよ）
在世（ざいせ）
三十七世（さんじふしちせ）
三世（さんぜ、みよ）
十六世（じふろくせ）
他力超世（たりきてうせ）
治世（ちせい）
千世（ちよ）
濁世（ぢよくせ）
超世（てうせ）
二世（にせ、ふたよ）
後の世（のちのよ）
番々出世（ばんばんしゆつせ）
理世（りせい）

瀬
逢瀬（あふせ）
天河瀬（あまのかはせ）
一の瀬（いちのせ）
大泊瀬（おほはつせ）
角の瀬（がうのせ）
片瀬（かたせ）
河瀬、川瀬（かはせ）
紫金の瀬（しこのせ）
滝津瀬（たきつせ）
早瀬（はやせ）
淵瀬（ふちせ）
水無瀬（みなせ）
八十瀬（やそせ）
寄瀬（よるせ）
渡瀬（わたせ）

井
飛鳥井（あすかゐ）
板井（いたゐ）
石井（いはゐ）
樫の井（かしのゐ）
桜井（さくらゐ）
醒が井（さめがゐ）
滋野井（しげのゐ）
篠の井（しののゐ）
玉の井（たまのゐ）
走井（はしりゐ）
堀兼の井（ほりがねのゐ）
三井（みゐ）
安井（やすゐ）
山の井（やまのゐ）
我妹子が井（わぎもこがゐ）

正
元正（げんせい）
僧正（そうじやう）

生
浅茅生（あさぢふ）
安規生（あんきせい）
異生（いしやう）
一音不生（いちおんふしやう）
一切衆生（いつさいしゆじやう）
一生（いつしやう）
垣生（かきほ）
曠劫多生（くわうごふたしやう）
今生（こんじやう）
三生（さんしやう）
四生（ししやう）
十六生（じふろくしやう）
衆生（しゆじやう）
酔吟先生（すいぎんせんじやう）
先生（せんじやう）
宋生（そうせい）
園生（そのふ）
多生（たしやう）
誕生（たんじやう）

長生(ちやうせい)
万物化生(ばんぶつけしやう)
本不生(ほんふしやう)
無生(むしやう)
弥生(やよひ)
蓬生(よもぎふ)
利生(りしやう)

成
現成(げんじやう)
実成(じつじやう)

声
一声(いつせい、ひとこゑ)
浮かれ声(うかれごゑ)
迦陵頻伽声(かりようびんがしやう)
数声(すせい)
遠声(とほこゑ)
夕声(ゆふこゑ)
万声(よろづごゑ)

姓
種姓(しゆしやう)
百姓(はくせい)

性
香性(かうしやう)
狗子無仏性(くしむぶつしやう)
見性(けんしやう)
五性(ごしやう)
三性(さんしやう)
体性(たいしやう)
法性(ほつしやう)

政
朝政(あさまつりごと)
執政(しつせい)
善政(ぜんせい)
徳政(とくせい)

星
七星(しちしやう)
彦星(ひこほし)
補星(ふしやう)
明星(みやうじやう)

聖
延喜の聖(えんぎ)
神聖(かみひじり)
賢聖(けんせい)
三聖(さんしやう)
千聖(せんしやう)
大聖(だいしやう)
筑紫聖(つくしひじり)
二聖(にしやう)
妙聖(めうしやう)
余聖(よしやう)

誓
祈誓(きせい)
弘誓(ぐぜい)
本誓(ほんぜい)

夕
朝夕(あさゆふ、てうせき)
日夕(じつせき)
七夕(たなばた)

石
青石(あをいし)
御坐石(おましのいし、ござせき)
怪石(くわいせき)
芥石(けせき)
劫石(こふせき)
三十石(さんじふせき)
二千石(じせんせき)
思惟石(しゆいせき)
泉石(せんせき)
鉄石(てつせき)
土石(どせき)
望夫石(ばうふせき)
紫石(むらさきいし)
霊石(れいぜき)

跡
旧跡(きうせき)
賢跡(けんせき)
古跡(こせき)
垂跡(すいしやく)
聖跡(せいせき)
筆跡(ひつせき、ふでのあと)
水茎の跡(みづぐきのあと)
野跡(やせき)

潟
明石潟(あかしがた)
塩干の潟(しほひのかた)
難波潟(なにはがた)
鳴海潟(なるみがた)
播磨潟(はりまがた)
干潟(ひかた)
松浦潟(まつらがた)

雪
淡雪(あはゆき)
交雪(かうせつ)
紅の雪(くれなゐのゆき)
廻雪(くわいせつ)
蛍雪(けいせつ)
玄冬素雪(げんとうそせつ)
霜雪(さうせつ)
白雪(しらゆき)
吹雪(ふぶき)

節
五節(ごせつ)
四節(しせつ)
忠節(ちうせつ)
折節(をりふし)

説
告香普説(かうきやうふせつ)
五部の論説(ごぶのろんせつ)
言説(ごんせつ)
正説(しやうせつ)
秘説(ひせつ)
傅説(ふえつ)
無言説(むごんせつ)

千
五千(ごせん)
三千(さんぜん)
七千(しちせん)

川(河)
浅小川(あさをがは)
飛鳥川(あすかがは)
遇初河(あひそめがは)
天河(あまのがは)
荒河(あらかは)
在田河(ありだがは)
率河(いさかは)
不知哉河(いさやがは)
石河(いしかは)
五十鈴川(いすずがは)
稲瀬河(いなせがは)
岩田の河(いはだのかは)
入間河(いるまがは)
宇治河(うぢがは)
潁川(えいせん)
大井河(おほゐがは)
御前の河(おまへのかは)
鏑河(かぶらがは)
菊河(きくがは)
杭瀬河(くひぜがは)
久米河(くめがは)
恒河(ごうが)
西川(さいがは)
境川(さかひがは)
桜河(さくらがは)
沢田河(さはだがは)
白河(しらかは)
鈴鹿河(すずかがは)
駿河(するが)
背河(せながは)
芹河(せりかは)
堤河(だいが)
竹河(たけかは)
竜田河(たつたがは)
玉河(たまがは)
玉島河(たましまがは)
槻川(つきがは)
中河(なかがは)
名取川(なとりがは)
涙河(なみだがは)
西河(にしかは)
貫川(ぬきかは)
野田の玉河(のだのたまかは)
後の白河(のちのしらかは)
百川(はくせん)
早河(はやかは)
氷高の河(ひだかのかは)
檜隈河(ひのくまがは)

藤河（ふちがは）
松浦川（まつらがは）
参川（みかは）
御手流河（みたらしがは）
見馴河（みなれがは）
御裳濯河（みもすそがは）
宮河（みやがは）
八十宇治河（やそうぢがは）
山河（やまがは）
湯の河（ゆのかは）
吉野の河（よしののかは）
仙　歌仙（かせん）
葛稚仙（かつちせん）
古仙（こせん）
神仙（しんせん）
染　蒲萄染（えびぞめ）
濃染（こぞめ）
墨染（すみぞめ）
花染（はなぞめ）
不染（ふぜん）
泉　和泉（いづみ）
丘泉（きうせん）
玉泉（ぎよくせん、たまのいづみ）
神泉（しんせん）
南泉（なんせん）
冷泉（れいせん）
洗　姑洗（こせん）
御手洗（みたらし）
扇　秋の扇（あきのあふぎ）
指扇（さしあふぎ）
透扇（すきあふぎ）
船（舟）　緋の粧小舟（あけのそをぶね）
葦分小船（あしわけをぶね）
海士小舟（あまをぶね）
出手舟（いづてぶね）
鵜飼舟（うかひぶね）
浮舟（うきふね）
鵜舟（うぶね）
河船（かはぶね）
漁舟（ぎよしう）
弘誓の舟（ぐぜいのふね）
捨舟（すてぶね）
粧小舟（そをぶね）
月の舟（つきのふね）
妻迎船（つまむかへぶね）
法の舟（のりのふね）
松浦舟（まつらぶね）
御舟（みふね）
唐舟（もろこしぶね）
夜舟（よぶね）
隣船（りんせん）
小舟（をぶね）
銭　借銭（かしぜに）
金銭（きんせん）
薦　十輔の菅薦（とふのすがごも）
古薦（ふるごも）
蟬　空蟬（うつせみ）
寒蟬（かんせん）
前　奥の御前（おくのごぜん）
生前（おひさき）
御前（おまへ）
眼前（がんぜん、まのあたり）
機前（きぜん）
現前（げんぜん）
庭前（ていぜん）
宝前（ほうぜん）
宮の御前（みやのおまへ）
善　十善（じふぜん）
諸悪諸善（しよあくしよぜん）
与善（よぜん）
遠離不善（をんりふぜん）
然　浩然（かうぜん）
悄然（せうぜん）
湯々然（たうたうぜん）
頭然（づねん）
禅　座禅（ざぜん）
四禅（しぜん）
漸　東漸（とうぜん）
陸鴻漸（りくこうぜん）
祖　外祖（ぐわいそ）
籛彭祖（せんはうそ）
廿八祖（にじふはつそ）
二祖（にそ）
仏祖（ぶつそ）
素　紈素（ぐわんそ）
淳素（じゆんそ）
鼠　穴鼠（あなねずみ）
老鼠（おいねずみ）
木鼠（きねずみ）
火鼠（くわそ）
鼷鼠（けいそ）
月の鼠（つきのねずみ）
古鼠（ふるねずみ）
霊鼠（れいそ）
双　一双（ひとよろひ）
無双（ぶさう）
奏　五奏（ごそう）
五復奏（ごふくそう）
相　三十二相（さんじふにさう）
色相（しきさう）
師子相（ししさう）
実相（じつさう）
声字実相（しやうじじつさう）
丞相（しようじやう）
瑞相（ずいさう）
衰老相（すいらうさう）
法相（ほつさう）
妙相（めうさう）
六相（ろくさう）
草　葵草（あふひぐさ）
菖蒲草（あやめぐさ）
いつまで草（いつまでぐさ）
翁草（おきなぐさ）
思草（おもひぐさ）
冊き草（かしづきぐさ）
さき草（さきくさ）
さしも草（さしもぐさ）
下草（したくさ）
篠の葉草（しののはぐさ）
忍草（しのぶぐさ）
天門冬草（すまふぐさ）
手向草（たむけぐさ）
千草（ちくさ）
月草（つきくさ）
夏草（なつくさ）
七草（ななくさ）
深草（ふかくさ）
冬草（ふゆくさ）
真薦草（まこもぐさ）
蔓草（まんさう）
水草（みくさ）
御馬草（みまくさ）
梅唐草（むめからくさ）
藻塩草（もしほぐさ）
百草（ももくさ）
竜根草（りうこんさう）
若草（わかくさ）
忘草（わすれぐさ）
倉　朝倉（あさくら）
鎌倉（かまくら）
神の倉（かんのくら）
鈴倉（すずくら）
御倉（みくら）
小倉（をぐら）
巣　浮巣（うきす）
古巣（ふるす）
窓　学窓（がくさう）
空窓（こうさう）
篷窓（ほうそう）
湊　由良の湊（ゆらのみなと）

艘　四十八艘（しじふはちさう）
八十万艘（はちじふまんさう）

霜　寒霜（かんさう）
罪霜（ざいさう）
星霜（せいさう）
露霜（つゆしも）
初霜（はつしも）
夕霜（ゆふしも）

藻　海人の苅藻（あまのかるも）
玉藻（たまも）

造　殿造（とのつくり）
新宮造（にひみやづくり）
宮造（みやつくり）

像　形像（ぎやうざう）
正像（しやうざう）
尊像（そんざう）
仏像（ぶつざう）

増　有増（あらまし）
倍増（ばいぞう）
福増（ふくぞう）

蔵　大蔵（おほくら）
三蔵（さんざう）
浄蔵（じやうざう）
常念地蔵（じやうねんぢざう）
入蔵（にふざう）
密蔵（みつざう）
輪蔵（りんざう）

則　軌則（きそく）
法則（ほふそく）

束　狩装束（かりしやうぞく）
検束（けんそく）
装束（しやうぞく）

足　一段三足（いちだんさんぞく）
返し足（かへしあし）
帰り足（かへりあし）
具足（ぐそく）
鶏足（けいそく）
三足（さんそく）
不満足（ふまんぞく）

俗　習俗（しゆぞく）
真俗（しんぞく）
世俗（せぞく）
塵俗（ぢんぞく）
風俗（ふうぞく）

属　眷属（けんぞく）
付属（ふぞく）

賊　異賊（いぞく）
蘊落の賊（うんらくのぞく）
六賊（ろくぞく）

杣　蓬が杣（よもぎがそま）
吾立杣（わがたつそま）

村　稲村（いなむら）
川村（かはむら）
杉村（すぎむら）
田村（たむら）
野村（やそん）

孫　御孫（おんまご）
皇孫（すべらみまご）

尊　大泊瀬稚武の尊（おほはつせわかたけのみこと）
惶根の尊（かしこねのみこと）
国常立の尊（くにとこたちのみこと）
五大尊（ごたいそん）
惟喬の尊（これたかのみこ）
三尊（さんぞん）
慈尊（じそん）
釈尊（しやくそん）
素戔鳥の尊（すさのをのみこと）
世尊（せそん）
天尊（てんそん）
難波の尊（なにはのみこと）
瓊々杵の尊（ににきのみこと）
本尊（ほんぞん）
大和尊（やまとみこと）

他　随他（ずいた）
利他（りた）

多　佉羅多（からだ）
達多（たつた）

陀　仏陀（ぶつた）
弥陀（みだ）
輪陀（りんだ）

体　一体（いつたい）
御正体（おんしやうだい）
玉体（ぎよくたい）
君臣合体（くんしんがつてい）
堅固法体（けんごほつたい）
字体（じたい）
風体（ふうてい）
妙体（めうたい）
竜体（りうてい）
六体（ろくたい）

苔　旧苔（きうたい）
青苔（せいたい）
緑苔（りよくたい）

帯　上帯（うはおび）
下帯（したおび）
束帯（そくたい）
腹帯（はるび）
常陸帯（ひたちおび）

態　神態（かんわざ）
事態（ことわざ）
為態（しわざ）
品態（ほんわざ）

黛　翠黛（すいたい、みどりのまゆずみ）
粉黛（ふんだい）

大　広大、曠大（くわうだい）
五大（ごだい）
風大（ふうだい）

代　岩代（いはしろ）
神代（かみよ、かみのよ）
希代（きたい）
君が代（きみがよ）
御代（ごだい、みよ）
三代（さんだい、みよ）
十六代（じふろくだい）
聖代（せいたい）
第六代（だいろくだい）
藤代（ふぢしろ）
末代（まつだい）
三千代（みちよ）
身代（みのしろ）
八千代（やちよ）
八百万代（やほよろづよ）
万代（よろづよ）
累代（るいたい）

台　姑蘇台（こそだい）
松台（しようたい）
秦台（しんたい）
帳台（ちやうだい）
巫陽台（ぶやうたい）
凌雲台（りよううんだい）
露台（ろだい）

宅　安宅（あんたく）
崛宅（くつたく）
火宅（くわたく）
古宅（こたく）

沢　恩沢（おんたく）
衣沢（ころもざは）
猿沢（さるさは）
山川叢沢（さんせんそうたく）
鳴沢（なるさは）
野沢（のざは）
広沢（ひろさは）
藤沢（ふぢさは）

鐸　幣鐸（へいたく）
宝鐸（ほうちやく）

達　信達（しだち）
仏達（ほとけたち）

丹　朱丹（しゆたん）
碧丹（へきたん）
旦　姫公旦（きこうたん）
朔旦（さくたん）
周公旦（しうこうたん）
周旦（しうたん）
震旦（しんだん）
歎　歌歎（かたん）
悲歎（ひたん）
男　一女三男（いちによさんなん）
童男（どうなん）
昔男（むかしをとこ）
段　三段（さんだん）
章段（しやうだん）
断　截断（せつだん）
不断（ふだん）
壇　戒壇（かいだん）
社壇（しやだん）
鎮壇（ちんだん）
檀　隔檀（きやくだん）
栴檀（せんだん）
地　青地（あをぢ）
心地（ここち）
三地（さんち）
悉地（しつち）
十地（じつち）
実地（じつち）
勝地（しようち）
栗散辺地（そくさんへんち）
谷地（たにち）
天地（てんち）
福地（ふくち）
本地（ほんぢ）
摩尼勝地（まにしようち）
霊地（れいち）
露地（ろぢ）
池　赤池（あかいけ）
瑤池（えうち）
大沢の池（おほさはのいけ）
楠井の池（くすゐのいけ）
功徳池（くどくち）
姿の池（すがたのいけ）
宝池（ほうち）
白鷺池（はくろち）
八功徳池（はちくどくち）
増田の池（ますだのいけ）
無熱池（むねつち）
竜池（りうち）
智　四智（しち）
中正通智（ちうせいとうち）
天智（てんち）
悲智（ひち）
妙観察智（めうくわんさつち）
妙智（めうち）
理智（りち）
竹　糸竹（いとたけ、しちく）
岸竹（がんちく）
呉竹（ぐちく、くれたけ）
胡竹（こちく）
素竹（そちく）
笛竹（ふえたけ）
緑竹（りよくちく）
着　執着（しふぢやく）
無着（むぢやく）
中　海中（かいちう）
禁中（きんちう）
井中（せいちう）
大山中（だいせんぢう）
堂中（だうちう）
田中（たなか）
池中（ちちう）
原中（はらなか）
府中（ふちう）
平中（へいちう）
山中（やまなか）
柱　御柱（おんばしら）
柱（ことぢ）
橋柱（はしばしら）
二柱（ふたはしら）
真木柱（まきばしら）
宮柱（みやはしら）
虫　夏虫（なつむし）
蓑虫（みのむし）
長　河長（かはをさ）
建長（けんちやう）
天長（てんちやう）
人長（にんぢやう）
馬長（ばちやう）
細長（ほそなが）
駅の長（むまやのをさ）
帳　香の几帳（かうのきちやう）
帷帳（ゐちやう）
張　一張（いつちやう）
費張（ひちやう）
弓張（ゆみはり）
頂　灌頂（くわんぢやう）
須弥頂（しゆみちやう）
摩頂（まちやう）
鳥　朝鳥（あさどり）
飛鳥（あすか）
幽鳥（いうてう）
鬼竜人鳥（きりようじんてう）
郭公鳥（くわつこうてう）
渓鳥（けいてう）
小鳥（ことり）
小夜千鳥（さよちどり）
山鳥（さんてう、やまどり）
島津鳥（しまつどり）
白鳥（しろとり）
水鳥（すいてう、みづどり）
近津飛鳥（ちかつあすか）
時の鳥（ときのとり）
遠山鳥（とほやまどり）
友千鳥（ともちどり）
とやとや鳥（とやとやとり）
庭鳥（にはとり）
鳰鳥（にほどり）
鷙鳥（はいたか）
浜千鳥（はまちどり）
百千鳥（ももちどり）
八声の鳥（やごゑのとり）
木綿付鳥（ゆふつけどり）
夕波千鳥（ゆふなみちどり）
喚子鳥（よぶこどり）
鴛の鴨鳥（をしのかもとり）
朝　一朝（いつてう）
異朝（いてう）
禁朝（きんてう）
外朝（ぐわいてう）
今朝（けさ）
後朝（こうてう）
三朝（さんてう）
晋朝（しんてう）
晨朝（じんでう）
唐朝（たうでう）
天朝（てんてう）
本朝（ほんてう）
我朝（わがこう）
調　糸竹の調（いとたけのしらべ、しちくのしらべ）
曲調（きよくてう）
双調（さうでう）
水調（すいでう）
清調（せいてう）
性調（せいでう）
二調（にてう）
平調（ひやうでう）
風香調（ふがうでう）
無調（むてう）
聴　視聴（しちやう）

天聴（てんてう、てんてい）
勅　飲酒楽勅（いんしゆらくちよく）
遺勅（ゆいちよく）
枕　岩枕（いはまくら）
浮枕、憂枕（うきまくら）
梶枕（かぢまくら）
仮枕（かりまくら）
草枕（くさまくら）
薦枕（こもまくら）
手枕（たまくら）
柘の小枕（つげのをまくら）
浪枕（なみまくら）
新枕（にひまくら）
通　弘通（ぐづう）
雲通（くもとり）
神通（じんづう）
定　決定（けつぢやう）
証定（しようぢやう）
入定（にふぢやう）
楞厳禅定（りようごんぜんぢやう）
底　澗底（かんてい）
露の底（つゆのそこ）
水底（みなそこ）
帝　殷帝（いんてい）
今上皇帝（きんじやうくわうてい）
黄帝（くわうてい）
玄宗皇帝（げんそうくわうてい）
五帝（ごてい）
二世皇帝（じせいくわうてい）
上帝（しやうてい）
秦皇帝（しんくわうてい）
武帝（ぶてい）
皇帝（わうたい）
庭　掖庭（えきてい）
禁庭（きんてい）
南庭（なんてい）
門庭（もんてい）
提　闡提（せんだい）
二闡提（にせんだい）
韋提（ゐだい）
〔菩提〕　阿耨菩提（あのくぼだい）
支仏の菩提（しぶつのぼだい）
上求菩提（じやうぐぼだい）
諦　四諦（したい）
二諦（にたい）
泥　湿土泥（しつどでい）
紫泥（しでい）
笛　牧笛（ぼくてき）
竜笛（りうてき）
横笛（わうてき）
荻　下荻（したをぎ）
浜荻（はまをぎ）
天　一天（いつてん）
吉祥天（きちじやうてん）
西天（さいてん）
三十三天（さんじふさんでん）
三天（さんてん）
諸天（しよてん）
則天（そくてん）
太政威徳天（だいじやうゐとくてん）
忉利天（たうりてん）
治天（ちてん）
朝天（てうてん）
洞天（とうてん）
兜率天（とそつてん）
渡天（とてん）
南天（なんてん）
二天（にてん）
人天（にんてん）
白楽天（はくらくてん）
半天（はんてん）
弁才天、弁財天（べんざいてん）
梵天（ぼんてん）
摩訶羅天（まからてん）
万天（まんてん）
楽天（らくてん）
典　経典、教典（きやうでん）
外典（げでん）
読誦此経典（どくじゆしきやうでん）
内典（ないでん）
妙典（めうでん）
転　退転（たいてん）
流転（るてん）
奠　乞巧奠（きかうでん）
釈奠（しやくでん）
礼奠（れいてん）
田　熱田（あつた）
荒小田（あらをだ）
池田（いけだ）
五百代小田（いほしろをだ）
門田（かどた）
苅田（かりた）
沢田（さはだ）
石田（せきでん）
竜田（たつた）
松井田（まつゐだ）
筵田（むしろだ）
山田（やまだ）
小田（をだ）
伝　磯伝（いそづたひ）
磯間伝（いそまづたひ）
岩根伝（いはねづたひ）
受伝（うけつたふ）
浦伝（うらづたひ）
木伝（こづたふ）
言伝（ことづつ）
左伝（さでん）
傍伝、副伝（そばづたひ）
単伝（たんでん）
不伝（ふでん）
淀　河淀（かはよど）
六田の淀（むつたのよど）
殿　温明殿（うんめいでん）
大炊殿（おほひどの）
大柳殿（おほやなぎ）
木の丸殿（きのまるどの）
玉殿（ぎよくでん）
金殿（きんでん）
廻立殿（くわいりふでん）
観音殿（くわんおんでん）
弘徽殿（こうきでん）
紅梅殿（こうばいどの）
後涼殿（こうりやうでん）
古殿（こでん）
御殿（ごてん）
酒殿（さかどの）
仁寿殿（じじうでん）
紫宸殿（ししんでん）
常寧殿（じやうねいでん）
神殿（じんでん）
清涼殿（せいりやうでん）
夕殿（せきでん）
宣耀殿（せんえうでん）
高松殿（たかまつ）
田向殿（たむきどの）
貞観殿（ぢやうぐわんでん）
長生殿（ちやうせいでん）
釣殿（つりどの）
登花殿（とうくわでん）
八神殿（はつしんでん）
祓殿（はらひどの）
仏殿（ぶつでん）
武徳殿（ぶとくでん）
文殿（ふどの）
宝殿（ほうでん）
宝拝殿（ほうはいでん）

法住寺殿(ほふぢうじどの)
摩尼宝殿(まにほうでん)
水無瀬殿(みなせどの)
梅殿(むめどの)
弓場殿(ゆばどの)
綾綺殿(りようきでん)
渡殿(わたどの)
斗 八斗(はつと)
北斗(ほくと)
徒 凶徒(きようと)
衆徒(しゆと)
袁司徒(ゑんしと)
都 異人の都(いじんのと)
外都(ぐわいと)
京都(けいと)
勝義の都(しようぎのみやこ)
神都(しんと)
月の都(つきのみやこ)
帝都(ていと)
奈良の都(ならのみやこ)
南都(なんと)
渡 しかすがの渡(しかすがのわたり)
諏方の御渡(すはのみわたり)
鳴渡(なると)
湖の渡(にほのわたり)
淀の渡(よどのわたり)
六条渡(ろくでうわたり)
ゐなの渡(ゐなのわたり)
土 彼土(かのど)
国土(こくど)
欣求浄土(ごんぐじやうど)
浄土(じやうど)
刹土(せつど)
塵土(ちりひぢ)
東土(とうど)
方域西土(はうゐきさいど)
仏土(ぶつど)
穢土(ゑど)
度 幾度(いくたび)
五度(いつたび)
行度(ぎやうど)
化度(けど)
玄度(げんど)
済度(さいど)
千度(ちたび)
調度(でうど)
難化難度(なんけなんど)
一度(ひとたび)
二度(ふたたび)
三度(みたび)
滅度(めつど)
百度(ももたび)
百千度(ももちたび)
万度(よろづたび)
刀 一刀(いつたう)
鉛刀(えんたう)
三刀(さんたう)
唐 皇唐(かうたう)
渡唐(とたう)
島 秋津島(あきつしま)
伊豆の大島(いづのおほしま)
妹が島(いもがしま)
浦島(うらしま)
江の島(えのしま)
剣凝島(おのころじま)
上野島(かうづけじま)
鹿島(かしま)
川島、河島(かはしま)
鹿の島(しかのしま)
磯城島(しきしま)
戯島(たはれじま)
玉島(たましま)
玉津島(たまつしま)
田蓑の島(たみののしま)
竹生島(ちくぶしま)
千島(ちしま)
無名島(なきなしま)
蓬萊の島(ほうらいのしま)
籬の島(まがきのしま)
前島(まへじま)
三島(みしま)
室の八島(むろのやしま)
百島(ももしま)
蓬が島(よもぎがしま)
湯 小座湯(せうざたう)
点湯(てんたう)
筒 要筒(えうどう)
透筒(すいどう)
定筒(ぢやうどう)
井筒(ゐづつ)
塔 万億種塔(まんおくしゆたふ)
堂塔(だうたふ)
多子塔(たしたふ)
鉄塔(てつたふ)
宝塔(ほうたふ)
法塔(ほふたふ)
燈 魚燈(ぎよとう)
伝燈(でんとう)
法燈、法灯(ほつとう)
頭 挿頭(かざし)
金頭(かながしら)
岩頭(がんとう)
蔵人の頭(くらんどのとう)
指頭(しとう)
舌頭(ぜつたう)
台頭(たいとう)
白頭(はくとう)
馬頭(ばとう)
濤 大唐濤(たいたうたう)
波濤(はたう)
洞 巌洞、岩洞(がんとう)
空洞(こうとう)
仙洞(せんとう)
茅君洞(ばうくんとう)
蓬萊洞(ほうらいどう)
蘿洞(らどう、こけのほら)
堂 上堂(じやうだう)
巡堂(じゆんだう)
清暑堂(せいしよだう)
僧堂(そうだう)
祖師堂(そしどう)
大覚堂(だいかくだう)
大徹堂(たいてつだう)
大日堂(だいにちだう)
土地堂(とちだう)
南円堂(なんゑんだう)
博堂(ばくだう)
法堂(はつたう)
踰闍那講堂(ゆじやなかうだう)
童 乙天童(おとてんどう)
天童(てんどう)
童(わらは)
道 安道(あんだう)
右道(いうだう)
一道(いちだう)
要道(えうだう)
筵道(えんだう)
外道(げだう)
五畿七道(ごきしちだう)
金縄界道(こんじようかいだう)
至道(しだう)
下道(したみち)
成道(じやうだう)
声塵得道(しやうぢんとくだう)
勝道(しようだう)
神道(しんたう)
仙の道(せんのみち)
山陽道(せんやうだう)
武道(たけきみち)

中道（ちうだう）
得道（とくだう）
法の道（のりのみち）
八相成道（はつさうじやうだう）
古道、旧路（ふるみち）
文道（ぶんだう）
細道（ほそみち）
仏の道（ほとけのみち）
良道（りやうだう）
累劫成道（るいこふじやうだう）
六道（ろくだう、むつのみち）
皇道、王道（わうたう）
小野の古道（をののふるみち）
得 自得（じとく）
発得（ほつとく）
妙得（めうとく）
会得（ゑとく）
徳 隠徳（いんとく）
栄徳（えいとく）
恩徳（おんどく）
孝徳（かうとく）
功徳（くどく）
古徳（ことく）
七徳（しちとく、しつとく）
四徳（しとく）
上徳（じやうとく）
積功徳（しやくどく）
積功累徳（しやくるいどく）
衆徳（しゆとく）
称徳（しようとく）
神徳（しんとく）
仁徳（じんとく、にんとく）
政徳（せいとく）
道徳（だうとく）
長徳（ちやうとく）
二徳（にとく）
木徳（ぼくとく）
明徳（めいとく）
陽徳（やうとく）
円々海徳（ゑんゑんかいとく）
内 大内（おほうち、たいだい）
参内（さんだい）
入内（じゆだい）
西宮南内（せいきうなんだい）
胎内（たいない）
武内（たけうち）
南 市の南（いちのみなみ）
印南（いなみ）
雲南（うんなん）
江南（かうなん）
淮南（くわいなん）
指南（しなん）
東南（とうなん）
難 阿難（あなん）
一六難（いちろくなん）
嶮難（けんなん）
大難（だいなん）
尼 一代牟尼（いちだいむに）
十六牟尼（じふろくむに）
釈迦牟尼（しやかむに）
惣持陀羅尼（そうぢだらに）
陀羅尼（だらに）
北瞿盧西瞿陀尼（ほつくるさいくだに）
摩尼（まに）
牟尼（むに）
円満大陀羅尼（ゑんまんだいだらに）
円満陀羅尼（ゑんまんだらに）
日 明日（あす）
何日、幾日（いくか）
一日（いちじつ）
入日（いりひ）
卯月の八日（うづきのようか）
卯の日（うのひ）
春日（かすが、はるひ）
上の子の日（かみのねのひ）
昨日（きのふ）
今日（けふ）
五月五日（さつきいつひ）
三七日（さんしちにち）
十日（しふじつ）
十六日（じふろくにち）
下の卯の日（しものうのひ）
辰日（しんじつ）
夕日（せきじつ、ゆふひ）
初三の春の日（そさんのはるのひ）
大日（だいにち）
辰の日（たつのひ）
月日（つきひ）
朝日（てうじつ）
照日（てるひ）
寅の日（とらのひ）
子の日（ねのひ）
八月十五日（はちぐわつじふごにち）
初子の日（はつねのひ）
終日（ひめもす）
日折の日（ひをりのひ）
仏生日（ぶつしやうにち）
仏日（ぶつにち）
毎日（まいにち）
三月の三日（やよひのみつか）
夕付日（ゆふづくひ）
恵日（ゑにち）
入 幾入（いくしほ）
施入（せにふ）
立入（たていれ）
湊入（みなといり）
名色縁六入（みやうしきえんろくにう）
年 幾千年（いくちとせ）
五十年（いそぢ）
五百年（いほぢ）
片延年（かたえんねん）
九年（きうねん）
魏年（ぎねん）
弘仁七年（こうにんしちねん）
二千年（じせんねん）
十六年（じふろくねん）
盛年（じやうねん）
少年（せうねん）
千年（せんねん、ちとせ）
多年（たねん）
天長八年（てんちやうはつねん）
天徳四年（てんとくしねん）
天平勝宝年（てんひやうせうぼうねん）
白雉四年（はくちしねん）
万年（ばんねん）
一年（ひととせ）
豊年（ほうねん）
毎年（まいとし）
三千年（みちとせ）
三年（みとせ）
六十年（むそぢ、ろくじふねん）
百年（ももとせ）
和銅二の年（わどうふたつのとし）
念 合念（あひねん）
一念（いちねん）
記念、形見（かたみ）
祈念（きねん）
五念（ごねん）
三念（さんねん）
十念（じふねん）
俗念（ぞくねん）
忘記念、忘形見（わすれがたみ）
濃 信濃（しなの）

裾濃(すそご)
波(浪)　化波(あだなみ)
青波(あをなみ)
岩越波(いはこすなみ)
浮浪(うきなみ)
浦浪(うらなみ)
煙波(えんは)
奥津白波(おきつしらなみ)
興津波(おきつなみ)
河浪(かはなみ)
金波(きんは、こがねのなみ)
蒼波(さうは)
ささ浪(ささなみ)
小浪(さなみ)
白浪、白波(しらなみ)
水波(すいは)
青海波(せいがいは)
池浪(ちらう)
塵浪(ぢんらう)
筑波(つくば)
難波(なには)
白浪(はくらう)
碧浪(へきらう)
破　入破(いれわれ)
摧破(ざいは)
千刃破(ちはやふる)
馬　御馬(おんむま)
弓馬(きうば)
競馬(けいば)
胡馬(こば)
左馬(さま)
赭白馬(しやはくば)
征馬(せいば)
竹馬(ちくば)
法の馬(のりのむま)
白馬(はくば、あをむま、びやくめ)
引馬(ひきま)
牧馬(ぼくば)
名馬(めいば)
老馬(らうば)
婆　耆婆(ぎば)
塔婆(たふば)
拝　小朝拝(こでうはい)
三拝(さんはい)
四方拝(しはうはい)
朝拝(てうはい)
盃　鸚鵡盃(あうむはい)
金盃(きんはい)
梅　塩梅(えんばい)
唐梅(からむめ)
紅梅(こうばい)
つぼみ紅梅(つぼみこうばい)
飛梅(とびむめ)
落梅(らくばい)
白　大白(たいはく)
羽白(はじろ)
表白(へうびやく)
泊　唐泊(からどまり)
棲泊(せいはく)
旅泊(りよはく)
遠波の泊(ゑんはのとまり)
柏　片柏(かたかしは)
児の手柏(このてがしは)
松柏(しようはく)
玉柏(たまかしは)
葉柏(はがしは)
薄　糸薄(いとずすき)
しの薄(しのすすき)
すぐろの薄(すぐろのすすき)
花薄(はなすすき)
髪　朝寝髪(あさねがみ)
御髪(おんぐし)
黒髪(くろかみ)
白髪(つくもがみ)
鶴の髪(つるのかみ)
ねぐたれ髪(ねぐたれがみ)
振分髪(ふりわけがみ)
帆　客帆(かくはん)
真帆(まほ)
坂　逢坂(あふさか)
蕪坂(かぶらざか)
小坂(こざか)
潮見坂(しほみざか)
御坂(みさか)
態坂(わざさか)
斑　鹿子斑(かのこまだら)
白斑(しらふ)
槃　及与大涅槃(ぎいだいねはん)
大涅槃(だいねはん)
涅槃(ねはん)
妃　后妃(こうひ、こひ)
楊貴妃(やうきひ)
楊妃(やうひ)
悲　願以大慈悲(ぐわんいだいじひ)
慈悲(じひ)
大慈大悲(だいじだいひ)
大慈悲(だいじひ)
大悲(だいひ)
扉　権扉(けんひ)
柴の扉(しばのとぼそ)
室の扉(むろのとぼそ)
尾　滝の尾(たきのを)
水の尾(みづのを)
屋形尾(やかたを)
山鳥の尾(やまどりのを)
美　鶏美(けいび)
褒美(ほうび)
媚　薄媚(はくび)
百の媚(もものこび)
筆　五筆(ごひつ)
紫毫筆(しがうひつ)
宸筆(しんひつ)
尊筆(そんひつ)
土筆(つくづくし、どひつ)
一筆(ひとふで)
苗　早苗(さなへ)
若苗(わかなへ)
廟　堯女廟(ぎよぢよべう)
聖廟(せいべう)
品　九品(ここのしな)
三十七品(さんじふしちほん)
十六品(じふろくほん)
心地観経心地品(しんぢくわんぎやうしんぢぼん)
二十八品(にじふはちほん)
浜　歌の浜(うたのはま)
打出の浜(うちいでのはま)
有渡浜(うどはま)
老蘇の浜(おいそのはま)
汲上の浜(くみあげのはま)
白良の浜(しららのはま)
高志の浜(たかしのはま)
名草の浜(なぐさのはま)
吹上の浜(ふきあげのはま)
由井の浜(ゆゐのはま)
渭浜(ゐひん)
愍　哀愍(あいみん)
慈愍(じみん)
夫　耕夫(かうふ)
柿の本の大夫(かきのもとのまうちきみ)
丈夫(ぢやうぶ)
凡夫(ぼんぶ)
猟夫(れうふ)
父　禁父(きんふ)
慈父(じふ)
東王父(とうわうふ)
布　分布(ぶんふ)
曝布(はくふ、はくほ)

遺教流布(ゆいけうるふ)
遺法流布(ゆいほふるふ)
流布(るふ)
婦 夫婦(ふうふ)
命婦(みやうぶ)
符 切符(きりふ)
真白符(ましらふ)
敷 片敷(かたしく)
凝敷(こりしく)
玉敷(たましぎ、たましく)
百敷(ももしき)
賦 詩賦(しふ)
西京賦(せいけいふ)
傅 師傅(しふ)
羊太傅(やうたいふ)
武 漢武(かんぶ)
桓武(くわんむ)
建武(けんぶ)
左文右武(さぶんいうぶ)
聖武(しやうむ)
承武(しようぶ)
神武(じんむ)
蘇武(そぶ)
文武(ぶんぶ、もんむ)
物の武(もののふ)
練武(れんぶ)
稚武(わかだけ)
部 一千部(いつせんぶ)
上達部(かんだちめ)
外部(げぶ)
三部(さんぶ)
胎金両部(たいこんりやうぶ)
八部(はつぶ)
紫式部(むらさきしきぶ)
両部(りやうぶ)
蓮華部(れんげぶ)
六千部(ろくせんぶ)
舞 歌舞(かぶ)
駿河舞(するがまひ)
馴子舞(なれこまひ)
乱舞(らんぶ)
風 秋風(あきかぜ)
あなしの風(あなし)
天津風(あまつかぜ)
家々の風(いへいへのかぜ)
家の風(いへのかぜ)
裏風(うらかぜ)
浦風(うらかぜ)
興風(おきかぜ)
興津風(おきつかぜ)
追風(おひかぜ)
夏風(かふう)
神風(かみかぜ)
岸風(がんふ)
東風(こち)
異浦風(ことうらかぜ)
古風(こふう)
塩風(しほかぜ)
清風(せいふ)
谷風(たにかぜ)
竹風(ちくふう)
野分の風(のわき)
羽風(はかぜ)
初風(はつかぜ)
浜風(はまかぜ)
春風(はるかぜ)
屛風(びやうぶ)
北風(ほくふう)
松風(まつかぜ)
八雲の風(やくものかぜ)
山おろしの風(やまおろしのかぜ)
山風(やまかぜ)
夕風(ゆふかぜ)
夕塩風(ゆふしほかぜ)
涼風(りやうふう)
小野の道風(をののみちかぜ)
〔屛風〕 網代屛風(あじろびやうぶ)
雲母の屛風(うんものびやうぶ)
金鵝の屛風(きんがのびやうぶ)
草枕屛風(くさまくらびやうぶ)
孔雀屛風(くじやく)
画図の屛風(ぐわとのびやうぶ)
次成敗の屛風(じしやうはいのびやうぶ)
集家誡の屛風(しつかかいのびやうぶ)
十二天泉水の屛風(じふにてんせんずいのびやうぶ)
写列女伝の屛風(しやれつぢよでんのびやうぶ)
張画の屛風(ちやうぐわのびやうぶ)
仏名の屛風(ぶつみやうのびやうぶ)
蔽露の屛風(へいろのびやうぶ)
掃画の屛風(もんぐわのびやうぶ)
日本絵の御屛風(やまとゑのみびやうぶ)
代継の屛風(よつぎのびやうぶ)
瑠璃の屛風(るりのびやうぶ)
録刺史名の屛風(ろくししめいのびやうぶ)
伏 帰伏(きぶく)
三伏(さんふく)
福 興福(こうふく)
増福(ぞうふく)
百福(はくふく)
仏 供養仏(くやうぶつ)
観仏(くわんぶつ)
化仏(けぶつ)
五仏(ごぶつ)
七仏(しちぶつ)
千手無量寿仏(せんじゆむりやうじゆぶつ)
千仏(せんぶつ)
燈明仏(とうみやうぶつ)
南無仏(なむぶつ)
二仏(にぶつ)
燃燈仏(ねんとうぶつ)
念仏(ねんぶつ)
宝生仏(ほうしやうぶつ)
無仏(むぶつ)
無量寿仏(むりやうじゆぶつ)
唯仏与仏(ゆいぶつよぶつ)
盧遮那仏(るしやなぶつ)
霊仏(れいぶつ)
物 景物(けいぶつ)
薫物(たきもの)
乗物(のりもの)
浜物(はまもの)
万物(ばんぶつ)
御調物(みつぎもの)
利物(りもつ)
霊物(れいもつ)
分 雲分(くもわけ)
過分(くわぶん)
十分(じふぶん)
十六分(じふろくぶん)
篠分(すずわく)
野分(のわき)
葉分(はわけ)
本分(ほんぶん)
文 御多羅枝の弭の名文(おんだらしのはずのめいもん)
故文(こもん)
作文(さくぶん)
左文(さぶん)
守文(しうぶん)

周文(しうぶん)
声文(しやうぶん)
釈迦文(しやかもん)
疏の文(しよのもん)
真文(しんもん)
壺の石文(つぼのいしぶみ)
碑の文(ひのもん)
妙文(めうもん)
遺文(ゐぶん)

平
右北平(いうほくへい)
屈平(くつへい)
寛平(くわんへい)
太平、泰平(たいへい)
陳平(ちんへい)
天平(てんひやう)
行平(ゆきひら)

並
藤並(ふぢなみ)
穂並(ほなみ)
矢並、箭並(やなみ)

幣
赤幣(あかにぎ)
青幣(あをにぎ)
大幣(おほぬさ)
豊幣(とよみてぐら)

米
久米(くめ)
稲米(たうべい)

碧
紺碧(こんぺい)
巉碧(ざんへき)

壁
石壁(せきへき)
東壁(とうへき)

別
差別(しやべつ)
餞別(せんべつ)
旅別(りよべつ)

辺
葦辺(あしべ)
宇津の山辺(うつのやまべ)
興津浜辺(おきつはまべ)
岸辺(きしべ)
湖辺(こへん)
沢辺(さはべ)
水辺(すいへん)
鶴が岡辺(つるがをかべ)
二辺(にへん)
野辺(のべ)
浜辺(はまべ)
無辺(むへん)
山辺(やまべ、やまのべ)
寄辺(よるべ)
路辺(ろへん)
岡辺(をかべ)

変
四変(しへん)
所変(しよへん)

篇
二十五篇(じしふごへん)
詩篇(しへん)

浦
明石の浦(あかしのうら)
安濃が浦(あこぎがうら)
阿波手の浦(あはでのうら)
鏡の浦(かがみのうら)
片瀬の浦(かたせのうら)
記念の浦(かたみのうら)
懲りずまの浦(こりずまのうら)
鹿の浦(しかのうら)
志賀の浦(しがのうら)
湘浦(しやうほ)
須磨の浦(すま)
袖志の浦(そでしのうら)
田子の浦(たごのうら)
丹後の浦(たごのうら)
田辺の浦(たなべのうら)
津守の浦(つもりのうら)
遠津浦(とほつうら)
長井の浦(ながゐのうら)
鳴海の浦(なるみのうら)
錦の浦(にしきのうら)
屛風の浦(びやうぶのうら)
吹ゐの浦(ふけゐのうら)
二見の浦(ふたみのうら)
藤江の浦(ふぢえのうら)
湓浦(ふんほ)
和歌の浦(わかのうら)

母
覚母(かくも)
禁母(きんも)
金母(きんも)
国母(こくも)
弑母(しも)
悲母(ひも)
父母(ふぼ)
弁の乳母(べんのめのと)
王母(わうぼ)

方
明方(あけがた)
入方(いりがた)
推明方(おしあけがた)
彼方此方、彼方是方(かなたこなた)
旧簾の方(きうれんのはう)
暮つ方(くれつかた)
黒方(くろぼう)
来し方(こしかた)
此方彼方(こなたかなた)
実方(さねかた)
四方(しはう、よも)
諏方(すは)
仙方(せんはう)
鎮屋の方(ちんをくのはう)
東方(とうばう)
南方(なんばう)
子の方(ねのはう)
梅花方(ばいくわはう)
一方(ひとかた)
行方(ゆくかた)

宝
三宝(さんぼう)
七宝(しちほう)
重宝(ちようほう)
珍宝(ちんほう)
天平勝宝(てんひやうせうぼう)
三種の宝(みくさのたから)

法
乙護法(おとごほふ)
義法(ぎはふ)
機法(きほふ)
行法(ぎやうほふ)
供養法(くやうほふ)
教法(けうぼふ)
弘法(こうぼふ)
護法(ごほふ)
作法(さはふ)
嗣法(しほふ)
正法(しやうぼふ)
説法(せつぽふ)
懺法(せんぽふ)
転法(てんほふ)
伝法(でんほふ)
如法(によほふ)
人法(にんほふ)
仏法(ぶつほふ)
御法(みのり)
妙法(めうほふ)
王法(わうほふ)

峯
香炉峯(かうろほう)
風越の峯(かざごしのみね)
剣閣の峯(けんかくのみね)
双峯(さうほう)
鷲峯(じゆぶう)
鶴が岡の峯(つるがをかのみね)
中の峯(なかのみね)
鳩の峯(はとのみね)
光が峯(ひかりがみね)
文峯(ぶんほう)
竜峯(りうほう)
炉峯(ろほう)
小倉の峯(をぐら)

房
魏徴房(ぎちようばう)
三明房(さんみやうばう)

禅房(ぜんばう)
費長房(ひちやうばう)
一房(ひとふさ)
弥多房(まかだばう)

望 願望(ぐわんまう)
四望(しばう)
太公望(たいこうばう)
眺望(てうばう)

北 江北(かうほく)
西北(せいほく)

牧 桐原の御牧(きりはらのみまき)
御牧(みまき)
望月の御牧(もちづき)

墨 薄墨(うすずみ)
翰墨(かんぼく)

本 柿の本(かきのもと)
木の本(このもと)
梵本(ぼんほん)
松本(まつもと)
日本、大和(やまと)
湯本(ゆもと)

麻 桜麻(さくらあさ)
白麻(はくま)

末 葉末(はずゑ)
本末(ほんまつ、もとすゑ)
行末(ゆくすゑ、ゆくへ)

万 十万(じふまん)
八百万(やほよろづ)
六大四万(ろくだいしまん)

満 果満(くわまん)
天満(てんま)
永福智円満(やうふくちゑんまん)

密 顕密(けんみつ)
深秘密(じんひみつ)
秘密(ひみつ)

蜜 羼提諸波羅蜜(せんだいしよはらみつ)
壇波羅蜜(だんばらみつ)
六波羅蜜(ろくはらみつ)

妙 雅妙(がべう)
玄妙(げんめう)
敷妙(しきたへ)
勝妙(しようめう)
白妙(しろたへ)
微妙(みめう)

民 人民(じんみん、にんみん)
万民(ばんみん)
撫民(ぶみん)

霧 秋霧(あきぎり)
朝霧(あさぎり)
薄霧(うすぎり)
夕霧(ゆふぎり)

名 徒名(あだな)
浮名、憂名(うきな)
佳名(かめい)
嘉名(かめい)
功名(こうめい)
十仏名(じふぶつみやう)
称名(しようみやう)
仏名(ぶつみやう)
御名(みな)
無名(むみやう)

命 君命(くんめい)
寿命(じゆみやう)
勅命(ちよくめい)
露の命(つゆのいのち)
天命(てんめい)
文命(ぶんめい)

明 在明、有明、晨明(ありあけ)
五明(ごめい)
四明(しめい)
証明(しようみやう)
松明(しようめい)
神明(しんめい)
清明(せいめい)
昭明(せうめい)
陶淵明(たうゑんめい)
豊の明(とよのあかり)
仁明(にんみやう)
虫明(むしあげ)
無明(むみやう)
用明(ようめい)

鳴 雁鳴能鳴(がんめいのうめい)
和鳴(くわめい)
鶏鳴(けいめい)
馬鳴(めみやう)

滅 生者必滅(しやうじやひつめつ)
生滅(しやうめつ)
病即消滅(びやうそくせうめつ)

面 此面彼面(このもかのも)
十一面(じふいちめん)
四面(しめん)
外面(そとも)
田面(たづら、たのも)
南面(なんめん)
二面(ふたおもて)

綿 白木綿(しらゆふ)
浜木綿(はまゆふ)
三島木綿(みしまゆふ)

毛 上毛(うはげ)
蟹の足の毛(かにのあしのけ)
蓑毛(みのげ)

網 魚網(ぎよばう)
教網(けうまう)
華慢帝網(けまんたいまう)
小網(さで)

木 網代木(あじろぎ)
岩木(いはき)
老木(おいき)
香木(かうぼく)
柏木(かしはぎ)
鶏冠木(かへで、けいくわんぼく)
嘉木(かぼく)
旧木(きうぼく)
羲木(ぎぼく)
草木(くさき、さうもく)
花木(くわぼく)
小木(こぎ)
異木(ことき)
坂木(さかき)
山川草木(さんせんさうもく)
三木(さんもく)
樹木(しうぼく)
塩木(しほき)
衆木(しゆぼく)
春木(しゆんぼく)
杣木(そまぎ)
啄木(たくぼく)
爪木(つまき)
貞木(ていぼく)
常葉木(ときはぎ)
箒木(ははきぎ)
一木(ひとき)
二木(ふたつぎ)
舟木(ふなぎ)
冬木(ふゆぎ)
深山木(みやまぎ)
埋木(むもれぎ)
霊木(れいぼく)
若木(わかぎ)

目 文目(あやめ)
眼目(がんぼく)
切目(きりめ)
小切目(こぎりめ)
篠の目(しののめ)
十二の目(じふにのめ)
空目(そらめ)
除目(ぢもく)
八臂三目(はつひさんもく)

人目(ひとめ)
眉目(びもく)
揚眉瞬目(やうびしゆんぼく)
横目(よこめ)

門
阿字門(あじもん)
普門(あまねきかど、ふもん)
憂喜の門(いうきのかど)
一思面門(いつしめんもん)
家門(かもん)
槐門(くわいもん)
寛和の御門(くわんわのみかど)
月花門(げつくわもん)
玄暉門(げんきもん)
金経門(こんぎやうもん)
桑門(さうもん)
山門(さんもん)
三門(さんもん)
十門(しふもん)
上西門(しやうせいもん)
数息観門(しゆそくくわんもん)
淳和の御門(じゆんわのみかど)
羨門(ぜんもん)
惣門(そうもん)
多門(たもん)
陀羅尼門(だらにもん)
藤門(とうもん)
都門(ともん)
敷政門(ふせいもん)
二の門(ふたつのかど)
不二法門(ふにほふもん)
誉田の御門(ほむだのみかど)
陽明門(やうめいもん)
山の御門(やまのみかど)
竜門(りうもん)

夜
或夜(あるよ)
幾夜(いくよ)
一夜(いちや、ひとよ)
五夜(いつよ)
朧月夜(おぼろづきよ)
朧夜(おぼろよ)
寒夜(かんや)
後夜(ごや)
小夜(さよ)
十三夜(じふさんや)
霜夜(しもよ)
子夜(しや)
夙夜(しゆくや、しくや)
初三夜(そさんや)
通夜(つや)
半夜(はんや)
夕月夜(ゆふづくよ)
半夜半夜(よなかよなか)
終夜(よもすがら)

耶
夏耶(かや)
三昧耶(さんまや)
若耶(じやくや)

野
粟津野(あはづの)
安部野(あべの)
入野(いるの)
宇多野(うだの)
海野(うんの)
鶻野(おほたかの)
大原野(おほはらの、おはらの)
春日野(かすがの)
交野の御野(かたののみの)
枯野(かれの)
禁野(きんや)
倉賀野(くらがの)
栗栖野(くるすの)
嵯峨野(さがの)
佐野(さの)
志目野(しめの)
下野(しもつけ)
菅の荒野(すがのあらの)
裾野、末野(すその)
飛火野(とぶひの)
遠里小野(とほざとをの)
那須野(なすの)
夏野(なつの)
引野(ひきの)
布留野(ふるの)
北野(ほくや)
宮城野(みやぎの)
武蔵野(むさしの)
紫野(むらさきの)
小鹿入野(をしかいるの)
男鹿鳴野(をしかなくの)
小野(をの)

約
誓約(せいやく)
勅約(ちよくやく)

薬
陰薬(いんやく)
諸薬(しよやく)
百薬(はくやく)
良薬(らうやく)

喩
譬喩(ひゆ)
麟喩(りんゆ)

有
己有(こいう)
所有(しよう)

勇
大勇(だいゆう)
武勇(ぶよう)

遊
東遊(あづまあそび)
帰遊(かへりあそび)
神遊(かみあそび)
御遊(ぎよいう)
興遊(きようい う)
歓遊(くわんいう)
仙遊(せんいう)
春の遊(はるのあそび)
野遊(やいう)

輿
法輿(ほふよ)
御輿(みこし)

用
応用(おうゆう)
外用(げゆう)
業用(ごふゆう)
徳用(とくゆう)

容
聖容(せいよう)
尊容(そんよう)

葉
青葉(あをば)
一葉(いちえふ)
稲葉(いなば)
荷葉(かえふ)
迦葉(かせふ)
枯葉(かれは)
草葉(くさば)
黄葉(くわうえふ)
紅葉(こうえふ、もみぢ)
五葉(ごえふ)
金の葉(こがねのは)
言葉(ことば、ことのは)
木の葉(このは)
榊葉(さかきば)
末葉(すゑば)
千葉(せんえふ)
多羅葉(たらえふ)
桐葉(とうえふ)
八葉(はちえふ)
蓮葉(はちすば)
花紅葉(はなもみぢ)
飛花落葉(ひくわらくえふ)
二葉(ふたば)
万葉(まんえふ)
三葉四葉(みつばよつば)
紅葉葉(もみぢば)
門葉(もんえふ)
大和ことの葉(やまとことのは)
来葉(らいえふ)
落葉(らくえふ)
累葉(るいえふ)
蘆葉(ろえふ)
若葉(わかば)

陽　一陰一陽(いちいんいちやう)
陰陽(いんやう)
上陽(しやうやう)
潯陽(じんやう)
青陽(せいやう)
昭陽(せうやう)
夕陽(せきやう)
重陽(ちようやう)
汾陽(ふんやう)
洛陽(らくやう)
渭陽(ゐやう)
楊　白楊(はくやう)
目楊(ぼくやう)
様　有様(ありさま)
薄様(うすやう)
十様(じふやう)
白薄様(しらうすやう)
花薄様(はなうすやう)
養　安養(あんやう)
供養(くやう)
孝養(けうやう)
耀　九天霊耀(きうてんれいえう)
玉耀(ぎよくえう)
普照耀(ふせうえう)
遺身玉耀(ゆいしんぎよくえう)
鷂　兄鷂(このり)
雀鷂(つみ)
鷹　箸鷹(はしたか、はいたか)
眉白の鷹(まじろのたか)
霊鷹(れいおう)
翼　鶴翼(かくよく)
蟬翼(せんよく)
比翼(ひよく)
鳳翼(ほうよく)
羅　安底羅(あんてら)
優鉢羅(うはつら)
緊那羅(きんなら)
倶羅(ぐら)
沙竭羅(しやかつら)
修多羅(しゆたら)
修羅(しゆら)
真達羅(しんたら)
新羅(しんら)
大衆緊那羅(たいしゆきんなら)
檀波羅(だんはら)
八曼荼羅(はちまんだら)
毘佉羅、毘羯羅(びきやら)
毘布羅、毘富羅(びふら)
吠尸羅(べいしら)
碧羅(へきら)
摩訶曼荼羅(まかまんだら)
摩睺羅(まごら)
来　帰去来(いざやかへなん)
己来(ころほひ)
将来(しやうらい)
西来(せいらい)
当来(たうらい)
如来(によらい)
人来(ひとく)
本来(ほんらい)
未来(みらい)
夜来(よごろ)
落　奈落(ならく)
補陀落(ふだらく)
乱　遊糸繚乱(いうしれうらん)
花乱(くわらん)
散乱(さんらん)
理乱(りらん)
嵐　朝嵐(あさあらし、てうらん)
寒嵐(かんらん)
松嵐(しようらん)
青嵐(せいらん)
冬嵐(とうらん)
夕嵐(ゆふあらし)
嶺嵐(れいらん)
覧　遊覧(いうらん)
叡覧(えいらん)
御覧(ごらん)
照覧(せうらん)
奏覧(そうらん)
内覧(ないらん)
童御覧(わらはごらん)
藍　伽藍(がらん)
大伽藍(だいがらん)
山藍(やまあゐ)
鸞　歌鸞(からん)
廻鸞(くわいらん)
梁伯鸞(りやうはくらん)
利　栄利(えいり)
舎利(しやり)
名利(みやうり)
文珠師利(もんじゆしり)
里　一里(いちり)
一千里(いつせんり)
鼇波万里(がうはばんり)
笠縫の里(かさぬひのさと)
春日の里(かすがのさと)
帷の里(かたびらのさと)
桂の里(かつらのさと)
旧里(きうり)
二千里(じせんり)
信夫の里(しのぶのさと)
十万里(しふばんり)
千万里(せんばんり)
千里(せんり、ちさと)
綴喜の里(つづきのさと)
常葉の里(ときはのさと)
遠里(とほざと)
百万里(はくばんり)
百余里(はくより)
花散里(はなちるさと)
万里(ばんり)
太山の里(みやまのさと)
梅津の里(むめづのさと)
山里(やまざと)
岡べの里(をかべのさと)
小野の里(をののさと)
小野の山里(をののやまざと)
尾上の里(をのへのさと)
小山田の里(をやまだのさと)
理　境理(きやうり)
政理(せいり)
善理(ぜんり)
幕下都護大理(ばつかとごだいり)
妙理(めうり)
連理(れんり)
裏　空裏(くうり)
庫裏(くり)
西裏(にしうら)
離　厭離(えんり)
別離(べつり)
立　天の橋立(あまのはしだて)
安立(あんりふ)
神立(かうだち)
建立(こんりう)
造立(ざうりふ)
先立(さきだつ)
巣立(すだつ)
鳥立(とだち)
鳥総立(とぶさたて)
夏木立(なつこだち)
矢立(やたて)
夕立(ゆふだち)
律　音律(いんりつ)
郢律(えいりつ)
性律(しやうりつ)
呂律(りよりつ)
柳　ふるこやなぎ
青柳(あをやぎ)

細柳（せいりう）
八柳（やつやなぎ）
流 一流（いちりう）
応化等流（おうげとうる）
寒流（かんりう）
呉流（くれながし）
衆流（しゆりう）
宝流（ほうりう）
余流（よりう）
竜 臥竜（ぐわりよう）
蒼竜（さうれう）
八竜（はちりう）
飛竜（ひりよう）
鷹竜（ようりやう）
粒 数粒（しゆりふ）
二粒（にりふ）
米粒（まいりふ）
隆 興隆（こうりう）
紹隆（ぜうりう）
慮 思慮（しりよ）
神慮（しんりよ）
良 高良（かうら）
張良（ちやうりやう）
陣泰良（ちんだいりやう）
奈良（なら）
涼 清涼（せいりやう）
納涼（だふりやう）
晩涼（ばんりやう）
量 寿量（じゆりやう）
都莫思量（とまくしりやう）
無量（むりやう）
稜 岩稜（いはかど）
石稜（せきりよう）
寮 掃部寮（かもんれう）
衆寮（しゆうれう）
大学寮（だいがくれう）
主殿寮（とのもんれう）
内蔵寮（ないざうれう）
力 功力（くりき）
結縁功力（けちえんくりき）
財力（ざいりよく）
威神力（ゐしんりき）
威力（ゐりき）
緑 浅緑（あさみどり）
若緑（わかみどり）
林 鶴林（かくりん）
翰林（かんりん）
渓林（けいりん）
双林（さうりん）
娑羅林（しやらりん）
樹林（じゆりん）
少林（せうりん）
叢林（そうりん）
竹林（ちくりん）
北林（ほくりん）
倫 人倫（じんりん）
石季倫（せききりん）
比倫（ひりん）
劉伯倫（りうはくりん）
伶倫（れいりん）
輪 一輪（いちりん）
九輪（くりん）
紅輪（こうりん）
五輪（ごりん）
十一面如意輪（じふいちめんによいりん）
椎輪（ついりん）
風輪（ふうりん）
法輪（ほふりん）
三輪（みわ）
類 群類（ぐんるい）
五十二類（ごじふにるい）
部類（ぶるい）
令 法令（ほふりやう）
律令（りつりやう）
鈴 五十鈴（いすず）
金鈴（きんれい）
火鈴（こりん）
振鈴（しんれい）
嶺 緱嶺（こうれい）
勝嶺（しようれい）
秦嶺（しんれい）
葱嶺（そうれい）
大庾嶺（たいいうれい）
豊嶺（ほうれい）
北嶺（ほくれい）
齢 玄齢（げんれい）
多齢（たれい）
暦 延喜天暦（えんぎてんりやく）
延暦（えんりやく）
正暦（しやうりやく）
聖暦（せいれき）
天暦（てんりやく）
連 注連（しめ）
御注連（みしめ）
目連（もくれん）
簾 珠簾（しゆれん）
翠簾（すいれん）
玉簾（たますだれ、たまのすだれ）
呂 性呂（しやうりよ）
朱娘性呂（しゆぢやうしやうりよ）
中呂（ちうりよ）
南呂（なんりよ）
路 東路（あづまぢ、あづまのみち）
淡路（あはぢ）
近江路（あふみぢ）
磯路（いそぢ）
市路（いちぢ）
一条の大路（いちでうのおほち）
一路（いちろ）
家路（いへぢ）
浦路（うらぢ）
雲路（うんろ、くもぢ）
要路（えうろ）
駅路（えきろ）
大路（おほち）
行路（かうろ）
通路（かよひぢ）
木曽路（きそぢ）
紀路（きぢ）
嶮路（けんろ）
苔路（こけぢ）
恋路（こひぢ）
山路（さんろ、やまぢ）
塩路（しほぢ）
関路（せきぢ）
浪路（なみぢ）
野路（のぢ）
箱根路（はこねぢ）
浜路（はまぢ）
彦の山路（ひこのやまぢ）
舟路（ふなぢ）
砂路（まさごぢ）
宮路（みやぢ）
闇路（やみぢ）
夢路（ゆめぢ）
陸路（ろくろ）
別路（わかれぢ）
廬 毘廬（びる）
迷廬（めいろ）
露 朝露（あさつゆ、てうろ）
甘露（かんろ）
木の下露（このしたつゆ）
草露（さうろ）
霜露（さうろ）
下露（したつゆ）
白露（しらつゆ）
垂露（すいろ）
近露（ちかつゆ）

発露（ほつろ）
恵の露（めぐみのつゆ）
夕露（ゆふつゆ）

老 一老（いちらう）
孔老（こうらう）
長生不老（ちやうせいふらう）
不老（ふらう）

郎 丘次郎（きうじらう）
崔女郎（さいぢよらう）

楼 燕子楼（えんしろう）
香山楼（かうぜんろう）
玉楼（ぎよくろう）
紺楼（こんろう）
翔鸞楼（しやうらんろう）
深楼（じんろう）
得月楼（とくげつろう）
都府楼（とふろう）
南楼（なんろう）
飛楼（ひろう）
竜楼（りようろう）

滝 岩根の滝（いはねのたき）
音羽の滝（おとはのたき）
鳩槃荼鬼の滝（くはんだきのたき）
三滝（さんりよう）
戸無瀬の滝（となせのたき）
涙の滝（なみだのたき）
弁の滝（べんのたき）
養老の滝（やうらうのたき）
芳野の滝（よしののたき）
竜生の滝（りうしやうのたき）

漏 宮漏（きうろう）
無漏（むろ）

籠 鶏籠（けいろう）
冬籠（ふゆごもり）
山籠（やまごもり）

鹿 小男鹿、棹鹿（さをしか）
鈴鹿（すずか）
猪鹿（ちよろく）
白鹿（はくしか）
羊鹿（やうろく）
男鹿、小鹿（をしか）

簶 壺胡簶（つぼやなぐひ）
平胡簶（ひらやなぐひ）

論 経論（きやうろん）
虎鼠の論（こそのろん）
宗論（しうろん）
唯識論（ゆいしきろん）

和 応和（おうわ）
元和（げんくわ）
承和（しようわ）
柔和（にうわ）

宴曲刊本所収ページ対照表

書名	曲番号	曲名	略称	早歌全詞集	冷泉家時雨亭叢書宴曲				古典文庫宴曲集成		宴曲全集	続群書類従第十九輯下
					無署名本		坂阿本					
宴曲集第一	1	春	春	41	上	76			1	5	18	76
	2	花	花	42	上	79			1	8	20	76
	3	春野遊	春野遊	43	上	84			1	13	19	77
	4	夏	夏	44	上	89			1	19	22	77
	5	郭公	郭公	45	上	92			1	22	23	78
	6	秋	秋	46	上	101			1	33	25	79
	7	月	月	47	上	104			1	37	26	79
	8	秋興	秋興	48	上	109			1	43	27	80
	9	冬	冬	49	上	113			1	47	28	81
	10	雪	雪	50	上	116			1	50	29	81
宴曲集第二	11	祝言	祝言	52	上	132			1	59	32	82
	12	嘉辰令月	嘉辰令月	53	上	135			1	62	33	82
	13	宇礼志喜哉	宇礼志喜	54	上	138			1	64	34	82
	14	優曇華	優曇華	54	上	140			1	66	34	83
	15	花亭祝言	花亭祝言	55	上	141			1	68	35	83
	16	不老不死	不老不死	55	上	144			1	71	36	83
	17	神祇	神祇	57	上	151			1	78	38	84
宴曲集第三	18	吹風恋	吹風恋	59	上	164		375	1	85	40	85
	19	遅々春恋	遅々春恋	60	上	168		380	1	89	41	85
	20	恋路	恋路	61	上	174		386	1	95	43	86
	21	竜田河恋	竜田河恋	62	上	177		390	1	98	44	87
	22	袖志浦恋	袖志浦恋	63	上	182		396	1	103	45	87
	23	袖湊	袖湊	64	上	187		401	1	108	47	88
	24	袖余波	袖余波	65	上	191		406	1	112	48	88
	25	源氏恋	源氏恋	66	上	197		412	1	118	50	89
	26	名所恋	名所恋	67	上	200		415	1	121	51	89
宴曲集第四	27	楽府	楽府	70	上	216			1	133	54	91
	28	伊勢物語	伊勢物語	71	上	219			1	135	55	91
	29	源氏	源氏	72	上	226			1	142	57	92
	30	海辺	海辺	73	上	232			1	147	58	92
	31	海路	海路	74	上	237			1	152	60	93
	32	海道上	海道上	76	上	244			1	158	61	94
	33	同　中	海道中	78	上	253			1	166	64	95
	34	同　下	海道下	79	上	258			1	171	65	95

書名	曲番号	曲名	略称	早歌全詞集	冷泉家時雨亭叢書宴曲				古典文庫 宴曲集成		宴曲全集	続群書類従 第十九輯下
					無署名本		坂阿本					
宴曲集第四	35	羇旅	羇旅	81	上	267			1	180	67	96
	36	留余波	留余波	82	上	275			1	187	69	97
	37	行余波	行余波	83	上	277			1	188	70	97
	38	無常	無常	84	上	281			1	192	71	98
宴曲集第五	39	朝	朝	86	上	300			1	201	74	99
	40	夕	夕	87	上	304			1	205	75	99
	41	年中行事	年中行事	88	上	309			1	209	77	100
	42	山	山	90	上	316			1	216	79	101
	43	草	草	91	上	324			1	222	81	102
	44	上下	上下	92	上	329			1	228	82	103
	45	心	心	94	上	339			1	237	85	104
	46	顕物	顕物	96	上	345			1	243	86	105
	47	酒	酒	96	上	348			1	246	87	105
	48	遠玄	遠玄	97	上	352			1	250	88	106
	49	閑居	閑居	98	上	357			1	254	90	106
	50	閑居釈教	閑居釈教	99	上	362			1	259	91	107
宴曲抄上	51	熊野参詣	熊野一	101	翻	14	上	437	2	5	93	109
	52	同　二	熊野二	103	翻	15	上	443	2	11	95	113
	53	同　三	熊野三	104	翻	15	上	447	2	15	96	110
	54	同　四	熊野四	105	翻	16	上	452	2	20	98	111
	55	同　五	熊野五	105	翻	17	上	456	2	24	99	111
	56	善光寺修行	善光寺	107	翻	18	上	465	2	33	101	112
	57	同　次	善光寺次	109	翻	19	上	473	2	39	103	114
	58	道	道	110	翻	19	上	480	2	46	105	115
	59	十六	十六	112	翻	21	上	489	2	54	107	116
	60	双六	双六	114	翻	22	上	498	2	64	110	117
宴曲抄中	61	郢律講惣礼	郢律講	117	翻	24	上	517	2	81	114	119
	62	三島詣	三島詣	118	翻	25	上	522	2	86	116	120
	63	理世道	理世道	121	翻	26	上	532	2	98	119	121
	64	夙夜忠	夙夜忠	123	翻	27	上	541	2	107	122	123
	65	文武	文武	125	翻	28	上	547	2	113	124	123
	66	朋友	朋友	126	翻	29	上	552	2	119	126	124
	67	山寺	山寺	127	翻	30	上	557	2	125	127	125
	68	松竹	松竹	128	翻	30	上	562	2	130	129	125
	69	名取川恋	名取川恋	129	翻	31	上	565	2	133	130	126
	70	暁別	暁別	130	翻	31	上	569	2	137	131	126
	71	懐旧	懐旧	131	翻	32	上	573	2	141	132	127

書名	曲番号	曲名	略称	早歌全詞集	冷泉家時雨亭叢書宴曲				古典文庫宴曲集成		宴曲全集	続群書類従第十九輯下
					無署名本		坂阿本					
宴曲抄下	72	内外	内外	133	翻	33	上	585	2	153	135	128
	73	筆徳	筆徳	135	翻	34	上	595	2	162	138	129
	74	狭衣袖	狭衣袖	137	翻	35	上	601	2	168	140	130
	75	狭衣妻	狭衣妻	138	翻	36	上	609	2	175	142	131
	76	鷹徳	鷹徳	140	翻	37	上	616	2	181	144	132
	77	馬徳	馬徳	141	翻	38	上	624	2	189	146	133
	78	霊鼠誉	霊鼠誉	143	翻	39	上	632	2	197	148	134
	79	船	船	145	翻	40	上	642	2	207	150	135
	80	寄山祝	寄山祝	146	翻	41	上	645	2	210	151	136
真曲抄	81	対揚	対揚	148	下	90	下	15	3	5	153	137
	82	遊宴	遊宴	150	下	98	下	23	3	13	155	138
	83	夢	夢	151	下	106	下	31	3	22	157	139
	84	無常	無常	153	下	112	下	36	3	28	159	140
	85	法華	法華	154	下	117	下	41	3	34	160	140
	86	釈教	釈教	155	下	126	下	49	3	43	162	141
	87	浄土宗	浄土宗	157	下	134	下	56	3	52～54/61	164	142
	88	祝	祝	159	下	144	下	65	3	67	167	143
	89	薫物	薫物	160	下	149	下	69	3	72～76/55	168	144
	90	雨	雨	161	下	154	下	75	3	55～60/77	169	144
究白集	91	隠徳	隠徳	163			下	171	3	85	172	145
	92	和歌	和歌	165			下	179	3	94	175	147
	93	長恨歌	長恨歌	166			下	186	3	101	176	147
	94	納涼	納涼	168			下	193	3	107	178	148
	95	風	風	169			下	198	3	113	180	149
	96	水	水	171			下	206	3	122	182	150
	97	十駅	十駅	173			下	213	3	130	184	151
	98	明王徳	明王徳	176			下	229	3	147	189	153
	99	君臣父子道	君臣父子	178			下	237	3	155	191	155
	100	老後述懐	老後述懐	179			下	244	3	163	193	156
拾菓集上	101	南都霊地誉	南都霊地	182	翻	42	下	259	4	7	196	157
	102	同　幷	南都幷	184	翻	43	下	267	4	17	198	158
	103	巨山景	巨山景	185	翻	44	下	274	4	25	200	159
	104	五節本	五節本	187	翻	45	下	281	4	35	203	160
	105	同　末	五節末	189	翻	45	下	287	4	43	204	161
	106	忍恋	忍恋	190	翻	46	下	292	4	49	206	161
	107	金谷思	金谷思	190	翻	47	下	295	4	53	207	162
	108	宇都宮叢祠霊瑞	宇都宮	192	翻	47	下	301	4	60	208	163

書名	曲番号	曲名	略称	早歌全詞集	冷泉家時雨亭叢書宴曲				古典文庫宴曲集成		宴曲全集	続群書類従第十九輯下
					無署名本		坂阿本					
拾菓集上	109	滝山等覚書	滝山等覚	194	翻	49	下	312	4	72	212	164
	110	同　摩尼勝地	滝山摩尼	196	翻	50	下	320	4	83	214	165
拾菓集下	111	梅花	梅花	199	下	336			4	95	217	166
	112	磯城島	磯城島	200	下	341			4	100	219	167
	113	遊仙歌	遊仙歌	202	下	351			4	109	221	168
	114	蹴鞠興	蹴鞠興	204	下	360			4	119	224	169
	115	車	車	207	下	375			4	132	228	171
	116	袖情	袖情	209	下	382			4	139	229	172
	117	旅別	旅別	210	下	389			4	145	231	172
	118	雲	雲	210	下	391			4	146	232	173
	119	曹源宗	曹源宗	211	下	394			4	150	233	173
	120	二闡提	二闡提	213	下	402			4	157	235	174
拾菓抄	121	管絃曲	管絃曲	215	下	422			4	173	238	176
	122	文字誉	文字誉	217	下	432			4	184	241	178
	123	仙家道	仙家道	220	下	444			4	195	244	179
	124	五明徳	五明徳	221	下	449			4	201	246	180
	125	旅別秋情	旅別秋情	222	下	454			4	206	247	181
	126	暁思留記念	暁思留	224	下	461			4	214	249	182
	127	恋朋哀傷	恋朋哀傷	225	下	465			4	218	251	182
	128	得月宝池砌	得月宝池	226	下	471			4	224	252	183
	129	全身駄都徳	全身駄都	227	下	476			4	230	254	184
	130	江島景	江島景	230	下	487			4	241	257	185
	131	諏方効験	諏方効験	231	下	493			4	248	259	186
別紙追加曲	132	源氏紫明両栄花	源氏紫明	234	下	514			5	5	263	188
	133	琵琶曲	琵琶曲	236	下	521			5	13	265	189
	134	聖廟霊瑞誉	聖廟霊瑞	237	下	526			5	19	267	190
	135	同　霊瑞超過	聖廟超過	239	下	540			5	34	270	191
	136	鹿島霊験	鹿島霊験	241	下	549			5	45	273	193
	137	同　社壇砌	鹿島社壇	242	下	554			5	51	274	193
	138	補陀落霊瑞	補陀落	243	下	559			5	57	275	194
	139	同　湖水奇瑞	補陀湖水	245	下	569			5	68	278	195
	140	巨山竜峯讃	巨山竜峯	247	下	577			5	77	280	196
	141	同　砌修意讃	巨山修意	249	下	585			5	88	282	197
玉林苑上	142	鶴岡霊威	鶴岡霊威	251							285	199
	143	善巧方便徳	善巧方便	252							287	200
	144	永福寺勝景	永福寺	254							289	201
	145	同　砌幷	永福寺幷	255					5	永福寺下111	291	202

書名	曲番号	曲名	略称	早歌全詞集	冷泉家時雨亭叢書宴曲				古典文庫 宴曲集成		宴曲全集	続群書類従 第十九輯下
					無署名本		坂阿本					
玉林苑上	146	鹿山景	鹿山景	257							292	202
	147	竹園山誉讃	竹園山	258					5	〔215〕	294	203
	148	同 砌如法写経讃	竹園如法	260					5	〔218〕	296	204
	149	蒙山謡	蒙山謡	260							297	205
	150	紅葉興	紅葉興	261					5	99・〔219〕	298	205
	151	日精徳	日精徳	263							301	206
玉林苑下	152	山王威徳	山王威徳	266			下	599	5	121	304	207
	153	背振山霊験	背振山	268			下	606	5	129	306	208
	154	同　山弁	背振山弁	269			下	611	5	136	307	209
	155	随身競馬興	随身競馬	270			下	616	5	142	309	210
	156	同　番諸芸徳	随身諸芸	271			下	622	5	150	310	210
	157	寝覚恋	寝覚恋	272			下	628	5	158	312	211
	158	屏風徳	屏風徳	273			下	632	5	163	313	212
	159	琴曲	琴曲	275			下	640	5	173	315	213
	160	余波	余波	276			下	648	5	183	317	214
	161	衣	衣	279			下	662	5	200	321	215
外物	162	新浄土	新浄土	281							324	
	163	少林訣	少林訣	282							325	
	164	秋夕	秋夕	284							327	
	165	硯	硯	286							330	
	166	弓箭	弓箭	286							331	
	167	露曲	露曲	288							332	
	168	霜	霜	289							334	
	169	声楽興	声楽興	290							336	
	170	同　下	声楽興下	292							338	
	171	司晨曲	司晨曲	293							340	
	172	石清水霊験	石清水	295							342	
	173	領巾振恋	領巾振恋	298							346	

・冷泉家時雨亭叢書『宴曲上』『宴曲下』(伊藤正義解題、朝日新聞社　1996年)
・古典文庫『宴曲集成一～五』(武石彰夫　尊経閣文庫本複製　1972～1977年)
・『宴曲全集』(吉田東伍　早稲田大学出版部　1917年)
・続群書類従第十九輯下(其刊行会　1912年)
＊注 『宴曲十七帖　附謡曲末百番』(国書刊行会　1912年) は続群書類従本を底本とし、かつ不備あるを以て『宴曲全集』が成る旨を記す。よって対照表には加えない。

作詞者調曲者等一覧

○本一覧は『撰要目録巻』にもとづいて作成したものである。作成にあたっては、底本とした『早歌全詞集』に加えて、冷泉家時雨亭叢書『宴曲上』（伊藤正義解題、朝日新聞社、1996年８月）所収の『撰要目録巻』を使用し、早稲田大学蔵資料影印叢書国書篇第七巻『中世歌書集』（兼築信行解題、早稲田大学出版部、1987年６月）所収の『撰要目録巻』を参照した。

曲　　名	作詞・[取捨]	調曲（作曲）	曲番号	巻	所収ページ	
暁思留記念(あかつきのおもひとどむるかたみ)	月江	基清	126	拾菓抄	224	
暁別(あかつきのわかれ)	冷泉羽林	明空	70	宴曲抄中	130	
秋(あき)	明空	明空	6	宴曲集一	46	
秋興(あきのきょう)	明空	明空	8	宴曲集一	48	
秋夕(あきのゆふべ)			164	外物	284	
朝(あさ)	明空	明空	39	宴曲集五	86	両332
雨(あめ)	明空	明空	90	真曲抄	161	異304両331
顕物(あらはすもの)	明空	明空	46	宴曲集五	96	異307
遊宴(いうえん)	明空	明空	82	真曲抄	150	異302両330
遊仙歌(いうせんか)	義貞・[明空]	明空	113	拾菓集下	202	両340
伊勢物語(いせものがたり)	明空	明空	28	宴曲集四	71	異306両329
石清水霊験(いはしみづのれいげん)			172	外物	295	
祝(いはひ)	明空	明空	88	真曲抄	159	
隠徳(いんとく)	明空	明空	91	究百集	163	
宇都宮叢祠霊瑞(うつのみやさうしのれいずゐ)	明空	明空	108	拾菓集上	192	
優曇華(うどんげ)	明空	明空	14	宴曲集二	54	両325
宇礼志喜哉(うれしきかな)	明空	明空	13	宴曲集二	54	両324
永福寺勝景(えいふくじしようけい)	月江	因州戸部	144	玉林苑上	254	
同砌幷(おなじくみぎりのならび)	月江	因州戸部	145	玉林苑上	255	
郢律講惣礼(えいりつこうそうらい)	明空	明空	61	宴曲抄中	117	両327
江島景(えのしまのけい)	頼元	月江	130	拾菓抄	230	
海道上(かいだうのじやう)	明空	明空	32	宴曲集四	76	
同中(おなじくちう)	明空	明空	33	宴曲集四	78	
同下(おなじくげ)	明空	明空	34	宴曲集四	79	両326
海辺(かいへん)	明空	明空	30	宴曲集四	73	異305両333
海路(かいろ)	明空	明空	31	宴曲集四	74	両333
鹿島霊験(かしまのれいげん)	宗光	入江羽林・月江	136	別紙追加曲	241	
同社壇砌(おなじくしやだんのみぎり)	宗光	入江羽林・月江	137	別紙追加曲	242	両340
嘉辰令月(かしんれいげつ)	明空	明空	12	宴曲集二	53	
風(かぜ)	明空	明空	95	究百集	169	異309両332
楽府(がふ)	明空	明空	27	宴曲集四	70	
上下(かみしも)〈じやうげ〉	明空	明空	44	宴曲集五	92	
閑居(かんきよ)	明空	明空	49	宴曲集五	98	
閑居釈教(かんきよしやくけう)	明空	明空	50	宴曲集五	99	
弓箭(きうせん)〈ゆみや〉			166	外物	286	
羇旅(きりよ)	明空	明空	35	宴曲集四	81	
金谷思(きんこくのおもひ)	自或所被出之	明空	107	拾菓集上	190	
琴曲(きんのきよく)〈ことのきよく〉	月江	春朝	159	玉林苑下	275	両335
草(くさ)	明空	明空	43	宴曲集五	91	
熊野参詣(くまのさんけい)	明空	明空	51	宴曲抄上	101	
同二(おなじくに)	明空	明空	52	宴曲抄上	103	

曲　　名	作詞・[取捨]	調曲（作曲）	曲番号	巻	所収ページ	
同三(おなじくさん)	明空	明空	53	宴曲抄上	104	
同四(おなじくし)	明空	明空	54	宴曲抄上	105	
同五(おなじくご)	明空	明空	55	宴曲抄上	105	
雲(くも)	自或所被出之	自或所被出之	118	拾菓集下	210	異313両338
車(くるま)	生覚・[明空]	明空	115	拾菓集下	207	異311両337
懐旧(くわいきう)	不知作者・[明空]	明空	71	宴曲抄中	131	
花亭祝言(くわていしうげん)	明空	明空	15	宴曲集二	55	
管絃曲(くわんげんのきよく)	自或所被出之	月江	121	拾菓抄	215	
君臣父子道(くんしんふしのみち)	頼順	明空	99	究百集	178	
源氏(げんじ)	白拍子号三条幸千	白拍子号三条幸千	29	宴曲集四	72	
源氏紫明両栄花(げんじしめいりやうえいぐわ)	月江	月江	132	別紙追加曲	234	
源氏恋(げんじのこひ)	白拍子号三条幸千	白拍子号三条幸千	25	宴曲集三	66	
元服(げんぷく)			174	異説秘抄口伝巻	*	異301
心(こころ)	明空	明空	45	宴曲集五	94	異307両334
巨山景(こざんのけい)	也足侍者	明空	103	拾菓集上	185	異310
巨山竜峯讃(こざんれうほうのさん)	月江	月江	140	別紙追加曲	247	
同砌修意讃(おなじくみぎりのしゆいのさん)	月江	月江	141	別紙追加曲	249	
五節本(ごせちのもと)	自或所被出之	明空	104	拾菓集上	187	
同末(おなじくすゑ)	自或所被出之	明空	105	拾菓集上	189	
恋(こひ)			175	異説秘抄口伝巻	*	異305
恋路(こひぢ)	明空	明空	20	宴曲集三	61	
五明徳(ごめいのとく)	頼元・[月江]	入江羽林	124	拾菓抄	221	異312
衣(ころも)			161	玉林苑下	279	
曹源宗(さうげんしゆう)	雲岩居士	明空	119	拾菓集下	211	
双六(さうりく)	明空	明空	60	宴曲抄上	114	
酒(さけ)	明空	明空	47	宴曲集五	96	異314
狭衣袖(さごろものそで)	明空	明空	74	宴曲抄下	137	
狭衣妻(さごろものつま)	明空	明空	75	宴曲抄下	138	
山王威徳(さんわうのゐとく)	忠覚	助員	152	玉林苑下	266	
蹴鞠興(しうきくのきよう)	二条羽林・[明空]	助員	114	拾菓集下	204	異311
祝言(しうげん)	明空	明空	11	宴曲集二	52	異301両324
磯城島(しきしま)	自或所被出之	明空	112	拾菓集下	200	
夙夜忠(しくやのちゆう)	明空	明空	64	宴曲抄中	123	
司晨曲(ししんのきよく)	—	—	171	外物	293	
忍恋(しのぶこひ)	自或所被出之	明空	106	拾菓集上	190	両337
十駅(じふえき)	頼慶	明空	97	究百集	173	
十六(しふりく)〈じふろく〉	明空	明空	59	宴曲抄上	112	異307
霜(しも)			168	外物	289	
浄土宗(じやうどしゆう)	明空	明空	87	真曲抄	157	異303
釈教(しやくけう)	明空	明空	86	真曲抄	155	
神祇(じんぎ)	明空	明空	17	宴曲集二	57	
新浄土(しんじやうど)			162	外物	281	
硯(すずり)			165	外物	286	
諏方効験(すはのかうけん)	月江	月江	131	拾菓抄	231	
随身競馬興(ずゐじんけいばのきよう)	月江	月江	155	玉林苑下	270	
同番諸芸徳(おなじくつがひしよげいのとく)	月江	月江	156	玉林苑下	271	両340
声楽興(せいがくのきよう)			169	外物	290	
同下(おなじくげ)			170	外物	292	
聖廟霊瑞誉(せいべうれいずゐのほまれ)	月江	月江	134	別紙追加曲	237	
同霊瑞超過(おなじくれいずゐのてうくわ)	月江	月江	135	別紙追加曲	239	

曲　　名	作詞・[取捨]	調曲（作曲）	曲番号	巻	所収ページ	
少林訣(せうりんのけつ)			163	外物	282	
背振山霊験(せぶりざんのれいげん)	叡海・[月江]	月江	153	玉林苑下	268	
同山幷(おなじくやまのならび)	叡海・[月江]	月江	154	玉林苑下	269	
仙家道(せんかのみち)	頼元	月江	123	拾菓抄	220	両335
善光寺修行(ぜんくわうじしゆぎやう)	明空	明空	56	宴曲抄上	107	
同次(おなじくつぎ)	明空	明空	57	宴曲抄上	109	異313
善巧方便徳(ぜんげうはうべんのとく)	月江	基清	143	玉林苑上	252	
全身駄都徳(ぜんしんたとのとく)	月江	月江	129	拾菓抄	227	
袖志浦恋(そでしのうらのこひ)	頼慶	頼慶	22	宴曲集三	63	両325
袖余波(そでのなごり)	越州左親衛・[明空]	明空	24	宴曲集三	65	
袖情(そでのなさけ)	明空	基清	116	拾菓集下	209	
袖湊(そでのみなと)	明空	明空	23	宴曲集三	64	
対揚(たいやう)	明空	明空	81	真曲抄	148	異302両330
鷹徳(たかのとく)	明空	明空	76	宴曲抄下	140	異308両326
薫物(たきもの)	明空	明空	89	真曲抄	160	異303
竜田河恋(たつたがはのこひ)	冷泉武衛	明空	21	宴曲集三	62	
納涼(だふりやう)	明空	明空	94	究百集	168	
竹園山誉讃(ちくゐんざんのよさん)	月江	月江	147	玉林苑上	258	
同砌如法写経讃(おなじくみぎりによほふしやきやうのさん)	月江	月江	148	玉林苑上	260	
遅々春恋(ちちたるはるのこひ)	明空	明空	19	宴曲集三	60	
長恨歌(ちようごんか)	明空	明空	93	究百集	166	
月(つき)	明空	明空	7	宴曲集一	47	異305
露曲(つゆのきよく)			167	外物	288	
鶴岡霊威(つるがをかのれいゐ)	唯心	菅武衛	142	玉林苑上	251	
得月宝池砌(とくげつはうちのみぎり)	月江	月江	128	拾菓抄	226	
留余波(とどまるなごり)	明空	明空	36	宴曲集四	82	
恋朋哀傷(ともをこふるあいしやう)	月江	月江	127	拾菓抄	225	
内外(ないげ)	明空	明空	72	宴曲抄下	133	異308
余波(なごり)	通忠	助員	160	玉林苑下	276	両332
夏(なつ)	明空	明空	4	宴曲集一	44	
名取河恋(なとりがはのこひ)	冷泉羽林	明空	69	宴曲抄中	129	
南都霊地誉(なんとれいちのほまれ)	明空	明空	101	拾菓集上	182	
同幷(おなじくならび)	明空	明空	102	拾菓集上	184	
二闡提(にせんだい)	明空	明空	120	拾菓集下	213	異312両339
日精徳(につせいのとく)	頼元	予州匠作	151	玉林苑上	263	異315
寝覚恋(ねざめのこひ)	月江	春朝	157	玉林苑下	272	異314両329
年中行事(ねんちうぎやうじ)	藤三品	明空	41	宴曲集五	88	
梅花(ばいくわ)	自或所被出之	基清	111	拾華集下	199	両329
花(はな)	藤三品	明空	2	宴曲集一	42	
春(はる)	明空	明空	1	宴曲集一	41	
春野遊(はるのやいふ)	明空	明空	3	宴曲集一	43	
屛風徳(びやうぶのとく)	親光	親光	158	玉林苑下	273	
領巾振恋(ひれふるこひ)			173	外物	298	
琵琶曲(びわのきよく)	洞院内大臣家	助員	133	別紙追加曲	236	両338
吹風恋(ふくかぜのこひ)	素月	素月	18	宴曲集三	59	
補陀落霊瑞(ふだらくのれいずゐ)	自或所被出之	月江	138	別紙追加曲	243	
同湖水奇瑞(おなじくこすゐのきずゐ)	自或所被出之	月江	139	別紙追加曲	245	
筆徳(ふでのとく)	明空	明空	73	宴曲抄下	135	異308両328
船(ふね)	衆作	明空	79	宴曲抄下	145	
冬(ふゆ)	明空	明空	9	宴曲集一	49	

曲　　　名	作詞・[取捨]	調曲（作曲）	曲番号	巻	所収ページ	
不老不死(ふらうふし)	明空	明空	16	宴曲集二	55	両325
文武(ぶんぶ)	不知作者・[明空]	明空	65	宴曲抄中	125	
朋友(ほういう)	不知作者・[明空]	明空	66	宴曲抄中	126	両339
法華(ほつけ)	明空	明空	85	真曲抄	154	両331
郭公(ほととぎす)	漸空上人	明空	5	宴曲集一	45	
松竹(まつたけ)	不知作者・[明空]	明空	68	宴曲抄中	128	両327・328
三島詣(みしままうで)	明空	明空	62	宴曲抄中	118	異304両334
道(みち)	花山院右幕下家	明空	58	宴曲抄上	110	
水(みづ)	不知作者	明空	96	究百集	171	異310両328
無常(むじやう)	明空	明空	38	宴曲集四	84	
無常(むじやう)	明空	明空	84	真曲抄	153	異307両331・335
馬徳(むまのとく)	明空	明空	77	宴曲抄下	141	異304・311
名所恋(めいしよのこひ)	明空	明空	26	宴曲集三	67	両326
明王徳(めいわうのとく)	越州左親衛	明空	98	究百集	176	
蒙山謡(もうざんのうた)	頼元	月江	149	玉林苑上	260	両339
文字誉(もじのほまれ)	空円上人・[月江]	基清	122	拾菓抄	217	
紅葉興(もみぢのきよう)	親光	親光	150	玉林苑上	261	
山(やま)	藤三品	明空	42	宴曲集五	90	両327・327
山寺(やまでら)	不知作者・[明空]	明空	67	宴曲抄中	127	
寄山祝(やまによするいはひ)	明空	明空	80	宴曲抄下	146	異309
雪(ゆき)	洞院前大相国家	明空	10	宴曲集一	50	両330
行余波(ゆくなごり)	明空	明空	37	宴曲集四	83	
夕(ゆふ)	明空	明空	40	宴曲集五	87	両333
夢(ゆめ)	明空	明空	83	真曲抄	151	異303両330
理世道(りせいのみち)	明空	明空	63	宴曲抄中	121	
滝山等覚誉(りようざんとうがくのほまれ)	熊野寺僧・[明空]	明空	109	拾菓集上	194	
同摩尼勝地(おなじくまにしようち)	熊野寺僧・[明空]	明空	110	拾菓集上	196	異310
旅別(りよべつ)	明空	明空	117	拾菓集下	210	
旅別秋情(りよべつしうじやう)	月江	月江	125	拾菓抄	222	
霊鼠誉(れいそのほまれ)	明空	明空	78	宴曲抄下	143	異313両338
老後述懐(ろうごじゆつくわい)	明空	明空	100	究百集	179	
鹿山景(ろくざんのけい)	月江	基清	146	玉林苑上	257	
和歌(わか)	冷泉武衛	明空	92	究百集	165	異309
廻向(ゑこう)			176	異説秘抄口伝巻	*	異315
遠玄(ゑんげん)	明空	明空	48	宴曲集五	97	

作詞・作曲・調曲者人名一覧

○『撰要目録巻』諸本に記されている作詞・作曲・調曲者の人名を、別称も含めて一覧できるようにした。人名に付された注記については〔　〕内に示した。また、冷泉家時雨亭叢書『宴曲 上』の解説にしたがい、従来の研究によって明らかになっている名前を〈　〉内に記した。人名の後には底本の曲番号を示した。

飛鳥井雅孝→二条羽林
綾小路経資→生覚
或所
自或所被出之
【作詞作曲】118　【作詞】104・105・106・107・111・112・121・138・139
不知作者〔自或所被出不知作者〕
【作詞】65・66・67・68・71・96
或女房→白拍子号三条幸千
或人→越州左親衛
入江羽林〔源定宗〕
【調曲】124・136・137
因州戸部〔二千石行時〕
【調曲】144・145
雲岩居士〈小串範秀〉
【作詞】119
叡海〔彼山住僧叡海〕
【作詞】153・154
越州左親衛〈金沢顕時〉
【作詞】24・98
空円上人〈洞院公貫〉
【作詞】122
小串範秀→雲岩居士
家教→花山院右幕下家
花山院右幕下家〔家教〕
【作詞】58
金沢顕香→予州匠作
金沢顕時→越州左親衛
菅武衛〔顕範〕
【調曲】142
基清〔高階基清〕
【調曲】111・116・122・126・143・146
義貞〔平義貞〕
【作詞】113
月江　＊明空
【作詞作曲】125・127・128・129・131・132・134・135・140・141・147・148・155・156
【作詞】126・143・144・145・146・157・159
【調曲】121・123・130・136・137・138・139・149・153・154
顕範→菅武衛
行時→因州戸部
衆作
【作詞】79
春朝〔左金吾春朝〕〈北条春朝〉
【調曲】157・159
助員〔藤原助員〕
【調曲】114・133・152・160
生覚〈綾小路経資〉
【作詞】115
白拍子号三条幸千
【作詞作曲】25・29
親光〔藤原親光〕
【作詞作曲】150・158
漸空上人〈了観〉
【作詞】5
禅林寺長老→空円上人
宗光〔藤原宗光〕
【作詞】136・137
素月
【作詞作曲】18
平義貞→義貞
高階基清→基清
忠覚〔法印忠覚〕
【作詞】152
通忠〔内大臣法印通忠〕
【作詞】160
洞院公貫→空円上人
洞院左幕下家→洞院内大臣家
洞院前大相国家〈洞院公守〉
【作詞】10
洞院内大臣家〈洞院実泰〉
【作詞】133
藤三品〔藤原広範〕
【作詞】2・41・42
二条羽林〔飛鳥井雅孝〕
【作詞】114
二条為道→冷泉羽林

藤原広範→藤三品
藤原助員→助員
藤原親光→親光
藤原宗光→宗光
藤原頼元→頼元
北条春朝→春朝
源定宗→入江羽林
明空　＊月江
　【作詞作曲】1・3・4・6・7・8・9・11・12・13・14・15・16・17・19・20・23・26・27・28・30・31・32・33・34・35・36・37・38・39・40・43・44・45・46・47・48・49・50・51・52・53・54・55・56・57・59・60・61・62・63・64・72・73・74・75・76・77・78・80・81・82・83・84・85・86・87・88・89・90・91・93・94・95・100・101・102・108・117・120　【作詞】116　【調曲】2・5・10・21・24・41・42・58・65・66・67・68・69・70・71・79・92・96・97・98・99・103・104・105・106・107・109・110・112・113・115・119
也足侍者
　【作詞】103
唯心〔沙弥唯心〕
　【作詞】142
熊野寺僧
　【作詞】109・110
予州匠作〈金沢顕香〉
　【調曲】151
頼慶〔権少僧都頼慶〕
　【作詞作曲】22　【作詞】97
頼元〔藤原頼元、金吾二千石〕
　【作詞】123・124・130・149・151
頼順〔法眼頼順〕
　【作詞】99
了観→漸空上人
冷泉為相→冷泉武衛
冷泉羽林〈二条為道〉
　【作詞】69・70
冷泉武衛〈冷泉為相〉
　【作詞】21・92
蓮光院長老→漸空上人

宴曲索引の完成まで

鳥井千佳子

索引作成にむけて具体的に動き始めたのは2003年初夏のことであった。伊藤正義先生が、神戸女子大学大学院で開講されていた宴曲演習の席で、何度か宴曲索引の必要性について述べておられたので、エクセル（Microsoft® Excel）を用いて索引を作成することを提案した。「宴曲索引の誕生」に伊藤先生が記しておられるとおり、かつての索引作りには莫大な労力が必要であった。カードを取り、それを並べ替え、清書し、さらに逆引きをしてと、膨大な手作業が要求された。しかし、エクセルを活用すれば、作業量を大幅に減らすことができる。並べ替えや清書などの単純作業に要する労力や時間は、確実に軽減されるはずだと考えたのである。

計画の滑り出しは上々で、神戸女子大学大学院の修了生の方々がすぐに協力を申し出てくださった。後から知ったことであるが、伊藤先生は以前から宴曲の索引のことをおっしゃっていたらしく、大学院修了生の方々は、そのことをずっと心に留めて来られたという。連絡やファイルのやりとりには主にインターネットメールを用いたので、メールの送受信記録によって、宴曲索引完成までの経過をたどってみたい。

検索に便利なようにと考え、まず『早歌全詞集』の本文をすべてひらがなで入力することにした。2003年の10月末には、本文をすべてひらがなで入力したファイルが次々と集まりはじめた。さらに2004年１月末には、索引のサンプルを作成することを協力者の方々に依頼した。

2004年３月に伊藤先生は神戸女子大学を退任されたので、４月からは神戸女子大学古典芸能研究センターを会場にして「寺子屋」と戯称する研究会をひらいた。約２年の間、２ヶ月に１度のペースで集まり、研究報告の後に索引の相談をした。８月21日には、本文の入力などに協力してくださった修了生の方々にも呼びかけて、昼食会を兼ねた特別寺子屋を催している。伊藤先生には「一絃琴と『須磨の枝折』」という題でお話をしていただいた。協力者の方々とはそれまでメールだけで連絡を取り合っていたので、この時初めてお会いできた方が多かった。特別寺子屋は好評で、2005年１月30日にも催している。この時の伊藤先生のお話は「御歌所寄人中村秋香と中根香亭」という題であった。『早歌全詞集』の本文を用字、改行もふくめて忠実に入力したデータを新たに用意することにして、２度目の特別寺子屋の席で協力をお願いした。編者は、協力者の方々と分担して本文を底本に忠実に入力する一方で、見出し語を確定するために、以前すべてひらがなで入力した本文を文節ごとに改行する作業を始めた。新たに入力したデータが集まりはじめたので、作業を終えた協力者の方には、他の巻の入力をひきつづきお願いした。

2005年の年末になって、伊藤先生のご意見をお聞きしながら、それまで編者の間で話し合ってきた内容にもとづいて、鳥井が草稿を完成させることにした。索引のファイルを統合して修正を加え、項目と用例を増補し、以下のようなエクセルの表を作成した。

〈表〉

	A	B	C	D	E	F	G	H	I
1	あまのと	天の戸			—の明るけしきも閑にて	1	春	41	⑨
2	あく	明	あ・く		—くるけしきも閑にて	1	春	41	⑨
3	けしき				明る—も閑にて	1	春	41	⑨
4	のどか	閑			明るけしきも—にて	1	春	41	⑨
5	うぐひす	鶯			—さそふ春風	1	春	41	⑨
6	さそふ		さそ・ふ		鶯—ふ春風	1	春	41	⑨
*	さかゆ		さか・ゆ	さかへ	御国やいつも—へむ	55	熊野五	107	⑧
*	かをる		かを・る	かほり	紅の霞枝に—り	171	司晨曲	294	①

列A…検索用の見出し語。動詞、形容詞は終止形にする。

列B…底本で用いられている漢字をそのまま書き、底本がひらがな書きの場合は空白にしておく。

列C…動詞、形容詞の場合は、語幹と活用語尾の間に・(中黒) を入れ、ここにも書く。

列D…必要に応じてメモを書き入れておく。底本のかなづかいが歴史的かなづかいと異なっている場合は、D列に底本のかなづかいのまま活用形を書いておく。

列E…用例。表記は底本のままにする。見出し語に相当する部分を—に置き換えて示す。
動詞・形容詞の場合は、語幹を—に置き換えて示す。底本で活用語尾が表記されていない場合は、活用語尾を補う。

列F・G・H・I…曲番号、曲名、底本のページ数、底本の行数をそれぞれ書き入れる。

すべての本文を、手作業でエクセルの表形式に変換した上で、A列によって全体の並び替えを実行する。同じ見出し語の用例が複数ある場合は、さらにその中で—以下を50音順に並べ替えていく。このような作業の結果、2006年2月初めにア行〜サ行までを整理し終えて、伊藤先生にお送りしている。3月6日に草稿が完成し、伊藤先生と編者全員に草稿のコピーが配られた。

2006年3月22日に伊藤先生のお宅に編者が集い、いよいよ出版に向けて具体的に動き始めた。第2ステージのはじまりである。

草稿をもとに見出し語の採り方について再検討した結果、複数の語をひとまとめにして見出し語にしていたものを別々の語に分け、それぞれの見出し語について用例を示すという方針を決めた。例えば「春の風」「秋の霜」などの場合、見出し語をそれぞれ「はる」と「かぜ」、「あき」と「しも」に分けて採ることにした。また「牛の車」の場合は、「うしのくるま」と「くるま」の両方を見出し語とした。和歌や漢詩文の一部についても、できるかぎり細かく分けることにした。宴曲索引は当初『謡曲二百五十番集索引』(大谷篤蔵編　赤尾照文堂　1978年) をモデルにして計画された。ある一つの語彙を検索すると、その語を含む宴曲詞章がどのような文脈でどの曲に用いられているかを確認することができる。それはとりもなおさず“読む索引”を目指すことにもなり、慣用句・慣用表現についても自然に索引のうちに取り込まれることになった。

宴曲の中でかなづかい等の表記が揺れていることが多いので、見出し語については便宜的に歴史的かなづかいで統一し、〔　〕内に底本の表記を示すことにした。見出し語を統一する作業は６人の編者で分担した。担当者による判断の揺れをなくすため、『古語大辞典』（小学館）を基準として用いることにした。１冊にまとまっており語彙数も多いということが『古語大辞典』を選んだ主な理由である。

2007年３月20日から５月の中旬にかけて、協力者の方々にもお願いして、索引の用例とページ数、行数を『早歌全詞集』と対照する仕上げの作業をおこない、６月19日に和泉書院に入稿した。入稿後、慎重を期して手分けして逆引きをおこなった。初校を戻す時に、刊行本所収ページ対照表、作詞者調曲者等一覧を追加した。再校を戻すまでに、再度逆引きをおこない遺漏なきを期した。三校を戻す時に、漢字逆引き索引を追加した。

校正を重ねて索引の全体像がほぼかたまったところで、伊藤先生が細部にいたるまで丁寧に目を通して下さった。2007年12月から約２ヶ月の間、体調を崩して入院されていたこともあり、先生のご負担になるのではと私たちは心配したのだが、歴史的かなづかいの規則や底本の表記を尊重するあまりにかえって煩雑になっていた見出し語の整え方や仏教語の扱いなどに的確な指示をいただいた。それに従いさらに原稿を整えた。

以上に述べたように、宴曲索引は多くの人々の力によって完成したものである。鳥井は作業を統括する役割を果たしたが、他の編者や協力者の方々から、常に惜しみない助力と貴重なご意見をいただいた。心から感謝したい。

協力者（50音順）

本文入力　池上雅子、伊吹美保子、神田裕子、中川順子、中田久美子、名原瑞恵、
　　　　　羽山友子、本田理恵、三浦暁子、向山智美、安井明子、山﨑敦子

データ点検　池上雅子、中川順子、中田久美子、三浦暁子、安井明子、山﨑敦子

宴曲と伊藤先生

岡田三津子

伊藤正義先生は、平成19年4月4日に喜寿をお迎えになった。

本書は、宴曲演習を通して先生の教えを受けた有志が集まり、喜寿を記念する意味合いを込めて企画したものである。

編者の一人として、ご指導を受けた側からの『宴曲索引』誕生までの記録を後日の備忘のためにまとめておきたい。

本書冒頭「宴曲索引の誕生」のなかで「もう三十年も前のことになろうか」と記していらっしゃることを確認すべく、大学院における演習記録を改めて調べることにした。大学院講義概要と、先生が保管しておられる発表資料とを付き合わせた結果、以下の年次であったことが判明した。

大阪市立大学大学院	1980（昭和55）年度～1982（昭和57）年度
	1986（昭和61）年度～1989（平成元）年度
神戸女子大学大学院	1992（平成４）年度～1996（平成８）年度
	1998（平成10）年度～2003（平成15）年度

平成16年３月、先生は神戸女子大学をご退任になった。その後も有志が集い、「寺子屋の会」と称して活動を続けてきた。大阪市立大学大学院での演習から数えれば、30年近い歳月が流れたことになる。

先に、保管された発表資料と記したが、その資料とは百を超える封筒の束である。『宴曲集』巻一「春」から始まって、曲毎に発表資料が封筒に入っている。担当者が一人だけの場合もあれば、何人もが同じ曲を担当して分厚くなった封筒もある。

私事を挟むことをお許しいただいて過去を顧みると、今回、久しぶりに自分の発表資料を目にして、懐かしさよりも拙い資料しか作れなかったことへの恥ずかしさを感じた。しかし、宴曲の発表のために悪戦苦闘した経験を通じて、「調べる」ということの基本が身についたのではないか、とも考えている。「悪戦苦闘」の時期や内容はそれぞれに異なっても、それは私事を超えて学恩に浴した編者全員に共通する想いでもあろう。

次に、「神戸古典文学研究会宴曲部会」という名称の由来について記しておく。

本索引の編者６名は、大阪市立大学および神戸女子大学大学院における先生の演習の場で「宴曲」と出会っている。

また、編者のうち、岡田・田中・鳥井・東野の４名は、神戸女子大学大学院に社会人入学し、先生のご指導のもと博士の学位を取得した。大山は、「曲舞」が題材であった平成９年から、演習に参加するようになった。編者のなかで最年少の川島は、先生のご退職前年ということで平成15年度の演習に参加し、現在に至っている。このように６名の編者は、年齢も専攻分野も出身大学も様々であるが、神戸女子大学での学籍の有無とは無関係に先生のご指導に与ったという点は共通している。

出版に際して、会の名称をつけようということになったとき、宴曲の別名にちなんだ「りりうらの会」・「げにやさば」、あるいはここ数年の活動を反映した「寺子屋の会」、さらには「宴曲索引作成委員会」など、実に様々な候補が挙がった。しかし、意見がまとまらなかったため、最終的に先生が「神戸古典文学研究会宴曲部会」と決定された。

神戸古典文学研究会は、その前身を中世文学研究会と称した。出身大学も専攻分野も異なる研究者が、先生の元に集い研鑽を重ねた研究会である。その成果の一部は、伊藤正義先生古稀記念研究資料集『磯馴帖』（和泉書院、2002年（平成14）７月）として結実している。神戸古典文学研究会は、現在休会の状態ではあるが、前身の研究会以来の歴史を重ねている私どもにとっては様々な意味で思いの深い名称なのである。

なお本書は、先生が喜寿を迎えられる平成19年の刊行を目指していたが、諸般の事情から２年遅れとなってしまった。

学術出版を取り巻く昨今の厳しい状況のなかで本書の出版をご快諾くださった和泉書院社長廣橋研三氏、遅々として進まない校正作業に辛抱強くお付き合いくださった編集担当の廣橋和美氏に御礼申し上げます。

最後になりましたが、外村南都子先生には、『早歌全詞集』（中世の文学　三弥井書店、1993年）を底本として用いることをお許し頂き、終始、その完成を励ましてくださいましたことをあつく御礼申し上げます。

監修者　伊藤　正義

編　者　神戸古典文学研究会　宴曲部会

鳥井千佳子　岡山中学校・高等学校常勤講師
大山　範子　神戸女子大学古典芸能研究センター非常勤研究員
岡田三津子　大阪工業大学教授
川島　朋子　京都女子大学短期大学部准教授
田中　まき　神戸松蔭女子学院大学教授
東野　泰子　神戸女学院大学非常勤講師

索 引 叢 書　52

宴 曲 索 引

2009年５月30日　初版第１刷発行（検印省略）

監 修 者　伊　藤　正　義

編　　者　神戸古典文学研究会
宴　曲　部　会

発 行 者　廣　橋　研　三

発 行 所　有限会社 和　泉　書　院

〒543-0002　大阪市天王寺区上汐５－３－８
電話　06-6771-1467
振替　00970-8-15043

印刷／亜細亜印刷　製本／渋谷文泉閣

ISBN978-4-7576-0475-9　C3395